Nikolaus Gredt

Sagenschatz des Luxemburger Landes

Nikolaus Gredt: Sagenschatz des Luxemburger Landes

Vollständige Neuausgabe
Herausgegeben von Karl-Maria Guth
Berlin 2013

Der Text dieser Ausgabe folgt:
Gredt, Nikolaus: Sagenschatz des Luxemburger Landes 1. Neudruck
Esch-Alzette: Kremer-Muller & Cie, 1963.

Die Paginierung obiger Ausgabe wird hier als Marginalie zeilengenau mitgeführt.

Umschlaggestaltung von Thomas Schultz-Overhage

Gesetzt aus Minion Pro, 11 pt

Die Sammlung Hofenberg erscheint im
Verlag der Contumax GmbH & Co. KG, Berlin
Herstellung: BoD – Books on Demand, Norderstedt

Die Ausgaben der Sammlung Hofenberg basieren auf zuverlässigen Textgrundlagen. Die Seitenkonkordanz zu anerkannten Studienausgaben machen Hofenbergtexte auch in wissenschaftlichem Zusammenhang zitierfähig.

ISBN 978-3-8430-2722-9

Bibliografische Information der Deutschen Nationalbibliothek

Die Deutsche Nationalbibliothek verzeichnet diese Publikation in der Deutschen Nationalbibliografie; detaillierte bibliografische Daten sind im Internet über www.dnb.de abrufbar.

Inhalt

Vorwort

Der Grund zu vorliegender Sagensammlung ward vor etwa dreißig Jahren gelegt im Verein mit Herrn Klein, Pfarrer zu Dalheim, und dem verdienstvollen Redakteur der »Luxemburger Gazette«, Herrn Gonner zu Dubuque, der mir bei seiner Abreise nach Amerika das damals gemeinsam gesammelte nicht unansehnliche Material zur Verfügung stellte. Herr Gonner hatte damals vierzig Sagen beigebracht, die in diese Sammlung aufgenommen worden sind; der Beitrag des Herrn Klein belief sich auf sieben und vierzig Sagen. Nachdem im Laufe der Jahre das Werk zwar nicht aufgegeben, doch nur spärlich gefördert worden und ich die Überzeugung gewonnen hatte, daß ohne allseitige Mitwirkung eine möglichst vollständige luxemburgische Sagensammlung nicht hergestellt werden könnte, war ich beflissen, zunächst die Herren Primärlehrer zum Sammeln anzuregen. So erschien denn im »Luxemburger Schulbote«, Jahrgang 1877, Seite 240–265, ein »Aufruf an die Herren Lehrer« mit den notwendigen Anweisungen zum Sammeln von Sitten und Sagen, sowie mit zahlreichen Musterproben. Von zwei und zwanzig Lehrern liefen mehr oder weniger ausgedehnte Beiträge ein, die mir von der archäologischen Gesellschaft zur Verwertung übergeben wurden. Die Namen dieser Lehrer findet man dem von ihnen gelieferten Sagenstoff beigefügt.

Besonders erwähnt zu werden verdient Herr Prott, früher Pfarrer zu Tadler, jetzt zu Contern, der, unermüdlich im Zusammentragen von Material, an dem Werk einen lobenswerten Anteil genommen hat.

Nachdem einmal diese Bahn betreten war, und damit auch nicht ein Winkel des Landes unerforscht bliebe, wandte ich mich an die Zöglinge unseres Athenäums mit der Bitte, mir die in ihren Heimatsorten noch lebenden Sagen, Bräuche u.s.w. zu dem genannten Zwecke zu notieren. Die wackeren Studenten entsprachen den Erwartungen, die ich von ihrer jugendlichen Begeisterung hegte, in vollem Maße. Da ich außerdem von Herrn N. Moes, Redakteur des »Tourist« und des »Luxemburger Land«, ermächtigt wurde, die dort erschienenen und ebenfalls auf lebendiger Volksüberlieferung beruhenden Sagen meiner Sammlung einzuverleiben, so flossen allgemach die Sagenquellen zum breiten Strom zusammen. Freudig benutze ich diese Gelegenheit, den genannten Herren, sowie den 13
wackeren Studenten[1] meinen wärmsten Dank auszusprechen.

1 Ich lasse nachstehend die Namen der Studenten folgen, welche zu der Sagen-Sammlung beigetragen haben:
Zunächst sind hier zu nennen zwei brave hoffnungsvolle Zöglinge, Joh. Jos. Donckel aus Mertert und Luc. Feltgen aus Berschbach (Mersch), die durch den Tod ihren Familien und dem Athenäum leider entrissen wurden. Dann die nach Beendigung

Auf die angegebene Weise ist es möglich geworden, eine so reichhaltige Sagensammlung unseres Landes herzustellen, und trotzdem, obgleich es mir daran gelegen war, dieselbe so vollständig als möglich zu machen, mag noch diese oder jene Sage fehlen. Die mir noch zugehenden Sagen, sowie ergänzende und berichtigende Zusätze, die ich mit größtem Danke entgegennehme, werden in einem Nachtrag zu dieser Sammlung später einen Platz finden.

Für die vorliegende Sagensammlung ist der Volksmund, die lebendige
14 Volksüberlieferung, die Haupt- und fast einzige Quelle gewesen. Deshalb finden sich in derselben so wenige Schriftwerke angeführt, aus denen geschöpft worden: L'Evêque de la Basse-Moûturie[2], Engling's Manuskript[3],

ihrer Studien an unserer Anstalt ausgetretenen Joh. Pet. Kirsch aus Dippach, Nik. Donvel aus Beringen (Mersch), Heinr. Infalt aus Diekirch, Nik. Tockert aus Dommeldingen, Joh. Zieser aus Reckingen (Mersch), Leop. Hames aus Beckerich. Aus dem Oberkursus: Vikt. Dasburg aus Fels, Aug. Gredt aus Luxemburg, Mich. Lang aus Säul, Jak. Meyers aus Bondorf, Mich. Meyers aus Boxhorn, Pet. Schmit aus Born. Aus Ia: Nik. Antony aus Niederbesslingen, Joh. Bertemes aus Urspelt (Klerf), Nik. Drees aus Elwingen, Joh. Pet. Metzler aus Krautem, Vikt. Müller aus Luxemburg, Pet. Nepper aus Arsdorf, Joh. Paulus aus Esch a.d. Alz., Dan. Rousseau aus Esch a.d. Alz., Leo Schmit aus Remich, Nik. Wilmes aus Mersch. Aus IIa: Jak. Alesch aus Waldbredimus, Joh. Pet. Astgen aus Kehlen. Nik. Bellwald aus Remerschen, Andr. Clemens aus Mörsdorf, Joh. Eischen aus Schandel, Joh. Peter Ensch aus Pissingen, Eug. Faber aus Wilz, Nik. Frieden aus Ehnen, Pet. Hastert aus Roodt a.d. Syr, Nik. Kolbach aus Esch a.d. Alz., Joh. Pet. Meder aus Ettelbrück, Pet. Nommesch aus Greiweldingen, Theoph. Schiltz aus Hosingen, Peter Schram aus Schwebsingen, Nik. Sibenaler aus Remich, Pet. Steffes aus Betzdorf, Math. Wahl aus Kopstal, Nik. Weydert aus Oberanwen. Aus IIIa: Jak. Delahaye aus Luxemburg, Joh. Fabritius aus Oberwampach, Joh. Feltgen aus Steinsel, Friedr. Fürst aus Simmern, Paul Gredt aus Luxemburg, Fel. Hoffmann aus Schandel, Wilh. Kept aus Biwisch, Edm. Klein aus Wilz, Joh. Pet. Kohl aus Ehnen, Ant. Kolb aus Differdingen, Wilh. Krombach aus Ettelbrück, Joh. Pet. Lenertz aus Leudelingen, Joh. Pet. Lippert aus Bartringen, Ant. Maas aus Echternach, Joh. Bapt. Mandy aus Künzig, Isid. Moes aus Bus, Nik. Peters aus Ermsdorf, Nik. Rehlinger aus Dondelingen, Mich. Schanck aus Hüpperdingen, Phil. Schmit aus Hemsthal, Mich. Schwartz aus Heisdorf, Joh. Schwind aus Simmern, Pet. Ugen aus Eich, Paul Waltzing aus Luxemburg, Joh. Pet. Weber aus Leudelingen, Joh. Weirig aus Holzem, Jul. Wilhelm aus Luxemburg, Jul. Heber aus Dalheim. Aus IVa: Ernst Demuth aus Wormeldingen, Al. Küborn aus Niederkerschen, Eug. Leven aus Schweich, Eug. Ruppert aus Luxemburg. Aus Va: Joh. Pet. Hemmer aus Straßen, Joh. Pet. Mitsch aus Straßen. Aus VIa: Joh. Pet. Erpelding aus Garnich, Jos. Ehlinger aus Dalheim. Als fleißiger Sammler bleibt noch der am Athenäum angestellte Diener Theod. Massarette zu erwähnen.

2 Itinéraire du Luxembourg germanique ou Voyage historique et pittoresque dans le Grand-Duché.

3 Die Volksweisheit im Gewande der Dichtung oder Luxemburger Sagen, gesammelt und metrisch bearbeitet von Prof. Joh. Engling.

einige nun leider unauffindbare[4] Manuskripte der archäologischen Gesellschaft, Bertholet, und diese nur, wenn der von ihnen mitgeteilte Sagenstoff im Volksmunde verklungen war.

Andere Quellen als der Volksmund sind entweder als poetische Bearbeitung oder als breit und zu eigenmächtig ausgeschmückt und anderen Zwecken huldigend, wenn nicht geradezu entstellt, doch jedenfalls mehr oder minder verdächtig. Aus solchen Quellen in einfache schlichte Prosa übersetzen – damit glaube man nicht, die Volkssagen herzustellen und der Forschung wesentliche Dienste zu leisten. Eine entstellte Volkssage läßt sich nur berichtigen, indem wieder auf den Volksmund, als die ungetrübte Quelle, zurückgegangen wird. Denn nicht das bloße Gewand, die einfache naive Sprache macht schon die Sage; als Inhalt muß darin des Volkes eigenstes, innerstes Leben pulsieren. So habe ich denn für alle Sagen gesucht, wieder aus dem lebendigen Quell der Volksüberlieferung zu schöpfen; zu einer einfachen Transkription habe ich mich nur dann erst bequemen können, nachdem alle Mühe vergeblich war, auf andere Weise des Sagenstoffes habhaft zu werden. Unter diesen transskribierten Sagen steht auch die Quelle, aus der sie geflossen, als verdächtiger Geburtsschein angegeben.

Die Behandlung, wie sie l'Evêque de la Basse-Moûturie den Sagen hat angedeihen lassen, hat dieselben als Volkssagen völlig entstellt, da doch in einem Buche über Land und Leute die Volkstradition hätte streng gewahrt werden müssen. Aus dieser trüben Quelle zu schöpfen, hat man sich zumeist begnügt; und so kommt es, daß man verschiedene Quellen für eine und dieselbe Sage citieren kann, die aber alle auf die eine, auf Basse-Moûturie zurückzuführen sind. Um die eigentliche Urquelle, das Volk, hat man sich weniger gekümmert.

Im großen Ganzen habe ich gesucht, den von den Gebrüdern Grimm betretenen Weg einfacher schlichter Darstellungsweise einzuhalten, mich dabei aber gehütet, allzusehr an den gemachten Mitteilungen auf Kosten ihrer naiven Frische und Originalität herumzuarbeiten. Auch tritt die 15
eine Sage breiter auf als die andere, je nachdem die Sagenquelle reichlicher oder spärlicher floß, und je nachdem ein mehr oder weniger entwickelter Sagenstoff gegeben war.

Hoffen wir, daß es auf dem nun angebahnten Wege gelingen werde, wie hier die Sagenschätze, so in naher Zukunft die Sitten und Bräuche des Luxemburger Volkes zusammenzustellen und so dem Altertumsfor-

4 ›nun leider unauffindbare‹ nach einer Berichtigung in der Ausgabe von 1883 S. 646 zu streichen. (Der Bearb.)

scher das Material zu liefern, die Urgeschichte unseres kleinen Vaterlandes in möglichster Klarheit und Vollständigkeit bloßzulegen. Dem luxemburger Volke aber, das in dieser Sammlung die Kinder seines eigenen schöpferischen Geistes wiedererkennen wird, bieten wir dieselbe als wahres Volksbuch zum Genusse an.

Luxemburg im April 1883.

16 *Der Herausgeber*

I

Wichtel, Kobolde, Mahren, wilde Frauen

1. Wichtel

1. Die Wichtelcher auf dem Tillepetchesfels bei Kontern.

Der Tillepetchesfels, der sich in der zwischen Mutfort und Kontern gelegenen Schläderbach an dem waldigen Abhange eines Berges erhebt, war in grauer Vorzeit, so geht die Sage, von Heiden und Wichtelchen bewohnt.

Pfarrer J. Prott

2. Die Wichtelcher zu Helmsingen.

Im Helmsemer Busch, am Orte Petschet, sind vier Löcher in einer Reihe wie gemessen; man nennt sie die vier Wichtelcheslöcher. Wenn man dort hineinfalle, heißt es, so komme man in der Nähe der Steinseler Mühle heraus.

N. Gonner

3. Die Wichtelcher bei Junglinster.

In dem Echels, einem Walde zwischen Gonderingen, Jung- und Burglinster, sowie in Gêschelt, einem Acker bei Gonderingen, und in Bruchlach bei Junglinster haben vordem die Heinzelmännchen gehaust.

4. Wichtelcher zwischen Greisch und Tüntingen.

»A Kungen«, einer Wiesenflur zwischen Greisch und Tüntingen, hausten vorzeiten Wichtelmännchen in den Felsen, die deshalb den Namen Wichtelchesleh erhielten.

5. Wichtlein zu Oberschieren.

Vor etwa vierzig Jahren geriet man zu Oberschieren beim Pflügen in eine Wichtelcheswohnung; es waren viereckige Räume, die schön geweißt waren. Dort haben vorzeiten Wichtelmännchen, gehaust.

6. Wichtelcher zu Waldbillig.

Vor dem Belliger Seitert (Gemeindewaldung von Waldbillig) hat der Eigentümer Theodor Broos ein Ackerfeld, auf dem sich schön bearbeitete Steine im Boden finden. Vor einigen Jahren ist man auch auf eine sogenannte Aschengrube, wie selbe sich in jedem Bauernhaus befindet, gestoßen. Da erinnerte man sich, daß der Großvater wiederholt erzählte, an dieser Stelle hätten die Wichtelcher gewohnt, Leute, die einen bis zwei Schuh groß gewesen seien.

Lehrer Franck zu Waldbillig

7. Die Wichtelcher zu Michelau.

Auf der Flur Wichtel oder Wichtelchen oder Wichtelhäuser, einer Anhöhe von 400 bis 500 Fuß über dem Sauerspiegel, oberhalb Michelau, sah man vor etwa dreißig Jahren noch eine Kaul (Erdvertiefung), ähnlich der Wichtelkaul nächst Warken, der man, wie der letztgenannten, den Namen Wichtelhäuschen gab.

Publications etc., XIV, 167

8. Wichtelcher bei Kaundorf.

Vor Kaundorf erhebt sich ein steiler Berg, Runtschelt genannt. Dort befindet sich ein Felsen, wo vordem Wichtelcher gehaust haben; es sind Gänge im Felsen vorhanden.

Lehrer Esch zu Kaundorf

9. Wichtelcher bei Wahlhausen.

In der Nähe von Wahlhausen befindet sich ein Ort, genannt op dem Heidenhäuschen. Derselbe liegt auf einem Berge, dessen Fuß an die Ur stößt. Daselbst soll in früherer Zeit eine unterirdische Wohnung gewesen sein, in der ganz kleine Leute gewohnt haben. Genannte Stelle ist unter dem Pfluge. Alte Leute sagen, sie wüßten sich noch zu erinnern, daß man im Boden Überreste von Mauern gefunden habe. Vor etwa acht Jahren, als die auf dem Felsen arbeitenden Personen sich zum Essen niedergesetzt hatten, sank unter ihnen der Boden etwa einen Schuh tief.

Lehrer Schaus zu Wahlhausen

10. Wichtelcher zu Eisenbach.

Als der Boden unseres Landes noch nicht urbar gemacht und alles eine große Wildnis war, da bewohnten, so erzählt man sich, Leutchen von anderthalb Fuß, Wichtelcher genannt, die Gegend von Eisenbach. Ihre Wohnung bestand in unterirdischen Räumen, welche ihre fleißigen Hände wohnlich einzurichten verstanden. Die Steinüberreste dieser Wohnung kann man noch jetzt an manchen Stellen sehen.

Lehrer Quiring zu Untereisenbach

11. Wichtelcher zu Grevenmacher.

Im Burggruef (Burggraben) sollen früher Wichtelmännchen gewohnt haben, die unter die Leute gingen und von jedermann sehr geliebt waren.

Lehrer Wagner zu Grevenmacher

12. Die Wichtelcher auf der Hangels bei Kontern.

Die Leute von Kontern wissen viel von Wichtelchen zu erzählen, die einst auf der »Hangels« in unterirdischen Grotten wohnten. Sie zeichneten sich durch große Arbeitsamkeit aus und erfüllten alles um sich her mit Glück und Segen.

Pfarrer J. Prott

13. Wichtelcher zu Düdelingen und Vianden.

Auch zu Düdelingen erzählt man, daß dort Wichtelcher allnächtlich in einem Hause die Pferde gefüttert und besorgt hätten.

In dem Felsen beim Viandener Schloß haben ebenfalls Wichtelcher gewohnt.

14. Die Freimeieschlesser zu Feulen.

In den Feulener Hecken befinden sich an einigen Stellen Überbleibsel von Mauern, die man dort Freimeieschlesser nennt. Das sollen vorzeiten die Schlösser und Wohnungen der Wichtelcher gewesen sein. Diese gesellten sich zu den Leuten, welche die Hecken schlissen; sie halfen ihnen bei der Arbeit, und die Leute teilten das Essen mit ihnen. Sie sollen so groß wie ein Kind von drei bis vier Jahren gewesen sein.

15. Wichtlein zu Lulzhausen.

Wichtelcher hatten ihren Aus- und Eingang in Kreschhaus zu Lulzhausen. Die Bewohner dieses Hauses setzten abends das vom Nachtessen Übriggebliebene auf den Küchenschrank, indem sie sagten: »Das ist für die Wichtelcher«, und gingen dann zur Ruhe, ohne das Tischgeschirr vom Tische geräumt zu haben. Morgens beim Aufstehen fanden die Hausleute das Eßgeschirr wohlgescheuert in Ordnung an seinem Platze aufgestellt, das Haus gereinigt und die auf dem Küchenschrank aufgestellten Überreste des Abendessens verzehrt.

Lehrer Schlösser zu Esch a.d. Sauer

16. Die Wichtelcher bei Rosport.

Auf dem Banne von Rosport, am nördlichen Ende des Girster Waldes, befindet sich ein Ort, den man »am Komp« zu nennen pflegt. Hier hausten in früheren Zeiten die Wichtelcher in unterirdischen Höhlen. Sie halfen den Landleuten bei der Arbeit, und diese stellten ihnen zum Dank dafür Speisen vor die Eingänge ihrer Grotten.

Einst begab sich eine Frau aus Rosport mit ihrem kleinen Töchterchen in ihr »am Komp« gelegenes Ackerfeld, um Erbsen zu rupfen. Während nun die Mutter arbeitete, fing das Kind an, zu spielen und Blumen zu pflücken, und entfernte sich allmählich aus ihren Augen. Da näherten sich demselben ein paar Wichtelcher und brachten ihm kostbare, seidene Zeuge, die von goldenen und silbernen Fäden durchwirkt waren. Als aber die Mutter wieder hinzutrat, machten sich die kleinen Männlein schnell aus dem Staube. Die Wichtelcher sind nun zwar für immer verschwunden, aber heute noch zeigt man die Höhlen und Grotten, in denen sie gewohnt haben.

Lehrer M. Bamberg zu Steinheim

17. Das Wichtelchen zu Reckingen.

Zu Reckingen bei Mersch lebte vor langer Zeit eine arme Witwe mit ihrem Sohn namens Peter. Da sie ihr Ackerpferd verloren und kein Geld hatte, sich ein anderes anzuschaffen, so war es ihr unmöglich geworden, ihre Äcker zu bestellen. Der kleine Peter machte sich deshalb auf den Weg zu seinem Oheim, der in Rollingen wohnte, um denselben zu bitten, ihm sein Pferd zu leihen. Aber der harte Oheim wies ihn mit abschlägiger Antwort ab. Traurig kehrte Peter nach Reckingen zurück. Da gesellte sich unterwegs ein Wichtelmännchen zu ihm, das ihn um die Ursache seiner Niedergeschlagenheit fragte. Nachdem Peter ihm sein Leid geklagt, forderte das Wichtlein ihn auf, am Abend durch seine Nachbaren das nötige Ackergerät und das Samenkorn auf den Acker, den er zuerst bestellt haben wollte, schaffen zu lassen; er werde dann für das übrige sorgen.

Peter tat, wie der Zwerg ihn geheißen, und fand am anderen Morgen den Acker gepflügt, eingesät und eingeeggt. So ging's auch an den folgenden Tagen, bis alle Äcker der gedrückten Familie bestellt waren.

18. Die Wichtelcher bei Reckingen und ihr Verfolger.

In einem Gemeindewalde von Mersch, zwischen Reckingen und Hohlfels, etwa zwanzig Meter oberhalb der Straße von Mersch nach Ansemburg, ist eine Felsengrotte, wo vor vielen Jahren Wichtelcher wohnten. Den Felsen nennt man noch heute Wichtelcheslê. Die Leute der benachbarten Ortschaften versahen die Wichtelcher reichlich mit Nahrungsmitteln, welche sie am Eingang der Grotte niederlegten, ohne je bei Tage eines der Wichtelcher zu sehen. Bei Nacht aber bearbeiteten diese die Felder derjenigen, die ihnen die Lebensmittel gaben; jene aber, die keine Felder hatten, fanden zum Dank dafür des Morgens Holz für mehrere Wochen vor ihrer Tür liegen.

Zwischen Schönfels und Marienthal hielt sich zu derselben Zeit ein Klausner auf. Dieser war ebenso beliebt wie die Wichtelcher. Er hatte für jedermann einen guten Rat; war jemand krank, so half sicher der Klausner, wenn es keine unheilbare Krankheit war. Die Wichtelcher lieferten ihm die heilenden Kräuter; diese kochte der Klausner im Wasser, das er aus dem Hunnebur schöpfte und das ebenfalls Heilkraft besitzen soll, zumal bei Augen- und Hautkrankheiten.

Auf dem Schlosse von Hohlfels wohnte damals ein Mann namens Steinhart. Dieser war früher Knecht bei der Herrschaft von Hohlfels gewesen und hatte das Glück, seinem Herrn mit eigener Lebensgefahr das Leben zu retten. Die Herrschaft wohnte damals in Lothringen. Um den Knecht zu belohnen, übergab man ihm lebenslänglich das Schloß Hohlfels mit den umliegenden Gütern. Dieser Knecht aber war so hart wie sein Name. Er war gewöhnlich in betrunkenem Zustande und dann war kein Mensch sicher vor ihm. Besonders mochte er weder den Klausner noch die Wichtelcher leiden, weil diese in der ganzen Gegend in so hoher Achtung standen. Eines Tages begegnete er dem Klausner und schlug mit einem Stock nach ihm; dieser konnte sich nur durch schnelle Flucht retten. Der Klausner sah nun wohl ein, daß er in seiner Klause nicht mehr sicher sei, doch wollte er die Gegend nicht verlassen. Er flüchtete sich deshalb in eine Felsgrotte bei Schönfels, welche einen Durchgang hatte bis in das Eischtal, in der Wichtelcheslê. Obschon jeder wußte, daß der Klausner sich dort aufhielt, so sagten die Leute doch, um Steinhart
6 irre zu führen, er sei aus der Gegend verschwunden. Weil Steinhart sich nun nicht am Klausner rächen konnte, so ging er des Nachts aus, um die Wichtelchen auszuspähen und sie zu vertreiben. In ihre Wohnung jedoch vermochte er nicht einzudringen; zwar kannte jeder den Haupteingang zur Wichtelchesgrotte, niemand je doch, außer dem Klausner, konnte zu ihnen gelangen, weil der Gang durch einen Felsen verschlossen war, welcher sich nur durch eine besondere Vorrichtung öffnen ließ. Daneben gab es noch verschiedene Auswege, die niemand kannte.

Eines Abends ging nun Steinhart aus, um die Wichtelcher auf dem Felde oder im Walde zu überraschen; er stellte sich auf einen Felsen, unter dem er öfters Spuren erkannt hatte. Beim Mondschein sah er auch wirklich eine Anzahl dieser kleinen Leutchen, und unter ihnen mit Erstaunen auch den Klausner, am Fuße des Felsens vorbeigehen. Plötzlich stieß er einen schweren Stein, den er zu diesem Zwecke dahingebracht hatte, auf die Wichtelcher herunter, traf aber niemand von ihnen; er selbst verlor durch die Anstrengung das Gleichgewicht und stürzte mit zerschmettertem Leibe in die Tiefe mitten unter die Wichtelcher. Er war aber noch nicht tot, konnte noch fluchen und die Schuld seines Unglückes auf die Wichtelcher schieben. Der Klausner sagte ihm, er täte besser sich mit Gott zu versöhnen. »Mit eurem Gott ist's ja nichts«, rief er, »ehe ich mich dazu verstehe, wollte ich lieber steinhart werden, wie mein Name ist«. – »Gebt acht, daß euer Wunsch nicht in Erfüllung gehe«, sagte ihm der gottesfürchtige Klausner. – Auf einmal stieß Steinhart einen Schmerzensschrei aus, und da er fühlte, daß sein Ende herannahe, sagte er: »Sollte ich hier sterben, so bitte ich euch, (und, wie man sagt, soll man einem Sterbenden keine Bitte abschlagen), bringt mich auf den Felsen, von dem ich heruntergefallen, da will ich steinhart werden, wenn euer Gott etwas fertigbringt«. – »Unser Gott«, sagte der Klausner, »kann sogar durch das Wasser Steine erzeugen«. Höhnend erwiderte jener: »Nun ja, dann kann er das Wasser unter mir ja auch verwandeln«. Nach diesen Worten kam ihm das Blut aus dem Munde, und er verschied. Die Zwerge brachten ihn auf den Felsen, setzten ihn dort mit dem Rücken an eine Erhöhung gelehnt und entfernten sich schweigend. Am folgenden Tage begaben sie sich wieder hinauf zum Felsen, fanden aber an der Stelle, wo sie Steinhart hingelehnt, nur mehr einen Stein. Von dieser Zeit an mieden sie den Ort. Kein Mensch außer ihnen und dem Klausner wußte, wo Steinhart hingekommen. Mehrere Jahre später starb der Klausner; auf seinem Sterbebette offenbarte er, wie Steinhart gestorben sei, war aber plötzlich tot, bevor er die Unglücksstätte bezeichnen konnte. Die Wichtelcher waren nun auch aus der Gegend verschwunden.

Der Erzähler dieser Sage fügt hinzu:

Vor sechs Wochen befand ich mich in der Gegend, woher die Sage stammt. Als Naturfreund besah ich mir den Felsen und besonders einen alleinstehenden, der einen Mann vorstellt. Man sieht deutlich den Kopf,
die Augen usw., er hat einen spitzen Hut auf. Das wird nun wohl der 7
Steinhart sein. Rund um den Berg fließen Brunnen den Berg herunter, welche Holz, Gras, Moos usw. versteinern.

Der Felsen befindet sich im Linebusch und ist Eigentum des Herrn de la Fontaine aus Luxemburg.

19. Das Wichtlein zu Sterpenich.

Vor vielen hundert Jahren hauste zu Sterpenich ein Ritter, der seiner Grausamkeit wegen weit und breit gefürchtet wurde. Dieser schickte einst einen seiner Leibeigenen mit einer Botschaft nach dem zwölf Stunden entfernten Metz unter Androhung einer schweren Strafe, falls er ihm die Antwort nicht vor Ablauf des Tages zurückbringe. Der arme Mann begann sogleich aus Leibeskräften auf dem Wege daherzulaufen, um möglicherweise innerhalb der gegebenen Frist sich seines Auftrages zu entledigen. Vor dem Dorfe jedoch harrte seiner ein Zwerg auf einem mit drei weißen Pferden bespannten Wagen, der sich erbot, den Bauer nach Metz und zurückzufahren. Mit Freuden bestieg dieser den Wagen, und so war es ihm möglich, seinem Herrn die verlangte Antwort noch vor Sonnenuntergang zu überbringen.

Der erstaunte Burgherr wollte nun wissen, wie der Bauer es angefangen habe, einen so weiten Weg in so kurzer Zeit zurückzulegen. Dieser erzählte treuherzig den Hergang und fügte hinzu: »Auch hat der Zwerg mir gesagt, er komme in kurzem mit einem anderen Wagen, um Euch zu Eurer letzten Wohnung abzuholen«. Bei diesen Worten stand der Ritter wie vom Blitz getroffen, und mit dem Ausruf: »Sterben – ich!« brach er zusammen.

Am Abend sah man einen mit vier schwarzen Pferden bespannten Leichenwagen zum Burgtor hinausfahren: es war der Zwerg, welcher den Leichnam des Herrn von »Sterpen-ich« mit sich nahm.

L'Evêque de la Basse Moûturie, 26

20. Das Wichtlein zu Bollendorf und die Kuh mit goldenen Hörnern.

Vor gar langer Zeit weideten zu Bollendorf die Kühe unter der Obhut eines jungen Burschen, dem an der treuen Erfüllung seiner Pflicht wenig gelegen war und der deshalb die Kühe so spät als möglich auf die Weide trieb und möglichst früh des Abends ins Dorf zurückbrachte. Durch diese Nachlässigkeit mußte das arme Vieh natürlich leiden.

Da geschah es einst, daß eine glänzend weiße Kuh mit goldenen Hörnern aus dem nahen Walde hervorkam, sich auf der Wiese zu den Bollendorfer Kühen gesellte und mit ihnen graste. Als der Bursche zur gewohnten Stunde seine Kühe nach Hause zu treiben sich anschickte, wollte keine die Weide vor der fremden Kuh verlassen, und alle Anstrengungen, diese zu verjagen, blieben erfolglos. Der Bursche mußte bleiben, bis sich die fremde Kuh bei einbrechender Nacht entfernte. Dasselbe wiederholte sich an den folgenden Tagen. Als nun eines Abends die
8 weiße Kuh noch länger auf der Weide blieb, nahm sich der Bursche vor, derselben beim Weggehen in den Wald nachzufolgen, um zu erfahren, was für eine Bewandtnis es mit der fremden Kuh habe. Zwischen Felsen und Gesträuch sich durchwindend, eilte er dem Tiere nach, bis es plötzlich in einer Felsengrotte verschwand. Entschlossen trat er ein und fand sich vor einem häßlichen Zwerg, der ihn zornig fragte, was sein Begehr sei. Da forderte der Bursche Lohn für die Hut der weißen Kuh. »Unverschämter«, rief der Zwerg, »mein Tier bedarf deiner Hut nicht, und nur deshalb ist es in die Wiese gekommen, um dich zu zwingen,

die dir anvertrauten Tiere besser zu besorgen. Doch den Lohn, den du verlangst, sollst du haben«. Mit diesen Worten langte der Zwerg aus einer mit Gold und Silber gefüllten Truhe eine alte, wertlose Münze. »Ich bezahle dich nach deinem Verdienst«, sagte er und warf dem Burschen die Tür vor der Nase zu.

L'Evêque de la Basse Moûturie, 267

21. Der Zwerg zu Junglinster.

Zu Junglinster hatte ein Zwerg sich in ein Liebesverhältnis mit einem Mädchen aus dem Dorfe eingelassen. Auf die Dauer konnte dies dem Pastor nicht verborgen bleiben und dieser machte dem Mädchen ernstliche Vorstellungen über seine Verirrung. Das erschrockene Mädchen versprach, sofort den Umgang des Zwerges zu meiden; aber obgleich sie ihm ihren Entschluß mitteilte, so wollte er dennoch nicht von ihr ablassen und wußte sie überall aufzufinden. Sie erzählte dem Pastor von der Zudringlichkeit des Zwerges und bat ihn, ihr zu helfen. Der Pastor, der hier nicht Rat wußte, ließ einen alten Schäfer aus Beidweiler, der im Rufe stand, allerlei geheime Mittel zu besitzen, zu sich rufen, um durch seine Mitwirkung den Zwerg von dem Mädchen fern zu halten. Nach langem Nachdenken nahm derselbe eine Handvoll Salz, das er im Wasser auflöste, tauchte ein Stück Brot in dasselbe, bestreute das Brot stark mit Schwefel und ließ es auf dem Ofen trocknen. Dieses Brot mußte das Mädchen vor dem nächsten Besuche des Zwerges essen und sich dann bei seinem Erscheinen auf den Leib drücken. Sie tat es; und als da ein leiser Laut hörbar wurde, entfernte sich der Zwerg mit Abscheu und ward nie mehr gesehen.

L'Evêque de la Basse Moûturie, 297

22. Die Wichtelcher zwischen Folkendingen und Ermsdorf.

Man sagt, daß zwischen Ermsdorf und Folkendingen, eine Viertelstunde seitwärts an dem linken Ufer der weißen Ernz, auf dem sogenannten Schaar, ehemals Wichtelcher sich aufgehalten haben, weshalb diese Stelle auch noch heute op de Wîchtelheiser genannt wird. Vor einigen Jahren soll man noch im Boden Überreste von den Wohnungen der Erdmännlein gefunden haben. Dieselben waren aus einer Art Ziegelstein gebaut, klein und niedlich.

Vor vielen Jahren wurde ein Mädchen aus einem der umliegenden Dörfer Patin bei dem Kinde eines dieser Wichtelmännchen. Ohne seinen Eltern etwas zu sagen, begab es sich in die Zwergwohnungen, wurde freundlich empfangen und belustigte sich aufs beste. Auf einmal fürchtete es, die Nacht möchte wohl bald hereinbrechen und dann würden seine Eltern sich seinetwegen beunruhigen; es begab sich auf den Heimweg. Zu Hause angekommen, schien ihm alles verändert, und als es in seine väterliche Wohnung kam, begegnete ihm seine Mutter, welche ebenfalls ganz anders aussah als vorher. Ihre Haare waren weiß geworden, ihre Kräfte waren geschwunden. Kurz, das Mädchen erfuhr, daß es dreizehn Jahre fort gewesen und daß man es für tot gehalten.

23. Die dankbaren Wichtelcher.

Ein Mann aus Ettelbrück, »den âle Walsdorf«, war einst auf der Haard mit Pflügen beschäftigt, als er, am Ende einer Furche angelangt, ein Stück Weidenholz und dabei ein Zettelchen fand, auf dem die Wichtelcher ihn baten, ihnen eine Brotschieß (Brotschaufel) zu machen. Als er das zweite Mal ans Ende des Ackers kam, fand er einen Flammkuchen daliegen. Der Mann aß den Kuchen und besorgte den Auftrag der Wichtlein, indem er in Weilands Berg die fertige Schieß niederlegte.

24. Die Wichtlein bei Trintingen.

Im Wischteschberg zwischen Ersingen und Medingen hausten vordem die Wichtelcher, Leute, die einen bis anderthalb Fuß hoch waren. Während des Winters gingen sie sehr oft nachts nach Medingen und droschen den Leuten das Getreide in den Scheunen. Waren sie fertig, so nahm jeder sich ein Täschchen voll mit in seine unterirdische Wohnung. Einst fuhr ein Mann auf genanntem Berge am Pflug gerade über der Wohnung der Wichte, als diese eben mit Brotbacken beschäftigt waren, und der Mann hörte deren Kinder rufen: »Back mir auch Flauch!« Zuletzt riefen die Wichte von allen Seiten: »Mir auch Flauch! Mir auch Flauch!« Da konnte sich der Mann nicht mehr ruhig verhalten und er rief von oben hinab: »Mir auch Flauch!« Um Mittag spannte er aus, und als er nachmittags zurückkehrte, lag ein dicker Flauch auf dem Pfluge.

Während des Winters gingen die Wichtelcher sehr häufig auch auf den Pleitringerhof dreschen. Aus Dankbarkeit ließen ihnen nun einst die Bewohner des Hofes Kleider anfertigen und hängten dieselben in der Scheune auf, damit die kleinen Leutchen sie nehmen und anlegen sollten.

Als die Wichtelcher nun nachts kamen und die Kleider sahen, merkten sie, daß sie verraten seien, und eilten fort, um nie mehr zurückzukehren.

Lehrer Robert zu Trintingen

25. Die Wichtelmännchen im Katzenfels.

A. Im Katzenfels, dicht am Wege, der von Mamer nach Kehlen führt, wohnten vor langer Zeit Wichtelmännchen in einer tiefen Felsenhöhlung. Sehen konnte man sie nicht, wohl aber gaben sie ihr Dasein kund durch die Arbeiten, die sie verrichteten, und die Wohltaten, die sie heimlich spendeten. Merkte z.B. ein auf dem nahen Acker pflügender Bauer am aufsteigenden Rauche, daß die Wichte Brot buken, so rief wohl der Pflugjunge (Treiber) laut zum Katzenfels hinüber: »Ihr lieben Wichtelmänner, backt auch uns ein Brötchen mit!« Pflüger und Treiber fanden dann regelmäßig bei ihrer Rückkehr je ein Brötchen auf dem Pfluge liegen.

Einst versiegten für immer die Wasserquellen des Boforter Hüttenwerkes; das war für die ganze Umgegend ein harter Schlag, zumal da zu gleicher Zeit die Ernten schlecht ausgefallen waren. Ein Mann aus Mamer, Vater von sieben Kindern, ging mit dem Rest seiner Barschaft nach Kehlen, um Brot zu kaufen. Im dichten Schneegestöber kehrte er spät abends traurig und ohne Brot zurück. Schon hatte er den Kehlbach überschritten, als er vor sich ein gewaltiges Klopfen und Geräusch hörte. Indem er weiterging, gewahrte er plötzlich dem Katzenfels gegenüber auf dem sogenannten Goldberg einen großen Feuerofen, um den sich allerlei Schatten bewegten. Es waren die Wichtelmännchen, deren Wohnung in der Nähe war. Der Mann näherte sich unvermerkt und schaute verwundert dem geschäftigen Treiben zu. Die Zwerge hatten ganze Haufen Goldes umherliegen und noch immer prägten sie neue Münzen. Da trat der Mann vor und klagte seine Not. Mitleidsvoll erlaubten ihm die Wichtlein soviel Geld zu nehmen, als er bedurfte, um aller Not enthoben zu sein. Als sich nun unser Mann anschickte, seinen Wohltätern zu danken, war alles verschwunden. Von der Zeit an hat man die Wichtelmännchen nie mehr beim Goldprägen überrascht, so sehr auch die Neugier oder vielmehr die Habsucht die Einwohner von Mamer antrieb, sich bei den Zwerglein Reichtum zu holen.

Die Wichtelmännchen trieben ihre Kuh zum Vieh der umliegenden Dörfer auf die Weide und hüteten des Tieres sorgsam; doch vermochte keiner der Hirten je ein Wichtelchen zu sehen.

Lehrer Ries zu Mamer

B. Vor vielen Jahren, als die guten Wichtelmännchen noch im Lande waren und den Leuten bei der Arbeit halfen, kam ein Mann, namens Mamer, am Katzenfels vorbei. Hier hörte er auf einmal das muntere Klopfen und Hämmern einer Schmiede, er kehrte ein und sah, wie die niedlichen Kleinen das Gold und Silber verarbeiteten, das sie nachts aus den Bergen holten. Der Mann gründete sich nun in der Nähe eine neue Heimat, dort wo jetzt das Dorf Mamer liegt. Die Wichtelmännchen aber sind verschwunden, jedoch ihre Wohnung im Katzenfels kann man heute noch sehen.

P. Pesch, Lehrer

26. Die Wichtelcher in der Goldkaul.

In der Goldkaul, einer Einsenkung an dem Kehlbach bei Kehlen, haben vorzeiten die Wichtelcher gehaust, deren Wohnungen, unterirdische Gänge, sich von dort bis in den nahe gelegenen Ehlbusch erstreckten. Diese kleinen Wesen halfen den Leuten bei der Arbeit, kamen nachts in die Scheune eines Bauern und droschen dessen Korn. Das taten sie lange Zeit, bis eines Abends der Knecht, der Mitleid mit ihnen hatte, ihnen, weil sie ja arbeiteten, Essen hinstellte. Aber von nun an kamen die Wichtelcher nicht mehr wieder. Auch hörten die Bauern, die in der Nähe der Goldkaul pflügten, die Zwergkinder der backenden Zwergmutter zurufen: »Mir auch einen Flauch! Mir auch einen Flauch!« Wenn dann ein Bauer rief: »Mir auch einen Flauch!«, dann fand er des anderen Morgens bei seiner Rückkehr aufs Feld einen Kuchen auf der Pflugschar liegen.

27. Die Wichtelcher zu Dondelingen.

Am Ort genannt Fäsch steht ein hoher Felsen, in welchem eine ziemlich geräumige Höhle ist. Diese soll einer Familie von Wichtlein zur Wohnung gedient haben. Die Mutter hieß Frau Holle.

Einst pflügte ein Landmann, namens Michel Wagner, in einem Stück Land, das einen Steinwurf weit vom Felsen liegt. Gegen zehn Uhr setzte er sich hin, um auszuruhen und eine Pfeife zu rauchen. Da hörte er Stimmen vom Felsen herübertönen: »Back mir einen Pflamb! Mir auch einen Pflamb (Flammkuchen)!« – »Mir auch einen Pflamb!« rief der

Landmann ebenfalls. Und sieh, als er am Nachmittag wieder an den Pflug spannte, hing ein schöner Kuchen an demselben. Der war so gut, wie der beste Zuckerbäcker zu der Zeit keinen verfertigen konnte.

28. Die Wichtelcher zu Vichten.

A. Zu Vichten konnte man die Wohnungen der Zwerge noch vor fünfzig Jahren sehen. Es waren kleine, unterirdische Gemächer, kleine Brunnen. Ein Mann, der, in der Meinung, einen Schatz zu entdecken, in seinem Garten Nachgrabungen angestellt hatte, stieß auf eine von der Zeit verschont gebliebene unterirdische Wohnung. Dort sollen die Wichtelcher gehaust haben, kleine Männlein, die den Menschen nur Gutes taten. Vor kaum zehn Jahren ist zu Vichten ein Mann gestorben, den die Wichtelcher in seiner Kindheit gewiegt haben. Sonntags morgens, wenn die Hausleute in der Kirche waren, kamen sie ganz leise ins Haus, wiegten den Kleinen und fütterten die Pferde und Kühe.

Ein Bauer, der seinen Acker pflügte, hörte einst die Wichtlein unter der Erdschicht mit Küchengeschirr klappern. »Ei«, sagte er, »backt mir doch auch einen Kuchen mit!« Als er den Pflug gewendet hatte und wieder an dieselbe Stelle kam, fand er auf einem kleinen, reinlichen, am Boden ausgebreiteten Tuche einen kleinen Kuchen, den er sich wohl schmecken ließ.

B. Bei Vichten auf dem Wege nach Bissen, wo sich die Trümmer alter Bauten befinden, soll der Palast der Zwerge gestanden haben, und Vichten selbst soll, wie es schon sein Name andeutet, die Hauptstadt der Zwerge gewesen sein. Hier herrschte Schaddaï friedlich über das Zwer-
genvolk, bis eine Empörung unter demselben ausbrach, die dem Könige 12
das Leben kostete.

Unter dem Scheuerbusch wohnten in unterirdischen Gängen ebenfalls Zwerge, die so reich waren, daß sie ihre Mäuse mit Gold fütterten. Man will deren gesehen haben, die an einem Goldstück nagend umherliefen.

Auch die Zwerge zu Vichten waren sehr reich, reicher als alle andern. Einst soll ein Vichtener Zwerg einem seiner Stammesgenossen unter der Scheuerburg im Scheuerbusch gesagt haben: »Wenn ihr Pflüge mit silbernem Pflugeisen habt, um eure Äcker zu pflügen, so haben wir deren mit goldener Pflugschar«. Die Vichtener Zwerge hatten u.a. das Recht, jeden Samstag von einem Hause in Vichten einen Backofen Brotkuchen (Flâmekoch) zu fordern.

L'Evêque de la Basse Moûturie, 363 f.

29. Die Wichtelcher in der Kâtzelê.

Bei dem Dorfe Lulzhausen befindet sich ein hoher Felsen, die Kâtzelê genannt, in welchem sich sonst Wichtlein aufhielten. Sie waren einem Manne von Esch besonders gewogen. Trieb dieser abends seine zwei Pferde, ein rotes und ein weißes, in die Umgegend dieses Felsens und schlief er ein, so fand er bei seinem Erwachen den Schimmel rein gekämmt; das rote Pferd aber war nicht angerührt worden. Das geschah, so oft der gute Mann seine Pferde in die Nähe der Kâtzelê trieb.

Einst fuhr am Nachmittag ein Knecht an der Kâtzelê vorbei an den Pflug. Da hörte er Stimmen im Felsen rufen: »Backt mir auch einen Kuchen mit!« Scherzend rief auch der Knecht: »Backt mir auch einen mit!« Dann pflügte er den Acker, ohne weiter an die Stimmen im Berge zu denken. Kaum aber hatte er eine Stunde gepflügt, so kam ein kleines Männlein dahergelaufen, das einen kleinen frischgebackenen Kuchen auf den Pflug niederlegte und dann wieder schnell davonhuschte.

Mitteilungen der Lehrer Schlösser und Laures

30. Wichtlein bei Esch a.d. Sauer.

Vor vielen Jahren, als die Wichtlein noch in der Ranker Delt (einige hundert Meter südlich von Esch a.d. Sauer) hausten, pflügten einst zwei Knechte mit ihren Pferden in der Nähe eines Felsens, in welchem die Wichtlein ihre Wohnung aufgeschlagen hatten. Da hörten sie auf einmal im Innern des Felsens rufen: »Brot ein! Brot ein!« Da rief einer der Knechte: »Kuchen ein! Kuchen ein!« Als die Knechte nun wieder eine Furche gezogen hatten und an derselben Stelle ankamen, sahen sie auf der Erde eine große, weiße Serviette ausgebreitet, auf welcher ein schöner Kuchen lag mit einem Messer dabei. »Sollen wir von dem Kuchen essen oder nicht?« fragte der ältere Knecht. »Warum nicht?« sagte der andere. »Die Wichtlein haben doch den Kuchen hingelegt, damit wir davon essen sollen«. Sie aßen den Kuchen ganz auf und ließen die Serviette liegen. Eine andere Furche ziehend, entfernten sie sich wieder, und als sie zur Stelle zurückkamen, war alles abgeräumt.

Lehrer Schlösser zu Esch a.d. Sauer

31. Die Wichtelcher zu Warken.

Zwischen Erpeldingen und Warken ziehen sich unterirdische Gänge durch den Berg, welche die Zwerge sich erbaut hatten und bewohnten. Über dieser unterirdischen Wohnung wölbt sich die Hard. Zu Warken hatten die Wichtelcher ihren Aus- und Eingang in Wöllen hirer Tâk; der andere Ausgang war das sogenannte Fûszelach in der Hohlbech gegenüber Erpeldingen. Die Wichtelcher brachten Korn in die Scheune, Mehl in die Mühle, Speck in den Schrank. Auch hier spendeten sie einem auf der Hard pflügenden Manne einen Flammkuchen.

32. Die Wichtelmännchen bei Berdorf.

In der Krügheck bei Berdorf sollen Wichtelmännchen ihre Wohnstätte gehabt haben. Einst pflügte der Knecht aus Spelleschhaus neben der Krügheck und hörte, als er am Rande des Waldes den Pflug wendete, wie zarte Stimmchen im Innern des alten Gemäuers riefen: »Mutter, back mir auch einen Pfannkuchen!« – »O, dann backt auch mir einen mit!« sagte der Knecht, trieb seine Pferde an und sah, als er zur nämlichen Stelle zurückkam, auf säuberlich hingebreitetem Tuche einen Pfannkuchen liegen, den er auch gleich mit gutem Appetit verzehrte. Bei seiner abermaligen Rückkehr war das Tüchlein wieder verschwunden.

Luxemburger Land, 1882, Nr. 6

33. Wichtelcher zu Stoppelhof.

Zwischen Konsdorfermühle, Dosterter Hof und Kalkesbach, etwa tausend Meter oberhalb Konsdorfermühle, erstreckt sich das Feld der Wichtelhäuserchen. Hier hausten die Wichtelcher, kleine Männlein, die den Menschen nur Gutes taten. In obengenanntem Felde findet man wirklich kleine, unterirdische, aus einer Art von Ziegeln gebaute Wohnungen. Den Bauern, welche dort am Pfluge waren, teilten sie oft von ihrem feingebackenen Brote mit, indem sie ihnen heimlich ein Laibchen ans Ende der Furche legten. Heute sind alle Wichtelcher verschwunden.

34. Das Wichtelknäppchen bei Nennig.

Bei Nennig heißt eine kleine Erderhöhung das Wichtelknäppchen. Dorthin trug einst eine Frau ihren Leuten am Kirmessamstag das

Abendbrot. Der Kuchen aber, den sie erst vor einer Stunde aus dem Ofen geholt, roch den Wichtlein so anmutig in die Nase, daß sie aus ihrem Bodenloch hervorkamen und riefen: »Frau! Back mir einen Kuchen, back mir einen Kuchen!« Die Weibsleut von Nennig waren zu der Zeit schon schnell und schnippisch wie heut. Die Frau drehte sich auf der Ferse um und meinte: »Erst backt ihr euren Wichtleinskuchen und rufet uns zur Kirmes. Wann feiert ihr Kirmes?« Das verdroß die Wichtlein gar sehr, denn sie taten in der Gegend viel Gutes, und sie kamen nie wieder. Die Frau war ebenfalls verschwunden; in klaren Nächten sieht man sie mit ihrem Korbe dort vorbeikommen; die Wichtlein tanzen im
14 hellen Mondschein auf dem Hügel und spotten: »Back mir einen Kuchen! Back mir einen Kuchen!«

N. Gaspar

35. Die Wichtlein zu Greiweldingen.

In einem Walde nahe bei Greiweldingen ist eine Anhöhe, genannt Wîterchesberg. Dort befindet sich eine Höhle, darin hatten die Wichtelcher einen versteckten Zugang in den Berg. Auf diese Anhöhe hatte einst ein Kuhhirt seine Herde auf die Weide getrieben. Der Hirt setzte sich an der Höhle nieder, um auszuruhen. Da hörte er das Gepolter der kleinen Wesen in der Höhle. Er schaute hinein und sah, wie sie Suppe einschnitten. Der arme Mann, den der Hunger quälte, bat die kleinen Wesen, ihm ein Stücklein Brot zu geben, damit seinen Hunger zu stillen. »Wenn ihr von Gott gesandt seid«, sagte er, »so gebt mir ein Stückchen Brot.« Da kam ein ganzer Haufen Wichtlein aus der Höhle hervor und sie überreichten dem armen Manne ein halbes Brot mit den Worten: »Wenn du uns nicht verrätst, dann hast du immer Brot«. Voll Freude trieb der Hirt seine Herde wieder nach Hause. Als man schon mehrere Tage von dem Brote gegessen und dasselbe nicht abgenommen hatte, fragte ihn seine Frau, woher er dieses wunderbare Brot habe. Der Mann sagte es ihr unter der Bedingung, daß sie das Geheimnis nicht verrate. Einst aber gerieten beide in Hader und da plauderte das unbesonnene Weib das Geheimnis aus. Von dieser Stunde an nahm das Brot ab und war bald verzehrt.

Es gibt noch Greise, welche behaupten, gesehen zu haben, wie ganze Scharen von Wichtelcher an den Rand des Waldes gekommen seien, um sich zu sonnen.

Wenn ein Wagen durch den Wald gefahren sei, so hätten sie sich an dem Wagen und sogar an den Rädern fest angeklammert und seien so mit rundum gefahren worden.

36. Die Wichtelmännchen bei Konsdorf.

Auf dem Konsdorfer Bann gibt es einen Ort, den man die »Wichtelhäusercher« nennt. Dort sollen unterirdische Wohnungen gewesen sein, worin die Wichtelmännchen gehaust haben.

Nun geschah es eines Tages, daß ein Bauer eben über diesen Wohnungen am Pfluge war. Auf einmal hörte er rufen: »Mama, back mir einen Kuchen!« Der Bauer wiederholte den Ruf: »Back mir einen Kuchen!« und als er die Umkehr gemacht hatte und an dieselbe Stelle kam, fand er dort einen Kuchen auf einem Teller liegen. Als er den Teller aufhob, vernahm er den Ruf: »Dieser Kuchen wird so lange dauern, als kein anderer Mensch etwas davon erfahren wird.« Und in der Tat dauerte der Kuchen drei volle Jahre. Sowie ein Stück davon abgeschnitten wurde, war die Stelle wieder ausgefüllt. Leider konnte die geschwätzige Frau Bäuerin in »Grevenhaus« den Mund nicht halten. Sobald sie aber der Frau Gevatterin das Geheimnis verraten hatte, ging der Kuchen rasch zu Ende.

Lehrer N. Schmit

37. Die Wichtelcher in der Gegend von Mersch.

Die Wichtlein sind besonders im Merschertal sehr zahlreich gewesen; um Mersch selbst zeigt man verschiedene Wohnungen derselben, so auf der Höhe bei Angelsberg. Die bekanntesten sind die bei Schönfels und Reckingen. Am Fuße eines Felsens bei Schönfels, genannt op Wichtelcheslê, befindet sich der ziemlich enge, nun verschüttete Eingang zur Wichtelcheswohnung, die sich tief in den Berg hineinzieht, ein Labyrinth von Gängen bildet und auf der anderen Seite des Berges bei Reckingen münden soll. Hier bei Reckingen erhebt sich der sogenannte Wichtelchesfels mit dem Wichtelchesloch, durch welches man in einen hohlen Gang gelangt. Manch verwegener Bursche hat denselben schon auf eine weite Strecke verfolgt, ohne dessen Ende zu erreichen. Einst war einer, mit zwei Pfund Talglichter versehen, hineingegangen, aber es ging ihm wie den anderen. Hier haben die Erdmännchen gehaust. Dieselben hatten im Tale einen Brunnen gegraben, den Wichtelchespötz, so tief, daß niemand wußte, wie tief. Drei Tage lang hatten vorzeiten die umliegenden Gemeinden Steine hineinfahren lassen, ohne ihn jedoch ausfüllen zu können. Dieser Wichtelchespötz ist heute ein kleiner Morast von etwa zwei Meter Durchmesser und mit Gehölz überdeckt. Der Ort heißt im Hals (enge Talschlucht), und dort soll vorzeiten ein Dorf gestanden haben; alte Leute haben daselbst noch Steinhaufen und Grabmäler gesehen.

Alte Weiber behaupten, die Wichtlein noch aus dem Wichtelchesfelsen herunterkommen gesehen zu haben; sie seien ein bis anderthalb Fuß hoch gewesen und hätten an Querstangen, die sie über den Schultern trugen, Eimer gehabt, damit seien sie zur Eisch gegangen, um Wasser zu holen. Niemand hätten sie etwas zuleide getan. Da man ihnen nachspürte, kamen sie nur mehr während der Nacht aus ihrer Behausung hervor, um braven, frommen und ordnungsliebenden Leuten bei ihrer Arbeit zu helfen; den bösen aber fügten sie Schaden zu, wo sie nur konnten, und nahmen deren Korn auf dem Felde.

Diese Wichtlein, sagen die Leute, waren schlau, geschicklich, arbeitsam und gefällig gegen gute Menschen; sie flohen die menschlichen Wohnungen und lebten gesellig untereinander. Als Kopfbedeckung trugen sie jahraus jahrein einen großen Strohhut, sonst waren sie wie die Menschen gekleidet; stets trugen sie einen Spaten oder eine Hacke auf der Schulter.

Ein achtzigjähriger Mann erzählt, daß er eines Abends den Pflug auf dem Felde habe stehen lassen und daß er am folgenden Tage seinen Acker ganz umgepflügt gefunden habe.

Einst pflügte ein Bauer in der Nähe des Wichtelchesfelsen und da er im Innern desselben schwache Stimmen vernahm, welche riefen: »Back
16 mir auch eins!«, so trat er an den Felsen heran und rief ebenfalls: »Wichtelmännchen, backt mir auch ein Brötchen!« Alsdann verstummten die Stimmen im Felsen, und alles war ruhig. Der Bauer kehrte zu seinem Pfluge zurück und sieh! da lag ein feines Brötchen auf demselben, das die Eigenschaft hatte, nicht abzunehmen, soviel er auch davon abschnitt und aß. Sobald er aber den Leuten des Dorfes davon erzählte, nahm das Brötchen ab und war bald ganz verzehrt.

38. Die Wichtelcher zu Beggen.

In der Nähe von Beggen wohnten die Wichtelcher auf einer Anhöhe, die noch heute den Namen op de Wîchtelcher trägt. Dort hielten sie sich in unterirdischen Wohnungen und Gängen auf, welche sich nach allen Seiten hin verzweigten und sogar bis zur Alzet führten. Oft sah man sie an der Alzet Wasser schöpfen und dann auf einmal unter dem Boden verschwinden. Auch zeigt man heute noch die sogenannten Wichtellöcher.

Ein Bauer aus Beggen, aus dem Krellenhause, fuhr eines Tages dort am Pfluge. Da hörte er Stimmen unter dem Boden, welche riefen: »Back mir einen Flauch! Mir auch! Mir auch einen Flauch!« Der Mann rief scherzend: »Mir auch einen Flauch!« und entfernte sich. Als er am anderen Tage zurückkehrte, lag ein kleines Brot auf dem Pfluge. Er nahm es mit nach Hause, und er und seine Familie aßen täglich davon, ohne daß das Brot abnahm, wie oft sie auch davon schnitten. Dem Bauer glückte von nun an alles und er wurde ein wohlhabender Mann. Auf dem Brot aber stand geschrieben, der Bauer dürfe niemand verraten, woher er das Brot habe. Eines Tages jedoch kam ein Bekannter ins Haus; man legte demselben, wie es damals Brauch war, das Brot vor, damit er davon esse. Als jener aber dankend ausschlug, entschlüpfte dem Bauer das unbesonnene Wort: »Iß nur davon, es ist Wichtelbrot!« Von dem Augenblicke an nahm das Brot ab und es blieb bald nichts mehr davon übrig.

Nach der Erzählung anderer, die nichts von der Aufschrift auf dem Brote wissen, äußerte sich einst die Nachbarin: »Wie? Ihr verkauft eueren Weizen und euer Korn und doch habt ihr immer Brot!« Da erzählte die Hausfrau von dem Brote, das wunderbarerweise nicht abnehme. Sobald sie aber das Geheimnis ausgeplaudert, ward das Brot wie andere Brote und bald war nichts mehr davon übrig.

39. Die Wichtelcher zu Walferdingen.

Ein gewisser Weiß von Walferdingen fuhr eines Tages in der Nähe der Wichtelcheslöcher auf dem Walferberg am Pflug. Da vernahm er das Geschrei der Wichtelcher, welche am Backen waren, und er verstand deutlich die Worte: 17

Mir back
Zwieback,
A mir ên,
A mir och ên!

Der Mann sagte: »A mir och ên!« und fuhr rüstig in seiner Arbeit fort. Als es Abend geworden, spannte er seine Pferde aus, ließ den Pflug auf dem Acker stehen und ging nach Hause, ohne weiter an den Vorfall zu denken. Als er am anderen Morgen an den Pflug kam, fand er einen sehr schönen Kuchen darauf liegen. Voll Freude dankte er den Wichtelmännchen und lief mit dem Kuchen nach Hause. Dem Manne brachte der Kuchen Glück ins Haus; denn, mochte man auch daran schneiden, soviel man wollte, er nahm nicht ab, so daß der Mann bald sehr reich wurde.

Einst kam ein armes Mütterlein an die Tür dieses Weiß und bat um ein Stück Brot. Die Bäuerin hatte jedoch kein Mitleid und hieß die arme Alte barsch ihres Weges gehen. Traurig entfernte sich diese; der Kuchen aber nahm von der Zeit rasch ab und ging bald zu Ende und mit ihm wich das Glück aus dem Hause.

N. Gonner

40. Das Heinzelmännchen zu Bartringen.

In des Erzählers Nachbarschaft war vorzeiten ein Heinzelmännchen als Stallknecht tätig. Wenn der Nachbar des Abends das Futter für die Pferde vom Heuschober in die Scheune herabgeworfen hatte, rief er ihm zu: »Morgen fütterst du die Pferde um die und die Stunde!« Sprach's und legte sich beizeiten zu Bett. Der Kleine, der gewöhnlich hoch oben in der Scheune saß, vernahm den Befehl, antwortete nichts und gehorchte aufs pünktlichste. Kam der Bauer morgens in den Stall, fand er den Fleißigen auf einem Pferde sitzen, den Pferdekamm in der Hand. Im Nu war das Heinzelmännchen zum Raufloch hindurch auf dem Heuplatz.

Der Bauer war auch nicht undankbar gegen seinen fleißigen Gesellen; jeden Tag wurden alle Türen vom Stall bis zum Küchenherd aufgemacht und die Schüssel mit Essen, aber ohne Löffel, hingesetzt. Hatte Heinzelmännchen das Vorgesetzte verzehrt, so sprang es wieder an seinen Ort zurück, um Stall und Pferde zu besorgen.

Einst war der Winter äußerst streng. Da ließen die Leute, aus Mitleid für ihren kleinen Knecht, diesem ein kleines Höschen verfertigen und legten dasselbe neben das Essen. Als nun zur Mittagszeit das Männlein wie gewöhnlich herankam und das Höslein erblickte, blieb es sinnend davor stehen. Die Leute riefen ihm zu, es solle die Hose anziehen, da es sehr kalt sei. Der Kleine aber glaubte, das Höslein wäre der Lohn für seine Arbeit, und die Leute möchten seiner gern loswerden. Deshalb weinte er überlaut, verließ das Haus und ward seit dieser Zeit nicht mehr
18 gesehen.

41. Wichtelcher zu Kopstal.

Wichtelcher hatte man zu Kopstal im Orte genannt Buchenfeld. Dort, erzählt man, habe man deren gesehen und auch später beim Ausgraben noch Geräte von ihnen gefunden. Dieselben seien nachts in die Ställe gegangen und hätten das Vieh gefüttert. Einst sah der Knecht des Ackerers Schneidesch ein Wichtlein nackt auf einer Kuh sitzen. Er zeigte dies dem Hausherrn an, und der Bauer legte eines Abends Kleider für das Männlein hin. Am folgenden Morgen waren die Kleider fort, aber auch die Wichtelcher waren verschwunden.

Lehrer Wahl zu Kopstal

42. Die Wichtelmännchen zu Berg.

In einem alten Hause zu Berg fanden sich ständig Wichtelmännchen ein, welche die Pferde fütterten und dieselben fett machten, ohne ihnen Heu zu geben. Die Bewohner des Hauses sahen sie oft in der Pferdekrippe, und da sie bemerkten, daß sie ärmlich gekleidet waren, bedauerten sie die kleinen Wesen, ließen ihnen neue Kleider machen und hängten dieselben an die Krippe. Da hörten sie des Nachts die Wichtelmännchen weinen und jammern, die Leute im Hause bedürften ihrer nicht mehr und sie müßten jetzt fort. Sie nahmen die Kleider, und von der Zeit an wurden sie nicht mehr im Hause gesehen.

43. Die Wichtelcher zu Straßen.

A. Einem ohne seine Schuld in Armut geratenen Mann, der zu Straßen in einem heute noch bekannten Hause wohnte, halfen die Wichtelcher wieder aus der Not, indem sie jeden Tag in aller Frühe die Arbeit in Haus und Stall und auf dem Felde verrichteten. Als der Winter herankam, legte der Mann den Wichtelchern Kleidungsstücke in die Scheune, damit sie sich gegen die Kälte schützen könnten. Da glaubten die Wichtlein, man bedürfe ihrer nicht mehr, und waren von der Zeit an verschwunden.

Auch hier wird erzählt, daß ein pflügender Bauer, welcher Stimmen unter der Erde habe rufen hören: »Mir auch einen Kuchen! Mir auch einen Kuchen!«, ebenfalls gerufen habe: »Auch mir einen Kuchen!« Am anderen Morgen habe er einen Kuchen auf dem Pfluge gefunden und habe daran schneiden können, soviel er wollte, derselbe sei nie über die Hälfte verzehrt worden.

B. In Kempenhaus trieben anfangs die Wichtelcher ihr wohltätiges Wesen: nachts verrichteten sie die Arbeit in Stall und Küche, fütterten die Pferde, droschen, machten Butter, verfertigten zugeschnittene Schuhe. Einst setzte man ihnen Essen hin; da trauerten die kleinen Männlein, denn sie glaubten, man wolle ihnen ihren Lohn geben und bedürfe ihrer Dienste nicht mehr. Sie wanderten aus diesem Hause weg nach dem Hiènenhaus. Dort walteten sie ebenso wohltätig wie im Kempenhaus. Da sagte einst die Hausfrau: »Mir missen dénen Déercher z'îesse gin!« Sprach's und tat
19 es auch. Da verschwanden die Wichtlein auf immer.

44. Die Wichtelmännchen im Kalvergrond.

Zwischen Eschdorf und Kuborn liegt in einem von zwei Hügeln eingeschlossenen Tälchen, im Ort genannt Kalvergrond, ein einsamer Felsen, worin, nach Aussage der alten Leute, die Wichtelmännchen sich aufhielten. Noch heute sieht man ihre Wohnung, zwei kleine Zimmer, die in den Felsen eingehauen sind. Den Bewohnern des nahe gelegenen Kuborn halfen sie im Sommer bei den Feldarbeiten und im Winter nähten und strickten sie für dieselben. Am meisten aber waren sie einem Müller zugetan. Unterhalb Brattert, im Ort genannt Mühlengrund, stand ehemals eine Mühle, von der heute nur mehr wenige Steinhaufen übrig sind. Während der Nacht, wenn der Müller beim Mahltrog eingeschlafen war, kamen die Wichtelmännchen und mahlten für denselben. Jedoch sein Vorwitz vertrieb die wackeren Männlein.

Eines Abends tat er, als ob er schliefe. Die Männlein kamen wie gewöhnlich, schütteten auf und fingen an zu mahlen. »Hab ich euch endlich erwischt!« rief der Müller aus. Das erzürnte die Wichtelmännchen und von dieser Zeit wandten sie sich vom Müller weg. Er verarmte bald, und nach seinem Tode fand sich kein Käufer mehr für die Mühle, so daß sie bald von selbst verfiel.

Nunmehr halfen die Wichtelmännchen keinem mehr aus der Not. Die Leute gingen oft zu dem Felsen, um sie zu beobachten. Dies erbitterte sie aber. Eines Morgens waren sie davongezogen und niemand wußte, wohin. Aber ihre Wohnung im Kalvergrond besteht heute noch.

Lehrer J. Scholler

45. Die Wichtelcher zu Luxemburg.

Ein Bäcker, der zu Luxemburg in der Fleischerstraße wohnte, hatte so viel Arbeit, daß er allein sie unmöglich machen konnte; Gesellen aber konnte er keine bekommen. Verdrießlich legte er sich abends zu Bett. Als er morgens aufstand, fand der überraschte Meister alle Arbeit getan. Die guten Wichtelcher hatten während der Nacht dem Manne aus der Verlegenheit geholfen. Dasselbe geschah auch an den beiden folgenden Tagen. Am vierten aber fluchte der Bäcker einmal: »Alle Teufel aus der Hölle!« Da kamen die Wichtelcher nicht mehr zurück.

46. Die Wichtelcher zu Düdelingen.

Ein fünfundsiebzigjähriger Mann aus Esch an der Alzet erzählte mir, daß er einst in Düdelingen die Wichtelcher, kleine, winzige Männlein, aus dem Hause H . ... habe kommen sehen; sie liefen ihm zwischen den Beinen durch. Er fügte hinzu, daß der Eigentümer einmal eine Furche zuviel umgepflügt und daß ob dieser ungerechten Handlung die Wichtelcher das Haus geflohen hätten und nie mehr dort gesehen worden seien.

J.N. Moes

47. Die Wichtelcheswohnungen zu Walferdingen.

Auf dem Berge von Walferdingen hausten einst, wie die Sage geht, die
Wichtlein. Als eines Morgens Landleute, die sich aufs Feld begaben, nahe 20
an einem kleinen Loche vorbeikamen, hörten sie Gekicher und Geräusch unter dem Boden. Neugierig fingen sie sogleich an, in diesem Loche nachzugraben, und nach kurzer Arbeit befanden sie sich in schön aufgebauten Räumen. Da stand allerlei Küchengeschirr und anderes Gerät, welches die Wichtlein den Menschen gestohlen haben sollen. Auch fanden sie Gold, das sie mit sich aufs Feld nahmen und während der Arbeit nicht aus den Augen ließen. Als sie jedoch am Abend nach Hause zurückkehren wollten, war das Gold verschwunden. Da begaben sie sich wieder zum Loche, aber statt der schönen Mauern sahen sie nur mehr Trümmer: alles war zerschlagen und von Grund aus zerstört.

48. Die Wichtlein bei Simmern.

Nicht weit von dem Griéfchen, einer plateauartigen Anhöhe bei Greisch, soll eine große Anzahl Wichtelmännchen gewohnt haben. Sie bestahlen die Leute heimlich in der Nacht und nahmen ihnen oft das reife Getreide weg. Da gingen die Leute hin, überraschten sie durch List und steinigten sie zu Tode; daher soll der Ort, wo dies geschah, den Namen Stênrausch bekommen haben.

Später, als fast alle Wichtelmännchen in der Umgegend vertilgt waren, wohnte noch lange in einer Felsenhöhle ein Wichtelweib, das oft gesehen wurde und niemand etwas stahl. Die Höhle wird noch heute gezeigt und die Stelle, wo das Wichtelweib sein Feuer hatte. Man hat dem Orte deshalb den Namen Wölfragrond (Wildfrauengrund) gegeben.

49. Wichtelcher zu Useldingen.

Zwischen Useldingen und Ewerlingen, im Busch bei der Lohmühle, hausen Wichtelcher, dort Äschtercher genannt. Sie schrecken die Kinder und kommen besonders auf die zu, welche sich in der Attert baden.

J.B. Klein, Pfarrer zu Dalheim

50. Die Wichtelmännchen zu Niederfeulen.

Auf der Gemarkung des Dorfes Niederfeulen, im Ort genannt Hinterberg, wohnten zur Zeit Wichtelmännchen in Höhlen tief unter der Erde. Sie waren kaum so groß wie ein achtjähriges Kind, ließen sich am Tage nicht sehen, gingen nur nachts aus und konnten schneller laufen als das beste Pferd. Sie spannen das feinste Garn für Hausfrauen, die sich ihnen gewogen zeigten. Sie holten das Gespinst selbst ab und brachten's auch zurück, ohne daß man sie zu sehen bekam, man mochte sie belauern, wie man wollte. Wer ihnen etwas zuleide getan oder sie nicht leiden mochte, den bestahlen sie, wo und wie sie nur konnten; die gestohlenen Sachen verwahrten sie in ihrer Höhle.

Ein sehr starker Mann erwischte einst eines dieser Wichtelcher, das ihm einen Laib Brot gestohlen hatte, hielt es fest und wollte es für den Diebstahl bestrafen. Aber das Wichtelmännchen setzte sich zur Wehr,
21 kratzte dem Mann schier die Augen aus dem Kopfe und hätte ihn wohl noch totgeschlagen, wenn der Mann ihm nicht entkommen wäre. Von

dieser Zeit an fürchteten die Leute sich sehr vor den Wichtelchern und gaben ihnen, was sie nur haben wollten.

Lehrer Ahnen zu Niederfeulen

51. Die Wichtelcher im Heiderscheidergrund.

Vor mehr als hundert Jahren, als die Wichtelmännchen noch auf Erden wirtschafteten, bestand im Heiderscheidergrund (Gemeinde Heiderscheid) an der Stelle, wo sich heute der Häuserkomplex Linden, Kayser, Zoller befindet, eine Papiermühle. Der Besitzer derselben machte, trotzdem die Mühle am Tage stillstand, dennoch glänzende Geschäfte; zudem verfertigte er das schönste und beste Papier weit umher. Sobald die Nacht hereinbrach, geriet auch die Mühle in Gang und arbeitete ununterbrochen bis zum Morgen. Darüber schüttelten manche den Kopf, weil sie das nicht verstehen konnten. Die Ursache aber war folgende:

Einige Meter oberhalb der Papiermühle hatten die Wichtelcher in einem Berge ihre Wohnung. Da diese dem Mühlenbesitzer zugetan waren, so brachten sie demselben jeden Tag bei einbrechender Dunkelheit ganze Haufen Lumpen herbei, so daß die Mühle die ganze Nacht vollauf zu tun hatte. Das ging eine Zeitlang so fort, und die Leute freuten sich ihres Glückes. Endlich kam sie doch die Reue an, daß sie den Wichtlein die Lumpen abgenommen hatten. »Denn«, sagten sie, »die Wichtlein entwenden anderen Leuten die Lumpen, um uns zu bereichern; das ist nicht recht«. Sie teilten ihre Bedenken dem Herrn Pastor mit; dieser schüttelte bedenklich den Kopf und gab ihnen folgenden Rat. »Verfertigt«, sagte er, »eine Mütze aus sieben Stücken (nach anderen eine dreifarbige Kappe), jedes von einer anderen Farbe, und hängt diese Mütze vor das Tor, so werdet ihr die kleinen Schelme los«. Als nun die Wichtlein die nächste Nacht wiederkamen und die Mütze vor dem Tore hangen sahen, wurden sie traurig und sprachen: »Hier hängt unser Lohn!«, entfernten sich eilig und kamen nie wieder. Bei den Besitzern der Papiermühle aber zog das Unglück ein; mit den besten Lumpen brachten sie kein Papier mehr fertig. Das Geschäft ging immer mehr rückwärts, sie verfielen in Armut und Schulden und starben vor Gram.

Die Grotte, in welcher die Wichtelcher während ihres Aufenthaltes bei der Mühle wohnten, kann man heute noch sehen. Der Eingang zu derselben ist jedoch fast ganz mit Steingeröll verschüttet. Von jeher getraut sich auch niemand, weiter als ein Meter tief in dieselbe hineinzugehen, da man fürchtete, nicht mehr lebendig herauszukommen.

Als die Wichtelcher von da fortzogen, begaben sie sich op Ahlhausen, 22 eine Viertelstunde unterhalb Esch a.d. Sauer. Später wurden sie auch von dort vertrieben und seither hat niemand sie mehr in der Gegend gesehen. Ihre Wohnung op Ahlhausen besteht ebenfalls heute noch.

Nach den Mitteilungen der Lehrer Schlösser und Georges

52. Wichtelcher zu Gösdorf.

In dem Orte genannt Riedgeskeher zu Gösdorf waren früher Wichtelmännchen, welche ungefähr zwei Fuß groß waren. Das Essen, das man mit auf die Arbeit nahm, verschwand lange auf unerklärliche Weise. Endlich bemerkte man, daß die Wichtelcher die Entwender waren. Auch die Tücher, welche man beim Säen gebrauchte, verschwanden auf dieselbe Weise.

Lehrer Wagener zu Gösdorf

53. Wichtelcher auf dem Pirmesknapp.

Auf dem Pirmesknapp bei Buderscheid soll einst ein Schloß der Tempelherren gestanden haben, die alle in einer Nacht umgekommen seien.

Fragt man unter dem Volke nach, was man unter Tempelherren zu verstehen habe, so heißt es allgemein, es seien kleine Männlein, Wichtelcher gewesen, die in unterirdischen, mit Ziegelsteinen erbauten Wohnungen gehaust und das Heiligtum des Berges bedient hätten.

Dasselbe wird auch erzählt von der Heidenkirch am Heiderscheidergrund. Hier sollen ebenfalls Wichtelcher in unterirdischen Ziegelwohnungen gehaust haben.

J. Prott, Pfarrer

54. Zwerge bei Diekirch.

In einer Schlucht zwischen Diekirch und Ingeldorf pflegten sich die Tempelherren zu versammeln. Es waren dies kleine Wesen, Kobolde, welche unter dem Boden hausten.

In einer Ebene, Wallebroch genannt, versammelten sich die Plattfüßchen zum Rate. Dies ist eine Art Kobolde, welche ebenfalls unter der Erde leben.

55. Wichtelcher auf der Nuck.

Auf der Nuck bei Ettelbrück sollen Wichtelcher gehaust haben, von denen man nie wußte, ob sie aus- oder eingezogen waren, weil sie ihren Pferden die Hufeisen verkehrt aufgeschlagen hatten.

56. Die Wichtelmännchen bei Ettelbrück.

Früher waren um Ettelbrück eine Menge von Wichtelmännchen; sie kamen besonders aus der Nuck und der Deiwelsbaach. Vorzüglich war Warken von diesen Unholden geplagt. Dort kamen sie in der Stallung von Witry heraus. Die Wichtelmännchen vermehrten sich in kurzem so, daß die Einwohner von Ettelbrück sich genötigt sahen, Jagd auf sie zu machen. Diese Unholde hatten überall Löcher in den Bergen, die in unterirdische Höhlen führten. Heute nennt man diese Löcher Fuchslöcher. 23

2. Kobolde

57. Zwei Kobolde bei Bondorf.

In dem zwischen Bondorf und Holz gelegenen Holzer Busch haust von jeher das Hierschtermännchen, ein Zwerglein, das sich oft mit den Leuten unterhalten, ja sich von ihnen hat tragen lassen.

Eine ähnliche Erscheinung war das Hêdemännchen an dem Orte genannt Misère.

58. Die Kobolde auf dem Kirchhofe zu Mamer.

Zu Mamer war der Totengräber, ein Trunkenbold und als Dieb berüchtigter Mann, auf dem Kirchhofe in der Christnacht beschäftigt, eine Gruft zu graben. Da kam ein Junge des Weges daher und sang. Darüber ergrimmt, sprang der Totengräber auf ihn los und prügelte ihn. Nachher wollte er sich durch einen Schluck aus seiner Branntweinflasche laben, da sah er »vier Gräber weit« vor sich ein Männlein in weißen Kleidern sitzen mit herausgereckter Zunge. Die Angst erfaßte ihn und er wollte fort; der Geist aber hielt ihn zurück, und da er sich sträubte, schlug jener mit einem Hämmerchen auf ein Metall, so daß es einen klingenden Ton gab. Da ward Licht in der Sakristei und zwölf andere Kobolde erschienen, packten den Totengräber und stießen ihn in eine offene Gruft, wo sie ihn in eine Ecke drängten. Da sagte der erste Kobold, er sei kalt, und man brachte ihm in einer Schaufel Feuer, das er trank. Man forderte auch den Totengräber auf zu trinken, und da er sich weigerte, goß man ihm das Feuer mit Gewalt in den Mund. Dann schlugen sie jeder seine Beine ihm über den Rücken, so daß sie den Kopf zwischen die Beine preßten. Endlich warfen sie ihn wieder hinauf auf den Kirchhof, wo er ohnmächtig liegenblieb. Am anderen Tage war er krank, und die Beulen, die er am Körper trug, überzeugten ihn, daß er nicht geträumt hatte.

59. Engelbertchen oder Engelspferdchen.

In einem sehr alten Hause von Ehnen, das dermalen noch besteht, hauste in früherer Zeit ein Kobold, der bald allein in Gestalt eines greisen Männleins mit silberweißem Bart, bald auf einem kleinen, weißen Pferde sitzend erschien und die hohe steinerne Wendeltreppe des Hauses in größter Eile hinauf- und hinunterrannte und die Bewohner durch sein unheimliches Gepolter in nicht geringen Schrecken versetzte. Man hieß ihn Engelbertchen oder das Engelspferdchen. Um Mitternacht hörte man ihn manchmal Tische schleppen oder andere Möbel verrücken. Längst hat jedoch der Spuk aufgehört, und man hat seither von Engelbertchen nichts mehr vernommen.

24 Lehrer Linden zu Rollingen

60. Das Kiddelsmehnchen (Kittelsmännchen) zu Echternach.

In dem Echternacher Abteigebäude spukte ein Kobold, der unter dem Namen Kiddelsmehnchen bekannt ist und die Bewohner besagten Gebäudes vielfach neckte. Ein alter Mann, der Tag und Nacht in einem Nebengebäude zubrachte, um Pottasche zu brennen, wurde sehr oft von dem Kobolde heimgesucht. Während der gute Alte, das Gesicht in die Hände vergraben, ruhig bei seinem Kessel saß und betete, trat der kleine Kauz oft herein und fing an, auf einem nebenstehenden Amboß zu hämmern, daß die Funken weithin stoben und das Gebäude erzitterte. Der Alte ließ den sonderbaren Schmied ruhig gewähren, welcher sich bald wieder stumm, wie er gekommen, entfernte.

Derselbe Mann bekam auch oft den Auftrag, eine in der Nähe befindliche Tuchbleiche während der Nacht zu hüten. Einmal nun sah er jemand in der Dunkelheit sich hereinschleichen und um die Leinwand herumspazieren. Er rief ihn an. Da er aber keine Antwort erhielt, verfolgte er denselben bis an die Tür. Als er nun hier den vermeintlichen Dieb eben am Halse fassen wollte, zerfloß derselbe in Dunst. Nun merkte er erst, daß er vom Kiddelsmehnchen geäfft worden.

Oft, wenn die Pförtnersleute abends ruhig in der Stube saßen und die Kinder schon zu Bett waren, verursachte der Kobold in den Gängen und Treppen ein solches Getrappel, Gepolter und Kindergeschrei, als ob Gänge und Treppen mit Pferden und Eseln angefüllt wären und als ob die erschrockenen Kinder um Hilfe schrieen. Wenn man aber draußen nachsah und die Kinder beruhigen wollte, fand man alles ruhig und vom Spuke keine Spur. Nicht selten ließ sich das Kiddelsmehnchen in Gestalt eines Fasses vom Dache des Abteigebäudes fallen. Wenn dann alles zusammenlief, um nach der Ursache des furchtbaren Gepolters zu sehen, fand man wieder gar nichts.

J.N. Rollmann, Lehrer zu Echternach

3. Mahren

61. Der betrogene Mann.

Eine Frau aus Palzem erzählt: Es war einmal ein Jüngling, der war losledig und wohnte allein und zufrieden in seinem Hause. Da kam nachts ein überaus schönes Mädchen zu ihm, das ihm ungemein gefiel, und er dachte: »Wenn doch das Mädchen deine Frau wäre.« Was er auch anrichtete, um es zurückzuhalten, jedesmal war es plötzlich wieder verschwunden. Traurig ging er zur klugen Nachbarin und klagte ihr sein Leid. Die ersah gleich, wo der Schlüssel zur Sache sein mußte, und sprach: »Ist kein Knotenloch in deiner Haustür? Das mußt du zumachen, sobald die Jungfrau drinnen ist; dann kommt sie nicht mehr fort, denn sie muß auf demselben Wege hinausgehen, wo sie hereingekommen.« Der Jüngling schaute nach in der Tür und fand wirklich ein Knotenloch. Dafür machte er nun einen Zapfen, der gerade paßte, und legte sich getrost zu Bett. Als nun des Nachts die Jungfrau wie gewöhnlich hereinkam, sprang er aus dem Bett und steckte den Zapfen ins Knotenloch. Da kam das Mädchen nicht mehr fort und er behielt es bei sich und fragte, ob es nicht sein Weib werden wolle. Sie wurden denn auch bald verheiratet, und Gott schenkte ihnen drei allerliebste Kinder. Eines Tages, als die Frau Pfannkuchen buk, und der Mann eben nichts zu tun hatte, dachte er bei sich: »O! es ist jetzt einerlei, ob das Loch auf ist oder zu«, und er stieß den Zapfen aus. Da tat die Frau bei den Kindern einen hellen Schrei: »Puh! ich höre die Glocken in England läuten!« und husch! husch! war sie durchs Knotenloch verschwunden und kam nie mehr zurück. Und da saß nun der Mann mit seinen drei Kindern. Wenn er klug gewesen und den Zapfen nicht ausgestoßen oder kein Hexengespenst aus England heimgeführt hätte, so wäre sein Weib noch heute bei ihm.

N. Gaspar

4. Wilde Frauen

62. Das Felsefrächen bei Grevenmacher.

In den hohen Felsen, die zwischen Machtum und Grevenmacher die Weinberge begrenzen, hielt sich vor zweihundert Jahren eine Frau auf (nach einigen: drei Frauen), welche unter dem Namen Felsefrächen bekannt war. Während der Nacht war sie meistens auf den Bergen; bei Tag sah man sie selten und dann nur zur Essenszeit, wo sie, jedoch ohne zu sprechen, zu den Arbeitern und Winzern kam. In den Felser-Felsen befinden sich in geringer Entfernung voneinander zwei Spalten, von denen die eine so groß ist, daß man fast aufrecht durch dieselben in den Felsen hineingehen kann. Dort soll das Frächen immer zu der einen hinein- und zu der anderen herausgegangen sein, ohne daß jemand es wagte, ihr zu folgen und nach ihrer unterirdischen Wohnung zu forschen. Ihr Hauptgeschäft soll Spinnen gewesen sein. Die einzigen Laute, die man von ihr hörte, waren allnächtlich um die Geisterstunde ein lautes Singen und Schreien. Sie bereitete allerlei wohltuende Tränke für krankes Vieh und war von den Bewohnern der umliegenden Ortschaften mehr geliebt als gefürchtet.

Einst schickte eine Frau ihren Sohn zum Felsenfrächen, um einen Trank für ihre kranke Kuh zu erbitten. Diese lockte den Knaben, der ihr gefiel, in ihre unterirdische Wohnung und ließ ihn nicht mehr von sich.
26 Dem Knaben konnte es aber dort nicht gefallen, er versuchte zweimal, während ihrer Abwesenheit zu entkommen, jedoch vergebens. Bei einem dritten Fluchtversuch geriet die rätselhafte Frau in Zorn, überfiel den Knaben und riß ihn in zwei Stücke, wovon sie das eine in die Mosel warf, das andere aber selbst verzehrte. Als die Tat ruchbar wurde, fing man das Felsenfrächen und verbrannte es auf einem Scheiterhaufen.

Nachher soll es noch öfter gesehen worden sein, besonders von Frauen, die des Morgens früh zur Mosel gingen, ihre Wäsche zu besorgen.

Lehrer Wagner zu Grevenmacher

63. Das Böschgretchen bei Ellingen.

In der alten Zeit, als noch Geister waren – heute gibt es keine Geister mehr; sie alle hat ja ein Papst gebannt – da war in Heßlingen, nahe an der Wolfsmühle, an der Stelle des Waldes, welche sich Wölfragrond (Wildfrauengrund) nennt, das Böschgretchen. Das war eine Frau, außergewöhnlich groß und schön, welche in diesen Sumpf verwünscht worden war. Nie gingen die Leute gerne an der Stelle vorbei, obwohl noch niemand ein Leid geschehen war. Einmal kam der alte Burgklees, wie ihn die Leute nannten, von Remich herauf. Ein beherzter Mann, wie er war, geht er an der Stelle vorbei. Kaum war er in die Nähe des Sumpfes gekommen, da wurde es ihm denn doch unheimlich. »Na«, sagt er, »du gehst voran, und wenn's auch der leibhaftige Teufel sein sollte«. Kaum hat er den Sumpf betreten, da hört er hinter sich rufen: »Klees, Klees, wart, wart!« Er schaut um und sieht vor sich das Böschgretchen stehen. Ihm war aller Mut weg; er wollte laufen, aber da sinkt der Boden unter ihm. Zum Glück war er noch nicht weit voran. Er springt auf die Seite und rettet sich. Atemlos und bleich wie ein Tuch kommt er an und bei der Haustür fällt er zusammen.

Der Geist aber ging noch lange Jahre um und viele haben ihn gesehen. Einmal hielt der Hirt mit der Herde bei Heßlingen. Der Hund war wie rasend. Immer bis zum Wald und wieder zurück lief er, und geschrieen hat er, daß noch Leute herbeieilten. Sie folgen dem Hund und finden in dem Wölfragrond das Böschgretchen tot daliegen, bis an die Knie im Schlamm. Die Leute ziehen die Leiche heraus, bringen sie nach Ellingen und begraben sie vorne auf dem Kirchhof. Später wurde die Mauer gebaut und so befindet sich das Grab in den Fundamenten der Mauer.

Alle sieben Jahre einmal macht die Tote wieder nachts ihren Gang nach dem Sterbeplatz, und alte Leute haben in stürmischen Nächten sie oft jammern gehört.

64. Die wilde Frau in der Wôbâch.

In dem Tale der Wôbâch, eines kleinen Bächleins, das sich in die Eisch ergießt, lebte ehemals eine wilde Frau in einer Höhle. Deshalb wird dieser Ort, der zwischen Simmern und dem Heckenhof liegt, der Wölfragrond
genannt. Diese Frau war ganz mit Haaren bedeckt, vom Kopf bis zum 27
Fuß. Während des Tages hielt sie sich in der Höhle verborgen; kaum aber war die Nacht hereingebrochen, so verließ sie die Höhle, ging die

Eisch entlang, und was sie nur erreichen konnte, Mensch oder Tier, erwürgte sie. Niemand wagte sich während der Nacht an diesen Ort.

Einem Ritter aus dem Simmerschlosse gelang es, die Gegend von dem Ungeheuer zu befreien. Dieser, mochte er nun der wilden Frau aufgelauert oder sie unverhofft angetroffen haben, riß das silberne Kreuz von seinem Rosenkranz, drückte es zu einer Kugel zusammen, lud damit seine Büchse und erlegte mit der so gebildeten Kugel die wilde Frau.

65. Die wilde Frau zu La Sauvage.

Vor Errichtung des Hüttenwerkes zu La Sauvage, zu Ende des ersten Viertels des XVII. Jahrhunderts, war dieses romantische Tal unbewohnt und führte den Namen Val de la sauvage femme. Diesen Namen hatte es erhalten von einer wilden Frau, die ihre Wohnung in einer der Höhlungen des Felsens La Cronnière hatte. Nach der Überlieferung nährte sich die wilde Frau von rohem Fleische; ein dichtes Haupthaar, das sie umhüllte und bis zu den Füßen herabhing, diente ihr statt aller Kleidung. Ihre rot umränderten Augen, dicht an der Wurzel des Haupthaares, schienen glühende Kohlen zu sein. Aus ihrem über die Maßen breiten Munde ragten doppelte Zahnreihen hervor; ihre Stimme tönte wie unheimliches Eulengeschrei und ihre Finger waren mit scharfen Krallen bewaffnet, womit sie das im Laufe erjagte Wild oder die auf den Feldern erbeuteten Schafe zerriß.

Als die wilde Frau zum Sterben kam, soll sie in der Hölle keine Aufnahme gefunden haben, da man sie für das Weibchen eines wilden Tieres hielt. So war sie wieder zur Erde heraufzusteigen genötigt, zum Entsetzen der ganzen Umgegend, die sie nächtlich als schreckliches Gespenst durchstreifte, bis endlich ein frommer Einsiedler aus dem Walde Selomon den Geist der wilden Frau jenseits des Meeres bannte. Er tat es unter Anrufung des hl. Donatus und Unserer Lieben Frau zu Luxemburg, deren heilige Bilder zum Andenken an die wunderbare Befreiung in dem Felsen La Cronnière aufgestellt wurden.

Publications etc., VII, 42

66. Die Wölfraleh bei Beringen.

A. Im Beringer Walde erhebt sich ein ziemlich hoher Felsen, genannt Wölfraleh (Felsen der wilden Frau). Der Felsen ist ausgehöhlt und bildet so ziemlich ein viereckiges Gemach, dessen vierte Seite jedoch offen ist. Von unten führt eine schmale Treppe hinauf.

Nach den einen hat dort eine wilde Frau gelebt, nach anderen wohnte dort ein einsames, kinderloses Ehepaar abgeschlossen von der übrigen Welt.

B. In einem ausgehöhlten Felsen in der Nähe von Mersch soll ehedem 28
eine Frau gelebt haben, die nichts tat als spinnen, und die wegen ihres einsamen Lebens Wölfra genannt wurde.

67. Wildfrauenhecke zu Useldingen.

Zwischen Böwingen und Useldingen lag die Wildfrauenhecke, wo jetzt die Straße durchgeht. »Dort ist es nicht gut«, sagen die Eltern zu den Kindern, »da haust die wilde Frau«.

J.B. Klein, Pfarrer zu Dalheim 29

II

Gewässer

1. Wasserdämonen

68. Die Sage von der schönen Melusina, der Ahnfrau der Luxemburger Grafen.

Vor vielen hundert Jahren lebte auf dem Schlosse zu Körich ein edler Ritter, Graf Siegfried. Dieser verirrte sich einst auf der Jagd und gelangte gegen Abend in ein tiefes, enges, wildverwachsenes Tal. Es war das Tal der Alzet an der Stelle, wo heute Luxemburgs Vorstädte sich malerisch an den Felsen schmiegen. Der Graf sah vor sich den Bockfelsen emporragen und oben auf demselben eine alte, verfallene Römerburg. Plötzlich schlugen Töne eines wundervollen Gesanges an des erstaunten Ritters Ohr. Nachdem der Graf eine Zeitlang dem Gesang gelauscht, eilte er dem Orte zu, woher die Töne erklangen, und bald gewahrte er oben auf den Trümmern der Burg eine Jungfrau sitzen, bei deren Schönheit er wie gefesselt stehen blieb. Es war Melusina, die Nixe der Alzet. Unverwandten Blickes starrte Siegfried nach der überirdischen Erscheinung. Wie die Jungfrau den stattlichen Ritter sah, ließ sie ihren grünen Schleier über das Antlitz fallen und verschwand mit den letzten Strahlen der Abendsonne.

Von Müdigkeit überwältigt, legte sich Graf Siegfried unter einen Baum nieder und schlief ein. Am anderen Morgen weckte ihn der Gesang der Vögel aus einem seligen Traume. Er erhob sich, folgte dem Laufe des Flusses und befand sich bald in der Gegend von Weimerskirch, die ihm bekannt war, und von wo er der Heimat zueilte.

Die Erscheinung der schönen Jungfrau aber und ihr wundervoller Gesang hatten des Grafen Seele mächtig erfaßt; oft zog es ihn nun in diese Gegend, die er liebgewonnen, um sich von neuem an dem Gesang und der schönen Gestalt der Jungfrau zu erfreuen. Einst traf er sie im Tale, denn der Besuch des Grafen war ihr angenehm und sie hatte den stattlichen Ritter liebgewonnen. Rasch trat dieser zu ihr hin, gestand ihr seine Liebe und bat sie, sein Weib zu werden. Sie willigte ein unter der Bedingung, daß sie den Felsen nicht verlassen müsse und er sie nie an den Samstagen, an denen sie allein zu sein wünsche, sehen wolle. Der Graf gelobte es ihr unter Eidschwur.

Siegfried machte nun mit dem Abte von St. Maximin bei Trier einen Tausch, durch welchen er seine schöne Herrschaft Feulen bei Ettelbrück 33
gegen den kahlen Bockfelsen und die umliegenden Waldungen abtrat. Da es ihm aber jahrelang an Geldmitteln gebrach, um auf dem Bockfelsen ein Schloß zu erbauen und Melusina als sein Weib heimzuführen, so nahm er Satans Hilfe gerne an, der sich erbot, ihm das Schloß zu erbauen und ihn mit Reichtum zu überhäufen, wenn er nach dreißig Jahren ihm zu eigen sein wolle. Da prangte über Nacht auf dem Scheitel des Bockfelsens eine herrliche Burg, die stolz in das umliegende Tal herniederschaute. Siegfried vermählte sich mit der schönen Melusina und verlebte fröhliche Tage. Melusina schenkte ihm sieben Kinder.

Aber stets an den Samstagen hielt sich die Nixe den Augen aller verborgen, zog sich in ihre Kammer zurück und schloß sich ein. Lange Jahre schon hatte sie das getan, ohne daß es ihren Gemahl verlangte, zu erfahren, was sie an jenem Tage treibe; aber seine Freunde, die mit der Zeit Kunde hiervon erhalten hatten, weckten in des Grafen Seele Mißtrauen gegen sein gutes Weib. Nun wollte Siegfried um jeden Preis wissen, warum sich Melusina an den Samstagen von ihm zurückziehe. Am nächsten Samstag eilte er heimlich zu ihrer Kammer; ein auffallendes Rauschen und Plätschern tönte ihm aus dem Innern entgegen; er spähte zum Schlüsselloch ins Zimmer hinein: da sieht er seine Gattin in einem Wogenbade sich das lange, blonde Lockenhaar mit goldenem Kamme glätten; ihre schönen Glieder enden in einen ungeheuren, scheußlichen Fischschwanz, mit dem sie die Wellen peitscht. Der Graf stieß einen Schrei des Entsetzens aus, Melusina aber versank im selben Augenblick in des Felsens Tiefen; sie war auf immer für Siegfried verloren.

Man erzählt, die Amme, die das jüngste Kind in ihrer Pflege hatte, habe manchmal nachts eine weiße Gestalt im Zimmer bemerkt, die gekommen sei, das Kind zu wiegen.

Melusina erscheint nun alle sieben Jahre in menschlicher Gestalt auf der Oberwelt über dem Bockfelsen, um die Vorübergehenden zu ihrer Erlösung aufzufordern. Erfolgt dieselbe nicht, dann schwebt die weiße Gestalt über die Stadt mit dem Ruf: »In sieben Jahren nicht mehr!« und versinkt wieder in den Felsen.

Dadurch ward zur Zeit, als Luxemburg noch eine Festung war, der Wachtposten am Bock so verrufen, daß es sogar den mutigsten Soldaten bangte, wenn sie dort nachts auf Posten stehen mußten. Einst stand ein beherzter Soldat, der mit einem Kameraden die Postennummer gewechselt hatte, zwischen zwölf und zwei Uhr nachts am Bockfelsen Schildwache. Da erschien ihm Melusina in Gestalt eines schönen Mädchens und bat

ihn, sie zu erlösen. Es sei dies, sagte sie, ein schweres, doch nicht unmögliches Werk. Fürchte er sich aber vor der Ausführung, so solle er es nicht unternehmen, da sie sonst dreimal tiefer in die Erde versänke. Während dieser Worte entstand ein so heftiges Gebrause um den Bockfelsen, daß
34 der Soldat meinte, derselbe stürze zusammen. Die Schildwache versprach, Melusinens Begehren zu erfüllen, was es auch sein möge, dem er sich zu unterziehen habe. Er müsse, sagte sie, während neun aufeinanderfolgender Tage, jeden Abend Schlag zwölf Uhr hinter dem Altar in der Dominikanerkirche stehen, keine Minute zu früh und keine Minute zu spät. Habe er dies neunmal getan, dann werde sie ihm am zehnten Abend als feurige Schlange mit einem Schlüssel im Munde erscheinen; diesen müsse er mit seinem Munde aus dem ihrigen nehmen und ihn dann in die Alzet werfen, worauf ihre Erlösung vollbracht sei; die Römerburg auf dem Bockfelsen stehe dann wieder da wie vordem.

Acht Abende stand der Soldat Schlag zwölf hinter dem bezeichneten Altare, am neunten aber verspätete er sich. Da hörte er auf seinem Rückwege ein solches Geheul und Gebrüll am Bockfelsen, daß er fast glaubte, alle wilden Tiere seien in der Luft beieinander. Kein anderer Mensch jedoch hörte diesen Lärm.

Auch soll Melusina jedesmal, wenn Gefahr und Unglück der Stadt Luxemburg droht, den Bockfelsen umkreisen und Klagelaute ausstoßen.

So ist Melusina bis auf den heutigen Tag noch nicht erlöst. Wird sie mit der Zeit nicht erlöst, dann wehe der Stadt Luxemburg. Ist das Hemd einst fertig, an dem sie arbeitet, zu dem der kahle Felsen des Bock den Flachs liefert und an dem sie alle sieben Jahre bei ihrem Erscheinen auf dem Felsen einen Stich macht, dann ist sie erlöst; aber die Trümmer der Stadt werden der treuen Wächterin zum Grabmal dienen.

Nach N. Gonner's Mitteilungen und mündlich

69. *Melusina* (Soldatensage).

Einst trat um Mitternacht Melusina zu der Schildwache unterhalb der Schloßtorbrücke. Sie begehrte von ihm, er solle sie erlösen, indem er in der folgenden Mitternacht ihr, die als Schlange erscheinen werde, einen Schlüssel, den sie im Munde halte, mit seinem Munde abnehme und auf den Altar der Dominikanerkirche niederlege. Dann gehöre sie ihm als Braut nebst ihren Schätzen.

Bei dieser Erscheinung überlief es den Soldaten eiskalt, Grausen erfaßte seine Seele. Am folgenden Tage ertönte die Totenglocke vom alten

Münster herab und man grub dem jungen Krieger ein Grab auf dem Soldaten-Friedhof.

Th. von Cederstolpe, Sagen von Luxemburg,
poetisch bearbeitet, S. 5

70. Das Baachjöfferchen zu Ettelbrück.

Zu Ettelbrück taucht nachts das Baachjöfferchen, auch Waaßerkätchen oder Plätschkätchen genannt, im Millewo (Mühlenteich) auf, geht eine Strecke weit plätschernd den Bach an der Feulener Straße hinauf, wendet sich dann rechts über einen sanften Abhang, um im Bogen an dieselbe Stelle zurückzukehren, wo sie aufgetaucht, und plätschert dort wieder ins Wasser hinein. Das Baachjöfferchen trägt weiße Kleider.

71. Die Birkenjungfer oder Birkefrächen.

A. Einem Manne aus Mutfort erschien sehr oft in der Birk ein weißgekleidetes Fräulein. Sie breitete einen weißen Teppich vor ihm aus, auf welchem dann plötzlich ein Ziegenböcklein stand. Dies Fräulein war die Birkenjungfer, welche ihren Aufenthaltsort in dem sogenannten Birkenmoore hat.

Ein gewisser Nik. Tilges von Mutfort, der einst in später Nacht von Ötringen zurückkehrte, begegnete auf dem zwischen Ötringen und der Birk gelegenen Kurzenberg einer schlanken Jungfer mit schneeweißem Rock und blutroter Schürze. Sie hatte die Arme entblößt bis an den Ellenbogen und trug eine weiße Rute unter dem Arm. Er grüßte sie sehr höflich, sie aber ging stumm vorüber, ohne seinen Gruß zu erwidern. Der Mann wandte sich, um ihr nachzuschauen, da war sie verschwunden. Daran erkannte Tilges, daß es die Birkenjungfer gewesen sei.

Ein Knecht aus der Mühlbacher Mühle fuhr einst, als es schon anfing dunkel zu werden, mit einem Karren von Ötringen nach Hause zurück. An dem Birkengraben angekommen, dort wo ein kleiner Wasserlauf, vom Birkenmoore ausgehend, die von Mutfort nach Ötringen führende Straße durchschneidet, sah er eine weiße Weibsgestalt ihm entgegen kommen, die statt des Hauptes einen Dornbusch auf den Schultern trug und von einem kleinen, niedlichen Hündchen begleitet war. »Das ist die Birkenjungfer!« sagte sich der Knecht, und von jähem Schrecken ergriffen, ließ er Pferd und Karren im Stiche und lief in einem Atem bis nach

Mutfort in das in der Nähe gelegene Schmatzhaus, wo er in Ohnmacht fiel.

An derselben Stelle gewahrten auch viele andere Leute bei einbrechender Nacht eine Weibsgestalt, die mit weißem Rocke und weißer Haube angetan war. Kaum aber hatten sich die Vorübergehenden von ihrem ersten Schrecken erholt, da stieß das Gespenst einen hellen Schrei aus, erhob sich schwebend in die Höhe und verschwand in der Richtung nach dem Birkenmoore hin. Darauf entstand im Walde ein so grauenhaftes Getöse, als gingen alle Bäume und Hecken mit fort und als wäre es der größte Sturmwind der Welt.

Auch ein gewisser Dominik Kemp von Mutfort, der mit einem schweren Mehlsack beladen von Ötringen kam, erblickte am Birkengraben eine schwankende, verschwommene Weibsgestalt, welche weiß gekleidet war und zwei Kerzen in den Händen hielt. Sie begleitete ihn, bald schwebend, bald gehend, unter grausenhaftem Getöse in der Luft und in dem Walde, bis in die Nähe von Mutfort. Das war, so meinten die Leute am anderen Morgen, wieder nichts anderes als die Birkenjungfer.

Diese Birkenjungfer, so erzählt man sich, war die einzige Tochter eines reichen Grafen, dessen Burg einst südlich von Ötringen in der Nähe der sogenannten Schloßwiese stand. Sie wollte Jungfrau bleiben. Der Vater aber hatte sie dem Sohn eines mächtigen Grafen zur Ehe versprochen,
36 und als sie nicht willig war, wollte er Gewalt brauchen. Doch am Morgen des Hochzeitstages war die Jungfer verschwunden. Sie hatte sich in der Nacht nach dem nahe gelegenen Schloßwalde, den man heute Birk zu nennen pflegt, geflüchtet und hielt sich dort im Gebüsch versteckt. Der Vater zürnte und sandte sogleich alle seine Diener aus, um Nachforschungen in der ganzen Gegend zu halten. Es gelang ihnen bald, das Versteck der Jungfer zu entdecken und sie aufzuscheuchen. Wie ein gehetztes Reh floh das edle Fräulein vor ihren Verfolgern her und verschwand plötzlich mit einem herzzerreißenden Schrei in der Tiefe des Birkenmoores, über welches sie flüchten wollte.

Seither irrt in gewissen Nächten, jedoch jedesmal vor Mitternacht, eine Weibsgestalt in blendendweißen Gewändern und mit zwei brennenden Kerzen oder Fackeln in den Händen klagend und jammernd an dem Rande des Birkenmoores umher. Dabei saust es unheimlich in der Luft und ein entsetzliches Krachen und Toben läßt sich in dem umgebenden Walde vernehmen. Will jemand sich in diesem Augenblicke ihr nähern, so verschwindet die Jungfer plötzlich mit einem gellenden Schrei in die Tiefe des Moores, und wollte er es dann noch wagen, an den Rand des

Moores zu treten und ihr nachzublicken, würde sie ihn mit ihren Armen fassen und zu sich hinunter in die Tiefe ziehen.

B. In der Lohkaul, einer zwischen der Syr und der Birk gelegenen Wiesenflur, erscheint nächtlich ein reiterloser Schimmel, der einen hellblinkenden Sattel tragt. An der Stelle, wo der Birkengraben in die Wiesen und Felder mündet, sprengt er aus der Birk hervor und eilt in mächtigen Sätzen bis an das Ufer der Syr, wo er still zu grasen beginnt. Geht dann ein verspäteter Wanderer hier vorbei, so nähert sich ihm der Schimmel zahm und scheint schmeichelnd ihn gleichsam zum Aufsteigen einzuladen. Wehe dem aber, der nicht gewarnt wäre und es wagte, das geisterhafte Roß zu besteigen; es würde den Verwegenen blitzschnell bis an das Birkenmoor oder bis an den Pleitringer Weiher tragen und mit ihm in die Fluten tauchen. – Das ist die Birkenjungfer, die hier in Gestalt eines Schimmels umgeht.

Einst wanderte ein Mann, der wegen wichtiger Geschäfte auf Reisen war, auf einem Pfade, der sich das linke Ufer der Syr entlang hinzieht, an der Lohkaul vorbei. Er hatte sich verspätet und war müde von der langen Reise. Da sprengte plötzlich ein schöner Schimmel an ihn heran, der einen prachtvollen, hell durch das Dunkel blinkenden Sattel trug, und stellte sich schmeichelnd neben ihn, als wolle er ihm die Bügel zum Aufsteigen bieten. Nirgends ließ sich ein Reiter sehen, dem das Roß wohl gehören konnte. »Ei«, rief der müde Wanderer aus, den Schimmel streichelnd, »ei, du kommst mir gerade zur rechten Zeit!« und schwang sich in den Sattel.

Doch sieh da, blitzschnell setzte der Schimmel über die Syr und mit
der Schnelligkeit des Windes trug er den Reiter durch Hecken und Ge- 37
sträuch bis an den Pleitringer Weiher, wo er denselben höchst unsanft
in die Fluten absetzte.

J. Prott, Pfarrer

72. Der Brunnengeist bei Dalheim.

A. Zwischen Dalheim und Waldbredimus befand sich in uralter Zeit das herrschaftliche Schloß Gondelingen, das jetzt fast spurlos verschwunden ist.

In dem Walde zwischen genannten Dörfern entspringt ein Brunnen, bekannt unter dem Namen Schwefelbrunnen. Viele behaupten, es sei nicht heimelig an dieser Stelle. Sogar heute noch bekreuzigen sich die Leute, die da vorbeigehen; denn in diesem Brunnen soll ein Geist hausen.

Einst gingen an einem Sommernachmittag mehrere Weiber Kraut und Blätter dort suchen. Sie hatten das Kraut beiseite auf einen Haufen gelegt. Plötzlich wurde das Kraut von unsichtbarer Hand auseinandergeworfen, so daß nicht ein Halm bei dem anderen blieb.

Vom Brunnen ging ein langer, unterirdischer Kanal zum Schloß hinab; von diesem Kanal sind noch heute Spuren vorhanden. Im Schlosse befand sich eine Kammer, die man die grüne Kammer nannte. Die Schloßbewohner fürchteten sich vor dieser grünen Kammer sehr, denn sie sagten, der Brunnengeist halte sich nächtlicherweile dort auf.

Manche behaupten, dort eine hagere, schlanke Frau gesehen zu haben.[1] Die Frau, heißt es, habe schon manche in den reißenden Waldbach geschleudert, der unten am Fuße des Schlosses vorbeifließt. Andere behaupten, sie auf dem gegenüberliegenden Berge gesehen zu haben. Dieser Berg nennt sich der Hurenstein. Dort stand eine große, mächtige Buche, genannt der Disson, wo sie nachts von zwölf bis ein Uhr mit einem Ritter focht und zuletzt überwunden, einen hellen, markdurchdringenden Schrei ausstoßend, zum Schloß hinabeilte. Wehe dem, welchem sie dann unterwegs begegnete. Beim Kreuze am Fuße des Schlosses angekommen, kehrte sie sich plötzlich um und verschwand in dem unterirdischen Kanale, der, eine halbe Stunde Weges lang, bis zum Schwefelbrunnen führt.

B. In einer Septembernacht, – des Erzählers Urgroßvater in Dalheim spricht, – ging ich, wie es damals Brauch war, Birnen sammeln, in der Meinung, der Tag werde bald anbrechen. Bei dem Neudörfchen-Kreuz sah ich plötzlich eine schlanke, weiße Frauengestalt vor mir dahergehen. Ich hielt sie für Jeannette, die auch Birnen sammeln wollte, und eilte, ihr zuvorzukommen, aber trotzdem sie nur langsam zu gehen schien, vermochte ich's doch nicht, sie einzuholen. Da bog ich quer übers Feld
38 ab zu mehreren riesengroßen Birnbäumen; aber obgleich der Wind stark wehte, vermochte ich nicht, eine einzige Birne zu finden. Ich schlug die erste Richtung wieder ein. Da sah ich die Jeannette am Fußpfad stehen, der am Saum des Waldes vorbeiführt, ruhig und still, als ob sie mich beobachten wolle. An dem Bergrücken, genannt die Ho, angelangt, hörte ich durch den Wind die Birnen herabfallen, sie fielen mir sogar auf den Kopf, aber finden konnte ich keine. Da hörte ich die Turmuhr von Dal-

1 Zu erwähnen ist, daß bei der Zerstörung des Schlosses unter der grünen Kammer in einem tiefen Verlies fünf Menschengerippe aufgefunden worden sind.

heim Mitternacht schlagen. Ich kehrte zurück und sah das Weib wiederum, noch immer am Saume des Waldes. Plötzlich stieß es einen hellen Schrei aus.

Zu Hause angekommen, hörte ich von den Meinigen, daß das nicht Jeannette, sondern ein Geist ist, der sich nächtlicherweile dort sehen ließ. Da beschloß ich zurückzukehren, verrichtete ein Gebet, besprengte mich mit Weihwasser, steckte einiges Gesegnetes zu mir und verließ das Haus. Furcht kannte ich nicht, auf Schlachtfeldern hatte ich dem Tod schon oft ins Auge geschaut und, da ich jenen mächtigen Geisterspruch kannte, der alle Geister Rede stehen tut, so wollte ich dem Geiste zu Leibe rücken. Aber ich fand ihn nicht mehr an der vorigen Stelle. Schon begann es zu tagen, als ich plötzlich ein leises Wimmern vernahm; sodann erfolgte ein so furchtbarer Knall, daß ich meinte, der ganze Wald sei auf einen Haufen gefallen. Das Geräusch ward noch furchtbarer. Ich stand in einem Meer von Flammen, Schlag auf Schlag erfolgte; da begann die Erde nachzugeben, ich hielt die Hände über den Kopf und brach zusammen. Als ich wieder zu mir kam, befand ich mich unten am Schwefelberg. Wie ich hinabgekommen, weiß ich nicht. Plötzlich sah ich die weiße Frauengestalt wieder an mir vorüberschweben, schnell wie ein Pfeil; wie auf Flügeln getragen, durchflog sie die Luft bis zum Schwefelbrunnen, wo sie unter häufigen Klagetönen meinen Augen entschwand. Ich kletterte den Hügel wieder hinauf und oben sah ich den Erdboden nicht mehr durch die Unmasse von Birnen, die denselben bedeckten; Äste, ja sogar ganze Bäume lagen da zusammengebrochen. Zu Hause ward ich mit Fragen bestürmt, aber ich schwieg.

C. Ein anderer Mann aus Dalheim erzählt, er sei an einem Sonntagnachmittag längs dem Judenfelsen hin bis zum alten Berg und von da hinab ins Höllental (eine Stunde von Dalheim) gegangen, das Rollen des Donners aber habe ihn zur Rückkehr bewogen. Es ward immer finsterer, so finster, daß er den schmalen Fußpfad nicht mehr sah. Er geriet in der Dunkelheit in ein Labyrinth von Dornen und Gestrüpp. Er hörte deutlich das Rollen eines Wagens, er rief laut, aber nur das Echo antwortete. Da gewahrte er einen hellen Streifen und fern ein Licht daherwandeln. Er ging geradeswegs auf das Licht zu, neben sich hörte er das Wasser rauschen; plötzlich begann der Boden nach zugeben, und er versank in Schlamm und Wasser bis an die Hüften. Das Licht verschwand in der
Luft unter schallendem Gelächter. Während der Donner fürchterlich 39
rollte und die Blitze zuckten, arbeitete sich der Mann aus dem Sumpf. Beim Schein des Blitzes erkannte er, daß er sich in einem der alten

Weiher befand, welche ehemals der Herrschaft Gondelingen angehörten. Dort mündet das Wasser des Schwefelbrunnens und bildet nur mehr große Sümpfe. Da sah er plötzlich den Brunnengeist in hellem Lichtscheine wie aus der Erde emportauchen, am jenseitigen Ufer des alten Weihers dahinschweben, die Luft unter häufigen Klagetönen nach allen Richtungen durchkreisend. Bald erhob sich ein heftiger Wirbelwind, der alle Bäume auf den Mann zu schleudern drohte. In seiner Angst lief er, ohne zu wissen wohin, und geriet in den Schleidbach, der von dem schweren Gewitter sehr angeschwollen war. Die Wellen schleuderten ihn von einer Seite zur anderen, doch arbeitete er sich heraus. Die schaurige Gestalt verlor sich am Hurenstein, dem gegenüberliegenden Berg. Die Klagetöne klangen aber noch immer in seinen Ohren, als der Mann, blutend und mit Wunden bedeckt, bei der Schleidmühle ankam.

So irrt dieser Geist noch immer bis zum heutigen Tag und findet weder Rast noch Ruhe.

73. Das Steipmännchen bei Ehnen.

A. In alter Zeit hauste bei Ehnen ein schlimmer Geist, das Steipmännchen genannt, der besonders die Schiffer häufig neckte und ihnen böse Streiche spielte. Wenn das Steipmännchen in stürmischen Nächten im halben Kahne das Ehnener Wehr hinauffuhr, so machte es im Wasser mit Ruder und Stange ein großes Geplätscher und man hörte es fort und fort rufen: »Hilfe, Hilfe, sonst geh' ich zu Grunde!« Kam dann ein mitleidiger Schiffer, nichts Böses ahnend, mit seinem Nachen bis zur gefährlichen Stelle gefahren, so fand er nicht nur keinen Hilfsbedürftigen, sondern hörte auch noch, wie das Steipmännchen in die Hände klatschte und ihn vom felsigen Ufer aus verlachte. Zürnte und fluchte ihm dann der Schiffer, so warf der Geist dessen Nachen um, und er mußte seine Dreistigkeit mit einem kühlen Bad bezahlen.

Häufig rief das Steipmännchen bei Nacht von der jenseitigen Fähre: »Hol über!« War endlich ein Schiffer an der Fähre angelangt, um den vermeintlichen Reisenden aufzunehmen, so empfing ihn von ferne spöttisches Gelächter und Gekicher. Wenn dann der Schiffer, unmutig über die gestörte Ruhe, nach Hause zurückfuhr, so hörte er den neckischen Geist im nahen Walde »Braas« auch bald wieder sein langgezogenes »Huol îwer!« rufen.

Lehrer Linden zu Rollingen

B. Vor Jahren hörte man in der Geisterstunde einen Schiffenden in der Mosel, der von Wormeldingen bis an die Statue des heiligen Nikolaus kam. Weiter kam er nicht hinauf. Hier angekommen, wandte sich schnell der Kahn und brr! ging's wieder stromabwärts. Er kam ein zweites, drittes Mal, und so setzte er seine Wasserfahrt fort, bis die Geisterstunde um war. Kein Mensch hatte je das Steipemännchen, wie das Volk ihn nannte, gesehen, wohl aber gehört.

74. Steipmännchen in der Sempchen bei Wormeldingen.

Ein Mann, der sich eines Abends auf dem Wege von Ahn nach Wormeldingen befand, sah in der »Sempchen« ein knöchernes, zusammengeschrumpftes Männchen einen Kahn mit größter Mühe gegen das Wasser weiterschieben. Ihn dauerte der arme Wicht; deshalb trat er hinab ans Ufer und rief ihm zu: »Alterchen, werft mir ein Seil, ich helfe Euch ziehen bis nach Wormeldingen!« Doch seine Gutmütigkeit sollte ihm übel bekommen. Statt des Seiles gab das hinterlistige Steipmännchen, das nur solche Anstrengungen gemacht, um den Wanderer herbeizulocken, diesem mit dem Ruder einen so wuchtigen Schlag, daß der Getroffene betäubt ins Gras niedertaumelte.

Lehrer Konert zu Hollerich

75. Der Moselgeist zwischen Grevenmacher und Wasserbillig.

Fischer, welche nachts fischten, vernahmen an dem Orte »ob em Meilesteen«, eine Viertelstunde oberhalb Mertert, in der Mosel ein solches Geplätscher, als ob ein paar tausend Karpfen dort mit ihren Schwänzen das Wasser peitschten. Das war, heißt es, der Moselstadtgeist, auch kurz Moselgeist genannt. Das Geplätscher trieb stromabwärts bis Mertert und noch weiter, bei Wasserbillig soll es plötzlich verstummt sein »in der Moselstadt«. Denn früher soll dort eine große Stadt, Moselstadt genannt, gestanden haben.

Andere Fischer sollen an derselben Stelle »ob em Meilesteen« nachts einen unbekannten Schiffer gesehen haben, der in seinem Nachen quer die Mosel hinausfuhr und dann urplötzlich im Wasser verschwand.

76. Die Nixe und das Schaffmännchen.

Mit dem Namen Schaffmännchen bezeichnet man einen in uralter Zeit verunglückten Schiffer, der in mondheller Nacht nach reichem Fischfange das dicht an Mörsdorf gelegene Wehr durchschiffen wollte und dabei den Tod in den Wellen fand. Der Sage gemäß war die Nixe, die im Wehr ihren Wohnsitz hat, besonders gegen diesen Fischer sehr aufgebracht, weil er ihr die fetten Fische, namentlich Forellen, in Menge wegfing und durch das feste Aufstampfen seiner mit scharfer Eisenspitze versehenen Schiffstange ihre Wohnung sehr beschädigte. Da hat sie in ihrem Zorne den Schiffer in die Wasserfluten hereingezogen. Seit dieser Zeit haben viele vernommen, wie nächtlich ein Fischer mit den schäumenden Wogen kämpfte, um das Wehr zu durchschiffen; sehen konnte man nichts, nur hörte man den Schlag und das Aufstoßen der Schiffstange; das dauerte fast ganze Nächte hindurch. Keinem fügte der nächtliche Fischer ein Leid zu, wohl aber jagte er den allzu Vorwitzigen mit Schmähungen und
41 Drohungen in die Flucht.

77. Der Spuk auf der Rosporter Fähre.

In grauer Vorzeit war es nicht geheuer auf der Rosporter Fähre. Wenn der Fährmann in später Nacht Leute übersetzen mußte, wurde nicht selten der Nachen, obgleich nichts oder nur sehr wenig geladen war, mitten in der Sauer auf einmal so schwer, daß er kaum noch von der Stelle zu bringen war und jeden Augenblick zu versinken drohte. Nicht ohne unheimliches Grausen sagten sich dann die Fergen, das habe kein anderer als ein tückischer Geist getan, der sich unsichtbar in dem Nachen befunden habe.

78. Der große Wassergeist bei Echternach.

Ein ungeheuer großer Wassergeist hat seinen Aufenthalt während des Tages im Spelzbusche bei Echternach; bei einbrechender Nacht erst taucht er in die Sauer. Diese Riesengestalt in langwallendem, weißem Gewande ist von den Fischern gefürchtet, weil sie beim Hinabstürzen ins Wasser die in der Nähe befindlichen Kähne durch den wuchtigen Fall zertrümmert.

A.R. Echtern. Volkss., S. 48

79. Das Plätschmännchen.

Das Plätschmännchen kam allabendlich durch den Bach, welcher das Dorf Oberanwen durchfließt, und plätscherte wie mit einer Rute oder Gerte im Wasser. Jedoch bekam ihn niemand zu Gesichte.

80. Das Oligsmännchen.

An der Quelle der Oligsbaach, welche sich nach sehr kurzem Laufe zu Emeringen in die Alt- oder Gaanerbaach wirft und welche oft zum reißenden Strome wird, geht das Oligsmännchen um. Wehe demjenigen, der sich nach Sonnenuntergang auf der Wiese erblicken läßt! Unrettbar ist er verloren, denn im Nu hat ihn der unheimliche Alte bei den Haaren erfaßt und mit sich in den Abgrund gezogen.

Eug. Klein

81. Der Mann ohne Kopf bei Straßen.

Beim »Bralhof« zwischen Merl und Rollingergrund, in der Gegend, wo die alte Windmühle noch steht, erschien einem beherzten Manne, namens Johann Br., ein Mann ohne Kopf, der aus einem nahen Bur kam und sich Br. überall in den Weg legte, wohin er auch ausweichen wollte. Dasselbe ist dem Bruder des Erzählers begegnet, als er abends aus der Stadt nach Hause zurückkehrte. Atemlos kam er zu Hause an und konnte nicht schnell genug die Tür öffnen.

Der Bur, dem der Geist entstieg, ist noch heute verrufen.

82. Kindergeschrei über der Sauer bei Rosport.

Über dem Wasser der Rosporter Fähre hörten in früheren Zeiten sehr oft der Fährmann, wenn er überfahren mußte, und auch andere Leute, die zufällig dort vorbeigingen, des Nachts in der Luft ein lautes Schreien
und Singen von Kindern, ohne daß sie irgend etwas zu sehen vermochten. 42

Zwei Männer, die in später Nacht auf der Sauer fischten, vernahmen ebenfalls über dem »Wog«, einem etwa eine halbe Viertelstunde unterhalb der Rosporter Fähre gelegenen Sauertümpel, ein lautes Kindergeschrei, das so fürchterlich war, daß sie sogleich voll grausigen Schreckens die Flucht ergriffen.

Lehrer M. Bamberg zu Steinheim

83. Die nächtliche Stimme zu Reisdorf.

Zu Reisdorf im Muor (Moor) hört man des Nachts eine Stimme »Hup! Hup!« rufen.

84. Der Muselhond zu Grevenmacher.

Der Muselhond war ein Ungeheuer, das sich meist in der Mosel und nur selten auf dem Land in der Gegend der Stadt Grevenmacher aufhielt. Da er niemand etwas zuleide tat, war er auch nicht gefürchtet. Morgens früh kam er gewöhnlich als ein großer Hund, der, nachdem er seine Runde um die Stadt gemacht hatte, sich in die Mosel stürzte, wo er dann als Mann erschien. Besonders sahen ihn die Waschfrauen des Morgens, wie er sich mit großem Geräusch die Mosel herunterwälzte gleich einem fortrollenden Fuderfaß. Den Kindern, die beim Baden zu verwegen waren, drohte man, der Muselhond zöge sie unters Wasser, um sie zu töten. Er soll besonders den Fischern sehr hold gewesen sein und man nennt zu Grevenmacher zwei Fischer, die einst mit seiner Hilfe eine ungeheuere Menge Fische gefangen haben. Heute noch spricht man den Kindern vom Muselhond, der sie holen käme.

Gegenüber Temmels sah man früher öfters zwei Männer, einen großen und einen kleinen, sich auf der Wiese wälzen und hörte sie beständig rufen: »Huol îwer! Huol îwer!« Wenn dann der Ferge am diesseitigen Ufer ankam, sah er zu seinem Erstaunen, daß niemand mehr da war, obgleich er den Ruf noch während der Überfahrt vernommen hatte. Auch dies soll der Muselhond gewesen sein. Der Ferge war jedoch der einzige, den er je gefoppt haben soll.

Lehrer Wagner zu Grevenmacher

85. Der Bachhund.

A. Sehr unheimlich ist es in der Nähe des Stöckelter Moores, welches den Sandweiler Bann von dem Itziger Bann scheidet; denn in diesem Moore haust der Bachhund, ein böser, tückischer Geist, der dahin verwünscht worden ist und des Nachts in Gestalt eines großen, schwarzen Hundes auf den Höhen von Stöckelts umgeht. Zuweilen läßt sich auch über dem Stöckelter Moore und in den umliegenden Wäldern ein unheimliches Getöse vernehmen, dessen Ursache man nicht ergründen kann und das manchmal wie ein grollendes Ungewitter braust, so daß dabei schon Betrunkene wieder nüchtern geworden sind.

J. Prott, Pfarrer

B. Eine Frau von Kontern, die Großmutter der Katharina Hoffmann, soll in der Nähe des Stöckelter Moores gehört haben, wie jemand »Hu! Hu!« rief. Die Frau, in der Meinung, es sei jemand, der sich verirrt habe, denn es war den Tag über sehr trübes Wetter gewesen, rief ebenfalls: 43
»Hu! Hu!« Dies wiederholte sich dreimal; aber kaum hatte sie zum dritten Male gerufen, als ein großer, schwarzer Hund aus der Luft neben sie sprang und sie fest anblickte. Die erschrockene Frau eilte schnellen Schrittes davon.

Dort soll es immer gespukt haben und noch spuken.

M. Erasmy

86. Die gespensterhaften Rappen bei Rosport.

A. Ein junger Schuster aus Rosport, der einst in später Nacht von Ralingen zurückkehrte, kam an die Rosporter Fähre, um übergeholt zu werden. Nachdem er »Hol über!« gerufen, legte er seine Leisten neben sich und wartete die Ankunft des Fährmanns ab. Da erblickte er auf einmal, einen Steinwurf weit von sich entfernt, zwei prachtvolle Rappen, die auf dem Leinpfad einhertrappelten. Er hielt sie für die entlaufenen Pferde eines Mannes aus Ralingen und versuchte sie einzufangen. Doch wie erschrak er, als er nach ihren Zäumen griff und die Pferde ihre feurigen Mäuler öffneten; er ließ entsetzt los, und die Rosse stürzten sich, Feuer und Flammen speiend, in die Sauer, deren Wellen mit unheimlichem Zischen und Brausen über ihnen emporspritzten. Ob des ausgestandenen Schreckens hatte der junge Mann am anderen Morgen schneeweiße Haare.

B. Zwei Schmuggler aus Rosport lagen einst des Nachts in der Nähe des eine halbe Viertelstunde oberhalb der Rosporter Fähre an dem linken Sauerufer gelegenen Eselsbornes und warteten den günstigen Augenblick ab, um die Zollwächter überlisten zu können. Mitternacht war nahe. Da entstand auf einmal unten in der Sauer ein furchtbares Getöse. Der eine schaute hin und sah im Rosporter Wehr zwei schwarze Rosse mit weit offenen, feurigen Mäulern unter furchtbarem Geplätscher der schäumenden und zischenden Wellen hin und her springen und schwimmen. Nur der eine von ihnen sah und hörte alles, der andere sah und hörte nichts.

Lehrer M. Bamberg zu Steinheim

87. *Die weiße Katze bei Budersberg.*

In der unterhalb des Dorfes Budersberg gelegenen Wiesenflur spukt in gewissen Nächten eine schneeweiße Katze herum. Bald erscheint sie an der Stelle, wo die sogenannte »Gessel«, ein schmutziger Wasserabfluß der Wièt, in den »Brüllchen« einmündet; bald aber auch und zwar am öftesten mitten auf dem sogenannten Fäschtemsmoore.

J. Prott, Pfarrer

88. *Die weiße Katze auf der Teichbrücke zu Ettelbrück.*

Jedes Jahr in der Neujahrsnacht soll zu Ettelbrück der Wassergeist der Alzet als weiße Katze auf der Alzetbrücke erscheinen. Ein Mann, welcher einst in dieser Nacht über die Brücke kam, begegnete dieser Katze, welche ihm durch den hohen Schnee folgte. Er lief eiligst seiner Wohnung zu,
44 aber das unheimliche Tier folgte ihm auch hierhin. Er suchte durch allerhand Mittel sie aus dem Hause zu bringen, aber so oft er glaubte, dieselbe sei vor der Tür, befand sie sich wieder im Zimmer. Er legte sich zu Bett und versuchte zu schlafen, aber die Bestie setzte sich vor dasselbe und schrie mit kläglicher Stimme. Schlag ein Uhr war das Tier verschwunden, aber unser Mann fand des Morgens, daß sein Gesicht jämmerlich zerkratzt war. Das hatte ihm der Wassergeist angetan.

P. Wolff

89. *Der verhexte Wasservogel auf dem Fischteich im Geisbusch.*

Im sogenannten Geisbusch zwischen Alzingen und Itzig befand sich vor vielen Jahren ein großer Fischteich, auf welchem allabendlich ein unbekannter Vogel erschien, der sich besonders durch seinen abscheulichen, widerlichen Gesang bemerkbar machte. Niemand wagte sich in dessen Nähe, weil er die Fähigkeit besaß, alle ihm zu Gesicht kommenden Geschöpfe zu bezaubern, dieselben dann in den Teich zu führen, woselbst sie einen gewaltsamen Tod fanden.

Ein mutiger, berittener Jäger faßte endlich den Entschluß, das Nachtgespenst durch die Kugel aus dem Weg zu räumen. Zu diesem Zwecke ritt er eines Abends mit seiner Doppelflinte in den gespenstischen Wald und suchte, um desto sicherer sein Ziel zu erreichen, so nahe als möglich und vom Zaubervogel unbemerkt zu dem Teiche zu gelangen. Er hatte endlich die geeignete Stelle erreicht und feuerte auf den Vogel ab. Nach dem Schusse hörte man ein wimmerndes Geschrei, ein dumpfes Rauschen – und Reiter nebst Pferd waren vom Teichwasser verschlungen.

Nach diesem schrecklichen Ereignis gestaltete sich der Teich in ein wildes Moor um, das noch heute bemerkbar ist, jedoch vorsichtig gemieden wird, weil dort böse Geister hausen, die auf jedermanns Verderben ausgehen sollen.

Zollbeamter J. Wolff

2. Gespenstische Wäscherinnen und Wettermacherinnen

90. Das Platschmrechen in dem Mühlbach.

In dem zwischen Mutfort und Kontern gelegenen Mühlbachtälchen läßt sich zuweilen nachts, bald an der Syr, bald an dem Mühlbach, ein Klatschen wie das eines Bleuels hören. Es ist das Platschmrechen (Platschmariechen), eine geisterhafte Wäscherin, von der man sich behutsam ferne halten soll. Will man sich ihr nähern, um sie zu beobachten,
so ist sie plötzlich verschwunden. Auch scheint es manchmal ihre Lust 45
zu sein, die Neugierigen zu necken. Sitzt sie an der Syr und man will in ihre Nähe schleichen, so läßt sich plötzlich das Klatschen an dem Mühlbach vernehmen; und eilt man dann an den Mühlbach, so wird es schnell wieder an die eine oder die andere Stelle der Syr versetzt.

J. Prott, Pfarrer

91. Das Platschmrechen bei Schrassig.

An dem sogenannten Gruesbur bei Schrassig läßt eine gespensterhafte Waschfrau um Mitternacht das hohle und geisterhafte Klatschen ihres Bleuels vernehmen. Man nennt sie allgemein das Platschmrechen.

J. Prott, Pfarrer

92. *Das Platschmrechen auf Stöckels.*

An dem in der Nähe von Itzig gelegenen Stöckelter Moor, wo einst ein Heidenschloß gestanden hat, und auch an dem zwischen Stöckels und dem Scheid fließenden Hohlbach läßt in gewissen Nächten eine gespensterhafte Wäscherin, das Platschmrechen, das unheimliche Klatschen ihres Bleuels hören, ohne daß es je einem Menschen gelingen kann, ihrer ansichtig zu werden. Sie sucht immer nur trübes Wasser auf und pflegt nie an reinen Quellen zu waschen.

J. Prott, Pfarrer

93. *Das Gelsfrächen zu Weiler zum Turm.*

Vor Jahren kam an den Gels genannten Schloßbach nachts das Gelsfrächen und wusch. Die Leute aus den umliegenden Häusern konnten das Klatschen des Bleuels oft hören. Hatten die Frauen oder Mägde keine Zeit zum Waschen, so wusch das Gelsfrächen an ihrer Statt, und mehr als einmal fanden die Knechte aus dem in der Nähe gelegenen, früher zum Schlosse gehörigen Meierhofe des Morgens ihre Überhosen, welche sie am Abende vorher von der Feldarbeit beschmutzt abgelegt hatten, frischgewaschen an den Staketen hangen. Das Gelsfrächen hatte dieselben gewaschen.

Eine frühere Schloßdame hieß Von der Geltz.

J.N. Moes

94. *Das Wäschfrächen von der Olker Bâch.*

Eine halbe Stunde unterhalb des Dorfes Ralingen, welches früher zum herrschaftlichen Beringe von Rosport gehörte, liegt, hart an der Sauer, zwischen dem Rechenberg und dem Rhederberg, die romantische Talschlucht Olkerbach. Mitten darin befindet sich die sogenannte »Scheeß«, ein etwa dreißig Fuß hoher Felsen, von welchem der Olkerbach in einen Tümpel herunterfällt. An dieser Stelle erschien früher in gewissen Nächten eine große, hehre Jungfrau in blendendweißen Gewändern, welche von dem Volke »Wäschfrächen von der Olker Bâch« genannt wird. Bald wusch sie schneeweißes Leinen in dem Scheeßentümpel, bald auch ging sie unterhalb der Scheeß am Rande des Olkerbaches oder in den früher sehr dicht hier stehenden Haselgebüschen auf und ab spazieren. 46

Eine Frau aus Olk hatte sich einst am Feste Mariä Himmelfahrt während der Vesperzeit in die Olkerbâch begeben, um Haselnüsse zu pflücken. Als sie an dem Scheeßentümpel angekommen war, erschien ihr plötzlich an dem rechten Rand des Olkerbaches eine schneeweißgekleidete Jungfrau, welche eine Kette von goldenen und silbernen Korallen um den Hals trug, und machte ihr wegen der Entheiligung des hohen Festes ernste und bittere Vorwürfe. Von Angst und Reue ergriffen, lief die Frau auf der Stelle heim in die Vesper.

Noch schlimmer erging es einst an dieser Stelle einem Jüngling aus Kordel, der sich zu Rosport als Schneidermeister aufgeschlagen hatte. Er war auf Mariä Geburtstag mit einigen Freunden und Bekannten in den Rechenberger Wald gegangen, um Haselnüsse zu pflücken. Über dem Pflücken trennte er sich zufällig von seinen Gefährten und geriet in die Haselsträucher, welche in den Berghängen der Olkerbâch standen. Da sah er plötzlich eine große, schneeweiß gekleidete Jungfrau von wunderbarer Schönheit auf einem unterhalb des Scheeßentümpels am rechten Ufer des Olkerbaches gelegenen Anger auf und ab wandeln. Sie trug eine goldene Krone auf dem Haupte. Ihre Gewänder glitzerten vom Schmucke des Goldes und des Silbers und ein unbeschreiblicher, wunderbarer Glanz strahlte von ihr aus. Der Jüngling fragte sie, ob sie sich vielleicht verirrt habe; sie aber blickte ihn streng an und sprach ernst und vorwurfsvoll: »Jüngling, heute ist ein Tag, den man nicht durch Vergnügen entweihen, sondern heiligen soll!« Groß war das Entsetzen des Jünglings. Zu Hause angekommen, mußte er sich schnell ins Bett legen. Von diesem Tage an kränkelte er und starb das andere Jahr auf Mariä Geburtstag.

J. Prott, Pfarrer

95. Die weiße Jungfer am Guiseborn bei Rosport.

An dem zwischen Rosport und Steinheim auf einer kleinen Anhöhe fließenden Guiseborn erscheint in gewissen Nächten eine schneeweißgekleidete Jungfrau. Bald wäscht sie ihr Leinen in dem Borne, bald wandelt sie schweigend an dem Rande desselben auf und ab.

J. Prott, Pfarrer

96. Das Wäschfrächen in der Sauer.

Beim Gehansbusch zwischen Echternach und Steinheim, gegenüber der Mindenerlay, kommt oft nachts das Wäschfrächen und wäscht. Alte Leute aus der Umgegend behaupten, das Klatschen des Bleuels oft gehört zu haben.

Nach anderen sollen auf derselben Stelle von Zeit zu Zeit drei unheimliche Gesellen wiederkommen. Ein alter Fischer erzählte, wie er dieselben eines Abends bei seiner Rückkehr von Echternach an einem mit Flaschen besetzten Tische spielen und zechen sah. Sie winkten ihm, an dem Gelage teilzunehmen; wovor, fügte er hinzu, ich mich aber heilig hütete.

47 J.N. Moes

97. Die Waschfrau am Johannisbur bei Steinheim.

An dem zwischen Echternach und Steinheim fließenden Johannisbur erscheint in gewissen Nächten eine geisterhafte Waschfrau. Dort bewirtet sie seltsame, gespensterhafte Gäste an reinlich und üppig gedeckten Tischen und pflegt nach vollendeter Mahlzeit das gebrauchte Tischlinnen (Tischtücher) in der Quelle zu waschen. Ihr Angesicht ist schwarz. Ihre Kleidung besteht aus einer weißen Haube und aus nebelgrauen Gewändern. Sie bedient sich eines großen, langen Bleuels und schlägt damit stärker auf als andere, gewöhnliche Weiber, so daß es im Johannisbösch und in den Mindener Leien unheimlich widerhallt.

Einst trat die Waschfrau einem Mann aus Steinheim entgegen, der in später Nacht, von Echternach kommend, am Johannisbösch vorbeiging, und lud ihn freundlich ein, mit ihr zu gehen. Der Mann folgte ihr und sie führte ihn an den Rand der Johannisquelle zu einem mit allerhand köstlichen Speisen und Weinen besetzten Tische, an welchem eine Gesellschaft unheimlicher Gestalten saß. Der Mann setzte sich an; doch sieh, als er das hl. Kreuzzeichen machte, um sein Tischgebet zu verrichten, war auf einmal der ganze Spuk verschwunden.

Lehrer M. Bamberg zu Steinheim

98. Die Wäscherin bei Manternach.

Zwei Frauen aus Manternach kamen gegen Abend von Lellig. Am Ort Helgenheischen (Heiligenhäuschen) angelangt, sahen sie einige Schritte vom Wege mitten im Bache eine weißgekleidete Frau sitzen, welche im Wasser plätscherte und klatschte, als hätte sie einen Bleuel. Die beiden Frauen kamen leichenblaß nach Hause.

Oswald, Lehrer zu Manternach

99. Das Bombatsche Kätchen.

Im Walde von Greiweldingen, in der Föllewies, kam das Bombatsche Kätchen und wusch in dem Bache, der dort vorbeifließt. Ihre Wäsche bestand aus kleinen Stücken Tuch, so groß wie eine Hand. Die Leute behaupten, sie hätten die Stücke auf den Hecken hangen sehen. Wenn darum jetzt jemand zerrissene Lumpen wäscht, so sagen die Leute: der hat eine Wäsche wie das Bombatsche Kätchen. Erwachsene Leute nicht weniger als die kleinen Kinder scheuten sich, dort vorbeizugehen, aus Furcht, Bombatsche Kätchen könnte ihnen ein Leid antun. Die Gegend aber, wo das Kätchen sich aufhielt, ist ganz unfruchtbar, nicht einmal Bäume wachsen dort.

100. Die Waschfrauen bei Liefringen.

In der Umgegend der Liefringer Mühle (Kanton Wilz) hörte man in finstern, stillen Nächten das Klatschen und Geplätscher von vielen Waschweibern. Wenn das Klatschen sich vernehmen ließ, wagte es niemand, den Fuß vor die Türschwelle zu setzen.

Schlösser, Lehrer zu Esch a.d. Sauer 48

101. Die Wäscherinnnen unter der Läuferbrücke.

Als einst abends eine Frau am Walde Fötzbusch zwischen Götzingen und Kapellen vorbeiging und auf die Läuferbrücke kam, welche dicht am Walde gelegen ist, setzte sie sich dort nieder, um auszuruhen. Da hörte sie plötzlich unter dem Brückengewölbe ein Geräusch ähnlich dem Gebleuel mehrerer Wäscherinnen.

102. Nächtliche Wäscherinnen zu Reisdorf und Betzdorf.

Beim Lêbur in Reisdorf hört man um Mitternacht heftige Bleuelschläge.

An der Syr soll jede Nacht in den Betzter Wiesen (in der Nähe von Betzdorf) ein Mädchen gewaschen haben.

103. Die Burjoffern zu Niederkorn.

Am großen Waschbrunnen zu Niederkorn ließ sich sehr oft um Mitternacht ein starkes Klatschen vernehmen, wie wenn viele Wäscherinnen dort ihr Geschäft betrieben. Wollten dann Vorwitzige nachsehen, wer dieses sonderbare Geräusch verursachte, so wurden dieselben plötzlich so stark mit Wasser übergössen, daß sie sogleich das Weite suchten, jedoch auf diese Weise bis zur Türschwelle ihrer Wohnung verfolgt wurden, ohne zu sehen, wer sie mit Wasser übergoß.

Walch, Lehrer zu Niederkorn

104. Die Wäscherinnen am Scholtesbur zu Lintgen.

Einst kam ein Dorfbewohner, von seinem Hunde begleitet, gegen Mitternacht an dem Scholtesbur zu Lintgen vorbei. Da sah er zwei Frauen am Brunnen unter tiefstem Schweigen ihre Waschbleuel mit gewaltigen Schlägen schwingen. Der Hund drückte sich lautlos und ängstlich an die Seite seines Herrn. Dieser warf einen flüchtigen Blick auf die Frauengestalten und eilte rasch vorüber; aber kaum hatte er einige Schritte gemacht, als er hinter sich gehen hörte und einen langen Schatten zu seinen Füßen bemerkte. Schnell wandte er sich um und sah, daß eine der Frauen hinter ihm herkam; die andere folgte in einiger Entfernung. »Was wollt ihr?« rief er den Frauen zu, erhielt aber keine Antwort; da er sich jedoch nicht angegriffen sah, auch keinen Vorwand hatte, selbst anzugreifen, so ließ er die Frauen ruhig gewähren. Diese folgten ihm immer dicht auf den Fersen nach. Der Mann hielt den Stock, den er in der Hand trug, bereit, um bei der geringsten Berührung loszuschlagen. Sein Hund sprang mit eingekniffenem Schwanze hinter ihm drein. So gelangte er bis zur Anhöhe. Dort wandte er sich wieder um, die Frauen waren verschwunden; am Scholtesbur aber sah er die diabolischen Gestalten in wildem Wirbel tanzen.

Zollbeamter J. Wolff

105. Das Bichelgretchen an der Syr.

Nicht weit von Mensdorf hörte man sonst allnächtlich das Bichelgretchen an der Syr bei der Bichel (Wald) waschen. Sie soll einen eisernen Bleuel gehabt haben. Wenn ein Vorübergehender in die Hände klatschte, um den Schlag des Bleuels nachzuahmen, so fiel er ins Wasser, worauf lautes 49
Lachen erscholl. Bichelgretchen besaß eine große Körperkraft und erschlug unter ihrem Bleuel jeden, der ihr zu nahe kam.

106. Die Wäscherinnen bei Sandweiler.

Beim Bireler Hof (Sandweiler) wuschen sonst allnächtlich sieben Mädchen. Einst ging ein Mann vor bei und rief ihnen zu: »Wascht mir mein Hemd auch einmal!« Erzürnt ergriffen ihn die Wäscherinnen und hieben mit ihren Bleueln tüchtig auf ihn los. Der Mann hütete sich in Zukunft, die nächtlichen Wäscherinnen anzureden.

107. Die Wäscherinnen am Weiher »Rahloch«.

Zwischen Sandweiler und Itzig, im Ort genannt »Rahloch« bei Scheidhof, befindet sich ein Weiher, der vor alten Zeiten sehr übel berüchtigt war. Einst passierte dort in später Nacht ein einsamer Wanderer und hörte schon von weitem die Bleuelschläge von Wäscherinnen in der Stille der Nacht ertönen. Als er näher kam, sah er am Rande des Weihers einige alte Frauen, welche mit ihren Waschbleueln still und stumm die Wäsche schlugen, die sie vor sich hatten. Er sah darin nichts Übernatürliches und redete sie folgendermaßen an: »Ihr wascht da sehr spät!« Er erhielt keine Antwort. »Ah, ihr lumpiges Weibsvolk, wollt ihr nicht meine Kleider waschen?« hub er von neuem an. Kaum waren diese Worte über seine Lippen gekommen, als er eine solche Tracht Prügel bekam, daß er die Besinnung verlor und ohnmächtig zu Boden fiel. Als er später wieder zu sich kam, fühlte er, daß seine Kleider ganz durchnäßt waren, und begriff nun, daß die Wäscherinnen ihm während seiner Besinnungslosigkeit wirklich die Kleider ausgezogen und sie gebleuelt hatten. Außer sich vor Angst und Schrecken lief er pfeilschnell nach Hause und bemerkte erst des anderen Tages, daß seine Haare infolge des ausgestandenen Schreckens grau geworden waren.

Zollbeamter J. Wolff

108. Wäscherinnen am Kaselter Bach bei Lintgen.

Dort wo die »Kaselter Bâch« bei Lintgen ihren Ursprung nimmt, stand früher eine hohe Buche, von welcher, wie man sich erzählt, oft rotgekleidete Musikanten kurz vor Ausbruch eines Gewitters eine sanfte Musik ertönen ließen. Zu gleicher Zeit hörte man vom Rande der Quelle her nach dem Takte der Musik das wilde Schlagen und Klopfen von mehreren Wäscherinnen. Nach der Volkssage sollen diese Regen und Sturm hervorgebracht haben, indem sie mit ihren Waschbleueln das Wasser bis zu den Wolken emporspritzten.

Niemand wagte diese sonderbaren Erscheinungen zu beobachten oder gar zu stören; denn, wäre er auch so groß wie ein Riese gewesen und hätte Muskeln gehabt so stark wie Eisen, diese Wäscherinnen würden ihn im Nu zermalmt oder durch einen einzigen Schlag auf der Stelle ge-
50 tötet haben. So soll ein Reisender, der beim Ertönen der gespenstischen Musik einen Pfiff getan, sofort vom Blitze erschlagen worden sein. Ferner erzählt man sich, daß zwei Schustergesellen, welche in angetrunkenem Zustande von der Lorenzweiler Kirmes zurückkehrten und auf diese Erscheinung schimpften, dermaßen »gekarbatscht« worden seien, daß man sie des anderen Tages mit zerrissenen Kleidern, zerfleischten Gesichtern und eingeschlagenen Hirnschädeln am Rande des Kaselter Baches als Leichname aufhob.

J. Wolff

109. Der Spuk am Enerèweschter Weiher zu Lintgen.

Vor vielen Jahren zeigten sich regelmäßig in der Nacht vom Freitag auf den Samstag an dem in dem Gemeindewalde von Lintgen befindlichen Weiher, genannt Enerèweschter Weiher, zwei riesige Menschengestalten, welche, mit einer Art langer Rute versehen, die Oberfläche des Wassers dermaßen peitschten, daß man den Lärm weit und breit wahrnahm. Zu gleicher Zeit hörte man die Rufe: »Huhu! huhu!« Den Schluß dieser Szene bildete ein Rundtanz um den Weiher. Alle Bemühungen, diesen Geistergestalten auf die Spur zu kommen, blieben erfolglos; bei dem geringsten Geräusche verschwanden sie sofort und man hörte alsdann nur einen heftigen Plumps im Wasser. Eines Tages versteckten sich einige verwegene Burschen des Dorfes, jeder mit einem Knüttel bewaffnet, hinter dicken Baumstämmen, in der Absicht, der Spukgeschichte näher auf den Grund zu kommen. Als die Geisterstunde herannahte, hörten sie wieder richtig das Peitschen und die eigentümlichen Rufe, auch sahen sie die Gestalten ihren Rundtanz ausführen. Auf ein gegenseitig gegebenes Zeichen stürzten sie hervor und hieben tüchtig ein; doch ihre Waffen fanden keinen Widerstand. Sie hörten nur mehr den Plumps im Wasser, sonst blieb alles mäuschenstill. Von nun an aber hörte der Spuk auf; jedoch ist heute noch mancher der Lintgener Dorfbewohner der Meinung, daß unsichtbare Geister im Enerèweschter Weiher ihr Wesen treiben.

Zollbeamter J. Wolff

3. Versunkenes

110. Ein Gottesgericht.

In der Mitte des Dorfes Ehnen, nahe am Zusammenfluß des Gostinger- und des Lenningerbaches, da, wo jetzt die Brücke über den Lenningerbach führt, stand vor mehr als hundert Jahren ein Haus, dessen Bewohner ihres bösen Lebenswandels wegen allgemein gemieden waren. Nun geschah es einst, daß der Lenningerbach infolge eines schrecklichen Ungewitters 51
in später Nacht sehr hoch anschwoll, über seine Ufer trat und alles mit sich fortriß, was ihm im Wege stand. Der Bach wurde so reißend und stark, daß er seine ehemalige gekrümmte Richtung an dieser Stelle verließ, geradeaus schoß und sich ein neues, tiefes Bett wühlte, in welchem er seither fließt. Als es Tag geworden und die Hochflut sich verlaufen hatte, sah man von dem berüchtigten Hause und dessen Bewohnern nichts mehr: die Wasser hatten sie hinweggespült. So oft jedoch in der Folge der Bach nächtlicherweile hoch anschwoll und die Gewitter rasten, sah man die Schatten dieser bösen Bewohner über dem Bache schweben, unter durchdringendem Wehegeheul sich in die Fluten stürzen und verschwinden.

Lehrer Linden zu Rollingen

111. Versunkenes Schloß zu Dippach.

Im Brakerbur bei Dippach, so erzählt man, ist vor vielen Jahren ein Schloß versunken. Näheres weiß das Volk nicht mehr mitzuteilen.

112. Das Bofferdanger Moor bei Oberkerschen.

Auf dem Banne von Oberkerschen, ungefähr dreihundert Meter von der östlichen Ecke des Gemeindewaldes, befindet sich ein Morast, genannt das Bofferdanger Moor, dessen Flächeninhalt zwei bis drei Morgen Land umfaßt und das ein längliches Dreieck bildet. Während der nassen Jahreszeit ist es ringsum von Wasser umgeben, aus welchem hohes Schilf hervorwächst. Während des Sommers kann man ohne Gefahr auf demselben einhergehen; nur muß man sich vor einer Stelle hüten, wo sich der tiefe Brunnen des versunkenen Schlosses befinden soll. Die ganze Oberfläche des Morastes ist mit Moos bedeckt, das so fest zusammengewachsen ist, daß man nicht leicht in dem darunter befindlichen Schlamme versinken kann. Das Wasser fließt nach zwei Seiten ab.

An diesen Morast knüpft sich folgende Sage. Vor vielen, vielen Jahren stand dort ein Schloß, dessen Herrschaft wegen ihres Geizes und ihrer Herzlosigkeit gegen arme Leute im ganzen Lande berüchtigt war. Bettler, die sie flehend um ein Almosen baten, wurden mit Hunden hinausgehetzt, so daß bald kein Hilfsbedürftiger es wagte, dort um eine milde Gabe zu flehen.

Eines Tages erschien ein ehrwürdiger Bettlergreis im Schloßhofe und bat, hungrig und ermattet auf seinen Stab gelehnt, um ein Almosen. Allein der Hausherr ließ die Hunde auf ihn hetzen. Eine Magd jedoch, die bei diesem grausigen Anblicke gerührt wurde, rief die Hunde zurück, eilte auf ihr Zimmer und brachte dem Bettler einen Teil ihrer Ersparnisse. Als dieser das mitleidige Herz der Magd erkannt hatte, bat er sie dringend, das Schloß sofort zu verlassen und ihm schnell zu folgen. Zugleich befahl er ihr, nicht eher hinter sich zu schauen, als bis er stehenbleibe. Nachdem sie eine kleine Strecke Weges zurückgelegt, blieb der Greis bei zwei großen Birnbäumen stehen. Da schaute das Mädchen um, aber von
52 dem herrlichen Schlosse, das sie eben verlassen, war nichts mehr zu sehen; es war versunken, nur der Schornstein ragte aus einem tiefen Wasser hervor. Eine prächtige goldene Wiege, in welcher ein kleines Kind lag, schwamm noch eine Weile auf dem Wasser (nach einer Mitteilung sogar acht Tage lang) und versank gerade an der Stelle, wo sich der Schloßbrunnen befand.

Als das Mädchen sich nach ihrem Begleiter umsah, war er verschwunden. Sie allein war gerettet, während alle andern Schloßbewohner im Moraste einen kläglichen Untergang gefunden hatten.[1]

Nach anderen Mitteilungen boten ein Knecht und eine Magd, über ihres Herrn Handlungsweise entrüstet, dem greisen Bettler ihr eigenes Mittagsmahl an. Um ihre Barmherzigkeit nicht unbelohnt zu lassen, befahl dieser dem Knecht, das beste Pferd, und der Magd, die beste Kuh aus dem Stalle zu nehmen und ihm zu folgen. Einige hundert Meter vom Schlosse entfernt, sahen sie rückwärts und erblickten vom Schlosse nur noch die Türme, welche allmählich ebenfalls im Boden versanken. Der Hahn flog auf die letzte Zinne, tat noch einen Schrei – und fort war er. Noch heute bezeichnen die Kinder verschiedene Stellen, wo sich Brunnen befunden haben sollen. Nur ein Kind in einer goldenen Wiege, so behauptet man, wurde gerettet und die Nachkommen desselben würden dort wieder ein Schloß bauen und mächtig werden.

113. Das versunkene Schloß zu Leudelingen.

Auf dem Banne von Leudelingen, im Ort genannt Heisenkopp, etwa zehn Minuten von Kockelscheuer entfernt, befindet sich ein mit niedrigem Gesträuch bewachsenes Moor. Auf dieser Stelle soll einst ein Schloß gestanden haben. In diesem Schlosse wohnten sehr geizige, hartherzige Leute; wenn Arme um ein Almosen baten, so hetzte man ein Paar große Hunde auf sie. Eines Tages kamen wieder einige Bettelleute und flehten um eine milde Gabe. Da trat der Herr des Schlosses hervor und rief seinen Dienern zu, die Hunde auf das Gesindel loszulassen. Die armen Leute entfernten sich auf diese Drohung hin; als sie aber im Weggehen umschauten, schien es ihnen, als ob das Schloß tiefer stehe als vorher. Es sank allmählich tiefer, bis zuletzt nur mehr die Schlote und Türmchen sichtbar waren. Die Bettler kamen nach Leudelingen und erzählten, was sie gesehen. Als nun die Dorfbewohner neugierig dem Schlosse zueilten, war es schon tief in den Erdboden versunken.

1 Man behauptet, noch vor etwa hundertzwanzig Jahren seien Überreste jenes Schlosses sichtbar gewesen; das Schloß sei einstöckig gewesen und habe in der Mitte des Morastes gestanden.

114. Das versunkene Schloß auf Berend zwischen Hollerich und Leudelingen.

53 Wenn man die Landstraße von Hollerich nach Leudelingen geht, sieht man da, wo die Gemarkungen von letzterem Dorfe und von Gasperich aneinanderstoßen, im Ort genannt »auf Berend«, eine Bodenvertiefung in Form eines Rechteckes, welche einen Flächeninhalt von einigen Aren haben mag. An dieser Stelle stand vor altersgrauen Zeiten ein Schloß, das durch seine Pracht weit und breit berühmt war. Der Schloßherr hielt ein zahlreiches Gesinde, das er jedoch so tyrannisch behandelte, daß dasselbe bald unter den gräßlichsten Flüchen und Verwünschungen den Dienst verließ. Doch der Herr achtete nicht der Flüche seiner Dienerschaft. Da brach einst ein greuliches Gewitter über die Gegend herein. Der Tag ward zur Nacht, furchtbare Blitze durchzuckten die Luft und dabei entstand ein Donnern und Krachen, als wolle die Welt aus den Fugen gehen. Als das Gewitter sich verzogen hatte, war das Schloß vom Angesichte der Erde verschwunden.

An der Stelle aber, wo das Schloß gestanden, ließ sich unter der Erde ein klägliches Wimmern und Stöhnen vernehmen.

Lehrer Konert zu Hollerich

115. Das versunkene Schloß zu Holzem.

Auf der Südseite von Holzem ist ein Morast, genannt Fockenmoor. Vor vielen Jahren stand an dieser Stelle ein festes Schloß, das im Moor versunken ist. In diesem Schlosse wohnte ein Mann von ungewöhnlicher Stärke, welcher der Plagegeist der ganzen Gegend war. Niemand war vor seinen Mißhandlungen sicher. Da beschlossen die Leute der Umgegend, ihn zu verderben. In der Nähe des Schlosses war ein Tiergarten und in diesem ein Einhorn, ein großes Tier mit einem Horn auf der Stirn. Einige herzhafte Männer ließen nun im Augenblicke, wo der Schloßherr vor dem Schlosse stand und vielleicht auf irgendeine Grausamkeit sann, das Einhorn aus seinem Käfig. Wütend stürzte sich das Tier auf seinen Herrn los, der sich in die nahe Kapelle flüchtete und die Tür derselben schnell hinter sich zuzog und verriegelte. Das wütende Tier aber nahm einen solchen Anlauf gegen die Tür der Kapelle, daß es mit dem Horn in der Tür steckenblieb. So war der Schloßherr in der Kapelle eingesperrt und mußte elendiglich verhungern. Bald auch ereilte die Strafe sein ganzes

Haus. Eines schönen Morgens war sein Schloß versunken, und an der Stelle ist jetzt ein Morast, den man Fockenmuor nennt.

116. Das Wibelsmierchen bei Budersberg.

Zwischen Budersberg, Büringen und Bettemburg liegt das sogenannte Wibelsmierchen, ein ziemlich großer, viereckiger Morast. Bei dem Volke gilt dieser Ort für sehr unheimlich. In der Mitte dieses Moores soll vor Zeiten ein tiefer Brunnen gewesen sein, der aber jetzt versandet ist. In diesem Brunnen, heißt es, seien vor Jahren zwei Glocken versenkt worden, die noch lange nachher in der Nacht ihrer Versenkung von selbst geläutet haben.

Dieselbe Sage wird auch von dem Hellinger Moor erzählt.

J. Prott, Pfarrer 54

117. Der Klackebur zu Reckingen.

Fünfzehn Minuten von Reckingen liegt eine Anhöhe, »Ênälter« genannt, wo man häufig Münzen, bemaltes Glas, Totenknochen und dgl. ausgräbt. Hier stand früher ein großes Dorf, das an der Pest ausgestorben und von welchem keine Spur mehr zu sehen ist. Die Überlieferung erzählt noch, daß daselbst eine gar schöne Kirche gestanden habe; auch wurde dort ein Jahrmarkt abgehalten, der später nach Mersch verlegt wurde. Den Berg hinauf standen steinerne Stationsbilder, von denen noch einzelne Bruchstücke in der Umgebung als Grenzsteine dienen.

Nahe dabei ist ein Brunnen, in welchem man während der französischen Revolution die Glocken von Reckingen versteckte, aber nachher nie wiederfand. Die einen behaupten, die Glocken seien aus dem Brunnen entwendet worden, während andere der Meinung sind, dieselben seien allzutief in den morastigen Boden hineingesunken. Der Brunnen trägt noch heute den Namen »Klackebur«.

Lehrer J. Conrad zu Hohlfels

118. Der Klackebur zu Schüttringen.

Im Wiesental unterhalb Schüttringen befindet sich ein Ort, der noch heute allgemein im Volksmund »de Klackebur« genannt wird. Darüber berichtet die Sage folgendes:

Als zu Ende des 18. Jahrhunderts die Franzosen überall im Luxemburger Lande die größten Grausamkeiten verübten, kamen dieselben auch eines Tages zum Schrecken der Einwohnerschaft nach Schüttringen, drangen in das Pfarrhaus ein und verlangten Geld und Lebensmittel. Der Pfarrer, ein ehrwürdiger Greis, gab ihnen, was sie verlangten. Darauf begaben sie sich in die anderen Häuser des Dorfes; überall fanden sie scheinbar freundliche Aufnahme. Trotzdem konnten sie den Ort nicht verlassen, ohne eine Untat zu verüben. Einige Franzosen erstiegen den Kirchturm und warfen die beiden Glocken herab. Dann brachten sie dieselben auf einem Karren in das Wiesental und warfen sie in einen dort befindlichen Brunnen. Dieser Brunnen, der heute noch besteht, heißt seit dieser Zeit im Volksmund »de Klackebur«.

Abweichend berichtet eine zweite Sage: Vor vielen Jahren entstand einmal mitten im Sommer eine große Feuersbrunst. Schon war die Hälfte des Dorfes ein Raub der Flammen geworden, und noch immer gelang es nicht, dem verheerenden Elemente Einhalt zu tun: bei der großen Hitze waren die Brunnen vertrocknet und nur mühsam konnte das Wasser zum Löschen aus der Syr herbeigeschafft werden. Als der Brand sich immer näher zum Gotteshause heranwälzte, kletterten einige beherzte Männer in den Turm, um die Glocken zu retten. Auf einem Karren brachten sie dieselben ins Wiesental unterhalb Schüttringen und warfen sie in einen Graben, wo sie dieselben in Sicherheit glaubten. Als die Männer aber am folgenden Tage die Glocken nach Schüttringen zu-
55 rückbringen wollten, waren dieselben so tief in den Boden gesunken, daß man sie nicht mehr auffinden konnte. Dort liegen die Glocken noch bis auf den heutigen Tag, und diesem Umstande verdankt der »Klackebur« seinen Namen.

Luxemburger Land, III. Jahrg., Nr. 31

119. Die vergrabene Glocke zu Rimmel.

Während der großen französischen Revolution und des Einfalls der Franzosen in unser Land vergruben die Arsdorfer ihre Glocken in Rimmel, einem Arsdorf nah gelegenen Wiesengrunde, wo früher das durch die Pest heimgesuchte und verheerte Dörfchen Rimmelscheid gestanden. Als die Arsdorfer später die Glocken wieder ausgruben, soll, nach Aussage der Leute, eine derselben nicht wieder aufgefunden worden sein. Sie sei, heißt es, tief in den Boden versunken, doch höre man sie zuweilen noch läuten. Die Hirtenknaben, welche das Vieh in Rimmel auf die Weide trieben, sollen zu gewissen Zeiten dort traurig hallende Glockentöne vernommen haben, welche tief aus der Erde heraufzukommen schienen. Dumpf und klagend klang das Getön; es hieß, die versunkene Glocke läute zur Seelenruhe der hier beerdigten Bewohner von Rimmelscheid oder sie weine tief unter der Erde, weil es ihr nicht vergönnt sei, neben ihren Schwestern im Turme zu hangen und in deren feierliches Geläute miteinzustimmen.

H.A. Reuland

120. Versenkte Glocke zu Remich.

Im Dėmpel, einer sehr tiefen Stelle der Mosel bei Remich, liegt eine schwere, silberne Glocke versenkt. Die Sage erzählt darüber folgendes:

Der Apostel Matthias, erfreut über die Erfolge seiner Missionstätigkeit (im ersten Jahrhundert nach Christus), ließ dort am Ufer einen Tempel (Dėmpel?) bauen und sandte von Trier aus der Kirche eine schwere, silberne Glocke zum Geschenk. Später ging das Christentum in dieser Gegend wieder unter. Der Geistliche, der an der Kirche angestellt war, mußte die Gegend räumen. Vor seiner Abreise ließ er die Glocke an der oben bezeichneten Stelle versenken, die sich in der Nähe des Tempels befand.

Bei den steten Veränderungen, die das Moselbett durch Anschwemmen und Abspülen erleidet, ist es heute unmöglich, den Ort genau zu bestimmen, wo die Glocke versenkt liegt.

Lehrer N. Biver zu Remich

121. Der Schmillberbur bei Kontern.

Im Schmillberbur, einer tiefen morastigen Quelle unterhalb Kontern, soll, wie die Sage geht, eine prachtvolle Kutsche mit sechs Pferden und sechs Personen versunken sein.

J. Prott, Pfarrer 56

4. Hungerbrunnen, Heilquellen, örtliche Merkwürdigkeiten

122. Der Hungerbrunnen bei Esch a.d. Alzet.

Auf der Gemarkung Esch, östlich der Stadt, wenn man nach Kayl geht, unweit der Rümelinger Höhl, befand sich, bevor die Erzbergwerke in Betrieb gesetzt waren, eine Quelle, genannt der hongerige Bur. Diese Quelle ist heute gänzlich versiegt und die jetzige Generation weiß kaum mehr die Stelle anzugeben, wo dieselbe geflossen. Bloß einige alte Escher können sich noch erinnern, dieselbe fließen gesehen zu haben. Diese Quelle, so hieß es früher im Volksmund, war gewöhnlich, namentlich in guten Jahrgängen, versiegt. Floß dieselbe aber, so war dies von schlimmer Vorbedeutung, und man erwartete mit Bestimmtheit Mißernte, Teuerung und Hungersnot.

Andere behaupten, die Quelle sei regelmäßig in den Jahren wieder zum Vorschein gekommen, da wichtige politische Ereignisse eintraten, und sei stets vor Ausbruch eines Krieges geflossen; man zitiert besonders das Jahr 1794, in welchem die Ortschaft Esch von den Franzosen eingeäschert wurde.

Joh. Schmit

123. Das Deier-Birchen zu Redingen.

»Auch wir haben ein ›Deier-Birchen‹ (Teuer-Brunnen, Hungerquelle) hier zu Redingen. Es befindet sich in einem Stück des Herrn Hemmer, am Abhänge eines Berges, und kam während zweiundzwanzig Jahren nur dreimal zum Vorschein. Ich dachte bei mir: es besteht dort eine Kluft, und wenn der Boden während des Winters ganz durchwässert ist, so nimmt das Wasser dort an der Kluft seinen Ausfall. Dem ist aber nicht so. Denn wenn es floß, gingen meist trockene und kalte Winter vorher; das Malter Weizen aber bezahlte man dann mit siebzig bis achtzig Franken. So floß dasselbe auch im Mai 1870, als der Krieg ausbrach. In diesem nassen Jahre (1882) ist das Birchen noch nicht gelaufen.«

Liez, Apotheker

124. Karl der Große auf Helpert.

Nach der Tradition soll Karl der Große an der Schwindsucht gelitten haben. Alle Ärzte gaben ihn auf. Jung und lebenslustig wie er war, betrübte dies ihn doch sehr. Ein ehrwürdiger Abt machte ihm guten Mut und riet ihm das Reisen und Jagen als Heilmittel an. Karl befolgte gern diesen Rat und begab sich gleich auf den Weg. Auf seinem Zug kam er auch ins Luxemburger Land in die Gegend von Helpert. Am 5. Mai stellte man hier eine Jagd an. Der Tag war schwül, und es dürstete den Kaiser, doch nirgends war eine labende Quelle. Endlich fand er am südlichen Abhang eines Berges einen Brunnen. Er trank nach Herzenslust.
Die grüne Matte lud ihn zur Ruhe ein; von Müdigkeit überwältigt, schlief 57
er ein. Doch neuerdings von Durst gequält, wachte er bald wieder auf; er trank abermals und schlief wieder ein; aber auch jetzt ließ ihn der Durst nicht lange ruhen, er trank zum drittenmal und erhob sich, um zu seiner Begleitung zu reiten. Da empfand er eine merkliche Veränderung in seinem Körper, es war ihm so leicht und so wohl, daß er nicht daran zweifelte, er habe dem köstlichen Wasser seine Gesundheit zu verdanken. Freudig blies der Kaiser ins Horn und rief seine Leute um sich, teilte ihnen das glückliche Ereignis mit und nannte den Brunnen »Gesundbrunnen«, den Berg aber »Berg des Heils, Heilberg, mons salutis«. Aus Dankbarkeit gegen Gott ließ er dort eine Kirche bauen zu Ehren des hl. Johannes des Täufers. Die Kirche ist zwar jetzt verfallen, aber ein Jahrmarkt, der bis 1832 hier gehalten wurde, erinnerte an die Genesung des Kaisers. Im besagten Jahre wurde dieser Markt in das nah dabei liegende Finstertal verlegt.

Klein, Pfarrer; nach einem unauffindbaren Manuskript der archäol. Gesellschaft

125. Der Bitschter Weiher.

In dem tiefen Tale zwischen dem Dorfe Buderscheid und dem Pirmesknapp lag der alte, weit und breit bekannte Bitschter (Buderscheider) Weiher. Dieser Teich, der jetzt ganz verschwunden ist, hatte einen großen Umfang; er erstreckte sich von der Buderscheider Mühle bis an den Pirmesberg und füllte, wenn er hoch angeschwollen war, noch dessen beiden Nebentäler. Zwischen dem Teich und der Mühle befand sich ein hoher, breiter Damm, über welchen die jetzige Wilzer Straße hingeht.

Heiratslustige Mädchen, die nicht zu dem ihrigen kommen konnten, brauchten sich nur auf den Damm des Bitschter Weihers zu begeben und dort dreimal »Piwitsch!« zu rufen. (Piwitsch nennt man in Beßlingen einen Vogel von der Größe einer Elster, der sich in morastigen Gegenden, wie z.B. zwischen Beßlingen und Gouvy, aufhält). Das Sprichwort: »Geh auf den Bitschter Weiher« ist jedoch bekannter in den umliegenden und entfernteren Ortschaften als am Platze selbst. »Du wirst keinen kriegen«, scherzen oft die Mädchen untereinander. »O«, lautet dann die spaßige Antwort, »wenn ich keinen kriegen kann, so gehe ich auf den Bitschter Weiher und rufe: Piwitsch!«[1]

Am Bitschter Weiher war's vorzeiten nicht ganz geheuer; dort ging allerlei Spuk um. Um diesen Teich her, der sonst von wildem Gehölz umgeben war, hauste in alter Zeit eine Hexenzunft. Die Hexen tanzten nächtlich im Mondenschein auf den Bäumen des Waldes und machten
58 dabei Musik und manchmal einen entsetzlichen Lärm. Auch schwebten sie oft um den Pirmesberg, tanzten in dessen heiliger Waldung mit wildem Getöse und schwebten durch die Lüfte nach allen Seiten hin aus und ein.

An diesem Teiche wohnte die alte berüchtigte Bitschter Hexe, die sich mit Wahrsagen und Kupplerei abgab. Sie besaß eine Flasche, in welcher sich ein Ei befand und ein gekreuzigter Christus. Nachts flog sie wie ein Vogel über dem Teiche her und stieß dabei einen heiseren, krächzenden Schrei aus. Junge Leute, Burschen und Mädchen, welche heiraten wollten und nicht recht zu dem ihrigen kommen konnten, suchten sie auf. Mit Hilfe ihrer Flasche sagte sie ihnen dann, welche Person für sie bestimmt sei, wo die ersehnte Person wohne, und wie sie sich zu benehmen hätten, um zu ihrem Zwecke zu kommen. Als man aber am Ende ihr Unwesen entdeckte, wurde sie in den Bitschter Weiher gesprengt. Gleich entstand ein furchtbares Ungewitter, welches den Weiher überflutete und in einen großen Morast verwandelte.

Noch heute ist es dort nicht heimelig. Der Glaube an den alten Spuk besteht noch immer, und die Leute fürchten sich, nachts an der Stelle des alten Weihers vorbeizugehen.

1 Neben der Waldkapelle von Helzingen befindet sich ein Brunnen, Fons felix genannt. Jeder Unverheiratete, der an dem allgemeinen Wallfahrtstag dreimal im Brunnen trinkt und in einem Atem dreimal um die Kapelle läuft, wird noch im nämlichen Jahr verheiratet. In früheren Zeiten geschah es oft, daß Heiratslustige aus diesem Brunnen tranken und den Lauf um die Kapelle auszuführen versuchten.

Jacoby, Lehrer zu Helzingen

J. Prott, Pfarrer

126. Der Wendelbur bei Ettelbrück.

Auf der Ettelbrück gegenüber liegenden »Nuck« soll ein Brunnen gewesen sein, wohin während der Pest die Diekircher Wasser holen oder waschen kamen. Dieser Brunnen hieß Wendelbur. Oberhalb dieses Brunnens soll ein Pater in einer Klause gelebt haben, welcher Pater Klaus geheißen und während der Pest die hl. Messe gelesen habe.

127. Die Mitte der Welt im Wibbelsmierchen bei Budersberg.

Man findet es merkwürdig, daß in der Mitte des zwischen Budersberg und Bettemburg gelegenen Wibbelsmierchen, trotz dessen Lage auf einer Anhöhe, in Zeiten großer Trockenheit noch stehendes Wasser zu sehen ist, wenn bereits lange schon die meisten Quellen ringsumher versiegt sind. Man soll sich wohl hüten, meinen die Leute, den Fuß auf die Mitte dieses Moores zu setzen; sonst würde man in eine schauerliche Tiefe sinken: denn dies ist die Mitte der Welt.

J. Prott, Pfarrer 59

III

Bäume

Bäume

128. Die hohle Eiche und das Löwenfräulein zu Eich.

Am Ende des Dorfes Eich, unweit des Spitals, gestattet am linken Ufer der Alzet ein alter Pfad die Einfahrt in die Eicher Wiesen. Dieser Pfad heißt noch heute Löwenfräuleinspfad. Dort stand vorzeiten ein dicker Eichenstamm, der inwendig hohl war (Léwfrächeshielchen). In diesem Stamme, heißt es, habe ein Fräulein gewohnt, das einen zahmen Löwen gehabt habe und deshalb Léwfrächen hieß. Auch soll aus diesem Eichenstamme jeden Abend ein Irrlicht hervorgekommen sein. Näheres weiß man nicht mehr zu erzählen.

Von dieser hohlen Eiche, behauptet man, habe das Dorf Eich seinen Namen.

129. Das runde Bäumchen bei Bus.

Auf einer kleinen Anhöhe, die den Knotenpunkt zweier sich kreuzender Waldwege bildet, auf der Grenzscheide zwischen dem Busche der Sektion Bus und einem anderen, genannt Reiter, steht das »runde Bäumchen«, eine uralte, dicke, knorrige Eiche, in deren Stamm eine mit dem Beil eingehauene, fast meterhohe Nische sich befindet. Bis zur Stunde ist diese Eiche hochgeachtet und gilt dem Volke als heiliger Baum. Darum hat sie auch des Holzhackers Axt verschont, obgleich sie im Absterben begriffen ist und ihre Tage schon oft gezählt zu sein schienen.

Die einen behaupten, man halte den gedachten Baum in Ehren wegen religiös-historischer Erinnerungen, die sich an denselben knüpfen. Als unter der Schreckensherrschaft der ersten französischen Republik der Vikar, Herr Prost, flüchtig werden mußte, richtete ihm der Holzhacker Bour von Bus unweit des runden Bäumchens in einer Waldschlucht, genannt Katzenloch, eine Nothütte zum Verstecke her. Weil die alte Eiche auf einer Anhöhe steht, an deren Fuß vier Waldwege zusammenlaufen, konnte dieselbe als natürlicher Sammelort der Gläubigen dienen. Am Fuße des Baumes, der sein mächtiges Geäst als schützendes Dach weit ausstreckte, stand der Notaltar, auf dem Herr Vikar Prost tränenden Auges das hl. Meßopfer feierte. Hier auch belehrte und tröstete er das

unglückliche Landvolk. Da mochte wohl die Nische ein Kruzifix oder 63
Heiligenbild geborgen haben. Doch weiß die Überlieferung über den Verbleib desselben keine bestimmte Auskunft zu geben, noch auch darüber, ob vor oder nach gedachter Periode irgendetwas Merkwürdiges daselbst gefunden worden.

Andere behaupten, der Baum sei aus folgenden Gründen erhalten worden. Derselbe diene nämlich seit alten Zeiten als Grenze des Buser Besitztums, als Orientierungspunkt für die Waldbesucher, als Sammelplatz bei Holzversteigerungen. Der Reiterbusch gehörte früher den Einwohnern von Bus, die dem ehemaligen Grafen von Rentgen (Lothringen) zu Frondiensten verpflichtet waren. Um sich einige Erleichterung oder Vergünstigung zu erwirken, übertrugen sie dem Fronherrn das Eigentumsrecht über den bezeichneten Waldteil, welcher unter der französischen Revolution konfisziert und an Privatleute verkauft wurde. Das runde Bäumchen wurde als Demarkationspunkt zwischen Gemeinde- und Privateigentum anerkannt. Die Aushöhlung im Stamme des Baumes aber, heißt es, habe dem Waldhüter Schutz gegen den Nordwind und ein ziemlich leidliches Ruheplätzchen gewährt.

Heinr. Clemen, Pfarrer zu Bus

130. Die dicke Buche im Gemeindewalde Seitert zu Lintgen.

In dem Gemeindewalde Seitert zu Lintgen steht eine mehrere hundert Jahre alte Buche, die unter dem Namen »die dicke Buche« bekannt ist. Dieselbe hat einen Umfang von 4,20 und eine Höhe von ungefähr 20 Meter. Das mächtige Laubdach dieser Buche gewährt im Sommer den Vögeln Schutz zur Nachtzeit und bei stürmischem Wetter.

Diese altehrwürdige Buche ist ein sagenreicher Baum. Vor vielen Jahren soll ein alter Schäfer von Plankenhof sich ein Vergnügen daraus gemacht haben, die Vögel, welche nachts auf der dicken Buche ein Obdach suchten, zu necken; deshalb sei er in eine Nachteule verwandelt worden und müsse nun in einer unzugänglichen Felsschlucht des sogenannten Königskellers hausen, bis die dicke Buche unter des Holzhauers Axt gefallen sei; dann erhalte er seine menschliche Gestalt zurück.

Wer aber, gemäß der Volkssage, die Axt an die dicke Buche legt, wird noch am nämlichen Tage sterben oder ein ähnliches Schicksal wie der alte Schäfer erleiden. Nach dem Fall der Buche aber werden nicht nur sämtliche Bäume des Seitertwaldes nicht mehr an Wachstum zunehmen, sondern auch ihre Feuchtigkeit verlieren und verdorren.

Indes scheint des merkwürdigen Baumes Los entschieden zu sein, indem er bei dem nach einigen Jahren dort vorzunehmenden Holzschlage nicht mehr verschont bleiben soll. Wer aber wird es wagen, die Axt gegen den verhängnisvollen Baum zu schwingen?

Zollbeamter J. Wolff

131. Der Bauler Kleeschen.

Etwa eine Stunde von Vianden, auf einer durch ihre herrliche Aussicht
64 weit und breit bekannten Anhöhe, steht der Bauler Kleeschen, eine Linde, die ihren Namen von einem vor alter Zeit dort stehenden Kläuschen hat. Heute ist die Klause längst in Trümmer gesunken; einige wenige Mauerreste und ein Häuflein Steingeröll, die noch um die Linde herumliegen, und ein kleines Kreuz bezeichnen die Stelle, wo sie stand. Die ursprüngliche Linde wurde vorzeiten umgehauen und soll einen gewaltigen Umfang gehabt haben. In ihrer Nähe war es nie recht geheuer: noch heuer sollen der wilde Jäger und ähnliche Geister ihren Spuk daselbst treiben. Der Bauer, der den ehrwürdigen Baumriesen umgehauen, mußte, außer anderen Strafen, eine neue Linde an die Stelle der alten pflanzen und, um deren schnelles Wachstum zu fördern, dieselbe mit sieben Fuder Mist düngen.

Noch heute soll, der Sage nach, ein Schatz in der Nähe des Bauler Kleeschen neun Schuh tief in der Erde vergraben liegen, und zwar auf der Stelle, welche der Schatten der Lindenkrone Schlag Mittag bedeckt. Als man Nachgrabungen anstellte, fand es sich, daß jene Berechnung noch zur Zeit der alten Linde gemacht worden, und man mußte die Arbeit einstellen.

J.N. Moes

132. Die gespenstische Buche im Buchholzer Wald.

Zu Anfang des 19. Jahrhunderts gingen eines Abends fünf Taglöhner in den Buchholzer Wald bei Dalheim, um Holz zu stehlen. Als der eine seine Hotte geladen hatte, stellte er sie wider eine Buche, um sie auf den Rücken zu schieben. Aber kaum hatte er sich hingesetzt, um sie aufzuheben, so fiel das Holz zu Boden, während die Hotte stehenblieb. Dies wiederholte sich sechsmal nacheinander. Da riet ihm einer, sich gegen eine andere Buche zu stellen, und nun gelang es ihm, die Hotte auf den

Rücken zu heben. Als sie sich aber anschickten, den Wald zu verlassen, stand vor ihnen eine Riesengestalt. Diese begleitete sie bis zum Ausgang des Waldes, wo sie wieder umkehrte.

133. Die schwarze Buche zu Siebenbrunnen.

Im Baumbusch, dicht an der Landstraße, die von Siebenbrunnen nach Kopstal führt, befindet sich eine Buche, deren Äste schwarz sind und die deshalb die schwarze Buche genannt wird. Der Baum steht beim Volk in hohen Ehren, und bis jetzt hat ihn auch die Axt des Holzhauers verschont.

Daß aber der betrogene Teufel durch diesen Baum gefahren und dadurch dessen Äste schwarz geworden seien, davon wissen auch die ältesten Leute des Ortes nichts zu erzählen.

134. Der Hexenbaum zu Kontern.

In der alten Schloßwiese zu Kontern, jetzt Henkespesch genannt, stand vor etwa hundert Jahren ein alter, großer Birnbaum, an dessen moosigen Ästen viele Mistelbüsche glänzten. In der Nähe desselben waren die Trümmer eines alten Hauses sichtbar. Dieser Baum wurde allgemein unter dem Volke Hexenbaum genannt. 65

Nicht selten ließ sich um Mitternacht zu Kontern eine wunderliebliche Musik hören, welche durch die Lüfte zwischen dem Knäppchen und dem alten Schlosse heranschwebte und sich in der Krone des Hexenbaumes niederließ. Zuweilen auch kam die Musik von Syren über den dicht bei Kontern gelegenen Gröndel. »Hört!« sagten dann die Dorfbewohner, »das sind die Hexen. Nun sammeln sie sich um den Hexenbaum, um ihre Tänze zu halten und unerlaubte Freuden zu genießen«. Einmal geschah es, daß sie dort über ihrem wüsten Treiben von einem schweren Gewitter überfallen wurden. Da brachen sie wütend auf und zogen mit entsetzlichem Lärm heulend und zischend vor demselben her nach Dalheim. Als sie aber in die Nähe dieses Dorfes kamen, fingen plötzlich die Glocken an, zu läuten. »Nach Mondorf!« rief da die Vorsteherin, »nach Mondorf! denn die Hunde von Dalheim bellen!«

J. Prott, Pfarrer

135. Der Hexenbaum im Grünewald.

Im Grünewald bei Eisenborn war ein alter Herr, der viel Gesinde hatte und unter diesem einen kleinen Knecht, der jeden Abend mit den Ochsen in den Wald fuhr und sich unter einem Baum in seine Decken einhüllte, während er die Ochsen weiden ließ. Eines Abends lag er auch unter einem großen Baum, als er über sich in den Ästen und Zweigen einen Lärm vernahm, als seien alle Eulen des Waldes auf dem Baume. Der Knecht zitterte vor Angst, warf sich auf die Knie und betete, so gut er konnte, bis das höllische Geräusch aufhörte. Die Ochsen hatten sich im Walde zerstreut und er mußte lange suchen, bis er sie wieder zusammenhatte und nach Hause treiben konnte. Als die Ochsen im Stalle waren, fühlte der Knecht Schmerzen in der rechten Schulter; er wimmerte so sehr, daß der alte Herr ihn hörte, aufstand und fragte, was ihm fehle; der Knecht erzählte, wie es ihm ergangen. Der Herr nahm ein Buch und betete drei Tage lang; endlich, am dritten Tage, fühlte der Knecht keine Schmerzen mehr. »Es war dein Glück, daß du so gut unter dem Baume gebetet hast«, sagte der Herr, »die Hexen waren auf dem Baume, aber sie hatten keine Macht über dich. Hättest du nicht so gut gebetet, so wäre es dir schlecht ergangen und ich hätte dir nicht helfen können«.

66 N. Gonner

IV

Geister, Gespenster, Spukdinge

1. Feuererscheinungen, rollende Fässer

136. Gespenstisches Feuer bei Götzingen.

In der Nähe des Fötzbusches bei Götzingen bemerkten die Einwohner jeden Abend gegen Mitternacht ein großes Feuer. Noch heutzutage behaupten alte Leute, dasselbe oft gesehen zu haben.

137. Tal voll Feuer.

Zwei Männer von Gösdorf kamen gegen Mitternacht von Esch. In der »Bauschelterbâch« unterhalb des Dorfes sahen sie plötzlich das ganze Tälchen voll Feuer.

Lehrer Wagener zu Gösdorf

138. Der gespenstische Feuerklumpen.

In dem Buchenwäldchen »Burebösch« unfern Obereisenbach befindet sich ein »Bur«, wohin die Bauern allabendlich ihr Vieh zur Tränke trieben. So führte auch eines Abends ein Obereisenbacher sein Pferd auf den Bur zur Tränke. Einige Meter von demselben entfernt, sah der Mann am Wege, den er einhalten mußte, den trüben Schein eines Feuerklumpens. Da er das Pferd nicht weiterzubringen vermochte, mußte er unverrichteter Sache nach Hause zurückkehren. Dieselbe Szene wiederholte sich an mehreren Abenden; jedesmal sträubte sich das Pferd beim Anblick des Feuerklumpens, einen Schritt vorwärts zu machen. Ärgerlich über das Gebahren seines sonst so willigen Pferdes, faßte sich der Mann ein Herz und unter wuchtigen Hieben trieb er das Pferd zu raschem Galopp an. Doch was geschah? Das scheu dahineilende Pferd stampfte mit dem Fuße gerade auf die Stelle, wo der Feuerklumpen lag, infolgedessen sich dieser in unzählige Flammen auflöste: der ganze Busch unterhalb des Weges schien in hellem Feuer zu stehen, jedoch nicht ein Blatt wurde versengt.

Lehrer Quiring zu Untereisenbach

139. Schwankendes Feuer zwischen Rodt und Wecker.

Etwa sechs oder acht Personen aus Mompach und der Umgegend kamen eines Abends vom Luxemburger Markte. Auf dem Wege zwischen Rodt und Wecker, an einer Stelle, wo sich auf beiden Seiten der Straße Hügel befinden, sahen sie auf einmal ein großes, schwebendes Feuer auf sich
69 zukommen. Dasselbe wälzte sich, ohne zu erlöschen, über den Boden, passierte die Straße und rannte über die nächsten Felder weg.

Lehrer P. Hummer

140. Die Gespenster in der Schliérbech.

Vor vielen Jahren soll es im Ort genannt »an der Schliérbech« bei Esch an der Sauer nicht recht geheuer gewesen sein. Alte Leute erzählen, sie seien nie in der Nacht dort passiert, ohne irgend eine grausige Erscheinung gehabt zu haben.

Einst kam ein Mann in stockfinsterer Nacht auf seinem Pferde von Wilz. Noch ehe er zu der gefährlichen Stelle kam, wurde es ihm angst und bange und er wünschte sich nach Hause. Als er die unheimliche Stelle erreicht hatte, sah er auf einmal dicht an der Straße eine Menge hellbrennender Lichter, die sich immer vor ihm her bewegten. Dem Manne wurde es gar wunderlich zu Mute, jedoch er mußte weiter. Plötzlich sah er auf der rechten Seite der Straße ein in einen Schieferfelsen eingehauenes Kreuz. Das war ihm nun nichts Auffallendes, denn das Kreuz war vor Jahren von einem Maurer dort hineingemeißelt worden zum Andenken an einen beim Bau der Landstraße dort umgekommenen Arbeiter. Obschon der Mann das Kreuz schon mehr als hundertmal gesehen, so kam es ihm dennoch heute ganz anders vor als sonst. Er meinte nämlich, dasselbe sehe diese Nacht ganz weiß aus, was für ihn in der Dunkelheit kein angenehmer Anblick war. Er geriet vollends in Schrecken, als er dicht bei dem Kreuze eine unheimliche Katze gewahrte, welche den Reiter mit funkelnden Augen gar grimmig anblickte. Der Mann saß auf seinem Pferde »wie auf Dornen«. Auf der einen Seite die funkelnden Lichter, auf der anderen das leuchtende Kreuz und die unheimliche Katze, sicherlich genug, um einen noch so mutigen Mann in Angst und Schrecken zu versetzen. Was sollte er tun? Umkehren konnte er nicht, denn es war weit und breit kein Haus, wo er hätte einkehren können, und dann hätte er doch den Gespenstern nicht entrinnen können, wenn sie etwas Böses gegen ihn im Schilde führten. Er faßte Mut, drückte die Augen fest zu, um nichts zu sehen, und trabte dann, jedoch nicht ohne Herzklopfen, mit seinem Braunen mitten durch die Gespenster hindurch. Als er dieselben einmal hinter sich hatte, ließ er seinen Gaul die Peitsche fühlen und war dann bald zu Hause angelangt. Dort angekommen, fiel er in Ohnmacht.

Lehrer Georges

141. Spuk zwischen Gösdorf und Bockholz.

Früher war es zwischen Bockholz und Gösdorf nicht geheuer. Ein Mann sah einst nachts in einer Höhe von einem halben Meter in der Luft ein weißes Leintuch schweben, das sich auf eine gewisse Strecke vor ihm her bewegte, bis es zur Seite verschwand.

Ein anderer hörte an der gefürchteten Stelle um Mitternacht ein fürchterliches Geschrei. 70

Ein dritter sah nächtlich viele flackernde Lichter, die eine gute Strecke vor ihm her gingen und dann plötzlich verschwanden. Bald war es ein großer, bald ein kleiner Hund, bald eine Katze, die an der gefürchteten Stelle dem nächtlichen Wanderer erschienen, eine Zeitlang hinter oder neben ihm her liefen und plötzlich zur Seite verschwanden.

Lehrer Wagener zu Gösdorf

142. Die Lampe von Schandel.

An verschiedenen Stellen auf dem Banne von Schandel wurde nachts eine kleine Lampe gesehen. Eine Frau aus dem Dorfe sah dieselbe zweimal um Mitternacht in den »Kircherpescher«. Sie erzählt, es sei eine kleine Flamme, die, obgleich heftiger Wind war, weder größer noch kleiner wurde.

Ein Taglöhner aus dem Dorfe ging nach altem Brauch um drei Uhr morgens zu kalter Winterszeit in die Scheune eines Bauern dreschen. Auf der »Tommel« gewahrte er ein Licht hinter sich, das ihm schnell nachflog. In seiner Angst rannte der Mann so heftig gegen den »Hirzel« der Scheuerpforte, daß, wenn derselbe noch verriegelt gewesen wäre, er sich den Kopf eingestoßen hätte. Da war die Lampe verschwunden.

Zwei Männer von Schandel erblickten dieselbe auf dem Felde und bemerkten, wie sie bald hoch in den Lüften flog und einem strahlenden

Sterne glich, bald wieder sich senkte, dann umherkreiste und »alle möglichen Figuren in der Luft zog.«

143. Gespenstische Kerzen.

Mehrere Leute sahen nachts zu Manternach, im Orte Helgenheischen (Heiligenhäuschen), in der Wiese zwei brennende Kerzen. Niemand wußte, wie diese Kerzen mitten in der Nacht plötzlich dorthin kamen. Man bekreuzte sich und eilte davon.

Lehrer Oswald zu Manternach

144. Die Leiche zu Remich.

Einst kam eine Frau, die »krauden« ging, zum Netzpfuhl (bei Remich). Da bemerkte sie plötzlich eine schöne Beleuchtung; sie schaute genauer und sah inmitten von brennenden Kerzen eine Leiche. Die Frau ergriff rasch die Flucht.

Ein andermal ging ein Mann »Holz machen«. Er kommt auch zum Netzpfuhl und sieht eine Leiche auf einer Tragbahre. Zu Kopf und zu Füßen derselben standen je zwei brennende Kerzen. Nach wenigen Sekunden war alles verschwunden.

145. Spuk in der Wachtelskaul zu Remich.

Im Orte genannt Wachtelskaul zu Remich standen früher Kalköfen, welche nur wenige lebende Leute noch gesehen haben. Diese Kalköfen wurden während der Nacht von dem nahen Felsen verschüttet, wobei elf Personen umkamen. Alte Leute behaupten, seit dieser Zeit gehe oft ein Gespenst dort um. Viele gibt es zu Remich, welche versichern, nachts
71 um zwölf Uhr an jenem Ort die Geister der Unglücklichen gesehen zu haben. Die einen sahen ein Frauenzimmer mit einem Lichte in der Hand unbeweglich auf einem Steinhaufen sitzen, die anderen um dieselbe Stunde eine Totenbahre, umgeben von Lampen.

146. Irrlichter zu Useldingen.

Nach dem Volksglauben sind die Irrlichter dem Menschen feindliche, tückische Kobolde, die ihre Freude daran haben, den nächtlichen Wanderer zu necken, ihn irre zu führen und, nachdem sie denselben in irgendeinen Graben, Morast usw. geführt, ihn noch über den zugefügten Schabernack schadenfroh zu verlachen.

Zu Useldingen gibt es zwei solcher Irrlichter, kleine, umgehende Flämmchen, von denen das eine regelmäßig nördlich von Useldingen entsteht und immer dieselbe, nicht durch den Wind bestimmte Richtung verfolgt.

Sobald ein nächtlicher Wanderer diesem Irrlichte begegnet, bleibt er wie angewurzelt stehen und bekreuzt sich wiederholt, damit er dem Irrlichte zu folgen nicht gezwungen werde, hütet sich aber, drein zu schlagen oder ihm höhnisch nachzurufen und zu fluchen, weil es sonst hageldichte Streiche auf den Unglücklichen regnen würde.

147. D'Raulîcht zu Useldingen.

Ein alter Mann aus Schandel, Gemeinde Useldingen, war lange Jahre Gemeinderatsmitglied. Einst sollte er sich gegen zehn Uhr abends nach geschlossener Ratssitzung nach Hause begeben. Im Ort genannt Häreland angekommen, erblickte er neben sich plötzlich eine Erscheinung, welche in der Umgegend unter dem Namen d'Raulîcht bekannt war und die Gestalt eines feurigen Rades hatte. Indem er seinen Weg zu verfolgen glaubte, ward er von dem Irrlicht, dem er unbewußt folgte, irregeführt und konnte nicht nach Hause gelangen. D'Raulîcht hatte ihn ganz eingehüllt. Endlich erkannte er, daß er sich in Useldingen bei der Attertbrücke befand, wo auch auf einmal d'Raulîcht verschwunden war. Nun erst fand der Mann den richtigen Weg zu seinem Dorfe, den er aber erst antrat, als einige Männer ihn begleiteten.

148. Irrlicht zwischen Körich und Simmern.

An dem Orte »hannert dem Böschelchen«, zwischen Simmern und der ersten Mühle von Körich, ging allnächtlich an den Ufern der Eisch ein Irrlicht um. Sobald jemand dort während der Nacht vorbeiging, fing dasselbe an, Geräusch zu machen, gerade als wenn ein Kind in der Eisch waschen würde. Ging der Wanderer zu demselben hin, so war er verloren; ging er aber ruhig vorbei, so geschah ihm kein Leid.

149. Das Irrlicht in Pötzel bei Dalheim.

Vor etwa zwanzig Jahren sollte eines Abends ein junger Mann von Dalheim, der zu Filsdorf Schule hielt, nach Hause gehen, wurde aber, als er

72 in Pötzel (das bekannte Standlager der Römer) kam, dermaßen von einer Traulît in Angst versetzt, daß er umkehrte und leichenblaß wieder in Filsdorf ankam. Einige beherzte Männer, die sich mit Äxten bewaffnet hatten, begleiteten ihn nun, konnten aber auch nicht die geringste Spur von dem Irrlichte wahrnehmen.

Lehrer Fr. Sand

150. Das irreführende Feuer bei Hüpperdingen.

Zwischen Urspelt und Hüpperdingen trafen eines Nachts drei Männer ein wanderndes Feuer an. Der eine von ihnen ging ihm nach, und sofort wußte er nicht mehr, wo er war. Da rief er seine Kameraden zu Hilfe. Diese brachten ihn wieder auf den rechten Weg.

151. Das Traulicht zu Berchem.

Schon mancher nächtliche Wanderer wurde bei nebligem Wetter von einem Traulicht bei Berchem in die Irre geführt und ertrank in der Alzet oder versank in einem Sumpf. Wenn man abends den gräßlichen Ruf: »Verirrt! Verirrt!« hörte, ließ man alles im Stiche, den Armen zu retten. Das Traulicht brach in lautes Lachen aus, wenn ein Unglücklicher umkam. Oft erhielt der Wanderer einen so derben Backenstreich, daß es klatschte, und er mußte dann dem Traulicht folgen.

152. Irrlichter zu Gösdorf.

Zu Gösdorf sah man selten Traulichter, doch fürchtete man sich davor. Man hielt sie für böse Geister, die den Wanderer ans Wasser lockten. Fiel er hinein, so gaben sie ihrer boshaften Freude durch Händeklatschen Ausdruck.

Lehrer Wagener zu Gösdorf

153. Das Irrlicht zu Oberanwen.

In der »Alescht« war eine »Traulicht«, die nachts den Wanderer, der in ihr ein gewöhnliches Licht zu sehen glaubte, durch ihren Glanz blendete, in die Irre führte und gewöhnlich in den »Stafeleck« lockte, wo sie ihn in den Bach stürzte. Dann flackerte und tanzte sie vor Freude, klatschte in die Hände und ließ ein lautes, höhnisches Gelächter erschallen.

154. Das Irrlicht zu Schengen.

In Schengen suchte ein Traulîcht einen Mann in die Mosel zu verlocken. Dieser merkte noch zu rechter Zeit den Betrug und warf einen Stein ins Wasser. Da klatschte das Traulîcht in die Hände.

155. Irrlicht bei Wecker.

Einem Schuster aus Biwer, der den Tag über in Wecker arbeitete, begegnete jeden Abend bei seiner Heimkehr an derselben Stelle ein Irrlicht, das ihn in die Syr zu verlocken suchte. Eines Abends nahm der Schuster einen schweren Stein zu sich und gedachte diesmal das Irrlicht zu hintergehen. Als er eben über die Brücke gehen sollte und das Irrlicht wieder über dem Fluß schwebte, warf er den Stein hinunter ins Wasser. Das 73
Irrlicht glaubte, der Mann sei ins Wasser gefallen, und klatschte voll Freude in die Hände. Der Schuster aber verlachte es und zog seines Weges.

156. Irrlicht bei Krautem.

In der Wiese am Wege nach Peppingen, genannt Bruch, sahen die Leute nachts ein Irrlicht flimmern. Klatschten sie dann in die Hände, so kam das Irrlicht auf sie zu und die Leute mußten sich, so schnell sie konnten, in ihre Häuser flüchten.

157. Irrlichter zu Hohlfels.

Zu Hohlfels und Umgegend herrscht bis zur Stunde noch große Furcht vor den Irrlichtern. Man sagt, sie folgten dem einsamen Wanderer nach und suchten ihn in einen Morast oder ein Wasser zu stürzen. Sobald sie dann dies zustande gebracht hätten, gäben sie ihre Freude dadurch zu erkennen, daß sie Laute vernehmen ließen, wie wenn jemand in die Hände klatschte; auch sollen sie auf denjenigen zukommmen, der sie rufe. Man erzählt hierüber folgendes:

Von Hohlfels aus sah man jeden Abend unten im Tale mehrere Irrlichter umherflattern. Ein mutwilliger Bursche in der Ucht öffnete einst das Fenster und rief demselben zu: »Rôhlûht, lîcht mir an dir!« Kaum hatte er das Fenster wieder zugeschlagen, als eines der Irrlichter plötzlich mit großem Geräusch ans Fenster geflogen kam und zum Schrecken aller Anwesenden eine gute Stunde lang an demselben umherflatterte und einzudringen suchte.

Lehrer Conrad zu Hohlfels

158. Irrlichter zu Dalheim.

Auf dem Wege von Dalheim nach Waldbredimus, im Ort genannt »in den Weihern«, erschienen früher häufig Irrlichter, von den Leuten Traulîchter genannt. Ein Traulîcht wurde eines Nachts so groß, daß es schien, als stehe ein großer Weidenbaum in Feuer; es flog hinüber nach Märzkirchen.

In einem Hause nahe bei den Weihern wurde den Winter über eine Ucht (abendliche Versammlung benachbarter Spinnerinnen) gehalten. Gegen zehn Uhr begab sich ein Mädchen vor das Haus und gewahrte ein Traulîcht. Ihre Genossinnen riefen ihr zu, sie solle ja nichts sagen; doch das mutwillige Mädchen ließ sich nicht warnen und rief:

Traulît, mîr lît, dîr lît!
Lît an d'Huowerstre'!
74 Daß dékh der Hôl erschle'![1]

Doch sieh, da kam das Traulîcht herangeflogen, so schnell, daß das Mädchen kaum rechtzeitig ins Haus flüchten konnte; auf die rasch zugeworfene Tür fiel ein schwerer Schlag.

J.B. Klein, Pfarrer zu Dalheim

159. Die Traulichter im Brakenberg bei Rosport.

Ein paar Spinnerinnen, die eines Abends spät aus der in dem alten Veitenhaus in Rosport abgehaltenen Ucht nach Hause zurückkehrten, sahen in dem Abhange des Brakenberges, nicht weit vom »Grêneschbaum« mehrere Traulichter auf und ab tanzen und riefen voll Übermut:

1 Irrlicht! Mir leuchte! Dir leuchte! Leuchte ins Haferstroh! Daß dich der Donnerkeil erschlage! – Gredt, 1. Aufl., übersetzt *Hôl* mit Holla; siehe diese Stichwörter im Motiv- und Sachregister.

Draulîcht, lîcht mîr, lîcht dîr,
Mîr an Huoverstréh,
Daß déch der Holstên erschlég!

Und sieh da! durch diese Worte gereizt, schwebten die heimtückischen Traulichter mit Blitzesschnelle herüber. Die Spinnerinnen hatten noch grade Zeit genug, ins Haus zurückzukehren und die Türe zu schließen, an welche die Traulichter nun mit solcher Gewalt schlugen, daß das ganze Haus erzitterte und die Fenster klirrten.

Lehrer M. Bamberg zu Steinheim

160. Das verwundete Irrlicht.

Mein Großvater, erzählte ein alter Mann dem Referenten, diente bei Napoleon I. Ich weiß nicht mehr, wo sie ihr Lager hatten, da kam jede Nacht ein Irrlicht zu einem auf Posten stehenden Soldaten. Zuletzt wollte keiner mehr an der verrufenen Stelle Posten stehen. Da verfiel man auf ein Mittel, das Gespenst unschädlich zu machen. Auf dem vom Irrlicht jede Nacht verfolgten Wege befestigte man ein scharfes Rasiermesser. Als nun in der folgenden Nacht das Irrlicht wie gewöhnlich herannahte, lief es in das Messer hinein. Ein entsetzlicher Jammerschrei erfüllte die Luft, das Irrlicht wankte zurück und war plötzlich verschwunden. Am Morgen sah man Blut am Rasiermesser kleben, woraus man schloß, daß in jenem Irrlichte eine lebendige Gestalt verborgen war. Seither kehrte es nie wieder zum Wachtposten zurück.

Lehrer P. Hummer

161. Irrlicht bei Schandel.

Ein Jäger von Useldingen pflegte während des Sonntagsgottesdienstes auf die Jagd zu gehen. Nach seinem Tode ging er als Irrlicht um und zwar an den Stellen, wo er zeitlebens seine Weidbahn hatte.

Im Jahre 1844 kam das Irrlicht in den Stall des Schlosses von Ewerlingen. Die erschreckten Pferde weckten den Knecht durch ihr Gepolter. Als dieser den Stall voll Feuer erblickte, eilte er mit einem Eimer Wasser herzu und goß es in die Flamme, worauf das Irrlicht sich zerteilte. Der inzwischen herbeigeilte Schloßpächter schoß auf das Irrlicht. Da ballte sich dieses zusammen und fuhr zum Stallfenster hinaus.

J.B. Klein, Pfarrer zu Dalheim

162. Die Flamme im Kleindörfchen zu Remich.

Das Kleindörfchen ist ein alter, zerfallener Bau, der, wie ein altes Ritterschloß, eine Menge Gewölbe und Verliese birgt, welche zur Zeit, als das Haus von vielen Familien bewohnt war, zu Geißställen gebraucht wurden. Später aber spielten die Schulbuben Verstecken in den Räumen, wobei der zaghafteste stets die anderen »suchen« mußte, denn man erzählte, von Zeit zu Zeit spuke es dort und eine fliegende Flamme schweife durch alle Zimmer des Hauses. Daher gehörte ein gut Stück Mutes dazu, in diesen Zimmern zu wohnen.

N. Gaspar

163. Die wandernde Flamme zu Dondelingen.

Während eines Krieges wohnte zu Dondelingen ein Mann in einem Hause, Hofhaus genannt. Dieser stahl viel Geld, tat es in einen Topf und vergrub denselben an einem Baume in dem Walde »Schleit«. Er glaubte, es unbemerkt getan zu haben; doch war er gesehen worden und wurde von den Soldaten gezwungen, ihnen den Geldtopf zu zeigen. Da er sich weigerte, wurde er auf dem an den Wald grenzenden Stück Land »Kreuzfeld« niedergestochen. Dort soll das Geld noch liegen und man erzählt, von dieser Zeit an sehe man in genanntem Wald oft ein Flämmchen umgehen. Geht man auf das Flämmchen zu, so ist es verschwunden, wenn man hinkommt, und man kann die Stelle nicht mehr wiederfinden, wo man es gesehen.

Vor vier Jahren ging eine Frau nachts von Meispelt nach Dondelingen. Als sie auf dem Wege, der am Kreuzfeld vorbeiführt, dahinging, sah sie eine Flamme auf dem Kreuzfeld, die sie ungefähr hundert Meter weit, immer etwa vierzig Schritte von ihr entfernt, begleitete.

Dieses Flämmchen hält man für den Geist des Erschlagenen, der sein Geld hütet.

164. Das feurige Rad auf der Meß.

Ein reicher, geiziger Bauer von der Meß hatte die Gewohnheit, nachts hinaus aufs Feld zu gehen, um die Grenzsteine seiner Liegenschaften in diejenigen seiner Nachbarn weiter hineinzurücken. Dadurch zog er sich soviele Verwünschungen zu, daß er nach seinem Tode ein Jahr lang jede Nacht in Gestalt eines feurigen Rades auf dem Banne herumrollen mußte.

Lehrer Konert

165. Gespenstisches Faß zu Straßen.

Man erzählt zu Straßen von einem Faß, das jeden Abend auf einem Kreuzwege daher gerollt sei. Ging jemand spät abends dorthin, dann rollte das Faß ihm nach.

166. Der feurige Klotz bei Simmern.

Zwischen Ehner und Simmern liegt mitten im Walde das Ehnergrönd-chen. Dort hörte man ehemals ein vielfältiges Geschrei, so daß die Stelle verrufen war und man es nicht wagte, dorthin zu gehen. Das Geschrei bestand aus hunderterlei Tönen und klang wie Musik. 76

Einst kamen zwei Männer nachts an dieser Stelle vorbei. Plötzlich wurden sie in ihrem Gespräche aufgeschreckt: ein feuriger Klotz kam auf sie zu geflogen. Voll Angst liefen sie durch den Wald, und als sie von der Erscheinung nichts mehr sahen, befanden sie sich in dem Häwenwege, der nach Simmern führt.

167. Rollendes Faß bei Bruch.

Ein Mann aus der Umgegend von Bruch erzählt, er habe, als er die sogenannten Brücher Löcher hinabging, ein Faß oben vom Berge herabrollen sehen. Er sei auf die Seite gesprungen und das Faß sei an ihm vorüber weitergerollt. In der ganzen Umgegend sei jedoch kein Mensch zu bemerken gewesen.

168. Feuriges Faß bei Beckerich.

Verspätete Wanderer, welche abends durch ein bei Beckerich gelegenes Tal gingen, welches den Namen Jenkeschgrond führt, wurden von einem hinter ihnen herabrollenden, feurigen Fasse verfolgt. Gewöhnlich kam es ihnen nach bis auf einen in der Nähe gelegenen Hügel.

169. Das rollende Faß zwischen Ewerlingen und Schandel.

In einer mondhellen, schneidenden Winternacht kamen zwei Personen von Ewerlingen nach Schandel. Als die beiden die halbe Strecke des Weges zurückgelegt hatten, gewahrten sie in der Ferne ein Faß, das auf sie zu rollte. Erstaunt über diese geheimnisvolle Erscheinung, die immer schneller und schneller schnurstracks auf sie zu rollte, blieben sie wie angefesselt stehen. Das Faß kam immer näher und näher und rollte geräuschlos an ihnen vorüber. Gleich darauf stürzte es aber unter hohlem Gepolter über Hecken, Steingeröll und Dorngesträuche hinab in die Schamecht, die schon seit langen Jahren der Aufenthaltsort von Geistern und Gespenstern ist.

Ein Mann kam in später Nacht bei hellem Mondschein von Böwingen nach Schandel. Im Grieselgrunde angelangt, wo das allbekannte Grieselmännchen geistert, klang ein hohles Rollen an sein Ohr. Er blieb stehen und bemerkte ein großes Faß, das unter großem Gepolter vom Grieselberg herabrollte, nahe an ihm vorbei, und im Grunde verschwand. Der Mann sagte, er habe sich fast zu Tode gefürchtet, das Faß würde über ihn rollen. Er versicherte heilig, nie mehr nachts diesen Weg gehen zu wollen.

An verschiedenen anderen Stellen hat man dieses rollende Faß gehört und gesehen; welche Bewandtnis es aber mit diesem Fasse habe, weiß man nicht.

170. Das Wunderfaß zu Warnach.

Zu später Nachtzeit folgte einst ein Mann einem Pfade, der sich durch
die Wiesen zwischen Arsdorf und Rambruch hinzieht. In der Nähe von
77 Warnach gewahrte er plötzlich zu seinem Schrecken über seinem
Haupte ein großes Faß schweben, aus welchem rauhe, abschreckende
Töne erschollen; auf demselben saß eine schwarze, hagere Gestalt, welche
die drolligsten Gebärden machte. Er konnte sich wenden, wohin er
wollte, rechts oder links, die Spukgestalt verschwand nicht, sondern hielt
sich stets grade über ihm. Erst bei dem ersten Hause von Warnach sah
er sie, einen weithin leuchtenden Schweif zurücklassend, hinter den
Wäldern hinabtauchen.

Zollbeamter J. Wolff

171. Das rollende Faß bei Esch an der Sauer.

Ein Mann aus Esch kam eines Abends von Eschdorf. In der Nähe der Antoniusbuche angelangt, hörte er hinter sich ein Geräusch, und er hatte noch kaum Zeit, auf die Seite zu treten, als ein großes Faß an ihm vorbeirollte.

Greg. Spedener

172. Das rollende Faß bei Kaundorf.

Wenn man von Esch an der Sauer den Berg hinauf nach Kaundorf geht, so trifft man unterwegs eine Stelle, wo es nicht recht geheuer sein soll. Einige wollen dort des Nachts ein rollendes Faß, andere einen großen, unheimlichen Mann gesehen haben, der aber, wenn man ihn anreden wollte, plötzlich verschwand. Wieder andere bemerkten dort ein Geldfeuer, das aber heute nicht mehr besteht.

Ein Mann von Esch an der Sauer kam eines Abends ziemlich angeheitert von Kaundorf, wohin er sich des Nachmittags Geschäfte halber begeben hatte. Je näher er zu dem Schreckensorte kam, desto mehr dachte er über die Gespenster nach, die an dieser Stelle erscheinen sollten. Als er so in Gedanken vertieft seinen Weg fortsetzte, erblickte er auf einmal etwas Schwarzes vor sich den Abhang hinabrollen. Dem Manne wurde es ganz unheimlich zu Mute. »Richtig«, dachte er, »das ist ja das rollende Faß, das schon so manchen hier in die Flucht gejagt hat«. Er bedachte sich auch nicht weiter, sondern lief, so schnell er konnte, um aus dem Bereich dieser Erscheinung zu kommen, und traf ganz erschöpft um Mitternacht zu Hause an. Seit dieser Zeit ist der Mann nie mehr in der Nacht diesen Weg gegangen; man hat auch seither nichts von dem Geisterspuk vernommen.

Lehrer H. Georges

173. Spukgeist bei Obereisenbach.

Ein Taglöhner kehrte eines Abends gegen zehn Uhr von Rodershausen, wo er den Tag über gearbeitet hatte, nach Hause zurück. Als er an dem Orte genannt Gieslei angelangt war, hörte er plötzlich ein Geräusch, das etwa zehn Meter oberhalb des Weges aus dem Gebüsch herkam. Der Mann blieb stehen und horchte; da lief dicht an ihm vorbei ein Gegenstand, der die Gestalt einer Kegelkugel hatte, und rollte unter unheimlichem Gerassel im Laub den Berg hinunter. Eine Weile drauf hörte der Mann tief unten an der Ur ein Klatschen, wie es beim Waschen durch den Bleuel hervorgebracht wird, und doch war kein Haus in der Nähe. Das Klatschen hielt nur ein paar Minuten an.

78 Lehrer Quiring zu Untereisenbach

174. Noch andere gespenstische Fässer.

Zwischen Dasburg und Roder geht ein Mann auf einem Faß um.

Zu Ettelbrück kam ehedem ein feuriges Fuderfaß die Nuck herabgerollt, von allerhand Geisterspuk umgeben.

Auf der Kuhrast bei Böwen kam etwas wie ein Faß den Felsen herab und rollte in die Tiefe.

Zu Diekirch, sagt man, rolle von Zeit zu Zeit nächtlich eine Bauchbütte durch die Straßen.

175. Das große Fuderfaß bei Berdorf.

Drei Männer mähten eines Abends bei hellem Mondschein in der sogenannten Heschpicht. Als es Zeit geworden, daß zwei von ihnen nach Hause gehen mußten, sollte der dritte noch weitermähen. Kaum waren die zwei zu Hause angekommen, als schon der dritte außer Atem gelaufen kam und erzählte, wie aus der nahen Hecke ein großes, schwarzes Fuderfaß brausend auf ihn zu gerollt gekommen, er alsdann Reißaus genommen und das Faß ihm gefolgt sei. Es soll das sogenannte Heschpichtmännchen gewesen sein, das sich bald in dies, bald in das verwandeln konnte.

P. Wolff

176. Das zerplatzende Fuderfaß bei Rippich.

Im Ort genannt Grompersgrièecht, nahe bei Rippich, ist es nicht geheuer. Ein Bannhüter, der dort während der Nacht den Obstdieben auflauerte, sah plötzlich um Mitternacht einen runden Gegenstand vom Berg, am Ort genannt Röder, herabrollen. Anfangs maß der Gegenstand etwa einen halben Meter im Durchmesser; je näher er aber kam, desto größer wurde er, bis er zuletzt die Größe eines Fuderfasses hatte. Dies lief nahe an ihm vorbei den Hügel hinab in den Weg, wo es zerplatzte. Zugleich hörte der Mann einen lauten Schrei, der sich ein paarmal wiederholte. Darauf war alles still und verschwunden.

177. Der glühende Baumstamm bei Mertert.

Einer Frau, die von Mertert nach Grevenmacher ging, erschien, als sie an den Ort »op em Meilesteen«, eine Viertelstunde oberhalb Mertert, angelangt war, ein Gespenst in Gestalt eines glühenden Baumstammes, der sich hinter ihr her wälzte, indem er von einer Seite der Straße zur anderen rollte und dabei ein Gepolter verursachte, als wenn zwei leere Fässer übereinander rollten. Nachdem der feurige Baumstamm ihr einige Minuten lang nachgekommen war, rollte er mit lautem Zischen in die nahe Mosel, wobei das Wasser hoch emporspritzte.

178. Das feurige Faß im Lenninger Wald.

Drei Männer von Wormeldingen kehrten eines Abends aus der Stadt nach Hause zurück. Als sie in den Lenninger Wald kamen, gewahrten
sie auf der Waldeshöhe einen feurigen Schein, der die ganze Gegend er- 79
leuchtete und immer tiefer herabkam. Wie die Reisenden nun so weitergingen, kam der Feuerschein der Straße immer näher, und auf einmal sahen sie aus dem Walde heraus ein mächtiges, brennendes Faß dicht an ihnen vorbei, dann hinab und den jenseitigen Berg hinan immer weiterrollen.

Lehrer Konert zu Hollerich

179. Das feuersprühende Rad bei Ehnen.

In einem Walde beim Dorfe Ehnen geht ein Gespenst um, welches um die Geisterstunde in Gestalt eines feuersprühenden Rades auf und ab läuft.

180. Das Geisterfaß auf dem Gimmerenger Berg.

Auf dem Gimmerenger Berg, wo ehemals ein Galgen gestanden, zwischen Dalheim und Altwies, erscheint nachts ein Spukgeist in Gestalt eines Fasses. Vom Wuorbösch her rollt das Faß bis auf den Gimmerenger Berg; zugleich erschallt »Getûts und Gebre'lls« durch die Luft.

181. Das rollende Faß in Buchholz (Dalheim).

A. Vor mehr als fünfzig Jahren flüchtete ein desertierter, französischer Soldat nach Medingen (Luxemburg), wo er eine Schwester hatte. Als er in Buchholz (Wald bei Dalheim) kam, bemerkte er auf einmal ein Faß, das vor ihm her rollte und immer größer wurde, bis es auf einmal zerplatzte und verschwand.

Lehrer J.B. Linster

B. Wer einmal notgedrungen um Mitternacht seinen Weg durch den Wald »Buchholz« nehmen mußte, wird zweifelsohne sich nicht mehr an jenem Orte von der grauenvollen Geisterstunde überraschen lassen. Hier, was einem biederen Landmanne aus Dalheim passierte. Er kehrte abends von einem Nachbarsdorfe, wo ihn Geschäfte bis spät in die Nacht hinein aufgehalten hatten, nach Dalheim zurück. Gemütlich sein Pfeifchen rauchend, schlenderte er durch »Buchholz« dem trauten Heim zu. Es schlägt zwölf Uhr; eben hat er den Wald passiert, da vernimmt er hinter sich ein geheimnisvolles Rollen. Unser ehrsamer Wanderer, dessen Gewissen rein wie Gold ist, setzt ruhig seinen Weg fort. Das Rollen wird immer schrecklicher, der Mann blickt um und sieht ein großes Faß seinen Schritten folgen. Das Faß wächst zusehends bis zum Riesenkoloß, dessen bloßes Getöse imstande wäre, das Blut eines Bösewichtes in den Adern gerinnen zu machen. Wankenden Schrittes und mit klopfendem Herzen sucht unser Bäuerlein seinem unliebsamen Gesellschafter zu entkommen, bis beim »Kementer Kreiz« alles verschwand.

80 Th. Medernach

2. Dämonen und dämonische Tote

182. Der Mann ohne Kopf bei Herborn.

Zwei Bauern von Reisdorf gingen einst nach Herborn zur Kirmes. Beim Einbruch der Nacht sahen sie von ferne drei furchtbar große Männer hinter sich her kommen. Dieselben gingen in einer Reihe; der in der Mitte hatte keinen Kopf.

Auch bei ihrer Rückkehr nach Hause wurden die Bauern von den drei unliebsamen Gefährten bis nach Dickweiler begleitet.

Lehrer Rollmann

183. Kopflose Männer bei Berdorf.

A. Drei Berdorfer Wilddiebe waren einst nachts auf der Dachsjagd im Müllertal. Sie gingen zusammen durch den Wald, da stand auf einmal ein Mann ohne Kopf vor ihnen. Voll Angst blieben sie stehen, bis der Mann vor ihren Augen verschwand. Sogar die Hunde, welche sie mit sich führten, waren vor Angst zu ihren Füßen zusammengekrochen.

Luxemburger Land, 1882, Nr. 9

B. Ein Mann aus Berdorf kam einst in später Nacht über den sogenannten Schôßpâd. Da trat ihm eine ungeheuere Menschengestalt ohne Kopf entgegen. Der Berdorfer war etwas angeheitert und rief: »He Alter, du wärst wohl gut, um Dielen zu tragen!« Da bekam er Ohrfeigen über Ohrfeigen.

P. Wolff

184. Der schwarze Mann in Pul.

Ungefähr eine Stunde von Wormeldingen liegt zwischen den Gemeindewaldungen ein kleines Wiesental, genannt: a Pul. In diese Wiesen hatte eines Abends ein Knecht seine Pferde auf die Weide getrieben. Vom Schlafe überwältigt, legte er sich auf die Erde, schlug die wollene Pferdedecke um sich und lag bald in tiefem Schlaf. Er wurde jedoch durch ein Ziehen und Zupfen an der Decke aufgeweckt, und als er die Augen aufschlug, da stand zu seinem größten Schrecken ein kohlschwarzer Mann vor ihm, der wenigstens neun Schuh maß. Der erfaßte die Decke und, wie eine Katze mit allen Vieren anpackend, erkletterte er einen hohen Eichbaum. Der Knecht ergriff eiligst die Flucht; kaum hatte er jedoch den Saum des Waldes erreicht, als der schwarze Geselle sich quer vor ihn hinlegte, ihm den Weg zu versperren. In seiner Angst machte der Knecht das hl. Kreuzzeichen und empfahl Gott seine Seele, denn ihm schien sein letztes Stündlein geschlagen zu haben. Kaum war das geschehen, da loderte der ganze Wald um ihn herum in lichterlohem, blutrotem Flammenmeer. Der Schwarze fuhr empor und flog unter gräßlichem Gebrüll durch die Lüfte über das Feuer hinweg. Sofort war dieses erloschen und Pech- und Schwefelgestank erfüllte die ganze Gegend.

81 Lehrer Konert zu Hollerich

185. Riesige Gestalten bei Remich.

A. Einst kamen zwei Fischer von der Untermosel; als sie bei Remich, dem Salzborn gegenüber, angelangt waren, sahen sie plötzlich aus dem nahen Walde einen riesenhaften Mann daherkommen, welcher eine schwarze Mütze auf dem Kopfe trug. Er kam bis an das Moselufer und rief: »Bä, bä, bä!« Der eine Fischer glaubte, er habe ihn etwas gefragt, und antwortete: »Hem!« Der Unbekannte aber wendete sich um und schritt wieder dem Walde zu, ohne daß die Fischer ihn gehen hörten.

B. Vier Männer von Remich waren zum Almer Bach gegangen, um Holz zu sammeln. Da hörten sie plötzlich ein furchtbares Geschrei, wobei sich die Spitzen der Tannenbäume fast bis zur Erde neigten. Sie schauten um und gewahrten einen ungeheuer großen Mann. Drei der Männer stoben in aller Eile nach Hause. Der vierte wollte über den Almer Bach setzen. Aber anstatt eines Baches sah er einen Fluß vor sich. Nur mit Mühe kam er hinüber. Doch da alles still geworden und die riesige Gestalt verschwunden war, kehrte er nach einer Weile beherzt zurück zum Almer Bach; doch sieh da, derselbe ist ausgetrocknet. Er hätte geglaubt, von einem Fluß geträumt zu haben, wenn seine nassen Stiefel ihn nicht vom Gegenteil überzeugt hätten.

C. Einst ging eine Frau zu Remich in die Lehmkaul, um Reisig zu sammeln. Da hörte sie plötzlich einen durchdringenden Schrei, und als sie umschaute, gewahrte sie eine riesige Jungfrau, die einen Strohhut trug. Mit einem Schritte setzte dieselbe über die Lehmkaul weg und verschwand.

186. Das Gespenst beim Klingelbur zu Dalheim.

Am Ende des Dorfes Dalheim, gegen Waldbredimus zu, liegt der Klingelbur, so genannt, weil vorzeiten dort ein Apfelbaum mit sogenannten Klingeläpfeln stand. Dieser Baum hatte zwei Scheren; zwischen denselben stand nachts ein Mann, so groß, daß er mit einem Schritt in die gegenüberliegenden Wiesen treten konnte.

J.B. Klein, Pfarrer zu Dalheim

187. Der Mann mit dem Stierkopf.

Im »stengeger Bösch« bei Dalheim soll ein riesiger Mann mit einem Stierkopf umgehen. Näheres weiß man nicht.

188. Das riesige Gespenst bei Differdingen.

Als ein Mann von Differdingen, welcher zu Luxemburg auf dem Markte ein Pferd gekauft hatte, in den Niederkorner Weg (zwischen Differdingen und Niederkorn) gekommen war, gewahrte er bei einer Biegung der Straße eine riesige Gestalt, deren Gesicht erdfahl, deren Leib schwarz und teilweise mit einem eisernen Panzer bedeckt war. Ein roter Mantel umhüllte die Schultern und fiel wallend herab. Unverwandt blieb das 82
geisterhafte Auge der Erscheinung auf dem Manne haften. Endlich faßte sich dieser ein Herz, trat seinem Pferd in die Weichen und galoppierte an dem Gespenst vorbei. Aber, o Schrecken und Entsetzen! mit Blitzesschnelle schwang sich die geheimnisvolle Gestalt hinter den Mann aufs Pferd und flüsterte ihm geheimnisvolle Worte zu, die dieser aber nicht verstand. Vor seinem Hause angekommen, fiel der Bauer vom Pferde und verschied.

Ein anderer Mann, welcher zu Pferde an derselben Stelle vorbeikam, gewahrte ebenfalls die riesige Gestalt. Rasch wollte er an der geheimnisvollen Erscheinung vorbeisprengen, aber schnell wie der Blitz saß dieselbe hinten auf dem Pferde und rief: »Karuntje, sitz auf! Karuntje, sitz auf!« Zugleich schlug er unaufhörlich mit einer Rute auf den erschrockenen Reiter, bis derselbe vor seinem Hause ankam, wo er ohnmächtig niederfiel.

189. Der Riese bei Greisch.

Pe'tchen M. aus Tüntingen fuhr eines Winterabends zwischen acht und neun Uhr nach Greisch. In den »Pilmen« bei Greisch blieb auf einmal sein Pferd stehen und war trotz aller Zurufe und Schläge nicht von der Stelle zu bringen. Da glaubte er, es sei ein Stein unter dem Rade; als er nachsah, bemerkte er einen sechs Meter langen Riesen mit einem schwarzen Hut auf dem Kopfe hinter dem Wagen stehend und diesen festhaltend. Der Bauer machte schnell das hl. Kreuzzeichen und verhielt sich ruhig. Nach ungefähr einer Viertelstunde ließ der Riese den Wagen los und entfernte sich in der entgegengesetzten Richtung.

190. Der Mann ohne Kopf zu Rollingen.

Da, wo der Weg, der von Rollingen kommt, in den Weg, der von Petingen nach Rodingen führt, einmündet, stand ehedem ein abgebrochenes Feldkreuz aus Stein. Hier erschien oft nächtlich eine riesige, schwarze Gestalt ohne Kopf und schreckte die, welche noch spät des Weges daherkamen oder welche dort die Nachtweide mit ihren Pferden hielten. Ein Knecht wurde einst durch das Ungetüm so erschreckt, daß die Pferde scheu auseinanderstoben und das Pferd, auf dem der Knecht saß, mit diesem in größter Angst und Eile nach Hause zum Stalle rannte. Der Knecht blieb vor Entsetzen längere Zeit sprachlos und war am Kopfe schneeweiß geworden.

Lehrer Linden zu Rollingen

191. Das weiße Gespenst.

Einst kam spät abends ein Wanderer an dem isoliert gelegenen Kirchhofe von Esch an der Sauer vorbei. Bei demselben angekommen, sah er, als er über die hohe Kirchhofsmauer blickte, ein riesengroßes, weißes Gespenst, welches starr an einer Buche lehnte. Der Mann geriet in große Angst und lief, so schnell er konnte, nach Esch, wo er das Geschehene erzählte. Einige beherzte Burschen waren bereit, mit ihm zu gehen, als sie aber bei dem Kirchhofe anlangten, war das Gespenst verschwunden.

83 Greg. Spedener

192. Der riesige Jäger zu Burscheid.

Der Wächter des Burscheider Schlosses erzählte, er habe, als er noch ein Knabe war, um das Jahr 1830, eines Abends mit zwei andern auf der Treppe vor dem Turme gesessen, worin er jetzt wohnt. Da sei plötzlich zu ihrer Rechten, auf der äußersten Seite des Berges, worauf das Schloß steht, ein großer, weißer Jäger aufgetaucht. Kaum hätten sie ihn erblickt, als er einen Schritt tat von der Stelle, wo er stand, bis auf die andere Seite des Schloßberges. Hier habe er geschrieen: »Hubelohei!« und dann sei er ihren Blicken über das Sauertal hinweg entschwunden.

Seit dieser Zeit hat keiner mehr den riesigen Jäger gesehen.

193. Die baumhohe Gestalt bei Berdorf.

Der vorzeiten in der weiten Umgegend bekannte »Wollspinner« ging einst nachts auf die Dachsjagd. Er kam zu dem sogenannten Hotelesch-bach, wo der Weg zwischen zwei hohlen Felsen durchführt. An besagter Stelle angelangt, stand auf einmal ein großer, schwarzer Mann vor ihm, welcher ihm den Weg versperren wollte. Als er ihn aufforderte, ihm freie Bahn zu geben, antwortete ihm die Gestalt: »Der Tag ist für dich, und die Nacht ist für mich«. Unser Wollspinner aber fürchtete sich nicht und wollte eben sein Gewehr anlegen, um dem schwarzen Ungeheuer das Licht auszublasen, da wuchs dieses langsam zu einer baumhohen Gestalt bis über die Felsen empor und, das eine Bein auf den rechten, das andere auf den linken Felsen stellend, ließ es den Wollspinner unter sich passieren.

Lehrer P. Wolff

194. Der riesige Ritter zu Born.

Im Hof des Schlosses zu Born erscheint gegen Mitternacht ein Ritter, eine Lanze in der Rechten haltend. Er stellt sich vor das Schloß hin und wird immer größer, bis er die Höhe des Schlosses erreicht hat.

195. Der riesige Mann zwischen Grevenmacher und Flaxweiler.

Einst saßen während der Nacht vier Männer, die ihre Pferde weideten, ruhig in der Scheiweswies zwischen Grevenmacher und Flaxweilet um ein Feuer geschart und brieten Kartoffeln. Plötzlich fingen die weidenden Pferde an, unruhig zu werden und stürmten dann in vollem Galopp in den nahen Wald hinein. Als die Männer verwundert aufschauten, die Ursache der wilden Flucht zu erspähen, bemerkten sie neben sich einen riesigen Mann stehen, der, in einen weiten, zugeknöpften Mantel gehüllt, einen breitrandigen Schlapphut auf dem Kopfe und ein dickes, schwarzes Register unter dem Arme, stillschweigend in das knisternde Feuer schaute. Keiner von den vieren wagte ein Wort zu sprechen, und bald zog sich der Unheimliche still, wie er gekommen, zurück. Seine Gestalt wurde immer riesiger und gewaltiger, bis er endlich wie ein Nebel ihren Augen entschwand.

Luxemburger Land, 1882, Nr. 12 84

196. Der wachsende Zwerg.

Verschiedene Zauberer, die meistens unter der Erde leben, haben ihre Freude dran, die Menschen zu necken, zumal wenn diese sie in ihrer Tätigkeit stören. Zur Nachtzeit kommen sie aus der Erde hervor und wollen nicht beobachtet oder gestört sein. So wurde ein Zwerg, der sich in die Ecke eines Wohnhauses gekauert hatte, dadurch gestört, daß die Frau das Fenster öffnete und dem Zwerg zurief: »Wer ist da? Was ist das?« Der kleine Zauberer wuchs zusehends. Seine glühenden Augen schauten drohend auf das arme Weib. Schon erreichte der Kopf die Fensterbrüstung des zweiten Stockes, wo sich die Frau befand. Diese stieß einen entsetzlichen Schrei aus und fiel in Ohnmacht. Die Hausleute kamen eiligst herzu; nachdem sie die Frau wieder zur Besinnung gebracht und von ihr den Vorfall vernommen hatten, sahen sie im Hause nach, konnten aber keine Spur mehr von dem Zauberer entdecken.

Lehrer N. Biver zu Remich

197. Der große Mann auf Pötzel bei Filsdorf.

Zwei Männer von Welfringen, K. und S., kamen einmal aus der Stadt. Als sie bei Filsdorf an den Ort kamen, wo die römische Niederlassung war und welcher Pötzel genannt wird, da erschien ihnen ein großer, schwarzer Mann, der sie verfolgte bis zum steiniger Büsch bei Welfringen. Der Mann wurde immer größer, zuletzt so lang wie ein Wiesbaum (Heubaum).

J.B. Klein, Pfarrer zu Dalheim

198. Der riesige Mann im steiniger Busch bei Dalheim.

Eines Abends ging ein Soldat durch den »steiniger Busch« auf Dalheim zu. Wie er an den Eingang des Waldes kam, sah er einen Mann daherkommen, der ihm nichts Gutes im Sinn zu führen schien; schon legte er die Hand an den Säbelgriff. Da fing der Mann auf einmal an zu wachsen und wurde so groß, daß er sich in der Luft krümmte. Der Soldat machte das hl. Kreuzzeichen; da begann der Mann zurückzuweichen. Plötzlich aber vernahm der Soldat ein so furchtbares Krachen, als wenn alle Donnerwetter von der Welt zusammen wären. Wie er nun hinter sich blickte, glotzte ihn ein großer Hund an. Der Soldat eilte nach Hause, wo er ohnmächtig zusammenfiel.

199. Der große Mann aus Remerich bei Esch a.d. Alzet.

In »Ehleringer-Erdchen«, hinter der Holzung Remerech bei Esch an der Alzet, hielten eines Abends spät drei Escher Burschen mit ihren Pferden in der Nachtweide. Etwas nach Mitternacht, als sie eben nach Hause fahren wollten, sahen sie plötzlich beim fahlen Mondschein einen kleinen, alten Mann aus dem Walde hervortreten und mit langsamen Schritten schweigend auf und ab gehen. Derselbe trug einen langen, schwarzen Rock mit weiten Ärmeln und einen ellenhohen, oben zugespitzten Hut ohne Schirm. Er hatte einen langen, weißen Bart und graues Haar, welches unter der sonderbaren Kopfbedeckung in Locken bis auf die Schultern herunterhing. 85

Die drei Burschen waren über diese Erscheinung nicht wenig erstaunt. Sie getrauten sich nicht, ein Wort zu sprechen, und schauten eine Weile mit Bestürzung zu. Dem Verwegensten jedoch schien die Sache zu lange zu werden. »Sôt Petter, wuor gitt der?« fragte er beherzt. Es erfolgte keine Antwort. Er wiederholte die Frage, jedoch vergebens, der sonderbare Mann schien nichts gehört zu haben und ging immer schweigend auf und ab. Daraufhin wurde der Fragende unwillig und rief zum drittenmal: »Ma Petter, sit der dan der Deiwel, oder wien sit der?« Kaum hatte er ausgeredet, da erhob sich die Gestalt des vordem so kleinen Mannes. Er wurde zusehends immer größer und größer, zuletzt so groß wie ein »Wiesbaum«. Mit funkelnden Augen stand er da und erhob mit wütiger Gebärde die Hände gegen den verwegenen Weidjungen. Zu gleicher Zeit gab es einen Krach, wie wenn alle Bäume im Walde zusammenbrächen. Der Himmel bedeckte sich mit finsteren Wolken und ein heftiger Sturmwind sauste mit grausigem Getöse über die Fluren. Die Pferde wurden wild, schnoben und liefen auf einen Haufen zusammen. Der Todesschweiß ging den dreien aus. Sie hatten nichts Eiligeres zu tun, als aufzusitzen und spornstreichs nach Hause zu jagen. Erst als sie an das Dorf herankamen, wagten sie miteinander zu sprechen.

J. Schmit zu Esch an der Alzet

200. Der rote Mann bei Rodingen.

Eines Abends kehrte ein Mann aus Rodingen, der gegenwärtig noch lebt, von dem halbstündig entfernten Hüttenwerk La Sauvage, wo er den Tag über gearbeitet, nach Hause zurück. Es war zwischen der elften und zwölften Stunde, als er eilig den Weg, der sich durch den Wald oder doch an Wäldern vorbei zieht, dahinschritt. Am »Ochsenbrunnen« angekommen, vernahm er Tritte, die immer näher kamen, und bald gewahrte er in einiger Entfernung vor sich einen ungeheuer großen Mann daherkommen, der ein langes, rotes Gewand trug und einen langen Bart hatte. Je mehr er sich dem roten Mann näherte, desto größer wurde derselbe, und als sie sich begegneten, war er so groß geworden, daß der Arbeiter ihm fast nicht mehr bis an den Kopf sehen konnte. Im Vorbeigehen konnte der Arbeiter, trotz seines Schreckens, sich nicht enthalten zu rufen: »Donnerwetter, du bist größer als ich!« – »Sei froh, daß du nicht auf meiner Spur gewandelt bist!« entgegnete jener mit hohler Stimme und ging weiter. Und gewiß, wäre er auf der Spur des roten Mannes gewandert, so hätte dieser ihn zerrissen.

Auch andere Leute haben den roten Mann gesehen. So sahen ihn einst zwei Frauen aus dem nahen französischen Grenzdörfchen Saulnes. Als sie an ihm vorbeigingen, grüßten sie: »Bonsoir!« Er aber entgegnete: »Passez toujours; le jour est pour vous, la nuit est pour moi!« und ging weiter.

Lehrer P. Hummer

201. Der erstaunte Geist.

A. Zur Zeit, als die Landleute noch von den Schloßherren Pachthöfe
86 bekamen, lebte auf einem Hofe bei Burscheid ein Mann, der jährlich als Pacht eine kleine Wanne auf das Schloß liefern mußte. Er ging jedes Jahr auf den Lorenzmarkt nach Diekirch, wo er die Wanne kaufte und dann auf das Schloß trug. Einmal kam der Mann ein bißchen angeheitert vom Markte und legte sich im Walde unter einen Baum, um zu schlafen. Da es regnerisches Wetter war, legte er sich die Wanne über den Kopf. Um Mitternacht wurde er durch ein dumpfes Rollen geweckt, ähnlich dem, welches ein schweres Faß im Fortwälzen verursacht. Auf einmal stand ein Mann vor ihm, der mit einer Kette rasselte und ausrief: »Da bin ich doch schon lange hier umgegangen und habe gesehen, daß dies Land

dreimal Wald und dreimal Feld (dreimol Houland an dreimol Plouland) war, aber noch nie habe ich eine Wanne mit Beinen gesehen«.

Lehrer J. Scholler

B. Ein Mann aus Buschrodt hatte sich zu Betborn eine kleine Wanne gekauft und kehrte in ziemlich angetrunkenem Zustande nach Hause zurück. Bei der Schankegrièecht angelangt, legte er sich zur Straßenseite hin nieder, um seinen Rausch zu verschlafen. Er legte die Wanne über sich, so daß nur mehr die Beine hervorragten. Plötzlich wurde er durch ein Geräusch aus dem Schlafe geweckt und der Schrecken machte ihn nüchtern. Auf einmal stand das Schankemännchen vor ihm, das in dieser Grièecht umgeht, und sagte: »Da hab ich diese Gegend schon dreimal als Hochwald und dreimal als Rodland gesehen, aber noch nie habe ich eine Wanne mit zwei Beinen gesehen«. Darauf verschwand das Schankemännchen; der Mann aber hatte graue Haare, als er zu Hause ankam.

Georg Dax

202. Das Eismännchen in Ehnen.

Ein armer Witwer saß zu Ehnen am Vorabende des hl. Christfestes mit seinen fünf unmündigen Kinderlein zu Tisch und beklagte sich bitterlich, daß morgen, während doch jedermann einen fetten Braten im Topfe habe, er und seine zahlreiche Familie mit den alltäglichen »Gequellten und Brach« vorliebnehmen müßten.

Er war eben daran, über die Ungleichheit, womit Gott seine Gaben ausgeteilt, nachzugrübeln und sich einen Verstoßenen zu nennen, als er plötzlich in dem kleinen Hausflur ein ziegenähnliches Meckern hörte.

Draußen aber sauste und pfiff der Wind, als wäre der jüngste Tag hereingebrochen, und in der vereisten Mosel hörte man ein geheimnisvolles Krachen und Donnern. Der Witwer trat hinaus und gewahrte zu seinem Erstaunen eine prächtige, junge Ziege, welche in eine Ecke gekauert dalag und nicht von der Stelle wich. Sie gab natürlicherweise zum kommenden Festtag einen leckeren Bissen.

Wer aber die Ziege gesandt, woher sie gekommen, konnte nicht ermittelt werden. Das Volk jedoch erzählt sich, es sei das sogenannte Eismännchen gewesen, welches diese willkommene Gabe gesandt. Nach der Sage nämlich ist dieses ein kleines, unansehnliches Männlein mit großem, weißem Barte, welches im Winter, wenn die Mosel zugefroren ist, in einer 87

Eisspalte wohnt, des Nachts seine kalte Wohnung verläßt und die Runde im Dorfe macht, um armen Witwern und Waisen in ihrer Not mit Rat und Tat beizuspringen.

J. Weyrich aus Ehnen

203. Das Homännchen bei Esch a.d. Sauer.

In der Ho, einem Walde zwischen Esch und Eschdorf, hielt sich ehemals ein in einen schwarzen Mantel gehüllter Mann auf, das Homännchen genannt, welcher alle Reisenden, die dort vorbeigingen, mit Schrecken erfüllte. An welchem Ende des Waldes er sich auch befinden mochte, sobald er hörte, daß jemand kam, verließ er seine Stelle, rauschte durch die Lüfte herbei und stellte sich unbeweglich an die am Wege stehende St. Antoniusbuche (in welcher ein uraltes Bild des hl. Antonius eingerahmt war), wo die Leute vorbeigehen mußten. Niemand tat er etwas zuleide, nur starrte er die Leute so wild an, daß sich jeder fürchtete.

Nachdem er lange sein Unwesen getrieben, wurde er durch einen frommen Mann, unter Anrufung des hl. Antonius, in einen Ginsterstrauch gebannt.

Lehrer Schlösser in Esch a.d. Sauer

204. Das Hêdebiéregsmännchen zu Waldbillig.

Hêdebiéreg ist ein Flurname zu Waldbillig. Hier, erzählt man, haben Heiden gewohnt; auch soll man beim Umackern noch immer Überreste von heidnischen Häusern finden. Vor fünfzig bis sechzig Jahren hatten die Kinder große Angst vor dem Hêdebiéregsmännchen, das es sich angelegen sein ließ, den Kindern Furcht einzujagen. Heute noch fürchten sich die Waldbilliger Kinder vor dem Pötzmännchen, auch Krôpemân genannt, wodurch sie von den Brunnen ferngehalten werden.

Lehrer Franck zu Waldbillig

205. Der rote Mann im Merscherwald.

Vor mehreren Jahren ging an einem Herbstmorgen (es mochte ungefähr zwei Uhr gewesen sein) ein Maurer von Kehlen nach Hühnerhof (bei Mersch) an seine Arbeit. Um dahin zu gelangen, mußte er durch Keispelt

gehen und sein Weg führte ihn an der alten Klause (»ob der Kleischen« genannt) unterhalb Keispelt vorbei. Dort angekommen, vernahm er vom Walde (dem sogenannten Merscherwalde) her Axtschläge und in der Meinung, es seien Holzhacker mit dem Fällen der Bäume beschäftigt, ging er voran. Bald verließ er den Gemeindeweg und schlug einen Pfad durch den Wald ein. Die Schläge wurden immer stärker, schienen sich jedoch zu seiner Linken zu verlieren. Das dünkte dem beherzten Manne seltsam und es wurde ihm unheimlich zumute. Er verfolgte dennoch seinen Pfad und hatte eben das sogenannte Gründchen erreicht, das sich fast mitten im Walde befindet. An dieser Stelle steht ein Kreuz, von etwas Gesträuch und einigen jungen Bäumen umgeben; unser Mann zog ehr- 88
furchtsvoll die Mütze, und im selben Augenblick vernahm er aus dem Gesträuch her ein seltsames Rasseln und Knarren. Voll Angst eilte er schneller voran, um aus dem Walde zu kommen. An einer Stelle angelangt, wo der Pfad enger wurde und bergab ging, sah er eine Gestalt von unten heraufkommen. Sie war in einen weiten, bis auf die Füße reichenden, blutroten Mantel eingehüllt; auf dem Kopfe trug sie einen ebenfalls roten Hut und in der Rechten eine weiße Stange. Bei diesem Anblicke fing er an allen Gliedern zu zittern an, eiskalter Schauer überlief ihn. Der Pfad war sehr schmal, zu beiden Seiten waren Erhöhungen, er konnte nicht ausweichen. Als der Rote dicht an ihn herangekommen war, grüßte er voll Angst, jener aber antwortete nicht, sondern machte Miene, den Mann an der Fortsetzung seines Weges zu hindern. Dieser war vor Schrecken fast ohnmächtig geworden, er faßte sich aber bald und – ein Sprung – er war an dem Ungeheuer vorüber, und nun fing er an zu laufen, was er konnte, bis er endlich das Ende des Waldes erreicht hatte.

206. Gespenst zwischen Manternach und Lellig.

Zwischen Manternach und Lellig liegt der Ort genannt Helgenheischen (Heiligenhäuschen). Vor grauer Zeit soll dort eine Kapelle gestanden haben; später war der Ort als unheimlich verrufen. Einst kam dort um Mitternacht ein Mann aus Manternach des Weges. Plötzlich glaubte er, einen gespenstischen Mann hinter sich her huschen zu sehen, welcher jeden Augenblick drohte, ihn an den Schultern zu fassen. In seinem Schrecken begann er zu laufen, der Geist aber war immer dicht hinter ihm. Leichenblaß langte er bei den Seinen an.

An der genannten Stelle verunglückte einst eine Person. Man hat hölzerne, eiserne und steinerne Kreuze dort errichtet, aber keines will stehen bleiben.

Lehrer Oswald zu Manternach

207. Die papierne Jungfrau bei Giwenich.

In einem kleinen Wiesenplane zwischen Mompach und Giwenich wurde ehemals ein papierenes Frauenzimmer gesehen, welches bald langsam auf und ab ging, bald mit großem Getöse durch die Lüfte sauste. Drei Mädchen von Giwenich, die einst nach Mompach gegangen waren, bekamen das Papiergespenst auf dem Heimwege zu sehen. Sie gingen, als der Abend hereinbrach, nach Haus und nahmen, da es gutes Wetter und der Weg sauber war, den kürzeren Wiesenpfad. Ohne an etwas Böses zu denken, gingen sie nebeneinander, als sie auf einmal seitwärts etwas rascheln hörten, wie wenn jemand Papier zerknittere. Als sie umsahen, erblickten sie eine hohe, weiße Gestalt, die auf sie zuschritt. Alle drei gaben sich nun ans Laufen, um baldmöglichst ihr Heim zu erreichen. Doch das Gespenst verfolgte sie. Als sie die Ortschaft Giwenich beinahe
89 erreicht hatten, war das Gespenst dicht hinter ihnen, worauf eines der Frauenzimmer heftig zu schreien begann und um Hilfe rief. Und siehe! sogleich machte das Gespenst kehrt und verfolgte sie nicht weiter.

Lehrer P. Hummer

208. Bruder Paulinus auf dem Stephansberg bei Trintingen.

Vordem wohnte auf dem Stephansberg ein Klausner namens Bruder Paulinus. Was mit ihm geschehen oder was er getrieben, weiß man nicht; nur das ist sicher, daß er noch heute im Wald und in den Sümpfen von Trintingen umgeht. Einmal hatte ein Mann im Wald Fäschen (Faschinen) gemacht. Als er dieselben wegschleppen wollte, fiel ein schwerer Schlag neben ihm und, da er sich nicht darum kümmerte, noch ein zweiter Schlag. Da wußte der Mann wohl, wo er dran sei. »Bruder Paulinus«, sprach er, »wenn du hier noch etwas zu sagen hast, so gehe ich meiner Wege.«

J.B. Klein, Pfarrer zu Dalheim

209. Die unheimliche Stelle zwischen Erpeldingen und Welfringen.

Zwischen Erpeldingen und Welfringen befindet sich eine Stelle mitten im Walde. Als dort K … aus Dalheim vorbeikam, erzählte er seinem

Begleiter, daß es an dieser Stelle seinem Vater immer gegraust habe. Pardauz! da lag K …, von unsichtbarer Gewalt erfaßt, der Länge nach auf dem Boden.

210. Der Rutengeist bei Dalheim.

Eines Abends kam ein Mann von Mondorf auf Dalheim zu. Beim »steiniger Büsch« angelangt, bekam er plötzlich Rutenstreiche auf den Rücken und ins Gesicht. Ein kleiner Hund, den der Mann bei sich hatte, schrie jämmerlich. Nun lief der Mann eiligst über das Feld und kaum hatte er die sechs ersten Ackerrücken hinter sich, so hörten die Rutenstreiche auf. Als er aber zu Hause ankam, verendete das Hündlein auf der Stelle.

Ähnliches ist an diesem Orte schon vielen Leuten begegnet.

211. Der Rutengeist zu Differdingen.

Ein altes Weib aus Differdingen, welches in einem Wald, Gruowen genannt, Kraut und Holz sammelte, vernahm eine geheimnisvolle Stimme, welche zweimal rief: »Hast du noch nicht genug?« Zugleich wurde sie so lange mit Ruten geschlagen, bis sie vor den Wald kam. Unter den Leuten aber hieß es, es sei der Geist des Großvaters der Frau gewesen, welcher zu seinen Lebzeiten Förster des Waldes war.

212. Der Mausrücker Mann bei Monnerich.

In der Nähe von Monnerich, zur Seite von Ehlingen und Pissingen, hauste im Walde Mausrück der Mausrücker Mann, der sich ein Vergnügen daraus machte, die Vorübergehenden zu ängstigen und zu prügeln, ohne daß man ihn sehen konnte. Eines Tages passierte ein Luxemburger
Metzgermeister den Wald. Kaum hatte er denselben betreten, als er 90
derart mit Schlägen empfangen wurde, daß er eiligst ins Dorf zurückzukehren genötigt war.

Luxemburger Land, 1883, Nr. 5

213. Der Geist in Sengels.

Ein Schäfer aus Hohlfels weidete seine Schafe im Ort »Sengels«, als ihm auf einmal von einer ihm unbekannten Gestalt derbe Streiche versetzt wurden. Es war nach der Meinung des Schäfers kein gewöhnlicher Mensch, denn der sonst so treue Schäferhund suchte winselnd das Weite.

Lehrer Conrad zu Hohlfels

214. Der verlorene Bürgermeister von Schuller.

Vor etwa siebzig Jahren kam abends ein Bettler von Schuweiler, namens Gledje, aus der Stadt nach Hause. Als er bei Schuweiler an den Ort Kastill genannt kam, hörte er oben im Walde rufen: »Verloren! Verloren!« Gledje blieb stehen und rief: »Heihinnen!« – »Verloren! Verloren!« hallte es von neuem durch die Nacht und als Gledje wieder antwortete: »Heihinnen!«, fühlte er auf einmal tüchtige Streiche und Schläge im Buckel, ohne daß er jemand sah.

Es soll sich auf dem Kastill der Bürgermeister von Schuller (Schuweiler) verloren haben, und man glaubt, der sei zurückgekommen und habe den Gledje so geschlagen.

215. Die mißhandelte Frau.

Eine Frau von Nospelt kehrte eines Tages vom Felde nach Hause zurück. Es dunkelte bereits, dennoch konnte sie noch genug sehen, um sich zu überzeugen, daß niemand in ihrer Nähe war. Plötzlich ward sie von unsichtbarer Hand ergriffen, mit einem Ruck zu Boden gerissen und mehrere hundert Schritte fortgeschleppt, so daß sie über und über triefend von Blut zu Hause bei ihren Kindern ankam.

Lehrer Konert zu Hollerich

216. Der Geist zwischen Vichten und Bissen.

Auf der Straße von Vichten nach Bissen, mitten im Walde Gcichel genannt, hält sich nach der Sage ein Geist auf, der es besonders auf die Männer abgesehen hat. Wenn ein Mann von seinen Hausangehörigen aus dem Wirtshaus vom Kartenspiel gerufen wird, um nach dem nächsten Orte die Hebamme holen zu gehen, fällt an genannter Stelle im Walde der Geist über denselben her und traktiert ihn mit einer tüchtigen Tracht Prügel. Eine Hebamme versicherte mir, sie sei öfters Zeugin gewesen, daß Männer, die sie abzuholen gekommen, an besagter Stelle plötzlich anfingen, laut zu schreien und um Hilfe zu rufen, und daß sie diesen

Weg, selbst zu später Stunde, lieber allein, als in Begleitung von Mannspersonen, zurücklegen wolle; denn sie fürchte allemal dieselben möchten vom Geiste überfallen werden. Außer dem Schreien und Hilferufen bemerkte die Frau trotzdem nichts; ihre Begleiter erzählten ihr nur stets nachher, daß es der Geist gewesen, der sie überfallen habe.

Karl Mersch 91

217. Das Salzmännchen bei Born.

A. Unterhalb Born, zwischen diesem Dorfe und Mörsdorf, am Ort genannt Salzwasser, erscheint, so erzählt man, gegen Mitternacht das Salzmännchen, geht der Sauer entlang und nachdem es dem vorübergehenden Wanderer einen panischen Schrecken eingejagt, verschwindet es.

Andere wollen an demselben Orte ein furchtbares Katzengeschrei gehört haben: mehr als hundert Katzen hätten zusammen geschrieen, daß einem Hören und Sehen verging.

Wieder andere behaupten, dort einen Hund gesehen zu haben, groß wie ein Füllen, der ihnen auf dem Fuß bis zum Dorfe gefolgt sei, ohne einen Laut von sich zu geben.

B. Auf der Straße, welche von Born nach Mörsdorf führt, befindet sich eine Stelle, die den Namen »im Salzwasser« trägt. Eine kleine Brücke durchschneidet hier den Weg und gewährt dem Wasser einer Quelle Abfluß. Unter dieser Brücke soll sich das Salzmännchen aufhalten, das manchmal den Wanderern sehr arg zusetzt, indem es sie durchprügelt oder sonst in Angst und Schrecken setzt.

Zwei »Hechler« aus Mörsdorf bekamen dasselbe einmal zu sehen. Den Tag über hatten sie in Born »gehechelt« und als sie sich abends nach Hause begaben, entwendeten sie den Leuten heimlich Werg und nahmen es mit sich, um es zu ihrem Gebrauche zu verwerten. Am folgenden Morgen fand man an der bekannten Stelle den gestohlenen Hanf. Das Salzmännchen hatte die beiden so arg durchgeprügelt, daß sie schließlich den Hanf fallen ließen und sich nach Hause flüchteten. So soll es jedem gehen, der sich an fremdem Eigentume vergreift.

Lehrer P. Hummer

218. Spuk in Klemperdelt.

Zwischen Eschdorf und Heiderscheidergrund liegt ein Ort, den man »a Klemperdelt« nennt. Dort ist manch nächtlicher Wanderer zu Tode gepeitscht worden.

Als neulich eine Frau aus Heiderscheidergrund, die in später Abendstunde an diesem Orte vorbeikam, wiederholt lautes Peitschenknallen und ein Rauschen im Walde vernahm, eilte sie, so schnell als möglich aus dem Bereiche des Gespenstes zu kommen.

Luxemburger Land, 1884, Nr. 38

219. Der Schlag des Toten.

Auf der großen »Kiérel« bei Erpeldingen (Wilz) war vorzeiten jemand tot aufgefunden worden. Als an dieser Stelle später zwei Männer vorübergingen, sagte der eine: »Hier bei diesem Baume ist der arme Kerl liegengeblieben«. Sogleich bekam er einen so heftigen Schlag auf den Kopf, daß er ins Tal hinunterrollte. Er erholte sich jedoch von dem Schlage und seinem Schrecken und stieg wieder hinauf, um seinen Weg fortzu-
92 setzen. Kaum war er aber an der unheimlichen Stelle angekommen, als ein zweiter Schlag ihn an den Kopf traf und ihn wieder hinunterschleuderte. Der Mann mußte nun einen Umweg machen, um an der für ihn gefährlichen Stelle vorbeizukommen.

220. Geisterspuk zwischen Bögen und Dönningen.

Zwischen Bögen und Dönningen in einer Lohhecke, am Ort genannt Eschbech, ist es nicht geheuer. So hörte ein Wanderer, der an dieser Stelle vorbeikam, die schönste Musik, die er je vernommen. Einer Frau sprang, so lange dieselbe an diesem Orte dahinschritt, ein Ginsterstrauch stets über den Rücken und vor dieselbe hin. Ein Mann bemerkte, als er an der unheimlichen Stelle anlangte, plötzlich ein altes Weib lautlos neben sich hergehen und so lange, bis er die Stelle überschritten; da war sie verschwunden. Ein andermal war's ein Rabe, der dem Wanderer so lange am Kopfe vorbeiflog, bis dieser die Stelle hinter sich hatte. Eine Frau, die hier vorbei mußte, sah auf einmal einen Mann vor sich am Boden liegen, der sich fortwährend vor ihr herwälzte, bis er am Ende der Stelle spurlos verschwand. Eine andere Frau bekam dort derartige Schläge, daß sie mit aufgelöstem Haar, Haube und »Kaseweck« in der Hand, atemlos zu Hause (Weicherdingen) ankam und sogleich zusammenstürzte. Man eilte schnell nach dem Pastor, da man meinte, sie würde sofort den Geist aufgeben.

Mitteilung von J.N. Moes

221. Hippeschtmännchen.

Auf »Hippescht«, zwischen Draufeld und Knaphoscheid, soll zur Nachtzeit bei einem hölzernen Kreuze, welches am Wege steht, das Hippeschtmännchen durch Gepolter den Wanderer schrecken und schon manchen sogar tüchtig durchgeprügelt haben.

Zollbeamter J. Wolff

222. Der schwarze Mann zu Rippweiler.

Ein Mann aus Rippweiler, namens T., sollte mit seinem Kameraden Theologie studieren; sie nahmen jedoch wahr, daß dies nicht ihr Beruf sei, und kehrten in ihr Dorf zurück. T. führte von da an ein Leben, wie jeder gute Christ es führen soll. Sein Kamerad aber ging nicht mehr zur hl. Beicht und nie in die Kirche; Sonntags, wenn die anderen Leute zur Kirche gingen, vergnügte er sich mit Jagen.

Da starb der Gottvergessene, und von nun an sah man jeden Abend gegen elf Uhr ein Irrlicht über den Rippweiler Bann huschen. Nach einiger Zeit war das Irrlicht verschwunden und man sah einen schwarzen Mann umherwandeln. Als T. eines Abends gegen elf Uhr auf dem Wege nach Rippweiler daherkam, sah er einen Mann einige Schritte vor sich auf der Straße gehen. »Warte«, rief er diesen an, »du bekommst Gesellschaft!« Der Mann blieb stehen und wartete. Inzwischen war der Mond hinter den Wolken hervorgetreten. Als beide Männer sich gegenüberstanden, betrachteten sie einander. Aber da erfaßte der Schwarze den T. und wollte ihn zu Boden werfen. T., ein starker und beherzter Mann, wehrte sich aus allen Leibeskräften, lag aber bald zu Boden. Nach einiger Zeit 93
ließ der Schwarze ihn los und verschwand. Zu Hause an gekommen, sah T., daß die Stellen an seinem Körper, wo der Schwarze ihn angefaßt hatte, alle schwarz geworden waren. Diese schwarzen Flecken behielt er sein Leben lang. Wer der Schwarze aber gewesen, darüber hat T. immer beharrlich geschwiegen.

223. Der Geist am Breitweiler Steg.

Vor mehr als sechzig Jahren kam am Breitweiler Steg, zwischen Breitweiler und Christnach, ein Geist, der zur Strafe, daß er zu seinen Lebzeiten ein Trunkenbold war und andere zu diesem Laster verleitete, allnächtlich Feuer und Funken sprühend umgehen mußte; dann sauste, brauste, flammte, rannte er wutschnaubend umher und griff die Betrunkenen an, die an dieser Stelle vorbeikamen. Er zerrte sie auf den Steg hin und rang mit ihnen, um sie in den Bach (schwarze Ernz) zu stürzen. Zuweilen geschah es, daß der Geist überwältigt wurde und in den Bach fiel; dann war er plötzlich verschwunden und alles still. Stürzte aber der Wanderer hinunter, dann stieß der Geist ein Hohngelächter aus und klatschte in die Hände.

Seitdem der Steg durch eine Brücke ersetzt worden, ist der Geist verschwunden.

J. Engling, Luxemburger Land, 1883, Nr. 36

224. Der geheimnisvolle Ringkampf bei Berdorf.

Ein Grenzaufseher zu Berdorf kam eines Abends in der Dämmerung von seinem Posten. Als er durch die sogenannte Hamicht ging, sah er unter einem Baume eine schöne Jungfrau stehen. Er ging auf sie zu, und indem er sie küssen wollte, wurde er von rückwärts am Halse gepackt, worauf sich nun ein Kampf entspann. Womit und mit wem er gekämpft, konnte er nicht wissen. Zerkratzt und verwundet kam er nach Hause und nun sah er noch obendrein zu seinem größten Leidwesen, daß seine kohlschwarzen Haare schneeweiß geworden waren.

Luxemburger Land, 1883, Nr. 9

225. Spukgeist zu Vianden.

Ein Bürger Viandens, Peter Cramer, kam einst von Homertchen im Preußischen um Mitternacht über die »Rother Leh«. Es war leichter Mondschein. Er glaubte unten bei den drei Jungfrauen (Kapelle, die 1798 von den Franzosen zerstört worden) seinen Komper Schaber zu sehen. Er rief ihm zu: »Komper, geht nicht so schnell, ich gehe mit!« Der andere gab keine Antwort. Wie nun Cramer ihn einholte, sagte er: »Aber, Komper, Ihr habt mir den Schweiß ausgehen lassen; ich rief, Ihr gabt

mir nicht einmal Antwort.« Der andere trat schweigend einen Schritt zurück und husch! saß er dem Cramer auf dem Nacken. Dieser mußte ihn nun tragen. An der Haustreppe angelangt, brach er, einen lauten Schrei ausstoßend, ohnmächtig zusammen. Die Hausfrau, welche die Stimme ihres Mannes erkannte, eilte erschrocken im Nachtkleid ans Fenster und sah ihren Mann auf der Erde liegen, auf ihm den schwarzen 94
Geist. Dieser sprang von ihm ab und rief ihm laut ins Ohr: »Die Nacht ist für mich und der Tag für dich; laß fürder gehen, was geht, sonst wird es Mühe, so leicht davon zu kommen.« Darauf verschwand er; Cramer aber reiste nie mehr nachts.

M. Erasmy

226. Das Fusselicher Männchen bei Schwebsingen.

In Fusselich, einem Orte zwischen Schwebsingen und Bech, geht in später Nachtstunde ein Geist um, der dem nächtlichen Wanderer Angst und Schrecken einjagt. Vor Jahren kam ein Mann dieses Weges; in Fusselich angekommen, wurde er von einer langen, hageren Gestalt überrascht. Dieselbe hängte sich dem Mann auf den Rücken und ließ sich von ihm tragen. In Schweiß gebadet, mußte der Wanderer sich nach einiger Zeit hinsetzen, um auszuruhen. Da war der Geist plötzlich abgesprungen und verschwunden.

Vor ungefähr sechzig Jahren kam spät am Abend ein Mann an derselben Stelle vorbei. Er rauchte gemütlich seine Pfeife. Plötzlich sauste eine Gestalt rasch an ihm vorüber und schlug ihm die Pfeife aus dem Munde. Voll Schrecken eilte der Mann nach Hause. Am anderen Morgen fand er in Fusselich weder Pfeife noch Deckel wieder.

Lehrer M. Wagener

227. Die gespenstische Reisigwelle bei Weiler zum Turm.

In dem Walde Hûscht, zwischen Weiler zum Turm und Alzingen, war es nie recht geheuer; bald kam das Schäppchen, bald ein reiterloser Schimmel, bald ein kopfloser Reiter dort wieder. Alte Holzhauer aus Weiler erzählen auch folgendes. Mehr denn einmal geschah es, daß einer von ihnen beim Nachhausegehen eine Reisigwelle am Wege fand. Er lud dieselbe auf, aber je mehr er sich dem Dorfe näherte, desto schwerer wurde die Last. Dicht am Dorfe angekommen, sprang ihm die Last plötzlich vom Rücken, und er hörte eine Stimme hinter sich: »Merci, daß der méch esou weit gedroen huot!« Von einer Welle oder sonst was war aber keine Spur mehr zu sehen.

J.N. Moes

228. Das Federbett auf der Arloner Straße.

Auf der Arloner Straße sah man allabendlich ein schönes Federbett liegen. Einst kam abends ein armer Taglöhner des Weges daher und sah das Federbett vor sich liegen. Froh über den glücklichen Fund, lädt er dasselbe auf die Schulter, um damit seinen Kindern ein weiches Nachtlager zu bereiten. Aber je weiter er ging, desto schwerer ward die Last, so daß er dieselbe schließlich fallen lassen mußte. Da beim Fallen des Federbettes ein dumpfer Ton erscholl, wandte der Taglöhner sich um und gewahrte zu seinem nicht geringen Schrecken statt des Federbettes einen Mann, der dicht vor ihm stand und wenigstens sieben Schuh maß.

Lehrer Konert zu Hollerich

229. Spuk zu Hollerich.

Vor Jahren ging zu Hollerich in dem dicht hinter der neuen Pfarrkirche
95 gelegenen, schönen, großen Hause ein Geist um. Das Haus stand lange
Zeit hindurch unbewohnt und die Fenster der Vorderseite waren vermauert. Erst in jüngster Zeit fand dasselbe einen Käufer, der die Fenster wieder öffnen ließ. Da war der Spuk verschwunden.

Luxemburger Land, 1883, Nr. 5

230. Spuk zu Straßen.

In E … .s Haus zu Straßen spukt es heute noch; ein Geist geht da um, man hört Männertritte, sieht aber nichts. »Als ich dort im Hause wohnte«, fügte die Erzählerin hinzu, »warf mir der Geist die Kartoffeln durcheinander und hin und her, kam an mein Bett und zwickte mich. Das geschah immer zwischen elf und zwölf Uhr, so daß ich nicht mehr da wohnen bleiben konnte. Sogar ein Schuß wurde zum Schornstein hinaus abgefeuert.« Auch in anderen Häusern soll der Geist tätig sein. Beim alten W. kam er als Blitz und Donner.

231. Spukgeister zu Kopstal.

Zu Kopstal in Scheideschhaus, jetzt Rettel, wurde oft die Hausfrau nachts im Bette gekneipt, durchgeprügelt und manchmal geknebelt in einen alten Schrein gelegt. Dasselbe soll auch in Klemenshaus daselbst vorgekommen sein.

Mitteilung des Lehrers Wahl

232. Der Poltergeist zu Götzingen.

Da in Götzingen häufig Feuer ausbrach, war man übereingekommen, allnächtlich Wache zu halten. Als Wachtstube hatte man den Schulsaal eingenommen, der sich im Kaplanshause befand. Während einer Nacht hörten die Wächter ein furchtbares Geräusch, das sich von nun an entweder jede oder jede zweite und dritte Nacht vernehmen ließ und mehrere Jahre dauerte, bis Kaplan Kremer, ein Mann von etwa siebzig Jahren, der in der Mitte der fünfziger Jahre nach Götzingen gekommen war, starb.

Wenn der Geist sein Wesen trieb, dann zitterten die Fensterscheiben, die Türen fuhren auf und die Töpfe klirrten, als würden sie durcheinander geworfen. Manchmal entstand ein Geräusch in einem der Wachtstube gegenüberstehenden Baum, als ob der Wind ihn entwurzeln wollte. Auch kam der Geist zuweilen zum Schornstein herein, und wenn er genug gepoltert hatte, ging er ins Schlafzimmer des Kaplans, wo dieser dann tüchtig Prügel bekam. Sobald jedoch das Licht angezündet wurde, war der Geist verschwunden. Im Hause hatte der Geist einen vernehmbaren Gang, der bald der eines rüstigen Jünglings, bald der eines greisen Mannes war.

Einst saßen die Feuerwächter nachts im Schulsaal und hatten sich Kartoffeln zum Rösten in den Ofen gelegt. Als der Geist anfing sein Unwesen zu treiben, begann ein Knecht, der bei Thommes in Dienst stand, zu spötteln und rief: »Komm herein, dann kriegst du eine Kartoffel!« Da erhob sich an der Tür Gepolter und Lärm, die Tür ging auf und das Geräusch verbreitete sich im ganzen Saal; niemand aber sah etwas. Als der Geist sich wieder entfernt hatte, sagte der Knecht leichenblaß: 96
»In meinem Leben war es mir noch nicht so bang.«

Mitteilung des Lehrers Beljon

233. *Gespenst im Hause.*

In einem unbewohnten Hause zu Heiderscheidergrund, genannt »in Klautges«, sah man vor einigen Jahren jeden Abend ein Fenster erhellt, als wäre das Haus bewohnt. Da dies jedoch nicht der Fall war, gab dieser Umstand Anlaß zu allerlei Vermutungen und Gesprächen. Die einen sagten, es wäre ein Gespenst im Hause, andere wußten etwas anderes davon zu erzählen. Das Haus ist jetzt niedergerissen.

Lehrer Georges

234. *Poltergeist zu Esch an der Sauer.*

Zu Esch an der Sauer im alten Bitzenhause saßen einst die Hausleute mit Nachbarn in traulicher Ucht zusammen. Auf einmal wurde die Türe weit aufgerissen, und aus dem oberen Zimmer hörte man ein Geräusch ähnlich dem des Kegelschiebens. Der Hausherr eilte mit einem Lichte hinauf, fand aber alles in Ordnung. Sobald er jedoch wieder in die Stube zurückgekehrt war, begann das Geräusch von neuem. Nach einer Viertelstunde war es still wie vorher.

Mitteilung von Greg. Spedener

235. *Geist zu Bauschleiden.*

Zu Bauschleiden in's Wiseleschhaus kam abends ein Geist. Er stieg zum Stubenfenster herein, ging dreimal im Zimmer auf und ab und entfernte sich dann wieder. Nur der Sohn des Hauses sah ihn; Schwester und Schwager haben ihn nie gesehen, wohl aber am Geräusch erkannt, daß jemand im Zimmer auf und ab ging.

236. *Das Mühlenmännchen bei Biwisch.*

Auf der Biwischer Mühle, die an der Wolz gelegen ist, ging eine Zeitlang jeden Abend ein kleines Männchen um, das man nach einem kleinen Schatten, den es geworfen haben soll, das Millemännchen nannte. Dieser Geist kehrte jeden Abend das Wasser ab und die Mühle blieb stehen. Alsdann ließ sich ein ganz unheimliches Geräusch im ganzen Gebäude vernehmen: die Säcke fuhren durcheinander, das Küchengeschirr zitterte, und auf dem Speicher konnte man sehen, wie alles, Korn, Hafer und

Erbsen, wunderlich, gleich dem Staube, in der Luft umherschwebte. Der Müller, welcher sich ganz allein in der Mühle befand, war genötigt, abends die Mühle zu verlassen.

237. Das verwünschte Haus zu Brachtenbach.

Zu Brachtenbach steht ein Haus, in welchem früher die Gespenster ihr tolles und unbändiges Wesen trieben. Die Bewohner dieses Hauses mochten die Türen abends noch so sorgfältig verschließen, jedesmal standen sie des Morgens weit geöffnet. Dieses dauerte so lange, bis ein Fremder das Haus kaufte und es bewohnte; da hörte der Spuk auf.

Greg. Spedener 97

238. Spuk bei Oberanwen.

Im »Schleifhause« ging früher in jeder Nacht ein Geist um und rumorte im ganzen Hause, daß man glaubte, alle Teufel der Hölle seien los. Niemand wollte mehr im Hause wohnen. Öfters soll ein Mann ohne Kopf oder ein grauer Hund die Vorübergehenden eine Strecke Weges vor dem Hause begleitet haben.

Auch in manchen anderen Häusern war es nicht geheuer und es sollen Geister mit einem Faß oder Sester wiedergekehrt sein.

239. Steinregen im Haus.

Vor zehn Jahren gab es einen Spuk in dem Hause einer Ortschaft an der Mosel, der die ganze Gegend in Aufregung setzte. Den Schornstein herunter kamen von Zeit zu Zeit kleine und dicke Steine. Voll Schrecken ob diesem Steinregen mußten die Leute das Haus verlassen. Ich selbst stand draußen und hörte das Geräusch der fallenden Steine. Der Geistliche, der herbeigerufen wurde, ging mutig ins Haus hinein, kam aber bald kopfschüttelnd wieder heraus. Das Haus blieb lange leer, ist aber heute wieder bewohnt.

Lehrer N. Biver zu Remich

240. Spuk im Schloß zu Stadtbredimus.

A. Über dem Haupteingangstor des Schlosses zu Stadtbredimus befindet sich ein zugemauertes Fenster. Alte Leute dieses Dorfes erzählen, das Fenster sei zugemauert worden, um einem periodisch wiederkehrenden Gespenste den Eintritt zu verwehren. Über das Gespenst selbst und die Art seines Auftretens weiß man nichts mehr zu erzählen.

Lehrer Weber zu Stadtbredimus

B. Nach der Aussage eines der ältesten Bewohner von Stadtbredimus hatten die Hexen und die Geister im dortigen Schlosse ihre Zusammenkünfte. Den Eintritt nahmen sie durch ein Fenster über dem Eingangstor des Schlosses. Um den Spuk loszuwerden, ließen auf den Rat einer klugen Frau die Bewohner das Fenster zumauern. Dieses zugemauerte Fenster ist heute noch zu sehen.

241. Das Gespenst im ... Hause bei Remich.

Im »... Hause« bei Remich wohnte einst ein preußischer Hauptmann mit seiner Familie. Sein zehnjähriger Sohn schlief in einem Zimmer, in dem jedesmal bei Neumond um Mitternacht ein Geist erschien und ihm die Bettdecke wegriß, so daß man den Knaben in einem anderen Zimmer unterbringen mußte.

Einst war Gesellschaft im Hause und man wies die Magd zur Nacht auf dies Zimmer. Sie verriegelte die Tür und legte sich zu Bett. Gegen elf Uhr klopfte es an die Tür, das Mädchen erwachte und hörte ein Geräusch, wie wenn jemand mit den Händen über die Tür führe. Diese öffnete sich, und sogleich spürte das Mädchen jemand an der Decke zerren. Sie faßte die Decke jedoch fest mit den Händen. Da ward sie aus
98 dem Bett gehoben, auf den Boden geworfen und das Bettzeug, in ein Knäuel geballt, auf sie geschleudert. Am anderen Tage nahm das Mädchen seinen Abschied.

Ein andermal, als wieder Besuch im Hause war, befand sich die neue Magd noch um elf Uhr in der Küche und war mit Spülen beschäftigt. Da hörte sie etwas die Treppe herunterkommen; es war ein Getrippel wie von Bocksfüßen. Sie griff nach dem Licht, um nachzusehen, was das wohl sein könne; doch kaum hatte sie es in der Hand, als es ausgeblasen wurde. Zugleich wurde die Magd zu Boden geworfen, das Küchengeschirr hin und her geschleudert und ein Topf mit Spülwasser über das Mädchen gegossen. Endlich konnte sie sich aufraffen und eilte die Treppe hinauf auf ihr Zimmer. Die Hausfrau fand sie des Morgens krank im Bette liegen.

Da entschloß sich der Hauptmann, selbst nachzusehen, was es mit dem Gespenste für eine Bewandtnis habe. Er legte sich in jenem Zimmer, wo der Geist erschienen, zu Bette, nachdem er Pistole und Säbel neben sich gelegt hatte. Ein Diener mußte im Nebenzimmer schlafen. Um elf Uhr ward er durch jenes Geräusch an der Tür geweckt; diese öffnete sich, der Hauptmann sprang aus dem Bett und feuerte seine Pistole ab. Drauf griff er nach seinem Säbel und wollte zuhauen. Aber er fühlte sich kräftig gepackt und sein Arm wurde mit solcher Wucht umgebogen, daß er die Spitze der Waffe auf seiner Brust spürte. Er hatte alle Mühe, mit dem Arm den Säbel zurückzuhalten, der immer wieder auf seine Brust gedrängt ward. Plötzlich öffnete sich die Tür des Nebenzimmers; ein Schrei wird gehört und der Diener ist aus dem Bette zu Boden geschleudert, das Bettzeug liegt in ein Knäuel gewunden auf ihm. Der Geist aber war weg.

Der Hauptmann zog so schnell als möglich aus; das Haus aber blieb leer.

Als man nach einiger Zeit Reparaturarbeiten im Hause vornahm, sieh! da spaltete sich eine Wand, und das Gerippe eines Mannes fällt heraus.

242. Das Zennermännchen.

Das Zennermännchen hielt sich auf dem Zennerberge, einem Hügel nahe beim Dorfe Ehnen, auf, wo es gewöhnlich ohne Kopf und auf einem feurigen Pferde erschien und die Wanderer ängstigte. Wenn ein Verwegener es anrief oder äffte, so erhielt er gewöhnlich von unsichtbarer Hand eine tüchtige Tracht Prügel; wer sich aber vor dem Zennermännchen bekreuzte, den floh es sofort.

Manche Einwohner von Ehnen erinnern sich noch recht gut, wie sie als Kinder dasselbe fürchteten und vor ihm Reißaus nahmen, wenn sie auf dem Zennerberge spielten und plötzlich einer von ihnen ausrief: »Das Zennermännchen! Das Zennermännchen kommt!«

Als eines Abends die Schröderborscht[1] bei ihrem Zunftmeister lustig
zechte und die Frau des Meisters Waffeln buk, kam das Zennermännchen 99
zu ihr in die Küche und setzte sich schweigend ans Feuer. Nachdem ihm die Frau einige Waffeln auf die Knie gelegt, entfernte es sich ebenso stille, wie es gekommen, nach dem Zenner hin, empfahl aber beim

1 Eine Zunft, deren Zweck das Verladen der Weine in größeren Gebinden war.

Fortgehen der Frau in tiefem Baßtone, in Zukunft bei einbrechender Nacht die Türen verschlossen zu halten.

Wir erinnern uns, in Tetingen eine ähnliche Sage von einem großen, finsteren Manne gehört zu haben, der ebenfalls beim Fortgehen in barschem Tone den Hausleuten das Schließen der Türen anempfohlen hat.

Lehrer Linden zu Rollingen

243. Der weiße Mann zu Rodingen.

Dicht am Wege unter dem Klopper Walde bei Rodingen steht in einer Hecke ein Stein, auf dem ein Kreuz eingehauen ist. Mit diesem Steine hat es folgende Bewandtnis. Vor vielen Jahren ging hier ein Spukgeist in Gestalt eines weißen Mannes um. Mancher Einwohner des Dorfes behauptet, ihn gesehen zu haben; niemandem hatte er je ein Leid zugefügt. Einst jedoch, als in später Nacht zwei Arbeiter an diese Stelle gelangt waren und der eine seinen Kameraden verließ, um ins Belgische hinüberzugehen, hörte er bald nachher Hilferufe, dann lautes Ächzen und Wimmern. Darauf war alles still. Aus Furcht vor dem weißen Manne wagte der Arbeiter nicht, seinem Gefährten zu Hilfe zu eilen. Am anderen Morgen fand man von dem Unglücklichen nichts als die Knochen und die in Fetzen zerrissenen Kleider. Der weiße Mann hatte ihn zerrissen. Zum Andenken an dieses Ereignis errichtete man an der Unglückstätte jenen einfachen Stein mit dem eingehauenen Kreuze.

Seit jener Zeit aber wurde der weiße Mann nicht mehr gesehen, wohl aber ein kleiner, schwarzer Hund. Viele Einwohner Rodingens haben denselben gesehen, besonders Frauen, die frühmorgens nach Longwy zum Wochenmarkt gingen und immer zusammen und sich bekreuzend an der unheimlichen Stelle vorübereilten. Jedesmal erschien dann das Hündlein, lief vor ihnen her, blieb zuweilen stehen, lief wieder vorwärts und verschwand endlich im Walde.

Nach einer Mitteilung des Lehrers P. Hummer

244. Das Schmelzmännchen.

Zu Heiderscheidergrund ging vor vielen Jahren im Ort genannt »op der Schmelz« ein in die umliegenden Berge verbannter Geist, »de Schmelzmännchen«, um. Mancher, dem das Schmelzmännchen übelwollte, konnte sich nicht genug vor ihm in acht nehmen und mehr als einmal wurde er von ihm, wenn er an obengenannter Stelle vorbeiging, mit Ruten derb gepeitscht, ohne daß er jedoch den Geist zu sehen bekommen hätte.

Einmal, es war tief in der Nacht, erscholl von der »Schmelz« herüber das bekannte »Hol über!« eines Reisenden. Der Fährmann, der am anderen Ufer der Sauer wohnte, machte schnell seinen Kahn los, um den Reisenden herüberzuholen. Wie erstaunte er aber, als er, am jenseitigen Ufer angekommen, keinen Menschen dort antraf. Glaubend, er habe sich 100
getäuscht, bestieg er wieder seinen Kahn und ruderte an das andere Ufer. Kaum war er dort ausgestiegen, so hörte er wieder ein »Hol über!« herüberschallen. Der Mann glaubte, es könne doch jemand dort sein, und fuhr wieder zurück. Aber sobald er das jenseitige Ufer betreten hatte, regnete es Prügel auf ihn, daß ihm fast Hören und Sehen verging. Er hatte jetzt nichts Eiligeres zu tun, als sich in seinen Kahn zu werfen, denn er wußte nun, mit wem er es zu tun hatte, und mit wunden Gliedern kam er am anderen Ufer an. Gleich darauf hörte er in den nahen Bergen ein heiseres Lachen, wie wenn jemand sich über ihn lustig machen wollte, und dann war alles vorüber. Es war das »Schmelzmännchen«, das unseren Mann so gefoppt hatte.

Lehrer H. Georges

245. Das Rhederfränzchen.

Der in der Nähe von Rosport gelegenen »Hölt« gegenüber erhebt sich an dem linken Sauerufer der Rhederberg. An dem waldigen Abhange dieses Berges befindet sich zwischen dem Trierer und dem Wintersdorfer Wege eine tiefe Schlucht, die man Fränzchensgruocht zu nennen pflegt. Hier soll in früheren Zeiten, einer sehr bekannten Sage gemäß, das Rhederfränzchen gehaust haben, der Geist eines gottlosen Wirtes, der während seines Lebens große Betrügerei in seinem Geschäfte übte, indem er den Leuten nicht das rechte Maß gab. Er mischte zu drei Schoppen Wein einen Schoppen Wasser. Die einen sagen, sein Haus habe oberhalb der genannten Gruocht, in der Nähe des Trierer Weges gestanden; dagegen behaupten andere und bei weitem die Mehrzahl, das Rhederfränzchen habe in Trier gewohnt. Wie dem nun auch sein mag, Rhederfränzchen hatte durch seine Betrügereien den Zorn Gottes über sich herabgerufen und konnte nach dem Tode im Grabe keine Ruhe finden. Sein Geist kehrte in sein altes Wohnhaus zurück, machte einen entsetzlichen Lärm im Keller und in der Wirtsstube und rief dabei: »Drei Schoppen Wein und ein Schoppen Wasser ist auch ein Maß!« Da riefen die Bewohner des Hauses, die durch dieses Poltern und Rufen beunruhigt und geängstigt wurden, einen frommen Geistlichen herbei, der den Poltergeist in die Fränzchensgruocht an der Sauer verbannte. Daselbst irrt er nun seit dieser Zeit umher und läßt in bestimmten Nächten den Ruf vernehmen: »Drei Schoppen Wein und ein Schoppen Wasser ist auch ein Maß!« Leute von Rosport, die des Abends spät auf »Fenter« arbeiteten, hörten oft sein geisterhaftes Rufen. Die Umstehenden und Vorübergehenden pflegten ihn auf alle mögliche Weise zu necken; dagegen suchte Fränzchen sich seinerseits durch allerlei tolle Streiche an ihnen zu rächen.

Ein Mann aus Ralingen, der einst in später Nacht von Trier nach Hause kam, rief, als er an der Fränzchensgruocht vorbeiging, dem Fränzchen höhnisch zu: »He, komm, dann gehst du mit mir!« Und sieh da! plötzlich entstand ein furchtbares Sausen und Brausen und Fränzchen
101 saß ihm in der Stellung eines Reiters auf Nacken und Schultern. Es war eine ungeheuere Last, die immer schwerer und schwerer wurde. So mußte der Mann ihn keuchend und schwitzend den Berg hinunter tragen bis zu dem Olkerbach.

Einst mähte ein Bauer aus Kersch mit seinen Arbeitern Klee auf dem Rhederberge unfern der Fränzchensgruocht. Als sie sich setzten, um ihr Mahl zu nehmen, sprach der Knecht: »Wir haben so viel Pfannkuchen, wir könnten dem Fränzchen wohl einige mitgeben!« Die anderen warnten ihn, er möge den Geist doch ruhig lassen, aber vergebens, er wurde nur um so kecker und rief: »He, Fränzchen, komm! Du bekommst auch einen Pfannkuchen!« Da entstand plötzlich Kettengerassel, das von einem unheimlichen Geräusche begleitet war. Alles, was Beine hatte, lief voll Angst davon. Der Knecht aber, der das Gespenst so keck verhöhnt hatte, war vor Schrecken so gelähmt, daß er nicht von der Stelle kam. Er wurde von unsichtbarer Hand ergriffen und erbärmlich durchgeprügelt.

Ein andermal waren Leute aus Rosport auf »Fenter« damit beschäftigt, Korn zu schneiden. Als es Abend geworden war, rief eine Frau dem Fränzchen zu: »Fränzchen, komm uns helfen!« Kaum hatte sie das gesagt, so bemerkten sie auf einmal im Kornfelde neben sich in der Reihe eine geisterhafte Gestalt, die ebenfalls Korn abschnitt und es auf Garben legte. Vor Schrecken entfielen ihnen fast die Sicheln und alle nahmen Reißaus. Als sie aber am anderen Morgen zurückkehrten, konnten sie nicht die geringste Spur wahrnehmen, wo Fränzchen geschnitten hatte; denn das Korn stand noch alle auf der Stelle, wo das Gespenst die Sichel angelegt hatte.

Ein Mann aus Rosport trug seinen Mähern, zwei kräftigen Jünglingen, das Morgenessen hinter »Arendt«, gegenüber der Fränzchensgruocht. Beim Trinken des Branntweins riefen die Jünglinge aus Mutwillen: »Fränzchen, komm herüber, du bekommst auch ein Schnäpschen!« Und plötzlich ließ sich jenseits der Sauer, in dem waldigen Abhange des Rhederberges, ein entsetzliches Getöse vernehmen. Man meinte, alle Buchen und Eichen fielen um und alle Felsen würden mit fortgerissen. Das Geräusch kam immer näher. Es plätscherte durch die Sauer herüber, als ob man mit Flegeln über dem Wasser drösche. Dann teilten sich an dem Ufer, wie durch unsichtbare Schritte auseinandergeschlagen, der Hafer und die Gerste, und der gemähte Hafer flog auseinander, als wenn er mit vielen Heugabeln umhergestreut würde. Von Entsetzen ergriffen, ließen die Jünglinge alles im Stich und liefen in einem Atem bis auf Köchelt. Wären sie sitzengeblieben, so wäre es ihnen vielleicht ergangen wie einst einem Manne aus Rosport, der, als er ebenfalls hinter »Arendt« arbeitete, durch sein Rufen den verwünschten Wirt gereizt hatte und darauf tüchtig durchgeprügelt worden war.

Lehrer M. Bamberg zu Steinheim

246. Das Sickermännchen.

In dem kleinen Dörfchen am Fuße des Stromberges lebte vor etwa fünfhundert Jahren eine Familie, Mutter, Sohn und Großmutter. Der Sohn, 102
ein Bursche von dreizehn Jahren, war ausgelassen und, anstatt in die Kirche zu gehen, ging er auf den Fischfang oder auf die Jagd. Einst – es war am Vorabend des Weihnachtsfestes – war er bis spät in die Nacht hinein auf dem Fischfang und kam hungrig nach Hause. Mit barschen Worten forderte er sein Nachtessen; die Mutter aber sagte, sie habe ihm nichts gekocht. Da fing er mit der Mutter zu hadern an. Die Großmutter, die im Dorfe als alte Hexe gefürchtet war, gebot dem Sohne, sofort zu schweigen, und als er es nicht tat, rief sie mit gräßlicher Stimme: »Verflucht sollst du sein und auf Erden nie mehr einen beständigen Aufenthalt haben!« Sobald die Alte dies gerufen, war der Sohn verschwunden.

Seit dieser Zeit irrte er in den Felsen bei Schengen, in dem sogenannten Schengerlach, umher, oder in dem nahegelegenen Wäldchen. Nachts in der Geisterstunde erschien er den Reisenden. Er war von kleiner Gestalt, mit feurigglühenden Augen, und trug eine blaue Hose, weiße Strümpfe, einen Hut mit drei aufgestülpten Krempen und Schnallenschuhe. Er hatte langherabhängende Haare und einen langen, weißen Bart. Er war ein guter, aber auch ein böser Geist. Guten Menschen war er hold; bösen, besonders Volltrinkern, spielte er manchen Schabernack, leitete sie auf Irrwege und besonders in die Mosel. Beleidigte ihn jemand und begegnete ihm grob, husch! faßte ihn der Unhold am Kragen und schleuderte ihn ins Wasser. Oft geschah es, daß er bei hohem Wasserstande, wenn die Mosel die Straße überflutete, harmlose Wanderer, ohne daß der Fuß naß wurde, über das Wasser brachte.

Einst kehrte Rümier aus Remerschen, nachdem er den Tag über zu Sierk ziemlich tief ins Glas geguckt, in der Geisterstunde nach Hause zurück. Als er Schengen durchschritten und an die Sickerbaach kam, dachte er: »Ich werde ihn nicht fürchten,« und schritt rüstig voran. Da auf einmal stand das Sickermännchen mit seinen funkelnden Augen vor ihm. Rümier erschrak dermaßen, daß er es nicht wagte, einen Schritt voranzugehen. Er fühlte sich von starkem Arme erfaßt, er folgte – da platsch! lag er in der Mosel. Als er das Ufer wieder erstiegen, war Sickermännchen verschwunden. Rümier eilte der Straße zu und schickte sich an, seinen Weg in Eile fortzusetzen. Aber da stand Sickermännchen plötzlich wieder vor ihm. Rümier erhob seinen Stock, um dem Geist einen Schlag zu versetzen, aber er schlug in die schwarze Nacht. Da begann er über Sickermännchen zu fluchen. Erzürnt packte dieses ihn und schleppte ihn in die Felsen hinauf. Lange war Rümier verschwunden; endlich kam er zu Hause an, ganz abgemagert und das Gesicht mit Wunden bedeckt.

So ging das Sickermännchen um bis zur ersten französischen Revolution; seither soll es nicht mehr erschienen sein. Die Sage aber hat sich erhalten bis auf den heutigen Tag. Geht jemand aus der Umgegend nach
103 Sierk, so sagt man ihm: »Paß auf, daß dich das Sickermännchen nicht holt!«

247. Der Sterchesgêscht zu Luxemburg.

A. An der Triertorschleuse, welche gemeinhin Sterchen (Sternchen) genannt wird, ging sonst nächtlich ein furchtbares Gespenst um. Dasselbe hatte es besonders auf Betrunkene abgesehen, weil, sagt man, der Geist bei Lebzeiten selbst dem Trunke ergeben war. Er setzte sich gewöhnlich dem Trunkenen auf den Nacken, warf ihn zu Boden und prügelte ihn durch, verwandelte sich in einen Stier, in einen Wolf, in einen Hund, in eine Katze, in einen Hasen, in ein Ferkel usw.; ja, man will ihn sogar einst als leeres Faß gesehen haben.

Einem Betrunkenen gab der Geist einmal ein Ferkel, nachdem er denselben durchgeprügelt hatte. Als der Beschenkte aber das Tier besehen wollte, fand er ein Aas.

B. Im Neuenweg, hinter der Schloßbrücke, hauste in einem Felsen der Sterchesgêscht, der vielen Leuten eine höllische Angst einjagte. Einst erschien er einem Manne, ungeheuer groß, mit einer Keule in der Hand. Entsetzt floh der Mann nach Hause, doch hielt es ihm sein ganzes Leben nach.

Bei Festlichkeiten in der Stadt sprang der Geist mitten zwischen die Kutschenpferde, so daß diese sich bäumten und manch Unheil in den Straßen anrichteten.

C. Der Sterchesgêscht hielt in Gestalt eines Riesen die Glocken in der Münsterkirche an, wenn die Münsterherren läuten wollten.

Er legte sich vom Trierer Tor bis auf die Brücke auf den Boden, so daß die Leute nicht in ihre Häuser kamen.

Ein Mann von der Rham ging einst abends an die Alzet, um Wasser zu schöpfen. Da sah er ein Faß heranschwimmen, welches er mit seinem Eimer heranzuziehen suchte. Jetzt, er will es schon greifen, fühlt er sich plötzlich von den ungeheuer langen Armen des Sterchesgêschtes ergriffen, der ihn auf einen Vorsprung des gegenüberliegenden Felsens (Bock) setzt, wo der Unglückliche sich die ganze Nacht ruhig zu verhalten gezwungen ist; denn die geringste Bewegung hätte ihn von der Höhe hinabgestürzt. Erst am anderen Morgen gelang es, vermittelst Stricken den Mann aus seiner mißlichen Lage zu befreien.

Weiter kam der Sterchesgêscht in Gestalt eines Ferkels, das abends auf dem Sterchen umherlief, ohne daß jemand seiner habhaft werden konnte. Da stellten sich die Leute so auf, daß das Ferkel nicht entweichen konnte. Es gelang auch jemand, dasselbe mit der Schürze zu erhaschen. Als er aber mit dem vermeintlichen Ferkel nach Hause kam, fand er in der Schürze einen Haufen Pferdemist.

D. Drei Weibern erschien einst der Sterchesgêscht in Gestalt eines grauen
Katers auf der Pfaffenthaler Brücke. Das eine der Weiber zog schnell einen 104
Schuh vom Fuß und warf damit nach dem Kater. Der Schuh fiel in die Alzet, morgens aber fand man denselben beim Stadttor wieder.

Ein andermal hatte sich der Geist in Gestalt eines schwarzen Hundes quer über dieselbe Brücke gelegt; er war so lang, daß der Kopf des Untieres die eine Seitenmauer berührte, während sein Schwanz bis zur anderen reichte. Ein Taglöhner, namens Lechner, der gegen Mitternacht von der Arbeit heimkehrte, sah das Ungetüm ihm den Weg versperren. Große Angst befiel den Arbeiter, doch faßte er Mut und setzte über die weniger gefährliche Stelle, nämlich über den Schwanz des Tieres, mit einem Satz hinüber. Allein kaum war er über den Hund hinweg und im schnellen Laufe nach Hause begriffen, als er über seiner rechten Schulter, dicht neben seinem Kopfe, die Schnauze des Ungeheuers erblickte. Halbtot vor Angst entsprang Lechner in das erste beste Haus, wo er in einer Spinnstube noch Licht bemerkte. Aber auch dorthin begleitete ihn das Untier, die Schnauze immer dicht an des Arbeiters Kopf.

In Gestalt eines Ferkels ging der Geist einst am Ufer der Alzet um. Eine Obsthändlerin, die krumme Antoinette, fing das Tier ein und tat es in ihre Schürze. Zu Hause angekommen, hieß sie ihre Schwester die Tür schließen und öffnete die Schürze, da fand sich in derselben statt des Ferkels nichts als Pferdekot vor.

Anonymes Manuskript der archäologischen Gesellschaft

248. Der feurige Knabe zu Düdelingen.

Manchem jungen Burschen, der zu Düdelingen nachts zum Liebchen ging, begegnete der feurige Knabe mit seinem großen Hunde. Der Knabe hetzte den Hund auf den Burschen mit dem Rufe: »Türk!« Der Hund bellte dann furchtbar und sprang am Burschen empor, ihn rüttelnd, ohne zu beißen.

N. Gonner

249. Der Reiterweg zu Siebenbrunnen bei Luxemburg.

Links an der Landstraße, welche von Siebenbrunnen nach Mühlenbach führt, erstreckt sich eine lange, breite Schlucht. Hier wollen abergläubische Leute gegen Mitternacht einen roten Reiter auf feurigem Rosse gesehen haben, der unter Flüchen und Verwünschungen in der Schlucht auf und nieder sprengte. Daher hat der Reiterweg, welcher noch heute manchem verspäteten Wanderer Schrecken einjagt, seinen Namen erhalten.

Luxemburger Land, 1884, Nr. 9

250. Die drei Hügel zwischen Fischbach und Heinerscheid.

Eine Stunde oberhalb Klerf liegt an der Landstraße zwischen Fischbach und Heinerscheid eine wellenförmige Erhöhung, »die drei Hügel« genannt. Dort soll es nicht geheuer sein.

Vor einiger Zeit kam ein Mann, namens Tinnes, an dieser Stelle vorbei. Plötzlich fühlte er eine schwere Last auf den Schultern und konnte nur mühsam und keuchend seinen Weg fortsetzen; dicke Schweißtropfen rollten an ihm herunter. Eben sollte er unter der Last zusammensinken,
als er an einem Kreuz dicht an der Landstraße anlangte, wo die Last ab- 105
sprang. Sehen aber oder hören konnte er niemand.

Dem Klos aus Heinerscheid soll dort dasselbe widerfahren sein.

Einige Zeit nachher kamen drei Einwohner aus Heinerscheid an den drei Hügeln vorbei. Plötzlich gewahrten sie dicht neben sich drei Irrlichter, welche am Rande der an die Landstraße stoßenden Felder neben ihnen herhuschten und die drei Männer so eine Viertelstunde weit begleiteten bis zu einem Hause in der Nähe von Heinerscheid. Nachdem die Irrlichter um dasselbe herumgebogen und sich dann auf eine Weile wieder der Straße genähert hatten, verschwanden sie auf einem Seitenwege.

Einst hütete ein Knabe die Kühe an den drei Hügeln. Da gewahrte er plötzlich, als es zu dunkeln anfing, in einer Entfernung von hundert Metern einen feurigen Mann, der eine feurige Kuh an einem feurigen Strick weidete. Von Angst befallen, trieb der Knabe rasch seine Kühe zusammen und eilte geraden Weges durch Korn- und Kleefelder nach Hause.

Andere sahen dort ein Fuder Heu geräuschlos über die drei Hügel dahinschwanken.

Auch soll an dieser Stelle ein großer, schwarzer Hund umgehen, der die Vorübergehenden eine Strecke Wegs begleitet und dann plötzlich und geräuschlos, wie er gekommen, wieder verschwindet. Nach anderen soll es ein geheimnisvoller, schwarzer Mann sein, der, ohne ein Wort zu sprechen, an der Seite des Wanderers dahinschreitet und dann plötzlich verschwindet.

Nach der Volkssage hat auf den drei Hügeln ein römisches Lager gestanden und liegt dort Geld vergraben.

Einst wollten zwei Arbeiter das Geld auf den drei Hügeln ausgraben. Schon hatten sie tief hineingegraben, als sie auf eine schwere Kiste stießen. »Da hab ich's!« rief der eine erfreut aus. Bei diesen Worten versank die Kiste vor ihren Augen ebenso tief, als sie vorher unter der Erdoberfläche gelegen. Die Arbeiter gruben weiter und fanden die Kiste ein zweites Mal. »Da hab ich sie noch einmal!« rief derselbe Arbeiter. Und zum zweitenmal versank die Kiste, worauf die beiden vom Nachgraben abließen.

Lehrer P. Hummer

251. Das feurige Weib bei Berdorf.

Zwei Männer kamen einst in Begleitung einer Frau in dunkler Nacht über die sogenannte Huscht bei Berdorf. Auf einmal bemerkte die Frau neben dem Wege ein großes, feurigglühendes Weibsbild und demselben gegenüber eine ebenso große, schwarze Weibsgestalt. Erst eine Viertelstunde von dem Orte entfernt, wagte es die geängstigte Frau, ihren Begleitern von der Erscheinung zu sprechen. Beide hatten nichts gesehen.

P. Wolff

252. Der feurige, kopflose Mann in der Stengesbâch.

Geht man von Mensdorf nach Betzdorf, so führt einen der Weg durch
106 zwei große und dichte Wälder, in denen es nicht geheuer ist. Hören wir, was ein alter Müllerbursche darüber berichtet, der in seiner Jugend oft an jener unheimlichen Stelle passieren mußte, und von dem jedes Kind der Umgegend weiß, wie er so früh zu seinen grauen Haaren gekommen.

»Kam ich eines Abends«, so erzählt derselbe, »mit meinem Müllerkarren an der Stengesbâch vorbei und sang vor mich hin. Wie das manchmal zu gehen pflegt, ich war so etwas im Dusel und, als ich unweit jener unheimlichen Stelle war, auch ziemlich in Angst. Plötzlich höre ich eine wehklagende, furchterregende Männerstimme, ähnlich fast dem unheimlich grollenden Donner. Wie grausig ward mir's zu Mut! Ich wußte eine Weile nicht mehr recht, ob ich auf der Welt sei oder nicht. Ungeachtet meines Schreckens hatte ich doch noch Besinnung genug, mein Pferd anzutreiben, um so schnell als möglich von der Stelle zu kommen; allein das vermaledeite Tier wollte nicht weiter. Und sieh da! Auf mich zu kommt eine feurige, kopflose Männergestalt. In einem Nu flog mir die Mütze vom Kopfe, die Mehlsäcke flogen zu beiden Seiten in den Wald hinein und im Galopp sausten Pferd und Gefährt, auf welchem ich saß, fort der Heimat zu.

In Schweiß gebadet und fast besinnungslos langte ich auf unserer Mühle an, wo man mich eiligst zu Bette brachte. Erst nach einigen Tagen konnte ich wieder ausgehen. Seit jenem schaudervollen Ereignis habe ich meine grauen Haare und seitdem bin ich nie mehr abends an jener Stelle vorbeigefahren und werde auch nie mehr zu dieser Zeit dort vorübergehen, obgleich längst der Papst solchem Gespensterwesen ein Ende gemacht hat«.[1]

J. Rodenbour

253. Der feurige Reiter in der Ruoduocht.

Unweit Mensdorf an der Syr befindet sich ein Ort, genannt Ruoduocht, der ehemals und mehr oder weniger auch heute noch bei den Landleuten der naheliegenden Ortschaften in übelm Rufe steht.

Man frage den alten Landmann, der einst mit seinem gebrechlichen Wagen und seinen noch gebrechlicheren Pferden an jener Stelle vorbeifahren mußte. Tiefdunkle Nacht war's, kein Lüftchen regte sich, ringsum war kein lebendes Wesen zu erblicken noch zu hören. Eiskalter Schauer überfällt den guten Alten; seine Pferde schnauben und wollen nicht weiter. Was tun in dieser mißlichen Lage? Da fällt ihm ein, was er so oft von seinen Eltern und Großeltern gehört; er muß einstweilen stillestehen, bis der wilde, feurige Reiter mit dem rückwärts gekehrten Haupte, den er nun in der Ferne gewahrt, auf seinem schwarzen, wutschnaubenden
Rosse des Weges dahergejagt ist; sodann muß er sich bekreuzen und ein 107
kurzes Gebet hersagen: kein Gespenst, kein Teufel kann ihm dann was anhaben.

Glücklicherweise hat die Angst dem braven Landmanne noch nicht alle Besinnung geraubt; er tut beides, und fort ist der grausige Reiter, vorüber die große Gefahr! Aber kein zweitesmal wagt es der Alte, nachts über die Ruoduocht zu fahren.

Joh. Rodenbour

1 Manche sagen, heute erzähle man solche Spukgeschichten nicht mehr, weil vor einem Jahrhundert der Papst »das alles gebannt habe.« Ein Tüntinger Sagenerzähler erklärte, der Papst habe die Geister alle unsichtbar gemacht. Sie gingen zwar um, doch sehe und höre sie niemand; sie redeten, schrieen, lärmten, handelten, seien indessen selber nicht wahrzunehmen.

254. Der feurige Mann an der Mosel.

Zwei Fischer von Remich kamen von der Untermosel. Der eine zog an der Leine, während der andere im Nachen saß und ihn lenkte. Da kam auf einmal ein großer, feuriger Mann von dem Berge herunter und ergriff die Leine. Diese jedoch verbrannte nicht. Der feurige Mann zog so gewaltig, daß der Nachen unterzugehen drohte. Da schnitt der im Nachen zurückgebliebene Fischer schnell die Leine entzwei, worauf der feurige Mann verschwand.

3. Das Bannen

255. Der Bleimantel zu Oberanwen.

Zu Oberanwen lebte vorzeiten ein Junggeselle, der die armen Leute mit den Hunden zum Hofe hinaustreiben ließ. Nach seinem Tode mußte er deshalb lange Zeit im Hause als Geist umgehen. Niemand wollte mehr im Hause bleiben; zuletzt wurde er mit einem bleiernen Mantel gebannt.

256. Das Birkenmännchen.

In der Mitte der zwischen Ötringen und Mutfort gelegenen Birk, eines kleinen, aber sagenreichen Waldes, befindet sich das weit und breit bekannte Birkenmoor, an welches sich folgende Sage knüpft.

Das Pfarrgut von Mutfort wurde einst durch einen Vogt verwaltet, der schwere Schuld auf sich lud, indem er den Leuten im Handel nicht das rechte Maß und Gewicht gab. Auch versäumte er den Gottesdienst. Wenn es zur Abendandacht oder zum Rosenkranz läutete, begab er sich in Hengeres Haus oder in die alte, jetzt verschwundene Vogtei Tossings, setzte sich dort ganz bequem ans Feuer in einen Lehnstuhl nieder und suchte die Zeit mit den Weibern zu verplaudern.

Wegen dieses gottlosen Lebens fand der Vogt im Grabe keine Ruhe. Bald nach seinem Tode ging sein Geist nachts im Pfarrhause von Mutfort um. Zuerst erschien er auf dem obersten Speicher: es ließ sich dort ein Geräusch vernehmen, als würde jemand einen Sester und eine Rolle niederwerfen und dann Korn messen und ausschütten. Dann rollte das
108 Gespenst mit entsetzlichem Getöse auf dem Sester hin und her; zuletzt stieg es in die Küche hinab, fuhr in den Küchenschrank ein und raste so stark in den Tellern und Gläsern umher, als wollte es sie in tausend Scherben zerschlagen. Des Morgens aber fand man alles unversehrt in

der alten Ordnung stehen. Auch in andern Häusern von Mutfort spukte es. Oft sahen die Leute aus Tossings und Hengeres, wenn es zur Andacht oder zum Rosenkranze geläutet hatte, plötzlich zu ihrem Schrecken ein unheimliches Männchen an dem Feuerherde sitzen, das nicht aussah wie die übrigen Menschen und eine große Ähnlichkeit mit dem verstorbenen Verwalter des Pfarrgutes hatte.

Der Pfarrer und die anderen Leute des Dorfes wurden bald des Treibens müde und beschlossen, sich des Geistes sobald als möglich zu entledigen. Aber kein Priester aus der ganzen Umgegend wagte es, das schwierige Geschäft zu übernehmen. Da ließ man einen Pater aus der Gegend hinter Arlon kommen. Dieser stellte sich des Nachts im Pfarrhause auf, betete und zwang den Geist, vor ihm zu erscheinen und sich ergreifen und binden zu lassen. Dann führte er denselben schnell nach dem Birkenmoore hin. Unterwegs bat das Gespenst inständig, man solle es in eine Bachrinne bannen, welche zwischen Mutfort und der Birk in der Nähe der jetzigen Landstraße fließt. Doch der fromme Pater schlug ihm die Bitte ab. Da bat es noch ein letztes Mal, man möchte ihm doch wenigstens gestatten, in einen Schuh zu fahren, der des Sonntags geschmiert worden sei. Der Pater jedoch ließ sich nicht erweichen und versenkte das Männchen noch dieselbe Nacht in die Tiefe des Birkenmoores und seitdem trug es den Namen Birkenmännchen oder Birkenheerchen.

Aber auch hier fand der Geist keine Ruhe. In der Birk tat er die Leute stehen und spielte ihnen die bösartigsten Streiche. Eine Frau aus dem Hause Kühnerjahns, die sogenannte Muhm Kätt, ging damals in die Birk um Holz zu sammeln. Da fand sie in dem Pfade, der zum Birkenmoore führte, eine fertig gebundene Fäsche liegen. Freudig lud sie dieselbe auf die Schultern und kehrte nach Hause zurück. Unterwegs aber fing die Fäsche auf einmal an, immer schwerer und schwerer zu werden. Die Frau schleppte sich noch eine Zeitlang mühsam und schwitzend fort, doch als sie in die Nähe von Hantges Haus gekommen war, konnte sie nicht mehr vorwärts und mußte die Fäsche fallen lassen. Müde wie sie war, setzte sie sich darauf, um auszuruhen, doch sieh da! plötzlich saß das Birkenmännchen neben ihr auf der Fäsche. »Viel Dank,« sagte es spöttisch, »viel Dank, Muhm Kätt, daß Ihr mich so weit getragen habt,« und lief schalkhaft lachend in den Wald zurück.

Einst sollten einige Männer von Mutfort Holz in der Nähe des Birkenmoores fällen. Als sie an den Rand des Moores kamen, wagten sie es kaum noch, voranzuhauen. »Ei!« sprachen sie untereinander, »wenn nun das Heerchen käme!« Da ließ sich plötzlich in dem Laube ein schreckli-

109 ches Getöse vernehmen; es war, als wollten die Bäume ihre Kronen biegen und mit ihren Ästen um sich schlagen, um die Holzhauer zu peitschen. Seit der Zeit hatten die Leute kaum noch Mut, Holz in der Nähe des Birkenmoores zu hauen.

Sogar bis in das Dorf Mutfort wagte sich das Birkenmännchen wieder hinein. Es erschien von neuem im Pfarrhause und wiederholte in einem noch viel ärgeren Grade sein altes Spiel. Auch in Hengeres und Tossings sahen es von Zeit zu Zeit die Leute wieder auf der Bank neben dem Fenster sitzen.

Wegen dieser Vorfälle sahen sich die Leute gezwungen, den frommen Pater zurückzurufen. Dieser nahm um Mitternacht das Gespenst ein zweites Mal im Pfarrhause gefangen. Doch diesmal hüllte er es in einen bleiernen Mantel ein und beschloß, dasselbe nicht mehr in das nahegelegene Birkenmoor, sondern bis in die jenseits der Mosel, Remich und Stadtbredimus gegenüber gelegene Almer Bâch zu bannen. Er betete eine kurze, aber kräftige Segensformel ab und sprach dann zu dem Geiste: »Wer mitgehen soll, der komme!« Das war nicht gut gesagt. Er hätte sagen sollen: »Wer mitgehen will, der gehe,« so hätte das Männchen zu Fuß neben ihm hergehen müssen. Nun aber legte es sich, statt zu gehen, mit seinem ganzen bleiernen Gewichte auf den Rücken des Paters nieder und so mußte dieser es keuchend und mit unsäglicher Anstrengung zur Hintertür des Pfarrhauses hinausschleppen. Vor dem Gartentore angekommen, sank der Mann Gottes unter der entsetzlichen Last zusammen. Doch er wußte gleich Rat zu schaffen; er betete wieder einen neuen, kräftigen Segensspruch und nun war die tückische Gewalt gebrochen: das Birkenmännchen mußte mit ihm zu Fuß bis nach Remich gehen.

Dort angekommen, nahm der Pater das Gespenst unter den Mantel und bat einen Fährmann, ihn über die Mosel zu setzen. Dieser, in der Meinung, er habe nur einen einzigen Mann an das andere Ufer zu setzen, wollte eiligst einen Kahn bereit machen. »Guter Mann,« rief da der Priester, »nehmt die Fährbrücke.« – »Was?« entgegnete der Schiffer, »ich werde wohl die Fährbrücke nehmen müssen für einen einzigen Mann!« – »Nehmt sie nur«, erwiderte der Pater, »Ihr werdet Arbeit bekommen«. Der Fährmann staunte und zuckte die Achseln, gehorchte aber. Und sieh da! kaum hatte der Pater die Fährbrücke betreten, da sank dieselbe so tief ein, daß deren äußerer Rand nur noch einen Finger breit über dem Wasser sichtbar war. Da rief der erstaunte Fährmann aus: »Heiliger Mann, Ihr seid wahrlich nicht allein!« – »Ihr habt recht«, antwortete der Pater, »ich habe noch etwas bei mir.« – »Nun«, erwiderte der Schiffer, »da kann ich nicht begreifen, was Ihr so schwer geladen habt. Ich

möchte es gerne sehen.« – »Ich bitte«, entgegnete der Pater, »seid nicht neugierig, es könnte Euch schaden.« Doch der Fährmann bestand fest auf seinem Willen. »Ehe ich anfahre«, sprach er mürrisch, »will ich wis- 110
sen, was ich außer Euch geladen habe.« – »So habt doch wenigstens Geduld«, bat der Priester, »bis wir an das andere Ufer gekommen sind; dort werde ich es Euch zeigen.« Der Mann fügte sich und fuhr ab. Kaum war es ihm möglich, wie stark er auch war, die leichtscheinende Last fortzudrücken, so schwer war dieselbe. Als beide an dem anderen Ufer angekommen waren, sprach der Pater: »Nun, seid Ihr standhaft, guter Mann?« – »Jawohl, ich bin es«, erwiderte der Fährmann. Darauf schlug der Pater seinen Mantel zurück und zeigte ihm darunter ein fast ganz in Blei gekleidetes Männchen, das wie Feuer und Flammen war und kaum die Größe eines Kindes von drei Monaten hatte. »O«, rief der Fährmann aus, »das ist der Teufel nicht, sonst wäre er nicht so schwer!« und er war dermaßen erschrocken, daß, als er nach Remich zurückkehrte, seine Haare weiß wie Schnee waren. Bald nachher wurde er krank und starb.

Der Pater aber führte den gebändigten Geist bis in die Almer Bâch und bannte ihn dort, nach den einen auf neunundneunzig Jahre, nach den anderen auf ewige Zeiten fest und zwar so eng, daß er das Land nicht mehr betreten durfte. Seither hat das Dorf Mutfort und auch dessen Umgegend Ruhe.

J. Prott, Pfarrer

257. Der feurige Mann zu Remich.

Vorzeiten war in Remich ein Haus, in dem jemand als Geist umging und sowohl bei Nacht als am hellen Tage sein Unwesen trieb. Es war ein Gepolter, ein Kettengerassel, ein Lärmen, daß jedermann bange wurde, wenn er über dieses Hauses Schwelle trat. Der Eigentümer konnte es nicht mehr aushalten, zog aus und wollte das Haus versteigern lassen; aber es fand sich kein Käufer und er mußte es behalten. In der ganzen Straße konnte wegen des Gepolters niemand mehr während der Nacht ein Auge zutun. Alte Leute behaupteten, der Geist sei ein feuriger Mann gewesen und habe schwere Ketten um seinen Leib getragen.

Niemand wußte Rat; endlich nahm man seine Zuflucht zu einem Pater, damit dieser den Geist beschwöre. Der Pater zog sein Meßgewand an, warf seinen Mantel darüber und trat nachts mit dem zwölften Schlag der Uhr betend in das Haus. Der Geist polterte und lärmte; der Pater

aber betete, bis er ihn endlich in seine Gewalt bekam, ihn beschwor und unter seinen Mantel nahm. Ehe die Morgenglocke läutete, stand er an dem Ufer der Mosel. Der Fährmann erschien, sprang in den Nachen und wollte denselben losbinden, um den Pater überzusetzen. »Nimm die Pont«, sagte dieser; der Fährmann aber lachte, er meinte, der Pater scherze, und löste den Nachen von seiner Kette. »Laß das sein«, sagte der Pater, »und nimm die Pont.« – »Ihr seid doch nicht so schwer«, meinte jener, tat jedoch, wie ihm befohlen, und stieß ab. Mit Entsetzen bemerkte der Ferge, daß, je mehr sie die Mosel hinausfuhren, die Pont
111 immer tiefer sank; und als sie in die Mitte des Flusses kamen, hatten sie nur mehr eine Nadelspitze Bord, die Pont drohte jeden Augenblick zu versinken. Der Pater aber betete beständig und so erreichten sie glücklich das jenseitige Ufer. Dort gesellte sich zum Pater ein Hund, der lautlos neben ihm herging.

Der Pater bannte den feurigen Mann in die Almer Bâch bei Palzem, die durch eine enge Schlucht fließt, bevor sie sich in die Mosel ergießt. Hier ließ er den feurigen Mann los, drückte ihm seine Chorkappe auf den Kopf und so war dessen Macht derart gebrochen, daß er dieselbe nur mehr eine halbe Stunde im Umkreis ausüben konnte. Ehe aber der Pater von dannen ging, warf ihm der feurige Mann alle Übeltaten vor; er sagte ihm, wo er Heu gestohlen, um es in seine Schuhe zu tun, und dergleichen mehr. Der arme Ferge aber starb drei Tage nachher.

Vor etwa hundert Jahren überschritt ein Mann aus Remich die Brücke des Almer Baches. Auf der Mitte derselben angelangt, gewahrte er plötzlich den feurigen Mann in einem bleiernen Mantel. Ohne dem Mann ein Leid anzutun, verschwand der Geist lautlos, wie er gekommen war. Jener aber lag ob des ausgestandenen Schreckens wohl sechs Wochen lang zu Bett.

N. Gonner und mündlich

258. Das Longkaulemännchen zu Grevenmacher.

Auf dem am linken Moselufer gelegenen Bergabhange, etwa zweitausend Meter oberhalb der Stadt Grevenmacher, befindet sich eine dem Bette eines Weihers sehr ähnliche Vertiefung, von jedermann gekannt unter dem Namen Longkaul oder Unkenteich. Dort hat bis ins sechzehnte Jahrhundert hinein das Longkaulemännchen gewohnt, auch Geldhannes, Bleimantel, Mann im Unkenteich oder (wegen des nicht weit von der Longkaul vorbeifließenden Bächleins Kelzbach) Kelzmännchen genannt.

Bei seinen Lebzeiten hieß er allenthalben Geldhannes wegen der vielen Reichtümer und der großen Haufen Geldes, die er besaß. In der ganzen Gegend war er als Geizhals bekannt und gefürchtet. Sein Äußeres, seine Kleidung, überhaupt sein ganzes Wesen war derart, daß er jedem Furcht einjagte und die Bewohner des Moseltales es stets vermieden, ihm zu begegnen. Er war groß und hager, hatte einen roten, struppigen Bart, langes, rotes Haar, trug eine kleine, runde Mütze und war beim Ausgehen meistens bewaffnet. Dieser Mann war aus Grevenmacher gebürtig, sein elterliches Haus zeigt man noch jetzt. Einst, nach einem furchtbaren Gewitter, da die Mosel sich weithin über ihre Ufer ergossen hatte und das ganze Tal ausfüllte, ging seine Wohnung samt all seinen Schätzen zu Grunde. Als Geldhannes sah, daß für ihn keine Rettung mehr möglich sei, schrie und brüllte er gewaltig, fiel auf seine Geldhaufen und ward so mit denselben von den Fluten verschlungen.

Schon einige Monate später hörte man Geschrei und Geheul in der Gegend, und bald war allumher bekannt, der Geldhannes erscheine nachts
im Unkenteiche und wolle gerettet werden. Er begehrte nämlich, in die 112
Erde hineingebannt zu werden, um dort auf immer bei seinem Gelde bleiben zu können. Immer, so klagte er, wenn er auch in der Tiefe sei, hebe es ihn gewaltig empor zur Erdoberfläche. Vergebens sann man nach, wie man den Spuk loswerden könne. Endlich kam ein durchreisender Mönch auf den Gedanken, einen Bleimantel anfertigen zu lassen, den man dem nächtlichen Geiste unter vielen Zeremonien und Beschwörungen umwarf, worauf er plötzlich versank und nichts mehr von sich hören ließ.

Lange Jahre hindurch war die Gegend ruhig und niemand dachte mehr an das Longkaulemännchen, bis einst ein nächtlicher Wanderer ihn schreien hörte: »Hu, wou soll ech d'Mârk hisetzen, wou soll ech se hisetzen?« Leichenblaß kam der Reisende in dem nächsten Dorfe, Machtum, an, erzählte den Vorfall und starb einige Tage nachher vor Schrecken. Von nun an erschien das Kelzmännchen, mit seinem bleiernen Mäntelchen angetan, allnächtlich bis ins neunzehnte Jahrhundert. Es schrie und schoß oft in einem fort die ganze Nacht, und trieb besonders an Fest- und Feiertagen sein Wesen am ärgsten. Häufig warf es eine Feuerkugel in die Luft, die dann zerplatzt herabfiel und ein Geräusch verursachte, ähnlich dem Lachen und Schreien mehrerer hundert Narren. Von den vielen Streichen, die es den Bewohnern der Umgegend gespielt, erzählt man in der Gegend besonders folgende.

Eine alte Frau, die einst bei Anbruch der Nacht mit einer Hotte voll Holz den Weg an der Longkaul daherkam, hörte plötzlich hinter sich jemand laufen, sah jedoch niemand, bald spürte sie aber, wie einer auf ihre Hotte sprang. Die Last war ungeheuer schwer, denn sie trug den Bleimantel. Keuchend erreichte sie den Kreuzerberg bei Grevenmacher, wo sie ohnmächtig zusammensank und starb. Lachend und händeklatschend verließ sie das Longkaulemännchen.

Einst kam ein Mann aus Grevenmacher etwas spät aus dem nahe an der Longkaul gelegenen Wald, Espen genannt. Auf einmal stand das Kelzmännchen vor ihm. Ohne ein Wort zu sprechen, huschte es dem Manne auf den Rücken und dieser mußte es bis auf den Kreuzerberg tragen. Die Last war so schwer, daß der Mann sich nicht erinnerte, je eine ähnliche gehoben zu haben.

Ein Pächter des Fronay-Hofes, oberhalb der Longkaul, mußte, so oft er nachts nach Grevenmacher ging, jedesmal das Longkaulemännchen zu tragen sich bequemen. Der Unhold setzte ihm so sehr zu, daß er seinen sehr einträglichen Pachthof verlassen mußte.

Die Leute, die nachts mit ihren Pferden draußen auf der Weide waren, wurden oft durch das Wiehern derselben plötzlich aus dem Schlafe geweckt und hörten und sahen das Longkaulemännchen, das sich ihnen öfters in Gestalt eines Hundes zeigte. Einst sahen an der Longkaul zwei
113 Bauern aus Grevenmacher, die mit ihren Pferden dort hielten, zwei Hunde mit großen, feurigen Hörnern, mit Feuer in Maul und Rachen, die immer an Größe zunahmen, bis sie zuletzt größer waren als ihre Pferde, und sich dann in Männer verwandelten, die brüllend in die Longkaul hineinfuhren. Den Hund aus der Longkaul hörte man oft nachts in dem gegenüberliegenden preußischen Dorf Wellen schreien und brüllen.

Ein von Oberdonwen kommender Glaser aus Grevenmacher erzählte, der Bleimantel habe sich ihm auf die Hotte gesetzt, und er habe denselben bis auf den Kreuzerberg tragen müssen, wo er vor Müdigkeit umgefallen sei. Den Metzgern und Schäfern stahl der Bleimantel nachts die Schafe; besonders soll er zur Zeit der Napoleonischen Kriege sehr viel Schafe und sonstiges Vieh nächtlich gestohlen haben.

Seit Jahren erscheint das berüchtigte Longkaulemännchen nicht mehr, und allgemein ist man in Grevenmacher der Meinung gewesen, Napoleon I. habe im Moseltal alle Geister und Gespenster, auch das Longkaulemännchen, gebannt und von der Erde wegbeschworen.

Lehrer Wagner zu Grevenmacher

259. Der Bleimantel zu Temmels.

Vorzeiten lebte zu Temmels ein Einnehmer, der alle Leute betrog und bestahl, wo und wie er nur konnte. Armen Leuten kaufte er die Äcker ab und bezahlte sie nicht, Reiche brachte er durch Prozesse um Hab und Gut. So kam es denn, daß er ein sehr reicher Mann wurde und seine Tochter an den Besitzer des Temmelser Schlosses, dessen Hälfte er durch Betrug an sich gebracht hatte, verheiratete.

Da er soviele Leute unglücklich gemacht hatte, fand er nach seinem Tode im Grabe keine Ruhe, und jede Nacht wandelte er in einem bleiernen Mantel an den Ufern der Mosel. Kam er dann auf einen Acker, den er gestohlen oder wo er den Markstein verrückt hatte, so rief er: »Daat as mei Stèck nèt!« oder: »Hei hun ech d'Maark geréckt!« Auch im Schlosse zu Temmels trieb er es so bunt, daß niemand mehr sich dort aufzuhalten wagte. Da unrecht Gut nicht gedeiht, so wurden seine Erben auch bald arme Leute.

Einst kam ein reiner Mann über die Flur; dieser nahm den Mann mit dem bleiernen Mantel auf den Rücken und trug ihn über die Mosel in ein Loch unterhalb Grevenmacher. Noch jetzt schleicht der Geist nachts mit seinem Bleimantel um dieses Loch heulend und wehklagend, darf aber nur fünfzig Schritte in die Runde gehen.

N. Gonner

260. Der Graf Vugel in der Merterter Fels.

Vor gar vielen Jahren lebte auf dem Schlosse des unterhalb Grevenmacher gelegenen Dorfes Temmels ein alter Graf, Vugel mit Namen. Er war ein gottloser Mann, dem weder Sonn- noch Feiertage heilig waren. Während des sonntägigen Gottesdienstes durchstreifte er mit seinen Jagdhunden das Feld oder jagte öfters mit zwei Schimmeln an der Kirche vorbei und
störte so die fromme Gemeinde nicht selten in ihrer Andacht. Als er 114
zum Sterben kam, bemühte sich der Ortspfarrer vergebens, ihn mit Gott auszusöhnen. Der Kranke gestand zuletzt unumwunden, er habe dem Teufel seine Seele verschrieben. Im Augenblicke seines Hinscheidens entstand ein Riß in dem hinter dem Schlosse gelegenen Berge, durch welchen der Böse mit der verkauften Seele zur Hölle fuhr. Sein Körper sollte auf immer ins Schloß verbannt sein. Während man den Sarg zur Familiengruft trug, schaute Vugel oben zum Dachfenster heraus und klatschte in die Hände. In mondhellen Nächten ritt er oft mit zwei

Schimmeln die Treppen des Schlosses auf und ab oder schleppte auch wohl schwere, eiserne Ketten im Schlosse umher. An Sonn- und Festtagen machte er Jagd auf die Pferdehüter, die er in Schrecken setzte, besonders durch blinde Schüsse.

Als er so sein Unwesen einige Zeit getrieben hatte, beschloß die Geistlichkeit der Umgegend, die friedlichen Dorfbewohner von dem unheimlichen Störenfried zu befreien. In feierlichem Ornate traten die Priester der Nachbarschaft vor das Schloß und sprachen einer nach dem anderen Exorzismusgebete über den verwünschten Grafen. Ein schallendes Gelächter war jedesmal die Antwort. Als aber der fromme Pfarrer von Machtum an die Reihe kam, ließ das lachende Gespötte nach. Dieser bestellte dann die Fähre für sich allein und beschwor den Grafen unter seinen Mantel. Als er die Fähre besteigen wollte, lachte der Ferge ihn aus und meinte, er könne doch so leer, bloß mit einer Person, nicht hinüberfahren. Aber sieh! als der Pfarrer in der Fähre war, sank dieselbe bis zum Rande, wie wenn die schwerste Last sich darauf befände. Darüber erschrak der Fährmann sehr und begehrte Aufschluß. Da ließ ihn der Pfarrer unter seinen Mantel schauen, wo er einen greulichen, roten Feuerklumpen gewahrte. So lange die Fahrt dauerte, schrie der beschworene Geist: »O wärest du mit den zerrissenen Strümpfen nicht gekommen, gewiß hätte niemand mich gepackt!«

Endlich war die Überfahrt glücklich vollendet, und unter Geheul und Gebrüll des bösen Geistes stieg der Beschwörer ans Land. Er bannte den Unglückseligen in die Merterter Fels, unterhalb Grevenmacher, wo er auf immer verbleiben mußte. Hier irrte er oft nachts umher und setzte durch sein klägliches Gewimmer den späten Wanderer in Angst und Schrecken.

Seit vielen Jahren aber soll er nicht mehr gehört worden sein, jedoch spricht man noch oft von ihm.

Lehrer Wagner zu Grevenmacher

261. Der Geist in Dennewaldshaus zu Vianden.

Nächst dem jetzigen Schulhaus zu Vianden war ein Haus – Dennewald hießen die Leute –, da soll abends ein Geist, wenn die Kinder im Schlafe waren, an die Wiege gekommen sein und sie totgewiegt haben. Auf diese Art habe er ihnen elf Kinder totgewiegt. Das habe ein Pater im Kloster zu Vianden vernommen und sei zu den Leuten gekommen und habe
115 sich erboten, ihnen dies Unglück aus dem Hause zu bannen. Die Kloster-

herren ließen einen Fuhrmann von Obersgegen (das damals noch zur Grafschaft Vianden gehörte), den scheelen Jakob, mit einem Wagen, den vier Pferde zogen, an einem bestimmten Tage nach Vianden kommen. Der Bauer fuhr mit seinem Gespann vors Kloster. Gleich darauf trat ein Pater heraus, mit einem großen Mantel angetan, und befahl dem Bauer, vor Dennewaldshaus zu fahren und dort seiner zu warten. Nachdem der Pater einige Zeit im Hause verweilt, kam er heraus, setzte sich auf den Wagen und befahl dem Bauern, nach der »Diefendell« zu fahren. Der Bauer, erstaunt, für einen einzelnen Mann vier Pferde Gespann gebrauchen zu müssen, fragte: »Herr Pater, bekomme ich denn weiter nichts zu laden?« – »Fahrt nur zu, Bauer Jakob«, erwiderte der Pater, »ehe Ihr auf den Platz kommt, wo wir halten müssen, werdet Ihr verspüren, daß Ihr genug geladen habt«. Der Bauer fuhr bis in die Diefendell, da wollten seine Pferde nicht mehr vorwärts; sie waren naß vor Schweiß. Der Bauer begehrte zu wissen, was er geladen. Der Pater, fürchtend, er sei nicht stark genug, den Anblick des Geistes zu ertragen, bat ihn, nur weiter zu fahren. Der Bauer aber bestand darauf, es zu wissen, ehe er seine Pferde wieder antreibe. »Nun denn«, sagte der Pater, »wenn Ihr standhaft seid, dann seht!« Mit diesen Worten schlug er den Mantel auseinander; der erschrockene Bauer sah nichts als Feuer und Flammen. Oben angekommen, stieg der Pater vom Wagen und ging seitwärts nach einem dort befindlichen Morast, in den er den Geist bannte. Der Bauer fuhr nach Hause, aber nach drei Tagen läutete für ihn die Sterbeglocke. Sein Schrecken war allzu groß gewesen.

Noch bis auf den heutigen Tag soll es dort in Diefendell spuken. Einige sagen, dort gehe nachts ein Jäger um, der rufe seinen Hunden: »Bu ho! Bu ho!« Andere (darunter Johann Steffen aus Vianden) erzählen, ihnen sei nachts während der Pferdeweide an genanntem Orte ihre ihnen mitgegebene wollene Bettdecke weggenommen worden und morgens hätten sie dieselbe an einem entlegenen Orte wiedergefunden.

Die Leute Dennewald bekamen noch einen Jungen, dem geschah nichts zuleide.

M. Erasmy

262. Die Patersgrièecht beim Schloß von Ewerlingen.

A. In der Nähe des Schlosses von Ewerlingen gehen nachts Mönche in der Patersgrièecht um. Die Großmutter unseres Gewährsmannes erzählt, sie sei einst von einem der Mönche verfolgt worden; derselbe habe beständig hinter der Flüchtenden her auf den Bogen geschlagen. Zu Hause angekommen, sei die Geängstigte ohnmächtig zusammengebrochen.

J.-B. Klein, Pfarrer zu Dalheim

B. Hart an der Landstraße, die von Ewerlingen nach Useldingen führt, befindet sich ein bewaldeter Abhang, den eine tiefe, weite Schlucht
116 durchzieht. Lange ging die Sage unter den Leuten, daß in dieser Schlucht zwei Patern umgingen, und heute noch wird sie »Patersgriècht« genannt.

Bei der Abenddämmerung gingen die beiden Patern aus ihrem dunkeln Versteck hervor, kamen auf das flache Feld in der Richtung nach Schandel hin und machten ihren nächtlichen Gang auf dem Banne von Ewerlingen. Vor Sonnenaufgang kehrten sie durch die Schlassûcht, über die Attert hinwegschreitend, in ihr düsteres Versteck zurück.

Auf ihrer Runde beunruhigten sie hauptsächlich die Pferdehirten, die bei den grasenden Pferden ein hellaufloderndes Feuer angezündet hatten. Sobald die Hirten die gefürchteten schwarzen Gesellen in der Ferne erblickten, ergriffen sie schleunigst die Flucht und kehrten oft vor Tagesanbruch nicht zu den Pferden zurück. Die Patern zerstreuten das Feuer und löschten selbst die umherliegenden, glimmenden Kohlen.

Lange, lange Jahre trieben diese beiden ihren Spuk in dieser Schlucht und der Umgegend. Da beschlossen einst die Jünglinge von Ewerlingen, zusammen an einem bestimmten Abend ihre Pferde in die Nähe der Schlucht zur Weide zu führen, ein großes Feuer anzuzünden und dann abzuwarten, was doch die Patern mit ihnen anfangen würden. Beim plötzlichen Erscheinen der Patern schauten die Jünglinge verblüfft einander an und keiner wagte, sich von seiner Stelle zu bewegen. Die beiden traten lautlos ans Feuer und die Jünglinge bemerkten mit Schrecken, wie die schwarzen Gestalten ihre blutroten Geisteraugen in den weiten Augenhöhlen rollten. Nachdem sie einige Zeit unbeweglich da gestanden, verließen sie sodann die Erschrockenen lautlos, wie sie gekommen, und ohne das Feuer zu zerstreuen, um ihren nächtlichen Gang fortzusetzen.

So gingen die Patern allnächtlich um bis zu Anfang des 19. Jahrhunderts. Da hielt sich eine Zeitlang ein verbannter französischer Geistlicher in Ewerlingen auf. Dieser hörte von dem nächtlichen Spuk und versprach, im Verein mit einem Klausner die Bewohner von Ewerlingen von den lästigen Kutten zu befreien. Beide gingen vor Sonnenaufgang nach Useldingen zu. Der Geistliche trug einen derben Knotenstock. In der Nähe der Patersgriècht gewahrten sie die beiden schwarzen Gesellen in der Schlassûcht daherkommen. Bei ihrem Anblick befiel den Klausner große Angst und er machte sich schleunigst davon, während der Geistliche auf die beiden Kommenden losging.

Es währte nicht lange, so hatte der Geistliche den Klausner wieder eingeholt, und indem er ihm nur mehr ein kleines Stück von dem langen Stocke vorzeigte, sagte er: »Die hab ich mal geknackt, sie werden nie mehr erscheinen«.

Seither wurden auch wirklich die so gefürchteten Männer nie mehr 117
gesehen.

263. Gebannter Geist.

In einem Dorfe in der Nähe von Esch an der Alzet wurden die Bewohner eines Hauses allnächtlich durch ein so furchtbares Geräusch und Gepolter in den Treppen aufgeschreckt, daß man meinte, die ganze Hölle sei los, und niemand im Hause konnte schlafen. Um den Geisterspuk los zu werden, wandte sich der Hausherr an den Herrn Pfarrer von Esch. »Das ist ein Geist, der nachts seinen Spuk in Eurem Hause treibt«, sagte der Geistliche, »ich werde diese Nacht zu Euch kommen, dann will ich mit dem Geiste schon fertigwerden.« Als nun in der folgenden Nacht der Geist wieder im Hause herumrumorte, bannte ihn der Pfarrer unter seinen Mantel und nahm ihn mit sich fort. Seit dieser Zeit hatten die Bewohner wieder Ruhe.

264. Der kopflose Geist zu Welfringen.

Zu Welfringen, Gemeinde Dalheim, lebte ein gewisser Jenn E., der durch sein ruchloses Leben eine Schande seiner Familie wurde. Er war Räuber, Mörder und Kirchendieb, dabei so behende, daß er der Polizei, sogar wenn sie ihn eingefangen, zu entgehen wußte. Durch Mord hatte sich Jenn die Hand eines ungeborenen Kindes verschafft. Bei seinen Diebstählen zündete er die fünf Finger der Hand an, wodurch die Leute wie besinnungslos dalagen und nichts merkten von allem, was um sie vorging, so daß der Verbrecher ungestört sein ruchloses Handwerk ausüben konnte. Die fünffache Flamme konnte nur durch rohe Milch gelöscht werden.

Endlich jedoch wurde Jenn eingefangen und nach Metz gebracht; denn in den letzten Zeiten seines Lebens trieb er sein Unwesen in Frankreich. Vor seiner Enthauptung begehrte er, seinen Vater noch einmal sehen zu dürfen. Dieser langte in Metz an, als das Urteil eben vollzogen werden sollte. Man fragte ihn, ob er in dem Raubmörder seinen Sohn erkenne.

Der Vater aber erwiderte, er kenne den Übeltäter nicht. »So werdet Ihr mich kennen lernen!« rief der Sohn. Darauf ward er hingerichtet.

Von diesem Tage an saß der Enthauptete jeden Tag im Vaterhause bald an diesem, bald an jenem Orte, und trug seinen vom Hals getrennten Kopf unter dem Arm. Während die Drescher in der Tenne die Dreschflegel schwangen, rollte des Räubers Schädel plötzlich unter die Flegel, so daß die Männer entsetzt flohen. Um den Geist los zu werden, nahmen die armen Leute ihre Zuflucht zu einem Geistlichen, der den kopflosen Jenn in das Reder Moor bei Welfringen bannte. Während der Beschwörung rief der Enthauptete dem Geistlichen zu: »Du warst noch nicht fünf Jahre alt, da stahlst du einem Bäcker einen Kuchen.«

Von nun an erschien der Geist nicht mehr im Hause. Die Familie jedoch wanderte nach Amerika aus. Beim Abbruch der Gebäulichkeiten fand man noch in der Kâschteplätz eine silberne Monstranz, die der
118 Räuber dort vergraben hatte.

4. Allerhand Gespenster

265. Der Felsengeist zu Manternach.

An der westlichen Seite des Dorfes Manternach befinden sich hohe Felsen. Früher standen da im Tal statt einer Fabrik nur Hecken und Gesträuch; der Ort war verrufen. Ein Mann, der in der Nacht dort seines Weges kam, hörte oben auf den Felsen ein starkes, eigentümliches Geräusch. Die Neugierde trieb ihn hinauf. Plötzlich sah er eine lange, weiße Gestalt an sich vorbeihuschen und in einem Felsenloch verschwinden. Dieses Loch wurde nun Hexenloch genannt.

Lehrer Oswald zu Manternach

266. Der gespenstische Holzhauer im Cessinger Wald.

Im Cessinger Walde hörte man allabendlich den lauten Schlag eines Holzhackers. Der Förster, in der Meinung, es hier mit einem Holzdieb zu tun zu haben, begab sich eines Abends in den Wald, um den Verwegenen aufzuspüren. Aber je tiefer der Förster in das Gehölz eindrang, desto ferner klangen die Axtstreiche des rätselhaften Holzhackers, so daß es jenem zuletzt unheimlich zu Mute ward und er nicht wagte, weiter vorzudringen.

Lehrer Konert zu Hollerich

267. Nächtliche Drescher zu Cessingen.

Am Allerseelenmorgen kamen einst in der Frühe sechs Tagelöhner zum Weisgerberschen Hause zu Cessingen, um zu dreschen. Vor der Scheune angelangt, hörten sie, wie in derselben andere Drescher ihnen zuvorgekommen waren und munter drauflosschlugen. Sehen konnten sie aber niemand und keiner hatte den Mut, in die Scheune hineinzugehen. Mittlerweile krähte der Haushahn, und der Drescherschlag verstummte.

Lehrer Konert

268. Der Kellergeist zu Ehnen.

Im Advent und in der Fastnachtszeit vernahm man gegen Mitternacht in einigen Kellern des Dorfes Ehnen ein Klopfen, wie wenn ein Küfer dort beschäftigt wäre. Kein Mensch wagte sich um diese Zeit in einen Keller. Und wenn man zum Kellerloch, wo das Klopfen herkam, hineinsah, husch! war der Geist in einem anderen Keller.

269. Der Rebpfahleinklopfer bei Grevenmacher.

Oberhalb Grevenmacher, den Weinbergen gegenüber, liegt am jenseitigen Moselufer das preußische Dorf Wellen. Leute dieses Dorfes, die heute noch leben, behaupten, von Zeit zu Zeit in den Weinbergen Grevenmachers bei finsterer Nacht den schallenden Schlag eines Rebpfahleinklopfers vernommen zu haben, und dieses bald hier, bald dort, oft auch an verschiedenen Stellen zugleich.

Lehrer Konert

270. Der Mann mit der Kette bei Derenbach.

Zwischen Derenbacherstraße (so benennt man einen Dorfteil von Derenbach) und Oberwampach, im Ort genannt »beim Ellebêmchen«, soll vor
nicht gar langer Zeit nachts ein Mann umgegangen sein, der, in ein langes 119
Gewand gehüllt, eine schwere Kette rasselnd hinter sich herschleppte.

Zu dieser Zeit wohnte bei einem Gastwirt der Derenbacherstraße eine Hebamme. Dieser kam zweimal an genanntem Ort das Gespenst entgegen, worauf sie jedesmal in den Gasthof zurücklief und kurze Zeit nachher diese Ortschaft für immer verließ.

271. Das schluchzende Kind zu Born.

Im Hofhaus, einem Nebengebäude des Schlosses zu Born, wo des Grafen Gesinde wohnt, soll man nachts in einem Zimmer ein Kind weinen und schluchzen gehört haben. Knechte und Mägde, heißt es, hätten den Dienst gekündigt, und lange Zeit habe man auf dem Schlosse kein Gesinde mehr bekommen können.

272. Das Kind im Holzhaufen.

Vor einem Hause in der »Burgasse« zu Wormeldingen lag ein Haufen Scheitholz hoch aufgeschichtet. Eines Abends hörten die Nachbarn das klägliche Weinen und Wimmern eines kleinen Kindes in dem Holzhaufen. Sie eilten herbei, um zu sehen, was geschehen sei, und fanden ein kaum einige Tage altes Kind, das kopfunter zwischen den Holzscheitern stak. Als man jedoch nach demselben griff, um es aus seiner unglücklichen Lage zu befreien, war es verschwunden. Dies wiederholte sich an den folgenden Abenden solange, bis sich niemand mehr um das Kind kümmerte; von da ab hörte man des Kindes Geschrei nicht mehr.

Lehrer Konert

273. Gespenst im Buchholzer Wald bei Dalheim.

Auf halbem Wege zwischen Dalheim und dem Buchholzerhof stand vorzeiten ein den Maximinerherren von Trier zugehöriges Schloß, dessen Ruinen teilweise heute noch sicht bar sind und vom Volke den Namen »am âle Keller« erhalten haben. Die Bauart des Gemäuers soll den im Römerlager bei Dalheim aufgefundenen Bauresten ähnlich sein.

Vor etwa dreißig Jahren kehrte ein Notar in Begleitung seines Ausrufers von einer zu Medingen abgehaltenen Versteigerung nach Dalheim zurück. Der Ausrufer trug seine Schelle unter dem Arm. Der Notar war eine Strecke hinter dem Ausrufer zurückgeblieben, als plötzlich die Schelle zu läuten begann. Der Notar glaubte an einen Scherz und rief dem Ausrufer zu: »Jakob, willst du die Schelle in Ruhe lassen!« Jedoch das Geklingel verstummte nicht. Um dem angeblichen Unfug ein Ende zu machen, nahm schließlich der Notar selbst die Schelle unter den Arm;

aber auch jetzt dauerte das Läuten fort, worauf der Notar die Vermutung aussprach, es müsse ein gespenstischer Pater den Spuk verursachen.

Welter, pens. Lehrer zu Dalheim

274. Die nächtliche Versteigerung im Buchholzer Wald bei Dalheim.

Viele Leute von Dalheim behaupten, sie hätten, wenn sie nachts durch 120
»Buchholz« gegangen seien, eine Versteigerung gehört. Plötzlich nämlich hätten sie Geklingel vernommen, dann seien Rufe und Gebote, wie auf einer Versteigerung, gefolgt. Auf einmal seien die Rufe verstummt, und man habe das Vorbeirasseln von Kutschen gehört. Sehen aber konnte man nichts.

275. Die schwarzen Männer an der Oligsbâch.

An den Ufern der Oligsbâch, welche sich nach sehr kurzem Laufe zu Emeringen in die Gânerbâch wirft, erscheinen öfters um Mitternacht zwei rabenschwarze, unheimliche Gesellen, die mit vorgebeugtem Oberkörper um ein Feuer sitzen. Schweigend, mit durchbohrendem Blick schauen sie den verspäteten Wanderer an und grinsen dann wieder in die hellauflodernde Glut. Vergebens sucht man des Morgens nach der Stelle der nächtlichen Erscheinung. Alles ist verschwunden, selbst der noch kurz vorher verbrannte Rasen prangt wieder im üppigsten Grün.

Eug. Klein zu Emeringen

276. Das gespenstische Paar.

Ein Mann aus Kalmus ging einst in später Nacht nach Simmern, um den Pastor zu einem schwerkranken Menschen zu holen. Als er auf einen Fuhrweg kam, welcher zwischen Simmern und Kalmus liegt, und wo heute die Landstraße von Säul nach Arlon führt, da sah er einen jungen Herrn und eine junge Dame daherkommen, welche weiße Kleider trugen, an Gesicht, Händen und Füßen aber kohlschwarz waren. Sie sprachen kein Wort. Als sie vorüber waren, schaute der Mann ihnen nach. Da fiel er drei- oder viermal nacheinander über eine kleine Erhöhung. Voller Angst rief der Mann: »Was ist das?« Darauf war alles verschwunden.

Einige Jahre später geschah dasselbe einem Manne, der von Simmern nach Kalmus denselben Weg zurücklegte; dieser eilte entsetzt nach Hause, wo er in Ohnmacht fiel.

277. Der weiße Mann zu Eisenbach.

Drei Männer aus Eisenbach gingen eines Abends gegen elf Uhr dem Urtal zu, um bei Fackelschein Fische zu fangen. Inzwischen war der Mond aufgegangen und erleuchtete die Gegend. Da rief plötzlich voll Schrecken einer der drei aus: »Seht, dort kommt ein Mann in schneeweißer Kleidung den Weg herunter!« Die beiden andern konnten trotz allem Hinstarren nichts von der Erscheinung wahrnehmen. Indes war der Geist den Männern auf einen Steinwurf weit genaht. Erzähler dieses, einer von den dreien, gewahrte nun auch die Erscheinung und berichtet davon folgendes: Der Mann war von mittlerer Größe, sein Anzug war von Kopf bis zu Fuß weiß wie der Schnee. Er ging, als ich ihn erblickte, langsamen Schrittes einher, und man hätte ihn für einen Spaziergänger halten können, wenn's nicht so tief in der Nacht gewesen und sein Anzug nicht so
121 sonderbar ausgesehen hätte. Es währte nicht lange, und die Erscheinung war unseren Augen entschwunden. »Sonderbar ist es«, fügte der Erzähler hinzu, »daß der eine meiner Kameraden von alldem nichts gesehen haben will.«

Lehrer Quiring zu Untereisenbach

278. Die Engelsgasse zu Born.

Am äußersten Ende des Schloßgartens zu Born führt ein Pfad aus der Hauptstraße an die Sauer. Dort soll zur Geisterstunde ein Engel erscheinen, weiß wie der Schnee, und auf diesem Pfade einhergehen. Daher der Name bis auf den heutigen Tag: die Engelsgasse. Andern soll der Geist in Gestalt eines großen Schafes, andern in Gestalt eines Fuchses, wieder andern in Gestalt eines großen Hundes erschienen sein.

279. Weißer Mann geht um.

Ungefähr hundert Meter vom Marienthaler Hof liegt eine Kapelle, aus welcher abends an jedem Freitag ein weißer Mann herauskommen soll. Nachdem er dreimal um den Hof gegangen, verschwindet er wieder in der Kapelle.

280. Das Weib ohne Kopf bei Monnerich.

Ein Mann aus Pissingen kehrte eines Abends von Monnerich nach Hause zurück. Sein Weg führte ihn durch den Wald; da sah er auf einmal jemand an seiner Seite dahinschreiten. Es war ein Weib, das, obgleich es keinen Kopf hatte, den Mann doch Schritt für Schritt bis zum Ausgange des Waldes begleitete, wo es ebenso geheimnisvoll verschwand, wie es gekommen war.

Lehrer Konert

281. Der kopflose Pater zu Kopstal.

Zu Kopstal ging im Orte genannt Remeschgrund, bei Görgenkreuz, allnächtlich ein Pater ohne Kopf um. Noch heute soll man dort nachts einem Kalb oder auch zuweilen einem schwarzen Hund begegnen.

Lehrer Wahl

282. Der kopflose Geist im Rechenberg.

In dem Rosport gegenüberliegenden Rechenberge, jenseits der Sauer, unter einer Pappelweide, geht noch heute ein Pastor um, der in ein langes, weites, weißes Laken gehüllt ist und seinen Kopf unter dem Arme trägt.

J.N. Moes

283. Der Geistliche ohne Kopf im Brakenberg.

Am Fuße des dem Dorf Rosport gegenüberliegenden Brakenberges, besonders aber beim Eselsborn und beim Grêneschbaum, ging früher in gewissen Nächten ein Geistlicher ohne Kopf um. Zuweilen erschien er auch in voller Leibesgestalt mit Albe und Meßgewand.

Ein Mann, der einst spät abends von Godenhof nach Ralingen ging, sah beim Eselsborn einen Geistlichen ohne Kopf im Brakenweg auf und
ab gehen. 122

Einst hörte der Fährmann von Rosport in einer stürmischen Nacht, als die Sauer sehr groß war, unaufhörlich »Hol über!« rufen. Er eilte, von einem starken Manne begleitet an die Sauer und beide fuhren schnell zum anderen Ufer über, um den lästigen Rufer abzuholen. Als sie aber angekommen waren, stand vor ihnen ein Mann ohne Kopf. Voll Schrecken machten sie sich schleunigst und ohne ein Wort zu reden wieder auf die andere Seite.

Lehrer M. Bamberg

284. Der Mann ohne Kopf bei Mertert.

Etwa zweihundert Schritt von der Station Mertert entfernt, auf der Straße Luxemburg-Trier, steht eine Kapelle, genannt Richteshäuschen. Hier war vor alters der Ort, wo viele Menschen hingerichtet wurden. Unter der Kapelle befindet sich ein Brunnen, der, wie die Leute sagen, kein »Ende« hat; denn Steine, die man hinuntergeworfen, hört man nicht aufschlagen. Nach dem Volksglauben hat dort ein Femgericht gestanden. Auch ist der Acker, auf dem die Kapelle steht, voll Knochen und menschlicher Überreste.

Hier geht nachts ein großer Mann um, der seinen Kopf unter dem Arme trägt. Er ist natürlich stumm, wenigstens läßt er keinen Laut hören, tut auch niemand etwas zuleide.

285. Das Weib ohne Kopf bei Wormeldingen.

Im Sömpchen zwischen Wormeldingen und Ahn sah man oft zur späten Nachtzeit ein Weib ohne Kopf umgehen. Bald wandelte es das Moselufer entlang, bald auf dem Leinpfade umher. Auch ward es öfters auf einer Dornhecke sitzend gesehen.

Lehrer Konert

286. Der Reiter ohne Kopf bei Waldbredimus.

In dem Dorf Waldbredimus geht die Sage, es lasse sich jede Nacht von zehn bis zwölf Uhr zwischen Gondelingen und den ersten Häusern des Dorfes ein Reiter ohne Kopf sehen. Er galoppiert einigemal auf und ab und verschwindet dann in einem Seitenwege, der ins Feld führt, im sogenannten Rotenweg.

287. Das kopflose Gespenst am Klompbur zu Dalheim.

Einst gingen zwei junge Leute von Dalheim beim Mondschein Nüsse lesen. Ihr Weg führte sie am Klompbur (öffentlicher Waschbrunnen) vorbei. Da gewahrten sie einen Mann ohne Kopf. Er kam vom Klompbur her und war mit einem Meßgewand bekleidet. Der Kopf baumelte ihm im Rücken.

J.B. Klein, Pfarrer zu Dalheim

288. Der über die Mosel wandelnde Geistliche zu Remich.

Ehemals erstreckte sich zu Remich der Wald genannt Schweinbösch bis dicht an die Mosel. Gegen Westen befand sich die Wiese, welche jetzt wie damals Wues genannt wird. Dort, erzählen die alten Leute, hätten sie während ihrer Jugend immer die Kühe geweidet und seien auch nachts dort geblieben. Als sie nun einmal dort um Mitternacht ihr Vieh hütete- 123
ten, kam über die Mosel ein Geistlicher in langem, schwarzem Talare. In der einen Hand hielt er eine Monstranz, in der anderen einen »Stenner«, worauf damals die Monstranz gesetzt wurde. Die Kinder knieten nieder, um den Segen zu empfangen. Der Geistliche aber blickte starr vor sich hin und verschwand in den Hecken und Dörnern, wohin niemand dringen konnte.

289. Das Gespenst zwischen dem Weiler- und dem Guden-Bache.

In der Mitte des Berges zwischen dem Weiler- und dem Guden-Bache, etwas oberhalb des Kanals gegen den Gudenbach zu, geht ein unheimlicher Mann um. Ein gewisser Theis (Mathias) Schneidesch, ein junger, kernhafter Bursche von Echternach, fuhr in der Frühe mit seinem Esel auf genannten Berg, um sein Lasttier mit Spänen aus dem Holzschlag zu beladen. Einmal kam er nun mit halbgefüllten Körben ziemlich früh zurück. Auf Zureden seines Vaters gab er Aufschluß über sein sonderbares Betragen. »Ich fahre nicht mehr hin«, sagte er, »es ist mir jetzt dreimal so ein Pfaff begegnet, der meinem Esel ganz unheimlich vorkam. Er hatte einen langen, schwarzen Rock an, auf dem Kopf einen dreieckigen Hut und unter dem Arm ein großes Buch. Er sagte nichts, ging leise über das Laub, daß man ihn gar nicht gehen hörte, und so genau ich auch hingeschaut habe, sah ich doch kein Gesicht, sondern so etwas Graues, mit zwei dunklen Flecken, was wohl seine Augen sein mögen.

Heute stand er auf einmal vor uns und mein Esel hat so gezittert, daß ich mit ihm fortfahren mußte!«

Dieser Wächter des Kanals wurde zu verschiedenen Zeiten dort gesehen, in letzter Zeit noch (1849) von einem Weibe beim Holzsammeln. Als dieselbe über den Kanal ging, begegnete ihr auch dieser Schwarze. Sie hörte ihn nicht gehen, noch sah sie deutlich sein Gesicht. Da sie aber kein Hasenfuß, sondern ein schlecht und recht gewohntes Weib war, so entlief sie nicht gleich, zog sich aber etwas beiseite, um den Schwarzen vorbeizulassen, und sagte sogar: »Guten Abend!« Als er jedoch schweigend an ihr vorüber war, ergriff sie eine solche Angst, daß sie, am ganzen Leibe zitternd, spornstreichs den Berg hinablief und mit fliegenden Haaren und zerrissenen Kleidern bei einigen Feldarbeitern ankam, denen es nur mit vieler Mühe gelang, die erschöpfte Frau wieder aufzurichten.

290. Der gespenstische Achte.

Einst gingen sieben Bauern aus Tüntingen auf der Arloner Straße abends spät spazieren. Als sie so einherschritten und miteinander plauderten, waren es ihrer auf einmal acht. Sie hatten den achten nicht kommen sehen und deshalb fürchteten sie sich sehr und sprachen kein Wort. Nach einer Weile verschwand der Achte wieder auf unerklärliche Weise, wie
124 er gekommen war.

291. Der gespenstische Offizier zu Marienthal.

In einer großen Kammer des Pächterhauses in Marienthal ging viele Jahre hindurch in der Mitternachtsstunde ein außergewöhnlich großer, von Kopf bis zu den Füßen gewaffneter Offizier um. Er durchmaß das Zimmer nach allen Richtungen bis ein Uhr, wo er wieder durch die Tür verschwand. Knechte, die auf dem Zimmer schliefen, erzählten, der Offizier habe mit den Händen die Bettdecke berührt, ihnen aber nicht das geringste Leid zugefügt.

Lehrer Conrad zu Hohlfels

292. Das gespenstische Königspaar.

Als einst in dem Escher Tunnel mehrere Arbeiter nachts ihrer Arbeit oblagen, entstand plötzlich ein Geräusch und großes Gepolter und ein

König und eine Königin mit goldenen Kronen, seidenen, goldverbrämten Gewändern, in altertümlicher Tracht standen auf einmal inmitten der Arbeiter. Diese fragten erstaunt nach ihrem Begehr, aber die beiden antworteten nicht. Als die Arbeiter ihre Frage wiederholten und noch immer keine Antwort erfolgte, gerieten sie in einen solchen Schrecken, daß drei von ihnen in Ohnmacht fielen. Da war auch das gespenstische Königspaar verschwunden. Diese Erscheinung soll, wie man erzählt, sich oft wiederholt haben, so daß bald niemand es wagte, in dem Tunnel zu arbeiten.

293. Nächtliche Reiter bei Klerf.

Auf einer großen Heide zwischen Knaphoscheid und Dönningen sollen allabendlich um Mitternacht mehrere Reiter an dem dort an einem Kreuzwege sich befindenden, alten, hölzernen Kreuz vorbeieilen und nach dem eine Stunde entfernten Klerfer Schloß traben.

294. Die Felsenhöhle bei Lintgen.

In der Nähe von Lintgen, in dem Walde genannt »ener Beckel«, ragt ein Felsen, die Felsleh, über die Gipfel der Bäume majestätisch empor. In diesem Felsen befindet sich eine fünf Meter lange, drei Meter breite und drei Meter hohe Grotte, welche von der Natur dermaßen bequem hergerichtet ist, daß sie als Wohnung benutzt werden kann. Nach der Volkssage soll dieselbe vor hundert Jahren in der Tat einer aus Frankreich vertriebenen gräflichen Familie, namens Delvau, mehrere Jahre lang zur Wohnung gedient haben. Diese Familie führte daselbst ein sehr frommes und tugendhaftes Leben, unterstützte die Ortsbewohner sowie die ganze Umgegend mit Rat und Tat, hauptsächlich aber spendete sie den Dürftigen in reichlichem Maße. Doch auf einmal war ihre Hülfsquelle versiegt und sie waren selbst arm, ja sehr arm geworden. Merkwürdigerweise verweigerten sie die Annahme jeglicher Unterstützung und lebten kärglich von Baumwurzeln und Feldkräutern, so wie sie ihnen die Natur darbot. Doch dieses Leben sollte nicht lange dauern. An einem und demselben Tage wurden beide in ein besseres Jenseits hinübergerufen und man zeigt 125
noch heute die Stelle unter zwei hochstämmigen Buchen, wo das edle, fromme Ehepaar seine letzte Ruhestätte gefunden hat. Unter dem Namen Felsfrächen und Felsmännchen halten sie alljährlich in der Nacht vom Samstag auf Pfingstsonntag in dieser Felsgrotte einen Umzug, um dann

wieder unter rauschendem Gepolter und Lärm gegen die Mitternachtsstunde zu verschwinden.

Alljährlich am Pfingstsonntag nach der Vesper begibt sich die Lintgener Jugend in Begleitung ihrer Eltern hinauf in die tagsvorher festlich geschmückte Felsengrotte, wo unter Scherzen und Lachen die Peischtbrötchen verzehrt werden, aber auch der gräflichen Familie gedacht wird. Es befindet sich dann allemal dieser oder jener unter den Feiernden, welcher in der verflossenen Nacht den Lärm und das Getöse vernommen und das Verschwinden des Felsfrächens und des Felsmännchens über die Gipfel der Bäume gesehen hat. Dieses eigentümliche Fest wird mit einem andächtigen Gebet für die gräfliche Familie geschlossen.

Zollbeamter J. Wolff

295. Nächtliche Musik auf dem Titelberg.

Zu verschiedenen Malen wurde auf dem Titelberg, welcher westlich von Niederkorn liegt, Musik und Gesang in der Luft vernommen.

Als eines Abends ein Pfarrer des benachbarten Dorfes Rodingen über den Titelberg nach Hause gehen wollte, erschallte ebenfalls eine herrliche Musik in der Luft. Nachdem er eine Weile mißtrauisch gelauscht, stand er plötzlich vor einer hohen Festung. Vor dem Stadttore stand eine Wache, welche ihm öffnete und ihn zu einer zweiten Wache führte; diese machte es ebenso, und so ging es fort, bis er die ganze Stadt mit allen ihren Herrlichkeiten hinter sich hatte. Dann vernahm er ein Getöse, ähnlich demjenigen großer, zusammenstürzender Gebäude, und alles war im Nu verschwunden. Die Angst, welche der Geistliche ausgestanden, hatte seine Haare in einer Nacht gebleicht.

Lehrer Walch zu Niederkorn

296. Die Wirtsstube in der Scheune zu Nospelt.

Ein Mann kam zu später Nachtstunde durch die Straßen von Nospelt. Da gewahrte er durch die Ritzen einer alten Scheune einen Lichtschimmer, und da er vermutete, es möchte ein Feuer hier im Ausbruche sein, trat er an das Scheunentor und schaute hinein. Hier sah er eine Menge Tische, Stühle und Bänke. Um die Tische saßen Männer und Jünglinge bei vollen und leeren Gläsern. Die einen spielten Karten, andere schienen in lebhaftem Gespräch begriffen zu sein, von dem unser Mann am Tore jedoch keinen Laut vernahm; andere schauten mit sichtlichem Behagen dem Rauche nach, den sie kräuselnd aus ihren Pfeifenstummeln vor sich hinbliesen, kurz, alle vergnügten sich, jeder nach seiner Art, bis plötzlich die Glocke zwölf schlug – da war alles verschwunden.

Lehrer Konert zu Hollerich 126

297. Der bestrafte Lästerer.

Zwei Männer hatten sich früh morgens nach Steinbach, einem Grenzorte Belgiens, begeben. Ihr Heimweg führte sie durch den Helzinger Busch. Hier kamen sie an dem Grabe eines Verunglückten vorbei. An diesem Grabe blieb der eine stehen und sagte: »Du liegst da wie ein Hund, ich will dir noch das Libera singen.« Kaum hatte der Lästerer den Totengesang angestimmt, als er von unsichtbarer Hand eine tüchtige Tracht Prügel erhielt.

Lehrer Jacoby zu Helzingen

298. Der Geist auf dem Kirchhofe zu Bartringen.

Zu Bartringen waren Frauen in der Ucht versammelt in einem Hause nahe beim Kirchhofe. Ein Mädchen sagte, sie fürchte nicht, bei Nacht auf den Kirchhof zu gehen, und da die anderen dies bezweifelten, machte sie sich anheischig, etwas vom Kirchhofe mitzubringen. Sie ging hinaus und auf den Kirchhof. Dort sah sie auf der Kirchhofmauer einen Geist mit einer weißen Zipfelmütze sitzen. Sie trat hinzu, riß die Mütze von seinem Kopf und brachte sie zum Entsetzen aller in der Ucht mit. Bald jedoch hörte man draußen ein Geräusch und die Worte: »Bréng mer méng Kâp erém.« Dadurch ward der Schrecken der Weiber noch größer. Endlich warf man die Mütze vor die Tür. Der Geist aber begehrte, daß man ihm die Mütze auf dem Kirchhof wieder aufsetze. Da zwangen die anderen das Mädchen, die Mütze wieder auf den Kopf des Geistes zu setzen. Tags drauf war das Mädchen eine Leiche.

299. Die Mitternachtsmesse in dem Schlosse zu Esch an der Sauer.

Die ehemals so berühmte Herrschaft von Esch an der Sauer ist nun vollständig ausgestorben. Von dem festen Schlosse sind noch zwei Türme und die Trümmer einer Kapelle auf einem Esch überragenden Schieferfelsen übrig. Über diese Kapelle geht im Munde der Bewohner der Ortschaft eine eigentümliche Sage. Sooft ein Mitglied der gräflichen Familie im Sterben lag, konnte man um die Mitternachtsstunde durch die hellerleuchteten Fenster der Kapelle die geisterhafte Gestalt eines greisen Priesters die Messe zelebrieren sehen. Es soll ein längst verstorbenes Mitglied der Herrschaft gewesen sein, welches auf solche Weise einen in seiner Familie bevorstehenden Todesfall ankündigte.

Zollbeamter J. Wolff

300. Spukgeist in der Neukirche zu Vianden.

Zu Vianden war eine alte, fromme Schullehrerin, deren Bruder auf der Klause nächst Schankweiler (Preußen) als Einsiedler lebte. Sie gedachte eines Freitags ihren Bruder zu besuchen, und in dem Wahne, es sei schon früh, stand sie auf, um noch der Frühmesse, die jeden Freitag in der Neukirche gelesen wird, beizuwohnen, ehe sie ihre Reise antrete. Der Mond schien in hellem Glanze. An der Kirche angelangt, fand sie alle Türen geöffnet. Sie trat ein und setzte sich in einen der Kirchenstühle.
127 Nicht lange dauerte es, da kam ein großer, langer Mann und zündete die Kerzen am Altare an. Sie ging hin und zog ihn am Ärmel: »Guter Freund, geht die Messe bald an?« Der aber kehrte sich rasch um und erwiderte barsch: »Der Tag ist für dich, die Nacht für mich.« Erschrocken wich sie zurück und verließ die Kirche. Auf ihrem Heimwege beim »âle Mart« schlug es zwölf.

M. Erasmy

301. Der Gottesdienst bei Heinerscheid.

Einige hundert Meter von Heinerscheid entfernt liegt in schönem Quadrat ein hochstämmiges Tannenwäldchen, im Volksmund »der alte Kirchhof« geheißen. Die Sage geht, es habe bis zum Jahre 1650 dort das Dorf Bockeburg mit Pfarrkirche und Kirchhof gestanden. Als aber in der Mitte des siebzehnten Jahrhunderts die Pest im Lande wütete, ist diese Ortschaft ganz ausgestorben und von da an unbewohnt geblieben. So sank sie allmählich in Trümmer und ging spurlos verschwunden, nur der »alte Kirchhof« ist noch da. In Waldesmitte steht ein gut erhaltenes Steinkreuz zum Andenken, daß hier eine geweihte Stätte war. Der frühere

Fuhrweg, welcher jetzt zur Straße gemacht worden ist, führte dicht an dem Kirchhof vorbei.

Nun geschah es einst, daß am Allerseelentage ganz in der Frühe, da es noch finster war, ein Fuhrmann dort passierte. Wie er so in seinen Gedanken neben den Pferden herging, gewahrte er plötzlich eine hellerleuchtete Kirche. Der Mann, welcher der Gegend kundig war, staunte, dort ein Gotteshaus zu sehen, da nach seiner Erinnerung niemals ein solches dort gestanden hatte. Weil es aber schien, als würde eben Gottesdienst drin abgehalten, und der Mann bei sich dachte: »Du wirst heute vielleicht nicht mehr die Gelegenheit haben, eine hl. Messe zu hören«, so band er schnell entschlossen die Pferde bei der Kirche an einen Baum und trat hinein. Er fand dieselbe mit Gläubigen angefüllt, aber zu seiner großen Verwunderung regte sich niemand. Bei dem Geräusch, das bei seinem Eintritt entstand, sah niemand um, und er war erbaut ob der großen Andacht. An den Stufen des Altars stand ein greiser Priester, eine ehrwürdige, äußerst hagere Gestalt. Er war mit den Meßgewändern bekleidet und sollte die hl. Handlung beginnen. Da er aber keinen Ministranten hatte, konnte er nicht weiterkommen; keiner der Anwesenden schickte sich an, ihm diesen Dienst zu leisten. Als nun unser Fuhrmann das sah, ging er hin zum Altar, kniete neben den Priester hin und antwortete, so gut er konnte, auf die Staffelgebete. Die dumpfe, schwermütige Stimme des Priesters fiel ihm auf. So diente er die Messe bis zu Ende. Als ihm beim Einschenken des letzten Weines der Priester den Kelch darreichte, sah er, daß derselbe aus weißem Wachs verfertigt war. Obschon er sich über diese Eigentümlichkeit nicht klar werden konnte, waltete er dennoch seines Amtes weiter. Wie er aber nach dem letzten Evangelium niederkniete und Deo gratias sprach, waren Priester und Altar und Gläubige und alles verschwunden. Er kniete im feuchten Grase,
und nur ein leises Geflüster des Dankes schien noch durch die Zweige 128
des Wäldchens zu gehen.

Das ist die Geistermesse auf dem »alten Kirchhof« bei Heinerscheid.

Wilh. Zorn, Vikar zu Binsfeld

302. Die geheimnisvolle Kapelle zu Brandenburg.

In der Nähe des Dorfes Brandenburg stand ehemals auf einer steilen Bergspitze ein festes Schloß. Es war der Sitz einer frommen, adeligen Familie, welche die umliegenden Ortschaften auf alle Weise unterstützte und ihre Lasten bedeutend erleichterte. Wenn auch der Stammsitz bis auf einige Mauerreste verschwunden ist, so lebt doch das Andenken an die wohltätige Familie im Munde des Volkes fort, und oft schon will man während der Nacht auf den Burgtrümmern, gerade über der Gruft, eine hell erleuchtete Kapelle gesehen haben, aus welcher fromme Gesänge ins Tal herabschallten. Wenn aber die andächtig lauschenden Landleute es wagten den Berg hinanzusteigen und an der bezeichneten Stelle anlangten, so war alles spurlos verschwunden.

Zollbeamter J. Wolff

5. Weshalb der Tote spukt

303. Das Totenmännchen bei Esch an der Sauer.

Eine halbe Stunde von Esch entfernt liegt unter der Straße, welche von Esch nach Lülzhausen führt, der Ort genannt »den Doudemännchen«.

Vor vielen Jahren, als diese Straße noch nicht gebaut war, und der Uhu noch ungestört sein Nest in den kahlen Felsen des »Totenmännchen« bauen konnte, da vernahm der Wanderer, welcher gegen Mitternacht diese Einöde passierte, flehende, wehmütige Klagen, welche unheimlich an den Felsen widerhallten. Manchmal erschien dem Wanderer auch, aber nur von ferne, die blutige Gestalt eines Mannes.

Nach einer uralten Sage soll hier in grauer Vorzeit ein frommer Einsiedler gelebt haben. Derselbe wurde eines Nachts, als er eben dem Gebete oblag, von Mördern überfallen und auf grausame Weise ermordet. Sein Geist irrte noch lange nachher an diesem schauerlichen Orte klagend umher, bis ein Priester mehrere Messen für seine Seelenruhe darbrachte.

G. Spedener

304. Der erschlagene Ritter bei Hohlfels.

Zwischen Hohlfels und Marienthal erschlug ein Knappe seinen Herrn im Walde genannt Schwârzhâns. Jeden Abend sah man nun den Ritter mit blutendem Kopfe seufzend und jammernd in dem Walde umgehen; manchmal soll er sogar bis zum Wallgraben des Schlosses hinaufgestiegen sein.

129 Lehrer Conrad zu Hohlfels

305. Der überzählige Schläfer.

In dem Wachthaus des nun abgetragenen Bastions St. Jost zu Luxemburg war es, nach Aussage der Soldaten, nicht recht geheuer. Regelmäßig lag um die Mitternachtsstunde einer mehr auf der Pritsche, ein junger Soldat in blutiger Uniform.

Einst, so erzählt die Sage, kam der Hauptmann, der die Nachtrunde machte, um Mitternacht auf Bastion St. Jost, um den Posten zu untersuchen. Sofort trat die Wache ins Gewehr, nur einer fehlte, der in tiefem Schlafe auf der Pritsche lag. In der ersten Zornesaufwallung riß der Hauptmann den Degen aus der Scheide und durchbohrte den unglücklichen jungen Mann. Aber – o Schrecken und Jammer! – der Vater hatte den eigenen Sohn getötet.

Seit dieser Zeit kehrte der junge Soldat allnächtlich in der Geisterstunde zum Wachthause zurück und mit dem Schlage eins verschwand er lautlos und stumm, wie er gekommen.

Mitteilung von J. Scholler

306. Das Mägdlein auf Rheinsheim.

Zur Zeit, als das Luxemburger Land noch unter österreichischer Herrschaft stand, hatten ein Korporal und ein Mädchen aus Hollerich sich auf ewig Treue geschworen. Einst war der Korporal in Fort Rheinsheim auf Wache. Diese Gelegenheit benutzte die Dirne, um abends ein Stündlein mit ihrem Liebsten zu plaudern. Aber bei dem Stündlein blieb es nicht; die Zeit verging schnell, und ehe man es dachte, hörte man die Runde nahen. Husch! versteckte der Soldat die Dirne in einem Minengang unter dem Fort, indem er ihr versprach, sie bald wieder abzuholen. Unbegreiflicherweise vergaß er seines Mädchens gänzlich. An den darauffolgenden Tagen vernahm man, ohne jedoch weiter darauf zu achten in der Wachtstube ein aus der Tiefe kommendes Rufen und Schreien, ein Stöhnen und Jammern, das immer schwächer wurde und endlich verstummte.

Nach acht Tagen zieht der Korporal wieder auf Wache in Fort Rheinsheim. Da sieh! kommt auf ihn zu eine geisterhafte Frauengestalt, die wimmernd ihre entfleischten Arme nach ihm ausstreckt – er bebt zurück: es ist sein vergessenes Lieb. Vor Schrecken bleich, eilt er rasch in den Minengang, da sieht er das Mägdlein tot vor sich liegen mit abgenagten Armen und Fingern.

Seit dieser Zeit ging auf Rheinsheim des Mägdleins Geist noch lange allnächtlich wimmernd und jammernd um.

v. Cederstolpe, Sagen von Luxemburg, 27

307. Der eifersüchtige Graf von Ansemburg.

A. Gegen die Mitte des fünfzehnten Jahrhunderts lebte zu Ansemburg ein Baron in glücklicher Ehe mit seiner Gattin, die ein Muster von Schönheit und Tugend war. Da bemächtigte sich die Eifersucht des Grafen und eines Tages durchbohrte er in einem Anfall argwöhnischer
130 Wut seine getreue Gemahlin mit dem Schwerte. Voll Schrecken über diesen Mord, von Gewissensbissen geängstigt, stürzte auch er sich in sein Schwert. Seit diesem Tage irrt der Schatten des unglücklichen Barons allnächtlich in den Schloßruinen umher, indem er Klage- und Jammerlaute ausstößt; zuweilen, besonders wenn der Wind heftig einherbraust, steigern sich die Jammerlaute zu einem furchtbaren Geheul.

L'Evêque de la Basse Moûturie, 331

B. Der Graf von Ansemburg (altes Schloß) schöpfte Verdacht gegen seine Gattin, ward eifersüchtig auf sie und warf sie eines Tages den Felsen hinunter. Bald aber erkannte er, daß er sie unschuldig gemordet, geriet darob in Verzweiflung und fügte sich eines Tages ein Leid auf der Jagd zu. Und deshalb sollen die Eulen noch heute in der Umgegend des Schlosses dem nächtlichen Wanderer durch ihr unheimliches Geschrei Schrecken einjagen. (Die Eulen sind nämlich sehr zahlreich an diesem Ort.)

308. Das Gespenst im Bachbusch bei Lenningen.

In dem Wäldchen genannt »Bachbusch« oberhalb Lenningen erscheinen des Nachts gegen die Geisterstunde zwei verschleierte Mädchengestalten, die den nächtlichen Wanderer in die Mitte nehmen und bis zum Ausgang des Waldes stillschweigend begleiten, wo sie alsdann plötzlich verschwinden. Ein Mann aus Lenningen, der sie gesehen haben will und den sie ebenfalls von der Brücke an bis zum Ende des Waldes begleitet haben sollen, erzählte mir über diese geheimnisvolle Erscheinung folgendes:

Ein junger Mensch aus Lenningen hatte in dem benachbarten Kanach eine Liebschaft. Er ging wöchentlich mehrere Male dorthin und kehrte zuweilen des Nachts recht spät nach Hause zurück. Nun geschah es, daß der Junge seiner ersten Liebe untreu ward und sich einem andern, wenngleich hübschern, doch hochmütigern Mädchen zuwandte. Die erste Geliebte wollte vor Gram vergehen, als sie die schnöde Untreue ihres Geliebten erfuhr, und irrte des Abends, wenn bereits der Mond hinter den Bergen heraufgestiegen, wie wahnsinnig durch Feld und Wald.

Eines Abends, es war schon spät, war sie aus der engen Stube hinausgeeilt, um ihrer beklommenen Brust Luft zu machen; da gewahrte sie, wie ihr früherer Geliebter Arm in Arm mit seiner neuen Liebschaft daherkam und den Weg durch den Wald einschlug. Leise und ohne bemerkt zu werden folgte sie beiden und vernahm nun, wie schändlich sich der junge Bursche gegen sie ausließ: sie sei eine abscheuliche Dirne, die mit Hunderten zugleich buhle und zudem arm sei wie eine Kirchenmaus und andres mehr. Das war der aufrichtigen, ungeteilten Liebe des braven Mädchens zu viel; sie ging und warf sich in der Verzweiflung in den hoch angeschwollenen Waldbach. Des andern Morgens fand man ihre Leiche hinter einem alten Weidenstamm des Waldes, wohin das Wasser sie getrieben. Als der Bursche von dem Selbstmord seiner früheren Ge- 131
liebten hörte und einsah, daß nur seine Untreue das arme Mädchen zu diesem Akt bewogen, entsetzte er sich, verfiel in ein Fieber und starb kurze Zeit nachher. Das andere Mädchen, über diesen Verlust gänzlich untröstlich, ward von einer schleichenden Krankheit befallen und folgte dem jungen Mann einige Wochen nach dessen Hinscheiden ins Grab.

Heute nun kommen beide Mädchen als Geister zurück und machen, wie ehedem, den Weg zusammen bis zum Ausgange des Waldes, wo sie alsdann verschwinden.

J. Weyrich

309. Das Steinseler Weibchen.

Mitten im Walde bei Steinsel befindet sich ein zwischen Felsen und dichtstehenden Bäumen verborgener Brunnen. Dahin kommt allnächtlich ein Fräulein in weißem Gewande gegangen und wühlt mit blutigen Nägeln in der Erde ein Loch auf, aus welchem wimmernd eine Kinderstimme erschallt. Sie hebt aus der Grube ein blutendes Kind, nimmt es auf ihren Schoß, verbindet dessen Wunden, drückt es an ihre Brust und legt es wieder in die Grube. Gleich darauf ertönt ein Horn im Walde, ein feuriges Roß kommt durch die Luft gesprengt und eilt mit dem Fräulein über Steinsel hinweg in die Ferne.

Meyer, Luxemburgische Gedichte und Fabeln (1845), 5

310. Umgehendes Mädchen.

Vorzeiten, so erzählt man zu Remich, trug ein Mädchen ihr Kind hinaus aufs Feld und vergrub es lebendig nahe dem Orte, wo heute eine Mühle steht. Seit diesem Tage war auch das Mädchen verschwunden. In mondhellen Nächten sieht man sie ängstlich mit starrem Blick an jener Stelle knien, wohin sie nunmehr bis zum jüngsten Tage gebannt ist.

Lehrer Biver zu Remich

311. Das Burgfräulein von Falkenstein.

Vor sieben oder acht Jahrhunderten lebte auf Burg Falkenstein bei Vianden ein Ritter mit seiner Tochter Euphrosine. Von den vielen durch der Jungfrau Schönheit und Reichtum angelockten Bewerbern sollte Kuno von Bitburg Euphrosine als Braut heimführen.

Eines Tages hatte sich Euphrosine auf der Jagd im Walde verirrt, und schon brach die Nacht herein, als ein ritterbürtiger Jüngling herannahte und ihr anbot, sie nach Falkenstein zurückzugeleiten. Dort angelangt, bat die Jungfrau den Jüngling, der durch seine Schönheit und sein angenehmes Wesen ihre Zuneigung gewonnen, mit ihr zum gastlichen Saale ihres Vaters hinaufzugehen. Der Jüngling aber weigerte sich, da die Häuser von Falkenstein und Stolzemburg, dem er angehörte, durch unversöhnliche Feindschaft entzweit waren. Von nun an traf Euphrosine auf ihren Spaziergängen oft mit dem Jüngling zusammen, gewann ihn immer lieber und schauderte bei dem Gedanken, dem Bitburger ihre
132 Hand geben zu müssen. Dennoch widerstand sie dem Vorschlag des Stolzemburgers, mit ihm heimlich zu entfliehen. Erst als dieser sie einst mit kräftiger Hand von einem Abgrund, dem ihr scheu gewordnes Roß in wildem Lauf zueilte, weggerissen hatte, willigte sie in die Entführung ein.

Gegen Mitternacht verließ Euphrosine heimlich das Schloß und schwang sich hinter den harrenden Stolzemburger aufs Pferd. Aber der eifersüchtige Kuno, dem der Jungfrau verändertes Benehmen aufgefallen war, hatte die Flucht sofort bemerkt und auf schnellen Rossen eilte er mit dem Falkensteiner den Flüchtigen nach. Als der Stolzemburger die Verfolger heranbrausen hörte, drängte er der Jungfrau sein Schwert in die Hand und beschwor sie, zuzuschlagen. Die Unglückliche folgte willenlos und führte einen Hieb aufs Geratewohl. Da erscholl ein Schrei … sie hatte den Vater getroffen. Mit Windeseile jagte indes der Stolzemburger dem Urflusse zu, wo ein Kahn ihrer harrte. Kaum aber hatten sie ihn bestiegen, als die Unglückliche ihren Geliebten in hellen Flammen stehen sah. In ihrer Angst kreuzte sie die Arme über der Brust; bei diesem Zeichen grinste das Gespenst sie an, hob drohend die Faust empor und verschwand mit dem Rufe: »Vatermörderin!« War es der Teufel selbst oder vielmehr derjenige, der, um sein Rachegefühl zu befriedigen, dem Teufel seine Seele überliefert hatte? Euphrosine aber, vor Schrecken und Gewissensbissen ihrer Sinne nicht mehr mächtig, stürzte sich in die Fluten der Ur. Seit diesem Unglückstage erscheint die Jungfrau um Mitternacht in den Ruinen des Schlosses Falkenstein und schleppt seufzend und wimmernd eine schwere Kette.[1]

L'Evêque de la Basse Moûturie, 451

312. Der Galgenberg bei Remich.

Auf dem Galgenberg bei Remich, an der Stelle, wo jetzt die Gipsbrüche sind, lag vor Jahren eine lange und breite Steinplatte da, wo sonst der Galgen stand; auf diesen Stein, der nun nirgends mehr zu sehen ist, ist das Blut der Hingerichteten geflossen. Jedes Jahr am St. Martinitage, wenn die Nacht dunkel und sternlos war und am Tage kein Rabe in der Umgegend geschrieen, dann sickerte das Blut wieder aus dem Stein hervor und leuchtete in der Nacht wie ein großes Feuer, so daß man es weit in der Runde sah. Jedermann mußte dann ein Vaterunser beten, sonst kam das Feuer und tat ihm ein Leid. Das Blut war von einem Strauchmörder, der die ganze Gegend unsicher gemacht, bis er endlich gepackt und hingerichtet wurde. Den Müller hatte er vom Karren herabgeworfen und selber das Mehl mit den Pferden weggeführt; den Hannes von Beiern hatte er im Walde angefallen und totgeschlagen, als derselbe mit seinem Gelde nach Hause ging. Den Leuten hatte er die Häuser über 133
dem Kopfe angezündet und vieles, sehr vieles geraubt. Aber alles, was er gestohlen und zu Grunde gerichtet, das muß er rotglühend am jüngsten Tage in der Hand halten und sein Geist hat in Ewigkeit keine Ruhe. Zu

1 Leute, welche über diese Sage befragt worden sind, wissen nichts von einem als Geist umgehenden Burgfräulein zu Falkenstein. Nach ihnen fand ein Vatermord nicht statt; es sei, als die beiden Fliehenden hastig in den bereitstehenden Kahn gesprungen, dieser umgeschlagen und beide hätten in den Fluten der hoch angeschwollenen Ur ihren Tod gefunden.

Martini geht sein Geist um, winselnd und klagend, und der Stein gab das Blut wieder von sich, das er getrunken, und es leuchtete, daß alle Leute sich fürchteten.

N. Gaspar

313. Der Herr von Stolzenberg.

A. An den heiligen Tagen des Jahres wandelt in Gedanken vertieft der Herr von Stolzenberg nächtlich an einer Ecke des Waldes nahe dem Kiem bei Grevenmacher. Wenn er müde ist, setzt er sich auf die Rasenbank am dortigen Brunnen nieder, schlägt ein großes Buch auf, das er allzeit bei sich trägt, und ruht aus. Er ist groß von Gestalt, trägt einen dreieckigen Hut und hat ein greuliches Aussehen.

N. Gonner

B. Im Grevenmacherer Wald, am Römerkiem, erscheint in hochfestlichen Nächten nach zwölf Uhr, in altfränkischer Jägertracht, eine Geistergestalt, die betrübt und in Nachdenken vertieft am Wege auf und ab wandelt. Bald nachher naht vom Berge her eine Jungfrau, die sich dem Geiste in die geöffneten Arme stürzt. Da plötzlich ertönt, ebenfalls vom Berge her, gellender Hörnerschall. Eilends fliehen beide in den Wald, in dem sich ein furchtbares Geräusch erhebt, untermischt mit Ächzen und Stöhnen. So lärmt und braust es durch den Wald, bis vom Buchholzer Hof herunter der Hahnenschrei den anbrechenden Morgen verkündet. Dann ist alles still.

Vor langer Zeit, heißt es, soll hier die Ritterburg Stolzenberg gestanden haben. Des Grafen Töchterlein hatte sich in den schönen Jägerburschen des Schlosses verliebt, und die Zutraulichkeit der Liebenden wuchs endlich so, daß sie eine Zusammenkunft im Walde verabredeten. Die festgesetzte Stunde war Mitternacht. Kaum aber hatte sich das Fräulein vom Schlosse entfernt, als sie auch schon vermißt wurde. Der jähzornige Graf schwang sich sofort auf sein Pferd und eilte mit Gefolge in den Wald. Bald hatte er die Liebenden aufgefunden, die sich ihm flehend zu Füßen warfen; aber von seinem Schwerte durchbohrt, brachen beide im Todeskampfe zusammen. Den Grafen aber reute seine Tat, und er zog als Pilger zum gelobten Lande.

Längst ist die Burg Stolzenberg spurlos verschwunden; aber noch immer läßt den Grafen der Doppelmord die Grabesruhe nicht finden.

Manuskript des Notars Ritter

314. Die nackten Ritter von Himmlingen.

Wenn man von Greisch durch die Leesbach nach Tüntingen geht, sieht man etwa sechs Minuten von Greisch links auf einer kleinen Anhöhe die Überbleibsel einer Einsiedelei, welche in einen Felsen eingehauen
war. Hier lebte vor etlichen Jahrhunderten ein frommer Einsiedler, der 134
ein wahrer Tröster und Helfer in allen leiblichen und geistigen Nöten der Umgegend war.

Auf dem halben Wege von Tüntingen nach Hohlfels liegen einige Minuten rechtsab vom Wege die Reste einer Burg, die ehedem den Herren von Himmlingen gehörte. Diese waren aber böse und raubsüchtige Ritter und der Schrecken der Nachbarschaft. Der fromme Einsiedler war ihnen ein Dorn im Auge, weil er den Leuten Mut und Trost einflößte, ihnen selbst aber Unglück und ein trauriges Ende vorhersagte. Sie beunruhigten ihn nächtlich mit allerlei Spuk. Da aber dies den gottesfürchtigen Mann nicht verscheuchte, entschlossen sie sich, denselben zu ermorden. In einer finsteren und schwülen Sommernacht führten sie ihren schwarzen Plan aus. Sie schleppten den Einsiedler aus seiner Höhle etliche Dutzend Schritte abwärts ins Tal und erschlugen ihn dort. Gott strafte die Greueltat auf der Stelle. Ein fürchterliches Gewitter brach plötzlich aus, ein Blitzstrahl erschlug die drei Mörder und verbrannte sie zu Asche. Des Einsiedlers Leichnam, sowie der Hund, den die Ritter mitgebracht, blieben unversehrt.

Der Schauplatz dieses Mordes ist von der Zeit an ein unheimlicher Ort geworden. Nächtlich vernimmt man dort zuerst wie das Stöhnen eines Sterbenden, dann ein verworrenes Gemurmel, dann ein Gebrüll von mehreren Stimmen, zuletzt ein furchtbares Donnergetöse. Darauf sieht man die Mörder als nackte Ritter mit Blitzesschnelle ihrem Schlosse zurennen. Ihren Hund, der aber friedlicher Gesinnung ist und keinem etwas zuleide tut, lassen sie zurück.

Im Jahre 1703 kam einst der Kaplan von Greisch, ein wenig benebelt, da vorüber. Als er den Hund da liegen sah, stieß er ihn mit dem Fuße, indem er sagte: »Was machst du hier liegen, häßlicher Kerl!« Da richtete sich der Hund auf, streckte sich und folgte dem Kaplan, der bei jedem Schritt einen Streich auf den Rücken erhielt, bis er seine Wohnung erreicht hatte.

Manuskript von P. Bies, Pfarrer

315. Der umgehende Mörder.

»Auf dem Drêscher«, zwischen Hohlfels und Tüntingen, treibt sich noch heute zu verschiedenen Zeiten in später Nacht ein Mann herum, von dem manch nächtlicher Wanderer schauerliche Sachen zu erzählen weiß. Derselbe hatte, nach einer alten Sage, einen Einsiedler, dessen Klause sich auf der Tüntinger Anhöhe befand, ermordet und muß deshalb in tiefer Nacht am Ort seines Verbrechens umherirren.

Lehrer J. Conrad zu Hohlfels

316. Der gespenstische Reiter im Meisenburger Wald.

Das enge, vom Manzenbach durchflossene und von steilen Felsen und Wald begrenzte Wiesental, in welchem das herrschaftliche Gebiet von Meisenburg beginnt, wurde zur Zeit, wo das Dorf Meisenburg noch bestand, der Schauplatz einer schauerlichen Sage. In einem der hohen Felsen, die rechts vom Fußpfade, gleich beim Eingang in den Wiesengrund
135 aneinandergereiht sind, ist eine rundbogige Nische eingehauen, in welcher ein Kreuzbild steht, als Erinnerungszeichen, daß an dieser Stelle einst ein Unglück sich ereignet hat. Verspätete Wanderer, welche in hellen Mondnächten an den hohen Felsen vorbeikamen, bemerkten an der flachen, senkrechten Wand eines derselben ein schwarzes Schattenbild rasch heruntergleiten, welches in seinen scharf ausgeprägten Umrissen sich als ein zu Pferd sitzender Mann darstellte, dessen Haupt ein mit wallender Feder geziertes Barett bedeckte. Das Grausigste an dem gespenstischen Reiter war ein langes Schwert, das ihm in der Brust stak und dessen Spitze am Rücken herausging. Mit der Schnelligkeit des Blitzes bewegte sich das Schattenbild durch das Wiesental in der Richtung nach Meisenburg und verschwand im dunklen Gehölz jenseits des Bachufers. Schrecken überkam die Leute, welche den gespenstischen Reiter bemerkten; sie bekreuzten sich und wagten nicht, ein lautes Wort zu reden.

Der von dem Schwerte durchbohrte Reiter wurde indes nicht allein bei diesem Felsen, sondern auch auf hohen Bergkämmen und zwar immer am Rande einer der Felser Waldungen bemerkt. Manchmal will man auch den Schatten eines Windspiels bemerkt haben, das neben dem gespenstischen Rosse herlief. Über das Wesen des Spukes war man verschiedener Ansicht. Die einen hielten den Geist für den berüchtigten Hexenschäppchen; die andern sagten, es sei ein verwünschter Ritter, welcher ruhelos umherirren müsse zur Strafe für ein begangenes Verbrechen. Die Sage, welche man über diesen Gespensterspuk erzählte, ist folgende:

Um die Hand der wunderschönen Tochter eines Herren von Meysenburg bewarben sich mehrere Ritter vom alten Adel. Derjenige, welchem es gelang, des Burgfräuleins Minne zu erwerben, war der edle Herr von Linster, mit dem die schöne Jungfrau auch bald verlobt wurde. Während die anderen Werber alle abzogen, blieb einer in der Burg zurück, und dieser trachtete darnach, dem von Linster die Braut zu entreißen. Dem glücklichen Bräutigam hatte der Wütende blutige Rache geschworen und die Gelegenheit, sein scheußliches Verbrechen auszuführen, fand sich bald. Der Baron von Meisenburg veranstaltete eine Jagd, an welcher seine Tochter, Bräutigam und dessen Nebenbuhler sich beteiligten. Gegen die Gemarkung von Fels hin ging der Jagdzug durch die Forste. Während der Herr von Linster ein Reh verfolgte, ereilte ihn der grausige Tod. Sein Nebenbuhler folgte ihm dicht auf den Fersen; oberhalb des Felsens im Manzenbachtale drang der Tückische auf seinen arglosen Feind ein und drängte ihn mit eingelegtem Speer bis gegen die Felswand zurück, wo dessen Pferd sich bei einem kräftigen Lanzenstoß des Gegners bäumte und rückwärts über den Rand des Felsens in die Tiefe hinunterstürzte. Zerschmettert lagen Roß und Reiter im Tale. Hohnlachend sprengte der Mörder von dannen und holte das Jagdgefolge wieder ein. Die nichts
Böses ahnende Braut erwartete vergeblich die Rückkehr ihres Verlobten, 136
und als dessen Leichnam am anderen Tage aufgefunden wurde, war sie fast sinnlos vor Leid.

Junker Walter, ihr Bruder, ahnte den Zusammenhang der scheußlichen Tat; er forderte den Verbrecher auf, ihn in den Wald zu begleiten. Hier warf Walter ihm sein Verbrechen mit einer Sicherheit vor, als wäre er Zeuge der Tat gewesen. Der Mörder entschuldigte sich mit kecken Worten, er sei handgemein mit seinem Gegner geworden und dieser habe seiner Kraft unterliegen müssen. Da schrie Walter: »Blut um Blut! Du hast frevelnd deine Hand an einen der edelsten Ritter gelegt; darum stirb von meiner Hand, und nimmer sollst du Ruhe im Grabe finden!« Und noch ehe der andere Zeit fand, sein Schwert zu ziehen, hatte Walter ihm die Brust mit dem Schwert durchbohrt. Der Leichnam wurde in einer Felsspalte verscharrt. Die Verlobte des Herrn von Linster zehrte der Gram auf; ihr Bruder aber beschloß sein Leben als Büßer in einem Kloster in den Ardennen.

Der gegen den Mörder ausgestoßene Fluch erfüllte sich, und dort, wo er den Herrn von Linster in den Tod getrieben, mußte er solange als Schattengespenst ruhelos in den Wäldern umherirren, bis alle Gespenster durch den Papst gebannt wurden. Seither sah man und hörte man nichts mehr von dem Spuk. Aber heute noch wissen die meisten Umwohner die Stelle, wo der Ritter vom Felsen herunterstürzte.

H.A. Reuland

317. Der umgehende Mörder.

Zu Wilz hatte ein Mann seinen Nachbarn totgeschlagen und den Leichnam im Stall versteckt, wo er drei Tage lang lag. Von seiner Frau gedrängt, die Leiche aus dem Hause zu schaffen, steckte er diese in einen Sack und begab sich abends in den Gemeindewald, genannt »das Geheulloch«, zwischen Wilz und Notum; dort warf er dem Toten einen Strick um den Hals und knüpfte ihn an den Ast eines Baumes, als habe der Getötete sich selbst erhängt.

Nach dem Tode des Mörders kam einst ein Wilzer nachts gegen zwei Uhr durch das Geheulloch; da sah er den Mörder daherkommen, welcher die Leiche des Ermordeten keuchend und seufzend auf seinem Rücken wegtrug. »Hättest du den H. nicht totgeschlagen und aufgehängt«, rief der Wilzer ihm nach, »so bräuchtest du ihn jetzt nicht mühsam wegzuschleppen!«

318. Die drei unter Kamesch-Leien.

Zwischen dem Weiler- und dem Gudenbache erhebt sich einer jener kegelförmigen, oben abgeplatteten Hügel, wie solche häufig von den Sturzbächen des Sauertales umflossen werden und denen dieses Tal einen guten Teil seiner landwirtschaftlichen Schönheit verdankt. Vom Flusse bis zum Gipfel mit Wald bedeckt, ist die Stirn dieses Hügels von einer Reihe unzusammenhängender, zackiger Felsen, den Kamesch-Leien,
137 umringt. Dieser Wald gehörte vor alters parzellenweise den Bauersleuten von Echternach. Die Klosterherren der Benediktinerabtei hätten diesen Hügel aber gar zu gern ihren anderen Besitzungen in der Nähe angegliedert. Nach langen Umschweifen brachten endlich drei gelehrte Benediktiner das Ganze vom Gipfel bis zur Sauer als rechtmäßiges Eigentum durch gerichtliches Erkenntnis an das Kloster und die kleinen Leute von Echternach hatten das Nachsehen, denn zum Prozeßführen hatten sie kein Geld. Die drei ungerechten Advokaten aber müssen in Ewigkeit hier oben unter den Kamesch-Leien umgehen und nur Eulen und Füchse halten ihnen Gesellschaft.

319. Unerlöste Seelen zu Remich.

Das jetzige Schulgebäude zu Remich war früher die reiche Elisabetherinnenkirche, eine Filiale der Pfarrkirche. Diese Filiale war reich, besonders an Ländereien; denn der ganze Goldberg, ein großer, fruchtbarer Landstrich bei Remich, war ihr Eigentum. Die Kirchengutverwalter ließen den Goldberg versteigern, und weil eben die französische Revolution ausgebrochen war, wurde der Kaplan ausgeschickt, um vor den Wirren, die man nicht mit Unrecht befürchtete, die Gelder einzutreiben. Da wollten nun viele nicht bezahlen, mißhandelten sogar den Kaplan und drohten, ihn der französischen Regierung anzuzeigen. So blieb das unrechtmäßig erworbene Gut in ihren Händen. Aber wer heute in den Goldberg geht, hört nicht selten in den Ländereien, die ungerecht erworben wurden, Stimmen, die da rufen: »Wo ist der Kaplan? Wehe uns! Wäre er bezahlt, so hätten wir Ruhe!« Es sind die Seelen der unrechtmäßigen Eigentümer aus jener Zeit.

Lehrer N. Biver zu Remich

320. Der glühende Landmesser.

Einst gingen zwei Fischer auf Johns Wehr, zwischen Wehr und Palzem, während der Nacht fischen. Da sahen sie plötzlich auf den Felsen, welche sich dort befinden, einen glühenden Landmesser. Er hielt ein feuriges Metermaß in der Hand, womit er hin- und herschwenkte; dabei flogen die Funken hoch in die Luft. Wenn der Wind sein Gewand emporwehte, dann sahen sie seine Brust, welche durchsichtig war und wie Feuer glühte.

321. Der feurige Pflüger zu Meisemburg.

Zu Meisemburg lebte vorzeiten ein Burgvogt, der beim Pflügen seiner Äcker immer eine Furche seinem Acker zusetzte und dem Nachbarn entzog, auch wohl die Marksteine versetzte. Nach seinem Tode fand er keine Ruhe und muß jetzt alle sieben Jahre mit einem feurigen Pfluge pflügen, bis er den Schaden ersetzt hat.

J. Engling, Manuskript, 170

322. Der feurige Mann zu Straßen.

Dieser feurige Mann soll während seiner Lebzeiten die Leute bestohlen haben, auch Zauberer gewesen sein. Eine Frau hat ihn noch vor zwei
138 Jahren gesehen. »Er ging glänzend in der Ferne auf und plötzlich war er bei uns: eine mannshohe Flamme flackerte gleichsam in zwei Teilen, die sich bald rechts, bald links nebeneinander schoben. So geht der feurige Mann einher oder schwebt vielmehr über dem Boden, denn gehen hört man ihn nicht.«

Auch hört man ihn rufen: »Wohin soll ich die glühende Mârk hinsetzen?« Einst habe einer gerufen: »Auf die Schultern!« Da habe es Streiche auf den Rufer gehagelt.

Der feurige Mann geht an beim Reckenthaler Weg und macht einen Bogen bis »Seiwesch« auf dem Kièm.

323. Grenzsteinverrücker zu Kehlen.

Zu Kehlen hat man oft in mondhellen Nächten jemand die Grenzsteine rücken sehen unter beständigem Rufe: »Soll ich hierhin einen Grenzstein setzen?« Das ist Schappmännchen, sagen die Leute zu Kehlen, der in seinem Leben zur Vergrößerung seiner Felder die Grenzsteine verrückt hat und verurteilt wurde, alle diese Grenzsteine nächtlicherweile wieder an ihre Stelle zu rücken.

324. Frau geht mit einem Grenzstein um.

Zu Michelbuch führte ein Mann mit einer Frau einen Prozeß, weil diese den Markstein zwischen ihrem und seinem Felde verrückt habe. Während des Prozesses starb die Frau plötzlich. Von dieser Zeit an erschien sie jeden Abend um neun Uhr in einem bei den zwei Feldern gelegenen Wald »am Weeßen« und rief: »Wohin soll ich den Grenzstein setzen?«

325. Der Grenzsteinverrücker zwischen Grevenmacher und Flaxweiler.

In dem Baumbusch, der sich von Grevenmacher bis Flaxweiler erstreckt, befinden sich zwei große Wiesen: die Scheiweswies und die Goldgruf. Vor vielen Jahren führten vier Männer oft ihre Pferde in diese Wiesen zur Nachtweide. Um zwölf Uhr hörten sie dann zu ihrem nicht geringen Schrecken jemand mit hohler Stimme rufen: »Wuor a wuor soll ech de Mârk setzen?« Sie erklärten das so, als habe der Rufer einst in dem

Walde ein Besitztum gehabt und habe die Grenzsteine selbst zu seinem Vorteil verrückt. Nach seinem Tode sei er zur Strafe verdammt worden, jede Nacht auf die oben geschilderte Weise sein Verbrechen zu verkünden, um andern als warnendes Beispiel zu dienen.

Luxemburger Land, 1882, Nr. 12

326. Der feurige Mann zu Nennig.

In der Geisterstunde geht in finstern Nächten ein feuriger Mann in den Wiesen um, die sich von Nennig bis Berg hinziehen. Dann hört man den Ruf: »Wohin setz' ich den Mârkstein? Wohin setz' ich den Stein?«

Einst kam ein Mann aus Berg um Mitternacht von Nennig. Da sah er den feurigen Mann umherwandeln, und da er etwas angeheitert war, antwortete er auf den Ruf: »Setz ihn, wo du ihn genommen hast!« Blitz- 139
schnell schoß der Feurige auf ihn los und hätte ihm sonder Zweifel den Garaus gemacht, wenn er sich nicht zu rechter Zeit bekreuzt hätte.

J. Scholler

Nach andrer Mitteilung geht der Geist mit einem feurigen Grenzstein auf der Schulter um und verschwindet zuletzt in der Mosel. Zu seinen Lebzeiten soll er ein Wucherer gewesen sein; er habe auch die Grenzsteine seiner Äcker verrückt und sei durch diese unerlaubten Mittel zu ungeheurem Reichtum gelangt. Zur Strafe müsse er bis zum Ende der Zeiten mit dem glühenden Grenzsteine umherwandeln.

Nach Engling (Manuskript, 274), kam der Wucherer in finsterer Nacht einst von einem Markte nach Hause, da ward er von Irrlichtern umringt, die ihn vom rechten Wege abbrachten und ihn zu einem Sumpfe verlockten, in dem er jämmerlich umkam. Seitdem jagt der Kronenmichel, wie die Leute ihn hießen, mit einem glühenden Grenzstein allnächtlich als feuriger Mann umher.

327. Grenzsteinverrücker in Dennert.

In Dennert, einer großen und schönen Wiesenflur zwischen Düdelingen und Hellingen, ging vorzeiten ein Mann um, der einen Markstein unter dem Arm trug und rief: »Wo soll ich ihn hinsetzen?« Zuletzt ist er mit dem Markstein in einem Morast versunken.

J. Prott, Pfarrer

328. Der Grenzsteinverrücker zu Niederkorn.

Als zu Niederkorn die Spinnerinnen eines Abends sich ein wenig in der frischen Luft vor der Haustür ergingen, hörten sie außerhalb des Dorfes eine Stimme rufen: »Wo soll ich die Mârk hinsetzen?« Einige der Spinnerinnen riefen: »Setz ihn mir hinten!« Da hörten sie auf einmal das Rollen des Grenzsteines sowie das Herannahen des Schreiers. Schnell flüchteten sie in das Haus und verriegelten die Tür. Kaum war der Schlüssel umgedreht, als schon ein Stein mit solcher Gewalt gegen die Tür geschleudert wurde, daß das ganze Haus erzitterte.

Lehrer Walch zu Niederkorn

329. Grenzsteinverrücker zu Rodingen.

Zu Rodingen hinter der Obergasse dehnt sich ein Feld aus, bekannt unter dem Namen die Schäferei. Auf diesem Felde ging vorzeiten ein Geist mit einem Markstein um und rief beständig: »Wohin soll ich den Markstein setzen? wohin soll ich ihn setzen?«

Eines Abends hatten sich verschiedene Einwohner der Obergasse in
der Spinnstube versammelt. Einer derselben trat ins Freie heraus und
hörte hinter den Häusern eine Stimme rufen: »Wohin soll ich den
Markstein setzen? wohin soll ich ihn setzen?« Als der Ruf zum drittenmal
erscholl, konnte der Mann sich nicht enthalten, zu antworten: »Setz mir
140 ihn in den H …« Kaum aber hatte er das gerufen, so sauste der Markstein
mit einer solchen Heftigkeit an seinem Kopfe vorbei, daß, wäre er davon
getroffen worden, derselbe ihn unfehlbar zerschmettert hätte. Der
Markstein aber schlug in die unterhalb der Obergasse liegenden Gärten.

Lehrer P. Hummer

330. Grenzsteinverrücker zu Großbettingen.

Nachts ging Schappmännchen auch einmal zu Großbettingen vorüber. Er hatte einen Markstein in der Hand und rief beständig: »Wohin soll ich diesen Markstein setzen?« Ein mutwilliges Mädchen antwortete: »Setz mir ihn in …« und schlug schnell die Tür zu. Plötzlich geschahen drei gewaltige Schläge an die verschlossene Tür, daß das Mädchen in Ohnmacht fiel und bald darauf starb.

331. Andere Grenzsteinverrücker.

Zu Schuller (Schuweiler), Gemeinde Dippach, wurde ebenfalls ein Mann gehört und gesehen, der, weil er in seinem Leben die Grenzsteine verrückt und dadurch seine Felder und Wiesen vergrößert hatte, nach seinem Tode mit einem glühenden Grenzstein umhergehen mußte und schrie: »Wo setz ich ihn hin? wo setz ich ihn hin?« – Auch zu Leudelingen, Kontern und Körich mußten Grenzsteinverrücker geistern.

332. Der bestrafte Holzhauer im Dillinger Wald.

Im Dillinger Walde beim Steinbruch soll einst am Osterfeste ein Mann Holz gehauen und in Bündel gemacht haben. Zur Strafe muß er nach seinem Tode an diesem heiligen Tage in demselben Walde Holz hauen. Man will das Krachen der Bäume und Gesträuche gehört haben, die er abbrach.

333. Der nächtliche Wanderer bei Reisdorf.

Auf der Wallendorfer Straße bei Reisdorf, so geht die Sage, sieht man an den Tagen, während welcher man nach dem Glauben der Leute nicht reisen darf, wie Weihnachten, Ostern, Pfingsten usw. nachts einen Mann, der immer auf und ab reist, zur Strafe, daß er während seiner Lebzeiten an den verbotenen Tagen gereist ist.

334. Kopfloser Mann bei Wormeldingen.

Zwischen Wormeldingen und Ehnen befindet sich das sogenannte Heiligenhäuschen, eine dem hl. Johannes geweihte Kapelle. In ihrer Nähe stieg früher jede Mitternacht ein Mann ohne Kopf aus der Erde herauf, um nach einer Stunde wieder zu versinken. Es soll dieser Mann ein »Halfe« (Leute, welche die Moselschiffe stromabwärts ziehen »helfen«) gewesen sein, der sich durch Toben und Fluchen über seine Pferde im Ehnener Wehr sein trauriges Los zugezogen hat.

Lehrer K. Galles 141

6. Die Erlösung

335. Die unerlöste Seele.

Eines Abends kehrte ein Mann aus Schwebsingen von Remich nach Hause zurück. Er saß auf einem Karren. Als er die Hälfte des Weges von Bus nach Schwebsingen zurückgelegt hatte, sah er plötzlich eine kleine Gestalt sich dem Karren nähern und zu ihm heraufklettern. Der Mann schrie: »Halt! wer da?« Es erfolgte keine Antwort. Die Gestalt näherte sich ihm immer mehr und setzte sich endlich neben ihn. Da erfaßte der Mann die Peitsche und schlug nach der Gestalt. Doch diese war plötzlich verschwunden und der Mann vernahm eine helltönende Stimme, welche rief: »Hättest du mich angefaßt, dann wäre ich erlöst worden; jetzt aber muß ich wieder lange Zeit, dem Wind und Sturm ausgesetzt, umherirren.«[1]

Man sagt, es sei dies das Kind eines reichen Mannes gewesen, welcher, da das Kind gern den Armen reichte, dasselbe aussetzen ließ.

336. Die erlöste Seele zu Oberanwen.

Ein Strohseil soll man nie unter das Vieh streuen, ohne den Knoten zu
142 lösen; denn es gibt arme Seelen, die in demselben ihr Fegfeuer haben.[1]

1 Wer nachts oder am Tage ein armes Seelchen, sei es als puren Geist, sei es unter irgend welcher Hülle, ächzen hört, ist verpflichtet zu sagen: »Alle guten Geister loben Gott. Guter Geist, was ist dein Begehren?« War es ein böser Geist, so wurde er durch diesen Spruch unschädlich gemacht und zur Flucht gezwungen. Konnte dem guten Geiste, dem armen Seelchen nicht geholfen werden, so erfolgte keine Antwort und man konnte seines Weges gehen. Oft gab der gute Geist eine Antwort und sagte etwa auf die Frage: »Gudde Gêscht, wat aß dei Begier?« – »Drô méch bis ob Dengens (irgend ein Name) hier Dîr« (d.h. Trag mich an diese oder jene Tür), was dann sofort geschehen mußte. Oder er befahl, diesem oder jenem Armen aus der Not zu helfen oder Messen lesen zu lassen und dergleichen. Nicht selten kam auch die Antwort, man habe sich eiligst von dem Orte wegzubegeben.

Lehrer N. Biver zu Remich

1 Nach dem Kinderglauben ist das Knarren und Pfeifen großer Türen, besonders der Scheunentore, nichts anders als das Ächzen und Stöhnen armer Seelen, die da ihr Fegfeuer haben. Man soll sich also nicht auf solchen kreischenden Toren schaukeln.

J.N. Moes

Wenn an Winterabenden die Familie gemütlich in der warmen Stube versammelt ist, so läßt sich nicht selten ein jämmerliches Weinen, ein wunderliches Heulen oder Pfeifen vernehmen. Eine alte, unverheiratete Tante oder die Großmutter weiß die Sache zu deuten: »Das ist ein armes Seelchen, das dorthin gebannt ist und auf Erlösung harrt.« Alles schaut mißtrauisch nach dem Ofen oder der Gegend, woher

Einst soll ein Mann, so erzählt man zu Oberanwen, ein Strohseil, das ihm unter den Füßen lag, aufgehoben und den Knoten gelöst haben. Da schwebte eine arme Seele empor und sagte: »Gott sei Dank! Darauf habe ich schon lange gewartet. Nun bin ich erlöst.«

337. Der nächtliche Nieser zu Rodingen.

Wenn man niest, sagt man: »Gott segne dich!«, worauf der andere dankt. Dieser Gebrauch hat sich noch bis auf unsere Zeit erhalten. Ebenso machen auch viele Leute, wenn sie gähnen, das Kreuzzeichen über den Mund. In alter Zeit, heißt es, habe der Niesende, wenn man ihm kein »Gott segne dich!« zugerufen, oft in einem fort geniest, bis sich einer gefunden, der obige Segensworte über ihn gesprochen. Ebenso sei den Leuten, welche es unterließen, beim Gähnen das Kreuzzeichen über den Mund zu machen, dieser manchmal offenstehen geblieben.

In Nieder-Rodingen befand sich ein Mann, der niemals »Gott segne dich!« sagte, wenn einer nieste. Als er starb, mußte sein Geist zur Strafe dafür in die Schloßgässel zurückkommen, in einen Pfad, der zwischen dicken Weißdornhecken aus Nieder-Rodingen in die Obergasse führt. Dort nieste er oft ganze Nächte hindurch und setzte nicht selten die Vorübergehenden in großen Schrecken.

Einst rief ein alter Mann, der dort vorüberkam und den unglücklichen Nieser hörte, demselben zu: »Wer du auch seiest, Gott segne dich!« – »Danke!« rief der Geist und fügte hinzu: »Hätte ich ehemals also gesagt, so hätte ich nicht so lange hierhin zu kommen brauchen.« Von der Zeit an war der nächtliche Nieser verschwunden.

Lehrer P. Hummer

338. Der gespenstische Nieser bei Grevenmacher.

Auf der Straße, die von Grevenmacher nach Luxemburg führt, befindet sich eine Brücke, bei der es früher nicht ganz geheuer war. Einsame Wanderer, die nachts an derselben vorbeikamen, hörten nicht selten ein gewaltiges Niesen; den Urheber desselben aber konnte niemand sehen.

die Töne sich vernehmen lassen. Wenn drei Vaterunser nicht genügen, werden sechs, neun usw. gebetet, bis das Geräusch aufhört, und die Seele ist erlöst.

Lehrer N. Biver zu Remich

Einst kam ein Betrunkener nachts an dieser Brücke vorbei und vernahm das unerklärliche Niesen. Aber beherzt, wie er in seinem angeheiterten Zustande war, sagte er laut: »Gott segne dich!« – »Gott sei Dank!« ließ sich sogleich unter der Brücke eine gewaltige Stimme vernehmen, »Gott sei Dank! nun bin ich erlöst, weil du, der erste, mir bei meinem Niesen Gottes Segen gewünscht hast. Schon hundert Jahre mußte ich hier verweilen zur Strafe, daß ich einmal jemand, der eben nieste, zurief: ›Hätt's de dach an d'Nuos geschass!‹«

Luxemburger Land, 1883, Nr. 12

339. *Grenzsteinverrücker zu Cessingen.*

Ein geiziger Bauer hatte heimlich einen Grenzstein verrückt. Nach seinem
143 Tode fand er im Grab keine Ruhe. Jede Nacht und oft auch am Tage sah man ihn auf dem Banne hin und her wandern, wobei er einen feurigen Grenzstein auf dem Rücken trug und beständig mit ängstlicher, wehmütiger Stimme rief: »Wohin soll ich ihn setzen?« Einst antwortete ihm jemand: »Setz ihn, wo du ihn genommen hast!« Das tat er, und von der Stunde an wurde er nie mehr gesehen noch gehört.

Lehrer Konert

340. *Grenzsteinverrücker zu Hohlfels.*

Zu Hohlfels, auf dem Banne genannt Bäwelerat, hörte man von Anbruch der Nacht an bis Mitternacht eine Stimme rufen: »Wuor setzen ech dès Mârk?« Einst antwortete jemand vom Dorfe aus: »Setz sie, wo du sie genommen hast!« Sogleich hörte man einen Plumps wie vom Fall eines schweren Steines, worauf die Stimme sofort verstummte. Am andern Tage fand man einen Grenzstein von ungeheurer Größe mitten in einem Stück Land, wo man noch nie einen solchen gesehen hatte. Seit der Zeit läßt sich die nächtliche Stimme nicht mehr vernehmen.

Lehrer Conrad zu Hohlfels

341. *Grenzsteinverrücker bei Useldingen.*

Zwischen Useldingen und Vichten, im Ort genannt op Pescher, erscheint nachts ein Mann mit einem Grenzstein und ruft: »Wohin soll ich den

Mârkstein setzen?« Einst antwortete ihm jemand: »Setz ihn, wo du ihn genommen hast!« Dadurch war das Gespenst erlöst.

J.B. Klein, Pfarrer zu Dalheim

342. Grenzsteinverrücker zu Schandel.

Es war an einem Augustabend, vor mehr als vierzig Jahren, da weidete ein Schäfer von Schandel seine Herde in der Nähe eines Wäldchens, Reinhecke genannt. Zu ihm gesellten sich noch zwei Pferdehirten. Sie vergnügten sich mit Singen und Pfeifen und jeder erzählte ein Märlein und so verstrich unvermerkt die Zeit. Es mochte wohl um die Geisterstunde gewesen sein, da rief eine schauerliche Stimme aus dem Busch hervor: »Wohin soll ich den Mârkstein setzen? Wohin soll ich ihn setzen?«

Verwundert schaute einer den anderen an. Da entfuhr dem Schäfer der alberne Witz: »Setz ihn dem Hund hinten an!« Die rufende Stimme war verklungen und der gute, wachsame Spitz war verschwunden und kam nie wieder. Seit diesem Abend ward die Stimme nie mehr gehört.

343. Der Grenzsteinverrücker zu Insenborn.

Ein Mann aus Insenborn, namens Hieß, verrückte zum Schaden seiner Nachbarn die Grenzsteine auf dem Felde. Als er starb, konnte sein Geist keine Ruhe finden. Jeden Abend sah man denselben gegen Mitternacht auf den Feldern mit einem großen Grenzstein umgehen, laut rufend: »Wohin soll ich ihn setzen?« Eines Abends ging ein Soldat vorüber, der
ihm zurief: »In des Teufels Namen, setz ihn, wo du ihn genommen hast.« 144
Da stieß der Geist den Stein mit solcher Gewalt auf den Boden, daß die ganze Umgegend zitterte. Von da an erschien er nicht mehr.

Lehrer Laures zu Insenborn

344. Grenzsteinverrücker bei Wilz.

A. Vor langen Jahren lebte bei Wilz ein Mann, der, um sein Land zu vergrößern, die Grenzsteine der Nachbarn weiter hinausrückte. Jetzt irrt er mit einem schweren Grenzstein um Mitternacht umher und mancher Wanderer hat seinen Ruf gehört: »Wo soll ich meinen Grenzstein hinstellen?« Gibt man ihm einen Ort an, so ist man sicher, den Schlägen seiner wuchtigen Hand nicht zu entgehen. Einst rief ihm ein Wanderer zu: »Stell deinen Grenzstein hin, wo du ihn verrückt hast.« Bei diesen Worten verschwand der Grenzsteinverrücker und erschien lange Zeit nicht wieder.

B. Im Grawelter bei Wilz ging ein Mann, der bei seinen Lebzeiten die Grenzsteine verrückte und so sein Land vergrößerte, nachts mit einem Grenzstein auf der Schulter um und rief: »Wohin soll ich ihn setzen? wohin soll ich ihn setzen?« Einst anwortete ein Vorübergehender; »Setz ihn, wo du ihn genommen hast.« Da erhielt er heftige Streiche von unsichtbarer Hand.

345. Der Grenzsteinverrücker zu Asselborn.

In »Postweier« bei Asselborn vernahm man vor geraumer Zeit allabendlich eine kläglich rufende Stimme: »Wo soll ich den Mârkstein hinsetzen, wohin soll ich ihn setzen?« Reisende, welche in der Nähe des Ortes vorübergingen, vernahmen zwar das Rufen, konnten aber beim hellsten Mondschein nichts bemerken. Ein Mann aus Asselborn gab einst auf den jämmerlichen Ruf zur Antwort: »Setz ihn, wo du ihn genommen hast!« Seit jenem Abend hörte man die Stimme nicht mehr.

346. Das Urbichtsmännchen zu Waldbillig.

Auf der Urbichtsflur zu Waldbillig jagte vordem nachts ein Männchen hin und her, immer rufend: »He, wo soll ich diese Mârk hinsetzen?« Einst rief ihm jemand zu: »Wo du sie genommen hast.« Von der Zeit an wurde das Männchen nicht mehr gehört.

Lehrer Franck zu Waldbillig

347. Der Mann mit dem glühenden Markstein »ob Fenter«.

Verfolgt man den Weg, der von Rosport längs der Sauer am Fuß der Hölt vorbeiführt, so erblickt man, wenn man die Hölt verlassen hat, eine große Flur, welche man »ob Fenter« nennt. Dort ging in früheren Zeiten während vieler Jahre nachts ein Mann mit einem glühenden Markstein um und rief unaufhörlich: »Wo soll ich den Markstein hinsetzen?« So
145 hörten ihn öfters Leute aus Ralingen rufen, welche sich des Morgens früh an Fenter vorbei nach Trier begaben. Lange Zeit wagte es keiner, ihm zu antworten. Einmal aber, als er wieder so fragte, antwortete ihm

ein beherzter Mann: »Setz ihn, wo du ihn genommen hast!« Jetzt war er erlöst und seit dieser Zeit wurde er nicht mehr gesehen.

Lehrer M. Bamberg

348. Marksteinverrücker in der Trôterbâch.

In der Trôterbâch bei Remich hat man lange Zeit einen Mann gesehen, der, mit einem Totenhemd angetan, einen Grenzstein auf der Schulter, stieren Blickes umherging. Sobald man sich ihm nähern wollte, wurde er unsichtbar; seinen Ruf aber: »Wohin soll ich die Mârk setzen?« vernahm man noch immer. Hätte jemand geantwortet: »Setz sie, wo du sie weggenommen« und drei Vaterunser und drei Ave Maria gebetet, so wäre des Geistes Seele erlöst gewesen. Erst vor mehreren Jahren bekam eine Frau den glücklichen Gedanken, das zu tun. Seitdem ist der Mann verschwunden, nachdem er den Grenzstein wieder an den rechten Ort gesetzt hat.

Lehrer N. Biver zu Remich

349. Der gespenstische Barbier.

Zu Bauschleiden hatten Leute ihr altes Haus seit langer Zeit verlassen und sich ein neues gebaut. Das alte Haus stand leer und niemand wagte, dort einzuziehen; denn alle, die in diesem Hause die Nacht verbrachten, fand man am Morgen mit abgeschnittenem Halse.

Einst langte ein alter Soldat abends in Bauschleiden an und verlangte bei diesen Leuten ein Unterkommen für die Nacht. Aber man konnte seiner Forderung nicht willfahren. Da bat er, man möchte ihm erlauben, in dem leerstehenden Hause zu übernachten; die Leute schlugen dieses ab, indem sie ihm erzählten, wie es allen ergangen, die dort die Nacht verbracht hatten. Der Soldat ließ sich dadurch nicht abschrecken und sagte, er kenne keine Furcht. Man erlaubte ihm endlich, für die Nacht dort einzuziehen.

Um Mitternacht erschien der Geist in Gestalt eines Barbiers, der dem Soldaten auf einen Stuhl winkte. Ohne zu zaudern, setzte sich dieser hin, worauf der Geist ihn einseifte und rasierte. (Der Bart aber war nachher noch da, fügte die Erzählerin hinzu, da die Geister nur scheinbar Handlungen verrichten.) Der Soldat reichte dem Geist zum Lohn zwei Sous; dieser aber schüttelte mit dem Kopfe. Da reichte ihm der Soldat einen

Kronentaler hin; diesen nahm der Geist, ging in eine Ecke des Zimmers und ließ ihn in den Boden gleiten, indem er den Soldaten anblickte und mit dem Finger auf die Stelle hinzeigte. Am Morgen führte der Soldat die Eigentümer zu der Stelle, hieß sie dort nachgraben, und man fand einen großen Schatz Geld.

350. Der vergrabene Schatz.

In den zwanziger oder dreißiger Jahren lebte zu Luxemburg ein Wirt
146 und Fuhrunternehmer, der eigentümliche Erlebnisse mitzumachen hatte. Es ging in seinem Hause nicht mit rechten Dingen zu; man erzählt sich noch heute allerhand abenteuerliche Geschichten, die sich daselbst sollen zugetragen haben. So kam es z.B. zu wiederholten Malen vor, daß in der Stube das Kind plötzlich unbemerkt aus der Wiege verschwand und daß man nach langem, vergeblichem Suchen dasselbe endlich in der Dachrinne wiederfand.

Als die älteste Tochter des Wirtes gestorben war und auf der Bahre lag, fingen die Wachskerzen auf einmal zu flimmern und zu flackern an. Die Leute, die sich zur Totenwache in dem Zimmer befanden, sahen über der Leiche die Gestalt eines großen Vogels, der einem Adler glich; derselbe flatterte mit ausgebreiteten Flügeln über dem Haupte der Toten; allen Anwesenden war diese Gestalt deutlich sichtbar, bis auf einmal durch den starken Flügelschlag alle Kerzen erloschen.

Das Gesinde hatte gleichfalls viel auszustehen. Der Knecht, der in einem neben der Stallung befindlichen Zimmer schlief, wurde regelmäßig des Nachts von einem kleinen, bärtigen, koboldartigen Kerl aus dem Bette gehoben und fand sich des Morgens abgemattet neben dem Bettgestelle auf dem Strohsack liegen.

Da bei diesem unheimlichen Treiben der ganze Hausstaat verkümmerte, so wandte sich der Wirt an einen frommen und gottesfürchtigen Ordensmann namens Pater Gabriel und bat diesen um Rat und Abhilfe. Der Pater verlangte, die folgende Nacht im Bette des Knechtes schlafen zu dürfen, was ihm auch gestattet wurde. Als er am anderen Morgen aufstand und in die Familienstube trat, sahen alle mit Entsetzen, daß seine schwarzen Haare über Nacht schneeweiß geworden waren. Auf die Frage, wie es ihm ergangen sei, gab er zur Antwort, jetzt wäre alles wieder gut; man solle im Hofe die Trauerweide umhauen lassen; denn unter derselben sei ein Schatz vergraben. Jedoch solle man nicht vergessen, die Handwerksleute jedes Jahr etwas verdienen zu lassen.

Ob man wirklich an der bezeichneten Stelle einen Schatz gefunden habe, wurde nicht bekannt. Jedoch will man wissen, daß der Wirt alljährlich viel Geld unter die Handwerksleute kommen ließ, indem er die mannigfaltigsten Reparaturen an seinen Gebäulichkeiten vornahm. Ja, man erzählt gar, daß, wenn keinerlei Reparatur zu machen war, er z.B. die Gartenmauer niederreißen und wieder neu aufbauen ließ, um ja nur die Bedingung zu erfüllen.

J. Schmit aus Esch an der Alzet

351. Der umgehende Wucherer zu Garnich.

Vorzeiten erschien am Eingang des Dorfes Garnich dicht am Wege täglich um die mitternächtige Stunde eine nackte Menschengestalt, die sich selbst
mit blutigem Messer wimmernd und ächzend die Haut abstreifte. 147

Als einst der Pastor des Dorfes spät in der Nacht von einem Kranken zurückkehrte, gewahrte er die Jammergestalt und erfuhr auf seine Anfrage, daß der Geist während seines Lebens ein arger Wucherer gewesen, der nun zur Strafe sich selber schinden müsse, bis ihm ein Geistlicher Befreiung brächte. Nachdem der Pastor die Erlösungsworte über ihn gesprochen, verschwand der Geist, um nie wieder zu erscheinen[1].

J. Engling, Manuskript, 167

352. Der Geist im Holzer Büsch.

In dem zwischen Bondorf und Holz gelegenen »Holzer Büsch« erschien vor etwa fünfzig Jahren allnächtlich ein Geist. Sehr viele Leute hatten ihn gesehen und der Schrecken in der Gegend war so groß, daß niemand mehr um Mitternacht durch diesen Wald gehen wollte. Da begab sich eine Frau aus dem Dorfe Holz allein an die Stelle, wo der Geist erschien, um, wie sie sagte, ihn zu erlösen. Drei Nächte lang hielt sie Wache, sah aber nichts. In der vierten Nacht huschte plötzlich der Geist schnell an ihr vorüber und zu gleicher Zeit kam ihr ein Hut an die Füße geflogen. Das, sagte sie, sei das Zeichen, daß der Geist erlöst sei und nun nicht

1 Diese Sage, welche man irrtümlich mit dem roten Kreuz in Zusammenhang gebracht hat, ereignete sich ungefähr fünfhundert Meter vom Kreuz entfernt, am Ort genannt Rehbocksloch.

mehr zurückkehren werde. Und wirklich ist derselbe von dem Tage an verschwunden und nie mehr zurückgekommen.

353. Der gespenstische Husar zu Bartringen.

A. Die Bewohner des Schabonteshauses zu Bartringen waren gottesfürchtige Leute. Nur einer der Söhne schlug aus der Art; nachdem dieser sich verheiratet, geriet er bald ob seines gottlosen Lebenswandels in tiefe Armut und griff nach dem Tode seiner Frau zum Wanderstab, um nie mehr in seine Heimat zurückzukehren.

Drei Jahre nach seiner Abreise, am Karsamstag, wurde das ganze Dorf in Schrecken versetzt durch die Nachricht, es sei ein gespenstischer Husar am Schabonteshaus vorbeigeritten. Von dieser Zeit an ritt alle zwei Tage über das Pflaster dieses Hauses ein Reiter mit solcher Schnelligkeit, daß unter des Geisterpferdes Hufen Feuer hervorsprühte. Niemand konnte behaupten, das Pferd oder den Reiter gesehen zu haben; da man aber während des Geisterrittes Säbelklirren zu hören glaubte, sagte man, es sei ein Husar.

Eines Abends standen sechs starke, mit Heugabeln und Karsten bewaffnete Männer auf dem Pflaster Wache, ohne jedoch den Geisterritt hemmen zu können. Drei Monate nachher fand man an einem Morgen auf dem Pflaster einen Streifen Papier, auf dem geschrieben stand: »Meiner Schwester empfehle ich mich.« Da war die Bestürzung im Dorf allgemein. Man bedauerte, daß der Hennes (Hannes) so unglücklich sei, und jeder-
148 mann wollte Rat schaffen. Da kam man auf den Gedanken, des Hennes Schwester aus einem fernen Kloster, in dem sie als Nonne weilte, herbeizuholen, um Hilfe zu schaffen. Nachdem dieselbe eine neuntägige Andacht angestellt, war der Geist verschwunden. Die Seele des Verstorbenen aber soll der Klosterschwester kurz darauf erschienen sein. Über die Unterredung, die sie mit der geretteten Seele gehabt, hat sie das tiefste Stillschweigen beobachtet.

So erzählte des Referenten Großvater, indem er hinzufügte, daß seine Eltern alles mit angesehen und ihm die Geschichte erzählt hätten, als er zehn Jahre alt gewesen.

B. Nach anderer Mitteilung soll des Hennes Witwe gar oft aus der Küche her ein Geräusch vernommen haben, wie wenn jemand alles durcheinander werfe. Dabei hörte man ein Wimmern, daß alle Anwesenden vor Angst fast vergingen. Lag die Frau nachts im Bett, so vernahm sie auf dem »obersten Speicher« ein Trippeln und ein Gescharr, als messe jemand dort Getreide aus. Begab man sich dann in die Küche oder auf den Heuboden, so fand man alles unversehrt und in der früheren Ordnung.

Da verließ die Witwe das Haus und bezog das »Schloß« bei der Kirche; aber sieh! auch dort trieb der Geist sein Unwesen. Da geschah es, daß ein junger Geistlicher im Schlosse übernachtete. Als dieser von dem Spuke vernommen, stellte er sich hinter die Küchentür, und als der Geist herannahte, sprang er hervor und verfolgte ihn treppauf bis auf den Heuboden. In eine Ecke gedrängt, verlor der Geist seine Menschengestalt und ward unsichtbar. Nicht selten erschien er auch in Gestalt eines großen, schwarzen Hundes. Der Gärtner des Schlosses behauptete noch lange nachher, er habe jeden Morgen entweder Spuren von einem großen Hunde oder Hufabdrücke des Pferdes, das der nächtliche Reiter ritt, auszurechen gehabt.

Endlich wandte man sich an einen alten Klausner, der in der Nähe von Bartringen bei der alten, im Walde versunkenen »Eisenschmiede« wohnte. Der Klausner verfolgte den Geist ebenfalls bis hinauf auf den Heuboden und rief ihm zu: »Was begehrst du?« – »Eine hl. Messe!« war die Antwort. Am anderen Morgen ließ man durch den Klausner das hl. Meßopfer darbringen, und sieh, bei der »hâlwer Mass« (Wandlung) flog eine weiße Taube vor dem Hochaltar quer durch die Kirche; das war, heißt es, die erlöste Seele. Von dieser Zeit an kam der Geist nicht mehr wieder.

C. Eine achtzigjährige Frau aus Straßen erzählt: Vor gar langer Zeit war ein Jüngling aus Bartringen in den Krieg gezogen. Seine Braut harrte vergebens auf seine Rückkehr, denn er war auf dem Schlachtfelde gefallen. Eines Abends, als sie mit anderen zusammen war, sagte sie traurig: »Ich weiß nicht, alle kommen doch aus dem Kriege heim, nur er kehrt immer 149
noch nicht zurück.« Da trat der Jüngling plötzlich als Reiter, den blutigen Kopf unter dem Arm, vor sie hin und fragte: »Willst du nun mit?« – »Ja!« stammelte das Mädchen wie von Sinnen und folgte dem Reiter. Seit diesem Abend war das Mädchen verschwunden, der Reiter aber erschien noch oft nächtlicherweile, und als man, um ihm den Eintritt ins Haus unmöglich zu machen, alles sorgfältig versperrte und verriegelte, kam er zum Schornstein herabgestiegen. Da mußte man das Haus verlassen, und seitdem erschien der Reiter nicht mehr.

D. Vor vierzig oder fünfzig Jahren ging nächtlicherweile zu Bartringen ein Husar um, der seinen Kopf unter dem Arme trug. Vorzüglich war es ein Haus, um welches das Gespenst sich zu schaffen machte. Einst kam der Nachbar dieses Hauses um Mitternacht hier vorbei und bemerkte ein am Zaun angebundenes, schneeweißes Pferd. Der Mann trat hinzu und und wollte dem Schimmel auf den Rücken klopfen. Doch, so dicht er auch am Pferde stand, er vermochte nicht, es mit der Hand zu erreichen. Schon wollt sich der erschrockene Mann aus dem Staube machen, als plötzlich dicht vor ihm der kopflose, gespenstische Husar sich blitzschnell aufs Pferd schwang, den Giebel des Hauses hinaufritt und durch das offenstehende Bodenfenster im Hause verschwand.

Dann entstand im Innern des Hauses großes Geräusch, es huschte, raschelte, tappte überall umher, es ächzte, es stöhnte ohne Unterlaß, und oft ward mit kräftigem Ruck den schlafenden Knechten die Decke vom Bette gezogen. Die Knechte wollten zuletzt nicht mehr auf dem Heuboden und in der Scheune schlafen, so daß die Söhne des Hauses die Schlafstätte mit ihnen zu wechseln genötigt waren.

Einst schalt der älteste Sohn des Hauses die Magd, daß sie ihm sein Bett so nachlässig mache, als plötzlich neben ihm eine Geisterstimme erscholl: »Mein Bett in kalter Erde, Bruder, ist weit härter! Hu! wie mich friert! und doch habe ich zur Decke nur ein Husarenkleid und ein Leichentuch. Hu! wie kalt, wie kalt!« Im Nu lag die Bettdecke zu Boden in ein Knäuel geballt und im nahen Strohschober entstand ein Geraschel, als wenn jemand sich hineinzudrängen suche.

Da nahm man seine Zuflucht zu einem ehrwürdigen Klausner, der in einem Walde, einige Meilen von Bartringen entfernt, ein heiliges Leben führte. Dieser begab sich um die Mitternachtsstunde auf den Heuboden; aber kaum hatte er sich ins Bett gelegt, als auch schon heftig an der Decke gezogen wurde. Der Bruder bannte mit mächtigem Spruch den Geist, der ihm nun Rede stehen mußte. Er sei, sagte er, nachdem er seinen Eltern viel Gram und Herzeleid verursacht, aus dem Elternhause geflohen und habe als Soldat in Feindesland übel gehaust. Der Eltern Fluch ruhe schwer auf ihm, schwer der Fluch derer, die er unglücklich gemacht. Zwar habe er seine Sünden gebeichtet und bereut, aber nicht abgebüßt. Nur durch Almosenspenden und das Lesen von Messen könne er Ruhe erlangen.

Nachdem für des Unglücklichen Seelenruhe Almosen gespendet und viele Messen gelesen worden waren, erschien derselbe dem Klausner, um ihm seine Erlösung aus dem Fegfeuer mitzuteilen.

N. Steffen, Märchen und Sagen des Luxemburger
Landes (1853), 245

354. Erscheinung bei der Kapelle von Helfant.

Auf dem Berge von Helfant, wo man nach Wehr hinübergeht, steht am Kreuzweg eine Kapelle, von der folgende Sage geht.

Eine fromme und brave Frau von Helfant starb und ließ ihrem Manne ein Kind zurück, das schon die Ziegen auf dem Felde hütete. Einst hielt das Mädchen mit den Ziegen auf der Höhe von Helfant bei der Kapelle; es band das Geißenvolk an einen Schlehdorn und ging in der Nähe seinen Spielen nach. Plötzlich vernahm es zur Seite eine heftige Unruhe seiner Ziegen, die ängstlich meckerten und am Seile rissen, und als es sich umwandte, gewahrte es an der Hecke eine übernatürliche, weiße Gestalt. Das war seine Mutter, wie sie auf der Totenbahre gelegen, und sie trug zwei schwarze Hähnchen in der Hand. Das Kind erschrak und als es die Augen wieder aufschlug, war seine Mutter verschwunden. Des anderen Tages hatte es dieselbe Erscheinung und erzählte bei seiner Rückkehr abends alles dem Vater. Das ganze Dorf geriet in Aufregung, weil jedermann die Frau längst im Himmel glaubte. Der Pfarrer aber sagte, die Mutter habe noch etwas auf Erden auszurichten und könne nicht zur Seligkeit eingehen; das nächste Mal solle das Kind die Mutter nur recht dreist nach ihrem Begehren fragen. Das ganze Dorf war mit hinausgegangen, und während alles laut betete, rief plötzlich das Kind: »Seht, da ist wieder meine Mutter, wie sie mir früher erschienen.« Aber niemand sah etwas. Dann ging das Kind zum Schlehdorn und fragte die Mutter, was ihr Begehren sei. Diese erwiderte: »Ich hatte der Muttergottes gelobt, in dieser Kapelle zwei Messen lesen zu lassen und zwei Hähnchen zu opfern; bevor dies ausgerichtet, kann ich nicht zur Seligkeit eingehen.« – »Das werde ich alles getreu ausrichten«, sprach freudig das Kind, »damit nichts dich mehr hindere, zur Seligkeit einzugehen.« Dankend winkte die Mutter und das Kind sah zwei weiße Tauben aus ihrer Hand emporfliegen; die Mutter selbst aber war hinter dem Dornbusch verschwunden.

N. Gaspar

355. Der Lehrer von Fischbach.

Vor längerer Zeit lebte zu Fischbach ein frommer, gottesfürchtiger Lehrer. Obgleich selbst unbemittelt und mit zahlreicher Familie gesegnet, nahm er doch noch eine arme Waise ins Haus und hielt sie wie sein eigenes Kind. Bald darauf starb der Lehrer; und die Witwe, die jetzt ihre eigenen
Kinder mit ihrer Hände Arbeit kaum ernähren konnte, mußte sich des 151

Waisenkindes entledigen. Das Mädchen kam nach Burglinster und hütete eines reichen Bauern Schafe.

Eines Tages, als sie mit ihrer Herde auf die Weide hinausgehen sollte, sagte sie zu ihrem Herrn: »Heute nacht habe ich meinen Öhm von Fischbach – so nannte sie ihren Pflegevater – gesehen. Er hatte weiße Kleider an und trug ein Kruzifix in der Hand.«

Als sich die Erscheinung wiederholt einstellte, begab sich der Bauer zum Pfarrer, um sich Rat zu erholen. Nachdem dieser das Kind genau über die Erscheinung ausgefragt hatte, trug er ihm auf, seinen Öhm, wenn derselbe wieder erscheine, nach seinem Begehren zu fragen. Das Kind tat, wie ihm der Pfarrer befohlen, und der Geist antwortete: »Als ich auf dem Krankenbette lag, hatte ich mir vorgenommen, eine Messe zu Ehren der hl. vierzehn Nothelfer in der Pfarrkirche zu Fels lesen zu lassen. Da dies aber noch nicht geschehen ist, so findet meine Seele im Grab keine Ruhe. Nun ist mein Begehren, daß die Meinigen einen Bittgang nach Fels unternehmen, um dort in der Pfarrkirche die versprochene Messe lesen zu lassen und für meine Seelenruhe zu beten.«

Die Wallfahrt wurde sofort angetreten. Die Witwe des Lehrers mit ihren Kindern sowie einige Verwandte und das Waisenkind zogen laut betend nach Fels in die Kirche, wo die Messe zu Ehren der hl. vierzehn Nothelfer sofort gelesen wurde. Kurz nach der Wandlung rief das Kind plötzlich aus: »Dort seh ich ihn neben dem Altare stehen!«

Von nun an erschien der Lehrer dem Kinde nicht mehr.

Luxemburger Land, 1883, Nr. 26

356. Die wallfahrtenden Enten von Elwingen.

Zwei Geschwister, ein Knabe und ein Mädchen, welche ihre Eltern gar früh verloren hatten, hüteten zu Elwingen die Kühe. Da kamen einst mehrere Tage nacheinander zwei Enten, Männchen und Weibchen, auf die Wiese und ganz in ihre Nähe. Als der Knabe aus Mutwillen mit Steinen nach ihnen warf, drehte sich der Enterich um und bat ihn, sie nicht mit Steinen zu werfen, da sie ihre Eltern wären. Die Geschwister eilten nach Hause und erzählten das Vorgefallene. Am folgenden Tage begleiteten einige Leute die Kinder auf die Wiese; aber, trotzdem diese behaupteten, die Enten zu sehen, und mit den Fingern auf dieselben zeigten, vermochten jene nichts wahrzunehmen. Da hieß der Pfarrer die Kinder, am folgenden Tage die Enten also anzureden: »Alle gute Geister loben Gott! Was ist euer Begehr?« Die Kinder gehorchten. Da sagte der

Enterich: »Wir haben im Grab keine Ruhe, so lange wir eine Wallfahrt, die wir nach Trier gelobt, nicht vollführt haben. Ihr könnt uns erlösen.« Als tags darauf die Enten sich wieder auf der Wiese einstellten, versprachen die Kinder, die sich wieder beim Pfarrer Rats erholt hatten, die Wallfahrt nach Trier zu unternehmen. Da sagten die Enten, sie würden den ganzen Weg immer vor ihnen hergehen. So geschah es auch. Die
Wallfahrt wurde unternommen und die Enten gingen vor den Kindern 152
her bis nach Trier. Dort ließ man eine Messe lesen. Während der Wandlung schrieen die Kinder plötzlich auf: die Enten, die bis dahin ruhig an der Seite des Altars gestanden, erhoben sich in die Höhe und fuhren gegen Himmel.

357. Der Pastor von Nennig.

Zu Nennig trieb einst ein Knabe die Kühe auf die Weide; da sah er auf einem Baume zwischen den Zweigen einen Priestergreis im Meßgewand sitzen; derselbe hielt ein Meßbuch in der Hand und murmelte ein Gebet, während sein bleiches Antlitz sich dem Knaben zugewendet hatte. Von Angst ergriffen, eilte dieser hinweg, sagte jedoch niemandem ein Wort von der Erscheinung. So erschien ihm sechs Wochen lang der Priestergreis täglich in den Zweigen des Baumes. Endlich faßte sich der Knabe ein Herz, eilte zum Pastor und erzählte demselben alles. Dieser trug ihm auf, den Priestergreis zu fragen, was sein Begehren sei. Der Knabe tat, wie ihm befohlen. Da stieg der Greis vom Baume herab und sagte, er sei Pfarrer von Nennig gewesen, schulde der Mutter Gottes eine Messe und müsse deshalb im Fegfeuer büßen, bis sein letzter Täufling, und dies sei der Knabe, ihn erlöse. Wenn der Knabe ihn erlösen wolle, solle er eine Kerze weihen lassen, nach Luxemburg zum Gnadenbild wallfahrten und dieselbe als Opfer dort vor dem Hochaltar darbringen.

Nachdem die Kerze in der Kirche von Nennig gesegnet worden, wallfahrteten viele mit dem Knaben nach Luxemburg; dort ging er dreimal betend um den Altar und opferte die Kerze. »Er ist erlöst!« hörte man ihn plötzlich rufen. Einige wollen den Priester gesehen haben, wie er sich gegen Himmel schwang. Der Knabe aber begann hinzusiechen und starb bald darauf.

v. Cederstolpe, 77

358. Die erlöste Seele zu Stadtbredimus.

Im Jahre 1816 hatte der Winzer Franz Schons aus Stadtbredimus einen etwa zwanzig Jahre alten Dienstknecht, genannt Franz Rupp. Dieser arbeitete einst auf dem Felde, im Ort genannt »in dem Sobelstück«. Mit ihm waren noch Frau und Tochter seines Meisters. Diese und die auf einem benachbarten Felde arbeitenden Johann und Maria Müller, genannt Antons Jang und Mrei, bemerkten an Franz Rupp eine ungewöhnliche Ängstlichkeit und Verschwiegenheit; besonders sahen sie denselben sichtlich erbeben, sooft er seine Blicke nach einem nahen Birnbaume richtete. Als er endlich, ganz in Schweiß gebadet, fast atemlos sich anstrengen mußte, um noch arbeiten zu können, stellte seine Meisterin ihn zur Rede. Er gestand derselben, auf dem Birnbaum sehe er immer eine weiße Jungfrau, die ihm beständig winke und ihn flehentlich ansehe. Das sei, sagte die Meisterin, eine arme Seele, die um Erlösung bitte. Rupp sah von dieser Zeit an bei Tag und bei Nacht das weiße Fräulein. Da
153 nahm er sich vor, eine Wallfahrt nach Eberhardsklausen zu machen, um die arme Seele zu erlösen. Als er in Begleitung seines Bruders und des Antons Jang die Wallfahrt antrat, ging die weiße Jungfrau immer vor ihm her und er verlor sie während der ganzen Reise nicht aus den Augen. Am Wallfahrtsorte angelangt, betete Rupp inbrünstig für die Erlösung der armen Seele, und während der Wandlung entschwand die weiße Gestalt für immer seinen Augen. Auch wurde Rupp, der seit der Erscheinung auf dem Birnbaum zu kränkeln begonnen hatte, jetzt wieder blühend und rüstig wie vorher und starb erst in hohem Alter.

Nach einer Mitteilung des Lehrers Weber legte Rupp zu Eberhardsklausen während des Gebetes sein Taschentuch, mit dem er sich den Schweiß weggewischt, neben sich zur Erde. Da plötzlich ließ sich eine schneeweiße Taube auf das Tuch nieder, girrte fröhlich und flog wieder davon. Auf dem Tuche aber blieben die Spuren der Füße der Taube zurück. Franz Rupp soll das Tuch bis zu seinem Ende im Besitz gehabt, es aber keinem mehr gezeigt haben, auch nicht mehr von der Erscheinung haben sprechen wollen, weil der nunmehr verstorbene Herr Pastor Alberty es ihm strengstens verboten habe.

359. Die geflügelte Seele.

Hinter Trier liegt ein Wallfahrtsort, Eweschtklausen genannt. Dorthin pilgerte ein junger Mann aus dem Luxemburgischen. Auf dem Wege dahin, nicht weit von Eweschtklausen, sah er auf der Straße einen schwarzen Gegenstand vor sich liegen, der einem Päckchen Tabak glich. Er stieß ihn mit dem Fuße vor sich her und sieh, das Ding bekam Flügel und flog dem Pilger auf die Schulter. »Was soll das bedeuten?« fragte dieser. »Wer bist du?« Ihm erwiderte darauf das Ding, indem es vor ihm herflatterte: »Du bist der erste, der diese Frage an mich stellt, dir will ich es sagen. Nimm sieben Mitglieder deiner Familie und ziehe mit ihnen nach Eberhardsklausen; dort laß eine Messe lesen, so wirst Du erlöst sein und ich.« Nachdem es dies gesagt hatte, flog es durch die Luft davon. Der Jüngling trug seinem Pastor die Sache vor. Dieser hieß den Jüngling tun, wie der Geist ihm befohlen, und gebot, man solle den Jüngling während der Messe in die Mitte nehmen, dann müsse der Geist wieder erscheinen. Man tat so, und während der Wandlung rief der Jüngling: »Seht, da ist es wieder!« und der Geistliche sah es auch. Als der Jüngling auf dem Heimwege an die Stelle kam, wo ihm das verwünschte Ding erschienen war, fiel er zur Erde nieder und verschied nicht lange darauf.

360. Die Magd des Pilatus.

Auf dem neben dem Hochaltare in der alten Kapelle zu Neunkirchen stehenden kleineren Altare erschien jedesmal während des Hochamtes eine weiße Frau und kämmte, auf den Stufen des Altars kniend, ihr Haar
auf. 154

Da tat einst einst ein Geistlicher seine erste heilige Messe in dieser Kirche und schenkte sie der ärmsten Seele im Fegfeuer. Am folgenden Sonntage erschien dem Priester während des Hochamtes eine weiße Taube und dankte ihm, daß er sie erlöst habe; sie sei die Magd des Pilatus gewesen und wandle schon seit jener Zeit auf der Erde, ohne daß je irgend ein Mensch ihrer gedacht habe. Sie sagte, Christus der Herr habe sie gestraft, auf dieser Erde zu wandeln, bis ein Mensch ihrer gedenke, weil sie eine zu Lebzeiten versprochene heilige Messe nicht habe lesen lassen.

N. Gonner 155

V

Wilder Jäger, wildes Heer

1. Der wilde Jäger jagt

361. Der Jäger auf dem Mühlenberg bei Dönningen.

Vor etwa hundert Jahren lag am Fuße des Mühlenberges bei Dönningen eine einsame Mühle. Nun geschah es, daß der Eigentümer, wenn er in später Nacht die Mühle verließ, um sich nach seiner unweit gelegenen Wohnung zu begeben, fern vom Rücken des Berges her das heisere Gebell eines Hundes vernahm, das immer näher und heller klang. Um elf Uhr fiel jeden Abend ein Schuß, worauf das Gebell verstummte.

362. Wilde Jagd zwischen Knaphoscheid und Weicherdingen.

Auf »Breitschleid«, zwischen Knaphoscheid und Weicherdingen, findet zur Mitternachtsstunde eine Jagd statt. Man hört inmitten des Hundegebelles das Pfeifen und Rufen des geheimnisvollen Jägers. Ein Mann, der einst mit seinen Fuhrleuten zu dieser Stunde und in dieser Richtung zum Walde fuhr, will den Jäger gesehen haben.

Zollbeamter J. Wolff

363. Der grüne Jäger zu Esch a.d. Sauer.

Vor langer Zeit trieb sich ein unheimlicher Jäger in dem unterhalb Esch gelegenen, von nackten Felsen strotzenden Berge Kuolesch umher. Er trug einen grünen Hut, eine grüne Jacke mit grünen Beinkleidern. Er rief seinen Hunden, so daß die Leute es weithin hörten. Kein Mensch wagte es, sich dem Jäger zu nahmen.

Lehrer Schlösser zu Esch a.d. Sauer

364. Die Huhmännchen bei Esch a.d. Sauer.

Zwischen Esch a.d. Sauer und Eschdorf hausten die Huhmännchen, die bald von diesem, bald von jenem Hügel den durch Hörner gegebenen Ton »huh, huh, huh!« ertönen ließen. Man wußte nie recht, wo sie sich eigentlich aufhielten; denn hörte man ihr Huhuhu! zur Rechten, so erklang es den Augenblick nachher zur Linken, bald nahe, bald fern.

Lehrer Schlösser zu Esch a.d. Sauer

365. Der blaue Jäger.

Oberhalb der Brücke, welche zu Heiderscheidergrund über die Sauer
führt, im Ort genannt »a Kuélescht«, soll zu verschiedenen Zeiten des
Jahres der blôe Jéer auf der Jagd sein. Verschiedene Leute aus der Umge- 159
gend behaupten, ihn, wenn sie spät abends dort vorbeikamen, schießen
gehört zu haben.

Luxemburger Land, III. Jahrg., Nr. 36

366. Der fliegende Jäger.

Den beiden Ufern des Urflusses entlang hört man zuweilen in der Gegend von Eisenbach und Gemünd (Preußen) in der Luft Hundegebell und den Angstlaut des verfolgten Wildes, fernklingendes Trompetengeschmetter, manchmal auch Säbelgeklirr und ein heftiges Rauschen und Zittern, ähnlich dem, wenn ein starker Wind durch die Wipfel hoher Bäume fährt. Das ist der fliegende Jäger, der seine Beute verfolgt. Vor mehreren Jahren gab es viel Rotwild in den waldigen Felsabhängen zu beiden Seiten des Urtals; seitdem aber der »verfluchte« Jäger sein Wesen in dieser Gegend treibt, ist das Edelwild allmählich verschwunden, um dem Schwarzwild, das seit einigen Jahren so großen Schaden an richtet, Platz zu machen. Kein Mensch in Eisenbach weiß näheren Aufschluß über den Jäger zu geben, doch glaubt man allgemein, der ungewöhnlich große Hund, welcher sich bereits früher oft den Leuten in Eisenbach gezeigt, gehöre zu des Jägers Meute. Ein herrenloser, schwarzer Hund nämlich von der Größe eines mittelgroßen Rindes hat sich, wie schon vor vielen Jahren, so auch in letzter Zeit den Dorfbewohnern an verschiedenen Stellen gezeigt und sich an sie geschmiegt, ohne ihnen ein Leid zuzufügen, hat ihnen aber Angst und Schrecken eingejagt.

Lehrer Quiring zu Untereisenbach

367. Der wilde Jäger zu Vianden.

Im Ort genannt Diefendell, bei Vianden, kommt, heißt es, nachts ein Jäger, der ruft seinen Hunden: »Bu ho! Bu ho!«

Math. Erasmy

368. Schappmännchen zu Ettelbrück.

Schappmännchen jagte nachts in der ganzen Umgegend von Ettelbrück, indem er beständig rief: »Puh! hei, hei!« Dazwischen tönte Hundegekläff, fielen Schüsse; es war ein höllischer Lärm. Oft, wenn Schappmännchen auf dem linken Hügelrücken jagte, sah man seinen Schatten auf der Nuck.

369. Wilder Jäger zu Nommern.

In »Lämspesch« hörte man zu Nommern vorzeiten Sonntags einen Jäger »Bello hei!« oder »Puh Bello!« rufen, zugleich fielen Schüsse. Auch unten im Dorfe hörte man ihn in der »Bâch« von Majerus an bis in die Müllenbâch auf und ab gehen und im Wasser plätschern; deshalb nannte man ihn Plätschmännchen. Auch im »Schetchen« hörte man des Jägers Ruf und Schießen.

370. Das jagende Fräulein.

Zwischen Kolmar und Berg kam nachts in einer Wiese ein Fräulein mit
160 einem großen Hunde, welches rief: »Bello, hei! Bello, hei!«

371. Schappmännchen zu Kopstal.

Das Schappmännchen, welches im Grünewald hauste, soll auch zu Kopstal im Baumbüsch sein Hussa-Rufen haben hören lassen.

Lehrer Wahl zu Kopstal

372. Schappmänchen zu Bofferdingen.

Auch zu Bofferdingen jagte sonst das Schappmännchen. »Als ich noch ein Kind war,« referierte ein Student, »sagten die Leute oft: ›Jetzt geht

Schappmännchen wieder über Petschend. Wir hören ihn jagen.‹ Auch glaube ich selber den Jagdlärm gehört zu haben: Wau, wau! Puh, puh! Niemand aber hat je das Schappmännchen gesehen.«

373. Der wilde Jäger zu Krautem und Schuweiler.

Zu Krautem hinter dem Walde Schlet war ein Jäger mit seinem Hunde verwünscht. Nachts durchzog er jagend den Wald und schreckte die Vorübergehenden mit dem Rufe: »Puh, hei! Puh, hei!«

Bei Schuweiler hielt alljährlich zu gewissen Zeiten das Schappmännchen seinen Durchzug durch den Wald, indem es den nächtlichen Wanderern mit seinem Jagdruf Angst und Schrecken einjagte.

374. Das Schappmännchen auf dem Wirtenberg.

A. Vorzeiten jagte nachts das Schappmännchen, ein kleines, graues Männchen, auf dem Wirtenberg bei Mensdorf. Seine Hunde durchstreiften die Gegend bis zum Beierholz. Schlag zwölf war das Jagdgetöse verstummt und alles verschwunden. In stillen Sommernächten sollen die Hunde einen solchen Lärm gemacht haben, daß die Leute in Roodt und Mensdorf nicht hätten schlafen können. Aus Furcht vor dem Schappmännchen wagte damals niemand auf dem Wirtenberg zu jagen.

B. Häufig, so wird erzählt, irre Huppmännchen (Schappmännchen) auf dem Wittenberg umher, indem er bald seine Hunde an ein wildes Tier hetze, bald sie zurückrief, bald durch den Ruf »Puh« das Schießen nachahme.

C. Auf dem Wirtenberg bei Mensdorf hielt sich der Sage nach ein wilder Jäger auf, genannt Schappmännchen. Allnächtlich hörte man in dem nahen Mensdorf sein »Puhhei!«, wie er seinen zwölf Hunden zurief. Während des Tages hielt er sich in tiefen Höhlen auf. Kein Mensch hat ihn je gesehen: näherte man sich ihm, so war er auf einmal spurlos verschwunden. Seinen Ruf aber hörte man ganz deutlich.

375. Schäppchen bei Trintingen.

Schäppchen nennt man den ewigen oder wilden Jäger, der in später Abendstunde und zur Nachtzeit in fast allen Gegenden des Landes mit seiner Meute auf die Jagd fuhr. Auch in der Gegend von Trintingen 161 wurde er sehr häufig gehört, wie er durch die Luft jagte und mit lautem Geschrei seine Jagdhunde zusammenrief. Einst kam ein Mann mit seinem Sohne von Weiler. Als sie durch den Wald fuhren – beide saßen zu Pferde – hörten sie plötzlich in der Luft das Gebell der Hunde und des Jägers Ruf: »Bello, hei! Puh! Puh, hei!« Das Geschrei kam immer näher, so daß beide fast vor Schrecken vergingen; aber plötzlich hörten sie die Jagdrufe nur aus weiter Ferne, so daß es ihnen unbegreiflich war, wie man in so kurzer Zeit eine so große Entfernung durcheilen könne.

Lehrer Robert zu Trintingen

376. Schappmännchen zu Grevenmacher und zu Lellig.

Im Huorgarden zu Grevenmacher soll das Schappmännchen häufig nachts umgegangen sein und in sein Horn geblasen haben.

Lehrer Wagner zu Grevenmacher

Auch zu Lellig jagte vorzeiten allnächtlich ein gespenstischer Jäger und ließ den Ruf: »Bello hei! Bello hei! Buh!« erschallen.

377. Der Luftjäger oder das Schappmännchen zu Remerschen.

Auch zu Remerschen hat man in der Luft einen Jäger gehört, welcher schoß und dessen Hunde ein schreckliches Gebell erhoben. Die Knechte, welche nachts die Pferde auf der Weide hüteten, hörten folgende Rufe in der Luft: »Puh hei! Puh hei! Puh! Puh!« Alsdann fielen zwei Schüsse, die fernhin dumpf wiederhallten. Zugleich vernahm man das wilde Gebell der Hunde. Es war jedoch nichts zu sehen.

378. Schappmännchen zu Schengen.

Im Jahre 1815 gingen drei Männer aus Schengen des Nachmittags in den Wald, um Holz zu sammeln. Gegend Abend, während noch zwei von ihnen auf den Bäumen saßen, um dürres Holz abzubrechen, entstand plötzlich ein großer Lärm, Hundegebell ertönte und Schüsse knallten. Das Schappmännchen mit zwei Hunden sauste an ihnen vorbei, noch ein paar Schüsse fielen auf der jenseitigen Höhe des Waldes und die Erscheinung war verschwunden. Die Männer hatten das Schappmännchen in solcher Nähe gesehen, daß sie seine Kleider, die aus grünem Tuche bestanden, beschreiben konnten. Sie ließen natürlich das Holz im Stich und eilten nach Hause.

Lehrer Tibesar zu Schengen

379. Schappmännchen zu Bürmeringen.

Auch zu Elwingen und Bürmeringen geistert das Schappmännchen, auch Schäppchen genannt; früher erschien er jedoch häufiger als heutzutage. Einer alten Sage zufolge hat er sich sogar oft längere Zeit bei Bürmeringen aufgehalten und zwar in einem unermeßlich dicken, hohlen Baumstamme. Dieser stand in einem Garten, der auch heute noch den Namen Schäppchen trägt.

Lehrer Aug. Ternes zu Bürmeringen 162

380. Das Schappmännchen in Remerich.

In dem zwischen Zolver und Esch a.d. Alzet gelegenen Wäldchen Remerich kommt jede Mitternacht das Schappmännchen. Mein Erzähler, ein alter Mann aus Esch, behauptet steif und fest, denselben öfters gesehen oder gehört zu haben. Eines Abends als er wie gewöhnlich die Pferde dort hütete, erhob sich auf einmal ein geheimnisvolles, gewaltiges Brausen, die Bäume schwankten, als ob der Sturm sie zu entwurzeln drohe, von allen Seiten tönte das Belloh! Belloh! der Hunde, und in der Ferne zog das Schappmännchen durch den Wald.

Auch als Marksteinträger wird das Schappmännchen dort gesehen, der dann, mit einem schweren Markstein beladen, den unheimlichen Ruf hören läßt: »Wohin soll ich hin setzen?« Ein Mann aus Zolver ging eines Abends noch vor die Haustüre und hörte auch die angstvolle Frage des Geistes. »Setz mer en hannen!« rief er ihm mürrisch zu. In demselben Augenblicke sah er das Schappmännchen auf sich zukommen und, vor Schrecken halbtot, flüchtete er ins Haus zurück.

J.N. Moes

381. Schappmännchen von Klein-Amerika.

Unweit Dondelingen, zwischen diesem Dorf und Kehlen, liegt rechts an der Landstraße, welche nach Säul führt, eine Mühle, genannt Klein-

Amerika. Noch vor einigen Jahren hörten die Bewohner dieses Hauses, wenn sie abends spät noch mit Mahlen beschäftigt waren, nicht selten in den umliegenden Gebüschen ein Waldhorn erschallen; darauf krachten Schüsse und lautes Hundegebell ließ sich vernehmen.

Eines Tages fuhr der Müller schon in aller Frühe mit seiner Tochter nach dem nahegelegenen Dorfe Kehlen. Als sie in den Hohlweg kamen, der bergauf durch den Wald führte, erblickten sie eine kohlschwarze Gestalt desselben Weges daherkommen. »Wo soll doch heute der Pfarrer von Keispelt schon so früh hinaus?« sprach der Müller zu seiner Tochter. – »Ach Vater,« sagte das Mädchen, »das ist nicht der Herr Pastor; der Mann da hat ja keinen Kopf.« – »Und auch keine Füße,« fügte der Müller hinzu; »siehst du nicht den schwarzen Klotz, den er auf dem Rücken trägt?«

Die Gestalt kam immer näher und flog, ohne ein Wort zu sagen, an ihnen vorbei; dem Müller schien es, als sei es ein Reiter; von einem Pferde jedoch sahen sie keine Spur. Von dem Tage an hörte auch das nächtliche Treiben im Walde auf.

Der Müller behauptete, es sei das Schappmännchen gewesen.

382. Das Schappmännchen in Fels.

In Fels erschien öfters das Schappmännchen oder Hexeschäppchen, wie man ihn nannte. Sein Kopf war nach dem Rücken gedreht, er ritt ein kohlschwarzes Pferd und war von einigen Hunden begleitet. Die Knechte, die im Sommer bis nach Mitternacht auf der Wiese waren,
163 hörten ihn sehr oft und wollen ihn sogar verschiedene Male gesehen haben. Jedesmal, wenn er seine wilde Jagd begann, erhob sich ein großes Geräusch im Walde, man hörte beständig schießen, und dazwischen unaufhörlich ein langgezogenes Belloo, was schauerlich anzuhören war.

Obschon der Nachtjäger sehr gefürchtet war und man die Gegend mied, wo er sich umhertrieb, so tat er doch nie einem Menschen etwas zuleide.

383. Das grüne Jägerchen zu Echternach.

Mit diesem Namen wird der in ganz Deutschland unter dem Namen: der wilde Jäger, bekannte Spuk bezeichnet.

Einige junge Leute aus der Sauergasse wachten nachts im Linnenberge (Platz am Fuße des Ernzerberges), um das reife Obst gegen Diebe zu hüten. Gegen Mitternacht hörten sie eine Jagd auf dem Berge, die mit all dem Getöse von Schüssen, Hundegebell, dem Blasen und Rufen der Jäger auf sie loskam. Trotzdem sie sich zuletzt mitten in diesem wilden Rufen befanden, sahen sie doch nicht das geringste. Wie das wilde Heer gekommen war, so entfernte es sich auch wieder in die Berge, bis endlich das Rufen und Tosen in der Ferne verhallte.

Unsern guten Sauergassern aber standen die Haare zu Berge; sie erhoben sich und schlichen eilig heim.

Zwei Mädchen, welche auf der Sauermiltchen, einer Wiese unterhalb der Sauerbrücke, in der Abenddämmerung Blumen pflückten, sahen auf einmal den grünen Jäger mit zwei Koppeln Hunden trockenen Fußes über die Sauer gehen.

Lehrer Rollmann zu Reisdorf

384. Das Honicks (Honicht)-männchen zu Konsdorf.

A. Das Honicksmännchen (vom Walde »Honick«), anderwärts auch Schappmännchen genannt, war ein stattlich ausgerüsteter Jägersmann und ritt ein feuriges Roß. Er erschien gewöhnlich an den langen Herbstabenden und schreckte die in tiefen Schlaf versunkenen Pferdehüter durch sein fortwährendes Halli-Hallorufen. Auch war er von einer ganzen Meute Jagdhunde begleitet.

Lehrer N. Schmit

B. In dem Walde Honicht bei Konsdorf geht nachts eine riesige Jägergestalt um, der einige Hunde folgen. Näheres weiß man nicht.

385. Schappmännchen zu Berchem.

Zu Berchem soll der wilde Jäger am hellen Mittag gejagt und gerufen haben: »Puh, Puh! Bello, hei, hei!« Viele Leute behaupten, Schappmännchens und seines Hundes Schatten gesehen und die Schelle, die dieser am Halse trägt, klingeln gehört zu haben.

386. Das Schappmännchen im Buchholzer Wald nächst Dalheim.

A. Im Buchholzer Walde bei Dalheim stand vorzeiten eine Burg, von der 164
noch heute ein Keller vorhanden ist. In dieser Burg hauste ein wilder

Ritter, der ein leidenschaftlicher Jäger war und besonders gern am Sonntag der Jagd oblag.

Nach seinem Tode behaupteten mehrere Leute aus der Umgegend, ihn wiedergesehen zu haben; den Kopf unter dem Arm, sei er mit seinen Waffen und seinen Hunden durch den Wald gestürmt. Von dieser Zeit an wurde der Wald gemieden, und niemand wagte sich abends hinein, aus Furcht, dem Schappmännchen, wie er genannt wurde, zu begegnen.

Einst kehrte ein Mann aus Medingen, welcher Geschäfte halber nach Dalheim gegangen war, nach Hause zurück, als es schon dunkelte. Er mußte durch den verrufenen Wald. Als er ungefähr in der Mitte desselben angekommen war vernahm er plötzlich ein heftiges Rauschen im Gebüsch, lautes Hundegebell und mächtige Töne aus einem Jagdhorn, vermischt mit dumpfen Hallorufen. Bestürzt und voll Angst stand der einsame Wanderer still. Da sprang eine schwarze Riesengestalt, mit einer gewaltigen Keule in der Hand, und eine Meute großer, schrecklicher Hunde mit feurig funkelnden Augen in ihrem Gefolge, dicht vor ihm über den Weg und verschwand auf der anderen Seite im Gesträusch. Der Mann aber verfiel ob des ausgestandenen Schreckens in eine schwere Krankheit, von der er erst nach langer Zeit genas.

B. Einst gingen zwei Männer von Dalheim in den genannten Wald, um Holz zu fällen; da hörten sie im Walde Schläge, als ob jemand mit dem Fällen eines Baumes beschäftigt wäre. Anfangs schien es, als fielen die Axtschläge unten an den Baum, dann in die Mitte, dann immer höher. Endlich fiel ein Schuß und es rief: Hei! hei! und es entstand ein Geheul wie von vielen Hunden und Wölfen. Das war das Schappmännchen. Einige Moselaner, die vorüberkamen, sagten zu den Männern: »Ihr habt viel Wild hier.« – »O nein,« antworteten die Dalheimer, »das ist kein Wild; es ist uns nichts Neues.«

J.B. Klein, Pfarrer zu Dalheim

C. Ein Filsdorfer, der Zirde Klos, ein alter Schullehrer, kam einst spät abends mit seiner zwölfjährigen Tochter von der Mutforter Kirmes. Nicht weit von der majestätischen Buche, die am Saum des Buchholzer Waldes steht, vernahm der Mann auf einmal das Huhuhu des bekannten Schäppchen und er hatte kaum noch Zeit, das ahnungslose Kind auf die Seite zu reißen, als auch schon die Geisterkutsche in rasendem Galopp an ihnen vorbeisauste. Das Mädchen hatte nichts gesehen und nichts gehört.

Lehrer Fr. Sand

D. In uralter Zeit, als die Leute die Uhren noch nicht kannten, gingen einst drei Handwerker nächtlich in den Buchholzer Wald bei Dalheim, um sich Latten zu hauen. Sie wußten nicht, welche Zeit es war. Als sich jeder eine Bürde gehauen hatte, hörten sie plötzlich einen Hund auf eine 165
sonderbare Weise bellen. Sie wähnten, es sei des Försters Hund. »Wenn der Förster kommt,« sagte der eine, »werfe ich ihm das Beil an den Kopf.« Kaum aber hatte er das letzte Wort gesprochen, so hörten sie plötzlich ein lautes Rufen um sich. Der Mond verdunkelte sich, aber auch die Jagdrufe verhallten nach und nach in der Ferne. Auf ihrer Rückkehr nach Hause brach endlich einer das Schweigen und sagte: »Das war Schappmännchen, der wilde Jäger.«

387. Der wilde Jäger bei Wormeldingen.

Als vor etwa dreißig Jahren junge Burschen aus Wormeldingen die Nachtweide auf der »Hungerburg« hielten, entstand plötzlich großer Lärm in ihrer Nähe. Es rauschte in dem niederen Waldgehölz, das Gebell einer Meute Jagdhunde hallte durch den Wald und man hörte die Rufe: »Hü ho! hop! hop!« Dicht an ihnen vorbei sauste darauf der wilde Jäger auf feurigem Rosse. Er kam aus dem nahgelegenen Kreuzbusch und verlor sich in dem Maximinerwald. In aller Hast setzten sich die erschrockenen Hüter auf ihre Pferde und eilten nach Hause.

Lehrer K. Galles

388. Das Schappmännchen zu Düdelingen.

Eine Dienstmagd aus Düdelingen, welche eines Tages mit mehreren Tagelöhnerinnen in der Nähe des Johannisberges Kartoffeln ausgenommen hatte, mußte, als es dunkelte, allein bei den Säcken zurückbleiben, bis der Knecht mit dem Wagen kam, um die Kartoffeln nach Hause zu fahren. Als sie so einsam da saß, hörte sie plötzlich im nahen Gebüsch Hundegebell und von Zeit zu Zeit rief eine rauhe Stimme die Hunde beim Namen; dann schallte es Puh! Puh! dazwischen. Wie die Magd sich nun nach der Seite hinwandte, woher die Laute kamen, erschien plötzlich an dem Waldesrand ein Jäger von gar wildem Aussehen und mehrere weiß- und rotgefleckte Hunde liefen bellend vor ihm her und um ihn herum. Die Magd, in der Meinung, es sei ein gewöhnlicher Jäger, schaute gelassen zu. Da rief der Knecht vom Fuße des Berges ihr zu, sie solle schnell herabkommen, er werde diesen Abend die Kartoffeln nicht holen. Als sie den Knecht eingeholt hatte, sagte dieser: »Wie konntest du doch so gelassen zusehen? Weißt du denn nicht, daß es das böse Schappmännchen ist, das da oben jagt?« Da überlief die Magd ein kalter Schauer, und sie eilte so schnell als möglich dem Dorfe zu.

389. Der wilde Jäger im Grawelter.

A. In dem bei Wilz gelegenen früheren Hochwalde, genannt Grawelter, belustigt sich des Abends ein Jäger, umgeben von einer zahlreichen Jagdgesellschaft. In früheren Zeiten war es Brauch, die Arbeitspferde nachts auf die Weide zu führen und so gab es stets Leute, welche von
166 diesem Jäger viel zu erzählen wußten.

Zwei Männer fuhren oft mit ihren Gäulen in genannten Wald auf die Nachtweide. Um Mitternacht hörten sie ferne Rufe: Hallo, hallo! und sahen einen Reiter, umgeben von vielen Genossen und Hunden, durch die Luft dahersausen, alles Wild des Waldes aufjagend und verfolgend. Zuweilen kam der wilde Jäger den Männern so nahe, daß sie genau das Pferdegeschirr unterscheiden konnten. Sie duckten sich hinter eine Hecke und hielten sich versteckt, und der Reiter jagte in anderer Richtung davon. Die Pferde der beiden Männer nahmen öfters Reißaus, so daß man sie am Morgen oft erst nach langem, angestrengten Suchen wieder auffinden konnte.

Denselben Reiter sahen zwei kleine Mädchen eines Zollbeamten um Mitternacht mit mehreren Hunden unter dem Rufe: Hallo, halli, hallo! durch einen Teich waten.

B. Unter dem Grawelter bei Wilz hat ein gespenstischer Jäger seine Weidbahn. Einst waren dort drei Männer in einem Kartoffelfelde beschäftigt und wollten, als schon die Nacht hereingebrochen war, die ausgegrabenen Kartoffeln nach Hause schaffen. Da plötzlich kam der Jäger, die Hunde bellten und der Jäger schoß, so daß die Männer in Angst gerieten, die Kartoffeln im Stich ließen und eilends nach Hause eilten. Dort harrte man aber der Kartoffeln und die Männer wurden genötigt umzukehren, um dieselben heimzuholen. Am Grawelter angelangt, sahen sie vom Jäger auch nicht die geringste Spur mehr.

390. Der wilde Jäger und der Geisterreigen zwischen Knaphoscheid und Dönningen.

Der Weg, welcher Knaphoscheid und Dönningen verbindet, zieht sich fast von einem Ende zum andern auf einer Hochebene zwischen zerstreut liegenden Hecken und Gebüschen dahin und führt auf halber Strecke in einer Talung durch einen kleinen, hochstämmigen Buchenwald. Wenn der nächtliche Wanderer an dieser Stelle angelangt ist, dann entsteht plötzlich ein furchtbares Krachen, als wollten alle Bäume entzweibrechen und über einen Haufen zusammenstürzen. Vor Schrecken gelähmt, versagen ihm Stimme und Füße den Dienst und an seiner Seite gewahrt er plötzlich einen Jäger mit Flinte und Hund. Von unwiderstehlicher Gewalt hingezogen, folgt er seinem stummen Begleiter einige Schritte seitwärts hinab bis an den Rand einer kleinen Lichtung, die eine Art Wiese bildet, durchrieselt von dem trüben Wasser des spärlichen Waldbaches. Wie festgebannt bleibt er neben seinem Wächter stehen. Da plötzlich wird es hell, so daß der ganze Wald in einem Lichtmeer zu schwimmen scheint. Eine große Schar weißgekleideter Gestalten taucht vor des erstaunten Wanderers Augen auf, die einen brennende Lichter tragend, die anderen einen Reigentanz über den Bach ausführend und zuweilen in die Hände klatschend. Nach einer Weile verschwinden die Geister samt dem Jäger. 167
Gleich darauf tritt ein Mann ohne Kopf auf mit einem schweren Grenzstein unter dem Arm, der mit dem kläglichen Rufe: »Wohin soll ich den Stein setzen?« über Stock und Stein umherstolpert. Dieser Unglückliche hat wegen Grenzsteinverrückung seinen Kopf eingebüßt und muß solange als Geist umgehen, bis es ihm gelingt, den Grenzstein wieder an seinen Ort zu bringen.

Vor vielen Jahren hat ein Mann aus Dönningen dieses Abenteuer bestanden. Schweißtriefend und an allen Gliedern zitternd kam er zu Hause an und legte sich krank zu Bette. Am anderen Morgen hatte er sein Haupthaar verloren und hieß von der Zeit an »de Plâkegen«.

391. Schappmännchen zu Ehlingen.

In einem Walde bei Ehlingen, Kaschel genannt, soll das Schappmännchen öfters hausen und von einigen Leuten gesehen worden sein. In der Abenddämmerung befand sich einst ein Bauer von Ehlingen bei dem genannten Walde mit seinen zwei Knechten, welche Hafer auf einen Wagen luden. Plötzlich hörten sie im Walde, nicht weit von ihnen entfernt, mehrere Schüsse fallen und das Gebell von einigen Hunden. Der

Bauer begab sich in den Wald, um zu sehen, wer dort jage. Als er eine kleine Strecke zurückgelegt hatte, bemerkte er einen grüngekleideten Jäger, der eben sein Gewehr abgefeuert hatte. »Wer seid ihr, der so spät hier im Walde jagt?« fragte der Bauer. Der Angeredete antwortete nicht, sondern verschwand im Gehölze, indem er fortwährend sein Gewehr abfeuerte. Der Bauer geriet in Angst und wollte sich eiligst aus dem Walde entfernen. Da kamen des grünen Jägers Hunde ganz nahe an ihn heran und bellten um ihn herum. Sein eigener Hund aber fing an zu winseln und kauerte sich ihm zwischen die Beine. Als er zu seinen Knechten zurückkam, sagte er ihnen, er habe das Schappmännchen im Welde gesehen. Die wilde Jagd aber dauerte noch eine kurze Zeit fort.

392. Der verlorene Jäger zu Niederfeulen.

Es ist ziemlich lange her, etwa fünfzig Jahre, da irrte in dem ganz nahe an Niederfeulen gelegenen Wald, genannt Buchenknapp oder »auf Kochert«, auf dessen höchstem Punkte ein Kreuzweg sich befindet, mehrere Jahre lang ein Jäger umher, den man den verlorenen Jäger hieß. Er hatte drei Jagdhunde, zwei rote und einen weißen, und jagte nur zur Nachtzeit. Am Tage sah und hörte man nichts von ihm, wohl aber sah man alsdann die Hunde umherlaufen. Wenn er jagte, so konnte man deutlich bis ins Dorf hinein hören, wie er die Hunde rief: »Bello, Bello!« Oft rief er dann auch: »Verirrt, verirrt!« und wenn die Leute sich dann aufmachten, um ihn zu suchen, so fanden sie ihn nicht, sondern hörten ihn immer in gleicher Entfernung von sich nach den Hunden oder sein »Verirrt, verirrt!« rufen. Reisende, die sich etwas verspätet hatten, trafen ihn in der
168 Dunkelheit der Nacht immer oben am Kreuzweg stehend; auch kam er oft, aber immer nur nachts, zu einem Kalkbrenner am Saume des Waldes, holte sich eine Kohle auf seine Pfeife und wärmte sich bisweilen an der Glut des Ofens. Doch sprach er nie ein Wort, man mochte zu ihm sagen, was man wollte, und tat auch niemand etwas zuleide.

Auf einmal war er spurlos mit seinen Hunden aus der Gegend verschwunden.

Lehrer Ahnen zu Niederfeulen

393. Der Pôlerjäger.

Im Ort genannt Pôler, bei Munshausen erschien der Pôlerjäger, der jeden Abend gegen neun Uhr sein Unwesen trieb. Man hörte dann das Rufen des Jägers: Puhei! Puhei!, das Bellen der Hunde sowie auch Schüsse und das Rascheln des Laubes. Dieses Lärmen, erzählt man, sei immer von demselben Punkt in einiger Entfernung von einer alten, riesigen Eiche, die einen Umfang von 7–8 Meter hat und in deren Höhlung sechs Mann stehen können, ausgegangen, habe den Wald in seiner Länge durchzogen und sei dann am andern Ende, wo der Weg von Munshausen nach Klerf über den Bach führt, beim sogenannten Birgersteg, verhallt. Jedoch nie habe jemand etwas gesehen, wenn er auch in nächster Nähe gewesen.

Einst brachte ein vierzehnjähriger Knabe, den der Erzähler, ein Mann von sechsundachtzig Jahren, noch gekannt, gegen Abend einen Sack Korn auf einem Pferde nach Mecher in die Mühle. Als er in den Wald kam, an die Stelle, wo der Weg von Munshausen nach Mecher mit dem Weg von Klerf über den Bergrücken nach Pôler kreuzt, fiel ihm der Sack vom Pferde. In Verlegenheit, wie er den Sack wieder aufs Pferg bekomme, sah er einen riesigen Mann bei einem Baume, der jetzt noch steht und wegen der drei gleichdicken Äste, in die er sich in einer Höhe von zwei Metern über dem Boden teilt, Dreistempler heißt. Er bat den Mann, ihm den Sack wieder aufs Pferd zu heben. Sogleich erfaßte der Mann den Sack mit einer Hand und legte ihn aufs Pferd. Der Knabe zog weiter und bedachte, wie die Finger des Mannes so dick gewesen wie sein Arm; er hielt den Mann für den Pôlerjäger und es kam ihn eine Angst an, so daß er die Nacht in Mecher blieb und am andern Tage auf einem weiten Umweg nach Hause zurückkehrte. Von dieser Zeit an machten die Leute lieber einen Umweg von einer Stunde, als gegen Abend am Dreistempler vorbeizugehen.

Lehrer Theod. Majerus zu Munshausen

394. Der wilde Jäger bei Ulflingen.

Vor mehr als sechzig Jahren durchzog allabends der wilde Jäger den Wald, der zwischen den Dörfern Ulflingen, Wilwerdingen, Weiswampach und Holler liegt. Dann hörte man Schüsse fallen, Hundegebell, das Schmettern eines Jagdhorns, Hurrahrufe, kurz, ein derartiges Geräusch,
daß es schien, als sei der Teufel mit all seinen schwarzen Gesellen losge- 169
lassen. Bald schien die wilde Jagd hier, bald dort zu toben. Lange mochte man sich abends nicht in den Wald wagen.

Ein gewisser J.S. aus Biwisch, der einst um Mitternacht vom Kirchweihfeste von Weiswampach ziemlich benebelt nach Hause zurückkehrte, hörte den Jäger im Walde jagen und rief ihm verwegen zu: »Komm, Alter, wir wollen eine Prise zusammen nehmen.« Da trat plötzlich ein langer Schatten mit langem, schwarzem Mantel, dreieckigem Hut, ein Jagdgewehr unter dem Arm und zwei Hunde an der Leine führend, vor den Mann hin, langte in die Tabaksdose und entfernte sich unter gewaltigem Niesen. Vor Schrecken fast ohnmächtig kam der Mann zu Hause an.

2. Der wilde Jäger neckt und schreckt

395. Der wilde Jäger zu Hüpperdingen.

Drei Männer aus dem Dorfe Hüpperdingen fischten einst nachts in der Nähe der Geistbrücke. Gegen Mitternacht hörten sie einen Schrei oben im Walde an einer Stelle, die man Abholz nennt. Sie dachten, es sei jemand, der sich verirrt habe, und riefen ebenfalls. Die Stimme antwortete ihrem Rufe. Da ging einer auf die Stelle zu, woher die Stimme kam, und als er glaubte, dieselbe erreicht zu haben, rief er von neuem. Aber da erscholl die Stimme eine Strecke weiter hinauf. Er ging abermals dem Laute zu, jedoch es erging ihm wie das erstemal. Dasselbe wiederholte sich noch zweimal. Da kehrte der Mann zu seinen Kameraden zurück und die Fischer begaben sich nach Hause, fest überzeugt, der wilde Jäger habe ihnen einen Streich gespielt.

396. Der wilde Jäger bei Boxhorn.

In Beischent, einem Waldteil zwischen Klerf und Boxhorn oberhalb des von der Klerf durchströmten Jennertales, jagte allnächtlich der wilde Jäger. Gegen Mitternacht ungefähr, so berichten noch lebende Personen, die in ihrer Jugend als Pferdehüter dem Spektakel zugehört zu haben behaupten, nahm die wilde Jagd ihren Anfang. Dann konnte man das Bellen und »Hupsen« zweier Hunde, das Stampfen und Wiehern eines Rosses, den Doppelknall einer Büchse hören. Doch hatte der wilde Jäger sein bestimmtes Jagdrevier, dessen Grenzen, vom Jennertal an bis an die Doberdell, er nie überschritt.

Oft ritt er auch auf weißem Roß zu einem Weiher im Jennertal, dicht an der Straße von Klerf nach Boxhorn, und peitschte dann mit einer Reitgerte das Wasser, um dem verspäteten Wanderer Schrecken einzujagen.

Wer um Mitternacht an Beischent vorüberkam, konnte deutlich das Hundegebell, das Schießen und das Geräusch vernehmen, womit der
170 wilde Jäger durch den Wald zog. Wehe dem Wanderer, den er auf seinem

Durchzug traf! Die Hunde hetzte er an ihn und jagte ihm eine Kugel durch den Leib.

Einst fuhr nächtlicherweile ein Bauer aus Asselborn mit einem von vier Ochsen gezogenen Wagen den Weg von Klerf nach Boxhorn herauf. Während er so in Gedanken neben dem Gespann einhergeht – da auf einmal, als er in Beischent ankam, waren seine vier Ochsen zu gleicher Zeit ausgespannt und stoben nach vier verschiedenen Richtungen in den Wald. Der Mann hatte alle Mühe, seine Zugtiere wieder zusammenzubringen und tat daher am anderen Tag den Ausspruch: »Niemand, der bei Tage durch Beischent herauffahren kann, soll bis in die Nacht hinein warten.«

397. Der Jäger mit dem Bleimantel.

Wer in früheren Zeiten in später Nacht über »Millebösch«, welches der kürzeste Weg von Buderscheid nach Esch ist, daherkam, konnte dort an einem Kreuzweg, den er überschreiten mußte, einen Jäger erblicken, welcher langsam über den Kreuzweg wandelte. Er trug einen langen, bleiernen Mantel, einen Hirschfänger an der Seite und eine Flinte über dem Rücken. Er führte stets zwei weiße Hunde bei sich, die er laut anredete. Überschritt der nächtliche Wanderer den Kreuzweg, bevor der Jäger ihn erreichte, dann ließ dieser ihn des Weges ruhig dahinziehen; stand aber der Jäger dicht am Kreuzwege, wenn der Wanderer vorüberging, dann fielen fortwährend Hiebe auf dessen Rücken, welche von unsichtbarer Hand ausgeteilt wurden.

Einst kam eine Frau aus Esch, welche von Wilz zurückkehrte, in später Stunde über den Millebösch. Am Kreuzwege angekommen, gewahrte sie den Jäger, welcher mit seinen zwei weißen Hunden jagte. Sie gelangte glücklich über den Keuzweg und eilte, ohne umzuschauen, nach Hause.

Anders erging es einer Frau, die nachts desselben Weges kam. Am Kreuzweg bemerkte sie plötzlich den Jäger, der auf sie zukam. Schnell suchte sie den Kreuzweg zu überschreiten, jedoch zu spät. Sie trug einen Tragkorb auf dem Rücken, auf diesem wälzte sich ein Gegenstand, der immer schwerer wurde, während unaufhörlich Hundegebell hinter ihr erscholl. Die schwere Last drückte die arme Frau schier zu Boden, nur die Angst hielt sie noch aufrecht. Erst als sie die ersten Häuser von Esch erreicht hatte, wälzte sich die Last von ihrem Rücken. Ein Weilchen nachher wagte es die Frau umzuschauen, aber sie gewahrte nichts mehr; Jäger und Hunde waren verschwunden.

Ein Mann von Buderscheid, welcher abends desselben Weges zurückkam, sah am Kreuzweg plötzlich den Jäger vor sich stehen. Sofort wendete er sich und lief, so schnell er konnte, nach Esch zurück.

Greg. Spedener

398. Der wilde Jäger zu Diekirch.

Vorzeiten hörte man oft in der Nacht auf den Bergen um Diekirch wildes
171 Getöse; das war der wilde Jäger, der dort seine Weidbahn hatte, und wehe dem Unglücklichen, der ihm in die Hände fiel.

Damals trieb man die Pferde nachts auf die Weide. Während die Pferde weideten, wickelten sich die Hüter in ihre Decken und schliefen. Einst hütete ein Pferdeknecht auf dem Herrenberg. Als er am Morgen nicht zur gewöhnlichen Zeit zurückkehrte, machte man sich auf, ihn zu suchen. Die Pferde fand man zerstreut; endlich fand man auch den Knecht in seine Decke gehüllt und in Schweiß gebadet. Man zog ihn hervor und fragte nach der Ursache seines Schreckens. Da erzählte er, daß er den wilden Jäger gesehen, als derselbe mit seiner Meute über den Berg dahergejagt sei. Dieser habe ihn mit fürchterlichen, funkelnden Augen angeschaut; und als er sich voll Schrecken in seine Decke gewickelt habe, sei der Unhold herangetreten und habe sich ihm zwischen die Beine gesetzt, sodaß er die ganze Nacht nicht gewagt habe, aufzuschauen.

In Zukunft hütete man sich, dorthin die Pferde auf die Weide zu treiben.

399. Das Schappmännchen bei Schweich.

In der Schankegrièch bei Schweich hielt sich Schappmännchen auf. Den Namen Schappmännchen führt er, weil er der Sage nach beim Gehen die Füße nicht vom Boden erhebt, sondern über denselben hinweggleitet, wie die Schlittschuhläufer auf dem Eis. Diese Art des Gehens bezeichnet der Luxemburger Dialekt mit dem Worte schappen.

War die Nacht herangerückt, so verließ Schappmännchen seinen Schlupfwinkel und trat in Begleitung von Hunden und Katzen seinen gewöhnlichen Zug nach der Kreuzerbuch (zwischen Schweich und Hobscheid) an. Wenn sich ein Mensch in diesem gefährlichen Walde verirrt oder verspätet hatte, so wurde er von Schappmännchen aufgesucht, und hatte dieser ihn gefunden, so beraubte er ihn, nachdem er ihn durch eine Berührung in einen tiefen Schlaf gebracht hatte, seiner Börse und seiner Kleider. Mehrere Jahrhunderte war Schappmännchen der Schrecken der ganzen Gegend. Endlich aber wurde er von einem gelehrten Manne aus dem Lande nach Belgien vertrieben.

400. Der wilde Jäger bei Götzingen.

Auf dem Wege von Götzingen nach Kapellen liegt ein ziemlich großer Wald, Fötzbusch genannt. Sobald der Wanderer um Mitternacht hier vorbeigeht, fangen auf einmal alle Bäume an zu krachen, als wolle der ganze Wald zusammenbrechen.

Ein junges Mädchen, welches am Walde gegen Mitternacht vorbeiging, bemerkte an seiner Seite einen Jäger mit zwei Hunden, der ihm bis in die Nähe des Dorfes Götzingen folgte, wo er verschwand. 172

401. Schäppchen puh!

Schäppchen puh! war ein reicher Gutsherr zu Palzem nächst Remich. Dort hatte er zu befehlen und was er sagte, wurde gemacht, wie das noch heuzutage bei großen Herren geschieht.

Eines Sonntagsmorgens nun, da es gerade schönes Wetter war, gefiel es dem Herrn, auf die Jagd zu gehen, und er verbot dem Pastor, die Messe zu lesen, bevor er von der Jagd zurück sei. Bald kam ihm ein großer, fetter Hase zum Schuß, so groß, wie er noch keinen gesehen. Unglücklicherweise traf der Jäger nicht und er verfolgte eifrig die Spur des Wildes. Die Zeit verging; die Leute warteten in der Kirche; es wurde Mittag und noch ließ sich kein Gutsherr sehen. Da geschah es, daß keine Messe gelesen wurde und der Gutsherr auch keine anhörte. Zur Strafe muß er nun ewig zur Nachtzeit im Felde jagen. Dabei schreit er: »Schäppchen puh! puh!« Die Hunde bellen und erschrecken jedermann. Die Jungen haben ihn des Nachts oft auf dem Felde jagen hören und wenn sie meinten, er sei zehn Schritte von ihnen, hörten sie sein Geschrei schon eine Stunde weit in den Greiweldinger Wäldern. Spricht man seinen Namen aus oder ruft man ihn sogar, schnell ist er da, wie ein Blitz, mit der ganzen Jagd und erschreckt den Rufer, der froh sein kann, wenn Schäppchen ihm kein Leid zufügt.

Der Beckesch Wilm stand einst auf dem Hohberg; da hörte er Schäppchen drüben im Borger Kampholz jagen. Wilm machte sich den Spaß und rief: »Schäppchen puh! puh! puh!« Da bellten die Hunde ihn von allen Seiten an, Schäppchens Schatten huschte vorüber und sprang dem Wilm auf den Rücken. Der mußte ihn bis in die unterste »Mehlchen«

tragen und als er endlich aufschaute, hatte er den alten Polz aufsitzen. Der krumme Polz hat darüber unbändig gelacht, dem Wilm aber stand der Angstschweiß auf der Stirn und er war todmüde. Er hat nachher die Sache oft erzählt und gesagt, damals habe er die ersten grauen Haare bekommen.

N. Gaspar

402. Die wilde Jagd zu Niederelter.

Zu Niederelter, einem belgischen Dorfe an der Luxemburger Grenze, saust um Mitternacht die wilde Jagd durch die Luft.

Zwei Mädchen waren einst in aller Frühe hinausgegangen, um Birnen zu sammeln. Nachdem sie eine Zeitlang Birnen aufgelesen, hörten sie plötzlich in der Luft einen gewaltigen Lärm und den Ruf: »Hu trara! Hu trara!« Zahlreiche Hunde liefen unter den Bäumen und sooft die Mädchen eine Birne aufheben wollten, fielen die Hunde darüber her. Voll Angst eilten die Mädchen nach Hause; eines derselben starb bald nachher.

403. Der gespenstische Jäger zu Arsdorf.

Die Strecke zwischen Ketschend bis in den Köp-Wald, eine Gegend nahe bei Arsdorf, war das Gebiet eines gespenstischen Jägers, der allnächtlich von Sonnenuntergang bis Sonnenaufgang mit seinen Hunden jagte; dann
173 hörte man Hussa-Rufen, Schießen und Hundegebell. Befand sich zu dieser Zeit noch eine Herde in besagtem Gebiet, so wurde dieselbe nach allen Richtungen hin zersprengt. Dieser Jäger wurde gebannt durch einen Studenten, welcher einst dort abends unter einem Baume ausruhte. Zur selben Stunde soll auch in Rambruch ein Mann verschwunden sein, was man mit des Jägers Verschwinden in Zusammenhang bringt.

Eines Tages arbeiteten in diesem Revier zwei Mädchen aus Arsdorf. Mit Sonnenuntergang eilten sie, des gefürchteten Jägers Gebiet zu verlassen. Da stand am Ende des Reviers ein alter, verdorrter Baumstumpf. Eines der Mädchen schlug mit dem Rechen auf denselben und rief: »Heraus Ketschter Hündchen; es ist deine Zeit!« Kaum hatte es also gerufen, so sprang der Hund laut bellend heraus und auch der Hussa-Ruf des Jägers erscholl. Die Mädchen aber eilten erschrocken nach Haus.

Lehrer Laures zu Insenborn

404. Schappmännchen zu Arsdorf.

Zwischen Arsdorf und Bilsdorf hatte das Schappmännchen seinen »Zirkel«. Er wurde so genannt, weil er beim Gehen die Füße nicht vom Boden aufhob, sondern über denselben »schappte«. Begegnete er jemandem, so ließ er ihn ruhig seines Weges dahinziehen, wenn dieser ihn nicht anredete; im entgegengesetzten Falle jedoch bekam der Betreffende Schläge über und über, bis er aus dem Zirkel des Schappmännchens herausgetreten war.

Lehrer Laures zu Insenborn

405. Das Alpiger Männchen.

Am Orte, genannt Alpig, nahe beim Dorfe Bruch bei Hemsthal, soll man oft eine Stimme rufen gehört haben: Puh, Pauh! Auch vernahm man dann Hundegebell.

Einst mähte dort ein Mann aus Rippig. Es war kein Mensch in der Nähe. Während er seine Sense wetzte, sah er plötzlich einen Mann vor sich im Grase stehen. »Zieht Euch, sonst hau ich Euch!« rief der Mäher ihn an. Kaum aber hatte er dies gesagt, so lag er schon in dem nahe vorbeifließenden Bache. Wie er hineingekommen war, wußte er nicht. Als er sich wieder herausgearbeitet, war der Fremde verschwunden.

Ein andermal hatten sich die Knechte, welche mit den Pferden auf die Weide fuhren, verabredet, daß derjenige, welcher zuerst zu Alpig sei, Feuer machen solle. Nachdem derjenige, welcher viel eher als die anderen zu Alpig war, Feuer angezündet hatte, sah er vier schwarze Pferde daherkommen. Ein Mann saß darauf mit einer langen Peitsche. Die Pferde waren an ein großes Bündel Reiser gespannt und liefen damit durch das Feuer, welches der Knecht angezündet hatte. Das Feuer aber blieb unversehrt. Sobald die Pferde am Ort genannt Alreck ankamen, waren sie verschwunden, und nun hörte man Schüsse und Hundegebell, als sei ein Jäger dort auf der Jagd.

406. Das Schappmännchen oder Hubo zu Beringen (Mersch).

Hubo, auch Schappmännchen genannt, durchstreifte sonst jagend, lärmend, schreiend und seinen Hunden rufend (huppend) die Wälder der 174
Umgegend von Beringen.

Einst zechte noch abends spät zu Mösdorf ein Jäger von einem benachbarten Hofe. Man fragte ihn, ob er sich denn nicht fürchte, so spät nach Hause zurückzukehren. Lachend erwiderte er, er fürchte niemand und wäre es Schappmännchen selbst. Beim Nachhausegehen mußte er durch einen Wald; da hörte er plötzlich das Schappmännchen rufen. Bald darauf wurde er derb geprügelt und kam mit Beulen bedeckt zu Hause an.

407. Wilder Jäger zu Bollendorf.

In einem Walde bei Bollendorf hatte ein gespenstischer Jäger seine Weidbahn. In der Nähe dieses Waldes lagerte einst ein Regiment Soldaten, deren Oberst eine Stunde weit von ihnen einquartiert war. An einem Sonntag mußte ein Soldat, der einen Auftrag an seinen Obersten zu bestellen hatte, den Wald passieren. Seine Kameraden warnten ihn vor dem gespenstischen Jäger: »Gib acht, daß du dem Jäger nicht begegnest!« – »Ach was, den Jäger fürchte ich nicht!« hatte er geantwortet. Aber kaum war er im Walde angelangt, als sich auch der Jäger schon einstellte. Der Soldat redete ihn an, aber im nächsten Augenblicke bekam er solche Prügel, daß er atemlos den Berg hinunterlief und nach einer Viertelstunde an die Sauer gelangte. Sobald er ins Wasser gesprungen war, um das jenseitige Ufer zu erreichen, hörten die Prügel auf.

3. Der wilde Jäger wird geneckt

Die geteilte Jagdbeute – Schutzmittel

408. Wilde Jagd zu Reisdorf.

A. Auf der Kuppe des Kappberges hütete einst ein Knabe die Pferde. Als die Nacht hereinbrach, hörte er von ferne das Rufen der Böschmänner: Hu, hei! Hu, hei! und das Bellen der Hunde. Der Knabe rief: »Alter Jäger, geh nach Haus, denn es wird gleich Nacht sein!« Unmittelbar darauf hörte er ein wirres Durcheinander von Schießen, Rufen, Fragen und Antworten. Er vernahm auch das Bellen von Hunden und zwar in seiner nächster Nähe, aber ohne daß er auch nur das geringste gesehen hätte. Der geängstigte Knabe gab schnell Fersengeld und ließ die Pferde im Stich.

Lehrer Rollmann zu Reisdorf

B. Zu Reisdorf im Kopbösch hörte man den wilden Jäger jagen, schießen, den Hunden pfeifen, dazwischen erscholl das Gebell der Hunde.

C. Zu Reisdorf erschien auf einem Berge, genannt Lé, das Lémännchen 175
mit zwei Hunden, denen er pfiff.

409. Der Langholzjäger bei Monnerich.

A. Im Langholzer Walde zwischen Esch a.d. Alzet und Monnerich hält sich ein gespenstischer Jäger auf, der wegen verschiedener, zu seinen Lebzeiten verübter Frevel die Grabesruhe nicht finden kann. In jeder Fronfastennacht hört man ihn seinen Hunden rufen und schauerlich schallt sein Ruf: Hehe! Hehe! durch den Wald. Hat ein Wanderer die Verwegenheit, auf diesen Ruf ein Wort zu erwidern, so sitzt der Langholzer Mann ihm plötzlich auf dem Rücken und der unglückliche Wanderer muß ihn bis zum nächsten Hause tragen. Mancher Einwohner der benachbarten Dörfer, der sich beim Gläschen verspätet hatte und am Langholzer Wald vorbeikam, hat, wenn er den Waldgeist herausgefordert, denselben von Angstschweiß triefend bis zum nächsten Hause seiner Heimat tragen müssen.

So erging es einst einem Knecht, der im Wirtshaus mit seinen Kameraden die Wette eingegangen war, sich in den Langholzer Wald zu begeben und, falls der Jäger ihm begegnete, denselben gefesselt herbeizuführen. Im Walde angekommen, vernahm er bald den Ruf: »Hehe! Hehe!« – »Hehe! Hehe!« gab der Prahlhans zurück. – »Hehe! Hehe!« erdröhnte es noch einmal, und ein derber Faustschlag traf den Knecht ins Gesicht, daß er taumelnd zurückfuhr. Im Nu saß ihm dann der Jäger auf den Schultern, so daß die Last den Knecht fast zu Boden drückte. Keuchend und halbtot vor Schrecken langte er in Monnerich an, wo der Geist absprang. Der Knecht aber, heißt es, blieb trüb und krumm sein Leben lang.

Teilweise nach Englings Manuskript, 180

B. Zwischen Monnerich und Esch a.d. Alzet dehnt sich ein Wäldchen aus, Langholz genannt. Darin hauste zur Zeit der sogenannte Langholzer Mann. In den Fronfastennächten irrte dieser Mann, gemäß der Sage, in der Umgegend des Waldes umher mit dem Rufe: »Hehe! Hehe!« Eines Tages kamen abends spät von Esch zwei Männer in ziemlich angeheitertem Zustand, der eine zu Pferd, der andere zu Fuß. Als sie nicht weit vom Walde das Rufen des Langholzer Mannes hörten, erlaubte sich der Reiter den Spaß zu rufen, er möge ihn irgendwo küssen. Auf einmal, ohne daß sie etwas wahrnahmen, fing das Pferd an, scheu zu werden. Ein schwerer Hund, den sie bei sich hatten, verkroch sich unter dem Pferd. Beide Reisende überlief eiskalter Schauer. In seiner Angst faßte der Fußgänger das Pferd beim Schweif und fort ging's nach Hause – es war nur eine gute Viertelstunde Wegs mehr. Dort angekommen, war das Pferd weiß vom Schaum und die beiden Helden so nüchtern, als wenn sie dengan zen Tag kein Glas gesehen hätten.

176 Luxemburger Land, 1883, Nr. 6

410. Das Kaschtelmännchen bei Niederkorn.

In der Nähe von Niederkorn ließ sich vorzeiten sehr oft an verschiedenen Stellen lautes Jagdgeschrei vernehmen, ohne daß man die geringste Spur eines lebendigen Wesens gewahrte außer einer großen Zahl von Hunden, die jedoch nicht den geringsten Laut von sich gaben. Einst mähten mehrere Arbeiter nachts im Hechtenperchen, als sie plötzlich das Jagdgeschrei des unsichtbaren Jägers, des Kaschtelmännchens vernahmen. Sein lautes Puh, hei! schallte unheimlich durch die Nacht. Die Mäher fürchteten sich vor dem immer näherkommenden Jäger. Einer von ihnen jedoch wollte sich als ein Mann von Herz zeigen. Als der Lärm schon sehr nahe gekommen und bereits ein ganzes Rudel von Hunden an den Arbeitern vorübergejagt war, rief dieser dem Jäger zu: »Du jagst und jagst und hast doch nie einen Hasen!« Kaum hatte der Mäher diese Worte gesprochen, als er plötzlich von einer unsichtbaren Hand derb mit einem Hasen um die Ohren geschlagen wurde. Noch lange Zeit nachher schmerzte ihn der Kopf.

Ein andermal hielten mehrere Männer Nachtwache bei ihren weidenden Pferden. Zum Zeitvertreib zündeten sie ein Feuer an, brieten Kartoffeln und unterhielten sich mit verschiedenen Gesprächen. Auf einmal hörten sie mitten unter ihren Pferden das Pfeifen des unsichtbaren Jägers; Schüsse fielen und Hunde liefen umher. Einer der Wächter wollte sich beherzt zeigen und rief dem Jäger zu: »Halts Maul und komm ans Feuer ausruhen!« Da fiel plötzlich ein Schuß ins Feuer, so daß alles Brennmaterial auseinanderflog und die Kartoffeln nach allen Seiten rollten. In ihrer Angst und Verwirrung liefen die Wächter nach ihren Pferden, schwangen sich auf das erste beste und eilten davon. Als sie am anderen

Tage den Weideplatz durchsuchten, fanden sie vom Feuer keine Spur mehr, die umherliegenden Kartoffeln aber waren alle kohlschwarz.

Lehrer Walch zu Niederkorn

411. Schappmännchen zu Straßen.

Auch zu Straßen jagte das Schappmännchen. Einst ging ein Mann in der Nacht von Straßen nach dem nahen Bartringen. Er hörte Schappmännchens Jagdgeschrei, ahmte es nach und rief mit lauter Stimme: »Puh, Puh, Puh!« Da plötzlich wußte er nicht mehr, wo er war; er wanderte und wanderte und traf endlich in Straßen wieder ein. Das hatte Schappmännchen ihm angetan. Der sonst beherzte Mann war darüber so erschrocken, daß er es nicht wagte, in der Nacht nach Bartringen zu gehen und bis am anderen Morgen in Straßen blieb.

412. Schappmännchen bei Oberanwen.

Das Schappmännchen oder der verlorene Jäger jagt mit zwei Hunden, von welchen einer Bello heißt, nächtlicherweile im Grünewald und besonders auf den waldigen Höhen um Oberanwen. Alte Leute wollen ihn
gehört haben, wie er, durch die Luft ziehend, den Jagdruf ausstieß, daß 177
es weithin schallte, und die Hunde durch seinen Zuruf anfeuerte: »Puh, puh! Bello, hei, hei! tuh, tah, tah!«

Wenn man ihn nachahmte und in die Hände klatschte, um ihn zu necken, so war er im Augenblick in nächster Nähe, doch tat er niemand etwas zuleide und nie bekam ihn jemand zu sehen.

413. Das Schankemännchen.

A. In der Schankegriècht zwischen Grosbus und Reimberg zog früher jeden Abend das Schankemännchen als Jäger, von Hundegebell und Geheul umgeben, über die Gefilde hin. Ein Lichtstreifen bezeichnete seinen Weg, denn er brannte vom Feuer der Hölle. Der Papst hat ihn vor etwa fünfzig Jahren gebannt.

B. In der Schankegriècht, nahe am Wege, der nach Reimberg führt, geht das Schankemännchen um, das schon oft den nächtlichen Wanderer geängstigt hat. Dieses war ein Jäger und für den Unfug, den er besonders an den Sonntagen getrieben, wurde er in die Schankegriècht verzaubert.

Während der Nacht konnte man oft weithin das Bellen der Hunde und das Hollageschrei des Jägers vernehmen. Auch wagte sich niemand gern während der Nacht an der Schankegriècht vorbei, weil der seltsame Jäger durch allerlei Schabernack den Wanderer ängstigte und ihn vom rechten Weg abbrachte.

Lehrer J. Scholler

C. Im Pratzertale geht noch immer das Schankemännchen um. In einer Waldschlucht befindet sich ein schöner, mit Namen und Inschriften über und über bedeckter Felsen. Unter diesem Felsen soll das Schankemännchen residieren, daher der Name: dem Schankemännchen séng Brâk. Das Männchen ist steinalt und knöchern und hat einen langen, weißen Bart. Nur während der Nacht tritt er seine Rundreise an. Er führt in seiner Hand einen gewaltigen Eisenstab, unter dessen Schläge die Erde erdröhnt.

D. Ein Knecht weidete seine Pferde in der Nähe der Schankegriècht. Er saß auf einer Anhöhe und sang mit kräftiger Stimme sein Abendlied. Plötzlich hielt der Jüngling inne, denn es tönte Hörnerschall und Hundegebell an sein Ohr. »Das muß eine große Treibjagd sein,« dachte der Jüngling bei sich, »so was hast du noch nicht gehört.« Das Gekläff und das Rufen kam näher, und unserem Jüngling fing doch an, sonderbar zu Mute zu werden. »In der tiefen Nacht hält man doch keine Treibjagd,« sagte er zu sich, »das ist gewiß Schankemännchen, der in der Gegend herumrumort.« Er hörte noch ein Weilchen dem brausenden Jagdspiel zu. Da entfuhren ihm die Worte: »Schankemännchen, schieß auch mir ein Wild.« Gleich hörte er Schuß auf Schuß fallen und bei diesem Piff, Paff! befiel ihn eine solche Angst, daß er augenblicklich seine Pferde
178 koppelte und nach Hause ritt.

Nachdem er die Pferde in den Stall geführt, schlug er die Türe hinter sich zu und schob den schweren Riegel vor. Gleich darauf schlug jemand so furchtbar an die Tür, daß sie schier in Stücke sprang, und schrie dermaßen, daß dem Knecht im Stalle fast Hören und Sehen verging und die ganze Hausgenossenschaft zusammenlief. Der Meister fragte nach der Ursache dieses schrecklichen Schreiens. Da rief draußen eine donnernde Stimme: »Hier ist das Wild, das der Knecht von mir gefordert hat.«

Am andern Morgen fand man eine Haut, ähnlich der einer Kuh, an die Haustür angeklebt.

E. In dem großen Gebüsch bei Reimberg befindet sich die Schankegriècht, durch die ein wenig Quellwasser rieselt. Mehrere Fußpfade schlängeln sich durch dieselbe, auch der Weg von Schandel nach Großbus führt hart an derselben vorbei. In dieser Griècht soll abends, wie man allgemein erzählt, nach den einen das Skelett eines Pferdes herumtrippeln, nach andren das eines Mannes. Wieder nach andern soll dort eine ohrzerreißende Musik, die in dieser waldreichen Gegend oft gehört wurde, schon so manchem einen panischen Schreck eingejagt haben.

Ein Mann kam in später Nacht auf dem Wege, der an der Griècht vorbeiführt. Bei derselben angelangt, sah er plötzlich, wie das Skelett auf ihn zuwankte. Schleunigst ergriff er die Flucht, kam aber vom rechten Wege ab. Das wankende Gespenst verfolgte ihn immer. In seiner Angst lief er durch dick und dünn und kam endlich in die Griècht. Hier suchte er sich durch das hemmende Gestrüpp durchzuwinden und bot alle seine Kraft auf, dem Gespenste zu entgehen, aber vergebens. Bald schwanden ihm die Kräfte und der arme Mann fiel tot zur Erde nieder. Das Kreuz, das bei der Schankegriècht aufgepflanzt ist, soll an dieses traurige Ereignis erinnern.

Vielen jagte das Skelett Angst und Schrecken ein, so daß sie froh waren, wenn sie mit heiler Haut davon kamen.

F. Wenn man vor Pratz nach Grosbus geht, sieht man auf halbem Wege zur rechten Seite eine anfänglich weite, dann aber immer enger und finsterer werdende Schlucht. Das ist die Schankegriècht. Hier hauste früher das Schankemännchen. Allnächtlich ging es mit seinen Hunden auf die Jagd. Verspätete Wanderer hörten dann schon von ferne Geheul und Hundegebell, bald in der Luft, bald auf der Erde, bald hier, bald dort. Wenn man geradeaus seines Weges ging, tat Schankemännchen niemandem etwas zuleide.

Ein Mann, welcher nachts dort vorbeikam, fing an, da er nicht an den
Geisterspuk glaubte, Schankemännchen zu rufen und zu verhöhnen. Auf
einmal hörte er Hundegebell und ein Geheul, als sei die Hölle los. Der 179
Mann lief, so schnell er konnte, links vom Wege ab in den Wiesengrund
und sprang dort über den Bach. Hier war er in Sicherheit, da Schankemännchen ihm nicht übers Wasser nachfolgen durfte.

Ein andermal vernahm ein Mann dort wieder das unheimliche Geheul. Da er sich auf dem sicheren Bachufer befand und nahe den Häusern, so wollte er doch zusehen, was es mit diesem Geheul für eine Bewandtnis habe. Und sieh da, bald darauf kam eine von Feuerglanz umgebene riesige Gestalt durch den Wiesengrund daher. Schankemännchen kam immer näher und da er nicht mehr gar weit entfernt war, rief er den Mann an. Dieser nahm sofort Reißaus und stürzte atemlos in das erste Haus, das er antraf und wo er die Nacht über verblieb.

Einst kehrten zwei Männer aus Buschrodt in später Nacht von Bettborn nach Hause zurück. Bei der Schankegriècht angelangt, vernahmen sie lautes Rufen und Geräusch in der Luft, konnten aber nichts sehen. Sie setzten, ohne sich umzusehen, ihren Weg fort und kamen unbehelligt zu Hause an.

Am obersten Ende der Schankegriècht befindet sich eine kleine Höhle, welche durch den Vorsprung eines zwei bis drei Meter dicken, mit den Namen vieler Besucher überdeckten Sandfelsens gebildet wird. Diese Höhle nennt man Schankelach. Dort befindet sich ein dicker Felsblock, der, wie man sagt, den Eingang zu Schankemännchens unterirdischer Wohnung bedeckt. Schankemännchen selbst ist jetzt nicht mehr dort; denn mit allen andern Gespenstern soll er vom Papst auf neunundneunzig Jahre in den babylonischen Turm verbannt sein. In Schankemännchens »Schloß« kann jedoch niemand gelangen, da dessen Hunde am Eingang Wache halten und die dort aufgehäuften Schätze hüten, bis ihr Herr aus seiner Verbannung zurückkehrt.

Schankemännchen soll zu seinen Lebzeiten ein Raubritter der schlimmsten Art gewesen sein und seine Schätze in dieser Höhle verborgen haben.

Georg Dax

414. Der wilde Jäger zu Waldbillig.

Vorzeiten jagte nächtlich auf dem Banne von Waldbillig der wilde Jäger mit seinen Hunden. Er war stets unsichtbar, mochte er auch in nächster Nähe der Menschen jagen; man hörte dann nur den fortwährenden Ruf: »Bello, hei! Bello, hei! Puf!«

Ein gewisser Niesen, so erzählte dessen Enkel Heinrich Niesen dem Referenten, hütete mit seinem Knechte nachts die Pferde im Ort genannt »a Wässeler«, als sie die Rufe des ewigen Jägers vernahmen. Der Knecht wiederholte den Ruf, worauf ein gröngekleideter Jäger zu ihm trat, ihm auf die Schulter klopfte und sagte: »Hast's gut gemacht; du sollst die Hälfte der erjagten Beute erhalten.« Hierauf sei er verschwunden. Die Hüter der Pferde aber streckten sich auf ihr Lager und schliefen ein. Bei
180 ihrem Erwachen fanden sie neben sich ein erjagtes Tier liegen, dessen Namen und Art niemand kannte.

Hier in Waldbillig werden dem wilden Jäger verschiedene Namen beigelegt, je nach der Flur, auf der er jagt: Heringer-Männchen (Flur Heringen), Laar-Männchen (Flur Laar), Urbichts-Männchen (Flur Urbicht), Vierhaber-Männchen (Flur Vierhaber).

Lehrer Franck zu Waldbillig

415. Das Schappmännchen in der Gegend von Limpach.

Vor vielen Jahren trieb das Schappmännchen seinen Spuk auch in der Gegend von Limpach. Einige Limpacher Bauern, welche vor dem Hause des Herrn S … auf einem Sitze ausruhten, hörten wie Schappmännchen auf der Jagd in der Nähe des Dorfes seinen Hunden »Hehehe! Hihihi!« zurief. Einer der Bauern konnte es nicht unterlassen, diesen Ruf nachzuahmen. Als sie jedoch bald darauf merkten, daß die wilde Jagd immer näher kam, flüchteten sie ins Haus. Kaum aber hatte man die Tür geschlossen, als ein gewaltiger Schlag auf dieselbe erfolgte und eine Stimme draußen rief: »Ihr habt mir jagen helfen, so könnt ihr auch helfen essen!« Erst am nächsten Morgen bei völliger Tageshelle wagte man, die Haustür zu öffnen, und da fand man ein zerfetztes Stück Fleisch vor.

Lehrer J.P. Theisen

416. Der ewige Jäger zu Meispelt.

Während die Leute abends zu Meispelt in der Ucht einst ruhig beisammensaßen, hörten sie draußen in dem Walde, der zwischen Meispelt und Kopstal liegt, einen Jäger »Hup! Hup!« schreien und einen Hund bellen. Da gingen vier der unerschrockensten Mädchen hinaus und ahmten den Jagdruf nach. Aber sieh, der Jäger kam auf sie zu. Voll Schrecken liefen sie ins Haus und sperrten die Tür. Der Jäger aber schritt durch die verschlossene Tür ins Zimmer und warf einen Hasen hin mit den Worten: »Da! ihr habt mir mitgeholfen jagen, so könnt ihr auch mithelfen essen!« Darauf verschwand er. Der Hase aber gab einen solchen Gestank von sich, daß man es kaum im Zimmer aushalten konnte. Das war der ewige Jäger; er trug einen langen Mantel und hatte eine Flinte an der Seite hängen.

417. Schappmännchen zu Walferdingen.

A. Eines Nachts führte ein Knecht von Walferdingen seine Pferde längs dem linken Alzetufer am Ort, genannt »auf der Sank«, unterhalb der Brücke von Walferdingen, auf die Weide. Plötzlich horte er ein fürchterliches Getöse. Aus diesem Getöse heraus vernahm er die Rufe: »Bau! bau! bau! hulala! wau! wau! hussasa! hallo! hussa trara! huhu!« alles durcheinander. Der Knecht, der schon vom Schappmännchen gehört hatte, fürchtete sich nicht gar sehr, sondern ahmte die Rufe nach. Als darauf plötzlich das Lärmen und Tosen verstummte, ward es dem Knecht
181 unheimlich und er fuhr sogleich mit seinen Pferden nach Hause, wo er, nachdem er die Pferde in den Stall gebracht, die Türen sorgfältig verschloß. Kaum hatte er sich aber an den Tisch gesetzt, um etwas zu essen, als Schappmännchen durch die verschlossene Tür hereinkam und mit den Worten: »Du hast mir geholfen jagen, nun sollst du auch deinen Anteil an der Beute haben« den Kopf eines Pferdes auf den Tisch warf und verschwand.

B. Ein Schäfer von Heisdorf, der gewöhnlich nachts seine Schafe auf die Weide trieb, mußte durch den Grünewald fahren. Eines Abends, als er wieder in den Wald gekommen war – es war auf dem Wege, der nach Dommeldingen führt, am Ort genannt »beim Poteau« –, da hörte er ein großes Geräusch und das Gebell mehrerer Hunde, worauf seine Herde auseinanderstob. Nur mit großer Mühe brachte er sie wieder zusammen. Am andern Abend nahm der Schäfer einen Knecht mit sich, aber auch diesmal liefen die Schafe an demselben Orte wieder auseinander. Da bemerkten sie einen Mann, der, eine Kerze in der Hand, sich hinter einem Baum versteckt hielt. Am dritten Abend nahm der Schäfer drei Knechte mit und jeder von ihnen hatte eine Kerze. Nach dem die Herde sich, durch das Gebell eines Hundes erschreckt, wieder zerstreut hatte, lief ein Mann quer über den Weg und sie erkannten Schappmännchen. Gleich darauf hörten sie den Ruf: »Hau ihm den Kopf herab!« und dann die Antwort, welche, wie sie glaubten, der Hund gab: »Ich kann nicht.«

Alsdann war alles verschwunden.

4. Vorgeschichte des wilden Jägers

418. Der lutherische Jäger.

A. Der Graf von Hohlfels hatte vorzeiten einen lutherischen Jäger in seinen Diensten, welcher durch seine Streiche so berüchtigt war, daß es hieß, er habe einen Bund mit dem Bösen geschlossen.

Einst hatte ihm sein Herr befohlen, zwei Koppeln Feldhühner und einen Hasen zu schießen. Statt aber auf die Jagd, ging der Jäger ins Wirtshaus, wo er bis zum andern Morgen neun Uhr verblieb. Betrunken kam er in die Küche, wo ihn der Koch tüchtig ausschalt, weil er das geforderte Wild nicht beizeiten geliefert habe. Unterdessen kam der Graf selbst. Da springt der Jäger auf, nimmt seine Flinte und feuert in den Schornstein hinauf. Und sieh, das geforderte Wildbret fiel auf den Feuerherd herunter. Der Graf sah jetzt wohl, daß es hier nicht mit rechten Dingen zugehe, und entließ den Jäger aus seinen Diensten. Dieser ging in den Wald, Himmelingen genannt, Bann Tüntingen, und erhängte sich. 182
Als man den Leichnam fand, begrub man ihn unter den Baum, an welchem er gehangen.

Seit jener Zeit treibt er nächtlicherweile sein Wesen in der Umgegend. Drei schneeweiße Hündlein begleiten ihn auf seiner nächtlichen Weidbahn.

Junge Burschen von Tüntingen waren einst im Herbst über Nacht auf dem Felde, um die Pferde zu hüten, und lagerten sich um ein großes Feuer. Als der gespenstische Jäger vorbeikam, rief ihm einer nach. Diesen riß er sogleich aus der Reihe der anderen, prügelte ihn weidlich durch und kaum hatte er den letzten Streich getan, als man schon seinen Jagdruf weit in der Ferne hörte.

Ein andermal hatten ihm Leute aus Meispelt nachgerufen. Plötzlich war er bei ihnen. Die Leute liefen ins Haus und sperrten die Tür zu; dessenungeachtet folgte ihnen das Gespenst und sagte: »Ihr habt mitgejagt, ihr sollt auch teil am Wildbret haben.« Mit diesen Worten warf er ihnen ein Stück Fleisch hin, das so abscheulich stank, daß noch nach acht Tagen der Geruch das Haus erfüllte.

Pfarrer Bies, Manuskript

B. Die zwei weißen Hunde des lutherischen Jägers, der bei den Hohlfelser Grafen im Dienste stand, fügten eine Zeit lang den Bewohnern des Dorfes allen erdenklichen Schabernack zu. Ging nur jemand vor die Tür, so waren sie hinter ihm her und das beste war, daß man sie ruhig gehen ließ.

Lehrer Conrad zu Hohlfels

C. Der Luttesche Jär (lutherische Jäger) jagt so schnell über Berg und Tal, daß, wenn er an einem Ende geschossen hat, er schon gleich darauf zwei Stunden weit entfernt ist. So jagt der Luttesche Jär, indem er bald schießt, bald seinen Hunden ruft.

Einst hatte man eine Mauer an der Stelle errichtet, wo der Jäger seine Weidbahn hatte. Nun hörte man ihn die Mauer ächzend übersteigen. Der Pastor, welcher ihn einmal fragte, warum er so mühsam umherjage, erhielt einen heftigen Backenstreich. Des andern Tages legte der Pastor seine Stola an und nun erhielt er auf seine Frage zur Antwort, der lutherische Jäger müsse seiner Sünden wegen ewig so umherjagen.

D. Auch in der Umgegend von Hohlfels jagte der ewige Jäger. Gegen Mitternacht sah man ihn aus einem Sumpfe am Wege, der von Hohlfels nach Tüntingen führt, im Ort genannt »beim Eisenweg« mit seinen Hunden hervorkommen. Etwa eine Stunde lang durchstreifte er die Felder, kehrte dann zum Sumpf zurück, um sich wieder in denselben zu versenken. Man sah ihn durch die tiefen Moräste sowie durch dichte Hecken hindurch gehen; man hörte das Bellen seiner Hunde, den Schall seines Hornes, sowie auch sein Rufen, um die Hunde anzutreiben oder sie zu-
183 rückzurufen.

Einst, als man bis zur Geisterstunde in der Ucht zusammensaß, gingen einige mutwillige Mädchen hinaus ins Freie, hörten die Stimme des Jägers und ahmten dessen Rufe nach. Eilig kehrten sie darauf ins Haus zurück und verriegelten die Tür. Kaum aber waren sie in der Stube, als sich wie von selbst die Tür öffnete und ein großer, in einen schwarzen Mantel gehüllter Mann eintrat. Dieser zog unter seinem Mantel ein Stück verfaultes Fleisch hervor und warf es auf den Tisch mit den Worten: »Ihr habt mir jagen helfen, da habt ihr auch ein Stück von meiner Beute.« Darauf verschwand er wieder. Seit der Zeit aber wagte niemand mehr, des Jägers Ruf nachzuahmen.

Lehrer Conrad zu Hohlfels

419. Junker Dietz bei Künzig.

A. Junker Dietz war, wie sein Name andeutet, nicht verheiratet und wohnte mit einer ebenfalls unverheirateten Schwester auf dem Niedlinger Hof, den beide zugleich verwalteten. Die ganze Gegend ringsum, alle Wälder bis herüber nach Künzig gehörten ihm. Er war ein leidenschaftlicher Jäger, fragte nach Gott und der Welt nichts, ging auch nicht in die Kirche, sondern trieb sich Sonntags, vorzüglich während der hl. Messe, im Walde auf der Jagd umher. Auch seine Schwester kümmerte sich gar wenig um Gott und Religion und zeigte sich besonders ihren Dienstboten gegenüber streng und herrisch.

Eines Sonntagsmorgens, als die anderen Leute zur Kirche gingen, trat Junker Dietz aus dem Hof heraus, um sich auf die Jagd zu begeben. Die Leute zuckten die Achseln und dachten: »Wird der wohl eines guten Todes sterben?« Da erblickte Junker Dietz eine weiße, wilde Taube, welche vor ihm hin und her flog. Er legte an und schoß nach ihr. Die Taube flog nach der anderen Seite des Schlosses und einige Tropfen Blutes fielen zur Erde. Junker Dietz eilte ihr nach und verfolgte sie bis zur Junkerwiese, die an drei Stellen von Wald umgeben ist. Endlich erreichte er das Tier und nach einem wohlgezielten Schuß fiel die Taube zur Erde, ihm gerade vor die Füße. Sterbend redete sie ihren Verfolger an und sagte ihm, sie sei beauftragt, ihm sein Los zu verkünden: seiner Gottlosigkeit und Unmenschlichkeit wegen werde er bald sterben und verurteilt werden, von nun an ewig, Tag und Nacht, bei Sturm und Wetter, mit seinem Jagdgefolge im Walde umherzujagen.

Noch am nämlichen Tage starb Junker Dietz eines plötzlichen Todes und seither kann man ihn jede Nacht um zwölf Uhr, etwa hundert Schritte vom Hofe entfernt, hören, wie er unsichtbar durch die Luft dahinjagt, während zahlreiche Schüsse fallen und Hundegebell und Pferdegetrampel die Erde erschüttert. Auch im Künziger Wald, bei der Junkerwiese, kann man ihn um elf Uhr nachts hören; auch zu Mechtzich, Gerlingen und weithin in der Gegend. 184

Seine Schwester starb bald nachher ebenfalls eines plötzlichen Todes. Seitdem geistert sie jede Nacht auf dem Hofe und viele Leute von Künzig behaupten, gesehen zu haben, wie in dem Zimmer, das ihr Schlafgemach war, sachte ein Schatten die Wände entlang schlich, die rechte Hand über dem Kopfe haltend, wie um etwas abzuwehren, oder wie ein Unkundiger in der Finsternis herumtastend. Zur selben Zeit hört man Pferdegetrappel in und außer dem Hause, Hundebellen und es poltert im Hofe, wie wenn ein großer Troß zur Jagd ausreite. Dies geschieht besonders an Sonntagen.

Auch an den andern Stellen des Hauses und im Garten kann man die Dame, weißgekleidet, umherschleichen sehen.

Fr. Hemmer aus Künzig

B. Am westlichen Abhange des Titelberges bei Rollingen (Lamadelaine) hörte man früher nicht selten ein großes Geräusch, vermischt mit Hundegebell, Hörnerschall, Schüssen und Hussageschrei. Zugleich erhob sich ein so heftiger Wind, daß die Häuser erzitterten und Furcht und Grausen die Gemüter erfüllte. Das war Junker Dietz, der auf diese Weise seine Jagdfrevel und Sabbatschändung büßen mußte. Viele noch lebende Einwohner von Rollingen wollen ihn gehört haben; doch seitdem die Abhänge entwaldet sind und der Berg nach Erz durchwühlt wird, hat man von dem Jäger nichts mehr vernommen.

Lehrer Linden zu Rollingen

C. Zu Künzig, in einer an drei Seiten von Wald umgebenen Wiese, soll Junker Dietz von Zeit zu Zeit gejagt haben. Einst ließen dort einige Bauern während der Nacht ihre Pferde weiden. Gemütlich lagen sie auf ihren Decken und verkürzten sich die Zeit mit allerlei Gesprächen. Plötzlich vernahmen sie in der Ferne lautes Hundegebell, aus dem man deutlich den Jägerruf »Holla, ho!« heraushören konnte. Das Geräusch kam mit Windeseile näher. »Es ist Junker Dietz,« riefen die bestürzten Bauern; sie schwangen sich in aller Eile auf ein Pferd, ließen alles im Stich und jagten davon. Am anderen Morgen weideten die anderen Pferde noch ruhig auf der Wiese.

420. Der bestrafte Jäger zu Körich.

A. Zu Körich, wie fast überall im Lande, geht die Sage vom bestraften Sonntagsjäger. Anstatt den Feiertag zu heiligen, ging vorzeiten ein Jäger aus dem Dorfe während des Gottesdienstes auf die Jagd und machte mit seinen Hunden einen gewaltigen Lärm, um die frommen Bewohner in ihrer Andacht zu stören. Jeder verhieß dem Sonntagsschänder ein schlimmes Ende. Er starb eines jähen Todes auf der Jagd. Im Grab fand er keine Ruhe. Sobald die Nacht anbrach, hörte man ihn im nahen Walde seinen Hunden rufen, schießen und zugleich wehklagen. Viele versichern, den gespenstischen Jäger auf seinem von Flammen umgebenen Rosse gesehen zu haben.

Lehrer Reyland zu Körich

B. Ein Greis, der seine Jugendzeit zu Körich zugebracht hat, erzählt: 185

Als ich einst mit meinem Vater aus einem Wald nach Hause zurückkehrte, kam ein Jäger daher mit seinem Hunde und hielt die Flinte in der Hand, als wolle er schießen. Der Jäger aber war damals schon sechzig Jahre lang tot und man erzählt von ihm, er sei immer Sonntags während der Messe auf die Jagd gegangen.

421. Das Schappmännchen zu Kehlen.

Oft vernimmt man des Nachts wildes Jagdgeschrei, Hundegebell und hört dann jemand den Hunden rufen: »Bello, hei!« Es ist das Schappmännchen, das sein Leben in Saus und Braus hinbrachte und sonntags, während die Leute in die Kirche gingen, der Jagd oblag. Deshalb muß er ewig nächtlicherweile jagend umherirren.

422. Der umherirrende Jäger bei Mertert.

Eine Stunde jenseits der Mosel erstreckt sich ein großer Wald, der Tavernerwald. Alle Samstage und an allen Muttergottesfesten hört man dort abends, wenn es zu dunkeln anfängt, bis Mitternacht Hundegebell, gleich als ob eine ganze Meute Hunde jage. Der einsame Wanderer in diesem Wald hört sie in nächster Nähe und glaubt sie kaum zehn Schritte von sich entfernt. Es soll dies ein Jäger mit seinen Hunden sein, der zur Strafe, daß er mit Jagen den Sonntag geschändet, nun immer jagen muß ohne Rast und Ruhe, um so andern als warnendes Beispiel zu dienen.

423. Der verlorene Jäger im Taupbösch bei Rosport.

A. In dem zwischen Rosport und Steinheim gelegenen Walde Taupbösch entstand oft um Mitternacht ein unheimliches Sausen und Brausen, welches mit Hundegebell und verworrenem Rufen vermischt war. Das war der »verlorene« Jäger, der vorüberzog. Er trug grüne Kleider.

Lehrer M. Bamberg zu Steinheim

B. Der verlorene Jäger im Taupbösch hatte zu seinen Lebzeiten durch sein ärgerliches Jagen an Sonn- und Feiertagen den Zorn Gottes auf sich herabgerufen und wurde zur Strafe zu ewigem Jagen in dem Taupbösch verdammt. Wenn er jagte, ließ er sich bald hier, bald dort vernehmen. Bald rief er: »Puh! Puh!«, bald blies er in ein Horn und seine Hunde stimmten dabei ein hohles, unheimliches Gebell an.

Leute, die ihn auf den Höhen jagen sahen, behaupten, er trage grüne Kleider.

Pfarrer J. Prott

424. Das Hupmännchen bei Michelbuch.

In einem Walde bei Michelbuch, genannt »in Bischtert«, jagte noch vor dreißig Jahren der wilde Jäger oder, wie er zu Michelbuch genannt wird, das Hupmännchen. Dieses Hupmännchen war ein Graf, der zu seinen
186 Lebzeiten ein Sonntagsjäger war.

425. Der ewige Jäger zu Esch a.d. Sauer.

In einem Walde genannt Putzbach, südlich von Esch a.d. Sauer, hörten die Bauern, wenn sie in finstern Nächten dort ihre Pferde weideten, das Gebell von vielen Hunden und den Schall von Jagdhörnern; auch ließen sich Tritte von flüchtigem Wilde vernehmen, das von einem in einen bleiernen Mantel gehüllten Jäger rasend verfolgt wurde. »Das ist der ewige Jäger,« sagten die Leute, sich bekreuzend, »der vor langen Jahren während des Gottesdienstes so argen Jagdunfug getrieben, daß er zur Strafe zu ewigem Jagen in finstern Nächten verurteilt wurde.«

Lehrer Schlösser zu Esch a.d. Sauer

426. Der wilde Jäger bei Oberwampach.

Zwischen Allerborn und Oberwampach, im Orte, genannt Weiber, soll nach Aussage der alten Leute ehemals zur Nachtzeit ein Jäger mit seinem Hund umgegangen sein.

Dieser Jäger, erzählt man, habe während seines Lebens stets Sonntags gejagt und deshalb habe er zur Strafe nach seinem Tode umgehen und während der Nacht jagen müssen. Auf seinem Weidgang hörte man ihn bald in nächster Nähe von Oberwampach, im Ort genannt »Hannert dem Bungert«, bald im Orte »Weiber« oder »Wieschelt«. Zuerst vernahm man Hundegebell, dann fiel ein Schuß, worauf der Ruf: »Puh, hei, hei, hei!« erfolgte.

427. Schappmännchen zu Rollingen und Reckingen (Mersch).

In dem großen Walde, der sich auf dem Rollinger Felsenkranz erhebt, soll vor alters ein Schloß gestanden haben, das nach und nach in den Boden gesunken ist und die jetzigen Steinbrüche bildet.

In diesem Walde ist viel Wild. Jede Nacht kommt der alte Besitzer des versunkenen Schlosses dorthin, um sein Wild zu hüten. Er hat zwei große Hunde bei sich und jagt die ganze Nacht hindurch; man hört ihn seinen Jagdhunden: Tut! tut! zurufen.

Auch zu Reckingen hatte ein gespenstischer Jäger seine Weidbahn.

428. Der feurige Jäger im Biwischer Walde.

Im Walde von Biwisch, dicht an der belgischen Grenze, setzte vor noch nicht langer Zeit ein feuriger Jäger, der jeden Abend in Begleitung eines Hundes aus einer Höhle trat und um dieselbe herumlief, das ganze Dorf in Schrecken. Man will wissen, der Jäger habe einst in jener Schlucht aus Rache einen bevorzugten Nebenbuhler erschlagen und habe nun an dem Ort seines Verbrechens umgehen müssen. Als der Spuk kein Ende nahm, vermauerte man die Höhle, worauf die schreckliche Gestalt sich nicht mehr zeigte.

Zollbeamte J. Wolff

429. Der rufende Jäger.

In dem Walde Ruowert unweit Helzingen hörten drei Männer, welche
in einer Herbstnacht bei hellem Mondschein Bienenkörbe nach Hause 187
tragen wollten, in ihrer unmittelbaren Nähe unverständliches Rufen einer menschlichen Stimme. Gewahren konnten sie nichts. Als sich die Männer schnell entfernten, schwieg die geheimnisvolle Stimme alsbald.

Ein andermal gingen zwei Männer, Vater und Sohn, durch den nämlichen Wald. Plötzlich wurde der Vater von unsichtbarer Hand gepackt und tüchtig geprügelt. Dabei riefen Menschenstimmen, bellten Hunde.

In diesem Walde hat ein Sohn den Vater, beide Jäger, erschossen. Der Geist des Vaters, nirgends Ruhe findend, soll sein Dasein in diesem Walde öfters nächtlichen Wanderern handgreiflich bewiesen haben.

Lehrer Jacoby zu Helzingen

430. Die bestraften Jäger.

Auf der Gemarkung der Gemeinde Lintgen befinden sich zwei Wälder, der Hochwald, jetzt Eigentum der Familie Pescatore, und der Schlammenbusch, jetzt königliches Eigentum. In diesen beiden Wäldern geht es zu bestimmten Zeiten nicht ganz geheuer zu. Dort hört man nämlich eine wilde Musik, es erschallen Hörner, es entsteht ein furchtbarer Lärm; dies alles begleiten ohrenzerreißende Klagen. Zugleich bricht ein heftiger Sturm los und der Wind braust, als wolle er die alten Buchen entwurzeln. Wer sich zu dieser Zeit zufällig in einem der Wälder oder in deren Nähe befindet, ergreift scheunigst die Flucht. Sogar bis ins Dorf hinunter hört man das Getöse.

Über die Ursache dieses sonderbaren Lärms und dieser Klagen erzählt man sich folgendes: Ehemals gehörten diese Wälder der Gemeinde Lintgen. Damals lebten zu Trier einige Edelleute, leidenschaftliche Jäger, welche, um besser dem Weidvergnügen obliegen zu können, beide Waldungen auf unrechtmäßige Weise in ihren Besitz brachten. Von ihnen gingen sie auf die jetzigen Besitzer über. Zur Strafe aber für ihren Frevel müssen die Edelleute alljährlich und zwar um dieselbe Zeit in den von ihnen der Gemeinde gestohlenen Wälder den oben gemeldeten Umzug halten.

Zollbeamter J. Wolff

431. Der ewige Jäger zu Remich.

Der ewige Jäger soll ein Priester gewesen sein, der aber lieber auf die Jagd ging, als seine priesterliche Pflichten zu erfüllen. Nachdem er einst die hl. Messe gelesen hatte, sah er, als er aus der Kirche kam, in einem nahen Ackerstück zwei Hasen. Sogleich setzte er sich auf sein Pferd und jagte, von seinen beiden Hunden begleitet, den Hasen nach, kam aber nie mehr wieder. Die Leute hörten ihn oft schießen, aber sie sahen ihn nicht. Deshalb glaubten sie, er sei zur Strafe für seine versäumten Pflichten zu ewigem Jagen verurteilt worden.

J.P. Wolff aus Remich

432. Das Stolzebergermännchen bei Grevenmacher.

Der unter dem Namen Stolzebergermännchen bekannte Mann lebte in dem Walde zwischen Grevenmacher und Flaxweiler. Besonders häufig wurde er in der Nähe des Buchholzer Hofes und des Potaschberges gese- 188
hen. Er hatte stets zwei Hunde bei sich, Puh und Bello. Am öftesten zeigte er sich bei Abend- und Morgendämmerung. Er trug nicht selten einen kleinen Schreibtisch bei sich und fuhr häufig in der Buchholzer Wies in einer vierspännigen Kutsche einher. Sein Hauptgeschäft war die Jagd, deshalb trug er immer eine Büchse bei sich, aus der er fünf bis sechs Schüsse nacheinander abfeuern konnte. Beim Jagen schrie er in einem fort: »Puh, hei! Puh, hei, hei, hei!«

Einst als er mit seinen beiden Hunden jagte, zog ein Gewitter heran; es blitzte und donnerte gewaltig und der Regen fiel so stark, daß das Stolzebergermännchen nicht zu schießen vermochte. Darob fluchte und tobte er gewaltig, zielte auf Himmel und Blitz und drückte los. Sofort fiel er leblos zu Boden, auch die Hunde lagen tot neben ihm. Der Blitz hatte alle drei getötet.

Von der Zeit an hörte man noch oft in der Gegend des Stolzebergermännchens Stimme: »Puh, hei! Bello, do!« Nie aber bekam man jemand zu sehen. So ging der Geist des Stolzebergermännchens lange Zeit jagend in seinem früheren Revier umher, ein Wild verfolgend, das er, wie man sagt, nie erreichen und erlegen konnte. Viele wollen den Geist oft oberhalb Potaschhof gesehen haben in Gestalt eines Mannes, der seinen eigenen Kopf unter dem Arm trug. An jedem Vorabend eines hohen Festages hörte man dort auch gegen Mitternacht Glocken in einem Moor läuten, was ebenfalls dem Stolzebergermännchen gegolten haben soll.

Lehrer Wagner zu Grevenmacher

5. Der Schimmelreiter

433. Schimmelreiter bei Liefringen.

Bei Schalke-Kreuz, auf dem Wege von Liefringen nach Kaundorf, kam ein Reiter auf einem Schimmel; er hatte einen dreieckigen Hut auf und einen bleiernen Mantel um.

Lehrer Esch zu Kaundorf

434. Schimmelreiter zu Wilz.

Wie in der Eifel und auch fast allgemein sonst im Luxemburger Lande ist auch im Ösling die Sage vom Tempelschloß mit einem in der Umgegend des Pirmesberges bei Buderscheid erscheinendem weißen Rosse in Verbindung gesetzt. Im Grawelter, zwischen Nocher und Wilz, ist öfters bei Nacht ein weißes Roß gesehen worden. Auch jenseits Buderscheid in der Schallbäch und im Eisenborner Wald ist ein Mann erschienen, der auf einem weißen Schimmel ritt.

J. Prott, Pfarrer

435. Der riesige Reiter auf weißem Schimmel bei Untereisenbach.

In den Gemünder Layen, zehn Minuten von Untereisenbach entfernt,
189 sah man zu verschiedenen Zeiten des Nachts im Mondschein einen riesigen Reiter, der auf weißem Schimmel in schnellem Trabe den jähen Berg hinunterritt. Unten im Wiesental angelangt, machte derselbe dann die Runde um eine an die Ur stoßende Wiese, und fort durch die Luft sauste er dann das Urtal hinab. Mancher Einwohner von Untereisenbach, der früher nach damals herrschendem Brauch nachts die Pferde auf die Weide trieb, will den Reiter auf weißem Schimmel gesehen haben.

Lehrer Quiring zu Untereisenbach

436. Der Schimmelreiter zwischen Useldingen und Büschdorf.

Auf einem Wege zwischen Useldingen und Büschdorf ritt lange Jahre hindurch des Nachts ein Reiter auf weißem Roß. Der Schrecken, den er den Reisenden einjagte, ist noch lange nicht vergessen, denn heute noch warnt man den Wanderer vor dem Reiter auf weißem Pferd.

437. Der Nachtreiter bei Rodingen.

Ein Schreiner aus Rodingen hatte den Tag über in Petingen gearbeitet und wollte abends nach Hause zurückkehren. Eben schickte er sich an, in den Wiesen zwischen Rollingen und Petingen den Grundmühlenbach zu überschreiten, als hinter ihm ein weißer Reiter in rasendem Galopp dahergesprengt kam. Den Scheiner befiel große Angst, noch größer aber wurde sein Schrecken, als der Reiter ihn eingeholt hatte und nun sein Tier im Schatten neben ihm gehen ließ. So ging es eine gute Weile und immer blieb der geheimnisvolle Reiter an der Seite des Fußgängers. Endlich faßte sich dieser ein Herz und murmelte halblaut vor sich hin: »Was zum Henker will doch der mit dir, daß er stets an deiner Seite reitet?« Kaum hatte er das gesagt, als der Reiter plötzlich sein Tier (Roß kann man nicht sagen, weil das Ungetüm keinem Pferde ähnlich sah) eine halbe Schwenkung machen ließ und, dem Schreiner den Weg versperrend, rief: »Sieh dieses Tier! Hast du schon ein solches gesehen? Wenn ich wollte, im Nu hätte es dich verschlungen.« Sprach's und sprengte von dannen.

Am andern Tag war der Mann katzgrau; ein solch abscheuliches und fürchterlich häßliches Tier, sagte er, habe noch kein menschliches Auge gesehen; es lasse sich gar nicht beschreiben.

Lehrer P. Hummer

438. Der Nachtreiter zu Bartringen.

Zwei Männer von Bartringen gingen vor ungefähr fünfundzwanzig Jahren um Mitternacht miteinander in den Wald, um Holz zu stehlen. Beide hatten eine gute Bürde aufgeladen und begaben sich auf den Heimweg. Da vernahmen sie plötzlich hinter sich ein auffallendes Geräusch. Sie schauten verwundert um, und was sahen sie? Ein Reiter auf einem Schimmel sprengte auf sie zu, sie sahen sein unheimliches, grauerregendes Gesicht und hörten seinen Säbel klirren. In großer Angst duckten sie sich seitwärts zur Erde nieder und erwarteten nichts Gutes. Nachdem der Reiter an ihnen vorbeigesprengt war, erhoben sie sich rasch und eilten 190
nach Hause. Der eine von ihnen konnte den Rest der Nacht kein Auge schließen und am andern Tage waren seine Haare silberweiß.

439. Der feurige Schimmel und der Reiter ohne Kopf bei Weiler zum Turm.

In dem zwischen Weiler zum Turm und Hassel gelegenen Walde Hûscht sah der nächtliche Wanderer oft einen reiterlosen Schimmel grasen, der beim Anblick des Verspäteten in gewaltigen Sätzen davoneilte. Manchmal saß auch ein Reiter ohne Kopf darauf und hell aufwiehernd und schnaubend sprengte der feurige Schimmel durch den stillen Wald. Der

Wanderer schlug ein großes Kreuz, wenn er das Geisterroß hinter sich daherbrausen hörte, und beschleunigten Schrittes eilte er, bleich vor Schrecken, der Heimat zu, wo er den Seinen von dem gespenstischen Reiter und dem feurigen Schimmel erzählte.

J.N. Moes

Nach anderer Mitteilung trägt der Schimmelreiter seinen Kopf unter dem Arm.

6. Die Geisterkutsche

440. Die geisterhafte Kutsche im Brakenberge gegenüber Rosport.

In dem Abhange des zwischen den Dörfern Ralingen und Godendorf am linken Sauerufer gelegenen Brakenberges erscheint in gewissen Nächten eine gespensterhafte, schwarze Luftkutsche.

Ein gewisser Nikolaus Horn aus Godendorf und dessen Mutter kehrten einst zwischen elf und zwölf in der Nacht von der Ralinger Kirmes durch den Brakenweg nach Hause zurück. Als sie an der sogenannten »Steinkaul« angekommen waren, ließ sich plötzlich oben um den Kahlenberg her, wie man die nackte, felsige Kuppe zu nennen pflegt, die sich über dem Brakenberg erhebt, ein donnerähnliches Rollen vernehmen, das von einem gewaltigen Sausen begleitet war. Das Geräusch kam immer näher. Der Mann und die Frau schauten voll Staunen auf und sahen bald eine schwarze Kutsche mit silbernen Rädern, welche mit zwei prachtvollen Schimmeln bespannt war, unter ehernem Donnergepolter den Berg herunterrollen. Auf dem Bock saß ein schwarzer Kutscher, der weiße Handschuhe trug; in der einen Hand hielt er die hellblinkenden Zügel und in der andern eine blanke Peitsche, mit welcher er unaufhörlich über die Köpfe der Pferde heftig hinknallte. Dem Manne grauste es; die Frau war vor Angst und Entsetzen einer Ohnmacht nahe und der Mann mußte sie halten, daß sie nicht umfiel. Die Kutsche flog, sich von der Erde abhebend, mit unglaublicher Schnelligkeit über ihre Köpfe weg und
191 stürzte jählings hinab in die Sauer. Nachdem sie, ohne das Flußbett zu verlassen, im Zickzack, wie ein zuckender Blitz, zuerst an das rechte Ufer, dann wieder an das linke gerannt war, lenkte sie in die Mitte und dann ging es mit Windeseile, unter fürchterlichem Gerassel und unter heftigem Peitschengeknall stromaufwärts, bald durch die schäumenden Wogen, bald durch die sausende Luft, bis in das Rosporter Wehr; dort bog sie

plötzlich rechts um, sauste eine kurze Strecke den Berg hinan und verschwand plötzlich wieder in der Nähe des Eselsbornes.

J. Prott Pfarrer

441. Der hängende Mann und der Wagen ohne Pferde.

Eine Frau von Nospelt sollte eines Morgens zur Stadt gehen. Da die Hausuhr stehen geblieben war, stand die Frau aufs Geratewohl auf und machte sich auf den Weg. Wie sie nun zwischen Kehlen und Kopstal bei »Bolleschkreuz« kam, schaute sie von ungefähr etwas zur Seite; aber wie erschrak sie, als sie dicht an einem Baum, die Füße nach oben, einen Mann hängen sah. Die Frau machte das hl. Kreuzzeichen und eilte, diese Stelle des Schreckens zu verlassen. Bald war sie beim »Linn« bei Kopstal angekommen. Wenn sie vorher vor Angst fast sterben wollte, so faßte sie jetzt wieder Mut, als sie von ferne das Rasseln eines Fuhrwerkes hörte. Dieses kam immer näher und deutlich konnte sie das Durcheinanderreden vieler Personen vernehmen, die auf demselben saßen. Als das Fuhrwerk bei ihr angelangt war, überfiel sie aufs neue Schrecken und Entsetzen. An den Wagen waren keine Pferde gespannt; von unsichtbarer Hand gezogen, fuhr er dahin. An den Rädern waren keine Felgen; sie sprangen nur so auf den Speichen und von den Personen, deren Geplauder die Frau vernommen, war nicht die geringste Spur zu sehen. Der Wagen war nur mit Fässern beladen. Schweißtriefend kam die Frau vor dem Neutor an, als die Glocke eben zwei schlug.

Lehrer Konert zu Hollerich

442. Die Nachtpost zu Bartringen.

Es war in einer finsteren Nacht des Spätherbstes, als ein Knecht aus Bartringen mit den Pferden seines Meisters auf die Wiese gefahren war. Um Mitternacht schlief er ein, wurde aber bald darauf von einem gewaltigen Gerassel geweckt. Er schaute um sich und sah in der Ferne einen mit vier Pferden bespannten Wagen von Luxemburg her durch dick und dünn ohne Weg und Bahn auf Bartringen zueilen, mit zwei großen Laternen zu beiden Seiten. Auf dem linken Vorderpferde saß ein Bedienter, ein zweiter vorn auf dem Wagen; sie trieben die Rosse zum Galopp an und peitschten sie gewaltig. Es ging durch die Lüfte, schnell wie der

Wind, so daß der Wagen bald den Augen des Knechtes enschwunden war.

443. Die geheimnisvolle Kutsche zu Limpach.

Zu Limpach sah man jede Nacht eine prächtige, mit vier Rappen bespann-
192 te Kutsche die Schloßwiese herabrollen, ohne daß man je erfahren hätte, von wannen sie kam oder wohin sie ging.

Lehrer Konert zu Hollerich

444. Die geheimnisvolle Kutsche zu Niederkorn.

In der Nähe von Niederkorn ließ sich sehr oft in der Nacht eine wunderliche Kutsche sehen, welche von zwei kohlschwarzen Rappen gezogen wurde. Wenn diese Kutsche mit Windeseile dahergesaust kam, war niemand auf dem Felde sicher, von derselben nicht überfahren zu werden, wobei jedoch keiner beschädigt wurde. Einst übernachteten mehrere Knechte bei ihren weidenden Pferden auf freiem Feld. Auf einmal sahen sie in der Nähe der Mühle die geheimnisvolle Kutsche herankommen. »Diesmal«, sagten sie, »sollst du uns nicht überfahren« und stellten sich zwischen die starken Äste eines alten Baumes. Die Kutsche jedoch kam gerade auf sie zu und rollte über ihren Häuptern hinweg, als wenn's auf ebener Erde gewesen wäre. Niemand weiß, wer in der sonderbaren Kutsche gesessen.

Lehrer Walch zu Niederkorn

445. Geisterwagen zu Esch an der Alzet.

Etwa eine halbe Stunde südwestlich von Esch an der Alzet befindet sich eine Talniederung, Ellergrund genannt. Heute ist der Boden daselbst zum größten Teil umgeackert; früher jedoch deckten üppige Wiesen die ganze Fläche, auf welche man, nach einem vor nicht gar langer Zeit noch üblichen Brauch, Hornvieh und Pferde zur Nachtweide trieb. Die Knechte, denen die Hut des Viehes oblag, behaupteten, zu wiederholten Malen an dieser Stelle um die Geisterstunde Wagengerassel und Hufschlag vernommen, ja sogar mit eigenen Augen einen glänzenden, mit sechs Pferden bespannten Wagen durch die Luft schwirren gesehen zu haben. Dies sei der wilde Jäger gewesen.

446. Die feurige Kutsche zu Luxemburg.

Zu Luxemburg flog die feurige Kutsche allnächtlich durch die Neutorstraße, die Großstraße, über den Krautmarkt, am St. Maximingebäude vorbei und verschwand im Hellepul. Sie war mit vier Rossen bespannt; Bediente standen hinten und vorn darauf und drei Ratsherren mit Zöpfen saßen in derselben. Man sah sie rotglühende Geißeln schwingen und Feuer und Flammen umhüllten das Ganze.

447. Die feurige Kutsche bei Dalheim.

Vor nicht gar langer Zeit, so erzählte des Referenten Großvater, trieben wir noch nachts die Pferde auf die Weide. Eines Abends, als wir uns um ein lustiges Feuer geschart hatten, hörten wir in der Luft ein außergewöhnliches Geräusch. Als wir alle bestürzt aufschauten, erblickten wir hoch in der Luft eine Kutsche, mit zwei feurigen Rossen bespannt, die von einer Jungfrau gelenkt wurden. Diese war mit einem weißen Schleier umgeben und hielt eine lange Peitsche in der Hand.

Lehrer J.B. Linster 193

448. Die feurige Kutsche bei Remich.

A. Die alte Schwebjes aus Remich erzählte dem Referenten:

Über die Nenniger Flur sauste die glühende Kutsche hin. In Heilenbruch bei dem langen Graben und den paar alten Bäumen kam sie aus dem Boden hervor und rannte über Stock und Stein gegen das Bübinger Schloß, hinter welchem sie dann plötzlich verschwand. In den neunziger Jahren war es gar nichts Auffallendes für die Leute; ich habe dieselbe mehr als zwanzigmal gesehen.

Siebenundneunzig war es, wenn ich mich recht erinnere, ich hatte etwa zwölf Jahre, als die Mosel auf einmal schrecklich anschwoll. In der Nacht mußten wir »plündern« und waren noch spät mit dem Ausräumen der Stuben und Keller beschäftigt, denn das Wasser kam unerwartet und reißendschnell. Es mochte ungefähr Mitternacht sein, als meine Mutter plötzlich ganz bleich zu uns in die Stube trat und mit zitternder Stimme sagte: »Nun kommt, Kinder, jetzt seht ihr die glühende Kutsche.« Ein eiskalter Schauer überlief uns und wir drängten uns hinaus auf die Treppe. Zu der Zeit war die Brücke nicht gebaut und man konnte frei bis nach Besch hinaufsehen. Da schwebte die glühende Kutsche denn über Äcker und Gärten und alles hinweg, schrecklich anzusehen, wie ein Gefährt der Hölle. Voran schnaubten die feurigen Rosse; hintennach wälzten die Räder im Feuermeer die glühende Kutsche. Oben auf dem Bock saß der grinsende Kutscher und schwenkte im Zickzack die Geißel, daß die Funken nach allen Seiten stoben. So rannte das tolle Gefährt in schräger Richtung den Berg hinan auf die Kapelle los, welche ehemals im Bergesabhang hinter dem Schlosse stand, wo es plötzlich vor unseren Augen in den Boden versank.

N. Gaspar

B. Nächtlicherweile kommt eine feurige Kutsche vom jenseitigen Moselufer auf Remich zu. Sie fliegt über das »rote Haus«, dann über die Mosel und über Remich hinweg in der Richtung nach Luxemburg.

Sie wird von zwei feurigen Pferden gezogen. In derselben sitzt ein feuriger Mann, der fortwährend mit einer feurigen Peitsche knallt, so daß die Funken ringsumherstieben.

C. Viele alte Leute behaupten, vor mehreren Jahren sei jede Nacht eine feurige Kutsche mit feurigen Pferden, feurigen Insassen und einem feurigen Kutscher vom Sinser Berg herabgekommen.

Einst saß ein alter Fischer an der Mosel und fischte. Da kam die feurige Kutsche herangeflogen. Der Kutscher schwenkte die feurige Peitsche, daß die Funken bis in die Mitte der Mosel stoben. Nicht einen einzigen Fisch konnte der Fischer mehr fangen. Da ward er unwillig, nahm den Feuerstein, um seine Pfeife anzuzünden, und stieß einen derben Fluch aus. Sobald er Feuer geschlagen, verschwand alles.

194 *D.* Der feurige Wagen kam hinter dem Sinser Berg hervor und fuhr bis an die Moselfähre. Damals war noch keine Moselbrücke zu Remich. Dort stieg ein Mann aus dem Wagen, der Wagen selbst ging seinen Weg durch die Wolken wieder zurück. Der Herr verschwand nach kurzer Zeit. Oft am selben Tage oder einen Tag drauf kam der Wagen zurück, um den Mann wieder aufzunehmen und hinter dem Sinser Berg zu verschwinden. Der Fährmann hätte um keinen Preis, solange der Herr noch nicht von dem feurigen Wagen abgeholt war, die Überfahrt gewagt.

Lehrer N. Biver zu Remich

449. Geisterkutsche im Giweniger Wald.

Im Giweniger Walde, einem kleinen Wäldchen zwischen Giwenig und Mörsdorf, wurde vorzeiten eine mit zwei feurigen Pferden bespannte Kutsche gesehen. Sie jagte aus dem Walde über die Straße daher und war bald verschwunden. Kein Kutscher war dabei, und wohin das Gefährt fuhr, weiß man nicht.

Lehrer P. Hummer

450. Feurige Kutsche bei Böwingen.

Auf dem Wege von Böwingen nach Büschdorf hört man zu verschiedenen Zeiten des Jahres um elf Uhr nachts ein mächtiges Peitschenknallen und sieht dann plötzlich eine feurige Kutsche mit Blitzesschnelle daherrollen. Zwar kommt die Kutsche nicht mehr so oft wie früher, doch befindet sich niemand gern um diese Zeit auf dem Büschdorf-Böwinger Wege.

451. Der versunkene König.

Wenn man von Esch an der Alzet nach Deutsch-Oth geht, so sieht man rechter Hand von der Straße unterhalb Rüssingen, nahe an dem Orte Huôellech, auf einem Flächenraum von einigen Aren, hügelähnliche, wild durcheinandergeworfene Erdmassen, welche mit dem flachen Ackerlande und der sonst ebenen Wiesenfläche sonderbar kontrastieren. Wildes Gestrüpp und Binsenbüschel stehen vereinzelt zwischen den Erdhügeln umher und geben der Stelle ein unheimliches Aussehen.

Nach einer alten Volkssage soll alle sieben Jahre, um die Mitternachtsstunde, ein verwünschter König in einem goldenen Wagen mit feurigen Rossen aus dem nahe gelegenen Walde Clair-Chêne hervorrennen, quer durch die nassen Wiesen sprengen und an obiger Stelle versinken.

J. Schmit aus Esch a.d. Alzet

452. Der Freiersmann zu Esch an der Alzet.

Zu Esch an der Alzet war, wo heute der Hochofen steht, ehedem eine fette Wiese, genannt »am Brill«. Durch diese Wiese führte ein Pfad. Diesen schlug eines Abends ein Jüngling, namens Bück, ein, um sich zu seinem Lieb zu begeben. Doch hatte er kaum die Wiese betreten, als er

von unsichtbarer Hand wie mit einem Waschbleuel einen kräftigen Schlag auf den hintern Körperteil erhielt. Dieser Schlag wiederholte sich mit
195 jedem Schritt, bis der arme Bursche die Wiese verlassen hatte.

Am folgenden Abend schlug er einen Seitenweg ein, der an der Wiese vorbeiführte. In einem Hohlwege angelangt, hörte er plötzlich das Rollen eines Fuhrwerkes, das ihm entgegenkam. Um jedem Unfall zuvorzukommen, erstieg der junge Mann in aller Eile den Hügel zur Seite des Weges. Kaum war er oben, so sah er dicht vor sich im Hohlweg eine Kutsche, mit zwei schwarzen Pferden bespannt, welche Feuer und Flammen aus den Nüstern hervorsprühten. Auf dem Bock saß ein gewaltiger, riesenhafter Kutscher und in der Kutsche stand ein Mann, der, als er des jungen Mannes ansichtig wurde, dem Kutscher zurief: »Reich mir den da droben ein bißchen herab!« Dem da droben aber ward es, eingedenk der gestrigen Tortur, gar sonderlich zu Mute; doch hatte er noch Geistesgegenwart genug, sein Sprüchlein zu sagen, das ihn früher seine Großmutter gelehrt hatte, und so konnte die gespenstische Erscheinung ihm nichts anhaben.

Lehrer Konert zu Hollerich

453. Die entführte Braut von Sassenheim.

Ein Bräutigam von Sassenheim begab sich mit seiner Braut und einigen Anverwandten auf den Weg nach Luxemburg, um dort die Hochzeitskleider einzukaufen. Unterwegs kamen sie in einen Wald, wo die Braut einige Schritte hinter ihren Begleitern zurückblieb. Kam eine Kutsche dahergerollt, deren Führer die Braut mit gar einschmeichelnden Worten einlud, in die Kutsche zu steigen, er wolle sie bis zum nächsten Dorfe mitnehmen. Die Jungfrau nahm das Anerbieten an; kaum aber hatte sie in der Kutsche Platz genommen, so wendete sich dieselbe und fuhr mit ihr durch die Lüfte davon. Die Braut hat man nie wiedergesehen.

Lehrer Konert zu Hollerich

7. Geheimnisvolle Geräusche wunderbare Musik

454. Das Waldkreuz bei Hoffelt.

Im Hoffelter Busch, in den Birken, an einem einsamen Ort, bezeichnete ein Waldkreuz die Stelle, wo vorzeiten jemand verunglückt war. Wiederholt wurden Wanderer beim Vorübergehen an dieser Stelle durch plötzliches, heftiges Geräusch aufgeschreckt. Noch heute wird dieser Ort gemieden.

Lehrer Jacoby zu Helzingen

455. Das geheimnisvolle Geräusch bei Säul.

Ein Mann, welcher von Simmern nach Säul ging, mußte durch einen großen Wald, Deckt genannt. Plötzlich entstand ein Geräusch um ihn und es kamen so starke Windstöße, daß unser Mann taub zu werden vermeinte. Er band sich sein Taschentuch um die Ohren, aber es half nichts. Zuletzt fing er in seiner Angst an, Reue und Leid zu erwecken, worauf das Geräusch auf einmal aufhörte. 196

456. Das seltsame Rauschen im Pissinger Walde.

Zur Winterzeit begab sich ein armer Mann von Pissingen in den Wald, um Reisig einzusammeln. Während er emsig mit seiner Arbeit beschäftigt war, vernahm er plötzlich ein solches Rauschen in den Wipfeln der Bäume, daß ihm dünkte, der Wind wolle den Wald über den Haufen stürzen. Der Mann sah von seiner Arbeit empor, aber nicht ein Zweig regte sich in den Baumkronen. Als er zu Hause sein Erlebnis erzählte, erfuhr er, daß dieses Sausen und Brausen auch von anderen Männern und zwar gleichzeitig an verschiedenen Stellen des Waldes vernommen worden war.

Lehrer Konert zu Hollerich

457. Das wilde Heer auf Johannisberg.

Die alten Budersberger pflegten immer am Sonntagabend auf den Johannisberg zu gehen. Da geschah es nun oft, daß, während sie oben auf dem Berge vor der Kirche beteten oder vom Berge herunterstiegen, sich in dem umliegenden Haine auf einmal ein solches Geräusch erhob, als wollten sich alle Bäume entwurzeln und in Bewegung setzen.

J. Prott, Pfarrer

458. Das seltsame Geräusch in der Mosel.

Zwischen Wormeldingen und Ahn befindet sich in der Mosel, nahe dem preußischen Ufer, eine kleine, mit Gras und Weidenholz bewachsene Insel, vom Volke Greng (Grün) genannt. Eines Abends kamen zwei Männer von Ahn nach Wormeldingen. Gegenüber dem Greng angekommen, vernahmen sie von der Insel her ein gewaltiges Krachen, dann ein Geräusch, als ob ein Haus zusammenstürzte. Zu gleicher Zeit hörten sie die Tritte eines Dritten, der neben ihnen einherschritt. Sehen aber konnten sie niemand. Dieses seltsame Geräusch und die Tritte des Unsichtbaren wurden auch von anderen öfters vernommen.

Lehrer Konert zu Hollerich

459. Das seltsame Krachen.

In den Weinbergen zwischen Wormeldingen und Ahn hört man öfters ein fürchterliches Krachen, gleich als wenn eine Bande nächtlicher Geister die Rebpfähle alle samt und sonders in kleine Stücke zerbräche.

Lehrer Konert zu Hollerich

460. Spuk beim Schwefelbur zu Dalheim.

Jemand, dem eine Kuh entlaufen war, ging sie in der Nähe des Schwefelburs suchen. Da hörte er lautes Schreien, wie wenn jemand geprügelt würde, was jedoch nicht der Fall war: das Geschrei kam nur aus der Luft.

Ein andermal hütete jemand dort die Kühe, als er etwas krickeln (leise krachen) hörte; er meinte, das Geräusch käme von den Kühen her. Doch bald ward aus dem Krickeln eine schöne Musik, die sich in die Lüfte erhob und in der Richtung nach Trintingen hin verschwand.

J.B. Klein, Pfarrer zu Dalheim

461. Die unsichtbaren Musikanten bei Pissingen.

Auf dem Banne von Pissingen hörte man jeden Abend kurz nach Son-
197 nenuntergang eine vollständige Musik über die Felder rauschen. Je weiter sie zog, desto mehr erhob sie sich in die Höhe, bis zuletzt die wundersamen Töne in den Lüften verhallten.

Lehrer Konert zu Hollerich

462. Nächtliche Musik zwischen Berdorf und Dillingen.

Zwei Berdorfer kamen in später Nacht von Dillingen. Als sie die Ernzer Brücke überschritten, erhob sich ein starker, unheimlicher Wind, welcher sich aber gleich wieder legte, und es begann nun die schönste und reizendste Musik. Sie blieben stehen und es schien ihnen, als wenn ein ganzes Orchester spielend über ihren Häuptern vorüberzöge.

Luxemburger Land, 1882, Nr. 9

463. Geisterhafte Musik bei Berdorf.

Auf dem Piedwege, einem Teile des Äsbaches bei Berdorf, sollen noch heute Gespenster umgehen. Mancher soll dort in der Nacht die schönste Musik gehört haben. Vor kurzem wollte ein Berdorfer gegen Mitternacht über den Piedweg zu seiner vom Dorfe weit entfernten Wohnung gehen. Als er aber eine Strecke weit im Walde war, wehte auf einmal eine unheimliche Luft, und es erklang die schönste und reizendste Musik. Voller Angst kehrte der Mann ins Dorf zurück, wo er übernachtete. Ebenso soll vor kurzem einem Berdorfer Schmiede etwas derartiges dort begegnet sein, so daß er sich äußerte, er würde es um keinen Preis wagen, des Nachts je wieder über den Piedweg zu gehen.

Luxemburger Land, 1882, Nr. 2

464. Der gespenstische Geiger.

Bei der Beforter Heide, den Bann von Bigelbach in einem Halbkreise umschließend, befindet sich der Gemeindewald von Reisdorf. In früheren Zeiten hörte oft der einsame Wanderer, wenn er um Mitternacht an diesem Walde vorbeikam, bald süße, lockende, bald wilde Melodien auf einer Violine erklingen. War er beherzt und wagte es, in die Finsternis einzudringen und auf die Stelle zuzugehen, woher die Töne kamen, so zogen diese sich gleichsam immer mehr zurück, bis Punkt ein Uhr der Zauber aufhörte und den ermüdeten Wanderer allein in dem sagenhaften Dunkel zurückließ.

Lehrer Rollmann zu Reisdorf

465. Die wunderbare Musik bei Eisenbach.

In der Gegend des Kohnenhofes, drei Viertelstunden von Eisenbach entfernt, ließ sich zuweilen nachts um die Geisterstunde die lieblichste Musik vernehmen. Mancher nächtliche Wanderer wurde von dieser seltsamen Musik überrascht. Trotz aller Nachforschungen konnte man die geheimnisvollen Musikanten nicht ermitteln.

Lehrer Quiring zu Untereisenbach

466. Die geheimnisvolle Musik bei Knaphoscheid.

Im »Bögener-Loch«, in der Nähe von Knaphoscheid, wird öfters zur Geisterstunde eine geheimnisvolle, schöne Musik gehört, ohne daß man einen Musikanten sehen kann.

198 Zollbeamter J. Wolff

8. Das wilde Heer

467. Das wilde Heer zu Rodingen.

Alte Leute aus Rodingen wissen noch zu erzählen, daß sie ehemals zu verschiedenen Zeiten des Jahres in der Luft fliegendes Feuer mit Musik wahrnahmen. Sogar am Allerheiligentage wurde diese Nachtmusik, auch Hexenmusik genannt, gehört.

»Hörst du nicht«, sagte eines Abends eine Frau zu ihrem Manne, »die herrliche Musik in den Straßen?« Der Mann lauschte und vernahm wirklich Musik und Gesang. Er öffnete sofort das Fenster und sieh, hoch in den Lüften kam ein großes Feuer dahergeflogen; mitten aus diesem Feuer ließ sich prächtige Musik und schöner Gesang vernehmen. Nachdem der Zug übers Haus dahin geflogen, öffnete der Mann eines der hinteren Fenster. Da sah er, daß über einem großen Weiher das Feuer plötzlich erlosch, und Musik und Gesang verstummten.

»Das wilde Heer«, sagte der Mann, »welches hier seinen Durchzug hielt.«

Lehrer P. Hummer

468. Das blaue Kreuz zu Kopstal.

Im Kehler Wege zu Kopstal befindet sich ein blaues Kreuz. Dort soll es unheimlich sein. Einst ging der Schullehrer abends spät an dieser Stelle vorüber. Plötzlich ertönte eine liebliche Musik hinter dem Kreuze. Der Lehrer bekreuzte sich und fing an zu laufen; allein die Musik verfolgte ihn bis ins Dorf hinein. Ein andermal sah er, daß das Kreuz Feuer spie. Er bekreuzte sich wieder und eilte davon. Auch diesmal verfolgte ihn das Feuer bis ins Dorf.

Lehrer Wahl zu Kopstal

469. Nächtliche Musik bei Bofferdingen.

Zwei Männer, von denen der eine aus Steinsel, der andere aus Müllendorf war, begaben sich eines Tages in den Grünewald in der Nähe von Bofferdingen, um dort Ruten zu schneiden zur Verfertigung von Hürden. Als sie abends nach Hause zurückkehrten, vernahmen sie in der Ferne eine himmlische Musik. Sie blieben stehen und hörten den Tönen zu, so lange sie andauerten. Plötzlich vernahmen sie links und rechts Geschrei und Peitschenhiebe; es war ihnen, als wären sie von einer Reiterei umgeben; sehen aber konnten sie nichts. Am anderen Morgen begab man sich zur Stelle, wo man die Musik gehört hatte. Anfangs entdeckte man nicht die geringste Spur, endlich, als man an einen Kreuzweg gelangte, fand man um eine große, mächtige Eiche, die in einem Winkel stand, deutliche Spuren von Menschentritten und man glaubte, hier habe das Gespenst am Tage vorher getanzt.

470. Höllischer Lärm in der Grosbuser Seitert.

Vor Jahren kam ein kräftiger Jüngling aus Schandel in später Nacht bei
hellem Mondscheine von Merzig. Um so bald als möglich in seine Heimat 199
zu kommen, schlug er einen Fußpfad ein, der durch das große Gebüsch zwischen Grosbus und Vichten führt. Schnellen Schrittes ging er auf dem holprigen Wege voran. Da auf einmal – es war bei der Grosbuser Seitert – tönten klägliche Laute an sein Ohr, die sich bald in ein höllisches Zetergeschrei verwandelten. Der Jüngling beflügelte seine Schritte, um diesem gräßlichen Spektakel zu entgehen. Aber der immer wachsende Lärm wurde bald so grell und furchtbar, daß er glaubte, die ganze Hölle sei los. Er klammerte sich an eine Buche, um das Ende dieses Getümmels

abzuwarten, denn voran konnte er nicht mehr. Er stierte um sich, erblickte aber nichts, während der entsetzliche Lärm über ihm und um ihn herum noch immer heftiger wurde. Die dichtbelaubten Buchen, die alten Eichenstämme, glaubte er, würden über ihm zusammenbrechen und ihn unter ihrem Geäste begraben. Unwillkürlich ließ er die Buche los, die er umfangen hielt, und irrte eine Zeitlang umher. Nach und nach nahm das Getöse ab und der Jüngling fand den rechten Pfad wieder, auf dem er so oft des Nachts gewandert war, ohne je solchen vermaledeiten Geisterspuk erlebt zu haben. Matt und müde kam er zu Hause an und sank totenbleich an der Schwelle nieder. Von diesem Tage an siechte der sonst so starke Jüngling hin und war bald eine Leiche.

An verschiedenen andern Stellen dieser waldreichen Gegend wurde diese schauerliche Musik gehört, aber nie wurde etwas gesehen.

471. Die geheimnisvolle Musik zu Biwisch.

An einem Sommerabend, als schon die Bewohner von Biwisch sich zur Ruhe begeben hatten, hörten diejenigen, welche noch wach waren, Trommelschlag durch die Luft sich dem Dorfe nähern. Am Himmel vernahm man die herrlichsten Töne und bald war alles voll himmlischer Musik. Es schien mehreren, als bewege sich ein ganzes Heer in der Luft. Mit Freuden lauschte man den außergewöhnlichen Tönen, bis dieselben im fernen Osten verklungen waren.

472. Das wilde Heer zu Mörsdorf.

A. Es ist noch nicht gar lange her, da bestand noch der Brauch, daß die Knechte, wenn sie mit den Pferden den ganzen Tag gepflügt und geackert hatten, diese abends auf die Weide trieben. Zu Mörsdorf trieb man die Pferde auf die Schierener Wiese, wo das Schierener Bräutchen nächtlich als Geist umgeht.

Einst gegen Mitternacht schliefen die Knechte, in ihre wollenen Decken gehüllt. Nur der Großknecht und das kleine Hanneschen wachten noch und plauderten zusammen. Da auf einmal ertönte aus der Tiefe des Waldes ein Geschrei, das dem Gebell eines Hundes sehr ähnlich war. Der Großknecht rief: »Hanneschen, duck dich, mein kleines Hündchen kommt.« Das Bübchen, mehr aus Furcht als aus Gehorsam, war eilends unter der wollenen Decke verschwunden. Alsbald entstand ein Geräusch,
200 daß man meinte, es sei ein Schwarm Reiter im Anzuge, und alle Knechte, bereits wach, ergriffen die Flucht; nur das kleine Hanneschen wagte sich

nicht unter der Decke hervor. Der Großknecht war für den Kleinen voll Besorgnis. »Ach Gott!« dachte er, »der kleine Schelm liegt da, verlassen und allein, und die galoppierenden Rosse werden wahrscheinlich seinem Leben ein Ende machen.« Aber o Wunder! als der Tag graute, fand er den Knaben unversehrt auf der Wiese; nur war seine Decke sowie die aller übrigen Knechte abhanden gekommen. Lange suchte er nach den Decken und fand sie endlich ganz durchnäßt und ausgebreitet unweit der Sauer.

B. Ein Mann aus Mörsdorf kehrte einst gegen elf Uhr abends aus Wasserbillig nach der Heimat zurück. Von der Reise ermüdet und in tiefes Nachdenken über seine Geschäfte versunken wanderte er die Straße dahin. Als er bei der Schierener Wiese angelangt war, vernahm er seltsame, geheimnisvolle Töne und unter tausend Stimmen unterschied er eine, die wie eine schaurige Klage zu ihm herübertönte. Ein kalter Schauer überlief den Wanderer, denn je näher er dem Kahlenberg kam, desto deutlicher vernahm er den gespenstischen Wehruf. Zuletzt glaubte er nicht anders, als der ganze Wald sei in Bewegung. Es entstand nämlich ein gewaltiges Rauschen und ein furchtbares Getöse, ja, der Mann hörte das Rollen von ungeheueren Felsmassen, die einstürzten; das tönte so dumpf und hohl zu ihm herüber und es war ihm, als ob Tausende von Fässern daselbst herunterpolterten; ferner vernahm er den Galopp von zahlreichen Pferden, die über die Fläche dahinsausten. »Mein Gott!« seufzte er, »wie werden die höllischen Unholde unsere Saaten und unsere Kornfelder zurichten! O ihr armen Einwohner meiner Heimat, wie werdet ihr morgen euere Felder vernichtet finden!«

Wie ein Lauffeuer war am folgenden Morgen dieser fürchterliche Vorfall in Mörsdorf bekannt. In Begleitung vieler Einwohner von Mörsdorf eilte der Mann hinaus, um den unberechenbaren Schaden zu sehen, den die nächtlichen Unholde angerichtet, doch fand er nicht ein einziges Hälmchen der bald reifen Ähren geknickt.

473. Der Geisterspuk beim Läuteschbösch.

Auf dem Banne Rosport über dem Abhange des sogenannten Läuteschbösch und hart an dem Pfade, der von Rosport nach Girsterklaus hinaufführt, steht ein altes, mit grauem Moos bedecktes, steinernes Kreuz, bei welchem es früher, wie die alten Leute aus Rosport und Umgegend berichten, nicht geheuer gewesen sein soll. In der Nähe dieses Kreuzes entstand nämlich zu gewissen Zeiten um Mitternacht ein unheimliches

Sausen und Brausen, dessen Entstehen man sich nicht erklären konnte.
Es war, als ob die dicksten Buchen zerspalten und der ganze Wald entwurzelt würden. Der Spuk setzte sich den ganzen Abhang des Läutesch-
201 bösches hinunter und über die am Fuße desselben liegenden Felder fort
und verschwand an dem zwischen Hinkel und dem Hölteberg gelegenen
Wehrhäuschen in der Sauer, deren Fluten sich mit Gewalt auseinander-
teilten und so heftig zischten, daß sie schäumend in die Höhe spritzten.

Ein Mann aus Rosport, der in später Nacht nach Hinkel ging, vernahm, als er unten am Fuße des Läuteschbösches vorüberging, ein unheimliches Getöse, welches sich oben auf dem Berge bei besagtem Kreuze erhob. Es kam immer näher und näher den Berg herunter, sauste über seinem Haupte hinweg und verschwand unten am Wehrhäuschen in den schäumenden und tobenden Fluten der Sauer. Als der Mann nun erschrocken und verlegen um sich blickte, sah er zu seinem noch größeren Entsetzen an jener Stelle, wo seit dem Jahre 1872 ein Kreuz errichtet ist, sechs häßliche kohlschwarze Katzen am Wege liegen.

Auch andere Leute, die in tiefer Nacht von Rosport nach Hinkel gingen, vernahmen dasselbe gespensterhafte Getöse im Läuteschbösch, sahen aber, statt der sechs schwarzen Katzen, am Wegesrand ein Fuderfaß unter furchtbarem Geräusch den Berg herunterrollen.

Lehrer M. Bamberg zu Steinheim

474. Luftige Gespenster bei Rodt.

Zwischen Rodt und Berg, im Kanton Grevenmacher, im Ort genannt Banzelt, soll vorzeiten ein Galgen gestanden haben. Daselbst ist es nächtlicherweile nicht geheuer; oft hat man dort Gespenster durch die Luft ziehen sehen, die ein schreckenerregendes Geräusch verursachten.

475. Die himmlische Prozession zu Leudelingen.

Vor etwa fünfzig Jahren soll zu Leudelingen die uralte Prozession am Kirchweihfest, Kreuzerhöhungstag, den 14. September, wegen Mißbräuchen abgeschafft worden sein. Nun wird erzählt, daß zu derselben Zeit, wo sie gewöhnlich stattgefunden, der Hirt des Dorfes, der auf dem Felde in einiger Entfernung von Leudelingen seine Herde hütete, die Prozession über das Dorf hinweg am Himmel habe dahinziehen sehen.

Auch sollen, nach der Meinung des Volkes, am Abend desselben Tages alle Gespenster umgehen.

476. Das nächtliche Konzert.

Auf der eine Viertelstunde von Brachtenbach entfernt liegenden Mühle wachten die Mühlenbewohner bei der Leiche ihres Kindes. Gegen Mitternacht ertönte plötzlich vor dem Stubenfenster eine himmlische Musik, welche beinahe zwei Stunden dauerte. Sobald der Tag anbrach, trat der Mann vor das Haus, und da sah er in dem weichen Boden unter dem Stubenfenster die Fußspuren vieler Kinder eingedrückt.

Greg. Spedener 202

477. Geisterspuk beim Düdelinger Häuschen.

In der Nähe von Düdelingen steht eine Kapelle, welche man das Düdelinger Häuschen nennt. Dort spukt es jedes Jahr in einer gewissen Nacht. Einst, es war gerade jene gespenstervolle Nacht, ging ein Mann aus einem der umliegenden Dörfer, der von dem Spuk nichts wußte, an der Kapelle vorbei. Plötzlich kamen die Gespenster heran: vorne ein Trompeter, mit blauen und roten Bändern geschmückt, dann Reiter ohne Köpfe auf weißen Pferden und andere gespensterhafte Erscheinungen.[1]

478. Die Bockreiterei.

Vor langer Zeit, als die Geister und Gespenster noch ihren tollen Spuk trieben, und der einsame Wanderer, sobald die Nacht anbrach, ängstlich dem heimatlichen Herde zueilte, da gab es besondere Nächte, in denen die Gespenster vollkommene Freiheit über die Wanderer hatten; solche Nächte waren die Thomasnacht, die Matthäusnacht, die Sylvesternacht u.a.m. Es waren Unglücksnächte, in welchen die Geister ihre Opfer verlangten. Auf allen Straßen und Kreuzwegen zogen dann die auf Böcken reitenden Geister in endlosen Scharen dahin und wehe demjenigen, der

1 Von Mitternacht bis gegen zwei Uhr gehen die meisten Geisterwanderungen vor sich. In Gruppen, einzeln oder in langen Zügen, werden die Geister dem menschlichen Auge sichtbar, indem sie Gestalten annehmen wie Fische und Frösche mit breitem Maul, Eidechsen und Skorpione von gewaltiger Größe, oft auch wie Dreifüße, Besen, Affen, Matronen, Dirnen, Burschen usw. Wer einen solchen Zug bei Nacht antrifft, soll ihm möglicherweise auszuweichen suchen, um ihn auf seinem Weg nicht zu stören; denn schon oft sind Leute in solche Züge oder Reigen hineingeraten und konnten sich nur mit knapper Not retten; andere aber sind seither spurlos verschwunden.

Lehrer N. Biver zu Remich

sich dann ins Freie wagte, es sei denn, daß er unter einem am Wege stehendem Kreuze saß, in welchem Fall der Geistertroß keine Gewalt über ihn hatte.

Bei Brachtenbrach, auf dem Wege zur Mühle, steht noch heutzutage ein hölzernes Kreuz, dem nun aber die Seitenbalken fehlen. Unter diesem Kreuz sollen in solchen Geisternächten viele die vorüberziehende »Bockreiterei« gesehen haben. Allen voran ritt ein gehörnter Geist auf einem bärtigen, häßlichen Tier, dann folgte in wirrem Durcheinander der übrige Geistertroß nach.

Noch jetzt soll es bei dem Brachtenbacher Kreuz nicht geheuer sein. Vor kurzem noch kam ein Mann da vorbei, der zur Mühle wollte. Als er in die Nähe des Kreuzes kam, sah er beim hellen Mondlichte vor sich einen dunkeln Gegenstand quer über dem Weg liegen, wodurch dieser ihm versperrt war. Der Mann geriet in Angst, nahm einen Anlauf und setzte mit einem Sprung über den dunkeln Gegenstand hinweg. Plötzlich
203 krachte es hinter ihm, wie wenn ein Mühlstein vom Himmel heruntergefallen sei. Der Mann wagte nicht umzublicken, sondern lief spornstreichs nach Hause.

Greg. Spedener

479. Geheimnisvolle Musik auf Pirmesknapp.

Im Ösling erzählt man fast von allen Stellen, wo Tempelschlösser gestanden haben, daß man dort von Zeit zu Zeit eine wunderliebliche Musik in der Luft vernommen habe. So über dem Tempelschlosse in der Hûscht bei Harlingen und auf dem Löschkapp bei Kehmen. Dasselbe ist auch der Fall bei dem Tempelherrenschlosse auf dem Pirmesknapp.

Ein gewisser Johann Brenner hütete einst in der Nacht die Ochsen in Lûschent oder Lâschent ganz in der Nähe des Pirmesknapp. Da hörte er plötzlich eine schöne, geheimnisvolle Musik, wie er sie nie vernommen hatte, über Lûschent in der Luft erklingen. Sie kam immer näher und zog dem Pirmesberge zu. Als sie über seinem Haupte schwebte, blickte er in die Höhe, konnte aber nichts sehen. Da faßte ihn ein Grausen, und er eilte in einem Atem nach Hause. Dort erzählte er seiner Frau das Vorgefallene. »Hast du denn auch das Kreuz über die Ochsen gemacht?« fragte schnell die Frau. Als der Mann das verneinte, sagte sie: »Dann wird wohl der eine da, der andere dort an einem Baume hangen. Denn das war ja Hexenspuk!« Am frühen Morgen jedoch fand der Mann die Ochsen unversehrt.

Auch oben am Friekbüsch ist eine wunderbar-lieb liche Musik vernommen worden, die wie ein langer, geheimnisvoller Vogelschwarm durch die Lüfte zog. Sie schien vom Krenkelter Banne herzukommen und schwebte in der Richtung nach dem Pirmesberge hin.

J. Prott, Pfarrer

480. Das wilde Heer zu Wilz.

Früher bestand der Brauch, daß die Bauernburschen nachts mit den Pferden auf die Weide hinausfuhren. Nun waren zu Wilz eines Bauern Knechte während der Nachtweide wiederholt derart in Schrecken gesetzt worden, daß keiner mehr die Pferde draußen während der Nacht hüten wollte. »Petter«, rief des Bauern Töchterlein, »so fahre ich mit den Pferden hinaus.« Der Bauer war es zufrieden und beschloß, während seine Tochter die Hut der Pferde hatte, etwas tiefer im Tale zu mähen. Auf einmal hörte er oberhalb des Wiesengrundes, in dem er mähte, aus der Gegend her, wo die Pferde weideten, eine herrliche Musik erschallen. Schnell lief er zur Stelle hin, und als er Töchterlein und Pferde vor sich hatte, machte er das Kreuzzeichen über sie und den Wiesengrund. Als nun die musizierenden Gespenster bis fast zu ihnen herangekommen waren, konnten sie nicht vorwärts. Da erscholl aus dem Troß der Ruf: »Vorwärts, marsch!« Aber alle riefen: »Es ist ein Zunk (Zaun) hier!«

Die Pferde waren alle mit gesträubter Mähne zusammengelaufen. Als
der Petter nun zu seiner Tochter kam stand das unbändigste Pferd mit 204
allen vieren über seinem Kinde, das noch immer angstvoll in seine Decke gewickelt dalag und dem das wilde Tier nichts zuleide getan hatte.

481. Die musizierenden Luftwandler zu Mamer.

Ein Mann aus Mamer begab sich zur Mitternachtsstunde in den nahen Hirenbüsch, um Holz zu holen. In Paffenbruch, dicht an der Arloner Straße, angelangt, hörte er nach dem Juckelsbüsch hin eine liebliche Musik, deren Töne immer näher zu kommen schienen. Der Mann bezeichnete sich in seiner Angst mit dem Zeichen des hl. Kreuzes, und im Nu zischten die Gespenster über ihn hinweg nach jener Richtung des Waldes hin, welche man Kuhbrück nennt.

Lehrer Ries zu Mamer

9. Geisterreigen

482. Der Geistertanz bei Mörsdorf.

Bei Mörsdorf befindet sich das sogenannte Heerendriésch, begrenzt an zwei Seiten von dem großen Heerenwald, anderseits von einem Moor und der Sordorfer oder Sardorfer Wiese. Einige Bewohner von Mörsdorf behaupten, hier habe in uralten Zeiten ein Dorf gestanden; auch finden sich Spuren davon und man behauptet sogar, das Schierener Bräutchen habe daselbst ihr Schloß gehabt.

An diesem Ort soll in der Mittagsstunde ein Reigentanz von unsichtbaren Geistern aufgeführt werden.

Der Ort war der Lieblingsaufenthalt der Schäfer, die sehr oft daselbst im Schatten der hohen Eichen und sonstiger Bäume pferchten.

Einst an einem schwülen Tage des Heumondes pferchte dort ein Schäfer von Giwenig mit einer nicht geringen Anzahl Schafe. Um die Mittagsstunde, als eben Hirt und Schafe der Ruhe pflegten, wurden sie plötzlich durch ein Zittern des Erdbodens aufgeschreckt. Dasselbe wurde immer stärker, ja die Luft schien bewegt, der Schäfer vernahm ein tanzähnliches Schwirren. Dies wurde immer stärker, so daß zuletzt der Erdboden erdröhnte; er hörte weiter das Galoppieren von Rossen, die sich im Kreise drehten. Der Schäfer, so sagt man, habe erzählt, die Schafe hätten gezittert wie Espenlaub; er selbst habe sich eines tiefen Erbebens nicht erwehren können. Sogleich habe er den Ort verlassen und nie mehr daselbst gepfercht.

Dasselbe erlebten, wie die Mörsdorfer erzählten, auch Schulknaben, die im Heerenwalde Vogelnester suchten.

483. Nächtliche Tänzer zu Rodingen.

Da, wo das wilde Heer seine nächtlichen Durchfahrten zu Rodingen hielt und sich dann niederließ, hielt es auch seine Tänze, Hexentänze genannt;
205 denn das Wodansheer bestand aus lauter Hexen, wie die Leute sagten. Diese Hexentänze waren auch von Trinkgelagen begleitet.

Hinter den Gärten von Nieder-Rodingen befindet sich ein Ort, Erzwäsch genannt, wo ehedem Erz gewaschen wurde. Einst hatte sich das wilde Heer diesen von Hecken und Bäumen umgebenen und also ziemlich verborgenen Ort zu seinen nächtlichen Tänzen erwählt. Ein Mann, der abends nach Rodingen zurückkehren und eben die Erzwäsch überschreiten wollte, sah plötzlich das Wodansheer, welches beschäftigt war, zu trinken, zu tanzen und sich lustig zu machen. Da er bemerkt worden war, winkte man ihm, näher zu treten. Und nun mußte er mittrinken; nur sehr ungern trank er ein Glas Bier. Dann umfaßten ihn die Hexen – denn nichts anderes kann es gewesen sein – und drehten ihn im Kreisel herum, bis er die Besinnung verlor. Dann ließen sie ihn los. Als der Mann aus seiner Besinnungslosigkeit erwachte, war von dem wilden Heer nichts mehr zu sehen.

Lehrer P. Hummer

484. Nächtlicher Tanz.

Zwischen Düdelingen und Peppingen, bei den vier Herrenmarken, standen zwei Grenzaufseher nachts auf Posten in geringer Entfernung voneinander. Bald hörten sie eine schöne Musik, die immer näher kam. Die geheimnisvollen Musiker schlossen um den einen der Grenzaufseher einen Kreis, stimmten einen Walzer an und tanzten mit höllischem Geschrei. Als der Walzer zu Ende war und die Musik ausgeklungen, verschwanden auch die unsichtbaren Tänzer plötzlich wieder. Da eilte der geängstigte Grenzaufseher zu seinem Kameraden, allein dieser war entflohen. Er ging ins Dorf zurück, wo beide wohnten, und rief an dem Hause seines entlaufenen Kameraden. Dieser riß ein Fenster auf und fragte wie sinnverwirrt auf alles, was jener sagte, nur: »Was haben sie gesagt?«

485. Gespenstische Tänzer zu Böwingen.

Ein Mädchen von Pratz diente als Magd zu Böwingen an der Attert in einem Bauernhause. Eines Sonnabends, als das Mädchen schon längst eingeschlafen war, wurde es durch eine wunderschöne Musik geweckt. Die Musik kam aus dem Garten her, welcher vor des Mädchens Schlafzimmer lag und mit Werg bepflanzt war. Das Mädchen eilte zum Fenster und erblickte eine große Anzahl Manns- und Weibspersonen, welche nach dem Takt der Musik sprangen und tanzten. Lange dauerte der sonderbare Tanz, sogar an das Fenster des Schlafzimmers klopften die gespenstischen Tänzer, daß es der Magd angst und bange ward und sie sich bis über den Kopf in die Decken hüllte. Sie bedauerte sehr, daß nun das schöne Werg im Garten ganz zertreten werde. Des anderen Tages aber, als die Leute des Hauses auf die Erzählung des Mädchens hin in den Garten gingen, um nach dem Werg zu sehen, fand es sich, daß auch nicht ein einziger Halm zertreten war. 206

486. Geistertanz auf dem Ernzerberg.

A. Bei der großen Grûocht, »Groußgruocht«, auf dem Ernzerberg hatte ein Mann aus Echternach seine Schmiede, wo er oft nachts um elf und zwölf Uhr noch arbeitete. Eines Abends kam eine Schar Männer und Weiber über die Tür herunter in die Schmiede, sprangen in die Stube des Mannes und tanzten dort nach dem Takt einer wunderschönen Musik, die sie bei sich hatten. Sie sprachen nicht, winkten bloß dem Schmiede, zu ihnen zu kommen und mit ihnen fröhlich zu sein. Wem aber die Lust zur Arbeit und mehr noch zum Tanze verging, das war der Schmied, denn ihm »graulte« und bangte sehr.

Da trat eine schöne Jungfrau zu ihm und gab ihm einen prächtigen Apfel, den er aber beiseite auf den Herd stellte, wo er ihn morgens ganz verbrannt wiederfand.

Als die Geister mit Tanzen aufhörten, stiegen sie über die Türe wieder hinaus und sausten durch die Luft über die Spitze des Berges.

Seit jener Zeit arbeitete der Schmied nicht mehr in seiner Werkstatt, doch sollen andere Leute nachts noch oft eine schöne Musik bei der Grûocht gehört oder eine schöne, weißgekleidete Jungfrau, durch den Klee laufend gesehen haben, deren Spuren man oft im Klee bemerken konnte.

N. Gonner

B. Von grünem Eppich umwoben und von duftenden Rebengewinden überhängt, stehen, nahe bei »Groußgruocht« die Überreste einer alten Schmiede. Vor nicht gar langer Zeit arbeitete hier ein rüstiger Schmied, der überall als ein wackerer, treuer und furchtloser Mann galt.

Einst hatte er eine besonders dringende Arbeit zu vollenden und arbeitete unverdrossen fort bis um Mitternacht. Es war eine schöne Julinacht; deshalb trat er nach beendigter Arbeit ein wenig vor die Schmiede, um sich vor dem Schlafengehen in der freien Luft zu erholen. Da horch – ein wundersames Klingen, entzückende Melodien drangen aus dem Innern des Berges an sein lauschendes Ohr. Wie durch einen Zauber fühlte er sich in seine Werkstätte hineingezogen, und sieh – aus einer Spalte im Hintergrund, von dem er nie eine Ahnung gehabt, entschwebten geisterhafte Gestalten, umhüllt von luftigen, schneeweißen Gewändern und umflossen von blendendem Lichtschimmer. Ein berauschender Wohlgeruch erfüllte den ganzen Raum. Wie von unsichtbaren Händen getragen, umschwebten die Phantome singend den Schmied, der sich von einem süßen, lieblichen Traume umfangen glaubte.

Plötzlich zeigten die Gestalten während des Singens auf die gähnende Spalte, als wollten sie dem Schmiede bedeuten, er solle eintreten; dieser jedoch hatte schon öfters von boshaften Berggeistern gehört und hielt es nicht für unmöglich, daß auch er jetzt von solchen geneckt werde. Darum, obgleich von einer fast unbezwingbaren Macht nach der Spalte hingedrängt, ermannte er sich, riß sich los von der Gewalt des Zaubergesanges und eilte aus seiner Schmiede fort, den Bergeshang hinunter. Als 207
er am anderen Morgen sich zagend wieder in seine Werkstätte hineinwagte, war die Spalte verschwunden und keine Spur verriet mehr den nächtlichen Spuk.

Tourist, Nr. 13

487. Der tanzende Geisterschwarm bei Hosingen.

Ein Schmied aus Hosingen begab sich einst mit seinen zwei Söhnen in einen Wiesengrund, Käschbich genannt, um dort Kohlen zu brennen. Da sie mit dieser Beschäftigung einmal im Gange waren, mußten sie die Nacht über daselbst verweilen. Es wurde zu diesem Zwecke ein Nachtlager bereitet und eine Hütte errichtet. Als sie sich nun so in der Hütte auf das Lager hingelegt hatten, wurden sie gegen Mitternacht durch eine wunderschöne Musik geweckt. Auf einmal entstand im Wiesengrund ein großes Feuer und sogleich begann das Tanzen und »Juxen« einer fröhlichen Gesellschaft, welche um das Feuer herum war. Diese Gesellschaft zechte und jubelte laut auf. Die beiden jungen Burschen wollten aus der Hütte hinzulaufen, um zu sehen, was da wohl vorginge. Der Vater aber hielt sie mit Gewalt zurück. Der eine Bursche jedoch konnte seiner Neugierde nicht widerstehen und trat vor die Köhlerhütte. Aber was geschah? Er ward lahm an einem Bein und behielt dies bis zu seinem Tode. Um zwölf Uhr erlosch das Feuer und die ganze Gesellschaft flog durch die Luft den Berg hinauf mit einem Geräusch, als wenn ein großer Schwarm Raben emporflöge.

Am andern Tage ging der Vater mit den Söhnen hinaus, um den Tanzplatz zu besichtigen; und sieh! kein Halm Gras war mehr sichtbar. Der Vater sprach zu seinen Söhnen: »Das war ein Hexentanz.«

488. Schwärmende Geisterschar bei Esch an der Sauer.

Blamer von Esch an der Sauer, ein alter Chorsänger, kam in später Nacht von Gösdorf. In der Schlierbâch angekommen, wurde er plötzlich von Herren und Damen umringt, welche sich im tollsten Rundtanze um ihn bewegten. Auf der Anhöhe bei Kötschleitges-Kreiz umarmten sie ihn und zwangen ihn, mitzutanzen, und tanzend begleiteten sie ihn bis zum Ort, genannt »d'Holz«. Dort fing er in seiner Angst an, das Te Deum zu singen, und in demselben Augenblick waren Tänzer und Tänzerinnen verschwunden.

Lehrer Schlösser zu Esch a.d. Sauer

489. Tanzender Geisterschwarm bei Esch an der Sauer.

Als ein Mann, namens Baupetesch Petgen aus Esch an der Sauer, welcher bei einer Hochzeit zu Tadler aufgespielt hatte, auf seinem Heimweg in der Bidenschicht, einem an dem Sauerfluß ein halbes Stündchen unterhalb Esch gelegenen Orte, angelangt war, kam ein Herr mit einer großen Anzahl Damen dahergesprungen, welche dem Musikanten eine Strecke Weges folgten. Im Putzberg angekommen, forderte ihn der Herr auf, zum Tanze aufzuspielen. Der Mann entschuldigte sich, indem er sagte,
208 das Erklettern des steilen Berges ermüde ihn zu sehr, sie möchten warten, bis sie die Anhöhe erreicht hätten. Sobald er aber den Fuß auf den Ranker Knapp gesetzt hatte, mußte er seine Geige hervorziehen und spielen. Der geheimnisvolle Herr tanzte nun mit seinen Begleiterinnen ohne Unterbrechung, so daß dem Geiger bald der Arm erschlaffte. Da das Tanzen kein Ende nehmen wollte, ging er in die Melodie des Veni Creator über, indem er die Töne der Geige mit Gesang begleitete. Da gerieten die Tanzenden erst recht in Wut, sie sprangen und hüpften, aber in entgegengesetzter Richtung wieder den Berg hinunter, dem Putzbach zu, woher sie gekommen waren. Der Geiger spielte und sang, bis er nichts mehr von ihnen sah noch hörte, und eilte dann nach Hause.

209 Lehrer Schlösser zu Esch a.d. Sauer

VI

Geheimnisvolle Tiere

1. Schlange und Kröte

490. Feurige Schlange zu Esch an der Alzet.

Vor etwa fünfzehn Jahren soll jemand eine feurige Schlange über das Schloß zu Esch an der Alzet fliegen gesehen haben.

491. Rätselhafte Schlange zu Esch an der Sauer.

Es kam oft vor, daß man zu Esch an der Sauer im alten Bitzenhause eine Schlange auf dem Küchenschrank liegen fand. Sobald man dieselbe dann auf den Boden warf, war sie plötzlich verschwunden.

Greg. Spedener

492. Die Schießschlangen.

Daß es ehemals Schießschlangen gegeben, muß wohl seine Richtigkeit haben, denn bei Rodingen befindet sich ein Ort, wo sich solche aufhielten; viele Rodinger haben sie gesehen und man spricht noch heute davon wie von einer ausgemachten Sache. – Der Ort, wo sich diese Schlangen aufgehalten, liegt im Rodinger Walde, unterhalb dem Fond de Graas. An dieser Stelle des Waldes, »in den Krunpren« genannt, entspringen viele reine Quellen und unter sanftem Geriesel rollen sie ihre Wasser den Berg hinab und führen sie dem Bächlein im Tale zu, welches sie alle miteinander aufnimmt und weiterführt.

Die Schießschlangen, welche viel länger waren als die übrigen Schlangen, hielten sich gern an solchen Orten auf, wo sie helles Wasser und kühlen Waldesschatten fanden; denn sie mußten Wasser haben, um sich von Zeit zu Zeit darin zu baden. Hier hatten sie das eine und das andere.

Dort wurden sie oft gesehen von denjenigen, welche durch den Wald gingen oder darin Holz sammelten, wie sie sich wuschen und ihre Sprünge machten, sich auf die Bäume schwangen und sich dann herunterließen, um sich wieder hinaufzuschwingen.

Was das Wunderbarste aber war, die Schießschlangen hatten goldene Kronen auf dem Kopfe, was sie besonders schön erscheinen ließ, denn auch ihr übriger ganzer Körper war mit schönen, buntfarbigen Ringen bedeckt. Daß diese Krone nicht aus einem hellschimmerndem, farbigem Ringe bestand, den sie um den Kopf hatten, geht daraus hervor, daß
213 nach der Aussage der Alten sie diese Krone ablegen konnten. Besonders taten sie dies beim Baden. Sie legten dann die Krone auf einen Stein, um sie nach dem Bade wiederaufzusetzen. Jedoch konnten sie nicht lange ohne dieselbe sein. Wurde die Krone entwendet, so trauerte die Schlange drei Tage lang, lief wütend umher und am dritten Tage nahm sie sich, wenn sie die Krone nicht wiederfand, das Leben, indem sie den Kopf an einen Stein oder an einen Baum schlug, bis sie leblos niedersank.

Einmal war es einer Frau gelungen, sich einer dieser Kronen zu bemächtigen. Am dritten Tage fand man die Schlange mit zerschelltem Kopfe an dem Steine liegen, worauf sie ihre Krone niedergelegt hatte.

Ohne Flügel konnten diese Tiere in der Luft fliegen und zwar mit der Schnelligkeit eines abgeschossenen Pfeiles. Daher auch wohl ihr Name: Schießschlangen. Wenn etwas Lebendes vor der Schlange in der Luft daherflog, wie z.B. ein Vogel, so flog er ihr in den Rachen. Durch eine geheimnisvolle, ihr innewohnende Kraft zog die Schlange ihn an.

Mit den Drachen hatten die Schießschlangen das gemein, daß sie lange Feuerstrahlen aus ihrem Rachen vor sich hersandten, wenn sie hoch in den Lüften daherflogen.

Lehrer P. Hummer

493. Die beraubte Schießeschlange.

Ein Mann hielt mit Kühen bei einem Moor. Da kam eine Schießeschlange dorthin trinken. Der Mann sah ihr nach, wie sie den Diamanten, den sie auf dem Kopfe trug, ablegte, sich im Moor badete und trank. Als die Schlange in der Mitte des Weihers war, lief der Mann hin, nahm den Diamanten, trieb eiligst die Kühe zusammen und nach Hause. Als die Schlange aus dem Wasser kam und den Diamanten nicht mehr fand, eilte sie dem Manne ins Dorf nach bis vor sein Haus. Der Mann schlug schnell die Türe zu; aber die Schlange gebärdete sich so wütend, daß allen im Hause bange wurde; denn sie hätte alles ums Leben gebracht. Der Mann warf den Diamanten zum Fenster hinaus, die Schlange nahm ihn ins Maul und entschwand.

494. Die beraubte Schießunke.

In der Umgegend der Schoreburg bei Eschet hatte sich ein armer Holzhacker in dem Schatten eines Baumes niedergelassen um sein Mittagsschläfchen zu halten. Plötzlich wurde er durch ein Geräusch und Geschwirre aufgeweckt. Er schlug die Augen auf und sah über sich in der Luft eine Schießunke (Schießschlange) fliegen. Er verfolgte sie mit dem Blicke, ohne die mindeste Bewegung zu machen. Da sah er wie die Unke zu wiederholten Malen Gold in einen Pferdekopf trug. Nachdem der Holzhacker sich genau gemerkt, in wie langen Zwischenräumen die Unke wiederkehrte, machte er sich, als diese sich wieder entfernt hatte, auf, bemächtigte sich des Goldes und eilte davon. 214

Als die Unke zurückkehrte und sah, daß der Schatz gestohlen war, schlug sie so lange mit ihrem Kopf wider einen Baum, bis sie tot hinfiel. Hätte der Mann noch länger gewartet, so hätte die Unke noch viel Gold gebracht, aber es schien zu gefährlich, noch länger zu warten, aus Furcht, von der Unke entdeckt zu werden; denn bekanntlich durchbohren die Unken jedem Menschen, der sich ihnen entgegenstellt, das Herz. Wenn die Unke den Mann bemerkt hätte und auf ihn los gegangen wäre, dann wäre nur ein Mittel der Rettung übrig geblieben: die Axt mit dem Rücken an sein Herz zu legen, so daß die Schärfe der Unke zugewendet gewesen wäre. Die Unke hätte sich dann selber den ganzen Körper gespalten.

Das Gold aber, welches die Unke in den Pferdekopf getragen, war von derselben in der Schoreburg gestohlen worden.

495. Die goldbergende Schlange.

In der Nähe von Eschet stehen die Trümmer einer alten Burg, genannt Schùorelser Schlaß. Vor langer Zeit begab sich ein Bauer des Dorfes Eschet in die Nähe dieser Trümmer, um in seinen Wiesen zu arbeiten. Da hörte er ein Rascheln in einer Hecke und bemerkte eine Schlange, welche etwas unter einen dicken Stein legte; das tat sie drei- bis viermal. Der Bauer, neugierig darüber, was das Tier wohl unter dem Stein berge, schaute, als die Schlange sich wieder entfernt hatte, nach und fand einen Haufen Goldstücke. Nachdem er das Gold weggeschafft, versteckte er sich abseits, in der Erwartung, das Tier zurückkehren zu sehen. Gleich nachher erschien die Schlange wieder; als sie das Gold nicht mehr vorfand, zerschlug sie sich den Kopf an einem Stein. Der Bauer aber war durch das viele gefundene Gold ein reicher Mann geworden. Er kaufte viele Güter, so wie die Ruinen der Burg. Sein Name war R., und seine Enkel leben heute noch zu Eschet als reiche, begüterte Leute.

496. Schlange legt ihre Giftzähne ab.

Die Einwohner von Reisdorf konnten öfters eine große Schlange beobachten, welche sich durch das Gras der Sauerwiesen dahinschlängelte. An einer gewissen Stelle angelangt, hielt sie inne, legte ihre Giftzähne auf einen glatten Stein und stieg dann ins Wasser, um sich zu baden. Nach dem Baden steckte sie die Giftzähne wieder an ihren Platz und verschwand im Grase. Hätte sie diese Zähne mit ins Wasser genommen, so erklärte der Erzähler dieser Sage, so hätte ihr Gift seine Wirkung verloren.

Lehrer Rollmann

497. Ein seltsamer Säugling.

Einst ging eine Frau aus Rodingen in den Wald, um Kraut für ihre Kuh zu sammeln. Während sie das hohe Gras abriß und ihren Säugling an der Brust hielt, stieß sie auf eine junge Schießschlange. Da diese Tiere, nach der Aussage der alten Leute, immer große Lust nach Milch haben,
215 so sprang die Schlange der Frau rasch an den Busen und fing an zu trinken. Das Schlimmste aber war, daß sie nicht mehr davon ablassen wollte. Dies war der Frau äußerst lästig und sie mußte zuletzt einen Korb machen lassen, um die Schlange darin zu tragen, weil diese zu schwer war. Das dauerte lange Zeit. Da hörte man, diese Art Schlangen seien sehr vorwitzig; lasse man einen Schuß fallen, so werde sie wahrscheinlich den Kopf von der Brust der Frau entfernen, um umherzuspähen. Daraus beschloß man Vorteil zu ziehen.

Die Frau setzte sich hinter einen gewandten Reiter aufs Pferd und man ritt über die Brücke eines Flusses. Ein Mann hatte sich in einiger Entfernung mit einem geladenen Gewehr aufgestellt und schoß in diesem Augenblick sein Gewehr ab. Die Schlange reckte rasch den Kopf in die Höhe; aber sofort lag sie auch schon mit dem Korb im Flusse. Der Reiter eilte nun mit der Schnelligkeit des Windes davon, verfolgt von der Schlange, die sich aus dem Fluß herausgearbeitet hatte. Jedoch bevor dieselbe sie erreichen konnte, waren Reiter und Frau abgestiegen und in einem Hause geborgen. So war die Frau von dem unangenehmen Säugling befreit.

Lehrer P. Hummer

498. Die Schlange und das Kind.

In der Obergasse zu Rodingen trug sich vor gar langer Zeit folgendes zu: Ein kleines Mädchen wollte keine andere Nahrung zu sich nehmen als Milch mit eingetunkten Brotschnitten; und jedesmal begab es sich mit seinem Milchnapf in die Hausflur.

Als aber der Winter herannahte und es anfing kalt zu werden, wollte man das Kind nicht mehr hinausgehen lassen, aus Furcht, es möchte sich eine Erkältung zuziehen. Da fing es heftig an zu weinen und sagte: »Dann bekommt mein Vili (Vögelein) ja nichts!« Und als das Kind fortfuhr zu weinen, ließ man es endlich mit seinem Milchnapf wieder hinausgehen, beschloß jedoch, es zu beobachten, um zu sehen, was es mit seinem Vili meine.

Das Kind begab sich hinaus, man folgte ihm. Es trat vor ein Loch, das sich in der Hausflur in der Mauer befand, und sieh! eine Schießschlange streckte sofort den Kopf heraus und fing an, mit dem Kinde Milch zu trinken. Das Kind streichelte sie, und die Schlange tat ihm nichts zuleide. Ja, es schlug sie sogar mit dem Löffel auf den Kopf und sagte: »Du trinkst immer bloß Milch und issest kein Brot; du mußt auch Brot essen!« Die Schlange ließ sich schlagen und fuhr ruhig fort, Milch zu trinken. Als die Schüssel leer war, zog sie sich in ihr Loch zurück.

Die Schlange mußte nun um jeden Preis getötet werden, denn niemand getraute sich mehr, vor die Tür zu gehen. Um die Schlange aus dem Loche zu locken, gab man dem Kinde abermals Milch und ließ es hinausgehen. Als nun die Schlange den Kopf herausstreckte und anfing, mit dem Kinde zu trinken, schoß ein gewandter Schütze ihr eine Kugel durch den Kopf, worauf die Schlange leblos zu den Füßen des Kindes niederfiel. Man nahm ihr die Krone und begrub den Körper. Aber auch das Kind
starb schon nach drei Tagen vor Gram und Leid; denn es konnte nicht 216
verschmerzen, daß man ihm sein Vili so grausam ums Leben gebracht hatte.

Lehrer P. Hummer

499. Gespenstische Kröte.

Auf Schloß Steinborn zu Heffingen ging die Köchin eines Tages in den Keller, um eine Flasche Wein heraufzuholen. Als sie die Treppe hinunterstieg, gewahrte sie auf einer Stufe derselben ein schneeweißes Lamm; sie nahm das Tier auf ihre Arme und trug es in den Schloßhof, in der Hoffnung, es werde weiterhüpfen. Doch kaum hatte dasselbe den Boden berührt, als es sich in eine Kröte von außerordentlicher Größe verwandelte. Die Dienstboten liefen auf das Geschrei der Köchin herbei und wollten das Untier töten. Aber ein bejahrter Schäfer, der das Gnadenbrot auf dem Schlosse erhielt, trat herzu und sprach: »Ich warne euch vor diesem Unternehmen, denn ich glaube, es geht hier nicht mit rechten Dingen zu. Da es eben zwölf Uhr ist, so möchte ich euch anraten, euer Mittagsmahl vorerst einzunehmen, und dann könnt ihr kommen und nachsehen.« Den Rat des alten Mannes befolgend, traten die Dienstboten erst nach der Mahlzeit wieder in den Hof, um ihr Vorhaben auszuführen, aber sieh, das Untier war spurlos verschwunden.

J. Bettendorf

2. Vögel

500. Eule bei Eisenbach.

Ein Schuster aus Eisenbach kam eines Abends, in Begleitung seines Gesellen, eines kräftigen, lebenslustigen Jungen, aus Gemünd (Preußen), einer zwanzig Minuten von Eisenbach gelegenen Ortschaft, wo beide den Tag über gearbeitet hatten. Als sie ungefähr die Hälfte des Weges zurückgelegt hatten, war es bereits so finster geworden, daß der Meister und Geselle nur mit Mühe den sich durch hohe Felsenwände dahinziehenden Pfad einhalten konnten. An der gefahrvollsten Stelle angelangt, vernahmen sie das Geschrei einer Nachteule, welches der mutwillige Geselle alsogleich nachahmte. Kaum aber war das Echo seines Schreies verhallt, so erhielt er mit flacher Hand einen so derben Schlag ins Gesicht, daß ihm die Augen funkelten und Mund und Nase bluteten. Der Meister verwies ihm seinen Leichtsinn mit den Worten: »In der Nacht geht man ruhig seines Weges.«

Lehrer Quiring zu Untereisenbach

501. Eule zu Oberanwen.

Auf dem »Ochsenkoppel« zu Oberanwen hörte man abends auf einem hohen Baum eine Eule schreien. Ein Vorübergehender ahmte den Schrei nach. Sogleich erhielt er einen derben Schlag auf den Nacken, ohne daß er jemand um sich gesehen hätte. 217

502. Das entführte Mädchen.

Eines Abends gingen zu Wintringen Mädchen, wie es in alten Zeiten Brauch war, zusammen in ein Haus spinnen. Unterwegs hörten sie das Geschrei eines Vogels. Ein Mädchen von ungefähr achtzehn Jahren ahmte das Geschrei nach. Kaum aber waren sie in der Stube, als ein gewaltig großer Vogel ans Fenster geflogen kam, dasselbe durchhackte, das Mädchen erfaßte und davonflog. Einige Zeit nachher fand man des Mädchens Kleider im Walde.

3. Hase und Kaninchen

503. Umgehende Hasen und Katzen.

Da, wo die Straße von Mompach-Mertert in die von Mertert-Wasserbillig mündet, soll in alten Zeiten ein Galgen gestanden haben, weshalb noch bis auf den heutigen Tag der Ort Richtershäuschen genannt wird (ob dem Rîteschhäuschen). Nachher errichtete man dort drei Kreuze, von denen das mittlere größer war als die beiden andern.

Dort soll es nicht ganz geheuer gewesen sein, denn der Ort ist wegen allerlei Spuk in übeln Ruf gekommen. Daselbst ging ein Gespenst unter allerlei Tiergestalten um und es gehörte nicht wenig Mut dazu, des Nachts oder schon bei einbrechender Dunkelheit dort vorbeizugehen.

Ein Mann, der spät in der Nacht aus Mompach von der Kirmes zurückkehrte, ging diesen Weg, ohne das mindeste von dem Gespenst zu wissen. Es war eine mondhelle Nacht. Als er bei den drei Kreuzen ankam, sah er zwei Hasen, die neben dem größeren Kreuz miteinander spielten. Er hob einen Stein auf und warf nach ihnen. Er glaubte einen derselben getroffen zu haben, trotzdem ließen sich die Hasen nicht stören. Er stieg die Böschung hinan, um sie zu fangen, und sieh! die Tierchen spielten ruhig fort, ohne sich um ihn zu kümmern. Er griff nach ihnen, da waren aus den Häschen zwei Steine geworden. Kaum war er wieder hinabgestiegen, so sah er auch schon wieder die Hasen miteinander spielen. »Das geht nicht mit rechten Dingen zu,« dachte der Mann, bekreuzte sich und eilte dem Dorfe zu. Da hörte er hinter sich ein Getrippel und wie er sich umdrehte und hinschaute, folgten ihm zwei außergewöhnlich große Katzen, so rot wie glühendes Eisen. Da fing der Mann an zu laufen, aber die Katzen sprangen ihm unter die Füße, so daß er jedesmal auf eine trat; dabei vernahm er ein Geräusch, als ob ein Dutzend Frösche quakten. So verfolgten ihn die Katzen bis zum Dorf, wo sie auf einmal verschwanden.

Jetzt, seitdem man die drei Kreuze abgerissen und dort eine Kapelle
218 errichtet ist, soll das Gespenst nicht mehr umgehen.

504. Der aufrechtgehende Hase.

Vor etwa fünfzig Jahren waren erwachsene Jünglinge aus Remich auf den Gròeknapp gegangen, um Vogelnester zu suchen. Wie sie auf den Bäumen saßen, sahen sie einen Hasen daherkommen, der in aufrechter Haltung wie ein Mensch einherging und pfiff wie ein Mann. Die Jünglinge blieben ängstlich auf den Bäumen sitzen, bis der Hase sich entfernt hatte.

505. Der rätselhafte Hase bei Sassel.

Einst lag am nordöstlichen Saum des Waldes zwischen Maulusmühle und Sassel nachts ein Jäger auf der Lauer. Schon wollte er nach langem, vergeblichem Harren seinen Standort verlassen, als er einen Hasen durch das Gefilde »gejaddert« kommen sah, gerade auf ihn zu. »Der kommt mir eben recht,« dachte er und machte sich schußbereit. Als das Wild bis auf Schußweite herangekommen war, spannte er den Hahn des einen Laufes. Doch nicht sobald hatte der Hase das Knacken des Gewehres gehört, als er in der eingeschlagenen Richtung vorwärts einen Sprung von drei bis vier Meter tat. Noch zweimal wiederholte sich dasselbe Manöver, indem auf das jeweilige Knacken des Hahnes ein Sprung des Hasen folgte. Zuletzt stand das Tier dicht vor der Mündung des Gewehres und schaute den Jäger mit großen Augen an. Letzterer wußte nicht, was er von diesem rätselhaften Benehmen des Hasens halten sollte, legte kleinmütig bei und schlich sich still nach Hause.

506. Der rätselhafte Hase bei Girst.

Zwei Männer, welche nachts den Hasen aufzulauern pflegten, begaben sich einst zu diesem Zweck in den Girster Wald nächst Dickweiler. Dort angekommen, nahmen sie Stellung in einiger Entfernung voneinander und nachdem sie eine Weile auf dem Anstand verbracht hatten, hörte der eine plötzlich ein Geraschel in den Hecken. Das Geräusch war höchst merkwürdig, denn es ertönte stets im »Sechsterschlag«. Obgleich es sich ihm allmählich näherte, so verließ er doch seinen Posten nicht, sondern wartete des Kommenden. Da sah er einen Hasen daherlaufen, der sich in seiner nächsten Nähe an einen Baumstamm setzte und ihn frech anblickte. »Wart«, dachte der Mann, »dir will ich aufhelfen!« und legte das Gewehr auf ihn an. Doch als er abdrückte, versagte es. Obgleich der Hase den Schützen bemerkt hatte, wich er doch nicht von der Stelle. Unser Mann drückte ein zweites Mal ab; aber vergebens: das Gewehr versagte auch diesmal, obgleich es sonst niemals versagt hatte. Der Mann sah ein, daß dies nicht mit rechten Dingen zugehen könne, verließ eiligst seinen Platz und wollte seinen Kameraden aufsuchen. Doch der war verschwunden; denn auch er hatte das geheimnisvolle Geräusch im Sechsterschlag gehört und den rätselhaften Hasen gesehen. Voll Angst hatte er Reißaus genommen und war nach Hause geeilt. 219

Oft wurde auch an dieser Stelle des Waldes etwas gesehen, das sich über den Boden hinbewegte wie ein rollendes Faß.

Lehrer P. Hummer

507. Der Hase auf dem Wittenberg.

Ein alter Jäger aus Mensdorf ging einst auf den Wittenberg auf die Jagd. Als er auf dem Berge angekommen war, gewahrte er einen Hasen und drückte auf ihn los. Der getroffene Hase fiel, sprang aber bald wieder auf und machte verschiedene Sprünge. Der Jäger schoß ihm eine zweite Ladung in den Leib, da wurde das Tier wütend und lief in den Wald, kam jedoch wieder zum Vorschein. Der Jäger gab ihm die dritte Ladung, worauf der Hase brüllend davon lief.

508. Der gespenstische Hase zu Reckingen.

Zwei Wilderer aus Reckingen (Mersch) gingen gemeinschaftlich ins Eischtal auf die Lauer. Eines Abends kam bei hellem Mondschein ein Hase, setzte sich vor dieselben hin und grinste sie scharf an. Kein Schuß traf den Hasen, der ruhig sitzen blieb. Das wiederholte sich auch am zweiten Abend. Am dritten Abend entstand um dieselbe Stunde ein entsetzliches Gepolter: von Hohlfels her kam ein großes Faß herangewälzt.

Beide Jäger kamen leichenblaß und zitternd zu Hause an und das Wildern war ihnen auf immer verleidet.

Lehrer Conrad

509. Wunderbare Hasen zu Kopstal.

Jäger aus Kopstal stießen oft auf Hasen, welche sie, obgleich sie dieselben mit sicherm Schuß so getroffen hatten, daß sie »das Rad schlugen«, dennoch nie bekommen konnten.

Lehrer Wahl

510. Der Hasentanz auf Merchen.

Ein Bauersmann von Wormeldingen ging eines Abends hinaus auf den Anstand. Als er an den Ort genannt »auf Merchen« kam, sah er sich plötzlich von einer Schar Hasen umringt, welche um ihn herum die possierlichsten Sprünge machten. Ehe der Jäger die Büchse anlegen konnte, kamen die Hasen dicht an ihn heran, beleckten seine Schuhe und schnurrten um ihn herum, daß es ihm recht unheimlich zu Mute ward. Hierauf stellte sich einer aus der Bande, der die andern an Größe weit überragte, auf die Hinterläufe, als wolle er Männchen machen. In einem Nu hatte die ganze Schar sich im Kreis um den Jägersmann aufgestellt, alle auf den Hinterläufen gleich ihrem Anführer, dem großen Hasen. Wie sie nun so dastanden, erhob dieser den rechten Vorderfuß und schlug damit den Takt zu einem Tanz, den seine Kameraden um den Weidmann herum in immer rascher werdender Bewegung ausführten. Wie lang dies gedauert haben mag, wußte der Jäger nicht anzugeben; denn ob der seltsamen Erscheinung war diesem so gruselig geworden, daß er die Augen zudrückte und regungslos dastand, bis ihn die fröstelnde Morgenluft wieder zur Besinnung brachte.

220 Lehrer Konert zu Hollerich

511. Der lahme Hase bei Monnerich.

Ein Mann aus Monnerich, der nicht viel nach der Kirche fragte, ging sonntags während der hl. Messe auf die Jagd. Als er nun eines Sonntags seinen gewohnten Gang machte, sah er einen lahmen Hasen. Er setzte ihm nach, konnte ihn aber nicht treffen. Als die Messe beendet war, drehte sich der Hase, welcher den Jäger so lange gefoppt hatte, um, setzte sich vor demselben nieder und schaute ihn ruhig an. Da gingen diesem die »dronken Ellen« aus, er packte ein und machte sich, ohne nach dem lahmen Hasen umzuschauen, nach Hause.

Luxemburger Land, 1883, Nr. 7

512. Der warnende Hase.

Ein Förster aus Vichten, dem es nicht darauf ankam, ob er sonntags oder montags auf die Jagd ging, jagte eines Sonntags während des Hochamtes. Seine Hunde hatten die Spur eines Hasen aufgefunden und schlugen ein lautes Gebell an. Eben verkündete die Glocke die halbe Messe, als plötzlich, wie aus der Erde gestiegen, keine zehn Schritte von ihm, ein Hase erschien. Schnell legte der Jäger an und nahm ihn aufs Korn. Da erhebt sich der Hase auf seine Hinterbeine und der Jäger hört deutlich die Worte: »Schieß mich nicht.« Bleich vor Schrecken, ließ der Jäger das Gewehr sinken und kehrte nach Hause zurück. Von dieser Stunde an ging er nie mehr sonntags auf die Jagd. Er stellte eine Donatus-Statue in der Kirche auf und fragte man ihn, wie es ihm auf der Jagd ergangen, so antwortete er: »Ich bin einmal sonntags auf die Jagd gegangen, aber ich werde es kein zweites Mal mehr tun.«

Die Statue befindet sich noch heute in der Kirche.

513. Der drohende Hase.

Ein Priester, vor langer Zeit Pfarrer in Eisenbach, war ein leidenschaftlicher Jäger. Eines Abends ging er in Wieweschbösch auf die Lauer. Bald ließ sich ein Häschen sehen, dann ein zweites, drittes, viertes, fünftes, sechstes und siebentes – ein ganzes Häuflein von Hasen. Der Pfarrer schoß mitten in das Häuflein. Als der Schuß fiel, suchten sechs Hasen das Weite, einer aber blieb sitzen und hob, o Wunder! die Vorderpfote drohend gegen den Pastor auf. Erschrocken eilte dieser schnell seiner Wohnung zu und ging seitdem nie mehr auf die Jagd.

Lehrer Quiring zu Untereisenbach

514. Der Hase im Juckelsbüsch bei Mamer.

Eines Sonntags, während des Hochamtes, waren ein Müller des Gaaschtgrundes zu Mamer und dessen Vetter in den Juckelsbüsch auf die Jagd gegangen. Während der Müller mit den Hunden jagte, stellte sich der Vetter am Saum des Waldes auf. Bald sah dieser einen Hasen auf sich zukommen; er feuerte die Doppelladung ab, aber das Tier fiel nicht und suchte auch nicht, sich durch die Flucht zu retten, vielmehr schaute es ruhig nach dem Jäger hin. Sodann floh der Hase vor den herannahenden Hunden, kam aber noch einmal zu dem Jäger zurück
221 und zwar so nahe, daß dieser ihn hätte schlagen können. Das Schrot des Doppelschusses prallte jedesmal wirkungslos am Pelz des Tieres ab. Dieses schien so wenig Furcht zu haben, daß es sogar das Papierläppchen, das als Überrest der Ladung auf den Rasen gefallen war beroch. Dasselbe Spiel trieb der Hase mit dem Müller. Zuletzt huschte er vor den Hunden in einen Strauch; die Hunde bellten diesen an, ohne sich jedoch hineinzuwagen. Schnell eilt der Müller hin, aber sieh! wie er den Strauch mit den Händen auseinanderteilt, steht vor ihm eine schöne Frauengestalt, den Blick zur Erde gesenkt und die beiden Hände auf der Brust gekreuzt. Dem herannahenden Vetter zeigt der Müller mit dem Finger die Erscheinung. Der Vetter will nach derem Begehr fragen, jedoch der Müller gestattet es nicht. Beide zogen sich reuigen Herzens zurück und gelobten, in Zukunft nie mehr den Sonntag zu entheiligen.

Lehrer Ries zu Mamer

515. Der seltsame Hase bei Nospelt.

Ein Schneiderlein von Nospelt kehrte einst zur späten Abendzeit von einem Nachbardorf heimwärts. In der einen Hand das Bügeleisen, in der anderen die Elle, schritt er rüstig darauf los. Wie er so in Gedanken vertieft bei »Kluntschenkreuz« kam, guckte der Mond vorwitzig zwischen zwei Wolken hervor, gerade zur rechten Zeit, damit unser Schneiderlein einen stattlichen Hasen sehen konnte, der einige Schritte abseits am Wege lag und alle viere von sich streckte. Schnell band er sein Strumpfband los, befestigte damit des Hasen Läufe aneinander und hing ihn an der Elle über den Rücken. Wie er aber, seines Glückes froh, so weiter ging, ließ Meister Lampe die Löffel immer tiefer herniederhängen und wurde auch immer schwerer. Das Schneiderlein brummte in den Bart hinein. Es konnte kaum mehr von der Stelle kommen, so schwer war der Findling geworden. Da ward das Schneiderlein ärgerlich und rief: »Und solltest du auch noch einmal so schwer werden, fort mußt du mit mir und da kann dir alles nichts helfen.« Kaum aber hatte er diese Worte keuchend ausgestoßen, als Meister Lampe sich auf des Schneiders Rücken zu rühren begann und mit einer Stimme, die lange noch in den Ohren seines Trägers wiedergellte, ebenfalls rief: »Und ich gehe nicht mit und solltest du auch vor Ärger aus der Haut fahren!« Daß der Schneider den geheimnisvollen Burschen fallen ließ und die Flucht ergriff, braucht nicht erst gesagt zu werden.

Lehrer Konert zu Hollerich

516. Der Hase bei Tavern.

Ein Mann aus Manternach war bei dem preußischen Dorf Tavern auf der Jagd. Er jagte lange einen Hasen, schoß ihn endlich und steckte ihn in die Jagdtasche. Da ward er eines andern Hasen ansichtig, welcher rief: »Peter, wo bist du?« – »Der Hannes hat mich im Sack«, war die Antwort des geschossenen Hasen. Schnell entledigte sich der Jäger des geheimnisvollen Geistertieres und machte sich aus dem Walde fort.

Lehrer Oswald zu Manternach 222

517. Der dreibeinige Hase zu Rodt.

Zu Rodt an der Syr, im Orte »Banzel« ging ein dreibeiniger Hase um, der die Hunde nicht fürchtete.

Nach anderer Mitteilung soll es ein dreibeiniger Fuchs gewesen sein.

518. Der dreibeinige Hase zu Diekirch.

Oft in mondheller Nacht soll man zu Diekirch einen dreibeinigen Hasen, über das Feld dahinlaufend, gesehen haben. Dann gab es Unglückszeiten.

519. Der dreibeinige Hase zu Ettelbrück.

Die alten Leute erzählen sich noch viel vom dreibeinigen Hasen in Ettelbrück, der jede Mitternacht auf der Teichbrücke erschien, über die Steinplatten der Seitenmauer sprang und dann verschwand. Da war aber einst ein Prahler in Ettelbrück, der wollte nicht an den Spuk glauben und sagte: »Wenn ich ihn nur sähe!« – »Nun«, entgegnete ihm einmal ein Kamerad, »ich habe ihn schon gesehen. Gehen wir einmal im Mondschein auf die Brücke, so wirst auch du ihn sehen.« Jener war es zufrieden, und beide fanden sich in einer mondhellen Nacht auf der Brücke ein und setzten sich auf einen Baumstamm, der an der Stelle lag, wo heute das Haus der Dame Berg steht. Der Großsprecher hatte aber einen großen Hund mitgenommen, in der Absicht, denselben auf den dreibeinigen Hasen zu hetzen. Kaum saßen sie da, als der Kamerad ihm zurief: »Sieh, da kommt der Hase!« Der Prahlhans schaute angstvoll hin und blieb wie festgebannt auf der Stelle, auch der Hund rührte sich nicht. In wenigen Minuten war der dreibeinige Hase vor ihren Augen über die Steinplatten hinweg verschwunden. Von dieser Zeit an glaubte jedermann an den dreibeinigen Hasen.

520. Der dreibeinige Hase bei Mertert.

Vor etwa fünfzig Jahren, als die jungen Leute von Mertert abends mit den Pferden auf die Weide fuhren und erst gegen Mitternacht und noch später nach Hause zurückkehrten, sahen sie fast jede Nacht einen dreibeinigen Hasen auf der Syrbrücke erscheinen. Verfolgte man ihn, so war er nie mehr als zehn Schritte von seinen Verfolgern entfernt, welche glaubten, ihn jeden Augenblick fassen zu können, so schwerfällig und mühsam war sein Lauf. Und streckte man endlich die Hand aus in der sichern Hoffnung, ihn nun zu erfassen, so war er plötzlich verschwunden, um gleich wieder in einer kleinen Entfernung zu erscheinen. Verfolgte man ihn dann weiter und war man wieder auf dem Punkte, das Gespenstertier zu fassen, so gewahrte der erschrockene Verfolger sich plötzlich am Rand der Mosel und zwar an einer Stelle, wo das Wasser mehrere Meter tief war.

521. Der dreibeinige Hase zu Echternach.

A. Ein Soldat war vom Abt des Echternacher Klosters, als dem Hochgerichtsherrn, wegen eines schweren Vergehens verurteilt worden, bei dem
223 Kreuz jenseits der Brücke enthauptet zu werden. Der Verurteilte hörte jedoch nicht auf zu beteuern, er sei unschuldig. Als man ihn dennoch zum Tode führte, sagte er, daran werde man erkennen, daß er unschuldig sei, wenn er nach seinem Tode als dreibeiniger Hase fortleben werde. Und in der Tat, kaum war er enthauptet, als ein dreibeiniger Hase vom Richtplatze weglief.

Derselbe wird sehr oft gesehen, namentlich auf der Brücke. Er läßt sich nicht ungestraft necken. Als jemand ihn mit einem Knüttel schlagen wollte, bekam er von unsichtbarer Hand gottsjämmerliche Prügel.

Einige Soldaten, die an der Sauerbrücke auf der Wacht waren, hatten zusammengelegt, um ein Gelage zu halten. Sie saßen noch nicht lange beim Schmaus, als sie einen dreibeinigen Hasen in ihrer Mitte gewahrten. »Da du nicht bezahlt hast, so sollst du auch nicht mitmachen,« sagten die Soldaten und wollten ihn fortprügeln. Allein in diesem Augenblick regnete es Schläge auf sie herab, daß ihnen Sehen und Hören vergehen wollte.

In der Mockesee spukt es nachts um zwölf Uhr, weil der dreibeinige Hase um diese Zeit hier umgeht.

Lehrer Rollmann

B. Von Kassemannsdank, seinem gewöhnlichen Aufenthalte, streift der dreibeinige Hase bis in die Maateswies, in die Seitert, selbst bis nach Rosport, und kommt neckend dem Jäger in Schußweite. Legt dieser zum Schusse an, dann ist er plötzlich aller Schußweite entrückt. Oft auch läßt er grade den gefeiertsten Schützen bis siebenmal auf sich schießen, der trotz des sicheren Schusses nie trifft und so zum Gespött und Gelächter seiner Jagdgenossen wird.

Als der alte Mathias X., des Echternacher Klosters ehemaliger Schuhmachermeister, in der Abenducht vom dreibeinigen Hasen erzählen hörte, versicherte er, daß, falls ihm solcher Spuk begegnete, er das Gespenst schon entlarven werde. An demselben Abend kam er von der Ehrstraße und wollte durch Siebenecken, da sieh! er gewahrte den dreibeinigen Hasen, so groß wie ein Hund, im Mondschein vor sich, der über die drei Meter hohen Mauern des Houtsgartens aus einem Garten in den anderen setzte und sich weithin in die Lüfte emporschnellte. Dabei vernahm man nicht das geringste Geräusch; sein Ansehen war grausenerregend. Dem Schuhmachermeister standen die Haare zu Berg; rasch kehrte er um und schlug den Weg nach dem Markte ein. So kam er zur Mockensee. Aber, o Schrecken! am Eingang derselben kauerte der gespenstische Hase, glotzte den Mann an und wich nicht, als derselbe mit dem Schurzfell das Untier verscheuchen wollte. Der Meister nahm nun seinen Weg durch Birkes zu seiner Wohnung in der Sauerstraße, aber auch hier saß wieder das Ungetüm in der engen Sackgasse dicht an seinem Wohnhaus. Dem Meister verging Hören und Sehen. Wie er in sein Haus und in sein Bett kam, daran konnte er tags darauf sich nicht erinnern.

A.R., Echternacher Volkssagen, 19

224 *C.* Der dreibeinige Hase von Echternach erscheint auf seiner mitternächtlichen Runde zuweilen auch an dem Tore des alten spanischen Freistockes von Steinheim, der einst zu den Besitzungen des Klosters von Echternach gehörte. Auch soll er an dem zwischen Godendorf und Ralingen fließenden Eselsbur sowie auch in der am Fuße des Girsterberges gelegenen »Domb« gesehen worden sein.

J. Prott, Pfarrer

D. Einst schickte der Benediktinerabt von Echternach einen Novizenbruder, dessen Mut er erproben wollte, in finstrer Nacht nach der Ernzer Klause, um dem dort lebenden Einsiedler einen Besuch abzustatten, und gebot ihm, zum Beweise, daß er den Auftrag ausgeführt habe, einen Gegenstand aus dem Kläuschen mitzubringen. Der Mönch gehorchte, legte den unheimlichen Weg zur Grotte zurück und trat ein; der Einsiedler aber war abwesend. Nachdem er eine Zeitlang vergeblich auf dessen Rückkehr gewartet hatte, gedachte er, den Rückweg anzutreten, und sah sich nach einem Gegenstand um, den er dem Abte überreichen könnte. Da gewahrte er einen jungen Hasen, ein zahmes Tierlein, das dem Einsiedler ein lieber Gesellschafter geworden war. Rasch erfaßte er diesen und schnitt ihm die linke Hinterpfote ab, womit er nach der Abtei zurückkehrte.

Der Eremit war untröstlich, als er bei seiner Rückkehr das verstümmelte Tierchen vorfand. Er gebot demselben, hinauszueilen und seine Pfote zurückzufordern. Dieses steigt hinunter, umhinkt das Kloster, kehrt aber, da alle Tore verschlossen waren, zur Einsiedelei zurück.

Seit dieser Zeit macht alljährlich um dieselbe Stunde der dreibeinige Hase oder vielmehr dessen Schatten den Weg von der Klause zum Kloster und wieder zurück zum Ernzer Berge. Alte Leute versichern, ihm gegen Mitternacht auf der Brücke begegnet zu sein.

L'Evêque de la Basse Moûturie, 241

522. Der dreibeinige Hase bei Rosport.

A. Der dreibeinige Hase von Echternach wurde auch nicht selten bei Rosport am rechten Ufer der Sauer gesehen. Fischer aus Rosport, die abends spät fischen gingen, begleitete er oft, indem er vor oder neben ihnen herlief, von dem Rosporter Wehr bis zur Rosporter Fähre oder auch bis zu dem am Saum des Hölteberges stehenden Heiligenhäuschen. Oft trachteten sie danach, ihn einzufangen, es gelang jedoch keinem, ihn zu erhaschen; und glaubte auch der eine und der andere ihn schon in den Händen zu halten, so war es, als habe er leere Luft gegriffen.

Lehrer M. Bamberg zu Steinheim

B. Bei Rosport befindet sich ein Ort in der Sauer, »die Fuhrt« genannt, wo sonst die Reisenden übergesetzt wurden. Ein Mann aus dem Dorf, der dieses Geschäft lang besorgte, bekam oft während der Nacht einen dreibeinigen Hasen zu sehen, der sich stets auf der preußischen Seite
aufhielt. Bald saß derselbe am Ufer oder an der Stelle, wo der Fährmann 225
die Reisenden aussetzen sollte, bald hockte er auf der Spitze des gegenüberliegenden Berges. Er tat niemand etwas zuleide, aber jedermann ließ auch ihn gehen, denn der Schiffer hatte bemerkt, daß es mit dem Hasen nicht richtig sei, und er warnte die Reisenden, den unheimlichen Gast zu necken oder zu verfolgen. Einst kam ein Mann aus Ralingen, einem Dörfchen jenseits der Sauer, und wollte übergesetzt sein. Als man am Ufer anlangte, war auch der Hase da und der Mann suchte ihn zu erhaschen. Doch umsonst! Wenn er glaubte, er könne ihn greifen, war der Hase fort, um einige Schritte vor ihm wieder aufzutauchen. Vergebens warnte der Schiffer, abzulassen von der unseligen Jagd, denn der Hase sei vom Bösen. Allein jener fuhr fort, den Hasen zu verfolgen, bis er endlich stolperte und der Länge nach zur Erde fiel. Da ließ er vom Hasen ab und taumelte nach Hause. Totenbleich langte er dort an und fiel in Ohnmacht.

Die Überfahrenden sahen den geheimnisvollen Hasen oft so nahe an der Sauer sitzen, daß man glauben konnte, er sitze im Wasser. Mit Ruderstangen schlug man sogar nach ihm; dann schien es zuweilen, als sei er getroffen und sinke unter, um aber schon im nächsten Augenblick auf der Spitze des gegenüberliegenden Berges zu erscheinen.

Lehrer P. Hummer

523. Der dreibeinige Hase bei Zittig.

Am Ort, genannt Hölzegriècht, bei dem Kreuz, welches sich nächst dem Wege nach Berburg befindet, ist, wie man erzählt, hie und da während der Nacht mehreren Personen ein Hase mit zwar vier Beinen, aber nur drei Pfoten begegnet. Einem Hirten aus Zittig, der schon lange gewünscht hatte, den Hasen zu sehen, erschien dieser auch einst, als jener an der Hölzegrièecht während der Nacht die Schafe hütete. Der Hase begleitete ihn auf den Bann von Zittig, dann hob er die Pfote gegen ihn auf und sprach: »Es ist dein Glück, daß du mir kein Leid hast zufügen wollen.« Und plötzlich bekam der Hirt graue Haare.

524. Hängens-spielen zu Bissen.

Zu Bissen belustigten sich einst die jungen Burschen mit dem Erhängenspiel. Einer derselben wurde, den Kopf in der Schlinge, an einen Baumast gehängt; die Hände ließ man ihm jedoch frei, damit er sich vor der Gefahr des Erstickens schützen könne. Da kam ein lahmer Hase auf die fröhliche Schar zugehinkt und sogleich stürzten alle auf das Tier los, um es zu fangen. Der Hase wußte aber durch Haken und Seitensprüngen den Händen der Verfolger, wenn sie ihn eben greifen wollten, geschickt zu entgehen. Endlich gelang es einem Burschen, ihn zu fassen. Sie warfen ihm einen Strick um den Hals, banden ihn ans Ende einer Stange und kehrten triumphierend zum Spielplatz zurück, den sie vor einer Viertelstunde verlassen hatten. Unterwegs erinnerten sie sich ihres gehängten Kameraden und eilten, ihn aus seiner gefährlichen Lage zu befreien; aber ach! sie finden nur mehr eine Leiche.

226 L'Evêque de la Basse Moûturie, 365

525. Hängens-spielen zu Kopstal.

Vier Knaben gingen in den Wald Holz sammeln. Unterwegs wurden sie einig, einen von ihnen an einen Baum zu hängen; sobald es Zeit wäre ihn loszumachen, sollte er pfeifen. Aber was geschah? Als der eine von ihnen da hing, erschien plötzlich ein Hase, der auf drei Beinen umhersprang. Die Knaben liefen dem Hasen nach, um ihn zu fangen. Aber der Hase wich ihnen jedesmal, wenn sie ihn fassen wollten, durch geschickte Seitensprünge aus. Als sie nun merkten, daß der Dreibeiner ihnen einen bösen Streich spielen wollte, eilten sie zurück, um ihren Kameraden zu befreien. Dieser aber hätte den Spaß mit dem Leben bezahlt, wenn nicht noch zu rechter Zeit der vorübergehende Förster ihn losgebunden hätte.

Mitteilung des Lehrers Wahl

526. Das weiße Kaninchen.

Ein weißes Kaninchen wurde während drei bis vier Jahren auf dem Marktplatze zu Remich gesehen. Oft bildeten Männer, Frauen und Knaben einen großen Kreis, damit das Kaninchen ihnen nicht entgehen könnte. Sobald aber jemand nach ihm griff, hielt er einen weißen Stein in Händen. Einer ließ sich, als das Tier eben wieder sichtbar war, auf dasselbe fallen, um einen sicheren Fang zu tun. Da lag er aber auf einem dicken Stein.

Lehrer N. Biver zu Remich

527. Das weiße Kaninchen zu Luxemburg.

In der Stadt Luxemburg lebten zwei Eheleute und die hatten nur ein einziges Kind und das war ein Töchterlein. Dieses liebte einen jungen Offizier. Weil die Eltern des Mädchens sie ihm nicht zur Ehe geben wollten, brachten sie dieselbe in ein in der Nähe der Zitadelle gelegenes Nonnenkloster und empfahlen der Äbtissin, Sorge für sie zu tragen. Dennoch fand die Jungfrau bald Mittel, ihren Geliebten von ihrem Aufenthalt in Kenntnis zu setzen, und die beiden Liebenden verabredeten, daß sie sich in der folgenden Nacht um zwölf Uhr am Fenster herablassen solle. Der Offizier redete sich mit dem Soldaten ab, der um die Stunde die Wache just unter dem Fenster hatte, und alles verhieß ein glückliches Ende.

Als der Abend kam, umwölkte sich der Himmel, und bald stürzte der grimmigste Regen nieder. Es war ein so schlimmes Wetter, daß der Kommandant Befehl gab, die Wachen statt der gewohnten zwei Stunden nur eine Stunde stehen zu lassen. Davon wußte der Offizier aber nichts und glaubte, der Soldat, mit dem er sich verabredet hatte, stehe auf der Wache.

Um zwölf Uhr ließ sich das Mädchen in ihren weißen Nonnenkleidern am Fenster nieder. Der Soldat, der unten stand und das Geräusch hörte, schrie: »Wer da?« Ein leises »Pst!« war die Antwort. Ein abermaliges und ein drittes »Wer da?« folgte; dieselbe Antwort. Da schoß der Soldat und
die Jungfrau stürzte tot zur Erde. 227

Seit dieser Zeit läuft jede Nacht ein weißes Kaninchen um zwölf Uhr über die Wälle der Festung und jedem Soldaten, der auf Wache steht, zwischen den Beinen durch.

Joh. Wilh. Wolf, Niederländische Sagen Nr. 426

4. Wolf

528. Der drohende Wolf.

In einem dichten Walde, der auf den Gemarkungen des Schlosses Steinborn zu Heffingen gelegen ist, stand eines Abends ein Wilddieb auf der Lauer. Eine geheimnisvolle Stille war über der ganzen Natur ausgebreitet; kein Lüftchen regte sich und die Blätter der Bäume erglänzten im sanften Schein des Mondes. Es mochte wohl Mitternacht sein, da ging hart an unserem Weidmann ein Wolf vorüber, stellte sich in einiger Entfernung vor ihm auf und betrachtete ihn mit seinen unheimlich leuchtenden Augen. Der Jäger legte an und zielte nach dem furchtlosen Tier. Als der Wolf dies bemerkte, erhob er drohend eine seiner Vorderpfoten. Eiskalt überlief es den Wildschützen und er hatte nichts Eiligeres zu tun, als sich von dieser unheimlichen Stätte zu entfernen und den Heimweg anzutreten.

J. Bettendorf

529. Burgherr spukt als Wolf.

Vor gar vielen Jahren stand nicht weit von Röser und Krautem ein stattliches Schloß. Der Burgherr aber war ein geiziger, grausamer Mensch, der seine Untergebenen hart bedrückte und die Armen und Hungrigen mit Drohungen abwies; manch armen Mann brachte er ungerechterweise um sein einziges Stück Land. Dafür sollte ihn denn auch die verdiente Strafe ereilen. Ein Sturz vom Pferde machte seinem Leben jählings ein Ende. Gleich darauf jagte während der Nacht und oft auch am hellen Tage ein grimmiger Wolf den Leuten durch sein furchtbares Geheul Schrecken und Entsetzen ein: der Geist des Burgherrn war in den Körper dieses Ungetüms gefahren und muß nun bis zum Ende der Zeiten in dieser Gestalt umgehen. Noch heute wagt man sich nur ungern während der Nacht an die Stelle, wo sonst das unheimliche Schloß gestanden.

5. Hund

530. Der unheilbringende Hund.

Als einst ein Mann aus Differdingen um Mitternacht auf der Longwyer
228 Straße in die Nähe von Differdingen gekommen war (der Ort wird

Kahleberg genannt), gewahrte er einen großen, schwarzen Hund, der ihn mit feurigen Augen anstierte. Mit den Hinterbeinen saß derselbe auf einem Grabhügel, während er die Vorderbeine in die Höhe hielt und fürchterlich heulte. Bei diesem Anblick blieb der Mann entsetzt stehen und wagte weder vorwärts noch rückwärts zu gehen, sondern starrte unverwandten Blickes auf den Hund hin, dessen Geheul ihm durch Mark und Bein drang. Endlich ging er, die Augen auf die Erscheinung gerichtet, rücklings bis in den Wald (Kahleberg) und eilte, so schnell er konnte, nach Hause. Dort verfiel er in ein heftiges Fieber und schrie beständig: »Da sitzt er, da kommt er, o der Entsetzliche!« Als das Fieber gewichen, erzählte der Mann sein Abenteuer.

Da taten sich einige mutige Jünglinge des Dorfes zusammen und wohlbewaffnet mit Gewehren, Heugabeln oder Knütteln wagten sie sich beim Herannahen der Geisterstunde hinaus zum Kahleberg. Um Mitternacht sahen sie den großen, schwarzen Hund die Straße herabkommen und sich auf den Grabhügel niedersetzen, worauf er noch schrecklicher zu heulen anfing als tags zuvor. Dabei sprühten seine Augen Feuer. Von Schrecken ergriffen, warfen die Jünglinge ihre Waffen weg und entflohen. Nur einer blieb und schoß auf die Erscheinung, fiel aber sofort tot zur Erde.

So erschien der Hund vierzehn Tage lang (es war gegen Johannistag) und sein Geheul klang von Tag zu Tag kläglicher und furchtbarer. Niemand wagte sich mehr an die unheimliche Stelle. Im Dorfe brach eine Seuche aus und raffte fast alles Vieh weg. Öffentliche Gebete wurden abgehalten, aber umsonst. Fremde, die sich einfanden, um das Ungetüm zu erlegen, fielen, sobald sie den Schuß auf dasselbe abgegeben, tot nieder.

Als die Angst und das Elend im Dorfe aufs höchste gestiegen war, kam ein Leinwebergeselle ins Dorf, nahm eine Kugel, schlug sie in Kreuzesform und schoß nach dem Hunde. Sofort war er verschwunden und kehrte nie mehr zurück; und zur Stunde hörte auch die Seuche unter dem Vieh auf.

531. Der große Hund bei Rodingen.

Eine Hebamme aus Rodingen hatte sich eines Abends schon zur Ruhe begeben, als sie nach einem eine halbe Stunde entfernten Dorfe gerufen wurde. Da es sehr eilte, so lief der Mann, der sie rufen gekommen, gleich zurück und sie mußte sich, wenn auch ungern, dazu entschließen, allein nachzueilen. Als sie ungefähr die Hälfte des Weges zurückgelegt hatte, kam sie zwischen zwei Hecken. Der Mond schien zwar, wurde aber von

Zeit zu Zeit durch schwarze Wolken verhüllt, so daß die Nacht bald finster, bald halbdunkel war. Auf einmal glaubte sie, daß sie dicht vor einem großen, schwarzen Hund stehe, der im Wege lag. Sie stieß einen lauten Schrei aus. Als sie sich aber von ihrem Schrecken erholt hatte, sah sie nichts mehr. Sie ging weiter und dachte bei sich, es könne eine
229 Täuschung gewesen sein. Als sie an Ort und Stelle ankam, fragte sie der Mann, der sie gerufen hatte, ob ihr unterwegs nichts begegnet sei. »Als ich an die und die Stelle des Weges kam,« sagte sie, »glaubte ich, auf einen schrecklich großen Hund zu rennen.« – »Dann war es Euch grade wie mir,« entgegnete der Mann, »ich glaubte, dasselbe zu sehen und eben an derselben Stelle.«

Lehrer P. Hummer

532. Der Riesenhund im Sassenheimer Wald.

Wer früher durch den Sassenheimer Wald ging, verirrte; sobald er jedoch an eine Stelle des Waldes kam, wo er sich wieder auskannte, stand ein riesiger Hund vor ihm.

Lehrer Konert zu Hollerich

533. Der schwarze Hund in der Leesbech.

In der Leesbech bei Greisch wohnte vorzeiten in einer jetzt verfallenen Klause ein alter Klausner, vor dessen Wohnung sich sehr oft ein großer, schwarzer Hund zeigte. Obgleich derselbe dem Klausner nichts zuleide tat, so fürchtete dieser sich dennoch sehr vor dem unheimlichen Tiere. So oft ein Bewohner der Umgegend die Leesbech passierte, stand der Hund auf und begleitete ihn bis zum nächsten Dorfe.

Einst kehrte der Pfarrer von Greisch (sein Name war Schilz) aus einem der Dörfer Tüntingen oder Ansemburg nach Hause zurück. In der Leesbech angekommen, bemerkte er den schwarzen Hund, welcher quer über dem Pfade lag, den er gehen mußte. Indem der Pfarrer ihm einen Fußtritt gab, sagte er: »Wât leist du Louder dann hei?« Der Hund sprang auf, streckte sich und folgte dem Pfarrer, der nun Schläge über Schläge bekam, bis nahe an das Dorf Greisch. Dort ermannte sich der Geistliche Herr und sagte: »Elo huost de mer neischt mè ze befiehlen,« worauf der Hund verschwand und nie mehr von einem Menschen gesehen ward. Der Pfarrer jedoch hatte sich so entsetzt, daß er nach drei Tagen starb.

534. Gespenstischer Hund zwischen Tüntingen und Säul.

Einst kehrten während der Nacht zwei Brüder von Tüntingen nach Säul zurück; sie saßen auf ihrem Wagen, und eben war der Mond aufgegangen und erleuchtete die ganze Gegend. Am Ausgang des Dorfes Tüntingen gesellte sich ein Hund zu ihnen, so plötzlich, als sei er aus der Erde aufgetaucht. Dieser Hund, wenn man das Ungetüm so nennen kann, war wenigstens so groß wie ein Kalb, trug zwei Hörner und rollte feurige Augen. Ohne den geringsten Laut von sich zu geben, ging er neben den Pferden auf der Landstraße dahin und warf von Zeit zu Zeit feurige Blicke nach den beiden im Wagen. Diese bekreuzten sich in ihrem Schrecken einmal um das andere; selbst die Pferde schritten nur mit Widerwillen vorwärts und suchten beständig vom Wege abzubiegen. Erst bei der Einfahrt ins Dorf Säul verschwand der unliebsame Begleiter plötzlich und spurlos, wie er gekommen.

Zollbeamter J. Wolff 230

535. Der Wächter der Schoreburg.

Eine Viertelstunde von Wahl liegen in den Wäldern die Ruinen der Schoreburg. Schon oft versuchte man die Schloßtrümmer umzureißen, um die Ecksteine beim Häuserbauen zu verwenden; aber jedesmal erschien dann auf den Mauertrümmern ein kleiner, schwarzer Hund, der Geist des Schlosses, worauf die Arbeiter schleunigst die Flucht ergriffen.

536. Der schwarze Hund bei Niederbeßlingen.

Nicht ganz eine halbe Stunde von Niederbeßlingen durchschneidet ein Bächlein, die Wolz, die Straße nach Ulflingen, weshalb eine Brücke dort angebracht ist. An dieser Stelle soll jeden Abend ein Hund umgehen. Einige Niederbeßlinger behaupten, den Hund gesehen zu haben; er sei schwarz und sehr groß. Ein alter Müller, der vor einiger Zeit gestorben, erzählte folgendes:

Als ich einst an einem Winterabend von Ulflingen einen mit Korn beladenen Wagen nach meinem Heimatdorf führte, hörte ich, da ich mich der Brücke näherte, schon in der Ferne ein Geräusch, das dem Bellen eines Hundes ähnlich war. Rüstig trieb ich meine Pferde vorwärts und achtete weiter nicht auf das Gebell. Als ich aber in die Nähe der Brücke kam, sah ich ein schwarzes Untier, das bald hiehin, bald dorthin lief. Plötzlich kam das Gespenst schnurstracks auf mich losgerannt, lief an mir vorbei und unter den Pferden hindurch. Und was geschah? Die Pferde waren ausgespannt und gingen ihrer Last enthoben; der Wagen blieb stehen. So mußte ich mit meinen Pferden ohne den Wagen nach Hause fahren.

537. Der schwarze Hund zu Berdorf.

Aus einem der dem alten Kirchhofe naheliegenden Häuser zu Berdorf stand einst ein Bauer gegen drei Uhr des Morgens auf, um die Ochsen anzuspannen. Als er vor die Haustüre kam, stand dort ein großes, schwarzes Tier, einem Pferde ähnlich. Der Bauer ging näher, aber da löste sich das Tier auf einmal in Nebel auf und verschwand.

Ebendaselbst waren einst des Nachts einige Bauern unter einem Holzschuppen mit Pottasche beschäftigt. Gegen Mitternacht kam ein großer, schwarzer Hund vorbei, welcher eine schwere Kette nachschleppte und einen höllischen Spektakel machte. Einer der Bauern ging ihm bis zur Kirche nach, wo der Hund vor seinen Augen verschwand.

Auch heute noch sollen diese zwei Hunde hie und da erscheinen.

Luxemburger Land, 1882, Nr. 2

538. Der große Hund zu Echternach.

Zu Echternach ging ein gespenstischer Hund um. Er war von ungewöhnlicher Größe und kam gewöhnlich von Kassemannsdank (Teil des Ernzerberges) herunter, um über die Brücke zu laufen. Wollte man ihn schießen, so war er dem vorher noch so genau berechneten Schusse
231 plötzlich so weit voraus, daß man ihn gar nicht treffen konnte.

Als eines Abends der Schustermeister des hiesigen Klosters, Mathias Zimmer, von der Arbeit heimkam, fand er am Eingang einer engen Sackgasse, neben seiner Haustür, einen ungeheuer großen Hund sitzen. Er wollte ihn mit seinem Schurzfelle verscheuchen; doch rührte sich derselbe nicht von der Stelle. Weitere Versuche, das gespenstische Tier fortzutreiben, wagte der sonst furchtlose Mann nicht zu machen.

Diesen Hund sahen verschiedene Personen bei Siebenecken über die Mauer von Houths Garten hinüber- und herüberspringen, ohne daß sie das geringste Geräusch dabei vernommen hätten.

Lehrer Rollmann

539. Das Hündlein beim Brakenberg.

A. Im Brakenberg bei Rosport, in der Nähe der Fähre, nach anderen beim Greeneschbaum, ist es nicht recht geheuer. Ein Hündlein, davon der Ort den Namen hat, erscheint des Nachts dem Wanderer, folgt demselben eine Strecke Wegs auf der Ferse, worauf er verschwindet. Sowie die gespenstische Bracke sich zeigt, verspürt der Wanderer eine schwere, drückende Last; nur mühsam keucht er weiter. Mit dem Verschwinden des Hündleins ist die Last flugs gehoben.

Alte Leute behaupten, daß, wenn man kein Wörtlein zu ihm sage, man die unheimliche Last nicht verspüre. Leider vergessen die meisten den heilsamen Rat und locken das Hündlein; kaum ist aber ein Wort gefallen, sitzt ihnen die Zentnerlast auf dem Hals.

Nach einer anderen Tradition soll es bald ein Pferd, bald ein Stier, bald ein gewaltiger Hund, bald ein riesiger Mann sein. Noch andere wollen bloß ein furchtbares, geräuschvolles Tosen und Branden in der Sauer gehört haben.

J.N. Moes

B. Dem Dorfe Rosport gegenüber liegt jenseits der Sauer, zwischen den Dörfern Ralingen und Godendorf, der sagenreiche Brakenberg. Auf dem Wege, der sich mitten durch den Abhang dieses Berges von Ralingen nach Godendorf zieht, war es in früheren Zeiten nicht geheuer. Auf der Strecke vom sogenannten Grêneschbirnbaum an bis zu dem Kreuzwege unterhalb Godendorf spukte ein kleiner, weißer, dreibeiniger Hund, der durch sein Erscheinen den einsamen Wanderer oft in Furcht und Angst setzte und allgemein unter dem Namen Brakenhündchen oder Eselshündchen bekannt ist. Sein Hauptaufenthalt ist der Eselsborn. Schmeichelnd und zutraulich pflegt es sich dem um Mitternacht dort vorübergehenden Wanderer zu nähern und ihn dann eine Strecke Weges zu begleiten, indem es neben oder hinter ihm herläuft. Anfangs erscheint das Hündchen als kleiner, niedlicher Pudel, allmählich aber wird es immer größer und größer und erreicht zuletzt die Höhe eines Pferdes. Läßt der Wanderer es ruhig, so kommt er ungeschoren davon; wagt er aber, es zu locken oder zu reizen, so springt es ihm auf den Rücken und läßt sich von ihm als eine ungeheuer schwere und immer zunehmende Last von hier aus
tragen, entweder bis an den Grêneschbirnbaum oder bis hart an den 232
Eingang von Godendorf, je nachdem die Richtung war. Zuweilen erschien das Gespenst auch zuerst im Umkreise des Grêneschbirnbaumes und

plagte auf seine Weise die Leute von dort aus bis zum Eselsborn; nicht selten wurde es auch in dem Dorfe Rosport in der Nähe eines Heiligenhäuschens gesehen, das früher »ob der Bâch« unterhalb des jetzigen »Schieweschhauses« stand.

Ein Mann aus Edingen wollte nicht an die Erscheinung des Eselshündchens glauben. »Pa!« sagte er, »dummes Weibergeschwätz! Schon zu jeder Stunde der Nacht ging ich am Eselsborn vorbei, ein Hündchen ist mir aber noch nicht begegnet.« Einst kehrte dieser Mann in später Nacht von Ralingen, wo er sich einen Rausch geholt hatte, auf dem Brakenwege in seine Heimat zurück. Als er am Eselsborn angekommen war, rief er übermütig aus: »Nun, wenn es einen Eselshund gibt, so mag er kommen!« Und sieh da! ein weißer Pudel, der immer größer und größer wurde, näherte sich auf einmal dem Manne, sprang ihm auf den Rücken und ließ sich von ihm tragen. Es war eine ungeheuere Last, die bei jedem Schritte zunahm, so daß der in Schweiß gebadete Mann kaum noch fortkommen konnte. So mußte er ihn tragen bis an den Godendorfer Mühlenbach. Dort wurde er plötzlich mit furchtbarer Gewalt gerüttelt und durch die Hecken ins Wasser geschleudert; darauf erst verließ ihn das Gespenst. Bei dem Schrecken, der sich seiner gleich beim ersten Erscheinen des Hündchens bemächtigt hatte, war der Mann plötzlich wieder nüchtern geworden und seither wagte er es nicht mehr, in später Nacht am Eselsborn vorbeizugehen.

Ein anderer Mann aus demselben Dorfe kehrte einst in später Nacht in Begleitung seines Sohnes mit einem Pferde und einem Teimer von dem Trierer Markte nach Hause zurück. Als sie an dem Grêneschbaum vorbeifuhren, rief auf einmal der Sohn, der das Pferd an der Leine führte, dem Vater zu: »Ei! sieh da, Vater, was für ein schönes, weißes Hündchen!« Und ohne die Antwort des Vaters abzuwarten, rief er schnell: »Hei, hei, hei, komm her! komm!« und lockte das Hündchen an sich. Der Vater, der alsbald wußte, was für eine Bewandtnis es mit dem Hunde habe, rief gleich dem Sohne warnend zu: »Willst du wohl still sein! das ist das Brakenhündchen!« Sogleich näherte sich das Hündchen und lief neben dem Pferde her, und der Teimer wurde nun auf einmal so schwer, daß das Pferd kaum noch fortkommen konnte und bald mit Schweiß und Schaum bedeckt war. Auf dem Kreuzwege, unterhalb der Godendorfer Mühle, verschwand das Hündchen plötzlich, und dabei war es, als ob eine ungeheuere Last vom Teimer wiche, denn das Pferd stolperte mit dem Teimer jetzt auf einmal so heftig vorwärts, daß es auf die Nase fiel.

Wie viele sagen, pflegt derselbe Geist auch in Gestalt eines großen dreibeinigen Hundes von schwarzer Farbe zu erscheinen. Dann ist es der Braken- oder Eselshund. 233

Eine Frau aus Rosport trug einst des Morgens früh, als es noch dunkel war, ihr Tuch auf den Anger, der dem Grêneschbaum gegenüber an der Fähre liegt, um es dort zu waschen und zu bleichen. Da sah sie plötzlich einen großen, schwarzen, dreibeinigen Hund, der eine schwere Kette unter furchtbarem Gerassel am Halse nachschleppte, mit offenem, glühendem Maule durch die Sauer herüberschwimmen. Die Frau erschrak so sehr, daß sie das Tuch und alles liegen ließ und nach Hause eilte. Erst am hellen Tage wagte sie es, wieder zum Tuche zurückzukehren.

Lehrer M. Bamberg zu Steinheim

540. Der Spukgeist im Taupbösch.

Der Weg von Steinheim nach Rosport führt an einem waldigen Bergesabhange vorbei, den man Taupbösch nennt. Hier war es in früheren Zeiten nicht geheuer. Die einen wurden in Schrecken gesetzt durch einen großen, schwarzen Hund mit feurigglühenden Augen, der den Wanderer eine Strecke Weges zu begleiten pflegte. Andere sahen ein hohles Faß, in welchem ein kleines Männchen saß, mit Donnergepolter den Berg herunterrollen.

Lehrer M. Bamberg zu Steinheim

541. Das Hestelshündchen bei Herborn.

Geht man die Straße von Mompach nach Herborn, so muß man etwa auf halbem Wege an einem Walde vorbei, der dicht an die Straße grenzt. An der Ecke dieses Waldes, zwischen der Straße und den anliegenden Feldern, in den »Hesteln« genannt, geht das Hestelshündchen um. Es ist von grauer Farbe, kommt zur Nachtzeit aus dem Wald und setzt sich an den Rand der Straße oder an den Waldessaum, um den verspäteten Wanderer zu ängstigen. Viele Leute wollen das Hündchen gesehen haben, unter anderen zwei Frauenspersonen aus Mompach. Spät abends kamen sie von der Berburger Kirmes und wanderten, gemütlich miteinander plaudernd, ihren Weg dahin. Man denke sich ihren Schrecken, als sie an der verrufenen Stelle plötzlich zu gleicher Zeit das Geisterhündchen erblickten, welches auf dem Hügel neben der Straße saß. Schweigend gingen sie vorbei und suchten so schnell als möglich aus dem Bereich des Unholdes zu kommen.

Ein Leinweber aus Berburg, der sich von Mompach nach seiner Heimat begab, wurde an derselben Stelle durch das Erscheinen des gespenstischen Hündchens in Angst und Schrecken gesetzt. In einem Atem lief er nach Hause, wo er ohnmächtig zusammensank. Seitdem geht er immer beizeiten nach Haus, um den unheilvollen Spuk nicht noch einmal zu sehen.

Lehrer P. Hummer

542. Der schwarze Hund zu Ehnen.

Lange Zeit hindurch beunruhigte ein Geist in Gestalt eines großen, schwarzen Hundes die Einwohner von Ehnen. Er wurde meistens am Orte Follmillen, in der Frongasse und beim Heiligenhäuschen zwischen Wormeldingen und Ehnen gesehen. Gewöhnlich lag er da quer über den
234 Weg und glotzte die Kommenden mit feurigen Augen an. Wer sich alsogleich bekreuzte, den ließ er ruhig vorbeigehen und ängstigte ihn nicht weiter. Wer dies jedoch zu tun unterließ, der erhielt von unsichtbarer Hand Prügel bis nach Hause.

Einst kam ein Mann aus Ehnen, der sich in Wormeldingen einen Rausch angetrunken hatte, in später Nacht am Heiligenhäuschen vorbei, als nicht weit davon der Geisterhund ihm den Weg versperrte. »Was machst du da liegen?« schrie der Mann. »Heb dich weg und laß mich vorbei!« Der Hund aber wich nicht von der Stelle und wurde zusehends immer größer und schrecklicher. Der Mann suchte auf einem Umweg an dem Hund vorbeizukommen; wohin er sich aber wendete, der Hund lag stets vor seinen Füßen. Nun ward es ihm unheimlich zu Mute und völlige Nüchternheit trat an die Stelle des Rauches. Er bekreuzte sich mehrere Male und betete unter Angst und Entsetzen. Da ließ ihn zwar der Geist vorüber, ging aber an der Seite des Mannes bis zur Brücke bei Ehnen mit ihm. Am andern Tage waren des geängstigten Mannes Haare schneeweiß geworden.

Schon längst hat man von dem Geist nichts mehr gehört. Man erzählt, ein Pater aus dem Dominikanerhause zu Ehnen habe ihn beschworen und in einen Felsen gebannt.

Lehrer Linden zu Rollingen

543. Schwarzer Hund im »Winkel« zu Remich.

Alte Leute aus Remich erzählen folgendes: In der Werkstätte eines Handwerksmannes hörte man den ganzen Tag über nichts als gotteslästerliche Flüche über der Arbeit. Der Meister wünschte Lehrjungen und Gesellen jeden Augenblick zum Teufel. Auch die Gesellen ahmten bald das gräßliche Fluchen nach und verwünschten sich untereinander oder ihr Handwerkszeug oder den Meister in seiner Abwesenheit. Da erschien einst plötzlich in einer Ecke der Werkstatt ein schwarzer Hund, der starren Blickes alle Bewegungen der Arbeiter beobachtete. Man ergriff die Flucht. Der Meister riet seinen Angehörigen, die Sache geheim zu halten.

Anderen Tags war das Tier verschwunden; aber über der Arbeit zeigte es sich bisweilen minutenlang den entsetzten Arbeitern.

Das dauerte so einige Wochen. Da erschienen die Geißler auf ihren Bußfahrten auch in der Remicher Gegend. Diese Geißler besaßen große Macht über den Teufel. Man nahm daher ihre Hilfe in Anspruch. Das Untier wurde nun zwar für immer aus der Werkstatt verbannt, zeigte sich aber in derselben Straße (»im Winkel«) noch von Zeit zu Zeit und die Erscheinungen, die zwar immer seltener wurden, sollen sich bis in die neueste Zeit fortgesetzt haben.

Lehrer N. Biver zu Remich

544. Der schwarze Hund zu Wellenstein.

Zu Wellenstein ging vorzeiten ein schwarzer Hund um, dem die Katzen Futter brachten. Man schoß mit geweihten Kugeln nach ihm, aber es
half nichts. Einst hatte man ihn in einem Bohnenstücke umzingelt, da 235
flog er als schwarzes Huhn auf und seit dieser Zeit ist er verschwunden.

N. Gonner

545. Das Gespenst am Schwefelbrunnen bei Dalheim.

Bei dem sogenannten Schwefelbrunnen neben dem Wege, welcher von Dalheim nach Waldbredimus führt, sollen des Nachts Geister ihren Spuk treiben.

Eines Abends kam ein Bauer aus Waldbredimus von Dalheim mit seinem Gespann an diesem Brunnen vorbei. Plötzlich wälzte sich etwas zwischen den Pferden hindurch und verschwand auf der anderen Seite des Weges. Genau konnte der Bauer nicht erkennen, was es gewesen. Als er zu Hause ankam, war er bleich vor Schrecken. Dort erzählte er, das Gespenst sei einem kleinen Hunde ähnlich gewesen, weil sonst die Pferde scheu geworden wären. Diejenigen aber, welche hinter dem Wagen gingen, hatten nichts gesehen.

546. Der gespenstische Hund im Gonderinger Schloß.

Nahe bei Waldbredimus, gegenüber der Gonderinger Mühle, lag das schöne Gonderinger Schloß, von welchem heute nur mehr ein Schutthaufen und Überreste einer Wasserleitung übrig sind. Zur Zeit, als die Ruine noch wohlerhalten war, sah eines Nachts der Müller das ganze Schloß inwendig leuchten. Er schickte die Magd mit einer Laterne hin, um zu sehen, was dort los sei. Auf der inneren Treppe des Schlosses gewahrte die Magd einen großen Hund und erschrak heftig. Eingedenk der Lehre, daß man alles, was einem nachts begegnet, soll gehen lassen, weil man sonst wohl »eine kriegen« konnte, kehrte sie, ohne etwas gesagt oder getan zu haben, nach der Mühle zurück.

J.B. Klein, Pfarrer zu Dalheim

547. Andre umgehende Hunde.

A. Im Hause der Witwe E. zu Luxemburg trieb vor etwa dreißig Jahren ein großer, weißer Hund sein Unwesen. Auch soll daselbst ein dreibeiniges Ziegenböcklein umgegangen sein.

B. Am steinernen Kreuz auf der Hûscht bei Weiler zum Turm und im Grevenmacherer Walde gehen schwarze Hunde um.

C. In den Michelbucher Lohhecken lag oft ein schwarzer Hund bei einem Markstein. Dieser Hund war früher ein Marksteinverrücker.

D. Zu Reisdorf im »Wangert« geht nachts ein großer Hund um, der den Vorübergehenden bis in das nächste Dorf begleitet und dann verschwindet.

E. Auch zwischen Ingeldorf und Ettelbrück soll jedes Jahr in einer be-
236 stimmten Nacht ein Hund geistern.

548. Die verlorenen Kreuze bei Tadler.

Im Tadler Berge stehen am Wege, der nach Heiderscheid führt, drei alte Kreuze, »verlorene Kreuze« genannt. Dahin pflegen die Leute beten zu gehen, wenn die Kinder krank sind und nicht leben und nicht sterben können. Um diese Kreuze spukt es. Werwölfe, Hunde mit glühenden Augen wurden nachts bei diesen Kreuzen und in deren nächster Umgebung gesehen.

Pfarrer J. Prott

549. Das Schlädertier bei Kontern.

In der stengechter Hièl, einem von Schluchten und Felsen umgebenen Hohlweg, der von Kontern durch die waldigen Bergabhänge der Schläd hinunter nach dem Mühlbach und nach Mutfort führt, spukt um Mitternacht das Schlädertier, ein Ungeheuer, das bald als großer, schwarzer Hund mit feurigglühenden Augen, bald aber auch in der Gestalt eines niedlichen, weißen Pudels erscheint.

Oft, wenn die Leute in später Nacht die stengechter Hièl betreten wollten, ließ sich in dem umherliegenden Waldesdickicht ein gewaltiges, stoßweises, wie in Sprüngen sich bewegendes Getöse vernehmen, gleichsam als rennten ungeheure Felsblöcke hin und her, welche alle Bäume und Gebüsche zerknickten und wie Splitter mit sich fortrissen. Dann wagten es die Leute nicht mehr, in den Hohlweg hineinzutreten. Denn zu dieser Stunde war es dort nicht geheuer: das Schlädertier ging darin um.

Leute von Kontern, die sich des Nachts durch die stengechter Hièl hinunter zum Millebur begaben oder von dort nach Hause zurückkehrten, vernahmen, als sie eben an der Brechkaul vorbeigingen, plötzlich ein grauenhaftes Getöse und bald darauf sprang ein großer, schwarzer Hund mit unheimlich blitzenden Augen, die durch die Nacht wie glühende Kohlen glänzten, vor ihnen aus dem Mühlengrunde mitten in den Weg hervor. Er verhielt sich schweigsam und begleitete die Vorübergehenden entweder den Berg hinauf bis zu dem in der Nähe von Kontern gelegenen Zeeregärtchen, oder den Berg hinunter bis an den zwischen dem Pâfebirchen und dem Mühlebur gelegenen Millewuos, wo er dann eben so plötzlich wieder verschwand, als er gekommen war.

In dem Dorfe Kontern läuft dasselbe Schlädertier in Gestalt eines großen, schwarzen Hundes ohne Kopf um die in der Nähe von

Schmiedshaus befindliche Wiètt, einen alten, schmutzigen Wasserbehälter. Die Leute von Kontern fürchteten es ehemals gar sehr und, wenn sie in später Nacht die Ucht verließen, um nach Hause zu gehen, rief einer dem andern zu: »Gib acht, daß dich das Schlädertier nicht holt!«

Auch wandelt in der stengechter Hièl ein geisterhafter, weißer Pudel umher. Derselbe wird ebenfalls allgemein mit dem Namen Schlädertier bezeichnet, soll aber auch, wie viele meinen, nichts anderes sein als die
237 sogenannte Schläderjungfer in der Gestalt eines weißen Pudels.

Wie dem nun auch sei, manchem einsamem Wanderer, der sich in der Geisterstunde von Mutfort nach Kontern begab, näherte sich nicht selten, wenn er hart an dem Eingange der stengechter Hièl angekommen war, ein kleines, weißes Hündchen. Es benahm sich sehr zudringlich und begleitete den Mann lautlos, entweder dicht neben ihm oder hinter ihm hergehend, bis zu der sogenannten, mitten im Bergabhange gelegenen Brechkaul. Dort wurde es plötzlich unsichtbar und man sah nicht mehr die geringste Spur von ihm. Ein andermal erschien das Hündchen erst hier an der Brechkaul und begleitete auf dieselbe Weise den Wanderer bis auf den Gipfel des Berges zu dem nahe an Kontern gelegenen Zeeregärtchen, wo es vor dessen Augen in nichts zerfloß. Zuweilen sprang das Hündchen auch erst aus dem Zeeregärtchen und verschwand zuletzt an der alten Schloßruine von Kontern.

J. Prott, Pfarrer

550. Der Hund zwischen Steinbrücken und Bergem.

Die Straße von Steinbrücken nach Bergem ist ungefähr einen Kilometer lang und fast der ganzen Länge nach von Hecken eingeschlossen. Oberhalb derselben liegen Ackerfelder, unterhalb Wiesen. Ein großer, schwarzer Hund macht hier den Weg unheimlich. Zu später Abendstunde kommt er die Wiesen herauf, geht langsam über den Weg und entfernt sich über die Felder nach dem nahegelegenen Walde. Schon mehrmals wurde er gesehen und einige begleitete er lautlos eine Strecke Weges, doch immer nur bis zum nächsten Dorf, wo er sie verließ. Niemals ist gehört worden, daß er jemand etwas zuleide getan habe.

Lehrer P. Hummer

551. Der Gassenhund zu Straßen.

Frau Fr. hat den Gassenhund zu Straßen oft gesehen, noch vor drei Jahren. Es ist ein großer, pechschwarzer Hund, so groß wie ein Rindchen. Langsam »schappt« er die Straße auf und ab; er bellt nicht, knurrt nicht; will man ihn wegtreiben, indem man z.B. nach Steinen greift, so weicht er nicht. Keinem tut er etwas zuleide; nur wenn er merkt, daß jemand etwas Böses im Sinne hat, so knurrt er und verscheucht den Übeltäter. Vor etwa dreißig Jahren ertappte er in »Sauersgarten« eine Gesellschaft mutwilliger Dirnen, welche eben Obst stahlen. Mit dem Schrecken kamen sie davon, da sie über Hecken und Mauer flink genug hinübersetzten.

Einst sah ihn Frau Fr. durch eine Hecke gehen, wo keine Katze durchgekommen wäre. Ein andermal lief er um Mitternacht einem Manne zwischen den Beinen durch. Einen Schuster begleitete er abends spät nach Hause; und als dieser eingetreten war, richtete sich der Hund draußen am Fenster empor und da reichte er mit dem Kopfe bis oben an die zweite Scheibe.

552. Das Brückenhündchen zu Kopstal.

Auf der Brücke zu Kopstal erschien allabendlich zwischen zehn und
zwölf Uhr ein weißes Hündchen, das jeden, der da passierte, über die 238
Brücke begleitete. Das Hündchen tat aber niemand etwas zuleide.

Lehrer Wahl

553. Der Hund beim Thommeskreuz.

Beim Thommeskreuz unweit Heisdorf mußte ein großer Hund geistern; er ging bis zum Walferkreuz, wo er verschwand.

N. Gonner

554. Das Hubertushündchen.

A. Zwischen Hassel und Weiler zum Turm steht an einem einsamen Kreuzweg die sogenannte Hubertuskapelle. Reisende, die in später Nacht an dieser Kapelle vorbeigingen, sahen ein Hündchen hinter derselben hervorspringen, das die Vorübergehenden bald kläffend verfolgte, bald auch schnopernd um dieselben herumstreifte. Das Hündchen ist schneeweiß und hinkt an einem Fuße.

Ein gewisser Molter von Hassel kehrte einst des Nachts von Luxemburg nach Hause zurück. Als er an der Hubertuskapelle vorbeikam, sah er ein niedliches Hündchen, das vor ihm mitten in den Kreuzweg sprang, dann in einigen Kreisen um ihn herumlief, indem es ihm immer näher und näher kam und sich zuletzt gleichsam an ihn herandrängte. Das Hündchen gefiel dem Manne nicht übel und er machte den Versuch, es mit sich nach Hause zu locken. Es folgte ihm auch, ließ sich aber nicht streicheln. Zu Hause angekommen, führte er es in ein Zimmer und setzte ihm Milch vor. Es wollte aber nicht trinken. Darauf sperrte Molter die Tür sorgsam zu und begab sich zur Ruhe. Doch als er am Morgen wieder ins Zimmer trat, um nach dem Hündchen zu sehen, war es verschwunden. An diesem Verschwinden bei verschlossenen Türen erkannten die Leute, daß Molter das Hubertushündchen gefangen hatte.

J. Prott, Pfarrer

B. Einst gingen zwei Männer von Hassel spät in der Nacht am Hubertuskreuz vorbei. Als sie das Hündchen sahen, sagte der eine: »Wart, ich will es erlösen!« Und er fing das Hündlein ein und nahm es mit sich nach Haus, wo er es in einem Zimmer einschloß. Als er aber morgens die Tür öffnete, war das Hündlein verschwunden. Das Fenster war aber fest verschlossen und die Tür verriegelt gewesen, so daß es auf diesen Wegen nicht hatte entweichen können. Wie es hinausgekommen, war und blieb ein Rätsel.

J.N. Moes

555. Der Pötzelhund bei Filsdorf.

Es ist dies ein großer, schwarzer Hund mit langem Schwanz. Er begleitet schweigend die Leute den »Pötzel« (römische Lagerstätte zwischen Dalheim und Filsdorf) entlang von Filsdorf bis zur Höhe, wo der Adler steht, oder von der Gegend des Adlers bis nahe an Filsdorf, worauf er plötzlich
239 verschwindet.

Dreimal, so erzählt mein Gewährsmann, erschien der Pötzelhund meinem Großvater; er ging dann neben den Pferden »hechelnd« (kurz keuchend) einher von Filsdorf bis zum Adler, wo er verschwand. So viel man ihn auch »lackeln« (schmeichelnd an sich locken) mochte, der Hund ging doch ruhig seinen Weg, ohne mit dem Schwanz, wie es Hunde bei Liebkosungen tun, zu wedeln.

Einst fand es sich beim Erscheinen des Pötzelhundes, daß ein Pferd plötzlich verkehrt am Wagen eingespannt war.

Ähnliches haben Leute meinem Gewährsmann wohl zwanzigmal vom Pötzelhund erzählt.

556. Der weiße Schloßhund in der Jakobswies bei Munschecker.

Von Munschecker aus sieht man über die Mosel hinweg die in Preußen gelegene Ortschaft Temmels. Ein etwas mühsamer Pfad schlängelt sich durch die sogenannte Jakobswies bis zur kristallhellen, ziemlich starken Quelle, die ein klares, rauschendes Bächlein nährt, im Volksmunde bekannt unter dem Namen Lâfbâch. Verfolgt man das Wässerlein auf dem einige Meter höher gelegenen Pfade, so merkt man bald, wie seine Wasser unruhig werden und sich dann in den schwindelnden Abgrund stürzen. Hier hat der Reisende zur Rechten den jähen Abgrund, indes die Talschlucht selbst zu beiden Seiten in Rebengrün prangt.

Bach und Pfad werden bewacht von einem weißen Schloßhund, der sowohl bei mondhellen als stockfinsteren Nächten sein heiseres Bellen bald hier, bald dort, diesseits oder jenseits des Baches vernehmen läßt, um den verspäteten Wanderer irre zu leiten und ihm in den schäumenden Wellen ein sicheres Grab zu bereiten.

Im Jahre 1865 kamen abends drei Ackerer, die in Temmels dem edeln Rebensaft stark zugesprochen, ihrer Heimat Munschecker zugeschritten. Das gespenstische Hündchen setzte besonders einem derselben gewaltig zu, als derselbe es einfangen wollte. Zuletzt wurde es so zudringlich, daß er, sowie seine Begleiter, trotz eines knotigen Weinbergpfahles, den sie wuchtig schwangen, das freche Geistertier nicht los wurden. Den Wanderern wurde es doch zuletzt unheimlich bei des Hündchens Dreistigkeit. Sie bekreuzten sich mitsammen, da sprang der Pudel winselnd in einen hohlen Baum, um gleich nachher jenseits des Baches neuerdings zu bellen. Seither suchen die Munscheckerer, wenn sie diesen Weg nach der Heimat einschlagen, vor Nacht durch die Schlucht zu kommen. Das Hündchen aber bellt noch immer und harrt auf Erlösung, die dann eintreten soll, wenn die Jakobswies ein Lustwäldchen und das Bächlein zum Strom geworden. Hier soll früher ein Schloß gestanden haben, das durch des Wächters Sorglosigkeit dem Feind in die Hände gefallen sei, weshalb der Wächter als Hund umherspringen müsse.

557. *Der gespenstische Hund bei Heinerscheid.*

Einem Maurer aus der Gegend von Klerf, der mit noch mehreren anderen zu Heinerscheid an einem Hause arbeitete, begegnete allabendlich auf dem Heimwege, in dem Walde, durch welchen er gehen mußte, ein kleines Hündchen. Dasselbe begleitete ihn und er glaubte anfangs, es mit einem verlorenen Hündchen zu tun zu haben. Nachdem dasselbe eine ziemliche Strecke mit ihm gegangen war, verschwand es jedesmal plötzlich auf unerklärliche Weise. Dies dauerte geraume Zeit. Eines Tages, es war regnerisches Wetter, hatte man das Haus fertig gestellt. Als der Maurer abends nach Hause ging, gesellte sich wie gewöhnlich das Hündchen zu ihm. Ärgerlich über des Tieres geheimnisvolles Gebaren, schlug er mit dem Stock nach demselben. Und sieh! der Hund hatte sich plötzlich in einen Menschen verwandelt und sagte: »Hättest du nicht die Schornsteintropfen auf dem Hut, so hätte ich dich jetzt gelehrt, was Schlagen heißt!« Darauf verschwand das rätselhafte Wesen.

Lehrer P. Hummer

558. *Das gespenstische Hündchen bei Mertert.*

Etwa zweihundert Meter von Mertert, zur Seite von Grevenmacher, befindet sich ein Weinberg, Syrberg genannt. In diesem Weinberg rumort ein Geist in zweifacher Gestalt. Unten am Eingang sieht man ihn in der Gestalt eines weißen Hündchens, das nie bellt und dem Wanderer nie etwas zuleide tut. Schreitet man den Weinberg hinan, so folgt es nicht selten dem Wanderer auf dem Fuß, und dann auf einmal, etwa in der Mitte des Weinberges, verwandelt es sich in einen Menschen, der nun statt des Hündchens dem Wanderer folgt. Oben angelangt, verschwindet die Gestalt.

559. *Wucherer geistet als Hund.*

Ein Mann hatte sich durch Wucher ungeheueren Reichtum erworben. Als er zum Sterben kam, verordnete er, daß man ihn nach seinem Tode in seinem schönsten Weinberg begrabe und neben ihm sein Reitpferd und sein Geld verscharre. Dieser Anordnung wurde Folge geleistet. Nach seiner Beerdigung erschien nun lange Jahre hindurch ein großer, schwarzer Hund auf dem Grabplatze und heulte jämmerlich; auch ging derselbe jedesmal ins Haus des Verstorbenen. Mehrmals stellte man dem Hunde nach, aber man vermochte nicht, ihn zu erreichen noch ihn zu töten.[1]

Lehrer Weber zu Stadtbredimus

560. Das steinerne Kreuz bei Welfringen.

Nicht weit von Welfringen, am Ausgang des »steiniger Busches«, steht ein großes, steinernes Kreuz, das Kieskreuz genannt, weil der Mann, der es erbauen ließ, aus dem Kieshaus zu Welfringen war. Dieser Mann ging oft zur Stadt und wenn er abends zurückkehrte, begegnete ihm jedesmal 241
an jener Stelle ein großer, schwarzer Hund, der ihn bis an seine Haustür begleitete und sich dort niederlegte, so daß der Mann über ihn schreiten mußte. Um dieser unheimlichen Begegnung ledig zu werden, nahm der Mann sich vor, jenes Kreuz erbauen zu lassen. Als dasselbe fertig dastand, kam der Hund nicht mehr wieder.

J.B. Klein, Pfarrer zu Dalheim

6. Katze

561. Gespenstische Katze bei Röser.

Zwischen Röser und Krautem begleitete jeden Abend eine schwarzgefleckte Katze die Heimkehrenden. Sobald sich die Leute dem Ort, genannt Langheck, näherten, dort wo heute die Kirche steht, kam die Katze hinter der Hecke hervor und folgte dem Gehenden dicht auf dem Fuße nach bis zum Dorfe. Dort angelangt, machte sie kehrt und ging eben so geräuschlos, wie sie gekommen war, an ihren Platz zurück. Jeder Versuch, sie zu fangen, war umsonst.

562. Die rätselhafte Katze bei Hohlfels.

Vor fünfundzwanzig Jahren gingen Leute von Marienthal nach Hohlfels. Da lief plötzlich eine weiß- und schwarzgefleckte Katze vor ihnen her, die sich bald dicht vor ihren Füßen dahinwälzte, bald ihnen zwischen

1 Dieselbe Sage kommt zu Perl an der Mosel (Kreis Saarburg) vor.

die Beine sprang. So oft die Leute nach der Katze greifen wollten, um sie zu fangen, war sie plötzlich einige Schritte weit entrückt. Noch ehe sie nach Hohlfels kamen, verschwand das rätselhafte Tier. In Hohlfels wollte man ihrer Erzählung keinen Glauben schenken, und ein Mann trat mit ihnen den Weg nach Marienthal an. Da sieh, an derselben Stelle, wo die Katze verschwunden war, erschien sie plötzlich wieder, um ihr voriges Spiel zu wiederholen. Angsterfüllt eilten die Leute so schnell als möglich nach Marienthal. Man meint, die Leute hätten auch, so oft sie nach der Katze griffen, auf unerklärliche Weise Schläge erhalten.

563. Gespenstische Katze in Schwarzhals.

Den Ort Schwarzhals zwischen Hohlfels und Marienthal machte lange Zeit eine gespenstische Katze unsicher, bis ein Jäger dieselbe mit einer gesegneten Kugel erlegte.

Lehrer Conrad

564. Gespenstische Katze bei Reckingen.

Zwei Handwerksburschen, die spät abends nach Reckingen (Mersch) zurückkehrten, sahen dicht am Wege eine große, schwarze Katze sitzen. Sie warfen mit Steinen nach derselben. Die Katze grinste sie scharf an und blieb ruhig sitzen, obgleich die Steine bald hoch neben ihr lagen. Es mußte den Burschen zuletzt nicht aufs beste ergangen sein, denn sie kamen blaß und an allen Gliedern zitternd zu Hause an.

242 Lehrer Conrad zu Hohlfels

565. Geisterhafte Katze bei Gösdorf.

Ein Mann aus Hosingen ging einst des Nachts von Dahl nach Gösdorf. In der Jaasdell gesellte sich plötzlich eine junge Katze zu ihm, die eine Strecke neben ihm herlief und furchtbar miaute. Er wollte sie fangen und mitnehmen. Da auf einmal war sie so verändert, daß er in die größte Angst geriet. Er begann aus allen Kräften zu laufen und langte schweißtriefend in Gösdorf an.

Lehrer Wagener zu Gösdorf

566. Die geheimnisvolle Katze.

Ein Mann aus der Brachtenbacher Mühle ging eines Abends bei hellem Mondschein bis zu dem unfern der Mühle gelegenen Wäldchen spazieren. Auf einmal sprang eine Katze vor ihn, welche sich schnell vergrößerte, bis sie so groß wie ein Kalb vor ihm stand und sich anschickte, auf ihn loszuspringen. Der Mann aber ergriff rasch die Flucht, während er hinter seinem Rücken das Miauen vieler Katzen vernahm.

Greg. Spedener

567. Die rätselhafte Katze zu Knaphoscheid.

Ein Schuster aus Weicherdingen, welcher zu Knaphoscheid den Tag über gearbeitet hatte, konnte des schlechten Wetters wegen abends nicht nach Hause zurückkehren und mußte im Hause der Arbeitgeber übernachten. Kaum lag er zu Bett, da kam eine Katze zu ihm heraufgesprungen; alle Mühe, sie zu verscheuchen, war umsonst. Ärgerlich faßte er das zudringliche Tier beim Kopfe und warf es mit aller Gewalt zu Boden, so daß es alle viere von sich streckte. Als er aber am Morgen nach der Katze schauen wollte, war sie nicht mehr zu finden, obgleich Türe und Fenster verschlossen und keine Öffnung vorhanden war, durch die sie hätte entschlüpfen können.

568. Die Katze zu Hosingen.

Auf den Zaun vor dem Kaßhaus »in der Holzbicht« zu Hosingen soll abends zwischen zehn und elf Uhr eine große Katze gekommen sein, welche den Leuten und besonders den Frauen, die in das obengenannte Haus zur Ucht kamen, nachgerufen habe, sie sollten zu Hause bleiben und ihre häuslichen Arbeiten verrichten, anstatt hierhin zu kommen und ihre Zeit mit Nichtstun zu verbringen.

569. Die geheimnisvolle Nachricht.

A. Ein Förster von Düdelingen war aus dem Walde gekommen und sah über sich hin einen Schwarm Raben fliegen. Er faßte eine Flinte und schoß aus Mutwillen hinein. Da erscholl plötzlich aus der Luft der Ruf: »Ripea blessée!« Zu Hause angekommen, erzählte der Mann seiner Frau, was ihm begegnet war. Da rief die Katze am Herd: »O! Ripea blessée! Dann muß ich auch gehen.« Und sofort war die Katze verschwunden.

B. Zu Düdelingen saßen eines Abends mehrere Männer um den Küchen-
243 herd auf der Sidel und erzählten von dem Amechtsfest, das eben in dieser Ortschaft abgehalten worden war. Einer der anwesenden Männer fragte seine Genossen: »Habt ihr denn auch schon gehört, daß der Rippi bei dem Amecht verwundet worden ist?« Eine alte, graue Katze, welche bis dahin ganz teilnahmslos neben dem Feuer gesessen, fuhr bei diesen Worten erschrocken in die Höhe und rief: »As Rippi verwondt, dât wîr mer der Deiwel!« Dann sprang sie im Nu an den Kesselhaken (Hôl, Hél) und rannte mit Blitzesschnelle durch den Schornstein über das Dach hinweg und fort war sie. Diese Katze war eine Hexe.

Das Haus, wo dies sich zugetragen, heißt noch heute »in Rippesch«.

J. Schmit aus Esch an der Alzet

570. Katzen zwischen Betborn und Schandel.

Zwei Nähterinnen von Schandel kamen abends zwischen acht und neun Uhr von Betborn, wo sie gearbeitet hatten, nach ihrer Heimat zurück. Kaum hatten sie die letzten Häuser des Dorfes hinter sich, als auf einmal zwei große, schwarze Katzen auf dem Weg erschienen, dann in Form eines Andreaskreuzes über den Weg liefen, um sofort wieder zu verschwinden. Gleich darauf kamen wieder zwei Katzen, taten wie die vorigen und verschwanden ebenfalls. Dies dauerte so lange, bis sie in den Busch, genannt Rinnhecke, gelangten. Die armen Mädchen waren außer sich vor Schrecken. Keine hatte den Mut, auch nur ein Wort mit der anderen zu sprechen. Als sie bei dem Wald angekommen waren, wimmelte der ganze Busch von Katzen. Unwillkürlich machten beide das Kreuzzeichen; da stoben die Katzen, ein gräßliches Geschrei erhebend, nach allen Richtungen auseinander. Die Nähterinnen gingen nun durch den Busch; das Geschrei aber hielt so lange an, bis die Mädchen die ersten Häuser Schandels erreicht hatten. Um einen Weg von kaum einer halben Stunde zurückzulegen, hatten die Mädchen, welche mehr zu laufen als zu gehen meinten, drei volle Stunden gebraucht.

571. Katzenhexen zu Niederwilz.

In Niederwilz war ein Jüngling, der zu später Stunde nach Hause zurückzukehren pflegte. Von dieser üblen Gewohnheit wurde er gründlich geheilt, als ihm einst Katzenhexen derart zugesetzt hatten, daß er schweißtriefend und halbtot zu Hause anlangte.

572. Der Katzenschwarm zu Lulzhausen.

Zu Lulzhausen befand sich ein Kaplan, der jeden Abend in ein anderes Haus in die Ucht ging. Als er eines Abends nach Hause zurückkehren wollte, bemerkte er auf der Hofmauer des Hauses, das er verlassen, eine große, schwarze Katze. Nachdem er dieselbe mit einer Rute, die er zufällig in der Hand hielt, verjagt hatte, ging er seines Weges weiter. Schon war er eine geraume Zeit gegangen und kam immer noch nicht zu Hause an. Da dachte er bei sich, es könne mit der Katze nicht richtig sein, sagte ein kurzes Gebet her, wodurch der Zauberbann gebrochen wurde. Er sah
nun mit Schrecken, daß er auf einem hohen Felsen bei Kautenbach stand; 244
noch ein paar Schritte und er wäre in die Tiefe gestürzt.

Zwei Tage später begab sich derselbe Kaplan auf eine Leichenfeier nach Eschdorf, eine Stunde von Lulzhausen. Kaum war er abends bei seiner Rückkehr auf den Eschdorfer Berg angelangt, als ihn eine solche Menge Katzen umschwärmten, daß es ihm unmöglich schien, seinen Weg fortzusetzen. Durch ein Gebet schickte er die Katzen die Straße hinab, während er selbst einen Pfad einhielt. Unterhalb des Berges, wo der Pfad wieder in die Straße mündet, angelangt, umschwärmten ihn auch die Katzen schon wieder. Jetzt schickte er dieselben durch die Wiesen, während er die Straße einhielt. Zu Hause angelangt, begab er sich zu Bett, ohne weiter an die Katzen zu denken; bald aber hörte er seine Haushälterin ihn um Hilfe gegen eine Menge Katzen anrufen, die sie durch alle Mittel nicht entfernen konnte, obwohl sie unter anderm einen Schuh unter die Menge geworfen hatte. Der Kaplan hatte die Katzen bald verjagt. Nachdem er noch ein zweites Mal hatte zurückkehren und die Katzen verjagen müssen, verschwanden dieselben auf immer. Von dem geworfenen Schuh aber fand man keine Spur mehr.

Lehrer Laures zu Insenborn

573. *Katzenrache.*

A. Vorzeiten war es Sitte, daß man die Viehherden samt dem Hüter während der Sommernächte auf der Weide ließ. So lag auch einst nachts ein Kuhhirt aus Berdorf halb schlummernd, halb wachend, in seine Decke eingewickelt, hinter einer Hecke. Auf einmal krabbelt eine Katze an der Decke und miaut. Der Hirt nimmt seine Peitsche und peitscht drauf los. Im Nu saß die ganze Hecke voll Katzen und es entstand ein erbärmliches Geschrei. Der Hirt konnte nicht mehr bleiben, nahm seine Decke und trieb seine Herde nach Hause. Er ging in die Scheune, wo er sein Bett hatte, und begab sich zur Ruhe. Da füllte sich die ganze Scheune mit Katzen an und es erhob sich wieder ein jämmerliches Geheul. Als der Hirt, der endlich eingeschlummert war, am Morgen erwachte, war ihm der Kopf verdreht und das Gesicht zum Rücken gewendet. In diesem Zustand verblieb er vierzehn Tage lang. Da nahm er sich vor, jedes Jahr einen Bittgang nach Hemsthal und Flaxweiler zu machen, und sieh! sofort hatte sein Kopf die gewöhnliche Stellung wieder angenommen.

Luxemburger Land, 1883, Nr. 2

B. Zu Bissen sah ein Wagener auf dem Fensterstein seines Hauses eine häßliche Katze sitzen. Er nahm einen Span und warf nach derselben.

Um Mitternacht kam die Katze langsam auf das Brett des Wageners gekrochen und zog an der Decke. Der Wagener erwachte und warf die Katze schnell herab, aber in demselben Augenblick kratzten Hunderte von Katzen an der Decke, zogen ihn vom Bett herunter, schrieen erbärm-
245 lich und zerrten ihn nach der Tür. Man rief den Pfarrer und erst als dieser kam, verließen die Katzen den schrecklich zugerichteten Mann.

C. Ein Mann von Vichten kam frühmorgens in den Stall, um die Pferde zu füttern. Da sah er eine große, schwarze Katze auf den Lenden eines seiner Pferde sitzen. Im Glauben, es sei des Nachbars Katze, schlug er mit der Mütze nach derselben, um sie zu vertreiben. Plötzlich verschwand die Katze; der Mann aber wurde von unsichtbarer Hand so barbarisch durch geprügelt, daß er laut schreiend zusammensank. Auf sein Geschrei kamen die Hausleute herbeigelaufen und brachten den vor Schmerz stöhnenden Mann auf das Bett, wo er viele Wochen krank lag, ehe er wieder genas. Die Schläge mußten von einer kleinen, dünnen Rute herrühren, denn der ganze Körper des Unglücklichen war mit kleinen, blauen Striemen überzogen.

D. Eines Abends kam der Schneider K. aus Schwebsingen von Remerschen. Auf dem halben Wege zwischen Remerschen und Wintringen begegnete ihm eine Katze. Dieselbe ging immer dicht vor ihm her, so daß er fast jedesmal auf sie trat. Als er nach Wintringen kam, ging er durch das Dorf. Die Katze jedoch blieb zurück. Plötzlich aber, als er Wintringen verlassen, war die Katze wieder da. Da faßte er sich ein Herz und stieß dieselbe mit dem Fuß. Alsbald war sie verschwunden. Er legte sich darauf, als er nach Hause kam, zu Bett; doch kaum hatte er die Augen geschlossen, als plötzlich das Fenster aufflog und ein ganzes Rudel Katzen ins Zimmer sprang. So geschah es jede Nacht, bis endlich der Tod den Mann erlöste. Man sagt, nichts habe diese Katzen vertreiben können. Erst einige Tage vor seinem Tode gab der Pastor ihm einen gesegneten Stein, welchen er abends unter die Katzen warf, worauf diese verschwanden.

E. Zwei Knechte aus Reckingen (Mersch) waren im Begriff, an den Pflug zu fahren. Auf ihren Pferden sitzend, fuhren sie eine kleine, hohle Gasse hinan. Oben angelangt, sahen sie zwei Katzen bei einer Hecke sich sonnen. Beide stiegen ab und hieben aus Leibeskräften mit ihren Peitschen auf die Katzen. Diese aber kamen auf sie zu, wurden größer und immer größer und drängten die Knechte rückwärts, bis dieselben in einem Weidenstock an der Eisch hangen blieben. Die Katzen wollten sie untertauchen, vermochten es aber nicht, da die Knechte mit »Teufelsgeißeln« versehen waren. Mit zerkratztem Gesicht kamen die Knechte davon. Kurze Zeit nachher kam eine Nachbarin einen der Zerkratzten besuchen; sofort erkannte er in ihr eine der Katzen, ergriff sie und warf die Hexe zur Tür hinaus.

574. Haus voll Katzen.

Eine Frau von Bondorf hatte einst eine Katze, der sie auf dem Felde begegnet und die eine Strecke Weges mit ihr gegangen war, mit einer Rute 246
geschlagen. Von diesem Tage an konnten die Leute dieses Hauses die Katzen nicht mehr los werden; sie hatten stets das ganze Haus davon voll und wußten nicht, woher dieselben kamen.

575. Gespenstische Katzen zu Kalmus.

Zu Kalmus im Meeschhause schliefen einst in einem wohlverschlossenen Zimmer zwei Männer aus dem Dorfe, Nikolas Pesch und Ph. Ries. Mitten in der Nacht erwachten die beiden durch ein furchtbares Katzengeschrei, welches verschiedene im Zimmer befindliche Katzen erhoben. Trotz aller Bemühungen, dieselben zu verscheuchen, wichen sie nicht, bis Ph. Ries einen seiner unter dem Bett stehenden Schuhe erfaßte und denselben mitten unter die Katzen schleuderte. Da waren diese verschwunden, aber auch der Schuh war weg und konnte nie mehr wiedergefunden werden.

576. Eine sieben Jahre alte Katze ist eine Hexe.

Nach dem Volksglauben werden die Katzen Hexen, wenn sie sieben Jahre alt geworden sind.

Einst standen zu Rodingen zwei Frauen beieinander und plauderten. Eben kam die Hauskatze dahergesprungen. Da sagte die eine Frau: »Die Katze da scheint schon alt zu sein. Wie alt ist sie wohl?« – »Über sieben Jahre«, erwiderte die andere. – »Mein Gott!« rief da die erste, »dann müßt Ihr sie töten, denn mit sieben Jahren wird jede Katze eine Hexe.« Die Katze aber hatte diese Worte mitangehört und augenblicklich sprang sie zum Fenster hinaus und nahm eine Scheibe mit. Von der Zeit an wurde sie nie wieder gesehen.

Lehrer P. Hummer

577. Der Soldat im »Brill«.

»Im Brill«, einem Wiesenplan unterhalb Bergem, befindet sich in der Meß eine Stelle (Démpel), welche sehr tief ist und, »der Soldat« genannt wird. Nach alter Leute Aussage hat sie diesen Namen erhalten von einem Soldaten, der hier beim Baden durch Ertrinken seinen Tod gefunden haben soll. Eine weiße Katze soll oft zu später Stunde um diese Stelle schleichen. Fischer, welche hier angelten, wollen sie gesehen haben, wie sie auf dem jenseitigen Ufer zwischen den Weiden saß und die Angler mit feurigen Augen anglotzte.

Lehrer P. Hummer

7. Schwein

578. Das gespenstische Schwein.

Ein Jäger von Berg war einst zu seiner Tochter nach Simmern auf Besuch gekommen. Als er des Abends gegen elf Uhr nach Hause zurückkehrte und in die hohlen Wege (húol Wéen) zwischen Säul und Simmern kam, 247
stand plötzlich ein Schwein vor ihm, das ihm nicht ausweichen wollte. Des Jägers Hund verschwand beim Anblick des Schweines eiligst in den Wald. Ohne ein Wort zu sagen, ging der Jäger an dem Schwein vorbei; bald gesellte sich auch der Hund wieder zu ihm. Der Jäger mochte ungefähr dreihundert Schritte zurückgelegt haben, als an einem Kreuzwege plötzlich das Schwein wieder vor ihm stand; aber diesmal hatte es eine schwere, eiserne Kette am Halse hangen. Der Hund hatte wieder das Weite gesucht; der Jäger aber ging, wie das erste Mal, stillschweigend am Schwein vorüber. Da erhob sich ein entsetzliches Gebrüll, als ob der Wald voller Löwen und Stiere sei. Während der Jäger auf die Säuler Straße zuschritt, sprang das Gespenst immer vor ihm her, bald in Gestalt eines Stieres, bald in Gestalt eines Pferdes usw. Erst als der Jäger an einer Kapelle bei Säul angekommen war, verschwand das Gespenst und verstummte das Gebrüll. Zwischen Säul und Bruch fand sich auch der Hund wieder beim Jäger ein.

579. Das Grassenberger Schweinchen.

Auf dem Wege von Bech nach Zittig soll man oft gegen Mitternacht einem ganz weißen Schweinchen begegnet sein. Einen Mann, welcher nach Bech zum Schuster war und erst gegen Mitternacht nach Zittig zurückkehrte, begleitete es vom Ort genannt Grassenberg, bis zu dem Pfad, welcher an den Ort genannt Schlet führt. Dort, wo damals ein dicker Birnbaum stand, verschwand es plötzlich. Noch vor einigen Jahren will eine Frau von Bech das Grassenberger Schweinchen gesehen haben.

580. Das Mutterschwein mit sieben Ferkeln.

Einem gewissen Hasch, Pächter zu Savelborn, begegnete jedesmal, wenn er des Abends allein von Medernach kam, um sich nach Hause zu begeben, im Savelborner Pfad, gleich beim Eintritt in den Wald, ein Mutterschwein mit sieben Ferkeln. Die Mutter grunzte und die Jungen drängten sich an den Hasch heran, liefen ihm zwischen die Beine und um ihn herum, daß er nur mit der größten Anstrengung vorwärts kam. Trat er dann gegen Savelborn hin aus dem Wald, so war die Alte mit den Jungen verschwunden. So oft er einen Begleiter bei sich hatte, erschienen weder das alte Schwein noch die Jungen.

Lehrer N. Massard zu Medernach

581. Die Sau mit den sieben Ferkeln im Brakenberg.

Am Brakenberg bei Rosport, besonders in der Nähe des am Fuße des Kahlenberges entspringenden Eselsbornes, sah man zuweilen eine Sau mit sieben Ferkeln umgehen. Leute, die nach den Ferkeln griffen, um sie einzufangen, hatten auf einmal Kot in der Hand. Einsehend, daß es nicht mit rechten Dingen zuging, machten sie sich voll Schrecken davon.

248 Lehrer M. Bamberg zu Steinheim

582. Umgehende Ferkel zu Luxemburg.

Alljährlich in der Nacht vom Karsamstag auf Ostersonntag um die Mitternachtsstunde kommen im Pfaffenthal von der Seite der Kirche über die Brücke herüber junge Ferkel gelaufen. Fängt man dieselben ein und tut beim Nachhausekommen die Rockschöße auseinander, so findet man anstatt der Ferkel einige Knollen Pferdekot.

Luxemburger Land, 1883, Nr. 2

583. Umgehende Ferkel zu Vianden.

Zu Vianden stand vorzeiten in der Kerzenbach ein Schuppen, der als Magazin diente, zumeist aber leer war. Dort hat Hubertus E., wie er erzählte, als Knabe oft mit seinen Kameraden gespielt und dann seien oft drei oder vier Ferkel hereingelaufen. Man wußte nicht, woher sie kamen noch wohin sie liefen. Die Knaben jagten ihnen nach und wenn sie die Tiere zu erhaschen glaubten, waren sie wieder zwanzig Schritte weit entfernt. Die Eltern verboten den Kindern diesen Spielplatz, weil es, wie sie sagten, dort spuke und man laufen lassen solle, was dort laufe.

M. Erasmy

8. Bock und Schaf

584. Umgehender Bock.

In dem T..schen Hause zu Luxemburg soll vor etwa dreißig Jahren ein großer, schwarzer Bock umgegangen sein.

585. Der Schmiedebock von Kontern.

Unterhalb des Hauses Deckesch von Kontern stand vor Jahren eine alte Schmiede. In dieser Schmiede erschien zu gewissen Zeiten um Mitternacht ein schwarzer, mit Ketten beladener Bock. Unter grauenhaftem Geklirr der Ketten stieg er die Treppe hinauf und näherte sich einer auf dem Speicher stehenden Wiege, worin ein Säugling schlummerte. Nachdem er einige Augenblicke um denselben herumgeschnoppert hatte, ohne ihm jedoch das geringste Leid anzutun, entfernte er sich wieder auf demselben Weg, wie er gekommen war.

Pfarrer J. Prott

586. Der Ziegenbock auf dem Lopert.

Auf dem Lopert, einer Anhöhe an der Staatsstraße zwischen Ettelbrück und Feulen, hielt sich, es ist noch nicht gar lange her, ein Ziegenbock auf, der die nächtlichen Wanderer oft sehr in Schrecken setzte, so daß es den Leuten bange war, zur Nachtzeit am Lopert vorbeizugehen. Ein beherzter Mann aus Feulen verließ einst zur Winterzeit spät abends eine Schenke in Ettelbrück und machte sich mit unsicheren Beinen auf den Heimweg. Auf dem Lopert angekommen, wollten die Beine nicht mehr recht und er legte sich mit den Worten in den Schnee: »Ich wollte, das 249
Böcklein käme, um mich nach Hause zu tragen.« Sofort war das Böcklein zur Stelle und ließ den Mann aufsitzen. »Nun trag mich gleich nach Feulen!« rief dieser; der Bock aber wurde unterwegs auf einmal so hoch wie der Kirchturm. Der Mann begann zu schreien und zu fluchen, daß man es bis nach Niederfeulen hören konnte. Als das Schreien und Fluchen nichts half, fing der Mann an zu beten, da wurde der Bock wieder so klein, daß der Aufsitzende schon glaubte, absteigen zu können, und mit Beten aufhörte. Aber sieh! sogleich wuchs der Bock wieder gewaltig in die Höhe, so hoch, als er es vorher kaum gewesen, und blieb auch so bis an des Mannes Wohnung, wo er denselben an der Haustür in den Schnee

warf und verschwand. Der Mann soll nie mehr zur Nachtzeit am Lopert vorbeigegangen sein.

Lehrer Ahnen zu Niederfeulen

587. Das weiße Schaf bei Derenbach.

In der Nähe der Derenbacher Straße – so nennt man einen Dorfteil von Derenbach – auf dem Weg nach Wilz, im Ort genannt »bei Schleichenkreiz«, erschien vorzeiten nachts ein weißes Schaf. Mehrere Leute behaupten, es gesehen zu haben; es habe niemand etwas zuleide getan. So kam einst ein Mann von Oberwampach dieses Weges daher. Am genannten Ort lief plötzlich das weiße Schaf quer über den Weg und verschwand geräuschlos in den Lohhecken, mit denen dieser Ort angepflanzt ist.

588. Das weiße Schaf zu Kopstal.

In Mitschenhaus zu Kopstal wurde ehedem Schule gehalten. Da erschien einst ein gespenstisches weißes Schaf auf der Haustreppe. Kinder und Lehrer flohen durchs Fenster, um nicht wiederzukehren. Darnach schlugen jede Nacht die Türen von selbst auf und zu und es erschien ein schwarzes Hündchen.

Lehrer Wahl

589. Das Schäfchen zu Wormeldingen.

In der Mitte des Dorfes Wormeldingen ist ein Platz, der von einem an der Vorderseite des dortigen Walsenhauses angebrachten Kreuz den Namen Walsenkreuz trägt. Hier erschien vor langer Zeit ein schneeweißes Schäfchen, das ruhig in der Gasse auf und ab spazierte. Wenn dann jemand des Weges daherkam, so folgte es ihm bis zu dessen Wohnung und kehrte darauf wieder an seinen gewöhnlichen Aufenthaltsort zurück.

Lehrer Konert zu Hollerich

590. Das weiße Lamm beim Läuteschbösch.

Dort wo der Weg von Rosport nach Hinkel sich am Fuß des waldigen Bergabhanges am Läuteschbösch vorbeizieht, sah man früher in gewissen

Nächten ein schneeweißes Lamm und zuweilen auch eine schneeweiße Katze umgehen. Einst gingen mehrere Frauen von Rosport morgens früh über Hinkel nach Trier. Als sie am Läuteschbösch vorübergingen, erblickte eine von ihnen ein schneeweißes Lamm, das in dem Weg neben ihnen 250
oder vor ihnen herlief. Eine Frau wollte es fangen; es hüpfte aber so hastig vor ihr her, daß sie es nicht erreichen konnte, und als sie zugleich bemerkte, wie das Lamm inzwischen immer größer und größer wurde, erschrak sie sehr und ließ es ruhig gehen. So begleitete es die Frau bis zu dem Kreuz, welches bei Mülleschhaus auf der Fähre steht. Dort verschwand es plötzlich. Einer anderen Frau, welche ebenfalls dort vorbeiging, gelang es, das Lamm zu fangen. Sie trug es auf den Armen fort. Es wurde aber immer schwerer und schwerer, so daß sie am Ende die Last nicht mehr zu tragen vermochte. Beim Kreuz an der Wintersdorfer Fähre mußte sie es fallen lassen, worauf es sofort verschwand.

Lehrer M. Bamberg

9. Rind, Kuh und Kalb

591. Der gespensterhafte Stier.

Im »Muckenloch« (etwa vier bis fünf Fuß tief) zwischen Knaphoscheid und Eschweiler macht ein gespensterhafter Stier den daran vorbeiführenden Weg zur Mitternachtsstunde unsicher.

Zollbeamter J. Wolff

592. Der feurige Stier.

Zwischen Hosingen und Rodershausen, im Ort genannt »Veitdell«, soll zur Zeit ein Gespenst rumort und die nächtlichen Wanderer eine Strecke des Weges begleitet haben. Oft ging das Gespenst in Gestalt eines großen, feurigen Stieres um, der um die Mitternachtsstunde an einer alten Buche vorbeisauste. Schon aus weiter Ferne konnte man sein fürchterliches Gebrüll vernehmen. Viele Leute behaupten, noch in neuerer Zeit, durch den feurigen Stier, der plötzlich an ihnen vorbeirannte und dann verschwand, in Schrecken gesetzt worden zu sein.

593. Der gespenstische Stier bei Vianden.

Etwa eine Viertelstunde von Vianden, dicht an der preußischen Grenze, links von der neuen Landstraße, welche nach Roth führt, standen in der ziemlich steilen Felswand in einer Nische die drei Jungfrauen, drei steinerne Statuetten, welche die drei göttlichen Tugenden Glaube, Hoffnung und Liebe darstellen. Dieselben wurden während der ersten französischen Revolution von Sansculotten den Berg hinunter in die Ur gestürzt.

Seither geht nachts an dieser Stelle ein riesiger, schwarzer Köter um. Auch ein Stier soll manchmal hier seinen Spuk treiben. Einst gegen Mitternacht sah ein Viandener Fischer, an dieser Stelle angelangt, plötzlich einen Stier vor sich, der noch das Ende des Stricks, mit welchem er an-
251 gebunden gewesen war, nach sich schleppte. Der Mann trat beherzt auf denselben zu, war so glücklich, den Strick zu erhaschen, und schickte sich an, das Tier mit sich nach Vianden zu führen. Wie er aber zur Dreikreuzkapelle kam, welche bei Erbauung der neuen Straße abgetragen worden ist, nahm er zu seinem Entsetzen wahr, daß der Stier immer größer und größer wurde. Bleich vor Schrecken, ließ der Mann das Seil los und eilte raschen Schrittes seiner Wohnung zu.

J.N. Moes

594. Der unheimliche Reisegesellschafter.

Ein Mann aus Esch an der Sauer trat einmal in finsterer Nacht den Rückweg von Merzig nach Esch an der Sauer an. Als er die letzten Häuser von Merzig im Rücken hatte, gewahrte er auf der einen Seite des Weges einen Ochsen von ungewöhnlicher Größe. Der Mann geriet in große Angst und lief, so schnell er konnte, voran; der Ochs blieb ihm aber immer zur Seite. In der Nähe von Merscheid war der Ochs verschwunden und als der Mann auch hier an den Häusern vorbei war, ging der unheimliche Gast wieder an seiner Seite. Er begleitete den Mann darauf bis nach Eschdorf, bis zur sogenannten Thommeskapell, wo er verschwand.

Greg. Spedener

595. Weißer Stier geht um.

Auf dem Wege von Heiderscheid nach Heiderscheidergrund, im Ort, genannt »bei Schmitzkreiz«, haben schon manche einen weißen Stier gesehen. Einmal kam in der Nacht ein Mann von Heiderscheid des Weges daher und als er zu ebengenannter Stelle kam, sah er auch den weißen Stier an sich vorbeilaufen und in der Ferne verschwinden. Andre wollen an demselben Ort, mitten im Weg auf einem Felsen, schon öfters einen Sarg gesehen haben.

Lehrer H. Georges

596. Geist als Faß und Stier zu Niederkorn.

Zu Niederkorn hauste ein Geist, der oft in Gestalt eines ungeheuer großen Fasses einen steilen Berg, Gretenberg genannt, herabrollte und dann plötzlich am Fuße des Berges verschwand.

Manchmal nahm er auch die Gestalt eines aufgebrachten Stieres an. In einer mit Staketen umgebenen Wiese hüteten einst mehrere Dorfjungen die Pferde, als das Untier als wütender Stier brüllend den Berg herab- und auf die Wiese zukam. Hier wühlte und bohrte derselbe mit den Hörnern so gewaltig an der Umzäunung, daß die angstvollen Knaben jeden Augenblick fürchteten, das Untier werde das Pfahlwerk zertrümmern und über sie herfallen. Allein nach einiger Zeit entfernte es sich wieder, ohne Schaden angerichtet zu haben.

Lehrer Walch zu Niederkorn

597. Die unsichtbar grasende Kuh.

An der Straße von Krautem nach Peppingen liegt eine Wiese, welche
heute den Namen Bruch führt. An einer Stelle dieser Wiese, Hêscheier 252
genannt, hörten die Vorübergehenden des Nachts eine Kuh grasen, sahen aber nirgends die geringste Spur von ihr; folgten sie aber dem Geräusch, so wurden sie in einen Morast verlockt, der sich noch heute in der Wiese befindet.

598. Die rote Kuh ohne Kopf.

Bei Rodingen befindet sich ein Ort, genannt Erzwäsch, weil dort zuzeiten Erz gewaschen wurde für den Bedarf der La Sauvager Hochöfen. Genannter Ort ist von Hecken und Bäumen ganz eingeschlossen. Eine Quelle entspringt daselbst und bildet einen Weiher, der noch heute vorhanden ist. An diesen Weiher kam ehemals eine rote Kuh trinken, welche keinen Kopf hatte. Sie kam aus den angrenzenden Feldern und stellte sich an den Weiher. Dann senkte sie den Hals und ein Wasserstrahl erhob sich aus dem Weiher und suchte seinen Weg durch die Gurgel der Kuh hinein. Wenn sie zu trinken aufgehört und sich entfernt hatte, war der Weiher oft zur Hälfte leer. Während die Kuh trank, schwebte zuweilen etwas über ihr wie ein langes Seil oder wie ein »Wiesbaum«. Oft wurde auch etwas bemerkt wie eine kleine Kornwanne, welche sich ein paarmal überschlug und dann verschwand.

Lehrer P. Hummer

599. Die bunte Kuh zu Wormeldingen.

Zu Wormeldingen ist eine Brücke, auf welcher öfters zur Nachtzeit eine kleine, bunte Kuh umgehen soll. Einst ging man, mit Knütteln bewaffnet, auf die Kuh los; aber als man zur Stelle kam, wich man scheu zurück, denn vor sich hatte man eine große, weiße, langhaarige Katze, wie in der ganzen Gegend noch keine gesehen worden.

600. Geisterhafte Kuh.

Als Margarete E., welche zu Vianden an dem längst abgerissenen Gässelturm (einem alten Turm der Ringmauer) wohnte, abends zwischen elf und zwölf Uhr das Fenster öffnete, sah sie beim hellen Mondschein zu ihrem größten Schrecken einen riesigen Mann in langem, schwarzem Mantel und mit einem dreieckigen Hut, der steif und grade auf dem Turmgemäuer stand und sie anstierte. Entsetzt schlug sie das Fenster zu und weckte ihre Schwester; aber als beide nun nach dem rätselhaften Mann schauen wollten, war derselbe verschwunden. Wie war er hinauf-, wie heruntergekommen? Keine Stiege führte zum Turm hinauf. Wie beide Schwestern dieses Fenster verließen und zu dem Fenster hinkamen, das sich zur Seite der Straße befand, und zufällig hinausschauten, sieh, da kam eine ungeheuer große, pechschwarze Katze vom Turme herab die Straße entlang und verschwand plötzlich beim Eifeshaus.

M. Erasmy

601. Geisterhaftes Rind.

Man erzählt zu Esch an der Alzet, ein weißes Rind sei nächtlicherweile von Schloß Berward her nach dem Gemeindebrunnen »Grôbirchen« zur Tränke gekommen. 253

602. Das Rind im Schlosse von Ewerlingen.

Während die Dienerschaft des Schlosses von Ewerlingen eines Abends, wie gewöhnlich, das Nachtessen in der Küche verzehrte, erblickte man draußen im Garten ein schönes, schwarz-, rot- und weißgefiecktes Rind auf und ab laufen. Die Knechte beschlossen, den Garten zu umzingeln und dasselbe zu fangen. Als sie hinauskamen, war kein Rind mehr zu sehen. Sie untersuchten, ob es großen Schaden angerichtet habe, fanden aber zu ihrem größten Erstaunen nicht eine Pflanze geknickt, nicht ein Blatt abgebissen.

An einem andern Abend, als die Knechte durch den Schloßhof gingen, um ihr Nachtlager aufzusuchen, sahen sie das nämliche Rind im Hofe umherlaufen. Ein Knecht forderte die andern auf, das Schloßtor zu schließen und das Rind einzufangen. Diese aber wollten sich nicht mehr foppen lassen und gingen ruhig zu Bett. Jener aber schloß das Tor und schickte sich an, das Rind zu fangen. Nachdem er sich vergeblich abgemüht, legte er sich keuchend zu Bett mit dem festen Entschlusse, das Tier am Morgen einzufangen. Beim ersten Morgenschimmer war er auf den Beinen und im Hof. Aber wie erstaunte er, als das Rind verschwunden, das Tor aber noch fest verschlossen war. Er durchsuchte alle Ecken und Winkel, fand aber von dem Rind keine Spur.

Dasselbe Rind wurde auch oft unter der Schloßherde bemerkt.

603. Das Gespensterrind.

J.H., ein Tagelöhner aus Heiderscheidergrund, arbeitete während des Winters zu Heiderscheid in einer Scheune. Gewöhnlich ging er montags früh von Hause weg und kam erst am Sonnabend zurück. Nun geschah es einst, daß die Frau H. in der Woche krank wurde. Sie schickte deshalb ihr jüngstes Söhnchen nach Heiderscheid, um den Vater nach Hause zu rufen. Als beide, Vater und Sohn, in der Nacht auf dem Heimweg begriffen, in den Fußpfad, der aus dem Fuchsweg von Heiderscheid nach Heiderscheidergrund durch die Hecken führt, einbiegen wollten, huschte auf einmal ein schneeweißes Rind an ihnen vorbei. »Ei Vater!« rief der Knabe, »hätten wir doch das schöne Rind!« Der Vater aber, an einen Spuk denkend, sprach zum Knaben: »Still, Junge!« und ohne weiter ein Wort zu sagen wanderten beide den Berg hinab. Als sie ungefähr hundert Meter weit fort waren, brauste dasselbe Rind noch einmal an ihnen vorbei. Diesmal aber sagte der Sohn nichts, da er durch die strenge Antwort des Vaters eingeschüchtert worden war. Beide betrachteten das Tier mit neugierigen Augen und, als dasselbe in den Hecken verschwunden war, setzten sie ihren Weg fort. J.H. erzählte nachher noch oft, daß er nie soviel Mühe gehabt habe, nach Hause zu kommen, als an diesem Abend.

Lehrer H. Georges

604. Umgehendes Kalb.

254 Zwischen Weiler und Helzingen (Kanton Klerf) soll ein schwarzes Kalb umgehen.

10. Pferd

605. Das Geisterpferd in Bettigen.

Bettigen ist eine kleine Wiesenflur auf der Gemarkung der Gemeinde Wormeldingen und rundum vom Wald umschlossen. An einem Winterabend kehrte der zu Kapenaker stationierte Förster von seinem Rundgang müde nach Hause zurück. Es war tagsüber fußhoher Schnee gefallen und mit Anbruch der Nacht lagerte sich über der Gegend ein solch dichter Nebel, daß der Förster nur mühsam vorwärts schritt und endlich vom Pfade abkam und sich verirrte. So gelangte er in die Bettiger Wiesenflur. Da plötzlich kam hinter ihm ein Pferd in raschem Galopp dahergesprengt und sauste mit furchtbarem Gebrause an ihm vorüber; Funken und flammende Blitze fuhren unter seinen Hufen hervor, bis es den Augen des bis zum Tod geängstigten Försters entschwand.

Lehrer Konert

606. Das Pferd auf Suddelbur.

Ein Wormeldinger Winzer, der einst bei vorgerückter Nachtstunde von Ahn des Weges daherkam, hörte plötzlich dicht hinter sich lauten Huftritt. Er schaute entsetzt um und gewahrte ein mächtiges Pferd, das ihm Schritt für Schritt so dicht auf den Fersen folgte, daß er sein Schnauben im Nacken verspürte. Um sich des unheimlichen Begleiters zu entledigen, lenkte der Wanderer in einen jener schmalen Wasserläufe ein, welche hier oft die Weinberge von oben nach unter durchschneiden und kaum so breit sind, daß man darin gehen kann. Doch auch das Pferd bog in den Graben ein und folgte dem Winzer, bis beide vor einer ziemlich hohen Mauer anlangten. In seiner Angst schwang sich der Mann auf die Mauer. In demselben Augenblick aber erscholl vom jenseitigen Moselufer ein solches Gekrach, als wollten die Berge auseinanderfahren. Das Pferd war verschwunden.

Lehrer Konert

607. Der gespenstische Schimmel am Schwefelbur bei Dalheim.

Der in der Nähe von Dalheim wohnende Schleimüller war einst in den Wald gegangen, um einen Baum für einen Karrenbaum zu fällen. In der Nähe des Schwefelburs angekommen, sah er plötzlich vom Walde her einen Schimmel daher gesprengt kommen, welcher pfeilschnell über Hecken und Trausch setzte und nach dem gegenüberliegenden Kreuzberg lief.

J.B. Klein, Pfarrer zu Dalheim

608. Das schwarze Roß im Krempchen bei Cessingen.

Vor langer Zeit trieben eines Abends mehrere Burschen ihre Pferde in die zwischen Hollerich und Cessingen gelegene Wiese Krempchen auf die Weide. Da die Pferde ringsum keinen Schaden anrichten konnten, streckten die Wächter sich auf den Wiesengrund hin und überließen sich dem Schlaf. Bald jedoch erwachte einer von ihnen und als er sich nach den Pferden umschaute, sah er mitten in der Wiese den prächtigsten
Rappen stehen, den man sich nur denken konnte, von ihren Pferden 255
aber war keine Spur weder zu sehen noch zu finden. Erst am anderen

Morgen fand man dieselben auf der Pezerkopp in einem Kreis beisammen.

Dasselbe schwarze Pferd wurde später öfters in verschiedenen Gehöften zu Cessingen gesehen.

Lehrer Konert

609. Das weiße Roß zu Esch an der Alzet.

Zur Herbstzeit trieben die Bauern von Esch an der Alzet, wie dies früher überall und heute noch an manchen Orten üblich ist, die Pferde in die Wiesen auf die Nachtweide. Eines Abends nun sollte ein Bauer des Ortes Birnen mahlen, um »Vîz« zu bereiten. Da er bei dieser Arbeit einer kräftigen Hilfe bedurfte, behielt er den Knecht zu Hause und schickte statt desselben seine Tochter mit den Pferden auf die Nachtweide. Sobald es vollständig Nacht geworden, erblickte das Mädchen unter seinen Pferden einen fremden Schimmel, der später ebenso unbemerkt verschwand, wie er gekommen war. Da der schöne Schimmel sich auch an den folgenden Abenden einstellte, nahm sich der Knecht, ein resoluter Bursche, vor, denselben einzufangen. Sobald der Schimmel sich tags darauf zeigte, schwang sich der Knecht behend auf dessen Rücken, um ihn nach Hause zu reiten. Doch was geschah? Mit jedem Schritte wurde das lammfromme Roß um ein Bedeutendes höher und bereits hatte es die Höhe eines ansehnlichen Hauses erreicht. Da wurde es doch dem Knecht so gruselig bei dem Gedanken, der seltsame Schimmel könne mit ihm bis in den Mond hineinwachsen, daß er nichts Eiligeres zu tun hatte, als sich heruntergleiten zu lassen. Als er sich wieder vom Boden erhob, war der Schimmel verschwunden.

Lehrer Konert

610. Das gesattelte Pferd zu Kopstal.

Im Ort genannt Pillweg zu Kopstal ging ein schön gesatteltes Pferd um, das in den herabhängenden Zaum getreten war und so nur auf drei Beinen forthinkte. Trotzdem war kein Mensch imstande, auch bei der größten Anstrengung, es zu fangen.

Lehrer Wahl

611. Das glühende Pferd bei Mertert.

Ein Schullehrer und eine Frau kehrten einst des Abends zusammen von Grevenmacher nach Mertert zurück. Als sie eine Viertelstunde von letzterm Orte entfernt an den Ort »op em Meilesteen« angekommen waren, stand plötzlich, als wäre es aus der Erde gewachsen, ein feuerrotes, glühendes Pferd vor ihnen, viel größer als alle Pferde, die sie je gesehen. Es ging einige Minuten lang vor ihnen her und machte mitunter ganz wilde Sprünge. Dann wendete es sich plötzlich, tat von der Straße bis in die Mitte der Mosel, die an dieser Stelle sehr breit ist, nur einen Sprung und verschwand unter dem Wasser.

612. Das gespenstische Füllen.

In der Nähe von Born, beim Salzwasser, da wo die salzhaltige Quelle in
die Sauer mündet, treibt ein gespenstisches Füllen seinen nächtlichen 256
Spuk. Wenn der verspätete Wanderer vorübergeht, hört er dessen wildes Schnauben und Pfeifen und tolles Plätschern; sich bekreuzend eilt er vorüber und noch lange hallt ihm das gespenstische, schaurige Toben nach.

J.N. Moes

613. Der geisterhafte Schimmel bei Rosport.

Ein Mann aus Rosport kehrte einst um Mitternacht von Ralingen nach Hause zurück. An der Rosporter Fähre angekommen, rief er dem Fergen das übliche »Hol über!« zu und setzte sich nieder, um dessen Ankunft abzuwarten. Da sah er auf einmal einen prachtvollen Schimmel mit silbernem Zaum an dem Ufer der Sauer auf und ab trappeln. Er glaubte, das Tier habe sich verlaufen, und mit der gewohnten List, wie man Pferde zu fangen pflegt, gelang es ihm, dasselbe am Zaum zu fassen und festzuhalten. Doch sieh da! Plötzlich bäumt sich der Schimmel wild empor, öffnet sein glühendes Maul und speit mit ehernem Wiehern silberhelle Funken und Flammen aus; zugleich stürzt er sich, indem er sich überschlägt, unter furchtbarem Getöse der Luft, in die Fluten der Sauer, die zischend und gäschend, als würden sie kochen oder mit Feuer kämpfen, über ihm zusammenschlagen. Groß war das Entsetzen des Mannes; am andern Morgen waren seine Haare weiß wie Schnee.

J. Prott, Pfarrer

614. Das geschundene Pferd.

Im sogenannten Mühlenweg zu Berdorf haust, der Sage nach, ein Geist, der nächtlicherweile den harmlosen, nichtsahnenden Wanderer zwischen Felsen überrascht, ihm nachfolgt und sich in Gestalt eines geschundenen Pferdes herumwälzt.

615. Das schwarze Pferd im Kreuzgrund zu Medernach.

Im Kreuzgrund östlich von Medernach erschien vor alter Zeit dem Wanderer, wenn er sich abends verspätet hatte, ein ungemein großes, schwarzes Pferd, das überaus reichlich und glänzend gesattelt und aufgezäumt war. Kam der Wanderer von Süden, so kam ihm das Pferd von Norden entgegen; kam er von Osten oder Westen, so kam ihm immer das Pferd von entgegengesetzter Richtung entgegen, so daß er nicht ausweichen konnte, er hätte denn umkehren müssen. Bei dem späten Wanderer angelangt, drehte sich das Pferd um, blieb stehen und deutete durch Kopfnicken an, er möchte es besteigen. Kam nun so ein kecker Bursche, der im Dorf zu lang im Wirtshaus beim Glase verweilt und sich einen kleinen Rausch angetrunken hatte, was seinen Mut hob, so bestieg wohl hie und da ein solcher das Pferd. Dieses trug ihn einige Schritte ruhig und sittsam, dann aber schüttelte es sich gewaltig und warf den kühnen Reiter in den nahen Graben, der beständig mit schmutzigem Wasser oder mit Schlamm angefüllt war, und verschwand. Entweder von Wasser triefend oder vom Schlamm besudelt, schlich dann der Abgewor-
257 fene beschämt nach Hause, das Pferd verwünschend, das ihm diesen Streich gespielt. Ging man aber ruhig an dem Pferde vorbei, ohne seine Winke zu beachten, so ging es davon und verschwand.

Andern erschien es ruhig dastehend, als sei es auf einmal aus der Erde hervorgekommen. Blieb der Wanderer dann ebenfalls stehen und schaute es in die Augen, so vergrößerte es sich, daß man meinte, es reiche mit dem Kopf an die Wolken, und nahm dann auch wieder allmählich ab, bis es gänzlich verschwunden war.

Lehrer N. Massard zu Medernach

616. Das rätselhafte Pferd bei Berdorf.

Einst saß ein Kohlenbrenner mit seinem Sohne nachts in der Äsbach neben seinem Kohlenhaufen in seiner Baracke. Ein Sturm erhob sich so gewaltig, daß sie glaubten, alle Bäume müßten entwurzelt werden. Als sie so da saßen und hinausschauten in die halbdunkle Nacht, sahen sie, wie etwas in Gestalt eines Pferdes vor ihrer Baracke niederfiel, eine Weile liegen blieb und dann auf einmal verschwand. Sie gingen zu der Stelle und fanden noch einen Haufen stinkender Masse.

Luxemburger Land, 1882 Nr. 9

617. Das Liesbacher Pferd zu Körich.

Zu Körich an dem Ort genannt Liesbach geht alle sieben Jahre ein weißes Pferd mit goldenem Sattel um. Das ist eine verwünschte Prinzessin, die nur dann erlöst wird, wenn ein Jüngling, der rein ist, das Tier besteigt und reitet. Schon oft hat ein braver Jüngling das Wagestück unternommen und das Pferd bestiegen; aber jedesmal ist der Schimmel mit ihm auf Nimmerwiedersehen davon geritten. Rein genug ist keiner von ihnen gewesen.

Lehrer Reyland zu Körich

618. Sonderbare Tiere zu Insenborn.

Vor gar langer Zeit kamen mit den Dorfherden fremde Kühe und Stiere ins Dorf Insenborn. Sobald man aber dieselben in den Ställen anbinden wollte, war nichts mehr da als die Kette, woran sie angebunden werden sollten.

Zur Zeit, wo man in Insenborn die Pferde noch auf die Nachtweide führte, hatte ein Bauer einst ein Pferd verloren. Nach langem Suchen fand er es, wenigstens eins, das dem seinigen ganz ähnlich war, in einem Sumpfe stehen und ihm flehentlich zuwiehern. Er rief das Pferd zu sich, faßte es an der Mähne und wollte sich darauf schwingen. Patsch! da lag er im Wasser, das Pferd aber war plötzlich verschwunden.

Lehrer Laures zu Insenborn

11. Untier

619. Das Gespenst auf dem Jofferberg zu Straßen.

Vor ungefähr fünfzig Jahren ereignete sich folgendes zu Straßen. Am Fuß des dortigen Jofferberges befand sich ein Waschbrunnen, der auch
258 heute noch besteht. Als Gemeindegut stand der Brunnen kostenfrei zu jedermanns Verfügung und war somit stets überfüllt. Um sich einen Platz zu sichern, stellten sich manche Weiber schon abends ein und übernachteten am Brunnen selbst. Da vernahmen eines Nachts die Waschweiber ein auffallendes Geräusch vor dem Brunnen und sahen zu ihrem Schrecken eine unförmliche Masse mit Pferdefüßen, aber ohne Kopf und Arme, langsamen Schrittes von der Spitze des Berges herunterschreiten bis zu zwei großen, neben dem Brunnen befindlichen Buchen, wo der Geist umkehrte und den Rückweg antrat. Als das Gespenst wieder auf der Berghöhe angelangt war, flüchteten die zu Tod erschreckten Weiber so schnell als möglich, um den Tag in der nahe gelegenen Mühle abzuwarten. Seit dieser Zeit getraute sich niemand mehr, sich vor Tagesanbruch zum Brunnen zu begeben.

M. Huß

620. Das Hidelbeckstier bei Krautem.

In dem Walde, genannt Hidelbeck, bei Krautem, hauste ein Tier, das, ohne daß man es sehen konnte, den Leuten vielfach Schaden zufügte. Kam man nachts mit einem Wagen durch den Wald gefahren, so war das Tier gleich bei der Hand, stahl die Räder von dem Wagen oder brachte sonst etwas an dem Fuhrwerk in Unordnung. Das Tier war allgemein unter dem Namen Hidelbeckstier bekannt.

621. Das seltsame Tier bei Machtum.

Ein Schreiner kehrte eines Abends mit seinem Handwerksgeschirr von Machtum nach Hause zurück. Als er ungefähr die Hälfte des Weges zwischen jenem Dorf und Ahn zurückgelegt hatte, fühlte er, wie bei jedem Tritt ein Tier ihm in die Ferse trat. Er schaute um, aber so deutlich er das Tier sah, so konnte er doch nicht erkennen, was für ein Tier es sei. Bald glich es einem Hunde, bald einer Katze, bald diesem, bald jenem.

Lehrer Konert zu Hollerich

622. Untier bei Schwebsingen.

A. Eines Abends ging zwischen elf und zwölf Uhr ein Winzer von Wintringen, namens Decker, dem sein Pferd krank geworden war, nach Remich zum Tierarzt. Unterhalb Schwebsingen, ungefähr dreihundert Meter vom Dorf entfernt, sah er plötzlich eine baumhohe Gestalt, einem Pferde ähnlich, dicht an der Straße liegen. Der Winzer stand wie angewurzelt und wagte weder vorwärts noch rückwärts zu gehen. Doch faßte er sich ein Herz und wollte rasch vorbeieilen. Als er dem Ungetüm gegenüber war, regte es sich plötzlich und kam auf ihn zu. Vor Schrecken konnte er nicht mehr von der Stelle und in seiner Angst bekreuzte er sich. Da fuhr das Gespenst mit lautem Zischen in die Höhe und verschwand, einen stinkenden Geruch um sich her verbreitend. Der Mann setzte seinen Weg fort. Nach Hause zurückgekehrt, legte er sich ins Bett, stand aber
nicht mehr auf; denn nach drei Monaten war er eine Leiche. 259

Ein Winzer aus Remerschen hatte sich eines Abends verspätet und mußte an der berüchtigten Stelle vorbei. Da es sehr finster war, hatte er zu Bech eine Laterne geliehen. Als er an die unheimliche Stelle kam, erhob sich plötzlich ein Wirbelwind um ihn, der ihn fast in die Höhe hob. Das Licht erlosch und er vernahm hoch aus der Luft fürchterliches Geschrei und Zischen. Darauf war es still und ruhig wie zuvor.

B. Auf dem Weg, der von Schwebsingen nach Bech-Kleinmacher führt, kam vor Jahren jedem Wanderer, der nachts dort vorbei mußte, ein schwarzes, hundeähnliches Tier nachgegangen. Vielen sprang das Tier auf den Rücken; diese starben kurze Zeit darauf. Das Ungeheuer war unempfindlich gegen alle Waffen, die man wider es anwenden mochte. Andre ließ es ruhig ihre Straße ziehen; diese trugen etwas Gesegnetes bei sich. Gott soll dem Teufel eingeräumt haben, die Bewohner dieser Gegend ihrer Sünden wegen auf erwähnte Weise zu beunruhigen und zu bestrafen.

Lehrer N. Biver zu Remich

623. Untier zu Rodt.

Man erzählt, daß in der Nähe von Rodt, Kanton Grevenmacher, im Ort genannt Ruduecht, öfter ein gespensterhaftes Wesen gesehen worden sei, das jede Nacht eine andere Gestalt angenommen habe, bald die eines Menschen ohne Kopf, bald die eines Bockes, bald die eines Hundes usw.

624. Das Syrener Tier.

An dem Weg, der von Syren nach Kontern führt, erhebt sich über den Trümmern eines Römerweges das altersgraue Syrener Kreuz, dem zu nahen von jeher als sehr unheimlich galt. Denn dort geht um Mitternacht ein Ungeheuer um, das in der ganzen Gegend unter dem Namen Syrener Tier bekannt ist. Es erscheint in den mannigfaltigsten Gestalten und spielt den Vorübergehenden die tollsten und bösartigsten Streiche.

Zu Anfang des Jahrhunderts wollten die deutschen Soldaten, als die Franzosen in der Festung Luxemburg belagert wurden, nicht mehr beim Syrener Kreuz Wache stehen aus Furcht vor dem Syrener Tier.

Manchmal sahen die Leute, die des Nachts dort vorbeigingen, eine viereckige, glühende Scheibe mitten im Weg liegen. Diese Scheibe stieg dann allmählich in die Höhe, so hoch als man nur schauen konnte, wurde steigend immer größer und größer und erfüllte zuletzt den ganzen Himmel mit Feuer und Flammen.

Von Zeit zu Zeit begegnete der einsame Wanderer dort auch einem feurigen Roß, das in einiger Entfernung neben ihm herzugehen schien. Es hatte zuerst nur die Gestalt eines Füllens, allmählich aber nahm es die Gestalt eines völlig ausgewachsenen Pferdes an und wurde noch im-
260 mer größer und größer.

Zuweilen hielt sich auch ein feuriger Fuchs dort auf, der böse Possen trieb und den Ort in einen sehr übeln Ruf brachte.

Ein andermal ging das Gespenst als Schaf um; öfters aber ließ es sich unter der Hülle eines Ferkels erblicken, das sieben Wochen alt zu sein schien.

Sehr häufig trat dieser Geist in der Gestalt eines Mannes auf, der »auf den rollenter Wald« (op Rulent) zu schritt und bei jedem Schritt größer wurde, bis er zuletzt wie eine hohe Pappel aussah.

Am öftesten aber kam er als schwarzer Pudel. Bald sprang dieser Pudel auf einmal hinter dem Kreuz hervor in den Weg und lief dann, wie in der Luft schwebend, vor den Leuten her, bis er endlich in Nacht und Nebel verschwand; bald lag er dicht vor den Füßen des Wanderers im Weg, wälzte sich hin und her und wurde dabei immer größer, so daß er zuletzt den ganzen Weg versperrte; bald auch erwartete er, dicht neben dem Kreuze stehend die Vorübergehenden und begleitete dieselben, vor oder neben ihnen herlaufend, bis hart an den Eingang des Dorfes Kontern, wo er dann mit einer derben Ohrfeige, die er dem Wanderer gab, seinen Abschied nahm.

Nicht selten auch belästigte nächtens dieser tückische Geist die Leute, indem er sich ihnen unsichtbar auf den Rücken kollerte. Eine Magd aus Schockeshaus von Kontern kehrte einst nachts, mit einer Hotte Äpfel beladen und von einer Frau begleitet, von Syren nach Kontern zurück. Als beide beim Syrener Kreuz angekommen waren, saß plötzlich das Gespenst auf dem Rücken des armen Mädchens und drückte es derart nieder, daß es von seiner Begleiterin nach Hause geschleppt werden mußte. Infolge des Schreckens und der Ermattung erkrankte es bald nachher und starb.

Etwas Ähnliches widerfuhr auch einem gewissen Steines aus Kontern. Einst in später Nacht von Syren nach Kontern zurückkehrend, kam er an dem Syrener Kreuz vorbei. Und sieh da! plötzlich drückte eine ungeheuer schwere Last ihn nieder. Es war das Gespenst, das sich ihm auf den Rücken gesetzt hatte. So ließ es sich von ihm tragen bis zu dem hart am Eingang des Dorfes Kontern gelegenen Huemesgarten. Dort angekommen, rief der ermüdete Steines entrüstet aus: »Nun geh, du Syrener Luder, du hast mich lange genug geplagt!« Und augenblicklich erhielt er von unsichtbarer Hand einen so derben Schlag ins Gesicht, daß ihm Mund und Nase bluteten. Dabei rollte es ihm wie ein Faß von dem Rücken herunter und er war von dem Spuke befreit.

J. Prott, Pfarrer

625. Das Tier im Hesper Kiemert.

A. In dem zwischen Itzig und Hesperingen gelegenen Hesperinger Kiemert, von Itzig an bis zum sogenannten Biltebaum und zum Deichweg, ist es seit uralter Zeit her nicht geheuer. Am meisten aber grauste es den Leuten vor dem Biltebaum, einem alten, längst verschwundenen Birnbaum, der zwischen Itzig und dem jetzigen Hesperinger Kirchhof an der
äußersten Grenze des Itziger Bannes unterhalb des Weges im Felde stand 261
und in dessen Stamm ein Muttergottesbildchen eingeschnitzt war. Nach einem anderen Bericht soll der Biltebaum eine Eiche gewesen sein, die sich etwas oberhalb des Weges am Abhang des Hügels befand. Wie dem nun auch sein mag, in der Nähe dieses Baumes hielt sich das Kiemtier auf, ein rätselhaftes Ungeheuer, das sich in vielerlei Gestalten verwandeln konnte und dem Reisenden bald als Feuer und Flamme, bald auch in der Gestalt einer Ziege, eines Schafes oder eines Hundes erschien. Zuwei-

len hörte man auch in dem nahe gelegenen Wald den unheimlichen Ruf »Huhuba!« und »Buhuha!« Das war die Stimme des Kiemtieres. Auch schien es sich zur Aufgabe gestellt zu haben, die Reisenden auf alle mögliche Weise zu necken.

Ein gewisser Wiseler von Itzig kehrte einst in später Nacht von Hesperingen nach Itzig zurück. Da sah er dem Biltebaum gegenüber eine große, gut aufgeputzte Fäsche mitten im Weg liegen. »Ei!« rief er freudig aus, »die wäre fertig! Meine Frau backt diese Nacht und wir brauchen Holz.« Mit diesen Worten lud er die Fäsche auf den Rücken und schritt wacker dem Dorfe zu. Die Fäsche wurde aber bei jedem Schritt schwerer, so daß Wiseler sich zuletzt kaum noch keuchend fortschleppen konnte. Zu Hause angekommen, warf er die Last eilig ab. »Da, Luder, lieg,« sagte er, »es ist Zeit, daß ich angekommen bin; denn wenn ich dich noch weiter hätte tragen müssen, so hätte ich es nicht mehr vermocht!« Da rief auf einmal eine Stimme: »Ich danke, Wieseler, daß du so gütig warst, mich so weit zu tragen!« und die Fäsche flog durch die Lüfte davon. Die Leute sagten, Wiseler hätte das Kiemtier getragen.

Etwas Ähnliches widerfuhr einer Frau aus dem Hause Paalen von Itzig, die ebenfalls spät in der Nacht von Hesperingen nach Hause zurückkehrte. Als sie in die Nähe des Biltebaumes kam, erblickte sie demselben gegenüber eine dornige Fäsche, welche mitten im Wege lag. Sie trug dieselbe nach Hause, um noch in derselben Nacht den Backofen zu heizen. Doch sieh da! als das gute Weib die Fäsche in den Ofen werfen wollte, flog diese zum Schornstein hinaus und eine Stimme rief aus der Höhe: »Vielen Dank, Frau Paalen, daß Ihr mich so weit getragen habt!«

Öfter gab sich das Kiemtier auch den Anschein, als wollte es Geld in der sogenannten Bonzekaul verscharren, aber so, daß die Leute es merken konnten. Wollten nun aber die Leute nach den verborgenen Schätzen graben, so fanden sie nichts und das Kiemtier ließ aus dem nahen Walde sein spöttisches »Puh! Puh!« vernehmen.

Auf der andern Seite von Itzig liegt der Sandweiler Kiemert, wo es noch viel unheimlicher ist.

In dem sogenannten Felsenfeld verwandelte sich das Kiemtier in eine Kuh. Oft, wenn die Leute von Itzig bei einbrechender Nacht müde von dem Feld nach Hause zurückkehrten, fanden sie mitten in dem dort be-
262 findlichen Kreuzweg eine kohlschwarze Kuh liegen. Sie suchten dem armen Tier aufzuhelfen, doch alle Mühe war vergebens. Dann eilten sie nach Hause, um Hilfe herbeizurufen. Als sie aber zurückkehrten, schrie die Kuh auf einmal spöttisch: »Puh! Puh!« erhob sich und lief schnell in den nahen Wald.

J. Prott, Pfarrer

B. Das Tier im Hesper Kemert ging als Hase, meist jedoch in Gestalt eines schwarzen Hundes um. Vor etwa zwanzig Jahren kam ein Schuster aus Itzig mit seinem Gesellen spät abends von Fentingen, wo sie tagsüber gearbeitet hatten, am Hesperinger Kirchhof vorbei. Beide hatten schon mehrmals diesen Hund gesehen. Diesen Abend wollten sie, wie verabredet, demselben zu Leibe gehen. Der Meister bemerkte denselben zuerst und zwar auf dem Kirchhof neben dem Wege. »Bleib du unten,« sagte er zum Gesellen, »ich bring ihn dir« und mit einem Satz war er auf der Mauer, um den vermeintlichen Hund herunterzubringen. Was sich jetzt zugetragen, haben sie niemals erzählt, aber von der Zeit an kränkelten beide. Bald nachher starb der Meister und nach zwei Monaten folgte ihm sein Geselle ins Grab.

Ein armer Mann kam eines Abends von Hesperingen und sah etwas am Wege liegen, was er für eine Fäsche hielt. »Die mußt du mitnehmen,« sagte er bei sich, »das ist genug, um den Backofen einmal zu heizen.« Wie gesagt, so getan. Er lud die vermeintliche Fäsche auf und ging dem Dorf zu. Doch die Last wurde immer schwerer, je näher er seinem Hause kam, so daß er glaubte, nicht mehr weiter zu kommen. Einige Schritte von seinem Hause warf er die schwere Last nieder. Da richtete sich die Fäsche in Gestalt des Tieres aus dem Hesper Kemert auf und sprach: »Ich danke dir, daß du mich so weit getragen,« und fort war sie.

Zollbeamter J. Wolff

626. Das rote Kreuz zu Garnich.

Auf der Anhöhe nordwestlich von Garnich steht ein altes Kreuz, bekannt unter dem Namen rotes Kreuz. Dasselbe trägt unterhalb des Bildnisses, den Tod Christi darstellend, die Zahl 1720 als einzige Aufschrift. Über das Entstehen dieses Kreuzes erzählt die Volkssage folgendes:

Einst wurde der Pastor um Mitternacht zu einem Kranken nach dem eine halbe Stunde entfernten, zur Pfarrei Garnich gehörenden Kahler gerufen. Als er bei seiner Rückkehr an die Stelle kam, wo jetzt das rote Kreuz steht, fiel etwas über ihn her wie ein Ochse, das ihn übel zurichtete und ihn zuletzt in eine Erzgrube stürzte. Am andern Morgen erst ward er von Arbeitern herausgezogen. Daraufhin ließ er das Kreuz errichten. 263

12. Das Seelentier

627. Das schwarze Tierchen.

Zwei Bauernjungen hielten mit ihren Pferden auf nächtlicher Weide. Sie hüllten sich in ihre Decken ein und der eine von ihnen fiel in tiefen Schlaf. Da sah der andere aus des Schläfers Mund ein kleines, schwarzes Tierchen hervorkommen und in den Rachen eines Pferdekopfes kriechen. Nachher kam das Tierchen zurück und schlüpfte wieder in den Mund des Schläfers, worauf dieser erwachte. »O,« sagte er zu seinem Kameraden, »welch schönen Traum ich gehabt habe! Ich bin in einem Haus gewesen, ein schöneres habe ich noch nicht gesehen. In keinem Kloster ist ein schöneres Zimmer, gibt es größere Gemächer, tiefere Keller und Gänge.« »O,« sagte der andere, »da bist du denn in einem schönen Palaste gewesen. Dein Geist war in jenem Pferdekopf; ich habe ihn in Gestalt eines schwarzen Tieres ein- und ausschlüpfen sehen.«

264 N. Gonner

VII

Weiße Frauen, Schätze

1. Weiße Frauen

628. Die weiße Jungfer am Rosporter Wehr.

Zwischen dem Rosporter Wehr und dem in der Nähe desselben auf dem linken Sauerufer am Fuße des Brackenberges fließenden Eselsborn wandelt von Zeit zu Zeit um Mitternacht eine schneeweißgekleidete, geisterhafte Jungfrau umher, welche schon manchen einsamen Wanderer durch ihr plötzliches Erscheinen in Schrecken gesetzt hat.

Pfarrer J. Prott

629. Das Zinziger Bräutchen bei Born.

In dem Zinziger Wald, der an dem linken Ufer der Untersauer zwischen den Dörfern Born und Wintersdorf liegt und in dem einst ein altes Schloß gestanden haben soll, wandelt zuweilen um Mitternacht eine große, hehre Jungfrau in blendendweißen Gewändern umher. Man nennt sie das Zinziger Bräutchen.

Pfarrer J. Prott

630. Weiße Frauen zu Manternach.

A. Zwei Männer aus Manternach fuhren am frühen Morgen auf das Feld. Da sahen sie an einer Hecke eine große, weißgekleidete Frau, die einen Regenschirm bei sich trug. Obgleich es in der Nacht geregnet hatte, waren ihre Kleider und Schuhe dennoch ganz reinlich und frisch. Die Männer hielten vor Angst den Atem an. Als sie sich schon weit von diesem Platze entfernt hatten, fragte einer den anderen: »Hast du die Frau gesehen? Das war nichts Natürliches.« Da erhob sich die Frau, ging einige Schritte umher und verschwand dann spurlos.

Lehrer Oswald zu Manternach

B. An der Westseite des Dorfes Manternach befand sich ein schmaler, düsterer Hohlweg. In diesem ging zu verschiedenen Zeiten des Jahres nächtlich eine weißgekleidete Frau um, welch einigemal vorüberrauschte und dann verschwand.

Lehrer Oswald zu Manternach

631. Die weiße Frau im Trintinger Tale.

In den zwanziger Jahren dieses Jahrhunderts sahen Reisende sehr häufig zur Nachtzeit unterhalb Roedt im Orte genannt Holbecht, eine Frau in den Hecken sitzen. So kamen einst vier Männer aus Roedt gegen neun
267 Uhr abends mit ihren Wagen von Remich. Als sie in die Holbecht kamen, sahen sie die Frau neben dem Weg in der Hecke sitzen. Die Männer, welche auf den Pferden saßen, mußten, da der Weg sehr eng war, die Beine aufheben, um die Frau nicht zu berühren. Keiner von ihnen wagte, sie anzureden. Die Frau trug eine große, weiße Haube.

Ein andermal kam ein Schmied zwischen acht und neun Uhr abends dort vorbei; er hatte mehrere Bohrer auf der Schulter. Ruhig ging er seines Weges; zwar hatte er von dem Geiste sprechen hören, glaubte aber nicht daran. Da plötzlich blieb er an einem über den Weg gebogenen Zweig mit dem Fuße hangen und fiel auf das Gesicht in die Hecke. Wie er sich erhob, sah er mit Entsetzen die Frau, welche dicht vor ihm saß. Er ließ Hut und Bohrer liegen und floh eiligst davon. In einem der ersten Häuser von Roedt angelangt, fiel er ohnmächtig nieder. Am andern Morgen fand er Hut und Bohrer noch an derselben Stelle liegen.

Lehrer Robert zu Trintingen

632. Die weiße Joffer beim Klompbur zu Dalheim.

Wo zu Dalheim der Dorfweg gegen Waldbredimus zu abfällt, befindet sich der öffentliche Waschbrunnen, Klompbur genannt. Dort erscheint nächtlich eine schneeweißgekleidete Frauengestalt, vom Volk die weiße Joffer genannt. Sie steht unbeweglich und spricht kein Wort.

Oft erscheint an ihrer Stelle eine gespenstische Ente, welche vor den Vorübergehenden einherläuft.

J.B. Klein, Pfarrer zu Dalheim

633. Das weiße Fräulein zu Cessingen.

In Riesesch Haus zu Cessingen saßen eines Abends die Knechte und Taglöhner auf der Siedel und plauderten zusammen. Plötzlich stand dicht vor ihnen am Gußstein ein wunderschönes Fräulein, deren lange, goldene Haarlocken weit über den Rücken herabwallten. Nachdem sie Wasser geschöpft, begann sie sich zu waschen, gleich als ob sie eben vom Schlaf erwacht sei. Darauf zog sie unter den Falten ihres schneeweißen Mantels einen silberblanken Kamm hervor, kämmte und ordnete das Haar und wand die langgeflochtenen Zöpfe zierlich um den Kopf. Sodann verschwand die seltsame Erscheinung durch die Gußsteinrinne und wurde nie wieder gesehen.

Lehrer Konert zu Hollerich

634. Die weiße Frau zu Ansemburg.

A. In der Nähe der Muttergotteskapelle auf dem Marienberg zu Ansemburg ward, so erzählt man, mehrmals eine große, weißgekleidete Frau gesehen, die, manchmal von einer Dienerin begleitet, auf und ab ging und schwer aufseufzte. Auch sei sie wiederholt mehreren Kindern begegnet; traurig und gesenkten Hauptes sei sie an ihnen vorübergegangen, ohne dieselben anzureden. Man hält die weiße Frau für die Gründerin der Kapelle.

Lehrer Conrad zu Hohlfels

B. Als zu Anfang dieses Jahrhunderts einst eine Jagdgesellschaft des Grafen von Ansemburg spät in der Nacht an der Muttergotteskapelle
des Marienberges vorüberzog, sah man plötzlich eine Frau in reicher, 268
aber altmodischer Tracht, die dem Zuge ungefähr fünfzig Schritte weit folgte und dann verschwand. Während man nachher am fröhlichen Mahl im Rittersaal saß, dessen Wände die Bildnisse der alten Besitzer Ansemburgs zierten, fiel zufällig der Blick einer der Gäste auf ein Frauenporträt, das eine auffallende Ähnlichkeit mit jener Frau im Walde hatte. Man nahm das Bildnis herab und las auf der Rückseite: Marianna von Bidart, gestorben 1741. Es war kein Zweifel, die Erbauerin der Ansemburger Waldkapelle geht nachts um, ihr Heiligtum zu schützen.

L'Evêque de la Basse Moûturie 336

635. Weiße Frau zu Esch an der Alzet.

Im Clair-Chêne, einem Wald bei Esch an der Alzet, soll von Zeit zu Zeit eine weiße Frau umgehen.

Luxemburger Land, 1882, Nr. 5

636. Die weiße Frau zu Rodingen.

In den Krumpren bei Rodingen soll in einem unterirdischen Goldpalast ein Fräulein gewohnt haben. Sie wurde oft in dem sich hinter Rodingen befindenden Tal gesehen, wie sie dort an den Ufern des klaren Bächleins lustwandelte, manchmal auch wohl träumend in die Wellen blickte oder sich unter einem alten Weidenbaume, deren es so manche längs des Bächleins gab, niederließ und in seinem kühlen Schatten Kränze wand. Oftmals sang sie süße Weisen, die in den nahen Bergen widerhallten. Dieses Fräulein wird als ein holdes Wesen geschildert mit schönem Angesicht und langem, blondem Lockenhaar. Zur Frühlings und Sommerzeit trug sie bald ein schneeweißes, bald ein himmelblaues Oberkleid; im Winter ward sie nicht gesehen.

Besonders ging sie gern mit Kindern um, floh jedoch, wenn Größere sich nahen wollten. Mit den Kindern aber war sie sehr vertraut, ging mit ihnen im Tale spazieren, nahm sie bei der Hand und sprach mit ihnen über mancherlei.

Dieses Fräulein lebte zu eben der Zeit, als die Heidenstadt auf dem Titelberg stand, und es gelang dem Sohne des Oberbefehlshabers der Stadt, der um ihre Hand warb, sie zum Ehegemahl zu erhalten. Von nun an wohnte sie auf dem Titelberg, besuchte noch oft ihre Wohnung im Wald. Sie bediente sich dann eines leichten, prächtigen Gespannes, das von Schießschlangen gezogen wurde und mittels dessen sie durch die Lüfte reisen konnte. Besonders reizend soll sie ausgesehen haben, wenn sie so durch die Luft dahinfuhr und ihre Gewänder vom leisen Windhauch bewegt wurden.

Zum allgemeinen Leidwesen wurde sie einige Zeit nach ihrer Vermählung nicht mehr gesehen; dann, nicht lange nachher, wurde die Stadt zerstört und mit dem Verschwinden der Stadt war auch sie auf immer verschwunden. Im abziehenden Heere jedoch war sie nicht bemerkt worden und so glaubt man, sie habe beim Brand der Stadt den Tod gefunden.

637. Das weiße Fräulein zu Burscheid.

Die Leute von Burscheid erzählen, auf den dortigen Schloßruinen gehe nachts ein weißgekleidetes Burgfräulein um.

638. Die weiße Frau bei Vianden.

In dem dicht bei Vianden gelegenen Wäldchen Poarbrêtchen, rechts vom Weg, der nach dem Bildchen führt, liegt das sogenannte Bunepârtsgärtchen und neben demselben der Bunepârtsweiher. An dieser Stelle soll das Fräulein von Falkenstein als weiße Frau umgehen. Dasselbe Fräulein fährt oft um Mitternacht auf dem Vianden gegenüberliegenden Rupertsberg in einem mit vier Schimmeln bespannten Wagen in rasendem Galopp den Abhang hinunter.

J.N. Moes

639. Die weiße Frau bei Obereisenbach.

In dem Buchenwäldchen, Burebösch, nicht weit von Obereisenbach, läßt sich zu verschiedenen Zeiten nachts eine weißgekleidete Frau sehen, welche mit den Füßen den Boden nicht zu berühren scheint. Ihr schönes Kopfhaar hängt in langen Locken über die Schultern herab, ihr Gesicht birgt ein weißer Schleier und ein blendendweißes Gewand umhüllt die Gestalt. Schon sehr oft hat man sie des Abends oder in der Nacht bei dem Bur gesehen, der sich in der Mitte des Wäldchens hart am Wege befindet und zu dem die Bauern abends ihr Vieh zur Tränke führen. Viele glauben die weiße Frau gesehen zu haben, unter anderen ein siebzehnjähriger Jüngling. Als dieser eines Abends nach seinem Brauch das Pferd an genannten Brunnen zur Tränke führte, kam die weiße Frau mit verschränkten Armen auf ihn zu. Sie sprach jedoch kein Wort, noch fügte sie ihm ein Leid zu.

Lehrer Quiring zu Untereisenbach

640. Die Sängerin des Müllerthals.

Griselinde, die reiche und schöne Erbin des Schlosses Heringen, lebte einsam mit ihrer Lehrerin, der Fee Harmonika. Diese hatte sie die Kunst gelehrt, bezaubernd schön zu singen und gefühllose Zuhörer in Felsen zu verwandeln. Schon viele Ritter, welche ihren Gesang nicht zu würdigen wußten, waren in starre Felsen verwandelt worden, wie dies die vielen Steinmassen des Müllerthales beweisen. Eines Abends kam der junge Ritter von Folkendingen daher. Er vernahm ihren Gesang. Von Sehnsucht ergriffen, wollte er sich heimlich der Sängerin nähern und erkletterte den steilen Felsen, auf dem die Burg stand; er tat aber einen Fehltritt und stürzte in den Abgrund. Die Jungfrau hört das Ächzen des Sterbenden, eilt hinzu und findet ihren Geliebten tot. Von dem Tage an härmte sie sich und starb bald. Jeden Frühling aber kehrt sie zurück und läßt auf den Ruinen der Burg ihren Klagegesang vernehmen.

L'Evêque de la Basse Moûterie 236

641. Die Sängerin von Useldingen.

An einem Augustabend kam ein schlichter Jüngling die Landstraße daher,
270 die durch das reizende Atterttal führt. Es mochte wohl zehn Uhr sein, als er zu Ewerlingen angelangt war. Da tönte plötzlich von der gegenüberliegenden Anhöhe ein wundervoller Gesang zu ihm herüber. Indem er langsam voranschritt, horchte er mit Staunen auf. Immer reicher schwoll die süße Melodie an des Jünglings Ohr, der nicht erwehren konnte, sich auf einen Stein niederzulassen, um dem Gesang zuzulauschen. Plötzlich sah er im hellen Mondschein aus dem Gebüsch eine wunderschöne Gestalt hervorschweben. Ein schneeweißes Gewand umhüllte das schlanke Weib, dessen rabenschwarze, im Abendwinde flatternde Locken weit über die Schultern herabfielen. Von neuem erklang der Jungfrau süßer Gesang, aber diesmal drangen tiefe Seufzer aus ihrem Herzen hervor. Die leichte Gestalt schwebte bei dem Klingelbur über die Attert und langsam an dem Jüngling vorüber. Dieser hörte kein Rauschen der Kleider, sondern nur mehr die letzten, leisen Worte, die auf ihren Lippen zu sterben schienen. Sie flog über die Straße und durch eine dichte Hecke. Der Jüngling blickte ihr nach, sah aber bald nur mehr ein kleines, linnenes Tüchlein an der Hecke hangen.

642. Die singende Frau bei Trintingen.

Einst ging ein Knabe am frühen Morgen, da kaum der Tag graute, zu seinem Lehrer, um bei demselben Unterricht zu nehmen. Bei des Lehrers Wohnung angekommen, hörte er plötzlich im nahen Wald, genannt Weiherchen, eine wunderliebliche Frauenstimme in herrlichen Akkorden singen. Er rief den Lehrer und machte ihn darauf aufmerksam; aber dieser konnte nichts hören.

Lehrer Robert zu Trintingen

643. Weiße Frauen zu Huncheringen.

Zu Huncheringen erhob sich, wo heute die Mühle steht, früher ein Schloß. Dort gehen jede Mitternacht zwei weiße Frauen um. Sie tun niemand etwas zuleide. Eines Abends sah ein Mann sie ruhig auf und ab wandeln; von Furcht gebannt, blieb er stehen, in banger Erwartung, was sie wohl beginnen sollten. In demselben Augenblick waren sie verschwunden.

J.N. Moes

644. Die zwei Schloßfräulein zu Weiler zum Turm.

Im alten Schloßgarten zu Weiler zum Turm wandeln in stillen Nächten zwei Schloßfräulein Arm in Arm auf und nieder. Ihre Tracht ist altmodisch und aus köstlicher, weißer Seide. Ernst und schweigsam wallen sie in den alten Gängen und tun niemand etwas zuleide.

Nach anderen sollen dieselben in mondhellen Nächten auf dem Schloßbach, Gels genannt, gewaschen haben. Offenbar liegt hier eine Verwechslung mit dem Gelsfrächen vor.

J.N. Moes

645. Die weißen Gräberinnen von Kontern.

Zu Kontern in dem alten Schloßgarten, nahe an dem sogenannten Hexenbaum 271
und zuweilen auch in dem Krautgarten, der ganz in der Nähe der jetzigen Schloßruine liegt, erscheinen in gewissen Nächten des Frühjahres zwei Frauen in weißen Gewändern. Sie tragen hellblinkende, silberne Spaten in der Hand und fangen mit großem Fleiß an zu graben.

Eine Hebamme von Kontern kehrte einst gegen Ende des Winters von Mutfort nach Hause zurück. Es war gegen Mitternacht. Da erblickte sie im Krautgarten zwei schneeweißgekleidete Jungfrauen, welche damit beschäftigt waren, mit silberhellblinkenden Spaten die schneebedeckte Erde umzugraben. Als die Frau vorbei war, schaute sie wieder um: da waren sie verschwunden. Daran erkannte sie, daß die Jungfern geisterhafte Wesen waren.

J. Prott, Pfarrer

646. Die drei Jungfrauen bei Niederbeßlingen.

Ungefähr eine Viertelstunde von Niederbeßlingen, an der Straße nach Ulflingen, befindet sich in einem Wiesentälchen, genannt Hopertsbirchen, ein Weiher, in dessen Nähe es abends nicht geheuer sein soll. Dort erscheinen allnächtlich gegen zehn Uhr drei Jungfrauen, verweilen an dem Weiher eine Stunde lang und verschwinden, nachdem sie zuletzt noch einen Tanz aufgeführt haben.

647. Die drei Jungfrauen am Spomer Weiher.

Am Spomer Weiher, welcher zwischen Holler und Weiswampach auf dem sogenannten Hölzchen lag (man sieht heute nur mehr die Spuren davon), wurden öfter in später Nachtzeit von vorübergehenden Wanderern langgezogene Klagelaute und Seufzer gehört. Diejenigen, welche solches hörten, machten sich gewöhnlich schnell davon, weil diese Gegend in übelm Ruf stand und sie deshalb nichts Gutes ahnten.

Einst beschlossen einige beherzte Männer, sich nächtlicherweile zum Spomer Weiher zu begeben, um zu erfahren, welche Bewandtnis es mit diesen Klagelauten habe. Lange hatten sie in heller Sommernacht schweigend gelauscht und schon wollten sie sich, in ihrer Erwartung getäuscht, zurückziehen, als auf einmal vom gegenüberliegenden Ufer her ein langer tiefer Laut erscholl. Sie hielten den Atem an und horchten auf. Da ertönte wieder derselbe Laut. Ihre Aufregung wuchs. Jetzt zum drittenmal ein dumpfes Stöhnen und sieh! am Ufer gewahrten sie drei Frauengestalten, welche wie aus dem Weiher aufgetaucht waren. Nun begannen die Gestalten einen Rundgang um den Weiher und ließen noch zuweilen ihre Klagen und Seufzer ertönen. Hinter ihnen blinkte ein glänzender Lichtstreifen, der sich immer länger hinzog, je mehr sie voranschritten. Wie sie aber auf die Männer zukamen, wollten sich diese etwas zurückziehen und sich im Gesträuch verbergen. Dabei stolperte einer derselben und bei dem dadurch entstandenen Geräusch verschwanden plötzlich die Gestalten. Allmählich erlosch auch der Lichtstreifen. Lange noch warteten die Männer, aber sie konnten nichts mehr wahrnehmen.

Wilh. Zorn, Vikar zu Binsfeld 272

648. Die drei Jungfrauen bei Wilwerwilz.

Auf dem Wege von Wilwerwilz nach Enschringen, im Ort genannt »an der Forzel« gehen zuweilen nachts drei schöne, mit prachtvollen Gewändern bekleidete Jungfrauen um. Kürzlich noch begegnete denselben ein Mann, der hier vorbeikam. Ohne ein Wort zu sprechen, gingen sie an ihm vorüber.

Lehrer Schaus zu Wahlhausen

649. Weiße Frauen bei Gösdorf.

Vor etwa dreißig Jahren sah eine Frau aus Esch, die abends von Gösdorf heimkehrte, unweit dieses Dorfes drei weißgekleidete Jungfrauen in einer Wiese tanzen. Auch hörte sie die Töne einer lieblichen Musik, konnte aber keine Musikanten bemerken.

Lehrer Wagener zu Gösdorf

650. Die drei Jungfrauen bei Mertert.

A. Ein Mann aus Mertert ging einst mitten in der Nacht nach Grevenmacher, um die Hebamme zu rufen. Als er auf seinem Rückweg an den Ort »ob em Meilesteen«, eine sehr verrufene Stelle bei Mertert kam, hörte er plötzlich etwas hinter sich rascheln. Er schaute um und sah zu seinem nicht geringen Schrecken drei mit seidenen Gewändern umhüllte Jungfrauen, welche ihm auf dem Fuße folgten, indem sie von Baum zu Baum huschten und mit ihren Gewändern »rabbelten«. Der arme Mann verging fast vor Schrecken, er wagte nicht mehr umzuschauen und lief in einem Atem nach Hause, wo er ohnmächtig zusammenbrach.

Als er vierzehn Tage später am hellen Tage wieder nach Grevenmacher mußte und an der verrufenen Stelle ankam, fiel er aufs Gesicht zur Erde und war eine Leiche.

B. In dem Weinberg, genannt Wasserbilligerberg, zwischen Wasserbillig und Mertert, erscheinen drei Jungfrauen. In hellen Nächten sieht man sie den Berg herabkommen. Ihre Kleider rauschen in schwerer Seide. Sie sind gewöhnlich weiß gekleidet.

651. Die Schläderjungfer bei Kontern.

In der zwischen Mutfort und Kontern gelegenen Schläd erhebt sich an dem waldigen Abhang eines Berges der weit und breit bekannte Tillepetches-Fels, in welchen die Natur einen zu beiden Seiten offenen Gang gebildet hat, den man heute »huolen Ähr« zu nennen pflegt. Dieser merkwürdige Felsen ist schon seit undenklichen Zeiten der Wohnsitz einer großen, schlanken, schneeweißgekleideten Jungfrau, die unter dem Namen Schläderjungfer oder Jungfer aus der Tillepetches-Fels bekannt ist und in gewissen Nächten auf den Wegen und an den Bächen und Quellen der Schläd umherwandelt. Meistens erscheint sie auf dem einige hundert Schritt unterhalb der Tillepetches-Fels gelegenen Mühlewuos, einem Anger, der von fünf Quellen bewässert ist, deren bedeutendste
273 der Mühlebur und das Pfaffenbirchen sind. Zuweilen geht sie aber auch in der stengechter Hiél um, einem dunkeln Hohlweg, der von dem Mühlewuos durch eine mit Wald bedeckte Schlucht hinauf nach Kontern führt. Ihre Ankunft wird verkündigt durch ein gewaltiges, im Wirbel drehendes Sausen, welches sich über die Felsen und Schluchten der Schläd erhebt, ganz so, als seien Wald und Luft voll Hexen und Teufel.

Dem einsamen Wanderer, der sich um Mitternacht von Mutfort nach Kontern begibt, begegnet nicht selten, wenn er auf dem Mühlewuos vor dem Eingang der stengechter Hiél angekommen ist, eine hohe, schlanke Jungfrau in langen, weißen Gewändern. Das ist die geisterhafte Schläderjungfer, welche diesen Ort unheimlich macht. Bald tritt sie aus der stengechter Hiél, bald aus der Schläderbâch hervor; manchmal aber scheint sie auch von der Mühlbacher Mühle oder aus der Richtung von Mutfort herzukommen. Wie der erschrockene Wanderer sie auch grüßen und anreden mag, sie spricht kein Wort, sondern im tiefsten Schweigen begleitet sie ihn, neben ihm oder hinter ihm hergehend, durch die stengechte Hiél bis zu der ungefähr zweihundert Schritt höher in der Mitte des Bergabhanges gelegenen Brechkaul, wo sie ebenso plötzlich wieder verschwindet wie sie gekommen war. Ein andermal gesellt sie sich den Leuten erst hier an der Brechkaul zu und begleitet sie auf dieselbe Weise bis auf den Gipfel des Berges, wo sie in der Nähe des sogenannten Zeeregärtchen plötzlich unsichtbar wird.

Andre Leute, die ebenfalls in später Nacht von Mutfort nach Kontern gingen, erblickten plötzlich, als sie eben an dem Mühlenbur vorüber waren, eine schneeweißgekleidete Weibsgestalt, welche rechts am Weg, hart beim Eingang der stengechter Hiél, unter einer alten, mächtigen, jetzt verschwundenen Buche saß und damit beschäftigt war, nach der Art, wie Weiber sich zu putzen pflegen, ihre Haare zu kämmen, zu flechten und zu kräuseln. Das war wiederum die geheimnisvolle Schläderjungfer. Von den Vorübergehenden angeredet oder zum Mitgehen eingeladen, erwiderte sie kein Wort, blieb wie versteinert sitzen und ließ sich in ihrer Beschätigung nicht stören. Von Zeit zu Zeit zeigte sich dieselbe Erscheinung auch an der Brechkaul in der Ecke, wo ein Weg von der stengechter Hiél aus nach dem sogenannten Mühlengrund abzweigt.

In der Nähe des Mühlenburs und mitten in der stengechter Hiél wurde dieselbe Schläderjungfer auch öfters gesehen als nett- und weißgekleidete Jungfer mit einem Bündel Leinwand unter dem Arme.

Einst hütete des Nachts ein Hirtenknabe aus Mühlbach seine Herde auf dem neben dem Mühlenbur gelegenen Anger. Da trat plötzlich aus der stengechter Hiél eine schlanke, schneeweißgekleidete Jungfer hervor, die ein weißes Päckchen unter dem Arme trug. Die Seitenlappen ihrer Haube flatterten wie kleine Fähnchen im Wind. Als der Knabe ihrer ansichtig wurde, glaubte er, es sei ein Mädchen, das sich einen Dienst suchen gehe. »Willkommen!« rief er ihr munter zu, indem er sich ihr näherte. »Willkommen! Wohin? Geht Ihr einen Meister suchen?« Doch 274
die Jungfer antwortete ihm nicht und blickte ihn mit großen, hellen Augen starr an. Der Knabe hatte nun auch in der Nähe erkannt, daß er nicht ein einfaches Dienstmädchen, sondern eine vornehme Jungfer vor sich habe. Er meinte, sie habe sich verirrt, hatte recht inniges Mitleid mit ihr und suchte sich ihrer anzunehmen. »Seid Ihr verirrt, Jungfer?« fuhr er in einem bescheideneren Tone zu fragen fort. »Sagt es mir, und ich will Euch den rechten Weg zeigen.« Die Jungfer aber erwiderte auch diesmal kein Wort und ging stumm, als hätte sie seine Frage nicht gehört, ruhig ihres Weges weiter. Der Knabe, der auf seine wiederholten Fragen keine Antwort erhielt, wurde nun etwas verblüfft, folgte ihr jedoch und fragte nun ein drittes Mal: »Wie, Ihr antwortet mir nicht, Jungfer? Ich meine es doch gut. Seid Ihr etwa stumm? Seid Ihr taub? Seid Ihr aus der

Fremde und versteht Ihr unsere Sprache nicht?« Doch auch diesmal erhielt er keine Antwort. So waren indessen beide miteinander bis zu der Brücke gekommen, welche über den Schläderbach führt. Dort wurde die Jungfer plötzlich unsichtbar und es erhob sich in der Luft ein ungestümes, unheimlichgrollendes Rauschen, welches sich im Kreise herumdrehte und den Knaben mit sich emporzureißen drohte. »Ei! Das war die Schläderjungfer!« rief dieser zitternd und bebend aus, bekreuzte sich und lief, so schnell er konnte, nach Hause.

J. Prott, Pfarrer

652. Das Schlärmrechen (Schleiermariechen).

Zwei Brüder aus Wormeldingen machten sich eines Abends auf, um nach dem Gostinger Wald auf den Anstand zu gehen. Als sie ungefähr die Hälfte des Weges zurückgelegt hatten, begegnete ihnen eine Weibsperson in schneeweißem Anzug, das Gesicht mit einem dichten Schleier verhüllt. Sobald die Männer der sonderbaren Erscheinung ansichtig wurden, machten sie halt, und wie Schlärmrechen nun gar hart an sie herantrat, ihnen einen schweren Rosenkranz vor die Augen hielt und sie mit schauerlichhohler Stimme nach der Kreuzwoche fragte, da erfaßte die Jäger ein panischer Schrecken, so daß sie kopfüber dem Dorfe zustürzten. Schlärmrechen war ihnen immer dicht auf den Fersen und kaum hatten sie die Tür des Hauses hinter sich zugeworfen, als von außen ein so wuchtiger Schlag gegen dieselbe erfolgte, daß das ganze Haus erdröhnte.

Schlärmrechen (so genannt wegen ihrer dichten Verschleierung) wurde später noch oft auf dem Wege zwischen Wormeldingen und Niederdonwen gesehen, und obschon sie nie jemand ein Leid zugefügt, wagte es doch lange Zeit nachher niemand, bei vorgerückter Nachtstunde diesen Weg zu gehen.

Lehrer Konert zu Hollerich

653. Die weiße Jungfer von der Hölt bei Rosport.

In dem anmutigen, von der Sauer begossenen Tälchen, das unterhalb Rosport zwischen der Rosporter Hölt und der Ralinger Hölt liegt, wandelt
275 in gewissen Nächten eine große, geisterhafte Jungfrau in weißen Gewändern umher. Ihr schönes, blondes Haar wallt in langen Locken den

Rücken herunter und ihre Rockärmel sind aufgeschürzt, als gehe sie zur Wäsche oder komme von dieser.

Sie steigt von den sogenannten Leien, die sich über dem waldigen Abhang der Hölt erheben, in das Tal hinunter und nähert sich den Trümmern eines Heiligenhäuschens, die einige hundert Schritt oberhalb der Ralinger Sauerfähre, hart an dem Saum der Hölt liegen. Dort geht sie dann einige Zeit schweigend vor der Hölt oder an dem Ufer der Sauer auf und ab spazieren. Zuweilen schwebt sie auch über die Sauer hinüber dem jenseits hinter Ralingen gelegenen Sauerborn, einem berühmten Gesundheitsbrunnen, zu und bewegt sich zwischen diesem Born und dem am Hölteberg befindlichen Heiligenhäuschen hin und her. Begegnet ihr auf dieser nächtlichen Runde zufällig ein einsamer Wanderer, so pflegt sie denselben eine Strecke des Weges zu begleiten, indem sie still schweigend neben ihm einhergeht.

Pfarrer J. Prott

654. Weiße Frau bei Dahl.

Ein Mann aus Dahl, welcher eines Abends das Wasser auf seine Wiese »kehren ging«, sah in dem Bach, welcher durch das Tal zwischen Dahl und Buderscheid hinläuft, ein weißes Frauenzimmer, das sich in dem Bache badete und darin plätscherte. Weil dieser Ort verrufen ist, so fürchtete sich der Mann, blieb steif stehen und wollte sich auf und davon machen; aber die weiße Frau folgte ihm immer nach, was der Mann erst bemerkte, als er zufällig sich umschaute. So verfolgte ihn das Frauenzimmer bis auf die Straße, wo sie verschwand.

N. Gonner

655. Die weiße Frau auf Schloß Pettingen.

Vor dem alten, jetzt fast ganz in Trümmern liegenden Schloß zu Pettingen bei Mösdorf erzählt man, daß es früher eine feste Burg gewesen sei und mit den benachbarten Schlössern durch unterirdische Gänge in Verbindung gestanden habe. Deshalb habe nie ein Feind das Schloß einnehmen können, weil immer Hilfe von den Nachbaren kam.

Vor nicht gar langer Zeit, so erzählte man, sei jedes Jahr am 15. Juli um Mitternacht eine weiße Frauengestalt auf dem Gemäuer der Burg erschienen. Mit fliegendem Haar irrte sie im Schloß umher und rief gar

kläglich, man solle ihr ihr Kindlein lassen. Einst lebte nämlich in diesem Schloß ein Ritter, dessen Namen die Sage nicht kennt, der sehr tapfer, aber auch ebenso böse und grausam war. Der stille Charakter seiner Gemahlin, die fromm und sanftmütig war, gefiel dem Ritter nicht, so daß sie von seiner Roheit Unsägliches zu erdulden hatte. Drei Jahre nach ihrer Vermählung gebar sie ihm ein wunderschönes Töchterlein, das völlige Ebenbild der Mutter. Der Ritter, der lieber einen Sohn gehabt hätte, um ihn nach seinem Willen zu erziehen, wollte seiner Gemahlin das Kind wegnehmen und es umbringen. Als aber die Mutter sich wider-
276 setzte, geriet er so in Wut, daß er sie erstach. Die Tochter übergab er einem Diener, um sie in den Fluß zu werfen. Dieser tat aber nicht nach dem Gebot seines Herrn. Sie wuchs zur blühenden Jungfrau heran und ward später die Gemahlin eines Ritters von Fels.

656. Das weiße Burgfräulein der Niederburg (bei Weilerbach).

A. Auf dem bewaldeten Berg Niederburg, dicht hinter dem Weilerbacher Schloß, stand nach der Volkssage das Zauberschloß der Niederburg. Hier weilt ein verwünschtes, wunderschönes Burgfräulein. In lauen Sommernächten sehen zuweilen die Fischer diese holde Jungfrau mit blendendweißem Nacken und dichten, goldenen Locken der Sauer entsteigen und einer vielhundertjährigen Buche auf der Niederburg zuschweben.

Reiners, Histor. und romant. Echternach 43

B. Auf dem linken Sauerufer, dicht hinter dem Weilerbacher Schloß, befinden sich an einem steilen Bergabhang die unbemerklichen Überreste einer alten Ritterburg. Es stand hier nach der Volkssage die Niederburg. Dort lebte vor vielen, vielen Jahren ein reicher Ritter mit seinem einzigen Töchterlein aus erster Ehe. Der Ritter war überall als ein guter, leutseliger Mann bekannt; besonders aber hatte seine fromme Tochter die Liebe aller gewonnen und beide lebten friedlich auf ihrem Schloß. Zum Unglück der Tochter verheiratete sich der Graf wieder. Die Stiefmutter verfolgte das Burgfräulein, wie und wo sie nur konnte. Das arme Edelfräulein mochte am Ende nicht mehr in der Burg wohnen und floh hinunter ins Dorf Bollendorf. Hier ging sie täglich dem Strande der Sauer entlang Blumen pflücken oder sammelte reife Heidelbeeren auf der Heide.

Einst, als sie am Rande der Sauer Blumen pflückte, fiel sie ins Wasser und ertrank. Das Volk aber glaubte nicht an den Tod dieses frommen Mädchens, sondern sagte, jedes Jahr, wenn die Heidelbeeren reif seien, erscheine das Burgfräulein der Niederburg, auch genannt das Edelfräulein aus der Wasserschaft, auf der Heide und zeige den guten Kindern diejenige Stelle, wo die besten und die meisten Heidelbeeren wachsen. Daher soll es kommen, daß die Bollendorfer Jugend noch heute immer so viele Heidelbeeren findet, welche sie dann nach Echternach bringt und dort verkauft.

657. Das Schierener Bräutchen.

A. Unterhalb Mörsdorf an der Sauer dehnen sich die Schierener Wiese und der Kahlenberg aus, zwischen denen ein Bächlein fließt. Der Kahlenberg ist eine schaurige Gegend; auf kahlen Felsmassen, die sich zur Seite der hart an ihnen vorbeifließenden Sauer hinziehen, erhebt sich ein dichter Buchenwald. Bei hohem Wasserstand brechen sich an diesem Gestein die schäumenden Wogen mit lautem Getöse.

An dieser Stelle sollte einst eine Prinzessin mit ihrem Bräutigam über die Sauer schiffen, die damals hoch angeschwollen war. Schon unweit des Ufers wurde das mit Schätzen reich beladene Schifflein vom Wasserschwall ergriffen, gleich einer Nußschale von Wind und Wogen umher- 277
getrieben und versank dann in den Tiefen des Flusses. Die Sage erzählt, dies sei eine Strafe Gottes gewesen; denn die Prinzessin habe während der Fahrt weder an Gott noch an ihren Gemahl gedacht, sondern ihr Auge an dem Glanze des Goldes geweidet und in ihrem Herzen sei schon längst ein Plan der Untreue gereift. Jetzt nun, am Tage ihrer Verlobung, habe die Strafe sie ereilt. Von dieser Zeit an muß sie ewig in den Felsen, auf der Wiese und auf der Sauer als Geist umgehen.

In den Felsen erscheint sie gewöhnlich in finsterer Nacht um die Geisterstunde, in einer feuerroten Kutsche sitzend; sie hält in ihren Händen die Zügel, mit denen sie ihre rabenschwarze Rosse lenkt. Unter Seufzen und Wehklagen eilt sie dahin, zuweilen einen Klageruf ausstoßend, so schaurig, daß der Wald davon widerhallt und den verspäteten Wanderer kaltes Grausen befällt.

In der Wiese geht sie als Braut um im langen, glänzenden Schleier. Sie belauscht die Wanderer und sucht nach ihrem Gemahl; deshalb tritt sie auch in all ihrer Schönheit auf.

Auf der Sauer haben die Fischer die Braut gesehen, wie sie ihre Haare kämmte und ihre Kleider wusch; um Mitternacht vernahmen sie oft ein Gepolter, als wäre die ganze Sauer in Aufruhr; dann, heißt es, sucht das Schierener Bräutchen nach dem Schiffchen und den Schätzen.

Einst kehrten fromme Pilger, die nach Echternach zur Springprozession waren, in stiller Nacht auf ihrem Schifflein nach Wasserbillig zurück. Als sie unterhalb Mörsdorf am Ort Schieren vorbeikamen, bemerkten sie plötzlich im Mondschein auf der Schierener Wiese eine große, hehre Gestalt in blendendweißem Gewand, die ihre langherabwallenden Locken eben geordnet hatte. Einer der Pilger erkühnte sich, der Gestalt zuzurufen, sie möchte ins Schifflein kommen. Und siehe, da trat sie ans Ufer und schien auf der Oberfläche des Wassers zu wandeln. So folgte sie lange lautlos den Pilgern. Jener wollte den Kahn dem Ufer zulenken, aber die übrigen verwehrten es ihm und meinten, er möchte lieber zu der Gestalt ans Ufer schwimmen. Der schwieg nun; aber da erhob sich ein Brausen und Getöse in der Sauer, daß die Pilger ängstlich anfingen, zu beten. Immer noch schwebte die Gestalt mit dem Schifflein dahin bis in die Gegend von Langsur. Dort wendete sie um, wandelte die Weinberge hinauf, »schlug einen herrlichen, hellen Kranz« und war den Augen der Schiffenden entschwunden.

So hat manch später Wanderer sie den Berg hinunter in die Schierener Wiese kommen sehen; schweigend ging sie dann neben ihm her und verschwand plötzlich.

B. Neben dem Wald bei Mörsdorf, im Ort, genannt »in Schieren«, geht
278 jede Nacht, zwischen elf und zwölf, das Schierener Bräutchen um. Es ist eine hohe, schlanke Gestalt, mit schneeweißen Kleidern angetan. In zierlichten Flechten wallt das lange Haar über ihre Schultern herab. Von dem genannten Ort aus kommt sie herab mit gemessenem und würdevollem Schritt, geht bis an den Rand der Sauer und stürzt sich ins Wasser. Dann entsteht ein gewaltiges Geräusch und in großen Wirbeln schlagen die Wasser über ihr zu sammen.

Die Sage geht, das Schierener Bräutchen sei wirklich Braut gewesen und an dieser Stelle in der Sauer ertrunken, als sie mit ihrem Bräutigam übersetzen wollte.

Schon zu wiederholten Malen wurde das Schierener Bräutchen gesehen. So sah sie einmal ein Graf von B., als er in seiner Kutsche vorbeigefahren kam. An der Stelle, wo sie sich in die Sauer zu stürzen pflegte, machten die Pferde auf einmal halt und waren nicht mehr voranzubringen. Da sah der Graf die weiße Gestalt des Schierener Bräutchens den Berg herabkommen, die Straße überschreiten und sich ins Wasser stürzen, worauf die Pferde zu schnauben begannen und Reißaus nahmen. Der auf dem Bock sitzende Kutscher aber hatte von der ganzen Erscheinung nichts gesehen.

Ähnliches begegnete einem Fuhrmann an dieser Stelle. Die Pferde blieben plötzlich stehen und waren nicht mehr vorwärtszubringen. Dies währte einige Augenblicke, dann erfolgte ein heftiger Plumps in der Sauer, worauf die Wasser zusammenschlugen. Nun fingen die Pferde an zu laufen, als ob sie unsinnig wären. Gewiß war es nichts anderes als das Schierener Bräutchen, welches sich in den Fluß gestürzt hatte. Von der Erscheinung selbst aber hatte der Mann nichts gesehen, sondern nur den Plumps im Wasser vernommen.

Vor einigen Jahren ging ein Jüngling von Born nach Wasserbillig, wo er Verwandte hatte. Er war fremd in der Gegend und hatte nie ein Wort von dem Schierener Bräutchen gehört. Als er fast an die Stelle des Weges kam, wo dasselbe sich den Vorübergehenden zu zeigen pflegt, sah er nicht weit von sich eine weiße Gestalt daherwandeln. Er glaubte, es sei eine Person, welche sich ebenfalls nach Wasserbillig begebe, und auf Gesellschaft hoffend, rief er derselben zu, sie solle warten, sie würden den Weg zusammen machen. Die weiße Frau blieb wirklich stehen und wartete auf den Kommenden. Als er aber zu ihr herangetreten war und mit ihr zu sprechen begann, redete sie kein Wort und es begann dem jungen Manne unheimlich zu werden. Die ganze Erscheinung kam ihm höchst rätselhaft und gespenstisch vor und er beschleunigte seinen Gang, um aus ihrem Bereich zu kommen. Doch vergebens! Die weiße Frau ging immer neben ihm, bis nach Wasserbillig, wo sie auf einmal verschwand. Kreidebleich kam der Jüngling bei seinen Verwandten an und sank ohnmächtig auf der Türschwelle nieder. Als er wieder zur Besinnung gekommen war, erfuhr er, daß er das Schierener Bräutchen gesehen hatte. 279

Ein Schäfer, der in der Gegend seine Schafe hütete, bekam das Bräutchen ebenfalls zu sehen.

Auch auf dem »Heerendriésch«, einem freien Platz im Wald zwischen Mompach und Wasserbillig, wurde die Erscheinung gesehen, wie sie da saß und damit beschäftigt war, ihre Haare zu flechten.

Wenn in früheren Zeiten die Knechte des Nachts auf dem Felde bei ihren Pferden weilten, sich niederlegten und die Pferdedecken über sich zogen, um eine Stunde der Ruhe zu pflegen, nahm ihnen manchmal während des Schlafes das Schierener Bräutchen die Decke weg und verbarg sie an irgend einem Ort, wo sie schwer wiederzufinden war.

Lehrer P. Hummer

C. In letzter Zeit soll das Schierener Bräutchen durch einen jungen Mann aus dem Preußischen erlöst worden sein. Derselbe kam von Wasserbillig nach Mompach und die umliegenden Ortschaften, um sich einen Dienst zu suchen. Ehe er auf den Heerendriésch kam, mußte er an einem mächtigen Eichbaum vorbei, unter dem die Feldarbeiter oft ihre Mittagsruhe hielten. Unter demselben sah er eine liebliche Jungfrau sitzen, die ein zierliches Körbchen bei sich stehen hatte. Er grüßte sie, doch sie dankte ihm nicht. Nun fragte er sie, ob sie nicht mit ihm gehen wolle. Es erfolgte wieder keine Antwort. Er vermutete, auch sie gehe, einen Dienst suchen, und sprach: »Wenn Ihr nach einem Dienst sucht, so kommt mit mir, denn auch ich bin deshalb auf der Wanderschaft!« Als er auch diesmal keine Antwort erhielt, sprach er: »Wenn Ihr nicht antworten wollt, so will ich meiner Wege gehen.« Und er schickte sich an, zu gehen. Aber sieh! die Jungfrau erhebt sich und geht mit ihm bis auf den Heerendriésch. Dort wendet sich der Jüngling noch einmal um und fragt nach ihrem Begehren. »Dreimal nach Girst und einmal nach Klausen und eine Messe zu Girst,« war die Antwort, dann war sie verschwunden. Und nun erkannte der junge Mann, daß es eine arme Seele war, die der Erlösung harrte. Er richtete den Auftrag aus, ging dreimal nach Girst und einmal nach Klausen (Eberhardsklausen), ließ auch eine hl. Messe in Girst lesen und wohnte derselben bei. Während der hl. Messe soll hinter dem Altar eine weiße Taube auf- und gen Himmel geflogen sein. Das war das Zeichen, daß das Schierener Bräutchen erlöst sei.

Lehrer P. Hummer

2. Die Schlangenjungfrau

658. Das verwünschte Fräulein zu Rimmel.

Zwischen Arsdorf und Rambruch befand sich ehemals das kleine Dorf Rimmel, das nur zwölf bis fünfzehn Häuser zählte. Noch heute finden
280 sich zahlreiche Spuren davon vor. Gegen Ende des siebzehnten Jahrhunderts starben alle Einwohner dieses Dörfchens an der Pest, mit Ausnahme von drei Fräulein, von denen die eine nach Frankreich ging, die zweite in Rambruch starb, und die dritte, welche mit dem Aussatz behaftet war, sich fern von den Menschen, auf dem Felde, inmitten ihrer Güter, eine Hütte errichtete und dort ein armseliges Leben führte; später jedoch nahmen Leute von Heispelt dieselbe bei sich auf und verpflegten sie bis zu ihrem Tode, worauf ihnen deren große Güter zufielen. Der Ort, wo

Rimmel stand, trägt heute diesen Namen. Daselbst befindet sich ein Sumpf an der Stelle, wo ehemals der Dorfbrunnen gewesen sein soll. An diesen Brunnen knüpft sich folgende Sage: Die eine der drei erwähnten Fräulein ist als Schlange in den Brunnen verwünscht worden. Alle hundert Jahre steigt sie einmal herauf und trägt dann einen goldenen Schlüssel im Munde. Damit der Zauber gehoben werde, muß ein Mädchen mit seinem eigenen Mund den Schlüssel aus dem Munde der Schlange herausnehmen. Ist dies geschehen, dann zeigt die erlöste Jungfrau der Retterin eine große Kiste mit Geld, welche sie mit dem Schlüssel öffnen kann. Einst entschloß sich ein Mädchen, das Wagnis zu bestehen. In dem Augenblick aber, wo es den Schlüssel mit dem Munde erfassen sollte, schauderte es vor der gräßlichen Gestalt der Schlange zurück und hatte den Mut nicht mehr, den Schlüssel zu nehmen. »O weh!« rief die Schlange, »jetzt muß ich noch einmal hundert Jahre warten, bis ich wieder heraufkommen darf!« Darauf versank die Schlange mit dem goldenen Schlüssel in den Brunnen.

659. Die Schätze im Brunnen auf der Nuck bei Ettelbrück.

Auf der Nuck, einem Berg am rechten Alzetufer bei Ettelbrück, stand, so erzählt das Volk, vordem ein Schloß, von dem keine Spur mehr vorhanden ist; auch der Schloßbrunnen ist verschüttet. In demselben aber liegt eine goldene Wiege, nach andern eine Kiste mit Schätzen, auf der eine Jungfrau mit goldenem Schlüssel im Munde sitzt.

660. Die Jungfrau vom Johannisberg.

In uralter Zeit stand auf dem Johannisberg ein Götzenbild, das man Janny nannte. Später erhob sich dort eine feste Burg, welche den Burgen von Zolver und Hesperingen mit einem Licht (Lûcht) gute Nacht sagte. Von dieser Burg, die einst der Hauptschild der Stadt Luxemburg gegen Frankreich war, sind heute nur noch spärliche Trümmer vorhanden und auf dem waldigen Scheitel des Berges steht eine einsame Wallfahrtskirche, die dem hl. Johannes dem Täufer geweiht ist.

An diesen Berg knüpft sich die weit und breit bekannte Sage von einer verwünschten Jungfer, welche der letzte Abkömmling des Rittergeschlechtes vom Johannisberg gewesen sein soll. Es war Elisabeth von Hunolstein. 281
Wie der Volksmund erzählt, wurde sie an einen Herrn von Wendel aus Reims vermählt und ist daher auch ziemlich allgemein unter dem Namen Frau von Wendel bekannt. Sie verließ das Schloß ihrer Väter, um dem

Gemahl nach Frankreich zu folgen. Ihre Ehe wurde mit einem Söhnchen gesegnet, war aber nicht glücklich. Die Edelfrau mußte von ihrem Manne flüchten und kehrte in ihre heimatliche Burg auf dem Johannisberg zurück, wo sie von nun an in strenger, fast klösterlicher Verborgenheit lebte. Kein einziger Bewohner der umliegenden Dörfer hatte während dieser Zeit die Ehre, mit Frau von Wendel in nähere Berührung zu treten. Das Volk lernte nichts von ihr kennen als nur ihre Leiden und Wohltaten, und sie stand in dessen Augen gleichsam als ein höheres, heiliges Wesen da. Von ihrem Gatten verlassen und verstoßen, war es nun ihr einziger Trost, die Not der Unglücklichen zu lindern und für das in der Nähe der Burg gelegene Heiligtum des hl. Johannes zu sorgen, das unter ihrer Pflege in höchster Blüte stand. Verborgen, wie sie stets gelebt hatte, starb sie auch und wurde oben auf dem Gipfel des Berges in der Gruft ihrer Ahnen begraben. Noch heute zeigt man ihr Grab an der hintern, zur Seite des Scherrtales gelegenen Außenecke der Bergkirche. Sie war bereits mehrere Tage begraben, als die Leute die Nachricht von ihrem Tode erst erfuhren. Das Volk war untröstlich und wollte es nicht glauben. Und weil niemand die schwergeprüfte Frau näher kannte und weil sie nach einem verborgenen Leben so plötzlich und geheimnisvoll verschwand, so verbreitete sich bald im Volksmund die Meinung, sie sei verwünscht worden. »Nein,« rief man aus, »sie ist nicht gestorben, sie lebt noch; sie ist in den Berg hinein verwünscht worden und wird einst wiederkommen!« Bald darauf wurde auch die Johannisburg von den Franzosen zerstört und nun hatte das gute Volk alles verloren, die Herrschaft und die Burg. Recht traurige Zeiten kamen und das Volk sehnte sich mit ganzer Seele nach den guten, alten Zeiten und nach den verlorenen Gütern zurück. Es tröstete sich mit der Hoffnung, das edle Fräulein werde einst wieder aus ihrem Banne erlöst werden und dann mit der Burg, mit allen ihren Schätzen und mit der ganzen alten Herrlichkeit des Berges zurückkehren und ihr Volk wieder glücklich machen … So lebt die »Jungfer« noch heute im Schoße des Johannisberges. Der Ort ihres Aufenthaltes ist das alte, moosige Gemäuer, über welchem sich die Wallfahrtskirche erhebt. Dort sitzt sie, auf Erlösung wartend, bleich, traurig und mit gesenktem Haupt, auf einem mit Gold gefüllten Schrein. Nach einer anderen Überlieferung soll sie in Gestalt einer glühenden Schlange auf dem Schreine liegen und dessen Schlüssel, der golden ist, im Munde halten.

Alle sieben Jahre erscheint die Jungfer zur Zeit des Maihöhens, schneeweißgekleidet und mit gelöstem, verworrenem Haar, auf der Scherr, an dem sogenannten Schenkbur, und nachdem sie sich an der Quelle

gewaschen und ihre Locken aufgekämmt hat, sitzt sie wehklagend am 282
Rand derselben und fleht alle vorübergehenden Jünglinge um Erlösung an. Diese Stelle gilt als die unheimlichste von allen, die sich in der Nähe des Johannisberges befinden.

Nach einem anderen Bericht soll diese Erscheinung auch an dem jetzt fast vertrockneten Grantebur umgehen, der an dem zur Budersberger Seite hingelegenen Granteberg entspringt und dort einst einen nicht unbedeutenden Teich bildete, den man Seetgen nannte. Zuweilen sitzt die Jungfer auch auf dem einen oder auf dem andern der dicken Steine, die vor der Tür der Wallfahrtskirche liegen, und ist damit beschäftigt, ihre Locken zu kämmen und aufzuflechten.

Die Jungfer zu erlösen, ist aber ein sehr schweres Werk, weil sie dabei die Gestalt verwandelt und Feuer und Flammen speit. Findet sich nämlich ein Erlöser ein, so erscheint sie wieder in der folgenden Mitternacht auf dem Gipfel des Berges über dem Grab der Edelfrau von Wendel und zwar in Gestalt einer feurigen Schlange, die zusammengerollt auf einem mit Gold gefüllten Schreine liegt und einen goldenen Schlüssel im Munde trägt. Besitzt nun jemand den Mut, diesen Schlüssel mit seinem eigenen Mund aus dem Munde der feuer- und flammenspeienden Schlange zu ziehen, so ist der Zauber gebrochen, die Jungfer erlöst und gehört ihrem Befreier als Braut an mit allen Schätzen, die in dem Schreine liegen.

Ein Jüngling aus Budersberg ging einst des Nachts am Seetgen vorüber und begegnete dort einer schönen Jungfrau. Er grüßte sie ehrfurchtsvoll. Da redete sie ihn an, entdeckte ihm, sie sei die verwünschte Jungfer vom Berge, und bat ihn flehend, er möge sie doch er lösen. »Wie soll ich denn das anfangen?« fragte der Jüngling. Und die Jungfrau erwiderte: »Ich erscheine um die nächste Mitternacht wieder oben auf dem Berg über dem Grab der Edelfrau von Wendel und zwar in Gestalt einer Schlange, die, mit einem goldenen Schlüssel im Mund, auf einem Schreine liegt. Wenn du mir dann beherzt mit deinem Munde den Schlüssel aus meinem Mund nimmst, so bin ich erlöst. Ich werde deine Braut und du wirst alle Schätze erben, die in dem gesperrten Schreine liegen.« Der Jüngling versprach es und nachdem er gebeichtet und das hl. Abendmahl empfangen hatte, begab er sich um Mitternacht auf den Johannisberg. Die Jungfrau erschien, wie sie es vorhergesagt hatte. Als aber der Jüngling sich bückte, um der Schlange den Schlüssel abzunehmen, fing diese auf einmal, sich zu vergrößern, und wurde zuletzt so groß wie ein Fuderfaß. Da sprang der Jüngling erschrocken auf und rief: »Ach, Herr Jesus! wäre ich wieder zu Hause!« Sogleich verwandelte sich die Schlange in eine

Jungfrau, die, auf dem Schreine stehend mit durchdringender Stimme
ausrief: »Muß ich denn nun wieder sieben Jahre warten, bis sich noch
283 einmal die Gelegenheit zu meiner Erlösung bietet!«

Ein ähnliches Abenteuer erlebte einst ein Mann aus Escher-Haus von Budersberg, der sich zur Nachtzeit auf den Johannisberg begeben hatte, um Holz zu sammeln. Als er bei der sechsten Stationskapelle angekommen war, welche fast oben auf dem Gipfel des Berges an einem Dreiweg steht und in welcher die schmerzhafte Gottesmutter thront, da gewahrte er ein schönes, schlankes, weißgekleidetes Fräulein, die neben der Kapelle mitten im Wege stand und ihre Haare mit einem silbernen Kamme kämmte. Höchst erschrocken wollte der Mann eiligst die Flucht ergreifen. Das Fräulein aber rief ihm zärtlich und wohlwollend nach: »Guter Mann, warum fliehst du? Erbarm dich und verweil doch, ich bin ja ein Mensch wie du!« Der Mann faßte wieder Mut, stand still und kehrte zurück. »Sei willkommen!« fuhr das Fräulein fort, »ich bin die Jungfer, welche in den Berg hinein verwünscht ist und schon lange auf Erlösung wartet. O, hab Mitleid mit mir und befreie mich!« – »Wie soll ich denn das anfangen?« fragte der Mann. – Die Junger antwortete: »Du sollst um die nächste Mitternacht zu dieser Kapelle kommen, wo ich dir dann wieder erscheinen werde. Mein Anblick wird gar häßlich und schrecklich sein, doch fürchte nicht, es wird dir, es darf dir kein Leid geschehen.« Und damit der Mann ja nicht von jäher Furcht befallen werde, suchte sie ihm vorher alle Umstände der Erscheinung, welche Angst und Schrecken einzuflößen geeignet waren, genau bis ins einzelne zu offenbaren. »Ich erscheine,« sprach sie, »von bösen Geistern umgeben, wie ein rollendes Fuderfaß und in Gestalt einer feurigen Schlange, welche einen goldenen Schlüssel im Munde hält. Diesen Schlüssel mußt du mir dann mit deinem Mund aus meinem Munde nehmen und ich bin erlöst. O, fürchte dich nicht, wie schrecklich es auch sein wird. Dein Lohn wird groß sein: erfüllst du treulich meinen Wunsch, wirst du der Erbe aller meiner Schätze sein. Leb wohl!« Darauf wandte sie sich, um zu gehen. Da schien ihr noch etwas einzufallen. »Auch werde ich …« Sie wollte noch weiter reden, doch plötzlich mußte sie verstummen und verschwand in dem Dunkel der Nacht; ihre Geisterstunde war abgelaufen.

Am andern Morgen eilte der Mann schon in aller Frühe zum Ortspfarrer, erzählte ihm das Vorgefallene und fragte ihn, ob er das Abenteuer wagen solle oder nicht. »Nun, warum nicht?« erwiderte der Pfarrer. »Wenn Ihr es tut, verrichtet Ihr ein gutes Werk. Es ist gar keine Gefahr dabei, doch müßt Ihr vorher Euer Gewissen in Ordnung setzen und Euch mit Kraft von oben stärken.« Dies ermutigte den Mann und nachdem er gebeichtet und den Leib des Herrn empfangen hatte, begab er sich in der folgenden Nacht auf den Johannisberg zu der bezeichneten Kapelle der schmerzhaften Mutter Gottes und wartete der Dinge, die da kommen sollten.

Da rollte es um Mitternacht vom Gipfel des Berges mit grauenhaftem Getöse wie ein großes Faß heran, über welchem es wie Feuer und Flammen glänzte. Bald darauf sah der Mann mitten im Kreuzweg eine
Truhe stehen, welche die Größe eines Fuderfasses hatte und auf welcher 284
zusammengerollt eine häßliche, glühende Schlange lag, die einen goldenen Schlüssel im Munde trug. Auch böse Geister standen ringsumher. Da bisher alles geschehen war, wie die Jungfrau es vorhergesagt hatte, trat der Mann beherzt heran, um der Schlange den Schlüssel zu entreißen. Doch sieh da! als er eben beginnen wollte, öffnete die Schlange ihren glühenden Mund und fing an, wütend zu züngeln und Feuer und Flammen auszuspeien. Das kam unerwartet. Auf diesen schrecklichen Umstand hatte die Jungfer den Mann wegen Mangels an Zeit nicht aufmerksam machen können. Von jähem Schrecken befallen, eilte der Mann in wildester Flucht den Berg hinunter, stürzte atemlos in seine Wohnung und kaum hatte er die Tür hastig hinter sich zugeworfen, als er ohnmächtig zusammenbrach. Doch seine Frau vernahm, wie es heftig an die Tür pochte und eine Weiberstimme mit herzzerreißendem Ton die Worte rief:

»O weh! o weh! o weh!
In sieben Jahren nit meh!
Dazu noch sink ich tiefer!
Wohl sieben Klafter tiefer!«[1]

Das Gespenst war dem Mann als Schlange bis an die Tür des Hauses gefolgt, wo es wieder die Gestalt einer Jungfrau annahm. Die Spuren der pochenden Hand waren noch am Morgen an der Tür sichtbar. Von der Zeit an weiß man, daß die Jungfer vom Johannisberg nur alle sieben Jahre erlöst werden kann.

So kam es, daß fast keiner von denen, die in der Nähe des Johannisberges geboren und auferzogen sind, ihn nachts zu besteigen wagt. Schon

1 Nach andern:
O weh! nun lang nit meh!
In sieben Jahr nit meh!
O weh! noch immer tiefer!
An sieben Klafter tiefer!

bei Sonnenuntergang verlassen die Leute, von einem unheimlichen Schauder ergriffen, den einsamen Hain, der seinen Scheitel bedeckt. Im Scherrtal reicht bei Nacht ein kleines Geraschel oder ein einfaches Hirtenfeuer hin, um die Mutigsten in die Flucht zu treiben.

J. Prott, Pfarrer

661. Ermesinde vom Johannisberg.

Über die längst zertrümmerten Burgen auf dem Johannisberg, dem Zolverknapp und zu Hesperingen geht bei den Bewohnern dieser Gegend folgende Volkssage: Die drei Söhne eines reichen, mächtigen Grafen, der seinerzeit Herr des ganzen Rösertales gewesen, hatten nach dessen Tode
285 die väterlichen Besitzungen unter sich geteilt: der älteste bezog die Burg auf dem Johannisberg, die beiden anderen erhielten Zolver und Hesperingen.[1]

Bei der Teilung schlossen die Brüder ein Schutz- und Trutzbündnis und trafen die Anordnung, daß bei jeder drohenden Gefahr oder bei außergewöhnlichen Ereignissen sofort der eine dem andern ein Notzeichen geben solle, um von beiden Seiten Hilfe an Leuten und Waffen zu erhalten; das Notzeichen war bei Tag eine rote Fahne, bei Nacht ein hochaufleuchtendes Feuer auf der Burgwarte.

Nur der älteste nahm eine Frau und zwar aus dem fürstlichen Hause Burgund. Der einzige Sprößling dieser Ehe war Ermesinde, die bald zu einer seltenen Schönheit heranblühte und von Eltern, Verwandten und Vasallen mit der größten Sorgfalt umgeben wurde. Ihr zuliebe entsagten des Grafen Brüder jedem Ehebündnisse, um einst ihre reichen Besitzungen der holden Nichte zum Brautgeschenk anbieten zu können. Je mehr sich Ermesindens Schönheit und Verstand entwickelten, desto mehr ward ihr von allen Seiten Lob und Bewunderung zuteil; dazu kam bei ihr das Bewußtsein hoher Abkunft, des großen Ansehens ihrer Familie und der zukünftigen ungeheuren Reichtümer, so daß schon früh in ihrem zarten Gemüte der Keim des Stolzes erwachte.

Kaum hatte Ermesinde das Alter ihrer vollen Blüte erreicht, als aus allen Gegenden Jünglinge aus dem Grafen- und Ritterstand in der Johannisburg einkehrten, der wunderschönen Gräfin ihre Huldigungen darzubringen; unter diesen befand sich auch der junge Graf von Luxemburg.

1 Nach anderen waren es nicht Brüder, sondern sie waren miteinander verschwägert. S. L'Evêque de la Basse Moûturie 124.

Nach der Eltern Wille sollte sie sich aus den Edelleuten denjenigen zum Gemahl auswählen, für welchen sie die größte Zuneigung empfände, und besonders wünschten sie, daß ihre Wahl auf den jungen Grafen von Luxemburg falle, weil diesen schon damals die meisten Edeln des Landes als ihren Lehnsherrn anerkannten und die Verbindung mit diesem erlauchten Hause für ein hohes Glück angesehen wurde.

Ermesinde aber kannte kein höheres Glück als zu gefallen; sie nahm
wohlgefällig die Schmeicheleien ihrer Anbeter entgegen und hielt diese
gefesselt, indem sie jedem Hoffnung ließ. Ihre Eltern sahen hier anfangs
bloß jugendlichen Leichtsinn, merkten aber bald zu ihrem Verdruß, daß
dieser Leichtsinn in sträfliche Leidenschaft überging; und als sie der
Tochter nun ernstliche Vorstellungen machten, um sie zu besserer Gesinnung zurückzubringen, war es zu spät. Sie könne wohl, war ihre stolze
Antwort, eines Mannes Gebieterin, nie aber dessen untergebene Hausfrau
werden. Da ward ihr ein abgesondertes Zimmer des Schlosses als Wohnung angewiesen und zwar so lange, bis sie sich entschließen könne, einem der Bewerber ihre Hand zu reichen. Aber weder die Besuche und 286
Ermahnungen der Mutter noch die Beredsamkeit des Hauskaplans
konnten ihren stolzen Sinn beugen.

Schon seit drei Monaten hatte der Vater seine Tochter nicht mehr gesehen; am 24. Mai trat er in Begleitung seiner Gemahlin in ihre einsame Wohnung und sprach zu ihr: »Von heute ab hast du noch einen vollen Monat Bedenkzeit. Am Fest des Schutzheiligen unsers Hauses soll deine Hochzeit gefeiert werden. Du wirst dem Grafen von Luxemburg deine Hand reichen oder dein übriges Leben zwischen den Wänden einer Klosterzelle hinbringen.«

Das Fest des heiligen Johannes wurde jährlich mit großem Aufwand in der gräflichen Burg gefeiert; dann pflegten sich des Grafen Brüder mit ihren Freunden und Nachbarn, einer großen Anzahl Ritter und Frauen, auf der Johannisburg einzufinden; auf dem großen Burghofe wurden Turniere veranstaltet, in den benachbarten Wäldern große Jagden angestellt und Trinkgelage gehalten. Der Vorabend des Festes jedoch war ausschließlich dem Gottesdienst geweiht. Dann kamen alljährlich die drei Brüder in der Schloßkapelle zusammen, um ihren Bundeseid vor dem Altar und dem Bilde ihres Familienpatrons, in Gegenwart des Geistlichen, dreier fremder Ritter als Zeugen und des ältesten Frau und Tochter, förmlich zu erneuern. Solange dann die Ritter im Kirchlein verweilten, brannten drei helle Fackelfeuer auf den hohen Burgwarten der drei Festen Johannisberg, Zolver und Hesperingen und alle Glocken des Rösertales läuteten.

Der Vorabend des Johannisfestes war gekommen; in der Burg war alles zur morgigen Doppelfeier geschmückt und eingerichtet. Der Graf war mit seinen Brüdern in der Kapelle und die eingetretene Stille ward durch einen von außen her erschallenden Freudengesang unterbrochen. Eine Schar Jünglinge und Mädchen kamen, Hochzeitslieder absingend, zu dem weitgeöffneten Tor herein in den Hofraum, stellten sich in einen Halbkreis und harrten des Fräuleins Ankunft. Denn damals bestand der erst in der ersten Hälfte dieses Jahrhunderts erloschene, uralte Brauch, daß jeder Braut am Vorabend ihrer Hochzeit von den Mädchen und Jünglingen des Dorfes der Jungfernstrauß überreicht ward. Diesen Abend sollte ihm Ermesinde aus den Händen des schönsten Mädchens im Tale in Empfang nehmen. Nichts fehlte zum Beginn der Feierlichkeiten als der Braut persönliches Erscheinen. Ermesinde aber erschien nicht.

Der Graf sandte ihr einen Knappen um ihr zu melden, daß man ihrer im Gotteshause harre. Sie hatte sich in ihrer Kammer eingeschlossen und rief dem Boten von innen zu: »Meldet meinem Vater, daß ich weder mit dem Grafen von Luxemburg noch mit dem Schutzpatron des Hauses etwas zu schaffen habe.« Auch die Mutter eilte herbei und stand vor der Kammer. Ermesinde, beschäftigt ihr glänzendschwarzes Haar zu flechten, achtet nicht auf der Mutter strafende Worte und weist sie mit Stolz ab.
287 Diese gerät außer sich und unten im Hofe hört man deutlich der alten Gräfin schreckliche Verwünschung, die sie mit gellender Stimme ausstößt: »Dich soll mit deinem Golde die finstere Erde verschlingen!« Ein Donnerschlag, wovon die Burg erbebt, ein gräßliches Geschrei, das in den hochgewölbten Gängen widerhallt, verkünden des Fluches Erfüllung.

Verzweiflung im Blick, mit verzerrtem Gesicht und gerungenen Händen, stürzt die Gräfin in den Hof: »Sie ist versunken! Sie ist versunken! O Erde verschling mich!« – »Versunken?« hallt es aus dem Kreis der Harrenden, und mit Entsetzen weicht die Menge zurück. In wenigen Augenblicken ist der Burghof leer. Totenblaß und entstellt liegt die Gräfin am Boden. Der aufgeschreckte Graf eilt aus der Kirche, das Schwert, das er eben zum Schwur erheben soll, in der Hand, und als er die schreckliche Kunde vernimmt, kehrt er das Schwert gegen die Brust und stürzt sich hinein. Vergebens umfaßt ihn der eine Bruder und reißt ihm der andre das Eisen aus der Brust, der Graf verscheidet, den starren Blick nach der Burgwarte gerichtet, wo jetzt statt der feierlichen Fackelflammen das grause Notzeichen hoch auflodert. Wütend senkt der von Zolver die blutige Klinge in der Gräfin Herz.

Noch in derselben Nacht ging die herrliche Johannisburg in Flammen auf. Der frühe Morgen sah tausend Arbeiter auf beider Grafen Befehl das Gemäuer zertrümmern. Am dritten Tage nach dem schrecklichen Ereignis zogen die Herren von Zolver und Hesperingen in Pilgerkleidung am Johannisberg vorbei nach dem heiligen Land und keinen sah man je wiederkehren.

In einem unterirdischen Gewölbe sitzt Ermesinde, die glänzendschwarzen Haare flechtend, neben ihr Kisten voll Gold und Edelgestein. Wer am Vorabend Johannis dem schwarzen Hündchen, ihrem Wächter, den Schlüssel entwendet, der hat das Fräulein erlöst. Ihm gehören Braut und Brautschatz.

Nach einem alten Manuskript

662. Ein Versuch, die Jungfer vom Johannisberg zu erlösen.

In Schifflingen wurde vor fünfzig Jahren die Sage von der Jungfer vom Johannisberge auf folgende Weise erzählt:

Am Schwarzebur zu Budersberg (der wohl kein anderer sein kann als die heutige »Wiét«) erschien in grauer Vorzeit, noch vor der Entstehung des Dorfes, die verwünschte Jungfer vom Johannisberg. Mit losgelöstem und verworrenem Haar trat sie um Mitternacht neben dem Born aus dem Schoße des Berges hervor und nachdem sie sich in der Quelle gewaschen und ihre Haare aufgekämmt und aufgeflochten hatte, setzte sie sich am Rand derselben nieder und fing, die Hände ringend, mit herzzerreißender Stimme an zu rufen: »Erbarmt euch meiner! Erlöst mich, erlöst mich!« Nur der kann die Jungfer erlösen, dem es gelingt, ihr einen Schlüssel mit seinem Munde aus ihrem Mund zu nehmen. Dies fertigzu- 288
bringen, ist aber ein recht schweres Wagestück, weil sie dabei die Gestalt verwandelt und Feuer und Flammen speit.

Wie die Jungfer nun einmal am Schwarzebur saß und jammerte, da kam ein Jüngling vorbei, der Mitleid mit ihr hatte. Sie redete ihn an und sprach: »Willst du mich erlösen, so komm in der nächsten Mitternacht hierher zu diesem Born. Dann werde ich dir hier mit einem Schlüssel im Mund erscheinen und nimmst du mir den Schlüssel mit deinen Lippen ab, so bin ich erlöst und ich gehöre dir als Braut mit allen meinen Schätzen an.« Der Jüngling versprach es und nachdem er reumütig gebeichtet und den heiligen Leib des Herrn empfangen hatte, begab er sich in der folgenden Mitternacht an den Schwarzebur. Die ganze Pfarrei begleitete ihm mit Kreuz und Fahne. Die Jungfer trat, wie es verabredet worden war, mit einem goldenen Schlüssel im Munde, unter dem Berg hervor. Als ihr nun aber der Jüngling entgegentrat, um ihr den Schlüssel abzunehmen, zeigte sich das Gespenst, wie es wirklich war: die Jungfer verwandelte sich plötzlich in eine häßliche, feurige Schlange, die einen rotglühenden Schlüssel im Munde hielt und Feuer und Flammen ausspie. Bei diesem unerwarteten Anblick entsetzte sich der Jüngling und ergriff die Flucht.

Pfarrer J. Prott

663. Das Fräulein auf dem Johannisberg.

Das verwünschte Fräulein auf dem Johannisberg erscheint oft in dunkeln Nächten auf einem feurigen Wagen sitzend und ihre Haare kämmend; bald sitzt sie im Wagen, bald vorne an der Deichsel. Ein andermal erscheint sie als Schlange und trägt einen goldenen Schlüssel im Munde. Derjenige, welcher sie erlösen will, muß mit seinem Munde den Schlüsses dreimal aus dem Munde der Schlange nehmen und dreimal wieder hineintun. Das Fräulein erscheint nur alle sieben Jahre einmal als Schlange.

N. Gonner

664. Das Kapellenhündchen bei Düdelingen.

A. Dort, wo östlich vom Johannisberg mitten in den Feldern der Weg von Kail mit der von Düdelingen nach Budersberg führenden Straße einen Dreiweg bildet, steht eine kleine Kapelle der Trösterin der Betrübten. Sonst war dort nur ein Marienbild in einer hohlen Linde. Diesen Weg daher kam einst Ritter Kunnert geritten und weil er müde war, schlief er auf dem Pferde ein. Auf einmal stutzt das Pferd und will nicht voran. Kunnert erwacht und erblickt allerlei Teufelsspuk um sich her. Er gelobt, der Mutter Gottes ein Kirchlein zu erbauen, und wird aus der Gefahr befreit.

Nach Englings Manuskript, 88

B. Nach mündlichen Mitteilungen wird diese Sage in der Gegend auf folgende Weise erzählt. Ein reicher Mann, der beim Volk unter dem Namen Huer bekannt ist, kam einst in finstrer Nacht auf einem Karren
289 des Weges von Budersberg nach Düdelingen gefahren. Am Dreiweg angekommen, wo die Linde mit dem Muttergottesbilde stand, blieb auf einmal das Pferd mit dem Karren stehen. Zugleich sah sich der Mann

von allerlei Spuk umgeben und konnte das Pferd ganz und gar nicht vorwärtsbringen. Da gelobte er in seiner Angst, daß, wenn er glücklich von der Stelle käme, er der Muttergottes an diesem Orte eine Kirche erbauen wolle. Und kaum hatte er das Gelübde getan, als auch gleich das Pferd den Karren weiter zog. Der Mann hielt sein Versprechen und ließ die Kirche erbauen. Sie wurde später von den Franzosen bis auf die Grundmauern zerstört und aus den Trümmern wurde im Anfang dieses Jahrhunderts die Kapelle errichtet, die noch heute dort zu sehen ist und an welche sich folgende Sage knüpft.

Viele Leute, welche nachts an dieser Kapelle vorbeigingen, bemerkten ein kleines, fast schneeweißes Hündchen, das auch nach Aussage einiger eine Schelle am Halse getragen haben soll. Es sprang hinter der Kapelle hervor, lief dreimal um dieselbe herum und näherte sich dann dem Wanderer. Schlug dieser den Weg nach Kail ein, so folgte es ihm, indem es hinter ihm oder neben ihm herging, bis auf die sogenannte Scherr, ein Tal, das zwischen der Hart und dem Johannisberg liegt. Hier verließ das Hündchen die Leute, ging langsam auf den Johannisberg zu, setzte sich auf einen der höchsten Abschnitte der Bergabhanges nieder und löste sich nach einiger Zeit vor den Augen des Reisenden in Dunst auf. Durch dieses Hündchen, das weit und breit unter dem Namen Kapellenhündchen bekannt wurde, kamen nun jene Orte in Verruf, so daß jeder sich scheute, um Mitternacht dort vorbeizugehen. Sie gelten auch heute noch, besonders das Scherrtal, als sehr unheimlich.

Nun geschah es einmal, als allgemeiner Beichttag in Düdelingen war, daß zwei Jünglinge von sechzehn, siebzehn Jahren, Karl Henky und dessen Hausknecht Karl Boland, in der Beicht als Buße erhalten hatten, sie sollten am selben Abend einen Rosenkranz in der Kapelle auf dem Johannisberge beten. Beide gingen schnell miteinander fort und als sie das Dorf schon hinter sich hatten, begegneten sie dem Pfarrer von Kail, der eben von dem Beichttag nach Hause zurückkehrte. Sie schritten eilig an ihm vorüber. »Wohin denn so schnell?« fragte der Pfarrer. – »Auf den Johannisberg,« erwiderten die Jünglinge und setzten ihren Weg raschen Schrittes fort. Denn ihnen grauste vor dem Berg und sie mochten nicht gern lang in der Nacht dort verweilen. Der Pfarrer folgte langsam nach und als er zur Kapelle am Kreuzweg kam, sprang das Hündchen hinter derselben hervor und streifte dreimal um die Kapelle herum. Der Geistliche wußte nichts von dem Spuk. Er glaubte, das Hündchen sei verloren und plage sich ängstlich auf der Spur seines Herrn. Es gefiel ihm wohl und er lockte es, um es mit nach Hause zu nehmen. Es gesellte sich ihm auch zu und folgte ihm, ließ sich aber nicht liebkosen. Als der

290 Pfarrer die Scherr erreicht hatte und kaum einige Schritte an dem Weiherchen, einem alten Brunnen, vorüber war, verließ ihn auf einmal das Hündchen und eilte dem Johannisberge zu, an dessen Abhang es sich niedersetzte. Der Pfarrer erschrak und sagte: »Wart nur, mein Hündchen, du wirst von nun an keinem mehr folgen. Du bist eine arme Seele. Morgen werde ich für dich eine Messe lesen.« Und gleich ertönte in den Lüften eine himmlische Musik, welche sich dem Berge näherte. An der Stelle, wo das Hündchen gesessen hatte, sah der Pfarrer eine Schar weißgekleideter Jungfrauen, die in einer langen Prozession, zu vier und vier hintereinander gereiht und sich an den Händen haltend, unter den Klängen jener Musik mit wunderlieblichem Gesang den Berg hinauf gegen die Kapelle tanzten. Erstaunt sah der Pfarrer dieser Erscheinung zu, von den Musikern konnte er nichts sehen.

Zu eben dieser Stunde waren auch die beiden Jünglinge schon in der Bergkapelle angekommen und beteten den Rosenkranz. Als sie den Gesang von ferne hörten, freuten sie sich, denn sie glaubten, es seien die Mädchen von Budersberg, und so konnten sie hoffen, Gesellschaft zu bekommen. Dann aber ward auf einmal die Kapelle hell, wie von einem Blitz erleuchtet, und die erstaunten Jünglinge sahen die Jungfrauen tanzen und hörten die himmlische Musik. Dies dauerte jedoch nur einen Augenblick, und es wurde plötzlich wieder still und finster wie vorher. Die Jünglinge kehrten schnell ins Dorf zurück und erzählten, was geschehen war. Die Leute wollten es aber nicht glauben, bis auch der Pfarrer von Kail berichtete, was er gesehen hatte; dann hieß es allgemein, die verwünschte Jungfrau vom Johannisberg sei erlöst.

J. Prott, Pfarrer

665. Die weiße Jungfrau auf dem Johannisberg.

Während des Krieges bestieg einst ein französischer Hauptmann abends den Johannisberg. Als er oben angekommen war, sah er links vor der Kirche eine schöne, schneeweißgekleidete Jungfrau stehen. »Wer bist du?« redete er sie an. Die Jungfrau aber gab keine Antwort, regte und bewegte sich nicht. »Ich frage wieder, wer bist du?« fragte der Hauptmann ein zweites Mal aufgeregter. Die Jungfrau blieb stumm und unbeweglich wie zuvor. »Gib Antwort,« rief der Hauptmann erzürnt zum drittenmal, »oder ich durchbohre dich!« Doch die Jungfrau sprach noch immer kein Wort, stand regungslos da, als wäre sie von Stein, und sah ihn kalt mit hellen, starren Augen an. Da grauste es dem Hauptmann und in einem

Atem lief er herunter nach dem Dorfe Kail, wo er dreimal nacheinander ohnmächtig zusammensank.

J. Prott, Pfarrer

666. Die weiße Frau, der Schutzgeist des Johannisberges.

Einst wollten die Franzosen zur Kriegszeit die Kirche auf dem Johannisberg niederreißen. Sie hatten das Werk der Zerstörung aber kaum begonnen, als sich bei Sonnenuntergang aus dem alten, moosigen Gemäuer hinter der Kirche zu drei wiederholten Malen ein Wimmern hören ließ, 291
wie ausgestoßen aus der Brust eines schwergepreßten Weibes. Dann erhob sich plötzlich in dem umliegenden Hain ein grollendes Rauschen, als wollten alle Bäume sich mit den Wurzeln losreißen und auf die Frevler einstürmen. Zu gleicher Zeit erschien ein blasses, ehrwürdiges Weib in weißen Gewändern. Sie hatte einen weißen Stab in der Hand und trieb die Gottesschänder nach allen Seiten hin auseinander. Es soll Elisabeth von Hunolstein gewesen sein, Frau von Wendel, wie das Volk sie nennt. Unter ihrer Pflege stand einst das Heiligtum des Berges in höchster Blüte (ungefähr 1500–1540).

J. Prott, Pfarrer

667. Das Fräulein bei Budersberg.

Ein Bäcker hatte einst auf Sankt Johannistag einen Bittgang auf den Johannisberg gemacht. Als er auf seinem Heimweg hinter Budersberg gekommen war, sah er dort am Weg ein Frauenzimmer sitzen, das ausnehmend schön war und dessen schwarzes Haar über Rücken und Schulter bis zur Erde herabwallte. Vor der Frauengestalt waren Leichentücher ausgebreitet, auf denen der schönste Weizen der Welt lag, gelb wie Gold. Der Bäcker trat hinzu und sagte, in seinem Leben habe er nie solch schönen Weizen gesehen. Nachdem er den Weizen angefühlt, fragte er, ob er nicht eine Probe mitnehmen dürfe. Das Frauenzimmer gab ihm keine Antwort. Da nahm er eine Handvoll Weizen, tat ihn in die Westentasche und ging seines Weges. Als er zur Klause im Stackecher Walde kam, wurde es ihm in der Westentasche so schwer und es klimperte darin. Er griff hinein und sieh! er hatte schöne, gelbe Goldstücke in der Tasche. Dem Bäcker kam es in den Sinn, umzukehren, um sich noch eine Tasche voll zu nehmen; er besann sich aber und setzte fröhlich seinen Weg fort.

668. Das Goldfrächen bei Konsdorf.

A. In dem Walde Goldkaul bei Konsdorf geht ein feines, in weiße Kleider eingehülltes Weibchen um. In ihrem Munde trägt sie einen goldenen Schlüssel, vermittelst dessen sie einen großen Schatz versperrt. Sie muß so lang mit diesem Schlüssel im Munde erscheinen, bis eine beherzte Person, die von jeder schweren Schuld frei ist, mit ihrem eigenen Mund ihr den Schlüssel aus dem Munde nimmt. Ihr Erlöser erhält dann alle hinter Schloß und Riegel wohl verwahrten Schätze.

B. In dem nunmehr verfallenen Schloß, das in uralter Zeit auf Burgkopf bei Konsdorf stand, lebte die verwitwete Burgfrau mit ihrer einzigen Tochter. Diese war gar bösen Gemüts und forderte, noch ehe sie großjährig geworden und weil sie sich vermählen wollte, ihr Erbteil in klingendem Golde. Durch beständiges Keifen und Lästern brachte sie die Mutter so weit, daß diese die Tochter samt ihrer Kiste voll Gold verfluch-
292 te. Der Fluch ging in Erfüllung und das Dorf Konsbrück (ehemaliges, nächst Konsdorf gelegenes Dorf) versank mit der bösen Tochter. Dort haust sie nun und wird von einem Drachen bewacht. Um Mitternacht entsteigt die Schattengestalt der unglücklichen Jungfrau bei Vollmondschein der Goldkaul, schwebt von Baum zu Baum und ruft nach Erlösung. Aber nur wer im Stande der Gnade ist, darf es wagen, den Schlüssel der Kiste aus dem Rachen des Drachen zu reißen und so die Jungfrau zu erlösen.

J. Engling, Manuskript, 53

C. Das Goldfrächen ist ein altes Fräulein von Schloß Heringen im Müllerthal, das von ihrer Mutter in einen Felsen, die sogenannte »Goldkaul«, verwünscht worden ist. Das Goldfrächen trägt glänzende Kleider und ihre silberweißen Haare reichen bis auf die Schenkel. Alle sieben Jahre erscheint sie an einem unbestimmten Tage, um erlöst zu werden. Sie hat eine mit Geld angefüllte Kiste, welche mit einem starken Schloß versehen ist. Auf dieser Kiste lauert eine Schlange mit einem goldenen Schlüssel im Maul. Wenn nun irgendein Sonntagskind diesen Schlüssel mit seinem Mund aus dem Maul der Schlange nimmt, so ist das Goldfrächen erlöst und er führt sie zum Lohn mit allen Reichtümern als Braut heim.

Lehrer N. Schmit

669. Die verwünschte Prinzessin im Müllerthal.

Einst war eine wunderschöne, reiche Fürstentochter in einen großen Felsen des Müllerthales verwünscht worden und mußte ganz abgeschlossen und einsam in demselben wohnen. Sie konnte niemand sehen noch von irgend jemand gesehen werden. Doch alle Jahre einmal erschien sie in weißem Gewande; sie hatte eine Schlange im Munde und die Schlange trug im Maul einen goldenen Ring. Wer die Prinzessin erlösen wollte, der mußte mit seinem Mund den Ring aus dem Maule der Schlange herausnehmen.

Hiervon hörte ein Ritter und hätte gern die Jungfrau erlöst. Doch eben, als er mit seinem Mund den Ring herausziehen wollte, schauderte ihm vor der Schlange, so daß ihm der Mut entsank und er sein Vorhaben nicht ausführen konnte. Nun erschien die Jungfrau nur alle sieben Jahre einmal, und sie war siebenmal mehr verwünscht.

Lehrer Rollmann

3. Schätze und Schatzhüter

670. Die verborgenen Schätze zu Grümelscheid.

Der alte Herr von Grümelscheid vergrub sein Geld gegenüber seinem Schloß im Walde Grabich (auch Grabach genannt), weil er mit seinem ungeratenen Sohn in Zwietracht lebte. Als dieser ihm einst auf der
Treppe begegnete, zog er rasch sein Schwert und durchbohrte den alten 293
Vater. Im Sinken rief der tödlich Getroffene zum Fenster hinaus: »Grabich, du bist reich und ich bin arm.« (Nach anderer Mitteilung: »Das Schloß zu Grümelscheid aber ist arm.«)

Nach der Volksmeinung kann der Schatz auf Grabich gehoben werden, wenn man mit einem Spaten, worauf eine brennende und gesegnete Kerze steht, in den Wald geht. Mit dem Spaten zieht man dann einen Kreis, es erscheinen gespenstische Gestalten und erschrecken den Schatzgräber. Gerät dieser in Angst, dann ist der Schatz für ihn verloren.

671. Schätze im Selwengert bei Remich.

A. Der Weinberg Selwengert dehnt sich bis an die Häuser des Neuenwegs. Vor Zeiten soll ein Tempelherrenkloster auf der Höhe gestanden haben. Mancherlei Spukgeister gingen in der Umgebung um, und die Eltern warnten vor dem roten Mann, wenn wir in den Gärten und Pfaden des Burenweges Krieg spielen wollten.

Ich habe einen verständigen Mann beim Weine mit Überzeugung behaupten hören: »Und wenn ich das Geld dazu besäße, würde ich den ganzen Selwengert kaufen und keine Hand mehr an meine Arbeit rühren. Ich würde mir hundert Arbeiter bestellen, die ich in der Tiefe nach den ungeheuern Kellern graben ließe. Da liegt ein Schatz verborgen, der leuchtet hell wie Kohlenfeuer und könnte die ganze Gegend zu reichen Leuten machen. Ein Teil davon ist im Tümpel versenkt und mit tausend Fuder Steinen zugedeckt.«

Der Tümpel ist eine bekannte, sehr tiefe Stelle in der Mosel zwischen Remich und Kleinmacher.

N. Gaspar

B. In dem Ort genannt Selwengert besaßen die alten Tempelherren ein Kloster. Als sie vertrieben wurden, vergruben sie dort all ihr Geld. Es soll noch dort liegen. Einst grub ein Mann an diesem Orte nach, da entdeckte er eine große Steinplatte. In der Überzeugung, darunter lägen die vielen Schätze, ging er nach Hause, um Säcke zu holen. Als er wieder zur Steinplatte zurückkehren wollte, war alles verschwunden.

C. Auf der Anhöhe des »Selwengert« bei Remich hausten vor Jahrhunderten die Tempelherren in ihrem reichen und festen Kloster. Sie besaßen unermeßliche Reichtümer und ausgedehnte Ländereien und bedrückten das arme Volk.

Eines Morgens waren die Tempelherren mit ihrem befestigten Kloster verschwunden und man behauptet, sie seien zur Strafe für ihre Sittenlosigkeit in den Erdboden versenkt worden. Dort sitzen sie und zählen Goldstücke, so daß, wenn man die rechte Stelle antrifft, man das Klirren und Klingen des Geldes deutlich vernehmen kann. Schon viele haben das Geklirr unter dem Erdboden vernommen, konnten aber später die
294 Stelle nicht mehr wiederfinden. Noch heute ist die sprichwörtliche Redensart zu Remich allgemein: »Er ist verschwunden wie die Tempelherren.«

Lehrer N. Biver zu Remich

672. Der Schatz auf der Schoreburg.

Ein Hirt von Eschet weidete oft seine zahlreiche Herde in der Nähe der alten Burgruinen und beständig dachte er an die großen Schätze, die in denselben vergraben liegen, und wünschte, wenn auch nur ein Teil derselben zu besitzen. Jeden Morgen, bevor er die Schafe auf die Weide führte, ging er mit zwei Eimern hinab zu dem Schloßbrunnen, um Wasser zu schöpfen. Jedesmal, wenn seine Augen über die alten Trümmer hinschweiften, tauchte auch in seinem Innern der Gedanke an die verborgenen Schätze auf.

Als er einmal am frühen Morgen zwei Eimer voll Wasser den Schloßweg hinauftrug, da erblickte er in der Ferne zwei große, in schwarze langwallende Mäntel gehüllte Männer, den Welg herab auf sich zukommen. Sie trugen an einer Stange einen großen, weiten Kessel, der voll von schimmernden Goldmünzen war. Der Hirt wich beiseite. Doch da standen die Männer still und mit hohler Stimme hießen sie ihn das Wasser ausgießen. Dieser aber sollte schier zusammensinken vor Furcht und gehorchte nicht. Da stieß einer der schwarzen Männer die Eimer um, und sie füllten dieselben bis oben an den Rand mit glänzendem Golde, und allsogleich waren sie verschwunden. Der Hirt gab sein Hirtenleben auf und war nunmehr ein reicher Mann.

673. Die Heidekirch bei Heiderscheid.

Auf dem Bann von Heiderscheid liegt eine Stelle, die allgemein im Volksmund »d'Heidekirch« genannt wird. Dort soll vor vielen Jahren eine heidnische Ansiedlung mit prächtigem Tempel gestanden haben. Von der Heidekirch ging eine schöne Allee von hundertjährigen Eichen aus, die aber schon längst nicht mehr besteht.

Dort soll, nach der Volkssage sich tief im Boden eine Quelle befinden, aus der lauter Wein herausfließe. Schon viele haben nach derselben gegraben, aber immer vergebens, da die Quelle gar zu tief im Boden sprudelt.

Andre haben dort lange Zeit nach Geld gegraben. Die Volkssage meldet nämlich, ein ungeheurer Schatz liege im Boden vergraben, der dem Glücklichen, der ihn entdecke, ein sorgenfreies Leben verschaffe. Bis heute jedoch ist es noch niemand gelungen, die Weinquelle oder den Schatz zu entdecken.

Lehrer H. Georges

674. Wein im »Flôm« zu Weiler zum Turm.

Der Sage nach soll in einem Gewölbe unter dem früheren Schloßgarten zu Weiler zum Turm ein Fuder Wein im »Flôm« liegen, das so alt ist, daß die Faßdauben gefault sind und der Wein in seinem eigenen, im Laufe der Jahrhunderte gebildeten Flôm (dünne Haut) liegt.

295 Luxemburger Land, 1883, Nr. 2

675. Topf voll Blätter.

Zu Vichten hatte einst ein Mann namens Friob in der »Wampecher Hiehl« einen Birnbaum, der nicht fortkommen wollte, ausgegraben und zu seinem Erstaunen darunter einen großen Topf voll Blätter gefunden. Ärgerlich warf er dieselben umher. »Hätte er,« fügt der Erzähler bei, »hineingespieen oder einen Rosenkranz hineingeworfen, so hätten sich die Blätter in Gold verwandelt.«

676. Der verwünschte Schatz.

Ein Mann aus Ehnen hatte beim Ausgraben einer alten Mauer einen großen, eisernen Topf voll Geld gefunden, brachte ihn, um nicht bemerkt zu werden, in später Nacht nach Hause und vergrub ihn in seinem Keller. Bald hob sich der Wohlstand des Mannes in auffallender Weise und die Leute im Dorfe erzählten sich, daß Hans einen bedeutenden Schatz gehoben habe, oder daß er ein Verbrecher oder verschuldet sein müsse. Hans, der von diesen Gerüchten hörte und für sein Geld wie für sein Leben fürchtete, schwur und fluchte, er habe keinen Schatz gefunden, und fügte zu besserer Versicherung hinzu, daß, sollte sich ein Schatz in seinem Hause finden, derselbe in die Tiefe der Erde versinken möge.

Als er nun eines Tages Geld bedurfte und seinen Topf ausgrub, sank dieser, als Hans eben nach dem Henkel greifen wollte, unter großem Geklingel und Gerassel einige Fuß tiefer in die Erde. Da gedachte der erschrockene Hans der Verwünschung, die er ausgesprochen. Gleichwohl grub er immer weiter, während das Geld in der Erde fortklirrte. Sobald er aber wieder die Hand nach dem glitzernden Golde ausstreckte, sank es von neuem unter Getöse weiter hinab. Hans mußte endlich die Hoffnung aufgeben, sein Geld wieder zu erhalten, grämte sich aber über den Verlust so sehr, daß er bald darauf starb.

J. Linden, Lehrer zu Rollingen

677. Goldenes Kalb zu Bürmeringen.

Zu Bürmeringen, nahe beim Pfarrhaus, im Ort genannt »op der Ucht«, liegt ein goldenes Kalb vergraben.

J.B. Klein, Pfarrer zu Dalheim

678. Das goldene Kalb im Gâlesloch.

Gegenüber Remerich, einem zwischen Zolver und Esch an der Alzet gelegenen Wäldchen, wo auch Schappmännchen seine Weidbahn hat, soll zwischen Beles und Esch, in einer Niederung in Gâlesloch, welche teils Wiese, teils Ackerland ist, ein goldenes Kalb vergraben liegen. Tritt man auf die Stelle, wo der Kopf desselben ruht, so geht man irre, wenn man der Gegend auch noch so kundig ist. Mein Gewährsmann fügte bei, daß vor Jahren in Gâlesloch römische Münzen gefunden worden sind (daher auch Heideloch genannt). Gâlesloch liegt etwa eine Stunde von dem bekannten Titelberg entfernt, wo die Römer ein Standlager hatten. 296

Auch sollen dort drei sonderbare Blumen stehen. Wer eine davon abpflückt, mit dem wird etwas Besonderes geschehen. Was, wußte mein Erzähler nicht anzugeben.

Nach anderen soll in Remerich ein gespenstischer Fuchs umgehen.

J.N. Moes

679. Der goldene Bock und die Schätze auf der Meierchen bei Ellingen.

»Auf der Meierchen«, nahe an der Eisenbahn beim Eingang des Waldes und unfern des Dorfes Ellingen stand, wie die Sage berichtet, vor langer Zeit eine sehr reiche Heidenstadt. Die Einwohner besaßen einen goldenen Bock, den sie bei der Zerstörung ihrer Stadt in ein unterirdisches Gemach brachten, wo er sich noch heute befindet. Auf dem Berg ist heute noch ein Hügel zu sehen; solcher Hügel waren vor alters viele vorhanden. Das waren, heißt es, die Ruinen alter Häuser. Die Bewohner der Umgegend haben alle ausgeräumt.

Einst, als man mit dem Ausräumen beschäftigt war, kamen junge Leute von Remich herauf, nachts gegen zwölf Uhr, und gingen über diesen Platz. Plötzlich sieht einer unten ein Feuer. Sie treten näher, und was sehen sie? Allerhand Schätze, goldene Tische, Leuchter auf einem Haufen; das brennt, daß es eine Freude ist. Vor sich sehen sie einen weiten Gang und am Ende desselben zwei schöne Zimmer, gemalt und vergoldet. Da liegt nun der goldene Bock, von der Größe eines gewöhnlichen Bockes, aber aus purem Gold.[1] Plötzlich ein Knall, als ob die Erde bersten sollte; die Jungen sind weit weggeschleudert, und als sie aus ihrem Taumel erwachen, ist alles verschwunden.

Sie hatten nicht den rechten Augenblick getroffen. Wären sie vielleicht früher oder später gekommen, so hätten sie sich die Stelle merken und den Schätzen nachspüren können.

So liegen nun der Bock und die Schätze noch ungehoben, »und,« sagte der Erzähler, »wenn ich Geld und Zeit hätte, weißt du was ich tun würde? Ich würde Nachgrabungen anstellen lassen; mein Glück könnte leicht gemacht sein.«

680. Der Geldhüter bei Eisenbach.

Daß in der Mühlchen, einem Orte in den Gebüschen, die sich nach Hosinger Dickt hinziehen, und eine halbe Stunde von Eisenbach entfernt, drei mit Geld gefüllte Fässer (das eine soll lauter Goldmünzen enthalten) in der Erde vergraben liegen, wird von den dortigen Bewohnern allgemein geglaubt. Niemand aber weiß die Stelle genau anzugeben, wo das Geld liegt, auch hat es noch niemand gewagt, dieselbe ausfindig zu machen,
297 aus Furcht vor dem Hüter des Schatzes.

Ein Mann aus Obereisenbach will vor dreiundzwanzig Jahren den Geldhüter am hellen Tage gesehen haben, wie er mit seinen langen, kräftigen Armen den Stamm einer dicken Buche umschlungen hielt. »Der Geldhüter,« erzählt er, »ein kräftiges Männlein, trug auf seinem Krauskopf ein nettes Hütlein; eine grobe, weißwollene Jacke bedeckte seinen Körper. Er blickte mich starr an, als ich, müde von der Arbeit, auf einer kleinen Anhöhe, einige Schritte weit von ihm, ausruhte. Da dachte ich an das im Boden vergrabene Geld und zweifelte nicht, daß hier die Stelle des verborgenen Schatzes sei. Denn als ich einige von den Bucheckern, welche vor mir lagen, auflesen wollte, erhielt ich einen so derben Schlag auf die Hand, daß mir alle entfielen. Das Männlein aber war verschwunden. Da

1 Nach anderen ein goldenes Kalb. Publications etc., XV, 202.

zögerte ich keinen Augenblick und eilte meiner Wohnung zu.« Der Erzähler glaubt, daß, wenn es ihm gelungen wäre, die Bucheckern einzusäckeln, dieselben ebensoviele Goldstücke geworden wären.

Lehrer Quiring zu Untereisenbach

681. Die Schoreburg bei Folschet.

Nach der Volkssage befindet sich in dem alten Gemäuer der Schoreburg, im Volksmund Schuorelserschlaß ein großer Schatz, den niemand zu heben vermag, weil er von Schlangen bewacht sei. Die Nachsuche nach demselben wurde lange eifrig betrieben, doch ohne Erfolg. Indes fand noch vor fünfundzwanzig Jahren ein Bewohner des nahen Rambruch unter einem Stein zwölf Goldstücke.

P. Wolff

682. Der Schatz im Wald.

In einem Wald des Kantons Mersch befindet sich ein dicker Stein, an dem ein gewaltiger, eiserner Ring befestigt ist. Wer den Stein auszuheben vermag, findet darunter eine große Kiste mit Gold verborgen. Sich derselben zu bemächtigen, ist aber kein leichtes Stück Arbeit, denn der Teufel soll in Gestalt einer Schlange diesen Schatz bewachen. Näheres weiß der Erzähler der Sage nicht mehr zu berichten.

G. Dax

683. Bewachter Schatz zu Weiler zum Turm.

Im Schloß zu Weiler zum Turm, neben dem Garten, wo heute die Viehställe sind, ist ein tiefer, heute verschütteter Brunnen. In diesem Brunnenschacht liegt eine große Schlange, welche feurig aussieht, um eine schwarze, eiserne Geldkiste gewunden. Diese Schlange wird von Zeit zu Zeit von einem großen, schwarzen Hund, welcher sich auf die Kiste legt, abgelöst.

N. Gonner

684. Die Unke mit dem goldenen Schlüssel.

Auf der Kasselslei an der Ur stand in uralten Zeiten ein Tempelritterschloß. Dort befindet sich ein tiefer Brunnen, der mit der Ur in Verbindung steht. Tief unten in diesem Brunnen, der verschüttet ist, wohnt eine
298 Unke (Schlange), welche im Maule einen goldenen Schlüssel trägt.

Wenn es jemand gelingt, diesen Schlüssel dem Tiere zu entreißen, so ersteht das Schloß wieder in alter Pracht und gehört ihm samt dessen Schätzen.

685. Der verwünschte Graf in der Wolfsschlucht bei Echternach.

Einst gingen zwei Mädchen aus Echternach in den Wald, um Reisig zu sammeln. Sie kamen auf einen hohen Felsen, welcher durch einen weiten Riß gespalten war. Während sie die tiefe Spalte betrachteten, sieh! da erweiterte sich dieselbe plötzlich; es öffnete sich ein tiefer, dunkler Schlund und mit Schrecken sahen die Kinder auf einer großen, eisernen, mit glänzendem Golde angefüllten Kiste einen schwarzen Hund mit funkelnden Augen. Die Wände der Höhle waren mit kostbaren Waffen geschmückt und es blitzte und glänzte, so daß die Kinder ihre Augen abwenden mußten. Als sie ein zweites Mal diese wunderbare Erscheinung betrachten wollten, hatte sich der Felsen wieder geschlossen und alles war wie vorher. Hätten sie einen Rosenkranz in die Spalte geworfen, so hätte der Felsen, in welchen ein wilder Graf verwünscht ist, sich nie mehr geschlossen, der Graf wäre erlöst gewesen (denn nur unschuldige Kinder konnten ihn, der Sage gemäß, vermittelst eines Rosenkranzes erlösen) und alle Schätze wären den Kindern zugefallen.

P. Wolff

686. Des Kronenburgs Schätze in der Deiwelschoart unter der Lann.

Vor vielen, vielen Jahren lebte im Sauertal oberhalb der Felsmühle bei Echternach ein gar böser und gefürchteter Mann, der seines schmutzigen Geizes und seiner unermeßlichen Schätze wegen im Volksmund der Kronenburg hieß. Fern vom Umgang der Menschen, lebte er einsam in der Lann in einer ärmlichen, aber durch eine schwere, mit Eisen beschlagene Tür beständig abgeschlossenen Felsgrotte. Die Leute erzählten, er habe seine Seele dem Satan verschrieben, um nur recht viel Gold und Silber besitzen zu können. Im tiefen, unterirdischen Gewölbe hielt er seine Schätze verborgen und weidete sich an dem Anblick des unrecht erworbenen Gutes. Nachdem der Wucherer in der Lann jahrelang sein schändliches Handwerk getrieben und das ganze Sauertal mit Unglück erfüllt hatte, brach über ihn des Himmels schreckliche Rache herein. Während eines furchtbaren Gewitters fuhr aus finsterer Wolke ein gewaltiger Blitzstrahl herab, der die Höhle spaltete und die Wohnung des Unmenschen in den Abgrund der Erde vergrub; der auf seiner Geldkiste sitzende Wucherer aber ist in einen großen, schwarzen Hund verwandelt worden. Und so erscheint er alle fünfundzwanzig Jahre bis zum Ende der Zeiten. Wer den Augenblick trifft und einen geweihten Rosenkranz auf den schwarzen, vierbeinigen Besitzer der Kiste wirft, damit ihn bannend, der wird den Kronenburg erlösen und Besitzer des Geldes werden. 299

Ein noch lebender Greis aus Echternach hatte als zwölfjähriger Knabe mit einem Kameraden die seltene Gunst gehabt, beim Herumstreifen in der Teufelsschoart die verzauberte Kiste zu sehen. Allein es fehlte ihnen der geweihte Rosenkranz und als sie nach Hause stürzten, um einen zu holen, war bei ihrer Rückkehr alles verschwunden.

Zu Ende des vorigen Jahrhunderts – wie eine Greisin erzählte – ging diese mit andern »Schulermädchen« unter die Lann spazieren, um Erdbeeren zu pflücken. Sie geriet zur Deiwelsschoart, von der sie soviel erzählen gehört. Es winkten aber in derselben so lockend und verführerisch die schönsten Beeren, daß sie sich etwas hineinzwängte und sieh! plötzlich steht sie im Zaubergewölbe. Ein Schrei des Entsetzens entfuhr ihrem Munde, woraufhin die Kameradinnen bestürzt herzueilten, aber nichts mehr sahen, denn alles war verschwunden.

A.R., Echternacher Volkssagen 43

4. Vergebliches Schatzgraben

687. Schatzgräber zu Hoffelt.

Zu Hoffelt in dem an Theis-Haus stoßenden und den Erben Siebenaller zugehörigen Pesch ist Geld vergraben. Alle sieben Jahre hatten verschiedene Einwohner Feuer an einem bestimmten Ort des Pesches wahrgenommen. Die Besitzer des Pesches, welche öfters, aber vergebens, nach dem verborgenen Schatz suchten, einigten sich dahin, sich in allem Ernst mit dem Auffinden des Geldes zu beschäftigen. Der Hausfrau wurde nachdrücklich verboten, während des Nachgrabens das Haus zu verlassen, möge da vorkommen, was wolle. In einer stillen Mondnacht zogen zwei

Männer einen Kreis um jene Stelle, wo sich das Feuer stets gezeigt, der Ort selbst wurde unter verschiedenen Zeremonien gesegnet. Zwei geweihte Kerzen wurden angezündet und nun ging es ans Ausgraben. Nach einer Weile stießen die Männer auf einen harten Gegenstand, den sie bei früheren Nachgrabungen nicht verspürt, und schon glaubten sie, im Besitz des Geldes zu sein, als im Hause ein plötzliches Poltern und Lärmen begann. Von Angst und Schrecken getrieben, eilte die Frau trotz des Verbotes hinaus, mit einem brennenden Licht in der Hand. Auf der Türschwelle des Hausganges bemerkte sie mit Entsetzen, wie jemand – sie glaubte, es sei der Teufel gewesen – sich vom Dach herabneigte und das Licht ausblies. Der harte Gegenstand im Garten war auf einmal verschwunden und ungeachtet allen Nachgrabens konnte das Geld nicht aufgefunden werden. Das Feuer wurde in Zukunft nicht mehr wahrgenommen.

300 Lehrer Jacoby zu Helzingen

688. Schätze zu Useldingen.

Das Schloß von Useldingen war mit den jenseits der Attert gelegenen Schlössern Rotburg und Scheuerburg (jetzt Ruinen) durch unterirdische Gänge verbunden, die so breit waren, daß zwei Wagen nebeneinander bequem durchfahren konnten.

Ein Schäfer stieg einst, mit zwei gesegneten Kerzen versehen, in den Gang an einer Stelle, wo derselbe eingefallen war. Dort fand er verschiedene Wertsachen und stieß endlich auf ein Faß, auf dem ein schwarzer Hund lag. Dieser blies ihm die zwei gesegneten Kerzen aus, worauf der Schäfer eiligst die Flucht ergriff.

Neben dem Turm des Useldinger Schlosses liegt ein goldenes Kalb vergraben.

J.B. Klein, Pfarrer zu Dalheim

689. Der Schloßbrunnen zu Fels.

Im dreizehnten Jahrhundert, so erzählt man, befand sich ein Ritter von Fels in Fehde mit den Tempelherren von Heringen; diese erspähten den Augenblick seiner Abwesenheit, um sich mit Hilfe eines Verräters während der Nacht der Burg zu bemächtigen. Um den grausamen Feinden zu entgehen, stürzte sich die Burgfrau mit ihrem Kind und der goldenen

Wiege, worin es lag, in den tiefen Schloßbrunnen. Die Leichname sollen wieder heraufgezogen, der Verräter aber hineingestürzt worden sein; die goldene Wiege ist noch immer im Brunnen.

Unten im Brunnen befindet sich eine ganz in den Felsen eingehauene, geräumige Höhle, in welche die Herren von Fels während der Belagerungen, die sie zu verschiedenen Zeiten auszuhalten hatten, ihre Schätze verbargen. Vergebens hat man versucht, in diese Höhle einzudringen. Dort werden die Schätze von einem Drachen, jenem Verräter, bewacht, der mit seinem Hauche das Licht auslöscht, mit dem man die Dunkelheit erhellen will. Wer es wagen sollte, in diesem unterirdischen Labyrinth sich tastend zurechtzufinden, würde vom Drachen verschlungen werden.

Jedes Jahr, in der Nacht vor dem Gründonnerstag, erscheint um Mitternacht der Großmeister der Tempelherren, umgeben von seinen Rittern, auf den Trümmern der zerstörten Burg, und der im Zustand der Gnade sich befindende Christ kann sie dort einen luftigen Reigen tanzen sehen.

L'Evêque de la Basse Moûturie 282

Als zu Anfang dieses Jahrhunderts der Brunnen gereinigt werden sollte, erbot sich jemand, es unentgeltlich zu tun, falls er das Gefundene für sich behalten dürfe. Die goldene Wiege jedoch fand er nicht, nur einige verrostete Schießwaffen.

690. Schatzheber zu Poscheid.

Zu Poscheid bei Fuhren sind die alten Ruinen einer Burg. Es heißt, dort habe Geld gebrannt. Ein Jude soll vier feste Männer aus Vianden mitgenommen und ihnen anbefohlen haben, recht standhaft und verschwiegen
zu sein. Er hatte einen einjährigen »Häselterschoß«, womit er, an der 301
Stelle angekommen, einen großen Kreis umsich zog und auf hebräisch Beschwörungen anfing. Nicht lange währte es, da kam aus der Erde ein großer, scheußlicher Pferdekopf. Sobald die vier Begleiter des Juden dies sahen, ergriffen sie die Flucht und des Juden Kraft war weg.

M. Erasmy

691. Der verwünschte Schatz im »Habicherwald«.

Vor fünfzig Jahren tauchte plötzlich in Rambruch das Gerücht auf, im Habicher Wald sei ein bedeutender Schatz verborgen, den zur Zeit der französischen Revolution eine reiche Emigrantenfamilie dort verborgen habe. Das ganze Dorf geriet in Bewegung; alles eilte, mit Gerätschaften versehen, in den bezeichneten Wald. Da man jedoch die Stelle nicht kannte, begaben sich zwei Männer zu einer alten Wahrsagerin nach dem nahen Habich (Habaye-la-Neuve in Belgien), welche im Rufe der Zauberei stand. Diese riet ihnen, eine Wünschelrute zu gebrauchen (ein rätselhaftes Werkzeug, dessen sich die Bergleute, oft auch andere bedienen, um mit ihrer Hilfe unter der Erde verborgene Metalladern und Schätze aufzufinden); es müsse aber eine zweizinkige, haselne Sommerlatte sein, am Sonntag nach dem Neumond, früh vor Sonnenaufgang mit dem Gesicht nach Morgen oder während der halben Messe hinter dem Rücken geschnitten; sie müsse ferner durch drei im Namen der Dreieinigkeit geführten Schnitte von der Wurzel losgelöst und mit dem Rutensegen getauft werden. Dieser Rat wurde befolgt. Der eine der Männer nahm die beiden Enden der Rute, die sogenannten Hörner, in die Hände, so, daß diese Fäuste bildeten und die Daumen nach außen, das Innere der Hand nach oben und die Rute nach der Brust zu gerichtet waren. So durchspähte er den Wald. Plötzlich bog sich die Rute zur Erde nieder und schlug dreimal an. Um Mitternacht begaben sich nun fast alle Dorfbewohner in den Busch und gruben an der durch die Rute bezeichneten Stelle. Schon war ein hoher Erdhaufen aufgeworfen, als der Deckel einer schweren Eisenkiste zum Vorschein kam. Als man sie aber aus der Grube ziehen wollte, begann die Erde plötzlich zu beben, die Bäume ächzten und stöhnten, in den Blättern rauschte es geheimnisvoll und schwarze Gestalten umflogen die Schatzgräber. Alle suchten so schnell als möglich aus dem Bereich des unheimlichen Ortes zu kommen und ruhten nicht eher, als bis sie zu Hause waren. Einige beherzte Männer kehrten am folgenden Tage zurück, fanden jedoch jede Spur ihrer Arbeit verwischt und ihre Gerätschaften im Wald zerstreut. Sie wiederholten den Versuch, aber mit demselben Erfolg. Ein drittes Mal mußten sie wieder flüchten und, zu Hause angekommen, fanden die beiden Männer, welche sich bei der Hexe Rat erholt hatten, ihre früher gesunden Kinder sogar lahm.

Seither unterblieben alle Versuche, den Schatz zu heben, und nur mit Grauen wagt man sich in den geheimnisvollen Wald.

302 Zollbeamter J. Wolff

692. Der Schatz auf Scheid.

Eine halbe Viertelstunde westlich von Rosport befindet sich ein runder Bergkegel, der von dem Volk Scheid genannt und in »vor Scheid«, »auf Scheid« und »hinter Scheid« unterschieden wird. »Vor Scheid«, d.h. oben am Rand des südlichen Abhanges, dem Dorfe zu, soll der Sage gemäß um Mitternacht von Zeit zu Zeit ein Geldfeuer brennen. Wer das Glück hat, meldet die Sage weiter, dieses Feuer brennen zu sehen, kann den Schatz in der folgenden Mitternacht ausgraben; er muß aber einen Gefährten zu sich nehmen und beide müssen die erste Regel aller Schatzgräber, unbedingtes Schweigen bei der Arbeit, streng beobachten.

Zwei Männer aus Rosport, die einst das Geldfeuer vor Scheid brennen sahen, verabredeten sich, den Schatz in der folgenden Nacht auszugraben, und faßten zugleich den festen Entschluß, während der Arbeit das vorgeschriebene Stillschweigen, es geschehe, was wolle, streng zu beobachten. Nachdem sie schon des Abends die Stelle ganz genau bezeichnet hatten, begaben sie sich um Mitternacht mit Hacken, Schaufeln und einem Hebeisen dahin und fingen mit großem Fleiß an zu graben. Sie mochten kaum eine halbe Stunde am Werk gewesen sein, als sie auf einen länglichviereckigen Stein stießen, unter welchem sich, wenn sie denselben mit Hacke und Schaufel berührten, ein hohler, metallener Klang wie von Silber und Gold vernehmen ließ. Fast außer sich vor Freude, ergriffen sie schnell das Hebeeisen und gaben sich dran, den Stein zu heben, der sie noch von ihrem Glück trennte. Doch sieh da! plötzlich erblickten sie eine große, hehre Jungfrau in prachtvollen, weißen Gewändern, welche ihnen stillschweigend zuschaute. Zugleich entstand ein furchtbares, ehernes Geräusch, das mit einem unheimlichen Sausen verbunden war. Diese Erscheinung hatte offenbar zum Zweck, die beiden Schatzgräber in Schrecken zu setzen und in die Flucht zu treiben. Sie ließen sich aber nicht stören und arbeiteten rüstig weiter. Inzwischen wurde das Geräusch immer stärker und stärker; die Erde bebte, als wäre sie vom Donner erschüttert. Da fing es den beiden Männern doch an etwas unheimlich zu werden; sie blickten wieder auf und sahen nun statt der einen, drei weißgekleidete Jungfrauen um die Grube stehen und ihnen zuschauen. Trotzdem ließ sich der eine Schatzgräber nicht ängstigen, sondern ergriff von neuem das Hebeisen, um den Stein zu entfernen; der andere jedoch fing wie Espenlaub zu zittern an, blickte voll Schrecken nach seinem Gefährten hin, ließ dann das Hebeisen fallen und rannte in rasender Eile den Berg hinunter dem Dorfe zu. Da der andere nun allein nichts mehr ausrichten konnte, raffte er, über die Feigheit seines Begleiters fluchend, das Arbeitsgerät zusammen und begab sich ebenfalls nach Hause. Als sie am andern Morgen wieder an die Stelle zurückkehrten, konnten sie nicht die geringste Spur mehr bemerken von der Grube, die sie gegraben hatten, und der Schatz war für sie verloren.

303 Pfarrer J. Prott

693. Schatzheber zu Niederkorn.

Sechs Männer von Niederkorn gingen einst zusammen aus, um verborgene Schätze zu heben. Bei einem Berge, Kaaschtel genannt, fanden sie auch wirklich zwei große Kisten. Voll freudiger Hoffnung öffneten sie dieselben, fanden aber nichts darin als alte, fleckige Bohnen. Einige füllten dennoch ihre Taschen mit diesen Bohnen und als sie am anderen Tage nachsahen, hatten sich dieselben in Geld verwandelt. Da eilten die Schatzgräber zu den Kisten zurück, fanden aber keine Spur mehr davon.

Einst hatten mehrere Schatzgräber vermittelst eines sogenannten Grundspiegels[1] eine Kiste Geld auf dem Titelberg entdeckt und wollten dieselbe leeren. Aber um Mitternacht kamen plötzlich mehrere Männergestalten auf sie zu und errichteten in ihrer Nähe einen Galgen, wobei einer dem andern zurief: »Welchen sollen wir zuerst holen?« – »Ich meine, wir sollten den mit dem roten Kleid packen.« Der, welcher das rote Kleid trug, hatte den Grundspiegel verfertigt und hieß Peter Kiefer. Den roten Peter ergriff eine Höllenangst und er rannte eiligst davon; seine Kameraden folgten seinem Beispiel. Tags darauf war die Kiste verschwunden.

Lehrer Walch zu Niederkorn

694. Der Klackebur bei Reckingen (Mersch).

Die Glocke einer verfallenen Kapelle in der Nähe von Reckingen wurde während der ersten französischen Revolution in einer Quelle, einen Kilometer südwestlich von der Kirche und dreißig Schritte vom Feldweg, im sogenannten Klackebur in »Sauerbruch« vor der Habgier der Franzosen versteckt. Gegen 1800 wollten ein reicher Bauer und sein Knecht die Glocke ausgraben, um mit derselben auch die Geldkiste zu heben, welche ebendaselbst versenkt worden. Schon waren die Schatzgräber in ihrer

1 Gemeint ist der Erdspiegel, ein magisches Gerät zum Schatzheben usw. (J. Dumont).

Arbeit so weit fortgeschritten, daß nur mehr der Deckel der Kiste zu öffnen blieb. Da vernahmen sie eine Stimme: »Welchen soll ich holen? Den mit der roten Mütze?« Der eine von ihnen hatte nämlich eine rote Mütze auf. Von Schrecken befallen, machten sich beide aus dem Staub. Bis auf den heutigen Tag hat niemand mehr nach den Schätzen gegraben.

695. Schatzheber auf Grewenknapp.

Im Tumulus auf dem Grewenknapp versuchten einige, den dort vergrabenen Schatz zu heben. Als sie damit beschäftigt waren und die Erde schon ziemlich tief aufgegraben hatten, kamen drei Männer, nahmen Holz und nachdem sie einen Galgen errichtet hatten, rief einer derselben: »Wièn solle mer elo huolen? Dê mat der rouder Kâp?« Da machten sich die Schatzgräber aus dem Staub.

Dasselbe wird dort erzählt von der Stelle, wo der römische Kirchhof auf Grewenknapp war, etwa fünfhundert Meter vom Tumulus entfernt.

Mitteilung von Professor van Werveke 304

696. Schatzgräber bei Eschet.

Unter den Trümmern des Schlosses Schoreburg bei Eschet soll ein Schatz vergraben sein, der vom Teufel bewacht wird. Jedermann kann diesen Schatz heben, nur darf dabei kein Wort gesprochen werden.

Drei Leute aus dem Dorfe Folschet gaben sich das Wort, den Schatz stillschweigend zu heben. Nachdem sie lange gegraben hatten, stießen sie auch wirklich auf den Schatz. Der Teufel aber war auch nicht faul; so leichten Kaufs sollte ihm der Schatz nicht entrissen werden. Stillschweigend schickten sich die Männer an den Schatz an den Tag zu fördern. Da sahen sie plötzlich hoch über ihren Köpfen einen rotglühenden Galgen stehen und daneben den Teufel sitzen. Angsterfüllt schauten die Abenteurer einander an, kein Laut jedoch kam über ihre Lippen. »Welchen von euch dreien soll ich holen?« fragte der Teufel. »Ich denke, den mit der roten Hose.« Der ein von ihnen trug nämlich eine Hose von auffallend roter Farbe. Nun war alle Geistesgegenwart weg und ein Schreckenslaut entrang sich unwillkürlich ihrer Brust. Sofort waren Teufel und Galgen verschwunden und die drei Schatzgräber befanden sich wieder auf gleichem Boden. Mit leeren Taschen, wie sie gekommen waren, kehrten sie nach Hause zurück, froh, mit heiler Haut davongekommen zu sein.

697. *Der Schatz bei Altlinster.*

Am Fuße des Felsens, der »den Mann und die Frau« trägt (Härtchesleh), bei Altlinster, liegt ein großer Goldschatz. 1823 gruben die Bauern des Dorfes nach (noch 1846 waren die Spuren dieser Nachgrabungen sichtbar); da die Schatzgräber aber die Bedingung, kein Wort über der Arbeit des Grabens zu sprechen, nicht beobachteten, sank der Schatz tiefer in die Erde und zwar bei jedem Wort, das sie sprachen, um sechs Fuß (èng Dunn dèf.)

Publ. II, 103

698. *Die Schatzgräber zu Rehlingen.*

Beim Heidenhaus zu Rehlingen (am rechten Moselufer) grub man einst in einer Wiese. Da fand man eine große, eiserne Kiste; aber alle Arbeiter, die dort arbeiteten, waren nicht imstande, die Kiste aufzuheben. Unter diesen Arbeitern befanden sich vier, die sehr klug waren. Sie gingen nach Saarburg und holten sich Rat bei einem Pater. »Um die Kiste zu heben,« sagte er, »müßt ihr diese Nacht hingehen und den Schatz, ohne ein Wort zu reden, nach Hause bringen.« Zwischen elf und zwölf Uhr in der Nacht begaben sie sich ans Werk, wie ihnen der Pater gesagt hatte. Da die Kiste wieder in die Erde gesunken war, so gruben sie emsig und waren auch so glücklich, sie wieder aufzufinden. Sie faßten an, hoben dieselbe in die Höhe und als sie über der Erde war, rief der eine freudig: »Mer hun se!« Da versank die Kiste plötzlich wieder tief in den Boden und noch heute ist der Schatz nicht gehoben. Zum Wahrzeichen blieb ein Loch, das so tief ist, daß man keinen Boden findet und man es nicht ausfüllen kann.

305 N. Gonner

699. *Der vergrabene Schatz bei Reckingen.*

Außerhalb des Dorfes Reckingen an der Meß stand vor alter Zeit ein hölzernes Kreuz, von dem man behauptete, daß an seinem Fuß ein großer Schatz vergraben liege. Dieser sollte jedoch nur unter der Bedingung zu heben sein, daß während der Schatzgräberei kein Wort gesprochen werde. Einst machten sich zwei Bauern des Dorfes nachts ans Werk, den schweren Geldkasten zu heben. Während der eine grub, hielt der andere das Licht. Sie hatten noch nicht lange gegraben, als der Gräber mit seinem

Spaten an einen festen Körper stieß, der einen dumpfen Klang von sich gab. »Halt an!« rief er in seiner übergroßen Freude. Kaum war ihm das unbedachte Wort entwischt, da war das Loch wieder zu und ein riesiger Hund lag an der Stelle.

Lehrer Konert zu Hollerich

700. Die goldene Wiege zu Vichten.

Unfern Vichten befindet sich eine Quelle, in der eine goldene Wiege vergraben ist. Diesen Schatz zu heben ist leicht, nur darf dabei kein Wort gesprochen werden. Einst hatten zwei Männer die Wiege ganz ausgegraben. Die Grube war tief und beide mußten sich auf den Boden legen, um die Wiege zu fassen. Schon hob der eine daran, als er unwillkürlich rief: »Dann heb auch, Peter, sonst fällt sie wieder hinab.« Allein Peter brauchte nicht mehr zu helfen; die Grube hatte sich sogleich wieder über der Wiege geschlossen, welche noch einmal so tief als vorher in den Boden sank. Niemand hat seither danach gesucht.

701. Die goldene Wiege zu Körich.

In dem Ort, genannt »auf den Häusercher«, zu Körich liegt tief im Boden eine goldene Wiege. Vier Männer wollten einst den Schatz heben; dabei durfte keiner ein Wort sagen. Als sie bereits auf die Wiege gestoßen waren und dieselbe eben ausheben wollten, entstand plötzlich ein Geräusch, wie wenn eine Herde blöckender Schafe nahe. Da sprach der eine von ihnen: »Laß die Wiege noch einen Augenblick, der Hobscheider Hirt kommt.« Aber plötzlich sank die Wiege aufs neue sieben Klafter tief in die Erde. Da liegt sie heute noch, bewacht von einer Menge Wichtelchen und Nachtmännchen.

Lehrer Reyland zu Körich

702. Die Schatzheber und die goldene Wiege bei Boxhorn.

In einem Wald, genannt Beischent, bei Boxhorn, liegt in einem tiefen Brunnen eine goldene Wiege. Eines Tages waren einige Einwohner von Boxhorn so glücklich, dieselbe bis an den Rand zu heben. Da schaute plötzlich der Teufel heraus. Hätten die Leute die Wiege mit Weihwasser besprengt, so wäre sie ihr Eigentum gewesen.

703. Der Schatz unter der Haselstaude zu Gilsdorf.

Auf dem Bann von Gilsdorf, in dem Ort, genannt Häschelt, stand einst eine Haselstaude, an welcher eine Mistel emporragte. Unter dieser Staude
306 lag sieben Klafter tief im Boden ein reicher Schatz verborgen. Sieben Jahre lang stieg er jährlich um eine Klafter höher zur Erde empor, wo er dann in einer Mitternacht des siebenten Jahres brannte, um bald darauf wieder sieben Klafter tief in die Erde zu versinken.

Wer in dieser Nacht das Glück hatte, den Schatz brennen zu sehen, konnte ihn heben und heimtragen. Es durfte aber kein Wörtchen dabei gesprochen werden.

Einst gelang es zwei Männern von Gilsdorf, den rechten Augenblick zu treffen. Freudig hoben sie im tiefsten Schweigen die goldgefüllte Kiste empor und schickten sich an, sie eiligst nach Hause zu tragen. Doch, sieh da! plötzlich fliegt eine Runn (Horniß) über derselben hin und her. »Was Teufel!« ruft da einer der Träger aus, »diese Horniß mag uns noch stechen!« Und sogleich entfiel der Schatz ihren Händen und sank wieder sieben Klafter tief in den Schoß der Erde zurück.

J. Prott, Pfarrer

704. Schätze und Schatzheber zu Vianden.

Beim Viandener Schloß auf der Kahlerplâz soll alle sieben Jahre Geld brennen. Es war eine kleine, blaue Flamme, die immer größer wurde und dann plötzlich verschwand. Ein Viandener, namens Pfeiffenschneider, soll einst zu derselben gekommen sein und wie er seinen Rosenkranz aus der Tasche herausnehmen wollte, um ihn ins Feuer zu werfen, erlosch plötzlich die Flamme.

Auch auf dem Pitgesfeld soll Geld brennen. Ihrer drei sollen einst dort die Stelle entdeckt und den Teufel beschworen haben, so daß er das Geld fahren ließ; ihres Fundes schon gewiß, habe einer gesagt: »Mut, Freunde!« Darauf sei der Schatz versunken, die Männer aber seien von unsichtbarer Hand so geprügelt worden, daß ihnen alle Lust zur Schatzgräberei auf immer vergangen sei.

In dem Brunnen des Viandener Schlosses liegt nach dem Volksglauben eine schwere, große Geldkiste, worauf ein großer, feuriger Hund kauert. Einst habe sich einer hinunterlassen wollen, aber als er den Höllenhund gesehen, habe er sogleich das Signal zum Heraufziehen gegeben.

Bei einem Turm desselben Schlosses ist ein Loch, worin die Gräfin Yolanda gesessen; das nennt man das Hexenloch. Dort wurden sonst die schweren Verbrecher hinuntergelassen. Dort soll Geld gebannt liegen.

M. Erasmy

705. Das Wichtlein und der Schatz zu Dondelingen.

Einst teilte ein Landmann sein Vermögen unter seine sieben Kinder, und
hielt in seiner Dummheit nichts für sich. Als nun die Kinder ihm den
Rücken wandten, konnte er betteln gehen. Eines Tages saß er in einem
Wald, Hätchen genannt, auf einem gefällten Baum und dachte über sein
Schicksal nach. Da kam ein kleines Männlein zu ihm und sagte: »Ah!
Michel! Ich weiß, du bist traurig. Deine Kinder haben dich verlassen und
du bist arm geworden. Wenn du mir folgst, so werde ich dich wieder 307
sehr reich machen. Jedoch mußt du stillschweigen.« – »Ja gewiß,« sagte
Michel. »Wenn ich auch so dumm war, alles wegzugeben, so werde ich
doch so gescheit sein, stillschweigen zu können.« Das Männlein gebot
ihm, zu folgen. Sie nahmen Spaten und Hacke und gingen an einen Ort,
der nicht weit von der Wohnung der Wichteln lag. Hier gruben sie und
gruben eine Kiste heraus. Das Männlein öffnete dieselbe, und ihr Inhalt
war lauter blankes Gold. Michel konnte vor Freude sich nicht halten; die
Hände zusammenschlagend, rief er aus: »O, was viel schönes Geld!« Da
waren Kiste und Männlein augenblicklich verschwunden, und Michel
war so arm wie zuvor.

706. Der Schatz am Scheuerbrunnen.

Ein Mann aus Vichten, der seine Familie ehrbar durchgebracht, erhielt in seinen alten Tagen keinerlei Unterstützung von seinen Kindern und war genötigt, sein Stücklein Brot zu erbetteln. Eines Tages trat ein Zwerg, den seine harte Lage dauerte, zu ihm und lud ihn ein, mit ihm zum Scheuerbrunnen bei Vichten zu gehen, wo er ihm Reichtum verschaffen wolle, falls kein Wort über seine Lippen komme. Der Mann meinte, er könne seine Zunge schon im Zaum halten. Gegen Mitternacht begaben sich beide zum Scheuerbrunnen und fanden dort eine schwere, mit Goldstücken angefüllte Kiste. Der Mann erfaßte sie an der einen Seite und rief seinem kleinen Gefährten ermutigend zu: »Nur frisch zu!«, worauf die Kiste versank und verschwunden blieb.

L'Evêque de la Basse Moûturie, 361

707. Der Bocksreiter.

Ein Mann von Wehr ging einst nachts aus, um Geld zu graben. Er hatte eine Geldrute bei sich, womit er das Geld auffand. Diese Rute mußte eine Haselnußstaude sein von drei Fuß Länge. Nachdem man die Rute in den Boden gesteckt, bog sie sich bis auf die Erde; da, wo sie die Erde berührte, lag das Geld. Damit die Rute aber echt sei, mußte einmal die hl. Messe darauf dargebracht werden und darum mußte sie heimlich unter das Altartuch gelegt werden. Der Mann grub das Geld in dem Helterbach bei der Moselmühle, die jetzt verschwunden ist. Während er aber mit dem Graben beschäftigt war, kam ein großer Bock ihm zwischen die Beine gelaufen und trug ihn ungefähr vier Stunden von dort bis an die Saarspitze (da wo die Saar in die Mosel mündet). Dort warf der Bock ihn ab. In Helfant leben noch Abkömmlinge des Geldgräbers, welche man »Bocksritter« nennt.

Damit aber keine Rute mehr unter das Altartuch gelegt werde, fährt
308 jetzt der Priester mit den Händen darüber, wenn er an den Altar kommt.

5. Das Geldfeuer

708. Geldfeuer bei Tüntingen.[1]

Auf dem Hölzer Berg bei Tüntingen soll in einem »Spackelterdaar« ein Geldfeuer brennen. Ein Mann aus Tüntingen, Johann P., der einst zwischen Mitternacht und ein Uhr von Simmern nach Tüntingen zurückkehrte, hat das Geldfeuer brennen sehen.

709. Der Schatz bei Hohlfels.

In dem Tal der Mandelbach bei Hohlfels sieht man noch Überreste eines Hüttenwerkes, das den Hohlfelser Grafen gehörte. Der Oberleiter dieses Hüttenwerkes besaß große Schätze an Geld, die er in die Keller seines Hauses zu Hohlfels vergrub. Der Schatz brannte öfter; aber alle Versuche, denselben zu heben, blieben bis zur Stunde erfolglos.

1 Die Bewohner von Tüntingen sagen, daß unter einem Hohdaar (Weißdorn), worauf die Mistel wächst, Geld verborgen liege.

Lehrer Conrad zu Hohlfels

710. Geldfeuer zwischen Heisdorf und Walferdingen.

Bei der kleinen Höhlchen, zwischen Walferdingen und Heisdorf, lag eines Abends Gerrgen Herrchen mit seinen Knechten und den beiden Nachbarn unter einem Eichbaum und lauerte die Pferdejungen aus, deren Pferde ihnen allnächtlich den Klee abweideten, denn sie wollten die Jungen pfänden. Es war zwischen elf und zwölf Uhr. Keiner von ihnen sprach ein Wort. Da sahen sie nicht weit von sich über einem Haufen Kohlen eine schöne, blaue Flamme, womit der Wind spielte. Die Männer schauten sich verwundert an, doch wagten sie nicht, ein Wort zu sagen noch hinzugehen. Am Morgen gingen sie an die Stelle, aber sie fanden nicht das Geringste. Dort hatte Geld gebrannt.

N. Gonner

711. Geldfeuer bei Manternach.

An einem Sommerabend sahen Leute aus Manternach in einem Kleefeld ein großes, hellrotes Feuer. Niemand wußte, wie es hingekommen, auch getraute man sich nicht, ihm zu nahen. Als man am andern Morgen keine oder doch nur geringe Spuren des Feuers fand, hielten die Leute dasselbe für ein Geldfeuer, worin verborgene Schätze verbrannt seien.

Lehrer Oswald zu Manternach

712. Brennendes Geld auf dem Titelberg.

Beim »Gèhen Honger«, einem Abhang des Titelberges, hat man oft Feuer oder Licht gesehen. Dort soll Geld brennen und sollen Berggeister hausen.

Lehrer Linden zu Rollingen

713. Schatzheber zu Herborn.

Zu Herborn, im Ort genannt »ob de Mauern« oder »um Schlass«, hat
man oft ein Licht brennen sehen, woraus man auf einen dort verborgenen 309
Schatz schloß. Einst gingen zwei Männer hin, um den Schatz zu heben,

liefen aber erschreckt davon, als sie drei Männer mit brennenden Pfeifen um ein Feuer fanden.

Mitteilung von Prof. N. van Werveke

714. Geldfeuer zu Oberanwen.

In den Wackelter zu Oberanwen, sagt man, hat früher öfter gegen Abend Geld gebrannt; doch wagte nie jemand, hinzugehen, um dasselbe zu nehmen, denn der Böse selber hütete es.

715. Geldfeuer bei Bus.

In dem Ort genannt Weiherchen bei Bus soll vorzeiten Geld gebrannt haben. Die Kohlen brannten zwei bis drei Stunden lang und verwandelten sich dann in Geld. Um das Feuer saßen sechs bis zehn Männer mit dicken Stöcken in der Hand. Kam jemand zu ihnen und begehrte Feuer, so durfte er einige Kohlen nehmen; aber es mußte ein Uneingeweihter sein d.h. er durfte nicht wissen, welche Bewandtnis es mit den Kohlen habe. Wußte er aber um das Geheimnis, dann hielten die Männer ihn fest, gaben ihm eine Tracht Prügel und warfen ihn ins Wasser.

716. Der Lannefar und das Geldfeuer bei Elwingen.

In der Lann, zwischen Elwingen und Bürmeringen, da sieht's nicht geheuer aus. Da war ein altes heidnisches Dorf. Noch vor etwa sieben Jahren hat man dort Aschenbehälter entdeckt. Hier brennt alle sieben Jahre einmal, und zwar um Mitternacht, Geld. Die Teufel sitzen rundum und rauchen. Wer rein ist und seinen Rosenkranz ins Feuer wirft, der verscheucht die Schwarzen, das Feuer erlischt und das Geld ist sein. Aber wenn der Stier nicht wäre! Der geht umher, feuerschnaubend und jedem Stöße versetzend, der es wagt, in die Nähe zu kommen. Wenn zuweilen jemand an dieser Stelle oder auf dem Wege von Elwingen nach Bürmeringen Schläge erhält, sagt man gleich: »Den hat der Lannefar gestoßen.«

717. Das Geldfeuer bei Marienthal.

Im »Himmelspesch« hinter Marienthal sahen alte Leute häufig Geld brennen, aber zwei schwere Hunde hielten Wache um dasselbe, so daß es niemand gelang, davon zu holen.

Lehrer J. Conrad zu Hohlfels

718. Das Geldfeuer zu Heinerscheid.

Bekannt ist die Volkssage von dem die hl. Messe lesenden Priester auf dem alten Kirchhof zu Heinerscheid, wo jener Fuhrmann die Messe gedient hat und wo nach dem Gottesdienst Priester, Volk und Kapelle verschwunden waren.[1]

Einst kam an diesem Kirchhof ein Fuhrmann vorübergefahren; es war eben um die Mitternachtsstunde. Da sah er auf den Feldern in der Nähe 310
des Kirchhofs ein helles Feuer brennen. Unser Fuhrmann, wohl bedenkend, daß es ein Geldfeuer sei, ging hinzu, nahm die Hacke, die er zufällig bei sich führte, und fing an, im Boden nachzusuchen. Auch warf er einiges Gold heraus. Da entstand auf einmal ein gar geheimnisvolles Brausen und er hörte, wie sich rasche Schritte dem Ort näherten, wo er sich befand. Vor Schrecken wich er zurück. Er wartete einige Zeit; da er aber niemand sah und auch nichts mehr hörte, trat er wiederum zu dem noch brennenden Feuer hin und wollte einige Goldstücke, die er herausgeworfen hatte, aufheben. Im nämlichen Augenblick aber erhielt er von unsichtbarer Hand eine so derbe Ohrfeige, daß er fast zu Boden gefallen wäre. Ohne ein Wort zu sagen, lief er eilig zu Wagen und Pferd zurück und setzte schleunigst seinen Weg fort.

Lehrer P. Hummer

719. Das angebotene Geld.

Ein Schäfer von Heinerscheid begegnete einst einem vornehmen Herrn. Dieser forderte ihn auf, ihm zu folgen. Der Schäfer tat es und als sie bei der alten Kirche (heute ein Tannenwald) angelangt waren, zeigte der Fremde dem Schäfer eine sumpfige Stelle und forderte ihn auf, den Rasen wegzunehmen, dort finde er Geld; davon könne er dreimal nacheinander soviel nehmen, als er wolle. Nachdem der Schäfer den Rasen entfernt hatte, griff er dreimal in den Geldhaufen und hatte lauter Kreuzneunzehner. Da sagte der Unbekannte: »Jetzt habe ich das Geld in meiner Gewalt.« Der Schäfer erkannte nun, wer der Fremde war, nämlich der Teufel.

1 S. Nr. 301.

720. Geldkohlen zu Schwebsingen.

Zu Schwebsingen stand eine Hausfrau früh morgens auf, um Feuer anzuzünden, und da sie ein Feuer auf dem Felde brennen sah, nahm sie die Feuerschaufel zur Hand, um sich Kohlen holen zu gehen. Sie näherte sich dem Feuer und sah zwei alte Männer dabei sitzen. Keiner sagte ein Wort. Die Frau nahm Kohlen. Doch als sie ins Haus trat, waren dieselben erloschen. Sie schüttete daher, weil sie glaubte, es sei nur Asche, die ausgebrannten Kohlen weg. Da klopfte es ans Fenster und eine Stimme draußen forderte das Geld zurück, welches die Frau gestohlen habe.

721. Goldkohlen zu Filsdorf.

Da, wo die Dreikantonstraße das obere Ende des Dorfes verläßt und heute das Häuserkomplex Zirden, Lorang, Trotzen die Aussicht auf den sogenannten Krautgarten versperrt, wohnte vorzeiten nur ein Eigentümer, der ziemlich wohlhabend war und Gesinde hielt. Seine Magd fand eines frühen Morgens, als sie aufgestanden war, um das Brot zu kneten, zu ihrem großen Verdruß keine glühende Kohle mehr unter der Asche auf dem Herde. Da man damals noch nichts von Zündhölzern wußte, war
311 zu solch früher Stunde guter Rat teuer. Wie sie in ihrer Verlegenheit auf die Haustür trat, bemerkte sie etwa sechzig Schritte entfernt, da, wo hinter dem Krautgarten sich die Nuochtwêd (Nachtweide) bis zu Pötzel (dem römischen Standlager) hin ausdehnt, ein helles Feuer. In der Meinung, es seien Knechte, die hier während der schönen Herbstnacht ihre Pferde weideten, eilte die Magd mit der Kohlenpfanne hin und erbot sich von den ums Feuer lagernden Gesellen ein wenig Kohlen. Wie sie dieselben aber auf den Herd geschüttet, gewahrte sie, daß sie schwarz aus waren. Sie eilte zurück und holte sich ein zweites Mal Feuer. Sie schüttete die Kohlen auf den Herd, doch dieselben waren wieder erloschen. Als sie das dritte Mal ihre Pfanne mit glühenden Kohlen gefüllt, sprach einer der ums Feuer lagernden Gesellen: »Nun komm aber nicht mehr wieder.« Jetzt erst merkte die Magd, daß die Schlafenden ungemein schwarz aussahen. Sie entsetzte sich darob, lief heim, schüttete die Kohlen hastig auf den Herd und sieh da! es war blankes, schimmerndes Gold, was sie in ihrer Eile das erste und zweite Mal nicht gemerkt hatte. Die Arme aber starb noch in derselben Stunde.

Lehrer Fr. Sand

722. Das brennende Geld zu Weiler zum Turm.

Bei dem alten Schwirzhause zu Weiler zum Turm, das früher eine Art Meierhof des Schlosses de Martigny war, neben dem Schloßgarten, soll ein Geldfeuer brennen. Im gegenüberliegenden Hause, genannt Nöckels, heizte ein Mann einst frühmorgens den Backofen. Wie er zufällig hinüberschaute, sah er das Geldfeuer brennen. Gleich war sein Entschluß gefaßt; er holte seinen Rosenkranz und ging hinüber, um den Zauberbann zu brechen und sich das Geld anzueignen. Doch als er an Ort und Stelle angekommen, war das Feuer erloschen.

Wenn man nämlich einen Rosenkranz oder sonst einen gesegneten Gegenstand in ein Geldfeuer wirft, erlischt dasselbe sofort und an seiner Statt liegt Gold da. Andere behaupten, wenn man beherzt genug sei und sich eine Kohle davon hole und auf die Pfeife lege, werde die Kohle jedesmal zu einem Klümpchen Gold.

J.N. Moes

Nach anderer Mitteilung nahm auch hier eine Magd am geheimnisvollen Feuer dreimal Kohlen, die jedesmal erloschen und sich in Gold verwandelten.

723. Die Schätze unter dem Hexenbaum zu Kontern.

In der alten Schloßwiese zu Kontern, jetzt Henkespesch genannt, stand vor etwa vierzig Jahren ein großer, alter Birnbaum, unter welchem nach dem Volksglauben Schätze vergraben lagen.

In der Zeit, als die Zündhölzchen noch nicht in Gebrauch waren, stand eine Magd aus Henkeshaus in Kontern sehr früh auf, um Brot zu backen.
Da fand sie zu ihrem Schrecken, daß der Feuersame, den sie des Abends 312
in der Asche verscharrt hatte, ganz erloschen war. In ihrer Verlegenheit ergriff sie schnell die Schaufel und wollte zu einem Nachbarn eilen, um Feuer zu holen. Als sie aber die Hintertür öffnete, sah sie in der dicht hinter dem Hause gelegenen Schloßwiese unter dem Hexenbaum ein hellblaues Feuer lodern. Sie glaubte, es sei von Hirten angezündet worden, und ging eilig darauf zu. Drei schwarze Männer saßen daran und schürten schweigend die Flamme. Das Mädchen glaubte, es wären Hirten, grüßte sie und sprach: »Erlaubt, daß ich mir einige Kohlen nehme, um Feuer zu machen.« Die Männer antworteten nicht. In der Meinung, sie hätten ihm stillschweigend die Erlaubnis gegeben, nahm das Mädchen

sich eine Schaufel voll Kohlen und eilte ins Haus zurück. Sobald es dieselben aber auf den Herd geschüttet hatte, waren sie sofort erloschen. Dasselbe wiederholte sich auch ein zweites Mal. »Ei!« sagte da das Mädchen ärgerlich, »das sind gewiß Eichenkohlen, die halten kein Feuer!«, kehrte ein drittes Mal zurück und holte sich Kohlen. Doch diesmal rief einer der Männer barsch: »Nun mach, daß du nicht mehr wiederkommst. Du hast genug!« Die Magd kehrte erschrocken ins Haus zurück. Doch wie sehr sie auch eilen mochte, die Kohlen erloschen auch diesmal, sobald sie auf dem Herde lagen. Verdrießlich lief sie nun zu einem Nachbarn, Feuer holen, und als sie dasselbe angezündet hatte, gewahrte sie, daß ein Haufen Goldstücke auf dem Herd lag. »Ei!« rief sie erstaunt und freudig aus, »hätte ich deren doch nur mehr genommen!« Das dumme Mädchen, meinten die Leute, hätte es nur einfach ins Feuer gespieen oder einen geweihten Rosenkranz hineingeworfen, so wäre alles sein gewesen.

Dasselbe Glück wurde auch einmal einem Knechte aus Henkelshaus zu teil. Es war um die Zeit, als noch die jungen Burschen des Nachts die Pferde hüten mußten. Er stand um Mitternacht auf, um mit den Pferden auf die Weide zu fahren. Als er aber in die Stalltür trat, um nach dem Wetter zu schauen, da bemerkte er, daß ein Feuer unter dem in der Nähe des Hauses befindlichen Hexenbaume brannte. Er dachte, die Pferdejungen hätten es angemacht, näherte sich demselben und sah drei schwarze Gestalten daran sitzen. Er hielt dieselben für seine Kameraden und sprach: »Ich will nun noch erst eine Pfeife anzünden und dann komme ich auch gleich mit den Pferden.« Die Männer schwiegen. Der Knecht nahm eine Kohle auf die Pfeife und kehrte schnell ins Haus zurück. Dort angekommen, merkte er, daß die Pfeife nicht gezündet hatte. Er deckte sie ab, um nachzusehen: da lag ein Goldstück darin. Darauf eilte er zum Hexenbaum zurück; als er aber dort ankam, war das Feuer verschwunden.

Wegen dieser Vorfälle galt die Nähe des Hexenbaumes als sehr unheimlich. Die Leute scheuten sich des Nachts daran vorbeizugehen, und die Kinder, die darunter oft und gern zu spielen pflegten, verließen immer den Platz, sobald es anfing dunkel zu werden.

313 J. Prott, Pfarrer

724. Geldfeuer auf dem Krautmarkt zu Luxemburg.

Ein Bäcker auf dem Krautmarkt zu Luxemburg sollte in der Frühe aufstehen, um zu backen. Da die Magd vergessen hatte, abends das Feuer unter die Asche zu schüren, stand sie in der Nacht auf und da sie nicht wußte, wieviel Uhr es sei, ging sie hinaus, um zu sehen, ob nicht Leute in der Nachbarschaft schon aufgestanden wären. Da sah sie mitten auf dem Krautmarkt ein großes Feuer. »Nun«, sagte sie zu sich selbst, »fehlt es dir ja nicht an Feuer.« Sie ging hin und sah vier schwarze Männer rings um das Feuer liegen. Sie fragte dieselben, ob sie davon nehmen dürfe. Keiner antwortete. Sie nahm eine ganze Schaufel voll Kohlen und schüttete dieselben auf den Herd, aber da waren sie schwarz aus. Sie ging ein zweites Mal hin, aber auch diesmal waren die Kohlen erloschen, sobald sie auf dem Herde lagen. Als sie zum drittenmal zum Feuer gekommen war und ihre Schaufel wieder gefüllt hatte, sagte einer der Männer: »Aller guten Dinge sind drei. Kommst du noch einmal zurück, so bist du unglücklich.« Entsetzt eilte sie zurück und sank ohnmächtig zu Boden. So fand sie der Hausherr, dem sie erzählte, was geschehen war. Beide gingen zum Herd, um nachzusehen, was sie denn mitgebracht habe, und sieh! statt der vermeintlichen Kohlen lag ein ziemlicher Haufe Geldes da.

N. Gonner

725. Das brennende Geld zu Straßen.

A. An einem frühen Wintermorgen sollte eine Bauernmagd zu Straßen das Feuer anzünden. Zündhölzchen gab es damals noch nicht; die Kohlen, welche sie am Vorabend auf dem Herd verscharrt hatte, waren erloschen; die Mannspersonen, die ihr hätten Feuer schlagen können, lagen noch in tiefem Schlummer. In ihrer Verlegenheit wirft sie einen Blick aufs Küchenfenster und, o Freude! drunten auf der Wiese leuchtet ein Feuer. Schnell greift sie zur Schaufel und mit zwanzig Sprüngen steht sie am Feuer. Mehrere Männergestalten saßen um dasselbe herum und rauchten ihre Pfeifen. Das Mädchen grüßte und bat um die Erlaubnis, eine Schaufel Kohlen nehmen zu dürfen, erhielt aber keine Antwort. Nannette – so hieß das Mädchen – nahm aber doch eine Schaufel Kohlen und eilte damit zum Hause zurück. Kaum aber hatte sie die Kohlen auf den Herd geschüttet, so waren sie alle erloschen. Nannette lief eine zweite Schaufel holen, allein auch diese hatten dasselbe Schicksal. Bei ihrem dritten Erscheinen aber herrschte ihr eine Männerstimme barsch entgegen: »Nun laß es gut sein!« Der Hausherr, der unterdessen auch aufgestanden war, schlug Feuer und sobald er einen Blick auf den Feuerherd warf, gewahrte er zu seinem größten Erstaunen einen Haufen funkelnder Dukaten.

B. Marie, die junge Tochter eines wohlhabenden Bauern von Straßen, legte sich eines Abends zu Bett, den Kopf voll Besorgnis, denn sie sollte
314 in aller Frühe wieder aufstehen, um das Hausbrot zu backen. Sie schlief mit Mühe ein. Da träumte sie, sie sehe in der Stube neckische Kobolde, die mit dem Backtrog, den »Kurbeln« und sonstigem Hausgerät ihren Unfug trieben. Auch der alte, dürre Dukatenjokel erschien ihr. Dies war nämlich ihr seliger Ohm, der zu seinen Lebzeiten als Geizhals verschrieen war. Man vermutete daher, bei seinem Tode viel Geld bei ihm zu finden, aber man täuschte sich gewaltig, denn der Alte hatte das Geld irgendwo versteckt. Mariens Vater hatte oft von ihm gesprochen und daher mag es auch gekommen sein, daß Marie sich ihn im Traume vorstellte. Der Dukatenjokel hatte sich in eine Ecke der Stube gekauert und war eben beschäftigt, einen Haufen blanker Dukaten in einen grauen Säckel zu schütten, als einer der Kobolde einen Sprung bis zu den Füßen des Alten machte, ihm den Säckel entriß und die Dukaten in der Stube hin und her streute. Einen Schrei ausstoßend, springt Marie aus dem Bett und ist erwacht – weg waren die Kobolde und der Jokel mitsamt den Dukaten. Es ist stockfinster; Marie will Licht machen, um nach der Uhr zu schauen. Sie geht zum Herd und findet die Kohlen unter der Asche erloschen. Ärgerlich wendet sie sich zum Fenster um zu sehen, ob nicht etwa der Himmel sich färbe. Und sieh da! auf der Wiese hinter dem Garten glimmt's und glüht's wie Kohlenfeuer. Rasch ergreift sie die Schaufel und eilt hinaus. Als sie an das Feuer kam, erblickte sie ein altes Männchen, das aus einem großen Sack neben sich immer frische Kohlen in die Glut schüttete. »Ist's erlaubt, eine Schaufel Kohlen zu nehmen?« fragte Marie. Der Alte nickte schweigend. Sie nahm und entfernte sich. Aber kaum hatte sie die Kohlen auf den Herd geschüttet, als diese erloschen. Verwundert eilte sie noch einmal zu dem Alten und holte sich wieder eine Schaufel voll Kohlen. Auch diese erloschen. Sie ging zum drittenmal hin; aber kaum hatte sie wieder Kohlen genommen, als das kleine Männchen sich aufrichtete, größer und größer wurde und zwei feurige Augen auf die Dirne heftete: »Du hast nun deinen Teil,« sagte er »von dem Erbe deines Ohms; laß es dich nicht noch einmal gelüsten, zurückzukehren, sonst dreh ich dir den Hals um!« Das Mädchen floh atemlos; auf der Kirche schlug's zwölf Uhr. In der Küche angekommen, schüttete sie die Kohlen zu den andern, aber sie erloschen ebenfalls. Zum Glück entdeckte sie in einer Ecke des Herdes einen Funken; sie machte Licht, da sieh!

die Kohlen des Alten sind lauter Golddukaten. Auf der Stelle weckte sie die Hausleute; Grausen ergriff dieselben, als sie die wundersame Geschichte vernahmen. Kaum war es Morgen, so befragte man sich beim Herrn Pastor. Dieser befahl den Leuten, das Geld, das offenbar vom Bösen herrühre, an derselben Stelle, wo Marie es geholt, sieben Klafter tief in die Erde zu vergraben. Man tat so; danach wurde das Haus mit kräftigem Gebet und Segen dem Bösen unzugänglich gemacht.

Seit dieser Zeit wollen Sonntagskinder auf der Wiese hinter dem
Garten des Herrn Sauer von Straßen um Mitternacht das Schimmern 315
und Glühen des brennenden Geldes gesehen haben. Niemand aber gelüstet es mehr, sich an dieser Stelle Kohlen zu holen.

Nach einem Manuskript der archäologischen
Gesellschaft von N. Steffen

726. Geldfeuer zu Reckingen an der Meß.

Einst weckte ein Bauer zu Reckingen an der Meß morgens in der Frühe seine Magd, damit sie ihm das Frühstück bereite; er wollte nämlich verreisen. Als die Magd an den Feuerherd kam, fand sie, daß der Feuerbrand, den sie abends in die Asche gesteckt hatte, erstickt war, und sie wußte nicht, wie nun zu Feuer kommen. Da sah sie zufälligerweise zum Fenster hinaus auf die Straße und gewahrte da ein lustig flackerndes Feuer. Schnell eilte sie hinaus, nahm eine Schaufel voll Kohlen und trug sie zum Herd. Doch kaum hatten sie denselben berührt, so waren sie erloschen. Ärgerlich lief das Mädchen hinaus und holte eine zweite Schaufel Kohlen. Doch auch diese erloschen. Die Magd klagte nun dem Meister ihre Not und dieser hieß sie, sich wieder zu Bett zu begeben, er wolle selbst aufstehen und sich sein Frühstück zubereiten. Wie er aber auf dem Herd die Asche beiseite scharrte, fand er die erloschenen Kohlen außerordentlich schwer; er untersuchte dieselben genauer und sieh! es waren Goldstücke.

Lehrer Konert zu Hollerich

727. Geldfeuer zu Hohlfels und Kail.

Eine Magd aus dem Hause Gompels zu Hohlfels, die des Morgens in aller Frühe aufgestanden war, bemerkte in geringer Entfernung von ihrem Hause auf einem kleinen Hügel ein Feuer brennen. Sie ging hin und nahm Kohlen, um das Feuer im Hause anzuzünden. Doch kaum hatte sie die Kohlen auf den Herd geschüttet, so waren dieselben erloschen. Ein zweites Mal ging es ebenso. Als sie zum drittenmal kam, herrschte ein kleines, schwarzes Männchen, das am Feuer saß und dasselbe schürte, sie barsch an mit den Worten: »Hast du der Kohlen noch nicht genug?« Jedoch ließ er sie deren noch einmal nehmen; aber auch diese waren erloschen, sobald sie dieselben auf den Herd schüttete. Die Magd weckte nun die Hausfrau und erzählte derselben, was ihr begegnet war. Als die Hausfrau zum Herd kam, gewahrte sie, daß die Kohlen lauter Goldstücke waren. Niemand jedoch kannte das Gepräge derselben.

Lehrer Conrad zu Hohlfels

Eine ganz ähnliche Sage von brennendem Gelde wird zu Kail erzählt.

728. Kohlen in Gold verwandelt.

Allgemein verbreitete Meinung ist, daß, wo ein Schatz vergraben liegt, nachts ein Feuer brennt.

Eine Magd stand morgens früh auf, ging an den Herd und wollte das
Feuer anzünden. Als sie aber die Asche vom Herde wegscharrte, fand
sie die Kohlen vom vorigen Abend erloschen. Zufällig blickte sie zum
316 Fenster hinaus und sah neben dem Hause ein Feuer brennen. Sie ging
mit der Schaufel hinaus. Neben dem Feuer aber saß ein großer Hund.
Die Magd kümmerte sich nicht um den Hund und nahm die Schaufel
voll Kohlen. Als sie die Kohlen aber auf den Herd schüttete, waren sie
erloschen. Ein zweites Mal ging es ebenso. Wie sie nun zum drittenmal
mit der Schaufel kam, sagte der Hund: »Hast du deren noch nicht genug?«
Die erschrockene Magd eilte ins Haus zurück, aber auch diesmal erloschen
die Kohlen, sobald sie auf den Herd geschüttet waren. Sie eilte zum
Hausherrn, dem sie das Vorgefallene mitteilte. Dieser, der gleich wußte,
was es mit den erloschenen Kohlen für eine Bewandtnis hatte, schickte
das Mädchen zu Bett. Er begab sich in die Küche und fand statt der erloschenen Kohlen lauter Goldstücke.

Hätte die Magd gewußt wie ihr Herr, was für eine Bewandtnis es mit einem solchen Feuer hat, so hätte sie dasselbe gar nicht gesehen.

Referent sagt, dies habe sich in einem luxemburgischen Dorfe an der belgischen Grenze zugetragen.

729. Geldfeuer auf dem Leichemsberg.

Auf dem Leichemsberg, zwischen Ewerlingen und Reichlingen, brennt um Mitternacht ein Geldfeuer, um welches gespenstische Männer sitzen.

Wer unbefangen, ohne den Spuk zu ahnen, dort Kohlen holt, dem verwandeln sich dieselben in Geld. Eine Magd ging dreimal hin, um Kohlen zu holen, die jedoch jedesmal auf dem Herd erloschen. Zum drittenmal bedeuteten ihr die gespenstischen Männer, sie möge nicht mehr wiederkommen. Die Kohlen aber hatten sich in Geld verwandelt.

J.B. Klein, Pfarrer zu Dalheim

730. Geldfeuer zu Tadler.

Die Frau aus dem alten Hatzenhause von Tadler sah eines Tages, da sie ganz früh aufgestanden war, in dem sogenannten Krekegart, unter einem Birnbaum ein Feuerlein brennen. Die Flamme war hellbläulich und knisterte (krackelte, kreckelte, daher nach der Deutung des Volkes auch der Name Krekegart). Sie ging hin und nahm Kohlen, um Feuer in dem Hause anzuzünden. Als sie aber die Kohlen auf den Herd geschüttet hatte, waren dieselben gleich erloschen. Sie ging zum zweitenmal hin und nahm Kohlen, welche ebenfalls, kaum auf den Herd geschüttet, erloschen waren. Sie kehrte ein drittes Mal zurück, um Kohlen zu holen. Doch diesmal lag bei dem Feuer ein großer, schwarzer Hund, der barsch zu ihr sagte: »Geh, du hast des Dings genug!« Schnell eilte sie ins Haus zurück und fand statt der erloschenen Kohlen lauter Gold auf dem Herde.

Wenn das Geldfeuer ausgebrannt ist, so sinkt es nach dem Volksglauben wieder sieben Stufen tief in die Erde. Doch nach sieben Jahren kommt es wieder auf die Oberfläche, indem es jedes Jahr eine Stufe höher steigt.

J. Prott, Pfarrer 317

731. Jâsmännchens Geldfeuer.

In der Nähe des Jâshauses in Dahl befindet sich eine umzäunte Wiese, noch heute Jâspesch genannt. Mitten in dieser Wiese stand ein großer Birnbaum, den der Sturm erst vor einigen Jahren entwurzelt hat. Eine Magd aus Jâshaus war einst frühmorgens aufgestanden, um zu backen. Während sie sich vergebens bemühte, um Feuer anzuzünden, sah sie im

Pesch unter dem Birnbaum ein Feuer brennen. Sie glaubte, Hirten hätten es bei Nacht angezündet. Mit einer Feuerschaufel lief sie hin und nahm glühende Kohlen. Doch hatte sie dieselben kaum auf den Herd gelegt, als sie auch schon erloschen waren. Sie kehrte zurück und die gebrachten Kohlen erloschen ebenfalls. Sie ging ein drittes Mal hin und als sie die Kohlen schon genommen hatte, sah sie einen großen, schwarzen Hund neben dem Feuer liegen. Dieser sprach: »Geh und mach, daß du nicht mehr wiederkommst.«

Auch diesmal erloschen die auf den Herd geschütteten Kohlen. In ihrer Verlegenheit weckte die Magd die Herrschaft und erzählte, wie es ihr ergangen sei und wie sie jetzt kein Feuer machen könne. Kaum hatte sie geendigt, als sie einen solchen Streich in das Genick erhielt, daß sie ohnmächtig zusammensank. Als sie wieder zu sich kam, sagte der Meister: »Geh zu Bett und schlafe, bis du dich wieder erholt hast; ich stehe selbst auf, um Feuer zu machen.« Am Morgen fand der Hausherr lauter Gold auf dem Herde liegen und scharrte es vergnügt zusammen. Es war das Geld, das Jâsmännchen dort vergraben hatte.[1]

Ein Mann aus Masselter, der einst in später Nacht über die Hûscht nach Hause zurückkehrte, sah ein Feuer in der Nähe des Krenkelsteines brennen. Funken sprühten nach allen Seiten hin. Er glaubte, Hirten hätten es angezündet, und nahm eine Kohle auf die Pfeife. Doch gleich war dieselbe erloschen. Er warf sie weg und nahm eine zweite, die eben so schnell erloschen war. Er ließ sie gleichfalls auf den Rasen fallen und nahm eine dritte, hatte sie jedoch kaum auf die Pfeife gelegt, als er jemand neben dem Feuer liegen sah, der barsch zu ihm sagte: »Geh, du hast genug.« Weil die Kohle ebenfalls erloschen war, steckte er die Pfeife wieder ein und ging nach Hause. Als er dort die Pfeife anzünden wollte, fand er Gold darin liegen. Er kehrte schnell zum Krenkelstein zurück. Das Feuer war jedoch spurlos verschwunden; auf dem Rasen aber lagen zwei Goldkörner. Jâsmännchen hatte einen Teil seines Goldes auf der Hûscht
318 am Krenkelsteine verscharrt. Dort brennt es alle sieben Jahre.

Hinter dem Jâshaus zu Dahl, in einer Ecke des Gartens, befand sich eine Stelle, die mit Palmstöcken bepflanzt war. Auch dort hatte Jâsmännchen Geld vergraben. Es liegt sieben Stufen tief in der Erde. Jedes Jahr

1 Nach anderer Erzählung lief die Magd in ihrer Angst zum Hausherrn und erzählte, wie es ihr ergangen. Dieser schickte sie zu Bett und wollte selbst das Feuer anzünden. Jedoch erging es ihm wie der Magd. Als er aber zum drittenmal in den Pesch kam, war das Feuer erloschen. Da es Tag geworden war, fanden die Leute soviel Goldstücke auf dem Herde liegen, als Kohlen hingeschüttet worden.

steigt es eine Stufe höher und nähert sich der Oberwelt, wo es alle sieben Jahre brennt und dann wieder in die Erde zurücksinkt.

Dieser Schatz kann um Mitternacht ausgegraben werden, jedoch darf kein Wort dabei gesprochen werden. Einst versuchten es zwei Männer, ihn zu heben. Sie hatten ihn schon in Händen und wollten ihn eben wegtragen, als ein rotes Mäuschen über das Gold lief. »Ei, sieh da! welch ein rotes Mäuschen!« rief einer der Schatzgräber und gleich entfiel ihm der Schatz und sank wieder in die Tiefe.

Mitteilungen des Pfarrers J. Prott, ergänzt durch die Mitteilungen der Lehrer Schlösser zu Esch an der Sauer, Wagener zu Gösdorf, sowie anderer.

732. Geldfeuer bei Mecher.

Zwischen Klerf und Mecher liegt der Baumbüsch; dort hat ein Geldfeuer gebrannt.

Ein Mädchen aus Mecher sah eines Morgens im Baumbüsch ein Feuer brennen, und da die Kohlen, die sie vom vorigen Abend unter der Asche aufbewahrt hatte, erloschen waren, griff sie zur Feuerschaufel und eilte hinaus, sich brennende Kohlen zu holen. Als sie zurückkam und dieselben auf den Herd geschüttet hatte, waren sie erloschen. Sie kehrte zum Feuer zurück. Da sagten zwei Männer, die um dasselbe lagen, sie möge ja nicht mehr zurückkommen. Das Mädchen eilte mit den frischen Kohlen davon, aber auch diese erloschen, sobald sie zu den andern auf den Herd geschüttet waren. Statt der Kohlen lag da ein Haufen Geld.

733. Geldfeuer zu Mörstroff.

Als einst die Magd eines Bauern des Morgens früh aufstand, um das Feuer am Herd anzuzünden, sah sie in kleiner Entfernung vom Hause im Freien ein Feuer brennen. Sie erfaßte eine Schaufel und lief sogleich hin, um Kohlen zu holen. Fünf Männer umlagerten das Feuer. Sie begehrte von ihnen die Erlaubnis, Kohlen nehmen zu dürfen, was man ihr auch bewilligte. Sie nahm eine Schaufel voll Kohlen und ging damit ins Haus zurück. Als sie dieselben auf den Feuerherd geschüttet, waren alle sofort erloschen. Sie ging ein zweites Mal hin und nahm wieder eine Schaufel voll, wobei die Männer ihr aber bemerkten, sich nicht zu unterstehen, ein drittes Mal wiederzukommen. Aber auch diesmal waren die Kohlen erloschen, als dieselben auf dem Herde lagen. Da eilte die Magd zum

Hausherrn und erzählte ihm das Vorgefallene. Der aber wußte, was für eine Bewandtnis es mit den Kohlen hatte, und schickte das Mädchen wieder zu Bett, da es noch zu früh wäre. Er selber stand sogleich auf, ging zum Feuerherd und fand dort ein Häuflein glänzenden Goldes. Er steckte dasselbe heimlich weg und wollte der Magd nichts sagen noch
319 geben.

In der folgenden Nacht kamen in der Geisterstunde drei unbekannte Männer ins Haus, tobten, lärmten und schrieen, das Geld müsse seinem rechtmäßigen Herrn zukommen. So blieb dem Bauer nichts übrig, als der Magd das Gold wiederzugeben, und so war dieselbe auf diese Art auf einmal reich genug.

P. Wolff

734. Goldbrennen zu Medernach.

In früheren Zeiten, als noch keine Schwefelhölzchen im Gebrauch waren, legte man des Abends einen Feuerbrand in den Aschenbehälter neben dem Feuerherd, damit man des andern Morgens brennende Kohlen zum Feueranzünden vorfinde. Da geschah es denn öfters, daß am folgenden Tage alles zu Asche verbrannt war.

Dies geschah auch einmal in einem Hause am Ende des Dorfes Medernach. Als die Magd morgens früh in die Küche kam, um Feuer anzuzünden, waren keine Kohlen mehr im Aschenbehälter vorhanden. Zufällig war dieselbe gleich beim Aufstehen vor die Haustür gegangen und hatte im Garten ein Feuer gesehen, um welches drei Männer saßen, die gemütlich ihr Pfeifchen rauchten. Die Magd ergriff schnell die Feuerschaufel, lief in den Garten und nahm eine Schaufel voll Kohlen, ging damit in das Haus und schüttete dieselben auf den Herd. Aber kaum hatten die Kohlen den Herd berührt, so waren sie erloschen. Sie ging zum zweitenmal hin, aber mit demselben Erfolg. Sie lief zum drittenmal hin und nun bedeuteten ihr die Männer, ja nicht mehr wiederzukommen. Kaum hatte sie auch diesmal die Kohlen auf den Herd ausgeschüttet, als sie auch erloschen waren. Das dünkte ihr nicht mit rechten Dingen zuzugehen. Sie rief daher den Hausherrn. Als dieser zum Feuerherd hintrat, fand er statt der erloschenen Kohlen ein Häufchen glänzender Goldstücke, als wären dieselben erst aus der Präge gekommen.

Um dieselbe Zeit kam auch ein Mann an demselben Feuer vorbei. Er hatte früh eine Arbeit in seiner Wiese verrichtet. Als er zu dem Feuer kam, wollte er sein Pfeifchen anzünden und nahm eine Kohle; aber sobald die Kohle auf der Pfeife lag, war sie erloschen. Er warf diese weg und nahm eine andre, legte sie auf die Pfeife und ging nach Hause, ohne weiter nachzuschauen, ob dieselbe brenne oder nicht. Als er nach Hause kam und die Pfeife weglegen wollte, lag ein »Neunzehnkreuzerstück« auf derselben.

Lehrer N. Massard zu Medernach

735. Goldkohlen zu Remich.

Zu Remich, im Ort genannt Bongert, sah einst nächtlicherweile ein Mann ein großes Feuer. Er trat hinzu und bemerkte um dasselbe vier Männer. »He, Jungens,« sagte er zu diesen, »gebt mir eine Kohle, um meine Pfeife anzuzünden.« Er erhielt jedoch keine Antwort. Darauf scharrte er das Feuer ein wenig auseinander und nahm sich eine Kohle. Aber die Pfeife zündete nicht. Darum nahm er eine zweite, machte den Deckel auf die
Pfeife und entfernte sich. Am andern Tage lagen auf der Pfeife zwei 320
Goldstücke. Er kehrte schnell zu dem Ort zurück, wo das Feuer gebrannt, und fand dort noch zehn bis zwölf Goldstücke.

736. Das Geldfeuer bei Remich.

Bei Remich hüteten einst in einer Wiese, genannt »Wenigwies«, einige Burschen während der Nacht die Pferde. Da sahen sie in einiger Entfernung ein Feuer brennen. Sie liefen hinzu, um sich zu wärmen, und einer von ihnen legte eine Kohle auf seine Pfeife; aber statt der Kohle lag ein Stück Gold darauf.

J.P. Wolff

737. Geldfeuer zwischen Wintringen und Schwebsingen.

Eines Abends kam ein Mann ziemlich benebelt von Wintringen nach Schwebsingen. Als er ungefähr auf dem halben Weg war, erblickte er ein Feuer. Da er seine Pfeife anzünden wollte, trat er hinzu, nahm eine Kohle und legte dieselbe auf die Pfeife. Sofort aber war die Kohle erloschen. Er nahm eine zweite und eine dritte; doch jedesmal erlosch die Kohle, sobald sie auf der Pfeife lag. Da rief eine Stimme: »Laß alles liegen und mach, daß du wegkommst!« Der erschrockene Mann suchte sofort das Weite; morgens aber fand er in seiner Pfeife ein Geldstück liegen.

738. Geldfeuer am Fuße des Johannisberges.

Am Fuße des Johannisberges, nahe an der äußersten Spitze des sogenannten Klöppelchen und hart an dem von Budersberg nach Kail führenden Pfade, stand noch vor etwa zwanzig Jahren ein alter Birnbaum. In der Nähe desselben hat man auch vor einiger Zeit Grundmauern eines Gebäudes entdeckt. Dort ging einst nachts ein Mann aus Kail vorbei und sah ein lustiges Feuerchen unter dem Birnbaum brennen. In der Meinung, Hirten hätten es angezündet und verlassen, nahm er eine Kohle auf seine Pfeife und ging seines Weges. Zu Hause angekommen, fand er ein Goldkörnchen in der Pfeife liegen. Schnell kehrte er zum Birnbaume zurück, doch das Feuer war bereits verschwunden.

J. Prott, Pfarrer

739. Geldfeuer bei Monnerich.

Zu Monnerich brannte zur Zeit ein Geldfeuer bei der sogenannten Zehntscheune. Ein Mann, der dort vorüberging, nahm sich eine Kohle auf seine Pfeife und am andern Morgen hatte er ein Klümpchen Gold in derselben liegen.

Luxemburger Land, 1883, Nr. 5

740. Geldfeuer bei Limpach.

Ein Ort, wo zur Zeit das Schappmännchen seinen Spuk trieb, ist der Wald zwischen Limpach und Sassenheim. Eines Abends kamen zwei Limpacher von der sogenannten Hérchen. Sie mußten durch den genannten Wald gehen und schon aus der Ferne sahen sie ein hell aufloderndes Feuer. Vier schwarze Menschengestalten und ein dicker, großer Hund
321 umgaben dasselbe. Die zwei Limpacher traten hinzu und baten um Erlaubnis, eine Kohle nehmen zu dürfen, um damit die Pfeife anzuzünden. Man erlaubte es ihnen. Siebenmal versuchten die zwei Männer, ihre Pfeife anzuzünden, aber immer vergebens. Jedesmal erlosch die Kohle. Unwillig verließen beide die Gesellschaft; als sie aber zu Hause die Pfeifen reinigen wollten, fanden sich in jeder sieben Goldstücke vor.

Lehrer J.P. Theisen zu Limpach

741. Geldkohlen zu Kehlen.

Als einst ein Bannhüter von Kehlen früh an einem Herbstmorgen ausging, fand er an der Nordseite des Dorfes einen Haufen glühender Kohlen. Er glaubte, derselbe rühre von einem Feuer her, wie es die Pferdejungen auf der Nachtweide anzuzünden pflegten, nahm eine Kohle, um seine Pfeife anzubrennen, und entfernte sich. Als er nachher desselben Weges zurückkam, fand er keine Kohlen mehr, wohl aber einige Geldstücke. Es hatten sich nämlich die Kohlen in Geld verwandelt, die er zufällig berührt hatte, ohne zu wissen, daß dieselben sich beim Berühren in Geld verwandeln. Hätte er sie aber angerührt in der Absicht, sie dadurch in Geld zu verwandeln, so hätte die Verwandlung nicht stattgefunden.

742. Das geheimnisvolle Feuer zu Rippweiler.

Ein Mann von Rippweiler diente zu Useldingen mit mehreren seiner Kameraden, welche ebenfalls aus seinem Geburtsort waren. Sie gingen jeden Samstagabend, begleitet von einigen Hunden, nach Haus. Eines Abends bemerkten sie beim Nachhausegehen auf einem am Weg nächst Rippweiler gelegenen Hügel ein großes Feuer, und da sie gern ein Pfeifchen rauchen wollten, aber kein Zündhölzchen hatten, sagten sie: »Da kommt die Gelegenheit uns zu Hilfe!« Sie stopften ihr Pfeifchen auf und gingen nach dem Feuer hin. Da dasselbe aber einen besonders hellen Glanz hatte und sie niemand dabei sahen, fürchteten sie sich und wollten zuerst die Hunde hinschicken; diese aber, nachdem man sie mit Steinwürfen ein wenig zum Feuer hingetrieben hatte, kamen heulend, den Schwanz zwischen die Beine gezogen zurück und liefen dem Dorfe zu. Voll Angst eilten nun auch die Männer so schnell als möglich davon.

Des andern Tages gingen sie zu der Stelle, wo sie das Feuer tagszuvor bemerkt hatten, aber sie fanden weder Kohle noch Asche noch irgend eine vom Feuer versengte Stelle.

743. Das Goldfeuer bei Eschdorf.

Im Ort genannt »op Stépelescht« bei Eschdorf soll vor Jahren ein Geldfeuer gebrannt haben.

Einst kam ein Mann, der zu Heiderscheidergrund Schule hielt, in später Abendstunde an diesem Ort vorbei. Auf einmal sah er einige Meter vor sich ein lustiges Feuer brennen, an dem zwei wild aussehende Männer saßen. Der Mann hielt sie für die Kohlenbrenner, die sich in

322 der Zeit viel in dieser Gegend aufhielten, und ging hinzu, um sich sein Pfeifchen, das unterwegs ausgebrannt war, wieder anzuzünden. Er nahm eine Kohle und legte sie in die Pfeife; aber in demselben Augenblick war die Kohle schwarz. Er nahm eine zweite, eine dritte, aber jedesmal war die Kohle erloschen, sobald sie auf der Pfeife lag. Als er endlich die vierte nehmen wollte, sagte der eine der Männer, der ihn bis dahin scharf beobachtet hatte, zu ihm: »Geh, für heute hast du genug!« Unser Mann kümmerte sich jedoch wenig um diese Rede, sondern wollte wieder zugreifen. Als er aber sah, daß der zweite Mann jetzt Miene machte, aufzustehen und ihn beim Kragen zu fassen, da ließ er sich nicht wieder anfahren, sondern machte sich schnell aus dem Staub. Als er am andern Morgen seine Pfeife zur Hand nahm, sah er in derselben drei glänzende Goldstücke liegen. »So,« dachte der Mann, »jetzt hast du doch etwas für den ausgestandenen Schrecken von gestern abend.«

Das Geldfeuer »op Stépelescht« soll noch heute brennen, aber unter der Erde; es wird von zwei Hexen gehütet und wer es auffindet, der soll ein reicher Mann werden.

Lehrer H. Georges

744. Geldfeuer bei Wilz.

Auf dem Banne von Wilz, im Ort genannt; Schweinsheck, stand nach der Volkssage vorzeiten ein Tempelherrenschloß. Dort kam einst nächtlicherweile ein Wanderer vorbei und sah ein großes Feuer brennen. Der Mann dachte: »Da kannst du dir deine Pfeife anzünden« und trat hinzu. Als er aber eine Kohle genommen hatte, war sie sofort erloschen und er hatte einen Kronentaler in der Hand. Er steckte ihn sofort zu sich. Auch eine zweite und dritte Kohle verwandelte sich in seiner Hand zum Kronentaler. Da sah er große, schwarze Männer am Feuer sitzen, die ihm zuriefen, es sei jetzt Zeit, daß er sich fortmache.

745. Brennendes Gold bei Boxhorn.

Auf der durch eine talartige Senkung des Waldes sich von Klerf nach Boxhorn hinziehenden Straße war es nicht recht geheuer. So kam auch einst spät in der Nacht ein geistlicher Herr des Weges. Um sich die Langweile zu verkürzen, hätte er wohl ein Pfeifchen rauchen mögen; da sah er etwas abseits vom Weg das Feuer eines Pferdehüters glimmen, und er schritt auf dasselbe zu. »Guter Freund«, sagte er zu dem Burschen,

der bei dem Feuer hockte und recht unheimlich aussah, »ist es wohl erlaubt, meine Pfeife mit einer Kohle von euerm Feuer anzuzünden?« – »Nehmt Euch Feuer«, war die barsche Antwort. Der Geistliche ergriff einen Feuerspan und suchte den Tabak anzuzünden, doch vergebens; er versuchte es ein zweites Mal, mit demselben Erfolg. Da fing ihm nichts Gutes zu däuchten an, und er zog seinen gesegneten Rosenkranz aus der Tasche und hielt ihn in das seltsame Feuer. Und alsobald erlosch das
Feuer, und die glimmenden Kohlen verwandelten sich in lauter Gold. 323
Der Pferdehüter aber, der kein andrer als der leibhaftige Schwarze selbst war, verschwand mit seinem Rappen. Der erschreckte Herr hütete sich wohl, etwas von dem Gold anzurühren, und zog still mit unangezündeter Pfeife weiter. Am andern Morgen war von dem Gold nichts mehr zu sehen.

746. Goldfeuer zu Echternach und Steinheim.

A. Auf der Großwiese nächst Echternach, unterhalb Spelzbusch, damals noch dichter Wald, brannten vor ungefähr vierhundert Jahren drei Köhler Kohlen; es waren grobe, ungefällige, menschenscheue Gesellen. Einst kam eine alte, als Zauberin verschrieene Frau aus einem nahegelegenen Dorfe, die sich im Wald verirrt hatte, an den Hütten der Kohlenbrenner vorbei und bat dieselben, sie auf den rechten Weg zu weisen. Einer von ihnen sagte: »Wenn du uns unsere Mühe bezahlst«, und damit wandte er ihr den Rücken. Darüber aufgebracht, schrie wütend das Weib: »Nun, so sollt ihr für immer stumm sein und alle hundert Jahre hier Kohlen brennen!« Der Fluch ging in Erfüllung. Der Wald wurde später gelichtet und in eine Wiese umgewandelt, welche jetzt den Namen Großwiese führt. Auf dieser Wiese erscheinen nun alle hundert Jahre die drei schwarzen Gesellen und brennen unter geheimnisvollstem Schweigen Kohlen.

Einst saßen sie da und schauten in das große Feuer, das vor ihnen brannte. Da kam des Weges ein armer Arbeiter, erblickte das Feuer, schritt darauf zu, grüßte die Köhler und bat, sich eine Kohle nehmen zu dürfen, um seine Pfeife anzuzünden. Er erhielt aber keine Antwort. Desungeachtet nahm er eine Kohle und wollte die Pfeife anzünden, aber die Kohle brannte nicht mehr. Unterwegs bemerkte er jedoch, daß er keine Kohle auf der Pfeife habe, sondern ein Klümpchen Gold. Schnell kehrte er zum Feuer zurück, aber die Köhler samt dem Feuer waren verschwunden.

B. Ein Mann aus Steinheim, der einst in später Nacht von Rosport nach Hause zurückkehrte, sah an dem sogenannten »éischte Kreiz«, welches unterhalb des Dorfes Steinheim steht, ein helles Feuer brennen. Er trat hinzu und nahm sich eine Kohle, um seine Pfeife anzuzünden. Als er nach Hause kam, fand er statt der glühenden Kohle ein Klümpchen Gold in der Pfeife.

Lehrer M. Bamberg zu Steinheim

747. Das Geldfeuer in der Burg zu Rosport.

A. In der alten Burg zu Rosport, innerhalb des Burggrabens, der nicht weit von der noch übriggebliebenen Torruine entfernt war, brannte in gewissen Nächten ein Geldfeuer.

Einst fuhren mehrere Männer aus Rosport mit Hafer nach Trier; es war sehr früh und noch ganz finster. Da stopfte einer seine Pfeife auf
324 und als er eben ein Feuer an dem alten Burggraben brennen sah, ging er hin, nahm sich eine Kohle und legte sie auf die Pfeife. Doch sieh da! als er die andern wieder eingeholt hatte, lag anstatt der Kohle ein Goldstück auf der Pfeife. Alle liefen schnell zum Feuer zurück, um sich noch mehrere zu holen, aber es war zu spät. Hätte der eine vorher seinen Rosenkranz oder sonst einen geweihten Gegenstand in das Feuer geworfen, so wäre das Gold sein eigen geworden; jetzt aber sahen sie anstatt des Feuers ein schwarzes Ungetüm mit feurigen Augen und glühendem Maul da liegen. Die einen hielten es für einen Hund, die anderen für ein Pferd. Andere sagen, es hätten drei schwarze Gestalten um das Feuer gehockt und es von Zeit zu Zeit geschürt. Bei diesem Anblick nahmen die Männer schnell Reißaus.

J. Prott, Pfarrer

B. Bei der Rosporter Burg, nächst dem Bahnhof, soll von Zeit zu Zeit ein Geldfeuer brennen. Ein Mann aus Rosport mußte nach Trier und machte sich deshalb noch vor Tagesanbruch auf den Weg. Wie er an der Burg vorbeiging, sah er drei bärtige Männer um ein großes Kohlenfeuer sitzen. Er nahm seinen Stummel und ging hinzu, um eine Kohle zum Anzünden zu holen. Die drei sprachen kein Wort und erwiderten seinen Gruß mit stummem Nicken. Kaum war er einige Schritte weit gegangen, als die Kohle erloschen war. Er kehrte um und holte sich eine zweite Kohle. Die drei nickten stumm. Nachdem auch diese erloschen war, ging er zum drittenmal zurück und nahm eine Kohle. Da sprachen die drei: »Dreimal! jetzt ist's genug. Komm nicht mehr wieder«, worauf sie plötzlich verschwanden. Als der Mann sich von seinem Schrecken erholt hatte, gewahrte er zu seinem Erstaunen, daß es keine wirklichen Kohlen gewesen, sondern ein Klümplein blinkenden Goldes. Das Feuer war ein Geldfeuer gewesen.

J.N. Mœs

C. Einst stand eine Magd aus Kechtenhaus von Rosport morgens früh auf, um das Feuer anzuzünden. Die Zündhölzchen waren zu der Zeit noch nicht im Gebrauch; des Abends legte man beim Schlafengehen ein paar Holzknoten in den Kachelofen, um morgens Feuer zu haben. Die Magd schaute nach den Kohlen im Kachelofen, aber sie waren erloschen. Sie lief nun, den Feuertiegel in der Hand, überall in der Nachbarschaft umher, um Feuer zu bekommen; doch vergebens. Die einen waren noch nicht auf, die andern hatten das Feuer noch zu spärlich, um davon mitteilen zu können. Indem sie nun in ihrer Verlegenheit die Straße hinablief, sah sie unten in der Burg ein Feuer brennen. Sie glaubte das Feuer rühre von den ihre Pferde in der Wiese hütenden Knechten her und lief schnell dahin. Um das Feuer herum lagen drei schwarze Männer und drei schwarze Hunde. Die Magd aber störte sich nicht daran, weil sie meinte, es seien drei Hirten, welche die Nacht mit ihren Hunden hier zugebracht hätten, und nahm sich ohne Zögern einen Tiegel voll Kohlen. Sie eilte
damit nach Hause und schüttete sie auf den Herd. Doch plötzlich waren 325
sie erloschen. Sie kehrte daher zurück und nahm sich wieder einen Tiegel voll. Da hörte sie eine Stimme, welche rief: »Jetzt hast du genug, du kannst machen, daß du nicht mehr zurückkommst!« Zu Hause angekommen, schüttete das Mädchen diese frischen Kohlen zu den andern auf den Herd und legte das Holz wieder darauf. Allein auch dieses Mal brannte das Feuer nicht, weil die Kohlen, kaum aus dem Tiegel geschüttet, wieder plötzlich erloschen. Da begab sich das Mädchen zu dem Herrn des Hauses und erzählte ihm den Vorfall. Dieser ahnte gleich, daß es nicht mit rechten Dingen zugehe. Er sprach deshalb zu dem Mädchen: »Geh, leg dich noch eine Stunde nieder, ich will nachher selbst das Feuer anzünden!« Als das Mädchen fort war, ging er zum Feuerherd und fand unter dem Holz ein Häuflein Goldstücke. Er steckte dieselben ein und sagte der Magd kein Wort davon.

Lehrer M. Bamberg zu Steinheim

748. Geldkohlen zu Urspelt.

Zu Urspelt bei Klerf war es vor Erfindung der Zündhölzchen Brauch, daß in einem kleinen Häuschen während der Nacht das Feuer auf dem Herd unterhalten wurde. Nun wohnte einst in dem Häuschen eine alte Frau, welche allgemein für eine Hexe gehalten wurde. Kamen am Morgen die Leute, Feuer zu holen, so stellte sie allerlei Fragen an dieselben. Antwortete man nicht, so verwandelten sich die Kohlen in Taler. Da nur Frauen Feuer holen durften, so kann man sich leicht denken, daß nur
326 sehr wenige von ihnen Taler nach Hause mitbrachten.

VIII

Kombinierte Spukgeschichten

1. Scheuerbusch- und Grieselgrundsagen

749. Das Scheuer- oder Grieselmännchen.

A. Eine der bekanntesten Sagen unseres Landes ist die des Scheuermannes, der auch Grieselmännchen, Schappmännchen, Peschermännchen, wilder Jäger genannt wird. Der Volksmund erzählt, die Scheuerburg, von der noch heute Trümmer vorhanden sind, sei der Geburtsort und Sitz dieses Mannes gewesen. Die Burg war ehedem eine mächtige Feste, welche sich am südlichen Ende einer sanften Anhöhe zwischen Schandel und Vichten erhob. Sie beherrschte einen kleinen Grund, worin der Scheuerbrunnen noch heute munter fließt. Dieser Brunnen soll eine unglaubliche Tiefe haben und auf seinem Grund soll ein kostbarer Schatz verborgen liegen. Der Brunnen war von den Burgbewohnern gegraben und bis oben in die Burg geleitet worden. Der Sage nach ist die Anhöhe selbst, wo die Feste gestanden, von Wichtelmännchen ausgehöhlt worden, deren goldene Schätze noch heute in den Eingeweiden des Scheuerberges ruhen. Öde ist heute die Stelle, wo vorzeiten so überaus große Pracht gewaltet, und von Gesträuch und Gestrüpp überwuchert, und von hunderjährigen Eichenstämmen beschattet. Ist auch die Burg längst zerfallen, die Sage von ihren Besitzern lebt noch immer frisch im Munde des Volkes fort.

Auf der Scheuerburg hauste vor gar langer Zeit ein Ritter, der wegen seiner unermeßlichen Reichtümer, aber noch mehr wegen seiner grenzenlosen Grausamkeit weit und breit bekannt war. Alles mußte sich seinem eisernen Willen beugen, um den Zorn dieses Unmenschen nicht zu reizen. Im Zorn kannte er keine Grenzen. Weder göttliches noch menschliches Recht war ihm heilig; er frönte seinen Leidenschaften und tat alles, wozu diese ihn antrieben, und verübte so die abscheulichsten Taten. Nie betrat er ein Gotteshaus und die mahnende Stimme in seinem Innern suchte er auf alle mögliche Weise zu ersticken. Sein größtes Vergnügen oder vielmehr seine größte Leidenschaft war das Weidwerk. Weh dem, der in seinen Wäldern pirschte oder in denselben Schaden anrichtet; gewöhnlich mußte er sein Vergehen mit dem Tode büßen. 329

Ein Hirtenknabe weidete eines Tages seine Herde in der Nähe des Scheuerbusches. Zum Zeitvertreib hatte der Jüngling im Busch eine junge Birke abgeschnitten und sich aus deren Rinde eine Schalmei gefertigt. Während er fröhlich seine Melodien pfiff, sah er plötzlich den Burgherrn auf sich zueilen. Die Lieder verstummten sofort und der Burgherr, den des Knaben Freude ärgerte, hieß ihn der abgeschnittenen Birke wegen in der Burg erscheinen. Der Knabe kam dem Befehl nach. Der unmenschliche Schloßherr hatte inzwischen seinen Dienern befohlen, an dem Jüngling eine ähnliche Marter zu vollziehen, wie dieser sie der jungen Birke angetan habe. Der arme Knabe wurde ergriffen, zu einer dünnen Birke geschleppt und dort entblößt. Man warf ihn zu Boden, schnitt ihm den Bauch auf, nahm das eine Ende der Gedärme und nagelte es an die Birke. Mit Geißelhieben wurde er solange um dieselbe herumgetrieben, bis die Gedärme um den Baum gewunden waren und der Knabe tot zur Erde niederfiel.

Ein Mann ging durch einen Wald, der dem Burgherren angehörte. In diesem Walde befanden sich einige Hirsche, die der Burgherr dorthin gebracht hatte. Einen derselben schlug der Mann mit einer Axt, die er bei sich führte, nieder. Sobald dies dem Burgherrn hinterbracht worden war, befahl er, den Hirschtöter zu ergreifen und vorzuführen. Zugleich wurde ein Hirsch eingefangen und auf die Burg gebracht; der arme Mann wurde nackt auf dessen Rücken gebunden und das Tier durch dick und dünn gejagt. Des Unglücklichen Leib ward von Gezweig und Dörnern zerfleischt und zerstückelt; auch der Hirsch, von Müdigkeit erschöpft, fiel tot zur Erde nieder.

Diese und viele andere Greueltaten verübte dieser Unmensch und zog den Zorn Gottes auf sich, dessen strenges Strafgericht ihn auch bald schrecklich ereilen sollte.

An einem Sommermorgen ritt der Burgherr hinaus in den Wald, um zu jagen. Er pirschte lange, ohne auch nur ein einziges Wild aufzujagen. Da ward er unwillig und drückte die goldenen Sporen in die Weichen des Rosses, daß es mit Blitzesschnelle durch den Forst dahinjagte und der Ritter es nicht mehr zum Stehhen bringen konnte. Durch Hecken und das Geäst der Bäume riß es ihn mit fort, so daß er am ganzen Leibe geschunden, dem sicheren Tode zueilte, wenn das Roß in seinem rasenden Laufe nicht gehemmt würde. Er riß deshalb mit seiner letzten Kraft die Zügel zurück, so daß das Roß plötzlich stillstand, im nächsten Augenblick aber sich gewaltig bäumte und mit einem mächtigen Satz gegen einen dicken Baumstamm stürzte. Der über das Pferd vorwärtsgebeugte Ritter zerschellte sich den Kopf am Baumstamm und fiel leblos zur Erde.

Wegen seiner Greueltaten gegen Gott und die Menschen muß der Ritter seit diesem Tage allnächtlich umgehen, entweder am Ort, wo seine Burg gestanden, oder in den Wäldern, Tälern, Fluren und Feldern, die

er während seines Lebens durchstreift hatte, und zwar nie auf einer 330
Straße, sondern auf kleinen, krummen Pfaden, weil er zu seinen Lebzeiten nie den breiten Weg gehalten, sondern mitten durch die Saatfelder und Wiesen gegangen und geritten war. Er erscheint nicht immer unter derselben Gestalt, sondern ist bald von Flammen umringt, bald steht er in einer brennenden Kutsche, bald erscheint er in einen Mantel gehüllt und einen Knüttel in der Rechten, oder auch als Jäger mit Gewehr und Hunden. Weil er zumeist im »Grieselgrund« auftritt, wird er öfter Grieselmännchen als Scheiermann genannt.

Über die Grenzen seiner Domänen kommt er aber nur in der Gestalt eines Jägers mit einer zahlreichen Hundemeute, daher auch der Name »der wilde Jäger«.

B. Halbwegs zwischen Useldingen und Vichten geht um Mitternacht des Peschermännchen um. Ohne ein Wort zu reden, prügelt er die des Weges Kommenden oder führt sie in die Irre. Zuweilen hat man ihn eine Leiter tragen sehen.

C. Ein Bauer von Vichten pflügte einst sein Ackerfeld, das an den Scheierbusch stieß; seine vierzehnjährige Tochter trieb mit knallender Peitsche den steifen Gaul an. Schon begann es zu dunkeln, als das Mädchen am Saum des Waldes einen großen, schwarzgekleideten Mann erblickte und rief: »Vater, sieh, was für ein Mann dort steht!« Der Vater blickte auf, sah aber niemand. Das Mädchen beteuerte jedoch, einen großen, schwarzen Mann zu sehen, und bat ängstlich den Vater, heimzufahren. »Sei ruhig«, beschwichtigte der Vater das Kind, »noch ein paar Furchen und wir sind fertig.« – »Ich mache keine Wendung mehr mit«, erwiderte das Mädchen; »der Mann ist zu häßlich und schaut mich an, als ob er mich holen wollte.« – »Komm«, sagte der Vater, »zeig mir genau, wo er steht.« – »Du bist jetzt dicht neben ihm, Vater. O welch abscheuliches Gesicht! Komm schnell, laß uns heimfahren.«

Der Vater, der vom häßlichen Manne auch nicht die geringste Spur wahrnahm, zog schnell die letzte Furche und trat nachdenklich den Heimweg an. »Das war kein anderer als Scheiermännchen«, dachte er und die Schilderung, die sein Kind von dem schwarzen Manne gab, stimmte mit seiner Vermutung, und die lange schwarze Gestalt, die ein langer Mantel einhüllte, und die einen dreikrempigen Hut trug, konnte niemand anders als Scheiermännchen sein.

D. Der Wächter des Scheierbuschs. – Eine Frau aus Vichten kam in später Nacht bei hellem Mondschein an dem Scheierbusch vorbei. Plötzlich sah
331 sie einen schwarzen Hund vorbeihuschen, der pfeilschnell am Saum des Busches dahinlief und von Zeit zu Zeit bellte. Dieser Hund, heißt es, der in später Nacht die Runde um den Scheierbösch macht, ist der Wächter des Busches.

E. Die zwei spielenden Hasen. – Der Förster Kirsch von Vichten ging einmal gegen zehn Uhr nachts an dem unheimlichen Scheierbösch vorbei. Da erblickte er plötzlich im Mondschein zwei spielende Hasen mit aufgespitzten Ohren. Sobald sein Jagdhund die Beute witterte, stürzte er sich auf die Hasen los. Flugs waren sie auf und davon, der Hund hinterdrein. Blitzschnell ging es durch den Busch hinab in den Scheuergrund. Während der Jäger seiner Heimat zuschritt, hörte er auf einmal seinen Hund in den Bisserhecken erbärmlich heulen. »Was wird das arme Tier jetzt Prügel erhalten«, sagte er sich, »hättest du ihn doch zurückgerufen.« Er kam nach Hause, der Hund aber war noch nicht zurück. Erst gegen Mittag des anderen Tages kam das arme Tier zurück, halbtot geschlagen. Drei Tage lang lag es in seinem Ställchen, alle viere ausgestreckt, und nahm keine Nahrung zu sich. Die zwei Hasen waren die Begleiter des schwarzen Mannes und dieser war es, der den armen Hund halbtot geschlagen hatte.

F. Der brennende Wagen. – Ein Mann ging gegen zehn Uhr abends von Vichten nach Schandel. Bei Ackscht sah er unten im Scheiergrund ein Licht auftauchen, das, immer wachsend, zu einem großen Feuer wurde. Das Feuer kam aus dem Grund hervor, flog quer übers Feld und kam schnurstracks Ackscht zu. Näher kommend, gewahrte der Mann mitten in dieser furchtbaren Flamme eine große Kutsche, die mit zwei feuerschnaubenden Pferden bespannt war. Eine schwarze Gestalt, von rasenden Flammen umzüngelt, stand aufrecht im Wagen und mit knallender Peitsche in ihrer nervigen Rechten hieb sie auf das Gespann ein und wie ein Blitz schoß der Wagen voran und auf den nächtlichen Wanderer zu. Noch einen Augenblick und die brennende Kutsche rollte über ihn hinweg! In seiner Angst bekreuzte sich der Mann und der Ruf: »Jesus, Maria, Joseph!« entrang sich seinen Lippen. Da plötzlich drehte sich die Kutsche einigemal im Kreis herum und flog dann pfeilschnell dem Scheierbusch zu, wo sie bald im Grunde verschwand.

So hatte Scheiermännchen wieder einmal seine Nachtfahrt vollendet.

G. Das Feuer. – Ein Jüngling von Schandel, der gegen neun Uhr abends von Vichten kam, erblickte auf dem Bisserknäppchen ein großes Feuer, das direkt auf ihn zueilte. Bald kam es auf den Weg, der von Schandel nach Vichten führt, und machte Halt. Der Jüngling machte einen Umweg und lange noch sah er das Feuer an der nämlichen Stelle. 332

Dieses Feuer drang sogar bis in Schandel selbst hinein und wurde mehrmals in den Kirchenpescher gesehen. Eines Abends ging das Feuer in diesen Wiesen um und setzte über Mauern und Hecken. Die Leute im Dorf liefen zusammen, um zu erfahren, welche Bewandtnis es mit dem Feuer habe. Da näherte sich ein alter Pater, der in heiligmäßiger Weise die letzten Tage seines Lebens in der Heimat verlebte, dem verwünschten Feuer. Da wurde es bald blutrot, bald blau, bald gelb, bald grün, es nahm alle möglichen Farben an; der alte Mann aber ging schneller zurück, als er gekommen war.

Dieses gespenstische Feuer schlich sogar in ein Haus, wo es zwar nicht zündete, jedoch großen Schrecken und Angst erregte. Es wurde am öftesten im Pferdestall gesehen, in welchen es durch einen engen Spalt hineinschlich, und dann war in einem Nu der ganze Raum mit Feuer angefüllt. Die erschrockenen Pferde stampften den Boden und »fuchtelten« dermaßen mit den Hinterbeinen, daß die Hufeisen klirrend an die Wand flogen, und nicht selten trug das eine oder das andere schwere Wunden davon.

Zu derselben Zeit, als dies Haus von dem Feuer heimgesucht wurde, erschien daselbst auch ein großer, langhaariger und pechschwarzer Kater, der gewöhnlich vom Speicher die Treppen herabtrollte und einen höllischen Lärm machte.

H. Ein Mann von Schandel ging beim ersten Morgenschimmer im Maimonat nach Böwingen. Als er in den Grieselgrund kam, erblickte er in seiner Nähe zwei spielende Hasen. Die niedlichen Tierchen mit aufgespitzten Ohren nahmen seine ganze Aufmerksamkeit in Anspruch. Kein Auge wandte er von ihnen weg, auch nahmen sie nicht Reißaus, da sie ihn gewahrten. Als er in ihre Nähe kam, da stand plötzlich das gefürchtete Grieselmännchen vor ihm. Der Ruf: »Jesus, Maria!« entschlüpfte den bebenden Lippen des erschrockenen Mannes, und sofort war Grieselmann ungefähr einen Flintenschuß weit von ihm weg. Diese plötzliche Erscheinung hatte dem Mann einen solchen Schreck eingejagt, daß er ein halbes Jahr kränkelte. Grieselmann, beteuerte er, sei ungefähr sieben bis acht Fuß groß, habe einen kohlschwarzen Mantel an und trage einen dreieckigen Hut, in seiner Rechten führe er einen dicken Knüttel.

I. Zur Zeit, als hierlands noch die Schlacht- und Mahlsteuer bestand, wurde das Schmuggeln an der belgischen Grenze ärger betrieben als heutzutage. So ging denn auch ein armer Mann von Schandel nachts mit einem Sack voll Getreide auf der Schulter nach Böwingen, um dort das Getreide mahlen zu lassen. Um der nachtwandelnden Polizei nicht zu begegnen, ging er quer übers Feld. Als er durch den Grieselgrund auf die »große Heide« kam, erblickte er – denn es war heller Mondschein – eine große, schwarze Gestalt auf sich zukommen. Die vermummte Gestalt
333 schien unserm Mann ein belgischer Geistlicher zu sein, der sich wohl verirrt haben mochte. Noch einen Schritt und sie standen neben einander. »Gelobt sei Jesus Christus!« lispelte der Mann, indem er sein altes Mützchen lüftete. Gleich war die Gestalt einen Steinwurf weit weg und mit Riesenschritten forteilend, verschwand sie bald. Unser Mann setzte, nicht wenig erschrocken, seinen Weg fort.

J. An einem schönen Augustabend weidete ein Schäfer von Schandel mit seinem kleinen Sohn eine zahlreiche Herde auf dem Grieselberg. Der Mond war bereits aufgegangen und der Schäfer wollte eben seine Herde heimführen, da sah er mitten im Weg, der quer durch den Grund auf die große Heide führt, einen Reiter auf einem feurigen, kohlschwarzen Roß sitzen. Mit kräftiger Hand hielt derselbe den Zaum des Pferdes, welches sich vor einer schwarzen Dogge bäumte. Diese sprang vor dem Pferd empor und suchte dasselbe ins Maul zu beißen. Der Schäfer führte die Herde nahe an dem Reiter vorbei, welcher wie gebannt nicht von der Stelle wich. Reiter, Pferd und Hund waren alle drei kohlschwarz. Das war das gefürchtete Grieselmännchen, der seinen nächtlichen Ritt durch den Grund machte. An einem andern Abend sah derselbe Schäfer die nämliche Erscheinung.

K. Ein Handwerker von Vichten kam bei später, stockfinsterer Nacht von Useldingen. Er war ziemlich benebelt und scheltend und fluchend kam er im Grieselgrund an. »Wo bist du, alter Kerl? der Teufel holt dich jetzt; komm mal her, dann sehen wir, wer Meister wird!« Aber das Schelten und Fluchen sollte bald ein Ende haben, denn plötzlich ließ Grieselmann seinen Knüttel auf dem Rücken des Benebelten derart tanzen, daß er gar bald wieder nüchtern wurde und sich kleinlaut und wimmernd nach Hause schleppte. Vierzehn Tage lang mußte der Mann das Bett hüten.

L. Ein Mann von Schandel, der von einer Reise zurückkehrte, mußte um Mitternacht durch den unheimlichen Grieselgrund gehen. Von Müdigkeit erschöpft, schritt er mühsam vorwärts. Plötzlich bemerkte er im Mondschein eine hohe, schwarze Gestalt neben sich hinschreiten. Die Gestalt aber warf keinen Schatten, auch hörte man keine Tritte. Stillschweigend gingen sie neben einander bis an den alten Wegweiser. Da stand der Wanderer still, schlug ein großes Kreuz und sagte beherzt zu der pechschwarzen Gestalt: »Wenn du ein guter Geist bist, so sag, wer du bist; bist du aber ein böser Geist, so weiche von mir.« Blitzschnell wandte sich die Gestalt um, schritt über einen Graben in ein reifes Kornstück und verschwand. Am anderen Tag ging der Mann an die Stelle zurück und bemerkte, daß Grieselmännchen nicht einen einzigen Halm geknickt hatte.

M. Ein Jüngling aus Schandel, der fast der größte in der ganzen Gegend 334
war, schalt alle ihrer Torheit und Leichtgläubigkeit wegen, die von Grieselmännchen und dessen Unwesen erzählten. Einst kam dieser Jüngling in später Nacht durch den Grieselgrund. Plötzlich sah er eine überaus hohe, pechschwarze Gestalt auf sich zukommen. Nahe an ihn herangekommen, hob die Gestalt den rechten Arm in die Höhe und unser Jüngling mußte unter demselben hindurch. In Schandel erzählte er nun, daß es wirklich ein Grieselmännchen gebe, das aber ungeheuer größer sei, als man es geschildert habe.

N. Ein Knecht des Grafen von Schandel fuhr einmal in aller Frühe durch den Grieselgrund. Als er an dem alten Wegweiser vorbeifuhr, sah er plötzlich schnellen Schrittes einen großen, schwarzgekleideten Mann schnurstracks auf die Pferde zuschreiten. Der Knecht beeilte sich, die Pferde zum Stehen zu bringen. Derweil war der schwarze Mann zwischen den Vorder- und Hinterpferden hinweggeschritten und, in Riesenschritten forteilend, war er bald verschwunden.

O. In einer kalten Dezembernacht kamen zwei Männer von Böwingen nach Schandel. Auf der Böwingerkopp sahen sie ein Traulicht, das größer als ein Wagenrad war, von der großen Heide herabfliegend und darauf im Grieselgrund verschwinden. Sie schlugen den Fußpfad ein, quer durch die Wiesen und über den Weg, der von Useldingen nach Vichten führt. Als sie auf die kleine Heide kamen, hörten sie in ihrer Nähe heftiges Hundegebell und gleich darauf ging's piff, paff, hurra! und flugs war der Jäger vorüber. Es war das Grieselmännchen; er führte diesmal drei

Hunde von mittlerer Größe an einer klirrenden Kette bei sich. Das Gewehr warf er schnell zurück. Unsere zwei Männer setzten ihren Weg fort bis ins Herrenland, wo sie in der Ferne wiederum einige Schüsse fallen hörten.

P. Wenn das Grieselmännchen je einem Menschen Ungemach auf den Leib gebracht hat, so war es einer Frau von Schandel. Sie wurde gar sehr von diesem unheimlichen Geist geplagt, der ihr sogar am hellen Tag, ja um die Mittagsstunde erschien und sie so sehr in Schrecken setzte, daß sie um diese Zeit, wo alles von der Feldarbeit nach Hause zurückgekehrt war, sich nicht hinaus aufs Feld wagte. Sie sah den Unhold zu wiederholtenmalen in ihr Haus gehen und war dort nicht sicher vor demselben. Oft begegnete sie ihm am hellen Tag auf freiem Feld, sie sah ihn neben anderen Personen hinschreiten, während diese ihn nicht sahen. Und jedesmal wenn sie ihn bemerkte und ihm mit den Blicken folgte, ver-
335 schwand er immer im Pulergrund.

An einem Sonntag, als ihre Angehörigen im Hochamt waren und sie sich mutterseelenallein im Haus befand, ging sie hinaus in ihren Pesch, um Gras in den Kuhstall zu tragen. Sie bückte sich, um das gemähte Gras in ihre Arme zu nehmen, da lag das Grieselmännchen lang ausgestreckt unter dem Gras, so daß sie ihn fast mitaufgehoben hätte. Er richtete sich auf und stand vor der erschrockenen und zitternden Frau. Ob er mit ihr gesprochen oder wie er verschwunden, hat sie später nie gesagt. Sie fing an zu kränkeln und ein halbes Jahr nachher war sie eine Leiche. In ihren Fieberträumen rief sie oft: »Da ist er, da ist Grieselmännchen!«

Q. Eine Frau, welche ein Rind verloren hatte, setzte ihre Nachforschungen nach diesem auch noch spät abends im Mondschein fort. Plötzlich hörte sie hinter sich Hundegekläff, das sich rasch näherte. Fast in demselben Augenblick sah sie auch einen Jäger von herkulischer Gestalt, von zwei Hunden begleitet, rasch an sich vorbeiziehen. Gleich darauf fielen mehrere Schüsse; doch der Jäger war schon auf einem nahen Hügel, denn mit großer Schnelligkeit durchstreifte er die Felder. Nach der Aussage der Frau trägt er einen breitrandigen Hut und einen bis über die Kniee reichenden Kittel. »Puh hei! Bello hei, hei!« ruft er seinen Hunden. Auch soll er nicht immer friedlich an den nächtlichen Wanderern vorbeiziehen, sondern manchen schon derb »verwichst« haben.

R. Nach L'Évêque de la Basse Moûturie hatte der Förster von Vichten, namens Kisch, einst geprahlt, der Scheuermann jage ihm keine Furcht ein. Bald darauf begegnete er dem Scheuermann auf dem Wege von Böwingen nach Schandel; dieser verfolgte ihn und überhäufte ihn mit Schlägen. Der arme Förster war ob dieser Begegnung derart erschrocken, daß seine Haare so weiß wurden wie Schnee.

2. Das Jasmännchen

750. Jâsmännchen.

In Dahl und Umgegend spukte ein Wesen herum, das weit und breit unter dem Namen Jâsmännchen bekannt ist.

Das Haus, welches Jâsmännchen zu seinen Lebzeiten in Dahl bewohnte, nennt sich Jâshaus (Jâs). Es war halbadelig. Zuerst war Jâsmännchen arm und diente als Knecht in diesem Hause. Doch hatte er, was damals selten war, in Büchern und alten Schriften lesen gelernt. Daher wurde er einst nach Bockholz ins Krakelshaus gerufen, um die alten Schriften und Pergamente des Hauses zu lesen. Darunter fand er nun ein Schriftstück, worin aufgezeichnet war, daß ein großer Schatz im Backhaus verborgen 336
läge. Er steckte das Schriftstück heimlich zu sich mit dem Entschluß, den Schatz selber auszugraben. Durch diesen Betrug wurde er ein reicher Mann und heiratete die älteste Tochter des Hauses, in dem er zuerst als Knecht gedient hatte.

Nach dieser ersten bösen Tat bemächtigte sich seiner eine schrankenlose Geldgier. Er verrückte heimlich die Marksteine auf dem Felde, gab beim Kornhandel nicht das richtige Maß und scharrte auch sonst unrechterweise durch Betrug und Wucher viel fremdes Gut zusammen. Er machte sogar einen Bund mit dem Teufel, mit dessen Hilfe er Schätze ausgrub.

Im Gedächtnis des Volkes lebt er als Goldschmied fort. Sein Schmelzofen soll unten an der Sauer, nahe der Heiderscheider Mühle gestanden haben, weshalb er auch im Heiderscheidergrund Schmelzmännchen genannt wird. Seine Goldmünzen trocknete er hinter dem Hause in kleinen Wannen.

So wurde er täglich reicher und besaß am Ende viel Geld und Güter. Zugleich führte er ein sehr schlechtes Leben und setzte sich in seinem Stolz über jede Obrigkeit hinweg. Er verführte die Mägde, ging an Sonn- und Feiertagen, während die Leute zur Kirche strömten, auf die Jagd und störte durch sein lärmendes Treiben die Andacht und den Gottesdienst des Pirmesberges. Wie er gelebt hatte, so starb er auch. Doch von seinen Schätzen konnte er sich nicht trennen, wollte auch niemand dieselben gönnen und so vergrub er sie in die Erde.

Seines ruchlosen Lebens wegen fand Jâsmännchen im Grab keine Ruhe. Sein Geist spukte unter vielen Gestalten im Dorfe Dahl und in der ganzen Gegend umher.

751. Jâsmännchen als Stier, Kalb und Schaf.

Im Dorfe Dahl erschien Jâsmännchen zuerst unter Pfeiffeschlinde in Gestalt eines brüllenden Stieres. Auf der Hûscht am Krenkelsteine, zwischen Dahl und Masselter, spukte er als feuer- und funkenspeiender Stier, und als weidender an der Krenkelbâch, an der Nacherbâch und in der Hesselbâch. Oft kam Jâsmännchen gegen Abend durch das Dorf Dahl wie ein Stier brüllend. Einst wurde er von den Leuten aus Pemmershaus, welche den Dorfstier hielten, angebunden als wäre es ihr Stier. Plötzlich war er lauter Feuer. Die Magd floh entsetzt aus dem Stalle. Nachher fand sich dort nichts mehr vom Stier vor als die Kette, womit er angebunden war. Leute von Gösdorf, die zur Seite von Dahl in den Lohhecken arbeiteten, hörten Jâsmännchen oft als Stier in Dahl brüllen. Zuletzt wagte sich niemand mehr nach Sonnenuntergang vor die Tür.

Wieder trieb Jâsmännchen seinen Spuk auf Tommescht in Gestalt eines geschundenen Kalbes, das bald aus einem Stachelbeerstrauch, bald aus
337 einem Moraste hervorkam.

Bei Nocher auf den Baracken steht ein Kreuz. Dort ging Jâsmännchen als Schaf um. Einst kam Michel H. aus Wilz nächtlicherweile dort mit seinem Esel vor bei. Da fand er ein Schaf am Wege liegen, das sich nicht von der Stelle rührte. H. griff in des Schafes Wolle und sieh! diese war ganz trocken, obgleich es den ganzen Tag über schrecklich geregnet hatte. Da kam den Mann große Angst an, und er eilte mit seinem Esel so schnell als möglich nach Wilz. Von Stund an war sein Haar schneeweiß, und er zitterte bis zu seinem Tode. Das Schaf, behauptete er, sei Jâsmännchen gewesen.

752. Jâsmännchen als Hauskobold.

Zu Dahl trieb Jâsmännchen seinen Spuk vorzüglich in dem sogenannten Jâshause, das er während seines Lebens bewohnt hatte.

Bei Nacht stieg er polternd durch die Pumpe aus dem Brunnen in die Küche. Er kam heraus wie Feuer und Flamme und schleppte eine schwere Kette. Auch trat er, wie andre sagen, aus einem Dornstrauch hervor, der sich in der Nähe des Hauses befand. Dann entstand ein lautes Geklirr in der Küche, jedoch fand man am Morgen nichts zerbrochen, sondern alles an der gehörigen Stelle. Darauf stieg der Geist lärmend die Treppe hinauf bis auf den obersten Speicher, riß den Hausbewohnern die Decken von den Betten weg und raste mit einem Sester und einer Rolle im Korn herum. Auch stieg er auf das Dach. So jagte er den Bewohnern des Jâshauses Schrecken und Entsetzen ein, so daß dort niemand mehr im Dienst bleiben wollte.

753. Jâsmännchen als ewiger oder wilder Jäger.

In der Schâlbech, einem einsamen, unheimlichen Tal bei Buderscheid, hörte man nachts nicht selten Schüsse fallen und den Lautschlag von zwei jagenden Hunden. Ihr Gebell war hohl und unheimlich. Zugleich ertönte das Horn und das Hussa im Walde. Es war Jâsmännchen, der dort als wilder Jäger umging. Zuweilen auch verließ er die Schâlbech und jagte im Friekbösch, im Eisenborner Wald und im Grawelter, zwischen Wilz und Nocher, in der Loh und in den Bergabhängen der Schlierbech, einem Zufluß der Sauer. Auch setzte er über die Schlierbech und trieb seinen Jagdspuk um den Bitschter Weiher und um den Pirmesknapp her und störte durch seine Tücken die stille Einsamkeit des Einsiedlers daselbst. In der Schâlbech und in dem zunächst angrenzenden Bering jagte er auf einem weißen Schimmel oder auch, wie andre sagen, in einem Wagen, der von zwei luftigen Rossen gezogen wurde. Er setzte schnell wie der Wind über Schluchten und Gebüsche hinweg.

Der andere große Jagdkreis ist die zwischen der Wilz und der Sauer auf hohem Gebirge gelegene Hûscht. Um den Krenkelstein schwärmte er zu Fuß als Jäger umher und setzte sich auf denselben, um auszuruhen.
An diesem Stein begegneten die Wanderer bei Nacht öfters seinen beiden 338
Hunden. Sie waren ungeheuer groß, aber schön. Der eine war von schwarzer, der andere von weißer Farbe. Sie waren sehr zudringlich und schmeichelnd, und wenn der einsame Wanderer sie streichelte, konnte er sie nicht mehr loswerden. Unheimliches Wild, Eber, Wölfe, Rehe, Hasen und Füchse irrten dann auf der Hûscht und in den nahen Wäldern umher. Am Krenkelstein wurden nicht selten zwei sitzende Hasen gesehen, die weiße Flecken wie aufgeschlagene Bücher an der Stirne trugen.

Jâsmännchen wachte sehr eifersüchtig über dieses Jagdgebiet. Wenn andre Jäger es wagten, auf der Hûscht zu jagen, erhob sich nicht selten ein großes, stürmisches Getöse im Wald; es war dann gleichsam, als wollte der ganze Wald zusammenbrechen, als würden alle Bäume entwurzelt und zerschmettert werden; zugleich ließen sich in dem empörten Waldesdickicht unheimliche Eber und Wölfe sehen, die in rasender Wut dahinschossen und die dicksten Stangen entzweibissen. Dann faßte ein solches Grausen die Jäger, daß sie eiligst die Flucht ergriffen.

Von der Hûscht ausgehend, betrieb Jâsmännchen seine wilde Jagd in Leiwendelt, an der Nacherbâch; auf dem Krenkelbann, in der Haderbâch, auf dem Môl, an der Hûschterlei; vorzüglich gern trieb er sein Unwesen auf Tommescht.

In der Teufelslei, zwischen Tadler und Gösdorf, an der Sauer, und in der danebenliegenden Jâslei hörten die Einwohner von Heiderscheid, Tadler und Ringel nicht selten ein hohles Rufen und den Lautschlag von Hunden. Zugleich erscholl ein Jagdhorn weithin durch die Nacht. Dasselbe Geräusch ließ sich dann auch auf dem Lûschterberg, auf dem Mühlenberg, auf Fuhleslei, auf Pirmescht und im Sausterbösch hören. Es war dies wiederum Jâsmännchen, der auch hier seine Runde machte und die Gegend beunruhigte. Der Spuk ging mitten durch die Anhöhe der Berge hindurch.

754. Jâsmännchen als Plagegeist.

Auf der Hûscht am Krenkelstein plagte Jâsmännchen bei Nacht die Reisenden. Er kollerte sich ihnen an den Rücken oder ließ sich als schwere Last auf ihre Schultern nieder, so daß sie fast gelähmt sich nur keuchend und schwitzend fortzuschleppen vermochten. Zugleich erhielten sie von unsichtbarer Hand Schläge über Schläge. Hier, wo die Pfade sich nach allen Seiten hin durchkreuzen und sich meistens wieder im Wald und in der Wildnis verlieren, pflegte Jâsmännchen auch nächtlicherweile die Wanderer in die Irre zu führen. Sie vertraulich begleitend oder vor ihnen hergehend, brachte er sie durch allerlei listige Bewegungen von der rechten Bahn ab. Dann verschwand er plötzlich und die Reisenden irrten die ganze Nacht im Wald umher.

In dem bei Wilz gelegenen früheren Hochwald, genannt Grawelter,
339 ging um Mitternacht Jâsmännchen um. Ein Bürger des nahen Dorfes Nocher ritt eines Abends in benebeltem Zustand durch diesen Wald. Als es Mitternacht auf dem Kirchturm von Nocher schlug, kam ihm das Jâsmännchen in den Sinn und er fing an, dasselbe zu rufen, zu verspotten und auszuschelten. Auf einmal fühlte er sich von kräftiger Hand im Nacken gefaßt und vom Pferd geschleudert, und eine tüchtige Tracht

Prügel hagelte auf ihn hernieder. Dann hörte er Jâsmännchen mit lautem Kichern davonlaufen.

Jâsmännchen erschien einst bei dem dort gelegenen Hügel, genannt Polter, einem Müller, als diesem eben ein sehr schwerer Sack vom Karren gefallen war. Wie der Müller sich anschickte, den Sack wieder auf den Karren zu heben, schrie ihm Jâsmännchen zu, er solle sich nicht bemühen, griff mit einer Hand unter den Sack und schob ihn auf den Karren. Dann sprang er lachend davon.

Unten am Lûschterberg im Heiderscheidergrund befand sich eine Fähre an der Sauer. Auch dort neckte Jâsmännchen des Nachts die müden Schiffer, indem er an das Ufer stehen kam und aus allen Leibeskräften schrie: »Hol über!« Die Stimme hatte etwas Ehernes und klang so durchdringend, daß selbst halbtaube Leute sie im Schlaf hörten und erschrocken aufsprangen. Eilten nun die Schiffer herbei, so war Jâsmännchen verschwunden. Entweder rief er dann an einer andern Stelle oder brach in lautes Gelächter aus.

Nach andrer Mitteilung erzählen die Leute folgendes:

Vor uralter Zeit befand sich am Ort, genannt »auf der Schmelz«, auf dem Felsen eines Gebirges der Gösdorfer Gemeinde, am Fuß der Sauer eine »Schmelz«. Der Besitzer derselben war ein sehr reicher Mann, der jedoch sein Vermögen auf ungerechte Weise erworben hatte. Damit dasselbe nicht in fremde Hände komme, hatte er es vor seinem Tode vergraben. Nach seinem Tod fand er im Grab keine Ruhe und wandelte nächtlich zwischen den Felsen des Berges umher und prägte Geld, das er dann wieder verscharrte.

Am entgegengesetzten Sauerufer befand sich eine Mühle, welche noch heute steht. Der Nachen, der sich dort auf der Sauer befand, gehörte dem Eigentümer der Mühle. Nun geschah es oft, daß in finsterer Nacht gerufen wurde: »Hol über!« Die guten Leute, in der Meinung, ein Reisender habe gerufen, ruderten hinüber, fanden aber niemand. Zuweilen geschah es, daß, wenn die Leute mit dem Nachen anlandeten, sie mit einem schallenden Gelächter oder einem gewaltigen Getöse empfangen wurden, ohne daß sie irgendeine Spur von einem Menschen gewahrten. Es war aber jedesmal das Schmelzmännchen, das gerufen hatte und die Leute foppte. Einst waren wieder zwei Männer bei hohem Wasserstand auf den Ruf: »Hol über!« hinübergefahren; als sie aber landeten, war niemand da. Auf der Rückkehr in der Mitte der Sauer angelangt, hörten sie von neuem rufen: »Hol über!« Sie fuhren zurück; da aber niemand da war, um einzusteigen, rief der eine der beiden Männer: »Nun, wer mitfahren will, der mache sich herein!« Auf einmal hagelte es Schläge auf sie her- 340 nieder. Anfangs sahen sie niemand, endlich gewahrten sie das Schmelzmännchen an sich vorüberhuschen. Als die Leute sich von ihrem Schrecken erholt hatten, wendeten sie den Nachen und fuhren zurück. In der Mitte des Flusses angekommen, hörten sie noch einmal dumpf, wie aus dem Boden kommend, rufen: »Hol über!« und alles war vorbei.

Man glaubt, daß unter dem Schmelzmännchen das Jâsmännchen zu verstehen sei.

755. Jâsmännchen als Grenzsteinverrücker.

Auf dem Dahler Knäppchen und in Jâsdelt geht Jâsmännchen als feuriger Mann mit einem glühenden Markstein um und ruft hohl und laut: »Wo setz ich den Markstein hin? wo setz ich ihn hin?« Einst antwortete ihm jemand in der Loh: »Wenn du nicht weißt, wohin du ihn setzen sollst, so setz ihn dem Teufel hinten.« Und sogleich fiel der Markstein an den Fersen des frechen Rufers nieder.

756. Pirmesmännchen.

Es beängstigte und beunruhigte Jâsmännchen lange das Dorf Dahl und die ganze Umgegend und man wünschte allgemein, daß er gebannt werde. Doch niemand wagte, ihn zu bannen, weil er allen denen, die es versuchen wollten, »den Lebenslauf auseinandersetzte«.

Da lebte auf dem Pirmesknapp, zwischen Buderscheid und Kaundorf, ein frommer Einsiedler, von dem Volk Bruder Thinnes, zuweilen auch Pirmesmännchen genannt.

Wie die älteste Frau der ganzen Umgegend versichert, verstand man ursprünglich unter Pirmesmännchen ein Männchen, das in der Brunnenkapelle zwischen den beiden Quellen von St. Pirmin mit dem Kopf auf einem weißen Kieselstein (weiße Wâk) schlief. Allen Geistlichen und Weltlichen, die ihm nahten, legte er den Lebenslauf, die Vergangenheit und die Zukunft auseinander. Zwei steinalte Frauen sangen dem Referenten ein Lied vor, das sie in ihrer jungen Zeit noch von allen Kindern der Gegend haben singen hören:

Lipp, lapp, lipp, lapp,
De Pirmesmännchen lêt (liegt) um weiße Knapp.

Später, wie es scheint, gab man jedem dort wohnenden Einsiedler den Namen Pirmesmännchen und das wird wohl der Grund sein, weshalb auch Bruder Thinnes so genannt wird.

Bruder Thinnes führte ein sehr strenges Leben. Bei jeder Handlung, die er verrichtete, sprach er: »In Gottes Namen!« Diesen Worten verdankte er die ihm nachgerühmte Wunderkraft. Das Volk hofft noch immer, er werde heilig gesprochen. Es heißt allgemein von ihm, er habe des Nachts auf einem Brett geschlafen und sein Kopfkissen sei ein harter, weißer Stein gewesen. Er war besonders von Gott begnadigt. In der Umgegend des Pirmesberges waren die Skorpionen so häufig, daß sie 341
eine große Plage für die Bewohner waren; dem Bruder Thinnes aber gelang es, durch einen Segensspruch sie insoweit unschädlich zu machen, daß sie nicht mehr fliegen konnten. Er wurde von Wichtelcher bedient, die ihm das Haus und die Kapelle kehrten und, während er betete, die Speisen bereiteten. Sie wuschen seine Kleider, bereiteten sein Mahl, kurz, sie versahen bei ihm den Dienst eines treuen Knechtes.

Doch auch böse Geister hielten sich in der Nähe auf und plagten des Nachts den frommen Bruder. Oft rissen sie ihn von seinem harten Lager, trugen ihn bis an den Bitschter Weiher hinab und wollten ihn hineinwerfen. Er ließ sie ruhig gewähren, bis sie an den Rand des Teiches gekommen waren, dann schlug er auf einmal mit einem gesegneten Gürtel in den Haufen und rief aus: »Hopp, in Gottes Namen!« und die bösen Geister liefen auseinander und verschwanden.

Oft wenn in später Abendstunde Bruder Thinnes in seine Betrachtungen vertieft war, erschienen plötzlich bei verschlossenen Türen Herren und Damen mit Spielleuten in seiner Zelle. Die Spielleute fingen gleich zu spielen und die Herren und Damen zu tanzen an und luden auch den frommen Bruder, ihn an den Kleidern ziehend, dringend ein mitzumachen. Er aber wußte sich zu entziehen und mit dem einen Wort: »Hopp, in Gottes Namen!« war alles verschwunden.

Zuweilen geschah es auch, daß bei Nacht, wenn er betete, an seine Tür geklopft wurde. Bauersleute, hieß es, seien mit einem schwerbeladenen Wagen in Sellesdelt stecken geblieben, er solle helfen kommen. Bruder Thinnes eilte hin, und man befahl ihm, an einem Rade zu heben, während die anderen lärmend und unter fürchterlichem Fluchen sich bemühten, die Pferde anzutreiben. Der Bruder griff mit der Hand in die Speichen und rief: »Hopp, in Gottes Namen!« und Pferde, Wagen und Leute waren verschwunden.

Diesem frommen Bruder nun war es vorbehalten, Jâsmännchen zu bannen.

757. Jâsmännchen wird als wilder Jäger gefangen genommen und gebannt.

Jâsmännchen, der wilde Jäger, hatte schon lange Zeit den Pirminusberg und die ganze Umgegend beunruhigt; deshalb nahm ihn der Einsiedler gefangen und bannte ihn jenseits über den alten Bitschter Teich in die Schâlbech hinüber.

In Begleitung des Pastors und des Kaplans ging Bruder Thinnes nach
Buderscheid, um Jâsmännchen aufzusuchen und ihn zu bannen. Sobald
Jâsmännchen in der Nähe von Buderscheid erschien, ergriffen der Pastor
und der Kaplan sofort die Flucht. Thinnes aber blieb herzhaft stehen.
Jâsmännchen packte ihn, hob ihn in die Höhe und floh mit ihm zum
342 Bitschter Weiher hin, schwebte dann eine Zeit lang über demselben, indem er Thinnes zurief: »Mach das Kreuzzeichen!« – »Ich hab's gemacht«,
antwortete Thinnes. Hätte Thinnes in diesem Augenblick das hl. Kreuzzeichen gemacht, so wäre er selbst ins Wasser gefallen. Erst jenseits des
Weihers bannte ihn Thinnes vermittelst des hl. Kreuzzeichens.

Bruder Thinnes zwang nun den gefangenen Jäger, Rede zu stehen, und er fragte ihn, warum er aus dem Grabe zurückkehre. Jâsmännchen antwortete, er sei zu leicht und zu unruhig, um in der Unterwelt bleiben zu können. Dann fragte Bruder Thinnes, was denn sein Begehr sei. Der Geist erwiderte, man solle ihm einen bleiernen Mantel, bleierne Stiefel, einen bleiernen Hut und ein bleiernes Horn verfertigen, dann werde er schwer genug sein, um in der Hölle bleiben zu können, und Ruhe haben. Das alles geschah, wie er es verlangt hatte, und Jâsmännchen schlüpfte in die bleierne Bekleidung hinein. Darauf gab man ihm auch noch einen eisernen Spieß in die Hand. »Nun«, sagte man, »wirst du wohl sicher schwer genug sein, um zu bleiben, wo du bist.«

Der gefangene Jäger bat inständigst, man möge ihn doch nicht in Dornen oder ins Wasser bannen. Doch Bruder Thinnes ließ sich nicht erweichen. »Du mußt wieder da hinein, wo du hergekommen bist«, sagte er, band ihn auf einem Wagen fest, der von vier starken Ochsen gezogen wurde, setzte sich neben ihn und lenkte während der Nacht jenseits in die Schâlbech hinein. Dort im Walde befand sich ein Morast, an dessen Ufer ein Dornstrauch stand. Unter diesem Dornstrauch öffnete Bruder Thinnes den Morast und Jâsmännchen versenkte sich in die Tiefe.

Die Stelle wird noch heute bezeichnet. Es ist der jetzige, in der Schâlbech gelegene Jâspesch. Dort steht noch heute ein mächtiger Dornstrauch (Weißdorn), der als Marke dient und das Aussehen hat, als habe er schon

Jahrhunderte gesehen. Daneben befindet sich ein Sumpf, der sonst sehr tief war, jetzt aber durch menschliche Kunst fast ganz ausgeleert ist. Unter diesem Dornstrauch, heißt es, habe Bruder Thinnes die Öffnung gemacht, durch welche Jâsmännchen in die Tiefe des Sumpfes schlüpfte.

Andre dagegen berichten, Bruder Thinnes habe den wilden Jäger jenseits des Bitschter Weihers in der Schâlbech vermittelst des hl. Kreuzzeichens in einen Dornstrauch gebannt. Die einen geben an, es sei ein Stachelbeerstrauch, die andern, es sei ein Weißdorn oder auch Potteldorn (ein Wildrosenstrauch) gewesen. Von dem Tage an verdorrte der Strauch und der Jäger darf nur dann wieder auf der Oberwelt erscheinen, wenn ein junger Strauch aus den verdorrten Wurzeln hervorwachsen wird.

Seither hat die ganze Gegend Ruhe. Doch hörte man zuweilen noch seine beiden Hunde in der Schâlbech, am Krenkelstein und auf Tommescht jagen. Auch sind dieselben öfters auf der Hûscht gesehen worden. 343

758. Jâsmännchen wird als Hausgeist gefangen genommen und gebannt.

Bruder Thinnes begab sich zur Nachtzeit nach Dahl in Jâshaus, um das Jâsmännchen gefangen zu nehmen. Der Pfarrer von Kaundorf begleitete ihn. Beide blieben unten in der Küche stehen, bis das Gespenst durch die Pumpe aus dem Brunnen herausgeschlüpft und die Treppe hinan bis auf den obersten Speicher gestiegen war. Dann folgten sie. Der Pfarrer jedoch wagte nicht, mithinaufzusteigen; er blieb auf der untersten Stufe der Treppe stehen. Bruder Thinnes aber stieg mit einem Licht bis auf den obersten Speicher. Vom Gespenst sah er nur den Schatten. Beherzt ging er auf die Stelle zu, wo die Füße standen und nahm den Geist mit einem geweihten Gürtel gefangen. Nach einem andern Bericht sah Bruder Thinnes auch nicht einmal Jâsmännchens Schatten, sondern ging mit einem geweihten Stabe tastend umher, bis er den Geist durch Berührung aufgefunden hatte. Das Gespenst hatte sich hinter dem Schornstein niedergekauert. Thinnes nahm es gefangen und band es mit einem geweihten Gürtel. Dabei entstand ein furchtbares Getöse. Jâsmännchen spie Feuer und Flammen, daß es durch das ganze Haus blitzte. Der Pfarrer zitterte vor Angst und rief: »Hast du ihn? Wehr dich Bruder, wehr dich!« Darauf schrie das Gespenst mit markdurchdringender Stimme: »Was willst du denn, Banghose, draußen? Du hast ja als Bube ein Brot gestohlen!«

Als Bruder Thinnes Jâsmännchen gefangen und mit dem geweihten Gürtel gefesselt hatte, zwang er ihn in Gottes Namen, Rede zu stehen. Er fragte ihn, warum er aus dem Grabe zurückkomme. Der Geist antwortete, er habe unrechtes Gut auf sich und sei nicht schwer genug, um in der Hölle bleiben zu können. Dann fragte ihn der Bruder, was denn sein Begehr sei. Der Geist erwiderte, man solle ihm einen bleiernen Mantel, bleierne Schuhe, einen bleiernen Hut, einen bleiernen Sester und eine bleierne Rolle geben, dann sei er schwer genug, um in der Hölle zu bleiben. Man solle diese bleierne Bekleidung in der nächsten Nacht auf das Vorderdach des Hauses legen, für das übrige möge man ihn dann selbst sorgen lassen.

Man tat, wie er verlangt hatte, und in der nächsten Nacht legte Jâsmännchen die ganze bleierne Bekleidung an und als er auch den Sester und die Rolle zur Hand genommen hatte, sagte der Bruder: »Nun wirst du doch sicher schwer genug sein, um in der Hölle zu bleiben.«

Dann beriet man sich, wohin man den Geist bannen solle. Jâsmännchen bat den Bruder, er möge ihn doch nicht ins Wasser oder in Dornen bannen; er solle ihn hinter die Haustür oder unter die unterste Treppenstufe bannen oder in einen Grashalm, in einen Palmstrauch oder ihn an einen Kreuzweg in eine Roßtrappe versetzen. Allein Bruder Thinnes willfahrte dem Verlangen des Geistes nicht. »Wenn ich dich«, so sprach er, »in Gras und Gesträusch banne, so könnte leicht ein Tier es genießen und von dir besessen werden; und wenn ich dich an einen Kreuzweg
344 banne, so würdest du später dort Tiere und Menschen plagen; du mußt wieder da hinein, wo du hergekommen bist.«

Darauf führte Thinnes ihn die Treppe herunter, ließ die Pumpe wegnehmen und versenkte ihn in den Brunnen, aus dem er so oft hervorgekommen war. In der Nähe vom Jâshaus, hart am Weg, der nach Gösdorf führt, befindet sich ein Brunnen, den man Dahler Brunnen nennt. Es heißt auch, Jâsmännchen sei in diesen Brunnen versenkt worden, Dem sei, wie ihm wolle, der Brunnen ist noch heute nicht heimlich und man geht des Nachts nicht gern daran vorbei.

Man sagt auch, hinter Jâshaus sei ein tiefer Brunnen gewesen, der von hohen Palmstöcken umgeben war. In diesem Brunnen sei Jâsmännchen versenkt worden. Zuerst legte man ihm die bleiernen Schuhe an und er versank bis an die Kniee; dann hüllte man ihn in den Bleimantel und er versank bis an die Brust. Als der Sester und die Rolle hinzugekommen waren, blieb nur noch der Kopf in der Höhe. Diesen bedeckte dann der Bruder mit der bleiernen Mütze und Jâsmännchen stürzte unter entsetzlichem Grinsen in die Tiefe des Brunnens und kam nicht mehr zum Vorschein.

Von der Zeit an hat das Haus vor dem Geist Ruhe. Doch pflegen die Leute noch heute zu den Kindern zu sagen: »Schick dich gut, sonst wirst du wie Jâsmännchen in einen bleiernen Mantel gehüllt und in eine Grube geworfen.«

Gemäß einem andern Bericht ist Jâsmännchen in einen Stachelbeerstrauch in der Nähe vom Jâshaus gebannt worden. Einer der ältesten Berichte ist folgender: Zuerst wurde er in einen Stachelbeerstrauch gebannt, der hinter dem Hause an dem Wasserstein stand, wo das Spülwasser herablief. Doch man fürchtete, ein Tier könne davon genießen und wirklich genoß auch einmal der Gemeindestier davon und wurde von dem Spuk derart besessen, daß er durch sein furchtbares Gebrüll dem ganzen Dorfe Schrecken einjagte. Deshalb verbannte man den Geist in die schwarze Lei, die zwischen Kautenbach und Masselter liegt. Allein auch hier hatte er keine Ruhe und schreckte durch sein Unwesen die Bewohner des Dorfes Kautenbach und der ganzen Umgegend. Da ließen die Kautenbacher den Einwohnern von Dahl sagen, sie sollten Jâsmännchen zurückholen. Und nun bannte man ihn wieder in einen Stachelbeerstrauch, der im Bering des Jâshauses in dem umzäunten Kohlgarten stand, wo kein Tier mehr davon genießen konnte.

Auch soll er in Tommescht gebannt sein, nach den einen in einen Stachelbeerstrauch, nach den andern in einen Morast. Es heißt auch, er sei im Eidersgröndchen in einen Dornstrauch gefahren; dann auch, er sei, nachdem er die bleierne Montur angelegt, in der Schâlbech in einen Stachelbeerstrauch geschlüpft; endlich geht auch noch die Sage er sei in die Nähe des Pirmesberges verbannt. Überhaupt ist die Volkssage darin sehr verschieden. 345

759. Jâsmännchen verfolgt.

Einst kam ein Mann von Buderscheid in der Nacht von dem nahe gelegenen Dorfe Nocher. Als er auf dem Berg in der Nähe Buderscheids angelangt war und schon die heimatlichen Lichter brennen sah, gewahrte er auf einmal, als er rückwärts schaute, einen Mann mit einer Laterne, der ihm auf dem Fuße folgte. Der Buderscheider dachte sogleich an das Jâsmännchen, welches hier in die Hecken gebannt ist und den nächtlichen Wanderer in Angst und Schrecken versetzt. Der Mann nahm gleich Reißaus und im schnellsten Lauf ging's dem Dorfe zu. Das Jâsmännchen folgte ihm fast ebenso schnell, konnte ihn aber nicht einholen. Zu Hause erzählte der Mann den Streich, den ihm das Jâsmännchen gespielt hatte, und fügte hinzu, er sei froh gewesen, mit heiler Haut davongekommen zu sein.

Luxemburger Land, III. Jahrg., Nr. 33

IX

Der Teufel

1. Begegnungen mit dem Teufel

760. Der gespenstische Bocksreiter.

»Ich und mein Bruder«, so erzählte ein alter Mann aus Betzdorf, »fuhren eines Tages mit einem Wagen, der mit Korn beladen war, nach der Stadt. Als wir nach Rodt kamen, fing es bereits an zu dunkeln, weshalb wir die Pferde zu größerer Eile antrieben. Wir mochten kaum zwanzig Minuten von Rodt entfernt gewesen sein, als wir einem großen, schwarzen Bock begegneten, welcher einen nach einer ganz alten Mode gekleideten Herrn auf seinem Rücken trug. Die Gestalt war so unheimlich anzuschauen, daß ich vor Schrecken nicht mehr wußte, was ich tun sollte, zumal da der Bocksreiter mich mit seinen tiefen Augen so geheimnisvoll anblinzelte. Ich schlug auf die Pferde, aber es war unmöglich, sie von der Stelle zu bringen. Da rief mir mein Bruder, der auch vor Schrecken totenblaß war, zu: ›Mach schnell das hl. Kreuzzeichen, sonst sind wir verloren!‹ Ich gehorchte und schwang mich alsdann auf ein Pferd und trieb sie an. Diese begannen nun wieder vorwärts zu traben und wir kamen glücklich an dem Gespenst vorüber. Nachdem wir ein paar Meter weit gefahren waren, verschwanden Bock und Reiter vor unsern Augen.«

»Es war unser Glück, daß wir das hl. Kreuzzeichen gemacht hatten«, fügte der Erzähler hinzu, »denn es war der leibhaftige Gottseibeiuns selbst auf seinem Reitbock, dem wir begegnet waren.«

761. Der feurige Reiter von der Teufelsbrücke bei Lenningen.

Auf der sogenannten »Deiwelsbreck« bei Lenningen sieht man gegen die Mitternachtsstunde ein kleines, feuriges Männchen, auf einem ebenfalls feurigen Bock dahergeritten kommen. Er reitet gewöhnlich bis zur Mitte der Brücke und setzt dann mit einem kühnen Sprung in den tiefgelegenen Hohlweg der untern Brücke, genannt Engelsbrücke, wo er verschwindet. Das Volk, welches in dem verwegenen Reiter den Teufel selbst sieht, glaubt, letzterer komme an diesen Ort, um seine mitternächtlichen Versammlungen aller Hexen der Umgegend zu halten.

J. Weyrich aus Ehnen 349

762. Der Teufel reitet auf einer halben Kuh.

Auf den »Greischer Dränken«, einem Ort, der am Weg nach Arlon liegt, kommt der Teufel allnächtlich um Mitternacht auf einer halben Kuh geritten.

763. Die wunderlichen Pflugtreiber zu Säul.

Es mag etwa hundert Jahre her sein, als zwei Brüder aus Säul von Bruch zurückkehrten, wohin sie sich zum Kirchweihfest begeben hatten. Es war gegen die Mitternachtsstunde; sie gingen an einem ihnen zugehörigen, etwa dreihundert Schritt entfernten Stück Ackerland, das sie tags vorher mit ihren Pferden gepflügt hatten, vorüber. Groß war ihr Schrecken, als sie wahrnahmen, wie große, schwarze Gestalten mit heisernen, zischenden Stimmen ihre Pferde mit Namen riefen und den Pflug im Zickzack herumführten. Die Brüder gerieten in tausend Ängste und konnten sich nicht mehr fassen. Sie machten das hl. Kreuzzeichen und beteten laut. Da hörten sie plötzlich ein krachendes Getöse, das Klirren von Werkzeugen, begleitet von lärmendem Getrampel und dumpfen Tönen. Ein langer Lichtstreifen verbreitete sich über die nahe Waldspitze und sie sahen, wie die Spukgestalten, seltsame komische Gebärden ausführend, hier verschwanden. Die Brüder, außer sich vor Angst und Schrecken, rannten sofort nach Hause. Ihre Pferde aber standen ruhig im Stall und wieherten ihren Herren beim Eintritt treuherzig entgegen. Des andern Morgens begaben sich beide Brüder, in Begleitung einiger beherzter Nachbarn, in aller Frühe auf den Acker, wo der Spuk sich gezeigt hatte, und sahen zu ihrem größten Erstaunen, daß einige frische Furchen gezogen worden waren; die Erde war jedoch an einigen Stellen festgetrampelt. Man erblickte nicht allein hie und da Spuren von Pferdehufen, sondern auch solche von Kühen und andern Tieren. Auf dem Pflugbaum lagen abgenagte Knochen, Abfälle von Tierhäuten und Klauen von Vögeln.

Man ist noch jetzt der festen Meinung, der König Belzebub habe mit seinen höllischen Trabanten hier sein Wesen getrieben.

Zollbeamter J. Wolff

764. Der Teufel als Heiratsverderber.

Mit klopfendem Herzen schritt an einem mondklaren Winterabend ein Jüngling von Wormeldingen die Scheitergasse hinab, sein Lieb am Arm;

beide waren auf dem Wege zum Pfarrhause, wo sie sich als Brautleute anmelden und zugleich das Brautexamen ablegen sollten. Tagsüber war es dem Himmel recht wässerig zumute gewesen, so daß an der Seite des Weges allenthalben große Pfützen waren, in welche der Mond hineinschien. Wie die jungen Leute »auf Walsenkreuz« kamen und hier zum Pfarrhaus einbogen, fiel des Jünglings Blick etwas seitwärts. Wie von einer Natter gebissen, riß er sich von seiner Braut los, stieß einen gellenden Schrei aus und stürmte wild davon. Zu Hause angekommen, erzählte er unter Zittern und Beben, er habe dicht an seiner Seite den leibhaftigen Teufel in einer Pfütze gesehen, mit Hörnern auf der Stirn. Alles Zureden war vergebens; man vermochte nicht, ihn zu überreden, den Weg ein zweites Mal zum Pfarrhofe anzutreten, und aus der Heirat ward nichts.

Lehrer Konert zu Hollerich

765. Der geraubte Schatten.

Auf der Höhe von Eischen befindet sich eine weite, ebene Strecke, »plâkeg Lé« genannt. Ein gewaltiger alter Baum steht auf der Stelle. Bei diesem soll es nicht geheuer sein. Vor langer Zeit hielt sich hier eine Räuberbande auf, welche die ganze Gegend unsicher machte.

Eines Abends kam ein Viehhändler, der an dem Tage eine Koppel Zugochsen verkauft hatte, an dieser Stelle vorbei. Auf einmal hörte er ein Geräusch, er schaute um – ein Räuber trat ihm in den Weg, setzte ihm den Dolch auf die Brust und forderte Geld oder Blut. Als der Mann sich zur Wehr setzte, stach der Räuber ihn nieder, beraubte ihn des Geldes und kehrte zu seinen Genossen zurück, denen er seine Tat erzählte. Dann machte er sich mit einigen auf, um den Leichnam zu verscharren. Wie sie aber an die Stelle kamen, sahen sie den Teufel, der sie drohend anschrie: »Jetzt müßt ihr euch an den Baum stellen und der letzte, der an mir vorbeikommt, soll mein sein.« Da stellte sich derjenige, der den Totschlag begangen hatte, als letzter auf und als er am Teufel vorbeikam und dieser schon nach ihm greifen wollte, zeigte er hinter sich auf seinen Schatten und sagte: »Da kommt der letzte!« Der Teufel ging auf den Leim, sprang auf den Schatten zu und der Räuber war glücklich entkommen. Als er aber bei seinen Genossen ankam, bemerkten diese zu ihrem Schrecken, daß er keinen Schatten mehr hatte. Eine Woche nachher war der Schattenlose tot.

Von dieser Zeit an sollen viele dem Schatten des Räubers abends beim Mondschein begegnet sein. Schon allerlei Mittel hat man angewandt, den gespenstischen Schatten zu entfernen; auch habe man, heißt es, den Ort ausgesegnet, aber bis jetzt habe nichts geholfen.

J.N. Moes

2. Der höllische Versucher – Des Teufels Güte

766. Der Versucher und der Eremit.

Zu Schankweiler (jetzt Preußen) war eine Klause, welche ein sehr frommer Eremit bewohnte. Einst versuchte der Böse, in Gestalt eines Frauenzimmers von ausnehmender Schönheit, ihn zu Fall zu bringen. An einem Abend, während es heftig regnete, klopfte es an des Klausners Tür. Er fragte, wer draußen sei. Eine Frau antwortete draußen mit kläglicher
351 Stimme, er möge sie doch bei solchem Unwetter nicht draußen stehen lassen, sie sei eine arme, verirrte Frau. Der Eremit öffnete auf ihr inständiges Bitten. Darauf tritt eine schöne, junge, reichgekleidete Frau zu ihm herein. Sie fing sogleich an, ihn zu versuchen; der Klausner widerstand ihr standhaft. Als sie jedoch zu ungestüm auf ihn eindrang, sagte er zu ihr: »Sieh, Satan, ehe ich mich versündige, will ich lieber dies mein sündiges Fleisch auf glühenden Kohlen braten.« Hierauf legte er seinen Rock ab und warf sich in die am Herde glimmenden Kohlen. Darauf legte das Weib seine Menschengestalt ab und fuhr als Scheusal zum Dache hinaus. Der ganz mit Brandbeulen bedeckte Körper des Klausners war sogleich wunderbarerweise geheilt.

Erasmy

767. Das Gespenst in der Teufelssank.

A. Am Orte genannt Teufelssank (Vertiefung des Teufels), auf dem Wege von Straßen nach Kopstal, wird der Vorübergehende nächtlich von einem Gespenst beunruhigt. Dasselbe kann jede beliebige Frauengestalt annehmen und nähert sich dem Wanderer gewöhnlich in der Form desjenigen weiblichen Wesens, welches den stärksten Sinnenreiz auf ihn auszuüben vermag oder schon in Wirklichkeit ausgeübt hat. Ihre kalten Arme schlingt sie um seinen Nacken und mit buhlerischen Gebärden sucht sie ihn zum Bösen zu verleiten. Wer ihren Liebkosungen nicht widersteht und der Versuchung nachgibt, dem dreht sie unter böswilligem Lachen das Gesicht in den Nacken.

Das Gespenst soll eine nichtswürdige Dirne gewesen sein, welche vor langem ihr Handwerk in der Umgegend getrieben hat. Nach ihrem Tode beunruhigt sie die ganze Umgegend. Ein frommer Klosterbruder wußte sie in die Teufelssank zu bannen, die seither diesen Namen trägt.

Vor etwa dreißig Jahren soll das Gespenst einem Zimmermann aus Kopstal in Gestalt einer von ihm geliebten Kuhmagd erschienen sein. Ungefähr zur selben Zeit trat sie sogar einem Militäroberen, der da vorbeiritt, in Gestalt einer gewöhnlichen Buhldirne entgegen.

J.B. Klein, Pfarrer, nach einem Manuskript
von N. Steffen

B. In der Teufelssank zwischen Straßen und Kopstal geht nächtlich gegen elf Uhr ein Frauenzimmer um, das die Vorübergehenden auffordert, mit ihr zu tanzen. Wer sich weigert, bekommt eine tüchtige Tracht Prügel. Willigt man aber ein, mit ihr zu tanzen, dann tanzt sie wild umher, tanzt sich die Beine weg, so daß bloß der Oberkörper mit dem Kopf bleibt. Oft sprangen dann aus dem Oberkörper allerlei Tiere, Schafe, Drachen usw. hervor, die umherliefen. Der Tänzer aber ward nach dem Tanz durch die Luft nach Hause getragen.

768. Der Versucher als Frau.

Vor etwa zehn Jahren kamen abends spät zwei Männer aus Kopstal in angeheitertem Zustand von Mamer zurück. Im Ort Bärental angelangt,
gesellte sich eine schwarzgekleidete Dame zu ihnen und hängte sich dem 352
einen der Männer an den Arm. Sie plauderten verschiedenes, machten unter anderm auch schlechte, unkeusche Witze, wobei die Dame immer so grell auflachte, daß die Wälder wiederhallten. Grausen bemächtigte sich zuletzt der beiden nächtlichen Wanderer. Der eine machte sich endlich aus dem Staube, während der andere die Dame nicht loswerden konnte. Endlich bekreuzte er sich und fort war die Schwarze. Schweißtriefend und vor Angst bebend langten beide endlich zu Hause an. Des einen Kind, abends noch frisch und gesund, war morgens eine Leiche.

Lehrer Wahl zu Kopstal

769. Der Einsiedler im Griéfchen bei Greisch.

Im Griéfchen, einer plateauartigen Erhöhung über der Leesbech zwischen Simmern und Greisch, stand vorzeiten eine Kapelle und daneben eine Klause, die ein frommer Einsiedler sich in einen Felsen eingehauen hatte.

Der Teufel versuchte den Einsiedler beständig und erschien ihm in Gestalt eines Bockes. Der Einsiedler aber packte den Bock beim Bart und prügelte ihn tüchtig durch. Nun ließ der Teufel dem Einsiedler Ruhe.

Nach andern ging der Teufel so weit, daß er den Klausner aus dem Bette warf. Geschah das, so nahm dieser sein Bett und ging auf den Kirchhof schlafen, wo ihn der Teufel in Ruhe lassen mußte. Manchmal, wenn der Einsiedler den Berg hinaufstieg, schwebten drei Jungfrauen vor ihm, um ihn zu versuchen.

Eines Tages kamen zwei Bauern zum Klausner und baten ihn, mit hinab in die Leesbech zu gehen; dort liege eine schwarze Kuh in den Sopen (Morast), sie bekämen dieselbe nicht heraus. Der Bruder ging mit. Als er zu der Kuh kam, nahm er sie mit dem Schwanz und sagte: »In Gottes Namen steh auf, hop!« Da war auf einmal die Kuh verschwunden. Der Einsiedler kehrte den Berg hinauf in seine Klause zurück. Als er eintrat, fand er ein großes Feuer auf dem Herd, obschon er keines vorher angezündet hatte, und zwei schöne Jungfrauen saßen dabei. Der Bruder aber ging schnell an ihnen vorbei in einen Nebenraum und betete in einem Buch. Als er wieder herauskam, war alles verschwunden.

Da gab einst der Papst dem Klausner eine Schelle. Wenn er diese läutete, mußten alle bösen Geister weichen, so weit die Glocke gehört wurde. Von der Zeit an hatte der Bruder Ruhe.

770. Der Nagelschmied zu Itzig.

Zu Itzig lebte einst ein armer Nagelschmied; bei seiner Armut war er dennoch lustig und guter Dinge. Das verdroß den Bösen und er nahm sich vor, den Harmlosen zu verderben. In der Gestalt eines wandernden Handwerksburschen trat er zum Nagelschmied, als dieser eben in seiner rußigen Werkstätte lustig drauflos hämmerte. Ein rotes Barett mit
353 Hahnfeder und ein grüner Rock gaben ihm ein fremdes Aussehen. Er fragte um Arbeit; der Schmied gab eine abschlägige Antwort. Nachdem der Fremde dem hämmernden Schmiede eine Weile nachgeschaut hatte, sagte er: »Wißt Ihr auch, daß Ihr ein Stümper seid?« Der Schmied war darob entrüstet; der Fremde aber nahm ihm Hammer und Eisen aus der Hand und begann zu hämmern. Bei jedem Schlag war ein Nagel fertig,

so daß bald der Stock von Nägel überfüllt war. Des freute sich der Schmied und nahm ihn zum Gesellen.

Eines Tages verspürte der Nagelschmied einen heftigen Durst. Er ging daher in die nächste Schenke, um sich zu erquicken, und ließ unterdessen den Gesellen an der Arbeit. Als er aber zurückkam, fand er auf dem Boden der Schmiede große Haufen goldener Nägel liegen; der Geselle aber war verschwunden.

Von nun an fing der Schmied an, ein verschwenderisches Leben zu führen. Jedoch bald war das Gold vertan, und, da er nicht mehr arbeiten mochte, wurde er Straßenräuber. Allein der Arm der Gerechtigkeit erreichte ihn bald und er ward zum Tode verurteilt. Im Augenblick aber, wo der Unglückliche auf dem Scheiterhaufen stand, um den Feuertod zu sterben, sah man den Teufel auf ihn losfahren und ihm den Hals umdrehen.

J.B. Klein, Pfarrer zu Dalheim, nach einem
Manuskript von N. Steffen

771. Der Teufel als Wohltäter.

Ein armer Mann stand traurig vor seinem Hause. Da näherte sich ein anständig gekleideter Mann und fragte den Armen nach der Ursache seines Kummers. Dieser antwortete: »Wie sollte ich nicht traurig sein? Ich bin Vater von vielen Kindern, meine Frau liegt auf dem Krankenbett; ich hab kein Brot und weiß mir auch keines zu verschaffen.« – »Ist denn keiner von den hiesigen Bauern so barmherzig, daß er dir Tagelohn verschafft, indem er dich sein Korn dreschen läßt?« fragte der Fremde. – »Ach nein, Herr! ich habe überall nach Arbeit gefragt, aber überall hat man mich abgewiesen.« – »So komm mit mir,« gebot der Fremde. Alsdann führte dieser ihn in das nächste Bauernhaus.

»Laßt Ihr Euer Korn nicht dreschen?« fragte eintretend der Fremde den Bauern. »O nein, es ist noch viel zu früh«, antwortete dieser lachend. »Für einen Sack Korn würden wir Euch all Euer Korn dreschen«, sagte der Fremde. »Für einen Sack Korn«, dachte der Bauer, »das ist ja so gut wie umsonst.« – »Ich geh den Handel ein«, versetzte er laut nach einer Weile. Auf des Fremden Gebot waren viele Knechte da, die ihm emsig halfen. Nach sechs Stunden waren sie fertig. Nun kam der Bauer mit dem Sack, um ihnen das Versprochene zu überliefern. »Ist das ein Sack?« fragte zürnend der Fremde, indem er denselben den Händen des Bauern entriß. »Gleich fünfhundert Ellen Tuch her, damit ich selbst einen Sack

verfertige!« Zum größten Staunen und Schrecken des Bauern schüttete er alles gedroschene Korn in den großen Sack und ging fort. Der Bauer
354 hatte indes der Magd befohlen, den wilden Stier dem Fremden in den Weg laufen zu lassen. Doch der Fremde schlug den Stier mit der Faust auf die Stirn, daß das Tier tot niederfiel. Darauf lud er auch noch den toten Stier auf seinen Rücken über den Sack und trug beides zu dem Armen, sprechend: »Da hast du Brot und Fleisch. Jetzt geh ich wieder in das Haus des Bauern zurück und hol mir meinen Lohn.« Der Bauer hatte sich erhängt und der Teufel nahm seine Seele; denn der Fremde war der Teufel selbst.

3. Teufelsbündner – Der geprellte Teufel

772. Die Sage von der Erbauung des Schlosses Lützelburg.

Vor mehr als neunhundert Jahren lebte zu Körich auf seinem Schloß Graf Siegfried. Dieser verirrte sich einst auf der Jagd und gelangte in das Tal der Alzet an die Stelle, wo heute Luxemburgs Vorstädte Grund, Klausen und Pfaffenthal sich im Bogen um den Bockfelsen herumziehen. Damals aber sah es in diesem Felsental gar wild aus und nur selten mochte sich der Fuß eines Wanderers hierhin verirren. Siegfried sah vor sich oben auf dem Bock die Ruinen einer Römerburg emporragen und der Ort schien ihm sehr geeignet zur Erbauung eines Schlosses. Im Jahre 963 gewann er den kahlen Felsen nebst dem umliegenden Walde durch Tausch von dem Abte von St. Maximin bei Trier gegen seine schöne Herrschaft Feulen bei Ettelbrück. Aber lange mußte Siegfried von der Erbauung eines Schlosses auf dem Bock absehen, da ihm das nötige Geld fehlte. So saß er einst traurig am Vorabend von Mariä Himmelfahrt auf seinem Schloß zu Körich; fast reute ihn der unsinnige Tausch und in seiner Verstimmung rief er den Teufel. Dieser erschien sofort und zeigte sich bereit, den Grafen reichlich mit Geld zu versehen, die Ruinen der alten Römerburg wegzuräumen, an deren Stelle ein Schloß nach des Grafen Wunsch zu erbauen und eine Heerstraße von Körich nach dem neuen Schlosse herzustellen,[1] alles in einer Nacht, aber unter der Bedingung, daß ihm der Graf seine Seele verschreibe, die er nach dreißig Jahren

1 Nach der Sage verpflichtete sich der Teufel, eine schnurgerade Straße von Körich nach dem Bockfelsen zu bauen, die auch nicht die mindeste Krümmung haben dürfe und mit Wacken gepflastert sein müsse, damit sie nicht staubig und kotig werde, so daß der Graf das Vieruhrbrot in Körich und das Abendessen in Luxemburg einnehmen könne.

an demselben Tag und zur selben Stunde holen werde. Siegfried ging auf die Bedingung ein.

Am folgenden Morgen fuhr der Graf auf einer breiten Straße nach Luxemburg. Dort erhob sich auf dem alten Bock vor seinen staunenden 355
Blicken das neue Schloß, die Lützelburg, die nach seinem Wunsche aufs prächtigste erbaut und ausgestattet war.

Allein der Bund den er mit dem Teufel eingegangen war, begann den Grafen bald gar sehr zu ängstigen. Da verwendete er den Reichtum, den er der Hölle verdankte, zu wohltätigen Zwecken. Er ließ Kirchen und Kapellen erbauen und beschenkte sie reichlich; täglich ließ er Messen lesen, um sich aus der Gewalt des Teufels zu befreien.

Als aber der dreißigste Vorabend von Mariä Himmelfahrt, der 14. August 998, heranrückte, lud Siegfried an diesem Abend alle Ritter der Nachbarschaft zu einem Festmahl ein, ließ das Schloß aufs strengste bewachen und gebot, niemand bei Nacht einzulassen, wer es auch sei. Allein zur selben Stunde, zu welcher der Böse dem Grafen vor dreißig Jahren erschienen war, stand plötzlich inmitten der erschrockenen Gäste der Teufel in Gestalt eines riesengroßen Ritters, der Siegfried winkte, ihm zu folgen. Dieser verabschiedete sich bei den Gästen und ging in ein anderes Zimmer, wo ihn der Teufel erfaßte und mit ihm durch ein Fenster verschwand, einen pestilenzartigen Gestank im Zimmer zurücklassend.

Ein Mönch, der eben in dies Zimmer trat, behauptete, gesehen zu haben, daß der Teufel des Grafen Seele nicht behalten habe, sondern nur dessen Leib, und daß die Seele von Engeln gegen Himmel getragen worden sei.

Nach N. Gonners Mitteilungen und mündlich

773. Die Teufelsbrücke zwischen Gostingen und Lenningen.

Bei Gostingen liegt eine Stelle, die im Munde des Volkes der Mohrplatz heißt und durch ein Tal von einer großen, öden Heide getrennt ist. Wie mir mein Großvater in meiner Jugend erzählte, wohnte auf dem Mohrplatz ein Mohr, der ein wilder Mann war und ein Mädchen, das auf der Heide wohnte, sehr liebte und es oft besuchte. Der weite Weg durch das Tal fiel ihm beschwerlich und oft wünschte er den Teufel herbei, um mit ihm einen Bund zu schließen, damit dieser ihm eine Brücke über das Tal baue und er eher bei dem Mädchen sein und länger bei ihm bleiben könne. Eines Abends erschien ihm der Teufel und willfahrte noch in derselben Nacht seiner Bitte unter der Bedingung, daß er des Mohren Seele nach zwanzig Jahren erhalte; was denn auch geschehen ist, wie die Leute steif und fest behaupten. Nach des Mohren Tod verfiel die Brücke allmählich; heute ist sie spurlos verschwunden.

N. Gonner

774. Der Wiedertäufer im Wölfragrond.

Auf Wölfragrond hatte man ein Kreuz in einer Nische, die man in einem Baum ausgehauen, aufgestellt. Auf einmal war das Kreuz verschwunden. Das geschah zur Zeit, als die Wiedertäufer auf dem Damsen Hof zwischen Ellingen und Erpeldingen hausten. Da war so ein Alter, der hatte einen Bund mit dem Teufel. Dem traute niemand und er hat auch das Kreuz
356 weggenommen.

Einmal kam ein Mann von Wellenstein und wollte am Sumpf im Wölfragrond vorbei. Da saß ein großer Hund inmitten des Sumpfes; der machte ein Paar Augen wie ein Paar Sackuhren und wimmerte so gottesjämmerlich, als wäre er mit dem Schwanz angewachsen. Schwarz war er wie eine Kohle. Der Mann geht hinzu. Kaum hat er den Sumpfboden betreten, da fängt es an, unter ihm zu flammen. Er läßt sich nicht zurückschrecken. Er kam von Wellenstein, hatte vielleicht ein Glas getrunken, aber er war gar nicht betrunken. Er geht näher, wenn es auch der Teufel selbst sein sollte. »Ist es der Teufel selbst,« sagte er, »so hast du ihn auch gesehen.« Immer schrecklicher wird es um ihn. Es blitzt, die Funken fahren umher. Er bleibt stehen. Es hat ihm noch nichts getan. Er geht voran, sucht den Hund zu befreien. Da ruft plötzlich ein Mann von einem Baum herunter: »Pack an!« Der Hund faßt ihn gleich einem Schraubstock. »Reiß nieder!« ruft's von oben herunter. Und mein guter Mann wird zu Boden geworfen, daß ihm die Rippen im Leibe krachten. »Durch Stahl und Eisen!« sagt der Oberste. Der gute Mann klammert sich an einen armdicken Baum. Aber ach! er wird weggerissen, der linke Arm bleibt hängen, er selbst fliegt bis zehn Ellen über den Sumpf hinaus. Der wünschte den Teufel nie mehr zu sehen.

Noch viele kamen an der Stelle vorbei, wenige blieben ungeschoren, besonders wenn der alte Wiedertäufer einem nicht hold war. Der stund ja im Bund mit dem Schwarzen. Der alte Pastor, den Ellingen hatte, hat es oft gesagt, aber der war auch so mächtig wie er, dem konnte er nichts tun.

775. Freimaurer zu Reisdorf.

Zu Reisdorf (vor dem Kriege von 1870 bis 1871 französisch und Rustroff genannt) befindet sich ein Mädchenpensionat. Dort hausten vorzeiten die Freimaurer. Unter dem Klostergarten (denn es ist ein Nonnenkloster) hatten diese Freimaurer ein sehr geräumiges, unterirdisches Zimmer. Von nah und fern versammelten sich die Freimaurer und zechten, ratschlagten und unterhandelten mit dem Teufel in diesem »Sündensaal«. Als sie einmal alle hier beisammen saßen und alle Zugänge dicht verschlossen hatten, geschah es, daß sie keinen Ausweg mehr fanden oder daß der Teufel sie insgesamt geholt hat: denn das war ihre letzte Versammlung. Man hat sie wohl gesehen in das unterirdische Gemach hineingehen, aber keiner ist je wieder herausgekommen.

Lehrer N. Biver zu Remich

776. Der Teufel und das alte Weib.

Einst kam der Teufel zu einer Frau, die eben beschäftigt war, die Suppe zu bereiten. »Altes, gutes Weib«, sagte er, »du mußt mir jetzt helfen. Dort oben habe ich Pferde und Knechte fast ganz in meiner Gewalt. Es fehlt nur noch, daß sie den Hals brechen. Du mußt hingehen und die besoffenen Knechte den Felsen herunterstoßen, daß sie samt den Pferden
den Hals brechen.« Die Frau führte ihren Auftrag eiligst aus. Als sie 357
wiederkam, dankte ihr der Teufel für den geleisteten Dienst, ging zu dem Felsen und führte die Knechte triumphierend zur Hölle.

777. Die geschundene Leiche des Schloßherrn von Simmern.

Auf der Burg zu Simmern lebte ein geiziger Schloßherr. Zu diesem kam ein armer Mann und flehte um Korn, damit er Brot für seine Familie habe. Der Schloßherr gab ihm einen Sester Korn unter der Bedingung, daß er nach seinem Tode eine Nacht auf seinem Grabe wache. Nachdem das Korn verzehrt war, erschien der arme Mann wieder vor dem Schloßherrn und erhielt einen zweiten Sester Korn, mußte aber versprechen, eine zweite Nacht bei seinem Grabe Wache zu halten. Auch einen dritten Sester erhielt er für eine dritte Nachtwache am Grabe. Da wurde der Schloßherr vom Schlag gerührt und in der Kirche begraben. Der arme Mann ging zum Pfarrer um denselben über die eingegangene Verpflichtung zu befragen. »Du mußt dein Versprechen halten,« sagte der Pfarrer, gab dem Mann einen Stock in die Hand und machte einen Kreis beim Grabe, den der Mann während der Nacht nicht verlassen sollte.

Da erschienen drei Männer um Mitternacht, öffneten das Grab, zogen den Toten hervor und begannen, ihm die Haut abzuziehen, indem sie bei den Füßen anfingen. Als sie die Haut zum dritten Teile abgezogen hatten, legten sie den Leichnam wieder in die Gruft, deckten alles zu, wie es gewesen war, und verschwanden. In der zweiten Nacht zogen sie die Haut ab bis zur Brust und in der dritten vollendeten sie ihr Werk. Als sie die Haut über den Kopf zogen, fiel dieselbe in den Kreis, in dem sich der Mann befand. »Gib uns die Haut«, riefen die drei, aber erst bei der dritten Aufforderung warf der Mann mit dem Stock die Haut aus dem Kreis. Da sagte der eine der drei Männer: »Jetzt nehme ich die Haut und gehe in das Schloß ›jeizen‹ (schreien) und Lärm machen, dann meinen die Leute, der Tote komme wieder.«

778. Entstehung der Siebenbrunnen.

Der Mühlenbach bei Eich trieb eine Mühle, deren Besitzer sich mit seiner Familie redlich ernährte. Der Müllerbursche sollte die Müllerstochter heiraten; aber da das Bächlein jeden Sommer vertrocknete, sah der Bursche ein, daß er, wenn die Familie sich viel vergrößerte, unmöglich auskommen könne. Mißmutig ging er in den nahen Wald und rief um Mitternacht den Teufel, der auch erschien und dem der Bursche sein Leid klagte. »Gib mir dein erstes Kind,« sagte der Teufel, »und ich werde dir helfen.« Der Müllerknecht sagte zu und kehrte nach Hause zurück. In der folgenden Nacht entstand ein furchtbares Geräusch und als die Mühlenbewohner erschrocken aus dem Schlafe auffuhren, sahen sie, daß
358 aus dem Bächlein ein starker Bach geworden, der nicht mehr vertrocknete. Dem Müllerburschen tat es dennoch leid, dem Teufel sein erstgeborenes Kind zu geben. Er erzählte dem Müller und dessen Tochter sein Übereinkommen mit dem Teufel und bat diese, auf die Heirat zu verzichten. Er selbst verließ die Mühle und die Gegend auf immer.

779. Wie der arme X. sich dem Teufel verschworen.

Der arme X. stand einst zu Luxemburg auf dem Fischmarkt und überdachte trauernd sein Schicksal. Sein Verlangen, ein reicher Mann zu werden, war so groß, daß er auf den Gedanken kam, den Teufel zu Hilfe zu rufen. Kaum war das geschehen, so näherte sich ihm der Teufel, als wohlhabender Bürger gekleidet. Nach etlichem Handeln und Feilschen einigte man sich dahin, daß der Teufel des X. Seele nach dreißig Jahren haben solle, unter der Bedingung, daß er diesem 12000 Franken gebe. Der Akt wurde von X. mit seinem eigenen Blute unterschrieben. X. gründete nun eine große Fabrik und wurde ein reicher Mann. Das dreißigste Jahr kam indessen heran und dem X. wurde bange. Er wandte sich an den Jesuitenpater Fränzchen, berühmt durch seine Frömmigkeit und seine Gewalt über die bösen Geister. Auf den Rat und die Belehrung des Paters bekehrte sich X., besuchte täglich die Nikolauskirche in der Stadt und betete fleißig. Als der dreißigste Jahrestag herankam, schloß X. die Türen seines Hauses und begab sich in die oben genannte Kirche. Auf einem feurigen, mit vier feurigen Hunden bespannten Wagen kam der Teufel an des X. Hauses gefahren, klopfte an und er hielt vom Pförtner die Antwort, X. sei nicht zu Hause. »Wo ist er?« fragte der Teufel. »Ich weiß es nicht,« antwortete der Pförtner und schloß die Tür. Hierauf kreiste der Teufel noch dreimal mit seinem Wagen um das Haus, fuhr dann über das Glacis nach der Nikolauskirche und dann dreimal um diese herum, klopfte an, wurde aber nicht eingelassen. Dann fuhr er zum Schlüsselloch hinein auf X. zu, den Pater Fränzchen in eine Bütte mit Weihwasser gesetzt hatte, ergriff X. bei den Haaren und zog ihn so weit aus dem Wasser, daß er das Weihwasser nur mehr mit der kleinen Zehe berührte, mußte ihn aber wieder fahren lassen, da er zu schwer war. Die Kirche zitterte, die Geistlichen, mit Ausnahme des Paters Fränzchen, stürzten zu Boden. Aufs neue fuhr der Teufel dreimal um die Kirche, dann um den Altar, ergriff wiederum X. bei den Haaren, konnte ihn aber nur mehr bis an den Unterleib herausheben. Dasselbe wiederholte er zum drittenmal; der Teufel konnte den X. nun gar nicht mehr aufheben. Voll Wut tauchte er denselben noch einmal ganz unter das Wasser, jagt noch dreimal um die Kirche, verbrennt die Verschreibungsurkunde und fährt für immer dahin. X. war erlöst und weil ihm Pater Fränzchen geholfen hatte, seinen Bund mit dem Teufel zu brechen, so beschenkte er diesen und das ganze Kloster reichlich. X. blieb fromm und gottesfürchtig und seine Nachkommen sind noch heute reich und glücklich.

J.B. Klein 359

4. Der höllische Seuchendämon – Besessene

780. Der Teufel in der Schafherde zu Ulflingen.

Etwa vor hundert Jahren lebte zu Ulflingen ein wohlhabender Ackersmann, der mit dem besten Erfolg Viehzucht trieb. Seine vortreffliche Schafherde war in der ganzen Umgegend berühmt. Da auf einmal fingen seine Schafe an, trotz der guten Pflege und Sorgfalt, welche er ihnen angedeihen ließ und ungeachtet der fetten Weiden, auf welche sie täglich getrieben wurden, abzumagern, so zwar, daß durchschnittlich alle acht Tage ein Stück der Herde fiel. Der Bauer wandte sich an die geschicktesten Tierärzte, aber keiner wußte Rat.

Eines Tages kam der Schäfer zu seinem Herrn und erzählte ihm, daß er schon eine Zeitlang jeden Abend bei der Dämmerung, wenn er die Schafe in den Stall treibe, einen schwarzen Widder unter der Herde erblicke, was um so auffallender sei, da noch niemals ein schwarzes Schaf sich unter seiner Herde befunden habe. Gegen Abend, als die Herde bereits eingetrieben worden war, begab sich der Gutsbesitzer in Begleitung seines Schäfers in den Stall, um das fremde Schaf aus der Herde herauszuholen und es möglicherweise seinem rechtmäßigen Besitzer wieder zuzuführen. Doch in dem Augenblick, wo sie im Begriff standen, das schwarze Tier zu ergreifen, tat es einen mächtigen Sprung in die Höhe und stürzte mit donnerähnlichem Getöse aus dem Stall, einen abscheulichen Schwefelgeruch zurücklassend. Einige vor der Tür befindlichen Knechte wollen das schreckliche Tier gesehen haben, wie es in Gestalt des wahrhaftigen Gottseibeiuns, versehen mit großen Hörnern und langem Schwanz, mit rasender Schnelligkeit davoneilte.

Auf Anraten des Herrn Pfarrers wurde von nun an jeden Morgen die Schafherde beim Austreiben mit Weihwasser besprengt und sieh! das Sterben in der Herde hörte auf und die Schafe gediehen wieder vortrefflich wie vordem.

Zollbeamter J. Wolff

781. Der vom Teufel besessene Soldat.

Als anfangs dieses Jahrhunderts die Russen ihre Durchzüge durch unser Land nahmen, war auch ein Bataillon in Brachtenbach einquartiert.

Die Bewohner der von Brachtenbach entfernt gelegenen Mühle wurden nun eines Abends aufgeweckt, und als der Müller öffnete, stand ein rus-

sischer Soldat auf der Schwelle, welcher Begleitung bis ins Dorf forderte. Der Müller erklärt sich bereit, selbst mit ihm zu gehen. Nachdem sie ungefähr hundert Meter von der Mühle entfernt waren, zog der Soldat seinen Säbel und fing an, vor sich in der Luft zu fechten. Dem Müller standen die Haare zu Berge; er ermannte sich aber und fragte seinen Begleiter nach der Ursache seines Handelns. »Seht Ihr den Schwarzen
denn nicht?« erwiderte der Soldat, »seht, wie er nach mir greift; er hat 360
Haare wie ein Ziegenbock.« Immer heftiger wurde das Fechten, immer langsamer der Schritt des Soldaten. In der Nähe von Brachtenbach hörte er jedoch mit Fechten auf und steckte den Säbel in die Säbeltasche. Der Müller aber bekreuzte sich und ging nach seiner Mühle zurück in der festen Überzeugung, einen vom Teufel Besessenen begleitet zu haben.

Greg. Spedener

782. Das vom Teufel besessene Mädchen zu Kontern.

In Kontern wurde einem Bauern Birnen gestohlen, welche vom Baum gefallen waren. Wütend rief der Bauer: »Ich wollte, der Dieb hätte so viele Teufel im Leib, als er mir Birnen gegessen hat!« Das Mädchen, welches die Birnen während der Kuhweide auf dem Felde unter dem Baum aufgelesen und gegessen hatte, war von der Stunde an vom Teufel besessen. Wohnte das Mädchen der Messe bei und fing der Geistliche zu predigen an, dann stand es auf und rief: »Glaubt nicht, was der Pfaff spricht, es ist lauter Lüge!« Der Geistliche brauchte dann nur zu sagen: »Satan, schweig, ich gebiete dir's!« und das Mädchen schwieg.

Erasmy

5. Das Verschwören und das böse Fluchen

783. Die untreue Braut.

Ein reiches Mädchen aus Helfant hatte versprochen, einen Schiffer zu heiraten und dabei gesagt: »Wenn ich dich nicht hole, so soll mich der Teufel holen.« Sie heiratete ihn jedoch nicht, sondern einen Kaufmann. Als man am Tage der Hochzeit beim festlichen Mahl saß und tanzte, trat ein feiner, schwarzgekleideter junger Mann herein und bat um die Erlaubnis, mit der Braut tanzen zu dürfen. Man gestattete es gern. Als beide jedoch einige Male rund um den Saal getanzt waren, flogen sie plötzlich zum Fenster hinaus und verschwanden. Auf dem Wege von Helfant bis Ersingen haben später Leute die Braut einsam wandeln sehen. Manche behaupten, sie seien so nahe herangekommen, daß sie die goldenen Schuhschnallen der Braut hätten leuchten und die Braut selbst hätten weinen sehen.

784. Der Flucher zu Bissen.

Einige junge Burschen von Bissen hüteten einst die Pferde auf dem Feld und spielten zum Zeitvertreib Karten; ein Centime war der Einsatz. Über eine Weile bemerkten sie, daß ein Centime im Einsatz fehle, und es entstanden Streitigkeiten, da keiner den Centime ersetzen wollte. »Wenn ich nicht eingesetzt habe,« rief einer, »so soll mich der Teufel holen!«
361 Bald nachher kam ein stattlicher Herr dahergeritten, näherte sich den Spielern und ergriff den Lügner und Flucher beim Schopf, um ihn zu sich aufs Pferd zu ziehen. Da schrie der Angegriffene: »Laß mich los oder ich schlag dich des Teufels!« Aber alles Geschrei half nichts; der Reiter wollte seine Beute nicht fahren lassen. Da lief einer der Kameraden herzu und warf dem Gefangenen seinen Rosenkranz um den Hals. Nun ließ ihn der Fremde los und ritt seinen Weg.

Sogleich nahmen die Burschen ihre Pferde zusammen und wollten nach Hause fahren; aber der Weg war ihnen versperrt von einer Schar schwarzer Hunde. Auf einem Umweg erreichten sie das Dorf. Zu Hause angekommen, hatte der Schuldige noch kaum Zeit, die hl. Sterbesakramente zu empfangen, dann starb er vor Schrecken, denn es war außer Zweifel, daß der Teufel selbst es war, der den Flucher beim Schopf hatte.

J.B. Klein, Pfarrer, nach einem Manuskript von P. Bies, Pfarrer

785. Der Heringer Teufel.

Vor etwa siebzig Jahren war es noch Sitte, die Pferde auf die Weide zu treiben und sie die ganze Nacht hindurch weiden zu lassen. So geschah es einst, daß mehrere Hüter zusammen aus einem Kleefeld nächst dem Heringer Schloß im Ort genannt op Hergen (Bann Waldbillig), die Pferde hüteten. Man hatte sich um ein Feuer gesetzt. Neben dem Kleefeld befand sich ein Kornfeld. Eines der Pferde war wiederholt von seinem Hüter aus dem Kornfeld getrieben worden. Als es nun wieder auf dasselbe hinübergegangen war, sprang der Hüter auf und trieb es ins Kleefeld zurück mit den Worten: »Wenn du nochmals hingehst, soll dich der

Teufel holen, sollte es auch der Heringer Teufel sein!« Da kam von der Seite des Schlosses her ein Bock durch die Luft, der trieb sich auf dem Feld herum, indem er fortwährend Feuer spie.

Mitteilung des Lehrers Franck zu Waldbillig

786. Der Teufel in Gestalt eines schwarzen Hundes.

Eines Abends weideten mehrere Männer und Jünglinge aus Eppeldorf ihre Pferde in dem Eppeldorfer Gröndchen, einem Tal zwischen Ermsdorf und Eppeldorf, auf dem rechten Ufer der weißen Ernz. Sie zündeten ein Feuer an, um welches sie sich lagerten und von allerlei erzählten. (Nach andern spielten sie Karten.) Vom Erzählen kam es zum Fluchen, ja einer von ihnen ging so weit und fluchte den Teufel aus der Hölle. Kaum war das Wort ausgesprochen, da kam aus dem nahen Wäldchen ein großer, schwarzer Hund und legte sich vor sie hin. Angst ergriff alle; nur der, welcher den Teufel gerufen hatte, blieb kaltblütig. Ja er ging so weit, daß er den Hund mit der Peitsche fortjagen wollte. Seine Kameraden aber wehrten seinem Tun und nahmen Zuflucht zum Gebet. Sogleich machte der unheimliche Gast sich auf und schlug den Weg zum Wäldchen wieder ein. Dort angekommen, entstand ein Geräusch, daß man meinte, alle
Bäume würden aus den Wurzeln gerissen werden, und ein pestartiger 362
Gestank erfüllte die ganze Gegend. Die Pferdetreiber aber gerieten in einen solchen Schrecken, daß sie sogleich ihre Pferde zusammentrieben und den Weg nach Hause einschlugen.

787. Der bestrafte Meineid.

Einst leistete jemand, so erzählt man zu Wilz, einen falschen Eid, indem er hinzufügte: »Wenn das, was ich sage, nicht wahr ist, soll der Teufel mir alle Haare auf meinem Kopfe holen!« Bei seiner Rückkehr nach Hause kamen bei einem Wäldchen soviel Teufel, daß jeder nur ein Haar auszureißen brauchte. Des Unglücklichen Kameraden hörten ihn schrecklich schreien. Noch lange lebte der Arme ohne Haar auf dem Kopf, was jedermann sehen konnte.

788. Eine Frau hat den Teufel gesehen.

Eine Frau aus Straßen, die gesagt hatte, es kämen keine Teufel auf die Erde, es seien deren genug auf derselben, ging einst in der Nacht über einen Weg. Da sah sie einen Mann vor sich, der trat plötzlich zu ihr; sein Gesicht war schwarz, seine Augen feurig; es ist der Teufel gewesen. »Jesus, was ist das?« rief die Frau und der Teufel verschwand.

Die Frau behauptet fest und steif, es sei der Teufel gewesen.

789. Die Kartenspieler im Ernztal.

In einem Dorf im Ernzertal[1] saßen eines Sonntags mehrere Bauern beim Kartenspiel. Es läutete zur Vesper; die Spieler rührten sich nicht. Die Wirtin machte ihnen Vorstellungen darüber. Einer der Spieler erhob sich wirklich, um sich ins Gotteshaus zu begeben. Die andern aber spotteten seiner derart, daß er voll Ärger laut ausrief: »Nun, ich will mitspielen, so lang es geht, und der Teufel hole den, der zuerst zu spielen aufhört!« Die andern stimmten bei und wollten eben die Partie beginnen, als sie hinter sich einen Fremden in grüner Jägertracht erblickten. Der Fremde bat, mitspielen zu dürfen, und man gewährte es ihm. Das Spiel ward bald hitzig; der Fremde verspielte ungeheure Summen und schon lagen ganze Haufen Goldes auf dem Tisch. Die Nacht bricht an, sie spielen; der Morgen graut, sie spielen noch, eingedenk des fürchterlichen Schwures, den sie getan. Die Frau des Wirtes bemerkte die Angst der Gäste und beobachtete genau den fremden Herrn. Aber wie erschrak sie, als sie sah, daß der rechte Fuß des Fremden einem Pferdefuß glich! Gleich eilte sie zum Pastor und bat um Hilfe, denn sie war überzeugt, daß ihre Gäste in der Gewalt des Teufels seien. Der Pastor, ein kluger Mann, begab sich ins Wirtshaus zu den Spielern und nachdem er den fremden Jäger betrachtet und von dem unbesonnenen Schwur der Spieler gehört hatte,
363 begehrte er, mitspielen zu dürfen. Man gestattete es ihm, wie sehr sich auch der Fremde dagegen sträubte. Nachdem der Pastor einige Partieen mitgespielt hatte, ergriff er eines der Goldstücke des Fremden, tat einen Spruch darüber, und das Gold verwandelte sich in eine Scherbe. Gleich warf er die Scherbe auf den übrigen Haufen, und sieh! es wurden daraus ebenfalls lauter Scherben. Der Pastor schalt den Fremden einen Betrüger, der unwürdig sei, länger mitzuspielen, und zwang ihn, die Karten niederzulegen. Darauf erhob sich der würdige Mann und rief mit lauter Stimme: »Vade retro, Satanas!« Und auf der Stelle fuhr der vermeintliche Jäger durchs offene Fenster davon, einen unausstehlichen Schwefelgeruch hinterlassend. Die Spieler aber waren von ihrer Sucht geheilt und wurden fromme Christen.

1 Es ist Ermsdorf; jedenfalls wird dort eine ähnliche Sage erzählt.

J.B. Klein, Pfarrer, nach einem Manuskript
von N. Steffen

790. Die vier Kartenspieler zu Merzig.

A. Vier Kartenspieler, drei von Merzig und einer aus Feulen, saßen einst in einem Hause zu Merzig (das Haus hieß und heißt noch heute Trâpen) und spielten Karten. Da ihnen das nötige Geld fehlte, so wurden sie unter sich einig, einen Bund mit dem Teufel zu machen, daß, wenn er ihnen viel Geld gebe, er denjenigen bekomme, der zuerst des Spielens müde und damit aufhören werde. Gesagt, getan. Der Teufel erschien in der Gestalt eines großen, schwarzen Hundes und hatte einen Sack voll Bemen (Gold- oder Silberstücke) bei sich. Er legte sich mit dem Geld unter den Tisch und wenn einer von den Spielern sein Geld verspielt hatte, so erhielt er dessen von dem schwarzen Hund. So spielten sie schon drei Tage und drei Nächte in einem fort, als Herr Feltgen, damals Kaplan in Grosbus, einem Nachbarsdorf von Merzig, davon hörte und kam, um die besessenen Spieler vom Teufel zu befreien. Er gesellte sich zu denselben, indem er sprach: »Mech mat oder d'Spill z'rass« (mich mit oder das Spiel zerrissen). Sie ließen ihn mitspielen. Als er einige Spiele mitgemacht hatte, warf er die Karten über den Tisch, indem er rief: »Ich spiele nicht mehr mit, ich bin's müde!« Da floh der Teufel in aller Eile zum Fenster hinaus, indem er dasselbe mitwegnahm. Der Sack mit den Bemen versank sieben Dünnen (Balken) tief in den Boden. Der Gestank, den der Teufel zurückließ, war unnatürlich und es soll bis heute noch fortstinken.

Mitteilung des Lehrers Ahnen zu Niederfeulen

B. Es ist schon lange her, da spielten in einem Hause zu Merzig mehrere Zecher Karten. Einer derselben, welcher schon sehr viel gewonnen hatte, sagte zu den übrigen Spielern: »Wißt, es ist schon spät in der Nacht, wir endigen jetzt das Spiel, ein andermal könnt ihr ja zurückgewinnen, was ihr jetzt verloren habt.« – »Was«, schrieen die anderen, »das Spiel wird nun einmal durchgesetzt, mag es gehen, wie es immer will.« Ob dieser Worte wurde der Gewinner in Zorn versetzt und rief mit lauter Stimme
aus: »So sei es; doch der erste, der gesonnen ist, aufzuhören, den soll auf 364
der Stelle der Teufel holen!« Kaum hatte er diese Worte gesprochen, als das Haus erdröhnte. Die Spieler waren wie außer sich vor Schrecken und ehe sie sich besonnen, saß der leibhaftige Teufel unter dem Tisch. Was machen? Das Spiel endigen? Keiner wagte es. »Laßt uns den Herrn Pastor

rufen,« schlug da einer vor, »dann wird der Teufel das Feld räumen müssen.« Der Vorschlag gefiel und der Pfarrer war sogleich zur Stelle. »Spielt nur immer weiter,« sagte dieser, »ich will helfen.« Kaum aber saß er, als er alle Karten auf den Tisch schleuderte, indem er ausrief: »Ich bin nicht mehr mit!« Sobald er das gesprochen, geschah ein gewaltiger Krach und im Nu war der Teufel durchs verschlossene Fenster verschwunden. Noch heute zeigt man in Merzig das Haus, aber im Loch steht kein Fenster, sondern eine Lade; denn, so oft man ein gläsernes Fenster anbrachte, war es über Nacht wieder verschwunden.

791. Die Kartenspieler zu Straßen.

Zu Straßen in Lorangshaus hatten sich an einem Sonntag vier Männer zusammengefunden, um Karten zu spielen. Um recht lang zu spielen, hatten sie sich mit der Drohung hingesetzt: »Wer zuerst aufhört, den soll der Teufel holen!« Kaum aber hatten sie angefangen zu spielen, als sie unter dem Tisch einen großen, schwarzen Hund sahen. Es war für sie kein Zweifel: das war der Teufel, der in Gestalt eines Hundes unter dem Tisch lauernd harrte, wen von den vieren er holen sollte. In der größten Angst spielte man weiter, spielte die ganze Nacht hindurch und den ganzen folgenden Tag; keiner wollte zuerst aufhören. So spielten sie mit wirrem Blick, wie besessen, drei Tage lang. Da hörte der Pastor von den vier unglücklichen Männern; schnell gefaßt trat er ins Haus und setzte sich an den Tisch, indem er bat, mitspielen zu dürfen. Nachdem er einigemal mitgespielt hatte, warf er die Karten hin und rief: »Ich spiele nicht mehr mit!« Er hatte also zuerst aufgehört. Da fuhr der Hund unter Geheul und furchtbarem Lärm zum Fenster hinaus, das er teilweise fortriß und zertrümmerte.

6. Teufelssteine

792. Die Deiwelsleh zwischen Diekirch und Ettelbrück.

Auf der Haard zwischen Diekirch und Ettelbrück befindet sich die Deiwelsleh (Teufelsfelsen), wo sich der Teufel aufzuhalten pflegte; und noch heute soll in dem Felsen die Fußstapfe des Teufels abgedrückt sein.

793. Die Teufelslei bei Gilsdorf.

Im achten oder neunten Jahrhundert war auf dem Gilsdorfer Berg ein Dianenaltar. Am Hügel liegt noch ein Stein, der vier bis fünf Meter groß 365
war, und auf dem allerlei Figuren waren: Menschenköpfe, Menschenhände und -füße, Tierfüße, durcheinander. Dieser Stein war, als beim Eindringen des Christentums der Altar zerstört wurde, als Bruchstück desselben liegen geblieben. Man nannte ihn Teufelslei.

794. Die Teufelslay zwischen Tadler und Gösdorf.

An der Sauer zwischen Tadler und Gösdorf erhebt sich ein hoher, zackiger Fels, Teufelslay genannt. Mitten in der Teufelslay springt eine kegelartige Erhöhung hervor, die man Predigtstuhl nennt. Hart an der Teufelslay befindet sich die Jaaslay, an deren Fuß die Sauer einen tiefen Tümpel bildet.

Diese beiden Felsen wimmelten immer von giftigem Gewürm. Das Volk glaubt, die Teufelslay sei behext. Nie ließen die Leute das Vieh an diesem Felsen grasen; Gras, das dort gerupft und gemäht worden war, wagte man nie, den Tieren vorzulegen. »Was rein ist«, sagten die Leute, »soll rein bleiben.« Man erzählt, es habe einst ein Weib in dieser Lay gewohnt, das man nie aus- und eingehen sah und von dessen Herkunft niemand etwas wußte. Auch Hexen haben einst in dieser Lay gehaust. Man wußte nie, wie sie ein- und ausgingen; sie setzten über Büsche und Bäume hinweg. Warf man einen Stein in das Gebüsch des Felsens hinein, so erscholl lautes Gelächter.

J. Prott, Pfarrer

795. Der Teufelstritt zu Steinsel.

Auf dem Weg von Steinsel nach Kopstal, welcher durch die Waldungen der Gemeinde Steinsel führt, befindet sich jenseits »Rellend« in einem Felsen ein Tritt, genannt Teufelstritt. Derselbe hat die Größe eines Menschentrittes. Nach der Sage der Steinseler Einwohner soll dieser Tritt vom Teufel dahin getreten worden sein.

Luxemburger Land, 1884, Nr, 4

796. *Der Grauenstein bei Grevenmacher.*

Der Grauenstein, früher ein großer Steinblock, jetzt in mehrere kleine zerteilt, liegt auf einer Anhöhe, dicht am Weg von Grevenmacher nach Manternach. Auf dessen Oberfläche sieht man viele von Wind und Regen entstandene Vertiefungen, die Tiertritten mehr oder weniger ähnlich zu sein scheinen. Dieser Grauenstein soll, einer alten Sage zufolge, vom Teufel an diese Stelle gebracht worden sein.

Einst ward dem Satan berichtet, man baue in Trier ein Lusthaus, das ihm besonders geweiht werden sollte. Darüber erfreut, nahm der Böse einen sehr schweren Stein auf eine Hotte, den er der Mosel entlang selbst nach Trier tragen wollte, damit derselbe als Grundstein zu dem neuen Gebäude verwandt würde. In der Gegend von Grevenmacher angekommen, wurde ihm von einem Reisenden mitgeteilt, man habe ihn prellen
366 wollen, denn der neue Bau zu Trier werde nicht ein Lusthaus, sondern eine Kirche und zwar ein Dom. Darüber ergrimmt, trug der gefoppte Teufel den Stein mitten durch die Stadt hinauf auf den Berg, wo er noch heute zu sehen ist. Ehe er von demselben wegging, tanzte er wie wütend darauf. Die auf dem Stein sichtbaren Vertiefungen werden von jedermann als Tritte bezeichnet, die der Teufel beim Tanzen hineingedrückt habe. Weil es dem nächtlichen Wanderer beim Vorübergehen an diesem Steine unwillkürlich graute, nannte man denselben Grauenstein, welchen Namen später der ganze Berg erhielt.

Andere erzählen: Die Teufel sollten ein Haus zu Trier bauen. Ein Teufel ging eine Wette ein, um zwölf Uhr mittags mit einem großen Stein zu Trier zu sein. Als der Teufel auf der Heerstraße am Orte Grauenstein ankam, läutete zu Manternach die Mittagsglocke – zwölf Uhr und noch vier Stunden von Trier entfernt! Er warf den Stein zu Boden und tanzte drauf vor Ärger.

Nach andern sollen die Zeichen auf dem Grauenstein, die man als Spuren von des Teufels Fußtritten ansieht, daher rühren, daß der Teufel auf demselben vor Freude tanzte, als er eine arme Seele bekommen hatte.

Vorzeiten ging das Gerücht, unter dem Grauenstein liege Geld verborgen. Französische Veteranen glaubten das und sprengten den Stein, fanden aber nichts.

Auch spricht man von einer nächtlichen Erscheinung am Grauenstein, dem Grauensteinsmännchen, das dort oft gesehen worden sein soll. Noch heute ist man der Meinung, daß es dort spuke, und empfiehlt den Reisenden, sich nicht zu verspäten, um nicht von dem Grauensteinsmännchen überrascht zu werden.

Mitteilungen des Prof. N. van Werveke und der Lehrer Wagner und Oswald 367

X

Zauberer und Zauber

1. Hexenmeister

797. Der Geiger von Echternach.

Zu den Zeiten des hl. Willibrord war ein Jüngling aus Echternach, namens Veit, seiner außerordentlichen Größe wegen der lange Veit genannt, der kürzlich zum Christentum übergetreten war, mit seiner jungen Frau, die ebenfalls Christin geworden war, nach dem hl. Lande gepilgert. Schon waren zehn Jahre seit ihrer Abreise verflossen und da keinerlei Kunde von ihnen nach Echternach gelangte, so teilten die Anverwandten, in der Meinung, sie seien gestorben, alle ihre Güter unter sich. Groß war also ihr Staunen, als am Ostertag des Jahres 729 der lange Veit plötzlich in Echternach wieder auftauchte. Aber auf seinem sonst so heiteren Gesicht hatte sich Trauer gelagert; denn seine teure Begleiterin war von den Sarazenen gemordet worden. Arm kehrte er zurück und besaß nichts als ein seltsames, allen unbekanntes Instrument, eine Art Geige.

Als Veit seine Güter zurückforderte, beschlossen seine Anverwandten, ihn anzuklagen, er habe seine Frau ermordet. Tags darauf traten sie offen mit ihrer Anklage auf und drei der kräftigsten von ihnen erboten sich, nach der Sitte der damaligen Zeit, durch Zweikampf die Richtigkeit ihrer Aussage zu erhärten. Am Pfingstmontag fand der Zweikampf statt; schon beim ersten Gange ward Veit zu Boden geworfen und, des Gegners Fuß auf der Gurgel, mußte er sich für besiegt erklären. So wurde er denn des Mordes schuldig befunden und verurteilt, am folgenden Tage gehängt zu werden.

Veit erbat sich als letzte Gnade, auf seinem Todesgang seine Geige mitnehmen zu dürfen, und schon stand er auf der Leiter, am Fuß des Hügels, wo heute die Pfarrkirche sich erhebt. Der Galgen war umdrängt von zahlreichen Zuschauern. Da erfaßte Veit den Fiedelbogen und entlockte seiner Geige so helle Töne, daß die Menge erstaunt und tief erschüttert aufhorchte. Auf die Klagetöne erklang es aus dem wunderbaren Instrument wie Schluchzen und Tränen, bei denen die Menge wie außer sich geriet, die Hände rang und irre Blicke warf. Der Henker, der oben auf der Leiter stand, wankte, ließ das verhängnisvolle Seil fallen und mußte, da er sich nicht mehr oben zu halten vermochte, verwirrt herab-
371 steigen.

Indessen spielte Veit immerfort; unter seinem leicht und rasch dahingleitenden Fiedelbogen schienen Funken hervorzusprühen, und die wie angewurzelt horchende Menge umher war ganz unter dem Einfluß des gewaltigen Geigers, der plötzlich mildere, himmlische Akkorde hervorzauberte: es war ein Gebet, das aus dem verzauberten Instrument zum Himmel emporstieg. Die Zuschauer lagen auf den Knieen, Veits Lippen bewegten sich, er betete, aus seinen großen, blauen, zum Himmel erhobenen Augen flossen Tränen. Und Gott erhörte des armen Geigers Gebet, wandte sein Antlitz ab von der verbrecherischen Menge und gab ihm seine Ankläger preis. Da plötzlich, von wilder Begeisterung ergriffen, raste Veit mit dem Fiedelbogen über sein Instrument und hüpfende, hinreißende Töne erklangen bezaubernd weithin. Wie von unsichtbarer Hand emporgehoben, stand alles Volk aufrecht und begann sich im Tanze zu bewegen, anfangs ruhig und gemessen, dann aber immer schneller und schneller, bis sich zuletzt alles in rasendem Tanze drehte. Männer und Frauen, Greise und Mädchen, Väter und Kinder, alles tanzte. Veits Verwandte und mit ihnen die Richter tanzten um die Leiter, der Henker tanzte unter dem Galgen. Die von den Weideplätzen heimeilenden Haustiere begannen ebenfalls zu tanzen. Alles, was in und um Echternach lebte, ward von der Tanzwut ergriffen.

Da stieg, immer fiedelnd, der Geiger von der Leiter herab, schritt durch die Menge, die unvermögend war, ihn festzuhalten, und entfernte sich langsam. Noch hörte man eine Zeitlang die Töne der Zaubergeige aus der Ferne erklingen, Veit aber war verschwunden und nie mehr hat man ihn in der Gegend wiedergesehen.

Ganz Echternach tanzte bis zum Sonnenuntergang; die achtzehn Verwandten Veits aber tanzten, so lautet die Sage, unablässig ein Jahr lang um die Leiter. Schon waren sie bis an die Knie in die Erde hineingetanzt, als der hl. Willibrord zu Utrecht davon Kunde erhielt, schnell herbeieilte und sie vom Zaubertanz befreite.

Nach J. Collin de Plancy, abgedruckt in der Luxemburger Zeitung, 1858, Nr. 121

798. Veit der Zauberer.

Wer kennt nicht den berüchtigten Zauberer Veit, der vor vielen, vielen Jahren in unseren Gauen seinen Spuk trieb? An verschiedenen Orten des Landes tauchte er auf; auch in der Umgegend von Berdorf soll er gehaust haben. Er trug einen Zaubergürtel um die Lenden, vermittelst

dessen er die verschiedenartigsten Verwandlungen vornehmen konnte, so z.B. verwandelte er sich bald in einen Baumstamm, bald in eine Bank usw. Sein besonderes Wohlgefallen war, den Butterfrauen einen Schabernack zu spielen. Wenn dieselben ihre mit Butter, Käse und Eiern gefüllten Körbe zu Markt trugen, täuschte sie der listige Veit, indem er sich in Gestalt eines Baumstammes, eines schweren Steines oder einer Bank
372 dicht an den Weg legte, um die müden Weiber zum Sitzen einzuladen. Jedoch diese Ruhe sollte den armen Marktfrauen übel bekommen, denn auf einmal purzelten sie samt ihren Körben zu Boden und der Inhalt rollte und kollerte im Staub, während Veit sich mit höhnischem Gelächter entfernte.

Zu verschiedenen Malen eingefangen und verurteilt, durch Henkershand den Tod zu erleiden, wußte Veit stets dem Verderb zu entkommen. Hatte man ihn aufs Hochgericht geschleppt und ihm den Strick bereits um den Hals gelegt, so hing auf einmal ein Bund Stroh da. Schließlich verfiel man auf den Gedanken, den alten Zauberer rückwärts zum Galgen zu führen und ihn mit seinem eigenen Zaubergürtel zu hängen. Dies gelang und die Gegend war von dem Unheilstifter befreit.

P. Wolff

799. Der Zauberer Veit.

In dem eine halbe Stunde weit unterhalb Echternach, ganz in der nordwestlichen Ecke des Steinheimer Waldes gelegenen Ort »Wann« befinden sich drei merkwürdige Felsen: die Veitslei, das Veitsloch und die Veitskammer. Dieser Ort war, wie die Sage berichtet, der Aufenthalt des berüchtigten Zauberers Veit, der hier im Steinheimer Wald sowie auch in der ganzen Umgegend seine tollen Streiche spielte. Vermittels eines Zaubergürtels, den er um die Lenden trug, konnte er sich in jede beliebige Gestalt verwandeln, je nachdem der Streich war, den er ausführen wollte.

Ein besonderes Vergnügen fand er daran, die Kraut sammelnden Weiber im Steinheimer Wald zu necken. Kamen diese müde und keuchend mit schwerbeladenen Hotten daher und suchten nach einem geeigneten Platz, um auszuruhen, dann geschah es zuweilen, daß sie am Rand des Weges einen Baumstamm liegen fanden, der sich prächtig zum Sitzen eignete. Doch sieh da! während sie sich niedersetzten, rollte der tückische Stamm unter ihnen weg und sie fielen rücklings mit ihren Hotten zur Erde nieder. Dann sprang plötzlich der Zauberer Veit neben ihnen auf, lachte, daß er sich die Seiten hielt, und sagte spöttisch: »Jetzt könnt ihr sagen, ihr hättet auf dem Veit gesessen.«

Ein Mann aus Steinheim kehrte einst in später Nacht durch den Krimmeter Pfad von Echternach nach Hause zurück. Als er ungefähr noch einige hundert Schritt vom Krimmeter Kreuz entfernt war, hörte er hinter sich oder, wie andere berichten, von oben aus der »Wann« her, mit hohler, gespensterhafter Stimme rufen: »He! wart ein wenig, ich geh mit!« Es grauste dem Manne; allein er blieb stehen und sprach: »Nun, so komm!« Und sieh da! plötzlich saß auf seinen Schultern ein Reiter von ungeheuer schwerer Last, den er keuchend an dem Krimmeter Kreuz vorbei bis in die sogenannten »Lossen« oder, nach einem andern Bericht, bis zu dem hart am Eingang von Steinheim befindlichen Theisebur tragen mußte. Das soll nach der Meinung einiger Leute wiederum der schalkhafte Veit gewesen sein. 373

Veits tolle Streiche wurden zuletzt dem Hochgericht von Echternach bekannt, welches sogleich Häscher aussandte, um ihn gefangen zu nehmen. Nach langem Suchen gelang es denselben endlich, den Zauberer zu erhaschen. Schon legten sie ihm die Ketten an, um ihn zu binden, da stand plötzlich zwischen ihnen ein wilder Dornstrauch, der mit Ketten behangen war und dessen Dornen ihnen tief in die Finger drangen. Bald darauf wurde Veit ein zweites Mal gefangen genommen. Diesmal ließ er sich von den Häschern binden und vor das Hochgericht, ja sogar bis an den Galgen führen. Als der Henker ihm aber den Strick um den Hals legte, sprach er spöttisch: »Was nützt es, mich zu hängen? Wenn ihr mich hängt, so hängt ihr nur ein Bündel Stroh!« Und wirklich, als man den Zauberer hinaufgezogen hatte, hing nur ein Bündel Stroh an dem Galgen. Die Herren des Hochgerichts ließen aber nicht zweimal mit sich spassen. Als es ihnen gelang, den Hexenmeister ein drittes Mal einzufangen, da ließen sie einen Scharfrichter von Trier kommen, der in allem, was die Behandlung von Hexen und Hexenmeistern betraf, wohl erfahren war. Dieser untersuchte den Zauberer von oben bis unten und nahm ihm geschickt, ehe dieser sich es versah, den Zaubergürtel ab. Nun war des Zauberers Macht gebrochen. Er wurde aufgehängt und diesmal hing der wirkliche Veit am Galgen.

Lehrer M. Bamberg zu Steinheim

800. Vom alten Tollchen von Itzig.

Es geht das Gespräch im Dorfe Itzig, Tollchen, ein sehr alter Mann, habe mit dem Gottseibeiuns im Bunde gestanden. Man erzählt von demselben folgendes:

A. Ein Bauer von Itzig brachte einst dem Hufschmied Kohlen aus dem Sandweiler Wald. In »Rahloch« wollte das Pferd nicht über die dortige Brücke gehen. Alles Schlagen und Drängen beider Männer half nichts. Der Bauer wandte das Pferd um und wollte wieder nach Sandweiler fahren. Das Pferd folgte und ging, als wäre nichts vorgefallen. Beide Männer gingen so einige hundert Meter rückwärts, um über Kontern nach Hause zu fahren. Da sie sahen, daß dem Pferd nichts fehle und der Weg über »Blören« kürzer sei, mußte der Gaul wieder zurück nach der verhängnisvollen Brücke. Auch diesmal sträubte sich das Pferd. Es mußte ausgespannt werden und beide Männer drückten den Karren über die Brücke, kaum einen Meter weit. Dann wurde das Pferd wieder angespannt und ging munter nach Hause.

Abends erzählte der Schmied das Vorgefallene in der Ucht und sagte: »Das hat kein anderer getan, als der alte Tollchen.« Da schlug eine unsichtbare Hand ihm auf die Schulter und eine heisere Stimme ließ sich vernehmen: »Was sagst du von mir, du Lügenmaul?«

B. Einst kam ein Mann mit einem Postpferd denselben Weg von Sand-
374 weiler nach Itzig. Als er auf »Blören« ankam, sah er einen großen Graben
mitten im Weg. Das Pferd stutzte, bäumte sich auf und ging nicht vorwärts. Der Mann mußte einen Umweg über »Schakent« machen, um
nach Hause zu gelangen. Als er am andern Tag wieder zu derselben
Stelle kam, war von einem Graben nichts mehr zu sehen.

C. Ein andermal kam derselbe Mann in Begleitung eines Freundes von der Gantenbeinmühle über Asselt. Hier hörten beide ein Geräusch, als ob hundert Reiter den Berg auf und ab ritten. Sie schauten überall hin, konnten aber nichts bemerken. Des andern Tages gingen beide Arbeiter wieder an dieser Stelle vorbei, konnten aber keine Spur von Pferdetrappen entdecken.

D. Ein alter Mann vernahm oberhalb des Hesperinger Kirchhofes im Itziger Wald ein ähnliches Geräusch, diesmal aber klang es, als ließe man Fuderfässer den Berg hinunter gegen die Bäume laufen.

E. Ein Musikant kam einst in später Nacht von der Sandweiler Kirmes. Beim »Stöckelter Moor« sah er vier Kartenspieler dicht neben dem Weg sitzen und jeder hatte einen großen Haufen Geld vor sich. Der Musikant fürchtete sich sehr, kehrte um und ging über Kontern nach Itzig. Auch andere Leute sahen die Kartenspieler. Tollchen war ebenfalls von der Partie.

F. Tollchen wurde eines Samstagsmorgens mit einer zweispännigen Kutsche fortgeführt, nachdem die Glocken zum Hochamt abgeläutet hatten. Niemand weiß, wo er hingekommen ist. Es sollen noch nicht hundert Jahre sein; ältere Leute von Itzig haben ihn gekannt.

Zollbeamter J. Wolff

801. Bachtellchen und sein Ende.

Bachtellchen von W. war in der ganzen Moselgegend als ein schlimmer Gauner bekannt und gefürchtet. Er gebot als Hauptmann über eine zahlreiche Diebesbande, welche alle Wege und Stege unsicher machte.

Man erzählt von ihm außer vielen Raubgeschichten, die alle seine Verschmitztheit an den Tag legen, manche Züge großer Unerschrockenheit, wodurch er bei dem Volk als ein mehr denn natürliches Wesen gehalten und gescheut wurde.

Als Bachtellchen einmal im Winter, da die Mosel nur noch mit einer dünnen Eisdecke überzogen war, über den Fluß zu gehen wagte, rieten ihm seine Spießgesellen ängstlich davon ab, weil das Eis sicher unter ihm einbrechen und er ertrinken werde. Bachtellchen dagegen verlachte sie und sagte: »Wer zum Hängen bestimmt ist, wird nie ertrinken!« Er schritt mutig vorwärts und gelangte glücklich ans andere Ufer. 375

Ein andermal, da er, eingefangen, zur Folter verurteilt wurde, damit er seine bösen Taten und Mithelfer offenbare, hatte er sich für den Fall, daß er die Folterqualen überstehen würde, einen Häringssalat ausbedungen. Er hielt wirklich die größten Torturen aus und vergaß nicht, nach überstandener Pein den versprochenen Salat zu fordern. Als man ihn später fragte, wie ihm auf der Folter zumute gewesen, antwortete er: »Ei, schlecht genug! Man hatte mir alle Gelenke so sehr auseinandergereckt, daß ich glaubte, in jedem Gelenk ein Glas roten Weins zu sehen, dann aber krümmte man mich so schrecklich zusammen, daß ich mir ganz gemütlich einen Kuß auf das untere Ende des Rückens hätte geben können.«

Endlich schien das Maß seiner Sünden voll zu sein, als er wieder in die Hände der Polizei fiel und diesmal zum Tode verurteilt wurde. Tag und Stunde waren anberaumt und viele Zuschauer hatten sich eingefunden, um der Hinrichtung des Bachtellchen auf dem Hammberge bei Ehnen zuzusehen. Der Henker warf ihm den Strick um und gefaßt stieg Bachtellchen die Leiter zum Galgen hinan. Kaum aber baumelte er oben, als seine Gestalt sich plötzlich veränderte und statt seiner ein Bündel Stroh am Galgen hing. Die Richter und Zuschauer waren entsetzt und bekreuzten sich, wohl ahnend, daß der Teufel, dem Bachtellchen sich verschrieben hatte, hier mit im Spiele sei.

Abermals eingefangen und auf das Hochgericht geführt, ward er wieder durch den Teufel aus seiner gefährlichen Lage befreit.

Der Krug geht aber so lange zum Brunnen, bis er endlich bricht. Für Bachtellchen sollte auch einmal die letzte Stunde geschlagen haben. Nachdem einer seiner Mitgesellen ihn oft darum befragt hatte, wie er es doch mache, um immer dem Henkerstod zu entgehen, verriet er ihm das Geheimnis mit den Worten: »Solange ich bis zur Richtstätte hin die Erde unter meinen Füßen spüre, werden mich die Richter vergebens hängen.« Jener ging hin und verriet die Sache den Richtern. Sobald Bachtellchen nun wieder eingefangen wurde, brachte man ihn auf einem Karren bis zum Galgen und legte um denselben Dielen, damit er beim Aussteigen mit den Füßen die Erde nicht mehr berühre. Als Bachtellchen alle diese Anstalten sah, die zur Sicherung seiner Person getroffen waren, entfiel ihm der Mut und er rief halb scherzend, halb ernst: »Na, heut ist wohl Johanni am letzten! Nun geht es zum Teufel!« Bald schwebte er hoch oben am Balken, von dem er diesmal nicht mehr erlöst wurde.

Lehrer Linden zu Rollingen

802. Der Schmuggler zu Esch an der Alzet.

Zu Esch an der Alzet lebte seiner Zeit ein Schmuggler, der die Kunst besaß, sich in eine Dornhecke zu verwandeln. Sah derselbe sich von den Grenzaufsehern verfolgt, so verwandelte er sich plötzlich und war so den Augen der Verfolger entschwunden. Einst jedoch, als er wieder in die
376 Enge getrieben wurde und durch sein so oft erprobtes Kunststück sich zu retten glaubte, waren die Grenzaufseher ihm so dicht auf den Fersen, daß sie deutlich merkten, wie auf einmal statt des flüchtigen Schmugglers ein stattlicher Dornstrauch vor ihnen stand. In seinem Ärger riß der eine

von ihnen einen Zweig von der Hecke und der Schmuggler stand vor ihnen: der Zauber war gebrochen.

Lehrer Konert zu Hollerich

803. Der Hexenmeister zu Manternach.

Zu Manternach lebte ein Mann, der im Rufe stand, geheime Künste zu verstehen. Einst saß er vor der Haustür, als jemand mit einem Wagen vorbeifuhr. Plötzlich blieb der Wagen stehen. Man trieb die Pferde an, drückte am Wagen, aber alles war vergebens. Da rief einer: »Wart, ich werde helfen!« und schlug mit einem Stock an die Speichen eines Rades. Da sieh! der Wagen ging wieder voran, der Hexenmeister aber vor der Haustür wimmerte und rief: »O mein Bein, o mein Bein, es ist fast entzwei geschlagen!«

Lehrer Oswald zu Manternach

804. Zauberer im Weg bei Knaphoscheid.

Einst fuhr ein Dorfjunge von Knaphoscheid mit Wagen und Pferden am Dorf vorbei. Plötzlich hielt der Wagen an und trotz aller Anstrengungen war er nicht mehr von der Stelle zu bringen. Der Hausknecht, der eben zugegen war, ahnte sogleich nichts Gutes und schlug eine Speiche des hinteren Wagenrades entzwei und sieh! da war der Zauber gelöst und der Zauberer, vorher unsichtbar, fiel in Menschengestalt vom Wagen.

Zollbeamter J. Wolff

805. Der Zauberer im Escher Kanton.

Im Escher Kanton fuhr ein Mann mit zwei Pferden. Er lud immer so schwer, daß kaum drei andere Pferde die Last auf ebener Erde fortgebracht hätten. Dieser Mann aber wußte etwas mehr. Bergauf gingen seine Pferde so leicht wie bergab; auch hemmte er seinen Weg nicht bergab, wie die andern Leute es tun.

Einst kam er an einer Wiese vorbei, wo ein Mann mähte. Er sah ihn oft wetzen und sprach: »Petter, laßt mich mal für Euch schleifen (wetzen); ich sehe, Ihr könnt nicht.« Der andere war's zufrieden, und der Fuhrmann nahm seine Peitsche, fuhr mit dem Griff dreimal über die Sense und sprach: »Da, nun mäht und wetzt nicht mehr.« Und sieh! die Sense schnitt wie ein Bartmesser. Der andere ging fort und der Mäher mähte bis zum Abend und die Sense schnitt eher besser als schlechter.

Dieser Zauberer – denn das war er – begegnete auch einst drei Studenten, die, um sich einen Spaß zu machen, ihn durch ihre Künste »halten taten«. Der Fuhrmann merkte schnell, was es wäre, ging zu den dreien und sagte: »Ihr Herren, hört, laßt mich fahren.« Die Studenten aber verstanden es nicht, den Zauber aufzuheben, und schwiegen. »Nun, dann helfe ich mir selbst«, sagte der Fuhrmann, nahm eine Axt, ging zum hinteren Rad auf der linken Seite, zählte elf Speichen und schlug mit der
377 Axt dagegen, daß es krachte. »Au! au!« schrie der erste Student und lag da mit zerschlagenem Bein. Der Fuhrmann zählte weiter elf Speichen, ein Schlag und der zweite Student lag am Boden mit zerschlagenem Bein. Wieder elf Speichen und der dritte fiel. Darauf trat der Fuhrmann wieder zu ihnen und fragte sie, ob sie ihn nun wollten fahren lassen. »Wir können nicht«, war die Antwort, »wir hätten's sonst gern getan.« – »Das hättet Ihr eher sagen sollen,« sagte der Fuhrmann. »So wißt es für ein andermal, daß Ihr keinen ›halten tut‹, wenn Ihr ihn nicht wieder fahren lassen könnt.« – »Hü!« rief er und der Wagen setzte sich in Bewegung. Die Speichen, gegen die er geschlagen hatte und die entzwei gegangen, waren wieder ganz. Auch half er den Studenten wieder auf die Beine.

806. Hexenmeister zu Medernach.

Ein reicher Bauer aus Medernach fuhr einst in Begleitung seines Knechtes mit einem Wagen nach Ermsdorf. Neben dem Weg, nicht weit von Medernach, weidete ein Schäfer seine Herde. Als sie sich dem Schäfer näherten, sagte der Fuhrmann zu dem Knecht: »Jetzt will ich machen, daß diese Schafe da alle auf einmal tanzen!« – »Sollt Ihr das vermögen?« fragte der Knecht. – »Gewiß«, antwortete der Fuhrmann. Und wirklich fingen die Schafe auf einmal zu tanzen an, als ob sie närrisch wären. Der Fuhrmann fuhr noch einige Schritte voran, aber plötzlich blieben Pferde und Wagen stehen, wie wenn sie an den Boden angewachsen seien. Der Fuhrmann ergriff sogleich eine Hacke, die er auf dem Wagen hatte, und zerschlug eine Speiche an einem der Hinterräder. Da fiel der Schäfer mit zerbrochenem Bein winselnd zu Boden, und nun konnte der Fuhrmann mit seinem Wagen weiterfahren.

Lehrer N. Massard zu Medernach

807. Der behexte Teimer zu Lintgen.

Ein alter Mann aus Lintgen erzählte folgendes: Als einst ein Knecht, der aus Deutschland gekommen war, mit einem Tagelöhner aus Lintgen, der Michel hieß, an der Wiese eines Bauern ebnete, geschah es, daß der Knecht, der mit dem Teimer die vom Tagelöhner losgemachte Erde fortschaffte, diesem zurief: »Michel, sieh hier!« und da sah dieser den Teimer auf einem Rad dahinfahren. Oder: »Michel, sieh links!« und der Teimer rollte auf dem andern Rade. Bald darauf rief der Knecht: »Michel, schau rechts!« und der Teimer bewegte sich wie gewöhnlich vorwärts, während das Pferd auf dem Rücken lag, oder das Pferd schritt seinen gewöhnlichen Gang vorwärts, indes der Teimer, die Räder nach oben, folgte. Dieser Knecht war ein Schwarzkünstler, der bald das eine, bald das andere Rad unsichtbar machen und bald den Teimer, bald das Pferd auf dem Rücken gehen lassen konnte, je nach Belieben.

808. Der Hexenmeister zu Götzingen.

In den fünfziger Jahren lebte zu Götzingen ein Mann von 65–70 Jahren.
Die Leute nannten ihn de Schmétchen, wahrscheinlich weil er früher 378
Schmied gewesen war. Dieser Mann konnte die Pferde lahm und wieder gerade machen, er brauchte nur zu wissen, was für Haare die Pferde hatten. Reichten die Leute ihm kein Essen und keinen Schnaps (dies war sein Lieblingsgetränk), so konnten sie sicher sein, daß ihre Pferde lahm wurden. Schmétchen heilte sie wieder gegen ein Trinkgeld. Unter anderm erzählt man folgendes von ihm: Einst, ziemlich spät in der Nacht, trat Schmétchen mit einigen Kameraden zu Göblingen in ein Bauernhaus, genannt Bêkes, und forderte Branntwein. Der Hausherr sah, daß die Ankömmlinge des Guten mehr als genug hatten, und verweigerte den Schnaps, indem er sagte: »Kommt morgen wieder, dann bekommt ihr dessen, so viel ihr wollt.« Als er trotz Schmétchens Bitten bei seiner Weigerung beharrte, rief dieser aus: »Nun, wenn du uns keinen gibst, so wirst du uns morgen rufen lassen und froh sein, wenn wir kommen.«

Des andern Tages meldete der Knecht seinem Herrn, daß alle Pferde im Stall lägen und alle viere von sich streckten. Dieser, wohl wissend, wer den Schaden angerichtet hatte, ließ schnell den Schmétchen von Götzingen holen. Er kam, besah die Pferde und sie waren geheilt. Die Pferde, die er heilte, blieben aber nach der Heilung noch so lange lahm, als sie es vor derselben gewesen waren. Hatte er nur ein Haar von einem Pferd, so brauchte er dasselbe nur um einen Hufnagel zu wickeln, denselben in einen Stock zu schlagen und das Pferd war vernagelt. Der wirkliche Name dieses Mannes war Nicolas Nicolas.

Lehrer Beljon zu Buderscheid

809. Vom Webergesellen, der Schwarzkünstler war.

In Schlessesch zu Esch a.d. Sauer meldete sich ein Webergeselle um Arbeit. Nachdem ihm Beschäftigung zugesagt war, legte er sein Ränzchen nieder und ging spazieren, ohne sich ums Weben zu kümmern. Spät abends, als schon alle Bewohner zur Ruhe gegangen waren, kam er zurück, knüpfte das bereitliegende Garn auf den Webstuhl und arbeitete.

Als der Hausherr morgens aufstand, war das Stück Tuch gewebt, gewalkt, geschoren, gepreßt und gefaltet. »Bekomm ich nun ein Trinkgeld?« rief der Geselle dem Herrn zu. – »Einem Schwarzkünstler geb ich kein Trinkgeld!« war die Antwort. – »So werde das Tuch wieder zu Wolle«, sprach der Geselle, berührte das Tuch und es ward wieder zu Wolle. Sofort verließ er das Haus und nie hat man ihn wieder gesehen.

Lehrer Schlösser zu Esch a.d. Sauer

810. Der Hexenmeister zu Körich.

Drei Einwohner von Körich waren am späten Abend noch zu Luxemburg im Gasthaus. Zwei von ihnen drängten zum Aufbruch vor Schließung der Stadttore. Endlich sagte der dritte: »Laßt mich nur sorgen. Eben beginnt meine Frau die schwarze Kuh zu melken; bevor sie damit fertig
379 ist, sind wir daheim.« Des freuten sich die beiden andern, tranken ihr Glas aus und gingen. Auf dem Glacis der Festung angekommen, sprach der dritte: »Nun nehmt den Reisestab zwischen die Beine und sprecht mir nach: Über Hecken und Gesträuch!« Sie taten es. Da erhoben sie sich wie auf Flügeln und ritten auf ihren Stäben mit Windesschnelle durch die Luft. Unterwegs ward es dem einen Angst vor dem grausigen Spuk, und als sie zu Kehlen an dem Kirchturm vorbeisausten, ergriff er schnell das Kreuz, sein Stab aber flog unter ihm weg. Da hing er nun an des Turmes Spitze, von wo ihn die verwunderten Einwohner von Kehlen am andern Morgen durch den Schieferdecker herunterholen ließen.

Lehrer Reyland zu Körich

811. Der Hexenmeister zu Körich.

Zwei Männer von Körich verließen einst bei Anbruch der Nacht die Stadt Luxemburg, um sich nach Hause zu begeben. Auf dem Glacis der Festung angekommen, sprach der eine zu seinem Begleiter: »Hörst du, ich wollte, wir wären daheim!« – »Das ist schnell geschehen«, entgegnete der andre; »wenn du mir schwörst, keinem Menschen etwas davon zu sagen, so will ich dich in fünf Minuten nach Hause bringen.« Kaum hatte jener den Schwur geleistet, als vor ihm ein prächtiger Bock stand. Auf diesen mußte er sich setzen und ehe fünf Minuten verstrichen waren, stand er gesund und wohlerhalten vor seiner Tür. So gut der Ritt auch vonstatten gegangen war, er empfand doch nicht die geringste Freude darüber, sah er doch ein, daß es dabei nicht mit rechten Dingen zugegangen war. Aber er hatte geschworen, keinem Menschen etwas von dem geheimnisvollen Ritt zu sagen. Trübsinnig schlich er die ganze Woche einher, bis es Sonntag wurde. Wie die Frühmesse beendigt war, und während die Leute noch vor der Kirche plauderten, trat er vor einen dicken Stein hin, der dicht vor dem Kirchentor lag, und rief mit lauter Stimme: »Stein, dir, aber keinem Menschen sag ich's, daß der und der ein Hexenmeister ist.« So war dieser verraten und dem Mann ward's leichter ums Herz.

Lehrer Konert zu Hollerich

812. Die drei Kerzen.

Eines Abends kam ein Mann, anscheinend ein Bettler, in ein Dorf und klopfte an einem der ersten Häuser an, um beherbergt zu werden. Die Leute im Hause nahmen ihn gut auf, denn der Mann hatte ein ehrbares Aussehen und sagte, er befinde sich auf einem Bittgang und müsse noch so und so weit gehen.

Als die Nacht schon weit vorgerückt war, gingen alle schlafen, und die Magd führte den Fremden in die Kammer, die ihm angewiesen war. Unterwegs bemerkte sie, daß der Mann einen Korb in der Hand trug, woraus drei Kerzen blickten. Sie fragte ihn, was er mit den Kerzen anfangen wolle, und der Fremde erwiderte, er müsse auf seinem Bittgang noch bis spät in die Nacht beten, darum habe er sich mit Kerzen versehen.
Die Magd jedoch traute dem Manne nicht recht und ahnte Böses. Sie 380
ging deshalb nicht schlafen und stellte sich hinter die Küchentür, welche nicht weit von dem Zimmer des Fremden entfernt war; sie wollte den

Fremden genau beobachten. Dieser zündete, sobald das Mädchen sich entfernt hatte, seine Kerzen an; darauf zog er ein Buch, anscheinend ein Gebetbuch, aus der Tasche und legte es auf den Tisch. Die Kerzen aber hatten das Eigentümliche, daß, sobald man sie angezündet hatte, alle Leute im Hause, welche im Schlaf darniederlagen, nicht mehr erwachen konnten, bis man die Kerzen ausgelöscht hatte.[1] Darauf öffnete der Fremde leise die Tür seines Zimmers, schaute sich einmal um und horchte, ob niemand in der Nähe sei. Die Magd machte nicht die geringste Bewegung und hielt den Atem an. Der Mann schlich alsdann ganz sachte zur Haustür hin, schob die Riegel weg und öffnete; die Magd aber konnte deutlich vernehmen, daß er jemandem zurief. Sie schlich ihm nach und sah, wie er draußen zu verschiedenen Gestalten sprach, auch hörte sie einige Worte wie »töten« und »morden« dazwischen. Sie erriet leicht, daß es sich um einen Raubmord handele. Schnell entschlossen warf sie die Tür zu und verriegelte sie fest. Der Mann konnte nun nicht mehr hereinkommen; er sah, daß er verraten war, und ergriff schnell die Flucht. Die Magd eilte indessen zurück, um die Leute im Hause zu wecken; aber trotz aller Anstrengungen kam sie damit nicht zustande. In ihrer Ratlosigkeit ging sie in des Fremden Zimmer. Dort sah sie allerlei Waffen liegen, die der Mann im Korbe mitgebracht hatte. Die Kerzen brannten hellauf und warfen einen geheimnisvollen Schein; das Mädchen versuchte, sie auszulöschen, aber vergebens. Da fiel ihr Blick auf das Buch und sie las auf der aufgeschlagenen Seite, daß man die Kerzen, wenn man sie auslöschen wolle, unter die Kuh halten und Milch darauf melken müsse. Sie lief sogleich in den Stall und melkte Milch auf diese gespenstischen Kerzen. Als sie zurückkehrte, waren die Leute im Hause erwacht.

813. Der Gelddieb zu Cessingen.

Zur Zeit hatte man es mit einem gefährlichen Dieb zu Cessingen zu tun. Derselbe stahl bald in diesem, bald in jenem Hause des Dorfes Geld,

1 Diebe und Mörder bedienten sich bei der Ausübung ihres schändlichen Handwerks oft der Hand eines ungeborenen Kindes oder, wie man kurzweg sagte, einer ungeborenen (ungetauften) Hand. Bei ihren Diebstählen zündeten sie die fünf Finger der Hand an, wodurch die Leute in tiefen Schlaf verfielen und die Verbrecher ungestört rauben und plündern konnten. Die fünffache Flamme konnte nur durch rohe Milch gelöscht werden. Brennt aber beim Anzünden ein Finger nicht, so ist das ein Zeichen, daß noch jemand im Hause wach ist; fangen zwei Finger kein Feuer, so wachen zwei usw.

wohin man es auch verstecken mochte. Er hatte allemal ein Licht bei sich, das die Hausbewohner wohl klar und deutlich sahen, ihn selbst jedoch sahen sie nicht.

Lehrer Konert zu Hollerich 381

814. Der Bälenkönig zu Kopstal.

Ein alter Junggeselle wurde zum Könige der »Bälen« (Bremsen) auserkoren. Dafür erhielt er jährlich aus dem Gemeindewalde ein Los Späne, Reiser oder einen Baumstamm.

Einst töteten die Bälen ein Pferd im Ort, genannt »Weißlech«. Sogleich erschien der sogenannte »Wöllmann« (der Amechtsmeister?), begleitet von zwei mit Knütteln bewaffneten Polizeimännern, vor der Tür des Bälenkönigs, rief ihn an und hieß ihn die Bälen aufrufen, um den Missetäter zu entdecken.

Ein andermal, zu einer Zeit, wo lange keine Heirat mehr stattgefunden hatte, erschien der Wöllmann in derselben Begleitung vor des Bälenkönigs Tür und forderte ihn auf, entweder selbst zu heiraten oder die Papiere herauszugeben, damit man heiraten könne.

Derselbe Bälenkönig erhielt auch jährlich ein Los Holz, um im Frühling den Kuckuck holen zu gehen.

Referent fügt hinzu, daß dies keine Späße waren, wie ihm die ältesten Einwohner Kopstals versicherten.

Lehrer J. Fr. Wahl

815. Der Wolfsführer im Lorenzweiler Wald.

Im vorigen Jahrhundert lebte im Lorenzweiler Wald ein alter Kohlenbrenner, der das Geheimnis besaß, die Wölfe zu führen, indem er sie bezauberte und zähmte. Oftmals wurde er, von mehreren Wölfen begleitet, einherschreiten gesehen.

Eines Nachts, so erzählte mir neulich ein altes Mütterchen, gewahrten zwei Männer in genanntem Wald ein ganzes Rudel Wölfe; sie erschraken heftig und kletterten auf einen Baum, von wo aus sie die Tiere an der Tür des als Hexenmeister bekannten Kohlenbrenners halten sahen. Die Wölfe liefen um die Baracke herum und stießen ein gewaltiges Geheul aus, bis der Kohlenbrenner herauskam, mit ihnen sprach und unter ihnen umherging, worauf sie sich endlich zerstreuten, ohne ihm irgend etwas zuleide zu tun. Das Mütterchen erzählte mir weiter, der Leichnam des Kohlenbrenners sei später in dem Kaselter Bach, bewacht von zwei riesigen Wölfen aufgefunden worden. Bei Annäherung der Menschen sollen die Raubtiere gar keine Furcht gezeigt haben und hätten sich ohne Widerstand an der Seite des Hexenmeisters totschießen lassen.

Zollbeamter J. Wolff

2. Freijäger und Wildanbanner

816. Der Freischütz zu Ewerlingen.

Die adlige Familie von Ewerlingen hatte einen tüchtigen Jäger, der den Schloßherrn auf die Jagd begleitete, gewöhnlich aber allein hinausging, im nahen Gebüsch zu pirschen, und immer schwer mit Wild beladen
382 zurückkehrte. Er war in der Gegend bekannt unter dem Namen Freijäger. Auch sagten die Leute von ihm, er könne das Wild »kommen tun«.

Die Herrschaft von Ewerlingen veranstaltete eines Tages ein großartiges Festmahl. Viele Edle zogen an diesem Tag in das Schloß und der Schloßherr schmeichelte sich mit der Hoffnung, die hohen Gäste mit einem ausgesuchten Gericht zu überraschen, denn der Freijäger hatte ihm für diesen Tag einen herrlichen Hirsch zu liefern versprochen. Der Tag brach an und als der Schloßherr den Jäger nach dem Hirsch fragte, entgegnete dieser: »Er wird bald zur Stelle sein.« Und wirklich, nach einer halben Stunde kehrte er aus dem Gebüsch zurück und trug einen prächtigen Hirsch mit zehnfachem Geweih auf seinen Schultern.

Zu verschiedenen Zeiten des Jahres bezog die Familie ein anderes Schloß. Während ihrer Abwesenheit verwaltete der Freijäger das Schloß von Ewerlingen. So befand er sich einmal dort allein mit dem Kutscher. Nachmittags gingen beide zum Zeitvertreib auf die Jagd. Lange hatten sie Wald und Flur und Feld durchzogen, ohne etwas zu erlegen. Da erblickten sie plötzlich eine große Schar krächzender Raben, die sich auf einem kleinen Birnbaum niederließen. Beide gingen auf den Baum los, die Raben flogen aber nicht auf. »Nun geh«, sagte der Jäger zu seinem Begleiter, »und stoß mit dem Flintenschaft an den Stamm, und ich werde dann ein halbes Dutzend dieser schwarzen Kerle herunterschießen.« Der Kutscher tat, wie jener ihn geheißen, stieß mit dem Schaft seines Doppelgewehres an den Baum und – die gespannten Hähne sprangen zu, es knallte fürchterlich und der Jäger der in einiger Entfernung stand, wälzte sich in seinem Blute. Der Kutscher aber ergriff eiligst die Flucht und niemand hat ihn je wieder gesehen. Der Jäger ging seither in seiner eleganten Jägerkleidung als Geist auf dem Bann von Ewerlingen um, besonders in der Gegend, wo er den Tod gefunden hatte.

817. Die Sage von den grünen Jägern zu Burscheid und Brandenburg.

Der Ritter von Burscheid hatte zwei Jäger, grüne Jäger oder Jokoppen genannt, welche so geschickt im Schießen gewesen sein sollen, daß sie alles trafen, worauf sie nur zielten. Sagte die Herrschaft: »Jäger, das und das Wildbret möchten wir haben«, so brachten es die Jäger gleich nachher. Sie brauchten nämlich nur in ein beliebiges Feld zu schießen, dann fiel, was immer sie nur wollten, gleich ob es da war oder nicht.

So erzählt man, daß ein Jokop vom Burscheider Schloß aus geschossen habe, und im Dorf Scheidel fiel der Hase, auf welchen er gezielt hatte.

Auf einem Baum bei Michelau saß ein Rabe. Als man nun einen Jokop fragte, ob er jenen Vogel vom Schloß aus treffen würde, sagte er: »O, der Teufel wird ihn nehmen«, legte an, drückte los, der Schuß versagte – aber der Rabe fiel. 383

So soll auch ein Jokop ein Kalb in Diekirch totgeschossen haben und das vom Burscheider Schloß aus; und was mehr ist, er soll von derselben Stelle aus jemand, welcher in Echternach stand, zur Wette ein Fünffrankenstück zwischen dem Mittel- und Zeigefinger herausgeschossen haben.

Einst standen die Jokoppen des Ritters von Burscheid auf dem Schloß und drunten im Michelauer Tal die Jokoppen des Ritters von Brandenburg. So oft die Jäger von Burscheid schossen, fingen die von Brandenburg die Kugeln in ihren Flintenröhren auf und bliesen sie wieder in die Röhre der Burscheider und diese dann wiederum in die Röhre der Brandenburger. So währte das Spiel lang.

818. Der Jäger Schmeißer.

Zu Kopstal wohnten zur Zeit zwei alte Jäger, Schmeißer und Arendts. Einst wurde gewettet, wer von beiden wohl den ersten Hasen schießen werde. Heimlich aber hatte man dem Schmeißer das Schrot aus der Flinte gezogen. Bald jagten sie einen Hasen auf. Schmeißer schoß und – der Hase fiel tot nieder.

Einst war zu Metz ein Scheibenschießen um ein Joch Ochsen. Schmeißer hörte davon und begab sich auf den Weg nach Metz. In Luxemburg kaufte er sich schon Stricke, um die Ochsen daran heimzuführen. In Metz angekommen, ward er von jedermann verspottet, teils weil er so schlecht gekleidet war, teils weil bereits das Zentrum getroffen sei. »Ist der Nagel noch darin?« fragte Schmeißer. Als man dies bejahte, schoß er hin, die Scheibe fiel herab und er hatte die Ochsen gewonnen.

Auf der spitzen Lay beim Eingang des Steinseler Büsches, im Ort genannt Wudderthal, befand sich ein Dachs. Schmeißer und Arendts begaben sich hin, um ihn zu erlegen. Beide erkletterten einen Baum. Auf einmal entstand ein furchtbares Geräusch, das die Luft erschütterte; es blitzte und donnerte. Entsetzt machte sich Arendts aus dem Staub, Schmeißer aber blieb zurück. Morgens hing der Dachs an Arendts' Fenster.

Schmeißer war auch Jäger bei der Herrschaft zu Hohlfels. (Nach manchen soll dies nicht Schmeißer, sondern ein aus der Kopstaler Mühle stammender Jäger gewesen sein, der alles schoß, was ihm vor die Flinte kam.) Einst fand ihn der Herr im Walde schlafen. Er ergriff Schmeißers Gewehr, um es zu probieren, und legte es an – aber was geschah? Im selben Augenblick hatte der Herr einen stattlichen Hirsch vor der Flinte. Er warf das Gewehr hin und eilte nach Hause. Noch an demselben Abend entließ er seinen Jäger, indem er sagte, er habe von des Teufels Wild lang genug gegessen. Schmeißer entgegnete: »Verflucht sei die Minute, da Ihr mein Gewehr probieren wolltet.«

Schmeißer tat auch einst eine Frau, welche Sonntags während der Messe in den Gärten Gemüse stahl, so lange feststehen, bis die Leute aus der Kirche kamen und jeder sie sehen konnte. Erst eine Stunde nachher hieß er sie nach Hause gehen.

384 Lehrer Wahl zu Kopstal

3. Der entlarvte Poltergeist

819. Der Geist auf der Burg zu Esch a.d. Sauer.

Ein Burgherr von Esch hatte einen alten Jäger, der alles schoß, was er wollte, und den Tisch seines Herrn reichlich mit Wildbret versah. Einst plauderte der Jäger mit seinem Herrn im Schloßhof. Da sagte dieser: »Sieh drüben im Großenbüsch spielt ein Hase auf einem Felsen.« – »Den will ich hinterrücks schießen«, sprach der Jäger, drehte den Rücken dem Walde zu, legte die Flinte über die Schulter und schoß den Hasen wirklich nieder. »Wenn du ein Hexenmeister bist«, sagte der Schloßherr, »so will ich dich nicht mehr in meinem Dienst haben; gleich räum mir das

Schloß!« Den Groll im Herzen entfernte sich der Jäger und rief im Fortgehen: »Das wird dich reuen!«

Von diesem Tag an erschien allabendlich ein Geist in der Escher Burg; dieser machte ein furchtbares Geräusch in allen Räumen. Das hatte schon eine geraume Zeit gedauert, als der Schloßherr von einem alten Geistlichen erfuhr, daß, um den Geist loszuwerden, man dessen Schatten verwunden müsse. In Begleitung seiner Diener stellte er daher in einer mondhellen Nacht einen Eimer Wasser in einen der Säle, in welchem der Geist jeden Abend sein Unwesen trieb. Mit Speeren bewaffnet umstanden sie den Eimer. Als sie nun den Schatten des Gespenstes im Wasser sahen, stachen sie zu, der Schatten ließ einige Tropfen Blut fallen und die Hexerei war gebrochen.

Lehrer Schlösser zu Esch a.d. Sauer

820. Der Knecht zu Palzem.

Ein reicher Bauer zu Palzem, den noch viele Leute gekannt, hatte einen Knecht drüben aus dem Waldland, der trieb allerlei Unfug. Dabei war er träge wie ein Hund und mochte des Tags lieber im warmen Sonnenschein liegen als am Pfluge hinter seiner Arbeit hergehen, und das übrige Gesinde mußte dem liederlichen Burschen seine Arbeit mitmachen; denn alles fürchtete sich vor dem unheimlichen Wesen des Waldländers. Die allgemeine Unzufriedenheit des Gesindes konnte dem Meister aber nicht lange ein Geheimnis bleiben. Der rief den Knecht vor sich und führte mit ihm eine strenge Sprache, zahlte ihm den Rest des bedungenen Lohnes und jagte ihn aus dem Hause. Vor der Tür aber wandte sich der Knecht noch einmal um und, zornig die Faust ballend, tat er diesen Fluch: »Unheil über dieses Haus! Viel besser geschähe Euch, wenn Ihr mir länger meinen Lohn ausbezahltet«, und er ging trotzig seiner Wege.

Kaum acht Tage war der Knecht fort, da fing es an, im ganzen Hause unheimlich zu hämmern und zu klappern; schwere Steine fielen mit Gepolter auf die Fußböden, Kieselsteine und Menschengebeine rollten die Treppen herunter. Kein Mensch mehr wollte im Hause bleiben und sogar das Vieh in den Ställen brüllte und riß wütend an den Ketten. Der
Bauer verlor sämtliches Gesinde. In der Verzweiflung eilte er zum Pfarrer 385
und beschwor ihn, ihm gegen den Unhold zu helfen. Nach einigem Widerstreben erklärte sich der Pfarrer bereit und zwang den Täter, sich zu erkennen zu geben. Von der Stunde an hörte der Unfug im Hause auf; der Täter aber war niemand anders als der Knecht aus dem Waldlande.

N. Gaspar

821. Der Zauberer zu Bruch.

Vor Jahren lebte zu Bruch ein Pastor, der die allgemeine Liebe seiner Pfarrkinder genoß. Im ganzen Dorf hatte er seines Wissens keinen Feind und deshalb konnte er sich auch die wunderbaren, beunruhigenden Auftritte nicht erklären, die sich in seinem Hause täglich wiederholten. Wenn er nämlich abends an seinem Studiertische saß, geriet derselbe auf unerklärliche Weise in Bewegung; er wurde hin und her gezogen, auf und ab geschoben, ja sogar umgestürzt und doch war nichts zu sehen; es schien, als ob eine unsichtbare Hand da tätig sei, die sich zuletzt am Pfarrer selbst vergriff. Umsonst waren alle Gebete, alle Beschwörungsformeln; nichts fruchtete. Endlich riet ein Freund dem Pfarrer, von seiner Haustür an bis zum Tisch, an dem er studierte, Mehl hinzustreuen, so daß sich die Fußstapfen eines Wesens deutlich darin abprägen könnten.

Dieser kluge Rat fand Beifall und wirklich zeigten sich am folgenden Abend die Spuren eines breiten Männerfußes, welche bis unter den Studiertisch gingen. Als nun am folgenden Tag der seltsame Auftritt wieder begann, stach der Pfarrer mit einem Messer nach der Stelle, wo die Fußstapfen aufhörten, und ein Schmerzensschrei erscholl. Unter dem Tisch kroch jetzt sein erster Nachbar hervor, dem er eine tiefe Armwunde beigebracht hatte. Dieser hatte schon längst einen geheimen Haß gegen den Pfarrer gehegt und sich durch Zaubermittel unsichtbar gemacht, um ihn zu quälen. Er gelobte, keine Zauberei mehr zu treiben und sich zu bessern; der gutmütige Geistliche verzieh ihm auch gerne.

Zollbeamter J. Wolff

822. Der Zauberer zu Vianden.

Ein Mann aus Vianden, namens D., verstand die schwarze Kunst. Er konnte seinen Körper unsichtbar machen, durch alle, selbst verschlossene Türen und durchs Schlüsselloch schlüpfen. Er schien es namentlich auf Entwendung von Naschsachen abgesehen zu haben; denn hatte man Eßwaren in einem Schrank oder sonstwohin gestellt, fand man es nicht mehr, wenn man es nehmen wollte. Der Köchin, wenn sie Pfannkuchen buk, fischte er dieselben im Handumdrehen weg, ohne daß sie wußte, wer sie genommen hatte oder wohin sie gekommen waren. Besonders häufig suchte D. das Kloster zu beunruhigen. Abends spät hörte man

dort Gepolter und oft glaubte man, es wälze sich ein schwerer Körper die Treppen herab; ging man dann hin, um nachzusehen, was es sei, so war nichts zu finden. Verschiedene Male hatte man einen Schatten an der Wand bemerkt, auch danach geschossen, aber umsonst. Da nahm 386
der alte Mai, der beim Kloster wohnte, eine silberne Kugel und ließ dieselbe vom Klosterprälaten segnen. Als er nun abends einen Schatten an der Wand zu sehen glaubte, der sich nach dem Uhrkasten hinbewegte, ergriff er rasch die Flinte und schoß dieselbe gegen die »Auerkastut« ab. Der Schuß trifft und – o Schrecken! vor ihm im Blute schwimmt D. als Leiche. Man ließ sogleich seine Mutter und seine Gattin rufen und des Abends schaffte man im stillen den Leichnam nach dem Gösberg. Als man fast oben angekommen war, wollten die Pferde nicht mehr weiter. Sie waren über und über mit Schweiß bedeckt. Der Fuhrmann, der aus Walsdorf war, erklärte, er komme nicht mehr vorwärts. Der Pater aber, der den Leichnam begleitete, bat, er möge doch nicht stehen bleiben, sondern bis auf die Höhe fahren. Der Fuhrmann jedoch begehrte zu wissen, was er geladen habe, sonst wolle er seine Pferde nicht aufopfern. Da sagte der Pater: »Nun denn, wenn Ihr standhaft seid, so schaut mir über die linke Schulter und Ihr werdet Eure Fracht sehen.« Was der Bauer dort sah, muß schrecklich gewesen sein, denn als er des andern Morgens nach Hause kam, waren seine sonst dunkelbraunen Haare weiß wie Schnee. Den Leichnam ließ der Pater oben auf dem Berg einscharren.

Erasmy

823. Der Geist im Schulhaus zu Niederfeulen.

Zu Anfang dieses Jahrhunderts war zu Niederfeulen der Lehrer N. seiner Unfähigkeit wegen entfernt und durch den Lehrer Graff ersetzt worden. Als dieser einst mit seiner Familie und seinen auswärtigen, bei ihm wohnenden Schülern zu Bett gegangen war, entstand plötzlich draußen ein Brausen und Donnern, als sei ein Gewitter im Anzug. Darauf ging der Spuk im Schulhause selbst los: das Holz auf dem Speicher wurde durcheinandergeworfen, Gepolter treppauf, treppab, Türen wurden auf- und zugeschlagen; es schien, als sei das Haus mit Hexen angefüllt. Das dauerte bis zu einer gewissen Stunde des Morgens, wo auf einmal alles still wurde. Und so ging's fort, bald diese, bald jene Nacht, bis ins dritte Jahr hinein, so daß zuletzt in Feulen und Umgegend von nichts weiter die Rede war, als vom Geist im Schulhaus. Angst und Besorgnis ergriffen Graff und seine Familie; die auswärtigen Schüler zogen bis auf drei von

ihm weg, unter letztern Peter Klein aus Scheidel, der in seinen spätern Jahren Bürgermeister der Gemeinde Burscheid war und dem Referenten die Geschichte mitgeteilt hat. (Dieselbe wird übrigens von vielen Personen aus Feulen erzählt.) Den zurückgebliebenen Schülern machte es am Ende sogar Spaß, mit dem Spukgeist zu kämpfen; denn abgesehen davon, daß derselbe einst Frau Graff derart in den Arm kneipte, daß die Stelle am andern Morgen noch blau war, tat er niemand etwas zuleide; sie spotteten oft des ohnmächtigen Geistes, wenn er so nachts polternd im Schulhaus umherging, Türen auf- und zuschlug, die Schulbänke übereinanderwarf,
387 an den Ofenröhren rappelte usw., und lachten, wenn dann morgens alles wieder in Ordnung war. Sie suchten den nächtlichen Gast auf alle mögliche Weise zu fangen. So stellten sie mehrmals ein brennendes Licht unter ein Gefäß, um das Zimmer plötzlich zu beleuchten, wenn sie ihn in demselben verspürten; aber dann betrat er das Zimmer nicht, sondern trieb anderswo im Hause, sein Unwesen. Sobald man aber das Licht auslöschte, trat er auch in dies Zimmer ein. Streute man Asche oder Kleie auf die Treppe, so bemerkte man morgens die Fußstapfen eines gewöhnlichen Mannes; daraus schloß man, daß der Geist einen Körper hatte.

Als Peter Klein gegen 1819 sich zu Hause auf Besuch befand, mußte er dem Pastor von Burscheid, Herrn Meder, haarklein über den Geisterspuk im Feulener Schulhaus berichten; er wird von demselben belehrt, wie man es anzufangen habe, den Geist blutrünstig zu machen, die einzige Art, seiner habhaft zu werden. An einem Samstagabend, als das Gepolter wieder losging, traten Graff und Klein jeder auf sei nen Posten, der eine mit einer haarscharfen Axt, der andere mit einem ebenso scharfen Säbel bewaffnet, während Frau Graff Licht bereit hielt. Die beiden Harrenden zählten an der alten, krachenden Treppe die leisen Tritte des vom Speicher herunterkommenden Geistes. In dem Augenblick, in dem nach ihrer Berechnung die Tür sich öffnen mußte, fielen die zum Schlag erhobenen Waffen nieder. Graff verspürte, daß er getroffen habe. Bevor noch Licht kam, warf er sich auf den am Boden Liegenden und hielt ihn fest, bis man des Verwundeten Füße gebunden hatte. Graff erkannte in dem Geist seinen Vorgänger im Amt, Lehrer N. Dieser offenbarte endlich auf Graffs Zureden sein Geheimnis. »Zur Zeit«, sagte er, »als die Preußen hier durchzogen (1814), lauschte ich einem Soldaten ab, daß er im Besitz des Geheimnisses sei, sich unsichtbar zu machen; als ich vernahm, daß dieses geheime Mittel in einem Buche und einem auf nackter Haut getragenen Riemen bestehe, stahl ich ihm beides und entfloh in die Wälder, bis die Preußen abgezogen waren. Als ich nun durch Euch aus meinem Amt verdrängt wurde, bediente ich mich des geheimen Mittels, um Euch das Verbleiben in Niederfeulen zu verleiden und so wieder in den Besitz meiner Stelle zu kommen.« Graff zerriß Buch und Riemen und verbrannte die Stücke im Ofen; die Metallschnalle des Riemens aber vergrub er tief in den Garten. N. soll diesen für ihn verhängnisvollen Tag nicht lange überlebt haben und an den erhaltenen Wunden gestorben sein.

Lehrer Ahnen zu Niederfeulen

824. Der Hexenmeister zu Kapweiler.

Vor ungefähr dreißig Jahren lebte zu Kapweiler bei Säul ein reicher Bauer, der als mildtätiger Mann geachtet und geehrt war und seines Wissens keinen Feind in der ganzen Umgegend hatte.

Da wurden einst während der Nacht alle Bewohner seines Hauses
durch ein gewaltiges Gepolter geweckt; zu gleicher Zeit wurden allen die 388
Decken von unsichtbarer Hand von den Betten heruntergerissen. Man durchsuchte das ganze Haus, konnte aber nichts Verdächtiges finden. Da derselbe Spuk sich in den folgenden Nächten wiederholte, begab sich der Bauer zum Herrn Pfarrer. Dieser, ein alter, ehrwürdiger Herr, schüttelte bedenklich das greise Haupt und erteilte nach einigem Nachdenken dem Bauer folgenden Rat: »Laßt ein paar handfeste, mit Knütteln und Äxten bewaffnete Männer sich in einem Eurer Schlafzimmer während der Nacht aufstellen. Gebt ihnen ein Licht mit, das mit einem Topf bedeckt ist. Wird dann die Decke von dem im Zimmer befindlichen Bett heruntergezogen, so müssen sie schnell den Topf von dem Licht entfernen und auf die Stelle loshauen, wo an der Decke gezogen wird. Dann wird sich der Spuk aufklären.« Man befolgte den Rat des Herrn Pfarrers und sieh! nach einigen Hieben fiel ein Mann zu Boden; es war ein Schullehrer vom nächsten Dorf, der verschiedener Ursachen wegen seine Stelle eingebüßt hatte. Der Bauer richtete einige Fragen an ihn, worauf jedoch keine Antwort erfolgte, da der Mann besinnungslos da lag und aus mehreren Wunden blutete; nach einer Viertelstunde schlug er die Augen auf, stieß einen langen Seufzer aus und verschied. Als man ihn aus dem Zimmer fortschaffen wollte, fiel ein Buch aus seiner Tasche, das der Bauer als ein Zauberbuch erkannte und sofort ins Feuer warf.

Des Schulmeisters Hinterbliebene wanderten nach Amerika aus und man hat seither nichts mehr von ihnen gehört.

Luxemburger Land, 1884, Nr. 12

4. Zauberer als Tiere[1]

825. Die Sage vom Jekel.

Es ist noch nicht lange her, da soll in Ettelbrück ein Mann, namens Jekel, gelebt haben, welcher Zauberkraft besaß und die Bewohner Ettelbrücks oft foppte. So soll einmal ein Metzger, namens Mai, von Burscheid gekommen sein, wohin er sich begeben hatte, um ein Kalb zu kaufen. Unverrichteter Sache mußte er zurückkehren. Während er ruhig dahinschritt, sah er auf dem Wege, der durch die Bürderhecken führt, ein Kalb laufen. Da es schön war, lief er sogleich demselben nach, nahm es in den Strick und führte es vergnügt nach Hause. Eben war er bei Ettelbrück angelangt, als sich plötzlich das Kalb in einen Mann verwandelte und sagte: »Mai, du hast mich lange genug geführt, jetzt gehst du nach Hause und ich.«
389 Das war der Jekel.

Die Fischer hatten aber am meisten vom Jekel zu erdulden. So soll er einem Fischer in Gestalt eines großen Hundes nachgegangen sein und so oft der Fischer einen Fisch gefangen, sei der Hund hinzugesprungen und habe den Fisch im Nu verschlungen. Der Fischer gab sich alle Mühe, den Hund fortzutreiben, allein immer vergebens. Einmal aber traf er des Hundes Schatten mit dem Netz und plötzlich war der Hund verschwunden und kam nie wieder. Der Hund aber war der Jekel.

Besonders hatte Jekel es darauf abgesehen, den Leuten Furcht einzujagen. So lag er oft in Gestalt eines Feuerstrahles quer im Weg, der nach Warken führt (im Eker), besonders an den Sonntagabenden, wenn die Warker in die Abendandacht kamen. Oft lag er auch in Gestalt einer Katze abends an einer Straßenecke und spuckte Feuer, wenn Leute kamen. Spielten die Kinder auf dem Marktplatz, dann wimmelte es oft daselbst von Kaninchen, wodurch die Kinder in Angst und Schrecken gerieten. Das war wieder Jekels Werk.

Jekels bösem Lebenslauf sollte doch bald ein Ende gemacht werden. Eines Tages schlief er nämlich in der Nähe des Hüttenwerkes von Kolmar-Berg. Die Schmiede fanden ihn und sagten: »O Jekel, du hast die Leute genug geplagt und gequält, jetzt sollst du deinen Lohn bekommen.« Alsdann nahmen sie ihn und warfen ihn in den Glühofen, wo er jämmerlich umkam.

1 S. auch Abschnitt 7 (Hexen).

826. Der Zauberer im Brill.

Im Brill (Brühl), einem Wiesental zwischen Schweich und Elwingen hauste vor vielen Jahren der gefürchtete Michel. Derselbe besaß die Macht, die Gestalt verschiedener Tiere anzunehmen. Kam nun ein Bauer daher, der dem Michel gefiel, so wußte er, desselben habhaft zu werden. Er verwandelte sich rasch in einen lahmen Hasen oder in ein lahmes Kaninchen. Eilte der Bauer auf den Hasen oder das Kaninchen zu, in der Hoffnung, einen guten Fang zu machen, so stand auf einmal der Michel in seiner ganzen Größe vor ihm, erfaßte und trug ihn, man weiß nicht, wohin.

827. Der Zauberer von Ernzen.

A. Zu Ernzen, so berichtet die Volkssage, lebte vor langer Zeit ein Mann, welcher in der Zauberkunst sehr bewandert war. Derselbe machte sich das Vergnügen, die Leute in Echternach durch seine Kenntnisse und Künste zu necken und zu schrecken.

Besonders hatte er es auf den Abt der Abtei Echternach abgesehen. Bald rollte er als schwarzes Knäuel, bald lief er als flinker Hase über die Brücke, der Burgmauer entlang, auf Umwegen der Abtei zu. Hier fraß er, zum größten Ärger des Abtes, die schönsten Blumen des Gartens ab oder rollte geräuschvoll über die Treppen, um den Abt in seinem Gebet zu stören. Nicht zufrieden damit, sprang er behend auf das große Doppelfenster, bei welchem der Abt in einem großen Buche las, langte dann 390
mit seiner Vorderpfote durch das halbgeöffnete Fenster und schlug dem Abt das Buch zu; war der Abt abwesend, so warf er ihm alle Pergamente durcheinander und machte sich dann wieder aus dem Staub.

Des Unfugs müde, sann der Abt auf eine List, um den Störenfried loszuwerden. Eines Abends stellte er sich, mit einem langen, scharfen Messer bewaffnet, scheinbar betend, ans halbgeöffnete Fenster und erwartete den Hasen. Eben als es von Turm der Abtei Mitternacht schlug, sah er ihn im Mondschein daherkommen. Seiner Gewohnheit gemäß sprang der Hase aufs Fenster, um dem Abt einen Schabernack zu spielen. Aber kaum hatte er seine Pfote durchs Fenster gestreckt, als der Abt ihm dieselbe mit seinem Messer abhieb. Winselnd und schreiend verließ der Hase die Abtei und lief auf Ernzen zu.

Seitdem er aber seine Pfote verloren hat, muß er ewig Hase bleiben und kommt jedes Jahr am 31. Dezember, am Sylvesterabend, in die Abtei, um seine verlorene Pfote wiederzusuchen. Manche alte Leute behaupten, den dreibeinigen Hasen an diesem Tage in den Abteigärten oder an den Burgmauern gesehen zu haben.

B. Die Felsgrotte auf dem Ernzer Berg nächst Echternach, die später fromme Einsiedler bezogen, war früher, zuzeiten des Abtes Thiofrid (1081 bis 1110), die Wohnung eines berüchtigten, heidnischen Zauberers, des alten Kitzele. Durch seine höllischen Künste war dieser der Schrecken der ganzen Gegend geworden; durch Wirbelwind, Stürme und Hagelschlag vernichtete er die Hoffnungen des Landsmannes, entwurzelte die Obstbäume, verwüstete Wiesen und Felder und zertrümmerte die Wohnungen; er schickte Krankheiten über Menschen und Vieh und zerriß, bald als Bär, bald als Wolf, Kinder und Herden. Besonders war er von Groll und Haß erfüllt gegen die Mönche der Benediktinerabtei, zumeist aber hatte Abt Thiofrid durch Kitzeles Zauberkünste zu leiden; als große, schwarze Katze miaute dieser im Schornstein und störte den Abt in seinen Betrachtungen und Studien; als Hase stieg er nächtlich in den Klostergarten und richtete dort Verwüstungen an oder polterte derart an Thiofrids Fenster, daß dieser nicht schlafen konnte.

Dieser Unfug wiederholte sich allnächtlich, bis endlich der Abt durch List eine Pfote des Hasens in einer Schlinge erfaßte und sofort abschnitt. Das Tier enteilte auf drei Beinen. Die abgeschnittene Pfote aber ward verbrannt und die Asche in den Wind gestreut. So konnte der während seiner Verwandlung verstümmelte Zauberer seine Menschengestalt nicht mehr annehmen und irrt nun als dreibeiniger Hase jedes Jahr zur nämlichen Stunde um die Abtei, um seine Pfote zu suchen.

391 L'Evéque de la Basse Moûturie, 1844, 244

828. Die Katze mit drei Pfoten zu Grevenmacher.

Zu Grevenmacher stand ehedem ein Kloster, an dessen Stelle sich jetzt ein Haus mit einem Garten befindet; daneben befand sich ein kleines Haus, das jetzt noch besteht. In diesem Häuschen wohnte ein Mann, der einen Zauberring besaß; dieser Ring machte es seinem Besitzer möglich, jede beliebige Gestalt anzunehmen. In dem Kloster wohnte ein Abt, der einen Mann beleidigt hatte. Der Beleidigte beschloß, sich am Abt zu rächen, und begab sich zum Eigentümer des Zauberrings mit der Bitte, ihm denselben zu leihen. Dieser hatte anfangs Bedenken, den Ring von sich zu geben, weil er, sobald er denselben nicht mehr besaß, in Schlaf verfiel und nicht eher wieder aufwachte, als bis er den Ring zurückerhielt.

Zuletzt jedoch willigte er ein. Der andre, nun im Besitz des Zauberringes, verwandelte sich in eine Katze und als es anfing zu dunkeln, begab er sich an das Fenster des Zimmers, in dem der Abt studierte. Er streckte die Pfote durch eine zerbrochene Glasscheibe hinein, öffnete das Fenster und der Wind warf alles in des Abtes Studierzimmer durcheinander. Das tat die Katze drei Abende nacheinander. Am dritten Tage aber bemerkte der Abt, daß eine Katze mit menschlicher Geschick lichkeit das Fenster öffnete, und als dieselbe am vierten Tage wieder das Fenster öffnen wollte, hieb er ihr die Pfote ab und warf dieselbe in den Ofen. Von der Zeit an geht die Katze nachts umher, ihre abgehauene Pfote zu suchen, ohne welche sie ihre menschliche Gestalt nicht wieder annehmen kann. Der Mann im kleinen Häuschen aber, dem der Zauberring gehört, schläft noch immer.

829. Das Wolfsweib vom Zolverknapp.

Im elften Jahrhundert lebte im Schloß auf Zolverknapp ein reicher Edelmann. Dieser schaute eines Abends zum Fenster hinaus und sah einen bekannten Jäger vorübergehen, den er bat, ihm etwas von der Jagd mitzubringen. Auf der Ebene wurde der Jäger von einem großen Wolf angefallen, dem er nach einem heftigen Kampf mit seinem Weidmesser die Pfote abhieb. Diese wollte er dem Edelmann zeigen, aber er zog eine menschliche Hand mit einem Goldring hervor, den der Edelmann als seiner Frau gehörig erkannte. Er suchte nach ihr und traf sie in der Küche, den Arm unter der Schürze bergend. Richtig war die Hand abgehauen. Die Frau legte ein Geständnis ihrer Schuld ab und entleibte sich.

Zollbeamter J. Wolff

830. Der Werwolf zu Kaundorf.

Einst besuchte ein Mann zu Kaundorf seinen kranken Freund. Da sah er hinter dem Bettvorhang einen Riemen hangen, der ihm gefiel, und er sagte: »Wenn du stirbst, vermachst du mir den Riemen.« Überdem schnallte er ihn versuchshalber um, ward in einen Wolf verwandelt und eilte davon. Aber es gelang, ihn bei einem Kalkofen einzufangen, und sobald man ihm den Riemen weggenommen hatte, stand er wieder als 392
Mensch da. Den Riemen warf man in den Kalkofen, worauf dieser zersprang.

831. Der Werwolf zu Bettemburg.

Einst war ein junger, unbesonnener Bursche aus Bettemburg in den Krieg gegangen und hatte seine alten Eltern hilflos zurückgelassen. Niemand wußte, was aus ihm geworden, selbst seine betrübten Eltern hielten ihn für tot. Viele Jahre waren vergangen; die armen Eltern des ungeratenen Burschen lagen schon längst unter der Erde und niemand im Dorf dachte mehr an den Verschollenen. Da kam eines Tages die Straße von Luxemburg nach Bettemburg ein alter, lahmer, abgedankter Soldat dahergegangen. In seinen Zügen las man Verzweiflung und aus seinem Mund tönten gräßliche Flüche. Auf einem Hügel unweit Bettemburg setzte er sich nieder. Etwas seitwärts erhob sich ein steinernes Kreuz. Als der Unglückliche dasselbe erblickte, griff er nach Steinen und unter schrecklichen Gotteslästerungen verstümmelte er das heilige Christusbild.

Von diesem Tage an ging allnächtlich zu Bettemburg ein greulicher Wolf um, der alles Lebende wütend zerriß und grenzenlosen Jammer im Dorf verursachte, um so mehr, als weder Schieß- noch Stichwaffen ihn zu verwunden im Stande waren. Endlich schaffte ein Klosterbruder, der im Dorf freundliche Aufnahme gefunden hatte, Hilfe gegen dies Ungeheuer. Er empfahl den Leuten, eine silberne Kugel zu gießen, die Namen Jesus, Maria und Joseph hineinzugraben und so den Wolf anzugreifen. Ein geübter Schütze erlegte ihn auch wirklich; aber wie erstaunte man, als der vermeintliche Wolf kein Tier, sondern der seit vierzig Jahren verschollene Sohn des Hirtenpitt war. Der Leichnam wurde verscharrt. Aber noch bis auf den heutigen Tag soll der Gotteslästerer keine Ruhe im Grabe haben und, schauerliches Geheul ausstoßend, allnächtlich als Werwolf das Steinkreuz an der Straße auf der Höhe vor Bettemburg umkreisen.

N. Steffen, Manuskript

832. Der Werwolf zu Hoffelt.

Im Hoffelter Wald war einst ein Knecht beschäftigt, Ginster und Heidekraut zu mähen. Sein Vesperbrot hatte er unter einen Baum gelegt. Da schlich ein Werwolf herbei und eignete sich einen starken Anteil des Brotes zu. Als der Werwolf auch an den folgenden Tagen sich einstellte und mit knirschenden Zähnen seinen Anteil forderte, beschloß der Knecht, den Wolf zu erschießen. Am Abend suchte er den Kaplan von Hoffelt auf und erzählte ihm den Vorfall. Als er demselben seinen Vorsatz, den Wolf zu erlegen, mitteilte, lud ihm der Kaplan selbst die Flinte. Am andern Tag stellte sich der Wolf wieder ein; der Knecht zielt, drückt los und vor ihm liegt in seinem Blute ein sterbender Mann.

Lehrer Jacoby zu Helzingen 393

833. Knabe und Werwolf.

Ein Gonderinger erzählt: Ein Knabe, welcher bei einem Bauern diente, ging oft in den Wald, »Fäschen machen«, und jedesmal kam dann ein Wolf in seine Nähe. Einst fragte ihn sein Herr, wie es ihm im Walde ergehe. Da erzählte ihm der Junge, daß, so oft er im Walde sei, ein Wolf in seiner Nähe erscheine. Der Herr überreichte ihm da eine Flinte und forderte ihn auf, damit auf den Wolf, sobald derselbe wieder erscheine, zu zielen; dieser beiße in das Rohr und dann solle er losschießen. Die Flinte auf dem Rücken, begegnete der Knecht dem Pfarrer und erzählte diesem, wohin er mit der Flinte gehe. Der Pfarrer zog die Kugel aus dem Lauf und segnete eine andere, die in die Flinte geladen wurde. Als nun im Wald der Wolf erschien, hielt der Knabe ihm die Flinte hin, der Wolf biß hinein; jener drückte los und der Wolf fiel tot nieder. Und sieh da! es war sein eigener Herr, der vor ihm lag. Wäre die erste Kugel abgeschossen worden, die hätte dem Werwolf nichts getan und dieser hätte den Knaben fressen können.

834. Der Werwolf zu Differdingen.

Beim Bau des Roten-Hof (zur Gemeinde Differdingen gehörig) ging der Bauunternehmer mit dem Teufel einen Bund ein, infolgedessen er sich in einen Werwolf verwandeln konnte. Um seine Arbeiter genau zu beobachten, legte er sich in Gestalt eines Wolfes am Saum des Waldes nieder, der den Hof umgrenzte. Sah er einen, der seine Arbeiten schlecht machte oder einen Augenblick im Arbeiten nachließ, dann zog er ihm vom Lohn ab. Vergebens suchten die Arbeiter zu ermitteln, woher der Bauunternehmer alles so genau wissen könne. Eines Tages bemerkte einer den Wolf, und es fiel ihm auf, daß derselbe sie beständig im Auge behielt und beobachtete. Er machte seine Kameraden darauf aufmerksam. Des andern Tages brachte jemand ein Gewehr mit; man schoß auf den Wolf, aber niemand traf ihn. Da ließ man eine Kugel segnen, lud dieselbe ins Gewehr und schoß auf den Wolf, worauf dieser unter entsetzlichem

Geschrei zu Boden sank. Man lief hinzu und fand den Bauunternehmer in seinem Blut schwimmen.

835. Großvater als Werwolf zu Lintgen.

Großvater war nach Fischbach auf die Kirmes gegangen. Auf seiner Rückkehr nach Hause fand er einen Riemen und schnallte ihn um, da war er plötzlich in einen Wolf verwandelt. Zu Lintgen angekommen, wollte der Unglückliche sich zu seinen Kindern begeben, aber man hielt die Tür vor dem Wolf verschlossen, der sich hierauf zurückzog. Umsonst waren alle Nachforschungen, um den Großvater wieder aufzufinden; er blieb spurlos verschwunden. Aber seit dieser Zeit trieb sich ein ungewöhnlich großer Wolf in der Gegend umher und alle Bemühungen, denselben zu erlegen, blieben ohne Erfolg; keine Kugel konnte ihn töten. Da hielt
394 man eine Beratung und beschloß, sich eine gesegnete Kugel zu verschaffen. Man schob dem Pastor in der halben Messe eine Kugel unter den Kelch (oder unter das Korporal) und mit der so gesegneten Kugel suchte man den Wolf auf. Es gelang, ihn zu verwunden, und sieh! da steht vor den erstaunten Leuten der verschwundene Großvater.

836. Der Werwolf zu Dalheim.

Auf dem Banne von Dalheim kam einst ein Wolf an die Herde heran. Der Hirt, der nach damaligem Brauch mit einer Flinte bewaffnet war, dachte, er könne es wohl mit einem Werwolf zu tun haben, und lud sein Gewehr mit einem silbernen Fünfzigcentimesstück (Buonopartespièce); denn um Werwölfe zu schießen, muß man mit Silber laden. Er schoß und der vermeintliche Wolf, der verwundet worden, war in einen Mann verwandelt.

J.B. Klein, Pfarrer zu Dalheim

837. Das Werwolfsweib im »Diedendahl« bei Lintgen.

Im Ort genannt »im Diedendahl«, bei Lintgen erschien ehemals regelmäßig jede Woche ein blutüberströmter, erhitzter Wolf, der gegen jede Waffe standhielt. Dies erfuhr ein alter Schäfer aus Pretten und er nahm sich vor, den sonderbaren Wolf bei der ersten Gelegenheit aufs Korn zu nehmen. Bei einer Treibjagd stellte sich der mutige Schäfer an einer Stelle auf, wo er am leichtesten das Ungetüm erreichen konnte, und schoß es, als er desselben ansichtig wurde, mit einer mit Holundermark und einer Drahtkugel geladenen Flinte in den Hals. Der Werwolf verschwand spurlos. Noch selbigen Tages kam ein altes, der Zauberei verdächtiges Weib mit einer Halswunde zum Pfarrer des Dorfes, bekannte aufrichtig, daß sie vermittelst eines Gürtels aus Wolfshaut, den sie anlege, die Gestalt eines Wolfes annehmen und die, denen sie übel wolle, ins Verderben stürzen könne. Der Zaubergürtel wurde auf Anordnung des Geistlichen den Flammen übergeben, worauf das Werwolfsweib ihrer Zauberkraft verlustig ging; da sie jedoch Reue und Besserung gelobte, ging sie straflos aus.

J. Wolff

838. Der Werwolf zu Ehlingen.

In den Ehlinger Hohen wurde eines Tages ein Jäger von einem Wolf angefallen. Da der Jäger eben nur eine Ladung Schrot in seinem Gewehr hatte, so suchte er sich damit so gut als möglich die Bestie vom Leibe zu halten und blies sie Meister Isegrimm in den Bart hinein. Doch wie erschrak der Jäger, als er, nachdem der Schuß verkracht und der Pulverdampf verschlagen war, einen Mann vom Nachbarsdorf vor sich stehen sah, der vor einiger Zeit verschollen war.

Lehrer Konert zu Hollerich

839. Der getötete Werwolf bei Mamer.

Der Taglöhner X … aus Mamer kam einst von dem nahegelegenen Dorfe Kopstal von einer Hochzeit zurück. Da fand er im Biérendal einen schönen Gürtel. Gleich legte er ihn an und ward in einen Werwolf verwandelt. Lange trieb er nun seinen Spuk in der Gegend von Mamer, bis 395
ihm endlich eine wohlgezielte Kugel den Garaus machte. Als der Jäger herbeieilte und den Gürtel wegnimmt, liegt vor ihm der lang vermißte Taglöhner X …

Lehrer J. Pesch

840. Der Werwolf zu Neff.

Zu Neff, eine halbe Stunde von Bastnach und anderthalb Stunden von Oberwampach, diente vor nicht geraumer Zeit ein junger Mann von Oberwampach, ein ungemein großer, starker Bursche, bei einem Bauern als Fuhrknecht. Der Nachbar dieses Bauern hatte auch einen Fuhrknecht, von dem es aber hieß, er könne sich in einen Werwolf verwandeln. Beide Knechte standen miteinander auf nicht gar freundschaftlichem Fuße. Eines Tages, als der Oberwampacher Knecht zu seinen Eltern auf Besuch gegangen war, der Werwolfsknecht aber wußte, daß er am folgenden Abend zurückkehren müsse, ging dieser ihm als Wolf entgegen. Er begegnete dem Oberwampacher in der Nähe von Neff. Sogleich fiel er ihn an. Jener aber war auch nicht faul und so kämpften und rangen beide lange mit einander. Da gelang es dem Oberwampacher, den Werwolf derart zu verwunden, daß er blutete und nun als Mensch dastand. Da soll dieser ausgerufen haben: »Bis jetzt hab ich als Werwolf mit dir gestritten, nun will ich's als Mensch tun.« Der Oberwampacher aber bearbeitete den andern derart mit seinen derben Fäusten, daß derselbe bald entkräftet am Boden lag. Darauf kehrte der Oberwampacher zurück, um nie mehr nach Neff zu gehen.

841. Das Werwolfsweib zu Hosingen.

Ein alter Schäfer von Hosingen wurde oftmals von einem Wolf belästigt, der heimlich aus dem Wald geschlichen kam, seine Herde in Aufruhr brachte und dann wieder in den Wald zurückfloh. Eines Tages gelang es dem Schäfer, denselben mit seinem Stab zu erreichen, und er hieb tüchtig auf ihn ein. Der Wolf lief heulend davon. Bald darauf kam ein hinkendes Weib auf ihn zu, das ihm spinnefeind war, und diese gestand dem Schäfer, daß sie jener Wolf gewesen sei, den er so derb geprügelt hatte. Sie offenbarte ihm ferner, daß sie kraft eines Gürtels aus Wolfshaut, den sie anlege, die Macht besitze, die Gestalt eines Wolfes anzunehmen, daß aber jetzt ihrem Gürtel, weil durch die Schläge des Schäfers beschädigt, die Zauberkraft genommen sei. Sie bat um Verzeihung und gelobte sich zu bessern.

Zollbeamter J. Wolff

842. Der Werwolf zu Rollingen.

Einst pflügte ein Bauer von Rollingen seinen Acker. Da kam ein Werwolf
zu ihm, blickte ihn beständig grimmig an und ging immer an seiner
Seite. Dem Bauer standen vor Angst die Haare zu Berg. Er machte sich
mit seinem Pflug nach Hause, immer vom Werwolf begleitet. Als sie
beim Dorf waren, klopfte der Wolf dem Bauer auf die Schulter und
sagte, indem er ihn bei seinem Namen nannte: »Du hast wohl getan, daß 396
du mich nicht angeredet hast, sonst wäre es um dich geschehen gewesen.«
Darauf wendete er sich um und ging denselben Weg zurück, den er gekommen war.

843. Der Werwolf aus dem Schweichertal.

Vor etwa hundertzwanzig Jahren waren Österreicher im Schweichertal einquartiert, zu Howelingen, in einem Hause, das noch heute »a Werwolfs« heißt. Einer der Österreicher besaß ein Buch, worin er oft las, was der Sohn des Hauses, ein Knabe von dreizehn bis vierzehn Jahren, bemerkte. Beim Abzug vergaß der Österreicher das Buch, das der Knabe sich sofort zueignete. Tags darauf erschien der Österreicher wieder im Hause und forderte sein Buch zurück. Aber niemand wollte etwas davon wissen, sogar der Bube nicht, der zugegen war. Da sagte der Soldat: »Nun denn, wer das Buch hat, dem wird es nicht zum Nutzen gereichen; unglücklich ist, wer es gefunden hat.«

Der Knabe las nun fleißig im Buch; er lernte daraus die Kunst, sich in einen Werwolf zu verwandeln und wieder Menschengestalt anzunehmen. Einige Jahre nachher machte er die Gegend als Werwolf unsicher, nahm den Leuten auf dem Felde das Abendbrot, kam sogar in die Häuser, nahm die Schinken aus der Hâscht, denn klettern konnte er wie ein Mensch. Wenn die Leute nach Arlon auf den Markt gingen, erschien plötzlich der Werwolf und nahm ihnen Butter, Eier usw. ab.

Zu Hause pflegte er einer Magd zu sagen: »Wenn ein Wolf auf dem Felde zu dir kommt, so wirf ihm deine Schürze hin, so wird er dich unangetastet lassen.« Es geschah nun einmal, daß die Magd in einem Kartoffelstück arbeitete, das an den Kahlenberg stieß, als sie plötzlich ein Geräusch in dem nahen Gebüsch hörte. Bald bemerkte sie ein großes, graurotes Tier auf sich zugelaufen kommen. »Das ist wahrscheinlich ein Wolf«, dachte sie, riß sogleich die Schürze vom Leib und warf sie dem Wolf hin. Dieser zeigte ihr seine grimmigen Zähne, biß dann in die vorgeworfene Schürze und suchte das Weite. Die Magd arbeitete nun unbehelligt fort bis an den hohen Mittag. Beim Mittagessen bemerkte sie, wie der Sohn des Hauses ihre zerrissene Schürze im Mund hatte. »Da hast du dein sauberes Tuch zurück«, sagte er und spie das Gekaute heraus. Erzürnt über das Treiben ihres Sohnes, warf die Mutter das verhängnisvolle Buch ins Feuer und von dieser Zeit an mußte der Sohn Werwolf bleiben.

Einst sah ihn der Baron von Guirsch auf einem Baum sitzen und schoß seine Flinte auf ihn ab, aber der Werwolf blieb unversehrt. Da verschaffte sich der Baron eine silberne Kugel, die er segnen ließ. Diese lud er in sein Gewehr und als er den Werwolf wieder auf einem Baume sah, schoß er auf ihn und ein Mensch fiel zur Erde herab.

Nach anderer Mitteilung verschwand der Werwolf für immer aus dem
397 elterlichen Hause, nachdem die Magd die Fetzen ihrer Schürze zwischen seinen Zähnen entdeckt hatte. Er floh in den Wald und ließ sich von da ab nicht mehr zu Howelingen sehen, sondern hielt sich nun meistens in der Umgegend des Guirscher Schlosses auf. Dem Baron nahm er viele Schafe und fügte ihm sonst Schaden zu, wo er nur konnte. Auch der geübteste Schütze vermochte nicht, ihn zu erlegen; jede Kugel fiel kraftlos zu Boden, bevor sie ihn erreichte. Da der Baron auf seinen Fahrten nach Arlon sich oft von diesem grimmigen, neben dem Wagen einherlaufenden Ungetüm belästigt sah, verschaffte er sich eine gesegnete, silberne Kugel; und als das nächste Mal der Wolf wieder neben dem Wagen herlief, erfaßte der Baron seine mit der silbernen Kugel geladene Flinte und zielte auf den Wolf. Dieser merkte, daß er verloren sei, fing an zu sprechen und bat den Baron, ihn wenigstens als Mensch sterben zu lassen. Doch der Schuß krachte und auf dem Boden lag nicht ein Wolf, sondern ein Mensch in seinem Blute. Nach andern habe der Baron ihn in ein Vorderbein geschossen, und sobald das Blut geflossen sei, habe ein Mensch vor ihm gestanden, der sich vor ihm niedergeworfen und um sein Leben gefleht habe. Seither sei die Gegend von dem gefürchteten Wolf befreit gewesen.

844. Der Werwolfschäfer zu Rodingen.

Man soll nicht alles aufheben, was man findet, hört man oft sagen und hierbei denken die Leute an eine längst verschwundene Zeit, wo man Gürtel hatte, vermittelst derer man sich in einen Werwolf verwandeln konnte. Wer einen solchen Gürtel fand und ihn anlegte, war zur Stunde ein Werwolf und er mußte jeden Tag und zwar zur selben Stunde, in der er den Gürtel gefunden hatte, ihn anlegen und eine Stunde lang als Werwolf umhergehen und alles zerreißen, was ihm in den Weg kam.

Einst hatte ein Schäfer einen solchen Gürtel gefunden. Er band denselben, da er schön war und ihm gefiel, um den Leib. Zur Stunde war er in einen Werwolf verwandelt. Und jeden Tag, so oft die verhängnisvolle Stunde herannahte, in der er den gefährlichen Fund gemacht hatte, mußte er den Gürtel umbinden und als Werwolf umhergehen, bis die Stunde um war und er den Gürtel ablegen und die Menschengestalt wieder annehmen konnte. Oft fiel er in die Herde ein und richtete großen Schaden an. Die Kinder, welche ihm bei der Hut der Schafe halfen, meldeten der Mutter, daß sie nicht mehr mit den Schafen hinausgehen wollten; der Vater entferne sich jeden Tag in den Wald und dann komme ein entsetzlicher Wolf, der die Schafe fresse.

Da die Frau ihrem Manne täglich das Mittagessen hinaustrug und der Mann befürchtete, er könne wohl einmal seiner Frau begegnen und sie zerreißen, so sagte er zu ihr: »Wenn dir unterwegs ein Werwolf begegnen sollte, so wirf ihm deine Schürze vor und entfern dich schnell.« Einige
Tage nachher begegnete der Frau wirklich ein Wolf. Sie warf ihm ihre 398
Schürze vor und eilte rasch von dannen, während der Wolf über die Schürze herfiel. Als die Frau zur Herde kam, war ihr Mann abwesend, kehrte aber bald zurück. Da bemerkte die Frau, daß Fetzen ihrer Schürze zwischen seinen Zähnen staken, und es war nun unzweifelhaft, daß der Werwolf kein anderer gewesen war, als ihr eigener Mann.

Lehrer P. Hummer

845. Der Vater als Werwolf.

Ein Viandener war mit seinem Kinde, einem Mädchen von zwölf Jahren, auf einen Markt gegangen, um dort einige Ziegen zu verkaufen. Auf ihrer Rückreise kamen sie durch den Prinzenkammerwald. Da sagte der Vater zu seiner Tochter: »Geh du voraus, mein Kind, und fürchte nicht. Ich muß etwas beiseite gehen. Wenn auch etwas zu dir kommt, so fürchte doch nicht, selbst wenn ein Wolf käme; will er dich aber beißen, dann wirf ihm nur deine Schürze in den Rachen.« Das Mädchen ging voraus; aber kaum hatte es sich vierzig Schritte von seinem Vater entfernt, als ein Werwolf aus den Hecken kommt und auf das Mädchen losgeht. Das Mädchen schreit, die Ziegen voller Angst reißen an ihren Stricken; da schickt sich der Wolf an, über das Mädchen herzufallen, das, den Rat des Vaters befolgend, ihm schnell die Schürze in den Rachen wirft, worauf der Wolf vor Wut die Schürze mit den Zähnen zerreißt und die Flucht ergreift. Kurz darauf kam der Vater gelaufen. Die Tochter erzählte ihm, was vorgefallen war, worauf er lachend sagte: »Dummes Kind, das war nichts. Sei nur ruhig, der tut dir nichts mehr.« Während er sprach, bemerkte die Tochter mit Schrecken, daß zwischen des Vaters Zähnen die Fäden ihrer Schürze staken. Sie sagte nichts, starb aber bald darauf vor Gram, da sie wußte, daß ihr Vater sich zum Werwolf machen könne.

M. Erasmy

846. Der Schäfer zu Keispelt.

Zu Keispelt war einmal ein Schäfer, der in einem übeln Ruf der Zauberei stand, weshalb er von jedem gefürchtet und gemieden wurde. Seit vielen Jahren ging in der Umgegend ein Werwolf um, der viel Unheil anrichtete, dem man aber weder mit List noch Gewalt beikommen konnte. Es lief ein Gemunkel unter dem Landvolk, als dürfe der Schäfer dem Werwolf nicht ganz fremd sein. Eine Gewißheit hierüber erhielt man durch folgendes Ereignis.

Einst ging der Schäfer mit seinen zwei Kindern, einem Knaben und einem Mädchen, auf die Weide. Als es Mittag war, suchten sie den Schatten des Waldes auf und ließen die Herde unter des Hundes Hut. Da sagte der Schäfer zu seinen Kindern: »Kinder, eßt, was ich im Sack mitgebracht habe, unterdes will ich nachsehen, ob ich das Schaf nicht wiederfinde, das wir gestern verloren. Sollte aber der Wolf kommen, so fürchtet euch nicht. Werft ihm bloß Lischens rote Schürze vor, so wird er euch nichts anhaben können.« Der Schäfer entfernte sich. Nach einer Weile kam wirklich der Wolf dahergetrollt; die Kinder zitterten vor
399 Angst. Doch sie dachten an des Vaters Rat und Lischen warf ihm ihre rote Schürze vor. Der Wolf zerriß dieselbe in tausend Fetzen und ging seiner Wege.

Eine Stunde nachher kam der Schäfer zurück und da er müde war, legte er sich aufs Moos hin und schlief ein. Er hatte aber die Gewohnheit, mit offenem Mund zu schlafen, und da sahen die Kinder, daß der Vater Fetzen von Lischens Schürze zwischen den Zähnen stecken hatte. Hierüber erschraken sie sehr und vermuteten, ihr Vater müsse wohl selbst der Werwolf gewesen sein. Sie nahmen sich vor, keinem Menschen etwas davon zu sagen, weil man sonst ohne Zweifel den Vater totschießen würde.

Als sie abends ins Dorf zurückgekehrt waren, konnte Lischen doch nicht schweigen und erzählte, wie der Vater Fetzen ihrer Schürze, die der Wolf kurz vorher zerrissen hatte, zwischen den Zähnen gehabt habe. Die Sache kam bald zu den Ohren des Richters und der Schäfer wurde durch die Folter gezwungen, ein Geständnis seiner Schuld zu machen, und sagte aus, daß er heimliche Unterredungen mit dem Teufel gepflogen und, daß er von demselben einen ledernen Gürtel erhalten, der, wenn man ihn umschnalle, aus einem Menschen einen scheußlichen Wolf mache. Der Schäfer wurde verbrannt und seine Asche in den Wind gestreut.

N. Steffen, Manuskript

847. Der Werwolf zu Esch an der Alzet.

Einst lebte zu Esch an der Alzet ein alter Junggeselle, der, wenn es anfing zu dunkeln, sich in die Wiesen und Felder begab, gewöhnlich in die Wiesen, genannt »a Wôbrekken«. Damals weidete man die Pferde noch des Nachts. Der Junggeselle band sich dann einen breiten, ledernen Riemen um den Leib, wodurch er sich in einen Werwolf verwandelte. Wie rasend irrte er nun in den Wiesen umher, griff Menschen und Tiere an und selten soll er, ohne ein Füllen gefressen zu haben, sich wieder in einen Menschen verwandelt haben.

848. Der Werwolf zu Rodingen.

Ein reicher Bauer aus Rodingen hatte mehrere Knechte, die nach damaligem Brauch jeden Abend die Pferde auf die Weide führten. Dabei waren dem Bauern auf unerklärliche Weise schon mehrere Pferde und Füllen weggekommen. Eines Abends lagen die Knechte wie gewöhnlich draußen, um die Pferde während der Weide zu hüten. Müde von der Tagesarbeit, waren sie bald eingeschlafen; nur zwei schliefen nicht. Der jüngste Knecht, der einen verdächtigen Gürtel bei einem Mitknecht bemerkt hatte, stellte sich, als schlafe er, um seinen Kameraden zu beobachten. Dieser legte, wie er alles in tiefem Schlafe wähnte, den Gürtel um und machte sich als Werwolf über ein etwas abseits weidendes Füllen her, das er zerriß und auffraß. Nachdem dies geschehen, schnallte er den Gürtel los und legte sich wieder neben seine Gefährten. Bald aber fing er entsetzlich an zu wimmern und klagte den wachgewordenen Knechten über heftige
Leibschmerzen. »Da kann man schon Bauchgrimmen haben«, rief der 400

jüngere, »wenn man ein ganzes Füllen im Leibe hat.« – »Hätte ich das eher gewußt«, schrie der andere, »so hätte ich dich zuerst gefressen!« Der jüngere Knecht verließ am folgenden Tag den Dienst aus Furcht, doch einmal dem Werwolf zum Opfer zu fallen.

Lehrer P. Hummer

849. Der Werwolf zu Mamer.

Zwei Knechte aus Mamer waren abends mit den Pferden auf die Weide gefahren; während diese in der Wiese grasten, legten sich die beiden Hüter in der Nähe eines Gehölzes, in ihre Decken gehüllt, zur Ruhe nieder. Johann, der jüngere, hegte schon lange Verdacht gegen seinen Mitknecht Jakob; denn oft war es geschehen, daß sich dieser heimlich des Nachts entfernte und erst gegen Morgen zurückkehrte, und dann hieß es am folgenden Tage gewöhnlich, der Wolf habe während der Nacht diesem oder jenem Bauern ein Fohlen geraubt. Da Jakob heute abend nur wenig zu Nacht gegessen hatte, beschloß Johann, diesmal ein wachsames Auge auf ihn zu haben. Schon nach einer Viertelstunde ließ Johann ein lautes Schnarchen vernehmen, als sei er in tiefen Schlaf versunken. Leise erhebt sich nun Jakob von seinem Lager und entfernt sich, während sein Genosse alle seine Bewegungen beobachtet. Er zieht einen Gürtel hervor, huscht ins Gebüsch und kehrt nach einem Augenblick als Wolf zurück. Die Pferde werfen schnaubend den Kopf empor und scharen sich zusammen. Aber mit einem Satz wirft sich die Bestie auf ein Füllen und reißt es nieder. In weniger als einer Stunde hatte es der Wolf bis auf den Schwanz verzehrt. Angst und Entsetzen hatten den armen Johann ergriffen; er wagte kaum zu atmen. Nachdem der Werwolf noch die Knochen im Gehölz geborgen hatte, kehrte Jakob zurück und legte sich, wie er glaubte, unbemerkt wieder zur Ruhe. Doch bald weckte er Johann durch sein Gewinsel. Auf die Frage, was ihm fehle, klagte er über furchtbare Leibschmerzen. »Die wird«, sprach Johann, »wohl jeder Vielfraß empfinden, der, wie du, auf einmal des Meisters schönstes Füllen verzehrt hat.« Johann mußte versprechen, nie ein Wort von dem Vorfall zu sagen; bald darauf jedoch verschwand Jakob für immer aus dieser Gegend.

Lehrer Ries zu Mamer

850. Der Werwolfschäfer zu Rosport.

In früheren Zeiten wohnte zu Rosport ein Schäfer, der sich vermittelst eines Gürtels in einen Werwolf verwandeln konnte. Den Bauern waren oft Schafe verschwunden, ohne daß sie recht finden konnten, woher das kommen möchte. Einst hatte er seine Pferche in der sogenannten »Urbelswies« aufgeschlagen. Neben ihm hielt ein Jüngling aus Rosport mit zwei Pferden und einem Füllen auf der Weide. Als es Nacht geworden war, hüllte sich der Jüngling in seine Decke ein und fing an zu schlafen. Der Schäfer, der den Knaben in tiefem Schlafe wähnte, nahm seinen Gürtel, legte ihn um die Lenden und verwandelte sich in einen Werwolf. Darauf fiel er über das Füllen her, zerriß es und fraß es ganz auf. Bei 401
dem ängstlichen Gewieher und Getrappel der Pferde war inzwischen der Jüngling erwacht und sah, wie der Wolf die letzten Stücke des Füllens auffraß und sich dann wieder in einen Menschen verwandelte. Es gruselte dem Jüngling, aber er war klug genug zu schweigen, weil die Nacht noch nicht vorüber war. Als die Sonne aufgegangen war, kam der Schäfer zum Jüngling, grüßte ihn und fing an, mit ihm ganz vertraut zu reden. Dabei stieß ihm das Essen mehrere Mal im Magen auf. Da sagte der Jüngling: »Wenn ich ein Füllen im Leibe hätte wie du, müßte ich auch ›repsen‹.« Der Schäfer sah sich verraten und sprach voll Zorn: »Hätte ich das vor Sonnenaufgang gewußt, so wäre es dir ergangen wie dem Füllen.« Zu Hause angekommen, erzählte der Jüngling, was vorgefallen war. Die Bauern merkten nun, wie es zugegangen, daß ihnen soviele Schafe abhanden gekommen. Sie bemächtigten sich des Schäfers, führten ihn vor den Richter und peitschten ihn dreimal nackend um den Galgen herum. Darauf wurde er mit Frau und Kind des Landes verwiesen.

Lehrer M. Bamberg zu Steinheim

851. Der Werwolf von Vianden.

Schr … aus der Kerzenbach erzählte, er sei im Sommer mit einem Nachbar von Vianden nach Luxemburg und von dort zurück nach Vianden gereist. Wie sie auf der Rückreise bei Lintgen im Königsbrill (Wiesen) angekommen waren, sagte Schr., er möchte gerne ausruhen; sein Kamerad war's zufrieden. Währen Schr., hingestreckt, ein wenig eingeschlummert war, weckte ihn plötzlich ein heftiger Schrei. Sein Kamerad war fort, aber Schr. bemerkte, daß ein Wolf in der Wiese ein junges Pferd totgebissen hatte und beschäftigt war, es aufzufressen. Der

Schrecken lähmte alle seine Glieder, als bald darauf der Wolf sich abschüttelte, einen Gürtel vom Leib löste und wieder Mensch ward. Es war sein Kamerad. Schr. blieb ruhig liegen und tat, als schlafe er. Darauf kam sein Kamerad, machte, als erwache er, und schüttelte den Schr., er solle aufstehen, sie hätten schon lange genug gelegen. Schr. stand auf und ließ nichts merken. Als beide nach Colmar gekommen waren, sagte Schr., er wolle etwas essen. Der andere sprach: »O was! wir sind so nahe bei Diekirch, laß uns dahin gehen.« – »Ja, wenn ich ein Füllen im Leibe hätte, wie du«, sagte Schr., »dann wollte ich noch warten.« – »Das hättest du mir eher sagen sollen«, entgegnete der Werwolf, entfernte sich schnell und ward von Stund an nicht mehr gesehen.

M. Erasmy

Ganz ähnlich, wie die vorstehenden Sagen, verlaufen weitere aus Remich, Bartringen, Esch an der Alzet, Neunhausen, Gonderingen (Junglinster), Wecker (Grevenmacher), Eschweiler (Wilz), Monnerich, Lintgen und eine aus Oberwormeldingen, die den abweichenden Schluß hat: Nachdem der Knecht, der das Füllen verzehrt hatte, sich entdeckt sah, stieß er einen Schrei aus, daß das ganze Moseltal davon widerhallte; sofort war er in
402 einen Werwolf verwandelt, der eiligst über die Flur »Hangels« davonlief. In finsteren, stürmischen Nächten soll man noch heute des Wolfes Geheul von jener Stelle her vernehmen, wo er das Füllen gefressen hat.

5. Die Macht der Geistlichen

852. Der Werwolf zu Wahl.

Vor gar vielen Jahren war ein Mann aus Wahl mit dem Pfarrer in Streit geraten und hatte demselben Grobheiten gesagt und Drohungen gegen ihn ausgestoßen. Das müsse er, sagte der Pfarrer, schwer büßen. Am folgenden Sonntag verließ der Mann kurz vor der Wandlung die Kirche und war seit dieser Zeit verschwunden. Dagegen erschien nun jeden Tag ein Wolf in der Küche des verschollenen Mannes, um Nahrung zu suchen, wurde aber stets von den Kindern des Hauses verjagt und verfolgt. Nach dem Tode des Pfarrers verschwand der Wolf aus der Gegend. Zu Ell aber gesellte sich von diesem Tage an jede Nacht ein Wolf zu den Grenzaufsehern, die im Walde den Schmugglern auflauerten. Dieser Wolf zeigte sich bald so zahm, daß die Grenzaufseher ihm sogar von ihrem Essen mitteilten. Auch erzählten sie, da ihnen des Tieres Gebahren sehr auffiel, eines Tages dem Pfarrer davon. Dieser gab ihnen eine silberne Kugel, die er gesegnet hatte, und hieß sie, dieselbe so auf den Wolf abzuschießen, daß derselbe nur an einem Fuß verwundet würde. Die Grenzaufseher taten, wie ihnen befohlen war, und sieh! da stand vor ihnen jener verschollene Mann aus Wahl, blutend an einem Fuß, abgehärmt und hager. Seine eigenen Kinder hatten ihm nach dem Leben getrachtet.

853. Der Werwolf zu Merl.

Der Schmied zu Merl hatte eine Tochter, die fuchsrote Haare hatte. Diese war in der Schule sehr ausgelassen, lernte den Katechismus nicht und besuchte unregelmäßig die Christenlehre, so daß der Pfarrer sich genötigt sah, sie derb zu züchtigen. Darob ergrimmte der Vater und da er einen Riemen besaß und sich durch Umschnallen desselben in einen Werwolf verwandeln konnte, so wollte er dem Pfarrer einen bösen Streich spielen. Als dieser sich nämlich tagsdarauf zu der etwas entfernten Kirche begab, um die hl. Messe zu lesen, kam jener Schmied als Werwolf und jagte ihm Angst ein. Da dachte der Pastor: »Warte, du verwandelst dich sobald nicht mehr«, ging in die Kirche und betete über ihn. Es war aber ein Student in der Messe, der Latein verstand. Als dieser nach Hause kam, sprach er zu seiner Mutter: »Heute hat der Pastor keine gute Messe getan.« – »Und warum denn?« fragte diese. – »O«, erwiderte er lachend,
»für den sie war, der sieht Merl sobald nicht wieder.« Der Pastor hatte 403
dem Schmied die Gewalt abgenommen, sich wieder in einen Menschen zu verwandeln, so daß er Wolf blieb und im Walde verschwand.

Etwas abweichend wird erzählt: Der Mann, mit dem der Pastor in Streit lebte, befand sich während der hl. Messe in der Kirche. Als der Pastor sein Gebet gesprochen hatte, stieß ein anwesender Student seinen Nebenmann in die Seite und sagte: »Haut as et fir ê gangen!« Kaum hatte er das gesprochen, da erhob sich jener Schmied und verließ die Kirche. Draußen angelangt, war er in einen Wolf verwandelt, legte die Vorderpfoten auf das Fenstersims und schaute in die Kirche hinein. Von der Zeit an ward er nie mehr gesehen.

854. Der Pastor von Helfant.

Der Pastor Leonard von Helfant kam eines Tages von Wincheringen zurück, wohin er mit den hl. Sterbesakramenten zu einem Kranken gegangen war. Während er den Wald entlangschritt, der zwischen Helfant und Wincheringen liegt, stürzten plötzlich zwei Räuber aus demselben, welche Geld oder Blut forderten. Da steckte der Pastor einen Stock in die Erde und setzte ruhig seinen Weg fort. Die Räuber aber waren festgebannt. Zu Hause angelangt, sagte der Pastor zu einem Jüngling: »Geh morgen in aller Frühe, bevor noch der Tag anbricht, den Wald entlang. Dort wirst du meinen Stock finden, der mir gestern abend im Weg steckengeblieben ist. Den bringst du mir zurück.« In aller Frühe schlug der Jüngling die bezeichnete Richtung ein, fand den Stock und brachte ihn dem Pastor. »Bist du schon zurück, Matthias?« sprach dieser. – »Ja, Herr«, erwiderte der Jüngling, »es war Zeit, daß ich kam, denn es standen deren schon zwei dabei.«

855. Der festgebannte Jüngling.

Zu Hostert bei Niederanwen war einst einem Jüngling die Lossprechung verweigert worden. Um sich zu rächen, beschloß er, dem Pastor im Walde aufzulauern und ihn zu erschlagen. Als dieser nun achtlos durch den Wald dahergeschritten kam, stürzte sich der Jüngling auf ihn, mußte aber plötzlich festgebannt stehen bleiben, als der Geistliche ihm zurief: »Bleib stehen, bis ich zu Hause bin!« Der Pastor setzte ungehindert seinen Weg fort. Am andern Morgen schickte er einen Mann in den Wald, den Jüngling heimzuschicken. Aber o Schrecken! der Jüngling stand da ohne Leben, kohlschwarz: die Sonnenstrahlen hatten ihren Schein auf ihn geworfen und er war zum Teufel geworden, wie es jedem Festgebannten ergeht, sobald die Morgensonne auf ihn scheint.

856. Der Kartäuserpriester.

In dem Kartäuserkloster bei Trier diente vor mehr als hundert Jahren
ein Mann aus Greiweldingen. Eines Tages fuhr er mit einem Klosterherrn
über Land, um den Zehnten zu erheben. Als sie oberhalb Kartaus über
404 eine Brücke mußten, gewahrten sie zwei Räuber, die Miene machten,
über sie herzufallen. »Herr«, rief der erschrockene Kutscher, »da stehen
zwei Räuber!« – »Laß sie stehen und fahr nur zu!« sagte der Geistliche.
Der Kutscher gehorchte, die beiden Räuber aber rührten sich nicht, sie
waren festgebannt.

Als am Abend der Kutscher beschäftigt war, die Pferde zu füttern, trat der Priester zu ihm und sagte: »Johann, sollen wir die beiden dahinten wieder gehen lassen?« – »O«, rief dieser, »stehen die noch da, dann sind sie gewiß erstarrt.« Es war nämlich ein kalter Wintertag. »Gewiß«, erwiderte der Klosterherr, »die stehen noch immer an derselben Stelle festgebannt.«

857. Das Biergerkreuz im Grünwald.

Im Grünwald, an dem Weg, der vom Schetzelsbur nach Burglinster führt, steht ein Kreuz, unter dem Namen Biergerkreuz bekannt. Vor langer Zeit wurde an diesem Orte eine Untat verübt, welche zur Errichtung dieses Kreuzes Veranlassung gegeben hat.

Ein Geistlicher, welcher abends, so zwischen Tag und Nacht, an dieser Stelle vorübergehen wollte, wurde plötzlich von drei Strolchen, die ihm auflauerten, angefallen. Um sich zu schützen, griff er schnell nach seinem Brevier und betete aus demselben eine kurze Bannformel, worauf die Angreifer nicht ein Glied mehr am Leibe rühren konnten: sie waren gebannt und mußten unbeweglich in der vorher eingenommenen Stellung verbleiben. Jedoch ließ der Geistliche aus Unversehen auf einmal das Brevier zu Boden fallen. Augenblicklich war auch der Bann gelöst. Die Strolche fielen über den Wehrlosen her und töteten ihn, doch so, daß man nicht eine einzige Spur von Verletzung an seiner Leiche zu finden vermochte.

J. Schmit aus Esch an der Alzet

858. Der Bann und seine Lösung.

Ordensleuten und Priestern legte man die Macht bei, wen sie nur wollten, festzubannen. Nachfolgendes ereignete sich bei Diekirch.

Einst kehrte der Priester des Spitals abends von einem nahen Dorfe nach Diekirch zurück. Plötzlich trat ihm ein Klausner, der sich in der Umgegend aufhielt, in den Weg und forderte Geld oder Blut. »Freund«, sagte der Priester, »ist das Euer Ernst?« – »Mein voller Ernst«, entgegnete der andere. »Nun, wenn es nicht anders sein kann, so wollen wir die Sache in Güte abmachen; nehmen wir noch eine Prise.« Der Räuber war's zufrieden. Während dieser Zeit hatte der Priester das Banngebet gesprochen. »Taugenichts«, donnerte er dann den verblüfften Räuber an, »hier bleibst du stehen, bis ich den Bann löse.« Jener stand festgebannt. Der Priester aber eilte dem Spital zu; dort angelangt, fiel er in Ohnmacht. Als er wieder zur Besinnung gekommen war, erzählte er dort den Vorfall. »Um Gottes Willen, so eilen Sie doch morgen vor Sonnenaufgang vor das Tor«, sprach sein Mitbruder, »und machen Sie das Kreuz über den 405

Unglücklichen, sonst ist er mit Leib und Seele dem Teufel verfallen.« Der Priester tat es und der Räuber war vom Banne frei. Wäre der Priester erst nach Sonnenaufgang hingegangen, so hätte sein »Wort« keine Wirkung mehr gehabt und der Böse hätte den Räuber geholt.

859. Vom Bannen der Geistlichen.

A. Es war die feste Überzeugung früherer Zeiten, an der bejahrte Personen noch heute festhalten, daß die Geistlichen die Gewalt hätten, ihnen gefährliche Menschen und Tiere »stehen zu tun«, d.h. durch eine geheime Gebetsformel an der Stelle, wo sie sich befinden, festzubannen.[1] Dort müssen die Gebannten unbeweglich stehen, bis der Geistliche, der sich inzwischen durch die Flucht der Gefahr entzogen hat, den Bann löst. Ältere Leute wissen hierüber manches zu erzählen.

Zur Zeit der französischen Schreckensherrschaft ging ein Priester, der den konstitutionellen Eid abzulegen sich geweigert hatte, in der Nähe des Notumer Kreuzes spazieren. Zwei Gendarmen, welche den Auftrag hatten, ihn einzufangen, näherten sich ihm und forderten ihn auf, ihnen zu folgen. Der Geistliche schien bereit, reichte ihnen seine Tabakdose hin und nachdem die beiden eine Prise genommen, verneigte er sich, indem er sprach: »Adieu«, und verschwand darauf im Walde. Die Gendarmen aber blieben wie an den Boden genagelt stehen. Erst als der Geistliche in Sicherheit war, löste er den Bann und die Gendarmen erhielten ihre freie Bewegung wieder.

B. Ein früherer Pastor von Esch a.d. Sauer kam einst bei einbrechender Nacht mit Wertsachen durch die Feulener Hecken. Plötzlich standen zwei vermummte Gestalten vor ihm, welche ihm sein Geld abforderten. Indem der Geistliche ihnen einige kleine Münzstücke hinwarf, bannte er sie fest und entfernte sich. Auch der Hund, den der Geistliche bei sich

1 Wie in den Ardennen allgemein geglaubt wird, können die Geistlichen auch Feuersbrünste löschen, indem sie durch das Kreuzzeichen oder auch ohne dasselbe bewirken, daß der Wind eine andere, ungefährliche Richtung nimmt oder sich gänzlich legt. Meistens bemerkt das Landvolk, daß in dem Augenblick, wo der Geistliche bei einer Feuersbrunst erscheint, die Flammen wenigstens auf kurze Zeit nicht so hoch emporzüngeln als vorher.

Lehrer Schlösser zu Esch a.d. Sauer

Erscheint ein Geistlicher bei einer Feuersbrunst, so nimmt der Wind die der Weiterverbreitung des Feuers wenigstgünstige Richtung an, wenn nicht vollkommene Windstille eintritt.

P. Wolff

hatte, mußte festgebannt stehen bleiben. Erst als der Geistliche im Heiderscheider Berg angekommen war, löste er den Bann. Der Hund kam wieder zu ihm, aber von dieser Stunde an »taugte« er nichts mehr.

C. Auch zu Rindschleiden hielt sich ein Geistlicher auf, welcher der 406
französischen Republik den Eid der Treue verweigerte. Als er eben mit der Hausfrau im Gespräch stand, erschienen plötzlich Gendarmen, um ihn mit sich wegzuführen. »Gebt den Herren ein Schnäpschen,« sagte er zur Hausfrau und winkte derselben in die Küche. Dort sagte er: »Wenn Ihr glaubt, daß ich die Großbuser Hecken hinter mir habe, dann sagt zu den unbeweglich dastehenden Gendarmen: Macht euch fort! Erst dann werden sich dieselben von der Stelle bewegen können.«

Lehrer Schlösser zu Esch a.d. Sauer

D. Der Pastor von Burscheid ward einst, als er von Ettelbrück nach Hause zurückkehrte, von zwei Männern überfallen, die Geld oder Blut forderten. Vergebens bat er sie, ihn seines Weges ziehen zu lassen. Da bannte er sie an die Stelle fest. Zu Hause angekommen, nahm er ein Buch, worin vom Bann und dessen Lösung stand, und ließ beide wieder los.

860. Der Einsiedler in Differt.

A. Am südlichen Abhang des Hammberges, eine Viertelstunde von Ehnen, lag ehedem eine Klause, die zuzeiten von einem Einsiedler bewohnt war. Als derselbe einst abwesend war, brachen Diebe in die Klause ein, um zu stehlen. Unterdessen kam der Einsiedler zurück, sah die Diebe, ließ sie ruhig gewähren und hieß sie dann, sich an das angezündete Feuer setzen. Sie taten's. Bald aber wurde die Hitze so groß, daß sie für gut fanden, sich weiter vom Feuer zu entfernen. Wie erstaunten sie aber, als sie nicht mehr von der Stelle kamen und wie an die Erde festgenagelt waren. Der Einsiedler schürte immer das Feuer und die Bösewichte troffen in unausstehlicher Hitze von schrecklichem Schweiß. Endlich hob der Einsiedler den Bann, der die Diebe festhielt, gab ihnen einen strengen Verweis wegen ihres bösen Lebenswandels und entließ sie zuletzt, nachdem sie versprochen hatten, nie mehr zu stehlen.

Lehrer Linden zu Rollingen

B. Vor einigen Jahren noch konnte man in einem unweit Stadtbredimus, und an der Mosel gelegenen Weinberg, genannt Diefert, die Überreste einer alten, zerfallenen Klause bemerken.

Gegen Mitte des vorigen Jahrhunderts lebte dort ein frommer, gottesfürchtiger Mann mit Namen Antonius, der überall in der ganzen Gegend geliebt und geehrt wurde. Bruder Anton besaß, wie der Volksglaube erzählt, neben andern übernatürlichen Gaben auch jene des »Stehentuns« oder »Bännens«, und er brauchte nur seinen Hut auf den Wacholderstab, dessen er sich stets bediente, zu setzen und eine kleine Gebetsformel herzusagen, um den Bezeichneten an die Stelle, wo er stand, festzubannen.

So geschah es, daß eines Tages – es war eben hohes Fest in dem benachbarten Dorfe Greiweldingen und Bruder Anton war dorthin gegangen, um seinem Gott zu huldigen – zwei Burschen in die Zelle eindrangen
407 und nach den dort vermeintlich verborgenen Schätzen in allen Ecken stöberten und wühlten.

Nach langem, vergeblichem Suchen waren sie eben beschäftigt, mit einigen geringeren Wertsachen, einem silbernen Kruzifix, einer geschriebenen, alten Bibel, das Weite zu suchen, und hatten schon die tiefer gelegene Talwiese erreicht, als Bruder Anton, der, eben von Greiweldingen herkommend, den sogenannten Primelberg herniederstieg, ihrer ansichtig wurde. Sie wollten fliehen, aber der Klausner, ahnend, was geschehen war, sprach die verhängnisvolle Gebetsformel und bannte die beiden Eindringlinge fest. Er nahm ihnen den Raub ab und erst nach einiger Zeit, als jene flehentlich baten und versprachen, den betretenen Weg der Gottlosigkeit zu verlassen und sich zu besseren Gesinnungen zu bekehren, löste er den Bann. Heute noch trägt die Stelle, wo sich dieses zugetragen hat, den Namen »an der Bannwies«.

J. Weyrich aus Ehnen

861. Gebannte Diebe.

Neunkirchen ist heute nur mehr ein uralter Kirchhof bei Bus. Dort war früher eine Kirche, welche die Pfarrkirche von neun umliegenden Ortschaften war, unter andern von Remich und Bus. Als der Pfarrer sich einmal zu Remich befand, sagte er plötzlich: »Jetzt sind Diebe in das Pfarrhaus eingebrochen. Aber die sollen mir nicht entwischen.« Er nahm sein Brevier, blätterte hin und her, machte Zeichen in die Luft und rief dann: »Jetzt kommen sie eine Stunde lang nicht von der Stelle!« Er eilte mit bewaffneter Mannschaft nach Bus und als man ins Haus trat, verhielt sich die Sache wirklich, wie der Pfarrer gesagt hatte. Die Diebe wurden ergriffen und bestraft.

Lehrer N. Biver zu Remich

862. Sonderbarer Baum.

Die in der französischen Revolution verfolgten Geistlichen erfreuten sich eines besonderen, göttlichen Schutzes. So geht die Sage von einem gewissen Wellenstein, der oft auf wunderbare Weise den Händen seiner Feinde entging. Einmal rief ein Bauer ihm zu: »Herr Wellenstein, Ihr seid verloren! Da unten kommen zwei französische Gensdarmen geritten.« – »Die fürchte ich nicht,« sprach der Geistliche und stellte sich mit erhobenen Händen einen Schritt seitwärts ins Gebüsch. Schon sind die Reiter an Ort und Stelle und sieh! sie steigen ab, um hier ein wenig auszuruhen, und binden ihre Pferde je an den rechten und linken Arm des Geistlichen. Das Bäuerlein war außer sich vor Staunen. Die Reiter zogen bald wieder fort. Der Geistliche ließ die Arme sinken und trat auf den Bauer zu, indem er sagte: »Sie nahmen mich für einen Baum. Sie konnten mir nichts anhaben.«

Lehrer N. Biver zu Remich 408

6. Das Zauberbuch

863. Der Teufelsbanner zu Bissen.

Ein Seminarist aus Bissen, der für die Ferien in sein Vaterhaus zurückgekehrt war, gab auf die Frage, was er denn schon gelernt habe, zur Antwort, er habe als Exorzist die Macht erhalten, den Teufel zu bannen. Da bat der Vater den Sohn, ihnen doch den Spaß zu machen und den Teufel aus der Hölle heraufzubeschwören; worauf der Seminarist niederkniete und leise in einem Buch betete. Es dauerte nicht lange und drei Schläge erdröhnten an die Stubentür. Und sieh! beim dritten Schlag sprang ein seltsames Männlein durch eine Ritze herein. Anfangs lachte man über die winzige Gestalt; als aber das Männlein während des Gebetes immer größer wurde und schon die Größe eines ausgewachsenen Mannes erreicht hatte, bat man entsetzt den Seminaristen, durch sein Gebet den Teufel wieder wegzubannen. Doch o Schrecken! derselbe wuchs noch immer, schon waren Tür und Fenster zu klein, um ihm den Ausgang zu gestatten. In Angstschweiß gebadet, fuhr der Sohn in seinem Gebet fort, die ganze Familie fiel neben ihm auf die Kniee; so betete man stundenlang, um des bösen Geistes, der nicht mehr aus dem Hause weichen zu wollen schien, loszuwerden. Endlich begann er an Größe abzunehmen und als er zuletzt wieder zum winzigen Männlein zusammengeschrumpft war, verschwand er mit fürchterlichem Gebrause durch die Wand, nachdem er das ganze Haus mit Schwefelgestank erfüllt hatte.

J. Engling, Manuskript, 176

864. Die Mäuse zu Kopstal.

Johann kam eines Abends zu seinem Nachbar Peter (in Peteschhaus), der eben abwesend war. Auf dem Tisch lag ein offenes Buch. Johann begann darin zu lesen. Was geschah? Plötzlich kamen Mäuse über Mäuse aus allen Ecken ins Zimmer. Entsetzt bebte Johann an allen Gliedern. Da trat Peter ein, sah was vorgefallen war, ergriff rasch das Buch und rückwärts lesend tat er die Mäuse wieder verschwinden.

Lehrer Wahl zu Kopstal

865. Die zitierten Teufel.

In einem Hause zu Ehnen saßen vor langer, langer Zeit des Abends in der Spinnstube eine Anzahl junger Leute, welche sich mit Räubergeschichten, Geisterbeschwörungen und dergleichen unterhielten. Da erbot sich einer von ihnen, mit Hilfe eines Buches, das er besitze, den Teufel zu zitieren. Den Weibern standen bei diesen Worten die Haare zu Berg und sie schrieen vor Angst und rieten es ihm ab. Das ergötzte die tollen Burschen nur um so mehr und sie drangen in ihren Kameraden, den Versuch zu machen.

Er stellte sich also hin, murmelte aus einem Buch viel unterständliches Zeug, machte dabei allerlei Gebärden und Zeichen und kaum war die Beschwörungsformel zu Ende, als sich draußen in der Küche unheimliches
409 Gepolter und Pfeifen vernehmen ließ. Die Stubentür ging auf und herein ringelten, schlichen und krochen eine Menge zischender Schlangen, großer Eidechsen, Kröten, schwarzer Katzen und dergleichen. Alle öffneten die glühenden Mäuler und sprühten Feuer aus Rachen und Augen, während das Getöse draußen fortdauerte. Alle Anwesenden waren starr vor Entsetzen und die nicht in Ohnmacht fielen, retteten sich auf Tische

und Stühle und baten den Zauberer, die bösen Geister doch zu entlassen. Dieser aber zitterte am ganzen Leibe bei dem schrecklichen Erfolg seines Spasses und wußte nicht, was anfangen, um die Teufel wieder zu vertreiben.

Zum Glück ging der Pfarrer eben vorbei, kam auf das Geschrei herein und sah, was geschehen war. Ohne sich lange zu bedenken, segnete er einen Sack voll Erbsen, der in der Stube stand, schüttete die Erbsen in der Stube umher, so daß sie den ganzen Fußboden bedeckten, und las dann schnell aus dem Zauberbuch dieselbe Formel rückwärts, worauf die bösen Geister verschwanden. Der Herr Pfarrer aber hielt den verwegenen Burschen eine strenge Strafpredigt und steckte das Buch, Geistlicher Schild genannt, in die Tasche, damit nicht wieder durch einen Unberufenen ein so schlechter Streich gespielt werde.

Lehrer Linden zu Rollingen

7. Hexen

866. Die gebannten Pferdediebe.

Zu Krautem wohnte ehedem eine Hexe, welche den armen Leuten viel Böses antat. Dann gaben die Kühe anstatt Milch rotes Blut, die Pferde wichen nicht aus dem Stall usw. Einst waren während der Nacht drei Pferde von der Weide weggetrieben worden. Man lief sofort zur Hexe hin, um dieselbe nach den Dieben zu fragen. Diese versprach ihnen, für eine Summe Geld die Diebe zu bannen und ihnen den Ort zu zeigen, wo sich die Pferde befänden. Nachdem man ihr das Geforderte gebracht hatte, murmelte sie einige unverständlichen Worte und sprach dann, sie habe die Diebe an den und den Ort gebannt, man könne die Pferde holen gehen. Die Leute gingen hin und fanden wirklich ihre Pferde an der bezeichneten Stelle.

867. Die Hexe zu Folschet.

Bei Folschet fuhr ein Bauer mit einem Wagen Heu, den sechs Pferde zogen, auf ebenem Wege dahin. Auf einmal blieb der Wagen stehen. Der Bauer trieb die Pferde an, aber diese vermochten den Wagen nicht von der Stelle zu bringen. Da kam ein anderer Bauer herangefahren. Der erstere spannte des letzteren Pferde noch an seinen Wagen, aber dieser
blieb, wie vorher, unbeweglich stehen. Da sagte der zuletzt angekommene 410

Bauer: »Ruf die Frau, welche dort Kräuter sucht, versprich ihr etwas Geld und dann werden die Pferde den Wagen schon wegbringen.« Jener ging hin und sagte zu der Alten: »Ich gebe dir zehn Sous, wenn du es fertig bringst, daß mein Wagen da unten von der Stelle kommt.« Die Frau ging mit ihm. Beim Wagen angekommen, trat sie zu einem der vorderen Räder, betrachtete es, ging dann zu einem hinteren, und so fort. Als sie zu dem letzten gekommen war, rief sie den Bauern und sagte: »Sieh unter diesem Rad liegt ein Sou; der hinderte, daß der Wagen von der Stelle kam.« Darauf nahm sie die Peitsche, trieb die Pferde an und diese liefen so schnell, daß der Bauer nur mit vieler Mühe dem Wagen folgen konnte.

Einst ging dieselbe Hexe an einem Baum vorbei, auf dem zwei Knaben saßen und Obst lasen. »Gebt acht, Kinder, daß ihr nicht vom Baume fallt!« rief sie. Kaum war sie hundert Schritte vom Baum entfernt, so fielen beide Knaben herunter. Die Alte hatte sie behext.

868. Eine Hexe macht Wind.

Ein alter Mann aus Rodingen kam eines Abends bei einbrechender Dunkelheit über den Berg. Alles war still und kein Lüftchen regte sich. Wie er aber oben auf dem Berge angelangt war, fing es auf einmal an zu blasen und zu heulen, als ob die Welt untergehen wolle. Plötzlich sah er in einiger Entfernung, dicht am Wege, etwas Weißes in der Luft schweben. Er machte noch einige Schritte vorwärts, und sieh da! es ist eine alte Frau aus dem Dorf, welche da sitzt und ein großes, weißes Tuch um den Kopf gebunden hat. »Marei-Kätchen,« redete er sie an, »was macht Ihr da? Wohin geht Ihr?« Die Alte aber antwortete: »Geh deinen Weg! Ich frag ja nicht, was du machst und wohin du gehst!« Der Mann behauptete steif und fest, daß niemand anders als die Alte jenen großen Wind heraufgehext habe.

Lehrer P. Hummer

869. Die Wetterhexe von Rodingen.

Zu Rodingen lebte vorzeiten eine Alte (mit diesem Namen bezeichnete man dort eine Hexe), welche »das Wetter machen konnte«. Das Regenmachen war ihre eigentliche Spezialität.

Einst herrschte große Trockenheit; seit Wochen war kein Tropfen Regen gefallen und noch immer zeigte sich kein Wölkchen am Himmel.

Da sagte auf einmal die Alte: »Jetzt will ich es aber auch einmal regnen tun; ich will zeigen, was ich kann!« – »Und wie macht Ihr denn das?« fragte man sie. – »Ganz einfach,« erwiderte die Alte, »ich will heute einlegen, zu ›bauchen‹; wenn ich dann morgen meine Wäsche mache, wird es regnen!« Während die Alte mit dem »Bauchen« beschäftigt war, herrschte das schönste Wetter; als sie aber ihre Wäsche machte, regnete es in vollen Strömen. Von nun an hieß man sie nur mehr die Wetterhexe.

Lehrer P. Hummer 411

870. Wetterhexe fällt aus der Wolke.

Ein Mann aus Mamer sah, wie bei einem schweren Gewitter, das sich über Mamer und Holzem entlud, nach einem fürchterlichen Donnerschlag eine alte Frau – es war eine Nachbarin – aus der Gewitterwolke vor ihm niederfiel.

Lehrer Ries zu Mamer

871. Die Hexe von Wilz.

In einem Hause zu Wilz lebte eine Frau, welche als Hexe bekannt war. Jeden Abend, wenn alles im Hause schlief, ging sie unter den Schornstein in der Küche stehen, machte verschiedene, wunderliche Bewegungen, bis sie sich zuletzt erhob und zum Schornstein hinausflog. Wenn der Tag zu grauen anfing, kehrte sie zurück. Die Magd hatte sie schon lange bei ihrem nächtlichen Treiben beobachtet, aber einmal machte sie ein Geräusch, welches die Hexe vernommen haben mußte, denn sie kehrte nie mehr wieder.

Greg. Spedener

872. Hexen zu Esch a.d. Sauer.

Allabendlich um Mitternacht erschienen die Hexen auf verschiedenen Kreuzwegen zu Esch a.d. Sauer unter der Gestalt von schwarzen Katzen; sie schrieen, heulten, zankten, Menschenstimmen hörte man unter Katzengeheul. Auf einmal rief dann die älteste Hexe: »Fort auf dem Besenstiel!« und sie huschten alle, auf Besenstielen reitend, durch die Luft davon und es war keine Spur mehr von ihnen zu sehen.

Lehrer Schlösser zu Esch a.d. Sauer

873. Die Hexenfahrt.

Die Köricher Heide ist der Sammelplatz der Hexen. Nachts kommen sie dort zusammen und beratschlagen, was sie den Tag über tun sollen.

Wenn eine Hexe sich zu einem weitentlegenen Orte begeben will, reibt sie sich mit einer gewissen Flüssigkeit unter den Armen und ruft: »Iwer all Hecken an Traisch!« Sofort fährt sie mit Gedankenschnelligkeit durch die Luft über Hecken und Gesträusch hinweg und kommt an dem Orte an, wohin sie gewollt.

Ein Junge aus der Gegend von Tüntingen hatte die Tochter einer Hexe zur Geliebten und besuchte dieselbe oft. Als er sich einst spät abends dem Hause näherte, sah er, wie Mutter und Tochter am Fenster standen, aus einem Fläschchen eine Flüssigkeit nahmen, sich damit unter den Armen rieben und, nachdem sie den Spruch getan: »Iwer all Hecken an Traisch!«, fort durch die Luft fuhren. Da der Junge das Fläschchen noch oben am Fenster stehen sieht, läuft er hinauf, schmiert sich mit dem Inhalt des Fläschchens die Achselhöhlen und ruft, da er den Spruch nicht gut verstanden: »Durch all Hecken an Traisch!« Ganz geschunden und
412 zerfetzt kommt er bei den Hexen auf der Köricher Heide an.

874. Hexentänze[1] bei Konstum.

Bei Konstum bemerkte man manchmal morgens in den Wäldern auf den Kohlenplätzen einen Kreis, wie er durch einen längeren Rundtanz zu entstehen pflegt. Das waren, sagten die Leute, die Hexen, die hier während der Nacht ihre Zusammenkunft gehalten und getanzt haben.

875. Hexentanzplatz bei Wormeldingen.

A. Wenn man von Wormeldingen nach Dreiborn geht, kommt man über den Acker, der »Jenkenkopp« heißt. Hier sah man vor noch wenigen Jahren in einem Kleefelde einen Kreis, der ungefähr zehn Meter im Durchmesser haben mochte. Im Kreisring selbst, der etwa einen halben Meter breit war, wuchs nichts; man sah nur den nackten Boden, der vom

1 Hexentänze nennt man auch zirkelrunde Plätze auf den Wiesen, Feldern und in Wäldern, wo der Boden oder das Gras eine von der Umgebung abstechende Farbe hat.

vielen Treten ganz zusammengestampft war. Auch als nachher das Kleefeld umgeackert wurde, blieb der Kreisring unfruchtbar und zertreten nach wie vor, weil hier die Hexen immer noch des Abends ihr Tänze hielten.

Lehrer Konert zu Hollerich

B. In der Nähe des Schlosses Dreiborn, ungefähr eine Viertelstunde von Wormeldingen entfernt, liegt ein dem Winzer Math. Schmit aus Wormeldingen zugehöriger Acker. Dort befindet sich eine Stelle, auf welcher nichts wächst oder die Pflanzen doch nur kümmerlich fortkommen. An diesem Ort, heißt es, haben früher die Hexen getanzt.

876. Noch andere Versammlungsorte und Tanzplätze der Hexen.

A. Beim Weißekreuz zu Grevenmacher sollen sich sonst alle Hexen der Gegend zum Tanz versammelt und gegen die Stadt verschworen haben.

Lehrer Wagener zu Grevenmacher

B. Im Ort Bärenthal zwischen Mamer und Kopstal befindet sich eine Stelle mitten in einer Wiese, wo noch heute nichts wächst. Hier sollen die Hexen ihre nächtlichen Tänze gehalten haben.

Lehrer Wahl zu Kopstal

C. Auf dem Stênkämpchen zu Wilz haben ehedem die Hexen sich in nächtlicher Zusammenkunft belustigt und getanzt.

877. Tanzplatz der Hexen zu Diekirch.

Bei Diekirch befindet sich auf dem Feld, hinter dem Walde Seitert, ein Ort, welcher noch heute Rebcheskimmerchen (Rübches Kammer) heißt. Dort sollen sich die Hexen unter einem dicken Birnbaum, der sich in einer talartigen Schlucht befindet, zum Sabbat versammelt haben. An
einem solchen Tage kamen die Hexen auf Besenstielen dorthingeritten, 413
hielten Rat und bereiteten auch wohl ihre Zaubermittel. Wehe dem Wanderer, der dort vorbeikam!

878. Der Hexentanz in Pötz zu Wormeldingen.

Eines der ältesten Häuser von Wormeldingen ist das Pötzhaus; obwohl nicht groß, hat dasselbe noch heute einen Flur, der gepflastert und breit genug ist, einem Wagen die Einfahrt zu gestatten. Hier in diesem Flur hielten die Hexen der Umgegend lange Zeit ihre nächtlichen Zusammenkünfte, tanzten, ritten auf einem Besenstiel, daß darob ein gräßlicher Lärm im Hause entstand.

Lehrer Konert zu Hollerich

879. Hexentanz zu Manternach.

Leute aus zwei Häusern am westlichen Ende des Dorfes Manternach wollen am hellen Tage einige hundert Schritte von ihnen an einem von Felsen, Wasser und Gesträusch umgebenen Platze einen Hexentanz gesehen haben. Die Hexen tanzten eine Weile lang in einem Kreis und verschwanden dann plötzlich. Auf dieser Stelle befinden sich noch mehrere kreisrunde Plätze in der Wiese, wo kein Gras wächst. Die Leute sagen, das komme von den Hexentänzen her, die an dieser Stelle abgehalten worden seien.

Lehrer Oswald zu Manternach

880. Hexentanz im steiniger Büsch bei Welfringen.

Der Einnehmer T. von Altwies war tagsüber zu Dalheim beschäftigt gewesen und wollte sich abends nach Hause begeben. Als er in den steiniger Büsch kam, gewahrte er in einer Steingrube eine Gesellschaft von Hexen, welche zur Musik tanzten, worüber er so erschrak, daß er seinen Weg nicht fortzusetzen wagte, sondern nach Dalheim zur Nachtherberge zurückkehrte.

J.B. Klein, Pfarrer zu Dalheim

881. Hexentanz zwischen Säul und Bruch.

Etwa vor vierzig Jahren kehrten nächtlicherweile zwei Brüder von Bruch nach Säul zurück und schlugen einen Pfad ein, der den Weg bedeutend abkürzte. An einem Ort, der schon lange verrufen war, angelangt, vernahmen sie plötzlich ein entsetzliches Geheul. Da es heller Mondschein war, vermochten sie, etwa fünfzig Schritte abwärts vom Pfad, auf einem ihnen zugehörigen Ackerfeld, eine Menge schwarzer Gestalten wahrzunehmen, die sich im Kreise herumdrehten. Es waren Hexen, welche dort einen ihrer nächtlichen Tänze aufführten. Die Brüder wandten sich ab aus Angst, es möchte ihnen übel ergehen und eilten querfeldein, so schnell sie konnten, nach Hause.

Am andern Morgen begaben sie sich an die Stelle, wo sie den Hexentanz gesehen hatten, und fanden einen breiten Ring, der sich um ihr Ackerfeld zog und von Tierfüßen gebildet zu sein schien. Der Ring war so fest getreten, daß sie einen ganzen Tag brauchten, um den Erdboden wieder aufzulockern; dabei konnten sie den Pflug nicht gebrauchen, sondern mußten den Boden bearbeiten, als wäre er festes Gestein.

Zollbeamter J. Wolff 414

882. Der Hexenstuhl bei Tadler.

Wenn man von der Tadler Brücke am linken Ufer der Sauer aufwärts folgt, so gelangt man nach kaum viertelstündigem Gange zu einer ganz romantischen Stelle im Gebirge, die noch heute allgemein im Volksmund »den Hexestull« oder »Prédegstull« genannt wird. Hier erhebt sich eine hohe und steile Bergmasse, die vielfach von nackten Schieferfelsen durchzogen ist. Einer dieser Schieferfelsen bildet den obengenannten Hexenstuhl. Dies war vor vielen Jahren der Aufenthaltsort von Hexen und andern unheimlichen Wesen. Um den Hexenstuhl versammelten sich bei wichtigen Angelegenheiten sämtliche Hexen. Die Vorsteherin derselben bestieg dann den Stuhl und redete zu der ganzen versammelten Schar (weshalb der Ort Prédegstull genannt wird).

Ein Mann von Esch an der Sauer kam in später Abendstunde von einem benachbarten Dorfe an dieser Stelle vorbei. Plötzlich sah er beim Hexenstuhl eine große Anzahl Lichter brennen. Da der Mann das Herz auf dem rechten Fleck hatte, trat er näher hinzu, um zu erfahren, was da vor sich gehe. Als er nahe genug war, sah er auf dem Predigtstuhl ein gewiß über hundert Jahre altes, gräßlich aussehendes Weib, um das sich eine ganze Schar wohl noch häßlicherer Weiber versammelt hatte. Unser Mann ahnte gleich, daß dies die Hexen seien, welche Milch in Blut verwandeln konnten. Trotzdem der Mut ihn zu verlassen droht, hielt ihn die Neugier doch zurück. Da hörte er, wie die Alte das Todesurteil über eine Hexe aussprach, weil dieselbe gegen die Vorschriften gehandelt hatte. Die Exekution sollte auch gleich vorgenommen werden und zwar sollte das »nichtswürdige Weib«, wie die Alte sich ausdrückte, auf einem Scheiterhaufen verbrannt werden. Jetzt wurde es dem Zuschauer doch zu unheimlich. Er ergriff die Flucht und war bald aus dem Bereich der Hexen. Umzuschauen wagte er doch noch einmal und da sah er ein mächtiges Feuer auflodern, in welchem die Hexe verbrannt wurde.

Lehrer H. Georges

883. Der Hexentanz zu Körich.

Ein Arbeiter kehrte einst zur Geisterstunde in Begleitung seines Hündchens von Körich nach Hause zurück. Als er auf die Schloßwiese kam, sah er auf derselben einen hellerleuchteten, geräumigen Tanzsaal. In der Mitte desselben stand eine hohe Gestalt auf Bocksfüßen und mit einem langen, braunen Überrock angetan. Diese Gestalt schwang hoch in der Rechten einen goldenen Zepter und dirigierte die Bande der Musikanten, nach deren herrlichen und wundersamen Melodien jene unzählige Schar lustiger Gestalten sich tanzend mit rasender Schnelligkeit im Saale herumbewegte. Bangen und Grauen ergriff unseren Mann beim Anblick dieses seltsamen Schauspiels. Er füllte seine beiden Taschen mit Steinen und suchte so schnell als möglich fortzukommen. Als er an dem Tanzsaal vorbei war, gewahrte er, daß sein Hündchen ihm nicht nachgekommen.
415 Er schaute sich nach demselben um und sah, wie es neben dem Taktschläger im Tanzsaal stand und denselben anbellte. Der Mann mochte rufen, wie er wollte, sein Hündchen kam nicht. Erst als er am andern Morgen aufstand und vor die Tür trat, sah er dasselbe auf der Türschwelle sitzen, aber es war ganz entstellt: keine Spur mehr von einem Haar war an seinem ganzen Körper zu sehen.

Lehrer Konert zu Hollerich

884. Der gestörte Hexentanz.

Eine Frau war häufig abends aus dem Hause abwesend, ohne daß der Mann es merkte. Einst jedoch bemerkte derselbe die Abwesenheit seiner Frau, Er stand auf und ging zum Feuerherd, um ein Licht anzuzünden. Unversehens tauchte er die Hand in ein dastehendes Gefäß und sogleich flog er zum Schornstein hinaus und durch die Luft, bis er endlich auf einem Berg stehen blieb. Dort sah er eine bunte Gesellschaft von Weibern, welche Hexen waren, darunter auch seine Frau. Alle belustigten sich mit Tanzen und trieben allerlei Ausgelassenheit. Nachdem der Mann dem Treiben eine Weile zugesehen und zugehört hatte, wollte er zu seiner Frau hintreten, um ihr Vorwürfe zu machen. Kaum aber hatte die Gesellschaft ihn erblickt, so erscholl plötzlich ein allgemeines Händeklatschen und die ganze Gesellschaft war verschwunden. Nur der Mann stand halbnackt auf kalter Heide und es blieb ihm nichts übrig, als von hier nach Hause zurückzukehren. In dem Topf, worin er zufällig die Hand getaucht hatte, befand sich ein Hexenschmier, womit sich die Frau in die Hexengesellschaft versetzte.

Lehrer Laures zu Insenborn

885. Der Zecherschwarm in den Wiesen zwischen Medingen und Syren.

Ein Knecht war von Weiler zum Turm, wo er im Dienste stand, nach Medingen, seinem Geburtsort, zu seiner Mutter gegangen, um ihr von seinem Lohne zu tragen. Abends kehrte er trotz seiner Verabredung nicht zurück; erst am folgenden Morgen traf er wieder bei seinem Meister ein. Zur Rede gestellt über sein Ausbleiben, entgegnete er: »Ich wagte nicht gestern Abend zurückzukehren; denn als ich zwischen Medingen und Syren in die Wiesengründe kam, erklang ringsum Musik und Gesang. Alles war hellerleuchtet und an Tischen saßen eine Menge Leute, die aus silbernen Pokalen zechten und fröhlicher Dinge waren. Unter den Gästen bemerkte ich zwei Nachbarsfrauen. Ich faßte Mut und trat hinzu. Als die beiden mich erkannten, war auf einmal alles verschwunden und statt der vermeintlichen Silberbecher sah ich Kuhklauen auf dem Rasen liegen.«

Der Knecht, der im Jahre 1835 bei meinem Großvater diente, verschwur sich oft hoch und teuer für die Wahrheit des oben Erzählten und behauptete steif und fest, seine Nachbarsfrauen unter den Zechenden gesehen zu haben.

J.N. Moes

886. Das sonderbare Wirtshaus.

Ein Schneider befand sich einstens zu später Nachtzeit auf dem Weg von
Keispelt nach Meispelt. Als er so in seinen Gedanken dahinschritt, sah 416
er plötzlich neben sich hart am Weg ein großes, hellerleuchtetes Wirtshaus. Da er seine Kehle trocken fühlte, trat er ein, um ein Schnäpschen

zu genießen und zu sehen, wer denn eigentlich tagsüber das prächtige Haus hier errichtet hatte, von welchem er am Morgen noch nichts gesehen. Er trat also in die Stube und war nicht wenig verwundert, hier eine zahlreiche Gesellschaft von Weibern zu finden, unter denen er bald die Hanne, die Lise, die Grete, kurzum lauter alte Gevatterinnen erkannte. Alle drängten sich um das Schneiderlein und luden es ein, auf Gesundheit mitanzustoßen. Wie man ihm jedoch das bestellte Schnäpschen brachte, war dasselbe in einer Kuhklaue, und nun erst sah er, daß alle Zecherinnen ein ähnliches Trinkgeschirr vor sich stehen hatten. Darüber ergriff ihn solcher Schrecken, daß er schnell die Tür suchte und schweißtriefend zu Hause ankam.

Lehrer Konert zu Hollerich

887. Der Hexentanz bei Medernach.

Ein fünfzehnjähriger Knabe von Medernach trieb einst seine Pferde in eine Gegend des Waldes, im Ort genannt »in der Seitert«. Dort angekommen, nahm er den Pferden die Halfter ab, hing dieselben an den Arm und begab sich wieder auf den Weg nach Hause, um zu Nacht zu speisen und dann zu seinen Pferden zurückzukehren. Als er in »Genschtref« hinter der Neumühle einige hundert Schritte aus dem Walde herausgetreten war, wurde ihm eine große Überraschung zuteil. Er sah da eine herrliche Tribüne aufgeschlagen, die von Gold und Silber strotzte und worauf fünf bis sechs Musikanten, alle recht wohlbeleibte Männer, saßen. Sie trugen Kleider von wunderlicher Tracht, die aber von Gold und Silber glänzten. Neben der Tribüne befanden sich fünfzig bis sechzig Personen beiderlei Geschlechts, ebenfalls in herrlichen Trachten, welche nach den von den Musikanten aufgespielten Melodien tanzten.

Der junge Mann war höchst erstaunt, so etwas hier zu sehen. »Das muß wohl ein Hochzeitszug sein«, dachte er, »der sich hier im Freien belustigen will.« Auffällig waren ihm jedoch der Reichtum und der Glanz der herrlichen und ihm ganz unbekannten Trachten. »Ich will näher hinzugehen, vielleicht erhalte ich ein Stück Kuchen«; denn damals war es noch Brauch, daß ein jeder Hochzeitsgast beim Fortgehen einen Kuchen erhielt. Er trat deshalb näher hinzu und nahm die fremden Gestalten besser in Augenschein. Indem er so hinschaute, glaubte er, eine Frau aus dem Dorf darunter zu erkennen, und wollte schon zu ihr hintreten, um dieselbe anzureden, aber in dem Augenblick hatte sie die Gesichtszüge verändert.

Sie waren eben im Begriffe, einen Rundtanz auszuführen, dessen schnelles Tempo über alle Begriffe ging. Als der Reigen sich soweit gedreht hatte, daß die oben bezeichnete Frau in die Nähe des jungen Mannes kam, bückte sie sich zu ihm hin und sagte: »Jucks, willst du mitmachen?« Dann ging es wieder im tollsten Rennen in die Runde; dies 417
geschah dreimal. Da wurde es unserm Burschen doch ein wenig schwül ums Herz und er schlich davon. Nachdem er einige hundert Schritte fortgegangen war, wandte er sich noch einmal nach den Tanzenden um, aber da verschwanden die Gestalten nach allen Himmelsgegenden wie Dunst in der Luft. Unser junger Mann dachte, so oft er in diese Gegend kam, an jene Erscheinung und jedesmal glaubte er die Worte zu hören: »Jucks, willst du mitmachen?«

Lehrer N. Massard zu Medernach

888. Nächtliche Tänzer zu Useldingen.

Als eines Abends ein Hofpächter von Useldingen beschäftigt war, in der Wiese »das Wasser zu kehren«, hörte er in der Nähe eine »himmlische« Musik. Verwundert trat er hinzu und sah eine Gesellschaft tanzender Männer und Weiber. Nach dem Takt der Musik bewegten sie sich tanzend dem Ufer der Attert entlang bis zum Bisser Wehr. Der Tanz dauerte bis Tagesanbruch. Der Pächter erkannte eine der Tänzerinnen und rief ihr zu: »Ei, Gevatterin, seid Ihr auch hier!« – »Es ist dein Glück,« sagte sie, »sonst wärst du niemals mehr heimgekommen. Hier hast du ein Stück Kuchen, geh zu deiner Frau.« Als der Pächter zu Hause seiner Frau den Kuchen geben wollte, war es ein Kuhdreck.

Ein andermal geriet derselbe Pächter, als er abends wieder das Wasser in der Wiese »kehrte«, in die Hexengesellschaft. Aufgefordert, mitzutanzen lehnte er ab unter dem Vorwande, er sei zu müde. »Dann betten wir dich ein,« sagten die Tänzerinnen und legten ihn auf ein Federbett. Des andern Morgens fand er sich auf einem Holunderstrauch liegen, der mit einigen Stangen gestützt war.

J.B. Klein, Pfarrer zu Dalheim

889. Hexenversammlung zu Mamer.

Eines Abends kam der Herr Pastor von Mamer aus der Stadt. Auf dem Tossenberg angekommen, hörte er plötzlich lustige Tanzmusik, welche

vom gegenüberliegenden »Bièrg« zu ihm herübertönte. Der Pastor ging hin, um zu sehen, was da los sei; aber er sah nichts, die Musik jedoch kam immer näher, bis er sie über sich in der Luft zu hören wähnte. Da plötzlich erscholl eine Stimme, ohne daß der Rufer sichtbar wurde: »Was macht Ihr hier? Wer hat Euch das Recht gegeben, Euch in unsere Gesellschaft zu mischen?« – »Niemand,« erwiderte der Pfarrer, »aber verzeiht nur meine Zudringlichkeit; könnte ich nicht vielleicht in Euren Bund aufgenommen werden?« – »O, recht gern,« erklang die Stimme von neuen, »dann schreibt Euren Namen in dieses Buch.« Der Pfarrer ergriff Feder und Buch, welche ihm von unsichtbarer Hand gereicht wurden, und schrieb nicht seinen Namen, sondern den hl. Namen Jesus hinein. Plötzlich verstummte die Musik und alles war ruhig, als ob nichts vorgekommen wäre. Der Pastor aber hielt das Buch noch in der Hand und
418 begab sich damit nach Hause, wo er beim Durchsehen gewahrte, daß viele seiner Pfarrkinder dem Teufel ihre Seele verkauft hatten und daß sie jeden Abend dort auf dem Berge zusammen kamen. Die Hexen aber hatten geschworen, Rache zu nehmen.

Eines Tages kam der Pfarrer von Holzem, das damals noch zur Pfarrei Mamer gehörte. Da zu jener Zeit die Wege schlecht waren und eine Pfarrei mehrere Dörfer umfaßte, so waren die Geistlichen alle zu Pferd. So auch der Pastor von Mamer. Wie er nun so nach Mamer ritt und beim Giétschebösch an den Ort kam, wo jetzt das Wonesch-Kreuz steht und von welcher Stelle es von jeher heißt, daß es dort nicht geheuer sei, wurde das Pferd plötzlich scheu und warf den Reiter ab. Dieser blieb mit einem Fuß im Steigbügel hangen und wurde von dem geängstigten Tiere übers Feld geschleppt. In dieser Not machte der Unglückliche das Gelübde, dort ein Kreuz zu errichten, wo er aus dieser Lebensgefahr befreit würde. Plötzlich blieb das Pferd beim heutigen Pastorskreuz unter den Linden auf dem Kirchhof stehen[1] und der Pastor war gerettet. So hatten sich die Hexen gerächt.

J. Liesen

890. Die gestörte Hexenversammlung zu Körich.

Einst ging ein Pater des Abends spät von Luxemburg nach Körich, um dort auf der Kirmes zu predigen. Auf der Köricher Heide wurde er von

1 Das Kreuz steht an der Nordostecke und ist vielleicht infolge des erwähnten Unfalls 1734 errichtet worden.

der Nacht überfallen, verirrte sich und lief bis gegen Mitternacht in der
Dunkelheit umher. Da hörte er auf einmal in der Nähe Lärm und
Tanzmusik. Er näherte sich und sah bald vor sich einen großen Tisch,
der von prachtvollen Leuchtern erhellt und mit den köstlichsten Gerichten
in goldenen und silbernen Geschirren bedeckt war. Rings um denselben
herum befand sich eine muntere Gesellschaft von schöngeputzten Weibern. Die einen tanzten, die andern aßen plaudernd und scherzend aus
silbernen Tellern und tranken aus goldenen Bechern. An dem einen
Ende saß ein feiner Junker, der ein aufgeschlagenes Buch vor sich liegen
hatte und darin herumblätterte. Der Pater grüßte die Gesellschaft. »Wollt
Ihr auch in unsere Sippschaft eingeschrieben werden?« fragte der Junker. –
»Jawohl!« war die Antwort des Paters. – »Nun so müßt Ihr Euern Namen
in dieses Buch einschreiben,« erwiderte der Junker, indem er ihm die
Feder hinreichte und ihm das Buch zurechtlegte. Der Pater setzte sich
nieder und schrieb hinein: »Jesus von Nazareth.« Kaum hatte er den
letzten Buchstaben gemacht, als plötzlich der stattliche Junker in einen
fratzenhaft, aufgeputzten Teufel, die hübschen Tänzerinnen in alte, häßliche Hexen verwandelt waren. Sie liefen alle wie Spreu im Wind nach
allen Seiten hin auseinander. Statt der köstlichen Gerichte waren auf dem
Tisch nur noch Knochengerippe, Ziegenfüße und Kuhklauen zu sehen
und schwankende Irrlichter schwebten umher, alles mit trübem Schein 419
beleuchtend. Der Pater erkannte nun, daß die muntere Gesellschaft nur
ein Schwarm von Hexen gewesen sei. Er blätterte noch einige Zeit in
dem Buche hin und her und fand bald, daß deren bis an siebzehn von
Körich darunter waren. Als er aufblickte, befand er sich unter dem Galgen.

J. Prott, Pfarrer

891. Die Hexen auf dem Steinseler Berg.

Die Hexen hatten ihre Zusammenkunft auf dem Steinseler Berg. Einst kam ein Geistlicher vorbei, als sie bei Tanz und Musik waren. Sie luden ihn ein, in ihre Gesellschaft zu kommen, und gaben ihm Feder und Tinte zum unterschreiben. Der Geistliche schrieb auf das Blatt: »Jesus von Nazareth, König der Juden« und in demselben Augenblick war alles verschwunden. Der Geistliche aber saß in einem Weißdornstrauch und saß so fest darin, daß ihn am folgenden Tag ein in den Pflug fahrender Bauer mit der Axt heraushauen mußte.

N. Gonner

892. Hexentanz im Mutforter Wald.

Ein Junge ging durch den Mutforterbüsch, da gewahrte er in einer Steingrube eine Gesellschaft von Hexen, welche aßen, tranken und sich durch Tanzen belustigten. Er bemerkte auch seine Großmutter (Gödel) darunter. Die Gödel fragte ihn, ob er auch mitmachen wollte; der Junge aber wollte nicht. Als er nach Hause kam, erzählte er alles seiner Mutter, und diese sagte es dem Pastor. Letzterer gab dem Jungen den Rat, noch einmal hinzugehen und die Gödel zu fragen, was sie unter dem Mitmachen verstehe. Die Gödel antwortete: »Du mußt dich mit deinem Blut in ein Buch unterschreiben, das auf dem Tisch liegt.« Der Junge willigte ein, jedoch anstatt seinen Namen in das Buch zu schreiben, setzte er die Namen Jesus, Maria, Joseph hin. Da war plötzlich alles verschwunden bis auf den Tisch mit dem Buch drauf. Der Junge berichtete alles dem Pastor, der sich sogleich zur Stelle begab, um das Buch zu holen. Tisch und Buch waren noch unberührt; als aber der Pastor das Buch ergriff, da bewegte sich der Tisch und lief davon. Hätte der Pastor es besser gewußt, er hätte das Buch samt dem Tisch an sich nehmen können.

J.B. Klein, Pfarrer zu Dalheim

893. Der Geiger aus Itzig.

Petit Jean, Geiger aus Itzig, kam einst von einer Bauernkirmes. Unterwegs begegnete ihm ein vornehmer Herr auf prächtigem Roß. Da der Junker einen Musikanten in ihm erkannte, fragte er ihn, ob er nicht mit ihm gehen wolle, um die Nacht hindurch Musik zu machen. »Warum nicht?« sagte Petit Jean. – »Was muß ich dir denn geben, um die ganze Nacht zu musizieren?« – »Eine Pistole,« war die Antwort. Der Herr reichte ihm das Goldstück und nahm ihn zu sich aufs Pferd, und da ging es husch! wie der Wind. Petit Jean dachte: »Wo soll das hin?« Auf einmal ward haltgemacht und der Geiger wurde in einen großen, glänzenden Saal
420 geführt, wo er auf einen erhöhten Platz gewiesen wurde und seine Tänze zu spielen begann. Als nach einer Weile sich alles im Saale freudig bewegte, tanzte eine Dame an dem Geiger vorbei, in der er seine Frau zu erkennen glaubte; da rief er verwundert aus: »Jesus, Maria, Joseph! die Dame da gleicht meiner Frau!« Plötzlich war alles stockfinster und der arme Petit Jean saß auf dem Balken eines Galgens. Er kletterte glücklich

hinunter und sagte auf dem Heimweg mehrmals: »Zu keinem mehr aufs Pferd.«

Mitteilung des Lehrers Brandenburg zu Burglinster

894. Der Köricher Spielmann.

Ein Musikant, welcher einst während der drei Kirmestage zu Limpach sich durch sein Spielen viel Geld gewonnen hatte, kehrte, nachdem die Kirmes begraben war, mittwochs abends gegen acht Uhr nach seiner Heimat Körich zurück. Kaum hatte er das Dorf Garnich etwa eine halbe Stunde hinter sich, so wurde er von den Tönen einer gar schönen, aber doch sonderbaren Musik überrascht. Der Mann ging seinen Weg weiter, bis er auf einmal von einem dieser Musikanten angeredet und eingeladen wurde, mit ihnen zu spielen. Unserem braven Köricher, dem diese schwarze Gesellschaft nicht besonders gefiel, wurde es sonderbar zumute. Er willigte dennoch ein, weil er fürchtete, man könnte ihm einen bösen Streich spielen. Er spielte Walzer, Polka-Mazurka und was man ihm sonst vorlegte. Stunde auf Stunde entrann und noch wollte die Musik nicht aufhören. Der gute Kirmesmusikant wurde immer müder, wußte sich jedoch nicht aus seiner peinlichen Lage zu befreien. Auf einmal besann er sich eines Besseren: er bekreuzte sich, aber, o weh! statt seines Instrumentes hatte er – eine Katze beim Schwanz, welche drohte, mit ihren glänzenden Krallen ihm die Augen auszureißen. Der Musikant machte wieder das hl. Kreuzzeichen, worauf die geheimnisvolle Katze verschwand.

Lehrer J.-P. Theisen

895. Hexenschwarm bei Dahl.

Einst kehrte abends ein Spielmann von dem bei Wilz gelegenen Dorfe Nörtringen nach seinem Heimatsdorfe Dahl zurück. Da er nicht an dem zwischen Wilz und Nörtringen gelegenen Hougerîht (Hochgericht), wo zur Zeit des Klöppelkrieges ein Galgen gestanden, und welcher Ort wegen der dort umgehenden Gespenster berüchtigt ist, vorbei wollte, so machte er einen Umweg und kam endlich zu dem nahe bei Dahl gelegenen Weiher (de grouße Pull). Dort trat ihm ein Haufen Hexen entgegen. Er fing an zu geigen und das ganze Gesindel folgte ihm in wilden Sprüngen nach. Unter den Klängen der Geige schlief er ein und wie groß war sein

Schrecken! beim Erwachen lag er auf dem Hougerîht, wo er eine halbe Nacht zugebracht hatte.

896. Der Hexentanz beim Hochgericht zu Eschdorf.

Einst kam in finsterer Nacht ein Geiger von Esch an der Sauer in etwas angeheitertem Zustand von der Merscheider Kirmes zurück. Er hatte seine Geldtasche ziemlich mit Kupfer gefüllt und spielte lustige Weisen.
421 In der Nähe von Eschdorf kam ein schwarzgekleideter Herr des Weges, welcher zu ihm sagte: »Mein lieber Mann, Ihr seid lustig.« Der Geiger spielte und sang ihm als Antwort das bekannte Lied vom »blannen Theis«:

Warum sollen wir denn nicht lustig sein?
Himmel und Erde ist unser!
Ist Himmel und Erde unser nicht,
So sind wir Gottes Kinder nicht.
Wir loben den Herrn
Und benedeien.

Darauf fragte ihn der Fremde: »Wollt Ihr jetzt auch noch mit mir in mein Haus spielen gehen?« – »Für Geld recht gern,« antwortete der Geiger. – »Umsonst verlange ich es nicht,« sagte der Fremde, »Ihr bekommt für jeden Tanz einen Kronentaler und einen Becher Wein und der silberne Becher sei obendrein jedesmal Euer.« Der Geiger ging auf diesen Vorschlag ein und begleitete den Fremden. Als sie die letzten Häuser Eschdorfs im Rücken hatten und in die Nähe des Hochgerichtes, welches zu Schloß Esch gehörte, kamen, stand da vor ihnen ein hellerleuchtetes Schloß, in welches sie eintraten. Der Geiger setzte sich ans Fenster und fing gleich zu spielen an. Als er schon mehrere Tänze gespielt hatte, warf er sein Kupfergeld zum Fenster hinaus und steckte die Kronentaler und die silbernen Becher in die Geldtasche. Da glaubte er auf einmal eine Frau von Esch unter den Tanzenden zu erkennen; er verließ seinen Platz am Fenster und trat zu ihr hin mit den Worten: »Ah, Gevatterin seid Ihr auch hier?« Da war auf einmal alles verschwunden: der Geiger lag unter dem Galgen und über ihm schaukelte ein Verbrecher am Strick. Er lief, so schnell er konnte, nach Hause und als er den Geldsack seines Inhaltes entleeren wollte, fielen statt silberner Becher Kuhklauen und statt Kronentaler Rübentaler heraus.

Greg. Spedener

8. Hexentücke und Hexenrache

897. Das Bongertsfrächen zu Dommeldingen.

Mitten in Dommeldingen, da wo jetzt die Landstraße durchführt, befand sich vorzeiten ein großer Obstgarten. In demselben stand ein altes, baufälliges Haus, worin das Bongertsfrächen (Gartenweibchen) wohnte. Dies war ein altes, sonderbares Weib, das ganz abgesondert von den übrigen Dorfbewohnern lebte und mit niemand Umgang pflog, so daß man sie im ganzen Dorf für eine Hexe hielt. Als einzige Hausgenossen hatte sie ein ganzes Rudel Katzen, die sie bei jedem Schritt begleiteten. Wenn das Obst reif wurde, dann hielt sie nachts Wache und wenn sie merkte, daß 422
Obstdiebe im Garten waren, eilte sie sogleich mit ihren Katzen herbei. Im Nu waren diese auf den Bäumen und zerkratzten den Dieben Gesicht und Augen, während die Alte selbst mit Steinen nach ihnen warf.

Eines Tages fand man das Gartenweibchen tot im Bett; die Katzen aber waren verschwunden. Einige Zeit, nachdem sie begraben war, sah sie ein Mann, der gegen Mitternacht an dem Garten vorbeiging, in schneeweißen Kleidern mit ihren Katzen in demselben umherwandeln und so wurde sie nachher öfters um dieselbe Zeit gesehen. Wenn die Leute, welche nahe beim Garten wohnten, an warmen Sommerabenden bis spät in die Nacht hinein vor den Türen zusammensaßen, kamen auf einmal Steine aus dem Garten herübergeflogen; rief dann einer: »Bongertsfrächen!« so kamen die Steine so dicht, daß die Leute sich ins Haus flüchten mußten.

898. Der von Hexen verfolgte Knecht zu Wormeldingen.

Ein Knecht war in den Dienst eines Winzers von Wormeldingen getreten. Als er einige Zeit in dem Hause des neuen Meisters verbracht hatte, fing der sonst so muntere Bursche an, auffallend trübselig und einsilbig zu werden. Auf vieles Fragen und Drängen seines Herrn gestand er diesem, daß jede Nacht zwischen elf und zwölf Uhr zwei alte, häßliche Weiber an seinem Bette erschienen und ihm beständig zuredeten, dieses Haus zu verlassen und mit ihnen zu gehen. Darob wies der Meister ihm ein anderes Schlafzimmer an und, als auch hier die Weiber nicht von ihm abließen, ein drittes und endlich jeden Abend ein anderes, allein vergebens; nirgends war der Knecht vor den abscheulichen Ruhestörerinnen sicher, die ihm immer verlockender zusprachen. Als sie endlich einsahen, daß er mit Worten nicht zu bewegen sei, ihnen zu folgen, brachten sie ihm eines Abends einen Krug Branntwein und einige Pfannenkuchen mit, die sie ihm anboten. Allein der Knecht schlug das Angebot beharrlich aus und am nächsten Morgen begab er sich zu dem Herrn Pastor, ihm sein Leid zu klagen und Hilfe von ihm zu erflehen; zugleich zeigte er ihm die mitgebrachten Sachen, welche die Hexen beim Bett stehengelassen hatten. Dieser warf ein Stück Pfannenkuchen einem seiner Hühner vor, das bald unter den schmerzlichsten Zuckungen verendete; der Pfannkuchen war vergiftet. Darauf verbrannte er Branntwein und Pfannenkuchen und gab dem Jüngling den Rat, einen Rosenkranz mit zu Bett zu nehmen und die beiden Alten, wenn sie wiederkämen, aufzufordern, mit ihm den Rosenkranz zu beten, worauf er ihnen folgen wolle. Die Alten aber kamen nicht mehr wieder und der Jüngling wurde wieder froh und munter wie zuvor.

Lehrer Konert, Hollerich

899. Hexenrache.

A. In der Ortschaft Saulnes in Frankreich, etwa drei Viertelstunden von
423 Rodingen entfernt, wohnte nach alter Leute Aussage, ein altes, häßliches Weib, das sich mit Zauberei abgab und in der ganzen Gegend als eine greuliche Hexe verschrieen war.

Ein junger Mann aus Saulnes, der die Nacht auf der Kirmes zu Rodingen zugebracht hatte, kehrte frühmorgens nach Hause zurück. Auf dem Berg zwischen Rodingen und Saulnes begegnete er der alten Hexe, die ihm zurief: »Tu viens du rabat!« – »Et toi du sabbat!« reimte der Bursche. (Du kommst von der Treibjagd! – Und du vom Hexentanz!) – »Très bien,« entgegnete die Alte, »pense à ce mot!« – In der darauffolgenden Nacht, als der Jüngling schlief, kam die Alte mit einigen ihrer Gefährtinnen in dessen Zimmer und sie zogen ihn zur Strafe durch die Ritzen der Zimmerdecke. So mußte der Arme ein unbesonnenes Wort mit kläglichem Tode büßen.

Lehrer P. Hummer

B. Vorzeiten lebte zu Manternach eine alte, gekrümmte und runzelichte Frau, welche die Leute und den hellen Tag scheute und deshalb im Rufe stand, eine Hexe und vom bösen Geiste besessen zu sein. Einst hatte diese Frau ihren Meicher (länglicher Obstkorb) draußen stehen gelassen und zwei mutwillige Burschen machten ihre Notdurft darein. Als in der folgenden Nacht der eine der Burschen auf dem Heuschober schlief, fühlte er sich plötzlich, ohne daß er jemand sah, von einer starken Hand ergriffen und ward hinab in die Tenne geworfen. Nachdem man den vor Schmerz wimmernden Burschen ins Bett getragen hatte, vernahm man dreimal an der Klinke der Kammertür ein Geräusch, ohne daß jemand an der Tür zu sehen war. Am andern Morgen sagte der Bursche: »Die alte Hexe war es, die diesen Spaß mit mir trieb; der Teufel soll sie holen!«

Lehrer Oswald zu Manternach

C. Zu Reckingen begegnete ein Müllerknecht dem Sohne des Wirtes, welcher ihn in seines Vaters Haus mitnahm, um mit ihm ein Glas Branntwein zu trinken. »Hast du das alte Weib gesehen, das drinnen beim Feuer sitzt?« fragte des Wirtes Sohn seinen Kameraden. – »Nun ja,« antwortete dieser, »die alte Frau habe ich gesehen.« – »Sie hat einen mit Distelköpfen gefüllten Sack in unsern Backofen gesteckt,« fuhr der andere fort. »Wenn du den Sack vor die Tür wirfst, so geb ich noch einen Schoppen Branntwein.« – »Halt Wort,« sagte der Müllerknecht, »den Sack werde ich schon gleich vor die Tür werfen.« Nach diesen Worten stand er auf, nahm den Sack aus dem Backofen und warf ihn vor die Tür. Er kam dann wieder, packte die Frau unsanft beim Arm und führte sie ebenfalls hinaus mit den Worten: »Muhme, Euer Sack ist vor der Tür.«

Als der Müllerknecht nachher wieder in die Mühle kam, zündete er Feuer an und legte Kartoffeln hinein, um sie zu braten. Da kam die Frau, welche er im Wirtshaus vor die Tür gesetzt hatte, zu einer Hintertür herein und sagte zuvorkommend: »Da hast du ein gutes Feuer, lieber
Junge, darf ich meine Füße daran wärmen?« – »Das dürft Ihr,« antwor- 424
tete der Müllerknecht. Als sie eine Weile beim Feuer gesessen, sah sie die Kartoffeln und sagte: »Da hast du auch Kartoffeln, lieber Junge; wirst du mir erlauben, einige zu nehmen?« – »Warum nicht?« antwortete der Müllerknecht, »greift nur zu.« Die Frau nahm eine nach der andern in die Hand, zerdrückte sie ein wenig mit den Fingern, dann sagte sie: »Sie sind mir noch zu roh.« Darauf entfernte sie sich. Als der Müllerknecht nun einige Kartoffeln aß, wurde er schwindlig, er fiel ohnmächtig zu Boden und mußte sich erbrechen. Nach einer Stunde kam er wieder zu Sinnen, ergriff eine Flinte und suchte die alte Hexe auf. Da sah er sie im Wiesental Distelköpfe pflücken. Er lief hinunter, um sie zu erschießen; als er aber die Flinte anlegte, war die Hexe verschwunden.

900. Der entführte Jüngling.

Vor etwa achtzig bis neunzig Jahren, als es noch Brauch war, die Pferde des Nachts in die Wälder auf die Weide zu führen, trieben eines Abends vier junge Burschen aus Medernach ihre Pferde in den Wald, im Ort genannt Kreuzergrund. Damals war an diesem Ort nicht alles, wie heute, mit Waldungen angepflanzt, denn es befand sich dort noch eine große, lichte Stelle, die mit üppigem Gras bewachsen war und an dem Abend, wo unsere Burschen sich mit den Pferden dort aufhielten, von dem Mond so hell beleuchtet wurde, daß man ganz gut in einem Buch hätte lesen können. Um die Langweile zu vertreiben, zog der eine der Burschen ein Spiel Karten aus der Tasche und schlug vor, ein Spielchen zu machen. Die andern waren's zufrieden. Ihre ganze Aufmerksamkeit richtete sich auf den Gang des Spieles. Auf einmal raschelte es im nahen Walde, als ob einige Hasen durch das Laub huschten. Da bei der nächtlichen Stille jedes auch noch so geringe Geräusch leicht auffällt, so richteten die vier Spieler fast zugleich ihre Blicke nach jener Gegend hin, woher das Geräusch kam, und sieh! zwei überaus schöne und herrlich gekleidete Damen traten aus dem Wald heraus. Einer von den vier Spielern, ein noch ganz junger, verwegener und lebenslustiger Bursche, warf die Karten beiseite, lief auf die ihm unbekannten Damen zu, ergriff eine derselben um den Leib, um einen lustigen Tanz mit ihr auszuführen. Einige Augenblicke schien die Dame hiermit einverstanden zu sein, dann aber ergriffen beide den Kecken und entführten ihn blitzschnell durch die Luft. Als seine Kameraden dies sahen, liefen sie schnell zu ihren Pferden, trieben dieselben und die ihres entführten Gefährten dem Dorfe zu und erzählten dort unter Angst und Schrecken das Ereignis. Ihr Kamerad schien verschollen. Jedoch nach vier Tagen erschien derselbe wieder im Dorfe, aber ganz trübsinnig und verunstaltet, denn seine sonst gerade Gestalt war gebeugt und hatte einen ziemlich großen Höcker.

425 Er erzählte: »Als ich von den zwei Hexen – denn so muß ich diese zwei Frauen nennen, die mich entführt hatten – so pfeilschnell in die Luft gehoben wurde, meinte ich, Hören und Sehen zu verlieren. Dem Fluge einer Schwalbe gleich, ging es in den oberen Regionen fort, bis etwa nach zwei bis drei Stunden sich dieselben mit mir in einer mir ganz unbekannten Gegend mitten im Felde niederließen. Eine von den Frauen berührte, in dem sie unverständliche Worte murmelte, mit ihrer Hand meinen Rücken und dann verschwanden beide. Ich aber fiel in einen tiefen Schlaf. Bei meinem Erwachen fühlte ich eine Last auf dem Rücken, als habe mir jemand dort einen tüchtigen Ranzen angeschnallt. Ich

richtete mich auf und, o weh! es war kein Ranzen, sondern ein wohlangewachsener, fleischiger Höcker. Lange saß ich da und dachte über meine traurige Lage nach, als ein Mann daherkam. Diesen fragte ich, in welcher Gegend ich mich befände, worauf ich erfuhr, daß ich in der Umgegend von Trier niedergestiegen sei. Zuletzt raffte ich mich auf und wanderte betrübt und traurig der Heimat zu, überall, wo es nur möglich war, mich von den Menschen fernhaltend, um nicht über mein Abenteuer sprechen zu müssen und auch weil ich mich meiner Mißgestalt schämte. Unter vielen Beschwerden und Leiden kam ich wieder hier an.«

Seit dieser Zeit war der Mut und der Frohsinn des sonst so lustigen Burschen entflohen. Auch sprach er ungern von diesem Ereignis.

Lehrer N. Massard zu Medernach

901. Das verhexte Kind zu Luxemburg.

Ein Schuster aus Luxemburg, Jakob Breuch und seine Frau, die ihr kleines sechs Wochen altes Kind abends in die Wiege gelegt hatten, ohne es zu segnen, wurden um Mitternacht durch das Geschrei desselben geweckt. Sie fühlten gleich in die Wiege nach dem Kinde, aber weg war es. Nachdem sie Licht angezündet und nachgesucht, fanden sie das Kind zwischen dem Schrank und einer Reisigwelle unversehrt stehen.

M. Erasmy

902. Das verhexte Kind zu Esch a.d. Sauer.

Zu Anfang dieses Jahrhunderts herrschte in der Gegend von Esch a.d. Sauer allgemein der Glaube, es gebe Menschen, welche die wunderbare Kraft besitzen, sich unsichtbar zu machen und auf diese Weise ihr Unwesen zu treiben.

Ein in Esch wohnhafter Greis erzählte, daß seiner Mutter, als sie noch in der Wiege lag, folgendes geschehen sei. Die Wiege stand vor dem Bett der Eltern. Als die Großmutter des Erzählers erwachte und dem Kinde die Brust reichen wollte, war die Wiege leer. Sie weckte ihren Mann, und dieser, von dem Vorfall in Kenntnis gesetzt, sagte: »Das hat uns ein Unsichtbarer getan.« Sie standen auf, um nach dem Kind zu suchen. Türen und Fenster waren noch wohl verschlossen, das Kind aber lag in der Küche auf dem Spülstein und schlief ruhig.

Lehrer Schlösser zu Esch a.d. Sauer

903. Die Hexe zu Junglinster.

A. In einem Dorf in der Nähe von Burglinster, so erzählt man, sagte eine Hexe zu den Speckschnitten, die sie in den Schmelztiegel getan: »Nun macht, daß ihr gegréwt seid, wenn ich wiederkomme; ich muß noch fort ein Pferd in die Mosel stoßen.« Als die Geschwinde zurück und der Speck noch nicht geschmolzen war, sagte sie ärgerlich: »Da hab ich schon einem einen Schimmel in die Mosel gestoßen und du bist noch nicht geschmolzen!« Man sagt, diese Hexe sei auf dem Galgenberg bei Junglinster verbrannt worden.

Lehrer Brandenburg zu Burglinster

B. Zu Junglinster im Beweschhaus war eine Hexe, die sagte einst zu ihrer Magd: »Gib acht, daß das Fett nicht verbrennt; ich bin schnell zurück, ich muß noch einen in die Mosel stoßen.« In der Tür stehend, sagte sie: »Wutsch iwer Hecken an Traisch!« und fort war sie. Am Moselufer angekommen, stieß sie einen Fuhrmann mit einem von vier Pferden gezogenen und mit einem Fuder Heu beladenen Wagen in den Strom. Darauf kam sie zurück.

904. Die Hexe von Ettelbrück.

Eine alte, böse Hexe von Ettelbrück schnitt eines Tages Gréwen in ihre Pfanne und sagte zu ihnen: »Macht, daß ihr nicht anbrennt; ich geh noch nach Angeldorf (Ingeldorf), einem Pferd das Bein brechen!« Als sie aber zurückkam, waren die Speckschnitten angebrannt.

905. Vom Drücken der Hexen.

Wenn die Hexen den Menschen auf keine andere Weise zusetzen konnten, so nahmen sie ihre Zuflucht zu dem sogenannten Drücken. Die Hexe setzte sich nämlich dem Menschen, dem sie Leid zufügen wollte, auf die Brust und hielt ihm sogar mit ihren langen Fingern oft den Hals zu, so daß er fast erstickte. Manchmal legte sich den Menschen auch eine Katze auf die Brust, die sich nicht fortjagen lassen wollte. Dieselbe war so schwer, daß der unter ihr Liegende fast erdrückt wurde. Wurde die

Hexe aber erkannt, so drohte sie dem von ihr Gedrückten mit schmählichem Tod, wenn er je ein Wort darüber laut werden lasse.

Eine alte Frau aus der Obergasse zu Rodingen, die noch heute lebt, hatte auf diese Weise jahrelang zu leiden. Sie kannte die Hexe, aber sie durfte kein Wort sagen, denn dieselbe hatte ihr gedroht: »Wenn du je einmal etwas sagst, geht es dir nicht gut!«

Lehrer P. Hummer

906. Der gefährliche Traum.

Folgendes, so erzählt ein Mann, sei ihm passiert: Er hatte einst in seiner Heimat eine Frau, die als Hexe berüchtigt war, recht böse gemacht. Bald darauf ging er nach Frankreich. Bei seiner Abreise sagte die Frau zu ihm: »Du gehst jetzt fort, aber du wirst mir das doch nicht auf die andere
Seite mitnehmen.« Er reiste ab. Des Nachts träumte er nun einst, er sei 427
todkrank und neben seinem Bett ständen jene Frau und ein Arzt, der ihm eine Ader am Hals öffnen wolle. Er aber habe nicht einwilligen wollen, sondern, als der Arzt trotzdem habe Gewalt gebrauchen wollen, mit Fäusten um sich geschlagen. Da verspürte er plötzlich einen heftigen Schmerz an der Hand und der Traum hörte auf. Am Morgen fand er sein Rasiermesser neben dem Bett liegen und in seiner Hand war ein großer Schnitt. »Hätte ich eingewilligt, daß der Arzt mir Blut nehme,« sagte der Mann, »so wäre es um mich geschehen gewesen. Das hat mir jene Frau angetan.«

Lehrer Schaus zu Wahlhausen

907. Die Hexe auf dem Knapp zu Wormeldingen.

In einem Hause auf dem Knapp zu Wormeldingen hatte eine Frau sich eines Abends etwas frühzeitig zu Bett begeben, da sie übermüde war. Das Stubenfester stand offen und bald stieg zu demselben ein Kätzchen herein, das unter die Decke zu der schlafenden Frau kroch. Da fuhr diese mit einem das Haus erschütternden Schrei aus dem Schlafe auf. Ihr Mann eilte in größter Bestürzung herbei, um zu sehen, was vorgefallen. Unter Stöhnen teilt ihm die Frau mit, daß sie plötzlich während des Schlafes im Bein einen solch stechenden Schmerz empfunden habe und noch empfinde, als ob man ihr mit vielen Messern das Bein zersteche. Der Mann, der bei seinem Hereintreten die Katze hatte davonlaufen sehen, ahnte gleich, wer das Übel angerichtet habe. Wütend ergriff er die Axt, welche in der Küche stand, eilte zu seiner Nachbarin und drohte, ihr den Kopf zu spalten, wenn sie nicht sogleich seine Frau von ihrem Leiden befreie. Das Weib, welches den Nachbar als einen Mann von Wort und Herz kannte, gab gute Worte und versprach, die Frau von ihrem Leiden zu befreien, falls er nur keinem Menschen etwas sage. Darauf entfernte sich der Mann und bald kam das nämliche Kätzchen wieder zum Fenster hereingestiegen, erkletterte abermals das Bett und als es sich wieder entfernt hatte, fand man in dem Bett eine Handvoll Glasscherben. Die Frau aber verspürte nichts mehr von den Schmerzen.

Lehrer Konert zu Hollerich

908. Spuk im Haus.

Die Bewohner des Hauses »Phlepsen« auf dem »Géhr« zu Medernach hatten eine Kuh, die sich eine Zeitlang stellte, als ob sie toll sei. Sie scharrte mit den Füßen den Mist unter sich weg, daß derselbe im Stalle umherflog, brüllte, schüttelte den Kopf, dann zitterte sie am ganzen Leib, der Schweiß kam derart, daß es schien, als sei sie mit Wasser begossen worden. Der Eigentümer mußte sich entschließen, die Kuh zu verkaufen. Zu diesem Zweck brachte sie der Mann am folgenden Tage nach Ettelbrück zum Markt. Die Frau mit ihrem Kind blieb zu Hause. Am selben Tage, zwischen neun und zehn Uhr des Morgens, hörte die Frau ein schaudererregendes Geschrei in der Küche in einem dort aufgehäuften
428 Stoß Holz. Die Frau nahm den Besen und klopfte einigemal auf das Holz; da vernahm sie dasselbe Geschrei in den nahe dabeistehenden Brotkörben. Als sie auch an diese anschlug, kam das Geschrei aus dem Küchenschrank, dann unter demselben, dann aus dem Butterfaß her. Als die Frau mit dem Besen auch an das Butterfaß schlug, trat eben ihr Kind herein und rief: »O Mutter, welch abscheuliches Tier kam da aus dem Butterfaß heraus!« Gleich darauf erscholl das Geschrei in dem Backofen; danach wurde es ruhig. Der Frau aber war es ganz unheimlich im Hause als ihr Mann am Abend noch nicht zurück war. Sie begab sich mit dem Kind zu Bett, ohne jedoch das Licht auszulöschen, da sie nicht schlafen konnte. Kaum lag sie eine halbe Stunde im Bett, da ging die Tür ihres Zimmers auf und herein schwebte eine blaue Schürze gerade auf ihr Bett zu. Bei demselben angekommen, schwang sie sich in die Höhe und legte sich über die Frau. Die Schürze wurde nach und nach so schwer, daß

die Frau unter der Last zu ersticken vermeinte. So lag sie in Todesangst bis morgens vier Uhr. Da trat ihr Mann ein und die Schürze verschwand.

Später wurde dieses Haus abgerissen und man fand in der Küche unter einer Steinplatte, an der Stelle, woher das Geschrei zuerst ertönte, ein Kruzifix liegen und zwar mit dem Gesicht nach unten. Auf dem Platz, wo das Haus gestanden, wurde ein Stall errichtet, der noch heutigen Tages steht. Wenn die Maurer die Türpfosten des Stalles abends aufgerichtet hatten, so waren diese morgens verschwunden. Das wiederholte sich mehrere Tage nacheinander. Einer der Maurer mußte wegen des Schreckens sogar vier Wochen lang das Bett hüten. Nachher verlor sich der Spuk plötzlich auf einmal.

Lehrer N. Massard zu Medernach

909. Die Hexe auf der Becher Mühle.

Vor uralter Zeit stand die Becher Mühle bei den stellensuchenden Knechten in sehr üblem Ruf; denn kaum war ein junger Bursche acht bis vierzehn Tage hier im Dienst, so siechte er rasch dahin und der Meister mußte den zu einem Totengerippe Abgekommenen aus dem Dienst entlassen.

Einst trat ein kecker Geselle in der Becher Mühle in Dienst. Er hatte natürlich nichts Eiligeres zu tun, als sich nach der Ursache des seltsamen Dahinsiechens seiner Vorgänger bei einem Mittelknecht zu erkundigen. Dieser erzählte ihm nach langem Zureden, wie jede Nacht eine greuliche Hexe in den Pferdestall komme, dort die Kopfhalter nehme und sie bald dem einen, bald dem andern Knecht über den Kopf werfe; darauf verwandle sich dieser sofort in ein schwarzes Pferd, auf das sich die Hexe schwinge und in rasendem Galopp hinüber ins Waldland reite. Nach stundenlangem Ritt bringe sie denselben schaumbedeckt in den Stall zurück, streife ihm den Zaum ab und bringe dann den todmüden Jüngling zu Bett, worauf sie sich entferne. Der neuangekommene Knecht hörte ruhig zu und der Ausdruck seines Gesichtes ließ schließen, daß er bereit
sei, es mit der gefürchteten Hexe aufzunehmen. Als er sich abends zur 429
Ruhe begab, legte er sich unausgekleidet ins Bett, zog die Decke über die Nase und schnarchte bald, daß es eine Art hatte. Zur gewohnten Stunde kam die Alte wieder in den Stall und schritt, mit dem Zaum in der Hand, auf den Schnarcher los. Der aber schlief nicht und wie die Hexe dicht vor seinem Lager stand, riß er ihr blitzschnell die verhängnisvolle Halfter aus den Händen, sprang auf und warf sie der Häßlichen über den Kopf.

Die Halfter tat ihre Schuldigkeit, die Alte wurde diesmal selbst zu einem Rappen, auf den sich der verwegene Bursche schwang, und fort ging's zur Tür hinaus vor die Dorfschmiede. Unter dem Vorwand, plötzlich zur Stadt zum Doktor reiten zu müssen, trieb der Knecht den Schmied an den Amboß, um dem Rappen schleunigst vier nagelneue Hufeisen aufzuschlagen. Rasch war's getan und fort ging's, aber nicht zur Stadt, sondern zur Mühle. Vor derselben angekommen, nahm der Knecht dem Schwarzen die Halfter ab, warf sie weg und ergriff die Flucht. Bald aber durchdrang die Mühle ein schauerliches Wehklagen. In ihrem Bett wand sich die Müllerin in furchtbaren Qualen: sie hatte Hände und Füße mit kräftigen Hufeisen beschlagen.

Lehrer Konert zu Hollerich

910. Die entlarvte Hexe von Palzem.

Eine Frau aus Palzem erzählt: Es waren einmal reiche Leute, die hatten zwei Knechte; der eine war munter und guter Dinge, der andere aß immer so gierig bei Tische und war dabei so mager, so mager, daß man ihm alle Rippen am Leibe zählen konnte.

Da sprach einst der andere Knecht zu ihm: »Wie kommt es, daß du so schlecht aussiehst? Wir essen doch an einem Tisch und du gleichst dem Tod!« – »O mein guter Freund,« erwiderte der Knecht, »leg du dich einmal nachts vorn ins Bett, so wirst du es schon begreifen.« Der andere Knecht wars zufrieden und legte sich vorn ins Bett. Als es Mitternacht geworden, kam die Frau des Hauses in langem, weißem Hemd zur Tür herein, einen schwarzen Zaum in der Hand. Sie trat vors Bett und warf dem Knecht den Zaum um, der dadurch in ein Pferd verwandelt wurde. Sie schwang sich ihm auf den Rücken und hi! hi! ging's durchs Fenster, durch dick und dünn, bis an einen hohen Berg. Dort band sie das Pferd an einen Baum und stieg den Berg hinan, wo Hexenball war. Das Pferd aber zerrte und schüttelte sich solang, bis der Zaum zur Erde fiel; da war es wieder Mensch. Der Knecht hob den Zaum auf, versteckte sich hinter eine Hecke und sah dem Hexenball zu. Auf dem Berg tanzten die Hexen im Kreis, und ihre langen Hemden flogen im Wind, daß es aussah, wie wenn Nebelwolken zerflattern. Die Hexen aßen und tranken aus Kuhklauen, denn sie meinten, das sei Gold und Silber. Das währte bis gegen Mitternacht. Der Knecht war bleich vor Schrecken und wartete, bis die Frau zurückkam. Als diese nun herannahte und sich nach dem Pferde umsah, sprang der Knecht plötzlich hinter der Hecke hervor und warf

der Frau den Zaum um, so daß sie plötzlich in ein Pferd verwandelt war. 430
Dann setzte er sich darauf und ritt es heim in den Stall. Am andern Morgen entstand viel Lärm im Haus, da man die Hausfrau vermißte. Der Knecht aber ging zum Bauern und sprach: »Wir haben ein Pferd im Stall, das keine Hufeisen trägt.« – »Dann müssen wir damit zur Schmiede fahren« und sie fuhren hin, ohne daß der Bauer das Pferd eigentlich beschaute. Das Pferd aber sprang in die Luft, als ihm der Schmied die Füße aufhob, um Hufeisen anzuheften; das tat unendlich weh und das Pferd wollte gar nicht ruhig stehen, denn wer einmal Hufeisen anhatte, konnte nicht wieder Mensch werden. Im Ernst wollte der Knecht der Frau keine Hufeisen anschlagen lassen, sondern dem Bauern zeigen, was seine Frau treibe. Als das Pferd nun wieder einmal aufsprang, lief der Knecht vor dasselbe und rief: »Hexe, wie steht du da! Ich reiß dir die Zähne aus!« und er zerrte den Zaum vom Kopf, daß die Frau zum Schrecken aller im Hemde vor ihnen stand. »Seht Bauer«, sprach der Knecht, »so hat sie es jahrelang mit meinem Mitknecht getrieben. Diese Nacht aber habe ich vorn in dem Bett gelegen und habe mir auf dem Versammlungsort der Hexen den Zaum ausgerissen.« Der Mann wurde fast ohnmächtig vor Schrecken und Zorn, nahm einen Prügel und schlug die Hexe tot.

N. Gaspar

911. Das Reitpferd der Hexe.

In alten Zeiten kamen die Hexen jede Nacht auf der Köricher Heide zusammen, schürten ein großes Feuer an und tanzten im Kreise herum, erzählten sich ihre Abenteuer und ritten dann wieder nach Hause. Es waren diese Hexen aber Frauen aus der Umgegend.

Eines reichen Bauern Frau, welche auch Hexe war, kam jede Nacht zwischen elf und zwölf Uhr mit einem großen Zaum in das Schlafzimmer der beiden Knechte, von denen der jüngere vorn im Bette lag, der ältere aber hinten. Sie warf dem jüngeren den Zaum über den Kopf und sofort war er in ein schönes, graugeflecktes Pferd verwandelt. Sie schwang sich auf dasselbe und im Galopp ging's fort über Hecken und Steine zur Versammlung auf der Köricher Heide. War der höllische Spuk zu Ende, so bestieg sie wieder ihr Pferd und ebenso schnell, wie sie gekommen, kehrte sie nach Hause zurück. Dort streifte sie dem Pferde den Zaum ab und es war wieder der junge Knecht.

Der arme Kerl wurde durch diese nächtlichen Fahrten so schwach und abgemagert, daß es dem größeren Knechte auffiel und dieser ihn nach

der Ursache fragte. Da erzählte jener, was die Hexe nächtlich mit ihm mache. Der Großknecht riet ihm, während der Nacht die Hände rückwärts über den Kopf zu legen und wenn die Frau nahe, um ihm den Zaum umzuwerfen, ihr selber denselben über den Kopf zu werfen. So tat er in der nächsten Nacht und im Nu war die Hexe in ein Pferd verwandelt. Der Knecht schwang sich auf dessen Rücken und ritt auf die
431 Köricher Heide. Die Hexen konnten ihm nichts anhaben, da er auf dem Hexenpferde saß, und so machte er ihre Sprünge mit, kehrte wieder nach Hause zurück und stellte das Pferd in den Stall. Den nächsten Morgen ging der Großknecht zum Meister und teilte ihm mit, es stehe ein Pferd im Stall, welches die Meisterin selbst sei. Da merkte der Meister, daß seine Frau ihm ein Bund Stroh ins Bett gelegt habe und nicht im Hause war. Er führte das Pferd zur Schmiede, unter Begleitung des Bürgermeisters und des Pastors, welcher ihn segnete, damit ihm kein Leid geschehe, und als der Schmied dem Pferde die Hufeisen abgenommen hatte, stand des Bauern Weib vor ihnen. Sie mußte nun alle ihre Mitgenossinnen angeben und so wurden alle Hexen der Umgegend auf der Köricher Heide verbrannt.

Ähnliches wird zu Esch a.d. Alzet und zu Reckingen bei Mersch erzählt. Zu Esch entreißt der Großknecht der Hexe den Zaum, wirft ihn schnell über ihren Kopf und sie steht vor ihm als schneeweißes Pferd. Er schwingt sich darauf und reitet aus dem Hause. Aber da er den Spruch nicht weiß, um über die Hofmauer zu setzen, trabt die Hexe so lange im Hofe mit ihm herum, bis der Pastor sie zum Stillstehen zwingt.

912. Eine geheimnisvolle Reise.

Eine Frau aus Palzem an der Mosel erzählte dem Referenten folgende Geschichte, die sich zu Dillmar nächst Remich wirklich zugetragen haben soll.

Es ist noch nicht so gar lang – zu Hause erzählen es alle Leute – da lebte in Dillmar eine sonst ganz brave Frau, welche aber einmal um rechtlicher Gründe willen einen heftigen Wortwechsel mit ihrer Nachbarin führte. Diese war eine sehr böse Frau und man wußte sich im Dorf allerlei geheimnisvolle Geschichtchen von ihr zu erzählen. So war es denn auch aufgefallen, daß sie in der Hitze des Streites gesagt hatte: »Wart, das sollst du mir bezahlen!«

Das war gut, und eines Tages ging die Frau mit ihren beiden Töchtern in den Wald, um Kraut für das Vieh zu suchen. Als die Mädchen genug hatten, um ihre Hotten voll zu machen, trugen sie das Kraut zusammen und riefen nach der Mutter, welche sich einige Schritte von ihnen entfernt hatte. Doch als diese nicht antwortete, wurden sie ungehalten und riefen bald hier, bald dort im ganzen Walde. Die Mutter aber war nicht zu finden. »O«, trösteten sie sich zuletzt, »sie wird nach Hause fort sein«, und verließen mit ihrem Kraut den Wald. Man beschreibe ihren Schrecken, als sie heimkamen und die Mutter nicht fanden. Gleich war großer Lärm im Dorf und alles zog mit hinaus, um die Frau zu suchen, aber vergebens durchstreifte man den Wald drei Stunden lang; von der Frau fand man nicht die geringste Spur.

Gegen drei bis vier Uhr nachmittags endlich erhielten sie von Wegen
bei Saarburg die Weisung, die Frau abzuholen. Alle erschraken und das 432
ganze Dorf fragte sich, wie es möglich gewesen, daß die Frau nach Saarburg gekommen war, und dies in so kurzer Zeit. Viele Leute aus den Nachbarsdörfern hatten die Frau über das Feld ziehen sehen. Sie eilte gebückt daher und bei jedem Schritt, den sie tat, fuhr sie mit der Hand über den Boden, wie wenn sie Kraut ausreißen wolle. Ihr Gesicht war jämmerlich zerfleischt und die Kleider hingen ihr in Fetzen vom Leibe. Durch Hecken, Dornen und Gesträusch war sie gewandelt, ohne sich Rechenschaft von ihren Bewegungen geben zu können, nicht einmal die schrecklichen Schmerzen hatte sie gefühlt; auf einmal war sie zu Saarburg. Drei Stunden lang war sie so übers Feld dahingezogen und das hatte ihr niemand anders angetan als ihre Nachbarin, die bald im ganzen Dorf verhaßt war. Die Kinder wiesen mit Fingern auf sie und wichen ihr von weitem aus und wirklich hat die Hexe sich bald wieder über den Berg ins Waldland gemacht, wo ihre Heimat war.

N. Gaspar

913. Die Brotmulde zu Insenborn.

Eine für eine Hexe gehaltene alte Frau, die wegen ihrer ungeheuren Schnupftabakdose die Brotmulde genannt wurde, kam hie und da nach Insenborn. Sobald es hieß, die Brotmulde sei da, ließ sich kein Kind draußen sehen, weil die Kinder dieselbe sehr fürchteten.

Einst führte die Tochter des Schmiedes ein Pferd, auf dem sie saß, zur Tränke. Sie hatte morgens beim Aufstehen vergessen, sich mit Weihwasser zu segnen. Da begegnete ihr die Brotmulde, welche rief: »Ei, das ist ein schönes Kind; ich will es mal werfen.« Sie hob eine Erdscholle vom Boden auf und traf damit das Mädchen am Bein. Kaum war dieses nach Hause zurückgekehrt, als es Krämpfe im Bein verspürte und bald auch in sämtlichen Gliedern. Nach langem Hin- und Herraten gingen die Eltern mit ihrem Kinde nach Arlon zu den Kapuzinern, welche damals im Ruf standen, solche durch Hexen zugefügte Übel heilen zu können. Auch das Mädchen wurde geheilt, behielt aber, weil man zu lang gewartet hatte, noch das Gebrechen, daß es die Hände nur bis zu den Ohren erheben konnte.

Kurz nach dem Ereignis war Kirmes im Dorf. Auch die Brotmulde fand sich ein, sah des Schmiedes kleinstes Töchterchen, das ein niedliches, weißes Häubchen trug, und legte ihre Hand auf des Kindes Haupt, indem sie sagte: »Ei, welch schönes Häubchen!« Kaum war sie fort, so hatte das Kind das Gesicht zum Rücken gedreht. Da eilten die Eltern sofort nach Arlon, wo ihr Kind von den Kapuzinern geheilt wurde. Der Schmied aber beschloß, sich an der Brotmulde zu rächen.

Eines Tages, als er schmiedete, trat die Brotmulde zu ihm in die Schmiede und fragte, ob ihm eine Prise gefällig wäre. »Nun ja«, antwortete der Schmied, »hab aber noch ein Eisen im Feuer, das muß ich schmieden.« Er ließ das Eisen lange liegen. Dann hämmerte er drauf los,
433 daß die Funken überallhin wegsprühten; dabei schwenkte er es nach der Frau, daß ein Funkenregen ihr ins Gesicht und über die Kleider fuhr. Sie flammte am ganzen Leibe, allein das Feuer beschädigte sie nicht im geringsten. Seit diesem Vorfall ward die Brotmulde nicht mehr gesehen.

Lehrer Laures zu Insenborn

914. Mädchen durch Steinwurf verhext.

In das Dorf Kalmus kam von Zeit zu Zeit, begleitet von einer Ziege, ein altes, fremdes Weib, d'Gêsfra genannt, das man allgemein für eine Hexe hielt. Es übernachtete immer in dem Hause einer ebenfalls alten Frau, die, wie die Leute sagten, von ihr das Hexen gelernt hatte.

Eines Tages sollte gegen Mittag ein junges Mädchen dem Vater und den Geschwistern aufs Feld folgen. Als dasselbe am Hause der alten Frau vorbeiging, stand dieselbe auf einem Fäschenhaufen und warf mit einem kleinen Stein das Mädchen an den Fuß. »Gretchen«, sagte sie, »du möchtest wohl meinen, ich habe dich absichtlich geworfen; ich habe bloß einen Stein von den Fäschen geworfen.« Als das Mädchen eine Strecke gegangen war, schwoll ihm das Gesicht dermaßen auf, daß es fast nichts mehr sah, und als es auf das Feld kam, war sein Gesicht so dick, daß der Vater es schnell nach Hause schickte, wo die Mutter es mit Wein, welcher am St. Johannistag im Dezember gesegnet war, im Gesicht wusch. Nach drei Tagen war das Mädchen geheilt.

915. Die Hexe von Fentingen.

Zu Fentingen lebte eine alte Frau, die allgemein für eine Hexe angesehen wurde. Diese kam einst zur Mühle und rief zornig den Müllerknecht an: »Ist das Mehl von dem schönen Weizen, den ich dir zu mahlen gebracht habe?« und warf ihm Kleien in die Augen. Der Knecht taumelte rückwärts und schrie, daß alle Leute in der Mühle herbeiliefen. Man brachte ihn zu Bette und drei Monate lang lag er fieberkrank danieder. Gewöhnlich hörte er täglich einmal ein Geräusch über der Zimmerdecke: Tapp, tapp, tapp; dann erschien ihm eine Katze, welche statt eines Katzenkopfes den Kopf jener alten Frau trug, die ihm die Kleien in die Augen geworfen hatte. Der Kranke genas nicht eher, als bis man ihn in seine Heimat gebracht hatte.

916. Das verhexte Mädchen zu Wormeldingen.

Vor langer Zeit starb zu Wormeldingen eine Frau, deren Mann bereits vor ihr ins Grab gestiegen war. Sie hinterließen ein Häuflein Kinder, von denen das älteste, ein Mädchen von siebzehn Jahren, von nun an die Hausgeschäfte leiten sollte. Eines Sonntags verließ das Mädchen nach der Predigt, wie dies bei den meisten Hausmüttern üblich ist, die Kirche, um das Mittagessen zu bereiten. Als sie sich dem Elternhause näherte, trat ihr die Nachbarin, ein übelbeleumundetes Weib, entgegen, knüpfte
ein Gespräch mit ihr an, währenddessen sie des Mädchens Haarzöpfe 434
löste und in denselben herumnestelte. Als die Geschwister aus der Kirche nach Hause kamen, stand das Mädchen bis aufs Hemd ausgezogen in der Küche und stierte mit großen Augen vor sich hin: das arme Kind war närrisch geworden; die böse Nachbarin hatte »es ihm angetan«.

Lehrer Konert zu Hollerich

917. Die Hexenschere.

Eines Abends waren ungefähr ein halbes Dutzend Burschen zu Rodingen mit ihren Pferden auf die Weide gefahren und sie saßen im Kreise und plauderten von allerlei gleichgültigen Dingen. Da näherte sich ihnen ein altes Weib, sprach einige Worte mit ihnen und schlug einem der Burschen mit der Hand auf das Knie, grade als wolle sie einen Scherz mit ihm machen, und entfernet sich sogleich.

Auf einmal fing der arme Junge zu wimmern an und klagte über Schmerzen im Knie. Zuerst achtete man es nicht. Als er sich aber erheben wollte, konnte er keinen Schritt mehr gehen. »Was gilt's!« riefen die Jünglinge, »das häßliche Weib ist eine Hexe und sie hat dich bezaubert!« Und sogleich eilten sie ihr nach. Glücklicherweise konnte die Alte noch eingeholt werden und man zwang sie wiederumzukehren. An Ort und Stelle angekommen, wo sie die böse Tat verübt hatte, fragte man sie, was sie mit dem jungen Mann gemacht habe, und forderte sie auf, das gestiftete Unheil alsbald wieder gutzumachen. Und als sie nicht gleich darauf eingehen wollte, drohte man ihr mit Schlägen, ja sogar mit dem Tode. Endlich, als sie sah, daß alle ihre Einwendungen nichts halfen und man auf der gestellten Forderung beharrte, griff sie dem Jungen ans Knie und, man denke sich das Entsetzen und das Staunen aller, sie zog dem jungen Mann eine große Schere aus dem Knie, welche sie ihm in der Geschwindigkeit hineingezaubert hatte.

Lehrer P. Hummer

918. Das verhexte Kind zu Nospelt.

Ein kleines Mädchen von Nospelt ging eines Tages mit mehreren Gespielinnen vor das Dorf. Eben kamen die Kinder unter einem Birnbaum vorbei, als ihnen ein altes Weib begegnete. Diese hob eine Birne auf und gab dem kleinen Mädchen dieselbe mit dem Bedeuten, sie gleich zu essen. Nachdem das Kind die Birne gegessen hatte, empfand es eine Weile nachher heftige Schmerzen im Kopf und nach Verlauf einiger Tage war das arme Geschöpf vollständig blödsinnig geworden. In diesem Zustand verblieb es lange Jahre bis zu seinem Tode. So oft es des alten Weibes ansichtig wurde, das ihm das namenlose Unglück angetan, fing es an um sich zu schlagen und zu beißen, zu wüten und zu toben, bis die Alte aus seinen Augen verschwunden war.

Lehrer Konert zu Hollerich

919. Das verhexte Sieb.

Beim Durchmarsch der Kaiserlichen durch unser Land nach den Nieder-
435 landen geschah es, daß Soldaten in dem Dorf Frassem bei Arlon im

Quartier lagen. In dem Hause Hengen knüpfte ein Korporal eine Liebschaft mit der Magd des Hauses an. Auf einmal kam der Befehl zum Abmarsch, was dem Korporal sehr unangenehm war. Er sagte zu dem Mädchen: »Es tut mir leid, von hier wegzuziehen; gib mir doch einige deiner Haare, damit ich ein Andenken von dir habe.« Das Mädchen sprach ihrer Meisterin von des Soldaten Begehren und fragte, was sie tun solle. »Oben auf dem Speicher«, sagte diese, »hängt ein Sieb von Pferdehaar; zieh einige Haare heraus und übergib ihm dieselben. Er wird denken, es sei dein Haar, und wird dich in Ruhe lassen.« Das Mädchen tat, wie die Meisterin sie geheißen, wickelte die Pferdehaare in ein Stück Papier und gab sie dem Soldaten, der dieselben in seine Tasche steckte.

Als die Soldaten ungefähr eine Stunde fort waren da entstand plötzlich ein Geräusch auf dem Speicher in Hengen und die Treppe herab rollte das Sieb und wie der Wind lief es über die Landstraße, welche die Soldaten eingeschlagen hatten. Als es dieselben eingeholt hatte, rollte es dem Korporal auf die Schultern und so oft er es auch abwarf, gleich hing es, zur Belustigung der Kameraden, ihm wieder auf den Schultern. Ein Offizier fragte den Soldaten, ob er nichts in der Tasche habe, worauf dieser das Päckchen Haare hervorzog. »Wirf es weg«, sagte der Offizier. Der Soldat tat's und sofort blieb auch das Sieb auf der Stelle liegen.

920. Der verhexte Säugling zu Stadtbredimus.

Wenn eine Mutter vergessen hatte, ihren Säugling beim Niederlegen zu segnen und ein Kreuz über denselben zu machen, konnten die bösen Hexen ihr Unwesen mit demselben treiben. So vergaß einst eine Mutter, ihr kleines Töchterlein beim Weggehen zu segnen, und als sie nach einiger Zeit nach Hause zurückkam, war die Wiege leer und der Säugling verschwunden. Erst nach langem Suchen fand sie ihr Töchterlein in dem unter dem Backofen angebrachten Aschenbehälter, mit einer Hexenschürze umwickelt, zwar noch lebend, aber mit schielenden Augen. Das Kind blieb sein Leben lang schielend; es lebt noch heute und ist eine zweiundachtzigjährige Witwe.

921. Zauberhafter Schlaf.

Ein Mann aus Reisdorf besaß ein Stück Land nahe bei Hösdorf und beschäftigte sich einmal um elf Uhr nachts damit, Mist auf demselben auszustreuen. Da kamen des Weges drei Frauen, von denen eine an den fleißigen Mann herantrat und ihn fragte, was er da so spät treibe. Auf

seine Antwort, er dünge das Feld, sagte das Weib, nachdem es einige
Worte gemurmelt hatte zu ihm: »Künftig, wenn die andern Leute ruhen,
sollst auch du schlafen, aber auch, wenn sie arbeiten, sollst du schlafen.«
Von dieser Zeit an schlief der Mann oft stehenden Fußes; über dem
436 Mittagessen entfiel ihm oft der Löffel, den er eben ansetzen wollte, oder
sonst während des Tages die Pfeife aus dem Munde, weil er plötzlich
von einem unbezwingbaren Schlaf überfallen wurde.

Lehrer E. Rollmann

922. Die verhexte Jungfrau zu Eweringen.[1]

Zu Eweringen wohnte vor langer Zeit ein Mann, von dem man weit und breit wußte, daß er sehr geizig und sehr unbarmherzig gegen die Armen war. Eines Abends kam in das Haus dieses Mannes ein altes Mütterchen, das flehentlich um ein Nachtlager bat. Die Tochter des Hauses, ebenso hartherzig wie ihr Vater, wies die Alte kurz und schnauzig ab: »Für solch ein schmutziges Weib haben wir unsere Betten nicht.« – »Nun, so magst du selbst in deinem Bette liegen, du stolzes Ding«, sprach die Alte und wankte zum Hause hinaus. Am andern Tage konnte das Mädchen das Bett nicht verlassen. Es war von einer bösen Krankheit befallen, die es drei lange Jahre aufs Schmerzenslager fesselte. Als der letzte Tag des dritten Jahres um war, stand das Mädchen plötzlich auf und war wieder frisch und munter wie an jenem Tage, wo es die Alte – eine Hexe – so schmählich abgewiesen hatte.

Lehrer Konert zu Hollerich

923. D'Gêsfra.

Eines Tages trat die Müllerin der Schleidmühle bei Böwingen an der Attert vor die Tür und sah, daß ihre Kühe auf einer sechs Fuß hohen Gartenmauer standen. Wie dieselben dorthin gekommen, wußte niemand zu erklären. Zur Seite des Weges saß ein als Hexe bekanntes, altes Weib, welches die Leute d'Gêsfra nannten. Zornig rief die Müllerin: »Wo der Teufel nicht hingeht, da schickt er seine Abgesandten.« Das Weib erwiderte: »Möllesch, das bezahlst du mir!« Des andern Tages lag die Müllerin

1 Evrange (Dépt. Moselle).

krank im Bett und stand nicht mehr auf; sieben volle Jahre war sie krank und starb.

924. Das verhexte Haar.

Ein Schäfer aus der Vogtei Greeten von Budersberg ließ sich einst die Haare schneiden und warf sie in die Hausflur. Bald nachher zeigte sich eine weiche, kropfartige Geschwulst an seinem linken Knie, so daß der Mann nicht mehr gehen konnte und sich mühsam an einer Krücke fortschleppen mußte. Alle Heilungsversuche erwiesen sich als erfolglos. Da ließ er die Geschwulst aufschneiden und sieh da! es befand sich ein Päckchen Haare darin und der Schäfer erkannte, daß es seine eigenen Haare waren, die er vor kurzem hatte abschneiden lassen und weggeworfen hatte. Diesen Streich hatte eine Hexe ihm gespielt, die damals im Hause übernachtete. Hätte er auf die Haare gespieen, so hätte die Hexe diese Gewalt nicht über ihn gehabt. Seither sind die Leute in der ganzen Gegend klüger geworden und pflegen auf die abgeschnittenen Haare zu spucken, ehe sie dieselben wegwerfen.

J. Prott, Pfarrer 437

925. D'Fall vu Folschent (Folschet).

A. Es mögen fünfundsechzig Jahre her sein, da saß eines Tages Jakob Pesch aus Kalmus auf einem kräftigen Hengst vor seinem Hause, um nach Kapweiler zum Ackerer Georg Ketter zu reiten. Da rief ihm ein unter dem Namen d'Fall vu Folschent bekanntes altes Weib zu: »Wohin, Pesch?« – »Nach Kapweiler!« – »Dann wart, ich geh mit.« – »Ich bin Euer nicht nötig«, sagte Pesch und gab dem Pferd die Sporen, ritt im Galopp ungefähr drei Kilometer weit bis bei Klos Weiherchen, wo er das Pferd wieder im Schritt gehen ließ. Er schaute rückwärts, das Weib war da, hatte sein Pferd mit dem Schwanz und sagte zu ihm: »Hast du gemeint, du würdest mir entrinnen?« Der Mann sagte nichts, er bekreuzte sich und ritt schnell weiter.

B. Michel Weber und Heinrich Meisch, sowie noch zwei andre Fuhrleute aus dem Dorfe Kalmus, fuhren ins Ösling, um Kohlen für die Ansemburger Schmiede zu holen. Zu Rambruch auf der Höhe auf ebener Landstraße blieben auf einmal die Pferde der vier Gespanne stehen und konnten trotz aller angewandten Mittel nicht weitergebracht werden. Da kam ein altes Weib, d'Fall vu Folschent, und sagte zu den Fuhrleuten: »Wie haltet ihr hier, ihr Kalmuser Bauern?« – »Meija«, antworteten diese, »wir kommen nicht weiter.« – »Ihr seid dumme Kerle«, sagte das Weib, »mir her die Geißel! Hei, hi, hopp!« und alle Pferde zogen an und gingen rüstig weiter.

926. Bocktrés.

Eine in Insenborn und in der ganzen Umgegend allenthalben für eine Hexe gehaltene Weibsperson war die Bocktrés. Sie war zu Waldbillig geboren, kam nach Feulen, von da nach Böwen, Insenborn und Nocher. Bei wem sie einkehrte, dessen Haus ging unrettbar verloren. So verendete zu Insenborn einem Mann seine beste Ziege, bald nachher auch die andere. Dann starb das jüngste Kind, nachher das zweitjüngste und so weiter, bis sämtliche Kinder tot waren. Die Krankheit der Kinder war so schreckenerregend, daß außer den Eltern kein Mensch sich zu ihnen wagte. Das alles soll durch die Zauberei des Bocktrés geschehen sein.

Lehrer Laures zu Insenborn

927. Der verhexte Stall zu Wormeldingen.

In dem Stall eines Wormeldinger Winzers ging es lange nicht mit rechten Dingen zu. Bald fand der Hausherr am Morgen die Pferde, Mähne und Schwanz kunstgerecht geflochten, mit dem Schwanz an die Krippe gebunden, bald zwei Kühe in eine und dieselbe Halfter angestrickt. Es soll dies ein Akt der Rache gewesen sein, den die von dem Hausmeister beleidigten Hexen an diesem vollzogen.

Lehrer Konert zu Hollerich

928. Der Spuk auf dem Weiderterhof bei Fels.

Zu verschiedenen Zeiten soll es auf dem Weiderterhof bei Fels vorgekom-
438 men sein, daß sich die Schwänze und Mähnen der Pferde derart verwickelten, daß die Haare durch Menschenhand unmöglich auseinandergetrennt werden konnten. Nach einiger Zeit jedoch lösten sich die Knoten und Flechten in den Haaren der Pferde ganz von selbst auf, ohne daß man die geringste Spur der Verzauberung hätte wahrnehmen können. So oft der Spuk stattfand, waren die Pferde ganz wütend, schlugen, bissen um

sich und rissen sich von ihren Ketten los. Es ging auch die Sage, daß, wenn ein Bock im Stall sei, der böse Geist diesen reite und die Pferde ruhig lasse.

Noch heute ist die sogenannte Kreuzstraße auf dem Wege von Mersch nach Fels, wo der eine Weg nach Nommern und der andre zum Weiderterhof führt, ganz verrufen, so daß niemand denselben in der Nacht allein zu gehen wagt.

Luxemburger Land, 1883

929. *Hexen in den Escher Ställen.*

Alte Leute von Esch a.d. Sauer erzählen noch heute, daß Hexen bald unter der Gestalt von Katzen, bald unter der von Ratten die Kühe in den Ställen behexten, so daß sie gar keine oder nur rote Milch gaben. Nur durch Gebet und Besprengung mit Weihwasser konnten die Kühe von der Hexerei befreit werden.

Lehrer Schröder zu Esch a.d. Sauer

930. *Das Klopptreinchen zu Manternach.*

Im Dorfe Manternach wohnte einst in einem Häuschen ein altes Weib, namens Klopptreinchen, die wegen ihrer Zauberei gefürchtet war. Als sie einst gegen Mittag Gréwen (Grieben) ausbriet, sagte sie: »Warte, ich muß noch ein Späßchen machen.« Sie ging fort. Um diese Zeit pflügten Leute im Ort genannt »in der Fels«. Es kam plötzlich eine dicke Hummel, welche lange um die Pferde herumschwirrte und dieselben endlich samt dem Pflug die hohen Felsen hinunterschleuderte. Das hat Klopptreinchen in Gestalt einer Hummel getan.

Als Klopptreinchen ein andermal in Gestalt eines Insektes die Pferde an einem Pflug in den Abgrund werfen wollte, mußte sie unverrichteter Sache zurückweichen, weil sich am Pflug ein Kreuzchen aus geweihtem Wachs befand.

Klopptreinchen konnte auch Kühe abmelken, selbst wenn diese weit entfernt waren. Von ihren Künsten hörte der Freiherr der Herrschaft Berburg. Er ließ die Hexe kommen und verlangte von ihr, daß sie einen Spaß mache. Da nahm sie zwei kleine Stöcke, befestigte dieselben am Kamin, strich an denselben mit den Fingern auf und ab und molk so

439 Milch.[1] Nach einer Weile kam der Kuhschweizer gelaufen und sagte: »Herr, Eure beste Kuh ist draußen gefallen.« Da ließ der Freiherr einen Scheiterhaufen errichten, die Hexe daraufsetzen und ihn anzünden. Als die Flammen der Hexe nahekamen, rief sie: »In meinem Leben war es mir noch nicht so heiß um den Leib wie jetzt!« So ward Klopptreinchen verbrannt.

Fünfzig Jahre später wollten Leute ein Haus an der Stelle bauen, wo das Hexenhäuschen gestanden hatte, gaben jedoch aus Furcht vor der verrufenen Stelle ihr Vorhaben auf.

Lehrer Oswald zu Manternach

931. Die Hexe von Berburg.

Zu Berburg befand sich vorzeiten ein altes Hexenweib, welches den Leuten viel Schabernack zufügte, den Kühen die Milch nahm oder auf einem großen, schwarzen Bock durch die Ställe ritt und Kühe und Pferde kopfunten an die Decke hing und dergleichen mehr. Solches kam dem Geistlichen zu Ohren; er ließ die Alte zu sich kommen, berauschte sie mit Wein und sagte dann zu ihr. »Ihr kennt etwas! Ihr könnt etwas mehr als die andern!« – »Und was soll ich doch kennen!« entgegnete die Hexe und wollte lange nicht damit heraus. Als der Geistliche aber nicht nachgab mit Drängen, sagte sie endlich: »Ja, ich kann mehr als ›Kûschten‹ kauen und Wasser trinken!« und verlangte den dreibeinigen Kuhstuhl, auf dem man die Kühe zu melken pflegte. Man brachte ihn ihr, und sie fing an, denselben zu melken; der Stuhl gab Milch wie eine Kuh. Während sie mit Melken beschäftigt war, rief sie auf einmal: »O Herr, sie fällt, sie fällt!« – »Laßt sie nur fallen!« entgegnete der Geistliche. Und sie ließ sie

1 Das alte Mariechen von Ettelbrück erzählt: Wenn eine Hexe Milch haben will, dann nimmt sie einen roten Lappen, hält denselben wider die Wand, klopft dann dreimal darauf und fängt an, an dem Lappen zu streichen, indem sie sagt: »Ein wenig Milch von dem seiner Kuh, ein wenig von dem seiner Kuh, usw.« So fährt sie fort, bis sie Milch genug hat. Sie hat dann von keiner Kuh viel genommen und doch hat sie völlig Milch und Butter. – Zu Körich hängten die Hexen Klöppeln (Knüttel) in die Hâscht (Kamin) und strichen daran, wie man's beim Melken der Kühe tut. Dann melkten sie der andern Leute Kühe, bald diese, bald jene, und verschafften sich Milch im Überfluß. Auch butterten sie auf Kosten andrer Leute, indem sie sagten:
Botter, Botter, beichel dech (buttere)!
Mir e Komp voll,
Da mâchen ech mei Romp (Butterfaß) voll.

fallen. Es war die Kuh des Geistlichen, welche auf der Weide ging. Die brach zur selben Stunde zusammen und war tot.

Einst hatte sie auch einem Bauern von Manternach einen Streich gespielt, woran dieser noch lange dachte. Derselbe war mit seinen Pferden am Pflug, als plötzlich ein Geräusch in den Lüften entstand und die Pferde durchgingen und einen Abhang hinunterstürzten. Doch hatten dieselben glücklicherweise keinen Schaden genommen. Als man später von dem Vorfall sprach, sagte die Hexe: »Es tut mir leid, daß ich dieses Stückchen nicht fertig gebracht habe. Ich wollte nämlich das Fett nicht anbrennen lassen, das ich eben auf dem Ofen stehen hatte, und so bin ich etwas spät gekommen.« 440

Nach einiger Zeit stellte es sich heraus, daß die Alte noch Gesellinnen hatte. Es waren ihrer drei. Man kannte sie alle, doch getraute sich niemand, ewas zu sagen, bis endlich ein junger Mann sich einen Spaß mit ihnen erlaubte, der ihm aber teuer zu stehen kam. Bei einer Beerdigung nahm er nämlich ewas von der Erde, welche der Geistliche auf den Sarg warf, und streute sie in die Kirchtür. Wie bekannt, wurde diese Erde den Hexen zur Mauer und sie kamen nicht mehr aus der Kirche heraus, bis man die Erde aus der Tür wegräumte. Der junge Mann aber erkrankte nach einiger Zeit. Eine von den dreien soll sogar seine Patin gewesen sein und diese besuchte ihn öfters. Einmal reichte sie ihm ein Butterbrot, doch aß der Kranke nicht davon. Und es war sein Glück, denn ein Hund, dem man dasselbe hingeworfen, starb plötzlich davon. Auch der junge Mann wurde nicht mehr gesund, sondern starb bald. Die Hexe von Berburg soll nachher auf dem Scheiterhaufen verbrannt worden sein.

Lehrer P. Hummer

932. Die Hexe zu Nittel.

Seit langer Zeit wurden die Kühe von Nittel während der Nacht gemolken. Das ganze Dorf sagte: »Sie sind behext.« Der Verdacht fiel auf ein altes Weib des Dorfes. Der Pastor, den die Bauern um Rat fragten, ließ das Weib zu sich kommen, berauschte sie mit Wein und entlockte ihr das Geständnis, daß sie eine Hexe sei und ihr Buch zu Hause unter einem Stein des Herdes versteckt liege. Die Köchin des Pastors lief hin und brachte das Buch. Auf des Pastors Wunsch molk die Hexe dessen Kuh, die aber zuvor aus dem Stall in die Wiese geführt werden mußte. Die Hexe molk die schwarze Kuh in der Stube, indem sie in ihrem Buche las und eine Schnur von ihrem Arme wand. Die Milch tröpfelte in einen

Topf. Die Hexe molk so lange, bis die Kuh beinahe umfiel. Da hieß der Pastor sie aufhören, machte sie ganz betrunken, entriß ihr das Buch und verbrannte es.

Die Hexe wurde hierauf ergriffen und zum Feuertode verurteilt. Um sie zu verbrennen, fällte man sieben Korden Holz. Als die Hexe auf dem Scheiterhaufen stand, sagte sie noch: »Es hat mir in meinem Leben nichts mehr gut getan, als da die vier Katzen (Hexen) das Fuder Buttermilch den Nitteler Berg hinaufführten. Herrjes, wie schlug ich sie in die Beine, daß sie die Schwänze hintenwegstreckten.« Da schlugen die Flammen über ihr zusammen und verzehrten sie.

J.B. Klein, Pfarrer zu Dalheim

933. Die Buttermacherin zu Steinsel.

Ein junges Mädchen von Hünsdorf machte sich eines Tages auf den Weg zur Stadt. An der Seite trug sie einen Korb mit Butter, denn es war Markttag. Unterwegs gesellte sich zu ihr ein altes Höckerweib, welches ebenfalls im Begriffe war, Butter nach dem Markte zu tragen. Unter munterm Geplauder kamen sie nach Steinsel. Hier saß vor einer Tür die
441 Hausfrau und war eben mit Buttermachen beschäftigt. »Was meinst du«, hub jetzt die Alte an, »wenn wir die Butter dieser Frau mitnähmen?« – »Ei, warum nicht, wenn sie dieselbe fertig hätte und uns dieselbe anvertrauen wollte« gab das Mädchen zur Antwort. Plaudernd zogen sie weiter und gelangten endlich auf dem Markte an. Auf dem Wege zur Stadt wollte es dem Mädchen manchmal dünken, als sei ihr Korb schwerer geworden; allein sie achtete nicht weiter darauf. Wie erschrak sie aber, als sie auf dem Markte den Korb aufdeckte und darin drei Pfund Butter mehr vorfand, als sie hineingetan hatte. Obschon ein unheimliches Gefühl sich ihrer bemächtigte, verkaufte sie die Butter dennoch und trat den Heimweg an. Zu Steinsel angekommen, traf sie die nämliche Bauersfrau, die sie am Morgen gesehen, immer noch vor der Tür am Butterfaß. Sie redete dieselbe an und erfuhr dann von ihr, wie sie früher höchstens eine halbe Stunde auf das Buttern verwendete, heute aber damit gar nicht zu Ende kommen könne. Darauf erzählte ihr das Mädchen, was vorgefallen war, zahlte ihr die verdächtige Butter aus und die Frau schüttete den Inhalt des Butterfasses auf den Misthaufen.

Lehrer Konert zu Hollerich

934. Das geheimnisvolle Butterfaß.

Beim Durchmarsch der Kaiserlichen ward im Dorfe Frassem bei Arlon in einem kleinen Tagelöhnerhause ein Soldat einquartiert. Die Bewohner dieses Hauses hatten bloß eine Kuh, dennoch butterte die Frau fast den ganzen Tag.

Dem Soldaten fiel das auf und er suchte hinter das Geheimnis zu kommen. Als die Frau sich nun entfernte, um ihre Kuh zu der Dorfherde zu führen, öffnete der Soldat das Butterfaß und fand an dem Deckel eine Spule mit leinenem Garn. Er nahm dieselbe und steckte sie in seine Tasche. Als die Frau zurückkam und anfing, zu buttern, da lief der Rahm dem Soldaten aus der Tasche. Schnell sprang die Frau hinzu und wollte dem Soldaten das Garn abnehmen; dieser aber warf es ins Feuer und von nun an hatte das Buttern ein Ende.

935. Das schwere Buch.

In Unter-Rodingen befand sich eine Frau von sonderbarem Aussehen; sie hatte zahllose Runzeln im Gesicht, eine Habichtsnase, triefende Augen, wirre, aufgelöste Haare und jeder, der sie sah, dachte bei sich: »Das ist gewiß eine Hexe!«

Diese Frau hatte bloß eine Kuh, welche so schwarz war, wie der leibhaftige Gottseibeiuns, und fast so finster blickte, wie die Alte selbst. Von dieser einzigen Kuh machte die Alte mehr Butter als die ganze unterste Gasse.

Eines Tages kam eine Nachbarin ins Haus der Alten, als diese eben am Buttern war, und schaute ihr eine Weile zu. Die Alte tat den Rahm ins Butterfaß, nachdem sie zuvor unter dasselbe ein Stück von rotem Zeug gelegt hatte, schloß den Deckel und fing an zu drehen. Während sie butterte, sagte sie immer: »Meine Butter und die von der ganzen 442
Gasse, meine Butter und die von der ganzen Gasse!« Es dauerte gar nicht lange und die Butter war fertig. Als sie dieselbe aus dem Butterfaß herausnahm, hatte sie fast eine ganze Wanne voll, obwohl das Butterfaß nicht gar groß war.

»O jerum!« – dachte die Nachbarin, »wer das auch könnte. Jetzt seh ich wohl, warum unsereins so wenig Butter macht; sie buttert für die ganze Gasse!« Sollte die Alte ihr nicht auch ein Stückchen von dem wunderbaren Zeug geben können? Als sie ihre Bitte vortrug, sprach jene in näselndem Tone: »Warum nicht, du sollst ein Stück davon haben; sag aber keinem Menschen etwas davon!« Darauf riß sie ein Stück herab und gab es der Nachbarin, welche hocherfreut nach Hause eilte. Hier angekommen, wollte sie dasselbe versuchen. Sie legte das rote Zeug unters Butterfaß, schüttete den Rahm hinein und fing an: »Meine Butter und die von der ganzen Gasse!« gerade wie die Alte es gemacht hatte.

Auf einmal geht die Tür auf und herein tritt ein feiner Herr mit einem dicken Buch unter dem Arme. Er grüßte freundlich und sagte: »Frau, Ihr habt von meinem Eigentum genossen!« Die Frau konnte sich nicht entsinnen, wie sie vom Eigentum dieses Herrn genossen haben sollte, da sie ihn doch nicht kannte, und sagte: »Ich glaube, Ihr irrt Euch, mein Herr.« – »Nicht im geringsten.« – »Wie so?« – »Nun, das rote Stück Zeug, das Ihr da unter Eurem Butterfaß habt, ist mein Eigentum.« – »Das hab ich von der Nachbarin.« – »Aber Eure Nachbarin hat es von mir und ohne meinen Willen darf sie nichts davon veräußern.« – »So, so! …« – »Nun, Ihr dürft das Stück Zeug dennoch behalten, wenn Ihr Euren Namen in dieses Buch schreiben wollt.« Mit diesen Worten legte er das Buch auf den Tisch und schlug es auf. Die schlaue Frau hatte bemerkt, mit wem sie es zu tun hatte; sie hieß den Herrn, sich ein wenig setzen, bis sie unterschrieben habe. Dann setzte sie sich hin und schrieb in das Buch unter die andern Namen, welche der Böse bereits in seinem Sündenregister drin hatte, unter anderen auch den ihrer Frau Nachbarin, von der sie soeben das Zeug erhalten. Die Worte aber, welche sie schrieb, waren diese: »Im Namen Jesu.« Sodann stand sie auf und bedeutete dem Wartenden, es sei geschehen. Dieser wollte das Buch nehmen, als er aber die Schrift darin bemerkte, ließ er es liegen und schickte sich an zu gehen. »Aber Herr, nehmt doch Euer Buch mit!« rief die Frau. – »Es ist mir zu schwer« erwiderte der Fremde. – »Es ist Euch zu schwer?« fragte verwundert die Frau, »nun, so müßt Ihr es liegen lassen!« Und der Fremde ging. Die Frau aber soll dem Pastor das Buch eingehändigt haben. Es war ein Glück für sie, daß sie nicht unterschrieben hatte, sonst hätte sie ihre Seele dem Teufel verschrieben.

443 Lehrer P. Hummer

9. Hexen als Tiere

936. Die Katzenhexe zu Rambruch.

Vor vielen Jahren lebte zu Rambruch eine arme Frau, die nur eine Kuh hatte; diese gab aber mehr Milch als irgendeine des Dorfes. Auf einmal versiegte die fruchtbare Quelle und trotz aller angewandten Mittel gelang es der Frau nicht, auch nur einen Tropfen mehr zu bekommen. Es fiel ihr auf, daß sie jeden Abend, wenn sie sich zum Melken ihrer Kuh in den Stall begab, in der Krippe eine schwarze Katze erblickte, die sie grimmig anglotzte. Das schien der Frau verdächtig und eines Abends ergriff sie einen Besenstiel und hieb so heftig damit auf die Katze ein, daß sie derselben ein Ohr vom Kopf trennte. Da, o Wunder! entlarvte sich die Katze als die Nachbarsfrau, ein altes Weib, das schon lange Zeit im Verdacht stand, Zauberei zu treiben. Diese war es also, die allabendlich die Kuh der Nachbarin melkte und bei ihrer Ankunft jedes mal die Hexenmaske anlegte.

Des andern Tages fand man den toten Körper einer schwarzen Katze in Grentschens Weiher liegen. Das Hexenweib aber war spurlos verschwunden. Von nun an gab die Kuh der braven Frau wieder reichlich Milch wie vorher.

Zollbeamter J. Wolff

937. Die Milchdiebin zu Kanach.

Zu Kanach besaß ein armer Bauer eine Kuh, die ihn reichlich mit Milch und Butter versorgte. Eines Tages merkte er, daß die Kuh schon gemolken sei und dieselbe auch nicht einen Tropfen Milch mehr gab. Das ging so wochenlang fort, ohne daß es dem Bauern möglich gewesen wäre, den Dieb zu entdecken. Nur zuweilen bemerkte er bei seinem Eintritt in den Stall, daß eine schwarze Katze mit funkelnden Augen hinter der Kuh aufsprang und sich in eine Ecke kauerte. Mißgestimmt, wie er war, und ärgerlich darüber, die Katze so oft in seinem Stalle anzutreffen, schlug er dieselbe einst mit einem Stock so gewaltig an den Kopf, daß sie laut schreiend davonlief und im Nachbarhause verschwand. Tags darauf erschien die Nachbarsfrau mit verbundenem Kopf. Allgemein hieß es, sie stehe mit dem Teufel im Einverständnis und habe in Gestalt einer Katze des Nachbars Kuh gemolken.

J. Weyrich

938. Katzenhexe zu Medernach.

Ein reicher Bauer aus Medernach hatte stets zehn bis zwölf Stück Kühe, die, trotzdem sie reichlich genährt und gefüttert wurden, keine Milch gaben und, statt fetter zu werden, von Tag zu Tag magerer wurden. Der

Bauer wußte sich weder zu helfen noch zu raten. Er nahm eine andere Magd ins Haus. Aber schon nach einigen Tagen beklagte sich diese bei ihrem Brotherrn, daß die Kühe trotz reichlicher Nahrung doch keine Milch gäben. Auf die Antwort ihres Herrn, daß dieser Zustand seiner
444 Kühe schon lange dauere, erwiderte sie: »So muß ich dem Ding abhelfen« Am Abend beredete sie sich mit dem Knecht. Als alle Arbeit getan war, begaben sich beide nach dem Abendessen in den Stall, um in aller Stille Wache zu halten. Zwischen elf Uhr und Mitternacht kam eine schwarze Katze durchs Hühnerloch in den Stall geschlichen und sprang der nächsten Kuh auf den Rücken, von dieser auf die folgende und so fort bis auf die letzte; dann entfernte sie sich wieder auf demselben Weg, auf dem sie hereingekommen war. Im Hühnerloch aber rief sie: »Nun können sie morgen wieder fragen, woher es komme, daß die Kühe keine Milch geben!« Als die Katze fort war, sprach der Knecht zur Magd: »Wenn sie wiederkommt, schlag ich sie tot.« Allein die Magd erwiderte: »Nein, das darfst du nicht tun; wir müssen warten bis zum drittenmal, dann kannst du dieselbe tüchtig prügeln, aber nicht totschlagen.« Am folgenden Abend erschien und verschwand die Katze wie tagsvorher. Am dritten Abend sagte die Magd zum Knecht, der mit einem dicken Knüttel versehen war: »Wenn ich sage: Schlag zu! dann such die Katze mit deinem Stock zu erreichen.« Kaum war elf Uhr vorbei, so erschien auch die Katze wie an dem vorigen Abend und wollte ihre Sprünge wie gewöhnlich ausführen. Als dieselbe auf der zweiten Kuh angekommen war, rief die Magd: »Schlag zu!« Der Knecht, der beim Futtertrog verborgen saß, holte mit seinem Stock aus und traf die Katze auf den Kopf, daß sie hinter der Kuh zu Boden fiel. Dann lief er hinzu und zerschlug sie jämmerlich. Hierauf warf er dieselbe vor die Stalltür. Am andern Tage lag die Nachbarin todkrank im Bette und hatte keine Stelle am Leib, wo sie nicht eine Beule trug. Von der Zeit an gaben die Kühe wieder Milch und die schwarze Katze erschien auch nicht mehr im Stalle. Der Hausherr grübelte lange nach, wie die Magd das zustandegebracht hatte; aber Magd und Knecht hielten reinen Mund. Später verheiratete er die Magd mit seinem Sohne, denn sie war ein fleißiges, braves, sittsames Mädchen. Ihrem Mann erzählte sie nun, daß es die Nachbarin gewesen, die den Kühen die Milch genommen hatte.

Lehrer N. Massard zu Medernach

939. Die verhexte Kuh zu Stadtbredimus.

Es war im Jahre 1802. Ein Mann aus Stadtbredimus, mit Namen Weis de Pittchen, hatte eine schöne Kuh, die auf einmal aufhörte, Milch zu geben. Überzeugt, daß seine Kuh verhext sei, nahm Pittchen seine Zuflucht zum Geistlichen des Dorfes, Herrn Kaplan Kleiner. Dieser ging mit Pittchen in dessen Stall und da sahen sie Gram, die Hexe, in Gestalt einer Katze der Kuh zwischen den Hörnern sitzen. Der erzürnte Pittchen ergriff die Mistgabel, um die Hexe zu durchstechen. Der Kaplan hielt ihn zurück. »Wo wolltest du denn den Leichnam hinschaffen?« fragte er. Da begnügte sich Pittchen damit, die Katze zu verwunden, und sieh! plötzlich stand die Hexe in ihrer Menschengestalt vor ihnen: der Zauber war gebrochen. Am folgenden Morgen aber fand der Kaplan seine zwei fetten Schweine tot im Stall liegen. 445

940. Die Hexe zu Marnach.

Zu Marnach im Ösling fiel einem braven Bauersmann alles Vieh, Pferde, Kühe und Schafe, eines nach dem andern im Stalle tot nieder. So oft er andere Pferde oder Kühe kaufte, immer fand man dieselben tot im Stalle, so daß er zuletzt kein Vieh mehr halten konnte und seine Ländereien verkaufen mußte.

Ein Porzellanhändler kam eines Abends mit seinem schwer beladenen Esel ins Dorf und bat den Bauern, ihn über Nacht zu beherbergen. Der Bauer kannte den Eseltreiber, da derselbe schon oft bei ihm eingekehrt war; in den drei letzten Jahren jedoch war der Händler nicht mehr in dem Dorf gewesen. »Euch kann ich wohl beherbergen« sagte der Bauer, »Euren Esel aber nicht; denn alles Vieh, das in meinen Stall kommt, stirbt in der nämlichen Nacht.« Und nun erzählte er dem Eseltreiber das Unglück, das ihn betroffen. »Wenn's nichts weiter ist«, sagte dieser, »so laßt mich gewähren« und er führte den Esel in den Stall. Darauf setzten sich beide zum Nachtessen hin.

Nach einer Stunde kehrten sie in den Stall zurück, nachdem der Eselstreiber noch seinen Knotenstock zur Hand genommen hatte. Als sie eintraten, saß über dem Esel in dem Râf eine schwarze Katze. Ein schneller Schlag mit dem Knotenstock und herab in die Mulde fiel ein am Kopfe blutendes, altes Weib, das keiner kannte. »Was hast du hier verübt?« fragte der Porzellanhändler. – »Nichts, gar nichts«, antwortete das alte Weib. Nach einem zweiten Schlag mit dem Stock bekannte das Weib, daß es vierzig Stunden weit zu Hause sei und seit Jahren jeden

Abend hiehin komme, um dem Bauern Unglück zu bereiten. Man behielt das Weib die Nacht über im Hause und gab ihr sogar zu essen, nachdem es eidlich versprochen hatte, nie mehr der Familie ein Leid zuzufügen.

Des anderen Morgens kam der Nachbarssohn mit einem Teimer; man lud die Hexe auf und schaffte sie vom Marnacher Bann weg; da wurde sie ausgeschüttet. Als man nach einigen Minuten sich nach ihr umschaute, war sie verschwunden und nie mehr sah man nachher sie wieder.

941. Die Katzenhexe zu Knaphoscheid.

In einem Hause zu Knaphoscheid lugte allabendlich eine verdächtige, schwarze Katze zum Fenster der Wohnstube herein. Endlich faßte sich der Hausvater ein Herz, schlug nach der Katze und diese entpuppte sich als alte Frau.

Zollbeamter J. Wolff

942. Die abgehauene Katzenpfote.

A. Im Schlosse zu Körich fand sich jedesmal eine Katze ein, wenn die Wärterin des Kindes diesem den Brei gab. So oft die Frau dem Kinde einen Löffel voll reichte, langte die Katze gleich mit der Pfote in den Brei und aß so mit. Die Katze zu verscheuchen, war alle Mühe umsonst. Da klagte die Frau einst ihrem Manne, der Fleischer im Schlosse war, wie
446 eine fremde Katze sie fortwährend belästige. Dieser wartete ab, bis die Katze das nächste Mal wiederkam, und als sie die Pfote zum Breiholen ausstreckte, hieb er ihr dieselbe mit einem wuchtigen Streich vermittels eines Messers ab. Tags darauf lag des Schäfers Frau mit verbundenem Kopfe krank zu Bett; man ließ den Arzt kommen und so entdeckte man, daß ihr eine Hand fehlte. Die Hexe ward ergriffen und verbrannt.

B. Ein Holzhauer aus Wilz, der noch lebt, ging eines Abends mit seiner Axt nach Hause. Unterwegs umringten ihn plötzlich eine Menge schwarzer Katzen. Sie begleiteten ihn bis zu seiner Wohnung, wo er ergrimmt seine Axt nach ihnen warf. Als er sein Beil wieder aufhob, lag eine Vorderpfote daneben und am anderen Tag hörte er, daß die Nachbarsfrau krank darniederliege: sie habe in der Nacht eine Hand verloren. Voll Schrecken lief der Mann nach Hause und sah, daß die abgehauene Pfote wirklich die Hand der Nachbarin war.

943. Vom Müllerknecht, der die Hexen entlarvte.

Ein Müller, dessen Mühle zu Heiderscheidergrund stand, ging auf den Markt, um einen Knecht zu dingen. Da traf er einen jungen Burschen an, der groß und stark war, und fragte ihn, ob er sein Knecht werden wolle. »Wieviel Knechte hast du, Müller, denn dies Jahr gehabt?« fragte der Bursche. – »Dreißig«, sagte der Müller. – »Nun gut, ich will dein einunddreißigster werden; aber du mußt mir monatlich dreißig Franken Lohn geben und mir ein scharfes Beil zur Hand legen.« – »Topp«, sagte der Müller und schlug dem Knechte in die Hand, »der Handel ist abgeschlossen; du bist mein Knecht, und ich gebe dir mein frischgeschliffenes Handbeil.« Sie tranken eine Flasche Wein und gingen zusammen auf die Mühle. Wie sie durchs Dorf schritten, hörte der Müllerknecht die Leute sagen: »Der arme Junge, der muß auch bald sein Leben lassen.« – »Wenn das sich so verhält«, dachte der Knecht bei sich, »dann weiß ich's anzufangen. Meine Vorgänger haben nachts geschlafen und sind ins Kammrad geworfen worden. Das geschieht mir nicht.«

Als es Nacht geworden, begab sich der Knecht zu Bett, nachdem er das Korn auf die Trimme (Mühlentrichter) geschüttet, und wachte. Aber es kam niemand, auch die zweite Nacht wurde er nicht belästigt und er dachte: »Du mußt es anders machen.« Die dritte Nacht stellte er sich, als wenn er schliefe. Um zwölf Uhr hörte er vier Katzen die Treppe heraufkommen. Die erste sagte: »E bift«; die drei anderen sagten: »E bift net«, und sie kehrten wieder um. Der Knecht fing an zu schnarchen, und es währte nicht lange, da kamen sie zurück. Die beiden vordersten sagten: »E bift«, die beiden hintersten sagten: »E bift net« und sie kehrten wieder um. Da schnarchte der Knecht so laut, wie die Mühlenräder klapperten, und die Katzen kamen zum drittenmal die Treppe heraufgetrippelt. Die drei vordersten sagten: »E bift«, die hinterste sagte nichts 447
und schüttelte den Kopf. Sie sprangen auf den Knecht zu und wollten ihn ins Kammrad werfen, aber er schlug mit seinem scharfen Beil um sich und hieb der einen Katze die vordere Pfote, der andern die hintere ab und die dritte verwundete er bloß; die vierte entkam ohne Wunde. »Aha!« dachte der Knecht, »morgen werden wir sehen, wer die Hexen sind.« Und richtig, des Müllers eigener Frau hatte er den Arm, der Nachbarin ein Bein abgehauen, die beiden andern Frauen waren verschwunden. Die Müllerin und ihre Nachbarin wurden verurteilt und als Hexen verbrannt.

N. Gonner

944. Katzenhexen zu Waldbillig.

Folgendes erzählte Bernh. Braun, ein Mann in den achtziger Jahren.

Vor fünfzig Jahren war es eine Zeitlang nicht geheuer in Waldbillig. Hatte ich einen Handwerker im Hause, z.B. den Schuster, so kam, während er den zweiten Schuh zuschnitt, der fertiggemachte weg, ohne daß man's merkte. So ging's auch mit dem Schneider. Arbeitete ich in einem andern Dorfe und blieb über Nacht aus, so wurde meine Frau im Bett tüchtig geprügelt, so daß ich gezwungen war, jeden Abend nach Hause zurückzukehren. Am ersten Abend nun, als ich neben meiner Frau ohne Licht am Ofen saß, hörten wir plötzlich etwas krabbeln. Ich zündete das Licht an, konnte jedoch nichts finden, auch verlief die Nacht ohne Störung. Tags darauf, als wir wieder abends um den Ofen saßen, hörten wir dasselbe Geräusch. Nachdem ich das Licht angezündet hatte, fand ich eine Katze unter dem Bett. Ich zog sie am Bein hervor und prügelte sie kräftig durch. Man hatte mir nämlich geraten, sie tüchtig durchzuhauen, dann käme sie nicht mehr wieder. Darauf öffnete ich das Fenster und warf sie hinaus; sie platschte auf die Erde, als sei ein schwerer Stein gefallen. Von der Zeit an kam sie nicht mehr wieder.

Brauns Frau fügte hinzu, es sei nun keiner von diesen Leuten mehr im Dorfe; sie habe dieselben alle gekannt d.h. die der Hexerei Verdächtigen.

Lehrer Franck zu Waldbillig

945. Katzenhexe zu Gonderingen.

Ein Gonderinger erzählt: Ein Mädchen schmierte einst ihre Schuhe mit Schmalz. Da kam eine Katze – dies war eine alte Frau aus dem Dorf – zu ihr und sprach: »Schmierst du deine Schuhe mit Schmalz?« Da warf das Mädchen einen Schuh nach der Katze; diese aber lief mit demselben fort und das Mädchen bekam sein Eigentum nie wieder.

946. Katzenhexe zu Remich.

Vor vielen Jahren reinigte zu Remich eine Frau ihre Schuhe. Da kam eine Katze gelaufen, welche rief: »Schmiert der èr Schong mat Schmaderalz?« (Schmiert Ihr Eure Schuhe mit Schmalz?) Das war eine Hexe.

448 J.P. Wolff aus Remich

947. Die Katzenhexe zu Wahl.

Zu Wahl im Kanton Redingen lebte eine Bäuerin, die allgemein für eine Hexe gehalten wurde. Ein Knabe von neun Jahren hütete ihr Vieh und jeden Tag, wenn er von der Weide zurückkehrte, sagte sie ihm genau, was er den Tag über auf der Weide getan, gesprochen, ja sogar gedacht hatte.

Einst hatte sich der Knabe auf den Rücken in die Wiese hingestreckt, die Mütze über dem Gesicht, um die Sonnenstrahlen abzuhalten. Ein Mädchen, dessen Vieh neben dem seinen weidete, saß ihm zur Seite. Da hörte er plötzlich den Schrei einer Katze: Miau! Miau! Jedoch kümmerte er sich nicht darum und glaubte, es sei eine Katze vom nahen Bauernhofe. Aber da rief das Mädchen mit ängstlicher Stimme: »Sieh doch, sieh doch, unser Vieh!« Der Knabe schnellte auf und sah die Ochsen und Kühe mit sträubendem Haar, wirrem Blick und am ganzen Körper zitternd vor sich stehen. Es kam ihm der gute Gedanke, das Kreuzzeichen zu machen, worauf das Vieh sich beruhigt niederlegte. In der Überzeugung, daß die Katze ihm diesen Streich gespielt hatte, eilte er an den Ort, woher der Schrei gekommen war, aber da ließ sich die Katze an einer andern Stelle hören. So lief er bald hiehin, bald dorthin und kam erschöpft abends nach Hause, entschlossen, der Hexe Haus nie mehr zu betreten.

Der Knabe ist heute ein Mann in den Fünfzigern und ist noch zur Stunde fest überzeugt, daß seine damalige Meisterin ihm den bösen Streich gespielt habe.

948. Die Hausfrau als Katze.

A. In Hallenhaus zu Esch a.d. Sauer war vor alter Zeit einmal die Magd beschäftigt, abends die Schuhe der Hausbewohner zu putzen. Eine Katze saß neben ihr und sah zu. Da die Magd ihre eigenen Schuhe zuerst reinigte, sprach die Katze: »Es ist nicht Brauch, daß die Magd ihre Schuhe zuerst reinigt.« – »Es ist auch nicht Brauch«, erwiderte die Magd, »daß die Katzen sprechen« und mit diesen Worten schlug sie der Katze den Absatz ihres Schuhes ins Gesicht. Mit einem Satz sprang die Katze zur offenen Tür hinaus und die Treppe hinauf.

Am andern Morgen wollte die Hausfrau nicht aufstehen; als sie endlich herunter kam, sah man die Spuren der Nägel des Schuhabsatzes, mit dem die Magd sie geschlagen, in ihrem Gesicht abgedrückt. Diese Frau war eine Hexe.

Lehrer Schlösser zu Esch a.d. Sauer

B. Zu Rodingen war eine Magd, welche die Gewohnheit hatte, beim
Putzen der Schuhe die ihrigen zuerst zu wichsen. Als sie einst wieder
damit beschäftigt war, kam die schwarze Hauskatze dahergeschlichen,
stellte sich vor die Magd und sagte: »Ist es Brauch, daß die Mägde ihre
Schuhe zuerst wichsen?« Die Magd stellte sich, als habe sie die Worte
der Katze überhört, ergriff heimlich einen Schuh und schleuderte densel-
449 ben der Katze mit aller Gewalt an den Kopf.

Am folgenden Morgen bemerkte die Magd, daß die Hausfrau die Nase geschunden hatte. Das war also die Katze vom gestrigen Abend. Zur Stunde verließ die Magd den Dienst.

Lehrer P. Hummer

C. Zu Machtum schmierte eine Magd abends die Schuhe der Hausbewohner. Sie nahm ihre eigenen Schuhe zuerst zur Hand. Da nahte sich ihr eine Katze, welche sagte: »Seit wann ist es Brauch, daß die Mägde ihre Schuhe zuerst schmieren?« Die Magd erwiderte: »Und seit wann ist es Brauch, daß die Katzen sprechen?« Mit diesen Worten schlug sie mit der Bürste die Katze heftig ins Gesicht, worauf diese entsprang.

Am andern Morgen gewahrte sie, daß die Hausfrau mehrere Vorderzähne eingeschlagen hatte.

D. Zu Dommeldingen hatte eine Frau den Schuster ins Haus genommen. Da er aber mit seiner Arbeit vor Einbruch der Nacht nicht fertig wurde, so begehrte er ein Licht; er wolle, sagte er, in der Nacht arbeiten, bis die Schuhe fertig wären. Ungefähr gegen zwölf Uhr kam eine Katze, setzte sich neben ihn auf den Stuhl und schaute ihn immer fest ins Auge. Allmählich fing sie an zu schlafen, schwankte und wäre beinahe vom Stuhl herabgefallen; dabei schrie sie: »I, da wär ich fast gefallen!« Der Schuster machte das Kreuzzeichen und hob sein Messer in die Höhe. Schnell sprang die Katze zur Tür, aber der Schuster warf ihr das Messer nach und verwundete sie am Hinterfuß. Esr rann ein wenig Blut und zur Stunde stand statt der Katze die Meisterin des Hauses da, welche die Katzengestalt angenommen hatte, um den Schuster zu beobachten.

949. *Die Katzenhexe zu Weiler zum Turm.*

In dem alten Schwirzhause zu Weiler zum Turm gingen einst im Kârschnatz (Kornschnitt, zur Zeit der Kornernte) die Schnitter sich in die Kâschteplètz in die Scheune in den »Onner« legen. Kaum lagen sie eine Weile auf dem Rücken, da sahen sie eine Katze über den Dachsparren laufen, welche plötzlich ausrief: »Elo wor èch bal gefèllerèll!« (Jetzt war ich beinahe gefallen!) Das war eine Hexe.

J.N. Moes

950. *Die Jungfer als Katze.*

Eine reiche Jungfer, welche sehr geizig war, hatte eine Magd ins Haus genommen, welche ihr bei der Hausarbeit helfen sollte. Diese Jungfer war eine Hexe.

Um die Magd auf die Probe zu stellen, gab sie eines Tages vor, auf einige Zeit verreisen zu müssen. Kaum aber hatte sie das Haus verlassen, als die Magd bei sich dachte: »Da willst du dir's doch einmal recht gut sein lassen!« und buk sich Pfannenkuchen. Überdem schlich eine Katze herein und setzte sich zu ihr auf den Herd. Die Magd jagte den ungebetenen Gast hinaus und verschloß die Tür. Die Katze aber kam zum Spülstein wieder herein und setzte sich auf ihren früheren Platz. Nachdem 450
die Magd dieselbe noch einigemal, aber ohne Erfolg, hinausgejagt hatte, merkte sie, daß das nicht mit rechten Dingen zugehe. »Warte nur«, dachte sie, »dir will ich schon einen Denkzettel anhängen, daß dir das Hexen vergehen soll.« Sprach's und ließ das Fett in der Pfanne glühendheiß werden; darauf mit einer schnellen Bewegung goß sie dasselbe der Katze über den Rücken. Unter erbärmlichem Geheul entsprang diese durch des Spülsteins Öffnung.

Bald nachher vernahm die Magd ein starkes Wimmern, das aus dem Schlafzimmer der Jungfer herkam. Sie eilte schnell hinauf und fand diese im Bett liegen und über heftige Schmerzen im Rücken klagen. Sie schickte das Mädchen eilends zum Arzt. Statt aber den Arzt herbeizuholen, packte die Magd schnell ihre Habseligkeiten zusammen und verließ zur Stunde das Haus: mit einer Hexe wollte sie nicht länger unter einem Dache wohnen.

Lehrer P. Hummer

951. Die Hexe in Hofremich.

Eine Frau in Hofremich war eines Mittags am Herde mit Pfannenkuchenbacken beschäftigt. Wie so die gelben Kuchen in der Pfanne schmorten, kam zur Küchentür ein Kätzchen hereinspaziert, das allgemach dem Feuer immer näherrückte, bis es zuletzt dicht neben demselben saß. Die Hausfrau, welche dachte, das Kätzchen wolle sich eben nur wärmen, achtete weiter nicht auf dasselbe, ja sie sah nicht einmal, wie es sich jedesmal auf den Hinterbeinen emporreckte, um in die Pfanne zu gucken, so oft die Frau Fett hineintat. Inzwischen war nun auch der Hausherr in die Küche getreten und diesem fiel das sonderbare Gebaren der fremden Katze sofort auf. Als er dem Treiben ein Weilchen zugesehen hatte, riß ihm die Geduld. Er schickte seine Frau unter einem Vorwand vom Feuer weg, ergriff dann selbst die Pfanne und schnitt aus dem Topfe wohl die Hälfte des Schmalzes in die Pfanne. Dann hielt er diese über die Flamme und als das Kätzchen sich jetzt wieder erhob, um hineinzugucken, schüttete er ihm die ganze, glühendheiße Fettmasse über den Kopf. Heulend stürzte die Katze zur Tür hinaus. Im nächsten Augenblicke erhob sich im Nachbarhause ein Mark und Bein durchdringendes Gejammer. Der Nachbar stürzte zur Tür heraus, rief alle Welt um Beistand und Hilfe an für seine Frau, die mit verbranntem Kopf in Todesnöten im Bette liege. Sie war das vorwitzige Kätzchen.

Lehrer Konert zu Hollerich

952. Katzenhexe zu Buschrodt.

Zu Buschrodt mußte ein Witwer, dessen Kinder noch klein waren, selbst das Essen bereiten. So oft nun der Mann mit Kochen beschäftigt war, kam eine fremde, häßliche Katze in die Küche und stahl, was sie nur finden konnte. Eines Tages buk der Mann Pfannkuchen, als die Katze wieder erschien. Er hatte eben das Fett in der Pfanne gebraten und schüttete es der Diebin über den Kopf, welche mit einem fürchterlichen
451 Geheul entsprang.

Des anderen Tags ging die Nachbarsfrau mit verbranntem Gesicht über die Straße. Die Katze jedoch kam nie mehr in das Haus des Mannes zurück.

953. *Hexen als Katzen zu Manternach.*

Zur Zeit wohnte in einer kleinen Hütte zu Manternach eine Frau, Schloßdame genannt, welche als Hexe verrufen war. Während einer Nacht kamen zwei Katzen vor das Schlafzimmer eines Mannes und heulten erbärmlich. Als der Mann aufstand und herauskam, entsprang die eine Katze; der Mann ergriff die andere, prügelte sie durch und warf sie die Treppe hinunter. Allein sie kam wieder. Jetzt prügelte der Mann das Tier dermaßen, daß es alle viere von sich streckte; darauf warf er es über die Mauer in den Garten. Am andern Morgen kam die Schloßdame ins Haus und klagte über Schmerzen an allen Gliedern. Der Mann sagte: »Dann bist du es auch, altes Luder, die diese Nacht einen solchen Spektakel gemacht hat und ich die Treppe hinunter geworfen habe?« – »O ja, ich bin es«, sagte die Frau kläglich.

Lehrer Oswald zu Manternach

954. *Katzenhexe zu Säul.*

Zu Säul mußte ein Bursche jedesmal, wenn er abends mit den Pferden auf die Nachtweide hinausfuhr, beim Ausgang des Dorfes an einem Kreuz vorübergehen und vernachlässigte dann nie das hl. Kreuzzeichen zu machen. Es beunruhigte ihn aber, daß auf dem Kreuz allabendlich eine schwarze Katze saß, die ihn drohend anglotzte. Um das lästige Tier zu verscheuchen, hieb er eines Abends mit der Peitsche nach demselben. Da war plötzlich zu seinem größten Erstaunen aus der Katze ein Weib geworden und zwar eine alte Frau aus der Nachbarschaft, die im Ruf der Zauberei stand. Sein Staunen wurde noch größer, als ihm die Hexe gestand, er wäre unrettbar verloren gewesen, wenn er ein einziges Mal das Kreuzzeichen zu machen vergessen hätte.

Zollbeamter J. Wolff

955. *Die Hexe von Ospern.*

Ein armer Tagelöhner aus Wahl ging einst nach Arlon auf den Markt. Als er nach Ospern kam, sah er auf einer Gartenmauer eine große, schwarz- und weißgefleckte Katze sitzen. Das Haus aber, welches an den Garten stieß, gehörte einer alten Frau, welche im Rufe stand, mit dem Teufel einen Bund geschlossen zu haben und den Menschen allerlei Böses zuzufügen. Unser Wahler, der eben kein Katzenfreund war, schlug mit seinem Stock nach der Katze, ohne sie jedoch zu treffen, denn im Nu war sie hinter der Mauer verschwunden. Als er aber das Dorf Ospern verlassen, sah er plötzlich dieselbe Katze vor sich im Wege sitzen und sie folgte ihm bis an die belgische Grenze, trotzdem er sie durch Stockschläge zu vertreiben suchte.

Abends auf seiner Rückkehr sah er plötzlich die nämliche Katze nicht
452 weit von Ospern auf einer kleinen Anhöhe sitzen und ihn mit feurigen Augen anglotzen. Der Mann begriff nun, daß es die berüchtigte Hexe aus Ospern war, die ihn verfolge, weil er sie am Morgen auf der Gartenmauer habe schlagen wollen. Mit Grausen sprang er in das nächste Gebüsch und erreichte glücklich auf Umwegen seine heimatliche Hütte.

Ein andermal, als derselbe Mann wieder nach Arlon ging und das Dorf Ospern schon passiert hatte, entstand plötzlich ein großes Gepolter auf einigen Bäumen, welche am Wege standen, und die nämliche Katze sprang von einem der Bäume herab, dicht vor den erschreckten Wahler.

Einst gingen auch drei arme Mädchen aus Wahl mit Haselnüssen nach Arlon auf den Markt, um diese dort zu verkaufen. Nicht weit von Ospern setzten sie sich nieder, um auszuruhen. Da sahen sie eine schwarz- und weißgefleckte Katze hinter sich in das Gebüsch laufen. Bald darauf entstand ein Geräusch, wie wenn ein Stück Tuch aueinandergerissen würde, und sieh! aus dem einen der Säcke rollten die Nüsse zur Erde. Das konnte nur die Osperner Hexe gewesen sein, dachten die Mädchen, sammelten schnell die Nüsse wieder, banden sie in ein Tuch und legten dieselben in die Hotte. Diese aber fing sofort an heftig zu knarren und zu krachen, als ob sie jeden Augenblick auseinanderfahren würde. Erst an der belgischen Grenze hörte das Krachen auf.

Der Mann der Osperner Hexe soll vor vielen Jahren in ein fremdes Land geflohen sein, weil er es bei ihr nicht habe aushalten können. Einst sei er nämlich zufällig während der Nacht erwacht und habe statt der Frau einen Besen neben sich im Bette gefunden; die Frau aber habe er im ganzen Hause vergebens gesucht.

956. Katzenhexen zu Grevenmacher.

In Grevenmacher war man häufig der Meinung, die Hexen träten oft als Katzen auf, und gewisse Katzen der Ortschaft waren sehr gefürchtet. Begegneten sich zwei Hexenkatzen, so riefen sie sich gegenseitig zu: »Schäg ein Mrei« (?). Eine alte Frau erschien oft in Gestalt einer Katze; deshalb war sie sehr gefürchtet, und man schärfte den Kindern warnend ein, daß, wenn die Hexe eines derselben auf die Schulter klopfte, dasselbe sie wiederschlagen solle, sonst wäre es verhext.

Lehrer Wagner zu Grevenmacher

957. Das getötete Hexenweib zu Dommeldingen.

Ein junger Förster zu Dommeldingen sah einst eine große, getigerte Katze eine dicke Eiche, die vor dem Walde stand, hinaufklettern. »Schade«, sagte er, »daß ich nicht geladen habe.« Zu Hause erzählte er seinem alten Vater von der Katze. Dieser sagte: »Laß die Katze gehen, sie hindert dich ja nicht.« Tags darauf schoß der junge Förster mit Schrot auf die Katze, aber sieh! die ganze Ladung kam ihm ins Gesicht. Da ging er zu einem Geistlichen in die Stadt und erzählte ihm von der wunderbaren Katze. Dieser fragte ihn, ob er die Katze als solche schießen könne, und 453
als der junge Förster bejahte, sagte er ihm, er solle eine silberne Kugel gießen lassen und sie ihm bringen. Der Förster tat, wie ihm befohlen. Der Geistliche segnete die Kugel und als am andern Tage die Katze wieder den Baum hinaufkletterte, traf sie der Förster mit der silbernen Kugel, so, daß die Katze tot zu Boden fiel. Zu Dommeldingen aber wurde eine Frau vermißt. Das war die Hexe.

958. Das getötete Hexenweib zu Rodingen.

Mit Flinte und Jagdtasche versehen verließ eines Abends ein Jäger von Rodingen das Haus, um sich durch den hinter dem Hause befindlichen Garten aufs Feld zu begeben. Als er hinten in den Garten kam, sah er, wie auf einem mehrgabligen Apfelbaum eine Katze saß. Dieselbe miaute so abscheulich gegen ihn, daß ihm fast bange wurde. Als die Katze mit ihrem Geschrei nicht aufhören wollte, beschloß der Jäger, die Ladung seiner Flinte auf sie abzufeuern. Gedacht, getan. Doch, o weh! der ganze Schuß prallte zurück und das Schrot fuhr dem Jäger mitten ins Gesicht. Für heute mußte die Jagd unterbleiben. Er kehrte nach Hause zurück, wo er das Bett eine Zeitlang hüten mußte. Während seiner Krankheit besuchten ihn einige Freunde, und er erzählte ihnen, wie es ihm ergangen war. Einer gab ihm den Rat, falls er wieder nach der Katze schießen wolle, die Flinte mit Silber zu laden, so könne der Schuß nicht zurückprallen. Das merkte sich der Jäger. Als er wieder hergestellt war, nahm er eine Silbermünze, zerschnitt sie in kleine Stücke und lud damit sein Gewehr. Dann ging er denselben Weg durch den Garten, den er an jenem

Abend eingeschlagen hatte. Wie er zu dem Baum kam, war die Katze auch schon auf demselben und fing ihr häßliches Miauen an. »Wart«, dachte der Jäger, »dich will ich Mores lehren!« Er zielte, drückte los, und herab fiel – die dicke Frau Nachbarin, welche eine Hexe war und sich in eine Katze verwandelt hatte, um dem Jäger Böses zuzufügen.

Lehrer P. Hummer

959. Hasenfrauen bei Wahl.

Ein Wilddieb aus Wahl hatte mehrere Nächte nacheinander, wenn er auf der Lauer stand, einen weißen Hasen an derselben Stelle gesehen, ohne den Mut zu finden, auf denselben zu schießen; denn er hatte in seiner Jugend gehört, daß die Hexen oft unter solchen Gestalten ihren Spuk trieben. Einst jedoch, als er den weißen Hasen wieder um Mitternacht in seiner Nähe erblickte, konnte er sich nicht enthalten, auf denselben anzulegen und zu schießen. Kaum aber hatte er den Schuß abgegeben, als er, wie von einem Donnerschlag getroffen, besinnungslos zu Boden stürzte. Erst am andern Morgen erwachte er aus seiner Betäubung; den Hasen aber hat er nie wiedergesehen.

Ein anderer Jäger, ebenfalls aus Wahl, schoß einst auf einen Hasen.
454 Als er zur Stelle kam, wo seiner Meinung nach der getroffene Hase liegen mußte, fand er nichts als einige Fetzen einer neuen Frauenschürze und zerrissene Schnüre der Schürze, woraus er mit Sicherheit schloß, daß unter dieser Hasengestalt eine Hexe verborgen war.

960. Hasenfrauen zu Eisenbach.

A. Ein Mann aus Untereisenbach verließ eines Nachmittags bei Sonnenuntergang mit übergeworfener Flinte seine Wohnung, um auf die Hasenlauer zu gehen. Vor dem Dorf begegnete ihm die Nachbarsfrau, welche ihn mit den Worten anredete: »Wohin so spät, Bast (Sebastian)?« – »Ich will mir noch ein Häschen schießen«, sagte dieser. – »Soll dir das denn auch gelingen?« wendete die Frau lächelnd ein. – »Ich hoffe« war die Antwort und beide trennten sich. Bast langte nach halbstündigem Marsch auf Wieweschbösch an; kaum aber hatte er dort seinen Posten eingenommen, als er am Eingang des Waldes einen Hasen erblickte. Der Jäger warf sich flach auf den Boden, nahm sein Gewehr zur Hand und erwartete den Augenblick, um loszudrücken. Der Hase hatte sich auf die Hinterbeine erhoben und schien sich um den Jäger gar wenig zu kümmern. Die Nacht war bereits hereingebrochen und der Hase verblieb immer noch in seiner Stellung. Da plötzlich kam er in Begleitung eines zweiten Hasen in gerader Richtung auf den Jäger zugelaufen. Dieser drückte los, aber was geschah? Ein Zetergeschrei erhob sich im Dickicht; der Jäger erhielt einen heftigen Schlag mit der Flinte auf den Arm, so daß er glaubte, derselbe sei gebrochen. Zugleich quoll ihm das Blut aus der Nase. Erschreckt über dies wunderliche Abenteuer, ergriff der Mann die Flucht. Tags darauf wurde obenerwähnte Frau krank gemeldet, indem man vorgab, dieselbe sei mit dem Sitzteil ihres Körpers in die Dornen gefallen. Somit war das Rätselhafte aufgeklärt.

Lehrer Quiring zu Untereisenbach

B. Ein Mann von Eisenbach ging abends auf den Anstand. Eine Frau, von der es hieß, daß sie Hexerei treibe, begegnete ihm und sagte: »Petgen, den Owend kritt Dir neischt« (Peterchen, heute abend bekommt Ihr nichts). Der Mann wußte mit wem er zu tun hatte, und sagte: »Das wollen wir mal sehen.« Er tat noch auf die Ladung einen halben Franken (ein Fünfzigcentimesstück, weil nämlich Silber durch alles gehe) und stellte sich auf die Lauer. Bald kamen drei Hasen zugleich. Er schießt, da ertönt plötzlich fürchterliches Geheul und Gebrüll. Am folgenden Tage hieß es, die Frau sei krank. Der Mann aber war nach dem Schuß tüchtig durchgeprügelt worden und war ihm ein solcher Schrecken eingejagt worden, daß er nie mehr auf den Anstand ging. Noch jetzt Lebende wollen die zwei Personen gekannt haben.

Lehrer Schaus zu Wahlhausen

961. Die Wahlhauser Hasenfrau.

Ein Einwohner von Wahlhausen ging zuweilen des Nachts auf den Anstand. Da kommt einst ein Hase ziemlich nahe an ihm vorbei. Er schießt, 455
ohne jedoch zu treffen. Am folgenden Abend, als sich der Mann an derselben Stelle befand, kommt der Hase auch wieder und noch näher als tags vorher. Auch diesmal geht der Schuß fehl. Auch ein drittel Mal läßt der Hase nicht lange auf sich warten, kommt ganz nahe, umspringt den Mann und schlägt sogar einen Purzelbaum vor ihm. Da er den Hasen auch diesmal fehlt, kommt ihm der Gedanke, es gehe hier nicht mit rechten Dingen zu. Deshalb begab er sich zum Pastor und erzählt demselben von dem sonderbaren Hasen. Dieser segnete eine Kugel und befahl

dem Manne, dieselbe am Abend in die Flinte zu tun. Als nun der Hase wieder erschien und der Mann seine Flinte auf ihn losfeuerte, erscholl plötzlich ein so fürchterliches Geheul, daß Berge und Täler davon widerhallten. Einige Tage darauf verbreitete sich das Gerücht, eine übelberüchtigte Frau aus einem benachbarten Dorfe sei geschossen worden. Der sonderbare Hase hat sich seither wirklich nicht mehr sehen lassen.

Lehrer Schaus zu Wahlhausen

962. Die Hasenfrau bei Remich.

In früherer Zeit wohnte zu Remich ein Franzose, welcher ein leidenschaftlicher Jäger war. Einst ging er früh morgens auf die Jagd. Nicht weit von Remich kamen auf einmal zehn Hasen und blieben vor ihm stehen. Der Mann dachte gleich an Hexerei, lud ein Zehnsousstück in seine Flinte und schoß dem vordersten Hasen eine Pfote ab. Plötzlich stand eine Frau vor ihm, welche nur einen Arm mehr hatte. Das war eine Hexe.

J.P. Wolff aus Remich

963. Hasenfrauen zu Kaundorf.

Ein Jäger von Kaundorf, Kranz mit Namen, ging des Morgens auf den Pirmesknapp auf die Lauer, um Hasen zu schießen. Stand er dann ein Weilchen da, so kam ein Hase in seine Nähe und machte die wunderlichsten Sprünge von der Welt; wenn aber der Jäger auf ihn schoß, so huschte er fort. Da nun derselbe Hase erschien und seine sonderbaren Sprünge machte, so oft oft der Jäger an derselben Stelle auf der Lauer stand, so glaubte er, es stecke Hexerei dahinter, und er teilte dem Herrn Pastor seine Vermutung mit. Dieser ließ sich des Jägers Flinte bringen und lud sie selbst.

Als der Jäger am folgenden Morgen mit der vom Herrn Pastor geladenen Flinte wieder auf seinem Posten stand, erschien auch sofort der Hase und machte seine gewöhnlichen Sprünge. Der Jäger schoß; diesmal traf er den Hasen, der in eine Hecke sprang. Als der Jäger nachsah, fand er ein altes, verwundetes Weib in der Hecke liegen. Er gelobte, nie mehr auf die Jagd zu gehen.

Nach einigen Jahren jedoch wandelte ihn diese Lust wieder an; er ging aber in entgegengesetzter Richtung vom Pirmesknapp, nämlich zur Hotschleit hin. Kaum stand er einige Minuten auf der Lauer, so kamen

hinter allen Gesträuchen, Hecken und Bäumen Hasen hervor, immer mehr und mehr, so daß das Tal voll von Hasen war. Der erschrockene 456
Jäger warf die Flinte weg, eilte ins Dorf zurück und ging nie mehr auf die Jagd.

Lehrer Schlösser zu Esch a.d. Sauer

964. Die getötete Hasenfrau zu Remich.

Ein Jäger von Remich ging einst in den Wellensteiner Wald jagen. Schon lange Zeit saß er auf einer Eiche, ohne ein Wild zum Schuß zu bekommen. Da erschienen unter dem Baume zwei gefleckte Hasen und tanzten. Der Jäger legte an, aber der eine Hase nahm ihm das Feuer weg. Der Jäger wußte drei Worte; diese sagte er und sogleich bekam er das Feuer wieder. Er legte also an und schoß den einen Hasen. Wie er nun herabsteigt, sieht er zu seinem Schrecken statt des Hasen eine tote Frau daliegen und eilt entsetzt nach Hause. Am andern Morgen ging er beichten und klagte dem Priester sein Leid. »O«, sagte dieser, »du hättest sie beide erschießen sollen.« Als er nach Hause zurückkehrte, hörte er, daß eine Frau von der Tenne herabgefallen sei. Er ging hin und sah, daß es dieselbe Frau war, die er erschossen hatte.

965. Verwundete Hasenfrau zu Tüntingen.

Heinrich S. aus Tüntingen ging einst drei Abende nacheinander auf die Sengelser Hècht mähen. Die zwei ersten Abende kam jedesmal um dieselbe Zeit ein fetter Hase übers Feld gelaufen. Als S. am dritten Abend von Hause wegging, nahm er seine Flinte mit und dachte: »Aller guten Dinge sind drei. Wenn der Hase noch einmal kommt, schieße ich ihn nieder.« An diesem Abend kam der Hase etwas später als an den vorigen Tagen und S. schoß nach ihm. Er traf den Hasen, aber eine Frau fiel zu Boden. S. lief erschreckt ins Dorf. Des andern Tages kam eine unbekannte, alte Frau mit verbundenem rechtem Arm ins Dorf betteln. Das war die Hasenfrau vom gestrigen Tag. S. erzählte die Geschichte erst, als die Frau gestorben war.

966. Die Hexe »an der geckeger Griècht« bei Hoscheid.

»An der geckeger Griècht« begegnete vor vielen Jahren mancher Wanderer, der spätabends von Hoscheid nach Hosingen wollte, zwischen elf und zwölf Uhr einer großen, grauweißen Ziege mit gewaltigen Hörnern, die ihn durch die »geckeg Griècht« begleitete und an deren Ausgang auf einem Kreuzweg spurlos verschwand, falls der nächtliche Wanderer sie ruhig neben sich ihren altgewohnten Weg zurücklegen ließ.

Einst glaubte ein Mann, den seine Geschäfte bis spät in die Nacht zu Hoscheid zurückgehalten hatten, auf seiner Rückkehr nach Hosingerdickt auf einer Anhöhe nahe bei Hoscheid, beim schwachen Schimmer des Mondes ein Rind quer über die Felder auf die Straße zurennen zu sehen. Als dasselbe näher heran kam, schien es ein entlaufener Esel zu sein. Der Mann achtete jedoch nicht auf das Tier und schritt rüstig weiter. Als dasselbe aber schneller herankam und zusehends immer kleiner wurde,
457 ward es dem Manne doch etwas unheimlich zumute und er hielt seinen festen Stock bereit. Da sprang die Ziege, denn als solche konnte der Mann das Tier jetzt deutlich erkennen, mit einem Satz mitten auf die Straße gerade vor des erschrockenen Mannes Füße, stemmte sich gegen ihn und blickte ihn dabei fest in die Augen. Unwillig über der Ziege Gebaren, schlug der Mann aus Leibeskräften auf die Nachtwandlerin los. Diese wich ein wenig zurück, um desto heftiger auf den Mann einzudringen. So ging's mit Prügel und Stößen durch die Grièecht, worauf die Ziege am Kreuzweg plötzlich verschwand. Mit gebleichtem Haar und blutigen Knien langte der Überfallene zu Hause an.

Am andern Morgen ward der Mann, der Vieharzt war, in ein Haus auf »der geckeger Grièecht« gerufen; aber anstatt eines lahmen Pferdes oder einer erkrankten Kuh zeigte man ihm »Frau Berth«, welche, über und über mit Beulen bedeckt, ihn anfuhr: »Nu kuckt emol hei, wéi dir en âneren zoureschte kènnt.«

Lehrer P. Thill zu Hosingerdickt

967. Eine Hexe als Rabe.

Einige Burschen von Wahl gingen einst nach einem nahe gelegenen Dorfe, die Büchsen über die Schulter gehängt, um eine Verlobung mit Schüssen zu feiern. Unterwegs bemerkten sie, wie beständig über ihren Häuptern ein Rabe schwebte. Sie vermuteten eine Hexe in der Gestalt des Raben und da der eine von ihnen wußte, daß eine in ein Tier verwandelte Hexe ihre menschliche Gestalt wieder annehmen müsse, wenn man sie entweder mit einer gesegneten, silbernen Kugel oder mit einem silbernem Geldstück schieße und verwunde, so ließ er heimlich ein Silberstück ins Büchsenrohr gleiten und verwundete den Raben am Fuß.

Sogleich fiel eine alte Frau hernieder, die schon längst im Ruf der Zauberei stand.

968. Die Hexe zu Medernach.

Vor nicht gar langer Zeit lebte zu Medernach eine alte Frau, »d'âl Bocken« genannt, die bei jung und alt im Ruf einer Hexe stand.

Eines Winterabends saßen, wie gewöhnlich, die Nachbarinnen mit ihren Spinnrädern in einem Hause »auf dem Gêhr« in der Ucht. Auch Jünglinge und junge Männer hatten sich, wie jeden Abend, dort eingefunden. Die Frauen und Mädchen beschäftigten sich mit Spinnen. Einige Mannspersonen spielten Karten und einer erzählte Märchen und Gespenstergeschichten, um den Spinnenden die Zeit zu verkürzen. Auf einmal flattert oben an der Decke ein großer Vogel, einem Hühnergeier ähnlich, herum. Männer und Jünglinge waren gleich auf den Füßen, um denselben einzufangen und zu diesem Zweck ergriff jeder, was ihm zufällig in die Hand kam. Endlich gelang es einem jungen Mann, sich des Vogels vermittelst der Feuerzange zu bemächtigen; er drückte ihn in den Aschenbehälter, der ganz mit heißen Aschen und glühenden Kohlen gefüllt war 458
(man hatte an diesem Tag gerade den Backofen geheizt), und hielt denselben so lange dort fest, bis alle Federn versengt waren; dann warf er den Vogel vor die Tür. Am andern Morgen lag »d'âl Bocken«, den ganzen Leib mit Brandwunden bedeckt, auf dem Bette.

Ein andermal befand sich »d'âl Bocken« in einem Hause, als eben die Magd im Begriff war, den Backofen zu heizen. Plötzlich entstand ein solches Feuer, daß der ganze Backofen nur eine glühende Masse zu sein schien, im Nu aber war das Feuer erloschen. Die Magd versuchte noch zweimal, das Feuer wieder anzuzünden, und jedesmal füllte sich der Ofen mit einer unheimlichen Glut, worauf die Flamme plötzlich erlosch. Die Magd eilte zum Hausherrn. Nachdem auch dieser einen mißlungenen Versuch gemacht hatte, das Feuer anzuzünden, rief er unwillig: »Schert euch zum Henker!« Als darauf die Magd die Küche und »d'âl Bocken« das Haus verlassen hatten, wiederholte er seinen Versuch und sieh! lustig brannte das Feuer im Backofen wie sonst.

Einst arbeitete ein junger Mann in der Nähe des Dorfes in einem Steinbruch. Neben demselben befand sich eine Wiese, wo das Gras ziemlich hoch emporgeschossen war, so daß es eine gute Weide für das Vieh war. Als es anfing dunkel zu werden, kam ein ungeheuer, großer Vogel auf den Arbeiter zugeflogen, um ihn aus der Gegend zu vertreiben. Der junge Mann machte das hl. Kreuzzeichen und der Vogel verschwand.

Jedoch kam der Vogel noch zweimal zurück. Da wurde es dem jungen Mann bang, und er trat den Heimweg an. Sein Weg führte ihn eine kleine Strecke durch den Wald. Als er aus demselben hinaustrat, kam »d'âl Bocken« mit ihrer Kuh daher, um dieselbe auf die Weide zu führen. Da dachte der junge Mann, wie er später erzählte: »Die alte Hexe hat dich heute vertrieben, um ihre Kuh ungesehen auf die Wiese neben dem Steinbruch treiben zu können.«

Lehrer N. Massard zu Medernach

969. Eine Hexe als Elster.

Zu Arlon war der Brauch, daß man am Sonntag Laetare, als am Halbfastensonntag, den Halbfastenhering aß. Viele Leute aus der Umgegend kamen an diesem Sonntag nach Arlon. Unter denselben befand sich auch einst ein junger Schreiner aus Pratz. Eben war in der Kapuzinerkirche die Messe beendet und der Jüngling stellte sich unweit der Kirchtür auf, um sich die heraustretenden Leute anzusehen. Da ging eine hohe, schöngekleidete Weibsperson an ihm vorüber und stieß ihn mit dem Ellenbogen auf die Brust. Wie er sich nachher entfernen wollte, war er blind. Seine zwei Schwestern, die ihn begleiteten, führten ihn weg; und wuschen ihm die Augen mit kaltem Wasser, worauf er wieder sehend wurde.

Bei ihrer Rückkehr nach Hause mußten sie an einer Sägemühle vor-
459 über. Dort saß auf einer Stange eine Elster; der Jüngling lockte sie und unerwartet kam sie ihm auf den Arm geflogen, von wo sie sich nicht mehr verscheuchen lassen wollte. Acht Tage lang saß sie dort und fraß so viel, daß der Jüngling sie nicht satt bekommen konnte. Er klagte nun einem Geistlichen sein Leid; der vertrieb die Elster und sagte ihm, er hätte am Sonntag Laetare beim Aufstehen Weihwasser nehmen und die Elster bei der Sägemühle ungeschoren lassen sollen.

Lehrer Laures zu Insenborn

970. Die Hexe mit dem Ziegenkopf.

Zu Greiweldingen erzählt man folgende Sage: Eine Hexe wurde in einem Nachbarshause Patin. Als die Frau dieses Hauses nach einiger Zeit wieder aufstand, stattete sie der Hexe einen Besuch ab. »Gevatterin«, sprach die Hexe, »wollt Ihr etwas essen?« – »Nein«, erwiderte die Nachbarin. –

»Habt Ihr denn etwas gesehen?« fragte die Hexe wieder. – »O«, erwiderte die andere, »als ich in die Scheune trat, sah ich dort eine Bütte voll Blut stehen.« Am andern Tag, als die Frau wiederkam, fragte wieder die Hexe: »Wollt Ihr etwas essen?« – »Nein«, erwiderte die andere, »mutet es mir nicht zu.« – »Habt Ihr denn etwas gesehen?« fragte wieder die Hexe. – »O«, erwiderte jene, »als ich in die Küche trat, sah ich dort eine Menge Menschenköpfe.« Am dritten Tage fragte die Hexe wieder: »Wollt Ihr etwas essen?« – »Nein«, sprach wieder die Nachbarin. – »Habt Ihr denn etwas gesehen?« – »O, als ich hereintrat, schaute ich zum Schlüsselloch herein. Da sah ich eine Frau, die hatte einen Ziegenkopf auf; auf ihrem eigenen Kopf, der ihr auf dem Schoße ruhte, suchte die Läuse.« Da rief die Hexe: »Hat der Teufel dir das gesagt?« und bei diesen Worten verschlang sie die arme Frau.

10. Schutzmittel und Gegenzauber

971. Verfehlte Hexenrache.

Ein Bauernjunge aus Kehlen ging hinaus aufs Feld, um Klee zu mähen. Während er mähte, gewahrte er drei Katzen, im Klee sitzen, die denselben abbissen und abrissen. Ärgerlich darüber, erhob der Bursche seine Sense und hieb einer der Katzen ein Bein ab. Da sagte die Katze zu ihm: »Das wirst du mir bezahlen. Morgen mußt du in den Kehlener Wald kommen; dort erhälst du den Lohn dafür, daß du einem auch nicht einmal einen Schapp (Büschel) Klee gönnst.«

Am Abend begab sich der Bursche zum Herrn Pastor und erzählte ihm den Vorfall. Dieser riet ihm, in den Kehlener Wald zu gehen, vorher aber die hl. Sakramente zu empfangen, damit ihm die Hexen nichts anhaben könnten. Er tat, wie ihm der Pastor geheißen, und begab sich in
den Kehlener Wald. »Dein Glück ist's, daß du dem Rat gefolgt«, sagte 460
die Hexe, »morgen aber kommst du auf den Kehlener Berg nächst dem Wald.« Der Bursche tat wie tags vorher und die Hexen bestellten ihn ein drittes Mal zurück. Aber auch diesmal hatte der Jüngling die hl. Sakramente empfangen, bevor er sich auf den Kehlener Berg begab. Da riefen die Hexen ärgerlich: »Wir können uns jetzt nicht an dir rächen; aber warte nur, das wird sich ein andermal schon geben.«

N. Gönner

972. *Die alte Hexe von Brachtenbach.*

Zu Brachtenbach lebte eine alte Frau, welche allgemein als Hexe verrufen war. Einst ging eine Nachbarsfrau zu ihr und bat um ihr Spinnrad, da das ihrige gebrochen sei. Die alte Frau lieh es ihr und die Nachbarsfrau fing, zu Hause angekommen, gleich an zu spinnen. Als sie jedoch etwa eine Stunde gesponnen hatte, blieb das Spinnrädchen plötzlich stillstehen und trotz aller Anstrengungen konnte die Spinnerin es nicht mehr in Gang bringen. Da wusch sie es mit Weihwasser, worauf sie wieder auf dem Rädchen spinnen konnte. Als sie es nun zur alten Frau zurücktrug, sprach diese: »Emol eppes ewechgeléint, a mei Liewen net méi!« Darauf zerschlug sie das Spinnrädchen und verbrannte es.

Greg. Spedener

973. *Der verhexte Pflug.*

Zwei Bauern aus Kalmus namens Michel Weber und Heinrich Meisch fuhren eines Tages am Pfluge nahe beim Dorf, konnten aber trotz aller Anstrengung nicht in den Boden kommen. Michel Weber schaute zufällig zur Seite und sah hinter einer Hecke ein als Hexe bekanntes, altes Weib des Dorfes sitzen. »Elo hölt déch der Deiwel, âl Louder!« rief er, nahm das Kolter des Pfluges und lief dem Weibe nach, welches sich schnell aus dem Staub machte. Als er zurückkam, konnten sie recht gut mit dem Pflug in den Boden dringen und lachend pflügten sie weiter.

974. *Großmutter ist eine Hexe.*

Ein alter Glaube war es, daß Personen, die am Passionssonntag das Licht der Welt erblickt hatten und während der hl. Messe, wenn der Priester die hl. Hostie zur Anbetung erhob, demselben unter den Armen durchschauten, alle Hexen der Umgegend erkennen könnten.

Philipp B ..., ein Knabe von etwa zehn Jahren, der auf Passionssonntag zur Welt gekommen war, hatte davon gehört und wollte erproben, ob dies auch wahr sei. Das nächste Mal, als er die Messe diente, schaute er dem Priester während der Elevation unter den Armen hindurch. Und was sah er? Seine eigene Großmutter mit einem Zuber auf dem Kopf. Der Knabe bekam eine solche Angst, daß er die hl. Messe fast nicht bis zu Ende dienen konnte. Der Priester sah ihm an, daß etwas nicht in Ordnung sei, und rief den Knaben nach beendigter Messe in die Sakristei

und hier erzählte dieser ihm alles. Der Priester sagte zu demselben, er 461
solle ruhig sein, nach Hause gehen und sich ins Bett legen. Es kämen dann Leute, die ihm allerlei zu essen brächten; er solle aber gar nichts annehmen und nichts essen. Der Knabe versprach es. Kaum lag er im Bette, als seine Großmutter mit allerlei Eßwaren und Näschereien eintrat und ihn inständigst bat, doch etwas davon zu genießen. So kam sie tagelang; aber der Knabe blieb standhaft und genoß auch nicht das Geringste. Hätte der Knabe, so glaubte man, etwas von den dargebotenen Eßwaren genossen, so wäre er verhext gewesen. Nach Ablauf von neun Tagen verließ der Knabe das Bett wieder, hütete sich aber, während der hl. Messe einen neuen Versuch anzustellen.

Lehrer N. Massard zu Medernach

975. Hexe und Pferdedieb.

Eines Tages kam ein Mann auf einem jetzt nicht bestehenden Wege nach Bus. Nahe beim Dorf begegnete ihm ein Frauenzimmer. »Wohin so schnell?« redete das Weib ihn an. – »Nach Bus, ein Pferd stehlen«, antwortete der Mann und bezeichnete zugleich das Haus, wo das Pferd stand. »Gut«, sagte das Weib, »ich will mitgehen, denn in diesem Hause habe auch ich ein Geschäft abzumachen. Es liegt nämlich dort ein Kind in der Wiege; dieses werde ich an der Nase kitzeln, bis es niest. Sagt dann jemand: ›Gott segne dich!‹ dann sollen die Eltern das Kind behalten; wird das aber nicht gesagt, dann nehme ich das Kind mit mir.« Unterdessen kamen sie im Dorf an. Der Mann stahl das Pferd und schaute dann, am Fenster stehend, von draußen dem Treiben des Weibes ein Weilchen zu. Eben nieste das Kind und da niemand im Zimmer darauf zu achten schien, schrie der Pferdedieb draußen: »Gott segne dich!« Von Zorn entbrannt, bannte das Weib den Mann durch einen Zauberspruch fest an die Stelle, wo er stand. Die Leute des Hauses liefen hinaus und fanden den Dieb. Als dieser ihnen aber erzählte, worauf das böse Weib es abgesehen hatte, gaben sie ihm das Pferd zur Belohnung, die Hexe aber jagten sie zum Hause hinaus.

976. Das entwendete Kind.

Zu Götzingen wurde eines Abends ein kleines Kind aus der Wiege gestohlen. Als man es bemerkte, liefen die Eltern zum Kaplan des Dorfes.

Dieser schoß mit einer Flinte zum Fenster hinaus und sagte: »Geht und holt das Kind; wenn es noch auf dem Banne ist, so werdet ihr es finden.«

Eine Magd aus Schlechtesch Haus sagte: »Wir nehmen es, und wenn der Teufel es selber hätte.« Sechs Schritte von dem Kinde, welches in einem Pesch lag, fiel die Magd und brach ein Bein. Das Kind aber brachte man wohlbehalten zurück.

977. Das entdeckte Hexenweib.

Zu Useldingen war Fensterhengs (Heinrichs des Glasers) Kuh krank und
462 er wandte sich an eine Frau, die der Zauberei kundig war. Diese sagte, er solle alte Hufstömp (alte Hufnägel) nehmen, diese in einen Tiegel tun und in dem Tiegel über dem Feuer rotglühend machen, dann mit einem Bläser (Blasrohr) darin rühren, bis eine (nämlich eine alte Frau) hereinkäme. Diese sei es, welche die Kuh krank gemacht habe. Fensterheng tat, wie ihm gesagt worden. Während er im Tiegel herumrührte, trat eine alte Frau herein. »Ah, bist du die alte Luder, die meine Kuh krank gemacht?« rief Fensterheng, sprang auf und vertrieb das alte Weib.

978. Die gebannte Hexe von Kalmus.

Vor Robespierres Zeit lebte zu Kalmus ein sehr wohlhabender Bauer, namens Johann Polfer, der reichste Mann des Dorfes. Er hatte ein Weib und einen gesunden, kräftigen Knaben. Eines Tages verendete das beste Pferd im Stall, ohne daß sich eine Spur von Krankheit gezeigt hätte. So ging es einige Jahre fort: dem Polfer fielen Pferde und Kühe, ohne daß ihnen zu helfen war. Dadurch gerieten die Leute in Not. Das zweite Kind kam als Krüppel zur Welt, auch das dritte und vierte.

Als nun Robespierre die Herrschaft in Frankreich hatte, kam ein Geistlicher in die Gegend, den die Leute Kanonikus nannten. Derselbe wohnte heimlich im Kapweiler Büsch in einer Höhle, wohin ihm eine Frau aus Kapweiler täglich das Essen trug. Zu diesem nun kam Joh. Polfer und flehte ihn um Gotteswillen an, ihm zu helfen; sein ganzes Haus sei verhext. Der Kanonikus kam in dunkler Nacht in Polfers Haus und sagte also zu der Frau: »Ihr geht mit den Kindern aus dem Hause fort«, und zu dem Manne: »Nehmt eine gesegnete Kerze und begleitet mich.« Der Mann jedoch sagte angstvoll, er wolle lieber mit den Kindern fortgehen. Er begab sich mit denselben neben sein Haus in Klas Garten. Der Geistliche und die Frau mit brennender Kerze gingen in den Pferdestall; dort zog er ein Buch hervor und las in demselben. Da wurde neben

ihnen am Scheunentor angeklopft und eine Stimme fragte, ob man eintreten dürfe. Der Kanonikus gestattete es. Alsbald fuhr der Hirzel des Scheunentores auf, ohne daß man daran gerührt hätte, und herein trat ein altes, als Hexe verdächtiges Weib des Dorfes. »Wât huos du hei gestîcht?« fragte sie der Geistliche. »Neischt, guor neischt«, war die Antwort. »Ech frôn déch nach émol, wât huos du hei gestîcht?« Keine Antwort. Nun mußte auf Befehl des Kanonikus die Hexe mit einer Hacke ein Loch unter die Stalltür graben, da fand man einen Knochen von der Länge einer Hand; dasselbe geschah auch im Kuhstall. Man trug die zwei Knochen in die Küche und der Kanonikus befahl, ein Feuer auf dem Herd anzuzünden, und man verbrannte die Knochen in Gegenwart des Weibes. Als sie brannten, hörte man im Schornstein einen Knall gleich dem Rollen des Donners. Sodann hieß der Kanonikus die Frau Polfer einen Eimer mit Wasser hereinbringen und er befahl ihr, mit einem 463
Tischmesser in die Mitte des Wassers zu stechen. Die Frau jedoch sagte, sie könne und wolle das nicht tun. Sie mußte nun mit einer Tischgabel im Wasser einmal eine kreisförmige Bewegung machen.

Des andern Tags lag das alte Weib zu Hause krank im Bett. Der Glaube herrschte, daß, hätte Frau Polfer mit dem Messer in die Mitte des Eimers gestochen, sie die Hexe durchs Herz getroffen hätte. Da sie nun aber mit einer Tischgabel darin rührte, so habe sie derselben bloß das Herz geschält. Die Hexerei hatte nun ein Ende, jedoch die Familie Polfer war verarmt; das Haus zerfiel, wurde wieder aufgebaut, jedoch bedeutend kleiner und ist heute noch von Abkömmlingen des Johann Polfer bewohnt.

979. Das Zurückbringen gestohlener Sachen.

Die Köchin eines alten Pfarrers sollte Brot backen. Als der Backofen fast heiß war, ging sie hinaus, um das Ofenbrett zu holen; aber es war nicht zu finden. Sie trat zu ihrem Herrn in die Stube und sagte: »Herr, der Ofen ist heiß, aber das Ofenbrett ist fort.« Der Herr machte große Augen und sagte: »Tu nur das Brot ein, das Brett wird gebracht werden.« Die Köchin schoß das Brot ein und beim letzten Brot ward das Brett eilig und mit Gewalt an die Haustür geworfen. So soll auch Leinwand zurückgebracht worden sein.

Lehrer Brandenburg zu Burglinster

980. Zauberei in Diekirch.

Zur Zeit lebten überall Hexen und Zauberer, welche den Menschen Böses taten. Oft wenn man in den Stall kam, waren die Kühe verhext; sie gaben keine Milch mehr, oder die Milch wurde zu Wasser, oder die Kühe fraßen nicht mehr. Man zog nun hin, oft stundenweit, zu einem Mann – gewöhnlich war es ein Einsiedler – und klagte diesem die Not. Er sagte ihnen, es sei der und der Nachbar Schuld daran; dann betete er aus einem Buch und schickte die Leute nach Hause, indem er ihnen befahl, nach einigen Tagen wiederzukommen und unterwegs ja nichts aufzuheben, sonst wäre alles verloren. Oder man befahl ihnen, des Morgens vor Sonnenaufgang an diese oder jene Quelle zu gehen, dort mit dem Eimer zu schöpfen, aber gegen den Lauf des Wassers, und dabei zu beten; dann dieses Wasser mit einem gewissen Kraute zu kochen und dieses dem Vieh einzuschütten.

Aber nicht allein dem Vieh, sondern auch den Menschen, wurde »es angetan«. Frauen, welche ein Kind an ihrer Brust nährten, wurden verhext, so daß ihre Brust austrocknete und dem Säugling die Milch entzogen wurde.

Der alte Mann aus Diekirch, der dieses erzählte, hat von seinem Vater gehört, wie seine Großmutter in diesem Fall gewesen sei. Eines Morgens, als sie den Säugling nähren wollte, war ihre Brust vertrocknet. Man wußte nicht, was tun. Zufälligerweise ging ein Bruder (oder Pater) an dem Hause vorbei. Man erzählte ihm den Sachverhalt. »Ihr habt einen Feind in der Nachbarschaft, der Euch dieses angetan hat«, sagte der
464 Bruder; »haltet eine Kerze bereit, ich komme nachher zurück, um über die Frau zu beten.« Er kam und befahl, während des Gebetes niemand, wer es auch sei, hereinzulassen; denn wahrscheinlich käme der, welcher den Zauber verübt habe, um sein Gebet zu vereiteln. Wirklich wurde heftig an der Tür gerüttelt, aber man hieß den Einlaß Begehrenden sich zum Henker scheren und nach einigen nutzlosen Versuchen zog er ab. Die Frau wurde gerettet. Der pochende Störenfried draußen aber war niemand anders als der Zauberer selbst gewesen.

981. Der verhexte Mann zu Lintgen.

Als zu Lintgen eines Morgens Meister Johann sehr früh in den Wald gehen wollte, begegnete ihm eine alte Frau aus dem Dorfe, klopfte ihm auf die Schulter und sprach: »He, Öhm Jang! wohin denn so früh?« Seither litt der Mann an Verrücktheit des Geistes. Nachts stand er auf und legte sich auf die Straße, indem er beide Arme weitausstreckte, in jeder Hand eine Katze. Nach einer Weile ging er dann wieder zu Bett. Fragte ihn seine Frau, wo er gewesen sei, so gab er zur Antwort: »O, was war ich jetzt bei zwei schönen Jungfrauen!« Nachdem man alles versucht hatte, den Mann zu heilen, begab man sich zu einem alten Klosterbruder, der zu Walferdingen wohnte und dem man den Fall mitteilte. Dieser kam nach Lintgen und gebot, während er über den Unglücklichen betete, alle Türen fest verschlossen zu halten und niemand einzulassen. Man gehorchte. Da kam jene Frau an die Tür und begehrte Einlaß, aber trotz aller Bitten und Vorwände, die sie vorbrachte, öffnete man ihr die Tür nicht, ja nicht einmal das Fenster. Inzwischen hatte der Klosterbruder den Mann geheilt und sagte: »Wißt, was ich jetzt davon habe! Außer einem Huhn mit Küchlein hab ich nichts Lebendiges im Hause; wenn ich jetzt heim komme, finde ich sie tot.«

Einige Tage nachher begegnete der Geheilte der alten Frau und sagte: »Warum habt Ihr mir das angetan?« – »O, mein lieber Mann«, erwiderte sie, »wenn ich's Euch nicht angetan hätte, so hätte ich's mir selbst antun müssen.«

982. Die verhexte Kuh zu Burglinster.

Vorzeiten lebte ein Schreiner zu Burglinster, dessen Kühe, obgleich nicht trächtig, bei guter Fütterung doch keine Milch gaben. Das dauerte eine geraume Zeit. Da klagte der Schreiner dem Herrn Pastor zu Junglinster (Burglinster gehörte damals zur Pfarrei Junglinster) sein Leid und bat ihn, seinen Stall auszusegnen. Der Pastor tat es und nach und nach kamen des Schreiners Kühe wieder an die Milch. Als nach der Aussegnung der Pastor nach Junglinster zurückkehrte, begegnete ihm ein häßliches Weib, das ihn unfreundlich anblickte. Was geschah? Nach acht Tagen verendete die Kuh des Pastors. Kurze Zeit nachher begegnete der Schreiner dem
Pastor, der ihm sagte: »Meister, ich habe dir aus dem Leid herausgeholfen 465
und mir hinein. Meine Kuh ist zurückgegangen.«

Lehrer Brandenburg zu Burglinster

983. Die Hungerburg.

Auf der Hungerburg bei Flaxweiler wohnte vorzeiten ein Kohlenbrenner, der ein reicher Mann war, Pferde, Kühe und Ochsen hatte und sein Land gut ackerte. Aber nach und nach wurden seine Kühe so mager, daß sie keine Milch mehr gaben, obschon er sie tüchtig fütterte, und seine Pferde wurden so dürr, daß sie den Wagen fast nicht mehr ziehen konnten, obschon er den Hafer nicht sparte. Er schaffte seine Kühe ab und kaufte andere, aber diese wurden noch magerer.

Da hörte der Köhler, daß Meister Philipp von Beyern ihm Rat erteilen könnte. Das ließ er sich denn nicht zweimal sagen, hob sich eines Morgens früh auf und ging zu Meister Philipp nach Beyern. Dieser sagte ihm, er könne die Hexen, die ihm gram seien, und besonders eine von den »Braken«, nur dadurch unschädlich machen, daß er ihnen morgens und abends, bevor die Frau die Kühe melke, drei Teller in drei Kreise vor den Küchenschrank setzte und auf den einen einen Tropf Milch, auf den anderen einen Tropfen Schmant (Rahm) und auf den dritten erbsendick Butter tue.

Von dieser Zeit an behielt die Frau Milch, Schmant und Butter und die Kühe wurden fetter; da aber die Hexen es den Pferden angetan und die Wiesen und Felder des Kohlenbrenners vergiftet hatten, so mußte er verhungern. Daher trägt der Ort noch heute den Namen Hungerburg.

N. Gonner

984. Hexe unschädlich gemacht.

Eine alte Frau erzählt: Vor fünfzig Jahren gaben mehrere unserer Kühe während drei Wochen Milch, die sich wie Teig in die Länge zog und nicht in der Haushaltung zu gebrauchen war. Wir klagten dies einem alten Schäfer. Dieser sagte: »Hm! Wenn Ihr mich nicht beschwätzen (verschwatzen) wollt, so helfe ich Euch. Nehmt ein altes irdenes Geschirr, tut Menschenkot hinein, setzt dieses hinter die Stalltür und so oft ihr Eure Kühe melkt, so melkt die ersten Züge in den Topf; damit muß die Hexe dann zufrieden sein.« Wir taten das und von der Zeit an war unsere Milch wieder wie sonst.

985. Mittel gegen das Fallen des Viehes.

In einem Hause zu Bondorf verendeten einst alle Kühe der Reihe nach; die Leute mochten andere kaufen, alles half nichts: sie starben wie die vorigen. Da ward ihnen von Leuten, die sich auf Zauberei verstanden, geraten, die erste Kuh, die sterben würde, unter der Schwelle der Haustür zu vergraben. Sie taten es, und von diesem Tage an unterblieb der weitere Viehfall.

986. *Entzaubertes Gewehr.*

Einst ging ein Mann, namens Hurscht, aus Insenborn auf die Jagd. Ein
altes Weib, an dem er vorbeiging, rief ihm zu: »Du gehst wohl auf die 466
Jagd, wirst aber nichts schießen.« Und wirklich, obgleich eine große Menge Hasen ihm »unter den Schuß« kamen, konnte er nicht einen einzigen schießen. Ein alter Geistlicher, dem er den Vorfall erzählte, sagte ihm, das alte Weib sei eine Hexe; dieselbe habe sein Gewehr verhext. Um der Hexerei loszuwerden, riet ihm derselbe, einen geschossenen Hasen zu kaufen, mit dem Schrot, das er in dessen Leib finde, einen Vogel zu schießen, diesen zu Asche zu verbrennen, die Asche unter das Pulver zu mischen und mit der erhaltenen Mischung sein Gewehr zu laden. Der Mann tat, wie ihm geheißen worden und die Hexerei war gehoben.

Lehrer Schlösser zu Esch a.d. Sauer

987. *Hexe zu Luxemburg.*

Vor vielen Jahren lebte in der Unterstadt Grund eine alte Frau (Milchfrau), die damals fast ausschließlich an die in Luxemburg stehenden Truppen Milch verkaufte. Zu diesem Beruf begab sie sich nun wieder eines Tages in die Neutorkaserne und traf, da die Soldaten zum Exerzieren ausgerückt waren, in einem der Zimmer nur einen hübschen, jungen Soldaten an, welcher als Kammerwache zurückgeblieben war. Als die Milchfrau eintrat, war dieser eben beschäftigt, sich zu rasieren. Sie näherte sich ihm, fuhr mit der Hand über seine Schultern und sprach: »Ach, welch ein hübscher, junger Mann!« und murmelte dann einige unverständliche Worte. Kaum war dies geschehen, so konnte der Soldat die Hände nicht mehr bewegen und mußte in der eingenommenen Stellung, mit erhobener Rechten, verharren; er glich einer Bildsäule, nur war er der Sprache nicht beraubt. Die heimkehrenden Soldaten waren nicht wenig erstaunt, ihren Kameraden in diesem Zustand anzutreffen. Als der hinzugerufene Offizier aus dem Munde des Unglücklichen den Vorfall vernommen hatte, befahl er, dem verhexten Soldaten den Rock auszuziehen und über letztern mit einer Klopfpeitsche tüchtig herzufahren. Wie groß war das Staunen der Umstehenden, als man bei dem ersten Hieb die Milchfrau, die sich unsichtbar gemacht hatte, laut aufschreien hörte, man solle sie doch nicht totschlagen, sie wolle den Bann, mit dem sie den Soldaten belegt, wieder lösen. Man zog dem Soldaten den Rock wieder an und die Hexe, welche unterdessen wieder sichtbar geworden war, legte wie vorhin ihre Hand auf des Verhexten Schulter, sprach einige unverständliche Worte und der Bann war gehoben. Die Hexe aber war verschwunden und von dieser Stunde an hat niemand sie je wiedergesehen.

Zollbeamter J. Wolff

988. Die festgebannten Hexen zu Weimerskirch.

Zu Weimerskirch hatte ein Knecht gehört, es seien Hexen im Dorf und kämen jeden Morgen zur Kirche. Einst stellte er einen Besen verkehrt hinter das Kirchtor mit einem dreiblättrigen Kleeblatt. Als nun nach der Messe alle Leute sich entfernt hatten, saßen noch immer mehrere alte
467 Weiber in der Kirche, bewegten sich auf ihren Stühlen hin und her, kamen aber nicht von der Stelle. Der Küster forderte sie wiederholt auf, sich zu entfernen, aber vergebens. Sie vermochten es nicht. Er rief deshalb den Pastor, der den alten Weibern begreiflich machen wollte, es werde keine Messe mehr gelesen. Da gestanden sie ihm, daß sie nicht von der Stelle könnten, so lange etwas hinter der Kirchtür stehe, das ihnen den Ausgang verwehre. Der Pastor begab sich hin und fand den Besen. Nachdem er ihn weggenommen hatte, forderte er die Alten auf, sich nun zu entfernen. Aber sie sagten, es liege noch etwas[1] an der Kirchtür, und derjenige, welcher es hinlegte, müsse es auch wieder wegnehmen. Der Pastor ließ also den Knecht kommen und forderte ihn auf, alles wegzunehmen, was er hingelegt habe. Nun gingen die Alten fort, drohten aber dem Burschen, ihm den Kopf vom Leibe zu trennen, wenn er ihnen begegne. Der Pastor segnete mehrmals den Knecht, damit die Hexen ihm nichts anhaben könnten.

989. Wie man die Hexen erkennt.

Wenn der Priester während der hl. Messe sich umwendet, um das Orate fratres zu sagen, so erkennt er alle Hexen, die sich in der Kirche befinden.

Die Erde, welche der Geistliche bei einem Begräbnis mit der Schaufel auf den Sarg wirft, ist brauchbar um die Hexen zu erkennen. Ein Mann von Dalheim hatte einmal von solcher Erde in seinem Hut aufgehoben

1 Wahrscheinlich Erde, die der Pastor beim Begraben auf den Sarg eines Verstorbenen geworfen hatte. (Wohl eher das Kleeblatt. Jacoby.)

und streute sie über die Kirchenschwelle. Da konnten die Hexen, die in der Kirche waren, dieselbe nicht mehr verlassen. Der Pastor befahl ihnen, nach Hause zu gehen; sie aber antworteten: »Laßt zuerst die Erde von der Kirchenschwelle wegkehren.«

J.B. Klein, Pfarrer zu Dalheim

990. Die eingeschlossenen Hexen zu Bissen.

Zu Bissen waren drei verwegene Burschen, die selbst, wie sie sagten, den Teufel auf freiem Felde nicht fürchteten. Diese wußten, daß des Nachts viele Hexen aus der Kirche kamen und die Leute im Dorfe ängstigten. Diesem Unwesen zu steuern, suchten sie eine Taufkerze und ein wenig Erde, die der Priester mit eigener Hand beim Begräbnis auf die Toten warf, zu bekommen und streuten beides an die Kirchtür. Des Nachts entstand großer Lärm in der Kirche, die Fenster wurden eingeschlagen. Der Pfarrer lief mit vielen Leuten herbei, aber in die Kirche zu gehen vermochten sie nicht, denn dieselbe war voll gräßlicher Hexen. Diese schrieen und nannten die drei Jünglinge, die sie eingesperrt hatten. Die Burschen wurden herbeigeholt und mußten das Hingestreute wieder wegschaffen. Tag und Nacht wurden sie nun von den Hexen geplagt,
doch die Kirche war von denselben befreit. 468

11. Der ungelehrige Schüler – Das Ende der Hexe

991. Die gezüchtigte Hexe.

In einem Dorf lebte eine Frau, die allgemein als Hexe bekannt war. Tat man ihr nur das Geringste zuleide, so hieß es: »Das soll dir teuer zu stehen kommen.« Auch hatte ihr Mann bemerkt, daß sie des Abends oft ausging. Nun geriet sie wieder einst mit einer Nachbarin in Streit und da hieß es, wie immer, das komme ihr teuer zu stehen. Ihr Mann fragte sie bei dieser Gelegenheit, was sie tun wolle. Da antwortete die Frau, er solle des Abends mitgehen, so werde er es sehen. Am Abend gingen sie zusammen zum Misthaufen, sie nahm den Besenstiel und befahl dem Mann, dasselbe zu tun und zu sprechen, was sie sagen würde. Darauf hub sie an:

»Wir gehen dreimal um unsern Mist.«

Der Mann spricht ebenso.

»Und sagen ab allen Heiligen und Herrn Jesu Christ.«

Der Mann aber antwortete diesmal:

»Ich hau dich, daß du des Teufels wirst.«

Und eine Ohrfeige kam über die andre.

992. Die Hexe zu Straßen.

Zu Straßen in Franzens Haus wohnte eine Hexe, die nachts in einem Hause den Kühen die Milch nahm. Man kam aber hinter ihr Unwesen. Um sich zu rächen, machte sie, daß alle Pferde in diesem Hause fielen, und als man dort einst eine Hochzeit feierte, fand man beim Aufdecken der Töpfe auf dem Feuerherd statt der Speisen in jedem einen Haarklumpen. Als nun auch das beste Pferd verendete, riet man den Leuten, dasselbe mit einer Heugabel in die Seite zu stechen. Und sieh, da hatte die Hexe drei Stiche in der Seite und klagte über heftige Schmerzen. Die Leute, die sie besuchten, merkten das.

In Fries Haus sagte einst der Öhm, er möchte wohl das Hexen lernen. Die Hexe, die zugegen war, sagte, das wolle sie ihn lehren, er soll nur um Mitternacht sich einfinden. Da setzte sie einen Eimer Wasser auf den Misthaufen, dann ritten sie auf einem Besen dreimal um denselben. Die Frau forderte den Mann auf, ihr nachzusagen:

›Wir reiten dreimal um den Mist
Und sagen ab Herrn Jesu Christ!‹

Er aber sprach:

›Ich sag nicht ab Herrn Jesu Christ;
Ich schlag dich, daß du des Teufels bist!‹

Darauf verschwand die Hexe.

993. Die Hexe von Körich.

Auf dem Windhof, erzählte ein Greis aus Körich, verbrannte man alle Hexen aus der Umgegend. Als man eine alte Hexe von Körich auf den 469
Windhof fahren wollte, um sie zu verbrennen, kam man im Bergabhang nicht vorwärts, trotzdem man sechs Pferde an den Wagen gespannt hatte. Da spannte man deren noch sechs vor, aber es ging ebenso wenig als vorher. Weitere sechs Pferde wurden angespannt und gleich darauf wieder sechs; der Wagen aber blieb wie festgewurzelt stehen. Da klatschte die Hexe in die Hände und rief: »Wenn ich meine sechs Katzen anspannte, ging's den Berg hinauf wie der Wind; und ihr kommt mit den vierundzwanzig Pferden nicht hinauf!« Nun nahm man Heugabeln und stieß in die Räder und überall hin um den Wagen. Da seien, sagte der Greis, die Hexen mit Tausenden gefallen, die an den Rädern zurückgehalten hätten. Darauf sei man weiter gefahren auf den Windhof, wo die Hexe verbrannt wurde.

994. Die Hexe von Medernach.

Vor achtzig Jahren lebte zu Medernach eine Frau, welche für eine ausgemachte Hexe galt. Wenn jemand ihr etwas zuleide tat, ihr ein Huhn oder sonst ein Tierchen tötete, so sagte sie allemal: »Mir ein Huhn, dir einen Ochsen oder eine Kuh.« Und dann fand an einem frühen Morgen der Bedrohte eines seiner Haustiere tot im Stalle liegen. Ihr Sohn selbst sagte, seine Mutter sei eine Hexe. Dieser mußte einst nach Diekirch gehen zur Milizziehung. Da sagte er zu denen, die bei ihm waren: »Jungen, fürchtet euch nicht; heute nacht wird meine Mutter (denn sie ist eine Hexe) zu mir ans Bett kommen, um zu erfahren, ob ich mich losgezogen habe, denn sie kann nicht warten, bis ich wieder heimkomme.« Und wirklich erschien sie an seinem Bette, obgleich die Kameraden die Türe gut verschlossen hatten.

Gab diese Frau jemand etwas, so warf man einen Teil davon weg, dann hatte die Hexe keine Gewalt über einen.

Als sie zum Sterben kam, wollte sie nicht beichten; sie sagte, die Bäume im Walde wachsen auch und beichten nicht. Der Priester von Medernach ging, da all sein Zureden und Bitten nichts half, mit der hl. Monstranz ans Krankenbett. Sie aber schlug mit der Hand in dieselbe und starb gleich darauf, ohne sich bekehrt zu haben. Sie wurde auf die ungeweihte Stelle des Kirchhofs begraben.

995. *Die alte Hexe in Geivels.*

Nahe bei Bissen, in dem Wald genannt Geivels stand ehemals ein schönes Schloß. Der letzte Graf, der auf dem Schlosse wohnte, hatte nur eine Tochter, die einzige Erbin seiner Güter. Diese wurde von einem Liebhaber verschmäht, und nun schwor sie, sich an den Menschen zu rächen. Plötzlich kamen allerlei Plagen über das Dorf. Alle Kühe, die am Schlosse vorbeigingen, wurden krank und gaben keine Milch mehr. Bald
470 sagten alle, das alte Fräulein sei die Ursache all dieses Unglücks.

Einst führte ein armer Mann seine einzige Kuh an einem Strick am Schlosse vorbei. Als der Mann zu Hause ankam, war die Kuh krank; da rief er zornig: »So mögest du ewig in deinem Schlosse bleiben, und nur der jüngste Tag soll dich erlösen!« Schrecklich ging der Fluch des armen Mannes in Erfüllung. Noch während der Nacht zog sich ein schweres Gewitter über dem Dorfe zusammen. Schauerlich rollte der Donner, die Blitze zuckten, und am andern Morgen war das Schloß vom Erdboden verschwunden. Nur der Fels, worauf es stand, ragte noch traurig in die Luft.

Jedes Jahr in der Walpurgisnacht, wo die Hexen auf einem Bocke reiten, kommt auch die alte Hexe aus Geivels und macht dreimal die Runde um den Felsen.

Ich erinnere mich aus der Kinderzeit, daß wir Knaben oft um den Felsen gingen, wo die alte Hexe hausen soll, und folgendes Sprüchlein sagten:

Geivels dé âl
Sie sétzt am Stâl
Sie kuckt eraus
Sie kièrt hirt Haus
Sie jet dé klèng Jongen zum Bösch eraus.

471 Lehrer J. Scholler

XI

Gott und die Heiligen Fromme Gründungen Wunderbares

1. Gott und die Heiligen

996. Entstehung des »Zolverknapp« und des »Litschef«.

Das Luxemburger Volk erzählt, als Gott die Erdkugel geknetet, habe er sich die Hände gerieben; dabei hätten sich zwei Krümlein abgelöst und seien zur Erde gefallen. Das seien der Zolverknapp und der Litschef.

L'Evêque de la Basse Moûturie, 107

997. St. Matthäus in Trier.

Vor uralten Zeiten, als die Heiligen noch von einem Orte zum andern wandern mußten, geschah es, daß St. Matthäus von Kolosleiken (oberhalb Saarburg) fortzuziehen gezwungen war. Man setzte ihn in eine Bütte und ließ ihn so die Saar hinuntertreiben. In seiner Bütte rief er beständig: »Land mêch!« Aber überall, wo er vorbeikam und sein Ruf gehört wurde, riefen ihm die Heiligen, welche die Dörfer beschirmten, zu: »Lane mer dêch, da bast d'iwer eis!« Aus der Saar schwamm er in seiner Bütte in die Mosel, und diese trieb ihn bis Trier hinunter, ohne daß man ihn landen wollte. Dort saßen am Ufer Waschfrauen, welche seinen Ruf hörten und Erbarmen mit ihm hatten und ihn landeten mittelst einer Stange, welche sie ihm reichten.

Von dieser Zeit an mußten die dortigen Heiligen fortwandern, und St. Matthäus trat an ihre Stelle. Wo ihn die Waschfrauen ans Ufer gezogen hatten, baute er das berühmte Kloster St. Matthäus. Seit jener Zeit herrscht noch im ganzen Moseltale das Sprichwort: »Lane mer dêch, da bast d'iwer eis!« (Landen wir dich, so bist du über uns!)

N. Gonner

998. Entstehung der Kapelle von Künzig.

Hart an der Eisenbahnstation Künzig liegt eine schöne, neurestaurierte Kapelle. Eine prachtvolle, uralte Linde breitet schirmend ihr reiches Blätterdach über das Heiligtum aus, welches seit dem Bau der Prinz-

Heinrich-Bahn seinem ursprünglichen Zweck entfremdet ist. Sonst lag diese Kapelle einsam und ernst an dem Wege, der von Fingig nach Künzig führte. Dieser Weg ist jetzt auf eine kleine Entfernung verlegt, und das unruhige Dampfroß hat den stillen Frieden gestört, der sonst so anmutig das uralte Heiligtum umgab. Doch thront noch auf dem be-
475 scheidenen Altar das Standbild des hl. Maximin, Bischofs von Trier, dem die Kapelle geweiht war. Die Geschichte ihrer Entstehung lebt noch heute im Munde des Volkes fort.

Der hl. Maximin, Bischof von Trier, kam einst durch Künzig mit einer Ladung Bücher gefahren. Sein Esel aber war nicht imstande, die Last allein den steilen Weg hinaufzubringen, der bei der Kapelle anhebt und sich bis auf die Höhe vor Fingig hinzieht; »âl Hiél« heißt er heute. Der hl. Bischof wandte sich an die Leute des Dorfes mit der Bitte, ihm ein Pferd zum Vorspannen zu überlassen, bis er auf der Höhe angelangt sei. Die Leute aber waren hartherzig genug, ihm diese kleine Gefälligkeit abzuschlagen. Der Heilige ärgerte sich nicht über dieses Benehmen; nur verkündete er ihnen, daß sie zur Strafe ihm eines Tages bis nach Trier folgen müßten.

Bald darauf brach unter den Pferden eine Krankheit aus, und die sich frei machen konnten, liefen sogar auf dem Weg nach der »âl Hiél« als wollten sie die Leute an die Prophezeiung des hl. Bischofs erinnern und ihnen den Weg zeigen. Die Leute verstanden vollkommen, was das zu bedeuten habe, und wallfahrteten nach Trier. Sie erhielten durch die Fürbitte des Heiligen Verzeihung ihres Fehlers und Befreiung von der Plage. Aus Dankbarkeit bauten sie nun eine Kapelle und weihten dieselbe dem hl. Maximin. Eine feierliche Prozession während der Pfingsttage sollte jedes Jahr die Einwohner von Künzig an die Pflicht der Dankbarkeit erinnern.

Doch gegen Ende des vorigen Jahrhunderts war die Kapelle in Verfall gekommen, und in diesen unruhigen Zeiten der französischen Revolution dachte niemand an deren Neubau. Da auf einmal stellte sich von neuem eine Krankheit unter den Pferden ein, und manche von ihnen liefen wiehernd und brüllend zu den verfallenen Mauern der Kapelle und streckten die Köpfe zu den kleinen Fensternischen hinein oder schlugen sich den Kopf wund an dem Gestein. Das war ein deutlicher Wink für die Einwohnerschaft. Gleich machten sie sich ans Werk und bauten das Heiligtum neu auf, wie es noch jetzt steht, einfach, ohne großen Kunstaufwand, aber reinlich, anmutig und von der alten Linde freundlich überschattet. Wird es wegen seiner unruhigen Nachbarschaft verkauft und abgetragen, so wird es wahrscheinlich an einem anderen Ende des

Dorfes wieder erstehen, da es wirklich den Leuten ans Herz gewachsen zu schein scheint.

Professor L. Tibesar

999. *Karl Martels wunderbare Heilung.*

Im Jahre 723 verfiel Karl Martel in eine Krankheit, die ihn an den Rand des Grabes brachte. Nachdem alle ärztlichen Mittel erfolglos angewandt worden, erschien dem Kranken während des Schlafes St. Maximin und forderte ihn auf, ihm zu seinem Grabe zu folgen. Bei seinem Erwachen fragte Karl seinen Geheimschreiber, ob er den hl. Maximin gesehen, derselbe habe soeben mit ihm gesprochen. Als dieser es verneinte, sagte Karl: »Der Heilige hat soeben mein Zimmer verlassen; er hat mich ermahnt, auf seinem Grabe zu beten, wenn ich geheilt werden wolle.« In 476
einer Sänfte ließ er sich nach Trier in die Maximinerabtei bringen, und nachdem er dort sein Gebet verrichtet hatte, schlief er ein. Der Heilige erschien ihm wiederum und sagte ihm, Gott habe ihn erhört und verleihe ihm Heilung; er müsse aber für seine Sünden Buße tun und in Zukunft nicht mehr sündigen. Karl erwachte und stand auf; er fühlte sich von neuen Kräften belebt, forderte zu essen und erlangte bald seine volle Gesundheit wieder. Aus Dankbarkeit schenkte er der Maximinerabtei seine Besitzungen zu Künzig, Steinsel und Weimerskirch.

Nach Bertholet: Histoire ecclésiastique et civile du duché de Luxembourg etc., II, 240 f.

1000. *Der hl. Maximin und die Weimerskircher.*

Bernacrus, dem die Besitzungen der Abtei St. Maximin zu Weimerskirch im Jahre 926 übertragen worden waren, scheint daselbst ein hartes, grausames Regiment geführt zu haben. Da er sich Hab und Gut seiner Untergebenen nicht auf gewaltsame Weise anzueignen wagte, nahm er seine Zuflucht zur List. Er übergab einem Weimerskircher einen Jagdfalken zur Pflege, indem er die Unerfahrenheit des Mannes zu seinen Zwecken ausnutzen wollte. In der räucherigen Wohnung und bei schlechter Nahrung verendete das Tier auch bald nachher. Der Bauer, der dem gefürchteten Herrn den Tod seines Falken nicht anzusagen wagte, hielt es für hinreichend, das tote Tier aufzubewahren, für den Fall, daß sich der Herr später nach demselben erkundigen würde; deshalb rupfte, salzte und räucherte er ihn. Und in diesem Zustande händigte er später auf seine Anfrage dem Herrn den toten Vogel ein. Bernacrus stellte sich äußerst erzürnt; er sah in der Handlungsweise des Bauern eine Beschimpfung seiner Person nicht bloß von seiten eines Einzigen, sondern der ganzen Einwohnerschaft, und drohte mit Prügelstrafe und Einziehung ihrer Güter. Die Bauern erkannten das Gefahrvolle ihrer Lage, und da sie von der menschlichen Gerechtigkeit nichts zu hoffen hatten, so beschlossen sie, die Fürbitte des hl. Maximin anzuflehen. Sie schickten zwei Jünglinge mit Opfergaben nach der Maximinerabtei. Vor Tagesanbruch langten die Jünglinge an den Toren der Abtei an, gerade im Augenblicke als die in der Kirche versammelten Mönche die Frühmette sangen; sie wurden eingelassen, und nachdem sie sich vor dem Hochaltar auf die Kniee geworfen, brachten sie ihre Opfergaben dar, schlugen mit ihren Reisestöcken auf den Altar, um des Heiligen Aufmerksamkeit auf sich zu lenken, und brachten unter lautem Weinen ihr Anliegen vor. Zur selben Stunde und in demselben Augenblick ward Bernacrus zur Strafe für seine Grausamkeit von so heftigen Krämpfen befallen, daß er bald nachher unter unsäglichen Schmerzen den Geist aushauchte.

Public. XV. 9.

1001. St. Maximin und die Remicher.

Zu den Zeiten Siegfrieds, des ersten Luxemburger Grafen, war Adalbert,
477 ein junger Ritter, Lehnsherr von Remich. Dieser behandelte, trotz der Ermahnungen und Zurechtweisungen von seiten seiner Mutter, seine Untertanen mit solcher Härte und Grausamkeit, daß sich eines Tages sechzig Remicher auf den Weg nach Trier begaben, um dort an der Grabstätte des hl. Maximin Hilfe in ihrer Not zu erflehen. Nachdem sie eine Nacht vor der Kirche zugebracht, begaben sich zwölf derselben am Morgen in die Kirche und verharrten dort den ganzen Tag über und die folgende Nacht in inbrünstigem Gebete. Am zweiten Tage trat, wie sie das von Zeit zu Zeit zu tun pflegte, Adalberts Mutter in Begleitung ihres Sohnes in die Kirche. Da warfen sich die Remicher vor den Altären nieder und flehten mit lauter Stimme eine halbe Stunde lang zum hl. Maximin, daß er sich ihrer erbarmen und sie vor Adalberts Grausamkeit schützen möge.

Bei den Vorstellungen seiner durch der armen Leute Not gerührten Mutter griff Adalbert, während er die Remicher Lügner schalt, zornig zum Schwerte und schwur, sie für ihre Verwegenheit streng zu bestrafen.

Aber kaum hatte er die Drohung ausgesprochen, als ihn Zittern und Beben ergriff und er in eine Art Raserei verfiel. Da sieh! es löste sich sein Schwertgurt von selbst, und das Schwert fiel klirrend zu Boden. Es war offenbar, der Heilige hatte ein Wunder gewirkt, um Adalbert zu bestrafen; er wurde des Lehens verlustig erklärt, und die gedrückten Remicher konnten wieder frei aufatmen.

Aber durch die im Gebet verbrachten Nachtwachen waren die armen Leute gänzlich erschöpft. Da brachte ein Mönch, namens Wenilon, eine Flasche Wein, segnete sie im Namen des hl. Maximin, und überreichte sie den Remichern. Da geschah ein neues Wunder. Alle tranken in großen Zügen aus der Flasche, und doch war bei ihrer Abreise die Flasche noch so voll, als wenn niemand getrunken hätte.

Bertholet, Histoire du duché de Luxembourg, III, 35 ff.

1002. Der heilige Martinus und die Martinusquelle in Hostert.

A. Als im Jahre 384 (nach anderen 386) der hl. Martinus von Trier, wohin er sich fürs zweite Mal zum Kaiser Maximus begeben hatte, nach Tours zurückkehrte, ward er unterwegs, als er in die Nähe Andethannas (Anwen) kam, wegen der den Ithaziern[1] eben bewiesenen Nachsicht und mit ihnen gepflogenen Gemeinschaft von so bitterer Reue befallen, daß er plötzlich niedersank und durch die Trostworte eines ihm erscheinenden Engels aufgerichtet werden mußte, ehe er seine Reise fortzusetzen vermochte. »Indem er«, so erzählt Sulpitius Severus[2] »bei der Rückreise auf 478
dem Wege vor lauter Betrübnis, an frevelnder Gemeinschaft auch nur eine Stunde lang teilgenommen zu haben, erseufzte und ihm seine Gefährten ein wenig vorangeeilt waren, sank er unweit des Dorfes genannt Andethanna, wo im Dunkel der Wälder weite Öde und Einsamkeit herrscht, nieder, erwägend unter wechselweisen Gewissensvorwürfen und Selbstentschuldigungen die Ursache seines Schmerzes und des Geschehens. Da erschien ihm plötzlich ein Engel und sprach: ›Mit Recht bist du reumütig, Martinus, aber anders konntest du nicht wegkommen: belebe von neuem deine Tugend und fasse wieder Mut, damit du künftig nicht mehr,

1 Die Ithazier waren Anhänger des blutgierigen Bischofs Ithacius von Sossebe in Spanien und verlangten als solche von dem Tyrannen Maximus die Hinrichtung Priscillians und der Priscillianisten, weshalb sie von allen echten Christen verabscheut und von dem hl. Ambrosius, dem Papst Siricius und dem Konzil von Turin förmlich verdammt wurden.

2 Dial. 1. 3, c. 11, 12, 13 und 15.

nicht deinen Ruhm, wohl aber dein Heil in Gefahr bringest …‹ Auf diese Worte des Engels richtete sich der Heilige zwar wieder auf, mußte aber von diesem Augenblick an, wie er selbst mit tränenden Augen erzählte, größere Schwierigkeiten bewältigen und längere Gebete verrichten, um aus den Besessenen die Teufel zu treiben.«

Die Stelle, wo der tröstende Engel den Seelenkummer des hl. Glaubensboten über den mit den Ithaziern gepflogenen Umgang verscheuchte, befindet sich auf dem alten Römerwege, in der Nähe der Niederanwener Kirche und führt bis auf diesen Tag den Namen Heiligenstein wodurch sie zu beweisen scheint, daß sie früher ein Denkmal zu Ehren des hl. Bischofs trug.

Dann läßt endlich auch eine mehrhundertjährige beachtenswerte Volkstradition eben auf dem Anwener Gebiete den Bischof von Tours sein Pferd tränken, das hl. Meßopfer feiern und einige Zeit als Gast verweilen.

J. Engling, Public. VI, 204 ff. J.B. Laplüme, ib., XI, 81

B. Als der hl. Martin, so erzählt eine uralte Sage, auf seiner Rückreise von Trier nach Tours, in die Gegend von Anwen kam, war er so erschöpft, daß er nicht mehr weiter konnte. Jedoch wurde er von den Heiden, welche hier wohnten, schnöde abgewiesen; nicht einmal einen Trunk Wasser gewährten sie ihm, seinen brennenden Durst zu stillen. Da sieh! entsprang zur Stunde eine Quelle dem Schoß der Erde. Gott dankend erquickte sich der Heilige an dem sprudelnden Born und tränkte auch sein Pferd. Noch heute fließt die Quelle in der Nähe der Hosterter Kirche.

J. Engling, Manuskript, 319

1003. Das St. Martinusdenkmal in Hostert.

Im Dorf Hostert, Gemeinde Niederanwen, dicht am Wege, der von Hostert nach Senningen führt, befindet sich noch heute ein Denkmal des heiligen Martinus. Dasselbe zeigt den Heiligen, der auf einem Pferde sitzt und eben mit dem Schwerte seinen Kriegsmantel zerteilt, um dessen
479 Hälfte dem neben ihm am Wege hockenden Bettler zu überreichen.

Dieses Denkmal verdankt seinen Ursprung folgender Sage.

Als Martinus einst mit seinen Soldaten in den Krieg ritt, kam derselbe auch durch Hostert, wo damals nur wenige kleine Häuser standen. An der Stelle, wo sich heute der Waschbrunnen befindet, sprudelte damals eine klare Quelle aus dem Fuße des Hügels, welcher an dieser Stelle das Dorf begrenzt. Martinus machte dort Halt, um ein wenig auszuruhen und sich am frischen Wasser zu laben. Bevor sie wieder aufbrachen, soll der Heilige hier sein Pferd getränkt haben und dann weitergezogen sein. Zum Andenken an dieses Ereignis wurde später das Martinusdenkmal errichtet.

Lehrer H. Georges

1004. Die Sankt-Martinsquelle im Syrtal.

In dem prächtigen, an beiden Ufern der Syr sich ausdehnenden Wiesentale befindet sich zwischen Betzdorf und Hagelsdorf, am linken Ufer des Flüßchens, ein an seinem Ursprung etwa einen Meter breiter, klarer, kühler Quell, der weiterhin durch die Wiesen fließend in die Syr mündet. Im Volke heißt er Märtesbur. Über diese Quelle erzählt der Volksmund folgendes:

Während eines heißen Sommers, als die Hitze das Land ausgedorrt und seit langem kein Regentropfen die Erde erquickt hatte, kam der hl. Martin durch unser Land geritten und gelangte in die Gegend von Betzdorf. Vor Durst erschöpft, konnte sich das Roß nur mühsam fortschleppen, und der Heilige mußte es endlich am Zaume führen. Nirgends war eine Quelle zu erspähen, der Syrfluß war vertrocknet, alles ringsum war dürr und öde. Verschmachtend und entkräftet drohten Ritter und Pferd zusammenzusinken. In dieser äußersten Not fällt der Heilige auf die Kniee und fleht voll Vertrauen zu Gott, ihn vom sicheren Tode zu retten. Da entspringt plötzlich aus dem Schoß der Erde eine Quelle und ergießt sich murmelnd weiter durch das dürre Wiesental, als wäre sie seit Jahren schon dort geflossen. Hoch erfreut ob dieses Wunders, blickt der Heilige dankend zum Himmel empor, tränkt zuerst sein Pferd und labt sich dann selbst an der kühlen Flut. Darauf segnete der Heilige das Wasser und ritt von dannen. Seit dieser Zeit kommen viele Pilger alljährlich zu der hl. Quelle gewallfahrtet, um an derselben Linderung ihrer Leiden zu finden.

Mitteilung von M. Grechen

1005. Die Pfarrkirche zu Rindschleiden.

Die Kirche zu Rindschleiden soll ein alter Heidentempel gewesen sein, in dem die Vorfahren ihren Göttern unter andern auch Menschenopfer darbrachten. Zur Zeit, als der hl. Willibrord das Christentum in unserm Land verbreitete, kam er auch nach Rindschleiden. Aber die Heiden lachten über seine Predigten und glaubten ihm nicht. Er aber ging in ihren Tempel, stürzte die Götzenbilder von den Altären, streckte die Hand in die Flammen und das Feuer erlosch. Vor Staunen sprachlos, sahen die Heiden ihm zu und erwarteten jeden Augenblick, ihre Götzen
480 würden den Frevler töten. Da das aber nicht geschah, hielten sie seinen Gott für mächtiger als ihre Götter und nahmen das Christentum an.

Von dieser Zeit an sollen die jährlichen Prozessionen herrühren, welche sich noch jetzt alljährlich auf Pfingstmontag von den umliegenden Dörfern nach Rindschleiden zur Verehrung des hl. Willibrordus begeben.

Dax

1006. St. Willibrords Predigtstuhl an der Sauer.

Der hl. Willibrord kam einst in seinem Apostelamte nach Flebur. Er predigte jedoch ohne Erfolg. Da ging er betrübt hinweg und kam in den Wald. Als er einige Zeit gegangen war, gelangte er an das Ufer der Sauer. Er erklomm einen steilen Felsen und predigte den am entgegengesetzten rechten Ufer arbeitenden Schnittern. Unterdessen liefen viele Menschen herzu und bekehrten sich. Seither behielt der Felsen den Namen Predigtstuhl.

J. Engling, Manuskript, 217

1007. Der St. Willibrordusquell bei Daleiden.

Als der heilige Willibrordus nach Daleiden kam und predigte, gaben ihm die dortigen Heiden kein Gehör und verspotteten den Heiligen und seine Predigt. »Wohlan«, rief St. Willibrordus, »so will ich von euch wegziehen, aber, bevor ich scheide, ein Zeichen hinterlassen, damit ihr sehet, wie groß unser Gott ist.« Und mit seinem Stab schlug er an den Felsen, auf dem er stand, und ein reicher Quell sprudelte hervor, der noch bis jetzt quillt und St. Willibrordusquell heißt.

J. Engling, Manuskript, 265

1008. Der Willibrordusbrunnen bei Wilwerwilz.

In der Nähe von Wilwerwilz befindet sich in einem Wiesentale der sogenannte Willibrodusbrunnen. Die Volkssage erzählt von diesem Brunnen folgendes: Auf seinen Reisen kam einst der hl. Willibrordus in diese Wiese und ließ daselbst sein Lasttier grasen. Da kam der Besitzer derselben, ein Heide, und schimpfte über den Heiligen, daß dieser so unverschämt sei, daselbst sein Tier weiden zu lassen. Der Heilige antwortete ihm liebevoll: »Mein lieber Freund, für den kleinen Schaden, den ich dir zufüge, will ich dir einen großen Nutzen machen.« Darauf stieß er seinen Stab in den Boden und es sprudelte sofort eine Quelle an der Stelle hervor. Durch wohltätige Hand ward der Brunnen in jüngster Zeit mit einer Mauer eingefaßt. Von den Bewohnern der Gegend wird das Wasser des Brunnens zur Heilung des Wildfeuers gebraucht und darum hoch in Ehren gehalten.[1]

Lehrer Schaus zu Wahlhausen 481

1009. St. Willibrorduslinden.

A. Auf der Anhöhe von Asselborn bestehen noch jetzt vier ins Viereck gepflanzte schöne Linden, welche schon über ein Jahrhundert vier andere an derselben Stelle abständig gewordene ersetzen. Zwischen ihnen in der Mitte, sagt man seit Menschenerinnerung, stand die Tragkanzel, von welcher herab der hl. Willibrordus predigte. – Unterhalb der gedachten Linden befindet sich auch ein Born, vorzeiten St. Willibrordusborn genannt.

J. Engling, Apostolat des hl. Willibrord, 71

1 Das Wasser des Tadler Brunnens wird zu Ehren des hl. Willibrordus gesegnet und zur Abwaschung des Wildfeuers gebraucht.

J. Prott, Pfarrer

In der Mitte zwischen Burglinster und Schwachtgesmühle liegt der Ort Sankt Haupertsweiher, jetzt zum Teil Land und Wiese, vorzeiten ein Weiher der, weil viel Vieh von tollen Hunden gebissen worden war, gesegnet wurde, worauf das gebissene Vieh hineingetrieben und so geheilt wurde.

Lehrer Brandenburg zu Burglinster

B. Neben dem alten Schlosse zu Roth, das früher eine Komturei der Tempelherren war und heute dem Herrn André gehört, dicht an dem um das alte Kirchlein liegenden Kirchhof, steht eine Linde von gewaltigem Umfang. Nach der Tradition soll der hl. Willibrord bei einer Durchreise dieselbe gepflanzt haben; sie wird noch heute Willibrorduslinde genannt.

J.N. Moes

1010. Die drei Linden zu Ulflingen **(Trois-Vierges).**

Zu Ulflingen, wo früher der Dreigöttinnendienst tief eingewurzelt war, sah man sonst drei hohe Linden, an welchen vor längerer Zeit, behufs Verdrängung dieser Abgötterei, die Bilder der hh. Sophientöchter angebracht waren. Viele meinen, der ursprüngliche Impuls zu dieser Verdrängung sei vom hl. Willibrordus ausgegangen.

J. Engling, Apostolat des hl. Willibrord, 72

1011. Der hl. Willibrord.

Der hl. Willibrord soll mehrmals auf wunderbare Weise Wein vervielfältigt haben. So gab er einst zwölf Bettlern zur Genüge aus seiner Weinflasche zu trinken, die trotzdem nicht leer wurde.

Eines Tages, als er sein Kloster in Echternach besuchte und nur wenig Wein im Keller fand, steckte er unter Gebet seinen Stock ins Faß, und am anderen Tage fand es der Kellner überfließend von Wein. Der Heilige verbot, zu seinen Lebzeiten von dem Wunder zu sprechen.

Der Heilige starb zu Echternach am 7. November 739. Sein Leib wurde in einen steinernen Sarg gelegt, der durch ein Wunder inmitten der trauernden Mönche sich um eine halbe Elle verlängerte, weil er sonst diese kostbaren irdischen Überreste nicht hätte aufnehmen können.

Luxemburger Heiligenlegende, 378 und 380. Thiofrid, Vita S. Willibrordi

1012. Entstehung der Echternacher Springprozession.

Wann die berühmte Echternacher Springprozession entstanden, weiß man nicht genau, aber man setzt deren Entstehung in St. Willibrords Zeiten, zu dessen Ehren sie alljährlich am Pfingstdienstag abgehalten wird. Bei folgender Gelegenheit soll sie eingesetzt worden sein. Alles

Vieh in diesen Gegenden war von einer eigentümlichen Krankheit befallen worden; es geriet dasselbe dadurch in eine solche Wut, daß es solange sprang, bis es tot niederfiel. In dieser Not nahm man seine Zuflucht zum hl. Willibrord und versprach, alljährlich springend zu seinem Grabe zu 482
wallfahrten. Da hörte die Krankheit auf.

Während einer Zeit hatte man die Prozession unterlassen, aber da brach auch sofort die Springwut unter dem Vieh wieder aus. Seit dieser Zeit hütet man sich, die Prozession zu unterlassen.

Bertholet, Histoire du duché de Luxembourg, II, 177

1013. Eine Wallfahrt nach Echternach.

In der zweiten Hälfte des vorigen Jahrhunderts brach zu Heiderscheid eine schreckliche Krankheit unter dem Vieh aus. Kühe, Schweine, kurz alles Vieh wurde davon befallen. Das Vieh zitterte am ganzen Leibe, schäumte und wütete, als sei es von der Tollwut befallen. Jedes Tier, welches diese Krankheit bekam, verendete unter schrecklichen Zuckungen. Alte Leute erzählten, daß die Einwohner von Heiderscheid damals mehr Vieh auf den Schindanger schleppten, als heute Vieh in Heiderscheid ist. Da jede menschliche Hilfe nichts fruchtete, so nahm man zuletzt seine Zuflucht zu dem hl. Willibrord. Die Einwohner verpflichteten sich durch ein Gelübde zu einer jährlichen Pilgerfahrt nach Echternach, worauf die Krankheit allsogleich aufhörte. Jedes Jahr wallte nun die Pfarrei von Heiderscheid in Prozession am Pfingstmontag zu den Gebeinen des Heiligen. Da jedoch während der französischen Revolution diese Wallfahrt fast unmöglich wurde (die Franzosen hatten die Pilger einmal gefangen genommen und dieselben drei Tage lang zu Echternach eingesperrt), wurde das Gelübde umgeändert, und zwar mußten jetzt die Heiderscheider jährlich am Pfingstmontag nach dem nahegelegenen Dorfe Tadler pilgern, wo der hl. Willibrord an diesem Tage ebenfalls verehrt wird. In den letzten Jahren änderte man das Gelübde noch einmal und zwar so, daß die Prozession jetzt jährlich am genannten Tage nur mehr einen Gang über die Fluren der Pfarrei macht.

Lehrer H. Georges

1014. Die St. Dodosklause zu Asselborn.

Im siebenten Jahrhundert war St. Dodo nach Asselborn gekommen und hatte sich dort eine Klause erbaut. Doch nach und nach bildete sich das Dorf um seine Klause herum, da man von nah und fern zu dem hl. Manne wallte, um Hilfe in der Not zu finden. Der Heilige aber wollte gern still und einsam wohnen, um der Andacht zu obliegen und sich seinen Betrachtungen hinzugeben; deshalb verließ er das Dorf und kehrte in seine Heimat nach Cambray zurück. Noch heute zeigt man zu Asselborn die Trümmer seiner Klause und die Dodosquelle, die sich der Heilige selbst in tiefem Schacht gegraben.

J. Engling, Manuskript, 295

1015. St. Pirmin.

A. In uralter Zeit mag der größere Born des Pirminsberges eine heidnisch vergötterte Quelle gewesen sein, während die zweite Quelle den Bewohnern der dortigen römischen Ansiedelung das Trinkwasser lieferte. Noch
483 heute haben beide Quellen dieselbe Bestimmung; die erste wird vom Volke als heilig angesehen, die zweite liefert das trinkbare Wasser.

Zu Anfang des achten Jahrhunderts kam der hl. Pirmin in diese Gegend, segnete den später nach ihm benannten St. Pirminsborn ein und gab ihm eine christliche, dem heidnischen Aberglauben entgengesetzte Bestimmung.

Eine altehrwürdige Volkstradition der Umgegend berichtet:

Einst an einem Winterabende kam allein und ohne Gefolge ein frommer Missionsprediger in das Schloß zu Wilz, welches sich damals zu Niederwilz, wo die jetzige Pfarrkirche steht, befand. Dieser fremde Priester hieß Pirminus. Die Schloßdame, welche allein anwesend war, weil ihr Gemahl sich in der Kerkerhaft zu Vianden befand, empfing den Unbekannten mit allen Ehren, die damals den durchreisenden Regionarpriestern und Verkündern des Evangeliums zuteil wurden, und bewirtete ihn nach Möglichkeit. Sie hatte jedoch nichts Eiligeres zu tun, als den Segen des Missionars für ihr einziges Söhnlein zu erbitten. Das Kind war schwach von Gesundheit, hatte schmächtige Glieder und einen stark angeschwollenen Unterleib. Der hl. Regionarpriester willfahrte der Bitte der edeln Mutter, segnete das Kindlein und fügte hinzu: »Dieser Segen reicht nicht hin, um dein Kind zu heilen; da unten habe ich eine Quelle gesegnet, welche ehemals den Heiden zur Waschung diente, wenn sie sich zum Götzentempel begaben dessen Trümmer auf dem Berge noch sichtbar sind. Trage deinen Sohn dahin und tauche ihn dreimal ins Wasser des Borns unter Aussprechung des Namens der drei Personen der allerheiligsten Dreifaltigkeit; schicke dann für sein Heil während neun Tagen eifrige Gebete zum Gott aller Barmherzigkeit empor, und dein Söhnlein wird die Gesundheit wiedererlangen. Zum Andenken an die Gewährung deiner Bitte sollst du dann auf den Überresten des heidnischen Tempels, wo ehedem der Irrtum den Göttern opferte, ein Bethaus dem christlichen Gotte errichten lassen.«

Die edle Schloßdame machte barfuß und inmitten des strengsten Winters die Wallfahrt nach dem gesegneten Born und trug ihren Sprößling und ihre einzige Hoffnung auf dem Arme hin zum Fons salubris. Und wie St. Pirmin es der Mutter verheißen hatte, so geschah es: das Kind, der zukünftige Herr von Wilz, wurde gesund, nachdem die Wallfahrt, die Waschung im Wasser der Quelle und die neuntägige Andacht beendigt waren. Als kurze Zeit nach diesen Vorgängen im Schlosse und an der Pirminsquelle der Herr von Wilz, man weiß nicht aus welcher Ursache, die Freiheit erhalten und wieder auf seinem Gute in Niederwilz angelangt war, glaubte er nicht an die Heilung seines Sohnes durch ein Wunder und schickte sich keineswegs an, das dem hl. Pirmin versprochene Bethaus in der Einöde des heutigen Pirminsberges zu erbauen.
Zur Strafe für seine Ungläubigkeit verlor er später das Leben in einem 484
Zusammentreffen mit einem anderen Gutsherrn.

Nachdem aber der junge Herr von Wilz zum Jüngling herangewachsen war, berichtet weiter die Volksüberlieferung, traf er Anstalten, das zu vollführen, was seine Mutter dem Heiligen versprochen hatte, und bald erhoben sich über dem Schutthaufen der zerstörten Römervilla ein Bethaus und eine kleine Einsiedelei für einige Anachoreten.

J. Weicherding, der St. Pirminsberg, 21 und 44 ff.

B. Nach einer alten Sage, die in der Umgegend von Wilz und Kaundorf von vieler Leute Mund erzählt wird, litt der hl. Pirmin an einem heftigen Augenübel. Überall, wo er nur ein Brünnlein erblickte oder ein Bächlein antraf, da kniete er ans Ufer nieder, schöpfte von der klaren Welle und wusch damit seine triefenden Augen; aber vergebens, denn kein Wasser im Ösling war kräftig genug, das Übel zu heilen. So kam er auch einst auf seinen Missionsreisen an den später nach ihm benannten Born, kniete nieder, segnete die sprudelnde Welle und wusch damit seine Augen, und sieh, das Übel war gehoben. Das heilsame Wasser hatte ihn davon befreit, und seit dieser Zeit gebrauchte man dasselbe zur Heilung von Augenkrankheiten.

J. Weicherding, der St. Pirminsberg, 70

1016. Der St. Pirminsbrunnen.

A. Sankt Pirmin, ein berühmter Wallfahrtsort im Kanton Wilz, der Pfarrei Kaundorf zugehörig, liegt etwa eine halbe Stunde von letzterem Orte entfernt. Auf einem kleinem Plateau nahe an der Straße von Ettelbrück-Bastnach erhebt sich das alternde Kapellchen. Alljährlich am Pfingstmontag pilgert in feierlicher Prozession die Pfarrei Kaundorf zu dem Gnadenorte. Von nah und fern strömt an diesem Tage eine Menge Wallfahrer herbei, um von dem hl. Pirmin Hilfe in ihren Nöten zu erflehen. Nördlich von der Kapelle, etwa zweihundert Meter entfernt, liegt eine kleine Klause mit dem sogenannten Pirminsbrunnen. Dorthin werden besonders kleine Kinder gebracht, welche dickbäuchig sind oder nicht gehen können; man taucht dieselben dreimal bis über den Kopf ins Wasser, wodurch sie in der Regel die Gesundheit wiedererlangen.

J. Hennes, Lehrer

B. Einst kam nachts ein Wilzer an der Pirminskapelle vorbei und begann über den Heiligen und seinen Brunnen zu spotten. »Du heilst die dicken Bäuche«, rief er, »so heile denn auch mich.« Mit diesen Worten sprang er in das eiskalte Wasser, stieg aber bald wie der heraus und kehrte nach Hause zurück. Am anderen Morgen waren Teile des Körpers, welche das Wasser berührt hatte, mit Geschwüren bedeckt, und lange währte es, bis er wieder genas. Der Mann lebt noch und glaubt sich stets von St. Pirmin oder vom Teufel verfolgt.

485 Nach einer anderen Mitteilung habe der bestrafte Spötter den Pfarrer aufgesucht und demselben den Hergang der Sache erzählt. Dieser habe ihm den Rat erteilt, sich zum Brunnen zu begeben und dort vor dem Heiligen Abbitte zu tun. Diesen Rat habe der Mann befolgt und sei zur Stunde von seiner Plage befreit gewesen.

1017. Die hl. Amalberga.

Die hl. Amalberga ward auf dem Schloß Rodingen geboren; ihre Eltern stammten aus königlichem Geblüte. Von Kindheit an widmete sie sich dem Dienste des Herrn und legte, zur Jungfrau herangereift, das Gelübde ewiger Keuschheit ab.

Früh verlor sie Vater und Mutter und lebte im elterlichen Hause mit einem ihrer Brüder. Nachdem dieser aber in ein Kloster getreten, führte sie, wie eine Klausnerin, zurückgezogen von der Welt, ein heiliges Leben, das alle Bewerber fernhielt. Von ihrer Frömmigkeit und ihrer Schönheit eingenommen, wollte trotzdem Karl der Große, der damals noch ein Jüngling war, sie zur Gemahlin gewinnen. Eines Tages ergriff der Jüngling die Jungfrau, die von seinen Bewerbungen nichts wissen wollte, so leidenschaftlich und ungestüm bei der Hand, daß er ihr den Arm brach. Der erschrockene Jüngling ließ von der Zeit ab, sie weiter zu bedrängen.

Amalberga zog sich darauf ins Kloster Münster-Bilsen bei Lüttich zurück, wo sie als ein Muster vollkommener Tugend im einunddreißigsten Jahre ihres Alters starb.

An ihrem Grabe geschahen wunderbare Heilungen, so daß man bald scharenweise zu demselben pilgerte: Tote wurden wieder lebendig, Besessene und Fallsüchtige geheilt, Gelähmte erhielten ihre Gesundheit wieder und andere Kranke Linderung in ihren Leiden.

Bertholet, Hist. eccl. et civile du duché de Luxembourg, II, 255 ff.

1018. Die hl.Kunigunde.

Die hl. Kunigunde, die älteste Tochter Siegfrieds, des ersten Luxemburger Grafen, war mit Heinrich, dem Herzoge von Bayern, dem nachherigen deutschen Kaiser vermählt. Im Einverständnis mit ihrem Gemahl hatte Kunigunde bei ihrer Vermählung das Gelübde ewiger Jungfräulichkeit abgelegt. Die Verleumdung jedoch schonte auch ein so heiliges Leben nicht, und so geschickt ward alles zusammengestellt, daß selbst der Gemahl an der Treue der Gattin zu zweifeln begann. Obschon Kunigunde die verleumderische Anklage mit Ergebenheit ertragen hätte, galt es doch durch Ehrenrettung das Ärgernis niederzuschlagen. Sie erbot sich deshalb, zum Beweise ihrer Unschuld die Feuerprobe zu bestehen, und nachdem sie Gott angefleht, ging sie, von lebendigem Glauben beseelt und vertrauend auf Gottes Beistand, barfuß und ohne sich zu verletzen, über glühende Pflugscharen dahin, als wenn sie über Rosen wandelte.

Nach einem gottseligen Leben ward sie zu Bamberg neben ihrem Gatten beerdigt. Man berichtet von vielen Wundern, die an ihrem Grabe geschahen.

Nach Bertholet, Hist. eccl. et civile du duché de Luxembourg etc. III, 75
486 f.

Bei der Beerdigung der hl. Kaiserin trug sich folgendes wunderbare Ereignis zu. Als man das Grab Heinrichs geöffnet hatte, um sie ihrem Wunsche gemäß neben ihren Bruder und Herrn, dem Kaiser, zu begraben, erscholl vom Himmel die Stimme: »O Jungfrau, mache Platz der Jungfrau!« Nun waren alle Gegenwärtige Zeugen, wie Heinrich, die auserwählte Jungfrau Gottes, sich auf die Seite rückte, um seiner Gemahlin, der Braut Jesu Christi, Platz zu machen.[1]

Luxemburger Heiligenlegende, 28

1019. Die hl. Kunigunde und ihre Nichte.

Die hl. Kunigunde besaß eine Nichte, die sie seit deren zarter Kindheit auferzogen hatte. Die kleine Judith war gehorsam und gelehrig, und als sie zur Jungfrau herangewachsen war, trat sie ins Kloster zu Kaufungen. Sie machte große Fortschritte in der Tugend, so daß sie wegen ihrer Andacht im Gebete, ihrer Ausdauer im Fasten und ihrer Beharrlichkeit in Ertragung von Widerwärtigkeiten zur Äbtissin gewählt wurde.

Seitdem sie aber als Oberin sich freier fühlte, ließ sie in ihrer Frömmigkeit nach und suchte die Freundschaft von Altersgenossinnen auf. Die hl. Kunigunde ward darüber betrübt, tadelte ihre Nichte wegen ihrer Fahrlässigkeit und beschwor sie, ihren Verpflichtungen nachzukommen. Aber ihre Ermahnungen blieben ohne Erfolg. Einst versäumte die Äbtissin sogar einer Prozession beizuwohnen; da suchte ihre Tante sie auf, fand sie im Kreise ihrer Genossinnen und gab ihr in heiliger Entrüstung mit der Hand einen leichten Schlag auf die Wange. Da sieh! die Finger blieben

1 Kaiser Heinrich und Kunigunde, seine Gemahlin, gelobten sich Keuschheit. Einst lustwandelten sie in dem großen Wald Hauptsmoor bei Bamberg und ruhten auf der Stelle, welche man Kunigundenruh nennt. Im traulichen Gespräch ihre Unschuld beteuernd, nahm Kunigunde ihren Ring vom Finger und warf ihn gegen den Dom. Dort durchbohrte der Ring die große Glocke; sie tönt dumpf, und heute sieht man noch das Loch. Die Flur, über welche der Ring flog, brachte von nun an das süße Holz hervor, welches nur hier wächst. Andere erzählen: die hl. Kunigunde saß auf einem Martyrkreuz, als in Bamberg ein Brand ausbrach. Sie warf ihren goldenen Ring gegen ihre Glocke, welche hierauf von selbst läutete und worauf der Brand gelöscht wurde. Der Ring bohrte ein Loch durch die Glocke, welches kein Glockengießer vermachen kann. (Friedr. Panzer, Beitrag zur deutschen Mythologie, II, 53).

wie auf Wachs abgedrückt, und Judith behielt das Mal bis zu ihrem Tode. Seit diesem Tage aber führte sie ein erbauungsvolles Leben.

Bertholet, Hist. eccl. et civile du duché de Luxembourg III, 76

1020. Ursprung der Bittgänge nach Taben (oberhalb Saarburg).

Der Sage nach haben die Bittgänge nach Taben bei Saarburg zur Heilung einer gewissen Kinderkrankheit folgendem Vorfalle ihren Ursprung zu verdanken.

Einst kam der hl. Peter von Mailand die Mosel heruntergeschwommen
und wollte bei Grevenmacher ans Land steigen, um hier besonders verehrt 487
zu werden. Die Wäscherinnen aber stießen den ihnen unbekannten Mann mit den Bleueln vom Ufer wieder ab, worauf Peter sprach: »Nun schwimm ich durch Hecken und Brüche, und viel fromm Mutterkind muß dahin kommen, mich zu besuchen.« Er schwamm die Mosel hinunter und die Saar hinauf bis nach Taben, wo er noch immer verehrt wird. Als der Heilige die geheimnisvollen Worte gesprochen hatte, war es den Weibern leid, ihn vom Land abgehalten zu haben. Sie riefen ihn zurück, aber vergebens.

Lehrer Wagner zu Grevenmacher

1021. Trier gerettet durch seine Heiligen.

Als Heinrich IV., Graf von Luxemburg und später Kaiser von Deutschland, im Jahre 1301 auf dem Punkte stand, die Stadt Trier einzunehmen, entstand während der Nacht ein solcher Lärm in den Lüften, als wenn ein ganzes Heer von Streitern heranzöge. Es waren die Trierer Heiligen, welche die Stadt beschützen und retten wollten. Als des Grafen Mannen das Geräusch des himmlischen Heeres vernahmen, wurden sie von Schrecken befallen, griffen zu den Waffen, und da sie sich von Feinden umringt glaubten, töteten sie sich gegenseitig.

Endlich flohen sie angsterfüllt von dannen und gaben ihr Lager preis. Der Graf, bestürzt wie die übrigen bei diesem wunderbaren Vorgang, war genötigt, ebenfalls die Flucht zu ergreifen und nach Luxemburg zurückzueilen.

Bertholet, Histoire du duché de Luxembourg, V, 313

1022. Der Retter in der Not.

Zu Luxemburg lieh eine arme Schustersfrau bei einem reichen Manne achtzehn Franken, um ihrem Manne Leder zum Verarbeiten zu verschaffen. Der Reiche forderte sein Geld zurück, als die von ihm gesetzte Frist vorüber war. Die arme Frau wußte nicht, was sie anfangen sollte; ihr Mann hatte noch viel Arbeit zu machen und den Erlös dann erst einzuziehen. In ihrer Not ging sie zum hl. Antonius in die Knuodlerkirche (auf dem jetzigen Wilhelmsplatz) beten, er möge ihr doch durch seine Fürbitte bei Gott Hilfe senden. Das hatte sie schon verschiedene Male getan; so ging sie dann auch eines Morgens zur Kirche in der Meinung, es sei Zeit, um in die Frühmesse zu gehen. Der Mond schien hell. Wie sie in die Knuodlergasse kam, sah sie einen großen Geistlichen vor sich auf- und abgehen. Er kam auf sie zu. Sie glaubte, es sei Pater X. und grüßte: »Gelobt sei Jesus Christus!« Er fragte sie, wohin sie gehe. Die arme Frau erzählte ihm ihr Leid, worauf der Geistliche sie ihm zu folgen hieß. Die Frau folgte ihm, er ging in das frühere Clees'sche Haus, machte die Türe auf, zog den Schrank des Ladentisches auf und zählte ihr achtzehn Franken hin: »Nun geht in Frieden nach Haus.« Es schlug zwölf Uhr.

Wie nun der Schuster seine Arbeit abgeliefert und den Gewinn derselben eingezogen, hatte er nichts Eiligeres zu tun, als dem Knuodlergeistlichen die achtzehn Franken zurückzuerstatten. Die Frau nimmt das Geld, geht ins Knuodlerkloster und begehrt den Pater X. zu sprechen.
488 »Bester Herr Pater«, sagte sie, »ich bringe Ihnen das Geld wieder, das Sie mir geliehen.« – »Ich Ihnen Geld geliehen?« – »Ja, Herr Pater«, und nun erzählte sie ihm die ganze Begebenheit, »ich habe mir Ihre Person gut gemerkt. Sie waren es und kein anderer.« – »O, meine gute Frau, ich war es nicht, und der Ihnen das Geld gegeben, hat es Ihnen gegeben, um es zu behalten. Seid immer recht fromm und behaltet das Geld in Ruhe. Das gehört Ihnen rechtmäßig an.«

M. Erasmy

2. Kirchengründungen

1023. Die Liboriuskapelle auf dem Ernzerberg.

In früheren Zeiten stand am äußersten Felsenrand des Ernzerberges, gegenüber Echternach, fast über dem »Kläuschen« die Liboriuskapelle, die, weithin gesehen, gewiß eine der schönsten Zierden des Sauertales gewesen. Dieses Gotteshaus soll im neunten Jahrhundert errichtet worden sein. Über die Veranlassung zu diesem Bau erzählt die Sage, daß, als im Jahre 836 des hl. Liborius Gebeine aus Frankreich nach Paderborn gebracht wurden, dieselben auf diesem Felsengipfel übernachteten; deshalb sei das Kapellchen hier errichtet und dem hl. Liborius gewidmet worden.

A.R. Echternach, Volkssagen, 6

1024. Gründung der Udalrichskirche im Grund.

Udalrich, Graf von Körich, hatte sich auf einer Jagd verirrt und geriet in das enge Petrustal unfern der heutigen Unterstadt Grund. Damals war dort weder Haus noch Hof, und dichte Waldung bedeckte die Höhen ringsumher. Als der Ritter an der jetzigen Quirinuskapelle vorbeiritt, hörte er eine weibliche Stimme, welche ihm zurief, er solle sich nur schnell fortmachen, sonst wäre er verloren. »Ich bin die Gefangene der Räuber, welche hier hausen. Sie werden bald zurückkehren und Euch töten.« Der Ritter befolgte ihren Rat; da aber die Räuber nahten, und er im Dickicht keinen Ausweg fand, geriet er in große Angst und gelobte seinem hl. Schutzpatron, eine Kirche erbauen zu lassen, falls derselbe ihm aus der Gefahr helfe. Mit Hilfe des hl. Udalrich haut er sich dann Bahn durch den Räuberhaufen, kehrt in der Nacht mit seinen Knappen zurück, nimmt die Räuber gefangen und läßt sie henken. An der Stelle der Räuberhöhle erbaute er wie er gelobt, die St. Udalrichskirche.[1]

J. Engling, Manuskript, 268 489

1025. St. Quirin und die drei Jungfrauen.

Vor dem ehemaligen Diedenhofenertor zu Luxemburg, rechts an der alten, »Berlinerweg« genannten Landstraße, befindet sich eine Kapelle, welche ein steinernes Kreuz einschließt. Auf dem oberen Balken desselben ist der Heiland am Kreuz nebst zwei Knechten, von denen der eine einen Spieß, der andere den Schwamm gegen den Heiland richtet, roh ausgehauen. Im Hauptbalken ist St. Wendelin vorgestellt mit Hut, Tasche und

1 Noch vor wenigen Jahren bezeichneten die Kinder ein tiefes Loch in dem Petrusbach unter der Brücke (wohl Keller des ersten Hauses der Deutschherren), gegenüber der alten Kirche, als eine alte Räuberhöhle.

Hirtenstab in der Linken und Rosenkranz in der Rechten, darunter der Name St. Wendelin. Unter dieser Figur steht folgende Inschrift:

Tröst dich hieby
mein frommer
Christ, Wann dir
auff Erde übel
ist. – 1738.

An der linken Seitenwand der Kapelle ist eine ungefähr fünfzig Zentimeter hohe, in Holz gearbeitete Gruppe angebracht, welche drei, auf einem Esel sitzende Jungfrauen vorstellt. Sie sitzen alle drei nach Art der Frauen auf, die Gesichter nach der rechten Seite gewendet, wie des Esels Kopf. Die mittlere hat die Augen mit einer weißen Stirnbinde verbunden und zeichnet sich durch besonders langes Haupthaar aus. Alle drei halten die linke Hand auf die Brust und die rechte graziös erhoben und fern.

Fünfzig Schritte taleinwärts befindet sich die S. Quirinusgrotte und der Quirinusbrunnen. Die Ortstradition, welche von uns mündlich aufgenommen worden, weiß folgendes von diesen Merkwürdigkeiten zu erzählen.

Die jetzige St. Quirinuskapelle war ohne alle Widerrede ursprünglich eine Räuberhöhle. Einst hauste dort eine Alte mit ihren drei Söhnen, welche das verruchte Räuberhandwerk trieben. Drei Jungfrauen, welche einst des Weges kamen, wurden von ihnen angefallen, geplündert und gemartert; sie entkamen auf ihrem Esel und ließen die Kapelle an der Straße mit der beschriebenen Gruppe als ex voto errichten. Die Stirnbinde der mittleren Jungfrau bedeutet, daß sie an der Stirne verwundet war.

Ein andermal kam auch ein Herr mit seinem Diener dahergeritten. Da sie müde waren, kehrten sie in die Räuberhöhle ein. Die Alte war allein, denn ihre Söhne waren auf Raub aus. Die beiden Gäste begehrten ein Nachtmahl von der Alten, und während diese damit beschäftigt war, hörten der Herr und sein Diener, wie das Pferd des Herrn mit dem Fuße scharrte. Hierdurch argwöhnisch gemacht, untersuchten sie die Stelle, wo das Pferd stand, und sieh, es lagen eine Menge Leichname dort unter der Erde vergraben. Sie wußten nun, wo sie waren, bereiteten sich zur Gegenwehr, und als die Räuber zurückkamen, schossen sie zwei davon tot; der dritte entfloh. Die Alte aber empfand Reue über ihre Frevel und gestand alles. Sie führte die Fremden noch an einen anderen Ort unfern
490 der Hütte, genannt »beim Markstein« oder »beim Kreuz« wo viele Ermor-

dete begraben lagen. Die frühere Räuberhöhle ist später erst eine Einsiedelei geworden.

In Bezug auf den Brunnen und die drei Jungfrauen vernahmen wir noch folgendes:

Drei Nonnen, welche mit Skrofeln behaftet waren, wallfahrteten nach Luxemburg, um dort von der Mutter Gottes Heilung ihres Übels zu erlangen. Als sie in die Nähe des Quirinusquells kamen, saßen sie von ihrem Esel ab und labten sich an dem frischen Wasser, denn sie empfanden großen Durst. Aber sieh, kaum hatten sie eine Handvoll des Wassers genossen, waren sie von ihrem Übel geheilt. Sie dankten Gott inbrünstig und gelobten, diese wunderbare Heilung durch ein Standbild zu verewigen. Als sie aber in der Stadt angelangt waren und am Kloster abstiegen, sahen sie, daß die Nonnen bereits am Abendtisch saßen. Sie fürchteten sich daher und schämten sich, und keine wollte vorangehen. Endlich sagte eine von ihnen: »So verbindet mir die Augen, dann will ich vorangehen.« Dies geschah. Weil aber die beiden anderen sie nicht allein gehen lassen wollten, nahmen sie dieselbe in die Mitte.[1]

Von dem Tage an ward der Quirinusbrunnen berühmt, und er erwies sich fortan heilkräftig gegen Skrofeln, Hautausschläge und Augenkrankheiten. Jährlich am fünften Sonntag nach Ostern (Mai) wallfahrtet man zur Quirinuskapelle, opfert Kinnbacken oder sonstiges getrocknetes Schweinefleisch und füllt die Flaschen mit dem Wasser des Quirinusbrunnen.

J.B. Klein, Pfarrer zu Dalheim

1026. Gründung der Abtei zu Clairefontaine.

Als einst die Gräfin Ermesinde von Luxemburg auf ihrem Schlosse Bardenburg weilte und in dessen Nähe lustwandelte, setzte sie sich an den Rand einer Quelle in den Schatten einer dichtbelaubten Eiche, um, da der Spaziergang sie ermüdet hatte, etwas auszuruhen. Bald war sie eingeschlafen, und hatte folgenden Traum. Sie sah eine hohe und ausnehmend schöne Frauengestalt mit einem Kinde auf dem Arme von der nahen Anhöhe herabsteigen und der Quelle, an welcher die Gräfin saß, zuschreiten. Entzückt über diesen Anblick, bemerkte Ermesinde plötzlich, wie sich eine Herde Lämmlein um die schöne Gestalt scharte. Auf Rücken

1 Hierauf anspielend, schicken die Mütter, wenn ein Kind zu spät zum Essen kommt, dasselbe zu den drei Jungfrauen speisen.

und Brust waren die Lämmer mit einem zweihandbreiten, schwarzen, skapulierähnlichen Streifen gezeichnet, sonst war ihr ganzer Körper weiß wie Schnee. Die Gräfin bemerkte, wie die himmlische Gestalt mit besonderem Wohlgefallen die Lämmlein betrachtete und eins nach dem anderen
491 streichelte. Da plötzlich verschwand die Erscheinung, und sie erwachte.

Überzeugt, daß Gott, der oft im Traume den Menschen seinen Willen offenbarte, auch ihr etwas Geheimnisvolles habe andeuten wollen, suchte sie einen Einsiedler auf, der im Geruche der Heiligkeit stand und abgeschieden von der Welt an dem Orte lebte, wo sich später die Abtei Clairefontaine erhob. Nach einem kurzen Gebete erhob sich der Klausner und sagte: »Ihr Traum, hohe Frau, ist wunderbar. Die Frau, die Ihnen erschienen, ist die allerseligste Jungfrau Maria, und die schwarzgestreiften Lämmlein bedeuten Jungfrauen, welche sich unter dem Ordensgewande des hl. Bernhardus dem Herrn geweiht haben. Die hl. Jungfrau ist diesem Orden besonders zugetan und ist dessen mächtige Beschützerin. Gründen Sie an diesem Orte eine Abtei; ein verdienstvolleres Werk können Sie nicht vollbringen. Heilige Jungfrauen werden dort ewig des Herrn Lob singen, und an ihren Verdiensten werden Sie und ihre Nachkommen Anteil haben.«

Ermesinde nahm diese Deutung wie einen Orakelspruch entgegen und schickte sich sofort an, an diesem Orte eine Kirche und ein Frauenkloster zu gründen. Nachdem die Kirche erbaut war, ließ man dort ein Bild malen, auf dem man die Erscheinung, welche Ermesinde an der Quelle gehabt, mit allen Nebenumständen darstellte.

Bertholet, Histoire ecclés. et civile du duché de Luxembourg IV, 425

1027. Kirche und Dorf Weyer (Gemeinde Fischbach).

Die Kirche von Weyer wurde durch den Prinzen von Schwarzenburg, der vor etwa siebenhundert Jahren auf dem Schlosse zu Fischbach wohnte, erbaut und zwar durch folgende Veranlassung.

Des Schloßherrn Schwester traf einst auf einem Spaziergange eine halbe Stunde unterhalb Fischbach einen Weiher an, in dem sie ein Muttergottesbild fand. Ihr Bruder, ein sehr frommer Mann, ließ an dieser Stelle eine Kapelle erbauen, in welcher die Madonna aufgestellt wurde. Nach und nach siedelten sich um diese Kapelle Leute aus der Umgegend an, zumal der Prinz von Schwarzenburg die Kolonie begünstigte. Es entstand auf diese Weise das Dorf, das zum Andenken an den Fund den Namen Weyer annahm.

Der Prinz ließ sich eine Gruft unter dem Muttergottesbilde bauen und ward auch dort begraben. Er schenkte dem Dorfe mehrere schöne Waldungen, an denen diese Gegend so reich ist. Dieselben gingen dem Dorfe aber wieder verloren in den Wirren, welche Napoleons I. Kriege über unser Land brachten. Zugleich kam der Brauch auf, aus den umliegenden Ortschaften einen Bittgang nach dem Muttergottesbilde zu Weyer zu halten, um Regen zu erbitten, ein Brauch, der auch heute noch besteht.

Zollbeamter J. Wolff

1028. Die St. Hubertuskirche zu Peppingen.

Vor alten Zeiten hatte König Pipin an der Stelle, wo jetzt das Dorf Peppingen steht, sich ein Jagdschloß mit einem Kirchlein erbauen lassen.
Nach Pipins Tode siedelten Bewohner der Umgegend sich um das Schloß 492
herum an, und so entstand ein Dorf, das von Pipins Jagdschloß, dem es seinen Ursprung verdankt, den Namen Peppingen erhielt. Pipins Erben schenkten dem Dörfchen die Schloßkirche. Um den fürstlichen Gebern ihren Dank auszudrücken, wählten die Bewohner zum Patron der Kirche den hl. Hubertus, Pipins Vetter, weshalb auch das Kirchlein den Namen Hubertuskirche trägt.

J. Engling, Manuskript, 290

1029. Ursprung der Girsterklause.

Nach einer alten, zugleich schriftlichen und mündlichen Überlieferung verdankt das Heiligtum zu Girst seinen Ursprung dem gräflichen Geschlechte von Klerf, das von jeher eine besondere Verehrung zur jungfräulichen Gottesmutter hegte, und dem damals auch das Rittergut von Girst zugehört haben soll. Auf diesem einsamen Besitz, so erzählt die Überlieferung, wohnte gegen Ende des dreizehnten Jahrhunderts der junge, gottesfürchtige Elbert mit seiner Mutter, der verwitweten Gräfin von Klerf, deren erste Sorge war, ihren Sohn in der Gottesfurcht zu erziehen und ihm eine innige Verehrung zur allerheiligsten Gottesmutter einzuflößen. Der junge Elbert verweilte denn auch stundenlang in dem Haselgehölze vor dem Muttergottesbilde von der Haselstaude.

Kaum zwanzig Jahre alt, zog Elbert mit Ludwig dem Heiligen aus, um im Morgenlande für die Befreiung des heiligen Landes zu kämpfen. Der junge Ritter ward jedoch gefangen und geriet in die Hände eines fanatischen Muselmannes, der alle Mittel anwandte, ihn zum Abfall vom Glauben zu bewegen; und da Versprechungen, dann Drohungen ohne Erfolg blieben, wandte der Unmensch die Folter an. Dabei wurden die Gebeine des Unglücklichen derart zermalmt, daß er sich nur mehr auf Krücken fortbewegen konnte. Selbst in diesem Zustande mußte er schwere Ketten nachschleppen.

In seinen Leiden gedachte er des von ihm verehrten Muttergottesbildes von der Haselstaude und gelobte der hl. Jungfrau durch ein feierliches Gelübde, daß, wenn er aus den Händen der Ungläubigen nach der fernen Heimat entkommen werde, er ihr zu Ehren und zum ewigen Andenken ihrer Güte auf seinem freiherrlichen Besitze von Girst ein würdiges Heiligtum erbauen wolle. Und o Wunder! als er am anderen Morgen seine Augen öffnete, befand er sich in einem Haselgebüsche; neben ihm lagen Krücken und Kette, er selber aber konnte wie vordem in jugendlicher Kraft einherschreiten. Seine Augen fielen auf das ihm bekannte und hochverehrte Muttergottesbild von der Haselstaude, vor dem er dankend auf die Kniee sank. Hatte sie ihn ja an den Ort versetzt, der ihm von jeher so teuer war!

Um sein Gelübde zu erfüllen, beschloß Elbert, das Kirchlein in seinem
493 Dörfchen Hinkel zu erbauen. Doch was man am ersten Tage aufgebaut hatte, war am andern Morgen verschwunden; und als man, erstaunt darüber, die Gegend durchsuchte, fand man das begonnene Mauerwerk auf der Anhöhe von Girst in dem Haselgehölz der Muttergottes wieder und zwar an derselben Stelle, wo sich Ritter Elbert so selig in der Heimat wiedergefunden hatte. Durch diesen geheimnisvollen Wink von oben war nun die Stelle bezeichnet, an der die Kirche sich erheben sollte. Nach Vollendung des Baues ließ der dankbare Ritter an einem Pfeiler im Chore seine Kette und eine Krücke aufhängen, er selbst aber bewahrte die andere zur Erinnerung an seine wunderbare Befreiung.

Nach J. Prott, Luxemburger Marienkalender, Jahrgang 1880, 9 f.

1030. Das Gnadenbild in der Girster Klause.

Ein junger Mann aus Dickweiler, so berichtet uns eine alte Volkssage, wurde in der Türkei im Kriege gefangen genommen, geknebelt und mit Ketten beladen in einen tiefen, dunkeln Keller geworfen. In dieser Not nahm er, wie der junge Elbert, seine Zuflucht zu der von ihm verehrten Muttergottes von Girst und gelobte, daß, wenn er befreit würde und das

Glück hätte, seine Heimat wiederzusehen, er in der Muttergotteskirche von Girst soviel Wachs opfern wolle, als er mit seinen Ketten wiege. Darauf betete er und schlief ein; und als er am andern Morgen erwachte, lag er in seinen Ketten auf »Steil« bei Burschdorf, oder, wie andere abweichend berichten, auf der Anhöhe von Girst in der Nähe des Heiligtums, an jener Stelle, die am Rande des nach Dickweiler führenden Weges noch heute mit einem Kreuze bezeichnet ist. Um sich seines Gelübdes zu entledigen, ließ er sich sogleich abwägen, und sieh da, – ein zweites Wunder! – samt den Ketten wog er nur drei Pfund. Er opferte daher eine dreipfündige Kerze, ließ seine Ketten auf Girst liegen und wanderte freudig der Heimat zu.

J. Prott, Luxemburger Marienkalender, Jahrgang 1880, 17

1031. Die Nitteler Kapelle.

Oben auf dem Nitteler Berg stand vor alten, alten Zeiten ein Lager, worin ein Feldherr mit 80000 Mann weilte. Eines Tages wurde er durch einen Brief des Kaisers aufgefordert, gegen die Türken zu ziehen. Er hob sein Lager auf und zog fort ins Türkenland mit seinem ganzen Heere. Da aber die Türken klüger und tapferer waren, als seine Soldaten, so wurde er in der Schlacht besiegt und mit allen, die nicht gefallen waren, gefangen genommen. Am folgenden Tage sollten alle von den Türken ermordet werden. Sie wurden in eine alte Kirche eingesperrt und mußten sich hungrig und durstig dort niederlegen. Da sie todmüde waren, so schliefen sie bald ein. Dem Feldherrn träumte, er sehe den Moselstrom bei Nittel; dann träumte er weiter, er sehe, wie die Türken seine Krieger abschlachteten und wie das Blut stromweise dahinfließe. In seiner Angst tat er im Traume das Gelübde, auf der Nitteler Höhe eine prächtige Kirche zu erbauen und alles Wasser, dessen man bedürfe, um die Kalk-
speise zu machen, auf seinem Rücken aus der Mosel bis auf die Spitze 494
des Berges zu tragen, wenn Gott ihm das Glück gebe, noch einmal dort mit seinem Heere zu lagern. Als er früh morgens die Augen aufschlug, sah er den schönen Moselstrom und befand sich mit seinen noch lebenden Kriegern auf dem Berge. Sein Gelübde zu erfüllen, begab er sich sogleich ans Werk. Als man aber das Fundament gegraben, sprang eine armdicke Quelle hervor, so daß man zum Bau der Kapelle Wasser in Fülle hatte.

N. Gonner

1032. Die Schönfelser Klause.

Ungefähr eine Viertelstunde vom Schlosse Schönfels entfernt steht auf dem Berge, an dessen Fuße sich das Wichtelchesloch befindet, eine Kapelle, die Schönfelser Klause, deren Ursprung folgende Sage erzählt:

In dem alten Schlosse von Schönfels wohnte eine reiche Herrschaft, die nur den Sommer hier zubrachte. Der Schloßherr vergnügte sich oft mit zahlreichen Gefährten in den umliegenden großen Waldungen auf der Jagd. Eines Tages begleitete dieselben auch die Schloßfrau mit ihrem Söhnchen Ehrhard. Während die Dame eine Zeitlang dem Treiben der Jagd zusah, entfernte sich das Söhnlein spielend und Blumen suchend. Als die Mutter sich nach dem Kinde umsah, war es verschwunden. Ängstlich ging sie umher, rief und suchte vergebens. Endlich eilte sie den Berg hinunter und fand unten das Kind, das ihr unversehrt entgegenlächelte, auf dem Rasen sitzen. Es war von oben herab in eine tiefe Schlucht gefallen, ohne sich ein Leid zu tun. Die schützende Hand Gottes hatte es gerettet: beim Sturze sei, heißt es, ein Engel herangeschwebt, habe das Knäblein ergriffen und zum Fuße des Felsens heruntergetragen. Zum Zeichen des innigen Dankes erbaute die Herrschaft die »Schönfelser Klause« zu Ehren des hl. Schutzengels auf der Felsenhöhe, von der das Knäblein herabgestürzt war.

1033. Kirche und Dorf Binsfeld.

Auf der Stelle, wo sich jetzt die Pfarrkirche von Binsfeld erhebt, dehnte sich einst ein breiter und tiefer, von Wald umgebener Morast aus. Daß man das Gotteshaus gerade in den Sumpf hineinbaute, dazu gab ein Unfall Anlaß. Der einzige Sohn der gräflichen Familie von Weiswampach war einst auf der Jagd einem stattlichen Hirsche auf der Spur und, trotz des Abmahnens seiner Gefährten, sprengte er, um den Weg abzukürzen, mitten in den Sumpf hinein. Roß und Reiter versanken im Schlamm und kamen nicht mehr zum Vorschein. Zur Seelenruhe des Verunglückten ließ der Graf von Weiswampach den Morast trocken legen und auf Brettern ein Gotteshaus errichten, in dessen Nähe sich mehrere Familien ansiedelten, und so entstand das Pfarrdorf Binsfeld.

Zollbeamter J. Wolff

1034. Die Hubertusstiftung zu Bürden.

Das Fräulein von Burscheid hatte sich einst, nur von ihren Hunden begleitet, in den Wald begeben. Plötzlich rauschte es in den Hecken, und 495
ein rasender Hund stürzte sich mit schaumbedecktem Maul auf das Fräulein los. In ihrer Angst betete sie zu Gott und gelobte, dem hl. Hubertus ein Kirchlein zu erbauen, falls sie gerettet würde. Ihr Gebet wurde erhört; nur ihren Hund hat der rasende totgebissen. Sie erfüllte ihr Versprechen und erbaute zu Bürden eine Kapelle zu Ehren des hl. Hubertus.

J. Engling, Manuskript, 213

1035. Schloß zu Bürden.

Bei Bürden soll ein Schloß gestanden haben, worin eine Prinzessin gewohnt habe. Diese fiel in eine schwere Krankheit und ging in die Kapelle von Bürden, wo sie für ihre Genesung betete. Sie ward auch sofort gesund. Als sie starb, vermachte sie der Kapelle von Bürden all ihr Land. In diesen Ländereien findet man noch heutzutag alte, römische Gegenstände.

1036. Das St. Nikolausbild zu Ehnen.

A. Dem Dorfe Ehnen gegenüber befindet sich am Ufer der Mosel ein Heiligenhäuschen oder vielmehr nur eine ziemlich große Nische mit dem Bilde des hl. Nikolaus, des Patrons der Schiffer. Auf einem ragenden Felsensockel erbaut, erhebt sich dasselbe hart an einer jetzt in ein sanftes Gefälle zerteilten, ehemals aber sehr reißenden und gefährlichen Strömung, die mit Tosen ihre Wellen an dem weithinreichenden, schroffen und zackigen Felsenufer brach. Das zerklüftete Gestein war mit Bäumen und Sträuchern aller Art bewachsen und von kreischenden Dohlen und Reihern beständig umschwärmt. Der ganze Ort trug samt dem mit dunklem Tannenforst bekleideten Berggehänge, an das er sich anlehnt, ein wildromantisches Gepräge.

Als beim Bau der Moselbahn vor etwa acht Jahren das Felsenufer durchbrochen und abgeholzt wurde, erhielt der Ort ein völlig verändertes Aussehen und büßte seine vormalige Naturschönheit vollständig ein. Der schrille Pfiff der Lokomotive hat nicht nur das krächzende Gefieder, sondern auch die buntbewimpelten Schiffe auf dem Strome und mit ihm das ganze rührige Leben, das darauf herrschte, für immer verscheucht. Das Heiligenhäuschen selbst blieb wohl dabei ziemlich unberührt, sieht aber nicht mehr, wie ehedem, von freier Warte herab, sondern lugt gleichsam nur aus der angeschütteten Böschung hervor.

Als dasselbe vor einiger Zeit baufällig geworden war, wurde es von Wasserarbeitern im Jahre 1865 restauriert und mit einer Inschrift versehen, die eine unrichtige Vorstellung von dessen Ursprung geben mußte. Wir erzählen hier seine Entstehung nach einer schriftlichen Überlieferung, die sich weiter daranknüpfenden Ereignisse aber nach Traditionen, wie sie sich unter dem Volke erhalten haben.

Es war im Herbst des Jahres 1764, als Johann Peter Kull (Kohl) und Mathias Kiefer, beide Einwohner aus Ehnen, mit einem schwer mit
496 Trauben beladenen Nachen die Mosel heraufgefahren kamen. Als der Nachen in dem gefährlichen Ehnener Wehr angekommen war, schlug er mitsamt den gefüllten Kufen plötzlich um, und Kiefer stürzte ins Wasser. Kull, der auf dem Ufer an der Leine zog, konnte seinem unglücklichen Gefährten nicht zu Hilfe kommen, ohne sein eigenes Leben einem sicheren Tode preiszugeben. Der des Schwimmens unerfahrene Kiefer rief vergebens um Hilfe und kämpfte mit aller Anstrengung in den reißenden Wellen um sein Dasein. Gleichwohl bewahrte er in dieser schrecklichen Lage noch Geistesgegenwart genug, um sich unter anderen dem hl. Nikolaus zu empfehlen und gelobte, falls er gerettet würde, am Ufer des gefährlichen Wassers das Bildnis zur Verehrung aufzurichten. Sein Vertrauen wurde durch eine glückliche Rettung belohnt, und er ermangelte nun auch nicht, alsbald sein Gelöbnis auszuführen und das Heiligenhäuschen zu erbauen, von dem wir gesprochen haben. Seit jener Zeit schirmt der hl. Nikolaus die dort vorüberziehenden Schiffer, die sich seinem Schutze empfehlen.

Aus Dankbarkeit unterließen es Kiefer und seine Nachkommen bis zum heutigen Tage nicht, immer eines ihrer Kinder auf den Namen des hl. Nikolaus taufen zu lassen und alljährlich am Vorabend seines Festes in der Heiligennische eine brennende Kerze zu opfern. Sobald diese übers Wasser schimmert, eilt jung und alt vor das Dorf, um sie zu sehen; die Kinder aber freuen sich dann besonders darob, daß der hl. Nikolaus nun mit schwerbeladenem Esel seine Nische verlasse und ihnen eine reiche Bescherung bringe.

B. Im Jahre 1764 kamen zwei Ehnener Winzer, Joh. Pet. Kohl und Wilh. Kieffer, mit Trauben in einem kleinen Kahne die Mosel heraufgefahren. Als sie am sogenannten Wehr, etwa zwanzig Meter unterhalb Ehnen, angelangt waren, drohte der Nachen plötzlich zu versinken. In dieser äußersten Gefahr flehten die beiden Winzer zum Patrone der Schiffer, dem hl. Nikolaus, und gelobten, falls sie mit dem Leben davonkämen, ein Bild des Heiligen am Ufer der Mosel aufzustellen und jedes Jahr, am sechsten Dezember, eine brennende Kerze vor das Bild zu stellen. Und sieh! kaum hatten sie dies Gelübde gemacht, als der Nachen, wie von unsichtbarer Hand geleitet, auf den Wellen sicher dahinglitt, sich wandte und stromabwärts trieb. Die Winzer waren gerettet.

Einige Monate später stand in einer Nische, die in einer am rechten Moselufer erbauten Mauer angebracht worden, eine schöne, aus Holz verfertigte Statue des hl. Nikolaus. Und jedes Jahr, am St. Nikolausfeste, wird von den Nachkommen der Geretteten eine brennende Kerze vor das Bild hingestellt, das sich jetzt in einer Art Kapelle im Felsen befindet.

Wenige Jahre nachher ereignete es sich, daß das Bild durch die Wogen
der hochangeschwollenen Mosel mitfortgerissen wurde. Einige Fischer 497
sahen dasselbe unterhalb Wormeldingen aufrechtstehend auf dem Wasser ruhig dahingleiten. Sie erkannten das Bild und brachten es nach Ehnen zurück.

Als zu Anfang unseres Jahrhunderts die Franzosen auf ihrem Rückzug aus Deutschland teilweise auch durch unser Land kamen, schossen einige Soldaten nach dem Bilde; heute noch ist in des Heiligen Mantel das Loch einer Kugel zu sehen.

Die Kinder des Dorfes glauben, der hl. Nikolaus verfertige Backwerk für sie am jenseitigen Ufer, wenn sie an den paar dem Feste des Heiligen vorhergehen den Abenden die Kerze vor dem Bilde brennen sehen.

Die Schiffsleute ziehen, wenn sie am Bilde vorbeifahren, ehrfurchtsvoll ihre Schiffsmütze ab, unterbrechen ihr gewöhnliches Fluchen und scheinen zu beten.

C. Einst fuhr ein französischer Kaufmann mit drei schwerbeladenen Schiffen die Mosel herauf. Als die Steuerknechte, wie üblich, vor dem Heiligenbild ihre Hüte abzogen und still ihr Gebet verrichteten, spottete ihrer der Franzose und höhnte und lästerte in jeglicher Weise den hl. Nikolaus.

Die Schiffsknechte verwiesen ihm dieses ungezogene Benehmen und sagten ihm voraus, daß der Heilige ihn gewiß dafür bestrafen werde.

Wegen vorgerückter Tageszeit mußte man in Ehnen übernachten. Gegen Mitternacht trennte sich, man wußte nicht wie, das letzte Schiff von den übrigen und trieb langsam stromabwärts. Die Tochter des Kaufmanns, welche allein in der Kajüte des größten Schiffes zurückgeblieben war, gewahrte es und lief eiligst zur Herberge, um ihren Vater zu wecken und nach Hilfe zu rufen. Ehe diese jedoch ankam, scheiterte das Schiff am Felsen des hl. Nikolaus und versank mit der ganzen, teueren Ladung in die Tiefe. Der Kaufmann lief wie wahnsinnig am Ufer umher und raufte sich die Haare ob des großen Verlustes, den er erlitten. Als man ihn an sein unehrerbietiges Betragen gegen den Heiligen erinnerte, schwur er öfters hoch und teuer, daß er in seinem ganzen Leben den hl. Nikolaus nie mehr lästern werde.

D. Ein Schiffer hatte, um das Ehnener Wehr hinaufzugelangen, große Mühe und geriet immer mehr in Gefahr zu verunglücken. Um sich den Beistand des hl. Nikolaus zu erflehen, gelobte er, wenn der ihm helfe, in der Kirche zu Ehnen eine Kerze zu opfern, so hoch und so dick wie der Mastbaum seines Schiffes. Sogleich verminderte sich zusehends die Gefahr. In demselben Maße aber, wie die Gefahr abnahm, verkleinerte sich auch die versprochene Kerze, und als das Schiff endlich ganz gerettet war, lachte der Schiffer und rief: »Nein, Nikläschen, jetzt kriegst du gar nichts!«
498 Als aber der Schiffer einige Zeit später an derselben Stelle wieder in große Bedrängnis geriet, versank sein Schiff in die Tiefe, noch ehe er den Heiligen anrufen konnte.

E. Ein anderer Schiffer, der den Strom hinabfuhr und das Nikolausbild bei Ehnen verhöhnte, verunglückte bei Trier, wo seine Schiffe an den Pfeilern der Moselbrücke zerschellten.

F. Als einst die Mosel sehr hoch angeschwollen war, wurde das Bild des hl. Nikolaus von den Fluten emporgehoben und trieb aus seiner Nische den Strom abwärts. Ein Schiffer jedoch, der dem Heiligen stets eine große Verehrung bewies, entdeckte es im Wasser, eine kleine Strecke oberhalb Trier, und brachte es wieder an seinen Ort zurück.

Lehrer Linden zu Rollingen

1037. Die Kapelle bei Ehnen.

Ein Ritter wurde von den Feinden hart bedrängt, und diese waren ihm dicht auf der Ferse, als er in rasendem Galoppe dem Moselstrome zujagte. Er war fest entschlossen, lieber den Tod in den Wellen zu erleiden, als in einem dunkeln Kerker sein Leben zu verschmachten. In dieser Not flehte er zum Beschirmer der Schiffer, dem hl. Nikolaus, und gelobte ihm, eine Kapelle an das Ufer zu bauen, wenn er ihm in dieser Gefahr beistehe und er mit seinem Pferde glücklich an das jenseitige Ufer gelange.

Der Ritter sprengte bei der Hüttermühle in den Strom, wurde gerettet und hielt treu sein Versprechen. Jährlich am St. Nikolausfeste brennen zwei Wachslichte vor dem Bilde des Heiligen, der seine Kapelle am linken (?) Ufer des Flusses in einem Felsen hat. Die Kirche von Ehnen ist verpflichtet, diese Wachslichte an Ort und Stelle zu besorgen und anzuzünden.

N. Gonner

1038. Die Kapelle im Felsen bei Wasserbillig.

Von dem hohen Felsen bei Wasserbillig sprengte einst ein vom Feinde verfolgter Ritter, nachdem er sein Leben Gott befohlen mit seinem Pferde in den Moselstrom hinab.

Glücklich kam er hinunter und erreichte mit seinem Pferde das jenseitige Ufer. Die Hufeisen des Pferdes sind noch im Felsen ausgezeichnet. Zum Dank ließ der Ritter die Kapelle in den Felsen einhauen, und ist solches auch dort zu lesen.

N. Gonner

1039. Die Reiterleh zu Marienthal.

Gegenüber dem ehemaligen Kloster Marienthal, am rechten Eischufer, erhebt sich, ungefähr zwei Meter von der Felswand entfernt, ein etwa dreißig Meter hoher, vereinzelt stehender Felsen, bekannt unter dem Namen Reiterleh. An diesen Felsen knüpft sich folgende Sage.

Ein edler und tapferer Ritter wurde einst von seinen Gefährten abgeschnitten und von Feinden umringt, die ihn immer mehr nach dem 499
Felsengürtel am rechten Eischufer hindrängten, so daß er den Tod vor und hinter sich sah: hinter sich die grimmigen Feinde, vor sich den tiefen Abgrund. In dieser Not beschloß er, den gefährlichen Sprung in die Tiefe zu wagen, und machte das Gelübde, soviel Pfund Wachskerzen der Klosterkirche von Marienthal zu schenken, als er in voller Rüstung samt seinem Pferde wiege, falls er mit dem Leben davonkäme. Rasch drückt er dem Pferde die Sporen in die Weichen, setzt auf die Reiterleh hinüber und dann hinab in die Tiefe. Unten angekommen, versank das Pferd bis über die Kniee in den Boden, doch rasch hat es sich wieder herausgearbeitet, und im Galopp ging's weiter. Nach anderer Mitteilung setzte das Pferd den Ritter sanft auf den Boden nieder, ohne daß beiden das gering-

ste Leid geschah. Der Ritter dankte Gott für die wunderbare Rettung und begab sich ins Kloster, um sich abwägen zu lassen. Da sieh! er wog samt dem Pferde nur ein Pfund, (nach anderen drei, und nach anderen fünfundzwanzig Pfund).

Oben auf dem Felsen, von wo der Reiter sich in die Tiefe stürzte und der noch heute Reiterleh heißt, zeigt man noch zur Stunde den Abdruck des Hufeisens seines Pferdes.

1040. Gefährlicher Sprung.

Bei dem Dorfe Uren sprengte ein verfolgter deutscher Soldat mit seinem Pferde von der Spitze der Königslei, einem 250 Meter hohen Felsen, nachdem er ein Kreuz drein geschlagen, in die Tiefe und entkam glücklich über die Ur.

1041. Der Riesen- oder Rittersprung.

Eine Stunde von Vianden erhebt sich am Ufer der Ur, nahe dem Dorfe Uren, ein hoher, steiler Felsen, der Rittersprung genannt. Auf diesem Felsen war einst ein Ritter, der von seinen Feinden verfolgt wurde, angelangt und sah sich in seiner Flucht gehemmt: vor ihm gähnte der tiefe Abgrund und hinter ihm sprengten die Verfolger heran. In seiner Not flehte er zu Gott und versprach, falls er gerettet würde, auf dem Felsen eine Kapelle zu erbauen. Darauf setzte er kühn hinunter in die Tiefe und gelangte wohlerhalten ans jenseitige Ufer. Kaum war er jedoch der Gefahr entronnen, da lachte er wild auf und anstatt Gott zu danken, rief er höhnisch, es werde ihm nicht einfallen, eine Kapelle zu erbauen. Doch das Wort war kaum gesprochen, da überzog sich plötzlich der Himmel mit schwarzen Gewitterwolken, ein Blitz zuckte zur Erde und warf den Gotteslästerer tot nieder.

Seit dieser Zeit nennt das Volk den Felsen Riesen- oder Rittersprung.

1042. Christnach.

Nach vieljähriger Fehde zwischen den Herren von Fels und den Tempelrittern aus der Heringer Burg im Müllerthal berannten diese einst in
500 finsterer Nacht das Schloß von Fels und erstürmten es. Nachdem sie alles niedergemacht, das Schloß geplündert und in Brand gesteckt hatten, schleppten sie das Burgfräulein Christina als Gefangene mit auf die Räuberburg, um sie als Geisel des Friedens in engem Burgverließ

schmachten zu lassen. In ihrer harten Gefangenschaft flehte sie um Rettung zu ihrer Schutzpatronin und gelobte, falls sie den Händen ihrer Peiniger entkomme, ihrer Beschützerin zu Ehren ein Kirchlein zu erbauen. Voll Gottvertrauen hüllt sie ihren abgemagerten Leib in Lumpen und wagt den kühnen Sprung aus dem Kerkerfenster hinab in die grausige Tiefe. Und sieh! sie stürzt nicht, sie schwebt vielmehr wie auf Flügeln getragen dem Abgrund zu, unversehrt erreicht sie den Boden. Schnell eilte sie dann in der Richung nach Fels dahin, um den Feinden, die ihre Flucht bemerkt, zu entkommen. Auf halbem Wege gelangte sie zu den Ruinen eines Dianentempels, und da sie die Häscher in der Ferne herankommen sah, verbarg sie sich schnell in das zerfallene Gemäuer. In ihrem Verfolgungseifer stürmten die Häscher vorbei – Christina war gerettet. An dieser Stelle ließ die Jungfrau über den Trümmern heidnischer Götterverehrung das gelobte Kirchlein erbauen, und bald erhoben sich um dasselbe die Wohnungen vieler Ansiedler, die von nah und fern sich hier niederließen.

Zwar besteht schon lange Christinas Kirchlein nicht mehr, aber das nach ihr benannte Dorf Christnach, das sich um dasselbe angesetzt, erinnert ewig an des frommen Fräuleins Gründung.

J. Engling, Manuskript, 29

3. Bilder

1043. Das Kreuz in der Kreuzkapelle zu Grevenmacher.

Die östlich von Grevenmacher auf einer Anhöhe gelegene Kreuzkapelle wurde vor mehr als hundert Jahren erbaut und soll, der Sage nach, die Veranlassung der Errichtung derselben folgende gewesen sein.

Das noch heute auf dem Hauptaltar der Kapelle befindliche Kreuz ist aus Stein, fast zwei Meter hoch, hat Balken, die bis zwei Dezimeter im Gevierte haben, und trägt ein Christusbild in natürlicher Größe. Dieses Kreuz kam einst trotz seiner großen Schwere die Mosel stromabwärts geschwommen. Staunend lief alles Volk an das Moselufer und sah sich das Wunder an. Wie staunte man aber erst, als das Kreuz, gegenüber der Pfarrkirche angelangt, stehen blieb und zwar aufrecht, mit einem Arm auf den östlich von der Stadt gelegenen Berg hinzeigend. Dies alles schien den Zuschauern von wundervoller Bedeutung, und man beschloß, das Kreuz ans Ufer zu schaffen und in feierlicher Prozession in die
Pfarrkirche zu tragen. Aber dasselbe fortzuschaffen, war unmöglich, und 501

niemand wußte Rat. Da trat ein Mann, der frömmste der Gemeinde, hervor und bot sich an, das schwere Kreuz allein zur Kirche zu tragen. Er lud es auf, und zur größten Verwunderung aller Anwesenden trug er es mit sichtlicher Leichtigkeit in die Kirche. Unter feierlichen Gesängen und frommen Gebeten stellte man es neben dem Altar auf. Aber sieh! am folgenden Morgen stand es hinter der Türe, mit dem Arme wieder nach dem Berge zeigend. Dies wiederholte sich während mehreren Tagen, und man deutete es dahin, das Kreuz wolle auf dem Berg errichtet sein. Nachdem man es feierlich dort hinaufgetragen und aufgepflanzt hatte, beschloß man sofort den Bau einer Kapelle zur Aufnahme des geheimnisvollen Kreuzes. Nach einigen Monaten stand schon die Kapelle da, von den Einwohnern der Stadt an Sonn- und freien Arbeitstagen unentgeltlich erbaut. Sie erhielt den Namen Kreuzkapelle, und der ganze Berg wurde seither Kreuzerberg genannt. Alljährlich strömten zahlreiche Pilger dorthin zur Verehrung des Kreuzes; in den letzten fünfundzwanzig Jahren jedoch hat diese Wallfahrt bedeutend abgenommen, und nur mehr an den Feiertagen der Fastenzeit kommen Fremde, um auf dem Kreuzerberg zu beten.

Lehrer Wagner zu Grevenmacher

1044. Der Altar in der Helzinger Waldkapelle.

In der Helzinger Waldkapelle steht ein schöner Holzschnitzaltar, der, reichlich mit Zierat, und Bildwerk ausgestattet, das Leben Christi und der Gottesmutter Mariä darstellt: ein Denkmal, das, den kleinen Flügelaltar von Rodenborn ausgenommen, im Luxemburger Lande einzig in seiner Art ist und durch künstlerisch vollendete Ausführung sich kühn mit ähnlichen Erzeugnissen der mittelalterlichen Kunst in den umliegenden Ländern messen kann.

Wie und wann der Altar in den Besitz der Klause von Helzingen gekommen sein mag, darüber weiß man nichts Bestimmtes.[1] Unter dem Volke aber geht noch heute die Sage, der Altar komme aus dem Frankenlande und sei für eine Kirche in Belgien bestimmt gewesen. Als man aber an der Helzinger Heilsquelle vorüberfuhr, da tat die Himmelskönigin auf wunderbare Weise ihren Willen kund, hier am Saume eines Buchenwäldchens den Altar errichtet zu sehen. Man ließ nämlich die Ochsen an der Quelle trinken, und gleich wurden sie, wie durch eine unsichtbare

1 Aus der Abtei Stavelot (J. Dumont).

Macht, an den Boden gefesselt, und auch der Wagen, der die teuere Last trug, war durch kein menschliches Mittel mehr von Ort und Stelle zu bringen. Dies war für Volk und Geistlichkeit ein Wink von oben, ein über irdisches Gebot. Der Altar wurde sofort in der alten Kapelle an der Heilsquelle errichtet und vollendete die innere Ausstattung des Heiligtums, das von nun an den Gläubigen nicht nur Schätze der Hilfe, sondern auch erhabene Schätze der Kunst zu bieten hatte.

Pfarrer J. Prott, Luxemburger Marienkalender, 1878, 29 502

1045. Betborn.

A. Mitten im Dorfe Betborn befindet sich nicht weit von der Kirche ein Brunnen, der ein überaus klares und frisches Wasser liefert. Die Sage geht, der hl. Willibrord habe vorzeiten in diesem Brunnen getauft. Vor einigen Jahrhunderten, meldet die Sage weiter, habe plötzlich ein Muttergottesbild inmitten des Brunnens gestanden. Mehrere Versuche, das Bild an anderer Stelle unterzubringen, seien fruchtlos gewesen, indem dasselbe immer an seinen alten Standort zurückkehrte. Von nun an pilgerte man zahlreich von nah und fern zu dem Wunderbilde; der Brunnen wurde Betborn genannt und dieser Name auf das Dorf übertragen.

B. In dem zwischen Pratz und Platen gelegenen Tale spielten einst Knaben an einer Quelle und gewahrten plötzlich darin ein Muttergottesbild. Das Bild wurde ausgehoben und am Brunnen aufgestellt. Schnell hatte sich der Ruf von dem Wunder verbreitet, und scharenweise strömten die Pilger herbei, die Gottesmutter zu verehren und Abhilfe ihrer Leiden zu erflehen. Und da viele erhört wurden, nannte man den Brunnen Betborn.

Man beschloß nun, eine Kapelle zu erbauen und das Bild darin aufzustellen. Und sieh da, am anderen Morgen fanden sich Steine zum Bau der Kapelle am Brunnen aufgehäuft. Als man jedoch bald gewahrte, daß es die Steine waren, die man zu Pratz zum Bau einer Kirche zusammengetragen hatte, brachte man dieselben an ihren Platz zurück; aber o Wunder! am folgenden Morgen lagen alle Steine wieder an der Marienquelle. Es war nun offenbar, daß Maria an der Quelle, wo sie aufgefunden, verehrt sein wollte; dort ward also die Kapelle erbaut und ebenfalls Betborn genannt. Auch das Dorf, das nach und nach um die Kapelle erstand, erhielt diesen Namen.

Kapelle und Muttergottesbild aber sind längst verschwunden.

J. Engling, Manuskript, 210

1046. Der Wunderarm zu Niederwampach.

Seit undenklichen Zeiten besteht zu Niederwampach die Volkssage, daß in dem dortigen »Heiligen-Borne« vor vielen Jahrhunderten der Arm eines nicht näher bekannten Heiligen gefunden wurde. Dieser Arm sei jedoch später verlorengegangen und durch einen ähnlichen, hölzernen ersetzt worden. Von der Zeit an diente der hölzerne Arm als Reliquar, in welchem man bis zu unseren Tagen das »Heiltum« (Heiligtum) zum Kusse reichte.

J. Engling, der hl. Audoen, 51

1047. Das Bildchen zu Vianden.

A. Am 1. Mai des Jahres 994 hüteten mehrere Knaben ihre weidenden Ziegen an den Ufern der Ur, etwa eine Viertelstunde oberhalb Vianden. Zum Zeitvertreib zündeten sie ein Feuer an. Einer von ihnen war auf eine Eiche geklettert, um dürres Holz abzubrechen; da bemerkte er zwischen den Zweigen ein hölzernes Muttergottesbild, das er aushob und
503 jubelnd seinen Kameraden vorzeigte. Diesen aber schien das Bildchen wertlos, und sie warfen es ins Feuer. Allein das Bildchen verbrannte nicht, sondern strahlte unversehrt in wunderbarem Glanze. Die erschrockenen Knaben eilten nach Hause, und bald war der Vorfall in ganz Vianden bekannt. Zahlreich folgten die Einwohner der Geistlichkeit zur Stelle, wo ihnen das wunderbare Bild inmitten der Flammen entgegenstrahlte. In feierlicher Prozession brachte man die Statue nach Vianden, wo sie auf dem Hochaltare der Pfarrkirche zur Verehrung ausgestellt wurde, bis man ihr ein eigenes Kapellchen an dem Fundort erbaute; dort steht sie noch bis zur Stunde.

L'Evêque de la Basse Moûturie, 449

B. Vor vielen Jahren hütete der Ziegenhirt von Vianden in dem sogenannten Bonzelberge seine Herde. Als er am Abend hin und her kletterte, um seine Ziegen zur Heimfahrt zu sammeln, fand er in einer alten, moosigen Lay ein kleines Muttergottesbildchen. Er hob es aus, trug es unter dem Arme heim und übergab es dem Abte des Klosters von Vianden, der es sogleich in der Klosterkirche aufstellte.

Das Bildchen aber blieb nicht da. Am anderen Morgen war es verschwunden, und man fand es an seiner alten Stelle wieder. Ein zweites Mal zur Klosterkirche getragen, kehrte es auch ein zweites Mal an seinen früheren Ort zurück.

Man hielt es aber nicht für ratsam und bequem, das Bildchen in der hohen Lay zu lassen, und trug es in die nahegelegene Neukirche. Aber, o Wunder! als am anderen Morgen ein Priester in aller Frühe in die Kirche trat, um Messe zu lesen, war das Bildchen wieder verschwunden. Auch diesmal war es über Nacht zu seinem ersten Standort in der alten Lay zurückgekehrt. Das Röckchen war durchnäßt und unten am Saum vom Staube des Weges beschmutzt. Denn es war eine stürmische und regnerische Nacht gewesen.

»Das ist das Zeichen«, rief der Abt bei diesem Anblick aus, »daß die Muttergottes den Weg zu Fuß zurückgelegt hat, und daß sie an keiner anderen Stelle thronen will, als hier.« Und darauf verordnete er, daß man das Bildchen an der Stelle stehen lasse, wo es gefunden worden war.

Nun ließ man eine kleine Grotte in den alten Felsen hauen und stellte dort das Bildchen zur öffentlichen Verehrung aus. Von da an ward die Lay ein Zufluchtsort für alle. Unsere Liebe Frau erzeigte sich gar gnädig, so daß die Gläubigen von nah und fern sie gerne und häufig besuchten und vor ihrer bescheidenen Betstätte Trost und Hilfe fanden.

J. Prott, Pfarrer

1048. Der Marienbaum zu Marienthal.

A. Gemäß einer weit verbreiteten Sage war dieser Baum, wahrscheinlich eine Buche, von ungeheuerem Umfange und befand sich an dem nördlichen Sandfelsen. Schon im zehnten Jahrhundert soll er sich an Ort und
Stelle gefunden und das steinerne Muttergottesbild, das einst so hoch 504
verehrt und 1816 in einem Kapellchen des Marienthalerhofes aufgestellt wurde, in einer natürlichen Aushöhlung seines Stammes getragen haben.

J. Engling, Publications etc. XVI, 107

B. Jüngeren Ursprungs ist die folgende Sage. Gegen das Jahr 1230 besuchte Dietrich, Herr von Mersch, seine Besitzungen, die er im Eischtale unterhalb Hohlfels hatte. Da bemerkte er in einem hohlen Baume ein steinernes Muttergottesbild. Ehrfurchtsvoll hob er es aus und brachte es in sein Schloß. Aber tags darauf war das Bild verschwunden und zu seinem alten Standorte zurückgekehrt. Wieder ausgehoben und an sicheren Ort gebracht, kehrte es trotz aller Wachsamkeit zum zweiten und auch ein drittes Mal in den hohlen Baum zurück. Da ward es Dietrich klar, daß die hl. Gottesmutter sich dieses Tal zu ihrer Verehrung auserwählt habe; er ließ ihr deshalb dort eine Kapelle erbauen und die wunderbare Statue hineinsetzen. Als bald nachher die Gläubigen von nah und fern im Tal zur Verehrung der Gottesmutter zusammenströmten, sah er sich bewogen, dort auch ein Frauenkloster zu gründen. Tal und Kloster erhielten den Namen Marienthal.

Bertholet, Histoire du Duché de Luxembourg, V, 2

1049. Die Marieneiche auf dem Marienberg zu Ansemburg.

A. Der wohledle Herr von Ansemburg, so berichtet nach Herrn Dr. Nilles eine alte Ansemburger Familientradition, machte eines Tages einen Spaziergang nach dem gegenüberliegenden Berge, dem heutigen Marienberg. Zu seiner nicht geringen Überraschung fand er auf der Anhöhe an einem der dicksten Eichenstämme ein kleines Muttergottesbild, das ihm freundlich entgegenzulächeln und ihn zu sich zu rufen schien. Er trat mit seiner Begleitschaft näher hinzu, verrichtete knieend ein andächtiges Gebet zu Ehren der göttlichen Mutter, nahm das Bildchen ehrerbietigst vom Baume herunter und ließ es noch am nämlichen Tage nach der Pfarrkirche von Tüntingen bringen, wo demselben vom würdigen Pfarrer der ihm gebührende Platz angewiesen wurde. Am anderen Morgen jedoch war das Bild verschwunden, und schon vermutete man eine gottesräuberische Entwendung des Heiligtums, als gegen Abend ein Abgesandter des Herrn von Ansemburg das Bild mit der Versicherung zurückbrachte, man habe es vor einigen Stunden wieder am nämlichen Baume, wie tags zuvor, entdeckt. Als sich aber auch am zweiten und dritten Tage dasselbe wiederholte, und die trotz aller getroffenen Vorsichtsmaßregeln aus der Kirche verschwundene Statue sich jedesmal am nämlichen Baume wiederfand, da glaubte man den Finger Gottes nicht länger verkennen zu dürfen. Die Eiche samt dem ganzen Berg wurde nun dem Dienste der Mutter des Herrn geweiht. In den ungeheueren Stamm ward Altar und Kapelle eingehauen, dem Berge aber von dem Tage an der Name Marienberg gegeben.

Publications etc. XVI, 98

B. In der Nähe des Schlosses Ansemburg, an der Stelle, wo sich jetzt die 505
Muttergotteskapelle auf dem Marienberg erhebt, stand eine alte, ehrwürdige Eiche. Einst ging hier die Gräfin von Ansemburg spazieren und, von schwerem Kummer gedrückt, seufzte sie laut auf. Als sie sich der Eiche näherte, öffnete sich der Baum, und aus ihm trat ein niedliches Muttergottesbild, das der Gräfin sanft zuzulächeln schien. Sogleich rief sie ihre Dienerinnen, die sich in einiger Entfernung befanden, und befahl ihnen, das Bild in die Schloßkapelle zu tragen. Später ließ sie eine Kapelle an eben dem Orte erbauen, wo sie das Bild gefunden hatte, und dieses hineinsetzen.

Lehrer Conrad zu Hohlfels

1050. Das Gnadenbild zu Girst.

A. Die Muttergottesstatue, die sich jetzt in der Girster Klause befindet, stand vor uralter Zeit in einer alten Mauer inmitten einer Haselstaude an derselben Stelle, wo später das Kirchlein erbaut wurde. Dort entdeckten es Leute aus Rosport und trugen es ehrfurchtsvoll in ein Heiligenhäuschen in der Nähe ihres Dorfes. Am anderen Morgen aber war das Muttergottesbildchen wieder an seinem früheren Standorte. Nachdem man dasselbe so dreimal in das Heiligenhäuschen gebracht und es jedesmal an seinen alten Ort zurückgekehrt war, stellte man es in der Haselstaude auf, woher auch die üblichen Benennungen Maria von der Haselstaude, Unsere Liebe Frau von der Stauden, Muttergottes von der haselter Hecke, Benennungen, die noch gegen die Mitte des vorigen Jahrhunderts im Luxemburgischen gangbar waren, und womit man noch heute in der Eifel und auf dem Hunsrücken das Bild bezeichnet.

J. Prott, Luxemburger Marienkalender, Jahrgang 1880, 7

B. Ein Hirt aus der Umgegend von Girst, welcher einem von der Herde abgekommenen Rind nachspürte, vernahm auf einmal aus dem Dunkel des Laubes eine Stimme, welche rief: »Nimm mich mit!« konnte aber niemand um sich her gewahren. Da erhob er seine Augen himmelwärts, erblickte ein hellstrahlendes Madonnenbild auf einer hohen Eiche und vernahm wieder dieselbe Stimme und denselben Ruf. Sogleich erkletterte er den Baum und nahm das Bild herunter. Er wollte es mit nach Hause nehmen, allein als er zu einem Steinhaufen vor dem Walde kam, vermochte er das Bild weder vorwärts noch rückwärts weiter zu tragen;

daraus schloß er, es müsse demselben an dieser Stelle ein Obdach errichtet werden. So ward die jetzt noch bestehende Girster Kapelle erbaut.

J. Engling, Publications etc. XVI, 102

1051. Die Marieneiche am Crispinusfelsen.

Unter allen Gnadenbildern des Luxemburger Landes ist das Bild der Trösterin der Betrübten zu Luxemburg das bekannteste und weit und breit berühmt durch die Wunder, die bei demselben geschahen. Nach der Volkssage entdeckten im Jahre 1627 Zöglinge des Jesuitenkollegiums
506 auf einem Spaziergange am Bergabhang des Eicherberges, am Crispinusfelsen, in einer hohlen Eiche ein in Holz geschnitztes Marienbild. Sofort hoben sie ehrfurchtsvoll das Bild aus und brachten es in ihr Kollegium. Am nächsten Morgen aber fand es sich, daß das Bild an seinen früheren Platz zurückgekehrt war. Das wiederholte sich auch ein zweites Mal. Da beschloß man, das Bild unter dem Namen Trösterin der Betrübten in der durch die Sorgfalt der Jesuitenväter bald nachher vollendeten Marienkapelle vor dem Neutor in der Gegend des jetzigen Kirchhofes, unterzubringen. Dort verblieb dasselbe bis 1796, wo es nach Zerstörung der Kapelle in die Stadt gebracht wurde. Seitdem steht es auf dem Hochaltar der Hauptkirche zu Luxemburg, und zahlreiche Pilger strömen alljährlich in der Muttergottesoktave zum Bilde der Trösterin der Betrübten, seit 1667 Schutzpatronin des Luxemburger Landes.

1052. Das Marienbild vor dem Neutor zu Luxemburg **(Soldatensage).**

Einst stand vor dem Neutor eine Muttergotteskapelle, die weit und breit berühmt war durch die Wunder, die dort geschahen.

Als zu Ende des vorigen Jahrhunderts die französischen Sansculotten in Luxemburg einrückten und mit allem Heiligen Frevel trieben, steckten sie das wunderbare Marienbild in Soldatenkleider und führten es in Arrest auf die Hauptwache. Aber während der Nacht verließ das Marienbild die Wacht und schritt weinend durch die Straßen bis zum Neutor; dort öffneten sich rasselnd die Tore, und Maria kehrte in ihre Kapelle zurück.

v. Cederstolpe, 73

1053. Muttergottesbild zu Luxemburg.

Als man einst des schlechten Wetters wegen die gewöhnliche Prozession in der Muttergottesoktave unterließ, vollzog die Jungfrau Maria, den Gottessohn auf dem Arme, allein die Prozession. Am folgenden Morgen fand man das Muttergottesbild mit nassem und beschmutztem Gewande vor den Toren der Stadt, und Hirten erzählten, sie hätten in der Nacht eine wunderliebliche Musik vernommen, die vom Himmel herab zu tönen schien. Da beschloß man, in Zukunft die Prozession nie mehr zu verschieben.

J. Engling, Manuskript, 69

1054. Das Marienbild auf dem Wirtenberg.

Ein alter, frommer Greis ging einst den Wirtenberg hinan und fand dort ein Marienbild mit dem Jesukind auf dem Arm. Froh brachte es der Greis in die Dorfkirche. Anderes Tags jedoch war das Bild verschwunden und befand sich wieder an seiner alten Stelle, von Lichtschimmer umgeben. Man eilte zum Berg hinauf, und da erblickte man plötzlich eine Hand, welche ein großes Zeichen in den Sand machte. Hier erbaute man ein Kirchlein und barg dort das wunderbare Bild. Lange war es ein besuchter Wallfahrtsort; seit einem Jahrhundert aber ist Kirche und Wunderbild verschwunden.

J. Engling, Manuskript, 10 507

1055. Die Marienbuche zu Klerf.

Zu Klerf steht eine herrliche Muttergotteskapelle, würdig als Pfarrkirche zu dienen. Diese Kapelle enthält das gemalte Abbild einer sehr alten Muttergottesstatue aus Holz, welche, wie die Volksüberlieferung versichert, sich früher an der Stelle dieses Gebäudes auf einer hohen Buche befand und von dieser auf keinerlei Art wegzubringen war, bis für sie um die Mitte des vorigen Jahrhunderts der Gottesbau errichtet wurde.[1]

1 Im Hochwald, einer jetzt nackten Anhöhe bei Hesperingen, stand einst eine ehrwürdige Buche, auf welcher sich, wie die Volkssage meldet, das nun in der Pfarrkirche zu Hesperingen thronende Muttergottesbild befand. – Man versichert, daß die umfangreiche Eiche, die sich oberhalb Heisdorf am Saume des Grünenwaldes, in dem Waldteile des Herrn L. de la Fontaine, auf dem Himbeerknüppchen, neben einer ebenso enormen Buche befindet, eine Marieneiche gewesen sei. Jedenfalls steht fest,

J. Engling, Publications etc. XVI, 101

1056. Die Marieneiche bei Altrier.

Auf halbem Wege zwischen Altrier und Hersberg steht eine uralte, ehrwürdige Eiche, die einen Umfang von nahe zu sieben Meter hat, und in der eine 0,80 Meter hohe, 0,65 Meter breite, 0,70 Meter tiefe, durch ein Eisengitter verschlossene Nische angebracht ist. In dieser Nische steht seit Menschengedenken ein hölzernes Marienbild, genannt Maria im Walde oder kurzweg Bildchen.

Nach der Volkstradition stammt die Eiche Mariä im Walde aus der Zeit, wo Altrier noch eine Stadt gewesen ist. Die Marieneiche nehme, heißt es, trotzdem sie sich alljährlich von neuem mit Laub bedecke, dennoch weder zu noch ab und sei nicht umzuhauen; das Marienbild könne wohl auf eine Zeit, nie aber auf die Dauer aus seiner Nische verschwinden.

J. Engling, Publications etc. XV, 180ff.

1057. Das Muttergottesbild in der Trinitarierkirche zu Vianden.

Auf der Emporbühne der alten Trinitarierkirche zu Vianden ist ein höl-
508 zernes Muttergottesbild angeschraubt, worüber folgendes erzählt wird.

Vor vielen, vielen Jahren, so erzählt ein beinahe siebzigjähriger Greis, rüsteten sich die Mannen der Herrschaft Vianden zu einem großen

daß man häufig hiehin kam, um unter ihren Ästen zu beten. – Zwischen den Ortschaften Ehner und Schweich stand ehedem, bis zur ersten französischen Revolution, eine altehrwürdige Eiche, die noch 1861 lebende Personen gesehen haben. Das Bild, welches sie in einer Nische verbarg, war wie in dieselbe eingewachsen, von Statur klein, und versammelte zahlreiche Verehrer von nah und fern um sich. – Am Fuße des Kohlenberges nächst Beckerich erhob sich ein uralter, umfangreicher Eichbaum, der nicht zu verwechseln ist mit der noch bestehenden, dickstämmigen Eiche oberhalb desselben Ortes im Wald, an welche ein Bild der Schmerzensmutter mit dem vom Kreuze genommenen Heiland genagelt ist. Die erstgenannte Marieneiche enthielt in einer etwas über dem Boden angebrachten Nische ein Marienbild, das in hoher Verehrung stand. Vor diesem Marienbilde brannten die von den Gläubigen geopferten Kerzen und später eine Laterne bis zum Jahre 1813, wo beim Durchmarsche der Alliierten Eiche und Bild verschwanden. – Neben dieser Eiche stand eine Buche von gleicher Größe mit einer in sie geschnitzten Nische, in der ein Kruzifix hing. Dieser Baum teilte das Los der Marieneiche, und der Heiland wurde an einem danebenstehenden Kreuze angebracht.

J. Engling, Publications etc. XVI, 100ff.

Feldzuge in ein weitentlegenes Land. Bei ihrer Abreise aus dem Schloßhofe von Vianden trat der Geistliche in ihre Mitte und überreichte den Soldaten das Muttergottesbild, um dasselbe beständig vor Augen zu haben und so vor den Wilden (Afrikas?) sicher zu sein.

Auch nicht ein einziger der Viandener Mannen kehrte in die Heimat zurück.

Mehrere Jahre später kamen Mönche aus dem Trinitarierkloster von Vianden nach Afrika. Dort kauften sie einen Gefangenen los, welcher behauptete, der König des Landes habe ein wunderbares Muttergottesbild in seinem Besitze und bete dasselbe als einen Gott an. Die Mönche suchten sich des Bildes zu bemächtigen, was ihnen durch eine List gelang; dann brachten sie dasselbe in ihr Kloster nach Vianden.

Andere erzählen, die Trinitarier hätten das Bild den Wilden, welche dasselbe im Kote herumzerrten, mit Gewalt entrissen.

1058. Die Antoniusbuche bei Esch a.d. Sauer.

A. Am Abhange zwischen Esch und Eschdorf steht in einem an einer alten Buche befestigten Kästchen die Statue des hl. Antonius mit dem Jesuskindlein.

Zu dieser Statue pilgerten in früheren Zeiten die Leute, welche irgend einen Gegenstand verloren hatten, in dem Glauben, der Heilige werde ihnen helfen das Verlorene wiederfinden. Um sich den Heiligen geneigt zu machen, warfen sie ein kleines Geldopfer in das Kästchen. Heute noch steht dies Bild in Ehren, und kerngläubige Christen nehmen noch zuweilen ihre Zuflucht zu demselben.

Lehrer Schlösser zu Esch a.d. Sauer

B. Dicht an der Straße, welche von Esch nach Eschdorf führt, befindet sich an einer alten ehrwürdigen Buche in einer kleinen Nische das Bild des hl. Antonius.

Zwei kleine Kinder von Esch (so lautet die Sage), welche in den Busch gegangen waren, um Holz zu sammeln, fanden dort das ungefähr 60 Centimeter hohe, hölzerne Bildchen an einer Buche hangen. Sie zeigten dies alsbald dem Pfarrer an, welcher es in die eine Viertelstunde abwärts auf einem kleinen Plateau am Fuße eines hohen Berges stehende Kapelle tragen ließ, wo es auf dem Altare aufgestellt wurde. Allein schon in der folgenden Nacht kehrte es an seinen Platz im Busche zurück. Der Versuch wurde noch drei- bis viermal wiederholt, jedesmal kehrte das Bild an

seine alte Stelle zurück. Da wurde dasselbe an eine dicht an der Straße stehende dicke Buche befestigt, wo es eine bleibende Stelle finden sollte, und jedes Jahr wurde vor dem Bilde der Segen an das zahlreiche, von
509 allen Seiten herzuströmende Volk erteilt.

Jedoch die Buche, woran das Bild hing, war ganz hohl, so daß zu befürchten stand, daß sie über kurz oder lang umstürzen werde. Ein paar Schritte abwärts stand ebenfalls eine dicke Buche; der Pfarrer schlug vor, das Bild an diese zu befestigen und die andere umzuhauen. Aber niemand erkühnte sich, dies zu tun. Da entschloß sich der Pfarrer zuerst mit einer Axt in die Buche zu hauen, worauf die Dorfjugend dieselbe vollends fällte. Eine kleine Nische wurde nun an die neu eingesegnete Buche befestigt und das Bild darin aufgestellt. Die Wallfahrer warfen alsdann ihre Opferspenden in die etwa drei Meter hoch stehende Nische

Obschon die Prozession, die alljährlich zu dem Bilde pilgerte, jetzt schon lange eingestellt ist, strömen dennoch jährlich viele Pilger zu diesem Orte, verrichten hier ihr Gebet und werfen dann ihre Opferspenden in den eisernen Opferkasten, welcher an die Stelle der Nische getreten ist.

Luxemburger Land, 1883, Nr. 14

1059. St. Pirmin und der Dieb.

Einst kam ein noch jetzt lebender Mann aus Wilz an der St. Pirminskapelle bei Buderscheid vorbei, trat hinein und nahm das Standbild des Heiligen, welches sich in der Klause befindet, mit sich fort. Aber je mehr er sich von der Klause entfernte, desto schwerer wurde ihm die Last. Zuletzt drückte ihn das Bild dermaßen, daß er sich gezwungen sah, es niederzusetzen. Da kam er auf den Gedanken, dasselbe wieder an seinen früheren Platz zurückzubringen. Und sieh da! wie er es auflud, war es schon bedeutend leichter geworden, und je näher er dem Standorte kam, desto leichter wurde die Last. Er stellte die Statuette wieder an den alten Platz und eilte nach Hause.

Mitteilung des Lehrers J. Hennes

1060. Die Kreuzbuche beim Kreuzhof.

An der Landstraße Luxemburg-Bettemburg steht mitten im Walde, in der Nähe von Kockelscheuer ein einsames Wirtshaus, genannt der Kreuz-

oder Schnappshof. Den Namen Kreuzhof hat es erhalten, weil ein Kruzifix an einer alten, in der Nähe stehenden Buche angeheftet ist.

Hier, was ein etwa siebzigjähriger Mann, der auf dem Schnappshof geboren ist, darüber erzählt:

Vor ungefähr fünfzig Jahren reisten zwei Männer aus dem Rösertal durch den Habichter Wald (Habay nördlich von Arlon). Sie fanden das Kreuz in einem alten Weidenbaum, hoben es aus und brachten es mit ins Rösertal. Der eine von ihnen ließ das Kreuz in einer kleinen Nische über seiner Haustür einmauern. Jedoch von dieser Zeit an ward der Mann von allerlei Unglücksfällen heimgesucht. Es starb ihm bald seine Frau, und als er eines Tages mit einem Karren nach Luxemburg fuhr, ertrank er auf der Heimreise bei dem Dorfe Fentingen in der Alzet. Darauf wurde sein Haus versteigert; ein Mann aus dem Rösertal erstand es. Bei der Versteigerung sagte dieser, er kaufe zwar das Haus, das Kreuz aber wolle er nicht, da es allgemein heiße, dasselbe habe all das Unglück 510
über den Ertrunkenen gebracht. Dann nahm er in Begleitung eines Mannes aus dem Dorf das Kreuz, und beide nagelten dasselbe beim Schnappshof an die Buche, wo es sich noch jetzt befindet. Es mögen etwa dreiunddreißig Jahre her sein, seitdem das Kreuz an diese Buche geheftet worden; es trägt jedoch die Jahreszahl 1629.

Daß man im Jahre 1855 beim Spalten einer dicken Buche im Innern derselben jenes Kruzefix, das früher auf geheimnisvolle Art verschwunden sei, wieder entdeckt habe,[1] davon weiß niemand zu erzählen.

1061. Die sonderbaren Holzstücke.

An einem durch den Hauptweinberg von Ehnen führenden Weg, genannt Hohlgasse, sieht man ein hölzernes Kreuz, welches an ein gegen Mitte des siebenzehnten Jahrhunderts dort vorgefallenes Unglück erinnern soll. Obgleich das jetzige Kreuz die Jahreszahl 1864 trägt, so befanden sich doch schon vor diesem zwei andere dort, von denen das erste bis 1760, das zweite bis 1802 (Jahreszahl, die sich auf dem jetzigen Kreuze noch vorfindet) hinaufreichte, die aber, weil stets der schlechten Witterung ausgesetzt, in Verfall geraten waren.

Es war zu den unseligen Tagen der französischen Revolution, so erzählt das Volk, da ging ein armer Mann hinaus, um einige Reiser zur Herrichtung seiner Mittagssuppe zu suchen. Er war den ganzen Vormittag über gegangen und wollte mit einigen armseligen Dornsträuchern den Rückweg

1 So de la Fontaine (J. Dumont).

antreten, als er an dem verfallenen Kreuze vorbeikam. »Ich will«, sagte er bei sich, »die halbvermoderten Stücke mitnehmen, da sie doch füglich zu nichts mehr zu brauchen sind.« Wie gesagt, so getan. Eine halbe Stunde darauf lagen sie bereits in dem Stubenofen der einsamen Hütte. Doch sieh! die Holzstücke fingen zwar Feuer, glühten auch einige Zeit, doch vollständig in Brand gerieten sie nicht, trotz ihrer äußersten Trockenheit. Des Nachts entstand ein unheimliches Geräusch, als wären alle Geister losgelassen, so daß unserem Manne ordentlich bangte.

Am andern Morgen legte er die geheimnisvollen Klötze wieder in den Ofen; doch sie glühten, ohne zu verbrennen. Des Nachts das nämliche geisterhafte Gepolter. Dies dauerte mehrere Tage lang fort; da ward es dem Manne doch nicht ganz geheuer, er ging und erzählte alles dem damaligen Pfarrer von Lenningen. Dieser riet ihm, ein anderes Kreuz anfertigen zu lassen und dasselbe auf den obengenannten Platz zu setzen; um die bösen Geister zu beschwören und den nächtlichen Lärm zu beseitigen, möge er das ganze Haus, besonders aber die Kreuzüberreste mit Weihwasser besprengen und dazu fromm beten.

Dieser tat, wie ihm geheißen, und als das neue Kreuz auf seiner Stelle stand und die Beschwörung durch Auswerfen von gesegnetem Wasser
511 beendet war, brannte das Holz bis zur Asche, und hörte der mitternächtliche Spektakel auf.

J. Weyrich aus Ehnen

4. Bestrafte Frevler

1062. Das Passionsbild auf dem Johannisberg.

Am Rande des Weges, der zum Johannisberge hinaufführt, sind von oben bis unten sechs niedliche Kapellchen errichtet, welche mit ziemlich schön und kunstvoll geschnitzten Passionsbildern geschmückt sind und in Verbindung mit der Kirche, wo sich das heilige Grab befindet, den sonst üblichen, nur aus sieben Stationen bestehenden Kreuzweg bilden. Das Bild der Kreuzannagelung, welches in dem vierten Kapellchen stand, wurde im November des Jahres 1794 von den französischen Kriegstruppen herausgerissen und verbrannt und ist heute durch ein einfaches Kreuz ersetzt. Von diesem Bilde wird folgende Sage erzählt.

Die alten Budersberger pflegten allgemein den Sonntagnachmittag auf dem Johannisberge zu verbringen. Einst gingen drei Jünglinge plaudernd und scherzend den Berg hinauf, und als sie zu dem vierten Stationskapellchen kamen, welches die Kreuzigung darstellte, da hatten sie Mitleid mit dem armen Heilande und ärgerten sich gar sehr über das rohe, grausame Benehmen der Juden. Sie rissen die Henkersknechte heraus, durchbohrten ihnen die Augen und schlugen ihnen mit den Hammern die Nasen und die Finger ab und hängten sie zuletzt mit gedrehten Haselruten an den nächsten Baum auf. Doch sieh! auf einmal blitzte mitten im Wege vor dem Kapellchen eine rotblaue Flamme aus dem Boden hervor, und von jäher Furcht befallen stürzten die drei Jünglinge über Stock und Stein, durch Hecken und Gebüsch nach Hause. Zwei davon wurden siech und starben früh, der andere wurde von der Zeit an hinkend und blieb es sein ganzes Leben lang.

J. Prott, Pfarrer

1063. Die Muttergottesleh bei Rollingen (Mersch).

In einem Felsen unweit Rollingen, genannt die Muttergottesleh, steht ein Muttergottesbild, dessen Herkommen selbst den ältesten Leuten des Dorfes ein Rätsel ist, ja selbst von ihren Eltern und Großeltern konnten sie nicht erfahren, woher das geheimnisvolle Bildchen gekommen.

Ein Jude, der einst zu Pferd des Weges kam, riß das Bildchen aus seiner Nische und zertrümmerte es. Da sprengte plötzlich ein glänzender Ritter heran, hieb dem bösen Juden den Kopf ab, und in demselben Augenblicke stand auch die zertrümmerte Madonna wieder ganz und unversehrt auf
ihrer Stelle. 512

Dieses Bildchen genießt einer besonderen Verehrung, und jeden Sonntagnachmittag gehen viele Leute des Dorfes dorthin, ihre Andacht zu verrichten.

1064. Vom Husaren, der die Muttergottes in der Nitteler Kapelle bestohlen hat.

Während der bösen Zeiten des dreißigjährigen Kriegs wurden einst sächsische Husaren in Nittel einquartiert. Da sie im Dorfe von der schönen Kapelle auf dem Berge gehört hatten, schlich ein Husar auf den Berg hinauf und sah zu seinem Erstaunen die schöne Muttergottes mit dem Jesuskindlein auf dem Arme; beide hatten eine goldene Krone auf. Der Husar band sein Pferd an die Türe der Kapelle, ging zu dem dabei wohnenden Klausbruder und forderte von ihm den Schlüssel der Kapelle. Da dieser sich weigerte, den Schlüssel auszuliefern, zog der Husar seinen

Säbel, erstach den Klausner, nahm den Schlüssel, ging in die Kapelle und raubte die Kronen. Darauf bestieg er sein Pferd und ritt davon. Aber kaum saß er auf dem Pferde, so war dieses nicht mehr zu bändigen; es setzte über Hecken und Zäune hinweg dem Nittler Felsen zu. Am anderen Morgen fand man die beiden Kronen auf dem Felsen und trug sie in feierlicher Prozession in die Kapelle zurück. Von dem Husaren aber ist seit dieser Zeit nichts mehr gehört worden.

N. Gonner

1065. Die Jobskapelle auf dem Kohlenberg.

Auf dem Kohlenberg bei Beckerich steht eine Kapelle, die dem hl. Job geweiht ist und wohin man zur Heilung von Geschwüren beten geht.

Als einst ein Mann aus Rollingen (bei Mersch) mit zwei Schinken, die er in der Jobskapelle opfern wollte, auf den Kohlenberg steigen sollte, vor Müdigkeit aber in der Hälfte des Berges kaum weiterkommen konnte, rief er: »He Job! wanns de nit eraw kènst, ech kommen och nit op!« Darauf warf er die Schinken hin. Zu Hause angekommen, war er über und über mit Geschwüren bedeckt. Mit zwei anderen Schinken kehrte er nun zum Berge zurück und rief beim Hinaufsteigen: »He Job! bleiw do, ech kommen op!« Er betete in der Kapelle, opferte und war geheilt.

1066. Eine Pilgerfahrt zum hl. Job.

Eines Tages pilgerten zwei Jünglinge von Heiderscheid auf den Kohlenberg bei Beckerich, um ein Gelübde zu erfüllen, das sie einmal, als sie in großer Not waren, gemacht hatten. Als sie zu Beckerich angekommen waren, sagte der eine zum anderen: »Wir wollen das Opfergeld vertrinken! Der hl. Job weiß ja gewiß nichts davon.« Gesagt, getan.

Darauf gingen sie auf den Kohlenberg, verrichteten ihre Andacht und kehrten wohlgemut nach Hause zurück. Dort angekommen, wurden sie derart mit Geschwüren bedeckt, daß sie in ihren engen Hosen nicht
513 mehr gehen konnten, sondern weite Frauenröcke tragen mußten. Sie wußten gleich, woher ihnen dieses Unglück kam, denn einer sagte zum anderen: »Job weiß es doch.« Um nun von dieser Plage befreit zu werden, machten sie ein Gelübde zu einer neuen Wallfahrt nach Beckerich. Diesmal nahmen sie das zum Opfer bestimmte Geld mit auf den Berg

und legten es auf den Altar nieder. Einige Zeit darauf wurden sie auch von ihren Geschwüren befreit.

Lehrer H. Georges

1067. Die Linde des Kohlenberges bei Beckerich.

Bei der hl. Kreuzkapelle auf dem Kohlenberge bei Beckerich stehen zwei mächtige Linden, welche, wie allgemein der Glaube herrscht, der hl. Willbrord gepflanzt hat. Die eine dieser Linden ist bedeutend kräftiger als die andere; der Umfang ihres Stammes beträgt einen Fuß über dem Erdboden 6–7 Meter, etwas höher ist der Umfang geringer und wo der Baum anfängt, seine Äste auszubreiten, mag derselbe wohl noch 6–7 Meter im Umfang haben. Weithin bemerkbar sind die beiden Riesenbäume und in der ganzen Umgegend bekannt durch den auf denselben wachsenden, heilsamen Lindentee, der als besonderes Heilmittel gerühmt wird.

Zwischen den beiden Bäumen steht ein guterhaltenes, mächtiges Christusbild aus Stein; an dessen Fuße sitzt der große Dulder Job, zu welchem von nah und fern mancher kommt und Trost und Heilung sucht für verschiedene Krankheiten. Einst kehrte ein Fremder von der Bittstätte in ein Wirtshaus zu Beckerich ein, und als man ihn fragte, woher er komme, antwortete er spöttelnd: »Ech wor de Job besichen, an ech hun hièn nit dohèm fond.« Noch bevor der Mann das Dorf verlassen, verspürte er einen unbegreiflichen Schmerz in seinen Gliedern, und nach acht bis vierzehn Tagen sah man denselben zurückkommen; er war ganz mit Geschwüren bedeckt und pilgerte reumütig auf den Berg zum hl. Job unter die Linden, wo er demütig betete, um von seinen Leiden befreit zu werden. Von dieser Stunde an ging es ihm besser, und bald war er von den Geschwüren befreit.

1068. Die Schloßkapelle von Ewerlingen.

A. Das Schloß von Ewerlingen war ehemals der Sitz der hochadeligen Familie Ewerlingen, von welcher das Dorf seinen Namen führt. Diese Familie war sehr gottesfürchtig: sie hatte ihren eigenen Hauskaplan und eine äußerst schöne Schloßkapelle. Während der Stürme der ersten französischen Revolution mußte die Familie Ewerlingen flüchten, und das Schloß nebst den dazu gehörigen großen Gütern kam in fremde Hände. Da wurde die Kapelle in Schweineställe umgewandelt. Diese

Entweihung einer heiligen Stätte konnte nicht unbestraft bleiben. Einst schlachtete der Besitzer ein fettes Schwein, dessen Gedärme in die hart am Schlosse vorbeifließende Attert geworfen wurden. Plötzlich wurden
514 dieselben feuerrot und verschlangen sich so ineinander, daß sie ein schönes Kreuz bildeten, unter welchem einige Schriftzeichen erschienen. Von den Leuten, die zugegen waren, vermochte keiner die Schrift zu lesen. Zufälligerweise befand sich ein Jude unter den Zuschauern dieser rief auf einmal: »Es ist hebräisch!« Da drangen alle in ihn, die Worte zu übersetzen. Er dachte einige Zeit nach und sprach dann: »Es ist ein verhängnisvolles Urteil, und die Bedeutung der Worte ist: Es wird dich reuen.« Die Leute aber merkten, daß er nicht alles gesagt habe; der Jude jedoch schwieg beharrlich und wollte über den Rest keine Auskunft geben.

B. Zu Ewerlingen hatte jemand aus einer Kapelle einen Schweinestall gemacht. Als er nun einmal ein Schwein geschlachtet hatte, fanden sich in dessen Bauche Buchstaben vor, die niemand lesen konnte. Da befragte man ein Judenmädchen, das im Rufe der Hexenkunde stand. Dasselbe erklärte den Sinn der Buchstaben dahin: »Es wird dich reuen.« Auch soll der Eigentümer in der Folge wirklich ganz unglücklich in der Schweinezucht gewesen sein.

1069. Die entweihte Kapelle zu Öler Hof.

Auf dem an der belgischen Grenze etwa eine halbe Stunde von Bondorf gelegenen Öler Hof trug sich einst folgendes zu.

Dort stand vorzeiten eine Kapelle. Der Pächter ließ diese Kapelle in einen Pferdestall umwandeln. Aber was geschah? Die Pferde wollten sich in dem entweihten Raume gar nicht legen und ausruhen, sondern tobten beständig, so daß der Pächter sich genötigt sah, dieselben aus diesem Orte zurückzuziehen.

1070. Bestrafter Frevler gegen das Allerheiligste.

Es ist schon lange her, da verkleideten sich zu Vianden ein paar junge Leute, Männer und Jungen. Einer unter ihnen (er hieß D.) war als Stier verkleidet. Er hatte eine große, schwarze Ochsenhaut um sich geschlagen und gebärdete sich wie ein wilder Stier. Nun wurde an dem Tage die Kommunion in Prozession zu den Kranken getragen, voran der Küster mit einer Schelle. Es traf sich nun, daß der andächtige Zug auch unseren Vermummten begegnete. Alle rissen sogleich ihre Masken ab und knieten nieder. Der aber, der als Stier verkleidet war, ging auf den Geistlichen los und stellte sich, als wollte er ihn mit seinen Hörnern aufspießen. Auf der Stelle fiel er vor dem Geistlichen nieder, und tot war er. Die Haut konnte man nicht mehr von ihm abnehmen, und er wurde mit ihr an der Ur begraben, dort wo sonst die alte Bleichstelle der Viandener war. Diese wurde jedoch nachher verlegt, denn seit der unglückliche D. dort begraben worden, war's daselbst nicht mehr geheuer. Alte Leute erzählten, es sei seit jener Zeit allnächtlich ein schwarzer Stier auf der alten Bleiche umgegangen.

M. Erasmy 515

1071. Ritter Adalrich von Innen (Ehnen).

Als noch die edlen Ritter von Innen an der Mosel ihr lustiges Kriegsleben führten, da geschah es einmal, daß der Knappe Adalrich in der Schloßschenke saß und, weil ihm nichts über einen guten Trunk ging, sich hinter dem mächtigen Humpen gütlich tat; denn seine Reisigen waren eben von der Saar her nach glücklich vollbrachter Reitertat zurückgekommen.

Adalrich war ein großer Prahler und warf auf dem Tische mit den erbeuteten Goldgulden herum. Draußen aber hatten sich Wolken am Himmel gesammelt, und es entstand ein Gewitter so arg, wie dessen sich die ältesten Fischer dort unten im Tale nicht entsannen. Adalrich ließ sich das nicht kümmern, sondern lärmte und prahlte fort, währenddessen die anderen Knappen bei jedem Blitzstrahle sich andächtig bekreuzten, und die Torwartin, welche die Schenke hielt, laut zu beten anfing. Und immer schrecklicher erdröhnte der Donner, und im Tale ließ sich das Schreien und Zurufen der Fischer hören, welche ihre Kähne ans Ufer zogen.

»Ich bin frank und frei«, lästerte der Reitersmann, »mir kann der Herrgott nichts zerschlagen. Ich habe nichts auf der Welt, was mir lieber wäre, als der Humpen da. Der Herrgott soll mir nur etwas zerschlagen, wenn er kann. Bin ich nicht Knappe Adalrich, und habe ich nicht heute den Alten von Saarburg aus dem Sattel gehoben.«

Kaum aber hatte er geendet, einen festen Zug getan und den Humpen wieder hingestellt, da erdröhnte ein furchtbarer Donnerschlag, daß die ganze Burg darob erzitterte, und ein Kruzifix, das über dem lästernden Knappen hing, fiel herab und zertrümmerte den Krug zu tausend Stücken.

Da ward Adalrich weiß wie eine Mauer; er sank auf die Knie und flehte zu Gott um Erbarmen. Von der Stunde an, wo der Allmächtige ihm gezeigt, daß er ihm auch etwas, und zwar das Liebste, zerschlagen könne, seinen Humpen, war er kein Trinker mehr, sondern floh jedes Gelage.

Seine Kriegsbeute gab er den Verschauerten und ließ eine prächtige Votivtafel zur Erinnerung an die wundersame Begebenheit und zur Erbauung seiner ganzen Mannschaft im Rittersaal anbringen.

J. Weyrich aus Ehnen

1072. Verwandlung des Wassers in Wein.

Durchs ganze Luxemburger Land geht im Volke die Sage, daß in der heiligen Christnacht um die zwölfte Stunde alles Wasser sich in Wein
516 verwandle[1] und daß derjenige, dem es gelänge, den rechten Augenblick der Verwandlung zu erspähen, einen Trank kosten könne, der über jeden Begriff köstlich und erquickend, ja geeignet sei, den Menschen auf ewige Zeit vor Krankheit und Tod zu bewahren.

1 Zufolge Sage der Merschertaler Bewohner (Lintgen) verwandelt sich in der Weihnacht alles Wasser in Wein. – Die Wald- sowie alle Haustiere bekommen in der heiligen Nacht die Gabe zu reden; jedoch versteht nur ein an einem Sonntage geborenes Kind (Sonntagskind) diese Sprache. – Alle in der Christnacht geborenen Kinder werden glücklich und entdecken einst einen großen Schatz. – Zu Pretten (Lintgen) wirft man am Weihnachtsmorgen einen alten Hund in die Alzet, damit das Vieh vor Räude geschützt sei. – Im Pratzertal herrscht der Gebrauch, zu Weihnachten einen schwarzen Kater zu fangen, ihn zu töten und abzukochen, worauf er auf freiem Felde begraben wird. Dies tut man, um größere Fruchtbarkeit der Äcker zu erzielen. – Zu Schos (Fischbach) stellt man, in der Nacht vom ersten auf den zweiten Feiertag, mit Wasser gefüllte Eimer im Hausflur auf, um ein gesegnetes und vollkommenes Jahr zu bekommen. – Zu Mösdorf (Mersch) pflegt man zu Weihnachten Stroh aus dem Dache eines armen Taglöhners zu ziehen, und finden sich noch einige Körner vor, so hat man ein glückliches Jahr zu erwarten. – Zu Udingen (Mersch) herrscht der Gebrauch, zu Weihnachten den Essig aufzurühren, weil er dann das ganze Jahr nicht ausgehen soll. – Zu Hünsdorf (Lorenzweiler) nimmt man in der Christnacht zwölf Zwiebelschalen. In jede dieser Schalen, welche die zwölf Monate vorstellen und welche der Reihe nach auf einen Tisch aufgestellt werden, streut man ein wenig Kochsalz. Eine halbe Stunde später hat sich das Orakel vollzogen: unverändert gebliebenes Salz deutet auf trockene, feuchtes Salz auf nasse Monate. – Zu Lintgen vernimmt man, wenn ein fruchtbares Jahr bevorsteht, in der Christnacht punkt zwölf Uhr in dem am »Bus-Berg« gelegenen Walde und auf dem Felde in »Kaselt« dumpfes Klopfen und Rauschen.

J. Wolff

Viele haben es schon versucht, diesen Augenblick zu erlauern; keinem aber ist es noch gelungen. Doch, so erzählt die Sage, war einst ein Mann so glücklich, den köstlichen Wein schöpfen zu können, kosten aber konnte er nicht. Das ging so zu. Dieser Mann hatte sich in der hl. Nacht an den Chagrinsbrunnen im Mühlbachtal (früher Gemeinde Eich) begeben. »Dies Wasser«, dachte er, »ist das köstlichste weit und breit, wie köstlich muß erst der Wein werden.« Fleißig lauerte er am Brunnen; aber anstatt sich die Zeit mit frommem Gebet zu vertreiben, sang er einen gemeinen Gassenhauer, kurz, es war ihm nicht um eine heilige Handlung, sondern bloß um den leckeren Genuß zu tun. Nachdem er lange geschöpft und gekostet, füllte sich endlich seine Schale mit perlendem Wein. »Juchhei!« rief er aus, »alles Wasser ist Wein!« – »Und du bist mein!« rief plötzlich neben ihm eine schreckliche Gestalt, faßte ihn am Genick und drehte ihm den Hals um, bevor er noch einen Tropfen genossen hatte. Am anderen Tag fand man den Leichnam des Unglücklichen am Brunnen, das Gesicht zum Nacken gekehrt.

Pfarrer J.B. Klein, nach einem Manuskript von N. Steffen

1073. Von den dreien, welche in der Christnacht ausgingen, um Wein zu holen.

Nach altem Volksglauben soll in der hl. Christnacht ein Zeitpunkt sein, wo sich alle Wasser in Wein verwandeln. Wie die meisten glauben, tritt dies gerade um Mitternacht ein.

Am Weihnachtsabend waren zu Rodingen lustige Gesellen beisammen und sprachen von mancherlei, auch von der Verwandlung des Wassers in Wein. »Das wollen wir versuchen!« riefen die drei verwegensten,
nahmen jeder einen Krug und begaben sich zum nächsten Brunnen. Als 517
Mitternacht schlug, trat einer hinzu, schöpfte und rief:

»Herbei, ihr Leut,
Halt(et) euch bereit!
Alle Wasser sind Wein!«
»Und du bist mein!«

reimte der Teufel, erfaßte ihn und rannte mit ihm von dannen.

Vor Schrecken bleich, kamen die beiden anderen zu ihren Kameraden zurück. Von dieser Stunde an soll sich nie mehr ein Mensch getraut haben, in der hl. Christnacht Wein schöpfen zu gehen.

P. Hummer, Lehrer

1074. Der verwünschte Schuster im Turbelsloch.

In der Nähe von Hamm bei Gantenbeinsmühle erhebt sich ein schroffer Felsen, genannt Turbelsloch, in welchem sich eine von der Natur dermaßen bequem hergerichtete Grotte befindet, daß sie als Wohnung benutzt werden kann. In der Tat soll vor vielen Jahren ein Eremit sich darin aufgehalten haben, der durch sein frommes und tugendhaftes Leben die ganze Gegend in Erstaunen setzte.

Ein bettelarmer Schuster aus der Umgegend, ein ganz verkommener, liederlicher Mensch, erlaubte sich den unpassenden Spaß, oftmals und hauptsächlich am Abend, wenn der Einsiedler sein Gebet verrichtete, eine Menge gemeiner, niedriger Schmähreden gegen denselben auszustoßen. Als er sich nun wieder eines Abends eine solche abscheuliche Handlung zu Schulden kommen ließ, wurde er plötzlich durch zwei kräftige, unsichtbare Arme erfaßt und mit Gewalt ins Turbelsloch geschleudert, in welches er noch heute in Gestalt eines Felsblockes gebannt ist. Wann und ob er wohl überhaupt jemals von seinem Bann gerettet wird, weiß man nicht.

Zollbeamter J. Wolff

1075. Die Sage vom ewigen Juden.

Die Sage vom ewig umherirrenden oder vom sogenannten »ewigen Juden« ist unter dem Luxemburger Volke sehr verbreitet. Oft bringt man die Kinder mit der Drohung zur Ruhe: »Sei hübsch artig und ruhig, weine nicht, sonst kommt der Jud mit dem langen Bart und steckt dich in seinen großen Sack!«

An einem Sommertag ging einst, der Sage gemäß, ein Wanderer bei Brüssel in Brabant über Land. Die Bauern auf dem Felde staunten ob des langen Bartes und der seltsamen Kleidung des Wanderers; einer derselben trat zu ihm und bot ihm ein Glas Wein an. »Gerne möchte ich bei euch verweilen«, sagte der Fremde, »aber unaufhörlich muß ich wandern am Tag wie in der Nacht.« Endlich willigte er ein, etwas zu genießen; setzen aber dürfe er sich nicht. Er wäre wohl, meinten die Bauern, über hundert Jahre alt. »Zählt achtzehnmal hundert Jahre«, erwiderte jener, »und fügt noch zwölf Jahre hinzu, denn zwölf Jahre war
518 ich alt, als der Gottessohn auf Erden erschien.« Da fragten ihn jene, ob

er denn der ewige Jude sei, von dem man so viel erzähle. »Isaak Laquedem ist mein Name«, antwortete der Fremde, »und ich bin zu Jerusalem geboren, wo Jesus Christus gestorben ist. Ja, ich bin der ewige Jude, von dem man weit und breit spricht. Schon fünfmal habe ich bis zur Stunde jeden Pol umgangen; ich habe alle Länder durchwandert, alle Meere durchschifft; habe in mancher Schlacht gekämpft, und wenn keiner sich retten konnte, verschonte doch mich stets der Tod. Alle sterben der Reihe nach, ich aber kann nicht sterben. Ich habe weder Hof noch Haus, das ich mein nennen darf. Meine Barschaft besteht aus fünf Sous, und hab ich die ausgegeben, sind wieder fünf da.« – »Welch schwerer Sünde hast du dich denn schuldig gemacht, eine solche Strafe zu verdienen?« – »Als Jesus nach dem Kalvarienberge unter des Kreuzes Last dahinzog und mich auf der Türe meines Hauses bemerkte, bat er mich um die Erlaubnis auszuruhen. Ich aber verweigerte es ihm und forderte ihn barsch auf weiterzugehen. Jesus aber seufzte und verhängte über mich die Strafe, umherzuwandern bis zum jüngsten Tag. Und zur Stund ging ich traurig von Hause weg und begann, die Erde nach allen Richtungen zu durchwandern.« Nach diesen Worten wendete sich der ewige Jude, um seine nie endenwollende Wanderung fortzusetzen.

P. Hummer, Lehrer

1076. Der ewige Jude im Walde bei Hünsdorf.

Ein Förster von Keispelt wollte sich eines Morgens in das benachbarte Hünsdorf begeben. Sein Weg führte ihn durch den bei Hünsdorf gelegenen Wald, genannt Maximeinerwald. Da begegnete ihm ein steinalter Greis mit bis auf die Schultern herabhangenden, grauen Haaren. Dem Förster schien des Greises Aussehen unheimlich, jedoch faßte er sich ein Herz und redete ihn folgendermaßen an: »Wo geht Ihr hin, Alter?« – »Das geht dich nichts an«, antwortete jener rasch, ohne aufzublicken, und ging weiter. Der Förster behauptet, dieser Greis sei der ewige Jude gewesen, der noch immer auf Erden wandle.

1077. Das Piretterkreuz bei Dalheim.

A. An dem Wege, der von Dalheim nach Hassel führt, befindet sich das »Piretterkreuz«, an das sich folgende Sage knüpft.

Ein Mann aus Filzdorf, Namens Pirett, hatte durch seine häufigen Raubanfälle die ganze Gegend unsicher gemacht. Eines Tages war die

Polizei auf seiner Spur, und da er dies wußte, wollte er flüchten. Als er aber an den Ort kam, wo besagtes Kreuz steht, mußte er auf einmal wie festgebannt stehen bleiben. So fand ihn die Polizei dort tot, aber noch aufrecht stehend und niemand vermochte ihn von der Stelle zu bringen, bis man endlich in der Nähe eine Grube fand, in welche er viele der von ihm geraubten Gegenstände versteckt hatte. Zur Sühne für seine vielen Missetaten ließ seine Familie obgenanntes Kreuz errichten.

Lehrer J.B. Linster

519 *B.* Der Ursprung des »Piretteschkreiz« wird auch auf folgende Weise erzählt:

Dort wo der Weg von Filsdorf nach Luxemburg in den Dalheimer Weg mündet, mordete ein gewisser Pirett im Verein mit einem Kesselflicker eine Frau, um sich in Besitz einer ungeborenen (ungetauften) Hand zu setzen. Die Tat wurde jedoch ruchbar, die Mörder entdeckt und der eine gerädert, der andere gehängt auf dem »Gimmerenger« Berg zwischen Dalheim und Altwies. Zum Andenken an die Tat ward das Piretteschkreiz errichtet.

1078. Der erschlagene Geistliche.

Auf der Höhe von Draufelt, im Ort genannt Brêtschent, nicht weit vom Wege, der rechts von Wald, links von Feldern umsäumt ist, wurde vorzeiten auf dem Felde ein Geistlicher erschlagen und dort begraben. Später, wenn die Kuhjungen das Vieh auf dieses Stück Feld trieben, lief dasselbe sofort von diesem Felde weg und rührte daselbst nicht einmal vorgelegtes Futter an. Als dies ruchbar wurde, ließ ein Pastor aus der Nachbarschaft dort Nachgrabungen anstellen; man fand die Leiche des erschlagenen Geistlichen und begrub sie auf den Kirchhof. An der Mordstätte pflanzte man ein großes, hölzernes Kreuz auf, das noch heute da steht. Das Feld auf »Brêtschent« aber ist seitdem entzaubert.

J.N. Moes

1079. Die gespenstische Hand.

Vor vielen, vielen Jahren saßen eines Abends die Dorfbewohner zu Düdelingen im Wirtshause und erzählten von den Abenteuern, die sie in ihrem Leben während der Nuotswêd (Nachtweide) bestanden hatten.

Man sprach von Wölfen und Werwölfen, von Gespenstern und Hexen, die während der Nachtzeit die Hirten foppten und ängstigten. Bei all diesen Wunderdingen kam das Gespräch auch natürlich auf den Galgen und auf den Sträfling, welcher seit einigen Tagen an demselben baumelte.

Ein durchtriebener Bursche aus der Gesellschaft, welcher stets mit seiner Unerschrockenheit prahlte, wollte noch am selben Abend einen Beweis seiner Herzhaftigkeit ablegen. Er erbot sich gegen eine Wette, noch in der nämlichen Nacht und zwar um die Mitternachtsstunde auf den nahegelegenen Galgenberg zu gehen. Das Unternehmen schien seinen Kameraden etwas zu gewagt, weil man von dem Galgenberg, namentlich von der Stelle, die man die »Scherr« nennt, gar seltene Dinge erzählte. Es soll daselbst niemals recht geheuer gewesen sein. Man mußte, um dorthin zu gelangen, durch einen düsteren Hohlweg gehen, an welchem auf der einen Seite der Galgen stand, und auf der anderen Seite, die weiße Frau (d'Joffer vum Gehansbiérg) sich zur Nachtzeit sehen ließ.

Die Wette wurde angenommen. Um die Mitternachtsstunde begab sich unser Held auf die »Scherr«. Er trat unerschrocken bis an den Galgen
heran, und damit seine Kameraden keinen Zweifel über die Ausführung 520
seines Heldenstückes hegen sollten, schnitt er sogar dem Erhenkten die rechte Hand ab und nahm diese als Überführungsstück mit sich. Als er ins Wirtshaus zurückgekehrt war, trieb er dort allerhand Spaß mit der abgeschnittenen Hand. Er legte sie an sein Trinkglas, zog darauf an den abgehauenen »Flachsen« und brachte alsdann das auf diese Weise erfaßte Glas an den Mund, um dasselbe auszuleeren. Nachdem die Gesellschaft auseinander geschieden war, wurde die Hand wieder auf die »Scherr« zum Galgen getragen.

Am anderen Morgen jedoch, als unser Ritter ohne Furcht aus dem Schlafe erwachte und die Augen aufschlug, sah er mit Entsetzen die abgeschnittene Hand neben seinem Bette liegen. Bestürzt sprang er auf und trug sie wieder zum Galgen. Aber umsonst! Am selben Abende, als er sich zur Ruhe begeben wollte, lag sie wieder vor seinem Bette. Er konnte sie so oft wegtragen, als er wollte, er ward sie nicht mehr los; stets kam sie zurück.

Die Mutter des geplagten Burschen erzählte dem Ortspfarrer die ganze Geschichte und bat ihn, dem grausigen Unwesen ein Ende zu machen. Der Pfarrer war ein sehr frommer Mann, und das Gerücht ging von ihm, er besitze die Kraft und das Geheimnis, sich festzumachen, er könne Geister zitieren und bannen. Er ließ sich die abgeschnittene Hand vorlegen, und nachdem er viele und geheime Vorkehrungen getroffen hatte, befahl er, dieselbe neben dem Leichnam zu begraben, worauf sie sich nimmer wieder sehen ließ.

Der junge Waghals aber hat nie mehr die gespenstische Hand vergessen können. Von der Stunde an nahm er ab und kränkelte bis an sein Lebensende. »En huot kê Guts mé gedoen!« schloß mein Erzähler.

J. Schmit

Einige späte Wanderer, die nachts durch das Scherrtal gingen, wurden von dieser Hand gepeitscht, bis sie an der Kailer Brücke ankamen.

Pfarrer J. Prott

1080. Die abgeschnittene Hand zu Wormeldingen.

Auf dem Galgenberge auf der rechten Seite der Mosel, Wormeldingen gegenüber, war einst ein Verbrecher gehängt worden. Am Abend desselben Tages unterhielten sich in einem Wirtshause zu Wormeldingen mehrere durch den Genuß des Weines stark angeheiterte Burschen mit Aufzählung ihrer verwegenen Taten und bestandenen Abenteuer. Als einer dieser Helden jedoch bei den übrigen keinen Glauben fand, erbot er sich, zum Beweise seines Mutes, sich in derselben Nacht noch auf den genannten Berg unter den Galgen zu begeben und ein untrügliches Wahrzeichen von dort mitzubringen. Man ging auf den Vorschlag ein. Er entfernte sich sogleich, kam zurück und brachte – die abgeschnittene rechte Hand des Gehenkten; seine Kameraden schalt und verlachte er,
521 als diese sich vor der Hand des Verbrechers gewaltig entsetzten. Um seine Beherztheit noch weiter zu zeigen, faßte er mit der toten Hand sein Glas und trank. Als er sich jedoch der Hand entledigen wollte, konnte er sie nicht mehr los werden: sie war an seine eigene Rechte wie angewachsen. Nun erst gingen ihm ob seiner Freveltat mit Schrecken die Augen auf. Er bereute dieselbe sehr und gelobte, wenn er von der toten Hand befreit würde, sie wieder an ihren Ort zurückzubringen und zur Sühne und Buße eine Wallfahrt zu machen. Alsbald entfiel sie seiner Hand, und er säumte nicht, sein Versprechen auszuführen. Er starb indessen noch im selben Jahre infolge des ausgestandenen Schreckens.

Lehrer Linden zu Rollingen

5. Fluch und Wunsch gehen in Erfüllung

1081. Die Glöcklein im Scheuerbusch bei Hellingen.

Ritter Gilbert von Hesperingen hatte Siegfried seine Tochter Rosa zugesagt; diese jedoch verschmähte ihn und schenkte dem reichen und schönen Ritter von Berg ihre Liebe. Trotz der Wachsamkeit Gilberts gelang es dem Freier, Rosa zu entführen. Aber es ging in Erfüllung der Fluch des Vaters, den er ihnen nachrief, es möchte die Erde den Räuber seines Kindes verschlingen.

Auf einem prächtigen, mit Schätzen beladenen Wagen sitzt der Ritter neben der Braut; man fährt eben am Scheuerbusch bei Hellingen vorbei. Da plötzlich entsteht ein Erdbeben, und Braut und Bräutigam und Roß und Wagen werden von einem sich öffnenden Abgrund verschlungen. Ein Felsblock bezeichnet die Unglücksstelle.

Alle sieben Jahre, bei stürmischer Nacht, regt es sich in dem hohlen Erdschacht, und es entsteht ein Geräusch, als wenn eilende Rosse dahintrabten. Wer dann sündenrein um Mitternacht zum Scheuerbusch kommt, kann ein Läuten vernehmen, welches durch die silbernen Glöckchen verursacht wird, mit welchen die Pferde des Ritters von Berg geschmückt waren.

J. Engling, Manuskript, 36

1082. Bestrafter Geiz.

Zu Säul verweigerte vor mehreren Jahren eine reiche, wegen ihres schmutzigen Geizes berüchtigte Frau einem Bettler das Almosen. Dafür verwünschte sie dieser sieben Jahre lang aufs Krankenlager. Sofort wurde die Frau von einer so großen Schwäche befallen, daß sie von dem Tage an das Bett hüten mußte. Da selbst ein kaum vernehmbares Geräusch sie in die größte Aufregung versetzte, so war man genötigt, der Kranken außerhalb des Dorfes ein Häuschen auf freiem Felde, fern von allem
Geräusche, zu erbauen. Die Magd, welche ihr anfangs nachts beigegeben 522
worden war, nahm zuletzt wegen eines unerklärlichen Gepolters das sich immer um Mitternacht vernehmen ließ ihren Abschied.

Trotz aller angewandter Mittel dauerte der krankhafte Zustand der Frau volle sieben Jahre. Da ging sie in sich, wurde mildtätig und fromm, tat sehr viel Gutes und vermachte vor ihrem Tode ihr ganzes Vermögen den Armen.

Zollbeamter J. Wolff

1083. Die blauen Blümlein.

Zwischen Greiweldingen und Lenningen begegnete ein Mann einem Juden und sprach zu ihm: »Geld oder Blut!« – »Na«, erwiderte der Jude, »kein Geld han ich, mein Blut aber geb ich nicht gern.« Da schlug ihn der Mann tot, fand aber kein Geld, außer einem Kreuzer. Sterbend seufzte der Jude: »Deine schwarze Tat wird an den Tag kommen, wenn auch die blauen Blümlein sie müssen daran bringen.« Mißmutig ging der Mann nach Hause. Eine Menge blauer Blümlein aber tanzten vor ihm her. Als der Mann zu Hause ankam, fragte ihn seine Frau: »Was bedeuten die blauen Blümlein, die vor dir tanzen?« Nun erzählte der Mann der Frau, was sich zugetragen und was sterbend der Jude gesprochen hatte. Diese ging und klagte den Mann an.

An dem Ort, wo der Jude eingescharrt worden, soll immer eine Erhöhung des Bodens gewesen sein, die nie verschwunden sei.

1084. Die drei Buchen zwischen Rambruch und Kötschet.

Zwischen Rambruch und Kötschet, auf einer Anhöhe, die eine Aussicht von fünf Stunden in die Runde gestattet, (es soll der höchste Punkt des Landes sein), stehen hart am Wege drei uralte Buchen, Köpbuchen genannt, neben denen sich noch vor hundert Jahren ein Galgen befand. Von diesen Buchen erzählt man sich in der Umgegend folgendes:

Zwei reisende Studenten kamen einst in dunkler Nacht an diesem Galgen vorüber, und da der Ort ihnen gefiel, beschlossen sie, die Nacht hier zuzubringen, ohne zu ahnen, an welchem Orte sie sich befanden. Bald darauf hörten sie Tritte, die immer näher kamen, und die beiden lustigen Gesellen nahmen sich vor, dem nächtlichen Wanderer Schrecken einzujagen. Mit dem Ruf: »Geld oder Blut!« tauchten sie plötzlich dicht neben ihm auf und versperrten ihm den Weg. Doch dieser, ein mutiger Dorfbewohner, namens Zöllner, blieb ganz gelassen, und da einige Tage vorher zwei Verbrecher als des Diebstahls überführt gehängt worden waren, so glaubte er es seien diese, und sagte: »Kehrt an eueren Ort zurück.« Da plötzlich war tiefe Stille, man hörte nur das Geschrei einer Nachteule. Der Wanderer beeilte sich, aus diesem un heimlichen Orte wegzukommen. Am anderen Morgen konnte man an dem Galgen noch zwei andere Körper baumeln sehen.

Nach der Volkssage erscheinen alljährlich unter den drei Buchen um die Geisterstunde zwei lange, hagere und mysteriöse Gestalten, die nach 523 einigen Augenblicken ebenso geheimnisvoll wieder verschwinden.

Zollbeamter J. Wolff

1085. Die sieben Schläfer zu Hollerich.

Gegen Mitte des dreizehnten Jahrhunderts wohnte zu Hollerich eine arme Witwe mit sieben Kindern, für die sie nur mit der größten Mühe das tägliche Brot beibrachte. Als sie eines Abends trostlos nach Hause kam und ihre sieben Kinder in tiefem Schlafe sah, ward sie bei dem Gedanken an ihre bedrängte Lage von Verzweiflung ergriffen und rief: »O, möchten sie nur ewig so bleiben!« Und sieh, die Kinder erwachten nicht mehr. Man legte sie in ein gemeinsames Grab und brachte an demselben einen Stein an mit der Abbildung von sieben schlafenden Kindern. Der Stein, auf dem die sieben Figuren zu sehen waren, und der sich unterhalb der Brücke an des Baches rechter Uferwand befand, ist seit ungefähr dreißig Jahren verschwunden.

6. Wunderbares

1086. Die hellweiße Hotte.

In dem zwischen Itzig und Kontern gelegenen »Därrenfeld« steht hart an dem alten Linsterwege das sogenannte hölzerne Kreuz, in dessen Nähe es nicht geheuer ist.

Ein Mann aus Kontern, der einst des Nachts ziemlich angetrunken von der Itziger Kirmes heimkehrte, sah an diesem Kreuze eine neue, hellweiße Hotte stehen. Er näherte sich. Die Hotte gefiel ihm gut; er nahm sie, hing sie an den Rücken und ging lustig seines Weges weiter. Doch sieh da! die Hotte wurde immer schwerer. Nachdem er kaum erst zehn Schritte getan hatte, kam er fast nicht mehr weiter. Da schwante dem Manne nichts Gutes. Plötzlich wurde er wieder nüchtern. Er fürchtete unter der Last erliegen zu müssen und war klug genug, die Hotte zurückzutragen. Diese wurde nun auch bei jedem Schritte, den er zurücktat, immer leichter, bis sie endlich in der Nähe des Kreuzes wieder ihr erstes Gewicht erhielt.

J. Prott, Pfarrer

1087. Erlöschen der Kerzen.

Wenn nach der Volksmeinung eine während des Gottesdienstes in der Kirche brennende Kerze plötzlich erlischt, so stirbt in demselben Augenblick ein Mensch.

Vor etwa fünfunddreißig Jahren erlosch zu Esch an der Sauer während des Rosenkranzgebetes die in der Mitte der Kirche brennende Kerze. In demselben Augenblick starb auch der damalige Küster.

524 Lehrer Schlösser zu Esch a.d. Sauer

1088. Der Vertrag für die andere Welt.

Zu Linster hatten einst zwei Knechte sich das Wort gegeben, daß derjenige, der zuerst sterbe, dem Überlebenden erscheinen werde, um ihm zu sagen, wie es ihm in der andern Welt ergehe. Der älteste starb und erschien tags darauf seinem Freund. Er machte ein Loch in die Erde und bat seinen Kameraden, die Hand hineinzulegen. Dieser tat es, zog aber plötzlich die Hand zurück, weil er die Kälte, die er empfand, nicht aushalten konnte. Darauf steckte der Geist auch seine Hand ins Loch und bat den anderen abermals, das gleiche zu tun; doch diesmal verbrannte sich dieser die Hand. Hierauf verschwand der Geist.

J. Engling, Manuskript, 26

1089. Der Berichterstatter aus dem Jenseits.

Vor etwa hundert Jahren bewohnten zwei Brüder ein Häuschen im Rollingergrund nahe der Quelle, die man heute die Siebenbrunnen nennt. Beide hatten sich gegenseitig das Versprechen gegeben, bis an ihren Tod bei einander zu bleiben; auch sollte derjenige, welcher zuerst sterben würde, nach seinem Tode aus der Ewigkeit zurückkommen und dem anderen sagen, wie es drüben aussehe. Nun geschah es, daß der ältere der beiden Brüder zuerst starb. Einen Monat ungefähr nach seinem Tode lag der Bruder halbwach im Bette und fühlte plötzlich eine kalte, knöcherne Hand ihm übers Gesicht fahren. Das geschah ein zweites und ein drittes Mal. Wie er die Augen aufschlug, stand sein verstorbener Bruder vor ihm. »Bist du's? Nun, wie sieht's drüben aus?« redete er ihn an. – »O«, erwiderte der Gefragte, »man rechnet genau und bezahlt richtig!« (Se rèchene genê an se bezuole rîchtech!) Darauf verschwand der Hingeschiedene. Der jüngere Bruder fing von der Stunde zu kränkeln an, und schon nach einem Monat war er dem Bruder in die Ewigkeit gefolgt.

Mitteilung von J. Schmit

1090. Das Johannistänzchen.

In den guten, alten Zeiten wurde auf dem Johannisberg zu Ehren des hl. Johannes ein frommer, heiliger Tanz abgehalten, den man »Johannistänzchen« zu nennen pflegte. Dieser schöne Gebrauch ist aber schon seit undenklichen Zeiten verschwunden. Nur soviel weiß man noch, daß bei dessen Verschwinden die Tiere in den Ställen getanzt und gebrüllt haben. Auch meinten die alten Budersberger, das Johannistänzchen sei nicht ganz verschwunden, es sei nur in ein fernes fremdes Land versetzt worden, wo Engel dasselbe mitten in einem Kranz von Lorbeerstöcken abhielten, bis es einst wieder auf dem Johannisberg abgehalten werden könnte.

J. Prott, Pfarrer

1091. Der Schloßbrunnen zu Falkenstein.

Über die Entstehung des Schloßbrunnens zu Falkenstein, der neben den beiden noch erhaltenen Turmmauern im ehemaligen Burghof, ungefähr
anderthalb Meter tief, in den harten Schieferfelsen eingehauen ist, erzählt 525
der Volksmund folgendes: Eine weiße Taube soll einen Tropfen Wasser aus ihrem Schnabel dorthin haben fallen lassen, worauf ein nie versiegender Quell dem Schiefer entsprudelte und den Behälter füllte.

J.N. Moes 526

XII

Geschichte Lokale Ereignisse und Merkwürdigkeiten

1. Frühgeschichte

1092. Die Hertchesleh in dem Hertcheswalde bei Weiher (Fischbach).

Ein Mann aus Weiher erzählt, in einem merkwürdig geformten Felsen des Hertcheswaldes bei genannter Ortschaft seien zwei Menschengestalten eingehauen, die man schon vor hundert Jahren gesehen habe. Auf dem leicht ersteigbaren Felsen hätten die Besucher ihre Namen eingegraben. Unter diesem Felsen hätten einst Heiden gewohnt, die auf demselben ihren Götzen geopfert hätten. Oben auf dem Felsen nämlich ist eine breite Aushöhlung und in der Mitte derselben ein Loch, das in das Innere des Felsens führt. In die Aushöhlung um das Loch legte man das Opfer, das man schlachtete. Das Blut desselben floß sodann in das Loch hinein und träufelte unten am Felsen wieder hervor. An der Menge des herabtröpfelnden Blutes hätten die Heiden ihre Prophezeihungen erkannt. Auch die Christen wären bald dahin opfern gekommen, da seien aber die Heiden während der Nacht fortgegangen und wären seither nicht mehr zurückgekommen.

1093. Millepitter zu Waldbillig.

Millepitter ist ein Flurname zu Waldbillig. Dort so erzählt man, habe ein Götzentempel gestanden. Der Götze soll Millepitter geheißen haben.

Lehrer Franck zu Waldbillig

1094. Das Götzenbild im Hercherwog bei Rosport.

Als das Christentum sich an der Untersauer zu verbreiten anfing, fand es bei den Einwohnern von Godendorf den längsten und hartnäckigsten Widerstand. Endlich wurden sie aber doch durch das Wort Gottes besiegt und versenkten das seit der Väterzeiten her verehrte Götzenbild, an dem sie bisher mit der zähesten Anhänglichkeit gehangen hatten, in den Hercherwog, einem unterhalb des Dorfes gelegenen Tümpel der Sauer. Dort liegt es heute noch. Von nun an zeichneten sie sich aber auch vor allen anderen durch Gottesfurcht und fromme Sitten aus. Daher kommt der Name Godendorf.

J. Prott, Pfarrer

1095. Die Heidenschlösser zu Vichten.

An der Vichter Bâch befand sich vierhundert Meter unterhalb der jetzigen Mahlmühle eine römische Schmiede (Hüttenwerk). Etwa fünfhundert 529
Meter nördlich von dieser Stelle, auf dem sogenannten Wâkeknapp, am Pfade von Vichten nach Bissen, hat nach der Sage ehedem ein Schloß gestanden, das von einem Heiden bewohnt war. Derselbe war reich, trieb Ackerbau und zwar mit einer silbernen Pflugschar. Auf der entgegengesetzten Anhöhe, im Scheuerbusch, wohnte ein anderer Heide, reicher und mächtiger als jener, denn er baute sein Land mit einer goldenen Pflugschar. An beiden Stellen hat man altes Gemäuer gefunden. Die Schloßkeller des letzteren sollen noch wohlerhalten und mit dem besten Wein gefüllt sein. Aber nicht jedem steht der Zutritt in dieselben offen.

Einst an einem heißen Sommertage, es war im Kârschnatz (Kornschnitt), hatten einige Schnitter in der Nähe dieses Waldes großen Durst. Man schickte eine arglose Magd mit einem großen Kluchser (Wasserkrug) in den genannten Keller Wein zapfen. Das Mädchen entfernte sich, stieg in den Keller hinab, zapfte den Krug voll und kam zum großen Erstaunen aller mit dem Kruge voll des besten Weines zurück. Als man nun nachsah, konnte man den Eingang zum Keller nicht mehr finden; derselbe hatte sich wieder geschlossen, und niemand ist es später gelungen, von dem verborgenen Weine zu kosten.

1096. Titenbösch.

Zwischen Bürden und Welscheid ist ein Wald, den die Leute Titenbösch nennen. Der Name, heißt es, komme vom römischen Kaiser Titus her, welcher dort gehaust habe. Man soll in dieser Gegend Fundamente altrömischer Gebäude und römische Münzen finden.

1097. Der Titelberg und die Athemer Knupp.

Vor vielen hundert Jahren stand auf dem Titelberg ein mächtiges Lager der Heiden. Dort weilte der Feldherr Tites (Titus) mit einem Heere, über das ihm der Befehl vom Heidenkaiser gegeben worden war. In einer

Nacht erschien dem Tites ein Engel und eröffnete ihm, daß er in der folgenden Nacht mit seinem Heere aufbrechen und sein Lager abbrennen müsse, um Jerusalem, die ferne Stadt der Juden, zu erobern. Tites jedoch glaubte den Worten des Engels nicht und sprach: »Das ist so wenig möglich, als daß mein Reisestab morgen Rosen trage und das Wasser des Brunnens, an den die Knechte meine Pferde zur Tränke führen, morgen früh in Wein verwandelt werde.« Der Engel verschwand.

Am folgenden Morgen in aller Frühe kamen des Feldherrn Diener und meldeten ihm, daß keines seiner Pferde von dem Wasser des Brunnens saufen wolle. Da fielen ihm die Worte ein, die er zum Engel gesprochen, und er gab einem Diener den goldenen Becher mit dem Befehl, denselben mit dem Wasser des Brunnens zu füllen. Der Diener tat, wie befohlen, und brachte seinem Herrn den Becher mit Wasser. Tites kostete und leerte den Becher des köstlichen Weines.

In demselben Augenblick brachte ihm ein anderer Diener seinen Reisestab. Sieh da! er hatte in einer Nacht Knospen, Blätter und Blüten getrieben, und die Rosen verbreiteten süßen Wohlgeruch in des Feldherrn Zelte. Nun konnte er nicht mehr an den Worten des Engels zweifeln.

Gleich nachher kündigte man ihm an, daß ein Krieger, den der Kaiser ihm gesandt, seiner vor dem Zelte harre. Er hieß den staubigen, schweißtriefenden Krieger eintreten, und dieser überreichte ihm vom Heidenkaiser den Befehl, sein Lager sofort abzubrechen, dasselbe in der folgenden Nacht anzuzünden und sich mit seinem Heere nach Jerusalem zu begeben, um diese Stadt für ihre Empörung zu züchtigen.

In der folgenden Nacht loderten die Flammen flackernd über dem Lager empor und beleuchteten mit ihrem grellen Scheine das abziehende Kriegsheer.

Tites, der äußerst reich war, goldene Wagen und Gefäße die Menge besaß, hieß jeden seiner vielen hundert Krieger eine Handvoll Erde von dem Berge, worauf das Lager stand, mitnehmen. In einer schönen Wiesenflur wurden die Schätze in die Erde vergraben, unter anderem sein goldener Wagen, seine goldene Wiege. Jeder Soldat warf dann beim Vorüberziehen seine Handvoll Erde darauf, und über den Reichtümern erhob sich bald ein runder Hügel, die Athemer Knupp. Noch heute sieht man diesen Hügel in der Umgegend von Athus.

Unter den Leuten des Dorfes geht die Sage, daß derjenige, der sich nächtlicherweile zu diesem Hügel begebe und, ohne ein Wort zu sprechen, denselben eröffne, durch den Wagen und die Wiege aus purem Gold sich unermeßlichen Reichtum verschaffen könne.

Vorzeiten hatte sich ein Mann in der Stille der Nacht schweigend dem Hügel genaht und mit Hacke und Schaufel darin gewühlt; bereits sah er die Schätze und versuchte, sie zu heben. Da rief er einem vorübergehenden Wanderer zu: »Komm, hilf mir; es ist mir zu schwer!« Im Nu fiel der Hügel wieder zu und begrub den Schatzgräber.

Der Berg, wo das Heidenlager gestanden, heißt noch bis auf den heutigen Tag Titelberg.

N. Gonner

1098. Der Hunebösch zu Dalheim.

Bei Dalheim befindet sich ein Wald, welcher Hunebösch heißt. Nach der Volkssage hat derselbe seinen Namen von den Hunnen, welche unter Attila hier ein Lager hatten.

Lehrer J.B. Linster

1099. Schloß Hunswinkel zu Bissen.

Dreihundert Meter unterhalb der Brücke zu Bissen stand ehedem das Schloß Hunswinkel, das, nach der Volkstradition, von den Hunnen bei ihrem Durchzug durch unser Land geplündert und in Brand gesteckt wurde.

L'Evêque de la Basse Moûturie, 377 531

1100. Ettelbrück.

Ettelbrück soll seinen Namen erhalten haben von einer etwa acht Meter unterhalb der jetzigen Sauerbrücke durch Attila (Etzel) erbauten, seit langem aber zerstörten Brücke.

Bormann, Beitrag zur Geschichte der Ardennen, II, 91

1101. Särge mit Mumien.

Es geht die Sage, man habe vorzeiten in der Umgebung von Remich steinerne Särge entdeckt, in denen man Personen als Mumien vorfand. In jedem Sarge befand sich neben der Mumie ein Lämpchen, das ohne

Brennmaterial vielleicht schon viele Jahrhunderte ein Licht verbreitete, beim Öffnen der Särge aber sofort erlosch.

Lehrer N. Biver zu Remich

2. Templer, Raubritter, Fehde und Streit

1102. Tempelherrenschlösser.

Nach der Volkssage sind gewöhnlich an den Stellen, wo sich Ruinen römischer Koloniegebäude (Tempelherrenschlösser) befanden, Schätze, goldene Siedeln usw. verborgen, Glocken vor undenklichen Zeiten ausgegraben worden und nicht selten brennt zu Nachtszeiten Geld daselbst oder spukt es doch fürchterlich, weshalb sie wohl hier und dort mit Kreuzen bezeichnet sind.

Bormann, Beitrag zur Geschichte der Ardennen, II, 85

Zu Ehlertal, eine halbe Stunde von Konstum, sollen Tempelherren gewohnt haben, und nach der Volkssage stand daselbst ein Dorf.

Bormann, a.a.O., II, 95

Die Tempelherren von Diekirch hatten auf dem rechten Sauerufer ein Tempelherrenkloster bei Gilsdorf, mit dem sie von Gilsdorf aus durch einen unterirdischen Gang in Verbindung standen. Dieses Kloster stand auf dem Berge Henschel und hatte nach der Volksüberlieferung einen Brunnen von 600 Meter Tiefe.

L'Evêque de la Basse Moûturie, 406 und 410

Auf der Nuck, einem Berge gegenüber Ettelbrück, befinden sich Spuren eines Tempelherrenschlosses, das die Römer dort errichtet hatten. Daselbst findet man auch römische Münzen und Krüge.

Mündlich

In einem Felde genannt Hofbus, in geringer Entfernung von Betzdorf, stand nach der Volksüberlieferung vorzeiten ein Tempelherrenkloster.

L'Evêque de la Basse Moûturie, 190

Zu St. Pirmin bei Buderscheid stand nach der in der Umgegend herrschenden Volksüberlieferung ehedem ein heidnischer Tempel nebst einem Schlosse der Tempelherren, welche alle in einer Nacht umgekommn seien.

Huberti, Chronik der Pfarrei Kaundorf (Manuskript) 532

Nahe bei Fischbach (Gemeinde Heinerscheid) befinden sich in einem Wäldchen die Ruinen eines Tempelhauses.

Zehn Minuten östlich von Mecher (Gemeinde Klerf) liegen die Ruinen eines Tempelhauses.

Bormann, a.a.O., II, 98

Zehn Minuten Wegs von Lullingen (Gemeinde Bögen) befinden sich in den Lölger Hecken Ruinen eines Tempelhauses. Ebenfalls zehn Minuten von Weiswampach liegt eine solche Ruine.

Bormann, a.a.O., II, 99

Ruinen eines Tempelhauses bestehen noch im Ort genannt Zelenborn, zehn Minuten südöstlich von Leitum (Gemeinde Weiswampach). Die Stelle selbst ist bekannt unter dem Namen »auf dem Tempelhaus«.

Dicht an der nordwestlichen Grenze sind im Preußischen[1] zwischen Tommen und Udeler die Ruinen des sogenannten Tempelslost noch deutlich sichtbar, bei Aldringen liegt nördlich das Tempelschloß.

In der Nähe von Reif (bei Daleiden) soll der Sage nach ein Tempelhaus gestanden haben, so auch bei Hölzchen (nahe bei Arzfeld).

Bormann, a.a.O., 104, 105 und 111

1103. Templer zu Eisenbach.

Viele Einwohner von Eisenbach glauben, daß die in der Umgegend befindlichen Steintrümmer von sogenannten »Tempelshäusern« herrühren, in denen ehedem die Tempelsherren gewohnt hätten. Es seien dies

1 (Heute Neu-Belgien. Der Bearb.)

Raubritter gewesen, deren Raubwesen die frühern Burggrafen, namentlich die von Stolzemburg und Falkenstein, für immer ein Ende gemacht hätten. Auf dem »Becherberg« der Flur, welche der Weg nach Hosingen in zwei Hälften teilt, sieht man noch Überreste ihrer Wohnungen. In der Gegend vom Kohnenhof kann man die Steintrümmer sehen, wo ihre Kirche gestanden. Auf anderen Stellen zeigt man, wo einst ihre Stallungen gewesen. Auf manchen dieser Stellen hat man früher Gefäße (irdene Krüge) vorgefunden, in welchen sich Asche von den Brandopfern befand. Aus eben diesem Grunde behaupten viele, es dürften aus Jerusalem verjagte Tempelherren gewesen sein, welche das alleinige Besitzrecht der Tempeleinkünfte sich hätten anmaßen wollen.

Auf der »Kâp«, einem zwischen Wahlhausen und Eisenbach gelegenen Orte, befinden sich die Trümmer eines »Heidenhäuschens«. Dieses ist nur mehr dem Namen nach bekannt.

Lehrer Quiring zu Untereisenbach

1104. Tempelherren in Beischent.

Zwischen Boxhorn und Klerf dehnt sich ein Wald aus, der, unterhalb Boxhorn beginnend, sich in Form eines ungeheuern Hufeisens bis nach
533 Maulusmühle hinzieht. In einem Teil desselben, Beischent genannt, gerade oberhalb des von der Wolz oder Klerf durchströmten Jennertales, gewahrt man von Entfernung zu Entfernung mächtige, mit Moos bewachsene Steintrümmer, die unter dem Namen »Tempelhäuser« gar wohl in der Umgegend bekannt sind. Hier soll vorzeiten eine große Stadt, die Stadt Beischent, gestanden haben, »damals als die Heiden noch in unserem Lande waren«. Die darauf bezüglichen Urkunden wären auf einem benachbarten Schlosse (Urspelt, Klerf) aufbewahrt. Zu wiederholten Malen wurden von Privatleuten Nachgrabungen veranstaltet; an einem gewissen Orte stieß man auch auf ein stark gebautes, noch wohlerhaltenes Gewölbe, wo man, der Erwartung zuwider, einige verrostete Waffengeräte und Asche (ob in Urnen, ist ungewiß) fand.

Später, als diese Stadt schon verödet war, setzte sich daselbst eine Abteilung der sogenannten Tempelherren fest, und seit der Zeit heißt der Ort Tempelhäuser. Diese Tempelherren waren, man weiß nicht recht welchen Umstands willen, sowohl den Klerfer Grafen als auch dem Volke verhaßt. Doch konnten ihnen die Nachstellungen der Schloßherren von Klerf lange nichts anhaben. Denn ihren Pferden hatten die Ritter die Hufeisen verkehrt (»hanne fir«) aufgenagelt, so daß der Pferde Spuren die Feinde in die Irre leiteten. Da verriet eines Tages ein Hirt, der in der Nähe seine Herde weidete, daß die Tempelherren frühmorgens ausgeritten seien; und in der darauffolgenden Nacht wurden dieselben sämtlich »vertilgt«.

1105. Die Tempelherren von Kahler.

In dem Dorfe Kahler hatten die Tempelherren ein sehr gut befestigtes Schloß, aus dem sie ausfielen und die Gegend unsicher machten. Sehr oft schlugen sie ihren Pferden die Hufeisen verkehrt auf, so daß die Leute meinten, sie seien eingeritten, wenn sie in der Gegend umherstreiften. Einmal wurden auf des Königs Befehl die Tempelherren nächtlich in ihrem Schlosse überfallen. Sie wurden besiegt, ihr Schloß dem Erdboden gleich gemacht und so ihre Herrschaft zerstört.

1106. Tempelherren in der Tonn bei Spittelhof.

Die sogenannte Tonn[1] ist ein Tumulus bei Spittelhof, etwa 700 Meter von Flaxweiler. Dieser Erdhaufen hat die Form eines Kegels, einen Durchmesser von fünfzehn Meter und eine Höhe von sechs bis sieben Meter. Die Oberfläche ist mit Eichen und Buchen bewachsen.

Bei einer nicht fortgesetzten Ausgrabung stieß man auf den Eingang einer Grotte, der heute verschüttet ist. In früheren Zeiten sollen in dieser Grotte Tempelherren gewohnt haben, welche durch ihre Raubzüge die ganze Gegend unsicher machten. Damit man nicht wisse, ob sie in den Tumulus ein- oder ausgeritten seien, hatten sie ihren Pferden die Hufeisen 534
verkehrt aufgeschlagen.

Nachdem die Tempelherren verschwunden, wagten mehrere Personen aus Flaxweiler in die Grotte einzudringen; doch bald kehrten sie angsterfüllt um.[2]

Nach einer Mitteilung von Lehrer J. Ernster zu Flaxweiler

1 Tomm (J. Dumont).

2 Der Tumulus ist auf eine Breite von zwei bis drei Meter ganz durchgegraben.
Prof. van Werveke

1107. Zerstörung der Burg Heringen.

A. Vorzeiten stand im Müllerthal auf hohen Felsen eine stolze Burg, auf der ein wilder Ritter hauste, der Schrecken der ganzen Gegend. Mit allen seinen Nachbaren lag Veit in beständiger Fehde, und in Bekämpfung derselben schrak er vor keinem Mittel zurück. Seine Tochter Adelinde war ganz das Gegenteil ihres Vaters, und dessen rohe Sinnesart bereitete ihr manchen Kummer.

Als Veit einst von einem Streifzug zurückkehrte, traf er auf Ritter Klaus von Mersch, der eben dem Weidwerk oblag. Eine so günstige Gelegenheit konnte Veit nicht vorübergehen lassen. Er bemächtigte sich des Ritters und schleppte ihn gefangen nach Heringen. Monatelang schon hatte der junge Ritter in harter Gefangenschaft hingebracht, als seine Not der mitleidsvollen Adelinde zu Herzen ging. In einer dunkeln Nacht schlich sie beherzt zum Burgverlies hinunter und löste des Gefangenen Ketten. Mit dankerfülltem Herzen enteilte der Befreite auf geheimem Wege ins Tal hinab. Da plötzlich fühlt er sich von starker Hand erfaßt, und sieh, sein treuer Knappe steht vor ihm. Klaus erfährt, daß, um ihn aus der Gefangenschaft zu befreien und den frechen Räuber für seine Untaten zu strafen, die Herren von Ansemburg, Fels, Meisemburg und Folkendingen sich verbunden und Heringen so umlegt haben, daß keine Maus aus dem Räubernest entkommen könne; mit dem anbrechenden Morgen werde die Burg erstürmt und in Brand gesteckt werden. Die Kunde, daß Klaus seiner schmählichen Haft entkommen, verbreitete sich schnell, und hocherfreut rüstete sich die Ritterschaft zum blutigen Angriff, der bei dem ersten Morgenglühen auch erfolgte. Bald loderte die Flamme aus der eroberten Burg empor und griff rasch um sich. Umsonst kämpfte der Heringer wie ein Löwe, der Überzahl mußte er bald erliegen. Klaus rettete ihm das Leben und stürzte dann hinunter zum Burgverlies, um die edle Adelinde, die statt seiner dort in Ketten lag, dem Flammentode zu entreißen.

Seit der Zerstörung von Heringen sind drei Jahre verflossen. Klaus und Adelinde sind ein glückliches Ehepaar geworden. Da langte eines Abends ein Greis in fremder Tracht im Merscher Schlosse an: es war Veit, der zum hl. Grabe gepilgert war und als umgewandelter Mensch zurückkehrte, um seine letzten Lebenstage glücklich inmitten seiner Kinder zu verbringen.

J. Engling, Manuskript, 17

B. Schloß Heringen, von dem nur mehr wenige Spuren auf einem der das Müllerthal umgürtenden Felsen vorhanden sind, soll im Besitze von Tempelherren gewesen sein, die weit umher die Gegend durch ihre Streifzüge unsicher machten, die Reisenden überfielen und ausplünderten und das arme Landvolk hart bedrückten. Darüber entrüstet, beschlossen die Herren der benachbarten Burgen, den Raubrittern aufzulauern und sie unschädlich zu machen; aber trotz aller Bemühungen gelang es ihnen nicht, ihrer habhaft zu werden. Diese waren sämtlich beritten und hatten, um allen Nachstellungen zu entgehen, ihren Pferden die Hufeisen verkehrt aufgeschlagen, so daß, wenn man meinte, die Raubritter seien ausgeritten, diese sich in Sicherheit hinter ihren festen Mauern befanden und aller Angriffe der Feinde spotteten. 535

Eines Tages nahm sich ein Mann aus dem benachbarten Befort, der aus der frischen Hufspur im Sande geschlossen, die Räuber hätten ihre feste Burg verlassen, ein Herz und ging auf Heringen zu. Doch wie er sich demselben näherte, kamen die Räuber plötzlich heraus und wollten ihn umbringen, damit er sie nicht verrate. Auf des Mannes flehentliches Bitten jedoch ließen sie ihn frei unter der Bedingung, daß er sich durch Eidschwur verpflichte, ihr Geheimnis, wodurch sie ihre Feinde über ihre Bewegungen täuschten, nie einem Menschen zu verraten. Kaum aber war der Mann in Freiheit gesetzt, als er nachsann, auf welche Weise er die Räuber verraten könnte, ohne seinen Schwur zu verletzen.

Am darauffolgenden Sonntage stellte er sich, als das Hochamt beendigt war und die Leute die Kirche verließen, vor einen Grabstein neben das Kirchtor und gebärdete sich derart, daß er die Aufmerksamkeit aller Anwesenden auf sich zog. Dann fing er, gegen den Stein gewendet, laut zu rufen an:

Dir, o Stein, sag ich's allein,
Die Heringer sind heim.
Wenn man meint sie seien ein,
So sind sie aus;
Meint man aber, sie seien aus,
So sind sie ein.
Sie haben ihre Pferde das Hintere vorn beschlagen.[1]

1 Nach H.A. Reuland: Dir o Stein, sag ich's allein, /Umsonst sind alle Schlingen, / Glaubt man, die Herren von Heringen / Ritten aus, so reiten sie ein.

Sofort rotteten sich die Bauern mehrerer benachbarten Dörfer zusammen, bewaffneten sich mit Heugabeln, Sensen usw., erstürmten das Schloß in Abwesenheit der Tempelherren, plünderten es und nahmen die heimkehrenden Heringer Herren gefangen, die nun den Lohn für ihre langjährigen
536 Räubereien erhielten.

1108. Zerstörung des Horner Schlosses.

Unweit Michelau ragt am linken Sauerufer ein mächtiger Schieferfels empor, auf dem sich einst die stolze Burg Horn erhob. Dort hausten Tempelherren, welche die Gegend weit und breit gar hart bedrückten und unsicher machten, und deren Willkür sich alle Dörfer ringsumher fügen mußten. Die Not des bedrückten Volkes ging dem Herrn von Erpeldingen zu Herzen, und er rüstete sich, um das Räubergesindel zu bekämpfen und ihre Burg, während sie auf Raub ausgingen, zu zerstören. Aber den schlauen Templern entgingen die Absichten des Herrn von Erpeldingen nicht, und sie ersannen eine List, ihren Gegner zu täuschen: sie schlugen ihren Pferden die Hufeisen verkehrt auf. Zog dann der Erpeldinger heran und fand die Hufspur der Rosse der Burg zugewendet, so wähnte er dieselbe wohl besetzt und kehrte unverrichteter Sache nach Erpeldingen zurück.

Da geschah es, daß die Tempelherren ihren Schmied, der allein um ihr Geheimnis wußte, arg beleidigten, und um sich rächen, begab sich dieser an einem Sonntage nach Erpeldingen und stellte sich zu Ende der hl. Messe an die Kirchtürschwelle und rief, während die Leute aus der Kirche heraustraten: »Dir, toter Stein, darf ich der Horner List vertrauen, die keiner Seele zu sagen ich geschworen habe: Wenn die Spuren der Templerherrenpferde-Hufeisen burgwärts gerichtet sind, dann sind sie ausgeritten, zeigt die Hufspur auswärts, dann befinden sie sich auf ihrer Burg.«

Sobald der Herr von Erpeldingen dies vernommen, sammelte er schnell eine bewaffnete Schar um sich und zieht gegen Horn. Dort merkt er an der Hufspur, daß die Tempelherren ausgezogen sind, und sofort werden die Mauern, da kein Widerstand von innen hemmt, mit leichter Mühe überstiegen. Bald wälzt sich der ganze Schwarm durch das geöffnete Tor verheerend in das Innere der Burg und die auflodernden Flammen verkünden der ganzen Umgegend, daß das Räubernest gefallen.

Heute noch wird der Felsen, auf welchem die Templerburg gestanden, das »Horner Schloß« genannt.

J. Engling, Manuskript, 238

1109. Tempelherren im Kasselsberg.

An einem Sonntagmorgen begegnete ein Bauer, der sich nach Vianden begab, Tempelherren, die sich im »Kasselsberg« (einem Berg, der im Hüpperdinger Gemeindewald, drei Viertelstunden von Heinerscheid, gelegen ist und an die Ur stößt) aufhielten. Um nicht so leicht erwischt zu werden, hatten die Tempelherren ihre Pferde verkehrt beschlagen, und sie ließen den Bauern schwören, sie nicht zu verraten. Doch dieser stellte sich am Mittage vor die Kirche zu Vianden, als die Leute aus dem Hochamte kamen, schlug mit einem Stabe auf einen Stein und rief mit lauter Stimme: »Stein, dir sage ich es allein, die Tempelherren sind da- 537
heim!«

1110. Das Templerschloß bei Beringen (Mersch).

Unweit Beringen (Gemeinde Mersch) soll vorzeiten ein Schloß der Templer gestanden haben. Aus alten Münzen und sonstigen Gegenständen, ja sogar Gewölben, welche man bei Nachgrabungen an diesem Orte vorfand, zu schließen, mag dies auch wahr sein. Diese Templer kamen den Verpflichtungen ihres Berufes nicht nach, sondern taten den Leuten der Umgegend viel Unrecht an. Diese aber konnten sich der lästigen Gäste nicht entledigen, denn dieselben bewohnten ein festes, uneinnehmbares Schloß, und wenn sie auf Raub ausritten, schlugen sie den Pferden die Hufeisen verkehrt auf, beim Rückweg aber ins Schloß drehten sie die Hufeisen wieder wie gewöhnlich, so daß die Leute vergebens ihre Spur suchten und sich so derselben auf offenem Felde nicht bemächtigten konnten. Da geschah es eines Tages, daß ein Mann den Räubern begegnete und die List entdeckte. Der Oberste der Templer ließ sogleich den Mann festnehmen und gebot ihm unter allerlei greulichen Drohungen, nie einem Menschen zu verraten, was er gesehen. Der arme Kerl versprach es feierlich und wurde freigelassen. Als es aber Sonntag geworden war und die Leute zur Kirche gingen, da stellte er sich vor einen Baum und erzählte diesem mit lauter Stimme, welcher List sich die Templer bedienten, um den Leuten ihre Spur zu verbergen. Da nun die List bekannt war, wurde die ganze Bande überfallen und getötet.

1111. Raul und sein Pferd.

An den Ufern der Eisch, unweit Greisch, soll ehedem auf einem schroffen Felsenhügel die Templerburg Gräfingen gestanden haben. Am Fuße des Felsens lief an einigen Stellen das Flüßchen so nahe vorbei, daß für einen Fahrweg kaum der gehörige Raum geblieben und diese Stellen durchaus unfahrbar waren.

Auf dieser Burg hausten vorzeiten vier Brüder, Tempelritter und nebenbei Raubritter der schlimmsten Art. Die Sage bewahrt nur noch den Namen des einen, welcher Raul hieß. Auf einem Streifzuge hatte dieser einst ein Auge verloren; seither konnte er nicht mehr ins Feld ziehen und mußte das Haus hüten. Doch ritt er nichtsdestoweniger auf Rekognoszierung aus; denn er war nicht nur in allem klüger und gewandter als seine Brüder; sondern er sah mit einem Auge schärfer als jene mit zweien. Sein Pferd übertraf desgleichen an Schnelligkeit und Listen alle anderen. Es roch Feinde und Gefahren, stand still oder wich seitwärts aus, wo es eben galt; es ging mit seinem Reiter die schlüpfrigsten Pfade auf und ab oder am Rande eines schroffen Felsens hin, ohne auszugleiten, und setzte ungefährdet über Gräben und Flüsse weg. Noch zeigt man den jähen Pfad zwischen zwei Felsen hinauf, wo Raul so oft bei Mondschein hin und her geritten war. Die Greischer Lei ist nämlich ein jäher Felsenpfad mit vielen Krümmungen und im Aufsteigen an einigen Stellen
538 so eng, daß ein Mensch nicht gut durchkommen kann.

Rauls Brüder ritten eines Tages vor einen reichen Meierhof (vermutlich der schon längst verfallene Hof de la grange zu Greisch, an dem Orte genannt: Ob dem Hölz, wo schon verschiedene wertvolle Antiken ausgegraben worden sind) und forderten vier junge Pferde. Der Hausherr erwiderte, sie möchten die Pferde nur bei Nacht abholen kommen, damit er sich bei dem Eigentümer des Hofes damit rechtfertigen könne, es seien ihm die Pferde geraubt worden. Die Templer zogen sich zurück, kamen aber nach einigen Tagen abends spät wieder zum Hofhaus, klopften an und wurden eingelassen. Hinter ihnen schloß man das Haupttor, und statt der Fohlen kamen ein paar Dutzend bewaffnete Knechte und Bauern aus den Pferdeställen, fielen über die Räuber her, schlugen ihre Knechte tot, fesselten die drei Tempelherren und banden sie mit langen Stricken an die Schweife ihrer eigenen Rosse. Sodann versammelte sich ein zahlreicher Trupp Bauern zu den bewaffneten Knechten; man trieb die Pferde voraus und setzte sich nach dem Räuberschlosse in Bewegung. Dort angekommen, waren die drei Templer zu Tode geschleift. Raul beobachtete von der Turmwarte aus den mit Fackeln beleuchteten Zug der herannahenden Feinde. Diese führten, außer anderem Geräte, auch hohe Leitern mit sich, legten dieselben an die Ringmauer an und versuchten hinüberzusteigen; doch Raul wehrte es ihnen.

Nachdem die Bauern noch einige Versuche, die Feste zu erstürmen, gemacht hatten, zündeten sie vor dem Haupttor ein großes Feuer an, so daß die hölzernen Flügel bald durchgebrannt waren und ihnen der Eingang offen stand. Da trieben einige Bauern die drei Pferde mit den daran geknüpften toten Herren in den Burgraum hinein, konnten sich aber darin nicht selbst aufhalten, weil es rings von den Trümmern, Steine und Balken herabhagelte. Der Burgherr sah seine Brüder gemordet daliegen und konnte sein bevorstehendes Schicksal daraus abnehmen. Draußen scholl immer der Ruf: »Raul, nimm deine Brüder auf!« Da bestieg er sein Roß und mit ihm die hohe Burgmauer, wo er, das Äußerste wagend, wie auf einer breiten Straße frei herumritt.

Indes waren einige der Belagerer wieder eingedrungen und hatten in Scheunen und Ställe Brandfackeln geworfen. Einige Minuten nachher loderte die Flamme hoch auf, so daß das ganze Gebäude davon beleuchtet wurde. Bald stürzte ein Teil zusammen; Stroh und Gehölz lag brennend im Hofe zerstreut, daß dieser dem Herd eines Feuerofens glich. Dadurch scheu geworden, stürzte sich Rauls Pferd mit seinem Reiter von der Burgmauer mitten in die Glut hinab; doch tat es sich im Fallen kein Leid, sondern lief mit verhängtem Zügel über den Hof dem Ausgang zu. Des Reiters Kleider brannten ihm lichterloh am Leibe. Die Draußenstehenden sahen ihn wie ein feuriges Meteor dahergeflogen kommen mitten durch die erstaunte Menge hindurch. Über die Ebene jagte er flammend in
gerader Richtung fort an den Vorsprung des Hügels und von hier mit 539
doppelter Geschwindigkeit den jähen Abgrund hinunter bis an die Eisch, wo er, gleich einer hinabstürzenden Brandfackel, erlosch und verschwand.

Seither geht Rauls Pferd, seinen Herrn suchend, an dem Ufer der Eisch allnächtlich auf und ab, ein kohlschwarzer Rappe, dessen Mähne bis an den Huf hinabreicht, beim Laufen aber, nach oben gerichtet, einen pfeifenden Laut von sich gibt; Zaum und Sattel leuchten im Dunkeln. Wer sich vor ihm fürchtet, der gerät in solche Verwirrung, daß er unfehlbar in den Fluß hinabfällt; wer aber dreist seines Weges geht, vor dem entweicht der Rappe und taucht selbst in die Fluten.

Die Templerburg ward der Erde gleich gemacht, noch heute liegen dort Schiefer und Mauersteine in großer Menge bis ins Tal hinab zerstreut. Die verborgenen Schätze der Raubritter wähnt man in unterirdischem Verwahr. Die soll Rauls Pferd demjenigen zeigen, der es wagt, seinen Sattel kühn zu besteigen.

Viele Reisende, die um die Geisterstunde an der Eisch vorübergingen, versicherten, dieses Pferd gesehen zu haben.

Apotheker Brimmeyr, Treviris, 1835, Nr. 12

1112. Die Burg im Grièfchen bei Greisch.

Im Grièfchen, einem plateauartigen Hügel der Leesbech, zwischen Simmern und Greisch, stand einst ein Schloß, dessen Besitzer in Fehde stand mit der Herrschaft von Useldingen. Die vom Grièfchen gebrauchten allerlei Listen, um die von Useldingen irre zu führen. Sie schlugen ihren Pferden die Hufeisen verkehrt auf, so daß, wenn man meinte, sie seien ausgeritten, sie in Wirklichkeit eingeritten waren. Dann machten sie sich eine Pfeife, welche einen ganz besonderen Ton gab, um die Ihrigen herbeizurufen. Aber die von Useldingen entdeckten die List bald und ahmten die Pfeife nach. Als die vom Grièfchen einst ausgeritten waren, pfiffen sie, und die Hüter der Burg, in der Meinung, es seien die Ihrigen, öffneten die Tore, durch welche die Useldinger rasch ins Schloß drangen. Sie steckten die Burg in Brand. Ein Knecht des Schlosses im Grièfchen stürzte sich, auf einem Schimmel sitzend, brennend in den Bach. Dabei brach er das Genick. Seither erscheint der Knecht jede Nacht. Er sitzt ohne Kopf auf einem Schimmel, dessen goldene Hufeisen verkehrt aufgeschlagen sind. Er hält genau den Pfad ein, welcher sich den Berg hinaufzieht, auf dem das Schloß gestanden.

Nach anderer Mitteilung entfloh beim Brande der Burgherr durch unterirdische Gänge zu seinen Schätzen und wurde nie mehr gesehen. Sein Pferd, das goldene Hufeisen getragen, sei mitten durch die Flammen gesprengt und in den nahen Gebirgen verschwunden. Seit dieser Zeit kommt um Mitternacht ein schwarzes Pferd über die Leesbech gegangen und verfolgt den Weg nach Simmern. Man sagt, es kehre allnächtlich zu
540 den verborgenen Schätzen zurück, die man nach Niederbrennung des Räuberschlosses vergebens gesucht habe.

1113. Die Tempelherren zu Ehnen und ihre Schätze.

Nach dem Volksglauben sind die meisten alten Burgen und Schlösser durch die Tempelherren erbaut und bewohnt worden, so auch die ehemalige Burg zu Ehnen, obgleich dieselbe von Templern nie bewohnt war. Hier, was das Volk sich darüber erzählt.

Die Tempelritter zu Ehnen hatten durch Geiz und Raub sich große Reichtümer gesammelt und durch andere Verbrechen die Strafe Gottes über sich herabgerufen. Da geschah es, daß ein mächtiger Fürst ihre Burg belagerte, um die Bösewichte zu züchtigen. Die schlauen Templer aber wußten den Feind, der sie in ihrem festen Schlosse aushungern wollte, lange Zeit dadurch zu täuschen, daß sie ihren Pferden die Hufeisen verkehrt aufschlugen. Glaubte nun der Feind an den Hufspuren zu erkennen, die Ritter seien ausgezogen, so fand er unerwartet bei seinen Angriffen das Schloß wohlbewehrt und beschützt; vermutete er dagegen eine starke Besatzung in demselben, so zogen unterdes die Tempelritter unbesorgt in der Ferne auf Beute. Auf diese Weise gelang es denselben häufig, der Burg Lebensmittel und Verstärkung zuzuführen. Als aber endlich die Belagerer der Templer List erfuhren, bemächtigten sie sich bei der ersten Gelegenheit der unverwahrten Burg, verbrannten und zerstörten sie von Grund aus.

Die reichen Schätze der Templer entgingen jedoch zum Teil dem raubgierigen Auge des Feindes, und so geschah es, daß später mancher arme Talbewohner unter den Trümmern goldene Armsessel, Schwerter mit goldenem Griffe und dergleichen fand.

Jedes Jahr aber ersteht einmal um Mitternacht die Burg aus ihrem Schutte und glänzt in ihrer alten Pracht auf dem Burgfelsen. Dann erheben sich auch die Ritter, steigen zu Pferde mit Banner und Schwert und halten hoch in der Luft unter Klagegesang einen glänzenden Umzug um dieselbe, bis das Ganze zuletzt unter großem Sturm und Getöse wieder verschwindet.

Lehrer Linden zu Rollingen

1114. Eroberung der Burg Fels.

Nach dem Erlöschen der männlichen Linie der Herren von Fels kamen deren Besitzungen an Ritter Walther, der von nun an als Burgherr unumschränkte Gewalt ausübte und keinen Oberlehnsherrn anerkennen wollte. Das verdroß den Grafen Johann von Luxemburg, König von Böhmen, und er sandte einen Hauptmann mit Truppen vor die Burg Fels mit der Weisung, den trotzigen Ritter aufzufordern, sich dem Könige zu unterwerfen, und im Weigerungsfalle die Burg zu erstürmen.

Als das Kriegsvolk gegen Fels heranzog, befand sich Walther in Italien; aber sein treuer Burgwart, dem er bei seiner Abreise die Verwaltung
seiner Herrschaft übergeben, traf schnell alle Vorkehrungen, um die Feste 541

in Verteidigungszustand zu setzen. Es gelang ihm, die Anstürmenden zu wiederholten Malen von den Mauern der Burg zurückzuschlagen. Allein da die Belagerung sich in die Länge zog und die Lebensvorräte rasch zusammenschmolzen, so wurde die Lage bald sehr mißlich. Alles Vieh in der Burg war bereits geschlachtet und aufgezehrt. Nur ein Ochse war noch übrig. Auch diesen befahl der Burgwart zu schlachten, den Magen zu leeren, und mit Weizen anzufüllen und denselben während der Nacht über die Mauern zu werfen. Als die Feinde am Morgen den Magen fanden und den Inhalt desselben sahen, gaben sie die Hoffnung auf, die Burg durch Hunger zur Übergabe zu zwingen, und zogen ab.

Durch diesen Erfolg wurde Walther noch trotziger und wollte sich unter keiner Bedingung dazu verstehen, dem Könige den Lehnseid zu leisten. Da zog dieser selbst mit einer Abteilung seines Kriegsvolkes heran, und da Walther auch jetzt sich nicht unterwerfen wollte, begann sofort die Bestürmung seiner Burg. Er wehrte sich wie ein Löwe, aber was vermochte seine geringe Zahl gegen die Übermacht? Bald loderte die Flamme aus der erstürmten Burg empor. Da, mit einem verzweifelten Sprunge durchbrach Walther die Reihen seiner Angreifer und stand wildblickend am Rande des tiefen Burgbrunnens. »Lebend«, schrie er wütend, »sollt ihr mich nicht haben!« und stürzte sich in den gähnenden Abgrund. Sein treuer Burgwart, welcher nicht von seiner Seite gewichen war, suchte den Rasenden zurückzuhalten, beugte sich aber zu weit vor und stürzte, von der Last der Rüstung hinabgezogen, seinem Herrn in die Tiefe nach.

So kam Burg Fels in die Gewalt Johanns des Blinden.

H.A. Reuland

1115. Die Belagerung von Burscheid.

Die Mannen des Herrn von Esch hatten während einer blutigen Fehde das Schloß Burscheid unvermutet angegriffen und, da sie dasselbe nicht zu erstürmen vermochten, dicht eingeschlossen, um die Übergabe durch Hunger zu erzwingen. Während der Feind in seinem Lager im Überfluß schwelgte, nahmen die Lebensmittel in der bedrängten Burg rasch ab, so daß die Not bald aufs höchste stieg. Ein Rind und zwei Scheffel Weizen war zuletzt der ganze Vorrat der Belagerten, und schon dachte man daran, dem Feinde die Tore zu öffnen, als ein greiser Krieger auf einen listigen Einfall kam: mit dem Weizen, der für so viele doch nicht lange reichen konnte, fütterte man das Rind, schlachtete es und warf dessen

Eingeweide vom Walle unter den Feind. Als die Escher den Weizen in des Tieres Eingeweiden gewahrten, gaben sie die Hoffnung auf, die Burg, die sie mit Lebensvorräten reichlich versehen wähnten, zur Übergabe zu zwingen, und zogen vor Tagesbruch in aller Stille ab.

J. Engling, Manuskript, 233 542

1116. Besser den Hut als den Kopf verloren.

Im vierzehnten Jahrhundert hauste zu Vianden ein schlimmer Graf, der die Edlen aus der Umgegend in sein Schloß lockte, sie umbrachte und sich unter irgend einem Vorwande ihrer Güter bemächtigte. So war auch einst auf des Grafen Einladung der Ritter von Burscheid mit einem Knappen auf Burg Vianden erschienen. Während die Ritter zechten, saßen die Knappen beisammen, erzählten von Fehden und blutigen Schlachten und rühmten ihrer Herren Stärke und Tapferkeit. »Mein Herr«, rief Burscheids Knappe, »ist der tapferste Ritter im ganzen Lande; er nimmt's mit einem Dutzend von Feinden auf!« Diese Prahlerei, meinten die Knappen des Grafen, habe bald ein Ende, da noch kein Gast die Burg Vianden lebend verlassen habe. Als Burscheids Knappe das hörte, schlich er sich unbemerkt weg, sattelte die Rosse und benutzte dann eine Gelegenheit, seinen Herrn von dem Verrate in Kenntnis zu setzen. Dieser eilte ohne Hut mit seinem treuen Knappen zu den Rossen, sie schwangen sich hinauf und suchten ihr Heil in der Flucht. Der Graf bemerkte den flüchtigen Ritter erst vor den Toren und rief ihm wie zum Scherze zu: »Ihr habt ja Euern Hut vergessen; kommt, holt ihn!« Aber Burscheid entgegnete: »Schon gut! Besser den Hut als den Kopf verloren!«

v. Cederstolpe, 83

1117. Der Schatz im Zolverknapp.

Der Zolverknapp, einer der höchsten Punkte des Landes, gleicht einem ungeheuren, abgestumpften Kegel. An dessen Basis auf der Ostseite lehnt sich das Dorf Zolver an, und ringsum ist er mit Buchen, Gesträuchen und Obstbäumen aller Art bewaldet bis nahe an den Rand hinauf, wo eine zierliche Allee von Fichten ihn umkränzt. In alter Zeit führte ein spiralförmiger Weg, wovon noch Spuren vorhanden sind, zur Plattform hinauf. Heute gelangt man nur mehr zu derselben auf einer der zur Dorfseite hin sich steil und gerade hinaufziehenden, steinichten Bahn.

Hier stand in jener Zeit die Ritterburg Alexander, später unter dem Namen Schloß de Soleuvre bekannt. Heute bedeckt ein grüner Rasenteppich die schöne, ebene Rotunde, und außer einem tiefen, mit schweren Quadersteinen ausgemauerten Brunnen, einer Citerne und einigem Grundgemäuer einer einstigen, gewaltigen Ringmauer, alles fast ganz verschüttet und vergraben, ist nichts mehr von der geschwundenen Herrlichkeit vorhanden.

Vor ungefähr sechshundert Jahren hauste in dieser Burg der Graf Alexander mit seinen Mannen, ein würdiger Sprosse des berüchtigten Templerordens aus dem Mittelalter. Seine Pferde trugen verkehrt aufgeschlagene Hufeisen aus Kupfer, um ihre Verfolger zu täuschen. Die Eisen selbst waren aus mehreren verschiebbaren Teilen vermittelst Schrauben
543 zusammengesetzt, so daß man ihnen eine beliebige Größe geben konnte.

Nicht weit vom Zolverknapp, in der Nähe von Beles, ragt hoch in die Luft eine bewaldete Bergkuppe, jenem in allem wunderbar ähnlich, nur etwas schmächtiger. Auch hier wohnte zu derselben Zeit ein mächtiger Raubritter, Tara mit Namen.

Die beiden Nachbaren beherrschten die ganze Umgegend und lagen miteinander in beständiger Fehde. So geschah es eines Tages, daß Alexander, in offener Schlacht besiegt, vor dem ihn verfolgenden Feinde sich in seine Burg flüchten mußte. Trotz verzweifelter Gegenwehr mußte er sich mit seiner ganzen Mannschaft ergeben. Nur seiner Gemahlin wurde auf ihr Flehen und Bitten freier Abzug gestattet mit der Erlaubnis, so viele der wertvollsten Schätze mitzunehmen, als ihr Steinesel (Steigesel?) und sie selbst auf ihren Rücken fortzutragen vermöchten, unter der Bedingung jedoch, daß sie sich an der Stelle ansiedeln müßten, wo sie, vor Müdigkeit erschöpft, niedersinken würden. Da gab es ein Schaffen und Rennen im Inneren der Burg: während die Gräfin sich zum Abzug rüstete, verschwanden die übrigen Kostbarkeiten, worunter eine goldene Wiege, in der Tiefe des Brunnens. Als alle Vorbereitungen zur Abreise getroffen waren, nahm die Gräfin die teuerste Last – ihren Gemahl – auf die Schultern und trieb den unter der schweren Last keuchenden Esel vor sich hin, in der Richtung nach dem Orte, wo heute Differdingen liegt. Als sie auf der morastigen Wiese angelangt waren, wo heute die Mühle genannten Dorfes steht, fing der Esel an zu versinken. Erschreckt und aus Besorgnis, auf diesem ungeeigneten Platze Wohnsitz nehmen zu müssen, feuerte die Frau das Tier unter Geschrei mit Peitschenhieben zur Weiterfahrt an, und nur mit unsäglicher Mühe gelang es beiden, noch eine kleine Strecke aufwärts auf einen Hügel zu kommen, wo bald die Herrschaft ein Schloß erbaute, dasselbe, welches, den Stürmen der

Zeit trotzend, unter dem Namen Differdinger Schloß sich bis auf unsere Tage erhalten hat.

Jahrhunderte waren seitdem ins Meer der Ewigkeit versunken, das Schloß de Soleuvre war vom Erdboden verschwunden, ohne daß man es bislang gewagt hätte, aus der ungeheuren Tiefe des Schloßbrunnens die Goldschätze hervorzuholen. Da ließen sich sieben unerschrockene Männer aus Niederkorn von ihrem Pfarrer bewegen, zu diesem Zweck in den Brunnen hinunter zu steigen. Er gab ihnen ein Glockenseil mit, an dem sie sich hinablassen sollten, und hieß sie, unten angekommen, kein Wort miteinander wechseln. Als das Seil, welches sich zu kurz erwies, mit einem Halfter verlängert und mit dem einen Ende an einer quer über den Brunnen gelegten, starken Lohstange befestigt war, glitten die Abenteurer der Reihe nach am Seile den gähnenden Schlund hinab in die unterirdischen, geheimnisvollen Räume der Berges. Einige Minuten genügten, ihre Augen an das Halbdunkel der Nacht zu gewöhnen, als auch schon ihre Blicke auf eine in der Nähe stehende Kiste fielen; einige Schritte weiter stand eine zweite. Wie viele Reichtümer würden die 544
Männer wohl noch entdeckt haben, wenn sie selber sich nicht durch dumme Unvorsichtigkeit die Sache verdorben hätten! Freudig überrascht über den ersten Erfolg, vergaßen sie einen Augenblick die Mahnung des Pfarrers und stießen einander jubelnde Zurufe aus. Da auf einmal, schrecklich! gewahrten sie vor sich auf dem Deckel der ersten Kiste sitzen den leibhaftigen Teufel in seiner schwarzen Gestalt. Wie vom Blitze getroffen, standen sie einen Augenblick bleich und starr; dann stürzten sie dem Ausgange zu, und mit der Behendigkeit der wilden Katzen wanden sie sich am Seile hinauf der Oberfläche zu, um nie wiederzukehren.

So schlummern denn noch bis auf den heutigen Tag in dunkler Tiefe verborgen jene ungeheuren Goldschätze.

N. Kuborn, Apotheker zu Niederkerschen

1118. Die Belagerung der Burg zu Zolver und die Gründung des Klosters zu Differdingen.

Ein noch lebender, fünfundsiebzigjähriger Mann aus Esch an der Alzet erzählt fogendes. Ludwig der XIV. (den er stets Ludwig den Bösen betitelte) konnte die Burg trotz aller Anstrengungen und aller strategischen Kniffe nicht erobern. Da nahm er seine Zuflucht zu einem letzten Mittel. Auf einem dem Zolverknapp, wo die Burg stand, gegenüberliegenden freien Platz ließ er durch seine Soldaten einen dem Zolverknapp gleich hohen Bergkegel zusammenführen. Als derselbe hoch genug geworden, pflanzte er die Batterien dort auf und beschoß die Burg. Da konnten sich die Belagerten nicht länger halten und mußten an Übergabe denken. Ludwig der Böse hatte blutige Rache geschworen. Die Burgfrau, welche das wußte, sann auf eine List, wie sie die ihrigen vor dem Tode retten könnte. Sie trat auf die Zinne und rief hinüber: »König Ludwig, ich habe ein Begehr an Euch. Wenn Ihr mir dieses gewährt, übergeben wir uns sofort.« – »Und das wäre?« frug Ludwig. – »So erlaubt mir, alles mitzunehmen, was ich tragen und was ich einem Esel aufladen kann.« Der König hatte nichts dagegen einzuwenden und gewährte die Bitte. Da lud die Burgfrau dem Esel Gold auf, so schwer derselbe zu tragen vermochte; sie selbst nahm ihren Mann, das Liebste und Teuerste, was sie hatte, auf ihren Rücken, und so schritten sie den Berg hinunter, nach Differdingen zu. Wie sie in die Nähe des Dorfes angelangt waren, sank die arme Frau vor Ermattung nieder. In ihrer Not gelobte sie, auf dieser Stelle mit dem geretteten Gold ein Kloster zu bauen. Gott erhörte ihr Gebet, und so entstand das Differdinger Kloster.

J.N. Moes

1119. Weibertreue.

Als die Franzosen die Burg Johannisberg eroberten, begehrte die Burgfrau, das hinaustragen zu dürfen, was ihr am teuersten sei, und ihren Schloßhund mit Habseligkeiten zu beladen. Die Bitte wurde ihr gewährt. Dem
545 Hund lud sie ihre Kleinodien auf, sie selbst nahm das größte Kleinod, das sie besaß, ihren Gemahl, auf den Rücken, und zog so zum größten Erstaunen der Belagerer aus der Burg. Das Schloß wurde verbrannt.

N. Gonner

3. Liebe und Leid

1120. Die Klause zu Differdingen.

Gegen Ende des vierzehnten Jahrhunderts verlobte sich der junge Herr Erhard von Elz mit Jossine von Florange. Die Vermählung wurde jedoch um ein Jahr aufgeschoben, damit sich Erhard unter der Fahne Sigismund von Luxemburg im Kampfe mit den Ungläubigen die Ritterwürde erwerbe. Nach manchen glücklichen Kämpfen mußte die christliche Tapferkeit der Übermacht der Muselmanen erliegen. Die wenigen Ritter, welche das furchtbare Blutbad von Nicopolis überlebten, wurden gefangen genommen.

Als Jossine von Florange von heimkehrenden Pilgern vernommen, ihr Verlobter sei in der Schlacht gefallen, entsagte sie den Freuden der Welt und trat ins Kloster von Differdingen.

Drei Jahre waren verflossen, da kehrte Erhard, dem es gelungen war, der Sklaverei zu entkommen, in seine Heimat zurück. Aber welches war sein Schrecken, als er hörte, daß seine Verlobte im Kloster zu Differdingen den Schleier genommen. Mit der Gnade Gottes überwand er seinen Schmerz und faßte einen Entschluß, den er noch am selben Tage seiner nunmehr Gott verlobten Braut mitteilte. Er baute sich eine Klause ganz in der Nähe des Klosters und zog sich in diese stille Einöde zurück, um sich, dem Beispiele seiner Braut folgend, ganz Gott zu weihen. Und jedesmal, wenn der Klausner sein Glöckchen zum Angelus ertönen ließ, vereinten Braut und Bräutigam ihre gottgeweihten Herzen im Gebete und brachten dem Herrn das wohlgefällige Opfer ihrer Entsagung dar. Eines Tages ertönte das Glöcklein nicht mehr zum Angelus, und Jossine sandte allein ihr Gebet zum Himmel für die Seelenruhe ihres Verlobten.

L'Evêque de la Basse Moûturie, 113

1121. Des Grafen von Beburg Töchterlein.

Ein reicher Tempelherr hatte über dreißig Schlösser. Unter anderen auch das Schloß Beburg[1] (?) Auf diesem Schlosse wohnte ein Graf, welcher eine überaus schöne Tochter hatte. Der Tempelherr kam zu dem Grafen, sah das Mädchen, und von der Stunde an liebte er dasselbe. Er trug auch 546
sogleich dem Grafen an, sein Eidam zu werden. Der erstaunte Graf teilte seiner Tochter des Tempelherrn Antrag mit, aber die antwortete weinend: »Nimmer kann das geschehen, wir würden uns vor Gott und der Welt schuldig machen.« Der Graf schickte also dem Tempelherrn eine abschlägige Antwort. Dieser geriet in Zorn und ließ ihm sagen, wenn er ihm die Tochter nicht gebe, lasse er das Schloß verbrennen und ihn in Gefangenschaft führen. Der Graf aber gab nicht nach. Da wurde er auf des

1 Wohl eher Bitburg (Béibreg) als Bettborn (Biebereg). Das Barockschloß in Bitburg (jetzt Waisenhaus) steht an der Stelle einer Burg, die Eigentum der Grafen von Luxemburg war. (J. Dumont.)

Tempelherrn Befehl gefangen genommen und das Schloß niedergebrannt. Die Tochter aber war entronnen.

Bald führte der Tempelherr Krieg mit einem Herzog aus dem trierischen Gebiete. Er selbst ging mit in den Krieg, nahm auch seinen Gefangenwärter mit. Dieser sagte zu seiner Magd, ehe er in den Krieg ging: »Sieh, dies ist das Essen eines jeden Gefangenen. Einen Grafen wirst du finden, dem gib etwas Besseres zu essen, denn der ist ein recht guter Mann.« Als das Mädchen in das Gefängnis kam, erkannte sie in dem Grafen ihren Vater. Sie weinte, gab sich aber nicht zu erkennen. Des Vaters Lage ging ihr doch sehr zu Herzen; er lag auf den Steinen, in armseligen Lumpen eingehüllt; sein Bart hing ihm bis an die Kniee. Das Mädchen klagte des Gefangenwärters Frau, daß jener Graf ihr Vater sei, und zugleich bat sie um ein bequemeres Lager und um bessere Kost für ihren hart bedrängten Vater. Die Frau gestattete es ihr. Nun ging sie wieder zu ihrem Vater hinab und gab sich jetzt erst zu erkennen. Sie weinte vor Freude und Trauer, denn keines konnte dem anderen helfen. So blieb der Vater noch lange Zeit im Gefängnis.

Eines Tages fiel ein Kind des Tempelherren in einen tiefen Brunnen. Niemand wollte sich hinunterwagen, um das Kind zu retten. Da kam die Magd des Gefängniswärters, des gefangenen Grafen Töchterlein, setzte sich in den Eimer, ließ sich in den Brunnen hinunter und brachte das Kind gesund wieder herauf. Des Tempelherren Frau war außer sich vor Freude, als sie ihr Kind gerettet in ihren Armen hielt, und bat die Retterin, sich eine Gnade bei ihrem Manne auszubitten, wenn er wiederkäme; er werde ihr sie sicher gestatten.

Als der Tempelherr nun wieder nach Hause kam, erzählte seine Frau ihm den Vorfall mit dem Kinde, nannte ihm die Retterin und teilte ihm mit, welche Zusicherung sie ihr gegeben. Auf einem Balle ließ der Herr das Mädchen zu sich führen und fragte sie, was sie zum Lohne für ihre schöne Tat begehre. »Ach! gnädiger Herr«, sagte das Mädchen, »geben Sie mir den Grafen, den Sie in Gefangenschaft halten, frei, mehr verlange ich nicht.« – »Das kann ich, bei Gott, nicht tun«, erwiderte der Tempelherr, »ich habe geschworen, daß dieser Graf im Kerker faulen müsse. Ich würde ja meinen Eid brechen. Bitte um etwas anderes, liebes Mädchen.« Allein das Mädchen verharrte auf ihrer Bitte, und jener auf seiner
547 Behauptung. Doch des Tempelherrn Frau bewog diesen endlich, den Grafen frei zu geben. Als er nachher hörte, daß dieser Graf des Mädchens Vater sei, ließ er ihnen die Burg zu Beburg wieder aufbauen, und der Graf und seine Tochter lebten vergnügt beieinander.

1122. Das Hündlein des Burgfräuleins von Vianden.

In der alten, ehrwürdigen Pfarrkirche von Vianden bemerkt man verschiedene alte, steinerne Grabdenkmäler; unter andern befindet sich ein solches mit grauem Anstrich an der Seite des dem Chore und Hochaltar zunächst stehenden Altars; dieses Monument ist dem Chore zugewendet. Ausgehauen ist darauf ein von einer lateinischen Inschrift umgebenes, weibliches Bildnis. Dasselbe stellt eine edle Frauengestalt in mittelalterlicher Tracht vor. Zweierlei ist an dem Steine bemerkbar, was beim ersten Blick auffallend erscheint. Die weibliche Figur in langer, bis zu den Füßen reichender Gewandung steht mit den Füßen auf einem Hunde und hält in der Hand einen langen Rosenkranz, an dessen Ende ein Geldbeutel bemerkbar ist. Das Steinbild soll die Gräfin Marie, Tochter Gottfrieds III. von Vianden, vorstellen.

Die Sage erzählt über dieses Denkmal folgendes:

Im vierzehnten Jahrhundert verließ Gottfried III., Graf von Vianden, mit einem zahlreichen Gefolge seiner Dienstmannen die majestätische Burg seiner Ahnen und zog ins hl. Land, um sich an einem Kreuzzuge zu beteiligen. Die Verwaltung seiner Grafschaft und die Vormundschaft über seine zwei holden Töchter, deren Mutter längst tot war, hatte der Graf bei seiner Abreise einem seiner mächtigsten Vasallen übertragen. Diesem Mann alles anvertrauend und seine lieben Kinder unter dem Schutze des, wie er glaubte, zuverlässigen Hofmeisters zurücklassend, war der fromme und mutige Graf von dannen gezogen. In der Wahl des Hofmeisters für die beiden Fräulein war der Graf, wie es sich später erwies, nicht glücklich gewesen. Gottfried kehrte nicht mehr in die Heimat zurück; in rühmlichem Kampfe gegen die Sarazenen war er gefallen. Die Nachricht von seinem Tode gelangte nach langer Zeit in das Tal der Ur, wo der Verwalter im Grafenschloß den gebietenden Herrn spielte und in jeder Weise mehr für sich als für seine Schutzbefohlenen sorgte. Seine Absicht war, mit der Zeit alle Güter des Hauses Vianden in seinen Besitz zu bringen. Demgemäß suchte er die Erbinnen von Vianden sich geneigt zu machen, um eine derselben zu ehelichen. Er bestürmte Maria, die älteste der beiden Schwestern, unaufhörlich mit seinen Bewerbungen. Diese wies jedoch den Hofmeister ab, denn sie war schon seit einiger Zeit die Verlobte des Grafen von Sponheim.

Enttäuscht und ergrimmt darüber, daß er abgewiesen worden, sann der Hofmeister auf Rache, und während der Nacht kerkerte er die junge
Gräfin heimlich in dem finsteren Verlies eines Turmes ein. Hier wollte 548
er sie durch Hunger seinen Wünschen nachgiebig machen. Allein sein

Plan scheiterte, denn ohne daß er wußte, womit die Gefangene ihr Leben fristete, wurde diese erhalten. Mariens Hündchen hatte den Aufenthaltsort seiner Herrin erspäht. Täglich schlich es sich in die Schloßküche, erschnappte dort eine Portion der zubereiteten Speisen, die es im Maule davontrug und damit dem Turme zusprang. Nahe am Boden befand sich in der Turmwand eine Lücke; zu der sprang der Hund hinauf und ließ das Brot oder das Fleisch hinunterfallen, und dank dieser Speise entging die Gefangene dem Hungertode. Durch ihren treuen Hund sollte Marie auch aus der Gefangenschaft befreit werden.

Eines Tages kam der Graf von Sponheim, seine Braut zu besuchen. Der Hofmeister bemerkte ihm, die Gräfin sei seit einiger Zeit ausgegangen und verschollen. Das dünkte dem Grafen bedenklich; er forschte nach, aber niemand konnte ihm Auskunft über die Verschwundene geben. Als er sich unmutig im Burghof bewegte, sprang Mariens Hund plötzlich an ihm hinauf, zupfte ihn am Beinkleid, schaute ihn wiederholt an und sprang davon. Als dieses Gebahren sich mehrmals wiederholte, ging der Graf dem Tiere nach, gelangte an den Turm, entdeckte das Verlies und überzeugte sich, daß seine Braut darin gefangen gehalten werde. Darauf eilte er zornentbrannt auf den Hofmeister zu, den er mit strengen Worten wegen seiner ruchlosen Tat zur Rede stellte; doch jener antwortete trotzig. Da kreuzten sich die Klingen der beiden Männer, und bald lag der Verräter blutend und sterbend am Boden. Die Kerkertüre wurde gesprengt, und zwei glückliche Menschen hatten sich wiedergefunden. Kurze Zeit nachher traute der Prior des Trinitarierklosters die Brautleute in der herrlichen Schloßkapelle.

Mehrere Jahre hatten beide schon in glücklicher Ehe gelebt; da brach eine Hungersnot im Lande aus, die so drückend wurde, daß die Viandener Bürger ihr beinahe erlagen. Die mildtätige Gräfin Marie von Vianden ließ jetzt die Vorratskammern des Schlosses öffnen und speiste die Hungernden solange mit ihrem Getreide, als sie es vermochte. In dieser schweren Zeit der Not verschaffte sie ihren Untertanen auch Verdienst; die baufällig gewordenen Teile des Schlosses ließ sie neu herstellen und andere Festungsbauten aufführen. An den Tagen, wo den Arbeitern der Lohn ausgezahlt werden sollte, erschien die Edle selbst unter ihnen, öffnete ihren Säckel und gab jedem nach Verdienst. So wurde sie in jener Zeit die Wohltäterin von Vianden, und man segnete die Gute allenthalben.

Als sie starb, legte ihr treues Hündchen sich auf ihr Grab nieder und nahm keine Nahrung mehr zu sich. Nach einigen Tagen fand man das arme Tier verhungert dort liegen. Um des Hundes Treue gegen seine

Herrin zu verewigen, wurde, der Sage nach, dessen Bild unter dem Bildnis der Gräfin auf deren Grabstein angebracht. Die Mildtätigkeit der 549
Verstorbenen suchte man durch den am Rosenkranz hangenden Geldbeutel darzustellen.

H.A. Reuland

1123. Die goldene Ziege auf dem Schlosse Logne.[1]

Im Anfange des dreizehnten Jahrhunderts wohnte auf dem Schlosse Bierloz ein Ritter, der eine sehr schöne Tochter hatte, weshalb die Freier sich zu Hunderten daselbst einfanden. Keiner aber konnte sich ihrer Gunst rühmen, denn sie hatte schon längst gewählt und zwar einen Edelknaben des Herzogs Valeran von Luxemburg.[2] Marthas Vater liebte den Jüngling, und so wurde die Hochzeit auch nicht auf lange mehr hinausgeschoben, sondern gleich auf den kommenden Sonntag festgesetzt.

Da die Trauung, nach dem Wunsche des Herzogs, in Logne, wo er eben Hof hielt, stattfinden sollte, so begab sich Martha mit ihrem Vater am Vorabende dorthin, um am anderen Morgen recht frühe schon sich zu der Feier bereiten zu können. Kaum aber hatte Valeran die reizende Braut erblickt, als er schwur, daß sie um jeden Preis sein werden müsse, und in seiner Liebesraserei alles vergessend, was ihm bis dahin heilig war, sandte er die Herzogin unter einem nichtigen Vorwande zu ihrer Mutter. Am anderen Morgen wurde der Bräutigam mit eiligen Aufträgen nach Poilvache bei Dinant abgeschickt, und zwar mit dem Befehle, daß er nicht eher zurückkommen dürfe, bis er gerufen werde. Der Ritter war ebenfalls leicht entfernt, und so fand sich der Herzog allein mit Martha.

Da er bemerkt hatte, daß ihr Herz gar sehr an Putz und schönen Kleidern hing, so überhäufte er sie alsbald mit diesen Dingen, und Martha nahm die Geschenke an. So wurde es dem Herzoge leicht, das schlichte Mädchen bald für sich zu gewinnen. Das Gerücht von dem vertrauten Umgange beider verbreitete sich schnell und drang selbst bis zum Aufenthaltsort des Bräutigams. Dieser sandte Späher nach Logne, die ihm die Wahrheit des Gerüchtes bestätigten. Auch der alte Ritter bekam Kunde davon. Der Gram warf ihn ins Grab, und der Jüngling, den er

1 Diese Sage hat Aufnahme gefunden, weil es sich darin um einen Luxemburger Fürsten handelt.

2 Wohl Walram, Herzog von Limburg, Gemahl der Ermesinde (Heirat 1214, † 1226). J. Dumont.

sich zum Eidam erkoren hatte, folgte ihm bald. Die Herzogin überlebte nicht länger die trübe Kunde.

Alles dies rührte Martha nicht im mindesten. Die Feste, welche der Herzog ihr zu Ehren gab, übertäubten die Stimme ihres Gewissens, und wollte diese einmal sich vernehmbar machen, so war der Anblick der Kleinodien und Prunkkleider, welche sie in Fülle besaß, hinreichend, dieselbe zu ersticken.

Eines Morgens suchte man sie vergebens in ihrer Schlafkammer. Da sie, mit all ihrem kostbaren Schmuck beladen, die Nacht durchtanzt und erst mit Tagesanbruch den Herzog verlassen hatte, so dachte dieser alsbald an Entführung oder Raub. Er schickte Boten nach allen Richtungen aus, aber man fand nirgends eine Spur von ihr. Schon gab Valeran alle Hoffnung auf, sie je wiederzusehen, als eines Tages ein Diener ihm meldete, daß man Marthas Leiche am Eingang eines unterirdischen Ganges gefunden. Der Herzog begab sich sogleich dahin, aber sie war verschwunden und mit ihr aller Schmuck.

Seitdem sieht man am Vorabende hoher Feste eine mit Gold und Edelsteinen bedeckte Ziege diesen Gang durchrennen. Wer dieselbe am Schwanze fassen könnte, dem müßte sie den Ort anzeigen, wo Marthas Schatz vergraben liegt.

Joh. Wilh. Wolf, Niederländische Sagen, Nr. 234

1124. Der Herr von Folkendingen und seine Söhne.

Der Herr von Folkendingen war alt geworden und wünschte, das Ende seines Lebens in Ruhe hinzubringen. Er berief deshalb seine drei Söhne zu sich, um seine Güter unter sie zu verteilen. Dem ältesten gab er die Burg Heringen im Müllerthal; dem zweiten, der ein Kriegerleben führte, eine Rentverschreibung; der jüngste erhielt das Stammschloß Folkendingen. Darauf zog sich der alte Vater nach Luxemburg zurück, da er jedoch bald in bittre Not geriet, so mußte er seine Zuflucht zu seinen Kindern nehmen. Auf Burg Heringen aber wurde er von seinem ältesten Sohne mit harten Worten abgewiesen. Von Kummer gebeugt, wandte sich der Greis an den zweiten, aber auch hier erging es ihm nicht besser. Tief erschüttert über die Pflichtvergessenheit seiner Kinder, wankte er bebenden Schrittes, das Herz voll Gram, davon, um sich zu seinem jüngsten Sohne nach Folkendingen zu begeben. Sobald der Sohn des kummervollen Vaters ansichtig wurde, warf er sich weinend ihm an die Brust und rief: »Dies Schloß, mein Vater, hast du mir gegeben. Gottlob, daß es mir vergönnt ist, der Liebe und Dankbarkeit Schuld abzutragen! Bei mir sollst du in Frieden die letzten Tage deines Lebens zubringen.«

Während Gottes Segen in Folkendingen einzog, ereilte des Himmels Strafe die pflichtvergessenen Söhne. Der älteste, der durch seine Räubereien die ganze Nachbarschaft empört hatte, sah seine Burg von den Feinden erstürmt und in Brand gesteckt; der zweite versank im Strudel der Wollust und, an Leib und Seele siech, starb er in der Blüte des Alters.

J. Engling, Manuskript, 227

1125. Stadtbredimus.

Man erzählt, daß zwei Brüder wegen Erbschaftsangelegenheiten in Streit
gerieten, und daß der jüngere Offizier in französischen Diensten, eine
Batterie auf der Höhe von Palzem aufpflanzte, von wo aus er das von 551
seinem Bruder bewohnte Schloß zusammenschoß.

L'Evêque de la Basse Moûturie, 156

1126. Der büßende Brudermörder.

Bei Wolwelingen, nahe an der belgischen Grenze, steht eine uralte Buche, an welche sich folgende Geschichte knüpft.

Vor mehreren Jahrhunderten, als das jetzt in Trümmer liegende Schloß von Bondorf noch bestand, lebte auf demselben ein Graf, der zwei Söhne hatte. Der jüngere, von gefälligem Äußeren und einnehmenden Sitten, erwarb sich die Zuneigung aller, die ihn kannten. Das erregte den Neid des Bruders, der einen unversöhnlichen Haß gegen ihn faßte und beschloß, ihn zu verderben. Da geschah es, daß der jüngere Sohn eine Reise ins Ausland machen sollte; vor seiner Abreise fand aber noch eine große Jagd in den umliegenden Wäldern statt. Diese Gelegenheit benutzte der älteste Sohn, um seinen Bruder von der übrigen Jagdgesellschaft wegzulocken, und während derselbe unter einer Buche (ein halbe Stunde unterhalb Bondorf beim heutigen Dorfe Wolwelingen) ausruhte, fiel er seinen Bruder meuchlings an und erschlug ihn. Der Meuchelmörder wurde flüchtig, irrte, von Gewissensbissen gefoltert, mehrere Jahre in allen Ländern umher, kämpfte ruhmvoll unter dem Namen »der schwarze Ritter« – er trug nämlich stets eine schwarze Rüstung – in allen Kriegen, die damals geführt wurden, und verrichtete Wunder der Tapferkeit. Schon sein Name genügte, um den Feinden Furcht und Schrecken einzujagen. Er suchte den Tod und fand ihn nicht.

Endlich kehrte er in seine Heimat zurück, baute sich unter jener Buche, wo er den Bruder gemordet, eine Klause und führte, allen unbekannt, ein heiligmäßiges Leben. Er nährte sich nur von Wurzeln und den Beeren des Waldes. Nach seinem Tode wurde er unter der Buche begraben.

Zollbeamter J. Wolff

1127. Der Graf von Simmern.

Auf dem Schlosse zu Simmern lebte einst ein frommer und verständiger Graf. Aber nicht lange erfreuten sich die Untergebenen seiner weisen Herrschaft, denn der gute Graf verlor den Verstand. Um allem Unfall vorzubeugen, gab man ihm einen festen und verständigen Mann aus einem benachbarten Kloster zum steten Gefährten. Der Graf scheute das Licht, und um ihm zu entgehen, hielt er sich gewöhnlich in den dunkeln Schloßgewölben auf, wo ihm sein Wächter auf Schritt und Tritt folgte.

Eines Tages war der Begleiter seinem Herrn in einem unterirdischen Gange, der in den Schloßbrunnen auslief, gefolgt, als der Unglückliche plötzlich verschwand. Sein Begleiter machte Lärm, man durchsuchte jedes Eckchen der Kellergewölbe, sowie den Schloßbrunnen, doch ohne Erfolg. Noch am späten Abend irrte der treue Wächter umher, um seinen verlo-
552 renen Herrn zu suchen. Da, sagt man, erschien ihm etwas und ward ihm etwas gesagt, was er nie jemand entdecken wollte. Aber schrecklich muß es gewesen sein, denn am anderen Morgen war des Wächters Haar weiß wie der Schnee; er säumte nicht mehr einen Augenblick im Schlosse sondern begab sich nach Rom zum hl. Vater, von wo er nie mehr zurückkehrte.

Pfarrer P. Bies, Manuskript

1128. Der aussätzige Ritter in der Kirche zu Waldbredimus.

Über den drei Räumlichkeiten zu ebener Erde, der Sakristei und den beiden Seitenkapellen, befinden sich in der oberen Etage der Kirche zu Waldbredimus ebensoviele zimmerartige Kompartimente, welche, wie Fenster, Kamin und Treppenreste beweisen, in früheren Zeiten bewohnt werden konnten. Für wen waren diese Zimmer bestimmt? In der Spinnstube erzählt man sich folgendes: Vor vielen Jahren, man weiß nicht mehr wann, lebte in Waldbredimus ein Ritter, kühn und fromm, wie kein zweiter im Land. Allein es litt ihn nicht mehr zu Haus bei Frau und Kind, als man die Trommel rührte in den Gauen ringsum zum Krieg gegen die Sarazenen, die Schänder des heiligen Grabes. Im fernen Morgenland stritt unser Ritter siegreich an der Spitze des Fähnleins, das er anführte. Ruhmgekrönt kehrte er heim und krank, sehr krank dazu, denn Gott, der die Seinen prüft, hatte ihn geschlagen und mit Aussatz von der Fußsohle bis zum Scheitel. Der Ritter blieb geduldig: kein Wunder, denn er hatte ja das heilige Grab gesehen und die Schädelstätte und dabei nachgedacht über die Leiden des Heilandes. Zu Haus angelangt, ließ er eine neue Kirche bauen und über den Gewölben derselben eine enge, unzugängliche Wohnung für sich. Hier lebte der Aussätzige gleichsam eingemauert, ganz abgesondert von den Menschen, aber nicht getrennt von seinem Gott und Herrn. Die kleine Öffnung über der Sakristeitüre gestattete ihm, das Wort Gottes zu hören und den Priester am Altare zu sehen. Die Stunden des Tages waren geteilt zwischen Gebet und Arbeit. Betete er nicht, so saß er da, der arme Mann, vor einem gewaltigen Block, den man mit den Sparren des Dachwerkes hinaufgewunden hatte, beschäftigt, zwei Reiterstatuen daraus zu schnitzen. Es waren die Gestalten der beiden Heiligen Celsus und Georg, die er so oft im heißen Schlachtgewühl um Hilfe angerufen. Weil alle Zugänge so eng und so niedrig waren, mußten die beiden Bilder, zwei wahre Meisterwerke, oben bleiben, bis man sie vor nicht gar langer Zeit bei einer Dachreparatur herunternahm und nach Luxemburg ins archäologische Museum transportierte.

Der gute Rittersmann lebte viele Jahre in der engen Zelle, ein Muster der Geduld und der Andacht. Endlich gefiel es dem Herrn, ihm im Himmel droben den Lohn zu geben, den er hienieden auf Erden nie und nirgends gefunden hatte.

Organ des Vereins für christl. Kunst in der Diözese Luxemburg, 1876, 553
19f.

4. Sonstiges aus der Feudalzeit

1129. Die Burgfrau von Burglinster.

A. Unfern des Behlenhofes (Gemeinde Junglinster) befindet sich in einem Walde eine sehr tiefe Höhle, Behlenhöhle genannt. Noch kein Mensch soll bis ans Ende der Höhle gedrungen sein. Früher, heißt es, seien viele böse Menschen dort hinein verwünscht worden.

Vor etwa hundert Jahren lebte auf der alten Burg von Burglinster eine alte, reiche Dame, namens Ziedewitz.[1] Sie war Eigentümerin des Schlosses und aller ringsum liegenden Güter. Alle Bauern der Umgegend mußten ihr den Zehnten der jährlichen Ernte geben, und wer dem nicht nachkam, wurde in den noch heute gut erhaltenen, unterhalb des Schlosses stehenden runden Turm eingesperrt. Als die Dame schon sehr alt war und nicht mehr gehen konnte, sagte sie eines Tages zu ihrem Kutscher: »Kutscher, spann die zwei schwarzen Rappen an und fahre mich zur Behlenhöhle.« Der Kutscher fuhr mit ihr zur Behlenhöhle. Unterwegs schrie sie manchmal laut auf und murmelte dann Worte, die der Kutscher nicht verstand, und befahl ihm, die Pferde nur schneller anzutreiben. Als sie an der Behlenhöhle angekommen waren, hieß sie den Kutscher heimkehren und das Schloß in Brand stecken; sie müsse in der Höhle bleiben. Von der Stunde an hat niemand mehr etwas von ihr gesehen noch gehört. Man sagt, sie sei eine böse Hexe gewesen, die sich, da sie auf Erden nicht mehr leben konnte, unter der Erde ein neues Schloß gebaut habe.

B. Die Burgfrau von Burglinster, deren Mann Kommandant in Luxemburg war, herrschte mit Willkür auf ihrem Schlosse. Man erzählt, vor der Burg habe eine Linde gestanden und unter dieser ein Pfahl mit einem eisernen Halsband. Wäre nun der Burgfrau etwas abhanden gekommen, sei ein Wald- oder Feldfrevel begangen worden, so habe der Schuldige, je nach der Laune der Gebieterin, einen halben oder einen ganzen Tag mit dem Ring am Halse an dem Pfahle zubringen müssen. Die Sage fügt hinzu, die Edle sei in Luxemburg gestorben und nach Junglinster begraben worden. Unterwegs sei aber die Leiche so schwer geworden, daß die vier Rappen am Totenwagen vom Schweiß weiß geworden und zuletzt nicht mehr fortgekommen wären; da hätten mehrere Männer die Leiche von der »Itziger Steil« bis nach Junglinster tragen müssen. Nach dem Tode der Burgfrau habe die Dienerschaft auf dem Schlosse öfters ein Rauschen von Seidenzeug im breiten Schloßgange vernommen.

Lehrer Brandenburg zu Burglinster

1 Von Zitzwitz, Herren von Linster im 18. Jahrhundert.

C. Nahe dem Hertcheswald bei Weiher (Gemeinde Fischbach) befindet sich eine alte Brücke, die von den Römern erbaut sein soll. 554

Ein Schäfer, der eines Abends aus dem Hertcheswalde über die Brücke nach Hause zurückkehrte, hörte hinter sich: »O Mamm! o Mamm!« rufen. Er glaubte, es sei ein Kind, das sich verirrt habe, und rief ihm zu, es solle auf die Brücke herkommen. Er hörte nun noch ein paarmal denselben Jammerschrei; als er aber weiter nichts sah, setzte er seinen Weg fort.

Tags darauf erzählte er dies dem bei dem Walde wohnenden Müller. Dieser sagte ihm, er habe denselben Ruf auch schon früher gehört. Es sei aber kein Kind, sondern ein Fuchs, und dieser Fuchs sei ein Knabe, den die Hexe auf der Burg (zu Burglinster) wegen einiger Schelmstücke in einen Fuchs verwünscht habe. Dieser komme nun alle Monate einmal abends von sieben bis acht Uhr rufen: »O Mamm! o Mamm!«

1130. Der wilde Jäger bei Helfant.

In der Umgegend von Helfant jagte nur Sonntags der wilde Jäger. Er schrie immer: »Pu hei! Pu hei!« Der wilde Jäger aber sei, so erzählt man, der Erzbischof von Trier gewesen, der damals Kurfürst war. Sonntags, nachdem er die hl. Messe gelesen, hätten die Bauern auf die Treibjagd kommen müssen. Das war eine Plage für die Bauern. Eines Tages aber habe ein reicher Bauer den Hofnarren des Kurfürsten gewonnen. Als nun der Bischof einst wieder eine Treibjagd anstellte, trat der Hofnarr zu ihm und sprach: »Vor einer Stunde habe ich Sie noch am Altar gesehen, jetzt aber jagen Sie schon. Wohin aber kommt der Erzbischof, wenn der Teufel den Landesvater nimmt?« Da sei der Bischof voll Scham zurückgekehrt, und der wilde Jäger sei fortan nicht mehr erschienen. Der Bischof sei nämlich der wilde Jäger gewesen.

1131. Der Gehängte zu Burscheid.

Die Bewohner der benachbarten Dörfer des Schlosses Burscheid erzählen noch heute vieles über die Unterdrückung ihrer Vorfahren von seiten der Burgherren. Nicht genug, daß sie den Zehnten entrichten und Frondienst leisten mußten, waren sie auch gezwungen, wenn Frösche des Nachts in den Weihern quakten, dieses lästige Geräusch, das die Burgherren oft aus dem Schlafe weckte, zu verhindern, indem sie Steine in die Weiher warfen. Noch mehr: das geringste Verbrechen, dessen jemand überführt wurde, ward mit dem Strange gebüßt. So erzählt man,

habe um die Zeit ein Mann gelebt, welcher viele Verbrechen beging, aber den man nicht einfangen konnte. Einmal aber ertappte man ihn, als er ein Pfund Mehl stahl. Der Dieb sollte auf dem Hochgerichte, das in der Nähe des Schlosses liegt (heute noch nennt man den Berg »Hougerî«), sterben. Es herrschte aber damals dort die Sitte, daß, tat sich ein Weib hervor, welches den Mann, der hingerichtet werden sollte, heiraten wollte, der Mann frei kam, unter der Bedingung, mit dem Weib in ein anderes Land zu gehen. Schon zog man den Dieb, welcher aus Kemen war und den man von nun an den Mehlmattes nannte, auf die Leiter,
555 als sich ein Weib erbot, ihn zu heiraten. »Dann bindet mal los«, sagte Mehlmattes. Man tat's. Kaum aber hatte er das Weib, welches sehr häßlich war, erblickt, als er rief: »O, bant awer zou, a mâcht virun.« Darauf mußte Mehlmattes den dürren Ast reiten.

1132. Der Ritter von Mersch.

An einem alten Turme in Mersch ist eine bewaffnete Männergestalt angebracht, zu deren Füßen sieben Brote liegen. Man sagt, dieser Ritter habe auf dem Schlosse zu Mersch gehaust und täglich sieben Brote und zehn Pfund Speck gegessen. Er hatte zwei mächtige Adler, die er selbst gezähmt, stets bei sich und soll mit ihrem Beistande manche Wunder in Schlachten gegen die Feinde verrichtet haben.

1133. Das Hüttenwerk verschlingt das Schloß.

Theodor von Rollingen erbaute, da er noch Knappe war, einen Hochofen mit einer Schmiede an den Ufern der Eisch, und zwar am Fuße des Berges, der das alte Ansemburger Schloß trägt. Das Gehämmer der Schmiede war aber dem Burgherrn sehr unangenehm, und er beklagte sich drob durch seinen Diener bei Theodor von Rollingen. »Geh, sag deinem Herrn«, antwortete dieser, »das Hüttenwerk werde sein Schloß verschlingen.« Einige Zeit darauf heiratete Theodor die einzige Erbin von Ansemburg.

L'Evêque de la Basse Moûturie, 333

5. Lokale Merkwürdigkeiten

1134. Klausen.

Am Fuße der hohen Felsen in Klausen erhob sich vorzeiten eine der hl. Margaretha geweihten Kapelle, in deren Innern eine zur Heilung von Fieberkranken gebrauchte Quelle floß. Neben dieser Kapelle befand sich ein Haus zur Aufnahme gottgeweihter Jungfrauen. Klösterchen und Kirchlein hießen im Volksmunde die Klaus, und daher stammt der Name dieser Vorstadt Luxemburgs.

Public. etc. V, 100

1135. Verlorenkost zu Luxemburg.

Gegenüber der Mündung des Petrusbaches in die Alzet wurde einst ein Befestigungswerk erbaut. Das erhielt nebst der Umgebung den Namen Verlorenkost durch folgendes Ereignis. Einst war während der Arbeit ein Maurer ins Tal gestürzt und zur Stelle tot geblieben. Als die Frau des Verunglückten mit dem Mittagsmahl erschien, suchte man ihr ihr Unglück auf schonungsvolle Weise mitzuteilen. »Ach«, rief sie aus, »verlorene Kost!« und daher der Name.

v. Cederstolpe, 16 556

1136. Verlorenkost zu Fels.

Zur Zeit, wo die Burg von Fels noch unversehrt dastand, war eine eiserne Brücke über das Felser Tal gelegt und verband die Burg mit dem gegenüberstehenden Halbturme. Einst waren Leute bei diesem Turme beschäftigt. Eine Frau brachte ihnen täglich das Essen aus der Burg herüber. Eines Tages, da sie sich etwas verspätet hatte, wollte sie sehr eilig über die Brücke. Fast war sie am Ziel angelangt, wo die Hungrigen mit Ungeduld auf das Essen warteten, da stolperte sie; der Topf entfiel ihrer Hand, und der ganze Inhalt ergoß sich über die Brücke. Bestürzt bei diesem Anblicke, rief die Frau aus: »O de verluorene Kast!« Seit dieser Zeit trägt jener Halbturm den Namen Verlorenkost.

1137. Lieb und Leid.

In dem Köricher Gemeindewald, wo derselbe an die Waldungen von Göblingen und Götzingen grenzt, ist ein Ort genannt »Léiw a Lêd«. (Lieb und Leid.)

Vor vielen Jahren hatten die Einwohner der Gemeinde eine Versammlung, in welcher die Köricher den Bewohnern der anderen Sektion gewaltig »zum besten« gaben, bis diese einen tüchtigen Rausch hatten, und da »gotzelten« (mit schmeichelhaften Worten abbetteln) sie ihnen deren Anteil an genanntem Walde ab. Am anderen Tage war das Geschehene den Körichern »lieb«, den Göblingern und Götzingern aber sehr »leid«. Daher der Name des Ortes »Lieb und Leid«.

Lehrer Reyland zu Körich

1138. Die tote Frau.

Es war im Jahre 1443, als unweit Weimerskirch auf einem dem Grünewald benachbarten Berge Elisabeth von Görlitz alle ihre Rechte, die sie als Pfandinhaberin des Herzogtums Luxemburg auf dasselbe hatte, an Philipp den Guten von Burgund abtrat. Es geschah das nach der landesüblichen Weise. Seit jenem Tage heißt der Berg, auf dem die Zeremonien vollzogen wurden, die tote Frau, weil Elisabeth, nach dieser Verzichtleistung, hinsichtlich ihrer Hoheitsrechte nun rechtlich tot war.

Nach anderen soll Elisabeth dort ihre Hoheitsrechte an den Herzog verkauft haben. Nachdem der Verkauf geschlossen, sei ein Greis mit einer Hotte Holz aus dem Walde gekommen, sei vor die hohe Frau hingetreten und habe mit kräftiger Hand ein Scheit auf das daliegende Gold geworfen mit den Worten: »Dies für die tote Frau!«

Seit dieser Zeit war es Brauch, daß jeder, der mit einer Hotte Holz aus diesem Walde kam, ein Scheit an dieser Stelle zur Erde warf, indes er sagte: »Dies für die tote Frau!«

Bertholet, VII, 441, und von Cederstolpe, 37

1139. Bonapartsgärtchen zu Hüpperdingen.

Im Hüpperdinger Gemeindewald befindet sich auf der Spitze eines Berges ein Raum, der von ungeheuer, großen Buchen, je drei in einer Reihe geschlossen ist und ein Dreieck bildet. Diese Stelle trägt den Namen

Bonapartsgärtchen. Napoleon I. hatte sich, ehe er die preußische Grenze 557
überschritt, einige Zeit dort aufgehalten.

1140. Stein schützt vor Ermüdung.

Auf der Höhe von Draufelt, im Ort genannt Brêtschent, im Wege, der rechts von Wald, links von Feldern gesäumt ist, lag früher ein dicker Stein, in dem ein Fußtritt ausgezeichnet war. Wer da vorbeiging und mit dem Fuß in den ausgehöhlten Tritt trat, wurde an dem Tage nicht müde. Heute ist der Stein verschwunden, und niemand weiß, wohin derselbe gekommen.

J.N. Moes

1141. Der Grauenstein bei Vianden.

In der Nähe von Vianden, beim sogenannten Napoleonsgärtchen, steht der Grauenstein, dem das Volk eine eigentümliche Eigenschaft zuschreibt. Wenn man nämlich mit dem Kopfe dreimal recht fest gegen denselben anrennt, hört man die Muttergottes spinnen.

J.N. Moes

1142. Der Krenkelstein und der graue Wâk.

Zwischen Dahl und Masseiter über dem »Botterweck« und über der »Harderbâch« erhebt sich an der Sauer eine Berganhöhe, genannt die Hûscht. Auf dem höchsten Gipfel der Hûscht steht hart an dem von Dahl nach Masselter führenden Wege der Krenkelstein, eine Felsenzacke, die marksteinartig aus dem Boden hervorragt. Er wird auch Wenkelstein oder auch von anderen Quenkelstein genannt. Diese Stelle ist die unheimlichste des ganzen Gebirges. Dort hatte ein gespenstischer Jäger seine Weidbahn und erfüllte die ganze Gegend mit Schrecken. Es heißt, er habe auf dem Krenkelstein von dem wilden Jagen ausgeruht. Der Glaube an den alten Spuk ist noch heute so lebhaft unter dem Volke, daß fast niemand nach Sonnenuntergang an dieser Stelle vorbeizugehen wagt. Es geht die Sage, dieser Stein sei dahin verwünscht worden, und wenn man sich mit dem Kopfe daran stoße, so höre man die Masselter Glocken läuten.

Dieser sagenreiche Stein hat eine große Ähnlichkeit mit dem grauen Wâk am Bondorfer Wald, wo das Hûschtermännchen, ein wilder, feuriger Jäger in bleiernem Mantel, umgeht; denn von diesem grauen Wâke heißt es auch, wer sich mit dem Kopfe daran stoße, der höre die Rambrucher Glocken läuten.

J. Prott, Pfarrer

1143. Das Kimmfrächen in der Hölt bei Rosport.

Zwischen den Dörfern Rosport und Hinkel erhebt sich von der Sauer umspült, der waldige Hölteberg, der an der östlichsten Grenze unseres Landes wie ein riesenhafter Markstein steht. Über dem nördlichen Kamm dieses merkwürdigen Bergkegels ragt zwischen Leien und Gebüsch das Kimmhäuschen empor, ein hoher, von dem Sauertale aus sichtbarer
558 Felsen, in dessen Mitte sich eine ziemlich wohnlich eingerichtete Grotte befindet, die durch eine Kluft zugänglich ist.

Diese Grotte war in uralter Vorzeit die Wohnung des Kimmfrächens, eines gespensterhaften Weibes, das dort unaufhörlich und mit großer Emsigkeit auf einer Spindel zu spinnen pflegte und daher auch Spinnfrächen im Kimmhäuschen genannt wird. Wer es nicht glauben will, braucht nur einfach mit dem Kopfe an den Felsen zu stoßen, und er wird sie auf der Stelle spinnen hören. Daher kommt es auch, daß man in der ganzen Umgegend denen, die sich mit dem Kopf an eine Mauer oder an einen Türpfosten angestoßen haben, im Scherze zuzurufen pflegt: »Hör, wie das Kimmfrächen spinnt!« oder: »Hörst du, wie das Kimmfrächen spinnt?«

Während des Frühlings und des Sommers verläßt die geisterhafte Frau in mondhellen Nächten, mit schneeweißen Gewändern angetan, ihr unterirdisches Gemach, setzt sich mit ihrem Spindel oben auf dem Scheitel des Kimmfelsens nieder und singt über dem Spinnen ein uraltes, lustiges Liedchen, das vor fünfzig Jahren noch in Rosport gesungen wurde, heute aber, wie es scheint, vollständig in Vergessenheit geraten ist.

J. Prott, Pfarrer

1144. Thorner Mittag.

Unterhalb Remich befand sich sonst am linken Moselufer, dem Schlosse Thorn gegenüber, ein sehr großer Stein, der jetzt unter Schutt verdeckt liegt. Dieser Stein hieß Thorner Mittag, weil er sich, wenn in Thorn der Mittag läutete, dreimal umgedreht haben soll. In Thorn aber sind keine Glocken.

1145. Der Reißeltsfelsen bei Ehnen.

Einige hundert Meter vom Dorfe Ehnen entfernt, steht in der Mitte des Abhanges die »Reißeltskopp« ein isolierter Fels, der einige Meter hoch ist und etwa anderthalb Meter ins Gevierte mißt. Wenn mittags am Karfreitag mit beiden Glocken geläutet wird, dreht sich dieser Fels dreimal im Kreise um.

Luxemburger Land, 1883, Nr. 9

1146. Das Bild des hl. Nepomuk auf der Brücke zu Vianden.

Auf der Viandener Brücke steht ein steinernes Bild des hl. Nepomuk; das Volk nennt ihn »de Bommezinnes« (verstümmelt aus Nepomucenus).

Nach einer Sage soll sich der Heilige auf der Brücke umdrehen, so oft er die Mittagsstunde schlagen hört.

J.N. Moes

1147. Das steinerne Kreuz zu Ansemburg.

Geht man von Ansemburg nach Hohlfels, so gelangt man in einen tiefen Hohlweg, Kutschenweg genannt. An einer Seite dieses Weges steht ein uraltes, verwittertes Kreuz, das die sieben Schmerzen Mariä darstellt, und an dessen Errichtung die Sage folgende traurige Begebenheit knüpft.

Ein Hohlfelser Graf ritt einst in Begleitung seines Dieners nach Luxemburg, von wo er abends zurückkehrte und auf seiner Heimreise dem 559
Ansemburger Grafenhaus einen Besuch abstattete. Die Nacht war hereingebrochen, als er das Schloß Ansemburg verließ, und kaum war er dreihundert Schritte im Kutschenweg angelangt, als ihn der Diener meuchlings niederschoß, ohne daß der Graf ihm irgendwelche Veranlassung zu dieser schwarzen Tat gegeben. Die Bewohner des Ansemburger Schlosses hatten den Schuß gehört, und, nichts Gutes ahnend, eilten sie den Berg hinauf und fanden den Grafen entseelt in seinem Blute liegen. Der Bediente hatte gleich nach Vollbringung seiner scheußlichen Tat das Weite gesucht und sich in die Niederlande geflüchtet. Da man seiner

nicht habhaft werden konnte, mußte man sich damit begnügen, sein Bildnis zu hängen und auf den Märkten zu zeigen.

Achtzehn Jahre später befand sich der Mörder zu Steinfurt auf der Kirmes; er wurde von einem Manne aus Simmern erkannt, nach hartnäckigem Widerstand ergriffen und nach der Burg Hohlfels gebracht. Er endete sein Leben auf dem Galgen bei Simmern.

Lehrer Conrad zu Hohlfels

1148. Das Stürzer Kreuz bei Greiweldingen.

Der Wanderer, der den Weg zwischen Lenningen und Greiweldingen zurücklegt, wird auf einer kleinen Anhöhe, eben da, wo genannter Weg die ehemalige Landstraße Ehnen-Ötringen durchschneidet, ein großes, steinernes Kreuz bemerken, welches die Jahreszahl 1810 trägt. Wenn letzteres auch neueren Ursprungs ist, so befand sich doch schon vor jenem ein kleines, hölzernes Kreuz dort, welches aus der Mitte des sechzehnten Jahrhunderts herrühren mochte.

Nach der Tradition soll hier im dreißigjährigen Kriege, als die Kaiserlichen die Mosel überschritten, Wormeldingen, Ehnen, Remich, Kanach in Brand gesteckt hatten und auf diesem Wege sengend und brennend nach Luxemburg wollten, einer ihrer Hauptanführer von den im nahen Walde versteckten Bauern eingeholt und niedergeschossen worden sein. Er stürzte vom Pferde, heißt es, und gab an dieser Stelle den Geist auf.

Zur Erinnerung an diese Begebenheit ward ein Kreuz auf den Platz gestellt und Stürzer Kreuz geheißen; später aber, als das umherliegende bewaldete Land urbar gemacht wurde (gegen 1700), ward auch diesem der Name Stürzenberg gegeben, den es noch heute trägt.

J. Weyrich aus Ehnen

1149. Kreuz bei Liefringen.

In der Hälfte des Weges von Dunkrodt nach Liefringen steht an einer Einbiegung des Weges ein altes, verfallenes, hölzernes Kreuz, im Ort genannt »am Lechelchen«. Die Sage geht, daß hier die Leute in der Nacht von den Mäusen gefressen werden.

Lehrer Esch zu Kaundorf

1150. Das Wegkreuz bei Kaundorf.

In der Nähe von Kaundorf, hart an der Straße, welche von Esch nach Kaundorf führt, stand vor kurzem noch ein steinernes Kreuz, das aber 560
jetzt zerbrochen am Boden liegt und die Jahreszahl 1730 trägt. Die Stelle, wo das Kreuz stand, wurde früher von den Reisenden, welche an derselben während der Nacht vorbei mußten, gemieden, weil stets unter dem Kreuze ein altes, häßliches Weib kauerte, das den Reisenden unheimlich anblickte.

Greg. Spedener

1151. Sankt Muffert und Sankt Knattert.

Über der Eingangstüre der alten Mühle im Heiderscheidergrund standen in einer Nische zwei hölzerne Statuetten, welche nach dem Volksglauben die beiden Heiligen Sankt Muffert und Sankt Knattert darstellten. Zu diesen Heiligen wallfahrteten unglückliche Eheweiber, welche die Liebe ihrer Ehegatten verscherzt hatten und von denselben geprügelt wurden. Als Opfer mußten sie zu den Füßen der beiden Heiligenbilder eine Handvoll gedörrter Birnen niederlegen. Diese Bilder wurden erst vor etwa dreißig Jahren durch den damaligen Kaplan von Tadler, den aus Esch gebürtigen Herrn Kempen weggenommen, weil deren Verehrung ein Hohn auf die katholische Religion sei.

Lehrer Schlösser zu Esch a.d. Sauer

6. Merkwürdige Ereignisse

1152. Die zusammengebundenen Grabsteine.

Zwischen den Dörfern Bondorf und Wolwelingen, auf der sogenannten Klause, befand sich vor Jahren der Kirchhof von Wolwelingen. In der Nähe desselben geschah einst folgendes: Ein Knecht von Wolwelingen hatte seines Meisters Pferde, etwa zwanzig, dorthin zur Weide getrieben, wie das damals in der ganzen Gegend Brauch war. Er blieb die ganze Nacht draußen, und damit die Pferde sich nicht weit entfernen konnten, hatte er sie mit Stricken aneinandergebunden. Darauf legte er sich hin zu schlafen. Welches war aber sein Schrecken, als er bei Tagesanbruch erwachte und sah, daß die Pferde nicht mehr aneinandergebunden waren, sondern wild durcheinanderliefen. Auf dem Kirchhofe aber waren alle Grabsteine mit den Stricken der Pferde aneinandergebunden. Entsetzt lief der Knecht ins Dorf und erzählte den Vorfall. Die Leute, die auf den Kirchhof eilten und die aneinandergebundenen Grabsteine sahen, waren alle der Meinung, es hätten dies die Hexen getan.

1153. Der irreführende Geist zu Hüpperdingen.

Ein Mann aus Hüpperdingen, der vom Kieswurt, einer Stelle zwischen Hüpperdingen und Heinerscheid, eine Viertelstunde weit nach Hause ging, fand etwas im Wege liegen. Er schlug mit seinem Stabe darauf; da
561 wurde der Gegenstand immer größer, und der Mann irrte lange umher, ohne das Dorf erreichen zu können. Ungeduldig rief er endlich: »Jesus, Maria! soll ich denn nicht mehr nach Hause kommen?« Plötzlich erkannte er, wo er war.

1154. Das Porzellangebäude im Pissinger Wald.

Eine Frau von Pissingen ging einst in den Wald, um Holz zu suchen. Als sie einige Schritte in den Wald hineingetan hatte, hörte sie auf einmal ein lautes Klirren und Rasseln. Sie schaute nach der Stelle hin, woher das Geräusch kam, und sah ein Gebäude aus Porzellan, das einstürzte und zwar so lange, bis keine Spur mehr davon zu sehen war.

Lehrer Konert zu Hollerich

1155. Der gespenstische Bienenkorb zu Simmern.

Ein Junggeselle von Simmern ging einst heimlich gegen des Vaters Verbot in der Nacht zum Tanz, denn es war Kirmes. Um Mitternacht kam er zurück, versuchte, wie er das oft getan, mit dem Messer die Türe zu öffnen und sich unbemerkt ins Bett zu schleichen. Allein diesmal ging die Tür nicht so leicht auf, und während er daran arbeitete, kam plötzlich ein Bienenkorb mit großem Geräusch dahergeflogen, dicht an ihm vorbei, und bog dann um eine Ecke der Straße. So sauste der Bienenkorb dreimal an dem erschrockenen Burschen vorüber. Da flog die Tür auf, und mit einem Satz war er im Haus und schlug die Türe zu.

1156. Die tanzenden Brotkörbe zu Cessingen.

Neben dem G.-Hause befindet sich das zu demselben gehörige Backhaus. Eines Morgens betrat die Dienerschaft dasselbe noch vor Tagesanbruch, um zu backen. Als man jedoch die Türe öffnete, tanzten die Brotkörbe so bunt durcheinander, daß niemand es wagte, das Backhaus zu betreten.

Lehrer Konert zu Hollerich

1157. Der Pelz zu Differdingen.

Zu Differdingen fand ein Mann, so oft er nachts aufwachte, einen Pelz neben sich im Bette liegen. Mochte er ihn auch allemal aus dem Bette herauswerfen, bei seinem Erwachen lag der Pelz doch immer wieder an seiner Seite.

Lehrer Konert zu Hollerich

1158. Der Schafspelz zu Pissingen.

Zu Pissingen saßen eines Abends die Bewohner eines Hauses mit einigen Nachbaren auf der Siedel. Auf einmal lag mitten in der Küche ein Schafspelz. Als die Leute sich von ihrem ersten Schrecken erholt hatten, wollten sie den geheimnisvollen Gegenstand entfernen. Aber wie sehr sie sich auch abmühten, es war vergebens, der Pelz wich nicht von der Stelle. Erst am anderen Morgen war er verschwunden.

Lehrer Konert zu Hollerich

1159. Eulenspiegel.

In der Umgegend von Remich wird erzählt, Till Eulenspiegel liege zu
Keßlingen begraben. Das ist von jeher eine Spottquelle für die Keßlinger 562
gewesen, welche in der Verzweiflung schon derbe Antworten und harte Streiche ausgeteilt haben. Daß die Keßlinger doch nicht ohne Witz sind, beweist folgendes Anekdötchen, das authentisch ist. Auf einer Freierei rief ein Jüngling, der sich hervortun wollte, ein Mädchen mit einer Hotte vor Keßlingen an: »Ist es wahr, der Eulenspiegel liegt hier begraben?« – »Ija«, sagte das Mädchen, »und kehrt sogar den Rücken nach oben.«

N. Gaspar

Nachwort

Die von unserem Willen unabhängige Verzögerung des Druckes ist unserer Sagensammlung vorzüglich zustatten gekommen, denn es haben im Laufe dieser Zeit, außer den im Vorwort namhaft gemachten Sammlern, noch zahlreiche, nicht minder thätige sich uns zugesellt; ihre geehrten Namen sind dem gelieferten Stoffe beigefügt. Unseren wärmsten Dank diesen uneigennützigen Mitarbeitern hiermit auszusprechen, ist uns eine angenehme Pflicht.

Ganz unschätzbar und besonderer Anerkennung würdig ist das freundliche Entgegenkommen des Eigentümers und Redakteurs der litterarischen Wochenschrift »Das luxemburger Land«, Herrn Karl *Mersch*, der uns sämtliche, ihm zugegangene brauchbare Mitteilungen zur Verfügung stellte. Möge sein ausgezeichnetes Blatt auch ferner dem Nachfluß des Sagenstoffes seine Spalten öffnen und dadurch eine erschöpfende Nachlese erleichtern! Alle Freunde der vaterländischen Geschichtsforschung werden ihm dafür Dank wissen.

Die inzwischen erfolgte Versetzung des früheren Pfarrers von Kontern, Herrn *J. Prott,* nach Steinheim bei Echternach eröffnete diesem begeisterten Förderer des Sagenstudiums ein neues Feld freudigen Wirkens an den sagenreichen Ufern der Sauer. Auch in diesem Bezug ist uns die Verzögerung des Druckes vorteilhaft gewesen.

Der einsichtsvolle Altertumsfreund wird beim Durchlesen vorliegender Sammlung unzweifelhaft die mannigfachen Zurichtungen überdenken, welche noch erfordert wären, um das ansehnliche Material für die Zwecke der gelehrten Forschung flüssig zu machen. Unsere unmaßgebliche Meinung ginge dahin, daß vorerst die Stoffe in verschiedene Inhaltsverzeichnisse zerlegt werden müßten, so etwa, daß ein erstes Verzeichnis die Ortsnamen, ein zweites die Personennamen, ein drittes endlich die (im weiteren Sinn) mythologischen Gattungsnamen in alphabetischer Ordnung brächte. Auf diese Weise würde der Bearbeiter einer mythologischen, historischen oder ethnographischen Monographie leicht die Fäden fassen können, welche er in sein Gewebe einschlagen möchte. Uns
selbst mangelte es an der Muße, diese nützliche Arbeit zu bewerkstelligen. 565
Unnötig erscheint es, eigens hervorzuheben, daß es bei der von uns gewählten Rubrizierung des Materials nur auf rudimentarische Sonderung desselben abgesehen war.

Es sei uns schließlich vergönnt, aus einem uns zugegangenen Schreiben des Herrn Pfarrers *Klein* zu Dalheim, der die Entstehung vorliegender Sagensammlung stets mit der lebhaftesten Teilnahme verfolgte und dessen zahlreiche Beiträge wir mit besonderem Danke unserem Werke einverleibt haben, folgende, gewiß nicht zu unterschätzende Stellen auszuheben:

»Ich gebe mich der zuversichtlichen Hoffnung hin, daß, wenn einmal die gebildeten Männer unseres Landes die vorliegende umfassende Sagensammlung eines bedächtig prüfenden Blickes würdigen werden, nicht nur manches bis dahin entgegenstehende Vorurteil fallen, sondern auch noch manche neue Kraft für den Aufbau unserer noch so dunkeln Vorgeschichte gewonnen wird. Ich denke hier besonders an den allem ernsten Streben vorzugsweise zugewandten Klerus.«

»Was zunächst die Vorurteile betrifft, welche den sittlichen Wert der Volkssagen in Frage stellen möchten, so sind wohl die eigentümlichen Bildungszustände unseres Vaterlandes dafür verantwortlich zu machen, welche bis in die letzten Dezennien hinein von dem wahrhaft Volkstümlichen nur verschrobene Begriffe aufkommen ließen, und welche den edelsten Bestrebungen unserer deutschen Stammesgenossen zur Hebung der Schätze der Volksdichtung kein Verständnis abzugewinnen vermochten. Der Grundzug der echten Volkssage ist immer ein eminent moralischer. Auch das Wunderliche, Schreckliche, Lächerliche tritt immer unter dem Gesichtspunkt der Gläubigkeit, Treue und Ehrlichkeit hervor. Ein tiefes Rechtsgefühl und die anspruchslose Zaubergewalt der Unschuld beherrschen diese ganze Sagenwelt: sie ist der älteste und treueste Spiegel des Volkscharakters, denn sie ist aus dem innersten Kern des religiösen Bewußtseins des Volkes hervorgegangen, dessen eigenste Schöpfung sie durch die hochpoetische Verkörperung seiner Ideale geworden ist.«

»Aus dieser nie und nirgends bestrittenen Anschauung geht hervor, wie sehr es not thut, die durch Sagen, Sitten und Bräuche gebildete Schicht wertvoller historischer Ablagerungen einer gründlichen, allgemeinen Ausbeutung zu unterziehen. Und wer könnte hier trefflichere Dienste leisten als der Geistliche, dessen Beruf eine gewisse Kenntnis des christlichen Altertums, insbesondere aber jener Prozesse voraussetzt, welche bei der Durchsäuerung der heidnischen Begriffe durch das christliche Ferment zu Tag getreten und deren Spuren eben nur in den Sagen, Sitten
566 und Bräuchen nachzuweisen sind? Soll je die früheste Geschichte unserer Vorfahren klargelegt werden, so kann es nur geschehen durch die Ana-

lyse der mit heidnischen Ingredienzen verquickten Sagen und Bräuche des Volkes.«

»Zwar nicht in dieser speziellen Zweckbestrebung, so doch wohl aus einer historisch-konservativen Richtung heraus ist denn auch bereits vor mehreren Jahren unserer Geistlichkeit das Studium der Pfarrchroniken, beziehungsweise die Anlegung und Fortführung derselben durch die kirchliche Oberbehörde empfohlen worden. Das Aufstellen eines Katalogs der noch vorhandenen Aktenstücke, das Notieren der jetzt noch bestehenden Bräuche, Glaube und Aberglaube betreffend, ist das mindeste, was von den Dienern der Kirche erhofft werden könnte: es würde dadurch mancher bislang verborgene Schatz gehoben und zum Besten der Landesgeschichte verwertet werden können.«

Sollte die vorliegende Arbeit nicht bloß als Beitrag zum Baumaterial unserer Geschichte gewürdigt werden, sondern auch als erfolgreiche Anregung aller fähigen Kräfte zu einem edeln, gemeinnützigen Schaffen sich bewähren, so dürfte unsere Mühe reichlich belohnt und unsere schönste Hoffnung verwirklicht sein.

Luxemburg, im November 1884.

Der Herausgeber 567

Lightning Source UK Ltd.
Milton Keynes UK
UKHW022244050819
347459UK00004B/77/P

9 783843 027229